安徽古籍叢書

黃山書社

# 姚鼐詩文集

上

〔清〕姚鼐／撰　周中明／校點

圖書在版編目(CIP)數據

姚鼐詩文集/(清)姚鼐著;周中明校點
—合肥:黄山書社,2021.4
(安徽古籍叢書第二十九輯/安徽古籍叢書編審委員會編纂)
ISBN 978-7-5461-7357-3
Ⅰ.①姚… Ⅱ.①姚… ②周… Ⅲ.①古典詩歌—詩集—中國—清代
②古典散文—散文集—中國—清代 Ⅳ.①I214.92

中國版本圖書館CIP數據核字(2021)第079229號

安徽省古籍整理出版辦公室資助項目

選題策劃 彭君華
責任編輯 李霜琴
裝幀設計 李 軍
出版發行 時代出版傳媒股份有限公司(http://www.press—mart.com)
黄山書社(https://www.hspress.cn)
地址郵編 安徽省合肥市蜀山區翡翠路1118號出版傳媒廣場7層 230071
印 刷 安徽新華印刷股份有限公司
版 次 2021年7月第1版
印 次 2021年7月第1次印刷
開 本 880×1230 1/32
字 數 947千
印 張 57.25
書 號 ISBN 978-7-5461-7357-3
定 價 398.00圓

服務熱綫 0551-63533706
銷售熱綫 0551-63533761
官方直營書店(http://hsssbook.taobao.com)

姚鼐肖像（《清代學者象傳》，商務印書館1928年版）

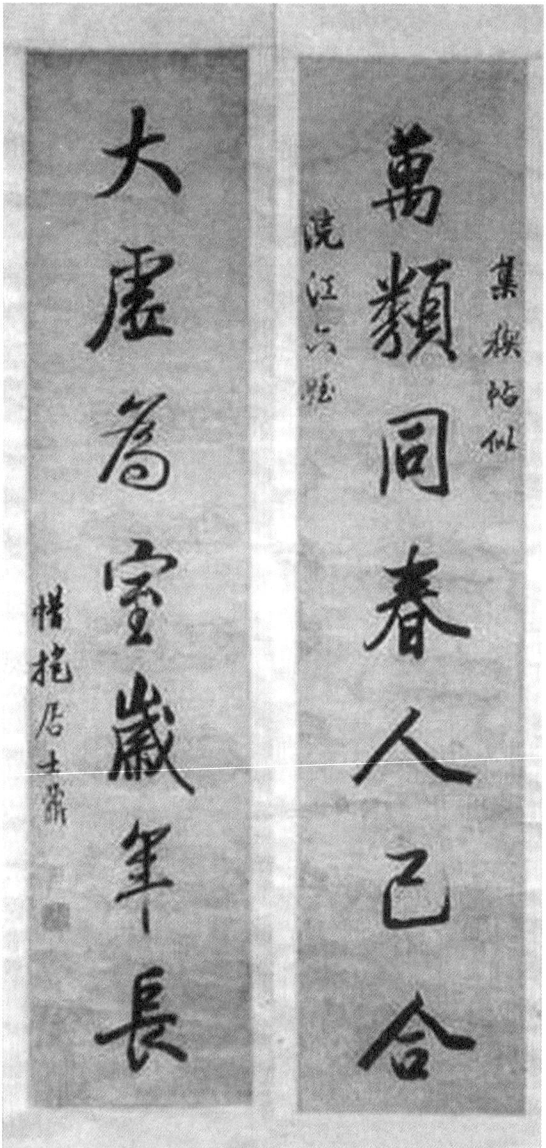


姚鼐手書對聯

# 安徽古籍叢書編印緣起

我國歷史悠久，典籍豐富。我省地處南北之交，學術尤擅其盛。數千年來，哲學、史學、文學、藝術、語言、科技，作者輩出，著述如林，或自名一家，或蔚然成派，多爲中華民族文化之菁華，有裨於社會主義文化之建設。允宜及時整理，以廣流傳。

粤自明清，以至近世，南北郡邑已有涇川叢書、龍眠叢書、貴池先哲遺書、南陵先哲遺書諸刻。一九三一年，復有安徽叢書之編刊，所收皆皖人著作，分期影印。出至第六期，以抗戰軍興而中止。盛業未竟，論者惜之。

今者，中央倡導整理古籍，我省領導對此尤爲關心。省古籍整理出版規劃委員會幾經商討，決定編纂安徽古籍叢書。編纂宗旨是在歷史唯物主義指導下，批判繼承，古爲今用，弘揚民族優秀傳統文化，爲建設中國特色社會主義服務。最其體例，約有數端：

一、所收皆爲歷代皖人著作，時間一般以辛亥革命之前爲限，内容以文、史、哲爲主，分類成輯。尤其注意稿本、稀見本之搜輯與傳布。

二、整理方式包括輯、校、標點和注釋、今譯。校勘，力求採用善本爲底本，校以他書，或加補輯、編次。標點，採用新式標點。注釋，務求精確，但不作煩瑣考證。整理中，儘量吸收國内外研究的新成果。

三、先秦、兩漢著作及語言、文字之類，皆用繁體字，其餘則酌用簡體字。版皆竪排，以期一律。

四、凡熱心於本叢書編印及捐貲助刊者，得於書内題名。

安徽古籍叢書編審委員會

# 總目

# 姚鼐詩文集上册目録

## 卷二

### 古體六十二首

## 卷　三

### 古體四十首

## 卷四

### 古體三十首

## 卷五

### 古體廿六首

## 卷六

### 今體七十九首

## 卷七

### 今體六十九首

## 卷八

### 今體八十六首

## 卷九

### 古體一百十首

## 卷十

### 今體九十三首

# 惜抱軒詩集後集

## 古體四首



## 近體

## 補遺

詞



# 惜抱軒詩集外集

試帖

# 惜抱軒文集

## 卷一

### 論

## 卷二

### 考



## 卷三

### 序



## 卷四

### 序

## 卷五

### 題跋

## 卷六

### 書



## 卷七

### 贈序

## 卷八

### 壽序



## 卷九

### 策問



## 卷十

### 傳

## 卷十一

### 碑文



## 卷十二

### 墓誌銘一

## 卷十三

### 墓誌銘二



## 卷十四

### 記

## 卷十五

### 賦



## 卷十六

### 祭文

# 惜抱軒文集後集

## 卷一

### 説



### 序

## 卷二

### 跋尾　題辭



## 卷三

### 書

## 卷四

### 壽序



## 卷五

### 傳



### 贊



## 卷六

### 碑文

## 墓表



# 卷七

## 墓誌銘一

卷八

墓誌銘二

## 祭文二

# 前言

## 一

姚鼐（一七三二—一八一五），字姬傳，一字夢穀，其書齋名惜抱軒，故世稱惜抱先生。清雍正九年十二月二十日，生於安徽桐城縣南門樹德堂宅，一個世代官宦的書香之家。

姚鼐在姚氏長嶺阡表中自述：高祖姚文然『仕國朝康熙時，以刑部尚書終，謚曰端恪。至世宗時，追論先朝名臣，思其賢，詔特祠，春秋祀焉』。曾祖士基『以舉人爲羅田知縣，羅田民以奉入名宦祠』。爲此，他在彙香七叔父八十壽序中頗爲自豪地説：『吾族居桐城四百年，累世仰承先祖之盛德，卒獲爲善之報，登仕籍、致名稱者亦多矣。』只是到他出生時，他的家境已經衰落。祖父孔鋠，二十六歲早卒。父淑，終生爲一介布衣。

由於家境日趨衰落，生活相當貧困，姚鼐從小即體驗到生活的艱辛。在亡弟君俞權厝銘並序中，他説他弟兄『嘗以一燈環坐三人而讀書，其時家貧甚。中夜，余嘆以爲聚讀之樂不可得而長也，君俞聞而悲獨甚』。在爲其四妹及妹夫作的馬儀顓夫婦雙壽序中，他説：『當乾隆甲戌、乙亥間，吾家貧最甚，日不能具兩飯，晡輒食粥。』然而他們雖『處貧困』，卻『皆能怡養性情，無纖毫尤怨』。

姚鼐從小受到良好的文化教育。伯父姚範，進士及第後爲翰林院編修，著有援鶉堂文集、詩集，學貫經史。姚範跟桐城派祖師之一的劉大櫆，又是過從甚密的摯友。因此，從姚鼐幼年始，姚範和劉大櫆便成爲他最崇敬的老師。他在劉海峯先生八十壽序中云：『鼐之幼也，嘗侍先生，奇其狀貌言笑，退輒仿效以爲戲。及長，受經學於伯父編修君，學文於先生。』

乾隆十五年（一七五〇）秋，姚鼐參加江南鄉試，考中舉人。此後，直至乾隆二十五年，姚鼐五次參加禮部會試，均落第。乾隆二十八年（一七六三）春，姚鼐第六次應禮部試，中式，殿試名列二甲，授庶吉士。此年冬季，即赴京至翰林院庶常館任庶吉士。

乾隆三十一年（一七六六）夏，姚鼐三十六歲，在翰林院庶常館期滿，試職兵部一年有餘。乾隆三十二年（一七六七），姚鼐三十七歲，由兵部調任禮部儀制司主事。乾隆三十三年（一七六八）七月，姚鼐赴任山東鄉試副考官。乾隆三十五年（一七七〇），姚鼐充任湖南鄉試副考官。乾隆三十六年（一七七一）姚鼐任恩科會試同考官，同年被擢爲刑部廣東司郎中。乾隆三十八年（一七七三），詔開四庫全書館，選翰林宿學爲纂修官。姚鼐雖非翰林，卻被劉統勛、朱筠舉薦爲纂修官。時非翰林爲纂修者僅八人，姚鼐屬其中之一。可是，他在館一年多，於乾隆三十九年（一七七四）冬，正當四十四歲壯年，又官運亨通之際，便辭官歸里。當朝相國劉統勛、梁階平先後要薦舉他出任御史等要職，他皆婉拒之。

當年冬十二月，他自京師乘風雪至山東泰安府太守朱子潁官署。除夕，與子潁同登泰山觀日出，寫下了膾炙人口、流傳千古的美文登泰山記。之後，又游靈巖山，撰有遊靈巖記。他從泰安又回到北京，再離京回到故里桐城。

姚鼐辭官後的一二年，可謂游興大發，形成了他游記創作的一個高峯期。

乾隆四十一年（一七七六），朱子潁在揚州任兩淮鹽運使，他十分贊賞姚鼐的文學才能，早在姚鼐應試禮部落第時，就請姚鼐爲其父撰寫副都統朱公墓誌銘並序。如今姚鼐賦閑在家，他便特地在揚州興建梅花書院，請姚鼐去擔任書院主講，並囑其攜家眷一起去。於是這年的秋季，姚鼐便攜其家室起程赴揚州，途中作江行詩道：『散人隨意江南北，處處青山户牖同。』以不爲世用的『散人』自居，與其説是憤懣的牢騷之意，不如説是深感自由自在，對於自己即將走上書院講學生涯而充滿豪邁自信之情。恰如他在贈錢魯思詩中所説：『門户難留百年盛，文章要使千秋垂。』在通過做官光耀門庭的夢想被社會現實擊得粉碎以後，姚鼐便決心投身古文創作，竭力實現『文章要使千秋垂』的心願。

在他辭官後的第三年，乾隆四十二年（一七七七），他在劉海峯先生八十壽序中，巧妙地引用歙程吏部、歷城周編修語曰：『爲文章者，有所法而後能，有所變而後大。維盛清治邁逾前古千百，獨士能爲古文者未廣。昔有方侍郎，今有劉先生，天下文章其出於桐城乎？』第一次正式打出了『桐城派』的旗號。接着，又記述自己童幼時即『嘗侍先生』，辭官歸里後，『猶得數見先生於樅陽，先生亦喜其來，足疾未平，扶曳出與論文，每窮半夜』。從這篇壽序，人們不難看出，姚鼐欲借『山川奇傑之氣有藴而屬之』，從大自然之中吸取文學創作的靈感，繼方苞、劉大櫆之後，使桐城文派得以『有所變而後大』，享譽天下。這是姚鼐在息心仕途後，爲自己的人生之旅所設計的宏偉目標。

從乾隆四十二年（一七七七）姚鼐四十七歲起，到嘉慶二十年（一八一五）八十五歲逝世，近四十年間，他都是在書院講學生涯中度過的。其間，四十七至四十九歲，在揚州主講梅花書院；五十至五十七歲，在安慶主講敬敷書院；五十八歲在徽州歙縣主講紫陽書院；六十至七十歲，在江寧主講鍾山書院；七十一至七十四歲，在安慶主講敬敷書院；七十五至八十五歲，再赴江寧主講鍾山書院。在漫長的書院生涯裏，姚鼐的生活雖然比較清貧、單調，但是他獲得了一個可以專心致志從事古文教學、研究和創作的安定環境，形成和充實了自己的文學理論，並且培養了梅曾亮、管同、方東樹、姚瑩、劉開等一大批彪炳文壇的弟子，使他的古文理論得到了廣泛的傳播，從而奠定了他集桐城派之大成的歷史地位。

## 二

姚鼐集桐城派之大成的文學成就，主要體現在下列四個方面：

### （一）編纂示人以爲文之法的古文辭類纂

自擔任揚州梅花書院主講以後，姚鼐即一心從事古文的教學、研究和寫作。爲了方便書院的教學，他迅即着手編選教材。乾隆四十四年（一七七九）七月，他編選作爲書院教材的古文辭類纂七十四卷告成，並撰寫了古文辭類纂序目。此書選録自戰國至清代古文、辭賦代表作七百餘篇。在近四十年裏，他『凡語弟子，未嘗不以此書；非有疾病，未嘗不訂此書』〔一〕。此書有康紹鏞、吳啓昌、胡樸安、葉玉麟、王文濡、吳闓生等所校刻的多種版本傳世。其最值得注意的有四點：

一是體現了桐城派對我國傳統文化的繼承頗爲全面。其所選範文，囊括從屈原、司馬遷到蘇軾、歸有光等歷代名家名作，可謂應有盡有。誠如方東樹所説：『此編之纂，將以存斯文於不絕，紹先哲之墜緒』，足『以爲古文傳統在是也』〔一二〕。

二是此書於清代只收録桐城籍的方苞、劉大櫆之文，顯有爲桐城派造勢，表明桐城派爲清代文章正宗之意。恰如其弟子方東樹所説：姚鼐『以爲古文傳統在是也，而外人謗議不許，以爲黨同鄉』〔一三〕。

三是强調桐城派的提倡古文，並非要復古，而是要古爲今用。其古文辭類纂序目云：『夫文無所謂古今也，惟其當而已。』這就與秦漢派、唐宋派等復古派劃清了界限。在他八十五歲寫的稼門集序中，對這個『當』字有更爲詳盡的闡發：『天下所謂文者，皆人之言書之紙上者爾。言何以有美惡？當乎理、切乎事者，言之美也。』『徒爲文而無當乎理與事者，是爲不足觀之文爾。』這就又跟形式主義、唯美主義劃清了界限，而把古文創作引上了健康發展的道路。

四是他在此序目中提出了以神、理、氣、味、格、律、聲、色論文的『八字訣』：『凡文之體類十三，而所以爲文者八，曰：神、理、氣、味、格、律、聲、色。神、理、氣、味者，文之精也；格、律、聲、色者，文之粗也。然苟舍其粗，則精者亦胡以寓焉？學者之於古人，必始而遇其粗，中而遇其精，終則御其精者而遺其粗者。』這是姚鼐對古文創作規律的精辟闡述。

（二）有『超卓之識』，以『豐韻』見長的古文創作

姚鼐在桐城派乃至整個中國文學史上的地位，首先是由他的古文創作所奠定的。有『超卓之識』是姚鼐古文思想内容的主要特色，具體表現在以下幾個方面：

首先，他面對『天子聖明』的康乾盛世，不是恣意美化，而是有所揭露和批判。如他撰翰林論，揭示

『天子雖聖明，不謂無失』，指責天子剥奪翰林諫諍的職權，『取其忠而議其言爲出位。夫以盡職爲出位，世孰肯爲盡職者？』

當許多士子爲讀書做官，而對統治者懷抱種種幻想的時候，姚鼐卻看到了當時官場的貪腐已到了令人髮指的地步。如在他五十二歲時寫的張逸園家傳中，揭露『時甘肅官相習僞爲災荒請賑，而實侵入其財，自上吏皆以爲當然』。

其次，姚鼐雖尊崇程朱理學，但他從未寫過『以理殺人』的烈女傳；雖推崇忠孝節義等封建道德操守，但其目的不在於美化和歌頌封建統治，而在於揭露封建統治的道德淪喪。如在復曹雲路書中，他斥責那些『衣冠之徒』，『數十年來』，『欣恥益非其所，而放僻靡不爲』。在方正學祠重建記中，他寫方孝孺爲忠於明惠帝，而反對『篡取其位』的明成祖，揭示『成祖天子之富貴隨乎飄風，正學一家之忠孝光乎日月』，這種褒方孝孺而貶明成祖的思想傾向，不能不説是一種打破以成敗論英雄的高見卓識。

再次，最值得肯定和贊賞的是，姚鼐古文以『超卓之識』，描寫和宣揚了一些頗具進步意義的新觀點、新思想、新人物。例如：

與『重男輕女』『惟女子與小人爲難養也』『女子無才便是德』等封建傳統觀念相反，姚鼐在鄭太孺人六十壽序等文中，反對『儒者或言文章吟詠非女子所宜』，主張『言而爲天下善，於男子宜也，於女子亦宜也』。贊揚『女若兒』『女勝兒』，『稱頌其大姊』『女而有君子之德』。在陳孺人權厝志中，他即爲我們塑造了一個女君子的形象：『鼐見孺人詩曰合簫樓稿，嘆謂今女子作詩者之冠，雖流俗淺人論詩者未必知也，而後世必有知之者已。』並爲之銘曰：『居庳里，志高矢。藏無有而學富。其身可亡名不毁，吾爲命之女君子。』這種婦女觀顯然具有進步性。

與維護封建統治秩序的門第等級、男尊女卑觀念相反，姚鼐在旌表貞節大姐六十壽序中宣稱：『貴賤盛衰不足論，唯賢者爲尊，其於男女一也。』封建社會是以男子爲中心的，從歷代皇帝到各級官吏，再到各個家族族長、家長，皆由男子擔任，女子只能處於從屬的地位，所以男尊女卑的觀念數千年來根深蒂固，而男子的地位高低，又在很大程度上取決於其出身門第的富貴貧賤。而姚鼐卻公然要破除這種男尊女卑和門第等級觀念，代之以『唯賢者爲尊』。這豈不具有一定的進步意義？

與惟君主之命是從的封建觀點相反，姚鼐在宋雙忠祠碑文並序中贊揚傳主『死爲社稷，生豈隨君』，當國破主降之後，不是遵從已降君主一起投降的詔令，而是堅持抵抗侵略，『效節於空位，致命不還，卒成其義概』。豈不是突破封建愚忠觀念，而體現了我們中華民族國家利益至上的愛國主義精神？

與重農抑商的封建傳統觀念相反，姚鼐的印松亭家傳中贊揚浙江寧紹台兵備道印松亭：『其在寧紹凡八年，嘗修海亭石塘有功；榷海關盡去苛征，商民喜之。』又在陳謹齋家傳中，以頌揚的筆調塑造了一個商人形象：『謹齋以行賈往來江上，或居吴，或居六合、江浦。所居貨嘗大利矣，而輒舍去之，既去，而守其貨者果失利，其明智絶人如此。』『其自奉甚簡陋，而濟人則無所惜』，被鄉里譽爲『善人』。作者的結論是：『夫使鄉里常多善人，則天下之治無可憂矣。如謹齋者，曷可少者，曷可少哉！』把一個市井商人頌揚成『明智絶人』，是個攸關『天下之治』所不可少的『善人』，其重商、頌商思想顯而易見。

姚鼐强調『天地之運，久則必變』〔四〕，主張『與時俱進』〔五〕，『總古今之説，擇善用之』〔六〕，即使對於被奉爲神聖經典的『六經之書』的釋義，他也認定『後之人猶有能補其缺而糾其失焉，非其好與前賢異，經之説有不得悉窮，古人不能無待於今，今人亦不能無待於後世，此萬世公理也』〔七〕。他的九經説就是專門糾正前賢之失誤的。堅持『與時俱進』，這不是有助於推動歷史發展的觀念麽？

大量事實説明，姚鼐其人其文雖然思想體係無疑仍是屬於封建主義的範疇，確有封建性的糟粕，必須進行批判，但是我們更應看到，其主要傾向，並不是美化和歌頌封建統治，而是揭露、批判封建統治者的暴虐、腐朽和道德淪喪，宣揚和歌頌在某種程度上代表資本主義萌芽的新觀點、新思想和新人物。這在那個被普遍贊頌爲『盛世』而又大興『文字獄』的歷史時期，顯得彌足珍貴。

姚鼐的文章以『豐韻』見長，其藝術特色具體表現如：

采用旁敲側擊的手法，寓濃鬱於平淡。如他的李斯論，借論李斯指責『人臣』和『侈君』，從而使作品具有寓濃鬱於平淡、耐人尋味的特色。

采用正反對比、意在言外的手法，寓工巧於自然，在簡潔而含蓄的敘述之中，既達到其揭露時弊、抨擊現實的目的，又可避免『文字獄』的迫害。如他的孔信夫墓志銘並序，全文無一字直接揭露和譴責，僅通過正反對比、意在言外的自然敘述，即達到了揭露和譴責的目的。不只使文章顯得簡潔别致、工巧自然，且含蓄豐韻，咀嚼不盡。

采用以實寫虚的手法，寓神韻於寫實。如朱二亭詩集序中通過對朱子穎、朱二亭的描寫，不只使兩人的神情如繪，而且將自己的褒貶、愛憎，及其對官場的極端厭惡，對個性自由、『放情山水』的熱烈讚揚，種種深切的人生感喟，皆寄寓其間。其豐厚深長的韻味，該是多麽發人深思猛醒啊！

以『温深而徐婉』之筆，寫出『雄偉而勁直』之文，這正是姚鼐之文的風格特色。如他在鄭大純墓表中，寫其處境艱難之極：『君初爲諸生，家甚貧，借得人地才丈許，編茅以居，日奔走營米以奉父母，而妻子食薯蕷。』面對此情，作者没有正面描寫和贊美他如何不畏艱難，只是接着以『君意顧充然』一句，即把他那豁達非凡的氣度，刻畫得令人過目難忘。尤爲感人的是，作者接着寫他在自身極其困難的情況下，卻非常樂於助人：『鄰有吴生者，亦介士，死至不能殮。君重其節，獨往手殯之。將去，顧見吴生母老憊衣破，即解衣與母。母知君無餘衣，弗忍受也。君置衣室中趨出。』接着，作者又寫他路遇不平之事，即挺身而出，舍己救人。這一切把人物的柔中見剛刻畫得非常鮮明突出。既有以陰柔感人至深的一面，又有以陽剛令人肅然起敬的一面，剛柔相濟，這是姚鼐的文章給人以『豐韻』之感的一個重要原因。

事實證明，姚鼐的確把我國古代散文發揮到了頗爲完美的佳境。誠如他的學生和侄孫姚瑩所説：『文品峻潔似柳子厚，筆勢奇縱似太史公。若其神骨幽秀、氣韻高絶處，如入千巖萬壑中，泉石松風，令人泠然忘返，則又先生所自得也。』〔八〕只是由於他采用的寫作手法和藝術風格别具特色，不是鋒芒畢露，慷慨陳詞，滔滔不絶，而是『平平説來，斷制處只一筆兩筆，是非得失之理自了，而感慨詠嘆，旨味無窮。此蓋文章深老之境，非精於議論者不能，東坡所謂絢爛之極也。先生文不輕發議論，意思自然深遠，實有此意，讀者言外求之。』〔九〕停留於字面，則不免斥之爲『空疏』；一旦體會其言外之意，則必爲其寓豐韻於簡潔的藝術特色贊嘆不已，甚至拍案叫絶！

因此，以古文寫作來實現其『文章要使千秋垂』的宿願，成爲姚鼐一生中最爲光彩奪目的閃光點。

### （三）具有集大成特色的文學理論主張

姚鼐的文學理論，就桐城派内而言，『其論文比方氏更精密，所以桐城文派至姚氏而始定』。〔一〇〕就整個中國文學來看，如果説『清代的文學批評，可以稱爲集大成的時代』〔一一〕，那麽，姚鼐的文學理論則堪稱是其中的傑出代表。除作於四十九歲的古文辭類纂序目外，其餘皆作於五六十歲以後，是他畢生的創作經驗總結，更是他晚年的閲歷和學識皆趨成熟的理論闡述。

其一，竭力求實，認爲『文家之事』，只要『有真實境地』，『呵佛罵祖無不可者』。

對於古人經典著作的解説，姚鼐不同於前人『莫敢易』，他公然反對『托於神仙之説』，或『喜言神怪』，而要『求其實』。

對於詩文創作，他要求『無鞶帨組綉之華，而有經理性情之實』〔一二〕。甚至認爲：『文家之事，大似禪悟』，『一旦豁然有得，呵佛罵祖無不可者，此中自有真實境地，必不疑於狂肆妄言，未證爲證者也』〔一三〕。求實，是他治學、修史、從事文學創作的一個重要原則。求實的思想，成了他批判社會現實的思想武器。例如，他揭露『末世爲禮者，循其迹而謬其意，苟其説而益其煩，假其名而悖其實』，令人『不勝悁忿而惡之』〔一四〕，痛斥那些『居庠序而侵吏事』的無恥文人，是『舍樸厚而樂輕俠，有士之名而實爲士之蠹』〔一五〕。譴責『今世相矜以名，雖閨門之内，亦務爲夸飾而寡情實』〔一六〕。這跟曹雪芹在紅樓夢中譴責封建禮教爲『假禮』，斥責熱衷於功名利禄的士子爲『禄蠹』，揭露居於閨房之中的女子，『也學的沽名釣譽，入了國賊禄蠹之流』，兩者的思想高度雖相懸殊，但在運用求實的思想武器對社會現實進行揭露、批判方面，卻是不謀而合的。

其二，强調『爲文章者，有所法而後能，有所變而後大』。

這是乾隆四十二年（一七七七），姚鼐四十七歲時作的劉海峯先生八十壽序中，所揭示的『天下文章，其在桐城』的根本原因。其意欲據此繼方苞、劉大櫆之後，使桐城之文也像『浮屠之俊雄』那樣，『肩背交而聲相應和』，『其徒遍天下，奉之爲宗』。後來他果然如願以償。可別小看了姚鼐所强調的這一個『變』字，它確實表現了桐城派處於上升時期的虎虎生氣、勇於變革的創新精神、鋭意進取的勃勃生機。只它爲桐城派的興盛和古代散文的持續發展，爲充分發揮作家的創造才能，皆注入了强大的生命力。只不過它的『變』，只是局限在古文範疇内的『量』變，一旦社會的發展，需要以白話文取代文言文，以新文學取代舊文學的『質』變時，它就不能不成爲被打倒的對象了。

其三，以『道與藝合，天與人一』，爲『文之至』。

道與藝、天與人的關係，這是個古老的話題，也是姚鼐思考最久的問題。早在乾隆三十七年（一七七二）前後，他在答翁學士書中即指出：『夫道有是非，而技有美惡。詩文，皆技也。技之精者必近道，故詩文美者，命意必善。』此後他在荷塘詩集序、敦拙堂詩集序中明確要求『道與藝合』：『夫詩之至善者，文與質備，道與藝合，心手之運，貫徹萬物，而盡得乎人心之所欲出。若是者，千載中數人而已。』『言而成節，合乎天地自然之節，則言貴矣。其貴也，有全乎天者焉，有因人而造乎天者焉。」「夫文者，藝也。道與藝合，天與人一，則爲文之至。世之文士，固不敢與文王、周公比，然所求以幾乎文之至者，則有道矣。苟且率意，以覬天之或與之，無是理也。」

他的這個論斷，其內涵和貢獻何在呢？

首先，他不是把「道」與「文」對立起來，而是肯定「文」可以「近道」「達道」、與道合。他不僅以文學家的眼光，與理學家認定「作文害道」〔一七〕、經學家主張的「夫道之顯者謂之文，六經子史皆至文也」針鋒相對〔一八〕，以捍衛文學的獨立地位，而且恰如郭紹虞所說：他跟方苞「以雜文學的見解論文，故專指散體古文」，也迥然有別，「姚氏則以純文學的見解論文，故其義可兼通於詩。」〔一九〕

其次，他所説的「道」，并不限於孔孟之道或程朱理學，更重要的是指「合乎天地自然之節」的客觀規律，故能在一定程度上突破統治思想的牢籠，寫出一些具有客觀性，能够流傳百世的好作品。如至今仍被選入大、中學語文教材的登泰山記、袁隨園君墓誌銘并序等，正是他這種文學主張的成果。

再次，他既强調「文章之原」的客觀性，又十分重視作家的主體性。這就有利於它能在一定程度上擺脱理論的神秘性和創作的封建性，而具有相當的現實性和進步性。

其四，以反映「天地之道」爲「陰陽剛柔」的風格美。

他最早自覺而明確地提出了「文章之美」「有得乎陰陽剛柔之精」，指出：「自諸子而降，其爲文無弗有偏者」，或「得於陽與剛之美」，或「得於陰與柔之美」〔二〇〕。

他對陽剛之美與陰柔之美的不同特色，作了極爲生動形象的描繪，詳見其復魯絜非書。

他對陽剛與陰柔的關係，作了頗爲辯證的闡述。即一方面肯定『陰陽剛柔，并行而不容偏廢』；另一方面，又指出：『二者之用，亦不能無所偏優於其間。』這就既把美學風格區分爲陽剛與陰柔兩大範疇，又爲風格的多樣化開辟了無比廣闊的空間，使『文之多變』，如同自然界的萬物那樣，足以達到『品次億萬，以至於不可窮』的境界。

他對風格與作者、題材、體裁之間的關係，也作了頗爲全面的論述。他認爲文章的風格特色，是作者個性和才能的體現：『觀其文，諷其音，則爲文者之性情、形狀舉以殊焉。』他一方面肯定『文之雄偉而勁直者，必貴於温深而徐婉；温深徐婉之才，不易得也』。另一方面又更贊賞雄才：『其尤難得者，必在乎天下之雄才也』；『卓然足稱爲雄才者，千餘年中數人焉耳，甚矣其得之難也』〔一一〕。他雖然也很重視作家後天的主觀努力，認爲『能取異己之長而時濟之』，或『能避所短而不犯』，也可成歐陽修、曾鞏那樣卓越的文學家。但他有時又未免過分强調作家的天賦，把『至文』的創作神秘化，説：『文之至者通乎神明，人力不及施也。』〔一二〕

他認爲文章的風格之美，歸根結底是『本乎天地』，得之於陰陽剛柔的『天地之道』。他所説的這個『道』，顯然是指客觀世界的自然規律；陰和陽是構成這種規律的兩個基本的方面，陰陽相濟，互動互補，對立統一，使客觀世界生生不息，千變萬化，永無窮盡。因此，他認爲文學創作的最高境界是：『道與藝合，天與人一。』也就是要求文學創作能貼近真實地反映客觀世界，作家的天賦才能與人的主觀努力相統一。這種看法，頗爲接近於近現代現實主義的文學創作原則。

其五，以義理、考證、文章『兼長』，『盡收具美』。

姚鼐首次提出這個見解，是在乾隆六十年（一七九五）。六十五歲的姚鼐在述庵文鈔序中，説他之所以『嘆服其美』，并『爲天下明告之』『其所以美』，即在於：『鼐嘗論學問之事，有三端焉，曰：義理也，考證也，文章也。是三者，苟善用之，則皆足以相濟；苟不善用之，則或至於相害。今夫博學强識而善言德行者，固文之貴也；寡聞而淺識者，固文之陋也。然而世有言義理之過者，其辭蕪雜俚近，如語録而不文；爲考證之過者，至繁碎繳繞，而語不可了當。以爲文之至美，而反以爲病者，何哉？其故由於自喜之太過，而智昧於所當擇也。夫天之生才，雖美不能無偏，故以能兼長者爲貴。而兼之中又有害焉，豈非能盡其天之所與之量，而不以才自蔽者之難得與？』

此後，他在復秦小峴書、復林仲騫書、尚書辨僞序中皆對此作了進一步的論述，强調『必兼收之乃足爲善』。并指出『以考證斷者，利以應敵，使護之者不能出一辭。然使學者意會神得，覺犂然當乎人心者，反更在義理、文章之上也』。

姚鼐的這一主張，與其説是『適應清王朝的政治要求』，不如説是反映了清朝整個時代思潮的要求。清朝既是我國封建社會面臨衰落的最後一個王朝，也是我國燦爛的古代文化發展到集其大成的巔峯時期。全面地總結、吸取歷史與現實的經驗教訓，對各個學派和文學上的各種不同流派能够兼容并包，兼長相濟，集其大成，正是這個時期時代思潮的基本特色。清代進步思想家黄宗羲、戴震，著名古文家汪琬和著名史學家章學誠，皆相繼提出：應『三者合於一』〔二三〕，『分考訂、義理、文辭爲三家，而謂各有其所長，不知此皆道中之一事耳』〔二四〕。

姚鼐的這一文學主張，有着不容抹煞的積極作用和重大意義：

首先，它撥正了我國古文發展的航向，既扭轉了理學家以語録爲文，是道非文或重道輕文的偏向，又糾正了漢學家以注疏爲文，熱衷於煩瑣考據的弊端，從而兼取義理、考證、文章三者之長，把古文創作引導到了『有唐宋大家之高韻逸氣，而議論考核，甚辨而不煩，極博而不蕪，精到而意不至於竭盡』〔二五〕那種既簡煉雅潔，又韻味無窮的『至美』境界。其對引導我國古文健康發展的巨大功績和歷史意義，不但在當時受到廣泛贊譽，即連『五四』時期提倡以白話文代替古文的胡適，也肯定桐城古文是『古文學之中』『最正當、最有用的文體』，『他們甘心做通順清淡的文章，不妄想做假古董』。『桐城派的影響，使古文做通順了，爲後來二三十年勉强應用的預備，這一點功勞是不可埋没的』〔二六〕。

其次，他强調『天下學問之事』，『異趨而同爲不可廢』，『必兼收之乃足爲善』〔二七〕，這對於提高作家的修養，頗有積極意義。歷史上成就卓著的文學家，無一不是既有高超的寫作才能，又有廣博的知識和深厚的學問，通曉事理——自然和社會的客觀規律，作爲文學創作基礎的。當代著名作家王蒙倡導要做『學者型』的作家，即跟姚鼐所主張的要三者『兼收』『兼長』相一致。

（四）『熔鑄唐、宋』、追求『正雅』的詩歌理論和創作

在從事教學和古文創作與研究的同時，姚鼐還寫詩、編詩選、研究詩歌理論，是個著名的詩人。他

的惜抱軒詩集十卷，於嘉慶三年（一七九八）刻板行世，時年六十八歲。他説：『詩道非一端，然要貴有才氣。人年衰，則才氣多隨而減，故吾年七十以後，不復常作詩矣。』『間有題贈酬答之作，往往手寫付人，不自留稿。』其幼子『雉日侍案側，見有所作，輒私録成編；至乙亥（即嘉慶二十年，公元一八一五年，鼐逝世前夕——引者注），先君乃見，删去三分之二，蓋其不欲多存如此』〔二八〕。這些詩，在姚鼐逝世後的次年，由其子姚雉編印成惜抱軒詩集後集，共一卷。

姚鼐論詩，主張『熔鑄唐宋』的『正雅』。他在乾隆五十九年（一七九四）作的謝藴山詩集序中，稱贊其所以爲『信哉！詩人之傑也』，就在於『其詩風格清舉，囊括唐、宋之菁，備有閎闊幽深之境』。後其在與鮑桂星的信中，更明言：『熔鑄唐、宋，則是僕平生論詩宗旨耳。』嘉慶三年（一七九八），他選編的五七言今體詩鈔十八卷告成，付梓金陵，自爲序稱其選詩的標準在『當於人心之公意』，目的則是爲了『存古人之正軌，以正雅祛邪』。所謂『正雅』，就是要像李白、杜甫那樣，關乎『家國』『世道』之治理、個人性情之陶冶。所以他選李商隱的詩，不選體現其『綺才豔骨』之作，而大量選入了諸如楚宫、隋宫、漢南書事、曲江之類諷諭帝王、憂心時政的作品。

姚鼐特别推崇宋代詩人黄庭堅，并特地編選了山谷詩鈔。其原因就在於他認爲山谷詩『其兀傲磊落之氣，足與古今作俗詩者澡濯胸胃，導啓性靈』〔二九〕。所謂『古今作俗詩者』，即包括袁枚在内。對此，黄長森爲山谷詩鈔作的序中説得更爲明確：『自先生（姚鼐）同時有倡爲性靈之説者，取其流美輕佻，易悦庸耳俗目，貲郎走卒羣起談詩，自以爲附庸風雅，其實覬覦奔走名公卿之門，以詩爲剌耳。山谷質厚爲本，實足爲學者滌濯肺腸，四易面目。」

姚鼐「熔鑄唐、宋」，追求「正雅」的論詩宗旨，不只有反對以袁枚爲代表的性靈詩派「流美輕佻」的針對性，且體現了清代集大成的時代要求。明七子恪守盛唐，排斥宋詩。清初許多著名詩人，如錢謙益、黄宗羲、吕留良、查慎行等，都已有兼采唐、宋的傾向，這對全面吸取我國的詩歌創作經驗，打破明七子造成的單調局面，顯然是有積極作用的。但是元、明以來，黄山谷的詩很少受人重視。錢謙益雖主張兼取宋詩，但只以蘇軾爲主，而「酷不喜山谷」。吕留良、王士禎雖推重黄山谷，但由於吕氏受文字獄之劫，影響有限；王士禎僅着眼於古詩，而認爲近體不可取，晚年復回歸於唐賢之昧，故其主要影響，并不在提倡山谷。惟有姚鼐在五七言今體詩鈔中，較多地選録了山谷的近體詩，又專門編了山谷詩鈔，産生了較大的影響。

姚鼐自己寫詩，并不斤斤學山谷，但他對山谷詩的推重和提倡，卻對他的學生梅曾亮，及嘉、道以後詩風的轉换，同光體的形成，皆有直接的影響。如梅曾亮説：「是時文派多，獨契桐城詩。」〔三〇〕曾國藩更推崇姚鼐的七律爲「國朝第一家」〔三一〕。張裕釗的國朝三家詩鈔，在有清一代數十家中，獨選施閏章五律、姚鼐七律、鄭珍七古，認爲能「卓然自立，不愧古人」。程秉釗的國朝名人集題詞，也盛贊「惜抱詩精深博大，足爲正宗」。范當世、沈曾植、張之洞等同光體詩人，也都對姚鼐的詩推崇備至。如同光體中浙派領袖沈曾植跋惜抱軒詩集説：「愚嘗合先生詩與鞾石齋集參互證成，私以爲經緯唐、宋，調適蘇、杜，正法眼藏，甚深妙諦。實參實悟，庶其在此。世方以桐城爲詬病，蓋聞而掩耳者皆是也。抱水翁（張之洞）不喜惜抱文，而服其詩，此深於詩理，甘苦親喻者。」

不過，一般人只知姚鼐爲桐城文派的集大成者，而對於他在詩歌方面的成就和影響，則往往忽略了。這不只是由於他的文名太盛，以致連詩名也被淹没了，更重要的還在於他的詩作儘管頗具功底，但究其内容來看，畢竟多爲自抒性情和贈答應酬之作，難以彪炳史册。

## 三

姚鼐是個學養深粹、多才多藝的人。近四十年的書院生涯，不僅使他在詩文上成就卓著，而且在書法的實踐和理論上，皆取得了高深的造詣。

毛岳生跋姚先生惜抱與子壽書後稱姚鼐：『少喜學董思翁書，蓋嘗有詩云：「太僕文章宗伯字，正如得髓自南宗。」其功力之深可見。然脱去思翁柔靡習氣，即率爾筆札，皆有儒者游藝氣象。此又存乎學養之粹，非徒力追險絶，復歸平正意也。』吴德旋在姚惜抱先生墓表中，也盛贊其『書逼董玄宰，蒼逸時欲過之』。上述『董思翁』『董玄宰』，皆指明代著名書畫家董其昌，字玄宰，號思白，書法初學顔真卿，後改學虞世南，又覺唐書不如魏、晉，轉學鍾繇、王羲之，自謂於率易中得秀色，對後來的書法影響很大。姚鼐的書法學思翁卻能『脱去思翁柔靡習氣』，變『秀色』爲『蒼逸』，可謂獨樹一幟。因此，包世臣在他的藝舟雙楫國朝書品中，除首先把鄧石如的隸及篆書列入『神品』之外，其次列入『妙品』的，即爲劉墉的小真書和姚鼐的行草書。也就是説，在整個清代的書法家之中，姚鼐的成就僅在鄧石如一人之下，而足與劉墉抗衡。

姚鼐對書法理論亦頗有研究。在他的詩集和法帖題跋中，就有不少專論書法的，如論墨絶句九首、論書絶句五首、題二王帖四首、題右軍帖一首。在他的文集中，也有一篇快雨堂記，是專爲王文治得董其昌書寫的『快雨堂』舊匾而撰寫的。在這篇記文中，姚鼐借用王文治的話説：『書之藝，自東晉王羲之至今且千餘載，其中可數者，或數十年一人，或數百年一人。自明董尚書其昌死，今無人焉。非無爲書者，勤於力者不能知，精於知者不能至也。』他所説的『勤於力』，無疑是指書法實踐；『精於知』，當然是指書法理論；所謂『今無人焉』，即指缺乏書法實踐與理論兩者兼長的人。或許因爲姚鼐庶幾乎可算一個，所以王文治特地請他爲其專攻書法的快雨堂撰寫快雨堂記。

姚鼐書法理論的精髓，在於一個『神』字。爲此，他一要反對『形模似』，追求傳『真脉』，主張『論書莫取形模似，教外傳方作祖師』；『雄才或避古人鋒，真脉相傳便繼縱』。二要破除『古今習氣』，有自己的獨創，做到『古今習氣除教盡，别有神龍戲絳霄』。三要如『天隨』一般自然，達到『筆端神動有天隨，迅速淹留兩未知』。王文治論書法認爲：『心則通矣，入於手則窒；手則合矣，反於神則離。無所取於其前，無所識於其後，達之於不可迕，無度而有度；天機闔闢，而吾不知其故。』〔三二〕這未免有點過於神秘化，而姚鼐則鼓勵他，只要勤於練習，功到自然成，如同待母哺食的雛鳥『成翼而飛』，『俟其時而後化』，〔三三〕一點勉强不得。可見姚鼐不是把『神』視爲『不知其故』的『天機』，而是指在勤於實踐的基礎上，追求張揚個性，充分發揮個人的獨創性。

姚鼐的著作，除本書所收録的，另有古文辭類纂七十四卷，五七言今體詩鈔十八卷，三傳補注三卷，以及山谷詩鈔、明七子律詩選、老子章義、莊子章義等。

姚鼐的一生，是執着追求自己的人生理想的一生，是熱衷於自己的個性自由而不惜甘於清貧的一生，是爲繼承、創造和發揚我國傳統文化而辛勤奉獻的一生。他除了近八年的仕宦之外，主要時間都是在清貧的讀書、教書和著述生涯中度過的。嘉慶二十年（一八一五）九月十三日，他病逝於江寧鍾山書院，享年八十五歲。直到臨死之前，他仍舊在教書、筆耕不輟；其文集中的稼門集序、實心藏銘并序，即作於逝世之年。這除了由於他生性好學不倦之外，爲生活所逼，也是個重要的原因。在他的書信中即一再提到：『八十老翁辛苦執筆，以養一家之人，常苦不給，豈不可傷邪！』『八十老翁豈宜常任此筆墨之勞？然家累未能自脱，其奈之何！』〔三四〕『八十老翁當安坐享子孫奉養之時，而反尋錢以供子孫之用，能無爲一笑乎？』〔三五〕『今以八十之年不能急歸，尚須作館以自給，豈不可傷耶！』〔三六〕『侄本意托居金陵，然非千金不能買宅，營之數年，卒不可得，而目昏體敝，日甚一日，明年八十四歲，安有仍作客之理？決計必歸去也。』〔三七〕然而直到八十五歲病逝，他終究既無錢實現買宅托居金陵的本意，又未能實現回歸故里的心願。其晚景之淒涼、悲慘，令人實在不禁爲一代宗師在封建社會的遭遇而扼腕嘆息！只是在他身後，卻以其著述的思想、藝術成就和學術價值，受到廣泛的推崇，産生了巨大的影響，使其在清代乃至整個中國文學史上居有不容忽視的地位。儘管人們對他的評價有諸多爭議，但他那傑出的歷史地位，畢竟已是任何人所抹煞不了的歷史事實。隨着時間的推移，人們對桐城派的偏見會越來越淡化，對姚鼐所創造的文化遺産，所提供的歷史經驗，也許會從中獲得更多的借鑑、啓迪和教益。

## 四

本書共收入惜抱軒文集十六卷，惜抱軒文集後集十卷，惜抱軒詩集十卷，惜抱軒詩集後集及惜抱軒詩集外集各一卷，惜抱軒九經説十七卷，惜抱先生尺牘八卷，惜抱先生尺牘補編二卷，惜抱先生家書廿三篇，惜抱先生尺牘補遺十八篇，惜抱軒時文不分卷，法帖題跋三卷，惜抱軒題跋抄本一卷，惜抱軒書録四卷，筆記八卷，惜抱使湘魯日記，詩文輯佚，并附録姚惜抱先生年譜、傳記及諸家評論。以上共十八項，此次皆重新作了標點和校訂。其搜羅之廣，堪稱前所罕見，有的屬作者手札、前人抄本或孤本，彌足珍貴。

本書的校勘，惜抱軒詩文集及其後集，以嘉慶三年劉文奎家鐫本續修四庫全書影印本爲底本，參校本爲：中華書局四部備要本（簡稱『備要本』）、商務印書館四部叢刊本（簡稱『叢刊本』）、中國書店翻印道光元年梅曾亮刊刻本（簡稱『梅本』）、咸豐四年上海會文堂石印本（簡稱『會文本』）、光緒九年桐城徐宗亮重校本（簡稱『徐校本』）、一九九二年上海古籍出版社出版的劉季高點校本（簡稱『劉校本』）、姚永樸訓纂、宋效永校點的惜抱軒詩集訓纂（簡稱『宋校本』）。惜抱軒九經説係據嘉慶庚午春三月陶定申刻本。惜抱軒尺牘以臺灣廣文書局一九九四影印本惜抱軒手札爲底本，參校本爲：小萬柳堂據海源閣本重刊本、國學扶輪社印行的姚姬傳尺牘（簡稱『國學本』）、同治十二年刊於並州的惜抱軒尺牘（簡稱『並州本』）。惜抱軒尺牘補編則根據光緒己卯桐城徐宗亮刊本。惜抱先生家書係根據臺灣文海出版社影印本。惜抱軒尺牘補遺係根據北京師範大學圖書館藏的手抄本。惜抱軒時文係據光緒丙子春月桐城劉氏刊本，惜抱軒題跋以安徽省圖書館藏鈔本爲底本。法帖題跋、筆記，係依據中國書店影印的惜抱軒全集本。惜抱軒書録係據光緒己卯桐城徐氏集刊本。惜抱使湘魯日記係青鶴雜誌一九三三年（第一卷，第四至二十二期）連續刊登。詩文輯佚則在每篇文末皆注明録自何處。附録收清鄭福照編姚惜抱先生年譜（清同治七年刻本），並部分傳記和諸家評論。本書旨在便於廣大讀者閱讀姚鼐的全部詩文作品，了解其人其文的全貌，同時也爲姚鼐及其所代表的桐城派研究，提供全面、準確、可靠的第一手資料。其所搜集的作品達十八種，遠超出此前出版的所有惜抱軒全集。其中有的是出自作者手稿，有的是罕見的手抄本，有的屬首次出版面世。儘管本書堪稱較完備的姚鼐詩文集，但仍難免有遺珠之憾，尚祈時賢不吝賜教，不斷有所發現並予補充和修訂。

本書雖屬編纂、點校，但所花的功夫和耗時之長，卻令我感慨不已。它本爲我作桐城派研究姚鼐研究的副産品，我深知要尋找和閱讀姚鼐的全部作品，頗爲不易，而不了解他的全部作品，豈能對其全人、全文作出全面、客觀、公正的評價呢？而真正要編纂此書，卻困難重重。首先是作品搜集完備很難，除惜抱軒詩文集已經整理出版之外，其餘所有作品皆散於各處，至於佚文的輯録，更是如大海撈針。其次是古文斷句、標點難。再次是有些手稿或手抄本是草書，字的辨識也難。至於這三個難關是否全被完美地攻克？尚待廣大讀者的評判。

在搜集資料的過程中，我曾得到方盛良、江小角、劉相雨、盧坡、束莉、仲炎、周煒等同志的熱心相助。他們或提供信息，或奉獻新發現的佚文，或幫助在網上搜索和購買姚鼐作品綫裝書的復印本，在此我謹向他們致以衷心的謝忱。

負責本書編輯工作的安徽省古籍整理出版辦公室，没有經濟效益的壓力，以質量爲唯一追求的編輯宗旨，令我尤爲贊賞和欽佩。責任編輯李霜琴、責任校對束莉，是兩位女博士，她倆的工作非常出色，既有認真負責、細微入微、不厭其煩、一絲不苟的高度敬業精神，又具備古文斷句、標點的專業知識和相當高的學術水平，能够獨立思考，對原稿的標點提出修正、質疑和商榷的意見，力求精準。在此我向她倆致以衷心的感謝和敬意。同時向領導有方、嚴格把關的省古籍辦彭君華主任，致以衷心的感謝和敬意。本書的不當之處，尚祈專家和讀者不吝賜教。

注　釋

〔一〕古文辭類纂序。
〔二〕方東樹：答葉溥求論古文書，儀衛軒文集卷七，同治刻本，以下版本同。
〔三〕方東樹：答葉溥求論古文書，儀衛軒文集卷七。
〔四〕贈錢獻之序。
〔五〕謝藴山詩集序。
〔六〕左傳補注序。
〔七〕禮箋序。
〔八〕姚瑩：識小録卷五，惜抱軒詩文，黄山書社一九九一年版，以下版本同。
〔九〕姚瑩：識小録卷五，惜抱軒詩文。

〔一〇〕郭紹虞：中國文學批評史，上海古籍出版社一九七九年版。
〔一一〕郭紹虞：中國文學批評史。
〔一二〕稼門集序。
〔一三〕惜抱尺牘卷五，與陳碩士。
〔一四〕老子章義序。
〔一五〕乾隆庚寅科湖南鄉試策問五首。
〔一六〕伍母陳孺人六十壽序。
〔一七〕程頤：二程遺書卷十八。
〔一八〕錢大昕：潛研堂文集卷二六，味經窩類稿序。
〔一九〕郭紹虞中國文學批評史。
〔二〇〕復魯絜非書。
〔二一〕海愚詩鈔序。
〔二二〕復魯絜非書。
〔二三〕章學誠章氏遺書卷二，文史通義原道劉承幹合刊本，以下版本同。
〔二四〕章學誠：章氏遺書卷九，與陳鑒亭論學。
〔二五〕述庵文鈔序。
〔二六〕胡適五十年中國之文學，胡適古典文學研究論集，上海古籍出版社一九八八年版。

〔二七〕復秦小峴書。
〔二八〕惜抱軒詩文集卷末姚雉識語。
〔二九〕姚鼐五七言今體詩鈔序目。
〔三〇〕梅曾亮柏梘山房詩集卷七，書張生端甫。
〔三一〕轉引自吳汝綸桐城吳先生尺牘卷二，與蕭敬甫。
〔三二〕快雨堂記。
〔三三〕快雨堂記。
〔三四〕惜抱尺牘卷八，與石甫侄孫瑩。
〔三五〕惜抱尺牘續編卷二，與馬雨耕。
〔三六〕惜抱尺牘續編卷二，與香楠叔之一。
〔三七〕惜抱尺牘續編卷二，與香楠叔之二。

# 惜抱軒詩集

# 惜抱軒詩集卷一

## 古體五十六首

### 錢舜舉蕭翼賺蘭亭圖

萬壑千巖當坐起，斷取越東山百里。世間不見永和人，長有春風流曲水。滄海日高開寺樓，樓上當窗僧白頭。越僧世得鍾張法，頭白朝朝摹稧帖。扣門客坐軒檻風，茶香酒煖笑語同。致君有道堯舜出，訪古無人羲獻空。頻説法書日西宴，蕭郎縮手心無限。老僧抵掌僧雛睨，似謂慢藏旁欲諫。語卿且勿諫，懷璧不可居。御史稱有詔，明日將登車。長安再拜陳玉除，歐虞俯首愧不如。年往運謝五百餘，錢生染筆中躊躕。石牀閉絶昭陵夜，無復人間第一書。

## 元人散牧晚歸圖

日落未落東皋黄，摇風欲静千絲楊。榆莢雨後村塢涼，澤中草長人微茫。牛從雜遝老牸將，刺促或走或羊望，或掉尾立銜藏莨。牛背短箠二尺强，握坐者牧舟樹檣。或來以笛吹其旁，據牛横坐如胡牀。後有蓬髮趨踉蹌，前有招之右袂張，首伏牛後尻前昂。二人蓑薜行驅羊，掀笠偃背丫髻長，其一糾笠風中颺。林木度盡横陂塘，前村暝色寒蒼蒼。一人先俟牛宫旁，繞宅榆柳青蒼筤。老翁飽腹飯黄粱，出攜幼稚嬉徜徉，少婦機杼鳴東廂。人生正可知農桑，春夏耕牧秋築場。不見臧穀羊皆亡，嗟哉此畫眞吾鄉！

## 山寺

四山動秋響，高林黯將夕。披雲度寒榛，暮陰下前壁。寺門風蕭蕭，飛葉滿巖積。箐嶼暗深溪，淙鳴出穹石。想見谷口外，落日遠峯碧。一磬流煙中，萬壑抱檐隙。豈無湛冥人，於兹衣蘿薜？初月輝易盡，悵望遂停策。

## 偕一青仲郛應宿登城北小山至夜作

秋聲鴻澤滿，暑氣蟲階謝。攜客眺寒原，居人斂餘稼。酒取脱枝温，席以柔莎藉。餘照在單椒，暝色生林下。泫露亘天垂，巨壑當巖瀉。微風度灌吟，澹月流雲罅。情集交悲歡，生得幾清暇？寧於蟪蛄春，而慕燕雀夏？視後無虚鞭，規前有戒駕。懷哉古已遥，逝者今方乍。勿歎平分秋，更卜將來夜。

## 春　雨

日暮東風休，掩卷幽窗静。颯然春雨來，一室生微冷。時有棲鳥聲，自令虚懷警。

## 詠　古

和璧非珠翠，流光悦婦人。章華宫畔路，夫子欲何陳？客行漢江渚，思見游女神。蘋皋風日晚，寧不怨青春？

秦皇服胡越，六合歸懸衡。雄心中不繼，乃築女懷清。漢廷策賢良，褎然儒董生。慷慨公儀子，食禄復何營？如何桑與孔，賈豎充簪纓？富民封丞相，他日悔心萌。已衰不再盛，痛惜此孤惸。

鼓枻出大江，迴首樅陽渡。中有漢帝臺，言是射蛟處。日夕天風吹，青條變枯樹。上有黄鳥吟，下有寒兔顧。憶昔翠華游，帆檣隔雲霧。中流造新歌，清音發衆嫭。巡游既已疲，神仙不可遇。爲念祈招詩，廣心焉所務？

循吏有兒寬，乃以負租黜。設吏爲繭絲，何以責乾没？念彼魏二臣，屬厭風饋畢。豈不愛吾君，懼以滋遺失。

高亭發秋吹，廣野多邊聲。誰和羌笛歌，難爲愁士聽。昔應縣官募，希有絶幕名。奮隨兩校尉，西詣車師城。夷虜衆且桀，漢障懸孤旌。創夷更登陴，回首涕縱横。累月鬻弩鎧，援絶城遂傾。將軍既效命，舊卒皆凋零。歸來室家盡，門巷荆棘平。昨聞漢天子，已拔單于庭。微功不得録，委棄秋草并。

## 贈郭昆甫焌助教

老儒閉門元向白，牢邪石邪五鹿客。寄生入盆爲窶數，衰盛人間如反手。君才磊落天下奇，四海賢儁誰不知。五年見子銅駝陌，澹淹東風吹鬢絲。朝爲石鼓詩，暮奏鹿鳴雅。先生且卧鴻都下，絳帳譚經澹瀟灑。嗟我水車早資舟，嗟君反衣孤白裘〔一〕。三月春心寄鳴鴈，南來飛過岳陽樓。

## 爲王琴德昶題泖湖漁舍圖即送旋里

王郎昔居泖湖裏，出户觀漁並湖水。王郎今作漁舍圖，紙上蘆菰北風起。蘆花菰葉風蕭蕭，煙深不見垂虹橋。水澤朝飛洞庭雨，亭皋暮落吴江潮。江上漁村帶寒巘，緩刺輕舟向平遠。波静鳴榔月上遲，日斜挂席風吹晚。曉來網得淞江鱸，尊有清酒飯炊菰。蘆簾紙閣夜颯颯，風雨坐伴青鐙孤。就中隱約畫師意，蒼茫一葉湖山次。頗似蒲帆别岸初，迴頭恰見湖中寺。只此丹青貌故山，拂衣歸思向雲間。秋風夜火松陵驛，唯有漁人認客還。

## 感春雜詠八首

晨坐執書策，惘焉思古人。勳業建九州，名德在一身。一身尚不治，九州安能仁？積水必成淵，何患賤且貧！苟非秋實堅，孰爲春木芚？客來各有勸，匪我同心親。不恤同心鮮，所感餘澤淪。

新陽散餘沍，和風汎窗櫺。披褐藹自怡，舉象難爲名。坐有素琴彈，流韻方泠泠。往復動心志，終奏有希聲。其人五百年，遇我一朝并。神理不可滅，道與天地貞。使我百世下，無以移此情。

夜聞子規啼，朝看春已晚。圜天高九重，誰令互激轉？北陸既藏凌，西宅復寅餞。野草青更青，衰盛吾何辨？

中谷多雨寒，業蘭蔽幽阻。託身萬物表，英華與誰睹？既荷春陽氣，柔芳冒寸土。處有不自矜，養節故難侮。雖無桃李蹊，豈失松桂伍！葆眞復其根，甘與此終古。

可憐夭桃花，植彼玉階側。旖旎揚柔枝，上與綺窗直。美人出素手，日攬芳菲色。朝妝倭墮鬟〔二〕，暮作金瓶飾。采采枝已空，何以成秋實！

陽澤降時雨，卉木初萋萋。黃隕豈其時，片葉飛吾階。昊天施大化，榮悴理不齊。胡爲日與人，多寡較毫釐？聖舜乃惡父，牧犢遂無妻。順命苟無忤，焉往不得諧？

橘樹多好陰，乃在湘江涯。光風蕩朝日，朱實榮緑枝。馨香既遠達，乃託白玉墀。被遇主人盻，賓客皆嗟咨。植根諒非舊，爲枳復何悲。

昨日衆賓會，送我臨漳河。芳草碧如染，春風吹作波。坐有兩少年，鼓瑟而商歌。一爲黃鵠曲，令我涕滂沱。逸翮横萬里，儔侶離别多。不如燕與雀，啁啾相鳴和。

## 柬王禹卿病中

羣舒山色如連雲，萬里江濤蹙山動。我昔結屋山中居，歕霧蒸雲日澒洞。青蓑短棹放中流，山壑貞觀信天縱。與君初未奉餘歡，各對煙波一江共。而今俱作長安人，林麓朝辭暮羈鞚。論交塵土一茫然，迴首前游渺清夢。生平素無諧俗韻，轉喉棖觸嫌譏諷。雖非鼹鼠隔雲泥，忍爲蠻觸競庸衆？君才磊砢出千尋，匠石如逢任梁棟。雕鐫緣飾會成名，枉躭清吟如鳥哢。只今病卧況兼旬，朝夕鹽齏愁屢空。妻子牛衣色尚欣，邑人狗監文誰誦？燕山雲物萬里清，落葉秋聲一庭送。高蓋誰過敝席門？酒徒爲具新芻甕。愛君力疾劇清狂，尚有瑰詞成酒中。跌宕寧非軼世才，激昂頗負窮途慟。從來烈士志濟時，一割鉛刀貴爲用。不然脱屣去人間，肯伏光範稱鄉貢？君懷奇興逸如鴻，我逢有道慙非鳳。依違見事信爲遲，責備時賢毋乃重。何當去此脱吾累，卻因疾愈思當痛。山光水態終不殊，俗狀塵容還自恐。但須鹿門攜妻子，休俟臨邛致騎從。清暉萬里兩幽人，迴望塵埃眞一閧。

## 奉答朱竹君筠用前韻見贈

朱侯磊落抱奇懷，相逢意氣劇飛動。視我詩筆雜一卷，商榷古今眞鑑洞。前儒瑣屑被屏棄，健筆淩空出奇縱。採玉荆山虎豹競，織綃泉室黿鼉共。珍奇海嶽悉駢羅，累壓方艚與兼鞚。況辱長篇持贈余，大鼎特陳吳壽夢。坐覺古色盈座隅，深夜秉燭躭吟諷。連年摘髭取科第，射策彤庭語驚衆。從古豪傑先輦轂，邇來冠蓋競高棟。漿酒藿肉獨鄙夷，金奏宮縣羞喨哢。首春上將西出師，蟻穴初開天宇空。美君奏賦揚馬儔，屬草文成萬人誦。金閨頗未掩豪雄，長轡寧惟資縱送。嗟余舊業本躬稼，回首寒山餘牖甕。欲鼠持璞眞聽熒，射虎臨石枉命中。平生思就季主卜，清時焉用賈誼慟？只今潦倒愧君知，奭也雕龍具非用。憶昔譚子劉海峯與陳伯思，時余初隨計吏貢。未及相如被放歸，郊坰空望觚稜鳳。而今幸得比户居，晨夕相從荷倚重。吾生闚塞棲遲感，故人江漢飄零痛。落落獨爲燕市飲，駸駸況對殘秋恐。君方簪筆入承明，努力拾遺供侍從。予將散髮入林深，好聽砰訇泉石閧。

## 王君病起有詩見和因復次韻贈之

我如惰農春未種，已失農祥土膏動。室如懸磬待遺秉，大腹便便乃空洞。由來人苦不自知，未免心侈還口縱。君方鋭敏有奇懷，遠駕千古誰能共？渥洼天馬或跅弛，那遽柔心受持鞚？高掌擘分二華嶽，開胸吞納九雲夢。何由菖歜獨嗜余？不惜揄揚雜諫諷。心親料應塵埃稀，迹奇反致嫌猜衆。子輿一病至跰躃，惟有擁衾看屋棟。時余獨處復誰憐？喬木虚庭響寒哢。蟋蟀俄驚旅舍秋，蚍蜉頗惻幽房空。昨君新愈幸來過，依舊雄談問歌誦。短袖百尺光熊熊，未出霜縑目先送。千帆寒水下金陵，一鴈秋聲横鐵甕。遠思暝浦落帆還，苦怨騷人薄寒中。舊游曾對孫登嘯，新詩欲作唐衢慟。磊落君才祗自知，支離余德彌無用。慙非大廈任帲幪，恥作小璣號游貢。神全聊當比木鷄，德衰豈敢歌苞鳳！方今聖德足兼包，坐御共球湊居重。南塞宣房萬福來，北治匈奴一方痛。有道未縠奚爲恥？薄植乘時反足恐。雲霄未上且沈冥，幅巾步屧鴟夷從。明朝牆角見黃花，泥酒相將一喧鬨。

往與長沙郭昆甫游歷城西見小千佛寺菊花甚盛昨復過其處殘菊無幾寺僧亦亡是時昆甫歿一年矣適竹君又次前韻來勉僕爲學辭意甚美中頗念及昆甫並吾鄉孫汝昂余感其事因更答之

去年重九天氣佳，城角黃花倚風動。精廬偶與故人來，卻眺晴雲出煙洞。竟填溝壑且無論，自比雲龍吐豪縱。今年重九故人死，濁酒盈尊强誰共？蕭蕭風雨動秋城，席帽短驢時獨鞚。晝陰荒寺更無人，臥地殘英杳如夢。寒蟬哀鴈共吟秋，雖有新詩向誰諷？豈期復遇翰林知，謂我才殊千百衆。投詩見和託幽思，欲候雲旗桂爲棟。居然雅樂發遺音，豈肯繁絃奏新哢。中間陳義亦何堅，列櫓巖城誰穴空。古聖垂教宏且遠，六籍具存可說誦。尚思時述蛾子勤，敢取謏聞禽犢送？法言夷棄競靡詞，如退韶虞樂秦甕。辨麗徒於博弈賢，滑稽奚貴談言中。僕也幼志慕孔姬，禮樂崩離每長慟。博士書劵終自咍，司空城旦成何用？孤吟詎比郢中歌，語人眞若遼東貢。未如口吃子雲才，賦罷甘泉胸吐鳳。看君少作已絕人，草玄行使桓譚重。生世交游本寥落，況經車過感腹痛。酒鑪從此邀君醉，岐路久已深余恐。但望植學培根柢，願捧珠盤譬牛從。勿搜奇險持驚人，似向穴中爲鼠鬨。

## 桃核硯歌爲庶子葉書山先生賦

丈人石硯安得之？蒼然古色凝寒姿。開匣四坐盡驚立，蹜手不敢爲摩持。黯澹凸坳水痕漬，鎮几礧硍重不陂。潤氣上結雲絲浮，晴天怒翻墨花碎。陰厓江潭湛深黑，大澤電光劃夜晦。幽輝豈非玉質藴，含芒况淬筆鋒利。昔聞漢武靈臺夜，獻桃遠致曾城駕。餘核猶含茂陵思，不獨銅人泣元霸。或言天上隕星精，下入淵谷爲玉英。千秋潄激風波爭，至今尚作濤頭形。曾爲趙宋宫中秘，上有君謨作題字。御府流傳景祐藏，夢華髣髴東京事。宣和文物太清樓，艮岳奇山錦石稠。九重博古親翰墨，焉知翫物非良謀？北風塵冥青城路，舊物飄零竟何處？清燕當時御至尊，丹鉛此日供儒素。槖筆朝成奇木對，屬車暮奏長楊賦。文章猶壯身衰老，金石無情世今故。龍溪流水萬竿竹，無數秋山點紅樹。丈人雅意慕投簪，他日煙霞墨池吐。

## 讀史

古來江海人，抗懷天下事。閱歷多激情，沈冥有餘志。賈生洛陽子，梅福抱關吏。流涕復上書，言之豈不義？賢者與道隆，儒林惡言肆。願從君子游，寡學當默識。

## 詠史

白日黯澹明河光，騑騑駟馬驅王良。萬廡天庫開天倉，北斗何爲挹酒漿？市樓炯照旗亭張，磊落錢室金爲堂，西園車馬趨道旁。詔版朝裁授使者，明日司徒拜階下。後車斛鮑前建旄，擊鐘列鼎朱門高，室中何物灑屑刀？君不見，夏王初定九州貢，茅茨已遠蠙珠用。傾宮璇室後王多，筐篋司農愁屢空。一任臨民責繭絲，安知長國傾梁棟！匹縑持出別宫門，滿堂金玉還飢凍。方知洛誥享多儀，發粟當年有餘痛。

## 臨清雨夜

昔挂輕帆濟江澤，載酒同舟盡佳客。兩岸秋聲楓樹青，半夜月明江水白。飄零朋舊感平生，摇落關河復今夕。漳水東流汶水清，寒雨孤篷百憂積。

## 酬胡君 業宏

我如游雲出廬霍，千里飄飄向京洛。黄山西畔初别君，溪流餘馬桃花落。江南花落幾春風，羈思漁陽飛塞鴻。今年乘舟玩海月，片帆淮甸摇晴空。西尋廬阜彭蠡側，拂袖千峯萬峯碧。仙人一去白雲秋，明月無心照石壁。遠公東林寺，徐孺南昌宅，寒草蒼煙昏似積，我對青天空太息。丹楓十月凋南州，雨聲寒抱章江樓。登高把酒忽相遇，昔君頗料如今不？明月寒胎耀當代，楚望沈淪媚幽彩。人間得失似浮雲，且對江山吾輩在。清詩一唱碧霄間，五色餘霞散湖海。湖海西風萬里吹，酒闌明日各天涯。青山挂席余將去，嗟爾塵埃玉樹姿！

## 望廬山

我行昨出廬山西，藤竹蒼蒼陰虎溪。東林鐘聲晚出寺，高巖木葉秋平溪。白雲萬疊倏然合，窈眇迴聽清猿啼。洪州三月憶惝惚，徑駕歸艇輕於鷖。宫亭湖東日初出，嵐彩欲見一片青煙迷。滄洲淼漭萬餘里，巖風忽落聞天鷄。屏風疊開張，浸入青頗黎。滄海貫石梁，白日挂丹梯。松杉上接瀑布落，藤蘿下拂雲光低。須臾湖波興，日晦風淒淒。岧嶢香鑪峯，摇曳同菰稗。舟行望遠勢還出，矯如踏雲浮動之蒼霓。山摇海蕩不知處，想見枕石醉臥人如泥。晚泊湖心照南斗，仰視正與石門齊。莫言靈境近咫尺，帆檣倏過難攀躋。將游天地之一氣，廬山從我到處如提攜。

## 漫詠三首

周道既已敝，儒術猶未淪。暴君方代作，孟子戒思申。得國容有之，天下必以仁。秦法本商鞅，日以虜使民。竟能一四海，詩書厝爲薪。發難以剗除，藉始項與陳。刀筆吏相漢，法令惟所遵。王霸雜用之，叔孫爲聖人。盛衰益隆汙，治道何由醇？焉知百世後，不有甚於秦？天道且日變，民生彌苦辛。所以佛法來，賢知皆委身。超然思世外，聞見同泯泯。

立人通天地，斯足爲大儒。多聞闕其疑，慎言而非迂。兩漢承學者，章句一何拘？硜硜誠小哉，賢彼不學徒。奈何魏晉間，放棄以恣踰。靦然無汗顔，誕説作僞書。子邕及士安，同敝無賢愚。淵彌雖未來，人心喪已夫。不學殖將落，周亂不斯須。所以禁言僞，宜爲治君誅。述兹誡當來，慎以防厥初。

子長千古士，被難身何窮？悲哉百年後，毁譽猶不公。孔子録小雅，怨誹君子風。美善而刺惡，史筆非不忠。文園爲令客，竊資自臨邛。將死勸封禪，佞諛以爲工。文章兩司馬，擅爲西漢雄。人君取士節，優劣安得同！如何永平詔，抑揚恣其胸。宜乎朝廷士，進者多容容。所以歌五噫，邈然逝梁鴻。

## 秦帝卷衣曲

池水生青蒲，枝葉自相扶。水緑平如故，池上蒲成樹。秦關百二氐王才，麾劍風雲萬里來。圖籍河西收四郡，旌旗鄴下宴三臺。燕姬趙女顔如玉，輦入殽函貯金屋。閣道春游度渭南，珠簾暮卷臨灃曲。貴主還留鉅鹿名，小腰絶愛鮮卑束。去國嬋娟意可憐，新恩慰藉情難足。别有春風飄綺羅，華鐙斗帳夜煙和。君王欲卷衣裳贈，一片流雲奈曉何。雄略英姿冠當代，指麾旦夕收江外。戎國分居大荔城，降夷盡保長榆塞。大度何嘗愧帝王，驕心豈免成傷敗？卷衣空憶可憐宵，月底花枝煙柳條。婕妤從招秦苑鴈，侍中曾插漢宫貂。錦袍再賜無顔色，笑殺河東金步摇。當年力戰壺關闢，雀來燕室誠何益？女戎亡國志先荒，那係南朝謝安石？千秋編簡載功名，一朝富貴埋荆棘。青蒲零落水東流，不見霓旌下枋頭。碧雲散盡梧桐影，太息阿房幾度秋！

## 唐伯虎匡廬瀑布圖

江南萬重山，匡廬乃出萬重上。人言秋晴萬里峨嵋巔，青天一點東南望。連峯蒼蒼不見頂，日出彩煙生半嶺。玉堂石室藏其中，縱有天風吹不冷。羣巖環峙不可名，巖端霞氣升空行。石梁忽貫青霞落，倒海流雲走空壑。萬谷鈞天廣樂鳴，思鳥哀猿一時作。石門百仞當空開，吳越江帆千里來。仰首見吳越，俯首聞風雷。何人攜杖凌倒景，蕭條六合誰友哉？林岑藤蔦相撑拒，驂鸞過處原無路。世間惟有銀河數派通，濺珠飛玉流平處。我昨乘小艇，正出宫亭湖。湖心黯默沈黛色，夕陽一半開菰蒲。是時初冬水不落，懸知崆峴巨壑轟千車。傾崖曲弟天長雨，山鬼幽篁人見無？咫尺未登疑有命，評畫看山定誰勝？煙雲絶境自人間，文采風流隔嘉靖。流落當年惜異才，江山尺絹今殘剩。人生衰老來無時，五嶽求仙莫辭敻。

## 雨霽

高齋過暑雨，白雲逝滄洲。涼風起林杪，一葉已先秋。落照耿空開，倏與蒼煙收。西山轉斜漢，龍角相隨流。朝晡不相知，逝者焉能留。今之隱几者，未審當奚遊？

## 田家

昨宵雨未足，劚畦俟南塘。果聞北山雷，檐溜夜已長。開門陰正重，匝地垂千楊。朝日尚未升，風條自輕颺。環村水盡白，丹杏獨含光。荷鍤向隴上，但聞土膏香。鄰里盡言好，吾欲良亦儻。勤劬待一飽，四體誠安康。相與不相負，莫若種稻粱。

## 詠七國

孔道窮獲麟，風雅泯無正。蚩蚩六國主，蟲豸力爭競。函關向東啓，四海一朝定。銅柱絀燕謀，天奚愛秦政？屈子放湘流，信陵罷稱病。傷哉鄭國渠，延韓數年命。當時天下士，寧蹈東海嫠？松柏與房陵，哀歌不堪聽。

## 寄友

一室聞秋鴈，倏有江海思。空水澹寒天，遥待孤帆至。念君朝未來，誰當共吾逝？相望隔清溪，西風滿林次。

## 出獨山湖至江口作

初日澄前陂，餘陰澹巖曲。清流杳終古，宛此媚幽獨。煙消淨衰草，風來振疏木。移舟度雲影，停橈玩空淥。理昧後人蹤，興與前游屬。託世楚雲裏，孤懷亮自足。

## 連日清齋寫佛經偶作數句

結髮慕勝因，而復役人事。秋空泝江水，勝地雲帆至。煙際東林鐘，月出山谷寺。猿鳥諸天外，中宵倚寒被。劣觀清静理，一寓情賞寄。遺物非安排，取境即塵累。雪餘冬日美，門掩衰草翠。清夢觸舊想，即目遇新義。聊披貝葉書，終與忘文字。

## 過天門山

鼓楫淩驚波，連山缺東隅。飄飖天門上，千里見全吴。鍾阜何盤盤？列城帶江湖。風高黄雲動，日落青天孤。不見昭明宫，羅綺爲榛蕪。草白風蕭蕭，枯樹上啼烏。所以豪傑士，竹帛奮良圖。良圖亦焉在？樹立才須臾。悲風與流水，萬古一歸墟。不如和叩舷，高歌稱釣徒。

## 送演綸歸里

西風吹海月，萬里散銀山。徘徊清夜席，照君如玉顔。玉顔願長保，日月逝不閒。如何言别遽，不念相逢艱？金尊斟緑醅，爲唱古陽關。男兒非藤木，安得相附攀？君有江上宅，青山繞如環。朝望江雲起，暮入江雲間。雲開江路盡，山月照君還。

## 送子潁之淮南

憶昔去家三千里，未有交游託燕市。當時獨聞劉海峯，每把清尊説吾子。尊府多年爲貴臣，君才氣更凌青雲。會稽禹穴華嶽頂，胸中萬里千嶙峋。歸來風月澹襟抱，勢去金貂非等倫。君愛明交重圭璧，不恤家空徒四壁。壯士論心天地間，往往狂歌同落魄。去君遠下滄江煙，醉臥白雲天上船。西風落葉東流水，擠首南鴻思北燕。新知强對傷懷抱，未若平生故交好。海峯老隔黄山雲，見子依然薊門道。雄才應勒萬里勳，收身豈厭五湖島！但願爲龍我作雲，對子玉顔長不老。千里淮南雲水昏，幾人流落憐王孫。平生志意詎如此，離緒茫茫何可論。

## 萬柳堂分韻得房字

驅車轢草越敗牆，高柳萬數餘兩行。同來十客弔荒圃，自昔幾輩升此堂？相公退直紫微省，詞客盡會平泉莊。外張緑雲作帷幕，中吹白雪調竽簧。倘餘宋桷挂蛛網，已無户牖開蜂房。脱輻當門埽塵席，舉案置地斟虚觴。平生眩視魯郊饗，日思埋迹蟻邱漿。治世羣才美可用，放言吾志嘻其荒。已知堯桀未須辨，焉明凡楚今誰亡？默對荒陂夕陽盡，獨憶秋風江水長。僕夫促駕各歸去，回首陳迹煙蒼蒼。

## 泊聊城

高柳汶川飆，落日聊城煙。玄雲翳明月，忽墮孤舟前。衆星稍磊落，空水正回旋。甈思燕將守，辨説下魯連。達士貴逃名，奚以解紛傳？一朝辭世網，泯迹東海邊。高臺今突兀，空枕汶陽田。

## 南旺湖

一花開湖尾，千楊映緑潯。孤霞照幽步，春風蕩遠陰。鱗鱗渚雲合，淼淼平湖深。不知水影外，猶受天光侵。游目極東隅，頗聞岱西岑。石樓瞰海日，澗户窺花林。春巖滴幽竇，草木蒙清音。雲峯不可見，高原誰爲尋？時有漁帆逝，遠接鷗鳥沈。蒼煙忽暝色，惆望空勞心。

## 蜀山湖

步登高阜巔，一眺衆川會。崩騰壓雲下，漬薄吹地隘。南旺夾雙鏡，清汶劃横帶。當空晝日陰，將雨天風大。連瀾將我心，超越長天外。廣宇静蕭條，歸鴻忽流瀨。卷石屹沆溶，明波被翳薈。頗似團亭游，中逗孤山礙。據地乃偏遐，瀕江富樅檜。寓目偶爲佳，風景誰當最？吾行未可留，登艫遄擊汰。

## 邳州黄山

下邳有老父，來登下邳橋。遺身濁世外，六合皆蕭條。偶傳太公書，聊以定紛淆。卷舒出形迹，可遇不可招。寄語張孺子，起佐興王朝。一身尚爲石，功名何足驕？我來芳草歇，南渡黄河潮。大風起泗上，白雲莽蕭蕭。英雄盡泯滅，仙迹空岧嶢。

## 題沈學子步屧尋幽圖

君昔依山居，孤懷靦高寄。步屧逐泉聲，因風造幽地。一逕獨流煙，千山共成翠。空巖太古花，不與松柏異。閉絶未成蹊，焉知有開墜？自與深山辭，餘嵐在衣被。夢渡泖湖陂，圖成廣陵市。萬壑動春雲，爲君渡江至。余亦泉石人，因之悵遥思。

## 贈沈方穀

昨挂雲帆來，黄河流浩浩。遥天沃日滄海波，長風送客淮南道。不見隋朝之宫殿，但見隋堤之芳草。蕪城蕭索無可歡，卻遇故人情獨好。眞珠滴酒斟金杯，櫻笋玉截珊瑚堆，脱冠把袂相徘徊。夜深星斗滿空落，仰見孤鶴横江來。身後名，生前酒，二者於吾並何有？嘗願登臨九子峯，又思放浪五湖口。難得人生一日閒，況值相知十年久。看君鸞鳳才標孤，秋風吹翼升天都。難策言堪詘丞相，作賦才寧非大夫？豫章杞梓雲霄上，豈與人間伴社櫟？楚雨才晴京口樹，上有流雲不知處。君望西南千萬峯，我棹漁舟從此去。

## 遇劉樸夫

坐逢春已晚，留滯揚州郛。獨立望寒潮，江空夏雲作。雲中忽見君，來帆廣陵落。自攜蘭陵酒，殷勤爲余酌。新詩别更奇，玉貌看猶昨。白雨灑開軒，紅鐙照垂幕。非賴此流連，何能忘蕭索？

## 與侍潞川鄭楓人集不其山房分韻得希字

江郭晴朝雨，煙草滋掩扉。紅藥坐成晚，青山仍未歸。高齋方置酒，良會遽披衣。垂簾石蘚長，拂硯風花飛。業承愛微劣，敢言知貴希。所慙乏文藻，況念歇芳菲。終反羣舒路，相望林岫微。

## 與王禹卿泛舟至平山堂即送其之臨安府

往年與子游揚州，紅蕖盡落陂塘秋。秋風吹江上海月，照見蒼煙吹笛之孤舟。形骸放浪各無累，釣竿只欲垂滄洲。君後文辭動天子，起家簪筆承明裏。我復逢君向鳳城，對把清尊思故里。春日辭君返鄉縣，江草江花不相見。何意昨宵明月來，重照揚州故人面。一麾出守未須嫌，且泛江南水如練。江南水暖揚州城，亭閣半空絃管聲，垂揚一棹千絲輕。船窗玉面歌童出，捧手迎君如有情。錦帆畫舸競朝渡，翠袖紅妝看晚明。松風吹入棲靈寺，一片斜陽渡江至。江雲葉葉向南飛，繞遍吳山萬重翠。青山雖好不留君，爲念來朝復愁思，愁思迢迢送别離。勸君努力向天涯，鳳皇須下滇南郡，處士虛聲何足奇！

## 贈侍潞川

走昔少年時，志尚在狂猖。希闊古哲人，奮學乃所願。北渡超大河，遇子燕山甸。謂我如草木，臭味吾同薦。步登昭王臺，滹沱蕩南面。塞上來驚風，白日色俱變。慷慨和悲歌，流俗頗笑訕。從此别春明，三年乃一見。相見復奔馳，豈不傷貧賤？今年訪子居，淮堤緑楊遍。紅鐙照故人，洗醆復相勸。誰言壯士懷，不如兒女戀。感舊默傷懷，日月幾賓餞。借問此何時，夏屋飛乳燕。嗟吾倦遠游，明朝返鄉縣。身世如萍波，茫茫孰先辨？惟慙志業衰，如何荅深眷！

## 雨行白沙嶺至昆沖遂宿

覽物長松杪，春谷正葱芊。北望雙闕門，硤石何蒼然！寒雨從中來，白雲鬱鉤連。山鳥排空鳴，四嶺下飛泉。林崖倏開闔，磴嶂窈回旋。稍稍出孤村，盤盤下蒼煙。霽樹遠禽歸，溼陰小桃妍。俯仰羣化閒，何時不推遷？眞賞存物表，了遇空山前。鐙窗響松澗，此意欲誰傳？

校記

〔一〕孤　當作「狐」。

〔二〕鬢　疑作「髻」。

# 惜抱軒詩集卷二

## 古體六十二首

### 送侍潞川主德州書院用前歲在揚州留别韻

一枝鷦鷯巢，高蹈許由狷。士生各有志，齊心孰同願？美君騏驥才，掉鞅淮南甸。策名白牒中，早與南宫薦。家託管絃城，青樓列玉面。百里雉未馴，行用陽春變。而君獨何苦，遠走妻孥訕。任公釣會稽，豈作井蛙見？已信黔婁富，寧有陳平賤？嗟我游孤蹤，南北舟車徧。索米饑八尺，摛賦羞百勸。賴君每見阿，欲忘鄉閭戀。如何燕市酒，更作郵亭餞？經譚東魯麟，曲唱西飛燕。諸侯重上賓，六籍傳下縣。清廟奏升歌，待君調駕辯。小别近郊門，踟躕應回眷。

## 柬張檑亭庶子

我愛嵇中散，讀書想介狷。濁酒彈素琴，了畢平生願。孤生託江淮，垂纓入王甸。匹若菁茅微，偶與芹葅薦。生世湘中帆，曲折衡九面。可憐牛馬走，坐閲魚龍變。渾沌中央死，鑿北山訕。空館復何有？皓月相邀見。九衢金鑰開，萬樹銀花賤。不及輕薄兒，珠樓聽歌徧。知君亦寥寂，座乏尊罍勸。惟應好兄弟，短檠猶堪戀。金匱紀神功，大蒙入寅餞。柱石佐休明，廈成紛賀燕。丰采天下思，奚論同鄉縣？豈如一曲士，聊游六氣辨。未稱入金門，青山結遥眷。

## 次檑亭韻寄張安履 曾份

天運自密移，至道無遷改。小夫每自私，乘物以智宰。往來撓世紛，茫如泛瀛海。焉知鶉居德，衆萬納淵匯。寧憂聾五聲，而目盲五采。君如懸楝材，起負高甍嵬。我如小莛柔，叩鐘媮欲怠。二者同物役，黽勉赴褒采。昨日東風休，夏緑謝春蕾。豈不感啼鵑，鄉思寄江茝。兹意恐亦非，韋布驕錦綵。不若兩俱忘，養空復何待？

## 送鄭義民忬郎中守永州

至德交萬物，賢否各有宜。譬彼蕙與艾，同被春風滋。鄙人出孤陋，小若鷽燕知。託君通家愛，謂我相逢遲。大賢何不容，而我竊自私。造請百不厭，童僕或旁嗤。雨窗黯青鐙，聽君絶妙辭。清韻倏邈遠，南行指湘灕。遠近何足言，跬步有離思。儀郎古清要，位望今已衰。出守千里疆，豈復嫌一麾？歸家酌玉尊，綠窗櫻桃枝。起挂衡嶽帆，天碧劃九疑。曙日清崖猿，渚風摇江蘺。一聞漁父唱，再繼柳侯詩。卧理丹橘間，民言不忍欺。公行良自得，何以慰余羈？

## 紫藤花下醉歌用竹垞原韻

紫藤書屋古椽橑，紫藤春花復秋槁。紫藤架底著書人，吟魂冢閉縈青草。過從飲酒雕龍客，百歲風鐙迹都埽。由來歷世猶駒隙，安得長生服龜腦？況余本性杞柳直，戕賊彎回成栲栳。朝走黃塵暮歸坐，便覺明鐙賢晝杲。今日攜行差快意，佳士花陰共懷抱。虬龍兩榦拏空立，瓔珞萬條垂地倒。晚春蜂蝶惜來遲，夕照尊罍歸厭早。賞花京洛稀常遇，吹鬢東風易先老。承恩自昔如竹垞，抵巇一旦辭瓊島。男兒恨不早歸去，脱粟可餐衣布襖。鄙人欲作鷄棲桀，多士自欣魚在藻。乘舸春水向江湖，迴首花前幾人好？

## 趙北口舟中作

嗚蛩濼岸秋，殘月趙水白。捨轡理輕橈，蒼茫盡湖澤。葭菼遠蕭蕭，鳧鴈時拍拍。地有瓦橋城，路失金隄石。民昨歌子威，皇今謂河伯。不見秋歸蛩，那免春無麥？坐愧田居懷，未辦經世策。想見滄洲人，煙波面咫尺。

## 景州開福寺塔 俗云景州塔爲天下塔王

百里見卓錐，震旦仰雄最。叩門謁香臺，據地乃非大。削立外無階，穿空中不礙。矯立長風巔，萬里散秋籟。天地莽相圍，白日轉檐外。太行青嶂斷，煙霧積幽藹。漳汶與滹沱，流空忽交會。帆檣趨溟渤，鴻鴈下吳會。回首送秋雲，蕭蕭出燕塞。緬思開皇年，建造盛幢蓋。移國女寵階，貽家適宗廢。福田安得長？遺迹巋猶在。嗟余塵鞅倦，聊駐絶景對。落景下層梯，茫茫廣川晦。

## 德州浮橋

運河繞齊魯，勢若張大弓。隈中抱泰嶽，兩篇垂向東。德州倚河壖，南北適要衝。帆檣繞其外，車馬出其中。浮橋與流水，午貫相横縱。嗟我游中原，來往如飛鴻。弱冠一川水，屢照將成翁。大澤涌飄雲，滄海起飛龍。鼓蕩漳汶氣，日觀交鴻濛。落葉下河隄，飛雨來淙淙。觀河吾眼在，憑檻望秋風。

## 九月八日登千佛山頂

泰山出青雲，天半蒼然獨。梁宋暨東溟，萬里環其足。陰嶂走濟南，雲濤尚奔蹙。勢盡尻益高，塹斷無陂麓。振衣斗直上，陟磴逾援木。落葉下濼泉，秋風散海曲。一卷華不注，拖雲點青緑。猶見山花開，顧絶棲鳥躅。高寒不可留，歸來泛秋菊。

## 大明湖夜

南山已暝色，回見明湖光。秋盡濟南郭，渺然江水長。中流上新月，輕舸復徜徉。煙昏鷗鷺宿，波沈蘆荻蒼。孤往仍中夜，回飆城曲涼。亭楸高拂霧，寺棘下零霜。佛幢猶立魏，名士正思唐。安知後游者，聲迹永相望。

## 從千佛寺回過趵突泉暮飲張氏園

濟南城南山正横，人言山前舜所耕。崩榛衰草蔽秋色，古井深崖餘昔清。曉入南山僧住院，爲訪北宋人題名。初陽穿入洞窈曲，佛龕鑿破山峥嶸。大明湖動水雲白，華不注抽煙霧青。惘然憑欄忽歎惜，古人不與余同生。南尋日觀諒未可，回念濼源重一經。流穿山骨軸中出，人繞濆魁輪外行。誰言渴馬半崖水，解作黄牛三峽聲。顯晦動静一致耳，惜哉枉使羣兒驚。敗荷衰柳下零亂，夕陽逝鴈高青冥。卻入荒園洗盞坐，旁有小泉時復鳴。

## 白　河

京師如倚屏，其北萬山立。往往塞外水，南穿塞垣入。旋衰才没踝，驟盛懷原隰。未出軍都障，歙若衣在拾。汗漫順義西，每當驟雨及。橋梁既突壞，猝又無舟楫。聖人歲北巡，虎旅萬羣集。灌漲夏秋交，吏以供張急。治道草露間，隱慮事不給。六飛竟安驅，神靈信懷輯。我來辰角見，征衣不挾笠。明當迎翠華，夜渡漲沙溼。彌知近塞寒，霜風凌袴褶。

送張櫑亭少詹爲晉陽書院山長兼寄朱石君方伯東坡在密州除夕詩云龍鍾三十九勞生已强半鼐與少詹方伯皆辛亥歲生今三十九矣故用其韻

吾生如尺捶，焉勝日取半？少壯曾幾時，撫節能無歎！昔年十八九，里舍共嬉玩。見君升明堂，瑶璧薦角散。鄙才何所中？强逐冠蓋伴。賢愚别驥駑，征邁同昏旦。凋年感新歷，短檠熒舊案。坐閲燕郊晚，行想淮流亂。懿君清素懷，室闕奉匜盥。聯居幸時近，呻吟聞鄭緩。倏遭浮雲翳，孰辯清濟貫？余才從俗客，署尾豈非懦。孤懷復送君，冷若冰中炭。郊環如可待，休踰燕昭館。運會有屈伸，賓餞易寒暖。别離不可數，垂領髟行粲。

代并控朔漠，連峯矗天半。形勝擁晉陽，英傑昔稱歎。碧玉唐叔祠，春陂足流玩。俯仰一古今，摛筆朱霞散。誰爲賢主人？十載承明伴。方伯氣俊爽，清風發平旦。孰言揚馬才，治乃任牘案。淮陽一卧臨，渤海何憂亂。垂澤已如膏，虚手眞若盥。君往風景地，流連帶共緩。頓使庸俗目，驚見兩崇貫。誕生同一歲，少長惟余懦。窮冬方兀坐，雪窗聊撥炭。想君越井陘，税車行授館。敷文列士興，吹律窮谷暖。離立不可參，曷由發笑粲？

## 安肅道中

檐聲三夜滴牀頭，海日三朝照衣領。風清每快行人意，泥滑仍爲車轍梗。南行常繞西山麓，青銅新沐煙鬟影。出岫溼雲行自媚，蔽野緑陰寒且静。高禾連壟出芒桀，行潦逾道跳蛙黽。更有水田白鷺飛，便如長夏江南境。少年燕趙苦行役，十七年間一俄頃。故人黄土寧復見，古道荒煙聊自省。竹輿夢斷一蕭疏，高木嘶蟬挂殘影。甲戌，往王端木楷太守署所經此，今十七年矣。

## 獲嘉渡河

河北山形壓天半，左挾軍都東海岸。雲騰風掣到河陽，二千里餘青一斷。我來經過衛州西，雲巘迴頭百回看。竹林亭立明玕清，原泉飛下珍珠散。想見幽人尚考盤，安得同歸脱羈絆？北風忽出白陘口，吹渡秋河百川灌。山川聊供中流喜，舟車顧有知津歎。西南廣武數峯來，屈指英雄幾更換？

## 許州

初秋過潁上，草木尚蒼然。午日澹平野，極望空無煙。亂蟬相繼響，獨樹垂陰圓。舊渠八九廢，許下猶良田。如何文潞公，種竹纔娫娟。行受使相寄，不見車蓋旋。荒園今亦盡，潩水長涓涓。

## 西平

明月郾城頭，汝水下瀲灩。五更楊柳底，渡艇聞魚唫。水南人未起，行行一鐙閃。鐙盡天轉黑，數星澹可覘。冥行不知處，高下似原塹。此間入蔡師，吾心爲一念。館人邀我入，酒幟曉挂店。適已具晨炊，行早食定欠。旁見婦孺喜，今年秋禾贍。軍罷驛傳稀，民吏安眠暫。吾寧作典農，差愈棠谿劍。

## 吳戍橋

已盡韓鄭郊，始入青山路。積雨曉未開，前嶂隱忽露。風林上蕭疏，谿水下奔注。傳聞元和初，於兹畔藩戍。地險九州分，天子一朝怒。上相歌采薇，嚴軍入懸瓠。千營盡凱歌，三州始内附。豈罄作輔材，差免輿尸誤。當事始知難，斯人豈常遇！沉没不可論，寒陂下飛鶩。

## 渡　淮

朝日出復陰，廣野風浩浩。淮源山萬重，飛流下穹昊。渺然走滄溟，梁楚在襟抱。汝潁交東環，穰鄧控西道。秋水欲歸壑，憑渡馬腹燥。撟首桐柏陰，展坐淮南草。隧岸鳴蛩蚓，村檐挂棃棗。風土近鄉里，問語向耇老。西成未爲惡，苦被飛蝗惱。連材撲未盡〔一〕，何以實萬寶？長嘯招西風，害氣一吹掃。

## 應山至孝感道中

山光異遠近，間若重樓花。行人度高下，起落波中槎。足迹未辨鄖隨國，半生左史窺浮夸。義陽關南出鳥道，縱觀蒼壁澂朝霞。野田茅屋秋未冷，高藤翠木樛相加。千峯南盡出江面，一鳥東可投吾家。上游勢已據荆郢，左肱屈更招蘄巴。胸吞雲夢不芥蔕，囊括漢國無離伹。宜有奇才表荆楚，不然深谷逃麚麎。惜哉我行不得遇，翩翩且逐投林鴉。

## 寄仲孚應宿

曰余性質吶，諧物無言詞。游宦二十載，殊乏新相知。依依鄉間愛，握手自卯羈。臭味若椒茝，非是孰爲思。今年覽雲夢，飄颻來沙羨。江漢一以會，秋水浮天垂。廣川起孤望，日落吹參差。憶昔各年少，共戲潋江湄。青天澹秋色，帆舉風飂飂。海月萬里上，屬酒酬清詩。歡樂去不復，青鬢將成絲。萬事無不改，風景長如斯。拂衣便可去，潛霍吾前期。

## 登黃鶴樓次補山韻

夷陵西望巴山連，大江出空如墮懸。奔流一抹蹙滄海，大別黃鵠橫障天。導江至此一夾束，瀠洄衣帶高樓前。憶昔赤烏始築邑，憑軒雷鼓空江填。此間開勢自明遠，釣臺樊口誰能賢？一朝金鴈瘞吳郡，何殊繐帳臨漳川！高樓千載幾興復，傳芭士女徒哀憐。因山命名義自當，俗說詎可丹青傳？虞翻地下應大笑，孰逢黃鶴騎飛仙？我聞譙郡戴仲若，往往野服從魰畋。仙人毋乃即此是，惜哉林壑空蒼煙。農部腹中有武庫，瘴鄉幕府嘗周旋。深入深穴縛虎子，欲效左手如羊牽。正當千里縱黃鵠，豈將一渚從棲鳶？嗟余年往道亦廢，顧思暇豫偷安便。陪君欲鼓瀟湘柁，湖南未到秋雲邊。漢口暮見樓雉影，江風曉踏蛟龍涎。

晴空孑孑上反宇，天幕澹澹垂重淵。無心坐見白雲滅，屹立惟有蒼山堅。人間萬事不須説，跂足當樓聊醉眠。

## 雨登岳陽樓

衡疑阻南服，江漢朝東溟。巴陵山澤會，煙雨長晦冥。風交廣漠野，雲起盪天經。荒忽洞一氣，焉揚帝子靈？坐銷積霧白，稍見君山青。波下辰陽渚，秋來襄郢坰。澹余千里客，城觀此孤停。奄落西陵日，餘陰横洞庭。咸池行復奏，倚待與誰聆？

## 由橋頭驛至長沙

雜樹接行雲，晨朝吐清氣。遥望西峯頂，已上丹霞蔚。遠山狀一同，近嶺形千彙。澗霧忽成陰，巖蘿密如衣。泠風發空響，幽愴多髣髴。漸出深谷口，始縱秋泉沸。湘帆轉昭曠，途夷畫經緯。遄往湊舟車，趨來孰涇渭？物象倏以遷，亭午待猶未。緬憶獨居情，將毋徇俗畏。

## 嶽麓寺 兩巨松數月前風拔其一

萬林圍一嶺，古寺仰白日。客來亭午後，峯陰落嵴崒。山巔長風起，鼓盪四蕭瑟。寒聲沈谿涯，激轉久未畢。老僧寂來對，坐石邈悽慄。延登佛閣望，清湘隔林出。雉堞帶洲斜，帆檣轉雲疾。此身偶南寄，天光正東溢。新霜倏已零，斑駁青林密。殿角兩鬣松，風雨失儔匹。惟有石間泉，澄泓總如一。前賢杳無見，來者悵難必。試將萬古懷，移問金仙術。

## 九日渡湘水

夜雨長沙郭，餘陰被湘洲。攬衣趨朝津，朋好方維舟。微飆颯以生，澹蕩向中流。初日忽東上，連山正西浮。葉落洞庭渚，邈然江漢秋。昭曠有餘景，沉没靡前修。涼風送陽鴈，空景弔陰虬。孤思安敢極？良會聊相求。

## 詣嶽麓書院有述

夙秉宋賢説，太息懷斯文。矧近講席前，遺趾播餘芬。湘東望湘西，連山如陳雲。亟渡入谷口，空翠四邊分。築室倚岩嶨，開宇面巖垠。當門古澗響，環墉高樹曛。荒榛延暮色，泠風交遠聞。去之六百年，垂教志何勤？藹彼援鶉手，傷兹獲角麐。吾生志不就，斯世邈無羣。回櫓天地晚，空悵逝沄沄。

## 鐵瓦祠

寒雲飄烈風，盤石壓其上。後踵倚絶壁，前趾踏驚浪。老松奮壑底，長鬣仡相向。結構託翠微，丹青昔何壯！玄武盛嚴衛，髣髴動幽愴。好從神霄淫，迹自宗藩創。神理有誕欺，人事閲興喪。衡岳百里外，隱然出南望。吾聞董鍊師，玉顔故無恙。解帶逝從茲，將入青霞訪。

## 爲香茝兄題秋梅圖

梅花如幽士，盛滿每不居。澹泊向春風，養氣故有餘。雨晴百日暖，天葩還自舒。八月風露冷，金波滿階除。傾城矯獨立，疑來霽雪初。主人昨何往？密箐蠻獠廬。伐畔安反側，功豈崇誅鋤。排斥蓐收氣，獨任春扶輿。寒廳慰歸眼，香影横空疏。借問花無心，何爲能待余？君看同晚節，芳情長宴如。

## 隆興寺閣

烈風吹沙昏，天低雪將至。晡度滹沱水，騎入隆興寺。結阿層欄轉，嵬閣當空企。平當金像面，下臨欲無地。伏聽驚飆響，緩送飛鳥墜。迴首諸天外，蒼然向幽冀。自從隋唐來，恒州幾鎮帥？轂綰太行口，旌麾委兒戲。頗懷宋藝祖，親攬六龍轡。方釋晉陽圍，迴出土門騎。山海近英盼，渤碣在指臂。圖黯隆準顔，階存刻石記。黄土蔽賢愚，萬古一幽翳。冥冥止觀理，漠漠浮生事。何爲李匡威，獨下登高淚？

## 定州遇雪

夜出眞定府，已行一百里。日晡人馬倦，西風大無比。大聲長繞空，沙石四面起。竹輿轉人肩，翻翻欲見底。偷眼望太行，亂雲出其裏。落日映其上，昏黄到山趾。投憩道邊廟，相對袖縮指。面色纔一回，計程不可已。入輿坐龜息，下帷任所詣。漸聞棲鴉聲，始知風稍止。張鐙到定州，空庭月如水。欲看雪浪石，城閉二更矣。夜臥聲更寂，寒光忽透紙。不知何時雪，茫茫没人履。踏冰渡唐河，隔岸朝暾啓。

## 長椿寺觀明劉孝純太后畫像

辛卯年春同數客，宣武門西登佛閣。壞牖長椿寺裏來，畫圖崇禎年間作。仰瞻后像非副褘，卻號菩薩佩瓔絡。莊烈自初封信邸，顧影摧心長已矣。夢魂不識劉孝純，外家顧見徐夫人。法駕淒涼迎畫像，髣髴平生眞未眞？內宮已拓奉先殿，外寺還修香火因。當時圖像別有一，供懸卻在瀛國室。宗社竟至甲申年，戚里都爲灰燼日。太后門眞忠孝存，一朝畫與山河失。不知寢殿託誰人？惟有此圖長傍佛。君不見前有九蓮菩薩容，奉之乃在東嶽宮。松楸石屋深陰雨，神鬼虛檐交泠風。興亡死後誰能必，富貴生前迹已空。罷歸三歎徑歸去，澹澹青天翔暮鴻。

## 會試出闈作

季春入鎖闈，土青芽未寸。漸復槐枝暗，鸇毆納鳩遁。滿堂皆彥英，末座寄頑鈍。朱紫目爲眩，反覆心亦困。仰屋偶欠伸，放筆才一飯。單緒少黨親，愚者昧恩怨。自任平生懷，豈爲他人勸？丈室忽託想，風隄吹馬噴。徒有遙山青，隔城不自獻。靜極遠囂來，髣髴雜裨販。今朝始縱步，妻孥迎問健。坐看轉夏陰，掩户散無悶。

## 沈椒園按察晚芝亭圖

昔侍先伯居鄉邑，四海賢人嘗語及。清如冰雪沈御史，復有瓊瑤好篇什。出持使節海岱間，吹滿春風開東溼。生爲後輩見之難，公至暮年名轉立。郎君與鼐再世交，尚書禮曹先後入。每看鶴骨出人羣，輒想龍門趨父執。京師昨竟到軒車，謝客未嘗容拜揖。鼐也問疾就郎君，語重行艱年七十。傳將畫照索題詩，展册欲書眶已泣。卻思先伯年正同，曳杖歌先駒影急。幅巾終冀一升堂，白旐忽看翩指隰。從兹前輩彫零盡，況復孤生塗路澀。城邊執手别郎君，歸看畫圖仍在笈。紫芝深谷自長生，茅屋秋風爲誰葺？惟有名德寄人間，兩家後裔收文集。

## 王少林嵩高讀書圖

我初訪子在揚州，天寒攜手王夢樓。破窗鐙暗風颼颼，擁褐無伴聲伊優。推闔徑入驚仰頭，王君戲子令子求。指我君識是子不？多君曾未一面謀。道我姓字能探喉，王君撫掌笑合眸。一朝省試同見收，無錫尚書賓館稠。朝退論經幾客留，召我與子時從游。王君先達居上頭，我才於世眞一鯫。俯仰郎署斑生髟，尚書零落今山丘。王君放浪江湖舟，邈然罷郡歸幾秋。笑我滯迹猶貪媮，君如百鍊不改鏐。名在吏部將鳴騶，偉建功業爲民休。正當容我狂不羞，少日讀書老壯猷，回思故迹眞雲浮。夢樓、少林及鼐皆出秦文恭公之門，而夢樓爲前輩。

## 送沈觀察清任赴四川同知任

古槐連理陰初緑，禮部後堂庭有槐連理，明朝植也。我始逢君偕署牘。春長風暖笑談餘，身若停鸞面如玉。旄魔忽去暮堂空，葉落霜初森似束。使君行部向窮山，吏議蓁輕俄折軸。全家安否託江湖，罷俸如何飽饘粥？君還京國足如蓬，我老塵車耳生木。浮生託迹皆偶爾，往事回頭嗟夢速。喜君容貌愈充然，有道何嘗驚寵辱？亦知傑士不長閒，所惜歡情猶未足。竟作西南半刺官，終起休明九州牧。小蠢沈黎兵欲銷，大餔成都酒應熟。不須別緒道酸悽，好與疲甿作膏沐。

## 送張侍御敦均歸里

昔交湯綏叔，信覩儒者傑。好學老不衰，養懷貞素節。自還江上廬，奄忽喪明哲。當時承學徒，幾家誦師説。侍御獨尊聞，前賢道未歇。澹無才知競，眞抱與衆别。與君居連巷，頗覺造請缺。世外託知賞，豈必相見熱？羣才方進用，君子胡退列？既往發遺經，繼學良可悦。日月正遷流，所憂變齒髮。俛仰尚後君，豈不媿頑劣。

## 甘泉宮瓦歌

漢家離宮渭南北，前俯終南插天色。椽欒山北古明庭，盛夏淩兢寒不釋。萬乘長安未足居，迎風既立增儲胥。年年避暑雲陽去，儲偫千官趨道途。紅光翠氣相陵亂，甲帳珠簾設霄漢。美人鼓瑟待神仙，羽林拱衞行人歎。弄兵戾子起，觸瑟何羅來。甘泉見聞乃若此，土木壯矣人危哉！宮車卒別寒門道，甍宇雖存瞻可哀。嗚呼況復狐兔穴，零瓦當年一膏血。捨置耒耜作陶旊，鞭笞畚挶升墆霓。辛苦前人匠作誰？摩挲今日形橅別。君不見，林光既秦餘，九成亦隨舊。宗廟既已夷，愒心猶未究。先王宮室蔽風雨，侈君土木衣文繡。千窑已作向南山，三輔幾何不苑囿？茅茨太樸固未能，露臺不起寧非厚？陳屋三瓦戒居盈，作室幾家貽肯搆？對此悲傷千載心，漢事已過良勿又。

## 羅兩峯鬼趣圖

形役此勞生，束縛日來往。謂當返其眞，六氣同一廣。如何釋委形，轉受拘物象？匹若脱繭蛾，翻飛挂蛛網。君看隙外光，穿落窗中壤。或方或橢圜，横斜直曲枉。游光倏忽暝，玆形究安放？萬象不可窮，顛倒由一想。幻作三途業，何異景罔兩？畫師如説法，染筆興幽愴。變狀悉呈露，目覩非髴髣。觀象轉得空，智者一反掌。天人阿修羅，一一超無上。稽首證導師，茲義實非謬。

## 萬壽寺松樹歌呈張祭酒 裕犖

萬壽寺有元朝松，七株偃仰無一同。五百餘年到今植，幾時變化風雨中。我來頻見尚動色，拏攫未敢趨當中。甲戌京華夏初及，禮闈始散羣賢集。翰林邀客會城西，寺門正帶朝暉入。冥冥氣蓄雷霆寒，颯颯風摇露枝溼。是時同輩八九人，鼐也年纔逾二十。同披單衫趿輕履，一時散向松間立。風流諸客皆好文，當筵意氣陵青雲。有松嘗經幾輩客，高論松前曾幾聞。自從車馬寺外分，十年一半爲丘墳。甲戌，祭酒爲編修分校，出邀同游者，張鏡壑閣學、涵暉助教、馬牧儕舍人、方午莊明府、眉山孝廉，今皆歿矣。嗚呼此地松猶在，薄游曳杖僧窗外。萬里秋吹遼海空，重陰晝塞西山隘。獨聽颼颼恐欲生，況經摇落情先廢。借問種松樹，松樹何處無？吾邑最南境，何止百萬株！上枝摇蕩潛霍雲，下根磅礴松山湖。往往中有宋元植，榮枯蘿蔦騰颳颸〔二〕。年少去之歸老夫，何況不歸使松孤！君不念，男兒莫待齒髮脱，無情松樹始長活。

## 嚴侍讀長明散木菴集時嚴將南旋

風日一何佳？初冬殊未冷。高齋客來暮，檐陽露俄頃。小庭木盡脱，蕭蕭散空影。所貴人心閒，適與物候静。平生值數賢，驟見良已幸。招邀況一室，行不待造請。主人無俗懷，稍爲設蔬茗。既脱形骸累，觀醉不妨醒。試思士多才，奚啻木有癭。苟得謝斧斤，何嫌寄幽屏。所惜送將離，屈指江路永。曷以盡餘情？宵深燭猶秉。

## 延祐元年江西鄉試石鼓賦卷題後

小賦八首蘇君書，我初見之詹事錢坤一載篋。短檠風動目揩瞋，長卷夜寒手鈔怯。延祐正當元運中，詔書初行貢舉法。主司聘用行省書，布衣名上州縣牒。十八路並集隆興，第二場中題試帖。至今異日迹還留，想見同年心最愜。當時鄧公主浙試，深褢吳生奏鄉捷。聲名傳少惜終淪，拔取雖多頗非躐。低徊千載岐陽鼓，笑談一代慈恩塔。文字貧兒矜敝帚，宇宙飄風吹落葉。賦好誰人手可叉，時過幾日鬚當鑷。童幼嘗爲揚子雲，長大更思袁伯業。世間筆墨未能抛，太息古人譏目睫。

## 章華國課子圖

君居西郊我城裏，同飲桐谿一谿水。我行京國百不歡，惟見鄉閭來輒喜。值君新著隴西績，收縛窮姦才折箠。侍中贊引入金門，天子書名留玉几。出同鐙火倍欣然，行異關河良久矣。室家勞問到髫羈，歲月峥嶸看髮齒。一經君已勝籯金，四十余才射蓬矢。根柯羨説長豫章，圖畫更教看騄駬。失笑天吳紫鳳閒，那免任童蔣翁恥。君行努力快清時，身活千人家必起。卻賦徐卿有二雛，所愧衰遲如子美。

## 寄蘇園仲

蘇君信慕古，閱世如有道。蕩蕩胸臆間，不知何者好。小心衆人内，高視萬物表。徒欲春馴雉，而羞夜撮蚤。作吏見不能，收身豈嫌早！平城山後郡，八月衰塞草。蝅狐祥一丘，固由佳士少。君往聊託居，已使陋俗矯。日昨向汾陰，南行就粳稻。目病細書難，交疏吳語悄。兒瘦苦憶翁，女嫁已泣媪。授館賴主賢，妻孥稍相保。嗟我别君來，仰見昏中昴。千里懸一心，頻搔不可爪。位置賢者生，豈不在蒼昊？正以松柏姿，不厭藜藿飽。諸生朱游客，數紙山公嬲。寄聲問起居，曷以終素抱？

十一月十五日雪翁正三學士偕錢籜石詹事辛楣學士登陶然亭回至鼐寓舍與程魚門吏部曹來殷贊善吴白華侍讀陸耳山刑部同飲至夜翁用東坡清虚堂韻作詩垂示輒依奉和並呈諸公

西山指海如龍蛇，揚雲弄霧行衙衙。九門陰靄塞朝景，雙闕明光開玉花。羣公欲眺山半脊，高閣上出城千家。皓空正對北風客，斜陽忽送西林鴉。八逢日至在京洛，又見郊仗陳莖葩。好景宜從客游戲，碎事厭聽人梳爬。惜未聯鑣踏冷絮，顧承枉轡呼煎茶。月階凍面行蟻盞，雪地立奴垂馬撾。漸至中宵柝三兩，猶取前輩文稱嗟。後來知更道今不？自記過眼看雲霞。

爲翁正三學士題東坡天際烏雲帖

東坡自謂字無法，天巧繩墨何從施？青霄碧海縱游戲，自中律度精毫釐。嘗託西湖佳麗地，仍記閒情書小詩。前人不見蔡君謨，後人不識柯九思。人生翰墨細事耳，古今相接良賴之。學士新作蘇米齋，欲飽看字療輖饑。此册神妙尤所祕，雲煙閱世憐公癡。今朝我更作公病，歛册向篋重手持。日午來看到昏黑，兀兀不樂歸車馳。學士平生妙臨本，試作嘗眩眞鑑知。請煩冰雪襟懷手，再寫佳人絶妙辭。

## 三長物齋詩爲魚門吏部作

椒花吟舫學士朱，十年種樹茲舊廬。主人擁節江山去，遂使程侯來借居。長身美髯眉鬢疏，吟誦齋中朝與晡。窮病聲名五十載，劣將文字調妻孥。埽除萬物無一須，猶藏玄璧值連都。咸亨舊碑北宋搨，同時一硯遺大蘇。風流頗與前賢俱，文力猶健斑生鬚。天地大矣偶相寄，三物一身游有餘。學士江南昨寄書，齋前修竹復何如？春風欲展小庭緑，晴日涵空軒檻虛。我亦長安一腐儒，戲弄筆墨來停車。人間長物伴閒客，正爾齋中不可無。

## 送吳編修敬輿

吳侯自學道，往往造淵静。不以宇宙廣，而爲一塗競。桃李常不言，儕類輒愛敬。乃知君子器，宜從大夫政。在朝量已優，告歸韻尤勝。名班三殿旁，身逐一帆正。花落春水生，天合松陵鏡。或逢鄉曲人，爭席昧名姓。刈草先人廬，種松丘壟徑。倏忽秋風生，相望北枝勁。所恐竟脱屣，杳與海鷗泳。

## 董賢銀印歌 爲嚴東有作

渭南城郭都非故，南對南山止陵墓。書生嗜古寶殘餘，忘卻興悲啓幽户。小篆鏤銀印紙紅，土花新洗到關東。回頭秦嶺傷心碧，袖裏金貂漢侍中。

## 花朝雪集覃谿學士家歸作此詩

京師信人海，時時遇賢哲。事會一聚之，倏復岐車轍。出動千百里，入乃限禁闥。遠近雖則殊，容儀皆邈絶。獨兹五六人，有職幸非熱。從游頗最久，盤譽遂屢設。亦知天運旋，終當有離别。在目且欣然，流連詎能歇？正如春未深，坐賞花朝雪。平生覬聞道，隨處知可悦。清宵接嘉論，有蒙固當發。遂歸吟塵窗，耿未寒鐙滅。

## 述懷二首

門有吳越士，撟首自言賢。束帶迎入座，抗論崇古先。摽舉文句間，所守何戔戔！誹鄙程與朱，制行或異旃。漢唐勤箋疏，用志誠精專。星月豈不輝？差異白日懸。世有宋大儒，江海容百川。道學一旦廢，乾坤其毁焉！寄語幼誦子，僞論烏足傳？

昔者先端恪，實作虞廷士。質對與神明，非邀矜恕美。一端或自咎，中夜輒懲毖。當時網信疏，奸猾亦衰止。先朝忠厚統，所垂良遠矣！自是百年來，法家常繼軌。刑官豈易爲，乃及末小子。顧念同形生，安可欲之死。苟足禁暴虐，用威非得已。所慮稍刻深，輕重有失理。文條豈無説，人情或不爾。不肖常淺識，倉卒署紙尾。恐非平生心，終坐再三起。長揖向上官，秋風向田里。

## 魏三藏菩提流支在胡相國第譯金剛經刻石拓本

佛在祇樹園，當時説此經。須菩提跽前涕零，復有千二百五十人旁聽。草堂寺盛秦姚興，鳩摩羅什天竺僧。譯諸經品中，此經爲大乘。後有菩提流支來，世言可埒羅什才。侍中崔光爲執筆，相國之第爲之開，别出譯本劘崔嵬。自從西晉亂，震旦人最苦。是時佛法興，經律遍中土。大慈無力拯横流，象義猶能歆暴主。其間暫廢太平眞君年，厥孫事佛俄加虔。廢者奉道希神仙，復者諂媚求福田。糜爛戰鬥峻刑網，窮飾寺廟開法筵。太和以來既南渡，洛陽伽藍起無數。胡后宫闈不可言，永寧佛圖功最鉅。後胡國珍前馮熙，敬事釋門皆后父。富貴已極憂死生，外戚無功謂神助。譯經更薦國珍死，作福寧非太后故。我聞佛法不可文字求，廓然無聖道最優。天宫龍藏積萬卷，紛紜律論誰窮搜？其中佛語魔語雜，埽除皮毛見正法。章句文義若爭巧，不二無言何處荅？君不見，胡后起自姑爲尼，死入雙靈寺内棲。其始以此終亦此，妙義那知葱嶺西！河陰朝士埋碧血，洛下宫闈生蒺藜。祇有青山完片石，留傳絶域舍婆提。崔光執筆事，見三藏法師傳。此譯本云：佛在舍婆提國。

## 錢詹事座上觀沈石田畫檜歌

三百年中畫第一，天趣横流腕間出。弟子尚作文徵明，先生自入董源室。長卷大樹爲者難，屈伸神鬼開雲關。忽移拔地風霆間，紙上已作千年斑。常熟蕭梁七星檜，七株今尚三株在。一株横空偃圓蓋，二株曾遭雷火焚，直幹依然挺靈怪。海氣沉霾古觀中，行人太息虞山外。徵君攜客游觀之，自從圖成復寫詩。豈徒草木生顔色，談笑風流皆可思。吾家乃在舒州住，未過鎮江東一步。曾聞此檜不曾逢，卻憶江帆建康路。壬申之歲給事園，往看六朝之松樹。長鬣上激虬龍鳴，蜷身下作狻犀怒。江寒浪湧排風煙，日落天空走雲霧。此松此檜遥相望，神物而今松獨亡。樵薪荆棘誰當念，寂寞巖阿亦可傷。人間貴賤誠難測，且展煙霞吐胸臆。作畫看山終此身，富貴不以離其親。已逢弘治昇平日，更作東吴偃臥人。古樹江南春復春，可憐輪轍盡勞薪。世間詩畫猶餘事，令我長思眞逸民。

## 王舍人友亮坐看雲起圖

潛皖萬嶺江之西，朝雲暮靄長升躋。吾家乃在雲中住，出户一里三里迷。江上看山卓雲立，略與吾居平地齊。吾嘗策杖更西上，猿捷鳥逝非常蹊。嶽雲盛氣遠翕合，何所埋庋元封珪？窮丹踰翠亂雲墮，其上點點才如鷖。乃知大山宫小霍，一丘軟草平流谿。不謂坐處已嶄絶，但覺四面峯頭低。雲生石罅走一髮，下作霹靂淙鳴畦。繚繞連峯態萬出，咫尺晴日交陰霓。暮宿僧菴光正白，月横露壑風淒淒。晦明朝暮看盡好，惟有遠别無由攜。君家看雲昔黄海，新居乃卜長干堤。崇山到此勢已盡，吐氣猶是龍虎棲。欲窮餘霞散綺色，請登天闕攀雲梯。嗟余送子隔雲外，獨憶秋山猿夜啼。

## 七夕集覃谿學士家觀祈巧圖或以爲唐張萱筆也

驪山秋樹圍宫殿，列屋同居異歡宴。人人七夕望牽牛，歲歲秋風落團扇。渭南渭北明河光，張生腕底風露涼。定知紈袖停針後，金井殞梧聽漏長。玉貌綺羅天寶末，霜霰未深炎已奪。宫中兒女爲情死，牆外書生籌國活。燒燭披圖又一時，夜深題作女郎詩。青天纖月長如此，巧拙人間那得知？

今歲重九翁覃谿學士登法源寺閣作斲字韻七言詩亦以屬鼐而未暇爲也學士屢用其韻爲詩益奇臘月飲學士家出示所得宋雕本施注蘇詩舊藏宋中丞家者欣賞無已乃次重九詩韻

學士金石搜南朔，攬異爲詩工刻斲。閉門高興逸如雲，舒紙揮毫疾逾颮。今秋九月金垂砌，西嶺無雲玉出璞。霜寒勇上寺樓看，風舞懸旛翩不卓。成詩淵海得驪珠，欲和空倉饑雀啄。兹晨招客爲看書，來似鴻儔飛撲撲。雕鐫遠有嘉泰字，收藏近與商丘較。蘇詩傳世幾千首，高語去天眞一握。當年獄案可悲傷，他日注家還踳駁。此編晚出施顧手，黨禁正解東南角。後來補闕更何如？虎賁雖在中郎邈。耽詩愛古皆結習，計短衡長非大覺。曾薄富貴書何厚，甘典衣裘襟可捉。子瞻自是千載人，學士豈比無心學？佳本與公吾亦欣，叩門會辦來觀數。

用前韻贈朱竹君學士

嘗聞至德還其朔，緣飾雕幾皆鏟斲。忘情世患了不驚，絶勝爰居避災颮。先生宿有超世量，刮摩無功完太璞。出受使命寧熱内，善誘諸生忘苦卓。先幾獨奏啓鴻文，後學多聞承觳啄。世人那悟鴛雛德，纖兒枉作蚊虻撲。卻思此地羣冠蓋，昨歲春風送重較。僕時貢院從有司，不見乘軺節在握。默懷鄉郡江淮上，道樹未嘗忘六駁。懸知按部方千里，曲若回文周四角。傳聞山水頗流連，復有篇章發幽邈。歸校中文亦復佳，人道左遷原不覺。最欣朋好復尊前，風月不須勞捕捉。子長好奇餘一病，枝葉曷芟歸本學。與君差近古人交，苦語未嫌朋友數。

## 賞番圖爲李西華侍郎題

禹昔導川疏溝渠，四載不及東南墟。漫天漲海游龍魚，西界閩越東尾閭。百島散處黑子如，自漢不屬王無諸。聖朝持載配地輿，鄭氏世竊蠻島居，曷不稽首朝殿除？仁皇在阼二紀餘，天戈南指皆薅鋤。設立郡縣軌同車，御史監郡法秦初。歲在困敦月在余，臨川黄門受詔書，南征軺傳前建旟。舉帆度海風帷袪，宣恩諭德遍里廬。是時萬彙蒙煦噓，啓之闢之其檉椐。繞屋種竹及芭苴，枸榔餘甘椰栟櫚。四時青青百穀蔬，流脂稻米有餘糈。轉市海內連籧篨，吏治清静絶詐狙。因俗示禮兩相於，海風不復遷鶢鶋。番人秉性豈異余，與民雜處𪑾并駼。春秋射獵山作阹，篾帶束腰璫耳鐻。身衣鹿皮弓箖箊，沙魚登岸脱填淤。距躍三百如蟾蜍，迹纏迹速升山岨。舍矢麗龜及豪豬，相聚牽臂飲以醵。好人怒獸或齟齬，撫之有道難自紓。草薙禽獮豈義與？使者治定靡紛拏。乃命頒賞布燕譽，天清海宴風颶裾。使者之幄面廣虛，諸番部衆從長胥。相排壓背蹙駏驉，佩刀守將跪舉袪。受命分賜金帛練，牽羊肩酒持巾帑。既賜拜舞歡情攄，蠻歌振股疑蚣蝑。使者閱歲菑未畬，歸逾江淮超青徐。清廟重器升璠璵，司空度地九澤瀦。藐彼外郡鄰沮洳，有番海上思欷歔。道山延閣册廣儲，公與羣儒聯珮琚。春風思遠夢蘧蘧，陳圖示客言既且。遼哉古放龍蛇沮，天子代來恩澤湑。上褚中褚賜衣袽，黄屋之國少躊躇。於今絶域覆腋胠，魯鷄伏鵠如蜀雞。此圖稽典宜寶居，乃知柔遠術不疏。

## 篆秋草堂歌贈錢獻之

古文遭秦燒不存，當時丞相篆獨尊。登山刻石作蝸匾〔三〕，頗取茂美異本根。嗚呼秦人尚刻盭，自茲書亦含秋氣。魯壁再傳蝌斗書，相傳竟斷衞伯儒。世競草隸篆益疏，卓哉陽冰導二徐。破碎都無保氏義，瑰奇獨繼秦人橅。錢君晚出江海陬，學篆欲溯軒黄初。草堂多秋懷，用意亦何孤。豈但用意孤，筆力不世出。金壇王侍郎，先朝篆第一。濡毫未免先著漆，布置雖均生氣失。錢君寫篆不擇筆，冥合豪釐未嘗溢。乃知天巧工中微，不似矗工常縛律。君家詹事今古人，君與學古情益親。詹事登朝三十年，大儒師保居虎門。嘗見所作篆，亦如儒者端拱齊韠紳。况君年紀未三十，老生相逢低首立，家學益承安可及？明廷待君雖未入，經術終當佐天子，挾筴那能歸下邑？長安二月春風來，草青欲出花未開。江湖夢遠春水白，篆秋草堂安在哉！門多問字揚雄客，聲振羣公賈誼才。盛名雖好戒多取，千古當推殊俗懷。我今廢學苦多忘，願就咨君日百回。他日張紘隔吴下，苦將名篆憶徘徊。

## 城南修禊詩

暮春正三日，來會城南隅。長川明若練，其上源西湖。下輸南海子，草橋貫中途。晝陰天多風，楊柳密復疏。草芽沙岸緑，葦席縱横舒。面流坐中林，默數同會徒。長者二十五，幼稚十人餘。自從導此川，種樹歲增株。我來再修禊，風景日可娱。何况冠蓋衆，前春尚不如。是時朝廷清，在列多鉅儒。清修好名節，室不聞笙竽。四海草野賢，招徠盡于于。相從抗論古，薄游散其劬。山陰雖可慕，豈若帝王都？羣賢及古哲，文藻復交敷。鼐也最寡聞，寬世容其愚。頗減吏事責，與使談詩書。累從諸公後，觀覽物華初。當有異世賢，慨慕今兹無。中筵既自幸，迴念顧鬱紆。昔者孔氏門，材孰非時須？後先及疏附，所欲返唐虞。如何浩歌人，舍之風舞雩？乃知士有志，聖人不與渝。既乏經世略，披褐宜田廬。遼哉千古會，日月終不居。夕陽散車馬，長途眺廣虚。屬斯告後來，慨焉或念諸！

## 校記

〔一〕材　疑當作「村」。

〔二〕颷颾　當據會文、梅刊本、宋校本作「颵䫻」。

〔三〕蝺匾　梅刊本作「蹁扁」。

# 惜抱軒詩集卷三

## 古體四十首

### 新城道中書所見

大霧被野天爲遮，海東遏不翔金鴉。寒威逼人歛默息，倏忽眼眩生奇花。是時夾道萬凍木，半生半死交杈枒。含靈孕氣作怪異，纈如桃李冬揚葩。蒼龍立海負冰雪，天女隳地紛珠珈。黄帝此夜戰涿鹿，蚩尤肩髀埋谽谺。三軍凱旋盡解甲，亂挂林木光明霞。千形萬態未易究，琮琤忽墜當吾車。發書占策苦不得，野老能説殊亦佳。或云休徵備飯甕，梱載千億收禾麻。或云此咎達官怕，有鬼欲瞰高明家。從來休咎兩難定，況何與此枯樹耶？紅鑪圍坐别妻子，敦宿起看聊矜夸。虚榮幻象豈久據，午位已正陽輪加。飢腸得食出戲語，荒店凍壁題欹斜。

## 阜城作

積雪河間道，初日弓高城。單車十二月，自此將何征？僕昔弱冠歲，始竊鄉曲名。充賦自南來，意氣頗縱横。謂當展微抱，庶見康民甿。行能苦陋薄，疾疢復相嬰。十年省閣内，回首竟何成！側聞太山谷，往往仙人行。雲霄晝下鹿，東海遠騎鯨。願言見求道，倘許傳其精。披我故時裘，浩歌出皇京。旁觀擁千百，拍手笑狂生。

## 於朱子潁郡齋值仁和申改翁見示所作詩題贈一首

我昔少年百不求，車舟載走殊方州。短褐之衣飯不足，胸探江漢千珠旒。偶向人間結豪士，擊筑和歌燕市秋。自從通籍十年後，意興直與庸人侔。徑辭五雲雙闕下，欲攬青天滄海流。故人剖符守東嶽，長髯忽對當風虬。坐中賓友況英俊，聞名往往從交游。嘉陵驛路劍關口，君昔黄綬憂民憂。一朝解印歸不得，西南漂泊猿玃愁。是時朱君亦羈客，攜子登閣觀江涪。萬里解散復會合，并有百錦囊壓輈。荷君爲我盡傾出，紅燭低看三白頭。精金美玉價在市，鯨波蜃氣升成樓。信知江山助雄麗，使我愧向平生搜。擬將雪霽上日觀，當爲故人十日留。高巖磨壁不敢寫，盍借巨筆鑱天球。文章道路識老馬，世事滄洲漂白鷗。

相看興極一迴首，日月往矣空悠悠。

## 歲除日與子潁登日觀觀日出作歌

泰山到海五百里，日觀東看直一指。萬峯海上碧沈沈，象伏龍蹲呼不起。夜半雲海浮巖空，雪山滅没空雲中。參旗正拂天門西，雲漢卻跨滄海東。海隅雲光一線動，山如舞袖招長風。使君長髯眞虬龍，我亦鶴骨撐青穹。天風飄飄拂東向，拄杖探出扶桑紅。地底金輪幾及丈，海右天鷄纔一唱。不知萬頃馮夷宫，併作紅光上天上。使君昔者大峨眉，堅冰磴滑乘如脂。攀空極險才到頂，夜看日出嘗如斯。其下濛濛萬青嶺，中道江水而東之。孤臣羈迹自歎息，中原有路歸無時。此生忽忽俄在此，故人偕君良共喜。天以昌君畫與詩，又使分符泰山址。男兒自負喬嶽身，胸有大海光明暾。即今同立岱宗頂，豈復猶如世上人？大地川原紛四下，中天日月環雙循。山海微茫一卷石，雲煙變滅千朝昏。馭氣終超萬物表，東岱西峨何復論！

## 孔撝約集石鼓殘文成詩

在昔成周造西土，日出海隅皆奄撫。同文遂光天子政，異學敢施私智舞。大蒐有禮朝金舄，小雅餘篇鐫石鼓。東遷孔子悼詩亡，史有闕文吾尚睹。用劉子駿説。倔興暴國尚首功，撥去古文焚一炬。小篆從茲法丞相，爰歷競言受車府。援筆且便徒隸才，立政安求周召侶？雖然六體試古文，尚有典刑存一縷。魏晉以後述者稀，科斗僅傳逮韓愈。厥後推求鐘鼎文，形響猜疑似聾瞽。銘勒誰可迹郟梁，眞僞奚能知岣嶁？獨留此鼓見周人，猶似裔孫瞻鼻祖。文士甲癸紛臆決，强定成宣道文武。斷文闕義那得知，偉畫奇樵差可數。一朝聯綴使完善，墜玉零珠同貫組。文王清廟固難睎，急就凡將眞下頫。乃知翰林有奇智，鍊石星躔如可補。嘗疑秦篆一家學，叔重雖精猶異古。言之成理或近鑿，有似郢人書燭舉。保氏本體益茫昧，後賢傳説時舛午。日在茻中會意莫，背私公乃韓非語。豈如石鼓堅可信，乃諺胡爲譏厥父。説文：『莫，日且冥也。從日，在茻中。』石鼓文從早不從日。按：説文載自芥至蓟五十三字大篆皆以從茻，莫固草名，見詩，安知非本草名而假借以爲蚤莫之莫，亦猶蚤之借蚤蝨也。以假借言之，亦不必取日在茻中矣。又説文：『公，平分也，八猶背也。』韓非曰：『背私爲公。』石鼓公字下從口，不從厶，亦不合背厶之説；而説文載古文訟字下正從口，故知石鼓可信。必以許氏所解六書義難之，則反失之矣。説禮無徵傷杞宋，崇舊有由敬收舄。嗟君好古如食跖，快讀奇字嘗如吐。益友多聞求寡昧，家法虛懷銘傴僂。何當再發壁中書，小學源流勝張杜。

## 題唐人關山行旅圖

亂山奔如濤，急水高如山。千山萬水不可度，況有倚天絶地之雄關！終南東走洛與宛，劍閣岷嶓天最遠。山頭日落關前晚，青煙滿地黄雲返。棧中馬足躡重雲，巖底車聲行絶坂。後有輿從前建旍，孤騎席帽絲鞭操。負擔汗頳賤且勞，耳邊不斷風騷騷，猿鳥悲嘯兕虎嗥。青楓密竹苦霧塞，仰首始露青天高。林開地闊春陂緑，商舶漁舠牽纜續。嘉陵江水下渝州，愁聽巴人竹枝曲。不道曲聲悲，且説含辭苦。山頭十日九風雨，君王腸斷爲零鈴，行路誰能不酸楚？路草巖花秋復春，關山猶有未歸人。丹青寫盡關山怨，千古行人行不斷。將身涉險豈非愚？不及田間藜藿飯。或言男兒桑弧蓬矢射四方，那得日在妻孥旁？樵夫隱士同一谷，英雄賈客偕征行。士生各有志，未易相評量。亦有進退無不可，出亦非見居非藏。蒼生自待命世者，豈必棲棲求異鄉？

## 正月晦日期應宿同游浮山余往徧歷諸峯而應宿不至遂宿會勝巖次日至華嚴寺作詩歸示應宿兼寄朱竹君學士

朝暉揚瀾渡，明漪泛龍嵸。舍艇杖笻入，兩崖一道甬。石若垂天雲，與地離跟踵。立柱裊纖箾，垂乳墜擁腫。長風流其隙，飄揺殆將動。初入浩笑廊，題名紛蠛蠓。昏沕閒一讀，鼻摩目勞瞷。三曲既穿洞，一門俄出籠。睥睨昔建矛，搏鬥事呼詾。中山信人傑，造迹拔呰勇。浮雲失前功，巨障有餘鞏。徐中山破浮山呰事，見本傳，今尚有陳氏所築巖門。超登萬壑上，空宇散羣壅。嘗聞此山木，連峯覆鬱蓊。陋僧不知惜，十八樵熅熜。俯視惟壑谷，青葱若箸篵。上有石攢羅，象似豈寓俑。江湖漫遠明，峯稜點倏聳。是時春始和，菜麥競刺壟。佳人終不來，逝鳥時企瞛。天風警虛襟，寒陰肅晝恐。天池見纖鱗，人言乃龍種。卻立不敢浴，引手聊一捧。浥水洗石蓮，戲苔羣慫慂。繞雲梯頗峻，僧導使余踵。右詣張公巖，欲乞餘鉛澒。夙聞九帶禪，晰義啓愚懂。異哉不二門，兼紹洞山統。遠公本臨濟下嗣，而受洞宗太陽和尚記以授青公，使遥嗣太陽。今洞宗皆其後也。我登遠公石，但見青草菶。安得聞説法，顛頂灌酪湩。日暝返龕閣，中心獨悵懵。青鐙熒石壁，照佛兩臂拱。終夜風雨急，環巖吐泉孔。坐待朝暘洞，果見先曈曨。置案未盡餐，僧雛來趣董。西北舍舊歷，東南發新竦。紫霞闢其隘，穹蜷偃脩竦。僧登余未上，仙牀危可悚。最鉅金谷巖，斑駮矗上湧。赤玉挂彎環，青天受蟠擁。巖竇立金容，縱横結梁栱。其右闢石室，弇上竅若籠。冬凝曜冰柱，春霤墮乳挏。有童試擲爆，訇殷坻隤隴。其外沸石泉，當戶三曲踊。長谿決兩隘，霜鍔拔鞞琫。轉入華嚴寺，高林墮鳥氄。鯨鏗震幽陰，奚啻破蚵蛩。遂穿巨竹徑，上詣可師冢。婆娑芳桂陰，趺坐遺廈愬。借問張文端，寧辭柱石重？蕭爾此淹留，何如驚辱寵？張文端有浮山十可坐處，桂下其一也。有志嚮浮山，自余始角髫。長序仲孚詩，鋭思撥倥偬。余有左仲孚浮渡詩序。悲哉吾仲孚，奄已乘翣輁。而吾二十年，京洛仕搶茸。翰林持節來，思余隔塵壒。嗟彼千里驥，倏以短轅要。至今壁上刻，光晶照珠珙。惜我先後迹，與君不可總。此生逋世役，幾如説梏拲。孰慰獨游寂？靈怪交獻奉。所恨未聞道，仍將棄凡冗。糞掃石壇隅，終身縛竹箒。遠道或見思，作詩遺笑唪。

## 雜詩

誰植高原樹？花葉相離披。幽陰上蔽日，野鳥中巢之。朝飛呼其友，莫宿呼其兒。豈不樂平生，久託終不移。微霜變青緑，涼風又先吹。餘葉猶滿林，颯颯聲何悲！四海諒云廣，欲逝願徘徊〔一〕。獨食雖得飽，不如羣食飢。一夕不相親，百年安得知！但冀藏弱羽，奚必棲高枝？

挾瑟昔侍君，中宵錯明燭。芳尊前既陳，衆女皆列幄。不謂微且鄙，過蒙君顧辱。爲君起新聲，竭才自結束。盼睞人心移，曾無待終曲。堂上有萬里，薄帷能蔽目。親者巧有餘，疏者拙不足。欲逝不敢遠，沈吟就別屋。秋風拂階墀，皎月如寒玉。恐欲傳清光，爲人照幽獨。

陽澤將被物，秭鷤乃先嗥。天運苟不通，密雲在西郊。哲人亦何爲，託與萬物遨。語默非有心，進退一所遭。嗟彼盛名譁，雖值禹與堯。不容蓬艾間，乃有膾胥敖？

握有荆山璧，不以易銀鏐。韶虞發高音，陽阿何足謳！高門擊鐘磬，尊爵缺獻酬。酒肉雖飫人，豪傑當懷羞。不聞弋鸞皇，披羽持爲裘。一朝毁周鼎，鑄作耡與耰。白首不能言，小子方咿嚘。願舍中闈態，君當聽道周。

步陟高巖巔，浮雲鬱如海。扶桑升圜日，眩曜生五采。宛虹首幽恒，江漢拕其尾。氛霧倏清澄，島嶽乃錯峙。俯聽深峥嶸，空曲巨聲起。勃上充玄天，下達幽泉底。倡始羲黄前，萬世卒未止。傾耳魂九逝，返乃得宫徵。獨抱虚音歸，中心竊自喜。寫曲欲遺誰？冀有伶倫耳。

## 湖上作

江湖日夜上，廣澤何瀰瀰！青山隱其側，白日漾其裏。竟日無檣帆，鳧鴈或孤起。傾耳鳴瀨間，植立澹何俟？昔者水中央，蓋有天下士。豈忘濟物情？審見人與己。名姓不可聞，何況覿容止！默默千載下，悵望辨兹理。

平皋日將暮，草舍面陂湖。良禾被當門，喬木列萬株。含緑泛幽光，長風忽披敷。水鳥雜岸禽，異響如相呼。近玩既蕭汏，遠趣來虛無。不知青冥外，沈霞杳何徂？人生各有適，豈論榮與枯！倚立待暝月，孰云高興孤？屬言寫自賞，非欲遺吾徒。

## 暮行青山下宿田家作

江皋夕霧中，初月寒津上。雜樹轉蕭疏，長風拂清曠。夙愛青山隅，既暝猶一望。勢別列殊峯，光沈藹同嶂。夜鳥寂還啼，春澗幽逾壯。人從草徑逢，屋與雲巖並。感兹洵有情，欣我久無恙。場圃共披襟，風露頻開釀。耽樂未渠央，疏慵任遺謗。

## 康熙間無爲州僧曰修學死而其身不壞其徒塗以金奉於所居三官廟舟過瞻之作詩

是身一塵垢，與物孰爲親？有迹與無象，二者孰爲眞？借問此比丘，方其閲世辰。杳乘六氣辨，萬彙同一鈞。縱復隨化往，存者猶日輪。何爲累一蜕，長託兹川津。萬劫一刹那，久暫固已均。不以去爲快，不以存爲珍。見者自分别，何足議至神。連朝卧小艇，了不見異人。躡屣謁導師，默與扣净因。推測可與否，定知師不嗔。出門縱鳴櫓，煙霧江泯泯。

## 泊采石值沈南雷來爲姑孰山長夜話因贈

江山俯仰皆吾舊，送我清風滿襟袖。雙橈徑度大江東，南徼雲霞皆出岫。高閣平臨日月輝，傾巖下湧金鐘奏。空江遠影弔蒼茫，幽谷寒聲生左右。止疑萬古謫仙人，念我平生尋邂逅。那知玉趾向姑溪，正挂蒲帆出杭秀。開尊丈室寘盤餐，燒燭深宵繼窮晝。小邑經師道自尊，荒村菜食容常瘦。風摶秋澤見鴻翔，雷響春陂聞雉雊。安有才如萬斛泉，不汲王明藏井甃。明朝我欲攬鍾陵，未獲爲君停宿留。視君早起濟當時，儻有音書寄巖竇。

## 舟中望板子磯以南山勢甚奇因題長句

黄山天半卅六峯，包含雲海蟠奇松。忽乘風霧走江岸，横入江心如臥龍。風清霧霽水摇碧，遠見初日穿玲瓏。煙鬟俯仰久未定，玉圭角立誰爲宗？十年前再入春穀，每下籃輿支短筇。楓丹照眼秋錦亂，茶香薰鼻春焙濃。山中猶未識山好，正坐一障藏千重。輕舠兀坐忽昂首，有似故人天際逢。凋零緑鬢塵埃後，借問青山好憶儂？

## 田　居

自我游人間，嘗恐失情性。負擔偶歸休，揵户良多幸。外物解羈牽，中田託觴詠。既免五漿驚，又謝四簋敬。乞醯常友直，飲酒安用聖？寡偶亦可懽，多稼況爲慶。白雲與户齊，青山入檐映。南榮就冬暄，北斗懸夜柄。逝者諒弗居，優哉復何競！將老澹忘年，達生庶無病。

## 題四更山吐月圖

環海世界中須彌，光明隱蔽行兩規。玄夜穹蓋覆四維，清氣鼓動東南陲。寒魄欲吐風先吹，倒影滄海升匼㔷。壹氣孔神中夜持，仰首雲隙先見之。或來稽首問導師，指端湧現圓若斯。憶泝沅澧踰沙羨，洞庭下浸高樓危。四更起坐星杓垂，月生尚在湘東涯。半映湖面山蔽虧，須臾天地成琉璃。夢游所到不可追，惟有明月窺余帷。

於子頴揚州使院見禹卿遂同游累日復連舟上金山信宿焦山僧院作五言詩紀之

結友二紀前，別離萬里外。每恐終此生，無復容交會。安知三故人，一夕今相對。緑鬢既先凋，行恐成聾聵。妻孥幸無恙，幼稚盡成大。兩君蓋神祐，滇蜀出萬隘。僕也疾未平，中朝謝儔輩。舉目孰不改，身存心可碎。那擇儒與佛，有得差爲快。既攬淮南春，雕闌雜錦繪。使者官事餘，翩然動旌旆。連舫指空江，但見天垂蓋。駮嶂立陽赧，受日騰光怪。陰壑靄如雲，蒙蘢奏悲籟。陰陽有開闔，一氣無遷代。誰云逝者多，澄川故如帶。舉觴酹馮夷，布席臥驚汰。聊與平生心，從容託江瀨。

同王禹卿馮拙齋游八公洞循招隱寺歸

潤州山雄如戰馬，駢飲江中尻未下。長波漂盡百興亡，古淚登高誰不灑？不知更有南山南，疊嶂雲關塞平野。初穿幽谷琅玕入，卻聽細竇珠璣瀉。陰陰鳥語萬朱櫻，寂寂僧居十蘭若。兩君梵行正清修，伴我蕭閒如結夏。未須不二問維摩，風磬一聲言自寡。空階久坐袂生寒，小嶂試登笻可捨。更斟虎跑甘如乳，重過竹林青没踝。豈徒公輩愛家山，我亦淹留爲白社。江風吹面迓歸途，還入喧聲攢萬瓦。

偕蔣春農舍人王元亭給事金蒔亭御史登江鶴亭康山草堂

憶昔武功身不用，南走江津作游弄。江風海月四天垂，中有琵琶聲一縱。清濁都忘身後名，軒裳那計當年重！世間從此有康山，二百餘年存屋棟。江君新葺作階墀，千歲虬龍今始種。每來放鶴羽如輪，縹緲雲霄思獨控。揚州三面邗溝上，中阜獨臨天宇空。風前帆影入城來，天際斜陽低首送。臺省兩賢皆鷟鸑，舍人文筆真苞鳳。淮南芍藥落花時，記入層軒留玉鞚。獨余不飲復無詩，應媿主人開馥甕。

惠照寺分韻得自字

我昨山中居，嘗愛林下寺。每俟風雨休，杖藤輒孤至。矧兹清郊外，良朋逾三四。道人晨啓關，涼蔭散幽地。墜萼點階稀，高藤仰空遂。壁埽唐相題，宇拱金人臂。山鳥罷啼時，風篁識聲自。疇謂聞見間，奄忽忘深智。身世苟無牽，頻來坐寒翠。

## 暑　懷

乘化日行逝，童稚固已然。朝徂暮復改，矧此將頹年。一室曠清暑，桐蔭落疏懸。涼飆倏西起，和鳥鳴階前。飛雨遂飄颯，墜葉亦聯翩。適賞在須臾，顧思彌悵焉。混成故無尾，象帝詎有先？悟彼空外旨，泛此世間緣。夕陽忽西露，倚檻聽悽蟬。

## 潘惟勤弟兄有小園在城北當龍眠山口林麓谿嶂蟠擁最爲可愛惟勤於松下作亭余爲名之曰谷口亭

龍眠崖壑誠幽峭，一往深如處窔奧。卻來谷口快平夷，青嶂芙蕖開四照。筋彊骨健易江山，登涉平生恃年少。而今老矣欲閉門，苦畏拕舟及輿轎。城闉徒步半里餘，及此林巒已妍妙。朋游獨往皆不惡，但欲雨晴途不淖。朝暾尚及露濡瀼，晚日更看山照曜。況於松下落陰翳，萬樹寂無山鵲噪。夾谿紅葉颯蕭蕭，天際秋聲時一到。農樵遇我不相顧，倚柱獨吟頭自掉。世間多少東海生，吾作井蛙君勿笑。

## 張印沙七丈得先職方亦園故址作逸園

吾邑青山圍四境，小嶂城西庫亦勝。昔吾先世籠有之，遂作兩園地相並。其後閱姓凡幾家，敗牖頹垣蓬滿徑。新堂忽起闢荆榛，舊木猶存覆陰映。百年父老觀廢興，舉觴競來爲地慶。丈人健吏勇爲國，嘗抑豪彊沮姦倖。餘才歸逸作兹園，舉廢治荒譬爲政。賤子歸休一畝宫，横榻僅容支麈柄。每于田野縱嬉游，復荷鄉閭同愛敬。霜風吹澹夕陽時，往聽僧庵打鍾磬。開軒松竹復清疏，解帶親交共觴詠。坐久時逢歸鳥斜，飲罷仰看圓月正。百歲如輪那得知，一日縱狂何足病！老梅巖隙已含苞，更待雪香攀石磴。

## 夏晝齋居

中庭榮夏木，靄此南榮幽。微風汎其陰，好鳥鳴相求。乍聆已可怡，移時復悠悠。未知古與今，此意有遷不？願言觀吾生，託與萬物游。

望道苦弗見，安敢輕爲言！大哉天地化，示人初不煩。物表時一遇，忽又汩其源。孤生千載後，屬念祇弗諠。客從茅山來，教我默自存。服氣至萬息，顧見天地根。多謝丈人意，求生固有門。督乎游恣睢，何爲畜於樊？

終日居揵户，披卷慰寂寥。久坐生微涼，不待輕紈招。上覽虞夏興，下及衰亂朝。耳目雖不接，感歎自蕭條。舉首望中庭，忽斂西陽驕。喬木陰暮氣，朱霞灼穹霄。檐昏已飛蝠，林杪猶鳴蜩。俯仰萬化中，安知盈與消？

## 感冬

四運革成歲，日月播陰陽。萬化靡弗徂，天地固有常。玄陰蔽朝日，堅冰嗣微霜。俯仰偶一世，思彼乘雲翔。既無終與始，焉用思羲皇？願言從問道，或爲言其將。

## 王叔明山水卷

大山如雲高蔽日，小山如眉青入室。千林過雨長青蔥，大山小山瀑爭出。低首見峯仰見水，軒窗宛此空巖裏。此中有士無四鄰，草木猶涵太古春。巖花落盡春澗長，遂有漁舟來問津。居者既無求，來者亦無意。但見白雲倚蒼翠，屋上寒雲流滿地。山風卒起漁舠歸，澗石交鳴幽嶂閉。借問何處有此山，豈非廬與霍，盤互雲霄間？哀猿思鳥不知路，惆悵王孫游不還。眼底溪山止平遠，嵐光深處飛禽返。開塗伐木吾無徒，老夫那得淩絶巘？昔聞趙承旨，作畫居吳興，筆法晚授王氏甥。授受有緒諒可貴，意匠不到天機生。妙趣磅礴出域外，承旨雖工容未能。我憐叔明擅此技，丞相之宅才一至，明祖殺士夫何忮？嗚呼！翰墨衹作他人娱，露才往往傷其軀。曷不避世深山居？竟友麋鹿從樵漁。衣冠名姓世莫識，結屋無能與畫圖。

## 仇英明妃圖

明妃一出蕭關道，玉顔不似當時好。卻留青冢地長春，復有畫圖容不老。漢官佩劍卒舉旗，分布四馬連尻脽，毛端颯有風沙吹。侍女頗具宫中儀，中有襜褕擁獨騎。落日黄沙萬馬迹，臨風翠袖雙蛾眉。欲到穹廬前幾許，賢王迎跪廬兒語。琵琶曲終淚如雨，佳人那必逢佳侶？表餌生分漢帝憂，容華死作單于土。遺事竟寧傳到今，王昭有曲聲中琴。仇生豈亦能知音，寫出别怨關山深。正使夔州衰杜老，春風省識忽傷心。

## 贈錢魯思

少日懷賢甘執御，既老猶思身一遇。朅來三載皖中居，惟對龍山如可語。城外拍空江水流，雲中引首時登樓。東風忽有天涯客，青草生時吹泊舟。裁詩作字皆非俗，意中正繼開元躅。信古方能見性情，遺今誰得加榮辱？世間口説何紛紛，未知天意於斯文。鳳凰五色偶鳴和，麒麟一角方超羣。有才如此誠難得，田舍禿翁長語塞。邀君風露月明中，坐歎玉英人莫識。卻憶平生知子時，侍郎舉族住京師。安昌弟子聞張樂，謝傅家庭多詠詩。樽前冠蓋俄逾貴，室内孤嫠今莫支。門户難留百年盛，文章要使千秋垂。修名莫待榮華落，白日終令奴隸知。頻來莎砌同清暑，耽聽狂言亦未癡。

## 唐伯虎赤壁圖

東坡居士賦有畫，風月無窮瀉清快。畫中有賦情亦奇，唐寅使筆能爾爲。登高臨水秋氣悲，山空夜明木見枝。憑虛欲望天涯處，可似湘中瞻九疑。九疑山高湘水深，重華不作哀至今。青楓摇落幽竹林，湘君窈立風滿襟。江妃海若夜起會，或有雲中竽瑟音。雲開月出天寥闊，俛首悲風興大壑。不見帝子乘飛龍，但有横江之一鶴。横江鶴，何徘徊？蘇子乘之去不回。賢者挺生當世才，重之九鼎輕塵埃。脱屣竟從赤松子，賦懸日月何爲哉！情往一樂復一哀，後六百歲余兹來。曳杖江頭看山碧，思得公語從追陪，請與圖中二客偕。今夕何夕月當户，霜落收潦面深渚。涼風吹林蕩空宇，作詩要公公豈許？

## 感衰

朱顔相娱嬉，倏復爲老醜。每見長童稚，屢失故交友。生平免夭折，得天諒已厚。所志尚千百，爲者才八九。終非力所及，曷不歌鼓缶？第恐日失足，盡隳平生守。松檜晚彌榮，所以異蒲柳。脩短未足論，請勿喪吾有。心與逝者寧，道與存者壽。

## 送余伯扶重游武昌

好士如好山，不容置几席。好詩如好士，每見輒增益。皖中山遠人士稀，愛詠清辭長面壁。余生才名二十年，江關處處吟飄泊。蕭條秋氣遠歸來，落楓未盡還爲客。挾册棲遲不療貧，青山重過句仍新。往憑黄鵠山頭望，江漢風流今幾人？

## 夕懷

西嶺斂斜規，餘暉猶辨色。暗牖此終日，俛起釋書策。巡檐風蕭蕭，墜葉動階石。羣鴉得枝棲，復起噪林側。萬物皆寓形，何者爲主客？追前信已愚，探後詎爲適？舉首默無論，寒月偶清夕。

## 見禹卿題拙書後因寄

侍讀净業眞頭陀，静中萬象觀菴羅。起攬風雲入紙墨，筆勢所向揚天戈。金翅擘海作平地，巨靈分山流大河。世人不悟三昧力，將謂妙迹回永和。嗟予弱腕縮春蚓，索處陋巷藏泥蝸。何緣手迹荷題字，皮薦價視蒼璧多。憶昔風帆共投宿，金山夜鼓驚鳴鼉。君呼起説微妙義，履行巨浪穿煙蘿。倚立雲間天澹外，長江蕩與空相摩。三客恍知宿世在，千生了辨須臾過。人間别離細事耳，乘輪退轉憂蹉跎。子潁困臥已近死，與子那得長委蛇？一臂可爲初祖斷，三折豈屑張芝波？快雨堂中想投筆，仰見圓月升牆阿。江上一書通問訊，翻湫倒海將如何？

## 答王生

古人曠不見，生世惻愴多。幸逢賢哲知，交臂倏已過。鄉耋盛文行，孟韓紹同科。四海士仰流，踵門肩相摩。嗟余生晚矣，始冠贄庭阿。繼見曾幾時，奄復從虞歌。所承得綫霤，洪流逝江河。況復久遺忘，髟領垂衰皤。猶欲抱殘缺，爲昔揚其波。豈不愧謏聞？稍足異傳訛。顧恨學非優，身名一么麽。時髦策遠騖，高閎冠峨峨。孰于藪澤下，而爲焦朋羅。坐是臥蓬衡，緘閉如蠃蠃。邈隔後來賢，朱墨方研磨。寫述恐弗遂，畢世埋蘋莎。獨君不見鄙，每顧問無他。投卷逾束帛，陳藉瑋珪瑳。見譽配懿古，媿汗生顏酡。豈君擇取舍？有願正衺頗。眷兹牛下鐸，尚俾雅樂和。廣地孰無材，利欲爲之劘。塵霧苟不興，萬里曜羲娥。士爲千章林，毋爲附施蘿。寒風發江潯，危葉隕庭柯。一觴向風月，願得相婆娑。念子百里外，弁影籌鐙俄。閭井歲苦饑，併日塵生鬴。古鬴即俗鍋字。飢喉出金石，植道爲嘉禾。報詩恧言耄，嘉貺將奈何？

## 題張篁邨萬木奇峯圖

一峯掘起天當中，撑拄元氣開鴻濛。左右闔闢兩巨壑，逕路各絕風雲通。松風遠自雲中起，摇蕩雲光山色裏。水交山斷置人家，松響谽聲動窗几。巖高谷迥居無鄰，松林有路無行人。豈非高士嘗避秦，自此千載無問津。又疑靈境與世隔，乃是天地神物之所珍。我家龍眠東，西望兩谷口。每至夕陽時，嵐光紛照牖。日月逝矣身今衰，芒屩竟隔青崔嵬。卻尋圖中幽谷到窮處，忽有數峯天際來。張君畫山最得古人妙，俯視百年畫史皆塵埃。人家收得尺絹素，屈指不數王麓臺。何況林卉與翎羽，擾擾俗工何足取！韓幹戴嵩堪障壁，徐熙周昉遺兒女。落落平生山水情，移將看畫亦眼明。於今安得張君死復生，與余結茅共對青山青。

校　記

〔一〕顧　疑當作「顧」。

# 惜抱軒詩集卷四

## 古體三十首

### 題合簫樓稾

國風有正變，用冠皆婦人。德載重一世，美言播千春。江山壯龍虎，人物渺荆榛。卓兹白髮嫠，養志忘賤貧。濡翰寫胸懷，皎月升秋旻。感激或哀怨，終無俗淄磷。二班漢東西，異彼蔡與甄。何況競宫體，綺麗玉臺新。少游詠芍藥，蔑與昌黎倫。異哉女郎詩，於今論過秦。

### 宿攝山幽居僧舍次日略覽山中諸勝逮暮遂歸

五月暑未甚，況經新雨餘。攝山若雲起，飄然望遠墟。出郭偕好事，入谷扣幽居。日晡禽聲涼，崦風讶籃輿。萬樹歙澗壑，一鐙耿軒疏。夜悃傍佛龕，晚案得山蔬。雲白緑林外，鳥啼朝日初。推枕頮清泉，杖策曳輕裾。雜石擁樹根，萬疊雲濤如。穿徑石雲中，杳然疑躡虛。法刹引遐歷，宫樹亦瞻諸。高松蔭喝行，清若循階除。亭午不逢客，寂爾惟鐘魚。回首金碧轉，始知山徑紆。聳望最高峯，筋力乏升岨。循年嗟老矣，視日盍歸歟。復向山僧約，期余巖桂舒。

## 九月八日偕葉治三陳碩士從弟儀筐姪彦印謁明孝陵游覽靈谷寺晤其方丈僧祇園

萬事靡弗改，誰能測所終？蔣山自齊梁，幢蓋浮屠宫。安知明祖宅，毁塔遷誌公。何怪三百年，寢闕生蒿蓬。我來謁松下，黄槁間霜叢。故事識已少，今帝德良隆。守吏衛樵蘇，金碧餘穹窿。環峯嶂東南，西眺曠青空。郭外隱大江，杳來逝無窮。杖策越斷橋，攀躋入巖東。密樹欲無徑，涼飆激榛中。積垣外已盡，立殿中猶雄。想見徙建初，頗極匠制工。老僧爲設餐，共語斜陽紅。寘彼萬古懷，企此三幡通。人歸壑谷閉，深翠澹濛濛。林杪餘塔頂，盤鶻下秋風。

## 良醫行贈涇陽張孝廉 菊

自古良醫多出秦，孝廉晚出當其倫。授受無從古術絶，山川靈異能通神。一戰燕山屈羣士，殿側裁文奏天子。君中己酉順天鄉試，是歲詔更試宫内。謂知弓冶繼家聲，孰料刀圭起人死？江山地有金陵壯，萬室曾城壓江上。乃翁强項困爲宰，令子活人譬良相。經營智出非禁方，痛瘝情切方無恙。老夫卧病常兼旬，賴子每過情愈親。已信發蓍遄有喜，況聞快論傴可伸。君家孝友稱義門，詔書褒使薄夫敦。乃翁行古非俗吏，餘慶那不遺後昆？帝所諧聲待詔夏，天池奮翼須鵬鯤。地中生木象愼德，況年始逾冠加元。術如和扁固小技，文高潘陸猶無論。巀嶭終南氣未已，當今相國誠賢矣！安知人無邁古才，更與成周閎散比。老夫未死得君醫，拭目人間有見時。願子勉學致其大，一世膏肓皆可治。

## 與張荷塘論詩

薰蕕非同根，鵷鴟豈並處？欲作古賢辭，先棄凡俗語。青巖萬仞立，丹鳳千里翥。寶氣照山川，芳華出霧雨。快此大美聚，亦使小拙嫵。淺易詢竈嫗，險怪趨虬户。焉知難易外，横縱入規矩。小黠弄狡獪，窺隙目用鼠。不知虎視雄，一嘯風林莽。嘵嘵雜市井，喁喁媚兒女。至言將不出，曩哲遺腹侮。謂獲昔未搜，頗疑今者愈。嗟哉余病耄，柰此衆簧鼓？絃上矢難留，蓄憤終一吐。不期得吾心，君先樹幟羽。將埽妄且庸，略示白與甫。病几偶對論，陽氣上眉宇。東南百俊彦，解者未十五。寡和君勿嫌，終世一仰俯。有得昔幾人，屈指君試數！

訪坳堂觀察於城南寶光寺釋皓清亦至讀觀察近詩數十首雨中共至皇姑寺作詩二首

江霧帶長干，南望盡蒼碧。何處使君居？空山少人迹。東風汎林影，逕草含新色。數轉造精廬，遂爾逢巾舃。漠漠寒雲光，幽幽丈室白。山僧共披帷，飛雨颯沾席。清言接今兹，高文自曩昔。眞性不容遏，筆墨偶流溢。結習誠未忘，固已遺喧寂。誅茅鍾阜巔，邀君共晨夕。

樹引南岡升，雲垂午光晦。披衣細雨中，曳杖荒林外。企彼建琳宫，遠矣自前代。庭圍青竹幽，石倚紅牆壞。危閣墮泠風，空櫺塞寒靄。列架備龍藏，展讀吾未逮。所欣道人韻，敷坐肅相對。

## 偕方坳堂登牛頭迴至獻花巖宿幽棲寺

昨雨竟夕晨未休，與君宿約登牛頭。我怯欲止君意鋭，中道稍幸靄雲收。山陰轉至南澗曲，佛宫上倚雲峯稠。入門階磴鑿蒼翠，兩闌松桂交龍虬。十圍銀杏穿入地，再出若濟興陶丘。霑衣尚有林雨澩，拄杖且趁石逕幽。深洞傳爲辟支坐，小沼或記昭明游。世往荒昧不可辯，登冢一俯千山周。東來句曲氣咫尺，大江三面環如鉤。仰思萬古正惝怳，飛鳥忽逝投滄洲。下踐僧廊出門外，危循鳥道升東陬。獻花巖居萬木杪，片壤劣架懸鐘樓。其時山花開且落，枝間偶復聞啁啾。迴視來逕杳修曲，山光金碧交相浮。幽棲寺近暮投宿，林深霧暗風颼飀。道人昔處此石窟，遠有望氣來相求。廓然無聖乃家法，金屑雖貴寧居眸？尚有佛見師所斥，了無一法今何修？嗟予與子厭塵堨，但云芒屩賢鳴騶。若尋第一微妙義，豈於喧寂論誰優？山僧煮筍春米熟，虎跑泉瀹香盈甌。鐙前飽食放頭睡，起看杲日青天流。

## 瞻園松石歌爲陳東浦方伯作

昔有淮淝帝起淩江東，金陵始建吳王宫。蒼松白石傳是宋元蓄，位置乃在西園中。是時招徠天下雄，游賞時與匹士同。謀畫紛綸史述不可盡，故物矗立皆英風。蔣山南徙新宮衛，松石遺在中山第。君臣際遇自當年，景物蕭疏成異世。我朝奄撫江南陲，大功坊設行省司。人言江寧使院天下冠，日月煙霞生古姿。翠華臨錫瞻園字，松石光輝又一時。此邦有宅城西面，六朝松石名嘗擅。漁洋司李爲題詩，賤子少年曾一見。四十年來古松死，三品石徙金壇縣。嗚呼于文襄，没乃返故鄉。何嘗得一日，幅巾屣履苔石旁！人事興衰變倏忽，古迹銷磨多慨慷。豈如使院長清祕，冠蓋頻誇松石異。自昔元依天子家，於今尚託諸侯帥。使君動法前賢事，文章可傳政可嗣。倚石松前聽松吹，謝公哀樂羊公淚。好誦甘棠召伯詩，休偕異石菱谿記！露砌風軒攜酒尊，更邀白髮醉芳園。古今事往都須置，松石之間别有論。

## 雨晴出廬江寄諸同學

北風夜甚厲，急雨鳴淙潺。大樹俯驚波，連舫纜其間。崩騰勢欲往，撼拒力何艱！勢極曉應衰，柳葉摇翩翾。柔橈蕩春渚，芳草被澄灣。重陰既蕩滌，丹霞忽斒斑。舟進暮未休，野日澹以閒。回首碧林外，數點龍舒山。邈彼二三子，送我出柴關。神會無遠近，道合非附攀。毋以損夷懌，屬念爲衰顔。

## 舟中漫興

終朝風有常，百里谿多曲。屢使帆起落，一若路來復。春氣澹多陰，四顧垂連緑。草逕人獨行，田家麥併熟。屬此旅與居，同寄光陰速。遇物皆可欣，乘化孰非足？暖倚舡窗清，展册呼兒讀。

## 檥舊縣

清江静無風，曉岸初上日。高下雲影合，遠近山青出。連舫纜盡解，孤舟飯未畢。惝涉齊物旨，曠慕養生術。逐事偶在途，澹懷猶一室。復此對清遠，未應嫌遲疾。顧與漁父言，仰送飛鳥逸。又汎滄波東，聊作前游述。

## 題陳碩士母魯恭人端居課子圖

我識夫人夫，朝衫託京國。繼遇夫人弟，幅巾江水北。自始逮今兹，春秋三十易。當時談宴末，偶及中閨德。儀容黯終掩，吾友亦遠隔。遥想琴瑟哀，與彼同生戚。徒存四尺紙，繪作鐙火夕。慈母如師嚴，雒誦殷四壁。圖中最稚兒，玉立今八尺。挂席出彭蠡，就我同書策。萬卷容可收，熊丸不復得。我聞晝閟氏，泣涕甘泉側。憬彼休屠子，忠孝漢庭則。何況傳經家，不匱名當赫。又聞悲思者，不可爲太息。憐吾失母雛，丱髮初覆額。奄垂二十年，感傷衰鬢白。

## 金麓村招游莫愁湖偕浦柳愚毛俟園陳碩士醉中作歌

四月春風猶未已，吹蕩湖煙與湖水。水上青山何所似？擁髻莫愁明鏡裏。風生水軒三面回，白鷺鳧鷖空際來。山光半入城囊括，湖影全將天蕩開。當軒俯仰人間世，莫愁尚得留名字。坐上山川處處奇，胸中今古時時至。君不見，英雄誰似中山王，一枰昔對明高皇。山陰墅賭謝太傅，肥牛亭賜張安昌。徐氏到今取湖税，軼事傳或非荒唐。軼事縱傳何必詳，元功極貴同泯亡。運盡勳華亦烏滅，時來屠販皆龍驤。春水滿時春草長，湖波澹淡漂夕陽。欲喚莫愁歌一曲，四坐賓客各盡觴。顛毛日夜生秋霜，何暇遠計千載事，石室金匱求芬芳！

## 題胡山甫不浪舟記後

便門將渡樓船津，御史欲以血汙輪，舩危橋安稱曉人。寧知三峽遠導岷，負舟麾斥黃龍馴。

人生自貴此有身，正恐畏途出牀茵。至人平視夷險均，覆卻不入操舟神。杅匜江海雲霞巾，馮夷肩吾與我鄰，六合一室誰疏親？歐陽畫舫齋名新，自記夸述草木春。憑欄四望疑漣淪，所言枝葉非本眞。君齋繼作義相循，平生未與君主賓。有齋亦未逝其陳，讀君兩記擬歐倫。賢子求書意頗諄，跋尾君見或不嗔，邈哉歐子不可詢。

## 王石丈得異石於莫愁湖余名之坐龍石戲爲作歌

洞庭雷風夜中起，飛度崤潼戰涇水。歸來歌吹月明中，貴主輕綃泣淚紅。歡樂悲哀一朝盡，寶珠獻得無生忍。歸坐深淵情自枯，誰能出此定跏趺？莫愁湖影涵秋月，道是龍宮光貝闕。探得驪珠何足奇，迎將室內坐之而。抱笏下拜情未已，儼如共浴咸池底。窗前詠作蒼龍鳴，走避定使諸梁驚。煙霧繞階還吐潤，或將霖雨爲蒼生。

## 馬雨畊住相圖

自有天地驅羲娥，風雲變滅流江河。我昔嬰稚今髮皤，如箭逝弩絲運梭。直逮建娶嘶虞歌，焉得停晷容婆娑。君取住義將云何？君言變者自遷訛。有不變者常無他，心如死灰身槁柯。所住非中非四阿，須彌蚊睫誰么麽？稊米萬物非寡多，萬劫靡辨於刹那。了無未來與已過，此爲住義奚可訶？我聞塵根相蕩磨，應無所住傳佛陀。須菩提聞涕滂沱，今始知道異昔科。況君涉世猶同波，晝成戴髮爲優婆。忽然念起火焚和，恐君禪病容未瘥。因言生義皆網羅，住與不住同偏頗，更請斷臂求達摩。

## 秋齋有述

雨歇朝暾時，風來稟秋候。樓上倚層軒，城端見重岫。楚樹遠連空，江雲澹横晝。芳桂已繁英，叢蘭猶一秀。幽居謝物喧，孤賞欣良覯。幸無好爵縻，終卻多文富。淵乎象帝先，曠矣發吾覆。寧執近名心，翻求百年後。

## 游攝山二首 古佛菴有明太祖御容

學道苦不深，塵擾輒有損。所賴行游趣，養眞復吾本。況兹絶静麗，深谷抱重巘。始尋寺鐘來，回視村逕遠。怪石倚磵興，奇柯冒巖偃。幽日曖疏照，流籟逝忽返。偶接道人談，世外情亦悃。久處山氣寒，眺盡夕陽晚。鳥宿人語絶，暗響無一遁。圓月見松上，長影散偃蹇。邈當遺視聽，於法求奥梱。達彼無生寂，見兹有物混。豈必閉石窟，没齒食芝菌。

鑿石龕像佛，遠自齊梁爲。累世導師居，龍象固有儀。何意入僧室，隆準乃可窺。當時平僭亂，四海誠福禔。所嗟攀龍鱗，十九遭焚琦。戰兢展遺像，目角流千鈹。想見劉宋輩，日侍豈不危？篝火息夜榻，聞鐘逐晨麋。朝日草露間，往讀始興碑。慨歎閱千古，誰識無成虧？

乙卯二月望夜與胡豫生同住憨幢和尚慈濟寺觀月有詠

夕陰連遠麓，嵐翠斂高岑。新月吐巖缺，先照寺西林。籃輿轉重障，香度碧谿深。春樹葉未多，疏影落衣襟。佛宫坐遥夜，妙義託幽尋。上眺層閣暉，下步重階琳。素魄行無極，光霽曠來臨。本非有擇照，安知受者欽。文學俊才筆，禪悦亦所歆。余衰邈違世，慕道恐弗任。非徒遺煩慮，更當遺賞心。闍黎浄業就，結習猶謳吟。共會忘言契，何嫌金玉音。

三月九日鄭三雲通守邀於隱仙菴看牡丹竟日翼日雨毛俟園復邀同往賦呈兩君

幕府山頭天接水，千古英雄此中死。惟有東風歲歲來，石頭城下紛紅紫。人生何日不當醉，何處花開不可喜？況惜晚春餘幾日，更對奇葩翻萬蕊。鄭侯年少發新硎，毛子老儒鑽故紙。同欣就我如菖歜，並道愛花入骨髓。昨攜天香歸滿裾，今踏紅雲重曳履。明妝已看照晴熏，深暈復憐含雨泚。桑根三宿固慙僧，羊肉慕羶終勝蟻。華陽眞逸來句曲，人道此間嘗隱几。齊宮梁苑今何在？況遡神仙眞脱屣。道人疑是殷七七，能使荆榛變羅綺。被惱少陵何用訴，樂死右軍差有旨。隱仙菴外臺城路，我購一廛家可徙。落花風盡草如茵，更弔斜陽挂殘壘。

## 景陽鐘歌

景陽山作元嘉帝，逸游已匱民生計。累世增加到齊武，采集良家萬佳麗。朝朝從獵向琅琊，夜夜嚴妝看星彗。端門鐘遠禁庭幽，此時別起景陽樓。萬鈞猛虡懸雲陛，五夜蒲牢驚翠幬。永明英主猶爲此，何怪黄奴極淫侈。迄今偃臥對斜陽，卻想雄鳴流結綺。無射心疾事當戒，有國色荒寧不阤？迹同潘岳弔乘風，理異周官命鳧氏。昔者宋武戰勝收金墉，西京筍虡遷江東。別命率夫千五百，大鐘引出溫洛中。當時物有故都思，諒與隋陳情不同。臺城自入韓擒虎，廢徹雕梁傾反宇。坐視宏鐘棄平楚，竟鬱奇聲不可聞。定知偉器難爲樹，或言此鐘誠有神。霜日駮炙長如新，草間時起光璘瑞，不許中宵輕臥人。我悲亡國此遺迹，聞見要留戒淫僻，不然鎔毁用之何足惜！

## 金麓邨招同浦柳愚毛俟園宗棠圃飲莫愁湖亭作此呈諸君

往者此荒菴，吾儕已來眺。但欣雲木妍，一覽湖山妙。樓觀俄修飭，欞檻悉光耀。既便陟巡游，益足展談笑。博士信好客，先後再承召。風日快今美，歲月忘昔趫。已逾楝花殘，未逮黄梅摽。千林敷盛緑，環堤亂蘆葦。晝陰風氣疏，遥青見羣嶠。煙深出鷺翔，波静響魚趒。近檻種荷蕖，翠葉始揚翹。雖未吐含葩，香已襲肌竅。良取富流覽，豈病隘漁釣。地運有盛衰，人事孰先料。亡國感六朝，登樓憑四徼。帆轉清淮長，城倚石頭峭。儻來遽舜禹，運喪奚羿澆？緬思徐中山，大功過衛驃。以智僅自全，終始明高廟。當世諸文儒，豈特冠遭溺？事往多可傷，迹存聊一弔。諸君采鸞凰，卑棲比鶬鷯。久知投閑散，大勝執機要。鄙人謝局束，惝得展吟嘯。所貴鼓缶歌，寧惜舉杯醮。曠蕩望無垠，徘徊待斜照。

## 跋馬雨畊破舟詩後

大禹昔導江，志濟昏墊黔。中流龍負舟，聖心堅不撼。其餘涉川民，臨濤輒歎感。欲停苦不得，豈盡負勇膽？嗟子前時歸，妻病卧牀毯。倉卒往視之，别我執手寁。石頭帆北張，天門日西晻。知止信不殆，貪進意猶歒。風利急上駛，石險藏下黮。苟非神靈祐，已入蛟龍瞰。磯巨夜復昏，舟破木僅攬。念與子相親，歲月遡髦髧。白髮終牖下，固當理坎窞。焉可葬洪濤，含珠不投頷。始聞涕爲眴，再見衷始惔。憙子命才脱，高吟味已醰。得喪似失馬，甘苦類食欖。人生託大化，陰陽聽舒慘。脩短要有命，不係避與敢。食案寢席間，或逾鋒鋭憯。不見王會稽，誓墓避世坎。岷峨萬里外，欲溯三峽覽。世情外益忘，道味中愈憺。子置青溪宅，吾將共鉛槧。不然棹漁舟，相從入葭菼。更與傲風濤，衣蓑食藜糝。

## 梅石居松化石印歌

深谷立龍爪矛戟，風雨雹雷洶拒格。雹歸雷散自吟風，韻入蕭韶殷山澤。有脂不流作虎魄，反眞凝髓成霜白。一朝劫至遭樵斤，持與市人呼作石。梅子懷玉披褐衣，弄印成刓自詫希。嗟余禿顛眊視微，取廣多識朝扣扉。脩短較石焉敢幾，萬物出機還入機，狡猾變化奚是非？

## 王秋史二十四泉草堂圖

濟南南山立蒼玉，珠散膏渟繞其足。憶循秋水就荒陂，惟見昏煙挂喬木。不見詩人舊草堂，百年圖畫展滄浪。低徊翰墨前賢在，隨卷雲煙入渺茫。

## 題葉君雲海移情圖 葉君字芥一

我昔身在黄山邊，青天無翳朝日鮮。白雲足下横鋪綿，瀰滿萬谷爲一淵。亂峯飛來無所緣，蕩摇欲定未定然。高者百丈卑一卷，驚呼衆觀足未旋。微風已動雲升遷，蒼巖露足藏其巔。山靈變異理幽玄，默存在胸逾八年。葉君好雲揮五弦，自言冥會如海壖。伯牙移情于成連，千載合轍容有焉。圖其髣髴妙不傳，我悵前游隔蒼煙，題詩寄思清不眠。

## 朱白泉觀察以其先都統公指畫登山虎見示因題長句

颯動秋山萬枝響，寒雲四野當空上。欻歙沙礫走林莽，陰森虎出睛睒朗。峯高欲升短頷仰，臥枝交戟壓前掌，聳身距躍踰十丈。不知都統何處看，指端盡得雄威象。想兹暗谷下，志在千仞岡。隅目眈顧周四方，不屑俯立同豺狼。又疑郡州賢牧守，政成渡江驅猛獸。平地不復食牲畜，奔上高巖取鼯狖。轉逕掉尾直似竿，攀崖過迹深如臼。都統固國彦，指畫亦有神，一幀上進天子珍。八十筋骨健，濡墨每覺壯氣振。遽現活虎驚蠶呻，文采斑斑逮子孫。我從三世接交親，留遺墨寶容窺覘，回首登堂四十春。我老吟詩轉寒乞，驟瞻壯虎心震慄。觀察家聲繼兹日，勉爲累葉之虎臣，獨立草間狐兔不容出。

## 喜陳碩士至舍有詩見貽答之四十韻

初冬言趨家，霜風隕門柳。仲冬擢槁柯，倚門時出首。望子逾彭蠡，計日當至否？遠惟古聖籍，義富若淵藪。鯫生非宏知，鑽研百代後。譬如物有十，或取一遺九。雖然竊自欣，千金享家帚。執裾時語人，充耳莫爲取。獨子甚見阿，戒車屢載糗。就我金陵館，居我西序牖。往復意屬厭，忘餐嘗及酉。懷此三改歲，述別自癸丑。今夏寄書説，定當訪衰叟。起帆盱江曲，款户龍眠口。季冬霜雪霽，薄暮客造霤。蠟梅紅燭下，膽瓶燦金釦。竟得展一笑，共此篘新酒。人生樂莫樂，久別還執手。況日迫桑榆，小聚那易有？呼我稚孫前，俾子問名某。俯仰人間士，感歎及賢舅。我出銘墓文，爾讀目泫瀏。新詩情邃切，見貽媿瓊玖。弸中子多文，昃離吾鼓缶。敢謂横海鱗，制以寡婦笱。頻年洪州試，似不辨稂莠。升牒名九十，子璞乃未剖。所貴士豪傑，千祀期尚友。威鳳登絳霄，奚較猣企醜？本心如日輪，遭蝕情欲誘。始謂微掩缺，繼昏晝見斗。願子念没世，崇樹三不朽。遷義如轉圜，而内堅所守。文章非小技，古哲逮今壽。超越彼粗糲，固在頻投臼。海内諒多賢，荷于老夫厚。區區相望心，豈在金懸肘。北瞻宛丘道，嚴君今衆母。樂哉子行逮，升堂奉萱滫。別離未須恤，雅志幸勿負。

# 惜抱軒詩集卷五

## 古體廿六首

### 夜讀

篝鐙每夜讀，古人皆死矣。而我百代下，會其最深旨。吟諷至往復，欲罷不可已。安得與之論，謂我能知彼。今世綴文者，異世亦如此。念此衷悽惻，淚下如鉛水。顧思文載道，筌蹄徒寄耳。陋哉執此愛，束縛作文士。汝聞天籟乎？飄風滿空起。

### 題汾州張太守墓廬圖

三代重廟祀，墦祭禮所恪〔一〕。義調迎精返，宫室專神託。藏欲弗得見，豈事大興作？所以脩防封，孔聖涕隕落。邃古墓不墳，於義詎爲薄？自從秦漢來，閟宫禮銷鑠。厭祭不迎尸，同堂廢特禴。廟輕墓乃重，阡表極華爚。所以上陵儀，造自漢都雒。仁孝既屬兹，福祐亦攸酢。七略載相墓，魏晉稱管郭。大儒子朱子，於焉頗采獲。固欲先靈安，匪繫俗見縛。張君少孝養，節母處幃幕。板輿迎入越，風木痛寥廓。佳城猶未卜，霜露走巖壑。秉義諒無愆，神感助求索。面勢峯棱秀，種樹柏樅錯。鬱鬱氣佳哉，覗想幽靈樂。窀穸中妥依，丙舍外營度。在晉陶士行，元功表衡霍。少日居潯陽，牛眠藏父槨。諒知神報德，陰相啓窮約。期君功業隆，異日登名爵。善績史備書，墓廬事不削。

## 送胡豫生之山西趙城將訪乃翁舊知

晨朝雨歇石城水，一挂江帆幾千里。邀君小立白門前，往事回頭四十年。章江寒渚丹楓落，乃翁共坐滕王閣。詩情酒態天下豪，旅舍生兒始繃縛。湯餅衆客鬨登筵，碩果惟余遲入槨。渥洼種卒成櫂奇，見爾文章繼翁作。貧交令我慙叔孫，駿足憐君無伯樂。承家彈鋏向風塵，有母尸饔尚藜藿。小倉亭户拓玻瓈，敗荷落桂沈秋泥。主人昨日會賓飲，緑尊滿捧青蛾低。美人壯士各有思，隨衆歡笑中含悽。況到霜風河北岸，襆被只餘僮僕伴。太行地脊天下雄，汾水秋風古來歎。晉中小邑猶萬家，往往車馬能豪華。賢令聲名有遺思，郎君憔悴宜矜嗟！我悲乃翁今不見，衰盛人情孰無變。男兒精金須百鍊，勉走塵埃莫辭倦，豈有美若陳平乃貧賤！

## 書樂志論後

大功濟一世，富貴當崇高。運會苟不逢，引身入蓬蒿。良田及美宅，誠免苦身勞。既非先世遺，求致寧非叨？吾鄙樂志論，陳酒烹豚羔。雖愈乾没徒，未爲肥遁豪。不見陳元龍，牀下臥此曹。

## 闞口阻風

一出金陵郭，兩日北河口。翻翻鍾阜雲，背我逝蒼狗。試曳市廛杖，迴飲王生酒。墨香發笈外，古色盈座右。吴畫奪造化，黄字耀星斗。上河王養中家，觀所藏書畫甚富，吾尤愛山谷道人書子建詩及吴仲圭夏村圖。乃知此淹留，風伯意良厚。自是飽挂帆，卯行嘗及酉。離家百里外，故山當船首。正及湖水闊，忽起西風吼。引領吾徒羡，銜尾來舸走。停棹入菰蒲，繫纜向榆柳。老翁晝夢醒，試一憑舩牖。遥山紛冶麗，下水亦清瀏。魚艇夕陽邊，楓葉零霜後。雖乏古墨妙，景物亦希有。行止要不礙，愠喜兩無取。默坐獨成詩，横肱進吾糗。

## 次日又阻風

暮風聲已厲，入夜尤洶洶。有如九淵底，怒起千鬬龍。吾舟繫樹本，幾欲拔起從。一夜枕席間，鏜鎝如金鐘。晨興無日暉，四野雲逢逢。樹葉下如雨，棲鳥無復容。豈必大木竅，空響自相舂。吾舟一長年，擁袖衣蒙茸。小舟自後來，所受可百鍾。笑傲舞兩棹，踴躍升斜篷。此怯豈非夫，彼勇誠可庸。吾知任事難，坐譚苐恣胸。假令吾操舟，畏葸恐更慵。天道不能久，既盈還當沖。飄風明決止，朝暾望東峯。遲行一日耳，何必責犯鋒。吾取老聃言，挫鋭萬物宗。

## 朱石君中丞視賑淮上途中見示長句次韻二首

此身未作龜藏六，擾擾人間同一局。春水常乘東下舠，霜林每引西還轂。論材眞似蒿蔚卑，學道不如荑稗熟。先生伯仲才峻崇，兩角去天幾一握。文高萬士暗無聲，德盛千豪書可秃。固應厮養皆人豪，卻媿雕鐫加朽木。笥河已歎火傳薪，使君今作凶年粟。我從竹馬試迎車，但覺謙衷彌粥粥。咳唾小且出千珠，事業閎宜安萬屋。獨思舊夢五十年，那得從容髮還緑。

北臨潁尾南灊六，壽春邑據東南局。英布倔起逮劉安，豪傑興亡如轉轂。列仙曾授鴻寶方，下客猶吟楚詞熟。山川極盛在一朝，鍾離帝起乾符握。自是蕭條英俊無，草木八公皆赭禿。惟餘暴桀多劫人，每犯刑科俾荷木。先生欲革小人面，上書先請調均粟。夜犯霜風走旆旌，往問飢寒散饘粥。詩書猶且待陶甄，桴鼓豈教驚井屋？鄰邦擾攘此安居，淮甸麥豐桑柘緑。

## 酬釋妙德

闍黎信耆宿，貌古神清完。如尚處榛狉，未入今世間。與之論俗情，鈍若椎刺穿。幾味馬幾足，況識機械千。見人輒談法，不視憎喜顔。科判捨經本，誦解波瀾翻。剖晰義微妙，賢首及慈恩。古説久蒙晦，光明興舌端。乃知其中利，凜然持太淵。聞者無愚知，悟解增悲歡。嗟我嘗脩心，勤在此生前。自從一念失，漂轉來塵寰。譬若乘蜀舟，東下三峽關。迅忽造海壖，矯首求西還。泝流青天上，得不勞且艱？愛師秉直心，啓予三昧門。師亦喜我意，不謂鄙且頑。相從宜不厭，勿論暑與寒。不待盛言説，目擊道已存。

## 許秋巖太守問耕圖

先生伏首諸生日，深耕疾耨惟研筆。先生彯纓登玉堂，鋪棻垂穎皆文章。秉麾出作江東守，欣戚時時念農畝。陰雨膏惟恐後期，非種鋤還去爲莠。男兒起任天下事，問舍求田非所志。不恤四體昏作勞，固將九域蒙吾利。一朝回首望丘園，歲見成功惟樹藝。君不見，伏波將軍不世才，中興事業光雲臺。營軍瘴霧沈鳶地，苦憶平生季弟哀。又不見，北宋盛時君子達，韓范富歐同禁闥。偶聞鶻鳩數聲啼，忽念隴頭耕曉月。此圖有士何美髯，豐玉饑穀茲身兼。繫君節鉞與華衮，那容短褐從腰鎌？感事撫躬成一歎，寫圖非戲非爲幻。無人得喻使君懷，官舍把圖時自玩。我謂才難自古然，士如麟角偶一焉。教民樹藝且一事，只今百務須旬宣。慷慨建樹窮歲月，譬如穮蓘亦有年。志業精勤信諸己，進退早暮從諸天。或圖麟閣或歸田，請君置此中情牽。周公未遂明農志，何況紛紛後世賢。

## 米友仁楚江風雨圖卷 王養中藏，後有友仁自題七言詩。

萬山欲駕雲飛去，風雨江聲挾東注。波翻雨横客登樓，天地渾茫不知處。藤厓高下縣太陰，霾霧冥濛露江樹。颯颯風漂勁柯動，急雨小停江浪涌。低昂島溆數舟行，寂寞魚龍暮天恐。楚江晴甸亦蒼茫，況值蕭條風雨涼。山鬼含睇帝子怨，海洲忽近吴天荒。破墨氤氲載元氣，胸前突出山川勢。不須慘淡擬形模，元是分明出層次。君不見，阿章早許元暉繼，楚山已進先皇秘。此圖卷末復題詩，南朝又見顛翁字。父子峥嶸書畫學，江山慨歎遷移事。五百年來江自流，江城余亦澹淹留。借來寶墨流虹卷，且慰無憀風雨秋。

## 題句容學博馮墨香小照

我於江寧城，始接馮君貌。蕭静有古韻，當座展圭瑁。固知其中異，清絶遠塵淖。而今對此圖，睇視目增眊。審知爲子眞，指説賴前告。寫眞自古難，神藝有深造。點睛加頰豪，用意孰能到？後世圖太多，往往雜仁虤。卷軸紛牛毛，題詠亂蟬噪。君實精六法，自摹山水樂。昔賢縑素遺，窮辨極窔奥。倉卒命俗工，胡亦同衆好。想處山澤儀，局以入黌校。士有笑吟披，奠乃分臂臑。學舍小如舟，請鄰仍祀竈。誰知曠世懷，天宇大哉謷。抑鬱無與言，寫圖寔寄傲。工拙固勿論，似否亦弗較。譬若影罔兩，等是無特操。又若太虛雲，約略狀旌纛。與古寫眞意，迹本不同蹈。此理如不然，姑縱吾言耄。雨霽天欲霜，候迫風落帽。邀子野鶴態，試鼓青谿櫂。一醉酬廩秋，相對蘧然覺。

## 王麓臺山水

幽谷蒼蒼擁煙樹，樹底明流沙石布。畫中取勢作低平，已是人間最高處。倚谷崖石千萬層，嶔崟仰映天光澂，猿攀獸顧不可登。石根砰隱谷風響，崖後別盤幽徑上。峯迴徑轉山仍開，畝有禾黍林松梅，結構精舍當其隈。更貫倒景出高嶂，鬼神所會騰雲臺。若憑絕頂眺萬里，脫屣人間何有哉！侍郎起家入華省，貴仕何由造茲境？染毫興至成此奇，乃知妙悟通神領。我昔孤藤極幽險，溼雲常與襟裾染。窮山或至絕齎糧，日取谿毛供一噉。呼吸瓊樓碧漢通，近郭山谿皆可貶。一往眞當絕世塵，卻來平地望高旻。春秋郊野雜衆賓，此圖於我情獨親。臥遊雖慰平生意，欲策衰慵更問津。

## 瀟湘圖 王宸畫

雲霽出楓林，煙深停水驛。來往石崖間，迷離竟朝夕。欲畫猿啼聲，寒峯數重碧。

## 贈孫雨窗

秋風吹蕩秦淮白，老翁獨行成落魄。故交死喪新知少，晚逢公子敬愛客。牙籤玉軸綾縹湘〔二〕，貫虹妙墨千金藏。茶香竹浄好風日，請我俛仰前賢旁。我如落葉枯桐峻，寒聲時起無妍潤。莫愁湖上可憐春，花柳宜君美才俊。何事愛我詩句奇，往往耽吟燭花燼。謂當四海同一情，更召木工急雕印。桂花落盡黄花開，我爲扶笻時一來。念子嚴君連師首，心愍民憂走羣部。公子閉門止讀書，不近少年親老叟。異哉公子今安有！古有名家繼前後，勖子以方報瓊玖。

## 碩士約過舍久俟不至余將渡江留書與之成六十六韻

敦牂歲三月，桃李羣飛花。東望鍾阜雲，風帆待江涯。欲發不能決，擠首背負髽。吾堂子昔登，寒梅照檐牙。子去歲幾何？三見青草芽。俄聞子將來，笑口成喎斜。望子翔雁初，袚禊今鳴笳。敝廬長掩闔，不聞扣馬撾。豈以積雨多，樜舍限泥塗？抑或戀庾牏，日侍欣清嘉？戒徒久易期，卒未成巾車。吾行不可留，子來日猶賒。間闊終不逢，顧念深咨嗟。聞子官舍中，弦管謝嘔呀。夜誦或鳴鷄，晝披逮昏鴉。裁爲五色文，爛若開晨霞。元年求孝廉，詔紙頒南衙。郡舉尚遺賢，有才爲兔罝。孑孑處士中，燦燦金居沙。射宫萬辟易，一矢行拔戟。我老又多疾，析若枯蒼葭。兀爾默終日，短榻支僧跏。食案廢脱作，毛羽哀刳蚓。嚶聞求友聲，一一皆頻伽。唯有文字習，癢不禁搔爬。仰惟聖有作，豈以文矜夸？奇麗光至今，乃逾初日茄。其中矩矱存，已足範奇衺。後賢但有述，敢擬作者姱？譬若鏤之而，畫繪鳥獸蛇。巧工棄常度，拙工藝反加。一失外形體，豈復中精華？在昔明中葉，才傑蹈高遐。比擬誠太過，未失詩人葩。蒙叟好異論，舌端騁鏌鋣。抑人爲己名，所惡成創痂。衆士遭豐沛，皎月淪昏蟆。我朝王新城，稍辨造漢槎。才力未極閎，要足裁淫哇。豈意羣兒愚，乃敢橫疵瑕。我觀士腹中，一俗乃癥瘕。束書都不觀，恣口如鬧蛙。公安及竟陵，齒冷誠非佳。古今一丘貉，詎可爲擇差？所貴士卓識，不受衆紛拏。朗然秉獨鑑，豈必蓬生麻？我雖辨正塗，才弱非騏驊。願子因吾説，巨若颫引瓜。吾舍倚龍眠，青嵐壓闉闍。中有太傅墳，昔是公麟家。子來我雖去，風景猶可誇。試停行道驂，拄策探峆岈。誦我前日詩，酌彼新焙茶。清嘯發巖中，大勝諧箏琶。吾曩游南昌，鉅邑觀閎奢。顯慶帝子閣，西山明列娃。去之四十年，題字行涎蝸。子家有舊園，吾迹荒蔓遮。子往定憶吾，北望天垂霞。吾非山斗倫，不詆排釋迦。頗與同好奇，結友宜仝叉。秀句成見寄，豈不珍朋蚆？日月兩馳輪，形骸一棲苴。何暇競一世，口大身如椰。卮言聊一放，閉口終呲耶。耿耿遺子志，毋嫌吾道汙！

# 題謝藴山方伯蘇潭圖

南昌山色如青玉，下照澂江千里緑。倚江都會賢俊居，各起亭臺帶修竹。先生小園堂數弓，聚書萬卷花萼紅。四方名士春秋同，舉觴吟嘯於其中。遊賞年年情未足，世推豐玉兼饑穀。使節東領黄河隄，法冠北上太行麓。獨於錢塘治績多，來旬再莅西湖曲。杭州前後瞻蘇公，先生事與東坡同。小園舊以蘇潭命，或疑前定天所通。讖占小數何足道，先生本憶南康好。因懷蘇步作蘇潭，更著新圖寫昔抱。君不見，安石東山在越中，金陵亦託東山號。當時曾治循海裝，中原事定思一航。威儀山澤百世芳，遠述祖德何能忘！功名卓越人間事，自古男兒悲故鄉。

# 弔朱二亭 賔

吾年垂七十，四海故人少。東望每思君，如立雲霞表。往昔朱子潁，豪才起燕趙。向我道君才，五言幾謝朓。子潁貧無食，子亦家集蓼。相從邗溝曲，吟和觴清醥。我時隔京師，想見姣人僚。丙申至江都，遂得訪窈窱。其時子潁貴，冠蓋頗叢繞。君顧無所干，陋巷閉門悄。扣闔就談詩，但覺風嫋嫋。舟乏仲舉同，書絶巨源嬲。獨荷時見阿，累投珠玉皛。惜哉近子舍，攝提僅三肇。我歸子潁罷，舊迹如逝鳥。一别二十年，中未脱塵擾。溦懷實愧君，高與秋旻杳。子出諒不能，吾遊尚可紹。行當一相就，帆挂横江淼。昨得郎君書，已設韜練旐。豈但悲友生，問道苦不了。君疾正月初，一榻兒女繞。呼與告逝期，屈指七日剿。屈時一笑亡，何嘗貳壽夭！銜哀遠弔君，諒爲君所小。那復弄毫翰，繁詞報劉沼。

## 題劉雲房少宰滁硯圖

侍郎誠意之子孫，亦統御史風憲存。自從弱冠登金門，湘東才子弟與昆，拭硯濡毫書國恩。豈似犂眉少遭亂，晚逢眞主猶憂煩。誠意江南舊門閥，侍郎四執江南節。硯吐雲霞霄漢間，筆驅風雨蛟龍窟。四海文章見師表，累代風流推繼述。内侍寧誇金氏貂，傳家惟奉鄭公笏。俟使重當入金殿，裝橐依然藏一硯。聖人前席或咨猷，史官舍墨裁佳傳。侍郎德業垂無窮，硯也既久從有功。卻顧江南老秃翁，猥稱當代一文雄。豈知心氣今摇落，況復逃禪文字空。松煤竹管行抛棄，蕉白紅絲塵自封。

## 登天平山觀白雲泉

萬木塞峆岈，環巖抱秋静。溦泓中一池，導源仰幽夐。壓頂累穹石，側足折微徑。略可半畝平，深隱小潭瑩。酌口識清甘，煩慮豁開醒。僧窗啓絶壁，遠納湖光浄。覗彼支遠智，屬此魚鳥性。誰與送歸途？松風澹遥聽。

## 觀飛來峯入靈隱寺由寺西上韜光菴乃北高峯上也

連山聳西南，水勢東北趨。山蟠四十里，障合中成湖。矯矯北高峯，獨瞰西南隅。高下測三二，乃是韜光居。靈隱古名寺，所處實山跗。門外地如砥，奇峯矗覆壺。中空四穿達，立距疑神扶。所以西域僧，謂是鷲嶺逋。造説固詭異，度形疑非誣。九月未肅霜，嶺木猶榮敷。我從湖尾來，横截乃西逾。日薄桑陰間，舍舟入籃輿。遂造飛來峯，鑿刻多佛圖。題名自元豐，指顧雜賢愚。秋壑見子中，飛來峯有林希、賈似道等題名。想亦加邪歈。發我一長歎，舍之入僧廬。琳宫既巍傑，巨鑊中容車。不識飯千僧，中有龍象無？萬竹繞一逕，登陟方縈紆。幽谷微風來，泠然寒肌膚。俯視羣山卑，乃知所立殊。内湖而外江，驚潮見天吳。蒼然浮數翠，未得其名呼。略辨浙水東，僧言蕭山區。仙人遺丹竈，聊一窺其窬。長生固非願，遺物即道腴。徘徊未忍去，曦影俄西晡。山川自清麗，迹過如烏烏。悵懷幽興極，寫託天雲孤。

## 戊午九月十四日出雲棲寺作

萬樹納幽光，峯頂日初到。寺樓人始啓，四嶺鳥羣噪。鐘磬隱虚堂，蔬水薦僧竈。門與道人别，逕有脩篁導。遭迴將出谷，陰森猶入奥。返瞻昨履地，木末一峯冒。兹生入世網，空王實先覺。豈不被聲聞？所病無持操。是以雲棲門，堅持一佛號。要取同趨歸，非謂異宗教。眷焉顧其室，喟然發中悼。焚和從一念，繫物沮高蹈。既厭流欲靡，豈耽山水樂？終辭弱喪情，屬爲知者道。

## 次韻答秦小峴觀察贈别並以别謝藴山方伯

我如行雲向九州，飄然一往不可留。東南煙水一千里，挂帆曲轉楓林秋。西湖絶景四面好，北客拄杖十日遊。夜月披襟倚湖檻，曉煙聽櫓摇湖舟。竭往山深友麋鹿，歸從水宿同鳧鷗。兩君丰采古賢伯，亦邀賓客探奇幽。孤山處士余所慕，香山玉局君之儔。四賢祠前共遊舫，魚蟹蔆芡新登籌。恪官事異元豐世，豈開魚鑰貪林丘？斜陽欲盡旌旆返，野人朝亦生離愁。從來佳處不可盡，安用萬壑窮兩眸？主人雖賢客當去，徑買輕舸隨北流。兩君各示七言妙，扣缶詎和編鐘璆？使君文章配旄節，漫士蹤迹同漂漚。敢期一事嗣前古，培隄去葑仰今猶！想公更遊水深闊，倒浸南北山僧樓。

## 惠山寺觀御賜寺内王紱溪山漁隱卷歌

秋陰細雨粱溪前，停舸往酌第二泉。石巖偃仰神所窟，密林寒邃風泠然。泉東穿過惠山寺，我從拄杖尋幽異。山僧手持王紱卷，語我前年寺中事。火爐竹罏山房圖，吏傳天府琳琅賜。晃曜日月升虹霓，山僧室内瞻御題。次看王畫果神妙，清深意境窮天倪。山長水遠合氣勢，人家漁艇從幽棲。武林溪口落花出，西塞山外斜陽低。豈徒畫師今莫躋，孟端自喜非常蹊。三處題詩兩番記，宜升秘笈同璋珪。我聞貞觀天子求僧室，闍檻蘭亭一朝失。英主嗜好乃如此，豈如緗縹宫庭出？翰墨風流異代情，明廷故實村氓述。况記此間迎翠華，寄暢園蒙頻駐蹕。不賢識小宜作歌，大政元存史臣筆。

## 青華閣帖三卷紹興御刻皆二王書後有釋文余頗辨其誤復跋一詩

蒼頡始作書，已聞夜哭鬼。官民信治察，淳樸存有幾？何況尚草法，几牖駭蛇虺。筆勢取奔趨，形體雜甕甀。多寡亂馬足，左右錯丁尾。假如羲獻存，翰墨矜有斐。試箝文上下，自讀口亦悱。儒者厭草書，所識詎不韙？傷哉宋南渡，國有存陳唏。鐵馬苟臨江，所憂杭一葦。柰何耽安燕，宮苑豔襛卉。近擬大觀年，取法寔比匪。鐫工聚樂石，名帖啓籯篚。帝后各擅書，親釋文如螘。吾今適無事，舊册陳几棐。頗亦從俗嗜，驤騰震瑰瑋。默對淹永日，錯昧瞰與朏。舊釋或得失，吾説亦葑菲。古帖殘闕餘，誰能誦娓娓？盍各陳小辨，聊於博弈偉。若夫大雅才，自命則吾豈？

## 方天民獨覺次韻余少在京師與朱竹君王禹卿酬和長句見贈又示病起五言用其病起韻答之

大哉天地化，縱視忘形拘。耳目乃可遺，況識肥與臞。將適汾水陽，首謁冰雪膚。徑淩天地度，衽拂扶桑株。俯短龜鶴齡，詎與蜉蝣殊？聖凡本無隔，妙道藏頑軀。聖門講六經，抑或營廢居。若論微言絶，二者皆可吁。陳魚取乙鬣，顧已遺腴膴。吾幼耽文章，矻矻不知愚。二十入京師，兩漢希閎橅。斯文有先驥，朱王騁高衢。揚班以見待，並謂詡匪誣。灑墨疾風雨，往復競裁觚。投老自愍惜，雕蟲稚子俱。我棄良晚矣，子取非過歟！少小同研席，里閈多歡娛。秋燕匹故人，室存形影徂。獨君臥冬巷，久病幸一蘇。短日發長詠，走饋逾苞苴。我誦雪窗前，意驟興縶駒。終願超言象，共子遊虚無。呵毫罷一笑，升暾煌八區。

## 題外甥馬器之長夏校經圖

聖人不可作，遺經啓蒙愚。大義乖復明，實賴宋諸儒。其言若澹泊，其旨乃膏腴。我朝百年來，教學秉程朱。博聞强識士，論經良補苴。大小則有辨，豈謂循異塗？柰何習轉勝，意縱而辭誣。競言能漢學，瑣細搜殘餘。至寧取讖緯，而肆詆河圖。從風道後學，才傑實唱于。以異尚爲名，聖學毋乃蕪！言多及大人，周亂兆有初。彼以不學敝，今學亦可虞！嗟吾本孤立，識謬才復拘。抱志不得朋，慨歎終田廬。甥有吾家性，禮部方升書。才當爲世用，勉自正所趨。矻矻校遺經，用意寧投虛？盛夏示我卷，秋葉今零株。至道無變更，景物乃須臾。僞學縱有禁，道德終昌舒。試觀宋元間，士盛東南隅。以視後世賢，人物誠何如？願甥取吾説，守拙終不渝。

### 校記

〔一〕恪　業刊本、備要本作「略」。

〔二〕湘　當據梅刊本、宋校本作「緗」。

# 惜抱軒詩集卷六

## 今體七十九首

### 夜抵樅陽

輕帆挂與白雲來，棹擊中流天倒開。五月江聲千里客，夜深同到射蛟臺。

### 山　行

布穀飛飛勸早耕，春鋤撲撲趁初晴。千層石樹通行路，一帶山田放水聲。

### 貴池道中

曉過池州郭，人家傍曲谿。白花臨岸發，青草度江齊。秋浦殘林雨，春山徧竹鷄。東樓懷李白，風日至今迷。

## 黟縣道中

蒼翠壓人低，流雲落大谿。連巖薰草日，懸磴帶陰霓。雨歇羣山響，春深萬木齊。寥寥方久立，谷鳥一爲啼。

## 出池州

桃花霧繞碧谿頭，春水才通楊葉洲。四面青山花萬點，緩風搖櫓出池州。

## 江上竹枝辭

滔滔無際是秋瀾，估客牽江泊夜灘。江岸唱歌江上聽，不知風雨爲誰寒？

蕪湖山露小於船，池口銅陵山接連。那得青山江岸盡，止應西上到青天。

年年八月旺潮期，送潮送到小姑祠。惟有滿天風共雨，小姑祠上送郎時。

東風送客上江船，西風催客下江船。天公若肯如儂願，便作西風吹一年。

## 古　意

青柳高樓白馬駒，五陵春醉酒家胡。君家新市長安少，臣里佳人楚國無。在下願爲莞蒻席，與郎儂作博山鑪。東風門外蘼蕪晚，更折瑶華向路隅。

## 效西崑體四首

### 咸　陽

蘄年宫外八川流，輦道環通徧雍州。萬里黿鼉横碧海，六王鐘鼓在朱樓。地中闕表終南胇，天上城開太華旒。獨令上林辭賦客，曲江蕭瑟不勝愁。

### 渚　宫

樓觀雲陽入窈冥，兩東門對楚山青。錦帆暮雨迴江渚，鳴籟雄風起洞庭。北望六雙飛鷁鴈，西來五尺困蜻蜓。渚宫衰草秋風裏，愁絶當年帝女靈。

### 洛　陽

洛陽形勝匹西秦，累葉章陵氣尚新。甲第雙崤如黽谷，芳林九派似江濱。生前父有張常侍，死後兒還史道人。借問西園冠蓋盡，溼螢飛暗小平津。

## 越臺

臣佗事漢抱孫年，滄海無波阜井廛。嶺嶠春臺餘繐帳，牂柯秋水下樓船。空詢萬里番禺醬，不及千金好時田。一自建章荆棘後，越巫方更與誰傳！

## 寄和劉海峯三丈游伊闕之作

聞去梁園超廣武，西登闕塞眺黄河。伊陽風雨從中出，洛下山川向北多。白髮上賓聊自許，青春歸興復如何？且從浩蕩詩懷劇，莫念沈淪壯歲過。

## 寺寓贈左一青

南北風煙萬里深，對君王舍有香林。春來夜夜江南夢，不及高齋聽雨心。

## 送一青歸因寄仲郛

與君兄弟夙相依，洛下今年遇陸機。天末四愁思莫致，秋來九辨送將歸。行窮南汶山初見，吟到澄江葉盡飛。若把迷方語鄉里，更憐心事卜居違。

## 出塞

連營鼓角夜星環，擐甲弓刀曉露間。列障三邊開幕府，勒兵萬騎出蕭關。黄河日落人旋渡，青海春深鴈未還。聞道南庭先效順，輕車齊會涿邪山。

## 八月十五日與朱子穎孝純王禹卿文治集黑窑廠〔一〕

寒吹動關河，登臺白日俄。孤雲高渤碣，秋色渡滹沱。海内詞人在，尊前往事多。夜來明月上，烏鵲意如何〔二〕？

## 送人往鄴

九月燕郊草尚青，送君且爲住郵亭。明朝月落漳河曉，無限飛鴻不可聽。

## 贈戴東原

新聞高論詘田巴，槐市秋來步落花。羣士盛衰占碩果，六經明晦望萌芽。漢儒止數揚雄氏，魯使猶迷顔闔家。未必蒲輪徵晚至，即今名已動京華。

## 寄仲郛

天外思將新歲酒，雪中同醉故人家。折梅憶客楚江遠，凍竹閉門山郭斜。春晝鋤犂無素業，少年詞賦共青霞。長安溝柳看垂發，直恐相望到鬢華。

## 天門山

萬里江流斷，雙崖地脉通。冥冥浮積氣，漠漠送長風。滄海孤帆外，神州落照中。人生如鳥迹，獨上俯鴻蒙。

## 望灊山

道邊隻堠復雙堠，天半大山宫小山。客子出林暮唤渡，居人微雨寒閉關。横空積樹雲漠漠，交流斷逕谿潺潺。不知蒼谷最深處，喬松白鶴誰往還？

## 由宿松向黄梅

秋山紅葉重，煙樹暮巖鐘。水澮松兹郭，月生天柱峯。人間二南嶽，江上六禪宗。悵望停車者，征途何所從？

## 宿德化縣

南行三百里，舉首白雲端。大壑連陰靄，中天峙碧巒。夜潮千嶂閉，明月九江寒。更就東林宿，蕭條鐘磬闌。

## 題負薪圖

落葉被逕行客稀，晚風吹樹斜陽微。空山短日惜餘景，野老長鑱甘息機。瀑流側足巨巖響，峯高倚杖秋雲飛。村林舂黍户將閉，寒谷東荆人未歸。

## 南昌竹枝辭

南昌南去盡山谿，白石清沙不見泥。一到鄱陽風浪黑，行人那更出江西？
城邊江内出新洲，南北彎彎客纜舟。莫上滕王閣前望，青天無地斷江流。

## 石鐘山

挂帆初月出，風起大孤塘。遥夜來湖口，江天寒淼茫。石潭流激激，巖樹鬱蒼蒼。千載元豐士，風流何可忘。

## 出湖口

扁舟昨夜泊湖涯，霜重蘆枯宿鴈知。朝日忽生彭澤縣，挂帆無數小姑祠。

## 送客之南昌

野曠深春草，江空起夏雲。樅陽更西上，日日見匡君。

## 寄　友

千仞青巖萬壑雲，辭家籐杖謁匡君。玉簫吹處非人世，江上秋風偶一聞。

## 郡樓寓目

檻前洲渚後山坳，劇郡樓臺草樹交。白霧乍開人入市，丹林猶綴鶴歸巢。授衣霜露齊民節，倚劍江天大國郊。竟作陳登牀下客，長鑱思訪地肥墝。

## 由郡城適樅陽漫詠

淼淼江流汎楫維，蕭蕭岸戍見旌旗。斜陽萬里背人去，落葉千聲與客悲。寂寞子雲期後世，蒼茫詹尹謝先知。青山滿目身無累，惟有憑磯坐罟師。

## 關山月

遼海初生月，長城幾度秋？夜吹羌管笛，風滿戍亭樓。紫塞斜銀漢，青天澹玉鉤。如何渭橋渡，止道似牽牛？

## 秦宮辭

挾瑟佳人載輦行，渭南秋月綺羅情。秦皇愛聽邯鄲曲，不及叢臺夜宴聲。

露下梧桐墜井欄，滿宮明月見君難。傳聞博浪霓旌過，磁石宮門閉夜寒。

漢宮辭四首

君王武帳御船樓，一片旌旗拂女牛。日晚移舟鳴趙瑟，昆明池上月如鉤。

井榦樓上見飛塵，宛馬新來集渭濱。欲詔海西先涕泣，帷中誰報李夫人？

關外花迎帳殿開，箜篌隨上射蛟臺。柳邊細馬雕鞍過，新自河間望氣來。

金罍春殿酌瓊漿，夜賜黄門樂府倡。三十六宮歌舞地，一時風静玉階涼。

黄河曲

負羽千營臂角端，平明卷幕北風寒。青天西挂黄河水，立馬長榆塞外看。

黄河繚繞漠南山，秋盡蒲昌鴈盡還。萬里白雲飛不去，朝朝長結玉門關。

## 山行

石徑幽巖竟日曛，杖藤行逐遠樵聞。縱無世外冥鴻翼，猶愛林間野鹿羣。春渚夭桃無雜樹，暮天殘雨有行雲。故人谿口如相問，何物空山可贈君？

## 一青仲孚往金陵屬訪耕南三丈消息

域中前輩盡頹顔，混迹劉伶尚閉關。孤艇著書江水上，百年閱世酒尊間。天邊落木流揚子，秋盡寒雲出蔣山。若憶老公團亭舊漁釣，挂帆明月共君還。

## 榆中

直北天低見磧山，黄河南下曲如環。白榆夜雜雕戈戍，青草春稀牧馬還。寒吹滿空雲出塞，暮天無色日平關。千秋猶對秦時月，多少功名大漠間。

## 初雪憶去年是時經潛山下

窗外聞風竹，緣階雪遂深。我思山谷寺，天遠大江陰。石氣青霞嶂，秋聲黄葉林。更穿巖徑去，應阻故人尋。

### 送左冠倫丈往平羅

萬里靈州外，孤懷焉可論？關山疑路盡，士馬尚秋屯。河水流中國，寒陽下塞門。重開漢四郡，豪傑幾家存？

### 南　朝

宫雉南朝接玉繩，幾年金掌露華承。衣冠志節悲終始，草莽英雄有廢興。海壯五州開北府，江通三峽督西陵。銷沈轉眼愁隨主，欲作長城更不能。

### 登報恩寺塔

山迴煙繞出浮圖，迴踏青霄萬里孤。斷鴈秋雲飄莽蒼，高甍飛閣散榛蕪。江風颯颯吹天日，海氣昏昏浸楚吳。多少人間興廢理，蔣山松柏正模糊。

## 登永濟寺閣寺是中山王舊園

中山王亦起臨濠，萬馬中原返節旄。坊第大功酬上將，江天小閣坐人豪。綺羅昔有巖花見，鐘磬今流石殿高。憑檻碧雲飛鳥外，夕陽天壓廣陵濤。

## 金陵曉發

湖海茫茫曉未分，風煙漠漠棹還聞。連宵雪壓横江水，半壁山騰建業雲。春氣臥龍將跋浪，寒天斷鴈不成羣。乘潮鼓楫離淮口，擊劍悲歌下海濆。

## 丹徒寓樓上作

鬱鬱山川面倚樓，側身江左舊徐州。寒潮不隔中原望，白日遥縣大海流。北府千年京口鎮，西風一夜秣陵舟。古今只此滄波色，煙霧何時竟掉頭？

## 望　岱

峻極通天地，陰陽辨魯齊。連峯渤海外，流眈穆陵西。樹擁金輿路，雲深玉檢泥。山川供效佞，千載一淒迷。

## 泊臨清漳口

泊舟寒渚對徘徊，岸木蒼蒼水鏡開。滄海霧摇孤月上，青天影合二流來。平生苦憶清江櫂，深夜休嫌濁酒杯。明發風帆好停處，拂衣先上魯連臺。

## 由張秋至汶上口號四首

汶川千里路漫漫，三峽船如上閘難。篷底春風九十日，穀城山隔缺隄看。

細草春陰碧四圍，空隄花落燕初飛。瀋雲何處飄殘雨，迎取魚山神女歸。

風定遥山水面青，垂楊不見釣舟停。晚來忽唱橈歌去，疑載高人小洞庭。

帆前莽蒼暗平蕪，風雨神靈定有無。一片雲遮分水廟，四垂天入蜀山湖。

## 太白樓

李白任城住，於今九百秋。青天東海月，長爲挂南樓。三月楊花雪，餘春客濟州。憑闌空汶水，相憶下滄洲。

## 濟寧城東酒樓憶亡友馬牧儕

汶河垂柳萬枝輕，把酒高樓對馬卿。十四年來兩行淚，春風重過濟州城。

## 河上雜詩四首

碭沛蟠紆接下相，風雲咫尺會舟航。中原日落關城白，西楚河來天地黄。山閉彭門千里暮，林開祠廟一陂荒。背關懷此君休笑，自古男兒悲故鄉。

海上晴天雷雨㢘，驚濤奔入亂山開。青冥楚越孤帆去，浩蕩淮沂四面來。春草不知韓信里，秋風曾到項王臺。誰明鼓楫中悲慨，仰視雲霄數鴈迴。

使者治隄久未還，東南波浪海雲間。只愁天上桃花水，浸失淮南桂樹山。任土司農操户版，薄征都尉且河關。勤憂中澤須良吏，又待霓旌問里闐。

南登楚岸出楓林，回首天邊萬里心。日月空濛探海窟，魚龍縹緲踏春陰。故人京洛思朝夕，鷗鳥滄波自古今。河上近連江上路，蒼蒼千嶂碧煙深。

淮上有懷

吳鉤結客佩秋霜，臨別燕郊各盡觴。草色獨隨孤棹遠，淮陰春盡水茫茫。

淮陰釣臺

人傑乘時會，功成運已非。可憐高鳥盡，回憶釣魚磯。淮上春風起，高臺柳絮飛。王孫殊未反，惆悵落斜暉。

留別揚州諸君

年少諸郎各俊才，要余夜盡廣陵杯。明月相隨天際去，思君還傍月邊來。

## 由儀眞至滁州口號三首

醉點紅鐙碧樹明，夜看亭閣廣陵城。醒來忽向蒼山路，獨聽寒松曲澗聲。

初日牆隅出未高，孤花叢樾閒相遭。陂塘行度重陰底，惟有蛙聲和桔槔。

陰陰巖偃蒼龍腹，片片雲飛白鶴翎。江浦縣南來暮雨，滁州山露半邊青。

## 寄潞川

江雲萬重合，中有故人行。西風吹落照，一半向蕪城。

君家種新竹，牆陰雨中長。若爲北窗來，蕭蕭數聲響。

## 南陵送渭川

楚澤橫千里，登高望不分。山城正風雪，江路忽逢君。歲晏梅初坼，長宵酒易醺。只愁明發去，空水與寒雲。

## 過江浦縣

江出天門雲水長，客心孤迴路蒼茫。寒山自繞涂中碧，不與斜暉過歷陽。

## 徐州

霽雪城頭戲馬場，憑城三面瞰蒼涼。河流畫地分中夏，雲氣隨風出大荒。竟入山林惟孔令，遠求風雅獨元王。間關此日方爲客，殘照天涯數鴈行。

## 邳州

遼闊山川縱遠游，又欹風帽過邳州。千秋遺迹尋黃石，一片寒陽下白樓。難得眞龍逢漢帝，易將窮虎縛温侯。英雄潦倒尋常事，惜與曹瞞作畫籌。

## 過汶上弔王彦章

楊劉兵度大梁危，飲泣猶當奮一麾。亂世鳥飛難擇木，男兒豹死自留皮。天連白草横殘壘，日落陰風擁大旗。莫問夾河爭戰地，渾流徙去黍離離。

## 校記

〔一〕朱子穎　當作『朱子潁』。

〔二〕烏　疑當作『鳥』。

# 惜抱軒詩集卷七

## 今體六十九首

### 戲贈山陰陶生

凜立塵中面渥丹，自言鴻寶受劉安。貧無素業彈長鋏，行入朱門著小冠。候日竟知中景再，談天始識九州寬。東方惜未遭時會，便作蘇張未是難。

### 戲贈宏夫兄

昂藏七尺氣縱橫，篋内中宵寶劍鳴。屠市故人從偶語，屏風侍史不知名。鬢華攬鏡增霜雪，胸智探囊有甲兵。仍作棄繻關内客，西風吹短曼胡纓。

## 戲贈鄞章生

山澤歌謳自負薪，誰招跌宕入京塵？翹身曳步驚風止，蹙頞魋顔擬聖人。捫蝨九流隨俯仰，雕龍萬古會精神。若教一與貂蟬列，便作當時折檻臣。

## 蔡萬資履元水鄉菱藕圖

平湖秋櫂木蘭船，醉入汀花弄碧煙。日暮都忘天近遠，坐間明月到尊前。

緑萍白芷春陂生，菱葉藕花秋氣清。語兒涇畔各含思，爲待先生吹笛行。

隔岸越山青倒開，花光湖影照徘徊。圖成張向西風裏，野鶴天邊飛欲來。

## 寄仲孚應宿

蟲臂覾生非有象，馬肝持論故無親。虚名那辨星牽軛，猛士難翻日轉輪。但使琴漁從叔夜，不妨櫻筍送殘春。白雲憑語相思劇，三月谿山兩故人。

## 送曹效伯司務歸里

觚棱回首暮雲空，拂袖歸途似御風。解厭奔趨將虎子，定無喜怒爲狙公。故人長揖都亭外，新月多情滄海東。行上成山浥天碧，早知蓬閬落杯中。

## 送左墨谿往貴州

何處黔中郡，憐君最少時。今猶偕旅食，明復送將離。夏口經春闊，辰陽到日遲。臨岐無以慰，迴鴈與歸期。

## 法源寺 時張樊川侍讀引疾同游

臥碣唐朝寺，春階上草芽。客來清磬歇，鳥啅夕陽斜。筒水澆青圃，檐風隕白花。欲偕投紱老，終日問楞迦。

同秦澹初雄飛道長朱克齋岐王蘭圃士棻兩比部游洪恩寺時秦王將往主山西試僕與克齋赴山東

古寺松杉一鳥鳴，初暾煙霧兩階清。風幡秋氣飄鐘磬，草木晴嵐入檻楹。坐倚團蒲身近遠，出看車轍路縱橫。明朝相憶皆千里，那易僧窗啜乳茗。

賦得昭烈宅

涿水東流草樹荒，千秋已比沛中陽。依然桑蓋垂籬落，誰種蕪菁負曉霜？高臥登樓豪自許，入山披髮意非狂。平生髀肉銷鞍馬，游子何任悲故鄉！

張方伯諱秉文祠

歷數天將改，藩籬國早亡。士餘忠壯志，家在戰爭場。女烈甘懷石，臣心盡布裳。同閭悲舊史，異代入祠堂。樹積陰雲黑，旗翻落日黃。行游魂魄毅，溟海地茫茫。

## 密雲縣

當道孤城一水邊，漁陽斜照隔城懸。斷崖朔吹來陰地，連塞横山蔽遠天。設險檀州防禦所，建安蓨令塹湮年。男兒未辨安邊策，略借曹瞞定損賢。

## 清苑望郎山有懷朱克齋 時知衞輝府

男兒三十分銅竹，多少功名到白頭。紫陌鶯花故人牘，黄河風雨郡城樓。欲將北海同樽酒，繞盡西山到衞州。回首數峯蒼翠在，幾人能不憶林丘？

## 定　州

東横海右中山國，西接天邊御射臺。辨謗獲君從古少，成功食子令人哀。飛流倒馬關中出，急雨盧龍塞外來。欲下高原更迴首，尚疑奇士在蒿萊。

## 吕翁祠

白荷花照水娟娟，緑柳千條壞檻前。午過微陰行客倦，吕翁祠畔聽秋蟬。

### 邯鄲口號

邯鄲妙伎繡襦衣，屧屣無雙鼓瑟希。止作低頭廝養婦，不如匍匐壽陵歸。錐囊有意來成市，玉貌無端亦被圍。秋色滿空吾徑醉，西山當面挂斜暉。

### 彰德懷古

鞞鐸居然擁伯才，地蟠河朔氣佳哉！丹崖秋幸黄華館，玉貌春歌金鳳臺。漳水東流何日盡？高城西對夕陽開。獨憐石柱平城去，猶似銅人洛下來。

### 疑　冢

祖虞胄稷兩難求，枯骨誰知屬夏侯。邢史何嘗識天道，郲婁家盡大長秋。

### 蕩陰有懷嵇侍中

晉朝城壘結愁雲，播蕩金輿此戰氛。事去萇弘猶有血，時危繻葛不能軍。冥鴻物外誰當篡？野鶴鷄中故不羣。西望山陽林竹盡，寒聲蕭瑟詎堪聞！

## 淇縣

曉色高原上，連山夾路隅。單車度淇水，秋雨緑王芻。聞道青巖迹，長懷隱者徒。林巒深翳蔚，中有片雲孤。

## 黄陂道中

故鄉東望隔齊安，馬首才旋去不難。略似霸陵臨渭上，瑟聲清怨走邯鄲。

## 懷葉書山庶子

遺學千秋賴服膺，閉門白首向青鐙。伏生老有殘經懼，韓愈師爲舉世憎。終夜思公今底柱，秋風吹客又巴陵。滔滔身世成何事？愧憶當年許代興。

## 懷劉海峯先生

先生高臥楚雲旁，賤子飄摇每憶鄉。四海但知存父執，一鳴嘗記值孫陽。於今耽酒能多少？他日奇文恐散亡。脱足耦耕如未晚，百年吾亦髮蒼蒼。

## 懷王禹卿太守

大江五月水湯湯，送爾西南守夜郎。聞道還家生白髮，可憐解印縱清狂。天垂襄漢涵秋色，水下金焦接大荒。青草洞庭還獨去，空山樅桂渺相望。

## 懷程魚門舍人

淮南倒屣盡賢賓，綸閣今稱老舍人。潦倒青春長似醉，交游白首每如新。一椽託足終何處？四海知髯故絶倫。惟有詩情渾不減，獨吟今夕莫傷神！

## 渡　江

秋風生郡外，江漢合舟前。靄靄列城樹，摇摇長薄煙。南州殊未極，西嶂正蒼然。不識臨崖叟，垂綸復幾年？

## 官　塘

碧雲巖壑盤遥勢，斜日榛林映晚清。澗虎欲來風滿谷，四山秋葉一時鳴。

## 萬年庵次劉石莽韻以呈補山

驛路陰將雨，林深鳥不喧。遠風來習習，涼葉忽翻翻。野曠蟲何怨？秋成物自恩。迴依僧舍憩，寒水静當門。

觀化吾生眇，焉知從古年？平生聞赤壁，邀客上青煙。霧雨藏南嶽，江湖蕩左偏。前峯猶自遠，未可盡貪緣。

前輩輶軒過，風流憶宛然。人隨寒鴈遠，迹付野僧傳。碉户藏秋小，虚空放唄圓。欲窮生滅理，雲影在諸天。壁有吾鄉張鏡壑閣學詩，今年閣學亡矣。

## 湘　陰

雨積湘東行客難，啼猿楓樹四山寒。晚日黄陵戍前出，湖雲江水白漫漫。

## 道中回寄長沙諸君

日月行蹤雨不留，新交故友孰從游？歸人夜夜聽山雨，落鴈聲聲下郡樓。萬壑盤來趨鄂渚，千峯斷處是潭州。別離倏忽眞成老，青草湖邊對暮秋。

## 岳州城上

高接雲霄下石磯，城頭終日敞清暉。孤筇落照同千里，白水青天各四圍。山自衡陽皆北向，鴈過江外更南飛。人間好景湘波上，卻照新生白髮歸。

## 夜起岳陽樓見月

高樓深夜静秋空，蕩蕩江湖積氣通。萬頃波平天四面，九霄風定月當中。雲間朱鳥峯何處？水上蒼龍瑟未終。便欲拂衣瓊島外，止留清嘯落湘東。

## 漢口竹枝辭

揚州錦繡越州醅，巨木如山寫蜀材。黄鶴樓頭望鐙火，夜深江北估船來。

蜀江水長漢江低，江水東流也向西。霜後西風江盡落，可憐離別漢陽隄。

## 信陽

已逢秋鴈下江沱，更望飛蓬捲大河。短日人行鄳阨少，長淮山繞義陽多。水源四瀆思乘檝，地險三關每荷戈。海内艾安韜傳綏，獨將停策問巖阿。

## 論墨絶句九首

宣和香劑用油煙，奚李前橅竟邈然。筆法而今論篆畫，江南三絶自當年。

涉足塵埃世態生，山林養節久方成。論松略似觀人法，誰及新安戴彦衡？事見老學庵筆記。

朝鮮舊國解燒松，使者朝正數笏從。著硯未能堅似石，卻無膠滯不妨濃。

膠折燕山風莫勝，篋中片片似春冰。時工止解緣邊漆，不悟堅金儼故棱。

除卻廷珪跨乃翁，幾家絶藝後能同？來男作相虞兒匠，何怪方今曹素功？

霄漢樓憑江水空，鸖峯書畫散秋風。盛時猶記先人説，淚與殘丸滴硯中。先君外家任大理公藏書畫甚富，皆大理先世鶴峯先生所蓄。今有鶴峯墨，奇品也。

程君文筆工無比，姿媚何嘗解俗書。累壓篋中爲長物，不妨啜汁賞心餘。程魚門多藏程君房、羅小華、方于魯及明内龍香舊製，名其齋曰『三長物』，墨其一也。

我愛瑶田善論琴，博聞思復好深湛。才傳墨法五千杵，已失家財十萬金。程瑶田語云：『墨以多杵爲佳，然自千杵以上，則難杵數倍於初時。』墨不過千杵，瑶田用古法杵至三千已極難，而程君房必五千杵。

年年兩袖染成烏，佳字奇文一筆無。惟向天涯寫歸興，故應銘背作思鱸。范成大製墨事，見老學庵筆記。

## 祝芷塘編脩德麟接葉亭圖

人爲碧海神山侶，亭傍叢花醜石安。異世定懷風景好，此生得倚玉枝難。衣冠前輩名相繼，琴奕中宵興未闌。昨日移居已陳迹，就君時索畫圖看。

## 鄭前郇以辰州守被議授員外郎

銅符分守楚雲開，襆被今隨秋色迴。閭閻臥時傳治績，江山行處助詩才。爲郎父老家安在？作相公孫國又推。青瑣幾人憐故侶？白頭相遇數銜杯。

喬鷗村鍾吳江村圖

素産吳淞水，春風未別家。閉門深翠竹，展席上飛花。客散看陰轉，鶯啼到日斜。匆匆將好景，題詠在京華。

翁學士方綱蘇米齋

宋賢遺故迹，乃在嶺南山。海上流雲氣，冥濛石壁間。披榛逢節使，搴石載舟還。遠興高齋對，猶令客動顔。

送朱子穎孝純知泰安府

當日長安一布衣，十年糠覈食猶肥。遨游誰識爲巴守，調笑何嘗入世機。蠻瘴盡穿江塞路，嶽雲來款洞天扉。東西蹤迹君休論，珍重平生志莫違。

岷嶓東接泰山陽，歷歷專城待俊良。掃定蛛蝥將偃伯，登封鶼鰈欲來王。禁中伏奏心偏壯，劍外邅迴鬢已蒼。若會明堂陳治績，豈忘沂汶古時狂！

文筆人間劉海峯，牢籠百代一時窮。别來書到長安少，死去才令天下空。傳説足疲登陟罷，尚應舌在笑談雄。君懷師友頻郵置，消息淮南幾次通？

禹卿自入滇中路，不見陵雲作賦才。剖竹西南仍放浪，挂帆江漢竟歸來。往年使酒同燕市，九日悲歌上廢臺。此世論心常恨少，至今相望各懷哉！

冬至大風雪次日同錢籜石詹事程魚門吏部翁覃谿錢辛楣兩學士曹習菴中允陸耳山刑部集吴白華侍讀寓同賦得三字三十韻

侍讀城西住，西望城上嵐。雪明邀數客，風定即同驂。嶺照斜規掩，林鐘晚韻諳。聽詩情窈窈，説士味醰醰。燭盡檛街鼓，杯傾倒室壜。昨朝寒太劇，此歲日窮南。氣抱虚堂白，聲摇空閱酣。閉將同蟄蟻，臥欲作僵蠶。綵仗從天轉，瓊膏灑地覃。農田占穀麥，齋殿映松楠。圜陛宵陪位，前衙曉放參。是日停朝賀。頻逢熏燎慶，竊有負兹慙。大祀，鼐以疾未陪。雖替祠官職，曾求國典諳。竹宫今日禮，茨屋異時談。急景看如此，遐思嘿有含。墐知坏户暖，壤愛滌塗甘。酒幟懸風店，漁蓑向凍潭。静尋封逕崦，響聽打窗庵。兹意仍遲暮，當前且樂湛。醉歸曹適百，病滿月幾三。重德吾嘗慕，多材世所貪。羣公高韻在，游地奉陪堪。接臭皆幽蕙，連根比灌藍。敢援交吉禹，終愈附音譚。西儌蠻猶桀，方隅澤待涵。洪頤今向舉，幕府正深探。雊鵲巢須掃，蟬蜩股盡戡。雪霜更卒愍，日月腐儒耽。疏藿咸逾量，樽罍況盍簪。因思王趙舊，今夜宿巖嵁。謂琴德、損之。

## 飲鄭前邨寓舍觀其兩郎君新作文藝前邨本出先伯之門追感往昔作此二首

君居空館一牀横，霽雪階除半尺明。避世重來金馬日，向余久得石交情。張鐙酒煖眞歡伯，擁袖詩寒覺瘦生。蕭瑟思鄉懷舊意，當軒星轉北風聲。

省垣羈宦迹相親，再世論交况有神。聞説伯高眞可學，從游桑扈見長貧。中年樂趣殊兒輩，此日儒林少丈人。金玉欣看文價貴，眼前過邁又超倫。

## 元宵曹習菴中允家燕集

聲名座上逢前輩，鐙火堂中值令辰。攜手故交皆好事，當頭新月最憐春。太平不數神龍節，鼓舞宜容蟣蝨臣。夜夜元宵吾未厭，相逢誰似酒濡脣？

### 演綸入都賦贈兼懷橿亭作江漢書院山長 二首

昔别燕郊路，今看草又春。還留三載客，爲對再來人。酒態君都減，詩懷家更貧。匆匆頭並白，鐙火一相親。

君家昔全盛，再相一經傳。伯氏方遲出，清名似古賢。入宫羣女日，男子詣曹年。悵惜風塵裏，蕭疏江漢邊。

### 寄葉書山十丈

側聞八十志猶長，盡取遺經發憲章。一卷豈容羣閧市，千秋何讓再升堂。無人當代傳朱墨，有願平生結老蒼。瞻望淮南眞室邇，徘徊燕北又春陽。

葉劉年歲略相隨，先伯同行又後之。至貴不關天子爵，齊名起作衆人師。青州邴鄭原同術，林下瞻乎倏異時。四國傳公欣老健，一家如我獨漣洏。

## 袷祭前一日齋宿官舍懷左一青時聞其罷官始還

少年尚戀鷄豚會，將老寧追鴻鵠翔？風閣聲摇情歷亂，春山雲接夢飛揚。君歸白首無餘事，江照青天送一航。鐙火弟兄相見熱，正余寒夜倒衣裳。

## 雲南布政使王芥子入覲賦贈 二首

維藩萬里護邊黎，擁節三年祀碧鷄。草緑閉關銅柱外，江喧行部鐵橋西。蠻夷月出邀歌舞，城郭風柔静鼓鼙。安遠最宜張祝在，莫嫌功伐奏璇題。

繡衣持斧鎮潭州，解帶賓筵值素秋。密樹萬鐙圍作伎，清湘千尺照迴舟。歸艎鄂渚青楓晚，移節滇南白日流。石廩祝融煙霧裏，幾能散髪澹淹留。

## 送弟訏赴杭州後一日行草橋卻寄

汝猶爲客日，吾亦未歸人。復有山川隔，寧同少小親。疏林更下葉，晚陌每揚塵。欲得長懷弭，彌如車轉輪。

得朱子潁書

使君書札發齊州，戰伐新經欲白頭。出涕滂湲哀萬室，獨居威望鎮諸侯。清秋念我狂尊酒，落日同誰眺郡樓？海内幾人功力建，腐儒端合任沈浮。

# 惜抱軒詩集卷八

## 今體八十六首

### 雄縣詠周世宗

世宗北伐志猶勤，山後寧容地剖分。天意自留耶律氏，人心俄變殿前軍。五朝庶見眞神武，再世何難嗣守文。反覆興亡無處問，瓦橋關外又斜曛。

### 平原詠東方生

陛戟千官列，衣冠九尺豪。滑稽通强諫，辭賦變離騷。車就公孫借，家令少婦操。惟羞齒編貝，長對口無毛。

去歲吾邑喪葉花南庶子今秋喪王懷坡吏部皆文行爲後學之師又皆鼐丈人行也道中念之追愴竟日作一詩以寄海峯先生

吾邑平居三數賢，十年風雨地相懸。文章後死能無懼？日月東流逝每然。滄海一笻憑嶽觀，青山千嶂待江船。畢將宿草銘幽墓，止就先生臥短椽。

漫　興

故人揖我燕山前，送我來過清汶川。海右青山不可極，中原落日何茫然！牛羊落落散高壟，車馬騣騣誰少年？往來斯世卒無補，俯愧古人青簡編。

朱無逸孝廉自平陰來會賦贈

自愛名山一杖笻，敢言老子迹猶龍？布帆垂拂淮南樹，芒屩來登日觀峯。雲海似於人有約，冰天豈意客相從？憑君欲問平生業，倚聽寒巖夜壑鐘。

## 題子潁所作登日觀圖

窮臘陰淩蔽暮曛，高巖孤迹此偕君。前生定結名山諾，到死羞爲封禪文。豈有神靈通默禱？偶逢晴霽漫懷欣。卻從元旦官齋静，看埽滄洲萬里雲。

## 次韻子潁送别三首

盤盤泰山石，終古不相離。石上雲如蓋，青天多路岐。浮雲將客去，盤石此心知。諒守平生誼，寧無後見期？

海月依巖上，官齋記客來。登樓一俯仰，窺牖共徘徊。杯引千峯氣，心思萬古才。爲留三百字，長對碧雲開。

白髮遲聞道，青山且縱狂。江風清一曲，樹日蔽千章。古哲惟文字，天心豈喪亡？當憂商訂少，暇日一東望。

## 乙未春出都留別同館諸君

同承天詔發遺編，對案常餐少府錢。海内文章皆輻湊，坐中人物似珠聯。三春紅藥熏衣上，兩度槐黄落硯前。歸向漁樵談盛事，平生奉教得羣賢。

## 汶上舟中

春風迎我自江淮，岸柳將陰花漸開。盡室相看浮汶去，數山如畫入船來。微波夕照融當面，飛鳥長空近好懷。欲上濟樓呼李白，月澄滄海玉爲杯。

## 江行絶句

天低兩岸直，風緩夾江灣。縱陽猶未到，已見皖公山。

## 夏日

空庭朝復暮，邈爾若無依。自顧與人遠，方知近道稀。暑雲檐外盡，晚日竹中微。谷鳥翩翩影，孤翔識所歸。

## 夏夜

舊讀殘書向几橫，新陰鄰木隔牆生。檐風草閣方孤坐，雲月蕉窗度二更。擾攘蚊虻無一影，纏緜絡緯有餘聲。謳吟自覺偷閒便，那比前賢挾勝情。

## 曉齋有述

盡舍人間事，將求達者機。開軒垂草露，曉日潤煙霏。梧竹清千尺，雲峯碧四圍。不知滄海内，此志孰相依？

## 泥汊阻風

泥汊絶岸菰蘆風，吹逐白雲如轉蓬。兀兹小舟未可下，杳然叠嶂何當通？一夜寒谿聞落木，萬里長江同拍空。懷抱須向碧天盡，起借漁郎沽酒筒。

## 宿攝山寺

巖風洗霧出芙蓉，含泠流哀越幾重。拄杖曙雲驚鳥宿，古碑秋雨讀苔封。交流急澗鳴千步，極北憑江更一峯。誰識風濤鄰咫尺，不妨幽壑自從容。

## 出金陵留示故舊

又向青谿十日留，依然雙闕望牛頭。交游聚處思移宅，衰病行時愛棹舟。蕭寺風多長似雨，後湖煙澹總如秋。摩挲老眼僧書内，不爲興亡作淚流。

## 竹林寺懷王禹卿

盤磴上香臺，雙峯倚檻開。江流天影盡，海氣地陰來。左右皆松響，蕭條獨客回。他時君到此，空復憶徘徊。

## 招隱寺

竹林層檻閣，江水照晴空。杖策來招隱，巖松與澗風。鳥聲含雨細，樵徑隔雲通。便恐鳴泉曲，彈琴值戴公。

## 江行

夜宿蕭然伴釣翁，曉乘涼月出蘆中。縱横島嶼中流失，繚繞雲煙萬里空。燕尾水分斜渚岸，魚鱗波颭夕陽風。散人隨意江南北，處處青山户牖同。

## 同禹卿拙齋登木末樓

江邊攜酒送春歸，霽雨登樓風滿衣。賈舶霾雲吹暗浪，佛圖懸日照空磯。故交縱蕩情忘老，寒衲逢迎語亦稀。第一江山容易到，舉杯猶欲盡斜暉。

## 惠照寺或言古木蘭院也見禹卿於此寫維摩詰經

落盡淮南萬樹紅，晝陰僧院鳥玲瓏。檐含梅子黄時雨，户進新篁緑處風。出世了無香海界，置身休在碧紗籠。鐘堂一飯成遺迹，回首天花丈室空。

## 雨後

晝陰沈地一花明，裂紙窗前素卷横。展讀未終雷雨適，竹軒梧閣作秋聲。

## 江上送吳殿麟定還歙

我行江北路漫漫，送爾江南山萬盤。青天落日如相憶，更倚蓮花峯上看。

## 題二王帖

自斷平生誓墓餘，會稽東去世情疏。無端卻念虞安吉，不似田間種果書。偶有所感，書此自嘲，勿謂譏右軍也。

寫付官奴論一通，千秋俯首有涪翁。自憐無力收遺本，梁帝何嘗擅折衷？

古人已與不傳亡，優劣誰堪品二王？地下右軍如可作，詎將知己許文皇！

餘杭甥作桓家婦，妙迹從汙寒具油。忠義有靈應不忿，幾能藏弆託清流。

## 太白樓

太白樓頭空復空，滄洲晴照碧流東。久傷白髮生明鏡，每見青山憶謝公。萬壑飉松鳴水上，九秋霜鶻入雲中。不妨無客聞高詠，自有江山興未窮。

燕子磯

裊裊丹崖挂薜蘿，石亭松檜俯驚波。蒲帆從此通滄海，藜杖曾攜眺曲阿。舟楫客逢前日少，江山秋見夕陽多。水雲洲渚還相錯，獨鴈流哀柰遠何？

寄王禹卿

竟日無人至，蕭蕭風雨涼。樓臺憑晚霽，天地正青蒼。思爾西湖去，拏舟春草長。無因聞玉笛，煙月夜琅琅。

答客

鳳城恩近賁新除，鴻漸都升省閣居。楚國多聞推左史，漢臣清望動中書。春深文讌盈金谷，日宴儒林論石渠。盛世彈冠誠欲往，祇憐衰髮不勝梳。

## 懷朱竹君

學士文章三十年，清修難弟亦稱賢。肯令節似郊祁詘，何必才爲絳灌憐。世態期期求復古，酒懷浩浩欲登仙。一時門下稱英少，誰是侯芭受太玄？

## 懷陳伯思

壯年車馬劇馳奔，晚節疏慵日閉門。奉粟幾時能飽朔，合尊何處更留髡？室中婢老都無齒，竈下奴清不茹葷。料得涼宵風雨急，誦詩流涕即令原。

## 涼　階

涼階今夕又飛螢，倚檻風前已涕零。人迹不如修竹影，每隨明月到中庭。

## 題僧照

少通輕俠老如冰，禁足蒲團學小乘。聞説秣陵前日事，只疑元是六朝僧。

## 鮑鸞書自歙渡江問業於蒙陋媿其意贈以詩

我如山徑斷行軒，擁腫枝柯大樹存。節目何由能待問？青黄久已謝爲樽。披榛客自非流俗，岐路誰當見道原？共對小庭芳草積，林風吹晚更無言。

## 敬敷書院值雪

空庭殘雪尚飄蕭，時有棲鴉語寂寥。久坐不知身世處，起登高閣見江潮。

## 霄漢樓

三十年前登此樓，招攜緑鬢賦滄洲。四山雜樹排檐入，萬里清江抱郡流。過眼雲煙窺物外，憑欄花鳥又枝頭。層軒尚有斜陽白，更就明霞望逝鷗。

## 春日漫興

春冷江城裏，端居到日斜。閉門生逕草，空砌墮鄰花。亂帙從行鼠，分飧與聚鴉。千生彈指過，何處惜年華？

芳草深春後，高樓擁樹端。一城萋更緑，累日未曾看。江氣浮煙薄，山光抱郡寒。故人猶辱問，數字自長安。

春動彭蠡鴈，蕭蕭正北飛。長空照江水，孤影與斜暉。託處吾將老，平生侣更稀。一聲當檻外，舉首忽沾衣。

絃月藏雲氣，幽庭自夜明。樹疏懸鳥宿，花密照人行。書册催兒誦，衣囊撿婦情。人間紛感觸，何遽見無生？

## 又絶句

新蕉才展中心緑，芳杏將殘半樹紅。門掩小庭無客到，呼兒相對立春風。

几榻塵生坐不知，一鐙深夜照書帷。江邊春盡瀟瀟雨，空館花開又落時。

## 自詠

羣賢鼓舞赴明廷，陋巷無車户久扃。已作元龍牀下士，每書子玉座旁銘。故交四海多衰白，何事千秋託汗青？風雪繞窗鐙火暗，更披朱墨讀遺經。

聞河決張瑞書以陝汝道督工没焉愴悼作詩

歲賦長茭築水墉，又聞萬室入波衝。王尊勇竟爲冥死，趙孟儕還謝禹庸。祠廟吏民垂淚過，衣冠先壟想魂從。衰罷媿乏當時用，焉敢熏膏議楚龔？

細　雨

細雨餘春尚薄寒，緑窗風定蕙香殘。七年同種階前樹，獨坐花開掩淚看。

留　客

高齋西面向澄江，緩酌蘭陵春酒缸。莫厭坐深風露重，宵分圓月始盈窗。

寄子潁禹卿

拔地凌江峙碧峯，水雲禪榻此相從。解衣蘿薜巖前石，倚被旃檀閣外鐘。三客並知非一世，兩山迴望有餘蹤。太虚爲室時相見，豈爲離憂日置胸？

## 銷暑

古木陰能大，空牆日亦幽。風絲垂縊女，雨蔓長牽牛。尚友誠多遜，離人庶寡羞。暑窗深竹韻，危坐與神謀。

## 不寐聞江聲

憶昔乘舟徧遠征，和風惡浪每殊情。同舟死喪身今老，欹枕江聲入皖城。

## 夏日絶句二首

數株當户緑交加，徙倚前榮見早霞。忽有宿禽驚起語，露梢飛落石榴花。

牆頭高樹緑雲天，謝盡餘花未噪蟬。掩卷看陰移午後，數聲啼鳥在風前。

## 夏夜

黄昏急雨夜中收，起見華雲吐玉鉤。久立玲瓏階下影，樹梢風過已鳴秋。

## 穀樹

牆西生穀兩株連，陰蔽斜陽媚夕煙。惡木豈能妨志士？吾廬何厭聒繁蟬！窗間細響鳴秋籟，屋角新光照上弦。幸假不才居隙地，清風時爲至江天。

## 感秋

秋草萋萋蘆荻花，涼風嫋嫋大江涯。雨餘墜棗兼黄葉，日落歸禽背絳霞。俯仰羣生同逆旅，棲遲百里亦離家。餔糟晚欲從漁父，倚待亭皋立杖斜。

## 題畫梅

老夫對客常思臥，誰寫疏枝劇可憐。渾憶揚州唤吹笛，梅花嶺上值新年。

魚門編修曩以一詩送僕南歸今失其稿更向僕鈔取因併一詩寄之

六藝高論玉塵揮，百家楊秉莫能非。欣登雲閣仍簪筆，卻送春艎憶釣磯。再應徵書丞相老，三爲祭酒大夫稀。聖朝舉欲留儒者，豈得歸田志不違？

### 寄朱二亭

念君里舍會絲簧，獨屏吟詩兩鬢蒼。閉户不知誰與語，向人自謂我非狂。居惟甕牖仍耽酒，行過旗亭就賣漿。送我横江歸艇疾，蜀岡西望幾斜陽？

### 臨江寺塔

江上浮屠三十尋，半登迴首見楓林。夕陽忽送孤鴻出，暝色將生百雉陰。浩浩東流浮積氣，茫茫後死獨傷心。西風飄蕩蒹葭外，止有滄浪漁父吟。

### 寄任幼直

昔開金匱集羣賢，花藥春風坐榻連。藏史著書歸苦縣，祠官侍禮在甘泉。羈閑繫馬階前地，悵望飛鴻樹杪天。豈必知音當代少，衆中時一鼓琴絃。

### 寄孔撝約

岱山樅檜鬱嵯峨，澗户秋風吹女蘿。早厭雕蟲卑入室，遲歸金馬且槃阿。萌芽頗歎言詩少，枝葉惟嫌擬易多。千古著書非近用，廟堂伊鬱獨絃歌。

聞禹卿以書名上達幾更出山而竟止因寄

王氏風流草隸兼，江東行樂且遲淹。解官誓苦歸原早，合妓情多聽不厭。家作道民輸斗米，身惟服食乞戎鹽。練裙團扇名皆貴，豈必凌高署殿檐。

哭魚門 魚門素有同居之約，今春聞其引疾，方爲欣然，而魚門旋以訪畢中丞于秦没矣！子幼，才三歲耳。

遇君通籍已華顛，猶見雄才賦百篇。送别議聯元亭井，論文曾許伯牙絃。十年白虎成通論，幾日揚烏與太玄。一入崤函身不返，空聞解紱買江船。

論書絶句

裙屐風流貴六朝，也由結習未全銷。古今習氣除教盡，别有神龍戲絳霄。

筆端神動有天隨，迅速淹留兩未知。莫道匆匆眞不暇，苦將矜意作張芝。

雄才或避古人鋒，眞脉相傳便繼蹤。太僕文章宗伯字，正如得髓自南宗。

論書莫取形模似，教外傳方作祖師。老去差當捫鼻孔，世南臂痛廢書時。

本是嶔奇可笑人，衰羸今況髮如銀。薑芽斂處成何狀？正得嚴家餓隸倫。

## 哭孔撝約三十二韻

孔夢興疇昔，斯文失在兹。世從乖大義，家尚誦聞詩。舊德誠遥矣，通家願附之。壁中書若授，坐上客何辭？往歲南宫直，東征使節持。鹿鳴君始賦，駿骨竊先知。庾信升朝歲，揚雄好賦時。翰林眞不忝，家法亦胡虧？文富韓陵石，書摹鄒嶧碑。談經工折角，好學復深思。海宇承無事，宫庭大有爲。九流讎祕省，三俊接彤墀。博誦先王語，當求孔氏師。二劉今幾見，後鄭獨勤儀。君作儀鄭堂，嘗乞余爲記。老氏藏書室，儒林習禮帷。廟堂君竟返，延閣士奚資？道德嘶途説，文章劣管窺。燕居頻接膝，狂論每無疑。處處同杯酒，殷殷愛履綦。逮聞辭禁闥，先已病茅茨。岱嶽分天峻，江流控地卑。龜陰人去少，舒口鴈來遲。鵩鳥妖斜日，龍蛇在歲支。風流前日會，天意百年期。橘幼靈均頌，蘭摧長史悲。豈教爲異物，眞見瘞瓊枝。銘鼎幾先德，沾袍辨異辭。君書來云：「近喜公羊學，方爲之説，未竟。」書成寧餅肆，身泯罷饘斯。適就潛夫論，希聞智者規。九原終不達，一卷更投誰？余以經説寄君甫去，計不及見。

髟鬢秋增白，雙髦昔對垂。止餘名篆在，啓篋涕交頤。

寄釋誦苕

瓶鉢相逢慧業兼，碧雲詩法授江淹。離居一夕身衰白，禪悦多時味屬厭。陶令社容耽枕麯，周生室久謝無鹽。卻思半日山光寺，共聽風鈴語塔檐。

答孫補山中丞過港口萬年庵見懷二首

嶺嶠頻褰問俗帷，流歈夾道擁蠻夷。建牙巨海重雲上，弭節千山落日時。明月珠崖盈近岸，祥飆神廟送歸旗。懸聞諸管環相慰，久識中朝吳隱之。

湘東松竹帶郵亭，十五年前兩使星。鴻翼久迴春水白，隼旟重向越山青。僧堂吟就興遥夢，麟閣圖成失壯形。我欲更除三宿戀，就公新治乞壇經。

聞香茝兄擢廣東按察使卻寄二十韻

舊德前朝在，傳家後起難。江山留治迹，祠廟足辛酸。兄仕初爲令，君恩每改官。分符臨夏口，建節過閩灘。荒服南溟闊，雄藩列嶂巑。命提中典使，首立外臺端。經術良爲本，科條亦可觀。霜風清瘴癘，蛟鱷伏波瀾。陳氏嘗慙長，諸袁實繼安。公卿終可致，道德在無刊。永憶家風厚，咨嗟獄吏殘。深文堪愓息，考讞極創瘢。昔濫京倉禄，晨趨省户丹。循書黄案尾，默媿惠文冠。隱几今懷耿，中宵每竊歎。政慈褒召杜，道必閉申韓。陳臬雖無陂，推情或未殫。勿憂陳奏卻，翻戒慮囚寬。梅嶺延冬燠，茆檐臥歲闌。公私相望切，引領屬加餐。

詠　史

將軍猶駐碧油幢，積石河源未盡降。安定有城名第一，隴西出將每無雙。牧民豈謂非良幹，伐畔何教震友邦。憶昔盟書金似粟，百年金鼓不聞摐。

答　客

藜藿麤營便閉關，幾看榮謝隔谿山。淹留正爾因衰病，敢笑何公去復還！

## 大觀亭

中丞祠倚石厓青，杖策秋風更一經。舉目衰林如脱髮，幾人采鞠制頹齡。清江三面舒州郭，南嶽千峯皖口亭。落照横天鴻鴈起，獨憑長嘯對冥冥。

## 黄慎雨景

數椽深壑架茅茨，亂木霾雲出谷遲。忽聽後巖飛瀑急，四山風雨已多時。

## 李敦庸荷葉雙鳧

落盡芙蓉葉未枯，野塘深處唼雙鳧。貌來合乞忘機侣，曾入煙波得見無？

## 謝陳勤齋方伯餽紙

已震戎韜靖阻遐，又瞻弭節澤江涯。游思竹素眞餘事，分乞谿藤貴物華。身媿詞人居楚國，腕嫌餓隸出嚴家。安能泚筆形周翰，會見褒書降草麻。

## 懷故學士朱竹君

洛下書生起侍朝，獨陵天地氣飄飄。青雲後進時來附，白髮前交意每饒。中夜酒多猶擁榼，過春花少尚連鑣。卻臨杖節經游地，立望江亭晚落潮。

## 懷故編修程魚門

走昔雕蟲志尚勤，十年操牘每從君。承吟雌霓知聲病，荷定鶏人潤小文。白下退將鄰舍卜，玉堂晚逐少年羣。世間一別逢無日，聞有遺孤未展裙。

## 唐伯虎墨筆牡丹

兩枝芳蕊出深叢，休比徐熙落墨工。曾向金陵參法眼，了知花是去年紅。

## 離　思

畫角一聲江郭，布帆幾疊風亭。前日故人千里，倚樓依舊山青。

# 惜抱軒詩集卷九

## 今體一百十首

### 寄天柱山人

天柱萬重雲，雲中抗楝棼。巖花稀見客，松蔭獨隨君。浣手旁行字，琴心内景文。坐忘如著論，須與謫仙聞。

### 入龍眠

策杖向山碧，心清境亦幽。樹陰藏雨漬，花落信風柔。鳥迹交深逕，人家面曲流。寧當容並舍，終歲記夷猶。

## 江路感舊

山藏春縠堞，岸折石城船。白髮尋前路，青春似往年。落花江館雨，叢樹縣樓煙。未逮忘情者，臨風故黯然。

## 野戍

野戍孤無障，停舟此作鄰。連朝江路冷，數點岸花春。白霧離村樹，青蕪向渡人。無從商去住，試禱水祠神。

## 江路又一首

無復平生侶，重於故迹經。春風吹短髮，江路數長亭。帆遠横天白，山多跨地青。寂寥仍獨往，風浪接滄溟。

## 寄靈谷僧

自昔居靈谷，終年聽石湍。落花趺坐軟，深樹衲衣寒。孤月胸前指，千山定後看。無緣居士室，暫接問輕安。

漫　游

東風吹脱鬢毛斑，舉世誰如老子頑？欲抱龜蓍終蜀肆，豈將詞賦動江關？五更竹露聽蕭寺，一逕松風入蔣山。越客偶談天姥勝，相逢倚杖夕陽間。

謝簡齋惠天台僧所餉黄精

衰年不願海山居，願舐淮南藥鼎餘。但使體中還少壯，更偕兒輩向詩書。蒼山旨蓄承分乞，白首飛蓬或掃除。想見赤城霞畔路，長鑱木柄下空虚。

輓陳勤齋中丞

西南地控五谿遐，承詔單車往建牙。出令蠻夷方企踵，從行琴鶴政忘家。山圍幕府秋迴鴈，霜落旌門曉聚鴉。故宅但瞻雙戟在，迎歸白旐拂江花。

陶怡雲深柳讀書堂圖

我如枯樹託婆娑，愛見新條發舊柯。往日讀書眞恨少，少年如子豈能多？風軒百尺摇陰翳，雲幌千秋對嘯歌。願得隔窗斜倚聽，立深飛絮覆階莎。

王孔翔香雪梅宴集圖

渡江春盡冬初去，風雪寒山獨閉門。羡殺烏衣衆年少，梅花時節又開樽。

讀書秋樹根圖

秋容自老君方少，昕夕披尋歲月長。不識五車書就日，卻須林葉幾番黄？

孔信夫舍人自揚州挈舟見訪將自此適蘇州章淮樹觀察邀與共觀家伎因作此送信夫

櫻筍成時燕入堂，當軒陰重草初長。共扶白髮三千丈，來看金釵十二行。灩座玉船傾若下，指塗蒲席向吳閶。明朝萍迹都成憶，耳識仍增記繞梁。

## 題右軍帖

蘭亭衆會獨傷懷，先墓歸誠誓更哀。顯授何嘗較懷祖，扶生或竟遜方回。峨眉汶領終難至，青李來禽尚可栽。我亦年今垂耳順，千秋思若坐中來。

## 雨夜

秋館蟲吟出草根，倚窗塵榻一鐙昏。瀟瀟半夜龍江雨，知有寒潮又到門。

## 簡齋年七十五腹疾累月自憂不救邀作豫輓詩

龍飛四載一詞臣，吟嘯江山五十春。莫怪尊前爲了語，當年同輩久無人。

一代文章作滿家，爭求珠玉散天涯。替人未得公須住，天上寧無蔡少霞？

宫闕前朝迹惘然，隨園花竹獨清妍。故墟憑弔終難免，且願從游更數年。

氣聚升爲五色霓，倏然散與太虚齊。海山兜率猶黏著，那更投生向玉谿？

## 作書戲題

遂良舊日鬚皆白，祕監今年臂更衰。結習欲除猶未盡，前身或是永禪師。

## 哭孔信夫次去歲觀伎韻君自遺書乞余銘墓

公子聲高魯廟堂，爲余江水遡游長。石銘歸託名千載，玉版前留墨數行。鵩臆恍知從物化，人情未可扣天閶。清樽急管同聽處，依舊烏衣上玳梁。

## 次韻答毛學博

文家俗見蔀千層，嫵媚誰曾識魏徵？若反清言從正始，便同乳穴復零陵。有源君導如春水，無盡人分是慧鐙。愧我尚爲知解縛，不成得髓自南能。

江北青山隱隔層，今秋豐穀應休徵。東籬正可歸彭澤，左席奚求赴信陵？諧物總非長袖舞，相看各守短檠鐙。初涼好共尋叢桂，挂策僧廊病尚能。

## 倪學博欲爲設食而僕病後畏酒肉次前韻約爲茶果之會

看花眼霧亂層層，蒲柳先秋信有徵。渴愛旗槍烹似乳，鬧嫌壺矢祝如陵。連朝苓术衡三品，薄晚鹽齏共一鐙。君爲禪房設清供，試拈螺蛤小詩能。

## 又示客一首

已識西堂合射艱，況教口腹累人間。庾郎正貴陳三九，袁粲何須破八關？明月清風同入座，緑葵紫蓼總開顏。不容更命門徒議，早聽周生諫小山。

## 秋室漫詠

積疴謝書册，人事亦無關。曠爾一室内，秋聲動遠山。廊依風葉轉，砌繞露花斑。客至希言説，依依久坐還。

## 隱仙菴雙桂相傳元時植秋時花開極盛攜客及幼子師古觀之因賦

鍾離眞主渡江前，雙桂蜷枝已刺天。南國市朝非曩日，西風闌檻又經年。黄金萬蕊香浮閣，白雪千莖冷覆肩。零落滿階君勿歎，吾生那得較花堅？

漫　游

青嶂連江抱隔闉，此間容託葛天民。垂金花落秋將老，流汞光升月又新。隱几無心從喪我，登山有句偶驚人。每攜邛竹尋蓬藋，容有齊梁迹未湮。

登清涼山翠微亭下重入隱仙庵看桂偕浦柳愚山長毛俟園倪健堂兩學博

亭高碧嶂秋風上，帆出青天曉日時。一攬横江全楚勢，再尋幽壑小山枝。樓前影擢交龍起，雲裏香薰駐鶴知。賴接數君情不淺，不妨繞樹坐頻移。

次韻同年蔣澄川見懷澄川去夏皖中貽詩今夏始達

江北江南兩岫雲，從風偶聚又披紛。鋤犂久分終南畝，隴隧今傳暫右軍。難得經年通尺素，況期千里合離羣。相望都似秋林葉，澹倚寒山挂夕曛。

## 毛俟園用僕看桂前字韻作詩見貽因復答之

萬里清江到坐前，又逢佳客九秋天。短笻共散幽憂疾，芳樹誰知偃蹇年？君輩論文推馬齒，世間相士貴鳶肩。止宜不負看花約，自斷平生志已堅。

## 問張荷塘疾

君抱幽憂卻酒巵，空堂視蔭每同誰？今年青女慵司令，九日黄花未吐枝。欲起毗耶居士疾，愧無天寶謫仙詞。瓦棺閣外江天遠，請眺餘霞落鴈時。

## 喜胡冠海至

高樹寒陰落掩扉，城頭鍾阜夕煙微。青楓江上人才返，黄菊花初蟹欲肥。行樂繫錢隨處好，論詩燒燭隔年違。黑頭那易身無事，且爲頻來趁短暉。

## 天門

草緑濡須口，天青博望門。雲山開四面，波浪急東奔。地有千秋感，人傷垂老魂。頻年逐帆影，幾處認潮痕。

題　畫

橫風吹雨過林丘，萬片飛雲作水流。倚檻數峯藏又見，渾如天際識歸舟。
千巖雲起壓林低，黄葉聲涼送馬蹄。雨急看山行更緩，野人家止隔前谿。

觀明賢在楚宗室宅詠繡毬花詩卷郭美命首唱凡十九人王夢樓跋尾有評繡毬花詩以宋牧仲爲冠語因題其後

往日東風帝子家，濡毫上客寫妍華。時乖竟值憂危議，春盡難留錦繡花。節概青編悲志士，文章白髮笑生涯。從游紫柏猶吾願，綺語何煩甲乙加？

答朱石君中丞次韻

衰年薝蔔甫聞香，那得全將六用藏？縱有隨之推老馬，其如後者未鞭羊。使君膏物眞時雨，故侶零柯怨早霜。不貴蕊珠傳不死，諒公宇定自天光。

## 天界寺閣遇兩蜀僧

南朝宫闕悉榛荆，尚有旃檀閣未傾。坐看青山圍建業，來從赤脚下桐城。殘英偶爾餘春色，布縠泠然早夏聲。萬里峨眉僧接膝，小窗深潑夕陽明。

## 送方坳堂解官後將之上江

鎖闈將闢始聞名，夢過春秋二十更。三省最遲麾出把，九州獨許蓋先傾。山當蕭寺時停騎，身付扁舟欲濯纓。我亦舉頭偕衆望，謝公終起爲蒼生。

君與名山宿有期，那應長閉入車帷？好乘腰脚年來健，徧攬煙霞物外奇。僧俗總隨雲水宿，漁樵或與姓名知。故當飽歷人間路，歸見桃花一笑時。

## 重宿幽棲寺

南山東面最孤騫，柱杖時攀問法源。紺宇中臨千嶂小，黄梅旁出一枝尊。春階雨歇纔懸榻，夏院陰成又扣門。深洞了無來去迹，只餘石溜滴苔痕。

## 陳東浦方伯招飲瞻園次韻

前代英雄不可尋，千秋臺榭敞憑襟。欹松立石泠風度，暗草叢花夕照深。官閣留傳多故實，謝公寢處愜山林。酒闌倚檻容吟嘯，無那高垣易夕陰。

## 次韻答吳竹橋

稱病君眞似長卿，我如蒲柳老無榮。文章已謝當時好，止足寧希史傳名？獨立懷人常企踵，相逢狂論復盱衡。清詩泠若臨風笛，吹徹秦淮秋氣生。

## 題吳竹橋湖田書屋圖

中田有精舍，挾册青林間。起見海東月，流光湖上山。時聞漁者唱，或值耦耕閒。非得忘機侶，翛然自掩關。

昔君辭省閣，余亦臥江濱。山渌垂湖岸，宜容澹蕩人。藏書多足老，資物少無貧。更欲刺舟往，相從忘主賓。

## 題黟縣朱榮朝望嶽樓圖

記託新安郡，晨朝見異峯。遥思黄葉逕，多被白雲封。孤往未能決，他年焉可逢？披圖如曩昔，惆悵列巖松。

## 題李抱犢山人四友圖

君築巖居積翠重，飄然偶出似雲龍。孤舟乘興行千里，襆被吟詩入萬峯。屢痛昔賢披墓草，自希良友結霜松。歸休梅竹蕭疏裏，風雪余將策杖從。

## 方坳堂觀瀑圖

泰山北面寒巖谷，曾逐谿聲就朗公。莫道出山泉竟去，舉頭長在碧雲中。

## 坳堂觀察自安徽返將歸濟南仍入都補官餞之於清涼山

天門赤岸涉波濤，問訊秋來迹已勞。風雨才晴將送遠，江山無際共登高。重來郭伋誰能必？獨立王尊氣自豪。衰眼摩揩瞻事業，何妨萬里縱旌旄！

## 題坳堂所藏諸城劉文正公手迹

獨立清修動主知，喟然耆艾在彤墀。後來董令思文偉，誰許王弘繼穆之？竹素蒼茫千載事，丘山零落百年期。寸縑中有平生感，曾共山公把酒卮。

## 跋汪稼門提刑登岱詩刻

昔乘積雪被青山，曾入天門縹緲間。日觀滄溟猶在眼，白頭明鏡久驚顏。壯才許國朝天近，名嶽裁詩擁傳還。盛藻宜摽千仞上，衰翁無力更追攀。

## 過蕪湖

不見春江際，安知路所經？遠隨煙外席，時逗岸邊亭。鵲尾雲彌白，鳩兹山漸青。更投前港宿，雨勢復冥冥。

## 四合山阻風

柳枝摇不息，久立望空津。帆勢遥投戍，濤聲故近人。雲光開岸晚，草色澹谿春。安得知言者，披襟志一申？

## 天門阻風

亂山蟠野合，雙嶂矗雲開。地擁江聲出，天横雨勢來。輕蓑漁故往，挑菜市都回。老子惟高枕，東西任擊豗。

## 東梁山僧舍

津濤行復滯，峽嶂路還緣。石壁凌江閣，風林隔浦舡。鶻盤崖樹側，豘出浪花巔。往迹無儔伴，春陰彌悄然。

## 復阻風

三月鶯花盡，江村直似秋。陰從亭午合，風挾暮潮留。水氣侵压上，寒聲在樹頭。長年仍益纜，水宿亮多憂。

## 烏江阻風

金陵如咫尺，牛首在船窗。棹往彌求速，波來未可降。急風吹白雨，薄暮泊烏江。鐙火連檣底，瀟瀟雜語龐。

## 楊龍友墨蘭竹

秣陵春盡倍銷魂，紅藥花殘緑萼存。被惱更尋修竹逕，千叢原是畫時孫。

江左風流染翰時，越疆同裹故人尸。風蘭露竹容相憶，寒食曾無上冢兒？龍友殉難時，吾鄉孫武功監軍與之同死。後監軍子收其骨，併龍友合葬桐城北楓香嶺，余嘗至其墓側。

## 爲周期才題春江歸棹圖

如織江帆上下流，無人天際識歸舟。昨來停棹還西去，畫裏昇州似鄂州。

## 陳約堂武陵泛舟圖

曠懷無染俗情濃，芳樹春流到處逢。喚作武陵何不可？桃源元止在君胸。

## 憶禹卿在南昌

我憶人間王禹卿，休心總異少年情。青娥玉笛春風盡，朱雀金花夜氣生。揮麈便應通肇論，折釵偶或作顔行。洪州止爲西山戀，便滯南來累月程。

## 游攝山宿緑雲菴二首

不見深巖桂，微風谷口香。披雲過石徑，聽澗到僧房。穹壁天容峻，環林地籟長。欲求明處士，偃蹇待斜陽。

叢樹未摇落，寒山已改容。自攜孤杖影，晚下最高峯。燭隱秋聲閣，詩成夜壑鐘。白頭餘健在，幽處欲潛蹤。

## 最高峯登眺

已上嶕嶢又佛臺，正逢秋霽夕陽開。地窮江海與天際，山自岷嶓夾水來。南國中原同下頫，華林衰草幾千回。何當住此雲霄上，長與星房日馭陪。

## 題汪君試硯齋圖

涵空高蔭氣清泠，黝玉開匳發古馨。蕉葉滿窗苔滿逕，倚楹研緑寫黄庭。

## 題　畫

山遠雲尤澹，江空影最長。秣陵秋易到，不獨爲林霜。

## 瓦棺寺

招提地亦古長干，圍入南城體勢殘。穿逕石崗隨繚曲，到門風葉颯清寒。虎頭無影存金粟，馬鬛何年出瓦棺？尚有里民矜故事，一成臺上集文翰。前有小阜，民謂即鳳皇臺，側建鳳游寺。

## 翠微亭

蘭若門中山逕清，攀躋幾折與雲平。排空疊嶂穿城入，鋪地横江隔樹明。天運九秋如有怨，人思萬古到無生。奇文腐草要同盡，何用登高作賦名？

## 埽葉樓

碧雲垂下大江流，坐倚江城古石頭。丹嶂欲平猶作巘，青楓未落已成秋。三山夕照新林渚，萬里西風埽葉樓。虎踞地形猶在眼，清涼深院發鳴虬。

## 陳碩士藏管夫人寒林小幅

獨於疏澹著精神，山遠林枯意倍眞。借問倪迂嗣誰法？右軍書學衞夫人。

## 癸丑重九無樽酒之會往問袁香亭同年亦獨居寂然乃邀登雨花臺臨眺至暮香亭有詩和之二首

六朝建國猶形勝，九日登臺思悄然。故壘蕭疏黄菊節，旅懷揺落白頭年。秋聲城郭千家樹，返照雲霞萬里天。若對江關悲作賦，不如山石解談禪。

君解銅符五六年，逢余黄髮白門前。彈冠舊侶眞無幾，策杖清郊尚有緣。俯踞小亭衰草地，仰思高座雨花天。兩翁自愛尋荒迹，豈必龍山會衆賢！

### 婺源胡奎若藏黄石齋自書五言詩迹題後

直言瀕死荷戈餘，社稷猶思再埽除。指佞朝廷惟汲黯，存亡時勢異申胥。秋來草没宫門路，石齋將死，于江寧時過故宫門猶下車。見榕村記。夜半鐙寒屋漏書。要識艱危成節概，不隨流俗在平居。

### 和袁香亭在鄭思贊孝廉宅看牡丹

三月江城泛玉巵，朋簪不異少年時。露華朝暖春應駐，幽檻風微日漸移。興極捲幃看國色，病餘擁毳作僧詩。惟君彩筆猶豪健，合有紅雲捧硯池。

### 和袁香亭清話

白頭老子尚婆娑，未便空山考在阿。紅藥階前春事減，沙棠舟上酒情多。衣沾天女花難去，隙閲奔駒影易過。試就詩人乞禪悦，右丞容即古維摩。

## 朱白泉觀察以僕往昔訪其先公運使於泰安時所作詩文各一首同裝成卷見示感題

平生交友接龍門，霽雪高山共酒尊。立處不知天下小，坐中祗謂古人存。文章海内亡知己，旄節江東見後昆。留得白頭如夢過，舊書重展落啼痕。

## 贈釋妙德嘗作老子疏者

上人杭越秀，擕笠到江邊。宴坐苔生地，談空花雨天。道場隨里舍，法性寄詩篇。了悟無人相，何妨解又玄？

## 過明孝陵

蔣侯山與故宮連，想見興王作邑年。銀海竟從僧易地，石牀空令女朝天。山青尚似觚棱闕，澗涸曾無功德泉。正是江村寒食節，落花飛絮羨門前。

見諸君作莫愁湖櫂歌戲擬四首

繁華才過即千春，遺迹荒寒任水濱。復送酒船歌板至，那知中有斷腸人！

春光易盡是湖涯，桃李陰成柳作花。和雨和煙千萬樹，不知誰是莫愁家？

游人散盡漸烏棲，惟有漁舟半隱堤。一曲櫂歌明月上，淒清風露女牆西。

前古煙波後世樓，教人歡喜耐人愁。新詞才子情深淺，付與雙鬟試囀喉。

游瞻園和香亭同年兼呈東浦方伯及在座諸君八首

自有丹陽郡，何時不勝遊？名園今日會，官閣累朝留。古意蟠松正，天成立石稠。遠思營建力，名字向誰求？

開第從徐氏，元功得賞延。飛龍天子去，喬木世臣傳。室榻神疑在，山亭迹邈然。時將青簡事，回憶緑尊前。

儒者資爲政，維藩見節旄。阜居憑井邑，清氣擁林皋。暇日聊陳醼，臨風一染毫。石梯摹蜀道，往迹念仍勞。

高軒開夏氣，幽檻剩春花。蘿翠升還墜，松聲壯不譁。褰衣穿數曲，當席眺千家。未覺淹留久，江天送落霞。

山遠良難步，江空遽易臨。無如三畝近，不厭四時吟。苔藉幽人履，風披牧伯襟。寧如羊叔子，感慨畏幽沉？

諸君羅俊藻，野客與追陪。地下魚爭出，天邊鶴亦來。朱顏今已過，笑口古難開。豈恤狂言發，頻當覆酒杯。

畫手有袁張，同時并擅場。筵前交履舄，海内各文章。雅集圖如就，裁詩墨盡香。祇憐才盡者，偏畏擘箋長。

夙願鍾陵下，茅茨架薜蘿。卜鄰人有幾，小築計云何。地異官齋閟，朋隨風雨過。耆英眞可會，山似洛陽多。

## 送李嗇生歸揚州後卻寄

論交談藝氣飛揚，清夜纔邀共舉觴。楓葉江天舟楫杳，桂華樓榭雨風涼。悲傷短髮秋三月，淪落高才水一方。計日賁來還有約，糞除東序布藜牀。

## 懷祝芷塘

聞住華亭四五年，東風輒爲望江船。料應玉貌今衰醜，卻誦清詩轉妙妍。地上朋儕餘有幾？天涯風雨颯無邊。白頭垂憶平生事，更寄傷情到海壖。

## 江南榜發同居諸友多被落感歎成詠

九日明朝至，千山秋氣來。江南悲送客，雨際罷登臺。旅館須耽醉，風帆且緩開。誰憐黄菊節，多滯白衣才！

## 有懷雒君

秋陰不成雨，黯黯望空津。楓落初寒水，帆行失意人。山林違遠性，書筴逐羈身。安得將尊酒，相邀慰此辰？

毛俟園倩樸山道人設素食於隱仙庵見邀同袁簡齋浦柳愚金麓村陶讓舟王柏崕馬雨畊門人朱珏同游其時桂花甫謝率詠一首

野蔌烹香進舊醅，鶴儀道士住蓬萊。青山曲曲藏修竹，紅葉莖莖映碧苔。孔蓋蔽空雙立桂，龍腰偃地半枯梅。清風又引羣賢會，何必花時逐衆來？

別治三

日月雙輪邁，文章一管窺。劣容留後死，敢謂使先知。求子才寧易？從余志亦奇。深山有神會，何異接披帷。

秣陵城外水，空遠動離心。楚澤同津去，歸帆隔浦深。秋風吹短日，江霧蔽長林。孤唱中流發，寥寥無賞音。

## 洲上見桃花

荻芽初出麥莖寒，中有江桃作意丹。開落年年天不管，夕陽洲上獨來看。

## 祝袁簡齋八十壽時方送小郎就婚湖州

分司且遂休官早，柱史從留食乳遲。會見小倉編後集，較多盈萬渭南詩。

春風鳩杖絜佳兒，棗栗盛笄共壽巵。樂事天教今世獨，才名人作昔賢疑。

後堂弟子聞歌管，西邸英王致酒杯。此日壽登誰不慶？早詢安否遍中臺。

先生築館冶城隈，壇坫爭趨末座來。司馬從官嘗雨立，元戎小隊及花開。

## 送香亭重赴嶺南

東山未可留安石，南越重須見陸生。又送離帆天際望，自垂白髮入柴荆。

昔君溟海我燕京，萬里相逢建業城。草緑冶亭同策杖，花明江閣擁彈箏。

## 重游隱仙庵并詣古林律院承諸君和僕去歲詩韻見示因復繼和三雲通守四十矣前見其貌似年少因以入詩今知其誤故復以詩解之

殘花猶未墮蒿萊，拄杖濃陰踏逕苔。魚鳥都於吾輩慣，江山轉憶昔人來。觀空應叩鋪金地，遺累頻斟釀玉醅。歸把清詩慰岑寂，一庭繁雨綴青梅。

江城朗見玉山來，當座朱顔發緑醅。流轉光陰速輪轂，飄蕭花絮付莓苔。黑頭子豈輸王簿？禿髮余眞似賀梅。四十功名非便晚，會看風引到蓬萊。

## 賦得謝公墩

昔聞謝太傅，登眺此江東。宰物仍高韻，清言見道風。早齊東海德，晚配始興功。曹植詩多怨，羊曇慟復窮。閭閻葵扇在，煙靄石城空。遠想非無土，從游詎有公？一墩當水白，三月落花紅。更作書生詠，青山夕照中。

香亭得雄於其去歲所失小郎有再生之徵一詩爲賀兼以識異

普門大士感修熏，福德兒重乞細君。正似吾鄉張太傅，再招東晉大將軍。張文端太傅母，始夢有異人自稱王敦至其家，生子名敦哥，數歲殞。母慟甚，夢異人復至，曰：『吾終爲夫人子。』遂産太傅，名之敦復。太傅長，遂以爲字。金環桑穴眞堪信，老蚌珠胎倍可欣。逸少諸郎他日貴，不妨小者最超羣。

次韻答朱二亭

遼闊江山又值秋，企余猶限水悠悠。文章我欲從障甈，筋力君堪較上樓。風雨白門尋史傳，丘山黄土想朋儔。幸餘禿鬢人間老，那不相思一命舟？

題朱涵齋都統便面洛神兼臨十三行二首

誰識傷心賦洛神，每思千載一天人。持將便面西風障，卻愛淩波襪下塵。

都統丹青祕殿儲，偶傳斷箑亦琳璵。正如大令多兼擅，烏犉牛成便作書。

## 題李孝曾海上釣鼇圖

東方無盡是虛空，惟有扶桑日出紅。釣罷六鼇無一事，海天吹淡釣絲風。

人間得失爭蝸角，末俗榮華看葦鳩。但使胸遊天地表，海鼇何異瀆中鰍？

# 惜抱軒詩集卷十

## 今體九十三首

### 過程魚門墓下作

憶挈柔豪就石渠，春風花藥襲襟裾。隨珠荆玉多奇士，金匱名山見異書。霄漢幾人成令僕？滄洲吾道在樵漁。獨君埋骨青山隧，長鬣松呼似識余。

### 送江寧郡丞王石丈運餉入蜀 鼐座師王文莊公之子

使傳驅天府，家聲長地官。書名留御墨，急病在衷丹。行受專城寄，寧辭報國難！天從秦嶺窄，身入棧雲寒。轉餉千峯裏，傳餐萬木端。才猷經事大，體骨積勞安。憶昔趨階序，初欣見羽翰。山丘嗟歲往，風義值江干。短髮飄藤架，長歌共藥闌。亭皋春寂寞，閣道路巑岏。涼燠車中换，情懷事外寬。吾衰君自壯，談笑去征鞍。

## 題夢樓集

與君交久無如我，並到頭童白頷髭。事業銘鐘都未逮，林泉投紱卻非遲。燕關秋氣聯吟袂，江寺潮聲接臥幃。五十年間都憶起，一鐙廿四卷中詩。

## 送陳東浦方伯自江寧移任安徽三十二韻

衡嶽羣舒地，横江六代都。風煙通上下，民俗别荆吴。駐節方從化，移轅有待蘇。生申元四國，借寇豈私吾？白下公初莅，黄中信早孚。從容文禮樂，談笑奠江湖。小察羞誇智，訏猷始作謨。五年休息意，四境蕩平途。愛士憐彈鋏，知音辨濫竽。古風宣護夏，僞體闢榛蕪。豈以文防政，眞看效是儒。甘棠方茇舍，瓠子計搴芻。天語褒丹鳳，人心縶白駒。皖公先在望，泗上且須臾。四載俄安宅，雙旌遂載驅。同州淮海合，分省井疆殊。作伯臨諸帥，投閒有一夫。登龍慙郭泰，伏鵲媿南趍。江遠林煙澹，霜初岸草枯。遠偕迎竹馬，近即送檣烏。回首思鄉郡，傾心仰大鑪。土風兼俠武，鄰域急軍需。狗有生氂逸，人無佩犢麤。依仁諧衆願，舞德況微軀。劇邑將辭醴，歸村更飲酺。瓶開惟説尹，襁負共將雛。九派潯陽會，千峯天柱孤。詞源瞻几杖，坐上又醍醐。此歲娵訾口，他時北斗樞。旬宣寧楚尾，羽翼上天衢。業廣同環海，恩周詎向隅？形容羣作頌，傳詠慰吴歈。

寄袁香亭 時爲澳門同知

同歲書生盡白頭，異時江國共登樓。蒼茫身世餘孤策，歷落山川又九秋。雲出易迷巖曲岫，鴈飛難到海南州。卻聞壯事猶能作，談笑吴霜拭佩鉤。

題王麓臺山村扇面

谷口停舟傍石林，幽人猶隔幾重岑。濛濛山氣將爲雨，待長谿流二尺深。

偕陳渭仁吴子見朱引恬南濱游攝山宿般若臺院次日邀釋卓羣入寶華山

九月寒初未擬還，江南草樹正斒斑。短笻慣識青巖路，白髮重攜向攝山。

萬葉霜凋變錦叢，雙巖金碧擁行宫。宫門右畔谿橋石，竟日涼颸響墜紅。

密樹陰沈般若臺，珍珠泉映井天開。蕭條彌勒龕邊宿，一夜横江風雨來。

路掩青山舊孝陵，村零黄葉古江乘。騎驢共踏秋風裏，新識南宗小院僧。

鷄犬民家帶柘桑，誌公人説出東陽。寒山一往無尋處，卻見鷹窠是道場。

## 慧居寺 恭閲三朝御書

獵獵霜風拂袂斜，偶攜僧械入峆岈。山蟠句曲横青靄，樹自深巖上碧霞。霄漢奎章藏鷲嶺，人天法會憶龍華。白雲蒼狗塵寰感，也到空林釋子家。

## 寄吴殿麟 聞其里人欲爲舉孝廉方正

天都山下結茅茨，閉户盤桓自命蓍。弟子三千周士貴，公孫五十漢徵遲。朝中筐篋將更策，天下文章要起衰。聞道洛陽才不世，吴公第一始深知。

## 鷲峯寺

寂寂青谿水，蕭蕭祇樹園。江潮春入郭，海月夜當門。銀杏風前活，寺有銀杏已死，今復榮。金容世外尊。殿中佛像，傳猶江總捨宅時造，金色獨異他像。陳隋銷落後，來聽道人論。

## 葆光寺

一徑循修竹，高低沓靄間。秋風深院桂，寒色寺門山。龍象來居少，寺無方丈僧。鴉烏暮語閒。故人餘隱迹，孤杖此追攀。方坳堂嘗避喧于此。

## 報恩寺

江上來興甲，宮中失委裘。升朝君難靖，建刹母恩酬。風物長千古，雲山短髮秋。浮圖三百尺，陟級望滄洲。

## 南　唐

小朝偃蹇大江東，煙月流連六代風。建業文房收寶笈，清涼法眼啓琳宮。帝都執玉才嫌後，天塹浮橋已架空。一聽大梁春夜雨，最思花是去年紅。

## 龍江阻風

紫金山外俯羣巒，白鷺洲前木葉丹。十月清霜天地肅，一江空水古今寒。往來未定秦淮宅，冷落唯投大澤竿。坐待暮天霞作綺，吾生何處不盤桓。

## 憶慧居寺

九聞初鴈在江南，一詣靈山杖策探。殿角夜明升鷲嶺，鐘聲秋發過龍潭。歸攜衣袂煙霞染，迴望雲關石樹參。料得老僧居絶頂，峯坳時見度風帆。

## 歸　舟

風起横江晚未休，躊躇山下送歸舟。遠天青白依依日，近樹丹黄颯颯秋。早歲經過忘故迹，百年死喪憶前儔。老翁萬事投空寂，只寫清詩處處留。

## 過黄陂湖

離家百里泛晴川，遲速吾心總曠然。澹淡風揚初日上，高低山匝一湖圓。連村黄葉叢叢霧，舉櫂滄波面面天。好景一過須記取，擬同兒女話鐙前。

## 自嘲

冬烘老子木棉裘，苜蓿盤邊與古謀。曳踵車輪良病緩，拄頤劍首正嫌修。雖餓七略無藜火，未證三幡愧苾蒭。儒佛兩家無著處，祇將黄髮邁時流。

嘉慶丁巳三月十六日阻風於繁昌三山磯因游三華菴菴爲僧山若建山若傳爲明進士楚人不知其姓名國變後爲僧塔在菴左側

青山緣曲逕，紺宇帶修林。江影高軒覆，花光小閣深。峯巔横落照，門外澹春陰。不厭風潮阻，頻爲浄院尋。

勝國傳遺老，開山託巨磯。三衣藏服尋，一鉢寄餐薇。名姓塵寰滅，波濤過客稀。祇聽松竹韻，三歎出巖扉。

### 寄李雨邨 調元

故人與我尚人間，曾傍金羈玉筍班。地勢風煙難蜀道，天涯雲水各江關。偶將文筆傳消息，竟謝簪纓孰往還？衰鬢不妨論事業，發揮潛德又誅奸。

## 題　畫

深谷高巖寺閣扃，疏林谷口見谿亭。亭中恐是龐居士，坐對無埃山四青。

未凋林碧發梅紅，石壁天齊岸勢窮。摇艇更深何所遇？武夷君在白雲中。

## 題夢樓集

春雨高梧灑夜涼，夢樓詩卷伴虛堂。未知他士堪看否？我自微吟欲斷腸。

## 題韓魏公早朝像

當年秉笏獨書思，每進難陳父子詞。逮託北門榮晝錦，永昭陵遠夢罘罳。

## 王文成公像

餘事功名到五谿，室家累世輯羣黎。除將道統千秋重，我更傾心爲鼓鼙。

## 宋人水殿圖

金波鳷鵲麗秋光，高下空明水一方。天净不知河漢轉，玉階風露覺新涼。

## 趙承旨天寒翠袖圖

冷落山花間竹竿，誰言空谷異長安！態濃意遠無人見，自倚天風翠袖寒。

## 王太常雨景

沙上浦漁歸〔一〕，煙際村林閉。風雨黯成昏，湖山轉清氣。

## 將會夢樓於攝山道中有述

太平門外雨初晴，又聽新蟬第一聲。轉轂年光逢小暑，夾衣天氣似清明。山雲近作迎人態，僧院歸如返舍情。未死故人重執手，舉看藤杖一枝輕。

## 别夢樓後次前韻卻寄

送子挐舟趁晚晴，沙邊瞑立聽橈聲。百年身世同雲散，一夜江山共月明。寶筏先登開覺路，錦箋餘習且多情。钁頭半箇容吾與，莫道空林此會輕。

## 次韻贈左蘭城

我似頹陽尚美晴，子如雛鳳發新聲。殷勤老馬途頻問，高下精金帝自明。共案八關尋至味，聯牀三宿係餘情。屬將道域深攀援，更覺文章小技輕。

## 題趙雨亭出關圖 葉君中子謫伊犂，趙與有舊，省之。葉没，又往致其柩歸。

冰雪天山照往來，懸旌四見玉門開。尊前渥赭顔如昔，身是唐朝老萬回。

## 秋　至

積雨晴時風滿襟，夕陽空院落疏陰。暑過秋至關誰事？付與寒蟬樹上吟。

自海峯先生喪十餘年鼐不至樅陽今年自江寧循江西上過其故居不勝追愴乃作二詩

往時四海一衡茅，頻使升堂命酒肴。輕許便當人俊傑，高言寧計衆譏嘲。寥寥空宇今羅雀，兀兀荒臺古射蛟。草宿重因天下痛，百家新學總譌淆。

樅陽山市枕江濆，何陋廛闤只爲君。此日羊曇重下淚，百年端木永離羣。霜風激激團亭水，天日昏昏大澤雲。正是平生停櫂地，招魂當復細論文。

松圓老人小景

荒寒空水夕陽流，落鴈聲遲近荻洲。識取松圓詩裏畫，秣陵天遠不宜秋。

松圓谿山亭子

半依平遠半巖扃，雜樹逢秋一半零。入谷未深林未密，拈來詩思在谿亭。

入山

雪餘冰泮日華清，試向寒山託漫行。曳杖穿林逢客少，解裘登嶂覺身輕。丁東石溜巖幽出，層疊嵐光樹上明。取作分司隨口句，驚人無復謝宣城。

徐半山桂

已將僧衲謝塵緣，猶有深情拜杜鵑。極望湘南天更遠，秋風零落桂連蜷。

仇英熏籠宮女手持團扇

梅萼香熏静女旁，熏籠暖倚意寒涼。懷中不合時宜在，愛詠齊紈冰雪光。

輓袁簡齋四首

早應詞科稱玉堂，出臨大邑見文章。流傳政牘吳歈裏，得助詩才蔣阜旁。官罷買田如好時，身亡起冢在桐鄉。祇憐行樂平生地，門掩西州澹夕陽。

文集珍傳一世間，兼聞海外載舟還。千篇少孺常隨事，九百虞初更解顔。竈下媪通情委曲，硯旁奴愛句媥斑。渾天潭思胡爲者，縱得侯芭亦等閑。

館閣江湖並盛名，胸苞今古手持衡。當關報客無朝暮，下筆噓枯有性情。羣輩角巾從郭泰，公侯小巷候君卿。希光時彦今多少，籬溷辛勤悵賦成。

半世秦淮作水嬉，沙棠舟送玉簫遲。錦鐙耽宴韓熙載，紅粉驚狂杜牧之。點綴江山成綺麗，風流冠蓋競攀追。煙花六代銷沈後，又到隨園感舊時。

嘉慶戊午二月十一日攜持衡偕左良宇叔固張侍喬晴牧素從同游雙谿四子留宿山中侍喬及余持衡暮歸憶去歲是時亦與諸君游集于此因作二首

千嶂龍眠碧玉圍，雙谿蟠繞玉龍飛。圓隄松響交山閣，曲崦花光照澗扉。青草已埋黄閣骨，絳霄還振素流衣。衰羸幸與年年會，昏黑猶嫌早命歸。

此邦曾住李公麟，何處山莊閒翠筠？衆壑莫如今據地，四朝誰問昔時人？龍眠山甚廣，然莫佳於太傅墓前，疑昔山莊即此。雨過澗漲多新響，崖闔林開別貯春。玉局黄門徒對畫，吾曹差勝得身親。

## 寒食雨

細雨泠風日夜催，陰沈庭户長莓苔。山城樹底花頻墜，闕路淮南客未來。三月晚春悲老物，百年後死待奇才。坐看暝色階前合，北嚮寒空數鴈哀。

## 哭錢侍御灃 三十二韻

能國惟君子，平時讓俊民。九苞鳴大夏，一鶚降秋旻。士盡歸遺直，朝方賞諫臣。如何孤有德，終歎百其身。家世昆明遠，聲名上國珍。青編先珥筆，白簡奮當仁。受詔乘軺急，當官襆被貧。九流分混汙，三族責頑嚚。始使清流重，終教惡女顰。遷官依日側，持節度江濱。魯酒師圍趙，曾參罪惑親。湘東辭樹蕙，滇海臥誅榛。脱穎賢名舊，聞絲帝念新。雲霄重起翼，風雨又司農。授命官何擇，賢勞事不均。更生徒禁闥，長孺是前薪。心苦非搏石，言高觸秉鈞。苟無光日照，蚤與禦魑鄰。被薄焚香夜，盤空翦韭春。孤危仍不恤，溘死又誰論？節概今無兩，文章古與倫。廟堂虚讜議，館閣重詩人。昔試儒家法，招徠觀國賓。登兹一片玉，忝作九方歅。晏笑鋪筵會，潺湲擥袂辰。江湖漂擊櫂，霄漢望拖銀。遠慰空庭目，時烹尺素鱗。病羸增復減，兒女學兼姻。任道誠無負，論交亦有神。祝鷄從廢墜，乘驥又邅迍。宇宙宏才少，風霜往迹陳。蒼生卒何望，青史豈終淪？

題宋院畫林檎孔雀

風舉高枝露葉乾，明花暄日鳥情歡。世間好處憐儔侶，翠尾張屏盡意看。

張吕環選勝圖

何處龍眠勝？無如太傅墳。嵐光千嶂合，泉響四邊分。前月吾行至，春風鳥獨聞。只憐煙月暝，幽絶不逢君。

謝蕴山方伯得晉永平八磚以爲研作寶研圖圖中三子侍

琢磨新試麝煤煙，委臥荒榛幾歲年？匣研寶貽安石後，甄泥事在永和前。列階才已成三秀，入院聲應嗣八磚。便爲越中誇故實，不須零瓦問甘泉。

## 蝯蠘靈澤夫人畫像

埍維大耳紫髯兄，蟂首帷中與論兵。英氣不隨興廢盡，危磯時蹙怒濤聲。

中興天子得成家，撫鏡佳兒祀麗華。原廟一頽霜露冷，不如蘋藻奠江涯。

## 汪蛟門少壯三好圖康熙間題詠數十家今藏秦編修敦夫處屬題其末

世間嗜好總雲煙，差有風流翰墨傳。長卷展窮階蔭轉，强將衰病附前賢。

## 題釋果仲詩

慧業何嘗不可珍，研思處處鬬清新。寒山拾得誠難企，正作人間休上人。

## 祝芷塘同年惠書併以新刻詩集見寄復謝

浩蕩君才江漢浮，魚龍沙石盡從流。豈徒小我吞如芥，更使前賢放一頭。集鳳文章遺舊省，垂虹煙水澹新秋。圖書跌宕應忘老，莫爲悲傷歲月遒。

## 查篆僊淳於揚州訪得其族二瞻墓荒翳幾盡爲脩整種樹立碑旋獲二瞻舊硯於僧舍自紀以詩屬繼作二首

一團紫璧墮僧扉，無復蛟龍引墨飛。百歲白虹重吐氣，更從濡染瀉珠璣。

形骸石硯孰爲親？一臥荒郊一几茵。梅壑有靈應附此，諸孫門内接詩人。二瞻號梅壑老人。

## 爲胡雒君題説經圖二首圖三人一雒君一錢晦之一陳仲魚

遺經殘缺在人間，已墜斯文不復還。一髮千鈞餘傳説，九州三子尚追攀。孝廉郡國同推舉，吴越溪山共燕閒。若使老翁參坐論，頻遭奪席也欣顔。

聞名吾未識錢陳，應是東南兩俊民。最憶半生同研席，獨誇胡子出風塵。文章經術原同貫，場屋徵車總致身。他日聖朝論白虎，三君誰是著通人？

## 蘇州新作唐杜公白公宋蘇公祠於虎丘嘉慶戊午八月鼐及陳方伯諸公遊宴祠内作四絶句

柁樓吳越壯遊年，遺佚編詩歷下前。惟有高祠照寒水，文章千古寄雲煙。

文采風流並世芳，蘇州德業獨難忘。澄波五宿渾兒戲，政使微之羡此堂。

端明過迹亦怱怱，遺像高樓醉面紅。記取樓頭看塔影，小山叢桂正秋風。「獨餘叢桂小山幽」，東坡爲虎丘詠也。時祠前桂花極盛。

草堂橘刺藤梢裏，官閣清香畫戟中。繼迹白蘇賢將在，老夫乘興便遊東。

## 穹窿山眞一觀

山前雨歇日初升，盤道穿松出霧登。匝地湖光連海曲，垂天雲影落吳興。遥遥上古思蟬蜕，澹澹秋空縱鳥憑。周覽便辭高閣下，幾時重宿看神燈？

## 鄧　尉

盛衰人事總無常，鄧尉梅枯半作桑。賴有山川長不改，倚欄依舊見漁洋。

## 古柏菴

高榦枝稀似立虬，裂柯横草翠還抽。七株嘉慶三年看，更歷人間幾百秋？

## 石湖草堂

昔爲祠宇記，今訪石湖園。煙水長如此，風流向古論。堂開懸石趾，潭隱曲巖門。滿谷芳幽桂，虬枝誰與援？

## 楞伽寺

上方雲氣上，寺塔上方巔。杖策層層石，憑欄面面天。翠華嘗駐此，丹閣故依然。吴越吾初到，微茫眺海壖。

東浦方伯邀與同遊西山遍覽諸勝歸以二詩呈之

南北吳山又越山，排雲點黛洞庭間。乘舟秋水天空闊，柱策高巖徑曲環。石谷漫泉斟乳液，琳宮殘碣剔苔斑。歸來夜夜餘清夢，攜得煙霞到市闤。

海内詩才各長雄，幾人眞嗣浣花翁？草堂鵝鴨聊宜我，碧海鯨魚卻付公。松石相看懷舊日，煙雲同泛又秋風。極知老遇斯遊最，便腐柔毫寫未工。

謁德馨祠

先人莅政浙江潮，廟貌湖山鎖寂寥。近日守官新檻楯，百年父老戒蘇樵。青編史傳悲思極，白髮秋風道路遥。遺像幸瞻垂老日，獨慚無狀負登朝。

登松篁嶺酌龍井泉與吳江郭頻伽朱鐵門及持衡同遊及暮乃返

天宇青蒼秋氣悲，松篁嶺上拄藤枝。西湖煙景當巖下，北宋風流似晉時。龍井甘泉長不滅，虎溪送客竟何之？幸逢佳士聊盤倚，悵望西林隱半規。

## 虎跑泉觀東坡詩刻

神功虎穴作龍湫，乳竇杭州與潤州。一勺寰中尋廢寺，廿年招隱記閑遊。才誇新句蘇夫子，已誤前身戒比丘。飲罷清甘應有悟，高巖風葉墜當頭。

## 城隍山

秋風吹蕩亂雲開，曉踏吳山頂上來。左右江湖遥會合，東南天地此徘徊。宋宫衰草煙中白，滄海驚雷勢盡迴。都邑且誇今日勝，趾前城郭抱樓臺。

## 曉過蘇隄作

蘇公隄畔緑煙堆，行上瀲波似鏡開。秋柳霜風餘旖旎，水亭金碧略傾頽。浙東峯影遥空見，湖外鐘聲四面來。更入南山深處住，擬將浄社結宗雷。

將去杭州項秋子墉邀餞余及持衡於其宅同會者孫心蒔侍講效曾孫貽穀觀察嘉樂潘蘭垞道長庭筠以一詩留別諸君

絶境東南偶杖笻，西湖十臥寺樓鐘。無邊風月隨千里，不盡溪山任萬重。樽酒偕來尋舊夢，雲帆何處計前蹤？世間那有長相對，留語天涯慶此逢。

戊午八月廿六日過蘇州忽忽一詣虎丘後二十五日自杭州回與馬雨畊及持衡重往竟日登攬因題八韻

虎阜前朝寺，蜂房四面樓。檻前山杳杳，巖下水悠悠。負海帆斜出，生煙郭正浮。地標鈴塔峻，天納劍池幽。捨宅希塵外，開堂問石頭。樹凋吳苑緑，雲是晉時秋。一慕莊嚴界，重經澶漫遊。不隨零落候，金粟爲余留。

別張慕青吳竹堂兩同年

此身千里一飄蓬，來值姑蘇兩寓公。宿草堆中思故侶，菊花樽畔剩衰翁。各隨腰膝尋山好，莫苦心脾索句工。盡醉便將孤棹遠，胥江西上水浮空。

無錫贈王錫公

吳山秋色舉杯前，各醉人間七十年。一别相逢應更少，只今同酌惠山泉。

宗人無錫半塘令君置酒寄暢園漫成一首

九龍山下好園林，雲物秋來澗户陰。迴棹江湖孤客迹，舉杯風雨故人心。青蒼石樹凌空色，隱見巖泉注壑音。此地買田陽羨近，總將遺迹付登臨。

丹徒值雨夢樓邀挈持衡及江鳴韶同遊焦山登東昇樓

滄江僧榻壓龍宫，二十年前一宿同。偃蹇青山長待我，飄蕭白髮又乘風。檻前萬頃淩天外，樓上千生説夢中。何事驚濤翻急雨，苦將悲壯撼衰翁。

題花塢夕陽遲圖

誰辨韶光速與遲，無情有態問花枝。分明羲御長停處，正在淩雲一笑時。

張惺齋見示先贈侍讀公西阪草堂集輒題一首

數卷清風迴出羣，正如縹緲敬亭雲。宣城古是詩人地，張氏才多奕世聞。踰嶺奇遊蘇玉局，登樓傷別杜司勳。通家獨恨升堂闕，聊比中郎誌郭君。

方坳堂昂以巡道提調南闈被詔擢貴州按察使僕適遊吳越逮其出闈不及祖餞以一詩追送二十八韻

千山百越郡，萬里五溪源。地遠開都會，才難任榦藩。皇仁同近輦，使者命乘軒。道在儒生勇，人依執法恩。繡衣將日月，襆被共朝昏。一夕朝青瑣，三年住白門。帝咨方略盛，民戴德風温。洙泗秦淮水，徘徊禁掖垣。遄歸期仲甫，急病且臧孫。帆溯三江上，塗窮五嶺根。秋風彭蠡雁，落日洞庭猿。志壯行無繫，時艱事有原。楚郊嗟獸駭，蠻洞聚蠭屯。太乙迴西指，將軍據右尊。風雲霾戰壘，歲月未櫜鞬。封事參降畔，夷情雜詐諼。喬良今屬汝，頗牧不須論。辱好如昌歜，瞻風接芷蓀。煙開江總宅，草長謝公墩。半榻棲荒寺，聯裾訪廢園。極知東壁蟋，豈偶北溟鯤？適越才開艇，興賢正閉閽。盤遊淹帢履，情好隔笓塤。想像登車節，乖違祖帳罇。丈夫矜大志，兒女謾銷魂。國伐書金鼎，田家醉瓦盆。所欣光事業，非僅賴平反。寄望天涯路，因歌江上村。

阻風三山夾因偕陳碩士及兒姪遊三華菴菴内牡丹頗盛而僧不知惜也

巖松塢竹俯江皋，小檻憑虚散鬱陶。南障近圍春縠縣，東風遥送廣陵濤。堂無鐘梵從僧懶，徑有苔蹤記客勞。冷落國香聊與慰，午晴扶向石臺高。

又寄方植之一首

草青雲碧接孱顔，一徑深林記共攀。步屧只如前兩歲，停舟仍在上三山。巖空松響含風急，春盡花枝著雨殷。寄語閉門千帙畔，夢魂曾否到江關？

哭陳東浦方伯三十二韻

自古思賢傑，因時各長消。孤生情易感，偶合興嘗饒。老我依經肆，逢公駐使軺。一從捫蝨話，屢歎阿龍超。九牧分灊霍，三江帶射洮。憂勞中野瘠，甄鑄在城佻。移轉天書重，周流水國遥。紫闈遲覲履，白旐促歸鑣。士尚崇三肆，民懷奉六條。縱非情合契，應惜韻孤標。昨歲舟同載，秋林葉始凋。登臨雲漠漠，唱詠水迢迢。山勢蟠吴越，天風送汐潮。援豪昔賢墓，解帶野僧寮。文字鈔榛碣，泉源酌木瓢。乾坤孤過客，今古一終朝。北闕求衣切，西垂擐甲穀。殷憂分聖代，得佐豈虛朝。未竟銘鐘鼎，徒思芰琫瑶。龍髯雲去路，鶴語雪寒宵。秦杵俄停相，虞廷正罷韶。滄洲波浩浩，空宇氣寥寥。六代煙霞郭，三春士女橈。神徠靈雨冷，迹在緑蕪蕭。車斗容凡物，堂階切久要。敢云當虎眠，深辱好蟲雕。江月今弦魄，吴帆舉過艄。出迎周士拔，哀和楚巫簫。貽厥爲箕近，恩斯作室翹。故人留白首，賢子尚青霄。盡此平生痛，從今道路遼。陳詩動冥漠，帷帳颯風飆。

## 孫淵如觀察星衍萬卷歸裝圖

自興雕板易鈔胥，市册雖多亂魯魚。君自石渠繙七略，復依官閣惜三餘。世推列架皆精本，我願連牆借讀書。政恐衡山承召起，牙籤三萬又隨車。

校　記

〔一〕浦　疑當作「捕」。

# 惜抱軒詩集後集

# 惜抱軒詩集後集

## 古體四首

### 九客圖歌爲王鎮之中丞賦

九客者：編修歙程晉芳魚門、工部郎昌平陳本忠伯思、禮部郎仁和沈世煒南雷、檢討歷城周永年書昌、潮州知府錢塘景江錦瀫江、御史興化任大椿幼植、御史昆明錢灃南園、御史豐潤鄭澂秋浦與今安徽巡撫井研王公汝璧鎮之，於乾隆壬寅、癸卯間，同聚京師，作是圖。

人才最盛乾隆時，磊落九客鬚眉奇，中丞示我使我思。伯思少日吾早識，繼識魚門與幼植。官於禮部遇沈郎，錢君吐文五色章。我見奪目貢玉堂，是年因識周書昌。景鄭兩君吾未見，但聽聲名知國彥。我去燕山歲月侵，江邊再遇沈與任。後來但聽懸歸旐，一別天涯涕淚深。惜哉諸客今零落，萬里秋風餘一鶚，中丞獨立凌江郭。當年九客居京都，寫摹同氣爲之圖。圖内中丞方盛壯，今日霜華凝鬢上。況復衡門老禿翁，萝藦平生惟惻愴。接膝他鄉理必離，寫眞佳士神恒王。九客高才世所珍，中有直節高嶙峋，既没不朽眞諫臣。流傳文筆皆千古，寥落弓裘得幾人？天留一客康世屯，中丞貴矣而能貧。野樹蒼山秋復春，披褐作頌容耆民。尺圖千載傳不泯，亦可髣髴於其人。

## 左蘭城見寄古銅器謂之洗非也蓋刁斗之小者耳所容不及一升戲作一詩

古鐎如釜柄而足，今之至者形乃同。晝炊不飽壯夫腹，夜擊猶警罷士躬。想從營車入雲壘，白草龍沙踰萬里。行色終辭馬足塵，清風卻傍蟫書几。君不見，緩帶賢無挽强力，升米不能盡一食。磊落寸衷包武庫，票姚萬騎隨麾斥。但持此器出蕭關，虜公自勒天山石。又不見，惜翁衰老將盡年，見此雖小亦喟然。挈取山行煮野菜，擊歌聊和採芝篇。

## 銅鼓歌

蠻夷作銅鼓，豈欲遺中原？酋豪勢有衰，守器非子孫。想其鼓橐初，巨竈流山樊。笵金當冒鼉，積環固無痕。峒溪春秋會，祈報進鷄豚。聲震歌舞中，斑衣伏尻臀。一如沅湘俗，會鼓迎東暾。一旦敢旅距，跳梁集猱猿。邊徼有駭鼓，使我吏士奔。今日幸清晏，博古收彝尊。旁及異方物，設簴陳階軒。丸隤中嚴節，參撾有吏褌。讌集雜是鼓，鏜鞈訇雷門。道隆舞僸佅，世亂糅羌渾。所願張祝守，撫懷兼威恩。考擊聊自娛，終不驚塞垣。毋致馬伏波，矍鑠居軍屯。嗟彼銅馬式，不若下澤轅。

吳小僊巖棲道侶圖

高巖接天豁巖腹，洞口垂蘿蔭巖木。巖中有客忘歲年，但見花林果新熟，下有解角初茸之巖鹿。人世苦炎熱，幽谷寒凌膚。寒熱不受兩丈夫，偶坐意到羲皇初。前跪者誰子？捧桃上獻何區區。山中寧有僕與奴，將無就學從門徒？或疑二客沈冥道未至，猶有光氣警巖隅。遂令山鬼敬，尋迹來相揄。吳生作畫如草草，逸氣迴出人間少，我披此圖中繚繞。世間豈乏此巖谷？嗚呼圖中人，以命仙佛縱不足，俯視塵寰眞碌碌！

## 近體

嘉慶辛酉十二月二十日訪方天民於龍眠

寒空欲雪雨霏微，草逕孤笻傍石磯。碧玉山園修竹宅，梅花時扣故人扉。蒼茫舊事談塵刧，寂歷新詩近道機。更約小桃紅破後，來餐春澗蕨芽肥。

### 壬戌正月四日有懷天民

愛君深谷結茅茨，擁座梅花千萬枝。貪就子雲論字久，其如元亮欲眠時。松杉蔽徑才通澗，風雪空山獨詠詩。容有一函來見訊，樵夫擔出白雲遲。

### 八月十四日與胡冠海左叔固張禔喬秦棨共於雙溪觀月

萬松堤俯石潭深，挈榼攜笻更一尋。月自峯頭開碧宇，人於露下坐青林。歸樵寂寂時穿逕，涼吹蕭蕭每入襟。勝地良宵何所語？水流山峙總無心。

### 重陽復宿雙溪

人間何事與衰翁？惟有溪山興未窮。杖屨來頻鷄犬識，雲霞臥與夢魂通。朝來霧霽千巖緑，檻外霜初一樹紅。我老諸賢年尚富，總毋零落感秋風。

太傅懸車作此堂，賫書中霤奉仁皇。松杉圍較當時大，棟宇存因後嗣昌。近閱百年天迅速，遠思千古事蒼茫。吾生但快親交會，又把茱萸盡舉觴。

嘉慶八年九月二十二日馬雨畊邀遊雙溪是日爲雨畊七十初度作一詩呈之

萬疊蒼山兩白頭，清霜錦樹照深秋。松巖雨逕交行屐，苔石風亭醉掩裘。世上敢言槃澗大，樽前差幸役車休。幾人七十能强健，况得相從物外遊！

題孫節愍武公先生鄉試被放後詩册

才子聲華義烈雄，偏安又見失江東。時當傾覆干城後，身入孤危一旅中。朝燕無名惟士氣，軍師謀敗值天窮。平生不遇寧無感？非謂齎咨在一躬。

甲子夏日遊草堂庵

此生差遍歷精藍，顧惜西山近未探。深入密林寒夏景，履行飛瀑上層嵐。舉觴共念鵑啼晚，拄杖聊欣鶴骨堪。留與兒童尋故迹，九年四月草堂庵。

## 題許令君逗雨齋集二首

鴛湖繼武一詩人，懷古思鄉别有眞。憔悴青山江水上，誰知白髮唱陽春？

踟蹰山下酒盈樽，陶令官休倚菊園。詩境澹如秋水遠，不教哀怨和啼猿。

## 題庚午同年通州馮甘浦采樵圖

草屨擔樵入亂峯，寫圖猶是少時容。低回五十餘年夢，柯爛青山不可逢。

## 題夢樓手迹

重到金陵失舊歡，江山蕭瑟麥秋寒。谿藤兩幅銀鉤字，又向山陽笛裏看。

## 次韻答李嗇生二首

少期學古老逾遥，冗闒人間敢樹杓。階闥静中聊隱几，江湖隨處與停橈。形骸有幸留衰白，文字無功謝琢雕。猶蓄狂言思一發，青楓魂夢冀君招。

淮南饑歲奈愁何？湫隘貧官感倍多。精衛漫銜填海土，鸞凰自上覲天坡。談經草長先生帶，混迹流隨舉世波。一夕吟詩渡江岸，僧廬幽處擬同過。

遊隱仙菴二首

我來重值桂花期，白髮青山載酒巵。物候榮華誰作使？人生天地偶棲遲。舊遊行輩成千古，問訊知交又一時。早識今宵亦陳迹，當筵笑口合題詩。

衰慵自分百無堪，賴有羣賢勝共探。幾度花開醉花下，三年江北憶江南。斜陽曳杖行黄葉，明月聞鐘轉碧嵐。最愛交枝横曲逕，隨園西到隱仙庵。

門人談承基吴剛周承祖阮林邀遊攝山宿般若臺二首

共邀衰弊入秋山，絶頂峯高不可攀。怪石自穿雲片片，暗泉時繞逕潺潺。霞天岫遠層開碧，林谷霜初小作斑。我臥更欣諸子興，宵分聯步月巖間。

春林花落鳥喈喈，記別山堂下佛階。歲月老眞催竹箭，霜風秋更踏芒鞋。珍臺翠壁開千仞，松響泉聲合兩崖。此地故人生死隔，舉將禪衲亦傷懷。往年屢與王夢樓宿此院。

## 過章淮樹故宅

昔招詞客會華堂，爲出金釵十二行。乞取濡豪書便面，度將繁曲勸深觴。門頻晝采迎新主，室有披緇就法王。重到西園苔逕緑，春風猶舞舊垂楊。

## 顧澗薲焦山拓銘圖

焦山寺裏隨僧粥，枯木堂中看古文。三客兩亡餘有僕，百年幾盡忽逢君。按銘欣得聞京兆，載酒常當問子雲。卻使臥遊生遠想，海門東眺碧天分。乾隆丁酉，與蔣春農、王禹卿同宿焦山，觀古鼎。

## 題鐵制軍籌海圖

持橐嘗從漢建章，擁旄全督禹徐揚。内憂鴻羽勞中澤，外鎮鯨波瞰大荒。星月夜懸籌筆幕，風雲晝護建戈牆。歸來更就論經席，巾卷諸生似堵牆。

同年張涵齋燾見過劇談濡筆作記奉讀感歎因酬一首

秋陰空舍草縱横，同照衰顔酒一盛。豈任斯文稱後死，追思往事似前生。光同秉燭衰年學，澹若浮雲閲世情。差喜故人堪作健，劇談猶吐氣崢嶸。

題洪稚存遊歷圖圖十六幅末學圃種梅二事其在伊犁時事也

迹登海内名山徧，身向天涯絶塞窮。種菜便判遷客老，看花敢望故人同？玉關生入承優詔，講幄遥思更竭忠。我昔翰林曾著論，對君悲喜敘愚蒙。

清涼山南唐暑風亭址下明耿定向建崇正書院今釋展西居之後有小樓絶勝

虎踞關前一徑斜，僧樓西上瞰江涯。窗間夕照横全楚，谷底長風散落霞。荒砌昔經雕玉輦，講堂又變梵王家。人寰何處非桑海？倚檻春闌未盡花。

次韻答陳石士二首

懿子垂纓鼓篋年，遺經勇紹昔儒傳。一登雲閣親藜火，十見春城改禁煙。遠夢江湖浮桂楫，舊居池館積苔錢。蕭疏黄髮鍾陵下，鎮有相思望日邊。

隱矣何須復著書，百年清暇惜三餘。劣如老馬知文事，敢比猶龍在物初！祕苑待君勤校理，荒亭無客問玄虚。難期敷衽論心會，且託天涯尺素魚。

又二首

闌珊春盡惜徂年，已和清詩使未傳。案上耽淫蟫食字，人間散落麝流煙。久判老病辭醫藥，遠愧貧交輟俸錢。料得燕山須想見，江東啼鳥緑陰邊。

發德誅姦作一書，名山思貯殺青餘。竟終茅舍齎前志，空見明堂建太初。箋若衆星眞小説，學乎舊史似憑虚。不妨筆記傳吾黨，磊落寧嫌釋鳥魚？

送胡長慶爲永壽令

不嫌輟侍出承明，疲瘵惟當念庶萌。風露九秋衣楚製，關河四塞入咸京。岐陽山遠横邊徼，渭北原多雜廢耕。好作循賢齊召杜，豈希騎省賦西征？

洪造深深柳讀書堂圖

所居江上宅，春柳萬千枝。綠逕最深處，幽軒獨詠時。微風一以度，好鳥頻相窺。忽見古賢意，無言中自知。

題王慕韓渡江圖

登艫當月朏，鼓棹及風輕。波浪浮春氣，星河泛夜明。壯情眞叱馭，高詠遠流聲。德被光生岸，朝暾似已迎。

題胡始泉試硯照

硯材如士才，選儁百不遇。想像託空虛，寫圖聊自喻。

柬馬雨畊

團扇拋時逼授衣，棱棱霜氣復侵幃。遥知谷口泉成釀，無那江南客未歸。猿鶴山中通夢寐，鴈鴻雲際送音徽。世間離合尋常事，感歎晨星故侶稀。

明弘治中長洲吳原博寬常熟李世賢傑長洲陳玉汝璚吳王濟之鏊吳江吳汝疇洪五君子同官京師命工畫之爲五同圖陳公歷官户科給事中左副都御史今其十一世孫鶴獲收是卷屬題

衣冠容貌昔賢存，展閲增恭況子孫？此卷更教千百載，長留故事在吳門。

題陳嵇亭工部鶴桂門圖

編籬植援桂爲門，中置藜牀道自尊。縱使淮南好仙術，淹留無計致王孫。

屢於楊存齋宅觀牡丹呈一首

白下名花處處栽，迎風浥露倚亭臺。不知盛事終何日，且慰衰顔又一回。多品君家遲共早，惜春吾迹去還來。未須分別矜奇種，總與留連覆渌醅。

題趙甌北重赴鹿鳴圖

六十年前幸附君，見君登第應卿雲。禁闈持槖猶瞻近，滇海分符遂離羣。見説懸車耽撰述，極思操篲接清芬。而今起冠嘉賓會，何意工歌又共聞！

緑髮諸郎並白頭，同承天澤賦嗚呦。先生人瑞眞麟鳳，下走才微一燕鳩。敢道與君成二老，與逢此會亦千秋。卻悲舊日同登侶，原隰霜零不可求。謂鐵松、蓬觀兩兄。

寄趙甌北

一剋歸期不可留，送君籐杖已登舟。候門定樂孫曾繞，望遠其如故舊愁。重合固應稱吉語，計年良是事奢求。祗欣巨集添新卷，健筆凌雲勝黑頭。

輓周東屏總憲

西蜀名家世正卿，擒華弱歲早知名。麟洲最覺邅迴久，烏府終持憲紀平。近日賢豪皆隕落，中朝人士感哀榮。況餘白髮滄江叟，空憶星軺過舍情。

題汪星石記事圖

美君從宦縱遊遨，步屧輕衫向近郊。吳苑酒香初罷獵，錢塘潮湧對登高。衆推才雋如麟角，自寫襟期染兔豪。一悟雲煙無住著，獨澂心月謝塵勞。

道院素食對牡丹觀前賢遺墨數幅

碧玉根鑱白玉脂，驚雷一夜出金芝。春蔬故勝鷄豚味，不爲寒酸菜肚宜。

低徊往迹感猶新，安得前賢共此辰？消受落花春盡雨，天香寒滲白頭人。

壬申四月朔陳薊莊招遊隱仙庵承和題庵中舊句奉酬一首

青溪水長君初到，紅藥花開我共探。昔畫三君傳潁上，今逢季子在江南。餘春澹蕩添新緑，細雨冥濛閉衆嵐。安得世間幽絶地，常教相對並茅庵。

授經圖爲汪孟慈題

僕昔遨遊翰墨場，逢君先子在維揚。精勤力徧紬金匱，毀敗書終隔禮堂。英時百年埋馬鬣，清標兩世見鸞翔。偉將繼業名當代，欲盡頹齡尚一望。

乾隆戊寅冬見凝齋先生於南昌今五十五年矣薊莊舍人以遺像見示於金陵因識以詩成六韻

昔至洪州郭，曾瞻長者顔。論言尊罍側，賞會水雲間。蝸舍千餘里，烏輪五十環。遺編升館閣，封斧遂丘山。季子今賢俊，江城值朽頑。風儀重展對，悽感記追攀。

題方葆巖尚書青溪放棹舊照

少日春風縱畫橈，丰神已見阿龍超。乘槎西遡河源外，攬轡東逾海國遥。卻返青溪尋舊迹，終圖紫閣許熙朝。與公晚值吾今慰，展卷平生接冠髻。

戲題馬雨畊紀夢詩後

夢幻無端寄寢興，夢中占夢又何憑？君來説夢吾圓得，長晝焚香請曲肱。

題沈啓南楓落吴江冷畫

紙上風生已颯然，數番楓葉落江邊。老翁閉户無詩思，猛觸清愁二十年。

題畫菜册

晚菘早韭各乘時，露重霜初併有宜。菜肚先生聊自喜，不須傳與里豪知。

題沈石田吳山圖卷

孤棹平生記一經，吳山南對越山青。朝來三萬煙波頃，十笏齋中接洞庭。
偶然濡墨寫胸中，不覺荆關指下通。欲識禪宗無學處，畫家證取石田翁。

章渠濱及琴僧晴江度曲偶成一絶

老翁聵聵欲無聰，簫客琴僧坐上逢。欣與羣公同屬耳，晴軒風静燠初冬。

題甘夢六桐陰小築照

室可僅成種樹難，疏桐差易出檐端。不須早計思爰伐，只愛清陰覆座寒。
新萁秀出承春露，鉅葉聲乾墜早霜。但坐小軒參密諦，了知聞見總清涼。

## 題孫淵如青山莊訪古圖

曾聞綺席集華軒，倏見衰林俯斷垣。杜老自偕高李客，輞川非復宋王園。英才黄土今埋骨，往迹青山憶斷魂。我與披圖同一歎，江南煙淡謝公墩。

## 題朱嶽雲麥浪舫圖

柳堂春水源源活，花塢芳條歲歲添。小築天人合作勝，倚闌鍾阜碧當檐。

道人詩思絶氛囂，自作桃源傍近郊。風雨吟龍江振户，霜天棲鶴月當巢。

## 題寒石長老吾與庵圖

山逕支硎記一探，卻無問法入茅庵。想今伸得山僧指，數點峯青在户南。

## 題戴夫人詩集

文籍先生有婦賢，奉湯侍疾曲肱邊。鷄鳴問旦眞恒事，束帶終宵遂歷年。

總角多時與授詩，未嘗含怨道閔斯。他年流涕王褒憶，最是燈寒欲灺時。

## 吳中三賢像 三賢者：范少伯蠡、張季鷹瀚、陸魯望龜蒙。

鳥喙猶能用士豪，功成祇畏作胥濤。居陶三富猶蛇足，一往煙波故可高。

一夕秋風起洛陽，中原零藿各飛揚。江東王謝皆僑寓，正逐吳人守故鄉。

青山影澹水波風，笠澤詩筒並釣筒。割席自哀皮學士，高人何病没蘆中？

## 題方式亭詩册

出岫凌空澹澹雲，譬將清思吐氤氳。宜春山水歸新詠，京洛風流述舊聞。著屐每經余往迹，題襟多有昔同羣。年徂夢斷嘗懷感，珍誦瑶編幸遇君。

## 題齊梅麓梅麓圖即送其歸里

西清初入復思家，泛棹晴江水暖沙。春到深山須一月，君歸繞舍正梅花。碧潭清照香猶冷，修竹陰遮影忽斜。早暮一樽珍重看，明正風雪又京華。

題嚴翰洪一發獲雋圖

獸肥草淺試雕弓，射獵詩書一歲同。馬上少年今老矣，霸陵風景畫圖中。

題朱魯門拈花照 二首

八方麾蓋著膚公，一室團蒲見道風。莫作兩般膺背判，智珠運處得毋同？

幾人參學問楞伽，辛苦終身不到家。何似低頭成一笑，春風開出手中花。

題戴淳授經圖

老儒辛苦保遺殘，少女聱牙講授難。所歎服膺終不得，智囊心自屬申韓。

嗟余蕭瑟一衰翁，敢望傳家及湛隆？劣見女長裁褐穩，展圖空仰漢儒風。

題萬壑松風圖

昔住黃山麓數旬，仰瞻天際碧嶙峋。遥思萬壑吟松處，容有千年餌术人。我老而今空見畫，君閒他日必尋眞。會知廣樂鈞天響，長託雲峯動甲鱗。

### 題李竹君青溪垂釣圖

青溪幾曲入秦淮，絲竹聲繁合兩街。獨把釣綸尋野徑，蕭然篛笠與椶鞋。

### 題李紉秋桐陰讀書圖

自植修桐數畝園，緑雲清氣接開軒。霜風忽掃庭前暑，更愛讀書秋樹根。

我欲秦淮結草廬，十年種樹計何如？只宜步屧家家竹，似此圖中合有余。

## 補遺

### 詠白杜鵑花

草没朱提古帝家，傾城餘恨獨横斜。空山淡月銜孤影，江水初波送落花。羃歷青蕪迷故國，霏微白雨怨天涯。後庭誰唱當年曲，玉樹飄零幾歲華？

## 詠蠟梅

亭亭芳樹暗彫年，脉脉明花静素煙。寶粟鈿簪圍紫玉，金釭銜璧見連錢。輕寒翠幕重陰院，殘照朱樓未雪天。往日吴宫佳麗地，嬌黄零落有誰憐？

## 題羅牧畫

怪木蒙籐亂石間，生煙引素蔽遥山。蒼茫野氣無人會，惟有昏鴉去復還。

## 一如方伯秋山睹墅圖〔一〕

文章經濟出江東，睹墅風流似謝公。保蜀功成身未返，也如航海計成空。

## 吴越王投太湖龍簡拓本

成周河裏珪還出，詛楚淵中石復陳。太息滄桑千古事，洞庭龍簡讀鐫鋇。

## 喜左蘭城來居金陵二首

廿年樗散託秦淮，祇與行纏木屐偕。繞郭山谿容俯仰，聯鑣冠蓋盡沈埋。傳亭易過誰爲主？井竈粗安事亦佳。君若定居吾正願，便鄰五柳接三槐。

舊識階庭近上皇，又兼潔癖似元章。韻生古澹琴書内，詩就精嚴几研旁。元亮素心今定得，右軍喜避意彌長。只愁興發翻鴉墨，遍涴新居雪色牆。

## 祝汪稼門七十壽

江漢東南接海濤，都經賜履擁旌旄。威風到處鯨鯢伏，定令頒時雨澤膏。容態書生長不改，勳名節使久逾高。潞公老有謨猷壯，傳讋蠻夷域外豪。

生同鄉國夙情親，村巷嘗邀作比鄰。草澤我衰餘馬齒，雲霄公上近龍鱗。野亭自隔元戎隊，嵩嶽惟欽降翰神。平格壽爲寰海願，私懷更近一杯春。

## 題蕉園方伯照四首

### 平沙落雁圖

江邊蘆渚接沙汀，飛雁將停卻未停。觀化迴殊塵眼見，撫弦方入太虛聽。

### 泛月理琴圖

兩忘身手與絲桐，眞覺心同水月空。應笑江東謝希逸，苦將虛軫賦臨風。

### 瀟湘水雲圖

山入湘南深復深，風林水石自成音。七弦寫得蕭寥趣，張樂軒轅會此心。

### 梧葉舞秋風圖

秋來槭槭井梧乾，飛舞中庭弄薄寒。賴有清聲流鳳噦，高岡常作盛時看。

## 徐晴圃觀察從軍圖

西南蠢賊昔稽誅，幕府徵賢逐虎符。風雨四崖籌筆地，雲霄千仞據鞍塗。靈臺偃伯今都靖，武庫程材舊孰逾？料得馬援釃酒會，幾番慷慨敘前吾。

失題

千帆落日鱗鱗白，萬壑秋聲葉葉黄。每飯不忘京口酒，故人猶憶秣陵航。

臘月十一日登北郊小山作

拄杖茸裘病鶴形，雪晴風細出郊坰。溪邊樹隱寒陽白，谷口雲開列岫青。小嶂登臨容後死，故人存殁感前經。近城勝地須遊數，更擬營求置幔亭。

## 詞

三姝媚 侍潞川入都邀飲寓舍，填此。

思君江上路。正天澹雲閒，夕陽春水。杜牧揚州，任落花如雪，短簫吹醉。喚客流鶯，因甚勸、一帆東起？今夕相逢，只似當年，踏槐情思。　早識清時有味。問舊簿西涼，一麾誰寄？把盞臨風，看碧雲玉宇，滿篋秋氣。未老生前，且莫聽、暗蛩愁砌。起嘯殘宵寒月，墮空煙裏。

## 水龍吟 詠蘆花二首

楚江漠漠連天，荻梢滿綴搖秋氣。寒雲影外，暮山低處，淡煙叢裏。一色迷空，短篷垂釣，雪時仍記。卻蕭蕭挂冷，離離繞岸，正船傍，西風艤。　最是天涯倦倚，憶湖村、霜零洲背。幾番夢到，波生葉下，月明千里。料得涼宵，江妃應折，一枝誰寄？只送將去雁，淒迷遥宿，向寒塘水。

誰將點綴汀洲，盈盈裊裊和煙水。染秋團冷，將花略近，澹無情思。林岸西風，柴門新月，江頭湖尾。恁蕭疏一片，空明萬頃，又短笛，叢中起。　且對滄波旖旎。想伊人、暮天無際。霜濃幾夜，宿鳧影壓，玲瓏秋碎。又逐寒潮，丹楓紅蓼，一般飄墜。待枯莖更織，疏簾映雪，漫漁村蕊。

## 桂枝香 和鄭前村詠鄰家女子撲棗

西風繞舍。望裊裊弱枝，隔籬垂瓦。正是新霜綴滿，素煙細挂。才聽笑語憐紅小，又長竿，一聲飄灑。鬢鴉何處？筠籠應滿，夕陽漸下。　笑杜老、清詩漫寫。怎忘近村園桑柘？

幾度分甘，兒女故人情話。緑窗榛栗方同薦，數於今授衣近也。天涯知否？東鄰纖月，新添林罅。

## 臺城路 詠秋蝶

粉牆翅底尋芳處，栩栩夢回情老。冷露垂乾，微陽烘煖，一逕西園重到。寒枝自抱，恍穿入深深，壓簾春曉。甚又驚飄，卻和輕葉墜霜草。　流年偷换漫道，雙飛經幾度，而今黄了。砌暗蘭衰，籬荒菊瘦，故侶相逢應少。樓陰静悄，正欲向東家，又依殘照，倚檻誰看，滿庭風嫋嫋。

## 長亭怨 詠殘蟬

乍聽得玉簫波上，落葉涼飈，一聲哀曲。遠睇空亭，正餘寒蜕抱殘緑。露餐煙宿，曾幾度孤吟斷續。别剩傷心，卻付與斜陽疏木。　幽獨。綺樓深院畔，早伴石榴紅蹙。梧宫舊恨，暗擁鬢一雙如沐。又隨他月扇團團，被五夜西風催速。只篆刻愁魂，寫怨宫庭敲玉。

## 琵琶仙 柬問潞川微疾

蟾魄天涯，看仍似挂出揚州秋碧。憑問枝上棲烏，何當共蹤迹？才別了紅燈翠幕，西風也早欺涼席。料得宵來，紈衫月露，羅襪階石。　恁輕與留滯琴書，算何似漁郎泛江宅？問訊茂陵須聘，慰相如岑寂。卻又被桐君碎録。苦伴人客枕將息。剩有鄉夢回時，膽瓶荷白。

## 定風波 遲吶堂將入都

最多情，折盡垂楊，絲絲依舊縈路。泠夢青蕪，醉魂黄葉，記送君歸處。緑窗人，疏影句，轉想天涯甚情緒？拚與，儘春山無伴，流鶯同住。　碧煙弄縷，乍隨風又拂清淮浦。恁波生雲鎖，天長路闊，人共江鴻舉。待爲君酌芳醑，掬取金波浣空霧。衣屨，料應猶帶杏花春雨。

詞學以浙中爲盛，余少時嘗效焉。一日，嘉定王鳳喈語休寧戴東原曰：『吾昔畏姬傳，今不畏之矣。』東原曰：『何耶？』鳳喈曰：『彼好多能，見人一長，輒思並之。夫專力則精，雜學則粗，故不足畏也。』東原以見告。余悚其言，多所捨棄，詞其一也。既輟不爲，舊稿人多持去，篋中至無一闋。虬御甥今以此册相視，恍惚如隔世事。其詞則丙戌、丁亥間作也，今幾四十年，聊題歸之，並記太常所見譏者，眞後生龜鑑也。嘉慶九年正月識。

先君惜抱軒詩集十卷，嘉慶戊午年刻板行世。近十餘歲間有題贈酬答之作，往往手寫付人，不自留稿。嘗曰：『詩道非一端，然要貴有才氣。人年衰，則才氣多隨而減，故吾年七十以後，不復常作詩矣。』雉日侍案側，見有所作，輒私録成編；至乙亥歲，先君乃見，而删去三分之二，蓋其不欲多存如此。然雉私謂歲月方長，雖先君意不欲多存，而集後之詩，可私録以積成卷軼。嗚呼！豈意遽止於是哉！今僅得古體四首，近體八十四首。其間詠白杜鵑花、蠟梅二首，實少時所作，不欲自存者。青浦王蘭泉先生歎賞而勸存之。今輒取附近體，而爲人書扇、題圖，舊失其稿，而今始得者，亦附後焉。詩既少，不克分卷，僅合詩餘八首刊一卷，附詩集後，曰惜抱軒詩後集。外有文後集十卷，筆記十卷。今皆繕寫讎校，旋盡刻以公海内云。

嘉慶丙子夏六月，男雉謹識。

### 校記

〔一〕睹 當作『睹』。下同。

# 惜抱軒詩集外集

# 惜抱軒詩集外集

## 試帖

### 湧泉出雙鯉 江

姜詩賢冠蜀，婦德復偕龐。奉母誠無二，嘉魚饋有雙。珍同丙穴出，仁使涸陰降。麗罶眞堪拾，開冰豈待摐？言綸聊射井，操勺儼分江。不用持芳餌，何須棹桂艭。天方褒孝愛，鄰亦美敦厖。託詠南陔意，麻祥播庶邦。

### 紅綻雨肥梅 紅

五月零梅雨，凄迷小院中。方看千樹緑，忽訝數枝紅。碩大漿應足，匀圓氣太充。葉邊明點綴，顆上鏬玲瓏。得潤香痕吐，迎陽霽色融。溼陰前日重，乾蘶異時功。低亞湘簾影，頻摇曲檻風。長卿最消渴，試賦上林叢。

## 拔園中葵園

葵自民間利，胡爲魯相園？清齋嫌折葉，放手早除根。比薤寧留白，非禾詎賴孫？好乘朝雨去，莫使負霜存。義豈思肥兔，心同不察豚。長鑱休託命，匪種惡爲恩？食力雖云素，資生未可繁。始知歌退食，蠲潔在饔飧。

## 謝公墩公

昔聞謝太傅，登眺此江東。拯物仍高韻，和民以道風。早齊東海德，晚繼始興功。曹植詩多怨，羊曇痛已窮。閭閻葵扇在，煙靄石城空。遠想非無士，從遊詎值公？一墩當水白，三月落花紅。更作書生詠，青山夕照中。

## 黄麻似六經麻

裁詔今時美，模經古義遐。詞頭頒紫殿，天語播黄麻。爾雅原儒術，文章擅滿家。訓謨眞有體，風雅其無邪。德合三王節，詞搴六籍華。援毫思博達，扶杖聽咨嗟。内相從唐貴，中書自漢嘉。絲綸逢聖主，視草倍難加。

## 越鷄不能伏鵠卵 才

庶類同蕃育，成形異化裁。越鷄良渺矣，鵠卵實宏哉！早計同時夜，兼包乏巨才。漫將孚粥久，奢望羽毛開。盈握雛宜出，横天翼詎來？仙禽終殈殰，凡鳥自摧頽。螟負徵爲蜾，人師有鑄回。必求霄漢翥，樹栅豈蒿萊？

## 從官負薪塞宣房 寧

漢武行封禪，朝官扈在坰。決河流未塞，法駕路還經。嚴詔當齊力，羣公雜庶丁。綢繆芻一束，傴僂士千形。盎背容槎蘖，垂腰或紫青。沈同神玉禮，勞異鬼薪刑。遂建宣房績，常教葄屋寧。況今庸禹稷，荒度報明廷。

## 市南宜僚弄丸 家

末藝通於道，摶丸亦可誇。銷聲楚國士，託迹市南家。質或同埏埴，形元雜聚沙。圓如珠錯落，飛作雨横斜。指上疑呈月，空中即隕花。一廛聊戲弄，萬目自驚嗟。鬭已忘蠻觸，兵旋靖鏌鋣。當筵仍祭酒，宣聖亦心嘉。

## 始駕馬者反之前

驤首氣昂然，良駒奮欲先。未經銜勒慣，敢在軫衡前。轉使雙輪過，才教一轡牽。望塵看後輕，開道異先鞭。熟聽鸞和響，時從轍迹旋。柔心方受御，如舞遂無愆。超母才非抑，馳雲德欲全。聖謨垂幼學，蒙養正希賢。

## 吳宫教戰觀

善戰師無怯，何妨教綺紈？蛾眉人授孑，虎幄將登壇。八陣如荼合，重英戴勝攢。玉階辭奉帚，翠袖即稱干。蟇髮垂金甲，柔荑控角端。更揚兵氣壯，那畏襲餴難。伯業宫中始，軍容闔内觀。至今吳苑畔，感念鼓鼙讙。

## 象闕憲章新龍

舊闕瞻雙鳳，新猷御六龍。懸初垂月吉，觀已樂時雍。下武儀型在，修文德澤鍾。頒書旬日布，讀法萬民從。首出乾同仰，申言巽未重。星辰光早燦，膏雨被先濃。遂撫三辰敘，長爲九服宗。作求仍古法，累洽快今逢。

## 五言長城 攻

五字攄才雋，千軍畏筆雄。包羅橫地理，卓立奪天工。萬雉生毫末，三邊劃坐中。墨疑燕土築，辭任鋭師攻。但有層霞起，曾無一綫通。堅凝如護國，吟詠似巡功。風雅聲雖變，經營指略同。將摩大曆壘，莫謂後賢空。

## 高枕遠江聲 簾

野客江連閣，孤眠月浸簾。暗空吹浪急，静夜覺聲添。巨響眞春枕，微風與度檐。夢中驚蝶栩，人外舞蛟潛。斷續隨宵柝，依稀雜漏籤。雷奔殷大壑，露冷警單縑。秋到夔州峽，寒侵杜老櫩。高吟仍擁被，悲壯怒濤兼。

## 山似洛陽多 吴

爲愛金陵秀，中原地不殊。洛陽山最勝，天闕景還符。匝亙層巒湧，參差列岫敷。入郊青未了，繞郭勢如趨。東晉猶西晉，新都擬舊都。有峯皆北向，憑水作横圖。太白方辭闕，輕舟竟入吴。登臨迴憶處，嵩少夢遊無？

## 三復白圭 寒

哲后留遺什，賢儒戒謹端。抑詩才數語，洛誦每三歎。深念樞機密，寧教金玉刊。康圭原畏玷，捫舌更思難。行遠逾符節，輸誠勝敦槃。起羞功莫蓋，磨缺璧仍完。緘口前人識，危言聖世安。立誠惟自慎，非使學蟬寒。

## 沈珠於淵 珠

至寶非求貨，寧爭徑寸珠？來由鮫客館，沈向應龍區。曲渚從光墜，長流任影孤。止同懷蚌腹，猶似掩羊鬚。異采無相獻，藏珍孰爲輸？璇源仍曲折，仙露映零濡。淮浦蠙奚坼，江津岸不枯。聖朝何物貴？多士起菰蘆。

## 雉雊麥苗秀 苗

宿麥和風裏，連畦盡吐苗。丘中聞雉雊，隴上似遷喬。角立聯芒擢，莖翻見尾翹。朝飛春漠漠，有鷺野蕭蕭。未啄黄雲出，先依緑野驕。農登欣率育，鳥亦樂山橋。

## 因瓌才而究奇 奇

大木得工師，因材結構宜。不緣操斧巧，豈見豫章奇？桴有飛龍翼，窗來玉女窺。穹窿成畫棟，岌嶪負文榱。偉自山林出，高爲殿闕資。天朝方采擇，珍重所堪爲。

## 金波麗鳷鵲 隄

鳷鵲南樓出，蟾蜍碧影低。勢如翬負羽，光似水平隄。瀲灩文榱泛，晶明玉宇迷。清輝含上下，流照徧東西。飛閣翔空際，憑欄接皎兮。露華凝翡翠，雲氣溼琉璃。地切中宵望，詩從小謝題。秋懷宫雉畔，引領夜烏棲。

## 昂昂若千里之駒 居

駒或名千里，超然氣有餘。駃騠生自異，駑蹇詎同居？逐隊曾何累，空羣信不虛。仰思騰秣越，俯謝伏鹽車。德固尊天驥，才還稱帝輿。九州看歷歷，四足任徐徐。芻粟非吾志，鷗鳧那得如？取論天下士，顧盼豈徒歟！

## 傭書成學 書

士有千秋志，家徒四壁虚。經營謀斗食，辛苦作鈔胥。授簡非傳業，濡毫且疾書。誰知强識後，默遇會心初。薄糈酬雖儉，多文富已儲。曲肱甘竟日，莊誦異端居。稽古身從貴，爲傭計豈疏？寄聲温飽客，忍復負三餘！

## 讀書難字過 難

披册千篇富，精心一字難。悦因成解後，勞在致思端。義就三蒼辨，形稽六體完。雌黄初未下，竹素獲流觀。瑟僩文隨了，蟲魚註亦殫。迷疑殊穆傳，詰曲豁殷盤。誦似珠從貫，怡如凍釋瀾。由來書義見，百徧莫辭看。

## 畫地成川 流

聞有西京士，矜誇幻術優。導川寧致力，畫地忽成流。涇渭分條理，魚龍想泳遊。河疑天上落，江是坐中收。眞看過帆肆，應逢資陸舟。何如通鄭白，便可潤田疇。

## 冠挂不顧 時

成允聞神禹，圖功戒後時。身當乘四載，冠或挂雙緌。己溺無他顧，過門有棄遺。子猶忘縰纚，服豈愛牟追？祇畏桑榆晚，非嫌李下疑。惜陰如失業，致美枉修儀。側弁今多士，訏謨古有師。克勤何敢怠，五寸惰遊垂。

## 秋露如珠 秋

何物當涼夜，晶明點素秋。白雲零露降，碧草散珠浮。浦訝鮫人泣，皋疑漢女遊。懸林紛似琲，垂地忽成旒。霧裏圓相照，風前澹不流。聖朝調玉燭，萬寶綴枝頭。

## 秋月如珪 秋

涼夜影悠悠，澄輝照綺樓。輪欹非似璧，弦上異如鉤。角引金波轉，稜分碧落秋。蚌胎圓未滿，蟾魄澹仍留。露白垂珠琲，天青削玉球。薦珪清質貴，先映御階頭。

## 弟從臣之嘉頌 臣

翠輦風雲會，羣公獻頌頻。才華紛藝苑，論次屬楓宸。濡翰爭先出，連篇看雜陳。文皆優博弈，賦最貴詩人。賈傅堂誰及，相如室覬臻。皐同春豫諺，高法載歌臣。盛德形容備，摛詞藻鑑眞。莫嫌辭甲乙，授簡總皇仁。

## 振衣千仞岡 衣

遠迹崇岡立，臨風一振衣。潔身離滓垢，引手接清輝。物外孤霞侶，天中灝氣歸。繞襟空翠合，雙袖拂雲飛。衽溼含朝瀣，裾寒帶暮霏。林深從屐入，嶂合似裳圍。士或偕軒冕，心非戀紫緋。亦如千仞上，高志不相違。

## 山高月小 寒

重嶂臨秋壑，瓊珪上碧巒。地高天四面，巖抱月孤寒。氛氣消空際，圓輪正夜闌。九霄清質外，一點萬峯端。玉宇微風轉，青林白露團。有輝澄似水，無暈小如丸。獨賦江山靜，迴瞻天地寬。攝衣憑赤壁，興極欲歸難。

## 王鮪岫居 居

鞏洛多奇産，山深慶有魚。懸巖應罕到，王鮪獨憑居。浮鬣循嵐動，文鱗倚石舒。庚池寧待種〔一〕，丙穴自通虚。芳餌求難致，依蒲定不如。風雷藏曲窈，澗壑泳舒徐。小雅歌蒸罩，周官命作獻。聖朝春薦後，珍味逮民閭。

## 夏日天長 長

曦御行南陸，迢迢晝未央。立圭占影短，旋式覺天長。緩送葵心轉，遲生竹蔭凉。薰風方澹蕩，晴漏倍悠揚。久畀三農作，欣看萬彙昌。域中舒化日，天子正當陽。

## 好賢如緇衣 眞

周有司徒善，緇衣愛最眞。見賢今更少，好德古時倫。倒屣情如故，披襟誼益親。斷金蘭共臭，空谷玉爲人。館已登渠屋，餐宜薦八珍。始知三代後，無改秉彛民。

## 火中寒暑乃退 中

功成無不退，寒暑驗蒼穹。二至觀天運，終宵覘火中。旦明懸霽雪，昏耀度薰風。箭漏升皆半，璇璣正再同。三星才在户，四序又移宫。令欲遷顓頊，權將謝祝融。窺衡馮相近，迎氣籥章通。警德宜中日，乾乾聖履豐。

## 從善如登 難 癸未會試

爲善從吾志，追攀敢避難？如循孤徑上，將倚半天看。尺寸尋梯級，虚空轉曲盤。日躋長畏躓，跬步詎懷安？出谷知巖峻，登峯歷磴寒。仰行卑故迹，俯立曠新觀。日月輝應近，雲霄志未闌。聖朝方宅俊，儒術盡升壇。

## 大禹惜寸陰 得陰字 四首，癸未朝考。

祇德思神禹，功從自勵深。積分稽日馭，失寸儆王心。治欲崇朝徧，時防昃影沈。將令光四海，偏冀駐庭陰。敷土周要服，勤邦切睿忱。微危期允執，晨夕敢忘欽。則範須鈞石，懷柔致幣琛。嘉謨傳聖主，猶凜克艱箴。

歲月人同歷，偏殷古聖心。影占雙闕迴，光惜半庭沈。當旰猶忘食，中宵已正襟。如將同度意，彌迫及時忱。密察璣衡運，旁求韶鐸音。儼憑三尺陛，頻驗一圭陰。亮采功無緩，陳謨意可尋。更聞頒小正，應使萬民欽。

孜孜思日勉，遺訓播于今。易得塗山璧，難迴昧谷陰。璇璣移歷歷，曦馭促駸駸。坐惜時光度，何容玩愒臨？八年遲底績，一寸敢輕心？運謹中天治，民瞻昒爽忱。豫遊空有諺，逸樂已聞箴。萬古垂明教，精勤飭士林。

天光長左運，帝道總中臨。步晷原無改，趨時衹自箴。測圭珍短影，當扆愛餘陰。晻藹暉才度，低迴意不禁。萬幾防逸豫，一霎懼寖尋。瑟若修如璧，皇然度式金。應知行健德，即似奮庸心。睿念同明作，羣方矢頌音。

杼軸予懷 得先字 二首，乾隆庚寅御命考試差。

織文資杼軸，志士此精專。每以孤懷往，常搜衆慮先。章成眞似組，意密更如縣。故錦誠何賴，新機任獨旋。經綸垂世遠，宛轉自予傳。極欲存前矩，還嫌襲曩篇。平原才倍麗，韓子誠仍堅。睿藻高千古，因之小昔賢。

士欲攄懷抱，操觚渺獨先。緒抽情曳繭，興往筆如椽。倏貫千絲會，紛綸五色宣。手如投杼捷，心擬運機圓。尺幅循予度，雷同絶衆緣。方知思軋軋，非借語戔戔。聖主宗文日，多才奮迹年。不甘爲蹈襲，斯善學前賢。

校　記

〔一〕庚池　疑當作『庚泥』。

# 惜抱軒文集

# 惜抱軒文集卷一

## 論

### 范蠡論

范蠡之子殺人，繫于楚。蠡令其少子行千金於所善楚莊生救之。其長子請行，不許。其後卒强以行。於是莊生因爲入朝楚王而説之赦。蠡長子聞楚將赦，謂弟固可活矣，入莊生家，復取金去。莊生怒，竟説楚王論殺其弟。人以此稱蠡始不欲遣其長子爲知也。自君子觀之，蠡固未嘗知也。

比之蹇曰：『比之匪人。』隨之震曰：『孚於嘉吉。』夫以匪人之比，而望嘉孚之吉，其可乎？吾觀莊生非賢者也。其褊心與市井小人之爲慮無以異，而蠡顧以其子之命委之，烏得知？方蠡子之進金莊生也，如果不欲受，卻之可也；既思終還之，則雖爲取去，奚嫌焉？蓋生以爲救蠡之子，而其家不見德，則不足以爲名。又忿己以力爲人，而反爲人所易，故雖當其厚友之託不顧，而必以術殺其子。噫！抑甚矣！

郈成子過衛，右宰穀臣饗之，欲託以其帑而未言。及穀臣死，迎其妻子，分宅而居之。晉叔向繫獄。祈奚乘馹見范宣子〔一〕，言而出之，不見叔向而歸。夫受人之事，則死生不以變其志；急人之難，而非爲名高，此固古賢人君子所爲，而蠡乃以望於莊生。及其不得，反以爲其長子致之，何其謬也！且蠡當日即令遣其少子如楚，而其子之囚於楚者，亦必不可救。何則？長子生而貧，則嗇而貴財；少子長而富，則亦驕而輕士。今使膏粱之子，忽視貧士，指麾而爲之用，則雖予之厚利而不甘。況以莊生之褊心多忌，挾殘忍以報睚眦，設以少年輕肆之氣乘之，蠡之子不愈危哉！

嘗考范蠡之行，當其相越，所圖皆傾險之謀。及越破吳，吳危急而求成，句踐欲許，獨蠡不可，而必亟斃之，其意蓋亦忍矣。夫涘頻之水，鱣鮪不遊；離靡之草，虎豹不居；旦暮之交，君子弗與。故必內行備，而後可友天下之士，友天下之士而後爲之謀，則忠信而不私，當其事則利害而不渝。故君子重修身而貴擇交，而蠡之所爲，殘忍刻薄，其事獨與莊生者相近，宜其心賢之而欲倚以爲重也，而豈知身受其禍也哉！

## 伍子胥論

昔者嘗怪樂毅之於燕，伍子胥之於吴，皆以受任於先君之時，及至嗣子棄之，於是毅遂超然遠引，而子胥乃戀戀不去，終以諫死于吴。若是之不同，何也？蓋古所謂忠臣之行，必度其心之所安而後爲，非以苟託於名義以自居而遂可也。

今夫毅之仕燕也，所任者軍旅之事耳。惠王死而兵權奪，毅雖留，固無可爲矣。當伍子胥困屈楚、鄭之郊，飄摇江海之間，結吴光于草野之際，一旦攝吴國而乘之，卒以君臣相倚，報父仇而成君之名于天下。其與吴相得如父子手足，員雖烏集起事，而其實與世胄同國休戚者等。吾意闔廬之死也，必以吴託之子胥，子胥亦必慨然任而不辭。子胥之心，方以爲受先君之恩，寄社稷之重，思盡其輔弼之任，雖播棄而不忍自疏，而不料夫差之終愎不悛，遂泯絶其身而莫之復省也。設令子胥于驟諫不用之時，即引身去國，人亦誰得而議之？而樂毅之書至謂『子胥不知主之不同量』，是其行固不免爲天下之所譏，而子胥終不肯以彼易此者，蓋彼徒以求其心之慊然而無憾者，夫豈以行事求白於衆多之口也哉！

或曰：『子胥之諫夫差，其時季札與同立于朝。季子親于吴而反不以諫死，何耶？』蓋自諸樊戴吴，欲以位傳季子，而季子又以賢得民。彼夫差者，忌而遠之甚矣。微子啓，帝乙之長子也，疑于紂而紂疏之，故抱器適周，而奉商祀。微子、季札之不諫，知不可諫而以身存宗也；伍員之諫，恃夙昔之恩，而冀君之一悟也，而柳宗元乃從而非之，以爲非吳親屬，諫死爲過。夫彼謂爲親屬者，固宜死也，而微子、季札之不死，又豈非親屬者哉？

## 翰林論

爲天子侍從之臣，拾遺補闕，其常任也。天子雖明聖，不謂無失；人臣雖非大賢，不謂當職而不陳君之失。與其有失播諸天下而改之，不若傳諸朝廷而改之之善也；傳諸朝廷而改之，不若初見聞諸左右而改之之善也。翰林居天子左右，爲近臣，則諫其失也宜先于衆人。見君之失而智不及辨與，則不明；智及辨之而諱言與，則不忠。侍從者，擇其忠且明而居之者也。

唐之初設翰林，百工皆入焉，猥下之職也。其後乃益親益尊。益親益尊，故責之益重。今有人焉，其于官也受其親與尊，而辭其責之重，將不蒙世譏乎？官之失職也，不亦久乎？以宜蒙世譏者，而上下皆謂其當然，是以晏然而無可爲，安居而食其禄。自唐及宋及元、明，官制因革六七百年，其不革者，御史有彈劾之責而兼諫爭，翰林有制造文章之事而兼諫爭。彈劾、制造文章所别也，諫爭所同也。其爲言官也，奚以異？入而面爭於左右，出而上書陳事，其爲諫也奚以異？今也獨謂御史言官，而翰林不當有諫書，是知其一而失其一也。是故君子求乎道，細人求乎技；君子之職以道，細人之職以技。使世之君子，賦若相如、鄒、枚，善敘史事若太史公、班固，詩若李、杜，文若韓、柳、歐、曾、蘇氏，雖至工，猶技也。技之中固有道焉，不若極忠諫爭爲道之大也。徒以文字居翰林者，是技而已。若唐初之翰林者，則若是可矣。

今之翰林，固不可云皆親近居左右，然固有親近居左右者。且翰、詹立班于科道上，謂其近臣也，居近臣之班，不知近臣之職，可乎？明之翰林，皆知其職也，諫爭之人接踵，諫爭之辭連篋而時書。今之人不以爲其職也，或取其忠而議其言爲出位。夫以盡職爲出位，世孰肯爲盡職者？余竊有惑焉，作翰林論。

## 李斯論

蘇子瞻謂李斯以荀卿之學亂天下，是不然。秦之亂天下之法，無待于李斯，斯亦未嘗以其學事秦。

當秦之中葉，孝公即位，得商鞅，任之。商鞅教孝公燔詩書，明法令，設告坐之過，而禁遊宦之民。因秦國地形便利，用其法，富强數世，兼并諸侯，迄至始皇。始皇之時，一用商鞅成法而已，雖李斯助之，言其便利，益成秦亂，然使李斯不言其便，始皇固自爲之而不厭。何也？秦之甘于刻薄而便于嚴法久矣，其後世所習以爲善者也。斯逆探始皇、二世之心，非是不足以中侈君而張吾之寵，是以盡舍其師荀卿之學，而爲商鞅之學；埽去三代先王仁政，而一切取自恣肆以爲治，焚詩書，禁學士，滅三代法而尚督責。斯非行其學也，趨時而已。設所遭值非始皇、二世，斯之術將不出於此，非爲仁也，亦以趨時而已。

君子之仕也，進不隱賢。小人之仕也，無論所學識非也，即有學識甚當，見其君國行事悖謬無義，疾首嚬蹙于私家之居，而矜夸導譽於朝廷之上。知其不義而勸爲之者，謂天下將諒我之無可奈何于吾君，而不吾罪也；知其將喪國家而爲之者，謂當吾身容可以免也。且夫小人雖明知世之將亂，而終不以易目前之富貴，而以富貴之謀，貽天下之亂，固有終身安享榮樂，禍遺後人，而彼宴然無與者矣。嗟乎！秦未亡而斯先被五刑，夷三族也，其天之誅惡人，亦有時而信也邪？易曰：『眇能視，跛能履；履虎尾，咥人凶。』其能視且履者，倖也，而卒于凶者，蓋其自取邪！

且夫人有爲善而受教于人者矣，未聞爲惡而必受教于人者也。荀卿述先王而頌言儒效，雖間有得失，而大體得治世之要。而蘇氏以李斯之害天下，罪及于卿，不亦遠乎？行其學而害秦者，商鞅也；舍其學而害秦者，李斯也。商君禁遊宦，而李斯諫逐客，其始之不同術也，而卒出于同者，豈其本志哉！宋之世，王介甫以平生所學，建熙寧新法。其後章惇、曾布、張商英、蔡京之倫，曷嘗學介甫之學邪？而以介甫之政促亡宋，與李斯事頗相類。

夫世言法術之學，足亡人國，固也。吾謂人臣善探其君之隱，一以委曲變化從世好者，其爲人尤可畏哉，尤可畏哉！

## 賈生明申商論

太史公曰：『賈生、鼂錯明申、商，公孫弘用儒術顯。』世多疑之。果若是，則公孫弘賢於賈生邪？宋儒者以爲生上書謂『髖髀之所，非斤則斧』，以此待諸侯，爲申、韓之意。吾謂不然。生欲立法制以約諸侯王，使受地有定，不致入于罪，而抗剄之，所以爲安全也。斤斧以取譬耳，豈刑戮謂哉？此不足爲生病。然遂謂太史公爲誣賈生，則亦非也。

夫戰國以來，百家並興，雖或純或駁，或陋且謬悖，推本之，彼亦各原於聖人之一端，未嘗不可相爲用也，顧用之何如耳。冬必裘而夏必絺者，時也。齊甘苦酸辛鹹而御之者，和也。諸葛武侯當先主之時，寬法孝直，救李邈、張裕，其用意一出于慈仁，乃以申、韓之書教後主，知其所不能也。且賈生、諸葛，皆所謂天下之才，識時務之要者矣！申、商明君臣之分，審名實，使吏奉法令而度數可循守，雖聖人作，豈能廢其説哉！然使述此於景、武之時，則與處烈風而進嬰者何以異？良醫不能使鍾乳、烏頭之無毒，而使其毒不爲患也。惟文帝仁厚，而所不足者，在于法制。故賈生勸之立君臣，等上下，法制定則天下安，此皆申、商之長也。申、商之短，在于刻薄。賈生之知，足以知文帝必不如申、商之刻，特患不能用其長耳。景帝之天資固薄矣，提殺吳太子於嬉戲，疏張釋之而誅周亞夫，其資如此，而鼂錯又以申、商進之，何怪有吳、楚之難！賢者視其君之資而矯正之，不肖者則順其欲。順其欲，則言雖正而實與邪妄者等爾。

賈生當文帝而明申、商，汲長孺爲武帝言黄、老，彼皆救世主之弊，和而不同。豈如公孫弘、匡衡之流，雖號爲儒者，誦説之辭，洋洋盈耳，而適以文其姦説者邪？周公之告成王曰：『詰爾戎兵，方行天下。』召公、芮伯之告康王曰：『張皇六師。』若以此言施之好武之主，其害豈不更重於申、商哉？惟於成、康之時，則無以復易矣。

吾嘗謂觀人之眞僞，與書之眞僞，其道一而已。世所謂『古文尚書』者，何其言之漫然泛博也！彼以爲使人誦其書，莫可指摘者，必以爲聖賢之言如是其當於理也，而不知言之不切者，皆不當於理者也。

## 晏子不受邶殿論

大夫相滅而相并者，是篡殺其君之漸也，齊、晉之末載是已！齊崔氏也亡，而邑入乎慶。慶氏也亡，而邑入乎二惠諸族。其時，大夫分邑，子雅辭多受少，子尾既受而稍致諸公，陳氏不取邑而取百車之木。是三子者，以爲賢於吞噬之甚者則可矣；以其私家相取爲非人臣之道，則一而已。晏子將明言其不義乎？得罪一國而不可爲也；將從而受分乎？違己之心而不忍出也。『邦無道，危行言孫。』其處喪，則託曰：『惟卿爲大夫。』其辭邶殿，則託曰：『畏失富。』晏子之心，固亦苦矣！

夫晏子之賢，無愧儒者。世乃以孟子不欲比管、晏及沮封孔子事，疑其非賢。是皆不然。晏子蓋盛德而才差不足，又直陳氏得政之日，事景公庸主，未嘗得君如管仲專也，故其功烈，非孟子王佐之才之所希也。然第曰：『管仲、曾西所不爲。』不言晏子者，重晏子之德也。當孔子至齊，以景公之庸儒，豈遽能以季、孟之間，期以待鄰之一儒士哉？此必晏子薦之故也。及其不能用孔子，此必晏子所痛，而知其國之將亡不可救者，夫何有反沮孔子事哉？

晏子以儉著。春秋之後，墨子之徒，假其說以難儒者，沮孔子封事，墨者造之也，故載禮者之言也。諸侯裂地以封大夫，此三晉、田齊以後之事，非孔子時國不過賜田邑之制也。子長不能辨而載之世家，雖大儒如朱子，亦誤信焉。是以晏子爲世詬，而不知其固非實也。

魯襄公十七年，晏桓子卒。平仲嗣立，能爲喪禮，又從平陰之役，意其年必逾二十。其後五十七年，乃會夾谷，計晏子必已喪矣。晏子喪而後景公行事益悖，而子長言會夾谷時有晏子，吾益知世家言之多謬也。

## 議兵

兵民分，雖有聖人，不能使之復合者，勢也。今有人焉，命其子弟，入則挾筴操管而學書，出則量庾藪、權輕重、度長短，持算而營什一之利，其子弟必無一能矣。今君國子民者，俛而使耕稼之農聽號令，習擊刺，舍田里安居而履鋒鏑，而輕死亡之難，其病於衆庶而傷於國也，亦明矣。目不兩視，耳不兩聽，手左右畫則乖，足跂立則先疲，兵農兩爲，戰則速敗，而田野爲蕪萊，國何賴此哉！

然古王者，兵未始不出於農，何也？古之時，征伐之事固少，一旦戰而用其衆也，至於萬人則爲多矣。日行三十里而舍，戰陳必以禮節焉，擇素教之人而使進退止伐於疆場之交，不啻爲揖讓俯仰於庭户之内也，夫何爲不可！後世不然，動以百萬之師，決勝於呼吸之頃。屠滅之慘，川谷流膏血，軍旅數動，則士長齒槁馘於營幕之中。當此之時，士卒知戰鬥而已，居則暴桀，而與人若不同類，固不可使伏居井里；而民苟非習於兵者，亦不可使之復爲兵矣。昔者湯之伐桀也，民則曰：『舍我穡事。』湯至仁也，以民爲兵，不免於怨。若後世之兵，善撫循之，或踴躍以從戎事，豈將能賢於湯、武哉？兵與民分之故也。

昔者管仲用齊，欲以兵服諸侯。管仲知先王兵民爲一之制，不可以決戰，故參其國，伍其鄙。國中士之鄉十五，五鄉爲一軍。參其國，故三軍以方行天下；伍其鄙，故野有五屬，五屬皆農夫而已。國則爲軍，鄙則爲農，雖不盡若唐、宋以後之制，而兵民之分自是始。故齊之伯天下者，兵習戰而農不勞。是故管子天下才也！謂兵不可擾農，亦不可盡一國而爲兵，定以三萬人，教以軍令，使之足用，是故兵必習戰，農必習耕。兵不習戰，農不習耕，雖多不如其寡已。

嗚呼！後之爲兵者，何異於管子也？兵額多而不盡可戰，又不欲養兵而逸之，使之不習戰而習於百役。自明以來，運糧之丁，其始兵也，而卒不能持一梃以與怯夫爲鬥，然以代民轉輸之苦，尚有説也。今之營伍，有戰兵，有守兵，不習知戰守之事，顧使之雜爲，捕伺盜賊，詰私販、娼妓、賭博之任，無不與。是直有司事耳，使兵足任之，而有司不能，何以爲有司?況兵藉是名而恐猲取財,擾地方爲害者有之矣。夫兵農惟不欲兼也,故使之專於爲兵。今之紛紛而呼於市,而誰何於道路者,夫豈非兼任也?則又不若使爲農之爲愈也。

校記

〔一〕祈 當作『祁』。

# 惜抱軒文集卷二

## 考

### 郡縣考

周之制：王所居曰國中，分命大夫所居曰都鄙。自國而外，有曰家稍者矣，曰邦縣者矣，曰邦都者矣，而統名之皆都鄙也。鄭君云：『都之所居曰鄙。』殆非是，宜曰鄙之所居曰都。詩曰：『作都於向。』月令曰：『毋休於都。』然則都者，鄙所居城之謂也。見於詩、書、傳記，凡齊、魯、衞、鄭之國，率同王朝都鄙之稱。蓋周法：中原侯服，疆以周索；國近蠻夷者，乃疆以戎索。故齊、魯、衞、鄭名同於周，而晉、秦、楚乃不同於周，不曰都鄙，而曰縣。然始者有縣而已，尚無郡名。吾意郡之稱，蓋始於秦、晉，以所得戎、翟地遠，使人守之，爲戎、翟民君長，故名曰郡。如所云『陰地之命大夫』，蓋即郡守之謂也。趙簡子之誓曰：『上大夫受縣，下大夫受郡。』郡遠而縣近，縣成聚富庶而郡荒陋，故以美惡異等，而非郡與縣相統屬也。晉語：『夷吾謂公子縶曰：「君實有郡縣。」』言晉地屬秦，異於秦之近縣，則謂之曰郡縣，亦非云郡與縣相統屬也。及三卿分范、中行、知氏之縣，其縣與已故縣隔絕，分人以守，略同昔者使人守遠地之體，故率以郡名。然而郡乃大矣，所統有屬縣矣。

其後，秦、楚亦皆以得諸侯地名郡，惟齊無郡，齊用周制故也。都鄙者，王朝本名。故晉、秦、楚雖爲縣，而未嘗不可因周之稱，而周必無郡之稱，以郡者遠地之稱也。秦之內史，漢之三輔，終不可名之郡，況周畿內乎？周書作雒篇乃有『縣有四郡』之語，此非眞西周之書，周末誣僭之士爲之也。

## 漢廬江九江二郡沿革考

自秦并六國，分天下以爲三十六郡，其後頗復增置，然世欲考秦置分土之實，不可得而詳矣。其大要自巴、蜀而下，在江南地爲郡：曰長沙、鄣、會稽；江北地爲郡：曰南郡、九江、東陽，皆緣江以達海。漢興，以秦郡居地太廣，稍分置焉。

昔禹貢九江之水，居秦九江郡南。今安徽淮南地及湖廣之黃州府，皆秦九江郡也。項羽分王諸將，分九江爲二國：其北封九江王黥布都六，其南封衡山王吳芮都邾。秦時呼禹貢衡山曰湘山，而名灊、霍山曰衡山。始皇帝二十八年，『渡淮水，之衡山、南郡浮江』是也。故芮爲衡山王，約有今安慶、廬州、黄州地矣，而九江之水，乃在衡山之國。漢滅項羽，徙芮封於長沙，以黥布爲淮南王，王九江、衡山及江南豫章、廬江。豫章、廬江之在秦，不知地何屬也。及漢爲郡，以隸淮南。黥布滅，以布四郡封淮南王長。長死，文帝復封其三子：安爲淮南王，蓋得黥布九江王時故地；勃爲衡山王，蓋得吴芮故地；賜爲廬江王，得豫章、廬江。夫廬江者，其水出陵陽東南，而西北流經彭蠡以入於江，至今猶命彭蠡之山爲廬山云，故漢之郡國以是名之也。

廬江王賜既都江南，地鄰越，吴、楚反時，賜使使與越交通。吴、楚滅，景帝以衡山王勃堅守不下吴、楚，内徙之爲濟北王以褒勃，而疑賜，徙賜王衡山，收豫章、廬江以斷通越焉。其後伍被與淮南王謀收衡山以擊廬江，絶豫章之口，思得江南以通越云。武帝元狩初，淮南、衡山既皆以謀反國除，淮南爲九江郡，分其西爲六安國，衡山國爲衡山郡。漢二郡之立，自是始。

始者劉賈王鄣、吴、東陽三郡，爲荆王。吴故會稽也，賈死，以封吴王濞。濞時吴郡復名會稽，又易東陽曰廣陵。景帝罪楚王戊，削東海郡，又削吴會稽、鄣郡，今史記作豫章，蓋傳寫誤。吴、楚以是反，國除。以吴、廣陵爲江都國，頗予以江南鄣數縣，故江都號爲得鄣郡而不得吴。武帝元朔元年，江都國以推恩，封易王子江南，爲丹陽侯、湖孰侯、秣陵侯，及元狩、元鼎間，國皆除。然後武帝於江南建丹陽郡，其東合吴傅海爲會稽郡，其西南包彭蠡届嶺爲豫章郡，而鄣、吴、廬江悉罷。自秦於江南設鄣、會稽二郡，至漢嘗分爲四五，而卒爲三郡焉，於是江南遂無廬江名矣。其後改衡山郡曰廬江，然後廬江之名遂移於江北也。

太史公猶稱九江、衡山爲南楚。褚先生始稱：『廬江郡嘗歲時生龜長尺二寸者二十枚。』桓寬爲廬江太守丞。然則衡山之爲廬江，其昭、宣間乎？及平帝元始間，録地志者於廬江郡，書曰『廬江出陵陽』云云，此蓋沿武帝以前廬江郡之舊説。昭、宣以後，廬江之水不在廬江而在豫章也。

九江、廬江二郡，始爲九江、衡山國時，北界淮，南界大江，東抵滁水，西循安豐以南，其形截然以方，及漢以邾屬江夏郡，則西南缺焉。史言『衡山王賜當朝，道過淮南、壽春』，苟賜因吴芮故都都邾，則往長安不經壽春，賜都蓋處其東。疑賜來王時，漢削其邾，自是郡無邾也。

漢郡二，國一；其縣三十二。　　今州縣二十七。

**舒** 蓋得今舒城南、桐城北及廬江西地。左傳杜注：『廬江、舒縣西南有桐鄉。』又云：『廬江南有舒城。』按：廬江郡治舒，而云南有舒城者，三國兵爭，舊治已壞，魏、晉徙郡治於舒縣之北。又漢舒縣當孔道，六朝畏北兵，移治僻地。宋、齊舒縣城徙東南，即今廬江縣矣。隋因之，改縣與郡同名，唐又因之。故章懷後漢書注云：『舒故城在今廬江縣西。』以杜注、章懷之言度之：漢舒治今舒城界内，六朝之舒在今廬江縣。隋無舒。唐開元後復置舒城，略當漢、晉故城之地，宋、元、明因之。

**舒城** 屬廬州府，蓋得漢舒縣北、合肥南界之地。

**廬江** 屬廬州府，蓋得漢舒縣東南併臨湖之地。

**居巢** 蓋得今巢縣漅湖南地及合肥東南、無爲州東北地。當春秋之世，此巢國，西屬楚橐皋，東屬吳。吳、楚蓋以漅湖爲界。定二年，桐畔楚，楚師於豫章。吳潛師於巢，取道灊、六，以敗楚於豫章。度其時巢在今合肥界。漢因古居巢，猶治漅湖西南。東漢爲侯國。劉昭注引廣志云：『有二大湖。』今巢縣南金繩寺東有古廢城，其北即漅湖，其南乃廬江白湖，然則廣志二湖，蓋謂此也。魏、晉間縣廢，六朝於其地僑置南譙郡。隋合橐皋盡入襄安。唐復披襄安之北置巢縣，而其治乃古橐皋。宋又分巢縣西南無爲鎮置無爲軍，而其治乃古居巢境矣。

**無爲州** 屬廬州府，蓋得漢居巢併襄安之地。

**龍舒**　蓋得今懷寧北、桐城南地。左傳杜注：『舒西南有龍舒。』東漢侯國，六朝縣廢。

**臨湖**　蓋得今廬江縣東地。晉、宋之世，舒故治廢，移舒治於其東南，今廬江縣也。意其縣界所得古舒地實少，而得臨湖地爲多矣。

今懷寧、桐城之間，有大小龍山，意古之龍舒境乎？

**雩婁**　蓋得今霍邱西南地，決水出焉。東漢侯國，晉以縣屬安豐郡。水經酈注引地道記云：『在安豐縣西南。』宋以處蠻民，屬邊城左郡。

**襄安**　蓋得今無爲州西南地。

今無爲州西南六十里有襄安鎮。

**樅陽**　蓋得今桐城東南地，東漢縣廢。左傳杜注：『廬江舒縣有鵲尾渚。』按：鵲尾在今桐城東鄉江側，舒縣地本不至江，東漢廢樅陽併入舒，舒地遂及江矣。樅陽入舒，則樅陽水爲舒口。魏志臧霸傳『吳兵屯舒口，欲救陳蘭』是也。東晉時，嘗復置樅陽。隋於此置同安縣，爲同安郡治。唐廢郡，同安縣屬舒州。開元中，移縣治於山焦城，至德二載，改名桐城。

**桐城**　蓋得舒南、龍舒北併樅陽地。自隋同安經李子通之亂，郡縣毀壞，唐徙郡治懷寧。後同安徙治山城，蓋在漢舒縣桐鄉域矣，故改名桐城，而東鄉獨廣百八十里者，古樅陽境也。今屬安慶府。

**尋陽**　蓋得今湖廣之黃梅、廣濟縣地。吳立蘄春郡，尋陽屬焉。晉太康元年，省蘄春郡，以縣屬武昌。二年，還屬廬江。惠帝置尋陽郡，治江南柴桑，江北縣猶尚在也。及晉南度，江北之縣，僑置江南，後省縣併入柴桑，獨郡名在。自是江南之尋陽著，而江北之尋陽隱不聞矣。

**黃梅**　屬湖廣黃州府，蓋得尋陽東地。

**廣濟**　屬湖廣黃州府，蓋得尋陽西地。是二縣在唐屬蘄州。元和郡縣志以蘄州四縣，盡爲漢蘄春地，誤也。漢縣雖大，何能方三四百里？由不悟尋陽之本在江北耳。

| | |
|---|---|
| **灊** 蓋得今霍山縣地，泄水出焉。晉省入六，故杜元凱云：『灊在六縣西南。』隋置霍山縣，屬廬江郡。唐置盛唐、霍山二縣，屬壽州。章懷後漢書注云：『灊故城今壽州霍山縣。』宋省，明復置霍山縣。 | **霍山** 屬六安州，得灊縣地。 |
| **皖** 蓋得今灊山縣及懷寧西地。廬江郡本治舒，三國兵爭，舒廢不處，乃南治皖。東晉爲晉熙郡之懷寧縣。唐以懷寧爲舒州治。宋寧宗時爲安慶府治。 | **潛山** 屬安慶府，得皖地。唐、宋故懷寧、舒州治。宋景定元年，徙城於其縣東南宜城鎮。元英宗至治三年，析懷寧西置潛山，復城於唐舒州之舊治。<br>**懷寧** 今安慶府治，得皖東及龍舒之南地。宋景定元年，築宜城鎮，徙城於此，元、明、國朝皆因之。 |
| **湖陵邑** 蓋得今太湖及望江西地。漢縣有蠻夷，故或加邑。漢志云：『北湖在南。』蓋以今望江諸湖，對江南之彭蠡湖，名北湖耳。東漢省入皖。東晉置新治縣，宋置太湖蠻縣，齊置大雷郡。隋以爲望江、太湖二縣。 | **太湖** 屬安慶府，蓋得湖陵北地。<br>**望江** 屬安慶府，蓋得湖陵南、皖縣西地。<br>**宿松** 屬安慶府，蓋得湖陵西、潯陽東地。 |
| **松兹** 蓋得今英山及湖廣羅田地，六安共王子霸侯國。晉以縣屬豫州之安豐郡。<br>以上十二縣屬廬江郡。 | **英山** 屬六安州，蓋得松兹東地。<br>**羅田** 屬湖廣黃州府，蓋得松兹西地。 |
| **六** 蓋得今六安及鳳臺地。如溪水首受泄，東北至壽春入芍陂。六安王國治。東漢爲六安侯國。魏、晉六安縣。宋、齊僑置新蔡郡。唐置盛唐縣。宋復爲六安，既又爲六安軍。元爲六安州。 | **六安州** 直隸，得六縣及博鄉西地。 |

| | |
|---|---|
| **蓼** 蓋得今霍邱之東北、潁上之南地。晉屬安豐郡，宋置蓼城左縣。隋於梁霍邱戍立霍邱縣，屬壽州。 | **霍邱** 舊屬壽州，雍正二年，改屬潁州府。蓋得蓼南、安豐東、安風。西及陽泉地。又得雩婁北地，故其境最廣。 |
| **安豐** 蓋得今霍邱之西、河南固始東地。東漢竇融侯國。水經：『淮水東過安豐縣東北。』又『決水北過安豐縣東。』魏爲安豐郡治。晉以郡屬豫州。宋爲邊城郡。隋以其地入霍邱。 | |
| **安風** 蓋得今霍邱之東北，壽州之西地。壽州芍陂，蓋居漢壽春、安風之界，今或名之安豐塘，正以宋於壽春地置安豐軍故耳。其實此塘不近安豐，乃在安風也。 | |
| **陽泉** 蓋得今霍邱之東南地。梁於決水東陽泉古城置決口城，後改爲臨水縣。以上五縣，爲六安王國。東漢無六安王，五縣皆爲侯國，屬廬江郡。 | |
| **壽春邑** 蓋得今壽州、鳳臺之北地。水經注：『芍陂在縣南八十里。』九江郡治。東漢去邑，揚州刺史治。魏淮南郡。晉改縣曰壽陽。隋、唐曰壽州治。周世宗克壽州，以下蔡併屬壽州，移治於淮北。宋爲壽春府，亦在下蔡。南宋復移淮南，爲安豐軍治。今有安豐城舊址是也，非漢安豐縣。元屬安豐路。明省縣及下蔡，置壽州，屬鳳陽府，更建今城。 | **壽州** 屬鳳陽府。自淮以南，得漢壽春及成德西、安風東地。淮以北，乃漢下蔡地。蓋漢之九江、沛郡，以淮分界故也。<br>**鳳臺** 雍正間，以壽州地太廣，分其東北爲鳳臺，而同治一城。 |

| | |
|---|---|
| **逡遒** 蓋得今合肥東、巢縣西北地。宋僑置汝陰、慎縣於北，隋、唐因置慎縣，屬廬州。南宋避孝宗諱，改梁縣。明省入合肥。 | |
| **成德** 蓋得今合肥西北地、壽州東南地。水經：『肥水出成德廣陽鄉，西北過其縣西，北入芍陂。』施水受肥，從廣陽鄉入於湖。 | |
| **橐皋** 蓋得今巢縣西。晉省入逡遒，故杜元凱云：『橐皋在逡遒東南。』今去巢縣西北二十里，俗猶呼柘皋。 | **巢** 屬廬州府。此本漢橐皋，蓋九江、廬江，正以漅湖爲南北界耳。唐因隋襄安併有湖北橐皋地，分其北置巢縣。宋又分巢縣之南爲無爲軍，於是巢縣治去居巢遠矣。 |
| **陰陵** 蓋得今懷遠西南地、鳳臺東南地。水經注：『淮水又北經莫邪山西，山南有陰陵故城，後漢九江郡治。濠水經其城西，屈而南，又東至其城東，北流入淮。』晉屬淮南郡。 | |
| **歷陽** 蓋得今和州地。東漢以其地分烏江縣。今江浦之臨江地，皆歷陽之烏江境也。 | **和州** 直隸，得歷陽西地。<br>**江浦** 屬江寧府，得歷陽東地。 |
| **當塗** 蓋得今懷遠東南地。東漢耿弇侯國，晉屬淮南郡，安帝義熙間置馬頭郡，齊曰荆山郡馬頭縣，隋塗山縣，屬濠州。唐省入鍾離。 | **懷遠** 其淮水南地，當塗及陰陵東地也。其淮之北則沛，下蔡地也。屬鳳陽府。 |

| | |
|---|---|
| **鍾離** 蓋得今臨淮西及鳳陽縣淮水南地。晉屬淮南郡，東晉置鍾離郡，六朝爲徐州治。本在淮南，梁昌義之守徐州，北阻淮水是也。隋、唐爲濠州鍾離縣治，在淮北，乃漢沛郡夏邱地。李吉甫謂：竇参據淮割地，使屬徐州節度使。後張愔逆命，因挫王師。由参不學，昧於疆理之制是也。及明爲中京，復建城於淮南，設鳳陽、臨淮二縣，同城，後乃移臨淮於其東五十里。乾隆年，復併於鳳陽。 | **鳳陽** 鳳陽府治，得鍾離地。其跨淮北，乃漢沛、夏邱地也。其東故臨淮，今省。然此實明之臨淮。若唐、宋之臨淮，乃泗州之舊治，及乾隆十年，没於淮水，泗州移治盱眙，後又移虹縣。 |
| **合肥** 蓋得合肥治前後方百里地。漢城在今城北，魏新城又在漢城西北三十里。然則今城，隋、唐之址。淮南江北，城邑邱墟，其變多矣。隋定淮南，更置縣邑，地壙人稀，兼漢數縣。及明以梁縣益之，則其廣彌甚。自南北交爭，梁於此僑置汝陰、陳郡。隋、唐爲廬州廬江郡治。 | **合肥** 廬州府治。蓋得漢合肥地，東北得逡遒之西，西北得成德之東，南有居巢之界焉。故其境方二百里，猶有餘焉。 |
| **東城** 蓋得今定遠南地。故城在定遠東南五十里。梁置定遠郡定遠縣。隋以縣屬鍾離郡。 | **定遠** 屬鳳陽府，得東城及曲陽南地。 |
| **博鄉** 蓋得今六安東南地。水經：『泄水出博安縣。』注云：『漢之博鄉也。』又云：『沘水自灊東北逕博安，泄水出焉。』按水經之泄水，今六安之蔡河也。 | |

| | |
|---|---|
| **曲陽** 蓋得今定遠東北及盱眙西地。 | |
| **建陽** 未審所在，或謂得今滁州之來安縣地。 | |
| **全椒** 蓋得今滁州地。梁置頓邱及北譙郡北譙縣於此。<br>隋改清流縣，屬江都郡。 | **滁州** 直隸州，約得古全椒地。唐置滁州。 |
| **皋陵** 蓋得今全椒西南、含山北地。太平寰宇記：『皋陵故城在全椒西南八十里。梁於此縣地置南譙郡。隋大業初，以全椒縣隸江都，唐以屬滁州。』<br>以上十五縣，屬九江郡。 | **全椒** 約得漢皋陵東地。<br>**含山** 約得漢皋陵西地。按：漢皋陵與歷陽鄰。孫策在歷陽，移家皋陵而後度江，又孫權欲誘取王凌，凌當從合肥來，權伏兵皋陵以待之。以此度之，皋陵固在今含山境矣。 |

楚辭招魂曰：『路貫廬江兮左長薄。』廬江之在江南古矣。漢景帝時，廬江王賜以通越徙王江北，爲衡山王，而廬江改爲漢郡。夫賜既以過徙，漢蓋不盡予以衡王王勃之故地〔一〕。勃之故地，蓋頗分數縣附廬江郡；廬江一郡遂跨江南北矣。故武帝建元中，東甌廣武侯望率衆來降，使處廬江郡，在江、淮間也。其後賜以罪國除，爲衡山郡。又其後置六安國，以封膠東王子慶。蓋其時王國地益小，漢郡地益多。於是廬江郡江南之地，別分爲豫章郡，而江北十二縣，乃獨有廬江郡之名。然而此始分十二縣之年，不可考矣。

廬江，西漢十二縣，東漢省其三。故李憲據廬江，其傳曰：『據九城。』所省者，樅陽、湖陵、松兹也。晉陶侃爲樅陽令，是晉復置樅陽，而晉書地志遺之。其後歷宋、齊至陳，蓋復有樅陽縣。故陳本紀：『大建十年，廬江蠻寇樅陽。』隋書：『同安縣，舊曰樅陽。』因陳縣也。

漢之廬江治舒，及孫策破舒之後，蓋不堪復立郡治，故劉勳、朱光皆以太守居皖。皖又破於吴，於是魏廬江太守蓋居六安。故吴嘉禾六年，全琮襲六安，而朱桓傳云：『桓與全琮迎廬江主簿吕習引還，廬江太守吕膺不敢出。』又朱異傳：『魏廬江太守文欽營住六安。』此皆魏廬江治六安之證。晉蓋因之，故郭璞洞林敘其度淮之時，先至陽泉，後至廬江。所云廬江，亦六安也。

晉本於并州置新興郡，惠帝改曰晉昌。南渡僑置晉昌於廬江之南部，至安帝時，避孝武諱改晉熙。故宋書地志云：『安帝立晉熙郡。』宋、齊皆因其名，今之安慶也。

隋書地志：『同安郡，梁置豫州，後改曰晉州。』又『廬江縣，梁置湘州』。按此於梁書内皆不見其事，蓋非蕭氏所置，特侯景置耳。北齊書辛術傳：『術爲淮南經略，王僧辯破侯景，術招攜安撫二十餘州。』蓋即此晉州、湘州之類也。齊文宣紀：『保大六年詔云：

百室之邑，便立州名；三户之民，虚張郡目。』誠有然矣。梁敬帝紀有『譙、秦二州刺史徐嗣徽』。此譙州即今滁州地，秦州即今六合地，在梁武帝時皆一郡耳。蓋侯景置州，而梁之末造，亦因以名州。此雖於梁書紀傳無明文，而推尋事理形勢，固有可意會耳。

廬江郡在東漢時有安豐、松兹縣，乃郡之極西北境，約在今霍邱、英山間矣。魏於彼置安豐郡，統松兹縣，其境固不能越山而南際江也。至東晉來江左，於時山北之民南遷避寇，乃僑置安豐郡於臨江之地，併僑置松滋之縣，雖在漢時並是廬江郡地，然有南北部之分矣。及隋於此置縣，遂因僑置之松滋，而立宿松之名。然本西漢湖陵邑之地，非松兹地也。近志多以宿松爲漢之松兹，則誤矣。

自漢以後，江北淮南，遭六朝兵爭之禍，城郭空虚者數矣，而僑置州郡在其間，更移故名，廢興遷徙，稽之尤爲難詳。南朝諸史，僅沈約宋書、蕭子顯齊書有地志，梁、陳無志。其作志者，於沿革亦略，逮於後世而欲求之，不亦難乎？自隋混一南北，更建郡縣，自是雖有遷變，以至今日，而與隋不甚差絶。隋建置於久亂之後，户口鮮少，城邑疏闊，是以漢縣三十二，今止爲州縣二十七也。

曩者鼐在京師，與休寧戴東原言：『世之方志，言古城邑，苦不考求四面地形遠近，堪容置否，是以所舉多不實。欲以漢縣與今地相較爲表，而貫他沿革於其中，縱不能無失，猶差翔實，愈於俗之所爲地理書也。』東原曰：『善。』今夏無事，遂取鄉里所近漢二郡一國爲沿革考一卷。多病廢學，不能求博，東原既喪，無以聞之。設有如鼐此例，盡考漢之郡國，勒爲一書，以裨學者，則將以俟夫世之君子也。

乾隆四十五年，桐城姚鼐記。

## 項羽王九郡考

史言項羽分割天下，自王梁、楚地九郡，而不載九郡之名。余考之，蓋爲碭、陳、東郡、泗川、薛、東海、東陽、鄣、會稽，是云九郡。碭與東郡，故梁地也；自陳以東，故楚地也，故曰王梁、楚。大抵西界故韓，東至海，北界上則距河、下則距泰山，南界上則距淮、下則包踰江東，固天下之膏腴平壤矣。

昔秦以水灌大梁，大梁毁。意滅梁後郡不治大梁，而南治碭，故曰碭郡。楚襄王始都陳，後爲秦得，故陳爲郡。陳涉世家云：『陳守令皆不在。』則秦有陳郡明矣。張子房擬分楚地與信、越，正自陳、碭畫之，北予越，南予信。其後羽滅，如前約，越得其二，信得其七；復如戰國時之梁、楚。高祖六年，漢禽韓信，分信國封劉賈以鄣、吳、東陽三郡，爲荆王；封劉交以沛、薛、郯三郡，爲楚王。吳即會稽也，郯即東海也，沛即泗川也。沛者高帝更名，餘或羽所改，或漢所改，不可知。然皆羽自封時舊郡耳。今本漢書高帝紀誤文以沛爲碭。碭與東郡，是時方屬彭越爲梁國；且度地勢，交必不能踰沛而有碭，故其誤可意決也。

是時雖分韓信地爲交、賈國，而漢西收陳郡，不予諸侯。淮水東流，過陳則少北流。故太史公云：『賈王淮東，交王淮西。』夫收陳者，以南制黥布，北制彭越也。於是分陳西爲汝南郡，故地志曰：『汝南郡，高帝置。』其後漢廢彭越，立子恢爲梁王，友爲淮陽王，淮陽得汝南、陳二郡。是時相國何等請罷東郡，頗益梁；罷潁川郡〔二〕，頗益淮陽。蓋彭越國本有東、碭郡二郡，今以王恢爲國太大，故罷東郡，半屬漢，半屬梁也。汝南、陳本楚故一郡耳，以王友，爲國小，故罷潁川，半益淮陽，半歸漢也。計二國各得楚故一郡又半矣。及景帝徙淮陽王爲魯王，復空爲郡。太史公云：『淮北、沛、陳、汝南、南郡，此西楚也。』陳在楚、夏之交，故知武帝時尚有陳郡矣。宣帝時，乃復以陳郡爲淮陽國。漢自武昭、宣以後，王國減小，於是梁、淮陽國不滿一郡。始者灌嬰、夏侯嬰、傅寬等傳皆云從追項籍軍，至陳破之，故垓下，陳地也，而在洨縣。至漢地志乃載洨縣於沛郡，賈誼欲割淮陽北縣益梁之東郡。度誼所欲割者，後或入沛，或入陳留，則淮陽與東郡無鄰地焉。

校記

〔一〕衡王　疑當作「衡山」。

〔二〕頴　當作「潁」。

# 惜抱軒文集卷三

## 序

### 老子章義序

天下道一而已，賢者識大，不賢者識小。賢者之性，又有高明、沈潛之分，行而各善其所樂，於是先王之道有異統，遂至相非而不容並立於天下，夫惡知其始之一也？子曰：『述而不作，信而好古，竊比於我老彭。』老彭者，老子也。孔子告曾子、子夏，述所聞老聃論禮之說，及老子書言『以喪禮處戰』之義。其於禮精審，非『信而好古』能之乎？『南行者久，而不見冥山，求之過也。』夫老聃之言禮，蓋所謂求之過者矣。方其好學深思，以求先王制禮之本意；得先王制禮之本意，而觀末世爲禮者，循其迹而謬其意，苟其説而益其煩，假其名而悖其實，則不勝悁忿而惡之。『禮云！禮云！玉帛云乎哉！』夫禮，貴有誠也。老子之初志亦如孔子，而用意之過，貶末世非禮之禮，其辭偏激而不平，則所謂『君子駟不及舌者』與！且孔子固重禮之本，然使人『寧儉寧戚』，『下學上達』而已，『庸言之必謹』。逮七十子之徒，推孔子之義極言之，固多高遠失中，此亦聖門好古達於禮者之言失也。夫老子，特又甚焉耳。

孔子遇老聃，問禮於其中年，而老子書成於晚歲，孔子蓋不及知也。老子書所云『絶聖棄智』，蓋謂聖智仁義之僞名，若臧武仲之爲聖耳，非毁聖人也。而莊子乃曰：『聖人不死，大盜不止。』老子云『貴以身爲天下』者，言不以天下之奉加於吾身爲快，『雖有榮觀，燕處超然』，以是爲自貴愛也。而楊朱乃曰：『不拔一毛以利天下。』皆因其説而益甚爲謬。夫老子言誠有過焉，雖舉其末學益謬，推原及老子以爲害天下之始，老子亦有所不得辭，然是又豈老子所及料哉？世乃謂老子之言固已及是，而儒者遂不肯以『述而不作，信而好古』爲老子之行。夫孔子於老子，不可謂非授業解惑者，以有師友之誼甚親，故曰我老彭。解論語者，顧説爲商之大夫，不亦遠乎！其説出於大戴禮記，吾意其辭託於孔子而實非，殆不足據耶？抑所舉别有是人耶？若論語之老彭，非商大夫可決也。

老子書，六朝以前解者甚衆，今並不見，獨有所謂河上公章句者，蓋本流俗人所爲，託於神仙之説。其分章尤不當理，而唐、宋以來莫敢易，獨劉知幾識其非耳。余更求其實，少者斷數字，多則連字數百爲章，而其義乃明，又頗爲訓其旨於下。夫著書者，欲人達其義，故言之首尾曲折，未嘗不明貫，必不故爲深晦也。然而使之深晦迂而難通者，人好以己意亂之也。莊子天下篇引老子語，有今文所無，則知傳本今有脱謬。其前後錯失甚明者，余少正之，並以待世好學君子論焉。

太史公書不甚知姓氏之别。又自唐以前，讀者差不若漢書之詳，故文多舛誤。夫老子，老其氏也，聃其字也。太史公文蓋曰老子者，楚苦縣厲鄉曲仁里人也，姓李氏，名耳，字聃，周守藏室之史也。漢末妄以老子爲仙人不死，故唐固注國語，以爲即伯陽父。流俗妄書，乃謂老子字伯陽，此君子所不宜道。當唐之興，自謂老子之裔，於是移史記列傳以老子爲首，而媚者遂因俗説以改司馬之舊文，乃有字伯陽、謚曰聃之語，吾決知其妄也。老子匹夫耳，固無謚。苟弟子欲以謚尊之，則必舉其令德，烏得曰聃？孔子舉所嚴事之賢士大夫，皆舉氏字，晏平仲、蘧伯玉、老聃、子産，其稱一也。陸德明音義注老子兩處，皆引史記曰『字聃』。河上公曰『字伯陽』，不謂爲史記之語。陸氏書最在唐初，所言史記眞本蓋如此，則後傳本之非明矣。老子所生，太史公曰『楚苦縣』，或曰『陳國相人』。莊子載孔子、陽子朱皆南之沛見老子。夫宋國有老氏，而沛者宋地。言老子所生，三者説異，而莊子尤古，宜得其眞。然則老子其宋人子姓耶?『子』之爲『李』,語轉而然,猶姒姓之或以爲弋也。彭城近沛,意聃嘗居之,故曰老彭,猶展禽稱柳下也,皆時人尊有道而氏之。晉穆帝名聃,字彭子。漢、晉舊儒必有知老彭爲聃之氏之説者矣,後世失之,乃不能明也。

乾隆四十八年夏六月,桐城姚鼐序。後漢書桓帝紀章懷注:『史記曰:老子者,楚苦縣厲鄉曲仁里人也,名耳,字聃,姓李氏。』吾作此序,未及檢引,然則改此文疑玄宗以後事。

## 莊子章義序

漢藝文志:莊子五十二篇。陸德明音義載晉、宋注莊子者七家,惟司馬彪、孟氏載其全書。其餘惟內七篇皆同,外篇、雜篇各以意爲去取。自唐、宋以後,諸家之本盡亡。今惟有郭象注本,凡三十三篇。其十九篇經象删去,不可見矣。昔孔子以詩、書、六藝教弟子,而性與天道不可得聞。其得聞者,必弟子之尤賢也。然而道術之分,蓋自是始。夫子游之徒,述夫子語子游,謂人爲天地之心,五行之端;聖人制禮,以達天道、順人情,其意善矣!然而遂以三代之治,爲大道既隱之事也。子夏之徒,述夫子語子夏者,以君子必達於禮樂之原,禮樂原於中之不容已,而志氣塞乎天地,其言禮樂之本亦至矣。然林放問禮之本,夫子告以『寧儉』『寧戚』而已。聖人非不欲以禮之出於自然者示人,而懼其知和而不以禮節也。由是言之，子游、子夏之徒所述者，未嘗無聖人之道存焉，而附益之不勝其弊也。夫言之弊，其始固存乎七十子，而其末遂極乎莊周之倫也。

莊子之書，言明於本數及知禮意者，固即所謂達禮樂之原，而配神明、醇天地，與造化爲人，亦志氣塞乎天地之旨。韓退之謂莊周之學出於子夏，殆其然與？周承孔氏之末流，乃有所窺見於道，而不聞中庸之義，不知所以裁之，遂恣其猖狂而無所極，豈非『知者過之』之爲害乎？其末天下一篇，爲其後序。所云『其在詩、書、禮、樂者，鄒魯之士、縉紳先生多能明之』，意謂是道之末焉爾！若道之本，則有不離於宗，謂之天人者。周蓋以天人自處，故曰『上與造物者遊』。而序之居至人、聖人之上，其辭若是之不遜也。而蘇子瞻、王介甫乃謂其推尊聖人，自居於不該不徧一曲之士。其於莊生，抑何遠哉！

若郭象之注，昔人推爲特會莊生之旨。余觀之，特正始以來所謂清言耳！於周之意十失其四五。夫莊子五十二篇，固有後人雜入之語。今本經象所删，猶有雜入，其辭義可決其必非莊生所爲者。然則其十九篇，恐亦有眞莊生之書，而爲象去之矣。余惜莊生之旨，爲説者所晦，乃稍論之，爲章義凡若干卷。

# 左傳補注序

左氏之書，非出一人所成。自左氏邱明作傳，以授曾申，申傳吳起，起傳其子期，期傳楚人鐸椒，椒傳趙人虞卿，虞卿傳荀卿，蓋後人屢有附益。其爲邱明説經之舊，及爲後所益者，今不知孰爲多寡矣。

余考其書，於魏氏事造飾尤甚。竊以爲吳起爲之者蓋尤多。夫魏絳在晉悼公時，甫佐新軍，在七人下耳，安得平鄭之後，賜樂獨以與絳？魏獻子合諸侯，干位之人，而述其爲政之美，詞不恤其夸。此豈信史所爲『論本事而爲之傳』者耶？國風之魏，至季札時亡久矣，與邶、鄘、鄶等，而札胡獨美之曰：『以德輔此，則明主也。』此與魏大名、公侯子孫必復其始之談，皆造飾以媚魏君者耳。又忘明主之稱，乃三晉篡位後之稱，非季札時所宜有，適以見其誣焉耳。

自東漢以來，其書獨重，世皆溺其文詞。宋儒頗知其言之不盡信，然遂以譏及左氏，則過矣。彼儒者親承孔子學，以授其徒，言亦約耳，烏知後人增飾若是之多也哉？若乃其文既富，則以存賢人君子之法言、三代之典章，雖不必邱明所記，而固已足貴，君子擇焉可也。

自服、杜以後，解其文者，各有異同。近時有顧亭林、惠定宇皆爲之補注。余以爲有未盡，乃别記所見者，若總古今之説，擇善用之，萃爲一書，則以俟後之君子。

## 西魏書序

當拓跋氏之衰，朝廷失政而邊鎮横，武夫暴興而國柄移，天子寄居，亟立亟廢。蓋高歡一人，而援立之帝三焉：安定廢而孝武興，孝武奔而孝静立，計其得失之故，雖不甚相遠，而以時論之，則孝静固始爲孝武之臣也。魏收書外孝武而以天平爲正，豈理也哉？南康謝蘊山觀察，舊居史職，出剖郡符，間以退處數年之暇，慨魏收之失當，撰西魏書二十卷，以正其失，可謂勤學稽古、雅懷論世者矣。

吾觀李延壽北史本紀，録孝武于東魏孝静之前，而不曰西魏，意蓋以收爲非者。然拓跋自崔浩被誅，史筆回罔，故紀道武以往事多侈詞，以皇帝之號。延壽因之，不能正也。今觀察所紀，僅在其末二十五年事，固有延壽之得而無其失者。然延壽自序言『見别史千餘卷』，今時代遠隔，泯亡無一存，不獲使觀察據之以考稽同異而裁定焉，惜哉！惜哉！讀者知其網羅放失述作之志，存焉可也。

## 族譜序

昔三代帝王及卿士大夫巫醫祝卜之職，莫不出於世族，當時姓氏之分，端緒著備，而朝廷又專設之官而掌之，故黄、農、虞、夏，支裔流别，數千歲之紀，可得而知也。

自漢以降，王者興於草澤，將相出於屠牧，皆不能紀其先世，而譜諜寖以不詳。及晉、宋因魏制，以九品官人，重門户，辨族地，而後譜學復興，以至於唐。然考唐以前諸家世譜所能詳，皆始於魏、晉。魏、晉而上，或依託謬妄，蓋郎邪王氏，自云出於王子晉；蘭陵蕭氏，自謂本蕭何、望之，皆爲昔人所誚。由是言之，譜諜之詳略，非時俗風尚之有盛衰，由世族之崇替存亡異也。當世族之存，非特子孫能詳其先人之傳，凡天下學士博於聞見者，歷舉各族系世，如循庭木之支，如舉其室之庋物；迄世族亡，則子孫有不能推明其祖，而始誣託名人，求以自重，是亦可謂愚也與！自五代至宋，故家殘滅，及元、明，屢遭兵火，今日天下，無復有千年相傳之家譜矣！

吾族先世本於田農，又自餘姚遷桐城，正當南宋末元興之日，江、淮之間，居民矗定，而譜敘皆失。故居餘姚以前祖，不可得而知，不可知則闕，以爲愈於誣託者之愚也。

譜自先雲南參政，及先職方府君，及叔祖瀻州太守，嘗三修之，逮今孫子益衆，爲文益繁。故少變其體，依古世表之法，率横列而注歷職、生卒、妻子於其下，欲其文簡而易檢也。初自餘姚來居桐城大有鄉之麻谿，人謂麻谿姚氏。逮明中葉而始有譜，又垂及今二百餘年。自是以往，子孫之崇替不可知，而譜之存亡不可必也。然而差冀其經歷久遠者，惟文册輕簡，易挾而藏，則傳久之道與？

## 代州道後馮氏世譜序

吾嘗謂三代重姓族，而繫世詳。其後晉、宋六朝尚門地，而譜諜之學亦貴。獨中間秦、漢之世，公卿大夫崛興草野，而譜繫蔑可徵焉。世變使然，學者不能强説也。

漢書載公卿名人傳，皆不詳其先世，而所詳者獨司馬遷、揚雄、馮奉世三傳而已。子長、子雲皆以其所自序，故載之。然則宜鄉之族，亦必有能自序者，故史得因其文，異於他傳。以此推之，馮氏之有譜舊矣。

自漢以後，斷續不可盡明，而今代州之馮，興於明之中葉，至國朝乃益盛，非苐仕宦貴顯也，蓋賢哲君子多矣。以余所及交，則湖北按察使馮君弼，其人介然自立士也。君弼既没於武昌數年，其從父弟右書來爲安徽布政司經歷，因得識之。又識其弟汝沓，皆敦誼好學，異於流俗。右書示余所藏海内名人爲其先世作傳誌數十篇，信乎其世濟爲君子也。

余與右書、汝咨論：『近世人作譜，繁而非法。夫譜欲簡要而卷册少，俾子孫百世流轉海内，易攜以行。其體當略如古世表之法。』因略與分别所宜載與不者，右書、汝咨以爲善。後余别去，次年再見之皖中，則右書、汝咨已如余論，作道後馮氏譜成書矣，而余爲族譜反未及成。右書、汝咨之勇於取善如此，余能無愧乎哉？馮氏古多偉人矣，而今譜首於明時者，缺所不聞以爲信也。

余聞右書之考秀山令君，應鄉試時，夜揭榜有走報其已得舉者，令君方臥，聞，應之而已，顧熟寐至曉，其氣量之閎遠如此。乃仕終於令，雖有惠政而澤未及遠。今右書弟兄方嗣其德，賢者子孫宜更有大興者。他日史氏爲名人列傳而紀及其先，意或有資於是譜，而余又欲用是書之體，爲世作譜者式也，故序之。

## 包氏譜序

周時天子重神明之姓，使小史奠繫世，載以世本之紀，諷以瞽矇之詩。延及春秋、黄、農、虞、夏、商、周之裔，散在列國者，可考而别也。而人臣功德尤異，思褒録其子孫，則又因所生地謚字，賜姓氏族，用别紀之，而政教衰，賞罰亂，所命族氏不加於賢者，則得氏不足以爲重。上無掌繫之職，而私譜亦興，蓋去先王之義益遠矣。

宋興五代之末，天下俗敗壞而道不明，洎仁宗之時，大賢乃出。包孝肅公亦于其間，以忠言諒節聞于朝，後世聞而慨慕之。蓋孝肅合肥人，其後有移居桐城北鄉者，于是吾邑有包氏焉。自古賢者少，士囿於俗，或一姓數百年未有聞人。然則幸遇賢者之裔，而庶見其先遺風餘烈，君子未嘗不樂得而親友之也。

包氏世故有譜，卷首載孝肅像及宋誥敕，詳其世自孝肅而下。今某方重修之，以語余。余謂譜別紀孝肅爲宗，誼近於古。又嘗慕賢者之懿，而樂道其家事也，于是爲之序云。

## 醫方捷訣序

余少有羸疾，竊好醫藥養身之術，泛覽方書；然以不遇碩師，古人言或互殊，博稽而鮮功，深思而不明，十餘年無所得，乃復厭去。

夫醫雖小道，然其本出於聖帝所爲，三代以來，設官而氏其族，其極至於使人無疵癘夭札之傷，而羣生樂育。導天和，安民命，至治之隆有賴焉。又推原其故，必自君子躬能循天理之節，應六氣之和，固筋骨之束，調氣血之平，於是安樂壽考，永享天禄。然後推其意以爲醫藥，以及庶民，此其意至精且厚。是以後世醫者雖多，然苟非慈明篤厚之君子，終不能究其義；而雖有篤厚慈明之心，苟不世業而少習者，猶不能盡其曲折變移之理，審其幾微而察其離合也。

吾鄉有嚴氏，世爲醫。前世有號則菴者，其術神驗，余恨不及見之。今其孫以恬，能繼其學，出其傳書曰捷訣者，以示余。其言簡直，使人易入，能盡疾病之變狀；又操論得中，無偏駁之弊。蓋嚴氏既世其業，又欲以此明諸人人。信哉！君子之用心矣。惜乎余方以事牽，不能從以恬盡學其術，以獲養身濟人之益也，乃爲之序而歸之。

# 惜抱軒文集卷四

## 序

### 張冠瓊遺文序

張冠瓊，余妻弟也，才而早卒。余婦翁爲黄州通判，有二子，冠瓊其季也。黄州就官時，年六十矣。家人皆留不使從，冠瓊求從，則曰：『汝在家專静，爲學易。』不許。冠瓊念父甚悲，傷己之不得從，則益自奮厲於學，未幾遂病，未半歲而死。死後，其妻語人曰：『吾夫今年學尤勤苦，每夜静家人盡寐，獨聞其誦書聲悽然。』於是余既痛之，而亦咎其以未及壯之年，乃亟欲成名，敝耗精氣，而至於短折，何不自惜之甚也！人莫不思苦身立名，以光父母，然竟以害其生，則所志者有得有不得，皆適以傷親之心，故君子慎之也。然冠瓊體非甚羸弱，能勝勞，其及死，蓋出於不幸，非意所料，而其志固可悲矣。

冠瓊爲人專静，淡於交遊。余初婚後，間至其家，問冠瓊何弗見，外姑江安人笑曰：

『吾兒避人如女子也。』須臾呼至，坐逾時，默然而已。後乃益親，然亦寡聞其言，獨每見，依依向余不忍離，可念也。其疾初起亦不甚，以不遇良醫，遂不救。臨訣執余手，流涕而言黃州也。蓋極冠瓊才與志，皆足自表見，惜乎其學未成。然所爲文，久於文者或不逮也。

今年黃州公以公事被使淮上，過家檢其遺文，俾余刪次，得十餘篇，將刻之以自慰其悲。余因爲之序。冠瓊名元臚，死時年二十二，生一子，纔十餘日。後半年，其子亦亡。

## 食舊堂集序

丹徒王禹卿先生，少則以詩稱於丹徒；長入京師，則稱於京師。負氣好奇，欲盡取天下異境以成其文。乾隆二十一年，翰林侍讀全魁使琉球，邀先生同渡海，即欣然往。故人相聚涕泣留，先生不聽，入海覆其舟，幸得救不死，乃益自喜，曰：『此天所以成吾詩也！』爲之益多且奇，今集中名海天遊草者是也。

鼐故不善詩，嘗漫詠之，以自娛而已。遇先生於京師，顧稱許以爲可，後遂與交密，居閒蓋無日不相求也。一日值天寒晦，與先生及遼東朱子穎登城西黑窑廠，據地飲酒，相對悲歌至暮，見者皆怪之。其後先生自海外歸，以第三人登第，進至侍讀，出爲雲南臨安府知府，赴任過揚州，時鼐在揚州，賦詩別去。鼐旋仕京師，而子穎亦入蜀，皆不得見。時有人自西南來者，傳兩人滇、蜀間詩，雄傑瑰異，如不可測，蓋稱其山川云。

先生在臨安三年，以吏議降職，遂返丹徒，來往於吳、越，多徜徉之辭。久之，鼐被疾還江南，而子潁爲兩淮運使，興建書院，邀余主之。於是與先生别十四年矣，而復於揚州相見。其聚散若此，豈非天邪？

先生好浮屠道，近所得日進，嘗同宿使院，鼐又度江宿其家食舊堂内，共語窮日夜，教以屏欲澄心，返求本性。其言絶善，鼐生平不常聞諸人也。然先生豪縱之氣亦漸衰減，不如其少壯。然則昔者周歷山水偉麗奇變之篇，先生自是將不復作乎！鼐既盡讀先生之詩，歎爲古今所不易有。子潁乃俾人抄爲十幾卷，曰食舊堂集，將雕板傳諸人，鼐因爲之序。

## 左仲郛浮渡詩序

江水既合彭蠡，過九江而下，折而少北，益漫衍浩汗，而其西自壽春〔一〕、合肥，以傳淮陰，地皆平原曠野，與江、淮極望，無有瑰偉幽邃之奇觀。獨吾郡潛、霍、司空、龍眠、浮渡，各以其勝名於三楚；而浮渡瀕江倚原，登陟者無險峻之阻，而幽深奥曲，覽之不窮。是以四方來而往遊者，視他山爲尤衆〔二〕。常隱然與人之心相通。必有放志形骸之外，冥合於萬物者，乃能得其意焉。

今以浮渡之近人，而天下往遊者之衆，則未知旦暮而歷者，几皆能得其意而相遇於眉睫間耶？抑令其意抑遏幽隱榛莽土石之間，寂歷空濛，更數千百年直寄焉以有待而後發耶？余嘗疑焉，以質之仲郛。仲郛曰：『吾固將往遊焉，他日當與君俱。』余曰：『諾。』及今年春，仲郛爲人所招邀而往，不及余。迨其歸，出詩一編。余取觀之，則凡山之奇勢異態，水石摩蕩，煙雲林谷之相變滅，悉見於其詩，使余恍惚若有遇也。蓋仲郛所云得山水之意者非耶？

昔余嘗與仲郛以事同舟，中夜乘流出濡須，下北江，過鳩兹，積虚浮素，雲水鬱藹，中流有微風擊於波上，其聲浪浪，磯碕薄涌，大魚皆砉然而躍。諸客皆歌呼，舉酒更醉。余乃慨然曰：『他日從容無事，當裹糧出遊，北渡河；東上太山，觀乎滄海之外；循塞上而西，歷恒山、太行、太岳、嵩、華，而臨終南，以弔漢、唐之故墟；然後登岷、峨，攬西極，浮江而下，出三峽，濟乎洞庭，窺乎廬、霍，循東海而歸，吾志畢矣。』客有戲余者曰：『君居里中，一出户輒有難色，尚安盡天下之奇乎？』余笑而不應。今浮渡距余家不百里，而余未嘗一往，誠有如客所譏者。嗟乎！設余一旦而獲攬宇宙之大，快平生之志，以間執言者之口，舍仲郛吾誰共此哉！

## 吴荀叔杉亭集序

自蘄、黄而東，包潛、霍，帶淝、滁，其間皆山邑也。淮水繞其後，江水環其前，故安慶、廬州數府，名雖隸江南省，其實乃江北云。余家桐城，吴君荀叔家全椒，相去僅三百里，在家未嘗識，至京師乃相知。然余嘗論：江、淮間山川雄異，宜有偉人用世者出於時。余之庸闇無狀，固不足比儕類；荀叔負儁才，而亦常頽然有離世之志。然則所云偉人用世，余與荀叔固皆非與？

荀叔雖無意進取，而工於詩，又通曆象、章算、音韻，所著書每古人意思所不到，是則余遜荀叔抑遠矣。余嘗譬今之工詩者，如貴介達官相對，盛衣冠，謹趨步，信美矣而寡情實。若荀叔之詩，則苐如荀叔而已。荀叔聞是甚喜。夫余雖不足比荀叔，然謂荀叔之學，余爲不知也，其可乎？荀叔訂所著詩文曰杉亭集成，請余序之，遂不辭而爲之説。〔三〕

## 張仲絜時文序

常熟，蘇州府之一縣，居府治東北隅。其縣自明以來，仕宦多貴人，聲勢相繼。雖偏僻下邑，其士人多知乘時，或逾於都會廣聚之區，習使之然也。

余始入京師，見邵三丈叔宀，其人温誠君子，善爲魏、晉、六朝之文，與鼐伯父同年交好，皆爲編修，未數年皆休致去。既又識湯君綏叔，其人尤朴直好學。是時綏叔館余姻黨張君家，余嘗與同宿一榻，見規以古誼，自中夜至晨。綏叔之徒張仲絜，時已官部曹有名。綏叔嘗召之至，誠飭之如其兒，時仲絜輒受教惟謹。余又因綏叔識仲絜焉。綏叔與余後登第同年，而常熟同年又有蘇園仲。其後園仲以部屬外出爲知州，不得志，遂自屏不仕。既余又識編修陳君耕崖，爲學亦近古。此數君皆常熟人余所識，皆君子也，而以較其縣人材輒不類。諸君誠較然自好者與？抑余之愚陋，所取者偏狹，乃獨得諸君聚而不厭也耶？

仲絜今歲初改官御史，旋稱病去，謂余曰：『吾才薄，不足有爲於朝，尚可有爲於家。』又出其生平所爲時文，屬余曰：『吾文用意與俗殊，以不敢背吾師之教，子爲我定之。』仲絜去半年，貽書陳君，令其趣余。余乃取其文，删定若干首。其時叔宀、綏叔皆已死，園仲方授學於晉、絳之間，仲絜又去，獨余與陳君在京師耳。余由是益知如數君者，果爲難得，相見無日，獨其文字可常在目前，兹益可重也已。諸君存者，方各有著述之志。邵三丈集，其家已刻成。綏叔在時，論説經傳甚衆，未成書，仲絜將卒成之。時文未足盡仲絜之業，然其文固已醇雅有體，善觀文者必能愛之。

乾隆三十七年十一月，桐城姚鼐序。

# 高常德詩集序

明季沂水高侍郎，巡撫河南，堅守圍城，與流賊相拒，前後幾一年，卒以忠節著稱，世所傳爲守汴記者也。後百餘年，侍郎之玄孫，來爲余鄰邑蒙城知縣、六安知州，時余生一二歲耳。及余少長，而六安已遷去爲湖南常德府知府。獨蒙城、六安之人，猶道其强直有爲，不愧高侍郎後也。

後又二十餘年，常德公既没，余乃識其子葵，因得觀常德生平所爲詩一卷。余顧有疑焉：人生各有所遭，時侍郎當天下阽危，致命效節，人觀所著書，莫不淒然以悲。至常德生當太平，以政事顯，屢典大郡，其所遇宜人情之所喜矣。顧其詩常若有所不懌，而欲自適於山澤間者，何邪？嗟乎！士或所挾者廣，而世之取之者不能盡。事有旁觀見爲功名之美，而君子中心歉然，以爲不足居。若此者，往往而有。其志深，其情遠，顧非其辭之工，猶不能盡達其情志，使人悵然感歎而不能自已也。

常德之詩，貫合唐、宋之體，思力所嚮，搜抉奇異，出以平顯，憔悴專一之士或不能逮，而乃出於仕宦奔走之餘，信乎才之偉已！余取其尤工者別録之，歸諸其家，而因爲之序。

# 海愚詩鈔序

吾嘗以謂文章之原，本乎天地；天地之道，陰陽剛柔而已。苟有得乎陰陽剛柔之精，皆可以爲文章之美。陰陽剛柔，並行而不容偏廢。有其一端而絶亡其一，剛者至於僨强而拂戾，柔者至於頹廢而闇幽，則必無與於文者矣。然古君子稱爲文章之至，雖兼具二者之用，亦不能無所偏優于其間。其故何哉？天地之道，協合以爲體，而時發奇出以爲用者，理固然也。其在天地之用也，尚陽而下陰，伸剛而絀柔，故人得之亦然。文之雄偉而勁直者，必貴於温深而徐婉，温深徐婉之才，不易得也。然其尤難得者，必在乎天下之雄才也。

夫古今爲詩人者多矣，爲詩而善者亦多矣，而卓然足稱爲雄才者，千餘年中數人焉耳。甚矣，其得之難也！今世詩人足稱雄才者，其遼東朱子潁乎？即之而光升焉，誦之而聲閎焉，循之而不可一世之氣，勃然動乎紙上而不可禦焉，味之而奇思異趣，角立而横出焉。其惟吾子潁之詩乎？子潁没而世竟無此才矣！

子潁爲吾鄉劉海峯先生弟子。其爲詩，能取師法而變化用之。鼐年二十二，接子潁於京師，即知其爲天下絶特之雄才，自是相知數十年，數有離合。子潁仕至淮南運使，延余主揚州書院，三年而余歸，子潁亦稱病解官去，遂不復見。子潁自少孤貧，至於宦達，其胸臆時見於詩，讀者可以想見其藴也。蓋所蓄猶有未盡發，而身泯焉。其没後十年，長子今白泉觀察，督糧江南，校刻其集，鼐與王禹卿先生同録訂之，曰海愚詩鈔，凡十二卷。

乾隆五十九年四月，桐城姚鼐序。

## 敦拙堂詩集序

言而成節，合乎天地自然之節，則言貴矣。其貴也，有全乎天者焉，有因人而造乎天者焉。今夫六經之文，聖賢述作之文也。獨至於詩，則成於田野閨闥無足稱述之人，而語言微妙，後世能文之士有莫能逮，非天爲之乎？然是言詩之一端也。文王、周公之聖，大、小雅之賢，揚乎朝廷，達乎神鬼，反覆乎訓誡，光昭乎政事，道德修明而學術該備，非如列國風詩采於里巷者可並論也。

夫文者，藝也。道與藝合，天與人一，則爲文之至。世之文士，固不敢於文王〔四〕、周公比，然所求以幾乎文之至者，則有道矣。苟且率意，以覬天之或與之，無是理也。自秦、漢以降，文士得三百之義者，莫如杜子美。子美之詩，其才天縱，而致學精思，與之並至，故爲古今詩人之冠。今九江陳東浦先生，爲文章皆得古人用意之深，而作詩一以子美爲法。其才識沈毅，而發也騫以閎；其功力刻深，而出也慎以肆。世之學子美者，蔑有及焉。且古詩人，有兼雅頌，備正變，一人之作，屢出而愈美者，必儒者之盛也。野人女子，偶然而言中，雖見録於聖人，然使更益爲之，則無可觀已。後世小才嵬士，天機間發，片言一章之工亦有之，而裒然成集，連牘殊體，累見詭出，閎麗璚變，則非鉅才而深於其法者不能，何也？藝與道合，天與人一故也。如先生，殆其是歟？

先生爲國大臣，有希周、召、吉甫之烈，鼐不具論，論其與三百篇相通之理，以明其詩所由盛，且與海内言詩者共商榷焉。

## 荷塘詩集序

古之善爲詩者，不自命爲詩人者也。其胸中所蓄，高矣，廣矣，遠矣，而偶發之於詩，則詩與之爲高、廣且遠焉，故曰善爲詩也。曹子建、陶淵明、李太白、杜子美、韓退之、蘇子瞻、黄魯直之倫，忠義之氣，高亮之節，道德之養，經濟天下之才，捨而僅謂之一詩人耳，此數君子豈所甘哉？志在於爲詩人而已，爲之雖工，其詩則卑且小矣。余執此以衡古人之詩之高下，亦以論今天下之爲詩者。使天下終無曹子建、陶淵明、李、杜、韓、蘇、黄之徒則已，苟有之，告以吾説，其必不吾非也。

適來江寧，識涇陽張君。君以累世同居義門之子，負剛勁之氣，兼治煩之才，雖爲一令，廿餘年屢經躓起，而志不可抑，今世奇士也，而耽於詩，政事道途之間，不輟於詠。出其詩示余。余以爲君之詩，君之爲人也。取君詩而比之子建、淵明、李、杜、韓、蘇、黄之美，則固有不逮者，而其清氣逸韻，見胸中之高亮，而無世俗脂韋之概，則與古人近，而於今人遠矣。

夫詩之至善者，文與質備，道與藝合，心手之運，貫徹萬物，而盡得乎人心之所欲出。若是者，千載中數人而已。其餘不能無偏，或偏於文焉，或偏於質焉。就二者而擇之，愚誠短於識，以爲所尚者，蓋在此而不在彼。惟能知爲人之重於爲詩者，其詩重矣。張君殆其倫歟？

## 香巖詩稿序

吾家渭川孝廉，灤州府君季子，於輩行余叔父也，而自少從余學爲文辭，相親愛甚，入京則館余舍。余歸相從，則十日而見嘗八九。日者舉族人才就衰，君方傑出，詞氣秀發，又通敏人事，有振興之望，君亦以自命也。乾隆三十九年，登順天府鄉薦，名著於京師，會稽梁相國尤愛之，然竟不獲一第以死。

乾隆四十年春，君自里中將應禮部試，余餞之於城北張氏園。大雪，松竹盡縞，酒中君淚下，曰：『先生四十四歲，棄官歸矣！某今逾先生棄官之歲，如此盛寒，方走三千里，俯就場屋，爲門户計，誠非得已！世事茫茫，安知所税駕乎？』君是年竟黜。歸二年，遭母氏張恭人艱。服終又一試，又黜，遂没京師僧舍，年五十。

又一年，其孤哀録生平所爲詩，曰香巖詩稿，俾余論之。余稍删定，存若干首。君詩多得古人清韻，不爲淺俗之言。其才於古文、經義、駢麗之文，無所不解，爲之皆有法度，而尤長者在詩。然亦恨人事擾之，苟極其才力，所至當不止此也。然於近之詩人，足以豪矣！有才若此而鬱鬱早終，當爲天下惜，豈獨姚氏哉！

乾隆五十五年七月朔，鼐書。

## 張宗道地理全書解序

自中原達乎冀北，地高而壤厚，喪親者雖未能慎擇而葬，尚鮮水蟻之憂，然而不若精鑑而慎擇之之爲善也，而况江、淮以南者乎？儒者欲安親體，必求免地下之患，苟非山川氣交，盤繞障護之美，患不得而免矣。夫山川之用在氣，人子安親，固非希爲富貴昌熾之計，然山川氣之所聚，亡者安則生者福，反是則禍，亦理之所必有。夫君子固不深希福利，然使葬失其道，而致衰敗絶祀之禍，亦豈人子情所安哉？以此論之，形家之説，雖孔、孟復生，不盡廢也。

余以求葬親故，頗觀覽形家言十數家，而以爲近世爲其説理當而辭明顯者，莫如張宗道。吾鄉章淮樹觀察，尤精其術，而亦取張宗道書，嘗爲解釋、推衍其旨；又於其言有誤失者，稍辨正之。形家之理，備於此矣。於是將刊行所解，以遺天下之爲人子欲葬親者。

夫惠迪吉，從逆凶，道也；擇葬地，以萃天地山川之氣，術也。術之至者，與道相成而不相害。吾觀觀察每爲親族交友擇地，予之財以葬，恤難而廣仁，非徒自喜其術而已。余嘗邀定先塋，屢煩跋涉，未嘗言瘁，詛有足動人子之心者。夫今之刊是書以裨益天下者，亦廣仁之事，惠迪之一端也，余安得不樂而爲之説也哉！

## 停雲堂遺文序

士不知經義之體之可貴，棄而不欲爲者多矣！美才藻者，求工於詞章聲病之學；强聞識者，博稽於名物制度之事，厭義理之庸言，以宋賢爲疏闊，鄙經義爲俗體。若是者，大抵世聰明才傑之士也。國家以經義率天下士，固將率其聰明才傑者爲之，而乃遭其厭棄。惟庸鈍寡聞，不足與學古者，乃促促志於科舉，取近人所以得舉者，而相效爲之。夫如是，則經義安得而不日陋？苟有聰明才傑者，守宋儒之學，以上達聖人之精；即今之文體，而通乎古作者文章極盛之境。經義之體，其高出詞賦箋疏之上，倍蓰十百，豈待言哉！可以爲文章之至高，又承國家法令之所重，而士乃反視之甚卑，可歎也！

皋蘭王誠亭先生，固秦中之聰明才傑士也。又當康熙時，世未甚厭經義，盡心爲之，其文亦既工矣，蓋異於今之所以得舉者也。後卒於山西，家貧子幼，其稿幾於湮没。今嗣孫光晟爲江寧尉，乃雕板傳之。以余持論素不厭棄經義也，來請爲之辭。余既欲以前輩之究心經義者導後之人，而又念王君能勤勤盡其心力，以揚先人之美，是亦可紀也，作停雲堂遺文序。

## 謝藴山詩集序

南康謝藴山先生，奮迹江湖、迴翔詞館者十餘年，出而分符秉節者又二十餘年。鼐初識之於庶常館中，時先生之年尚少，而文彩已雄出當世矣。自是與先生屢有離合，惟丙申、丁酉之歲，遼東朱子潁轉運淮南，邀鼐主梅花書院，適先生來守揚州。其時相從最久，遊蓋接影於山水之區。三人屢以酬詠相屬，先生才豐氣盛，鋭挺猋興，不可阻遏，非特如鼐輩者望而自卻，雖才雄如子潁，亦未嘗不以爲可畏也。然先生殊不以所能自足，十餘年來，先生之所造，與時俱進。

今者觀察河、淮，自定其詩集，成若干卷，而往時宏篇麗製，人所驚歎以謂不可逮者，先生固已多所擯去矣。夫豈非才高而心逾下，識精而志彌遠者歟？是以其詩風格清舉，囊括唐、宋之菁，備有閎闊幽深之境，信哉！詩人之傑也。

且夫文章、學問一道也，而人才不能無所偏擅。矜考據者，每窒於文詞；美才藻者，或疏於稽古。士之病是久矣。鼐於前歲見先生著西魏書，博綜辨論，可謂富矣。乃今示以詩集，乃空靈駘蕩，多具天趣，若初不以學問長者。余又以是知先生所蘊之深且遠，非如淺學小夫之矜於一得者。然則謂之詩人，固不足以定先生矣。

子潁自去淮南，奄終於京國。獨先生從宦益久，功名益盛，文章亦益多。今子潁遺集，得其子白泉觀察鐫板江寧，鼐方爲之序，而先生集亦適來。回憶疇昔往來兩君之間，盡覩文章之豪儁，日月逾邁，鶱僊如故，而兩君之集，將並大傳於時，與名其間，其爲可感歎而愧恧者又何如也！是爲序。

## 恬菴遺稿序

鄉之前輩，以文章稱而年與鼐接者十餘人。鼐自童幼受書一室，足希出户，苟非嘗至吾家者，率不得見。若望谿宗伯、龔參司業、南堂息翁諸先生，異鄉學者見其詩文，或生愛慕，恨莫接其形容，而惡知生同里閈者，固亦若是也？

汪稼門觀察之先君子恬菴先生，計其生之年，與鼐接之年也，而鼐未嘗見。觀察出其文，讀之清和恬雅，有越俗之韻，眞吾鄉前輩文也。余於是益歎昔者文學之盛，而怪今者之不繼，豈人不悦學，而吾邑之文將自是日衰耶？抑士有藏於室而吾不得識，亦如吾曩者與前輩不相遇者耶？不然，何今昔之殊也！

觀察承其家學，在官有廉靖之節，世推其賢。恬菴之文，因益聞於天下。其蓄深者其播遠，於理固然。吾將舉是編，爲里之羣士勸焉。

## 晚香堂集序

鼐世父薑塢先生，乾隆九年爲順天鄉試同考官，得長白永臥岡先生。先生後仕爲寧遠州刺史以没。其後數年，鼐爲禮部員外郎，而先生之兄尚書公領禮部，獲侍焉，因見尚書公之賢。又後廿年餘，先生之子小尹同知江寧府，鼐適在江寧，時與共語，於是又備知小尹之爲才也。獨於臥岡先生，生平未嘗相見。先生嘗一至桐城，謁吾世父於里，鼐適他出，惟世父語鼐：『永君伉直誠篤君子也。』洎既知小尹，小尹出其先君子之所爲詩曰晚香堂集見示。讀之得其度越流俗之概，音和而調雅，情深而體正，益以信吾世父之言不虚。其間亦屢有懷思薑塢先生之作，用情尤摯。回計臥岡先生之喪二十一年，而吾世父卒二十三年矣，因與小尹相對泫然。小尹之仕也，始亦自寧遠州徙官而來。寧遠之民，愛慕小尹，樂從其令，以謂『甚似昔使君，眞使君之子』。蓋先生遺愛在民若此。

先生國之世家，自尚書以往，並奮迹戎馬之間，立功疆場之外，入爲卿士，道光廊廟；而先生官止一州，蓋未竟其志業。況區區文墨辭翰之事，僅稱爲詩人，豈先生意哉？雖然，後之學者，欲知先生之志與人，讀其詩亦舉可想見云。

乾隆五十七年十一月，桐城姚鼐序。

## 鄉黨文擇雅序

婺源江慎修先生，修行鄉閭，講明六藝，博學精思，導啓滯霿，生則學者師焉，没而配食朱子。其生平著述，蓋百餘卷。嘗以諸生説論語鄉黨篇，尤多於古制不明，以後世所見，苟相附會，臆説淺妄，乃作鄉黨圖攷。又録前人鄉黨篇文，頗辨論其是非。其有題而文無足録者，乃自撰之，合三百餘篇。夫國家所以設經義取士之法者，欲人人講明於聖人之傳不謬而已。不達經説，而泛爲文，何取於是文哉？如先生著書録文，以明經爲志，良足輔助朝廷教士必使成學之意。其視流俗號爲選録文字者，猶塵堁也。

鄉黨圖攷昔已刻行。乾隆五十一年，大興朱石君侍郎典試江南，以過位章命題，士達於江氏説者，乃褒録焉。獨其鄉黨文存於里中，鬱而未發，異鄉士或聞而思見之。今婺源吴君□□將盡刻江氏遺書〔五〕，乃先出其鄉黨文，雕板以傳。用科舉之體制，達經學之本原，士必有因是而興者。余竊樂而望焉，因爲之序。

## 左筆泉先生時文序

左筆泉先生之文，沈思孤往，幽情遠韻，澂澹泬寥，如人入寒巖深谷，清泉白石，仰蔭松桂之下，微風泠然而至，世之塵壒不可得而侵也。

吾鄉前輩多文學之彦，而先生後出，先君子及世父編修府君皆友之如弟。編修府君嘗語人：『左君年少而才穎，極其所至，殆欲超越吾輩也。』鼐八歲時，從先君自城南移居城北，與先生爲鄰。時方侍盧先生館於鼐家，每日暮，則筆泉先生步來，與先君、方先生談説。鼐雖幼，心喜旁聽其論。筆泉尤善於吟誦，取古人之文，抗聲引唱，不待説而文之深意畢出。如是數年，鼐稍長，爲文亦爲先生所喜。又其後鼐遊京師，不第而返，先生招使課其諸子。鼐後成進士，從世父自天津歸，則先生築别業於媚筆泉，故自號筆泉。其時鼐孤，而方先生遠遊河、洛，先生邀編修府君及鼐遊於泉上。鼐歸爲作記，先生大樂而時誦之。余旋去里，又十年自京師歸，則編修府君與先生、方先生相繼喪矣。

先生雖文士，而才足有爲。其事父母孝，鄉舉入都，父母見其行，甚悲。故三試不第，遂不復往。爲武進教諭，太公一就官舍，不樂居，先生即稱病返。故不盡其才，以至於没。其居里，里人有事叩之，爲謀必當。爲文不甚愛惜，多聽人持去。今其子搜求所得才數十篇，而余少所見佳文，或軼不具。余年七十矣，執先生之文，追憶六十餘年之事如一日間，今惟先生家與余鄰居如故耳，乃悽然爲之序云。

## 徐六階時文序

前十年，余於里中始聞徐君六階之名，衆咸推其能文，後偶過張行可職方，值六階館於其家，爲訓職方之子，余因識之。其年甚少，而温良可親，余以器之。乾隆乙卯秋，六階乃舉於順天鄉試，余及鄉人皆爲之喜。逾年丙辰會試，六階不第，而遽得疾，亡於京師，年僅三十餘，妻子貧弱，鮮期功之親。今職方之子與其徒，悲傷其師之不幸，爲刻遺稿，欲以存六階於久遠也。

六階之文，與今世登第之能文者無以讓也。當明中葉，士始有文稿，以文稿傳者，皆善文士也。及國初，有不善文而倖第者，取諸生善文而身没者之文，據爲己有，亦刻爲稿。世之讀者，以謂是佳文，必宜成進士，而烏知爲是文者乃終身不遇哉？雖然，是其人雖不遇，而其文猶傳，猶爲不負其用心。近世天下都不復重爲文，登第者亦無事刻文稿，則不遇者之文尤湮没無由見於世矣。傷哉！

若六階，雖不成進士，而其文得其徒傳播之，猶愈於其竟泯也。悲夫！余爲敘之，或足慰六階於幽冥中乎？抑使列士聞之而嘅息也！

## 禮箋序

有人江海之深廣，欲窮探其藏，使後之人將無所復得者，非至愚之人不爲是心也。六經之書，其深廣猶江海也。自漢以來，經賢士鉅儒論其義者，爲年千餘，爲人數十百。其卓然獨著、爲百世所宗仰者，則有之矣。然而後之人猶有能補其闕而糾其失焉，非其好與前賢異，經之説有不得悉窮，古人不能無待於今，今人亦不能無待於後世，此萬世公理也。吾何私於一人哉？大丈夫寧犯天下之所不韙，而不爲吾心之所不安。其治經也，亦若是而已矣。

歙金蘂中修撰，自少篤學不倦，老始成書。其於禮經，博稽而精思，慎求而能斷。修撰所最奉者康成，然於鄭義所未衷，糾舉之至數四。夫其所服膺者，眞見其善而後信也；其所疑者，必核之以盡其眞也。豈非通人之用心、烈士之明志也哉！

鼐取其書讀之，有竊幸於愚陋夙所持論差相合者；有生平所未聞，得此而俛首悦懌，以爲不可易者；亦有尚不敢附者。要之，修撰爲今儒之魁俊，治經之善軌，前可以繼古人，俯可以待後世，則於是書足以信之矣。

嘉慶三年五月，桐城姚鼐序。

## 述菴文鈔序

余嘗論學問之事，有三端焉，曰：義理也，考證也，文章也。是三者，苟善用之，則皆足以相濟；苟不善用之，則或至於相害。今夫博學强識而善言德行者，固文之貴也；寡聞而淺識者，固文之陋也。然而世有言義理之過者，其辭蕪雜俚近，如語録而不文；爲攷證之過者，至繁碎繳繞，而語不可了當。以爲文之至美，而反以爲病者，何哉？其故由於自喜之太過，而智昧於所當擇也。夫天之生才，雖美不能無偏，故以能兼長者爲貴。而兼之中又有害焉，豈非能盡其天之所與之量，而不以才自蔽者之難得與？

青浦王蘭泉先生，其才天與之，三者皆具之才也。先生爲文，有唐、宋大家之高韻逸氣，而議論攷覈，甚辨而不煩，極博而不蕪，精到而意不至於竭盡。此善用其天與以能兼之才，而不以自喜之過而害其美者矣。先生歷官多從戎旅，馳驅梁、益，周覽萬里，助成國家定絶域之奇功。因取異見駭聞之事與境，以發其瓌偉之辭，爲古文人所未有。世以此謂天之助成先生之文章者，若獨異於人。吾謂此不足爲先生異，而先生能自盡其才，以善承天與者之爲異也。

鼐少於京師識先生，時先生亦年才三十，而鼐心獨貴其才。及先生仕至正卿，老歸海上，自定其文曰述菴文鈔四十卷，見寄於金陵。發而讀之，自謂麤能知先生用意之深，恐天下學者讀先生集，苐歎服其美，而或不明其所以美，是不可自隱其愚陋之識，而不爲天下明告之也。若夫先生之詩集及他著述，其體雖不必盡同於古文，而一以余此言求之，亦皆可得其美之大者云。

## 小學攷序

六藝者，小學之事，然不可盡之於小學也。夫九數之精，至於推步天運，冥測乎不得目睹之處，遥定乎前後千百載不接之時，而不迷於冥茫，不差於毫末，此術家之至學，小子所必不能也。夫六書之微，其訓詁足以辨别傳説之是非，其形音上探古聖初制文字之始，下貫後世遷移轉變之得失，此博聞君子好學深思者之所用心，小子所不能逮也。至於禮樂，則固聖賢述作之所慎言，尤不得以小學言矣。然而謂之小學者，制作講明者君子之事，既成而授之，使見聞之端於幼少者，則小子所能受也。今夫行萬里窮山海者，紀其終身之所履，艱危勞苦之所僅獲，以告於居不出於室中者，可以一日而盡得也。夫小學者，固亦若是而已。

秀水朱錫鬯檢討，嘗作經義攷，載説經之書既備，而不及小學。今南康謝藴山方伯，以爲小學實經義之一端，爲論經始肇之事。且禮、樂則言之大廣，射、御則今士所不習，九數則誠術家專門之所爲，惟書文固人人當解，學者須臾不能去，非專門之事也。前世好古之儒，固多究心於斯，至於今日，其書既衆，或因舊聞而增深，或由創得而遇古〔六〕，雖其間粹駁淺深，爲者或不必盡同，然而彼皆欲自爲其艱危勞苦，而授小子以逸獲之道，其人其志，固皆不可泯也。因輯漢以來言文字訓詁形音之書，至於今日英才博學所撰，舉載於編，凡若干卷，名之曰小學攷，以補朱氏之所未備。其言筆勢八法者，乃棄不録，以其無關於經學也。

攷成，以其書示某，某誠嘉方伯有不遺衆善採輯之美意，又以爲能盡大人君子之心，乃能授其教於小子。方伯之用心如此，異日助成國家禮樂之修，其亦有望也與！

嘉慶三年八月，桐城姚某序。

## 選擇正宗序

天下術家之言，必首以太歲爲重，餘術皆由太歲而生者也。有問於余者曰：『古太歲之法，因於歲星。歲星居所次辰，則太歲居辰之所合。星與太歲順逆行異，而合辰無貸。歲星歲一辰而微速，久則過辰，故有龍度天門之法，則太歲應之，百四十四年而超辰焉。自漢後，太歲失超辰法，是歲星太歲所居，辰不與合也，而術者以推吉凶，猶能驗乎？』余曰：『驗也。夫吉凶生乎氣，氣生乎神，神生乎人心。夫太歲非有形也，爲天之君神。夫人心所向者，則君也。今天下九州，人人心所執爲太歲在是辰者，則太歲在是辰矣。人心之所不超，則亦神之所不超，故以驗吉凶可也。雖然，又有道焉：天之道，神而不可盡測。其氣，時而至，時而不至。今夫盛暑南向，宜受氣熱矣，而累日北風，析析而涼者有之。隆冬北向，宜受氣寒矣，而累日南風，煦煦以温者有之。故天氣時而不至，雖以古測太歲之術甚密，而吉凶不必驗也。其氣時而至，雖以今測太歲術甚疏，而吉凶未嘗不驗也。君子知其不可拘，干禄不回，不失吾理，而於術家之言，亦不必故違其大忌而已。』

吾鄉章淮樹觀察多術藝，兼通形家日者之言，究心爲一書曰選擇正宗，以視余，俾爲之序。余不能盡通其説，而推淮樹著書之心，欲以爲人利而祛其害，其志甚美。乃以余夙所持論，書以爲之序云。

## 陳仰韓時文序

世之文士，以文進於有司，使一依古之格度，枯槁孤寂，與世違遠，以覬見賞於俗目，此亦不近人情之事矣。然遂背畔規矩，蔑理棄法，以趣時嗜，則必不可。譬如相人者，於儔類萬衆之中，求堯顙而舜目，龍章而鳳姿，然後許爲人，固不得也。若夫聳肩踰頂，隱口於臍，支離跛躄，而猶爲全人乎哉？酌古今之宜，審文質之中，内足自立，外足應時，士所當爲，如是而已。

休寧陳生仰韓，見余於江寧，惟余言之聽。其爲文體和而正，色華而不靡，足以自立，足以應時者也。然生從余遊十二年矣，而猶困於場屋。謂生文不善乎？不然也。謂其枯槁孤寂而大遠於時乎？亦不然也。夫草木之榮華，同本而遲速異時。夫守己不變以俟時者，此亦士信道篤、自知明之一端也。生尚終取余言乎哉！因以是書生文之首云。

校　記

〔一〕西　當據叢刊、備要本作「間」。

〔二〕「尤衆」下 叢刊、備要本多出三句：「然吾聞天下山水，其形勢皆以發天地之秘，其情性闔闢。」

〔三〕杉亭集刊此序文，末署「乾隆庚寅歲仲春，愚弟姚鼐撰」。

〔四〕於 當據梅本作「與」。

〔五〕□□ 備要等各本作「石湖」。

〔六〕遇 當作「邁」。

# 惜抱軒文集卷五

## 題跋

### 孝經刊誤書後

孝經非孔子所爲書也，而義出於孔氏，蓋曾子之徒所述者耳。朱子疑焉，爲之刊誤。夫古經傳遠，誠不能無誤也。然朱子所刊，亦已甚耳。夫其書有不可通者，非本書之失，後人離合其章者之過，而文有譌失不能明也。

漢藝文志云：『孝經古孔氏一篇，二十二章。其曾子敢問章爲三章。』夫孝之常，在於事親立身，而其極至於嚴父配天，故曾子敢問章義與首章之説相備。朱子中庸章句，以孔子言子、臣、弟、友之常，爲費之小，以舜、文、武、周公之孝，爲費之大。夫孝經亦猶是已。舉中庸之言孝，以釋嚴父配天之義，則知聖人論孝必極於是。以人子自盡之實，則匹夫啜菽而不爲不足；以其行於天下之量，則爲帝王制禮樂，皆備於孝之中。故曰義相備也。

子言：『天地之性，人爲貴。』至『聖人之德，又何以加於孝乎』，其辭盡矣。其下『故親生之膝下』，至『不敬其親而敬他人者，謂之悖禮』，自爲一章，以申『資於事父以事君而敬同』義也。自『以順則逆，民無則焉』，至『其儀不忒』，又爲一章，言君子苟不能自慎其威儀，而但以虚辭訓民，民必逆之；而滋爲凶德，縱能得志於民，而已實無禮以臨之，君子亦所弗貴，是以君子慎威儀。此章以申『非先王法服不敢服，非法言不敢道』義也。古孔氏分三章是也，而章首各有脱文，又『訓』誤爲『順』。儒者見其發句言『故』言『以』，遂聯屬之，而以『子曰』字寘『父子之道天性』及『不愛其親』之上，則失其所矣。

孝經後章之文，多以廣前章之義，但非必以經、傳分其次，亦不必拘拘比附也。若其辭有同於左傳者，蓋此固曾氏之書，而左傳傳自曾申，劉向别録記之矣，意或爲傳時取辭於是，未可知也。不幸孝經之文，譌脱不具。朱子覺此文義之不完，反不如左氏之可通，遂疑爲襲左氏也。其病亦由混合爲章者過也，若其首前儒所分爲七章者，朱子合爲一章，則説誠善，無以易矣。

夫儒者有德行，有言語、文學，苟非亞聖之才，不能備也。德行之儒或疏於辭，若坊記、表記、緇衣之類，每一言畢，輒引詩書文以證之，間有不甚比附而强取者矣，亦洙、泗間儒者之習然也。子思、孟子然後不爲是習，至荀子則亦有之矣。孝經引詩書亦頗有，然知其取義有疏密則可耳，而節去之恐未可也。

## 辨逸周書

世所傳逸周書者，漢藝文志載之六藝略尚書中，但云周書七十二篇，不云尚書之逸者，云孔子所論百篇之餘者，劉向説也。班氏不取，識賢於向矣。然吾謂班氏辨此亦未審。子貢曰：『文武之道，賢者識其大，不賢者識其小。』雖小而所傳誠文、武道，非誣也，誣則奚取哉！周之將亡，先王之典籍泯滅，而里巷傳聞異辭。蓋聞而識者，無知言裁辨之智，不擇當否而載之，又附益以己之私説。吾意是周書之作，去孔子時又遠矣，文、武之道固墜矣。

莊子言聖人之法，『以參爲驗，以稽爲決，其數一二三四是也』。此如箕子陳九疇及周禮所載，庶官所守，皆不容不以數紀者。若是書以數爲紀之詞，乃至煩複不可勝記，先王曷貴是哉？吾固知其誣也。

其書雖頗有格言明義，或本於聖賢，而間雜以道家、名、法、陰陽、兵權謀之旨。程寤、太子晉篇，説尤怪誕，殆非儒者所道。校書者宜出之六藝，入之雜家，乃爲當耳。宜依其本書名曰周書，雖與尚書周書名同，不害也。不當曰『逸』，云『逸』則附之尚書矣。

## 讀司馬法六韜

世所有論兵書，誠爲周人作者，惟孫武子耳，而不必爲武自著，若其餘，皆僞而已。任宏以司馬法百五十五篇入兵權謀，班固出之以入禮經。太史公歎其閎廓深遠，則其書可知矣。世所傳者，泛論用兵之意，其辭庸甚，不足以言禮經，亦不足言權謀也，且僅有卷三耳。

漢藝文志：吳起四十八篇，在兵權謀；尉繚子三十一篇，在兵形勢。今吳子僅三篇，尉繚子二十四篇。魏、晉以後，乃以笳笛爲軍樂。彼吳起安得云『夜以金鼓笳笛爲節』乎？蘇明允言：『起功過於孫武，而著書顧草略不逮武。』不悟其書僞也。尉繚之書，不能論兵形勢，反雜商鞅形名之説〔一〕，蓋後人雜取，苟以成書而已。

莊子載女商曰：『横説之則以詩、書、禮、樂，從説之則以金版六弢。』然則六弢之文，必約於詩、書、禮、樂者也。劉向、班固皆列周史、六弢於儒家，且云：『惠、襄之間，或云顯王時，或曰孔子問焉。』然其爲周史之辭，若周任、史逸之言無疑也；非言兵，亦無與於太公也。今六韜傲取兵家之説，附之太公而彌鄙陋：周之權曰鈞不曰斤；其於色曰玄，曰黑，曰緇，不曰烏。晉、宋、齊、梁間，市井乃有烏衣、烏帽語耳。而今六韜乃曰斤，曰烏。余嘗謂周、秦以降，文辭高下差別頗易見。世所謂古文尚書者，以他書事實證之，其僞已不可逃。然直不必論此，取其文展讀，不終卷而決知非古人所爲矣。蓋古書亡失，多在漢獻，晉惠、愍間，而好爲僞者，東晉以後人也。唐修隋書作藝文志，不知古書之逸，舉司馬法之類悉載之。顏師古注漢書，於六韜直以謂即今書。此皆不足以言識，至韓退之乃識古書之正僞，惜其於此數者，未及詳言之也。

漢書刑法志所載古井田出車之法甚詳，其文蓋出於司馬法，與包咸注論語辭同也。刑法志引其文備，故以六十四井出車一乘；别以三十六井，地當山川、沈斥、城池、邑居、園囿、術路，合之則百井。包咸引其辭略，故第言『成出車一乘』耳，其原出一也。作僞者其所見書寡於爲古文尚書者，故舉此及他經史明載之司馬法而併遺之。

## 辨賈誼新書

賈生書不傳久矣，世所有云新書者，妄人僞爲者耳。班氏所載賈生之文，條理通貫，其辭甚偉，及爲僞作者分晰，不復成文，而以陋辭聯廁其間，是誠由妄人之謬，非傳寫之誤也。賈生陳疏，言『可爲長太息者六』，而傳内凡有五事，闕一。吾意其一事言積貯，班氏已取之入食貨志矣，故傳内不更載耳。僞者不悟，因漢諸侯王表有『宫室百官，同制京師』之語，遂以此爲長太息之一。然賈生疏云：『令君君臣臣，上下有差。』已足該此義矣，不得又別爲其一也。

夫天子母曰皇太后，妻曰皇后。諸侯王母曰王太后，妻曰王后。雖武、昭以後，抑損宗室，終不改此制，何嘗爲無別耶？易王后曰妃，自魏、晉始。作僞者魏、晉後人，乃妄意漢制之必不可用耳。若諸侯王相用黃金印，固爲僭矣，故五宗王世易爲銀印，然吾以爲此亦未爲巨害。漢御史大夫秩中二千石，銀印青綬。張蒼以淮南王相遷爲御史大夫，周昌以御史大夫降相趙。高祖曰：『吾極知其左遷。』其時國相乃金印，此正如隋以來，外官章服，官品雖崇，而位絀於京職之卑品耳。是亦何必爲太息哉？

要之漢初諸侯王，用六國時王國之制，故其在國有與漢庭無別者若此。若皇帝，臣下稱之曰陛下，此是秦制，周末列國諸王所未有，則漢諸侯王必不襲用秦皇帝之制，而使其國臣稱曰陛下，而僞爲賈生書及之，此必後人臆造，非事實也。眞西山取新書是篇，欲以補賈生之疏，吾是以爲之辨。若其文辭卑陋，與賈生懸絕，不可爲量，則知文者可一見決矣。

## 讀孫子

左氏序闔閭事無孫武，太史公爲列傳，言武以十三篇見於闔閭。余觀之，吳容有孫武者，而十三篇非所著，戰國言兵者爲之，託於武焉爾。

春秋大國用兵，不過數百乘，未有興師十萬者也，況在闔閭乎？田齊、三晉，既立爲侯，臣乃稱君曰主，主在春秋時，大夫稱也。是書所言，皆戰國事耳。其用兵法，乃秦人以虜使民法也，不仁人之言也。然自是世言用兵者，以爲莫武若矣。

## 書貨殖傳後

世言司馬子長因己被罪於漢，不能自贖，發憤而傳貨殖。余謂不然。蓋子長見其時天子不能以寧静淡薄先海内，無校於物之盈絀，而以制度防禮俗之末流，乃令其民仿效淫侈，去廉恥而逐利資，賢士困於窮約，素封僭於君長。又念里巷之徒，逐取十一，行至猥賤，而鹽、鐵、酒酤、均輸，以帝王之富，親細民之役，爲足羞也。故其言曰：『善者因之，其次利道之，又次教誨之，整齊之。』

夫以無欲爲心，以禮教爲術，人胡弗寧？國奚不富？若乃懷貪欲以競黔首，悢悢焉思所勝之，用刻剥聚斂，無益習俗之靡，使人徒自患其財。懷促促不終日之慮，户亡積貯，物力凋敝，大亂之故，由此始也。故譏其賤以繩其貴，察其俗以見其政，觀其靡以知其敝，此蓋子長之志也。

且夫人主之求利者，固曷極哉？方秦始皇統一區夏，鞭箠夷蠻，雄略震乎當世；及其伺睨牧長寡婦之貲，奉匹夫匹婦而如恐失其意，促呰啜汁之行，士且羞之，矧天子之貴乎？嗚呼！蔽於物者必逆於行，其可慨矣夫！

## 辨鄭語

太史公曰：『左邱失明，厥有國語。』吾謂不然。今左氏傳非盡邱明所録，吾固論之矣。若國語所載，亦多爲左傳采録，而采之非必邱明也。又其略載一國事者，周、魯、晉、楚而已。若齊、鄭、吳、越，首尾一事，其體又異。輯國語者，隨所得繁簡收之，而鄭語一篇，吾疑其亦周語之文，輯者别出之者。

周自子朝之亂，典籍散亡，後之君子，掇拾殘闕，亦頗附會，非實喜言神怪。若周語房后爲丹朱馮，及是篇龍漦之説，何其誕耶！夫褒姒之事，鄭桓公所親見，如是篇史伯所述，後世紀前代之辭，非同時辭也。

鄭桓公周賢人也，而謂寄賄誘虢、鄶，取其地，用小人傾詐之術。且當西周時，史伯惡能知周必東遷，鄭必從之哉？此可謂誣善之辭矣。秦仲居幽王時，僅一附庸，不足云小國，而何以云國大？造飾之詞，忘其時之不合。以邱明君子，必不取也。

若鄭人爲鄭語，宜載有鄭東建國後之事。子産引鄭書『安定國家，必大焉先』，司馬叔游引『惡直醜正，實蕃有徒』。然則鄭固有語，輯國語者卒未得邪？

## 跋夏承碑

自漢以來，爲書者有隸書，或又言八分書。説者欲殊别之，辨之愈繁，愈使人茫然不得所據。吾謂八分止是隸書耳。衛恒四體書勢，古文、篆、隸、草書，四者而已，明八分在隸内也。然隸書自有三種之别：秦與西漢官俗所用，猶未有波磔，然不得謂之篆，止是隸書。其字形亦殊不正，眞所謂取便徒隸者也，是爲其一。東漢及魏，則波磔興矣，然尚無懸針之體，是爲其二。自晉以來，皆法羲、獻，有懸針、垂露之别。蓋創始於漢末，而大盛於二王，以至今日，是爲其三。其間貌别形殊，眞所謂變化如浮雲者，然一以此三者統之則盡矣，其中不容八分别爲體也。

蔡伯喈嫌世俗隸書苟簡謬誤，正之以六書之義，取於篆、隸之間，是謂八分。蓋所爭者，在筆畫繁簡得失之殊，而不在體勢波磔之辨。其謂之八分者，既爲隸體，勢不容盡合篆理，略用其十七八耳。亦如顔元孫所云『盡法説文，則下筆多礙』者也。故余嘗云：蔡伯喈爲漢八分，顔魯公書即可云唐八分，此與論筆法體勢者遠矣。衛恒云：『上谷王次仲善隸書，始爲楷法。』王次仲，未知何時人，然當在伯喈之前。楷法者，止言筆法之工拙，與八分論字形之正不，與六義離合者無涉。張懷瓘書斷，妄以次仲爲秦人，又謂『次仲作八分』，若以八分在隸外爲一體者。果若是，漢書六藝志中載六體書，何以遺漏八分邪？

歐陽公集古録凡漢碑字率呼爲漢隸，蓋伯喈惟書石經，當爲世則，字形必合典正，故取於八分。其尋常作書，亦或有出入。況他人所書碑石，舛失之字多矣。其中縱有能爲八分者，謂之漢隸，終不爲誤。若俗體漢隸，苟謂之八分，乃是誤也。齊、梁以下至唐人，往往言分書、眞書。其分書乃指波磔而不懸針者，聊與二王等眞書爲别異。此皆沿俗失其義，不若歐公稱漢隸之善，世反謂歐公誤以八分爲隸書，可謂倒易是非也。趙明誠云：『嘗出漢碑數本，示一士人：何者爲八分？何者爲隸？士人卒不能别。』不知八分本未嘗别於隸體也。

此夏承碑中，作字有甚得六義近篆者，亦有從俗舛誤者。然從其多者論之，固愈於漢人他碑作字舛俗極甚者，即謂此碑是八分書亦可。但未知是伯喈所爲不耳。至若鄭僑所云：『漢石經是隸體八分，夏承碑是篆體八分。』此乃不知而妄説，所謂使人茫然者也。

# 書考工記圖後

休寧戴東原作考工記圖，余讀之，推考古制信多當，然意謂有未盡者。東原釋車曰：『軫，謂之收。』此非也。記曰：『軫之方也，以象地也。』蓋軫方六尺六寸。記曰：『參分車廣之一以爲隧。』蓋以二尺二寸爲輿後，其前也其廣如軫，而深四尺四寸，以設立木焉，是爲收。詩曰：『小戎俴收。』毛公曰：『收，軫也。』謂輿深四尺四寸，收於軫矣，非謂軫名收也。古者之尺小，鞌之戰，綦毋張寓乘，韓厥肘之，使立於後。晉師入平陰，獲殖綽、郭最，衿甲坐中軍之鼓下。使軫深四尺四寸而已，此非四尺四寸所容也，故收非軫也。

夫車邸之四邊爲軫，後軫無立木，人所由登也。軫三面有立木者謂之軓。記曰：『軓前十尺而策半之。』此前軓也。版之前於前軓者曰陰，陰一而已。少儀曰：『祭左右軓。』軓有三面也。古大車轅上附輿，小車輈下附軸。其既駕也，輈附軸者上離輿七寸，揉而升之，踰軓及衡。不及軓七寸，而揉始焉。故記曰：『軓中有灂。』今圖謂軓爲陰，而揉輈自軓始，抑誤矣。

輿上以一木再揉而曲爲三，横居前曰式。其餘輿上巨木皆曰較。記曰：『參分式圍，去一以爲較圍。』又其餘細木爲欞，旁者曰輢，前者曰𨏔。故横木其高平於式而當式後，較也。注家謂之輢士𨏥車，其崇者輢而已。大夫以上飾車，衷甸重較，輢上二尺二寸，而設重較焉。左右衡較皆二，立較皆三，短其一，修其二。記曰：『以其隧之半爲之較崇。』謂重較也。天子重較則爲繆龍。荀子曰：『彌龍以養威也。』今戴君謂較輢不重者，失之矣。

凡戴君説考工車之失如此。其自築氏而下，亦間有然者。然其大體善者多矣。余往時與東原同居四五月，東原時始屬稿此書，余不及與盡論也。今疑義蓄余中，不及見東原而正之矣，是可惜也。

## 書夫子廟堂碑後

虞伯施夫子廟堂碑，無建立年月。觀其文内，蓋武德九年十二月建廟，次年爲貞觀元年，仲春廟成釋菜。又稱述太宗有『視膳問安』及『空山盡漠』等語，則知立碑必在李靖俘頡利之後，高祖未崩以前而爲之也。

當武后稱帝之時，磨去『唐』字，改題曰大周孔子廟堂之碑，故前署『司徒相王旦書碑額』，後復有『長安三年太歲癸卯金四月壬辰水朔八日己亥木書』，凡二十一字。黄山谷見榮咨道家所藏舊搨本如此。然史言是年三月，相王罷爲司徒矣。不知史誤耶？或山谷所記『四月』字非耶？貞觀立碑年月，是時既磨去，及文宗時，祭酒馮審又請琢去『大周』字及武后年號，而元建碑之年竟不能知，如今本是也。歐陽公集古録、趙明誠金石録，皆以此碑爲武德九年立，蓋失之。是碑宋初已毁壞，爲王彦超再建。文内『及金册斯誤』，『及』字誤爲『反』；『榮光幕河』，『幕』字誤爲『莫』，蓋再建時摹刻者失之耳。石既非舊，加又刓敝，至今執是以論伯施書法之妙，遠矣！聞今安徽巡撫閔公家藏古拓殘文，自集其字爲纂言。孔繼涑爲鉤本勒石，以一本贈余。余觀之，尚不如此石本。伯施書雖渾厚而有鋒鍔，王彦超摹刻，山谷固云不厭人意矣，若孔刻乃彌失之模稜爾。但未見閔藏本，不知究如何也。

曩時陳紫瀾宫詹見語云：『某王府有唐拓廟堂碑，後進入大内。』果然，亦可與山谷所見榮咨道家者抗行也。

## 何孺人節孝詩跋後

昔孔子删詩，鄘風首柏舟之篇。蓋春秋之時，禮教衰，風俗敝，女子若共姜者鮮矣，故聖人亟與之也。其後風俗益偷，若魯貞女、淮陽陳孝婦之倫，間稱於世。及宋時，儒者申明禮義之説，天下宗之，至於今日，女子皆知節行之爲美，若柏舟之賢者多矣。是何士大夫之德日衰於古，而獨女子之節有盛於周之末世也？

乾隆十五年，禮部議從江蘇巡撫奏，以天下爲節婦者衆，不可盡予旌表，乃别定爲格，如格者乃旌表，而女子之行，或出於人所難能，不幸不及格，有終不與於旌表者矣。然其實足以存教化，美風俗，君子樂得詠歌而稱道之，不繫乎旌與否也。

鳳陽何太孺人，少寡守節，育其遺孤，不幸孤子夭，自投於井，家人救出之，爲立嗣。嗣子長而又死，卒撫孤孫，今武清令何君也，與鼐爲同年友。京師士大夫以孺人節行尤異，多作歌詩以美之，何君以視余。詩曰：『無忝爾所生。』夫孺人高行明節，可以張之，以風乎天下之士君子，而況其子孫也哉！然則孺人之遺教遠矣。

## 劉念臺先生淮南賦跋尾

右山陰劉念臺先生淮南賦，蓋爲寶應劉練江先生作誄者也。兩先生之於爲儒，皆所謂篤行好學、守死善道者也。其相爲友，有不僅直諒多聞之爲益者矣。當萬曆中紀，朝廷政治大壞，念臺先生方出，而練江先生告歸於家，然皆内進修其德，而外繫心於天下之事，欲援手以救斯民者。念臺先生以行人出使過邗，方欲見練江先生，而先生已没，故其痛尤深。次年，使還又過邗，不勝其悲，私謚之曰貞修，而作此賦，因自書以貽其家人，此卷是也。

乾隆乙卯秋，練江先生之六世孫台拱，攜來江寧，出以示鼐。讀之，使人感懷悽愴，不能自已。又念先六世祖汀州府君，與念臺、練江兩先生，皆萬曆辛丑進士，卒皆爲名臣。俯以通家之情，仰增敬慕，用敢識詞於其後云。後學桐城姚鼐記。

## 方坳堂會試硃卷跋尾

乾隆三十六年會試，余與南康謝蘊山編修並爲同考官。蘊山得詩四房，余得禮記二房，皆居西序東向，坐最近，時每共語，得佳卷，或持與觀賞之。今觀察歷城方君坳堂，出於蘊山之房，余獲讀其文最先，及填榜始知其名。

其後余病歸，久之，來主江寧書院，時蘊山既外授，遷河庫道，去江寧三百里。坳堂觀察亦來江南，則居江寧，日夕相從，出其會試硃卷見示。余再讀之，因憶昔者兀坐終晷，握管披卷，時欣時厭，及獲於諸賢聚居言笑之狀，宛在目前，計去今二十二年矣！當時考官三人：諸城劉文正公，長白觀補亭尚書，武進莊方耕侍郎，皆已亡。同考官十八人，及今存者，余與謝觀察外，復四人而已。是科得才稱最盛，而當時登第烜赫有聲，若程魚門、周書昌、孔葓谷、洪素人、林於宣、孔撝約輩，今率已殞喪。況歲月悠悠，又自是以往者乎！因與坳堂語及愴然。坳堂才行逾人，不負科名，是卷固宜爲後世所寶貴，而余顧尤念者，今昔之情也。

同考官舊制用藍筆，是科以皇太后萬壽恩科，易之以紫，循用數科，升祔之後，復改從名。是皆二十年中科場儀制之小變，併記於是，俾後考求故事者知之。舊。又是時試帖詩題在第二場，房官以五經分卷，今則詩題移於第一場，而房官無五經之

## 十一世祖南安嘉禾詩卷跋後

先參政公當明中葉，以給事中出知南安，惠澤下流，祥瑕上應。成化二年，屬縣大庾有嘉禾之瑞，一時文士多爲歌詠，凡數十篇，而大庾蔣君銘爲之序。參政公既集而刻之石，又以其眞迹藏於家，閱今三百二十七年矣。所藏間有零失，弟壯亭收輯重裝之，凡得詩十六首。仰思先人仁賢清白之風，無忘後嗣夙夜繼紹之志。然則是卷也，在昔者爲國祥，在今茲爲家慶，夫豈特文章翰墨之事哉？子孫其世寶諸！

## 梅二如古文題辭

吾郡灊山有張立齋先生者，爲人純白清介，舉世間勢位利禄之事，無以動其心者，一以飭身稽古爲事，困而不改，耄而不倦，眞所謂君子儒也。宣城梅文穆公第三子鈖，字二如，學於立齋，矯然以節行自持，其人品蓋似其師。立齋頗好爲古文，見二如古文，喜以爲勝己。

梅君中庚午科副榜，與鼐爲同年，然初不及相知。君後從文穆公居江寧。乾隆四十三年，鼐偶以事至江寧，其時文穆已薨，於人家坐上一遇君而心重之，然忽忽別去。又後十餘年，鼐來主鍾山書院，則君已喪數年矣。江寧人每爲鼐述君之賢，思今不可復得也。乾隆五十九年八月，見君弟繼美，始得君文讀之，果有高格清氣，異於世之爲文者。然君不自意其早亡，爲文不自收拾，繼美鈔於散佚零亂之中，得二十餘篇。鼐取其尤善者，別鈔以付其家。

鼐家去潛山百二十里而不獲見張先生，唯其文自先生存時已雕板得見，然終以不遇其人爲恨。君家世有德行，文學自定九先生及文穆公所著書及文集，行於海內，鼐具讀之矣。若君年四十而喪〔二〕，既無立齋之壽以大著其名，而文又未刻。鼐苟非後至江寧，烏知君行之詳及文之善哉！君文太少，似不足名集。然世固有鈔取漢、魏以來名人文數首，輒以某集稱者，然則即以君集刊行亦可也。

## 孫文介公殿試卷跋尾

武進孫文介公萬曆二十三年殿試對策卷，公官禮部時，自取出以藏於家。嘉慶四年，余於公從七世孫淵如觀察處得觀之。賢哲翰墨，雖寸紙足貴，況其身所由始仕，而陳辭慷慨，切直忠藎之志，已見於此焉者乎？

文介書法，爲世所稱，董華亭亦嘗推之。方其登第時，年三十一，書猶未爲甚工，蓋暮年筆力轉進，又踰於少壯之迹。然如公德修節立，不愧始終，書小藝不足論，縱不能加益於其少時，亦何害乎？

卷内每行作三十二字。凡鄉、會試卷，皆有横直硃絲行，殿試卷但有直行而已。推立制之意，蓋以備士對策文有長短，則字從而疏密，無不可者。今時相習書殿試所對，率行二十二字，失爲法之本意矣。觀公此卷，足以知近時之失也。

六月二十八日，桐城姚鼐謹跋。

校記

〔一〕形　當據會文等本作『刑』。

〔二〕若　當據劉校本作『苦』。

# 惜抱軒文集卷六

## 書

### 答翁學士書

鼐再拜，謹上覃谿先生几下：昨相見，承教勉以爲文之法。蚤起，又得手書，勸掖益至，非相愛深，欲增進所不逮，曷爲若此？鼐誠感荷不敢忘！雖然，鼐聞今天下之善射者，其法曰：『平肩臂，正脰，腰以上直，腰以下反句磬折，支左詘右。其釋矢也，身如槁木。苟非是，不可以射。』師弟子相授受，皆若此而已。及至索倫蒙古人之射，傾首、欹肩、僂背，發則口目皆動，見者莫不笑之，然而索倫蒙古之射遠貫深而命中，世之射者常不逮也。然則射非有定法亦明矣。

夫道有是非，而技有美惡。詩文皆技也，技之精者必近道。故詩文美者，命意必善。文字者，猶人之言語也。有氣以充之，則觀其文也，雖百世而後，如立其人而與言於此；無氣，則積字焉而已。意與氣相御而爲辭，然後有聲音節奏高下抗墜之度，反復進退之態，采色之華。故聲色之美，因乎意與氣而時變者也，是安得有定法哉！自漢、魏、晉、宋、齊、梁、陳、隋、唐、趙宋、元、明及今日，能爲詩者殆數千人，而最工者數十人。此數十人，其體製固不同，所同者，意與氣足主乎辭而已。人情執其學所從入者爲是，而以人之學皆非也；及易人而觀之，則亦然。譬之知擊棹者欲廢車，知操轡者欲廢舟，不知其不可也。

鼐誠不工於詩，然爲之數十年矣。至京師，見諸才賢之作不同，夫亦各有所善也。就其常相見者五六人，皆鼐所欲取其善以爲師者。雖然，使鼐舍其平生而惟一人之法，則鼐尚未知所適從也。承先生吐胸臆相教，而鼐深蓄所懷而不以陳，是欺也，竊所不敢！故卒布其愚，伏惟諒察！

## 復張君書

辱書諭以入都不可不速，嘉誼甚荷！以僕駑蹇，不明於古，不通於時事，又非素習熟於今之賢公卿與上共進退天下人材者，顧蒙識之於儔人之中，舉纖介之微長，掩愚謬之大罪，引而掖焉，欲進諸門牆而登之清顯，雖微君惠告，僕固愧而仰德久矣。

僕聞蘄於已者，志也；而諧於用者，時也。士或欲匿山林而羈於紱冕，或心趨殿闕而不能自脱於田舍。自古有其志而違其事者多矣！故鳩鳴春而隼擊於秋，鱣鮪時涸而鮒鱔遊，言物各有時宜也。僕少無巖穴之操，長而役於塵埃之内，幸遭清時，附羣賢之末，三十而登第，躋於翰林之署，而不克以居，浮沈部曹，而無才傑之望，以久次而始遷。值天子啓秘書之館，大臣稱其觕解文字，而使舍吏事而供書局，其爲幸也多矣。不幸以疾歸，又不以其遠而忘之，爲奏而揚之於上，其幸抑又甚焉。士苟獲是幸，雖聾瞶猶將聳耳目而奮，雖跛躃猶將振足而起也，而况於僕乎？

僕家先世，常有交裾接迹仕於朝者，今者常參官中，乃無一人。僕雖愚，能不爲門户計耶？孟子曰『孔子有見行可之仕』，『於季桓子』是也。古之君子，仕非苟焉而已，將度其志可行於時，其道可濟於衆。誠可矣，雖遑遑以求得之，而不爲慕利；雖因人驟進，而不爲貪榮。何則？所濟者大也。至其次，則守官攄論，微補於國而道不章。又其次，則從容進退，庶免恥辱之大咎已爾。

夫自聖以下，士品類萬殊，而所處古今不同勢。然而揆之於心，度之於時，審之於己之素分，必擇其可安於中而後居，則古今人情一而已。夫朝爲之而暮悔，不如其弗爲；遠欲之而近憂，不如其弗欲。易曰：『飛鳥以凶。』詩曰：『印須我友。』抗孔子之道於今之世，非士所敢居也；有所溺而弗能自返，則亦士所懼也。且人有不能飲酒者，見千鐘百榼之量而幾效之，則潰胃腐腸而不捄。夫仕進者不同量，何以異此？是故古之士，於行止進退之間，有跬步不容不慎者。其慮之長而度之數矣，夫豈以爲小節哉？若夫當可行且進之時，而卒不獲行且進者，蓋有之矣，夫亦其命然也。

僕今日者，幸依聖朝之末光，有當軸之褒采，踴躍鼓忭以冀進，乃其本心，而顧遭家不幸，始反一年，仲弟先殞；今又喪婦；老母七十，諸穉在抱，欲去而無與託；又身嬰疾病以留之。此所以振衣而趦趄，北望樞斗而俛而太息者也。

遠蒙教督，不獲趨承，雖君子不之責，而私衷不敢安，故以書達所志而冀諒察焉！

## 復曹雲路書

鼐再拜雲路先生足下：數十年來，士不說學，衣冠之徒，誦習聖人之文辭，衷乃泛然不求其義，相聚臭首帖耳，哆口傅沓，迺逸迺諺，聞耆耇長者考論經義，欲掩耳而走者皆是也。風俗日頹，欣恥益非其所，而放僻靡不爲，使士服習於經師之説，道古昔，承家法，以繫其心，雖不能逮前古人才之美，其必有以賢於今日之濫矣。鼐少時見鄉前輩儒生，相見猶論學問，退習未嘗不勤，非如今之相師爲媮也。所謂『飽食終日，無所用心』者與！獨先生單心畢力於傳註，辨究同異，既老而不懈，説之矻矻然。雖未知於古學者何如，其賢於今之士不亦遠乎！

鼒居此一期矣，嘗苦無可與語者。聞先生之篤學著書，苟非居處閒遠之故，必將造而請觀焉。先生乃辱寓書而示以所爲説，不棄愚陋而欲因之求益，抑何任其幸且媿也！詩曰：『心乎愛矣，胡不謂矣！』鼒固不能爲益於先生，然而心之所蓄不敢不盡者，愛敬先生，謂不可類先生如今世俗倫也。夫聖人之經，如日月星之懸在人上，苟有蔽焉則已，苟無蔽而見而言之，其當否必有以信於人。見之者衆，不可以私意徇也。故竊以謂説經當一無所徇。程、朱之所以可貴者，謂其言之精且大，而得聖人之意多也，非吾徇之也。若其言無失而不達古人之意者，容有之矣。朱子説『元亨利貞』舍孔子之説者，欲以達文王之意而已。苟欲達聖賢之意於後世，雖或舍程、朱可也。

自漢以來，爲經説者已多，取視之不給於日。苟非吾言足發經意前人所未明者，不可輕書於紙。而明以來説四書者，乃猥爲科舉之學，此不足爲書。故鼒自少不喜觀世俗講章，且禁學徒取閲，竊陋之也。今先生之説，固多善者，然欲爲時文用之意存焉。鼒輒以硃識所善者，先生更自酌而去取之，必言不苟出，乃足爲書以視於後世。

鼒又聞之：『言之無文，行而不遠。』出辭氣不能遠鄙，則曾子戒之。況於説聖經以教學者，遺後世而雜以鄙言乎？當唐之世，僧徒不通於文，乃書其師語以俚俗，謂之語録。宋世儒者弟子，蓋過而效之。然以弟子記先師，懼失其眞，猶有取爾也。明世自著書者，乃亦效其辭，此何取哉？願先生凡辭之近俗如語録者，盡易之使成文則善矣。直諒多聞，益友之道也。鼐不足爲多聞，直諒雖不能逮，而不敢不勉，故盡言之如此。鼐自撰經義數十首，中乃有幸與先生意同者，今併寄一册，幸教其失。

賢從子謂杖履秋冬或來郡，然則不盡之意可面陳，兹略報鄙意。承自稱謂過謙，不敢當也。鼐再拜。

## 復汪進士輝祖書

六月某日，鼐頓首汪君足下：鼐性魯知闇，不識人情嚮背之變、時務進退之宜，與物乖忤，坐守窮約，獨仰慕古人之誼，而竊好其文辭。

夫古人之文，豈第文焉而已？明道義、維風俗以詔世者，君子之志；而辭足以盡其志者，君子之文也。達其辭則道以明，昧於文則志以晦。鼐之求此數十年矣，瞻於目，誦於口，而書於手，較其離合而量劑其輕重多寡，朝爲而夕復，捐嗜捨欲，雖蒙流俗訕笑而不恥者，以爲古人之志遠矣，苟吾得之，若坐階席而接其音貌，安得不樂而願日與爲徒也！

足下去鼐居千五百里，非有相知之素，投書致辭甚恭，惓惓焉欲得其言，以紀太夫人高節卓行。足下何所聞而爲是哉？海内文士，爲達官貴人甚衆，執筆爲太夫人紀述者亦甚衆，足下既求得之，今又以命僕，將足下不遺一士而以鼐備其目乎？抑遂以太夫人不朽之名冀之僕耶？

且古人之文，今人讀之或不識。以今人之道度古人，古人文之傳，特其幸耳。然則雖有如古人之文，其能不朽與不，未可知也。況鼐之不足比古人邪！雖然，推足下爲母氏之心，姑爲文以備衆士之列者，僕所不辭也。足下書來久矣，有犬馬之疾，今始閒，輒作記一首，寄請觀之。久未報，惟諒宥不宣。

## 復孔撝約論禘祭文

鼐頓首：去聖久遠，儒者論經之説，紛然未衷於一，而又汩於同異好惡之私心，以自亂其聰明，而長爭競之氣，非第殘闕之爲患而已。子曰：『多聞，擇其善者而從之。』又曰：『禮失求之於野。』夫於羣儒異説，擇善從之，而無所徇於一家，求野之義，學者之善術也。雖於古禮湮失之餘，亦終不能盡曉，然而當於義必多矣。

承教禘説，其論甚辨，而義主鄭氏，則愚以謂不然。禘之名見於禮經傳、春秋、國語、爾雅，未有云祀天者。禮記曰：『王者禘其祖之所自出，以其祖配之，而立四廟。』韋玄成釋之云：王者受命祭天，以其祖配，不爲立廟，親盡故也。所立親廟，四而已。玄成以是解禮記之義已僻矣，此班彪所謂不博不篤，不如劉歆者也。意玄成之爲此言，固非臆造，當時儒者固有以禘爲祭天神之解矣。玄成又引禮『五年而再殷祭，言壹禘壹祫也』。此亦當時儒者之説，蓋出於公羊經師。推是説固以禘爲宗廟之大祭，非祭天神也。惜玄成混引其辭，不能分别，擇其一是耳。

東漢而後，儒者説經之義，或繼或絶，或闇不章，而鄭氏獨著。鄭氏所受師説，同於玄成。夫以祖之所自出爲天，且人孰不出於天，何以别爲一王所自出？别爲一王所自出，則必如康成所用緯説感生靈威仰之類，而後足以達其義。故究韋玄成之解，必至於用讖緯而後已。然則禘説之失，萌於西漢之士，而極於康成之徒。西漢之士説非皆誤也，雖有是者，傳述之不明，而廢於無助也。夫逸禮尚有禘於太廟禮，安得如鄭説，以祭昊天於圜丘而謂之禘？果周以禘祀天，而以嚳配；孔子告曾子，宜與郊以稷配，明堂以文王配，並舉之矣，而反漏不言乎？禮記喪服小記、大傳兩篇，皆以説儀禮喪服者耳，因喪服有宗子適庶之禮異，故推其極至天子承祧，至禘而後止，何謂泛言及祀天乎？兩篇皆言『禮，不王不禘』，鄭君釋以祀天，不達經之本旨者也。且夫郊以祭天，其禮誠重矣；然自人鬼言之，則禘之祭祖所自出而以祖配，其禮專爲祖設者也，重在人鬼者也；郊祭天而配以祖，所重非在人鬼者也。故展禽之言禘先於郊，春秋外傳屢言禘、郊者以此，不可因是遂謂禘乃祭天神，與郊同義也。

當康成注周禮，知是説之不可通矣，亦謂宗廟之祀，有禘、祫、祠、禴、烝、嘗六者，然不能舉禘、祫之别。惟鄭司農注司尊彝，有云：『朝享、追享，謂禘、祫也。』夫王者先祖之於太祖，皆子孫也。子孫得朝於祖而合食，故祫謂之朝享。王者之追遠，未有遠於祖所自出者矣，故追享禘也。以是求之，司農之説當矣，而後鄭不達，顧捨而不從。及王子邕難鄭君，作聖證論，斷以禘爲宗廟五年之大祭，以虞、夏出黄帝，商、周出帝嚳，四代禘此二帝，是爲禘其祖之所自出，然後禘義大明。故究禘之論，仲師啓其萌，子邕暢其義，後儒所不能易已。

然鼐意子邕之説，亦有未盡。蓋王者，太祖以下皆其祖也。禘祭祖所自出，則其祖皆得配之，祫有不禘而禘無不祫，是以皆曰殷祭也。其祖皆殷祭而立廟者四，是謂『以其祖配之而立四廟』，言隆殺之分有如此，故雖有太祖之廟，而非其辭意所及也。非如玄成謂遠祖無廟，亦非如子邕言專以太祖一人配也。然子邕之言大旨善矣，後有執鄭君以難子邕者，皆好爲説而無從善徙義之公心者耳。

當明時，經生惟聞宋儒之説，舉漢、唐箋注屏棄不觀，其病誠隘；近時乃好言漢學，以是爲有異於俗。夫守一家之偏，蔽而不通，亦漢之俗學也，其賢也幾何？若夫宋儒所用禘說，未嘗非漢人義也，但其義未著耳。夫讀經者，趣於經義明而已，而不必爲己名；期異於人以爲己名者，皆陋儒也。撝約以爲然乎？鼐於義苟有所疑，不敢不盡，非有爭心也。苟不當，願更教之，得是而後已。鼐頓首。

## 復魯絜非書

桐城姚鼐頓首絜非先生足下：相知恨少，晚遇先生，接其人，知爲君子矣；讀其文，非君子不能也。往與程魚門、周書昌嘗論古今才士，惟爲古文者最少，苟爲之必傑士也，況爲之專且善如先生乎！辱書引義謙而見推過當，非所敢任。鼐自幼迄衰，獲侍賢人長者爲師友，剽取見聞，加臆度爲說，非眞知文、能爲文也，奚辱命之哉？蓋虛懷樂取者，君子之心；而誦所得以正於君子，亦鄙陋之志也。

鼐聞天地之道，陰陽剛柔而已。文者，天地之精英，而陰陽剛柔之發也。惟聖人之言，統二氣之會而弗偏，然而易、詩、書、論語所載，亦間有可以剛柔分矣，值其時其人，告語之體，各有宜也。自諸子而降，其爲文無弗有偏者。其得於陽與剛之美者，則其文如霆，如電，如長風之出谷，如崇山峻崖，如決大川，如奔騏驥。其光也，如杲日，如火，如金鏐鐵。

其於人也，如馮高視遠，如君而朝萬衆，如鼓萬勇士而戰之。其得於陰與柔之美者，則其文如升初日，如清風，如雲，如霞，如煙，如幽林曲澗，如淪，如漾，如珠玉之輝，如鴻鵠之鳴而入廖廓。其於人也，漻乎其如歎，邈乎其如有思，暖乎其如喜，愀乎其如悲。觀其文，諷其音，則爲文者之性情形狀舉以殊焉。

且夫陰陽剛柔，其本二端，造物者糅，而氣有多寡進絀，則品次億萬，以至於不可窮，萬物生焉。故曰：『一陰一陽之爲道。』夫文之多變，亦若是已。糅而偏勝可也，偏勝之極，一有一絶無，與夫剛不足爲剛、柔不足爲柔者，皆不可以言文。

今夫野人孺子聞樂，以爲聲歌絃管之會爾；苟善樂者聞之，則五音十二律必有一當，接於耳而分矣。夫論文者，豈異於是乎？宋朝歐陽、曾公之文，其才皆偏於柔之美者也。歐公能取異己者之長而時濟之，曾公能避所短而不犯。觀先生之文，殆近於二公焉。抑人之學文，其功力所能至者，陳理義必明當，布置取舍繁簡廉肉不失法，吐辭雅馴不蕪而已。古今至此者，蓋不數數得，然尚非文之至。文之至者，通乎神明，人力不及施也。先生以爲然乎？

惠寄之文，刻本固當見與，抄本謹封還。然抄本不能勝刻者。諸體中，書、疏、贈序爲上，記事之文次之，論辨又次之。鼐亦竊識數語於其間，未必當也。梅崖集果有逾人處，恨不識其人。郎君、令甥皆美才未易量，聽所好恣爲之，勿拘其途可也。於所寄文，輒妄評説，勿罪！勿罪！秋暑，惟體中安否？千萬自愛！七月朔日。

## 復蔣松如書

久處閭里，不獲與海内賢士相見，耳目爲之瞶霿。冬間舍姪浣江寄至先生大作數篇，展而讀之，若麒麟鳳皇之驟接於目，欣忭不能自已！聊識其意於行間，顧猶恐頌歎盛美之有弗盡；而其頗有所引繩者，將懼得罪於高明，而被庸妄專輒之罪也。乃旋獲惠賜手書，引義甚謙，而反以愚見所論爲喜。於是鼐益俯而自慙，而又以知君子之衷，虚懷善誘，樂取人善之至於斯也。鼐與先生雖未及相見，而蒙知愛之誼如此，得不附於左右，而自謂草木臭味之不遠者乎？『心乎愛矣，何不謂矣！』尚有所欲陳説於前者，願卒盡其愚焉。

自秦、漢以來，諸儒説經者多矣，其合與離固非一途。逮宋程、朱出，實於古人精深之旨所得爲多，而其審求文辭往復之情，亦更爲曲當，非如古儒者之拙滯而不協於情也，而其生平修己立德，又實足以踐行其所言，而爲後世之所嚮慕。故元、明以來，皆以其學取士。利禄之途一開，爲其學者以爲進趨富貴而已，其言有失，猶奉而不敢稍違之，其得亦不知其所以爲得也，斯固數百年以來學者之陋習也。

然今世學者，乃思一切矯之，以專宗漢學爲至，以攻駁程、朱爲能，倡於一二專己好名之人，而相率而效者，遂大爲學術之害。夫漢人之爲言，非無有善於宋而當從者也；然苟大小之不分，精麤之弗別，是則今之爲學者之陋，且有勝於往者爲時文之士，守一先生之説，而失於隘者矣。博聞强識，以助宋君子之所遺則可也，以將跨越宋君子則不可也。鼐往昔在都中，與戴東原輩往復，嘗論此事；作送錢獻之序，發明此旨，非不自度其力小而孤，而義不可以默焉耳。先生胸中，似猶有漢學之意存焉，而未能豁然決去之者，故復爲極論之。『木鐸』之義，蘇氏説，集注固取之矣，然不以爲正解者，以其對『何患於喪』意少遠也。至盆成見殺之集注，義甚精當，先生曷爲駁之哉？朱子説誠亦有誤者，而此條恐未悞也。望更思之！

鼐於蓉菴先生爲後輩，相去甚遠；於潁州乃同年耳。先生謂潁州曰兄，固於鼐同一輩行，而過於謙，非所宜也。客中惟保重，時賜教言爲冀！愚陋率達臆見，幸終宥之！

## 復談孝廉書

某頓首星符先生足下：前辱以辛楣先生説秦三十六郡事，與僕二郡説異，示以相較，甚喜。比未及詳答，今更考尋，知少詹言亦未審也。按秦始皇紀『分天下爲三十六郡』，在其二十六年；迄三十三年，略取陸梁地爲桂林、象郡、南海，是已爲三十九郡；至秦亡，時或更有分合，不知凡若干郡也。子駿、孟堅蓋已不能詳知，姑舉其初，曰：『本秦京師爲内史，分天下作三十六郡。』下遂及『漢興』云云。其説實有未備，不可拘守也。

僕考秦、楚間郡名，得四十餘。漢地志郡、國其有注云『秦置』者，凡三十六。少詹所舉，謂始皇所分三十六郡即是也，而桂林三郡在其中。其外史記紀秦昭襄王置黔中郡矣。陳涉世家云：『比至陳，陳守、令皆不在。』則知有陳郡矣。『丁疾等圍東海守慶于郯。』則知有東海郡矣。項羽紀：『趙將司馬卬定河内，故立爲殷王，王河内。』蓋秦有河内郡也。『田安下濟北數城。』留侯世家：『孺子見我濟北。』是濟北亦秦郡，故曹參定濟北郡也。至於鄣、東陽、膠東、膠西、博陽、城陽、衡山諸郡，皆名見楚、漢之交者。此或秦置耶？或楚、漢置耶？舉未可知。將以推始皇二十六年分三十六郡之數，惟南海、桂林、象郡必不當數之，少詹誤耳。其餘四十餘郡，不能定其決爲後置者何郡也。裴駰所舉三十六郡，與少詹互有短長。僕作二郡沿革攷時，姑因六朝人説，以鄣爲秦郡。究之秦初郡必不可指數，謂有鄣者未必非，亦未必是也。『多聞闕疑』，庶得之耳。尊著斗建考甚精當，然猶覺文太繁，減其大半乃善。餘當相見論之，不具。

## 與許孝廉慶宗書

正月行過敝邑，幸得見温然君子之容，心竊異其非恒士矣。車馬發後，取所著世室攷讀之，何其博洽辨達也！三月，鼐來江寧，攜入行笥，重繹執卷，敬歎累日。士牽於俗學，略能留意古箋註者，了不易得，况精思若此者乎！年二十許，所進已踰世耆宿，進而不止，至耆宿之年，絶出尚可量哉？何時當復見？當復更有示教者不？

至於審辨所説當不，必學有精博踰足下，或與足下比者，乃可決之。僕淺學蓋不任此，僕軥識文句之末而已。曾子問篇『當七廟五廟無虛主』，足下欲伸己説，以『當七廟』爲句，此非愚見所安。大抵古今之隔遠矣，議禮者非特漢以後不可合，雖周人之言亦或舛牙，必欲衷於一是，故難也。又内載朱子説，不應書名。二者幸更酌之！原本附還，千萬自愛！不具。

## 答袁簡齋書

前日承詢婦人無主之説，當時略以臆對。歸後復讀賜書，檢尋傳記，以攷其實。蓋以士大夫禮言之，非特婦人無主，雖男子於廟固亦無主也。以天子諸侯言之，則自漢以後，婦人於廟中有主，而周以前，則或有或無，未敢決焉。古人所重者尸祭。其依神者尸爲要，主非所必不可無也。

鄭康成注祭法，謂士大夫之廟無主，惟天子、諸侯廟乃立主。其説頗爲今學者所駁，而玫之於古則實然。孔子告曾子曰：『當七廟、五廟無虚主。』然則三廟、二廟、一廟者，固可虚無主矣。古聘禮：賓介所居館，皆士大夫之廟也。使有主之廟，而使人居之，將豫移主出乎？抑聽其人神之相瀆乎？賓主皆何以安焉？斯廟不設主之可徵者也。惟左氏載孔悝有取祏之事，此特末世之僭耳，非禮之正也。以禮之正言之，天子有日祭、月祀，諸侯亦月有告朔，故設官以日嚴奉其主爲宜。卿大夫之祭，於時疏矣。又位下，不能專立官以日典守，故廟中亦無常奉之主。且古人依神，所重亦不必以主也，故男子、婦人皆無主於廟，士大夫禮也。若天子、諸侯，廟中固必有主矣。

然主不書謚，雖漢猶然。婦人配祭，不專立尸，設同几以依神，則謂后夫人與君同一主，亦無不可者。至漢儀載：『天子主一尺二寸，后主七寸，在皇帝主右。』則婦人有主之事，至漢而甚明矣。不知自周、秦以來，所傳禮固然，漢乃因之耶？抑苐漢時人自爲之禮耶？此不可以臆決者也。若今世士大夫不以尸祭，廟中惟主爲重。主則書先人之爵與字，不可以云與妣共之。其必當立妣主明矣。

荀子『食魚泔之』之義，鼒意謂食魚易傷人者鱠也。泔之恐是漸之醯醬之類，以爲鱠耳。奥讀如燠，奥之則以火熟之矣。曾子殆傷昔奉父母時不聞此語，常以泔供饌，故泣也。然別無攷證，不敢信以爲是也。

『不逆薪而爨』者，言持薪必順其本末。此小事尚不肯逆，況爲暴乎？此解易了，但不知所出耳。來書云：『見南齊劉琎傳。』撿琎傳無此語，乃見宋書建平王宏傳，係琎上書申建平王景素之詞。其餘數條，鼒皆不能解。古事固難通，而傳書亦或有誤字也。謹就所見者上陳待教。少涼走候。不具。

## 再復簡齋書

士喪禮有重無主。若『虞主用桑，練主用栗』，乃是文二年，『作僖公主』公羊傳文，非言士禮也。何休引士虞記云：『喪主不文，吉主皆刻而謚之。』蓋爲禘祫時別昭穆也。此是禮之逸篇。題云士虞記，而中廣言天子、諸侯之禮，若士則安得有禘祫也？鼒前書所云不書謚，蓋誤以漢禮爲古禮，據是篇則古主有謚也。

左傳：『凡君薨，卒哭而祔，祔而作主。』杜元凱云：『言凡君者，謂諸侯以上，不通於卿大夫。』觀何、杜之注，皆與康成同意，則知康成言之不可易矣。

廟中有主，然不知次仲所言古禮耶？抑茀漢事耶？是猶不能明也。謹再復。

穀梁疏載：麋信引衛次仲云：『宗廟主皆用栗，右主八寸，左主八寸。』此亦言婦人於

## 再復簡齋書

兩札下問，愚淺不能具答，略以所明者上陳：古人以玄爲服采之盛。禮所云冕服，皆玄也。衣正色，裳間色，謂之貳采。惟軍禮乃上衣下裳同色，故曰袀服。宿衛之士，當用軍禮，衣裳同色，故趙世家有黑衣之列，其衣兼衣裳而名之也。周制軍禮韎韋之服，韎之爲色，在赤黑之間，不知趙左師所云黑衣者，即是周之韎耶？或玄衣玄裳耶？要之黑非賤服也。古帝王革命，雖有易服色之事，而要其大體，皆上玄而下纁黃，雖魏、晉而降，制猶存焉。隋人以宇文周尚黑，舉矯而變之，遂亦及於章服。自隋、唐以後，以紫緋爲品官上服，朝會皆衣之，無復尚玄之禮矣。

夫聖人制禮，其始必因乎俗，故曰禮俗。祭之有尸，始蓋亦出於上古之俗，而聖人因以爲禮，此亦仁孝之極思。使聖人生乎今世，天下但有厭祭而無尸矣，固必不更行設尸以祭之禮，然不可因此遂譏古人之爲謬也。尸蓋廢於秦世，秦戎俗也。然則設尸非夷禮，廢尸乃夷禮耳。凡祀天神無尸，而配者人鬼有尸。淮南子言『郊祭有尸』可也，然太公爲尸之

説，則不可信。郊祀稷尸，固宜以子孫爲之，何爲以姜姓乎？國語：『董伯爲尸。』晉之董姓，出乎辛有之子。意辛有乃夏子孫，故董伯爲鯀尸耶？然而不可攷矣。若夫感生之説，則緯書之妄，固不足述。猫虎之尸，亦説之者過耳。於理不應有也。

儒者生程、朱之後，得程、朱而明孔、孟之旨，程、朱猶吾父師也。然程、朱言或有失，吾豈必曲從之哉？程、朱亦豈不欲後人爲論而正之哉？正之可也。正之而詆毁之，訕笑之，是詆訕父師也。且其人生平不能爲程、朱之行，而其意乃欲與程、朱爭名，安得不爲天之所惡？故毛大可、李剛主、程綿莊、戴東原，率皆身滅嗣絶，此殆未可以爲偶然也。愚見如是，惟幸教之！尚熱，未敢走謁。謹復。

## 復休寧程南書

虙羲氏受河圖而畫八卦，禹得洛書而陳九疇，是其説本出劉歆，世儒或疑歆言不足憑。吾謂莊子有九洛之事，其言出歆前矣。歆説必有受，未可非也。宋儒所得河圖、洛書，傳自道家。夫禮失求之野，亦不得謂道家所傳，必非古聖之遺。故如歸熙甫輩，肆訾宋儒之非者，吾未敢以爲然也。

然吾謂有聖人之智，然後能見圖書而得卦、疇之理；苟非聖人，而推測言之，固未必當矣。就邵、朱之書，而決其必合於古聖人歟？否歟？斯非聖人不能定矣！非吾末學所敢論也。

且聖人之得於天者，有道焉，有機焉。道則列聖同其傳，機則聖各異其所取。虙羲與禹所見者道也，而所由悟者機也。夫易者，言道之書也，而聖人作易詞取象，則亦各因其時之機焉。文王所由取，周公或未及知；周公所由取，孔子或未及知。解易而强言其象之所由，皆不知道可明而機不可明之故。朱子本義置象不言，此朱子識之最卓，非漢以來諸儒所可及者。然則邵、朱所傳之圖書，即誠與虙羲、禹所見者纖毫無失焉，吾亦存之不言可也。

彼聖人與天契者，有機焉，作易以教天下之理，天下所必當知也；作易始發之機，天下所不必知，亦不可知也。食肉不食馬肝，未爲不知味。吾尊奉朱子而不言圖書，意蓋如此。今足下所著易，尤以言圖書爲事，此僕平生所不能解者，雖承下問，而無以對焉。

## 答魯賓之書

某頓首賓之世兄足下：遠承賜書及雜文數首，義卓而詞美，今世文士何易得見若此者！某之謭陋，無以上益高明，求馬唐肆，而責施於懸磬之石〔一〕，豈不媿甚哉！顧荷垂問，宜略報以所聞。易曰：『吉人之詞寡。』夫内充而後發者，其言理得而情當；理得而情當，千萬言不可厭，猶之其寡矣。氣充而静者，其聲閎而不蕩；志章以檢者，其色耀而不浮。邃以通者，義理也。雜以辨者，典章、名物，凡天地之所有也。閔閔乎聚之於錙銖，夷懌以善虚，志若嬰兒之柔，若鷄伏卵，其專以一，内候其節而時發焉。夫天地之間，莫非文也。故文之至者，通於造化之自然。然而驟以幾乎，合之則愈離。

今足下爲學之要，在於涵養而已。聲華榮利之事，曾不得以奸乎其中，而寬以期乎歲月之久，其必有以異乎今而達乎古也。以海内之大而學古文最少，獨足下里中獨盛，異日必有造其極者。然後以某言證所得，或非妄也。足下勉之！不具。

六月十七日，某頓首。

## 復秦小峴書

小峴先生觀察閣下：鼐蠢愚無所識，又以年老多疾，遂至廢學，爲海内賢士大夫所棄，宜矣。與閣下非有生平過從之舊，遠承賜書，殷勤垂問，見推過甚，恧然媿赧！固不敢議閣下之言爲無端，又安敢以所相望之深，謂必可以任也？

鼐嘗謂天下學問之事，有義理、文章、考證三者之分，異趨而同爲不可廢。一塗之中，岐分而爲衆家，遂至於百十家。同一家矣，而人之才性偏勝，所取之逕域，又有能有不能焉。凡執其所能爲，而呰其所不爲者，皆陋也；必兼收之乃足爲善。若如鼐之才，雖一家之長，猶未有足稱，亦何以言其兼者？天下之大，要必有豪傑興焉，盡收具美，能祛末士一偏之蔽，爲羣材大成之宗者。鼐夙以是望世之君子，今亦以是上陳之於閣下而已。

往時江西一門徒取鼐文刻板，鼐意乃不欲其傳播，屬勿更印，故今絶無此本子。惟四書義乃鼐自鐫，其板在此，今輒以兩部奉寄。經義實古人之一體，刻震川集者，元應載其經義；彼既録其壽序矣，經義之體不尊於壽序乎？

胡雒君在會稽當佳，孝廉之舉不得，亦不足恨耳。此間常與鄒先生相見，因以略知近祉，相望殊切企慕，略報不宣。

## 復東浦方伯書

四月二十三日，姚鼐頓首奉書東浦先生閣下：得前月二十七日賜書，伏悉近祉，慶慰！慶慰！所諭論文之旨，反覆數百言，詞氣雄逴，而又深盡文章之奥秘，雖於鼐有見許太過之謬，而於立論鑑古之精，兩不相妨也。世之爲學者多矣，其所得高出千萬人之上者亦有之矣。若先生之識，不與今之出千萬人之上者並，而當於千百年中數古人期也。鼐以生平用心所隱，冀相知於不可知之異世者，而竟得於同時乎！以四海之廣，悄然相望於曠邈泬寥之中，有不使更感歎而增欷者乎！先生文亦自非今世所有，特爲之不多耳，然亦何必以多貴乎？

韓理堂、魯絜非文，略如來諭。絜非後日之文，乃更不逮舊刻之文。昌黎云：『無慕於速成，無誘於勢利。』凡爲文始善而終衰者，大率病此耳，可太息也！陳石士前月末自此往蘇州，云將謁閣下，必已過。其人可謂有志意矣，其必成與否，尚未敢決知耳。

示詩三十餘，大抵蒼勁入古，已併入大集内矣。鼐詩集近亦刻成，謹以一部呈教。此間可與言者，僅毛俟園一人。其言詩文貴當者立碎，果爲名論。先生所作，時有此境，而尚不能盡然，況如鼐耶？賤狀略如曩昔，率復併候不具。

校　記

〔一〕石　當據劉校本作『室』。

# 惜抱軒文集卷七

## 贈序

### 送右庶子畢公爲鞏秦階道序

陜、甘古雍州，於九州最大。其西、北兩邊，緣河、隴之外，地比接乎戎夷。今皇帝即位，方内艾寧，乃以師定準噶爾，禽大、小和卓木，取烏什。中國師行之道，芻餉之運，前後數年，皆出於陜、甘。上軫念陜、甘之民，爲數免其供賦焉。大功既成，闢地廓遠，駐師以爲守，屯田以爲食，有不足用，轉移以資給，是以陜、甘設新疆經費之局。

夫吏臨所治，安氓俗、頒政教而已。而陜、甘之吏，疇畫顧及萬里之外。然則國家選人，西北較重三方，亦其宜也。

三十二年冬，命右庶子畢公爲鞏秦階道。公材高而容衆，資厚而善文。庶子之職，自明以爲相階。今一旦出爲外吏，士大夫不以爲憾而以爲慶，知西北重地而上嚮賴公之意甚殷故也。

隴、洮南轉，包、氐故居，帶挾羌、渾，種性雜殊。夫兼植異類，而内民不改樂業者，所以稱上仁安疆埸也。公其建德於兹，而後入爲輔相，天下乃謂上之進公，非不試而用者已。

## 送龔友南歸序

龔君劍戍居江南之宜興，有園田在焉。其來京師，每爲余道宜興山水之勝，而自言其樂思於此也。余曰：『昔者孔子取狂狷之士。狂狷者，慕古之人而不同乎流俗，故鄉原絶而譏之。今子材甚美，志甚高，論甚峻，近乎狂狷而將蒙譏者也。京師中豈宜是哉？其思自放於山水固宜也。』

今年冬十月，龔君一日過别余曰：『吾將隨吾父歸陽羡之居，逾年將復見子於此。』夫以龔君之逸才曠志，將處迹乎山谷之間，歌詠乎風雲，狎友乎魚鳥，余與龔君相别之日則長矣，而龔君顧樂之，若猶將復來此也，則余與龔君相别之日短矣，而竊恐君之不欲。雖然，如君年富而質美，進修而日强，且志日慕乎道德之盛。夫道德之盛者，不傲世而立名，不離物而矜己，謙而光，偕乎俗而不流。如是者，夫焉所處而不宜？君其一旦自江南而返乎京師，使君之學進乎古人，而德足信乎天下，復與余歡然相聚於此。然則君今者適乎江南山水之樂，其樂猶淺也。

龔君之行，其友皆作歌詩以送之。余更欲其更進於道也，而别爲之序。

## 贈孔攜約假歸序

自周衰至今，垂二千年，古帝王之後，覆墜泯絶者，不可勝數。獨孔子後嗣，歷代有封爵，進而益崇，若聖人常在世者然。士大夫過曲阜孔氏，無論新故，必加敬愛，如恐弗及。豈孔子子孫人人賢哉？尊慕者深，則推及其遺體也遠。吾因是知古封建世及之法，當乎人心，由之足以維繫後世畔散乖異之羣，而使之不忍去，其道亦猶是也。

國家重德而尊師，加禮聖裔，典逾前代遠甚。惟禮部會試，黏名拔之，孔氏試者雜於儔人之中，欲加意而莫由。於是有間數十年無孔氏舉進士，則天下歉然。前年春恩科會試，前衍聖公之孫孔君攜約與其從叔名繼涵皆得舉，攜約又選入翰林。天下不以爲孔氏榮，而以爲朝廷慶，雖余固亦樂之也。人情好惡殊異，選舉雖至公，未必人皆謂善；若天下樂之，因爲國獲得人之譽，其於選舉之道不尤盡乎？

然吾聞士之自待，與人之所以待己者不同。攜約年僅二十而有高才，廣學而遠志，蘄爲古人而不溺於富貴。然則其必不以人之所以樂之者自樂也。傳曰：『莫知其苗之碩。』

何也？誠愛之深也。余誠無狀，然愛撝約之深，殆未有若余者。夫器莫大於不矜，學莫善於自下，害莫深乎侮物，福莫盛乎與天下爲親。言忠信，行篤敬，本也；博聞，明辨，末也。今夫豫章松柏，託乎平地，枝柯上干青雲；依於危碕，岸崩根拔而絶，土附之不足也。以天下愛敬孔氏，而加以撝約之賢，未嘗不益重也，慎其所以自附者而已！

今年春，撝約以親疾假歸省焉。其行也，官於朝者皆眷然不欲離，余乃别爲之説以贈。乾隆三十八年二月，桐城姚鼐序。

## 贈錢獻之序

孔子没而大道微，漢儒承秦滅學之後，始立專門，各抱一經，師弟傳受，儕偶怨怒嫉妬，不相通曉。其於聖人之道，猶築牆垣而塞門巷也。久之通儒漸出，貫穿羣經，左右證明，擇其長説；及其敝也，雜之以讖緯，亂之以怪辟猥碎，世又譏之。蓋魏、晉之間，空虛之談興，以清言爲高，以章句爲塵垢，放誕頽壞，迄亡天下。然世猶或愛其説辭，不忍廢也。自是南北乖分，學術異尚，五百餘年。

唐一天下，兼採南北之長，定爲義、疏，明示統貫，而所取或是或非，未有折衷。宋之時，眞儒乃得聖人之旨，羣經略有定説；元、明守之，著爲功令。當明佚君亂政屢作，士大夫維持綱紀，明守節義，使明久而後亡，其宋儒論學之效哉！

且夫天地之運，久則必變。是故夏尚忠，商尚質，周尚文。學者之變也，有大儒操其本而齊其弊，則所尚也賢於其故，否則不及其故，自漢以來皆然已。明末至今日，學者頗厭功令所載爲習聞，又惡陋儒不考古而蔽於近，於是專求古人名物、制度、訓詁、書數，以博爲量，以闚隙攻難爲功，其甚者，欲盡舍程、朱而宗漢之士，枝之獵而去其根，細之蒐而遺其鉅，夫寧非蔽與？

嘉定錢君獻之，强識而精思，爲今士之魁傑，余嘗以余意告之而不吾斥也。雖然，是猶居京師厖淆之間也。錢君將歸江南而適嶺表，行數千里，旁無朋友，獨見高山、大川、喬木，聞鳥獸之異鳴，四顧天地之内，寥乎茫乎，於以俯思古聖人垂訓教世先其大者之意，其於余論，將益有合也哉？

## 贈程魚門序

余初識魚門於揚州人家坐上，白晳長身美髯，言論偉異，自是相愛敬。魚門來官京師，乃益親。去歲同纂四庫全書，因日日相見，至今歲，余始將去。余與魚門一別於揚州。後六年，余由京師歸家，别於京師。後又六年，魚門南遊江、淮，轉入梁、宋，復别余去。後四年至今日，前之別皆未幾即見，今之去，其見時未可期也。

余幼於魚門十四歲。始相識，余年二十八，今逾四十，多羸疾，思屏於江濱田間以自息。魚門意氣亦不如故，修髯蒼蒼大半白，相對言今昔事，有足慨者。人欲握手交歡，杯酒道款曲，則鄉里親舊多有之；至縱横往復古今賢士術業，言足起人意，非遇海内豪傑之士不可得也。是以今者，余益有慕乎魚門。

夫士處世難矣！羣所退而獨進，其進罪也；羣所進而獨退，其退亦罪也。天地萬物之變，人世夷險曲直好惡之情態，工文章者必決摘發露至盡。人匿其情久矣，而或宣之，宜有見惡者矣，況又加之以名稱邪！往時大學士劉文正公，嘗太息魚門之才，而惜其爲名士。夫魚門行與學甚敦美，與名相副，名何足爲魚門病？抑吾聞之：物求而致之者，不若不求而致之之安也。魚門處盛名之下、車馬塵雜之間，其將釋知遺形，超然萬物之表，有若聲華寂滅、遺人而獨立者也。然則魚門終免世網羅繒繳之患也已！

## 贈陳伯思序

周衰而莊周、列禦寇之言興。蓋古帝王之時，民皆有淳德，聖人謂無以持之也，道以仁義，養以禮樂文章，使民始於忠信而成於禮。若周、禦寇所云『大人至德』者，聖人乃以爲教之質也。去古既遠，功利狙詐益用，二子始欲一返乎質，使人各全其眞，其言雖不中，捄世之心，可謂切矣！自周及魏、晉，世崇尚放達，如莊列之旨。其時名士外富貴、淡泊自守者無幾，而矜言高致者皆然，放達之中，又有眞僞焉，蓋人心之變甚矣！

昌平陳君伯思，其行不羈，絶去矯飾，遠榮利，安貧素，有君子之介。余謂如古眞德而可進乎聖人之教者，伯思也。國家設百官，以治庶事，伯思處曹司，温温無所辨，不爲能吏。嗟乎！使今之在官者皆伯思若也，則治亦大矣。伯思友余時年二十許，今又二十餘年，德與年日新者，余所望於伯思也。以魏、晉之賢自處而安乎故者，陋也。久與遊將别，思有以慰且勉之者，余之衷也，故述是説進焉。

# 惜抱軒文集卷八

## 壽序

### 劉海峯先生八十壽序

曩者鼐在京師，歙程吏部、歷城周編修語曰：『爲文章者，有所法而後能，有所變而後大。維盛清治邁逾前古千百，獨士能爲古文者未廣。昔有方侍郎，今有劉先生，天下文章，其出於桐城乎？』鼐曰：『夫黄、舒之間，天下奇山水也。鬱千餘年，一方無數十人名於史傳者。獨浮屠之儁雄，自梁、陳以來，不出二三百里，肩背交而聲相應和也。其徒徧天下，奉之爲宗。豈山川奇傑之氣有蘊而屬之邪？夫釋氏衰歇則儒士興，今殆其時矣！』既應二君，其後嘗爲鄉人道焉。

鼐又聞諸長者曰：『康熙間，方侍郎名聞海外。劉先生一日以布衣走京師，上其文侍郎。侍郎告人曰：「如方某何足算邪？邑子劉生，乃國士爾！」聞者始駭不信，久乃漸知先生。』今侍郎没，而先生之文果益貴。然先生窮居江上，無侍郎之名位交遊，不足掖起世之英少，獨閉户伏首几案，年八十矣，聰明猶强，著述不輟，有衛武懿詩之志，斯世之異人也已！

鼐之幼也，嘗侍先生，奇其狀貌言笑，退輒仿效以爲戲。及長，受經學於伯父編修君，學文於先生。遊宦三十年而歸，伯父前卒，不得復見，往日父執往來者皆盡，而猶得數見先生於樅陽。先生亦喜其來，足疾未平，扶曳出與論文，每窮半夜。

今五月望，邑人以先生生日爲之壽。鼐適在揚州，思念先生，書是以寄先生，又使鄉之後進者聞而勸也。

## 書制軍六十壽序

大司馬制府書公紱庭先生，自其先相國藩屏江南之時，從於官署，趨庭之暇，以偉材明識，佐成善治，而因習知江南之民俗。其後以忠孝入侍禁垣，以勳績外著徼塞，而天子知其才德之閎，尤熟於江南之治，命撫安徽，擢督三省，皆嗣相國之故迹。公整身秉義，以率列城之吏，殫心悉謀，以圖數千里之政。法令不苛，而治績日茂，爲時益久，民心益仰戴親樂之。至於今歲，公俯臨江南者十年，而維秋八月，降崧之壽亦六十矣。

昔周公、召公，分主東西陝，始自文王之時，及於成王，則君陳繼周公爲尹，而召公受任，逮於康王，年幾百歲。周、召之治，皆前後數十年，此周治所以盛也。今聖人臨馭宇内，備文、武、成、康創守之道，亦且兼有其前後累洽之年矣，而督治三江者，自中原而包有吴越，猶周、召分陝之職，公實以父子相繼居之，譬若周公、君陳焉。至其莊敬日强，任劇煩而不倦，精神方富，耆艾壽考，必且同於召公。然則以一人之身，將兼有周、召之美。若是者，豈獨公一身之庥嘉哉！夫亦我國家之盛事也。

然公持清介之節，葆儉素之風，設弧之辰，方親詣河、淮，以防秋水之至，誡屬吏無敢爲慶祝之禮。至於閭巷之間，歎美者盈途，頌禱者在室，而固不敢以陳於左右也。

鼐聞之豳風：古豳民頌其國侯，有躋公堂稱兕觥而祝無疆之壽者。今公世治江南，固猶古諸侯之嗣職，而凡厥吏民，各懷躋堂稱觥之思久矣。特公謙懷儉德，不使其下得爲耳，然其意不可不著也。鼐江南庶民之一，實與億兆同心，又欲附古詩人之意，謹述而爲之序云。

## 陳約堂六十壽序

始者予在京師，獲知於新城陳觀察伯常，得聞其考凝齋先生之賢，其後遂拜凝齋先生於南昌，粹乎君子德人之容也。後予再入京師，乃遇約堂先生，爲觀察之弟，仕於兵部，望其狀，知其爲人足嗣父兄矣，而顧不常見。

其後十餘年，鼐歸江南，新城魯君絜非示予所爲文，中記約堂在鄉里，爲義田、義倉恤民之事十餘端，而志若未足，其仁心如此。時約堂已來爲守太平，問諸太平之人，曰：『太守之撫吾民，如其邦族焉。』後又數年，予來江寧，遇約堂於江寧。既而約堂命其少子用光碩士，來從予學爲古文。碩士年少，才駿而志遠，固世之異士也。其時約堂長子，以爲四庫書勞，賜舉人，當補京職，而觀察之孫既成進士入詞館矣。甚矣！陳氏之多才也，蓋天固相其家而興之，而亦其累世仁德篤行之蓄，有以致之矣。詩有之曰：『樂只君子，遐不黄耇？樂只君子，保艾爾後。』夫貽德於後，美矣！而身以黄耇得躬見之，則尤人之所樂得，如詩之頌君子，抑何盡乎人情也。今陳氏世德相承，固古所謂『樂只君子』者矣。維諸少年之興，凝齋先生與觀察不逮見，而約堂於政成名立之時，日見其子孫繼登之美，由是日引而未艾，是古之善頌而不可必得者，而約堂獨得之也，可不謂盛乎！

歲之正月，爲約堂六十壽辰，碩士求余言持歸爲親壽。余以世俗之爲壽者，必曰神仙，昔凝齋先生嘗爲仙説，斥其陋矣，不足爲約堂道，俾碩士誦詩以侑觴焉其可也。

# 陳東浦方伯七十壽序

昔昌黎韓文公之論爲詩曰：『歡愉之詞難工，愁苦之言易好。』故世謂唐詩人罕達，獨高常侍稱爲作詩之顯者而已。其後歐陽永叔因亦有『窮而後工』之説，世多述焉，或以爲是不必然。夫詩之源必溯於風雅，方周盛時，詩人皆朝廷卿相大臣也，豈愁苦而窮者哉？鼐嘗思之：當文、武、成、康爲治，周、召之倫，陳述祖宗，援引興亡，以爲教諫，憂危恐懼之意常多。逮宣王中興，尹吉甫之徒，於君友閒誼兼規勉。是雖處極治之時，其詞固不得苐謂爲歡愉矣。若夫爲歡愉之詞，魚麗、蓼蕭、菁莪、魚藻之篇，寥寥數言，不足以發爲詩之極致。然則詩人誠不必盡窮，而歡愉之詞不如愁苦，其説上推之六經，卒無以易也。

潯陽陳東浦先生，少爲詩人，實配盛唐之雄傑，秉節方面，則嗣周室之旬宣，固兼孔門之政事、文學，而爲詩人之達者也。今秋七月，先生七十初度，吏民蒙德者，無不爲先生慶，而先生方勤思國事，慇念民瘼，未嘗少自暇逸，歡愉之説，靡得進焉。鼐謂此先生德業之所以隆，亦先生詩所以美也。是以援韓公之論，證之周、召、吉甫，以請於先生。蓋衛武公年八九十，而爲抑戒，而召公矢音卷阿，年逾百歲，爲古詩人之壽，而道光於天下後世，此鼐所以祝於先生者。若夫白樂天、陸務觀之倫，雖亦詩人之多壽，而不足爲先生道矣。

## 家鐵松中丞七十壽序

維歲乙卯春二月，吾兄鐵松先生，由廣西巡撫移臨雲南，於故事當覲於朝，會黔中有疆場事，吾兄當助籌糧運以應軍興，將待胥靖而後請覲焉。是夏六月，先生七十初度，以國事方殷，幕府之前，命無得以祝壽言者，而吾嫂方夫人及其子伍祺，方留任家事於里。方夫人慈和惠愛，幼先生一歲，來年五月，亦七十矣。伍祺將進觴於室，且以寄祝於先生，而俾鼐爲之辭。

鼐聞之詩曰：『汎汎楊舟，紼纚維之。』此言諸侯佐天子任民事，如將舟者，必有維楫之勞也。既而曰：『優哉游哉，亦是戾矣。』言既勤勞之後，則道洽治成，優遊無事，以造於天子之朝也。吾兄早居繁劇，屢任封疆，宣力奏績，感激知遇。今以七十之年，精力方剛，許國之情彌厲，忘家之節愈堅，非所謂『紼纚維之』者乎？所治事寧，將趨闕下，優游是戾，當其會矣；而吾兄不敢亟言優游，唯盡力於勤勞，則誠忠孝之志也。

仰維聖人臨馭，重熙而久治，海内鼓舞於萬壽無疆之樂，而大臣蒙錫福而佐嘉謨者，又皆耇造之人，雍容化日，盛世之福也。吾家積德累數世，二三百年矣，而舉族壽登耆耋者極少。吾兄少居貧，以孝名天下，備經勤苦矣，乃老而康艾登焉。且其始仕河、隴之間，分符江、漢之域，觀察閩海，提刑南越，所處每在邊徼，遭值事勢盤錯，或爲常情所難居，而肩任不疑，屢禽大憝，惠布遠黎。今又居昆明西南數千里，建旄秉鉞，爲國家安奠中外，愈任其勞，福禄愈遠，此殆天所篤祐，以助承景運之隆者，夫豈偶然哉！然則上引天下之閎休，下成吾一家之私美，吾兄雖不欲言慶，家之人能無慶乎？若夫蓼蕭有黄耇之褒，桑扈有受祜之命，度吾兄入述所職，承被龍光，將亦上近於古義矣；而其禮瞻於禁陛，固當紀在史官。今方與吾嫂稱觴於里巷，道款於平生，所謂家人之詞，有未敢抗比詩人之頌者云。

## 彙香七叔父八十壽序

吾族居桐城四百年，累世仰承先祖之盛德，率獲爲善之報，登仕籍致名稱者亦多矣，而惟耆壽最爲難至，蓋有年届七十，已爲貴矣。若夫數百年中數千人，其至八十者，三四人而已。今歲乙卯，吾族在城居而度七十已有五人，而秋八月、九月，吾叔彙香先生暨叔母趙孺人並壽八十，然則今兹最爲吾族之盛，而吾叔又當今盛美之尤也。吾叔承家世忠厚之訓，行固可稱，而族人所尤推者，與叔母趙孺人事叔祖祥符府君，盡孝愛之道，故宜其福之優，而亦天之相之也。

今歲吾族壽七十者，莫貴於鐵松中丞矣。然中丞方遠撫西南，萬里之邊，勤勞公事，不敢暇逸，豈如吾叔使長子貫一弟作令近省，禄足以供甘毳，而依平弟宦歸之後，侍養里中；懷源、石南兩弟，又方以才進於時。諸孫並奮誦讀，足娱老人之志。下有曾孫，上偕琴瑟，以大耋之年，於里中時會親族，康强娱樂，不知世有缺陷之事。以此言之，所得福且鐵松中丞所不逮也，而況於餘人乎？

貫一弟作令有聲，時方倚用，而吾叔亦惟勉以在公，以盡養志之理，雖不獲常在側，而與稱觴階下無異也。族之人於吾叔初度，咸合慶於庭。鼐故爲之詞，既以增吾叔、叔母之歡，又以達貫一兄弟之志云。

## 鄭太孺人六十壽序

儒者或言文章吟詠非女子所宜，余以爲不然。使其言不當於義，不明於理，苟爲眩曜迂欺，雖男子爲之可乎？不可也。明於理，當於義矣，不能以辭文之，一人之善也；能以辭文之，天下之善也。言而爲天下善，於男子宜也，於女子亦宜也。太姒之所志，莊姜之所傷，共姜之所自誓，許穆夫人之所閔，衞女、宋襄公母之所思，於父母、於兄弟、於子，采於風詩，見録於孔氏，儒者莫敢議；獨後世有爲之者，則曰不宜，豈理也哉？

侯官林君母氏鄭太孺人，少善文辭，歸於林君尊甫。林君尊甫以進士知山陰縣，罷官旋没。廉吏家無儲贍，太孺人年三十餘，上事姑，下撫兩幼子，辛苦勞瘁，以其學教二子，同一年得鄉薦，季者成進士，爲編修。余每與兩林君言論，非世俗淺學也，而皆出於母氏。今詣余，謂太孺人是冬壽六十，乞一言以歸爲獻。余謂太孺人之行，孔氏所褒，而其文，儒者所當采以附古録詩之旨者也。林君歸，以是説進諸母氏之前，太孺人其益可以自信矣！

## 旌表貞節大姊六十壽序

周之西都多貴族，而詩人嘗思詠其女子焉，曰：『彼君子女，謂之尹、吉。』女而有君子之德，天下所得之以爲榮者也。及尹氏爲太師，見刺家父，而節南山作焉，則併其親黨譏之曰：『瑣瑣姻亞。』夫一尹氏也，而得其女者，或以爲榮，或以致譏，豈非以所值賢不賢異哉？故貴賤盛衰不足論，惟賢者爲尊，其於男女一也。吾族夙有形家之説，曰：『宜出貴女。』而張氏與吾族世姻，其仕宦貴顯者，固多姚氏婿也。然余以爲吾族女實多賢，豈待其富貴而後重邪？

余三從伯父爲嘉湖道布政副使，實生大姊，適張君肩一，爲萊州太守之子。太守之夫人，吾姑也，大姊之娣，又吾妹也，皆賢有可稱，而大姊之遭最不幸，十六而嫁，能事公姑，以爲有體。太守捐館舍，肩一以憂致疾，姊割臂求以療之，竟不起，遺一孤女。姊年才二十，悲傷之甚，損其一目。自是上事姑，下撫弱女，閉門自守，不妄見一客，卒以夫弟子雍嗣，教之成立，有司請於朝而旌其閭焉。吾嘗閱歸熙甫作顧文康之女壽序，言：『其家隆盛，能以豔陽桃李之年，而有冰雪風霜之操。』吾姊雖不若彼出於宰相之門，而父母及夫家，皆典牧方州，世承仕宦。姊獨於其間遭離荼苦，執德秉節數十年，其亦可謂君子之女，無媿古之尹、吉，而其榮有逾六珈簟茀者已。

萊州之喪，吾姑恭人最儉謹，持家有法。姊能嗣姑之舊以保其業，子女皆婚姚氏：女嫁母姪，子娶姑女，邕然門庭之間，日浸以盛。姊於是老而傳事，蓋今兹年六十矣。十月上浣，實其初度，内外之族，皆往慶之。詩曰：『無非無儀，惟酒食是議，無父母遺罹。』此以處常者言也，若不幸遭值艱厄如吾姊，其必如吾姊處之，乃可以言無遺罹矣。吾故引詩美刺之義爲壽，豈獨以榮吾姊哉！又使幼少者，將聞吾言而知敬戒也。

## 孫母張宜人八十壽序

孫君石似之母張宜人，節孝著聞於鄉鄰，慈惠洽溥於族戚。上則朝廷旌異其門閭，下則士大夫敬禮而樂頌其美。子孫才儁，冠蓋滋興。歲春正月，閱壽八十，設帨之辰，親交咸詣，舉觶爲慶，而俾某首爲之辭。某讓不獲，乃進曰：

夫前哲往行之美，而後進不獲見者多矣。天既俾其人爲賢，必又與以耆耇之壽，然後後之人得承事聞見其嘉言懿行而倣法之。其能及是者，豈非幸乎！

某之生晚，於鄉前輩之賢，多未奉杖屨，嘗侍宜人之父張少司空，時公年八十餘矣，竊自以爲幸，而今又見宜人之八十。宜人雖女子，而有父風。其在孫氏，承其舅東昌太守清吏之後，尺寸銖累，必由於儉樸，而所以助鄰里宗族者，罄竭與之，未嘗吝也。治身恭肅，作配刺史公，刺史公早世，獨撫三子，教之成立，節義凜然，老而修行不衰。後進士女，靡不見之有所矜式。如宜人之壽，豈獨孫氏之福，夫寧非吾鄉之美也歟？

往者諸城劉文正公嘗問某：『子同鄉張少司空，子以爲何如人也？』某謹對：『公孝友篤敬人也。』文正曰：『公非第此而已。其立朝有丰裁，能斷大事，吾希見其比者。』會他客至，某不及請問其詳，嘗以爲恨。夫少司空男子，行著於外，人尚有不及盡知者，況懿美之蘊於閨闥者乎？宜人之德雖著，然或尚有餘美，雖鄉人不及知，而獨以貽慶於其子孫者。然則吾言第盡於此，若其所以爲孫氏慶者，蓋自是不可窮也。

## 伍母陳孺人六十壽序

自余來江寧，伍生光瑜從余遊四年矣，時爲余述其母氏之賢，曰：『昔光瑜先考爲人慈仁樂善，而艱於子。適母楊孺人賢明而好義，急緩帶之思，乃得生母陳孺人來歸，生子瑛及光瑜。光瑜甫生而孤，是時舉家所以爲生計者，皆托於人手。主人驟喪，或乃乘勢危而欲攘之。兩孺人處悲哀之中，内撫幼弱，外禦强侮，備嘗困難，而後得保其家。二子既長，雖慈愛之甚，而教督必嚴，以至於有孫也，則撫之亦如是。於是者數十年，而楊孺人棄世。陳孺人之事女君也常嚴，未嘗一日懈於禮；侍其疾也，未嘗須臾離於側；及其亡也，悲哀至久而不能自勝。其持家教子婦及施德親族也，一皆率循楊孺人之舊法而不敢怠。當先君始没，楊孺人年三十餘，陳孺人二十餘。國家之制，三十歲以下守節者得旌典，逾三十則否。光瑜將爲母請旌，孺人聞之悽然曰：『吾與楊孺人共守數十年，目見女君之懃苦立義至矣！今者使國恩獨加於吾，而楊孺人不與，則吾不忍也，必不可。』

光瑜又請曰：『甲寅之歲，春正月五日，實吾母陳孺人六十初度。光瑜既不敢違母命而請旌於朝，願先生賜之言以光於室。』

余聞而歎曰：『兩孺人者之秉義則皆美矣，而陳孺人讓善之意，何其厚也！』易曰：『謙尊而光。』今世相矜以名，雖閨門之内，亦務爲夸飾而寡情實。如陳孺人之辭名不欲居者，何可及哉！雖然，守謙者孺人之志也，而奉國制以揚幽潛者，有司之責也。孺人自盡其情，而有司自行其典，夫亦並行不悖可矣。孺人豈必終拒之哉？若夫詩之言曰：『釐爾女士，從以孫子。』言女有士行也。孺人之用心如此，可不謂有士行乎？況其子孫從爲士者乎？然則將必有承其德而興者，可以爲伍氏慶矣！

## 王禹卿七十壽序

孔子曰：『古之學者爲己，今之學者爲人。』今夫聞見精博至於鄭康成，文章至於韓退之，辭賦至於相如，詩至於杜子美，作書至於王逸少，畫至於摩詰，此古今所謂絶倫魁俊，而後無復逮者矣。假世有人焉，兼是數者而盡有之，此數千年未嘗遇之事，而號魁俊之尤者矣。然而究其所事，要舉謂之爲人而已，以言爲己猶未也。

夫儒者所云爲己之道，不待辨矣。若夫佛氏之學，誠與孔子異。然而吾謂其超然獨覺於萬物之表，豁然洞照於萬事之中，要不失爲己之意，此其所以足重而遠出乎俗學之上。儒者以形骸之見拒之，吾竊以謂不必，而況身尚未免溺於爲人之中者乎？

丹徒王禹卿先生，篤志學佛者也。先生少以文章登朝取上第；生平吟詠之工，入唐人之室，與分席而處；書法則如米元章、董玄宰之嗣統二王，此皆天下士所共推無異論者。獨至其學佛之精，而人反不甚信；僕以語人，人口諾而心笑者且有之。今歲八月，先生忽生背疽，負痛欲死，而晝夜危坐，與人言説，神明不變，匝月而平復。於是世始駭歎，知先生之學，眞有能外形骸而一死生者，平時不覺，遇難而後見也。

又越月，則爲先生七十壽辰。夫先生苟無此七十之壽，則其爲己之實不能大著於天下，而天下反以其爲人寄迹之事稱之，不亦失先生於交臂乎？先生持佛戒，桑弧之日，不可以酒醴稱觴；鼐獨爲斯言以壽，侑以清茗，使來壽於堂者同飲之，將終醒而無醉云。

## 吳伯知八十壽序

余往主江寧鍾山書院，高淳吳君伯知使其次子維彦來江寧，就余爲學。自是余得備聞君之爲人，温良君子人也，而未得相見。獨維彦時往來於江寧，如是者數年。及余今年畏涉江濤，辭去鍾山而居皖，而維彦又適當補官於安徽，亦來皖，於是又相從幾一歲。維彦與余之得屢聚，豈非天乎？

維彦以歲十月，爲君之八十壽辰，告余將請歸爲父壽；余又因詢知君之康强如少壯，面渥丹而筋骨堅凝，又有以異於常人也。君性甚孝，自其先人之亡，葬於郭外，每日晨起，必先步詣墓下，然後歸治家事，今八十矣，猶日往如其昔也。君於鄉黨有急無不應。於高淳公事：修學宫，治道路，拯災患，恤孤寡，無不盡其力。鄉人皆戴而德之。又恭敬謙遜，未嘗少以言加人。獨居必肅然，聞雷霆必正衣竦立。夫存心慈仁而持躬戒敬者，壽之道也。君之得壽，於理固爲當然，而以天下人子之心思之，維彦與其兄維英、弟維綱，以逾壯之年，而見其老親之壽健若此，得不謂天之厚之乎？余是以樂爲之辭，使維彦以歸爲君獻。

若夫仁孝如君，以其道教其子，則維彦成慈祥之德，異日必爲吾安徽良吏者，吾又將因君之爲人決之；而君且於子成政之日就養於官，或與余相遇於此邦也，則尤余之所深願也。

# 惜抱軒文集卷九

## 策問

### 乾隆戊子科山東鄉試策問五首

問：古者立學釋菜，祀其國賢者爲先師，示學者取法前哲，從地近者始也。矧東土爲聖人父母之邦，名儒繼踵，多士仰慕，師法尤易興起者乎？春秋時，若柳下惠、季文子、孟獻子之流，嘉言懿行，於傳述焉，多士宜誦習而考其純駁矣。及孔子同時所交遊者，大抵齊、魯賢士。太史公既稱孔子嚴事晏平仲矣，而又載晏子嘗沮尼谿之封。夫晏子賢者，而其言何謬乎？抑史所載有未信乎？劉向録晏子於儒家，而柳宗元謂其書出於墨子之徒，又何説也？

孔子之後，齊、魯儒者各有著書，惜哉今不盡傳。其篇目存亡可考者凡幾？曾子之書見存於大戴禮記者十篇，與論語中曾子之語，精粗奚若？孟子十一篇，今存者七篇。其餘軼説，尚可聞乎？荀子嘗爲齊稷下祭酒矣，古以孟、荀同稱。然荀子乃詆子思、孟子之説爲非是，夫何悖哉？抑其言今多載於禮記，諸生能别出之，而論其當否歟？

漢初，若魯申培、穆生、白生、齊轅固、濟南伏生之屬，誠多賢者。其後若公孫弘、兒寬、韋賢父子、蕭望之、匡衡、孔光，皆齊、魯之儒，皆致位公相矣。乃其人邪正優劣，則何如也？

鄭康成於東漢之末，興於高密，爲海内鉅儒。夫世言理學者宗閩、洛，而考證經義詳博者推漢儒。雖然，漢儒行事具在，將謂其苐能博聞稽古，爲有功於經乎？抑有躬修實踐，誠無媿於儒者也？宋儒孫明復、石守道，最有重名。其人亦可與閩、洛諸儒並論之否？方今皇上聖學日躋，繼古道統，崇經術，獎德行，所以興起教化，勸示儒林者至矣。諸生承聖朝之澤，而追鄉里之賢，尚友千古，考論辨説，所慨慕企仰者何如哉？願聞之以覘志趣焉。

問：儒者之學非一端，而欲觀古人之迹，辨得失之林，必求諸史。爲史之家有數體，而欲統貫終始，言簡事該，其法必取諸編年。昔者孔子作春秋，爲編年家之所祖，筆削褒貶，學者述焉。然孟子曰：『其文則史。』左傳亦間稱其體爲禮經之舊。然則聖人所筆削者，殆無多歟！自是之後，爲編年之史者，有荀悦漢紀，張璠、袁宏後漢紀，習鑿齒漢晉春秋，干寶晉紀，孫盛晉陽秋，裴子野宋略之類。其書或傳或不傳，然昔人固有評之者，其槩可略聞歟？

宋司馬文正公，以遷、固以來文字繁多，删削冗長，舉其大要，作資治通鑑。觀其進書表，自謂抉摘幽隱，計較毫釐，則可謂盡善矣。乃若漢留侯之致四皓，唐莊宗之負囊矢，豔稱今古，而何以不載？而雜家小説，若西京雜記、平剡録之類，轉有採者，何哉？其後朱子因之作綱目，其法益備，而義益精，第以門人編録，或不免脱漏舛誤。諸生嘗盡讀而考論之乎？夫孔子序尚書始於堯，太史公亦止紀五帝，温公通鑑託始於三晉，而劉恕外紀獨上追盤古。夫恕固與温公同修書者，而茲何其異也？其餘前編、續編、續綱目等書，孰爲優劣？王應麟、胡三省爲通鑑注，尹起莘、劉友益爲綱目發明、書法，其得失何如？揚子雲曰：『子長多愛，愛奇。』愛奇，史氏通病，豈獨子長哉？故審理論世，覈實去僞，而不爲古人所愚，善讀史者也。我皇上聖學淵深，睿知首出，故御定通鑑綱目三編，及近奉御批通鑑輯覽，所取予進退，莫不歸於至當。譬之日月至明，幽隱必照，千載之遠，不能欺也。多士承聖訓而仰文明，於史氏之學，必有能稱量是非、自攄所見者，盍詳著於篇？

問：夏書紀九州，而各載其貢道，蓋以急惟正之供，謀轉輸之便，聖人所以安國而利民也。禹時九州之中，四州貢道，皆在今山東之境，或由濟、漯，或由汶、泗，皆達河以至帝畿。

或謂徐州『浮於淮、泗，達於河』，『河』乃『菏』字之誤，是何謂耶？自水道屢變，大河改流而南，而國家建都燕京，則天下糧運，皆由會通河以至太倉，而山東爲咽喉扼要之地，是其勢較古時爲尤重。夫運河北所行者漳水也，南所行者洳、承、沂、泗也；臨清以南，濟寧以北，則上下皆賴於汶水。昔人言『汶水有五，源别而流同』。其詳可得聞歟？

明永樂中，尚書宋禮用白英策，築壩東平之戴村，遏汶盡出南旺，分流南北，可謂巧於濟運矣。然南旺地勢特高，故昔人謂去閘則南北分瀉一空；况天時不齊，或有旱竭，固其理也。然則豫備之使無患運道者，宜以何術？周禮稻人：『以瀦蓄水，以防止水。』考工記曰：『善防者水淫之。』初宋禮於汶上、東平、濟寧、沛縣並湖地，設水櫃、斗門，櫃以蓄泉，門以洩漲。然水櫃在明時，已苦易淤，今固不免填塞矣。夫豈乏善防之術，如周禮所云『逆地防』『不理孫』者乎？抑湖濱之民或有侵占，失其舊而吏不之省乎？且唐時承縣有十三陂，以爲沃壤，嶧縣其故界也。今將舉湖陂之利，盡修復之，内美田疇，外資舟楫，其道何以籌之？至於濬淺、置閘諸策，前人謀之詳矣，其在今日，尚有可議者歟？

夫通古今之謂儒，漕運，經國之重務也。是以皇上既嘗親莅河隄，指示方略；至雨澤小有不時，必上軫宸慮，咨命河臣，毋敢怠忽，意至切矣。然則考稽川瀆，講求利病，幾一得以佐當世之用，亦儒者事也。其各陳所見，以爲當宁獻。

問：國家設官分職，各有典司，而惟守令最爲親民之吏。使親民之吏，舉得其人，則天下何患不治？使親民之吏，一方失其人，則一方受其病，朝廷雖有良法善政，皆爲虚文而已。恭惟我皇上愛養黎庶，軫念如傷，重司牧之官，慎察吏之政，是以綱維建立於上，羣生禔福於下，治化之澤行，而貪暴之風寡矣。雖然，海内至大，人情萬殊，賢者固各舉其職，而間有不肖，或亦偷容其間。今將使郡縣之吏，盡稱其職，其道以何者爲要？

夫人難求備，德性多偏，吏之嚴明者或鮮慈惠，仁愛者或過於寬柔。所謂嚴而不殘，愛民如子，見惡如農夫之去草者，甚難其人。今將聽長民者意之所自趨乎？抑國家法令，有可以持其偏而扶其弊者歟？至其甚者，則又或放縱無忌，黷冒侵牀。是以今者稽察之令，責成上官，而執法除邪，明示懲創。然猶恐上官以姑息，而吏巧於避法，何以禁之？

且國風羔羊之詩，美節儉正直之德。夫節儉則無侈費，正直則無營求；無侈費，無營求，則取用於廉俸，寬然有餘資矣，而曷至甘爲墨吏哉？然則奢蕩營謀者，吏治之所由敗也。今欲羔羊之美徧於郡邑，而無『簠簋不飭』之譏，將焉所立法而後可？昔者司馬子長始傳循吏，而所載公儀子，固魯人也。諸生亦嘗讀史而慕其風歟？漢書循吏六人，後漢書循吏十二人，其所爲之迹，有於今可仿而用之者，亦有不可施於今者，尚分别論之。至其餘如趙、張、三王之流，雖不入於循吏之傳，然其治道實有足爲吏法者，採其長而施之於今，奚不可也？諸生其援古以合諸當世之要，書所謂『學古入官』者，蓋將有取於此。

問：民俗美惡，因上治化。王者在上，道德一而風俗同，言治化無弗徧也。雖然，當周盛時，分封魯、衛及晉，已有用夏政、商政、周索、戎索之異。然則所云風俗同者，舉其槩而已。其水土、風氣、性情、習尚之偏，聖人不能强使合也。故曰：『修其教不異其俗，齊其政不易其宜。』昔者周公『尊尊而親親』，太公『舉賢而上功』，二者殊而齊、魯皆治。及其衰，則『洙、泗之間，齗齗如也』，而臨淄至以『多劫人爲大國之風』。於是乎曹參以勿擾獄市，容姦爲治矣。若是者，豈風俗一變不可復反乎？將其時上所以導之者失其理乎？恭惟國家平治百年，百姓自厥祖父，被列聖教養之澤，加以我皇上建極錫福，德溥而化光。是以山東境内，秀民則詩書絃誦，愚民則重農桑、務本業，有淳古之風。豈非以其質性敦樸，處地近而感化尤速乎？雖然，恬熙久而侈肆萌，生齒繁而游惰起，文學固可貴，而恐其質行之衰。織作冰紈、冠帶、衣履，天下之舊不必復，而恐其本富之不足。欲防其弊，厥道奚從？且欲保風俗之美者，莫要於去姦民。昔管子治齊，『參其國而伍其鄙』，使『罷士無伍，罷女無家』。管仲雖非王道之器，及其治國，實與周禮比伍族閭聯『相保相受』者同意。諸生能舉其法之詳而識其要歟？今山東東賭巨海、廣斥之野，南岨蒙、羽，西連湖澤，盜賊匪人或託迹焉。

夫列郡舉行保甲之法，豈非周公、管子之遺？去姦宜得其要矣，姦民猶有竄匿，何耶？將山澤曠遠，有散處幽阻，難以比次歟？抑市廛雜遝，流冗來去無常，難以蹤迹歟？不然，則吏奉行者不盡實歟？諸生生長其間，見聞熟矣，欲登進其風俗之美，而彰善癉惡以敦治道，諸生私所議論者謂何？其悉論陳之。

## 乾隆庚寅科湖南鄉試策問五首

問：古者立教，多以文章禮樂爲則，未嘗輕言性命，而性命之理，實無不明。其後學者岐分，異説競起，於是言性理者紛紛焉。蓋孔子之傳，惟孟子得其宗。至若莊周、荀卿之屬，推其原，未嘗不出於孔氏之徒，而卒不勝其剌謬者何也？夫言性惡者，其悖不待論矣。董仲舒對策，陳性命之情，韓愈作原性，李翺作復性書，皆依於儒先之旨，而時有純駁，將何所去取歟？

昔箕子言五事，周禮言六德，孔子四教：文、行、忠、信而已。孟子始言四端，及宋周子又舉仁義中正。夫道一而已，聖賢所舉之目，何其參差也？將有同條共貫者存，而不嫌於言之異乎？自漢以來，天下賢人君子不可勝數。然言道學，孟子之後，遂紹以周、張、程、朱，其實何以定之？且周子言無極、太極，頗近於太始、無始，主静則近於寂滅之旨，主一則近於常德不離之教。正學異端，懸於霄壤，而判於微茫，奚以析焉？

方今聖天子在上，至德至教，究廣大而極精微，接羲、軒之統，探孔、顔之藴，垂則士林，嚮風興起。湖南爲周子故鄉，餘風未泯，尤宜有推闡服習其微言者。諸生其毋謂誦習宋儒，第爲科舉之學也。試悉攄所自得焉。

問：史家之體多矣，而紀傳之敘載爲詳；爲紀傳者亦多矣，而司馬遷、班固爲首；故言史法者，宗史漢而已。夫史記之紀五帝、三王，援據尚書及帝繫篇，不敢多入異説，蓋其慎也。然楊子雲猶云『子長愛奇』，乃後人補述，或反溢於子長之外，何耶？漢書本紀止於十二，張衡謂宜增元后紀，豈誠班氏之疏乎？表所以殺列事時，使人易曉。共和以前之年，不可知矣。司馬遷表燕昭、齊宣時事，亦與孟子諸書不合者爲何？漢有功臣表與外戚、恩澤侯表。景帝以後，侯國以降將得者，皆進於功臣。丞相封侯，雖以魏相、丙吉之賢，皆列於恩澤，其升降義當然乎？抑有所失耶？後世之史，多作兵志，而史漢不著其目，并分見於他篇，其義安取？

孔子或謂不當入世家。屈、賈、魯、鄒，或謂不當同傳。進游俠，退處士，前人并以是譏遷，能斷其功過歟？史記西域之事，何以附於博望？漢書宗廟之議，何以附於韋賢？又霍去病之於子孟，賈生之於君房，雖爲一家，而列傳釐分，各以事彙，當矣。至劉向以附元王，而不與蕭傅同傳。張湯、杜周不入酷吏。其於本書體例，能無參差乎？恭惟皇上萬幾之暇，披閱前史，抉千古之匿情，剖儒生之疑説，特著論辨，啓牖羣蒙。士得奉折衷之論，以盡探石室之藏，將博學精思，足備異日珥筆之選者，必有其人焉。故詢史漢數端，以覘其槩云。

問：管子曰：『有地牧民者，務在四時，守在倉廩。』賈生曰：『積貯者，天下之大命。』古聖王之制：『九年耕，必有三年之食。以三十年之通，雖有凶旱水溢，民無菜色。』則積貯莫善於此。其後李悝治魏，視年豐殺以爲糴出之節，是雖富强之術，其計畫亦足爲王政資。漢五鳳年間，始設常平倉。其法，悝之遺法也。然當時止用於邊郡，一傳及元帝而罷之。豈其道有不便於民乎？抑吏爲之不善也？隋時有義倉之名，宋儒定社倉之制。言積貯者，大抵因此三術。其建置本末、利害得失之相較，可悉聞歟？

今州縣各設常平倉，又令鄉邑自爲社倉，國家籌爲民厚生者至矣。湖南之地，古所云『火耕水耨，民食魚稻，呰窳媮生，而無積聚』者。然則議積貯於兹地，尤其急也。夫土壤卑溼，官存倉穀，久貯則有紅朽之虞，歲糴則有强派抑買之弊，是將何以杜之？社倉積穀，雖民所自爲，然將一聽於民，而官不爲之經理歟？將使吏與於其間，而毋乃又爲閭里擾歟？必使吏良而令行，民賴其利，將何術與？夫審民生纖悉，以達於謀國大體，儒者有用之學也。願聞陳義之詳密焉。

問：民有四，而士其表率也。士習既端，則國多卿大夫之材，而民安於從化。古之時，兔罝之士，皆可爲干城。父與父言慈，子與子言孝，一有罷士，不得容於其間也。周、秦之交，士習始漓，而縱横狙詐之説以起。自漢以來，士風又屢變矣。方今多士涵濡於列聖重熙累洽之餘，又仰被皇上聲律身度之教，嚮仁慕義，俊民聿興。詩云：『藹藹王多吉士。』固兹時也。

若乃九州萬國，地廣俗殊，椎魯者無文，華巧者失實，南北異尚，何以齊其短長？又其間，間有居庠序而侵吏事，舍樸厚而樂輕俠，有士之名而實爲士之蠹。地有師儒，而未必盡從其教；歲舉優劣，而未必盡得其實。將使化導得行，而激勸各當，其道曷由？諸生夙誦洙、泗、閩、洛之言，所以自正其身者，即國家所以整齊天下之理也。修己移風，試爲悉陳其要。

問：詩以言志，虞廷設教，蓋首用之。唐時以律詩試士，其後或沿或否。聖上以科舉表判之法，文具無實，乃詔試士增用詩題。所以觀學者性情才力，畢陳而不可掩也。今試以古今體制之殊，俾諸生縱論之。

五言詩始於枚乘、蘇、李，其後作者輩出。魏、晉而下，太白譏其綺麗，退之斥爲蟬噪。果無足取若是乎？李、杜，詩之大家，而朱子尤推子昂感遇者，則又何說？七言歌行，王子猷所告謝太傅者，已盡其理。能推發其意與？唐、宋、金、元、明諸家歌行一體，派別尤多，而各極其致。其正變何以衡之？自沈約始言聲病，五言近體，權輿於此。唐初言律詩者推沈、宋，其後諸家少變其法。中唐作者多以五律爲長，然以視開、寶以前何如也？元微之推杜子美爲第一者，其長律一體耳。子美果以是獨絶，而律詩必以是爲正法乎？七言律詩，明人之論，或主王維、李頎，或主杜子美，而盡斥宋、元諸作者，意亦隘矣。然蘇、黄而下，氣體實自殊别。意有不襲唐人之貌，而得其神理者存乎？夫唐人之詩，古今獨出。然或謂惟絶句一體，最爲得樂府之遺者，是何謂也？

我朝文治百有餘年，風雅之林，炳焉極盛。皇上睿藻昭回，囿古今而羅萬象。學者少窺萬一，以旁衡千古詩人之作，如登高臨谷，如持鑑察形，較如其易明也，可以究舉而詳説矣。

# 惜抱軒文集卷十

## 傳

### 朱竹君先生傳

朱竹君先生名筠，大興人，字美叔，又字竹君，與其弟石君珪，少皆以能文有名。先生中乾隆十九年進士，授編修，進至日講起居注官，翰林院侍讀學士。督安徽學政，以過降級，復爲編修。

先生初爲諸城劉文正公所知，以爲疏儁奇士。及在安徽，會上下詔求遺書。先生奏言：『翰林院貯有永樂大典，内多有古書世未見者，請開局使尋閲。』且言搜輯之道甚備。時文正在軍機處，顧不喜，謂『非政之要而徒爲煩』，欲議寢之。而金壇于文襄公獨善先生奏，與文正固爭執，卒用先生説上之。四庫全書館自是啓矣。先生入京師，居館中纂修日下舊聞。未幾，文正卒，文襄總裁館事，尤重先生。先生顧不造謁，又時以持館中事與意迕，文襄大憾。一日見上，語及先生。上遽稱許『朱筠學問、文章殊過人』，文襄默不得發，先生以是獲安。其後督福建學政，逾年，上使其弟珪代之，歸數月，遂卒。

先生爲人，内友於兄弟，而外好交遊。稱述人善，惟恐不至，即有過，輒覆掩之，後進之士，多因以得名。室中自晨至夕，未嘗無客。與客飲酒談笑窮日夜，而博學彊識不衰，時於其間屬文。其文才氣奇縱，於義理、事物情態無不備，所欲言者無不盡。尤喜小學，爲學政時，遇諸生賢者，與言論若同輩，勸人爲學先識字，語意諄勤，去而人愛思之。所欲著書皆未就，有詩文集合若干卷。

姚鼐曰：余始識竹君先生，因昌平陳伯思，是時皆年二十餘，相聚慷慨論事，摩厲講學，其志誠偉矣，豈第欲爲文士已哉！先生與伯思皆高才耽酒，伯思中年致酒疾，不能極其才；先生以文名海内，豪逸過伯思，而伯思持論稍中焉。

先生暮年賓客轉盛，入其門者皆與交密，然亦勞矣。余南歸數年，聞伯思亦衰病，而先生没年，才逾五十，惜哉！當其使安徽、福建，每攜賓客飲酒賦詩，遊山水，幽險皆至。余閒至山中厓谷，輒遇先生題名，爲想見之焉。

## 張逸園家傳

張逸園君者，諱若瀛，字印沙。曾祖兵部尚書諱秉貞。祖諱茂稷，考諱廷瑺，皆贈左都御史。廷瑺三子，長若淮，仕至左都御史，而君其季也。都御史爲人端凝樸慎，而君慷慨强果，自其兄弟少時，里人皆異之矣。

君始以諸生爲書館謄録，敘勞授主簿，借補熱河巡檢。熱河今爲承德府，君仕時未設府、縣，以巡檢統地逾百里，歲爲天子巡駐之所，四方民雁居其間，君以嚴能治辦，奸蠹屏除。留守内監爲僧者曰于文焕，君一日行道，見其横肆，立呼至杖之。於是熱河内府總管怒，奏君擅杖近御，直隸總督亦劾君。上聞之，顧喜君强毅，不之罪，而以劾君者爲非。

其後爲良鄉知縣，順天府南路同知。有旗民張達祖，居首輔傅忠勇公門下，始有地數百頃，賣之民矣，久而地值數倍，達祖以故值取贖。搆訟，經數官，不敢爲民直。君至，傅忠勇頗使人示意君也。君告之以義，必不可，卒以田歸民。畿南多回民，久聚爲竊盜，不可詰。君多布耳目，得其巨魁，或親捕之，凡半年獲盜百餘。盜畏之甚，乃使一回民僞來首，云：『有某人至其家，巨盜也。』及捕之至，即自首『某案己所爲盜，有贓在京師禮拜寺』。君使兵吏偕之至禮拜寺，則反與鬬鬭。至刑部訊，以某案事與此人無與，以君爲誣良，議當革職。既而上見君名，疑部議不當，召君，令軍機處覆問，減君罪，發甘肅以知縣用。是時上意頗嚮君，然卒降黜者，大臣固不助君也。

在甘肅二年，嘗爲張掖復營兵所奪民渠水利。又以張掖黑河道屢遷，所過之田，爲沙礫數百頃，而歲輸糧草未除，力請於總督奏除之。時甘肅官相習僞爲災荒請賑，而實侵入其財，自上吏皆以爲當然，君獨不肯爲。其後爲者皆敗，於是世益推君。

君引疾去甘肅，里居數年，會兄都御史已進用，上數顧詢君狀。君乃復出，補直隸撫寧知縣。其勤幹如昔，然君年已六十餘矣。以子鴻恩爲兵部郎中，受封朝議大夫，例不爲知縣，遂去歸里。又數年，卒。君居里爲園，時遊之，名之曰逸園，言已不得盡力爲國勞而苟逸也，故人以逸園稱君。

姚鼐曰：余家與君世姻好，君爲丈人行。所謂逸園者，負城西山面郊，余先世亦園址也。君數飲余於是，自述平生爲吏事，奮髭抵掌，氣勃然。誠充其志，所就可量哉！君在里，建毓秀書院，爲族人設藝局，以養貧者。親姻昏喪急難，每賴其施以濟。君亡久矣，人方思之不能忘也，然余尤偉君杖内監僧及不爲傳忠勇曲論民田事，爲有古人剛毅之風，故爲著傳。君能著於世矣，才節遇知天子，而仕抑屈於縣令，惜哉！命爲之耶？抑古之道終不合於今乎？君長子鴻肇，爲户部員外郎，先卒。次鴻恩，爲福建延平府知府。次鴻磐。

## 方晞原傳〔一〕

方根矩，歙人，晞原其字也，爲歙諸生，工爲文。其文用意高遠，非今世之所謂時文者也，而昔人所以取四子書爲義之初旨，則晞原得之爲深。其學宗婺源江慎修，其文宗桐城劉海峯也。所居在歙西靈金山中，有林泉之勝。晞原親賢好學，四方賢者至歙，無不樂交晞原，晞原亦延致其家，唯恐其去，名聞甚廣。乾隆丙午科，大興朱石君侍郎主江南試，自決必能以第一人取晞原，而晞原是時已不應試。後又四年，晞原卒。其卒，年六十一矣。

晞原父曰□□，候補布政司理問，常客於漢上，而使晞原家居爲學，及爲其曾祖、祖父母營卜葬地。數年，晞原學益深，而登涉川原，盡得兩世葬地，其父乃以爲慰。其於交遊，死生如一，能任其急難。意氣和易，寡怨怒，雖終身諸生，世爲之不平，而晞原未嘗以爲感歎也。子二：曰起泰、起謙。

姚鼐曰：余始聞方晞原之名自戴東原。東原爲言新安士三：曰鄭用牧、金蘂中及晞原也。蘂中在京師，與相接最久；用牧、晞原之文，嘗得讀之，而不識其人。及晞原歿之前一年，余主紫陽書院，用牧以鄉試去里不得見，得見晞原，果君子。然以事促歸，不及造其靈金山居也。其後余不復至歙，而晞原、用牧相繼喪矣。人存歿數十年間耳，遇不遇曷足論，士有所以自處其身者足矣。蘂中書來，使作晞原傳，余以所知者述於篇。

## 張貞女傳

昔歸熙甫作貞女論，謂：『女在父母家，不應以身屬人；所許嫁者亡而爲終守，不合於義。』吾謂熙甫是言過矣！今律，與人約婚而中背者有刑，而晉王裒以其婿葬父洛陽，即以其女別嫁。以今律論，裒爲甚不誼。以裒之賢，衡今之法，則制刑非矣。然而皆不然者，古今情事殊也。且伊尹五就桀，柳下惠不羞汙君，而伯夷非其君不事。季歷、文、武興周室，而泰伯逃隱，夷、齊叩馬而諫。士各行其志所安耳，君子亦仁而已，何必同？吾近覽鄉曲之事，高貞女之節，悲傷其志，以謂靡病於古誼焉。

張貞女者，父曰張裕昌。其五世祖爲明末山東左布政使秉文，殉難於濟南者也。貞女許嫁之夫曰葉孝思。孝思父母皆老病將死，獨有孝思一子，又病瘵甚篤，欲迎張氏侍其父母疾，張氏親戚皆難之。貞女曰：『既以身許人，奈何聞其危篤，安坐以待其死乎？』即布衣乘輿入葉氏，視其公姑及夫疾，晝夜不怠。一年而舅姑及孝思皆死，僅有屋三間。張氏迎父、弟共處，以屋居父，而己所處幾於不蔽風雨。時爲父浣炊，爲弟縫紉，晝夜營女工以爲生。及父死而治其喪，立族子友賢爲子，聘姪張氏爲婦，得孫曰傳興。一年而友賢又死，其婦亦能效其姑立節概焉。貞女自十九歲守節，至今五十四。

而葉孝思之族祖曰蔭寰，聘妻胡氏。蔭寰失愛於繼母，悲憤以死。胡氏農家女也，聞而誓必爲夫守，父母不能奪，即送至持喪。其夫伯母楊氏亦寡婦，憐胡氏，與同寢處，其姑久亦愛焉。胡氏今年四十餘，守節三十年矣。其居皆在縣城内之西。

又有周氏者，居縣城東百四十里，許配法洪山章彌六，年十五而彌六死，請於父母，來夫家服喪，遂不返。其夫家爲立嗣撫之，至有玄孫，年九十三，去歲冬没，乾隆五十五年也。鄉俗焚葦輿以送終，章氏數千人見其焚煙上徹，聚爲白鶴，久乃滅云。

而桐城城内又有馬鳴玉之聘婦方氏。鳴玉死，方氏居父母家，極窮困，然守而不嫁，至老，先周氏二年死。始馬氏諸子，疑方氏初未即至夫家，不敢迎入門，至其老將死，乃服其節，請於官而旌之。

嗟乎！行必久而後信，女子固然。非耄期不亂者，曷以爲士乎哉？

## 印松亭家傳

印君諱憲曾，字昭服，寶山縣人也。祖曰輯瑞，考曰克仁。克仁無子，其弟廣西太平府知府光任生君，以君爲之後。中乾隆十五年順天鄉試舉人，次年成進士，分發廣東爲翁源知縣，以能吏稱。其後内擢補吏部稽勳司員外郎，三擢至吏科給事中，京察一等。乾隆四十六年，命爲浙江寧紹台兵備道。

其在寧紹凡八年，嘗修海寧石塘有功；榷海關盡去苛征，商民喜之。寧紹歲造戰船，以樟木爲材，君采購嚴禁吏蠹，毋擾於民，而公事修辦。大計列一等，當擢而君疾，引歸數月而卒，年七十一。

君爲人孝弟慈仁。其在京師，遭本生父母喪，哀甚，見者不能與言也。平居和易愛人，人樂親之。交友鄉里至都，居君寓舍常滿，有求索者必應。事有就君謀者，必盡其慮。及君外任，則求君者益廣，君意常若有歉於人者然，故求者雖頻數不以自沮。其處内外職，屢治刑獄，而意一出於慈仁矜全，多賴以生者。

鼐與君及泰州侍庶常朝，皆以鄉試同年相知，侍君負氣疾惡，同年生多遭誚責，然獨重君，嘗謂鼐：『印君眞長者也！』其後庶常没於京師，君視其棺殮尤備。君生平寡欲，獨好鼓琴，晚而自號松亭云。子三：曰鴻經、鴻緒、鴻緯。君居官爲政之詳，錢辛楣少詹事已爲誌墓具之。鼐更以所知者爲傳，以授其子焉。

# 節孝陳夫人傳

陳夫人，雍正甲辰科進士、臨海知縣諱暠鑑之女，遷江知縣左諱文高子世揚妻也。年十七而嫁，嫁十年夫死。一子行遜，二歲。左氏雖宦後，至夫人寡居，甚貧乏，上事姑謹，下撫孤子，及以叔娣女爲女，訓之必以禮。

始臨海公生五女，夫人最長，季則姚鼐母也。臨海嘗夜教女讀書，每太息言：『吾女何率勝兒！』夫人後亦自授行遜書。左氏所居，猶其先明忠毅公之故宅，分至夫人及子，二室才盈丈。撫子愛甚，鼐時至其室，亦愛甚。嘗使子與鼐於室中談經義，夫人自治食噉之，聞其言於牖外，即喜入曰：『汝等與人言宜若是！』夫人年五十八，乾隆十五年冬甚疾，鼐之母視疾，執手而訣。

行遜後終於諸生，其子其章最有行誼。嘉慶元年，詔舉孝廉方正，里以其章應舉，而其章之子前一年登江南鄉試榜，人謂天祐節孝之遺也。然去夫人卒四十五年，去行遜亡二十餘年矣。今惟夫人所撫叔娣女爲女適張氏者尚存，亦爲嫠，年七十餘矣。當乾隆間，夫人已爲吏奏旌表其節孝，鼐更愴思而述從母傳云。

## 鍾孝女傳

孝女錢塘鍾曉齋女，三歲，母徐氏没，父繼娶陸氏，又三年，喪父。及女年十四，陸氏得危疾，人謂必死，女禱天求活其母，刲股和藥，飲之未愈，乃再刲，陸氏竟起。女後適邵志錕，志錕疾病，女亦割臂以愈之，年二十四，卒。

夫割股，非孝之正也。然至情所至，無擇而爲之，君子所許也。且天道人事，捷於呼嚮，惟誠則達，於鍾氏女何疑焉。

志錕字儒珍，性好爲善，浙中凡有濟民之事，必儒珍董之，以此聞四方。其言孝女事舅姑、接家人，皆多可稱，雖復娶矣，嘗悲思鍾氏。余哀其意，作鍾孝女傳。

## 節孝張孺人傳

張孺人，桐城太學生張若楷之女，適孫良□。良□高祖臨，明末以監楊龍友軍殉難仙霞嶺，國朝謚之節愍者也。考爲候選知州循綽，早没。妣張宜人，工部侍郎廷瑑女也，里中稱賢明，先以貞節被旌。孺人爲冢婦，事之能承其志。

蠡亭先娶姚氏，無子卒，孺人爲繼，生一子起嶸。起嶸生兩月而蠡亭以疾卒。起嶸幼而多疾，孺人撫視之尤瘁，嘗累日夜不能眠。然子五歲則使就學，督之嚴甚，卒以成其才。孫氏家故豐，而張宜人施於宗族戚黨者厚，故漸貧。蠡亭兩弟，仲亦先喪。其後季弟將援例就官。或勸孺人：『於是時當議析爨以食，毋與俱盡也。』孺人曰：『吾寧合而貧，不欲析而富也。』其後家遂大乏，起嶸出授徒於外以爲養，時有不給，孺人頗困，然朝夕怡然，如處其家故富時，未嘗以爲怨。乾隆四十八年，吏部奏孺人節孝，奉旨旌表。

起嶸中乾隆己酉科順天鄉試。及嘉慶辛酉科，其子世昌，亦舉順天鄉試，而孺人於是年遂卒，年七十七，爲嫠五十年矣。次年世昌成進士，改庶吉士，而起嶸先以大挑二等當得學官，獨哀母氏多歷艱苦，不與禄養，請姚鼐爲述其傳。鼐亦夙聞孺人賢，知起嶸之狀不誣也，故爲書其槩云。

## 何季甄家傳

何季甄者，名思鈞，霍州靈石人。考諱世基，生三子，思鈞爲季，故字曰季甄。季甄早孤，依於其兄思温，友敬甚至，勤力於學。乾隆四十年成進士，改庶吉士。纂修四庫全書，善於其職。四十三年散館，改部屬矣，旋以校書之善，仍留庶常館。次年授檢討，自是常在書局。及全書成，與賜宴文淵閣下，而旋以疾請告，屏居訓子元烺、道生，兩子一年成進士，其後皆以才顯，有名内外。其居靈石北鄉有雙溪，嘗自號雙溪，天下稱何氏爲盛門，以何雙溪爲宿德矣。嘉慶六年，季甄卒，年六十六。

始吾二十八歲居京師，而季甄之兄令季甄從吾學。其齒幼於吾六年耳，而事吾恭甚，使背誦諸經，植立不移尺寸。其後學日進，而與吾或别或聚。吾在禮部時，季甄得山西鄉舉而來，相對甚喜。後三年而吾以病將歸，季甄適攜家居於都。吾入其室，見其子之幼儁，歎曰：『何氏其必興乎！』然是年别，不復得相見。次年，聞其成進士。又後十二年，聞其兩子成進士。又後十三年，聞季甄喪矣。

季甄存時，常以書問吾甚摯。自京師來者，爲吾言：『季甄之家法整飭，老而所養益邃，容肅而氣沖，士流有前輩典型之望。其所以訓子者，眞古人之道也。數十年未嘗須臾晝而居内，敕其子皆然。』吾老而德不加修，吾媿於季甄，季甄不吾媿也。季甄於交遊、鄉黨多惠愛，每好濟人困，又嘗設義學於其閭。

始季甄娶王氏，無子，繼娶梁氏，生二子：元烺以庶吉士改部，今爲户部郎中；道生以工部郎擢山東道御史，出爲九江知府。又繼娶張氏，生四子：立三、維四、愼五、潄六。潄六爲孤才三歲。吾痛季甄之喪，既爲文哭之，又次其行爲傳，以寄諸其家云。

## 陳謹齋家傳

陳謹齋，諱志鋐，字純侯。休寧有陳村，在縣治西南山谷之間，俗尚淳朴，陳氏世居之。謹齋之曾祖仁琦，以孝悌稱，爲鄉飲賓。其子燿然，孫世瞪，皆敦厚不欺爲長者。世瞪又爲鄉飲賓，僅一子志鋐，守其家法尤謹，故自號曰謹齋也。

謹齋以行賈往來江上，或居吳，或居六合、江浦，所居貨嘗大利矣，而輒舍去之，既去而守其貨者果失利，其明智絶人如此。而内事親孝，養寡姊甚厚。姊亡，盡力上請，獲旌其節。在里則歲以米平糶，建陳氏宗祠，置祀田，設爲條制甚備；倡修邑鄉賢祠。其村南有巨溪，越溪道達婺源，而溪漲輒阻爲人患。謹齋爲造舟設義渡，置田以供其費。在六合、江浦，遇公事所能爲者，必以身先，如其在休寧焉。

其自奉甚簡陋，而濟人則無所惜。人或欺忤之，夷然未嘗較也。人或頻以事求索之，輒應，未嘗厭也。暇則以忠謹之道訓其家人，而未嘗言人之過。少時遇一術者，爲言君某歲當少裕，某歲大裕，及他事成毁，後皆奇驗。又言君當五十三歲死矣。故謹齋至五十，即歸臥陳村不出，以待終，然壽七十八乃没，人謂其修善延也。既没，而其家不失長者風，謹齋之教也。

謹齋子四人：有灝、文龍、有洄，皆篤謹爲善人，皆先之卒，惟幼子有涵送其終，時年五十矣，而以盡禮致毁有稱。有涵之子兆麒，從姚鼐學爲文，嘗爲鼐述謹齋之行。

姚鼐曰：謹齋生平皆庸行，無奇詭足駭人者，然至今人多稱之者，以其誠也。夫使鄉里常多善人，則天下之治無可憂矣。如謹齋者，曷可少哉！曷可少哉！

## 方染露傳

方君染露，名賜豪。爲人清介嚴冷，不可近以不義。少以能文稱，爲諸生。乾隆三十年，中江南鄉試。屢不第，以謄録方略館年滿議敘，得四川清溪知縣。既至官，視其僚輩澳涊之狀，曰：『是豈士人所爲耶？吾柰何與若輩共處！且吾母老，不宜遠宦。』即以病謁告，其莅官甫四十日而去歸里。歸則授徒以供養，日依母側。執政有知之招使出者，終不往。如是十年，母以壽終。君悲傷得疾，次年卒，年五十有九，乾隆五十九年也。

君尤工書，里中少年多效其法。君夫人張氏亦賢智有學。余居里中寡交遊，惟君嘗樂與相對。一日在余家，共閲王氏萬歲通天帖，疑草書數字，不能釋。君次日走告余曰：『昨暮，吾妻爲釋之矣！』舉其字，果當也。然張夫人竟無子，側室□氏生子元芝，元芝四歲而孤。

君既喪，余益老，里中舊相知皆盡。君弟德自京師書來，請爲君傳。余謂君行可紀，而亦以識吾悲，故書之如此。

## 程養齋暨子心之家傳

程養齋，諱文邃，字乘素，養齋其自號也。先世居歙黄墩，唐末徙新建，至宋淳祐中徙婺源。居婺源十六世，爲贈資政大夫宇，生贈資政大夫應鵬，兩世皆有厚德於鄉黨，養齋乃應鵬之第三子也。年十九而父嬰風疾，兩兄適客遊，君侍疾左右，及經理家事，稱爲賢孝。及既孤，上事母、兄，下撫三庶弟，人無間言。

程氏自兩贈資政，相繼建立祖祠，而增修飭之；至養齋，爲立祭法，規久遠，益虔且密。恤宗族，厚鄉里，能嗣其家風。爲人循謹，踐履質實。著無忝誌、經目誌、禮考若干卷。又輯先代遺訓、師友格言，自端楷細書爲卷，日取以自警惕。平居嚴衣冠，慎動作，見者肅然。又明于處事。婺源嘗值歲饑，君率衆出粟平糶，設立規條，事舉而爲利溥。總理婺源縣志，書成，人以爲善云。年五十七卒于家，以例得都察院都事職。卒後以子尚義由知府加五級，得贈資政大夫。娶董氏，子二：尚志、尚義。

尚志，字心之。其爲人年少而沈静，寡言笑，嚴毅如宿德。十八歲補邑弟子員，力學不懈，于十三經皆成誦，而不牖于時文之卑陋。嘗讀古史書，分類而纂記之，求經濟之用。自厲氣節，嘗曰：『士入世，立脚不堅，任事不巨，則庸人耳！』兼通算法，能推三角八線，以闡宣城梅氏之義。居家孝悌，最爲養齋所喜，赴試金陵，卒于途，年二十二。養齋哭之，有曰：『人非善不交，物非義不取；于朋友誾誾，于兄弟怡怡。』兹足著其人矣。以子學金爲户部主事加二級，得贈奉政大夫。妻王氏，以節孝獲旌。子二：學金、南金。

姚鼐曰：婺源爲大賢朱子之鄉，士大夫猶以敦禮講義爲貴，君子之遺風遠矣！如程養齋者，誠無愧一鄉之善也與！養齋于修縣志時，婺源士皆惜心之之死，欲載之誌内，養齋不可，今學金乃請余傳之。其父子用意，顯晦皆是也。如心之之賢俊，矯出于俗，使天假之年，所成立可量哉！

## 校記

〔一〕晞　劉校本作「睎」。戴震東原文集卷九與方希原書則作「希」。

# 惜抱軒文集卷十一

## 碑文

### 宋雙忠祠碑文 并序

東海朱使君，受命領兩淮鹽運司之次年，謁於江都城北宋制置使李公、副都統姜公祠下。乃進士民告之曰：『當宋之季，自荆、襄而下，城隳師殲，降死相繼。伯顔之軍，南取臨安；阿术之軍，北圍揚州。時維二公，忠義堅固，竭力合衆，以守兹城。臨安既下，帝、后皆入於元。孤城勢不可終全，二公卒不肯降屈其志，再卻謝后之書，斬元使，焚其詔，以絶他慮，明身必死國家之難。

昔蜀漢霍弋、羅憲，據郡不降魏；及審知後主内附，然後釋兵歸命，世猶愍其所處，以爲弋、憲欲守而無所嚮，異於君在懷有二心者也。若二公當國破主降之後，效節於空位，致命不遷，卒成其義概，可以壯烈士之志而激懦夫之衷者，以視弋、憲何如哉？今天子褒禮忠節，雖親與聖朝爲敵難而殞者，皆隆崇謚號，俾吏秩祀。矧宋二公立身甚偉，而舊祠陊壞，歲久不修。其於朝廷奬忠尊賢之典，守吏以道導民之誼，甚不足以稱，吾將率先飭而新之。衆皆曰：『願盡力。』乾隆四十二年六月，既竣工，桐城姚鼐爲之銘。辭曰：

元雄北方，既脱金距。瞰視江淮，嬰兒稚女。誰固人心，奉彼弱主？力或不支，有氣可鼓。二公堂堂，孤城在疆。國泯衆遷，誼不辱身。死爲社稷，生豈隨君！既得死所，安於牀茵。列士摶膺，市人流涕。同廟揚州，以享以祭。五百斯年，其報匪懈。新堂炯炯，有翼其外。神陟在天，明曜剛大。思蠲厥心，來庭來對。

## 蕭孝子祠堂碑文 并序

蕭孝子，諱日曠，江都人。其母朱氏病且殆，孝子刲脇割肝，使婦虞氏和藥進母，母愈而孝子死。世之學者言：『不敢以親遺體行危殆爲孝。』是固然也。抑紂之時，微子去之，比干死而箕子奴，而皆爲仁。武王伐暴救民，伯夷恥食周粟，而皆爲聖。君子行豈必同乎？今夫小人之爲不善，非不聞有禮誼廉隅之介也，出於情所不自勝，則潰藩籬蕩防檢而不顧。夫君子之爲善，亦若小人之爲不善也，發於至善而不可抑遏，豈尋常義理辭説之所能易哉？故曰：『求仁而得仁，又何怨！』孝子既喪，虞氏謂母初愈，不當使聞悲慟，乃匿語姑曰：『日曛商出耳。』殯孝子他室，奠則麻衰絰而哭孝子，入則常服而奉進食藥。孝養十餘年，姑死，虞氏守節以終。虞氏誠賢婦，然亦孝子行足感動之，以成其德。士患欲行道不能必於妻子者，觀於虞氏，可自反矣。孝子事在康熙時，墓在梅花嶺東，邑人祠之於墓側。鹽運使遼東朱使君至，修整祠宇，桐城姚鼐爲銘之曰：

親吟於席，子憂弗寧。親偃然死，子欲無生。親蹶然起，而坼子形。猶全九鼎，碎彼缶罌。何究何思？一決於誠。志存身滅，夫豈徇名？德衰恩薄，以忍爲貞。千世萬世，徠讀此銘。

## 明贈太常卿山東左布政使張公祠碑文 并序

明崇禎十一年冬，大清兵自青山口入畿甸，所過夷剷，蔑能防阻。放兵南下，山東巡撫以濟南兵守德州。濟南遺卒不及二千，而大兵卒至。左布政使張公，率吏卒募士城守，相拒十晝夜，力盡援絶，十二年正月庚申城破，公戰死城上，妻方夫人、妾陳氏，皆自投大明湖内。事聞，贈公太常卿，方夫人、陳氏皆被錫命。義果章於一家，忠烈光於國紀。夫天下之善一也。我朝神武，奄有天下，於前代之臣，忠於所事，雖相抗拒以死，必褒美及之。豈非崇善植義，示人臣不以衰盛易心之道哉？故天下聞而增感歎焉，況在其人之鄉里乎？張公桐城人也，既没，濟南及桐城皆爲祠祀公。鼐昔嘗以使事至濟南，瞻公像，拜於祠下，怳焉賦詩而後去。後十五年家居，值里中修飭公祠，衆請爲文以記。吾鄉當明萬曆中，公及左忠毅公以丁未、庚戌兩科相繼成進士，而皆死於忠藎，故世言吾鄉人物風節之美也。君子所貴，爲善而已。二公所以死不同，而同爲忠。士有遭值行義不必同二公，而庶幾於二公者，其道亦必有在焉矣。公行載明史傳，不待文而顯；爲之文者，以厲鄉人也。祠在邑南門公居室前，復修之者，公五世孫某。銘曰：

天有所廢，人不可支。危以軀殉，道則無虧。公治閩、粤，民頌曰哲。遷屏東藩，以困奮節。婉懿夫人，援攜娣妾。甘臥潭淵，高義矗立。靈車神輦，風雨之辰。偕徠故居，撫其嗣人。倚彼城垣，高堂以軒。既飭敬祀，以萬斯年。

## 鄭大純墓表

閩縣鄭君，諱際熙，字大純，爲人介節而敦誼，勤學而遠志，年三十六，終於舉人，而士知其生平者，靡弗思焉。君初爲諸生，家甚貧，借得人地才丈許，編茅以居，日奔走營米以奉父母，而妻子食薯蕷，君意顧充然。鄰有吴生者，亦介士，死至不能殮。君重其節，獨往手殯之，將去，顧見吴生母老憊衣破，即解衣與母。母知君無餘衣，弗忍受也。君置衣室中，趨出。君既中鄉試，將試京師，行過蘇州，或告之曰：『有閩某舉人至此，發狂疾，忽詈大吏，吏繫之，禍不測矣。』君瞿然曰：『吾友也！』即謝同行者，步就其繫所，爲供醫藥飯羹，至便溺皆君掖之。適君有所識貴人至蘇州，求爲之解，某始得釋。君即護之南行，至乍浦，乃遇其家人，君與別去。於是君往來蘇州月餘，失會試期，不得與。

君文章高厲越俗，其鄉舉爲乾隆丙子科。同考知龍谿縣陽湖吳某得君文大喜，以冠所得士。及君見吳君，吳君曰：『吾不必見生，見生文，知生必奇士也。然已矣！生文品太峻，終不可與庸愚爭福。』君自是三値會試，一以友故不及赴，再絀於有司。君意不自得，遂不試，往主漳州雲陽書院，歸謁吳君於龍谿，遂於龍谿卒。

君有弟字曰大章，少與君同學，同執家苦，長而同有名。君歿八年，大章登進士爲編修。去年，余與大章同纂修四庫全書。大章日見余，每如欲有言而止。今秋余疾請假，大章乃悽然曰：『世好文者多矣，莫若吾兄。吾兄鄙夷凡近人，而追慕古人則忘寢食、棄人事，以求其文之用意，惜乎不見君文，吾兄必愛之也。今吾兄没十四年矣，君又將去，安得君文傳之？』余爲惻焉。昔吾鄉方望谿宗伯，與兄百川先生至友愛，百川死而宗伯貴。吾鄉前輩皆告余：宗伯與人言，一及百川，未嘗不流涕也。今大章何以異是！

大純學行皆卓然，雖生不遇，表其墓宜可以勸後人。余固不憚爲辭，而大章之志，則亦益可悲矣。君無子，其詩文曰浩波集，大章爲鐫行之。

乾隆三十九年十月，刑部郎中桐城姚鼐撰。

## 羅太孺人墓表

攸縣陳檢討夢元之母曰羅太孺人，初歸於贈檢討諱伍南，家無尺地以資生，父母作苦，中年乃能買屋以居，教子讀書爲士。未幾，贈檢討君亡。太孺人撫其二子皆十歲餘，能使無失業，相繼爲縣諸生。既而長子夢鼇又亡，獨與次子居。或頗侵侮之，太儒人禁毋論較，惟責爲學益急，以至成進士、選庶吉士。時太孺人年近七十，檢討請歸奉養。太孺人遭逢艱難，豫樂不同，能始終静一，其心不怵不慆，年七十三乃没。將没，戒子異日入朝，毋徇勢利而棄舊學，故檢討至今奉其教爲端士焉。

當長沙之南，衡山之北，湘水東受洣水，泝湘則逾衡、永，西南届嶺；泝洣則東南至茶陵之東。洣源雖近，而清徹侔於湘，故其旁多奇士。攸縣居茶陵下流，洣至是納攸水，受其通稱，其西遂近湘、攸之會云。縣中陳氏爲最大姓，檢討之祖，在明多取科第仕進，久而勢落徙業，至檢討再興其家，而太孺人最有力焉。

初，贈檢討君治屋城中，居攸水西南，而其六世墓地曰叢壩，又在其西南距攸水十里，據谿山之勝。陳氏長者謂贈檢討君夫婦賢也，使葬獨祔於是。故太孺人始厝城北，今葬叢壩祖塋之次。乾隆二十七年，檢討值國覃恩，追贈及太孺人。三十九年，刑部郎中桐城姚鼐表其墓前之隧。

## 荆條河朱氏先墓表

朱氏先居山東歷城，明初有以功得世襲三品指揮使者數世，譜失其名。其始以指揮使屯遼陽左衛名永安，名乃可紀。永安生澄，澄生國輔，皆襲指揮使於遼東。

國輔之子諱應奎襲職，曾太祖高皇帝定遼東，改爲正紅旗漢軍參領，管火器營，嘗以修理遼東户口籍成，賜爵阿達哈番，既而失爵，以參領終。長子襲參領諱登科，世祖章皇帝入關，從有功，又改爲鎮守山海關城守尉，兼參將事。章皇帝賜之塋地於寧遠州荆條河上，今墓所也。城守尉遷父柩於遼東來葬之，城守尉没亦葬之。其子諱廷縉襲城守尉，二十年，於職無廢事。康熙二十年，增山海關守兵，設谿屯，大裁去城守尉，改朱公爲副都統官。副都統未任而卒，卒從父葬，故荆條河多從葬之墓，而參領、城守尉、副都統三世最先焉。

朱氏城守尉，世職也，及改官副都統，吏議之不詳，而遂亡之。自是副都統子孫，或居山海關，或遷京師，雖失世職，而自以才進顯者益多。副都統有孫曰倫瀚，曾孫曰孝純，繼以文章治行顯。倫瀚仕至正紅旗漢軍副都統，孝純今爲兩淮轉運使，嘗使人出關修墓植木。既以圖來告余曰：『孝純家京師，出官四方，先人墓地越在山海關外，不獲時謁。自吾父謀立石表隧，以昭國恩，崇紀前烈，石既具矣，未得文以刻。孝純懼久遠或湮廢，敢請爲之辭。』

余曰：『參領以來，三世皆爲功開國，時以受賜地爲墓，誼固宜表。天下族姓，興衰多矣！尊貴或一二世，或數世輒盡。朱氏自明迄今十餘世矣，而人才之興未替，豈非其先人遺澤遠哉！此天下所樂稱者，而況其子孫乎？若夫右控北平巖壑之雄深，左臨渤澥之波而瞰中外之界，山川偉異，足以發其子孫英傑奇秀之氣，則是被先朝賜地之恩厚於無窮也，朱氏其勉焉而已！』

乾隆四十二年某月，刑部廣東司郎中桐城姚鼐表。

## 丹徒王氏秀山阡表

王氏世丹徒人，今在告雲南臨安府知府文治之祖，諱元盛，字祥甫，里居爲誠樸長者，不幸早世。有子諱士閎，字漢徵。漢徵生五歲而孤，母吳孺人尚少，家貧乏，無族黨内外之助，撫三尺之孤，默默自守於窮巷之中，卒教養子至成立。漢徵有兩弟，皆殤，獨漢徵長而至孝，母子相依，無須臾之離。其事親，衣服飲食之具，貧不能致美，而能使母衣食之而樂也。母八十餘而終，漢徵年逾六十矣，喪殯不能華飾，而能極其哀慕之誠也。乾隆初，鎮江修府志，丹徒馮令君詠主其事。漢徵謁令君，涕泣而述母節，詠爲感動，載之志内，里人皆以爲不誣也。

祥甫亡時不能葬，漢徵長乃營葬父於丹徒東南秀山枝之原，及吴孺人亡，祔焉。漢徵年七十三卒，娶同縣某孺人，無子。側室秦孺人，生文治、文源、文明。漢徵兩孺人皆從葬於秀山墓右。

後文治以一甲第三人登第，爲翰林院編修，遇國恩，贈兩世皆如其官，階皆文林郎，妣皆爲孺人。又其後，文治以侍讀出爲知府，歸守先壟。桐城姚鼐，其友也，嘗訪文治於丹徒，拜於壟下，文治請爲表，未及成。又其後，文源與江南己亥科鄉試爲舉人，文明爲湖北龍坪鎮巡檢。文治視其其弟於湖北，過皖就鼐，復徵前語。乃以所知者書，俾揭諸其阡。

夫王氏内外節孝，誠可稱矣！然皆生窮困於其身，卒乃光顯於其後。爲善之報有不可必，而爲己之無憾者可必也。誠無憾矣，無聞於時亦可也，而必盡力表章以著於世者，賢子孫之心不能已也。傳曰：『既美其所稱，又美其所爲。』非是謂邪？斯亦可爲爲人後者勸矣！乾隆五十二年五月表。

## 河南孟縣知縣新城魯君墓表

魯氏世居江西新城中田村。康熙乙丑科進士，諱瑗，由翰林檢討仕至右通政。通政之子諱京，康熙戊子科舉人，爲廣西平南知縣，實生孟縣君。君諱鴻，字遠懷，乾隆癸未科進士，爲河南沈邱、滎澤、孟縣知縣。君少讀書，慕古人行迹，思效於實用。其在職，重鄉約長，必慎擇清謹畏法者，而稍禮貌之，又重奬其尤善者。告上誠下，一以忠信，故事舉而民不擾，下情達而上官樂從。

沈邱與江南阜陽界，鄰盜互匿焉，故難捕。君推誠與阜陽約，兩縣合捕如一邑，於是宿盜皆獲。沈邱有買硝之累，君力請去之。而爲孟縣，禁無賴號爲水官擾民者。其時上官亦多知君賢，然十年居河南，終不見拔。君亦厭吏事，遂援例入貲，當得府同知，因離任遽返。返則誘進後進，稱善如不及。著四禮通俗，以率鄉人。

其於古文，受法於建寧朱梅崖，所爲凡百餘首，持論有根柢而多當於情。君之族子九皋，始從君爲科舉之學，君高其才，勸使學古，九皋卒成進士，以古文名。君於余爲進士同年，然往來疏甚。晚與九皋相知，乃聞君之爲人。君在里，又將使其二子繪、繽渡江從余學，雖不能至，余甚愧其意。

乾隆五十四年冬，君卒。卒逾年，九皋與繪、繽以書乞爲文揭諸墓上。蓋魯氏多才，而君所以啓後人者爲有道矣。

乾隆五十七年二月日，桐城姚鼐表。

## 疏生墓碣

疏生名枚，父曰長清，兄曰枝春，皆桐城諸生。生幼從其兄讀書，穎悟過人。大興朱竹君學士督安徽學政，愛其才，取入學。次年補廩膳生，才十三歲。乾隆五十一年，朱石君侍郎典江南試，填榜得疏枚名，大喜曰：『此吾兄生平所重士也。』然生終於舉人，年三十二，乾隆五十七年夏卒。

生爲學精甚，寒暑晝夜疾病不輟。世之士能文章者，略於考證；講經疏者，拙於爲文。生能兼攻之不懈，於箋註文辭之事，皆求得塗轍矣，用力憊而夭及之，悲夫！

生居去吾家七十里，顧不常見。其慕余絶甚，得余文輒誦之不忘。余在江寧，生疾，亟謂其兄曰：『吾不復見姚先生矣，爲乞數言識我，足矣！』其秋，枝春來語余，余傷而書之，使歸鐫其墓上。姚鼐表。

## 蔣君墓碣

君諱知廉，字用恥，翰林院編修鉛山蔣心餘先生士銓之長子也。編修以才稱天下矣，君少，繼有才名，能文，工作書。乾隆四十二年，爲選拔貢生，從編修京師，編修大病，割臂和藥，一進而愈。君鄉試屢不録，以謄録勞授州同知，發山東，署臨清州同知，吏事甚辨，辨獲盜之不實者，執之力，卒獲眞盜，果如君言。值水澇，君行視救溺者，中溼，未幾卒，年四十，乾隆五十六年也。

當余在揚州時，編修君赴都，過揚州相見。君以拔貢將入試，與其弟偕從。時丹徒王侍讀有家僮善歌吹笛，而編修工爲曲，嘗成曲，俾以笛歌。吾曹相從，飲酒聽歌極樂，以君年少，不呼使與也。第見編修有子英秀侍側，共言其可慶而已。後未十年，聞編修歸里旋没，又數年而君亡。余頃居江寧，君之子立中來求爲文紀君，其年已逾君始遇余之年矣。人世之速，而才者之不可留如此。悲夫！

君才既足稱，没後，其幼子立萬之生母賈氏卒縊以從，今從君葬，是亦可紀。而余又感思生平故舊，乃書其略，俾立中碣君墓上云。

嘉慶三年十月，桐城姚鼐書。

# 惜抱軒文集卷十二

## 墓誌銘一

### 内閣學士張公墓誌銘 并序

故資政大夫、内閣學士兼禮部侍郎桐城張公者，贈光禄大夫諱士維之曾孫，贈光禄大夫諱秉彝之孫，而太傅、大學士文端公之子也。雍正元年，恩詔開會試科。是時文端公薨，公之兄太保文和公已爲户部尚書充會試考官矣。公以舉人例避不與試，值特命官别試迴避舉人，於是公成進士，改庶吉士，授編修，遷左贊善，歷翰林院侍讀學士、詹事府詹事。今上即位，以公爲工部右侍郎。

公在翰林，常充日講起居注官。起居注素無條例，爲者繁簡任意，漏遺冗贅，不稱史體。公精思爲之，寒暑在館十餘年，編載詳贍，上以爲善於其職。於是公以工部侍郎兼起居注官事。本朝官不爲翰林而仍職注記者，獨公爲然。爲工部侍郎數年，轉内閣學士兼禮部侍郎，又二年遂告歸。

公爲人誠樸篤謹，細微必慎，每當入朝，自書職名，讀之曰：『某官張某。』又屈指計之曰幾字，視紙上三四而後敢出。奉使督江蘇學政，遇試士日，公服竟日，燕處不脱。人問之，公曰：『取士，國重典也，敢忘共乎？』其爲侍郎，謹奉法度而絶阿私。

既告歸，則益以舊德篤行自守，所爲喪祭禮制，多合於古，足爲法式。其自奉甚陋，或人所不堪，雖其家人皆竊笑之。然至族黨有緩急，出千百金不惜也。未嘗私受人一錢。門生某爲江西巡撫，過公居，奉數百金爲壽。公曰：『吾幸足衣食，安用汝金爲？』又有以人參寄公者，公曰：『吾生平無病，烏用參？』少爲宰相子，久居京師冠蓋之間，而終無世故態，遇人無貴賤，率意而言，必忠必信，是以天下之士皆謂公長者。

公諱廷瑑，字桓臣。兄弟六人，其四皆貴：長少詹事廷瓚，仕仁皇帝，與文端公同時；次太保大學士廷玉；次禮部侍郎廷璐。太保、禮部侍郎與公，皆仕憲皇帝及今上最久。公之歸也，禮部侍郎及太保前後皆告老，而公最後没。上聞，顧謂左右曰：『張廷瑑兄弟皆舊臣賢者，今盡矣！安可得也？』因歎息久之。

公卒於乾隆二十九年，年八十有四。夫人吴氏。子二：長若泌，舉人；次若渠，副榜貢生。以乾隆三十八年某月日，合葬公、夫人於桐城北投子山麓。銘曰：

德葆以居，才託其餘。取安吾心，不爲人夸。士誰能然？惟公之行。繼成於學，始秉於性。再世卿相，家胡不隳？厚植根苞，天則祐之。我銘其幽，所陳者信。後世識之，以固無盡。

## 四川北道按察副使鹿公墓誌銘 并序

公諱邁祖，字紹聞，定興鹿氏，始明監察御史久徵，有直諫名。久徵生正，明熹宗時，嘗營救左、魏諸君子之難，天下稱爲鹿太公者也。太公生太常少卿繼善，殉節死，謚忠節。忠節子曰化麟，舉鄉試第一，居父喪殁，人謂之孝子。孝子之子諱盡心，公之曾祖也，爲安邑令。公祖諱賓，仕本朝爲陜西道監察御史。考諱聖權，封奉政大夫。

公雍正八年庶吉士，授編修，以四川川北道按察副使罷官，乾隆二十九年十二月十四日卒於家，年六十。夫人王氏先卒。子二：琪，廩膳生；次預，早卒。以乾隆三十二年□月□日葬公及夫人於江村祖塋之側。銘曰：

鹿氏在明，忠孝久稱。有肖無替，累以世嗣。巍副使公，彪文縝質。始作詞臣，究通經術。匪曰能言，而允行之。以學事君，在心不欺。命作御史，有辭謇謇。君子所予，小人所憚。巡察帝城，周閲殷廣。閉杜謁言，搜邪伐黨。給事於中，掌禮、吏科。審較牘奏，詳而不苟。轉運奉使，湘湖之南。羣吏放手，民則弗堪。覈正斗甬，公以躬監。正稅罔贏，誅責貪惏。有盜殺人，吏論如法。撫軍卻之，謂不當執。罷按察使，而令公攝。將骫律令，意授威慴。或旁諷公，公曰不可。佑賊詭正，寧禍及我。言忤上官，解其柄持。改在川北，畀以疲羸。親入山林，掘盜根株。哀問民生，慰恤瘠枯。直時軍興，征金川醜。以馬濟軍，百城交走。或應於前，而乏於後。歸罪邑令，大吏借口。公曰僨矣，非令之咎。予以身任，遂遭彈奏。吏籍其家，敝几故書。怨嫉之徒，媿感嗟吁。詔荷公校，以重軍罰。大吏憐公，勸使私脱。公曰詔乎，脱余則爲。苟非君命，敢奸以欺？卒朝夕荷，西師隨罷。既有定功，公亦蒙赦。公之在官，嶷嶷剛毅。公之在家，愉愉孝弟。歸遭父喪，以毀受病。秉道終身，卒斃於正。有懿夫人，飭身約己。佐公清節，誼不爲侈。同穴江村，高墳磊砢。我銘直諒，以厲媕婀。

## 光禄大夫刑部尚書贈太傅錢文端公墓誌銘 并序

刑部尚書嘉興錢公，登朝爲名卿，老而告歸，上承聖人之殊眷，下爲海内文學之士宗仰，爲耆碩者又二十餘年，乾隆三十九年正月辛酉薨於里。疏聞，上悼惜甚至，製詩哀之，命贈太傅，祀於賢良祠，謚之曰文端，賜祭葬如制，特予銀千兩治喪。其子汝誠以是年十二月，葬公武原生坊南化城，請余爲銘。

按狀：公諱陳羣，字主敬。明給事中贈太常卿徽者，公六世祖也。曾祖諱陞，祖諱瑞徵，考諱綸光，三世皆以公貴，贈光禄大夫，妣皆一品夫人。

公之少也，讀書穎悟過人，未二十遊京師，則已與諸名士論文，唱和相得，時言才士，即曰錢君。康熙四十年，公成進士，改庶吉士，授職編修。世宗時，三進官至侍讀學士，充日講起居注官，直南書房。今上登極，擢通政使司右通政，四進官至刑部侍郎，以疾歸里。

公當事持大體，守成法。爲編修時，嘗爲陝西宣諭化導使，在事稱爲能。及久任刑部，讞獄剖晰得情，甚稱職。然上尤愛公詩文之美，嘗樂與考論今古，稱爲故人。公之歸也，上每思見之。公以所作詩奏進，上覽之，未嘗不稱善也。

公歸後五年，上南巡，賜在家食俸。後三年，皇太后慈壽七十，公入都慶祝，命加尚書銜，與九老之會，圖形禁中。後又兩值南巡，加命以刑部尚書致仕，晉太子太傅。至皇太后壽八十，公再入都，年八十六矣，猶健步。上見公益喜，賜騎馬紫禁城，再與九老之會。公子汝誠爲户部侍郎，侍養於家，及是隨公入朝。父子卿貳，持杖扶攜，出入宫苑禁闥之中，觀者以爲榮。其歸也，又賜詩以寵其行。

公嘗一爲會試總裁，三典鄉試，再提督學政，及年益高，天下文士翕然趨之。公亦和易，與後進談説，往復論難不厭；吟誦詩章，音節抑揚要眇；説先朝故事，歷歷首尾，如披史傳，聽者每至中夜忘疲。是時長洲沈文慤公在吳，公在嘉興，天下以爲齊名，雖上亦稱爲二老也。文慤既殁，後四年公亦亡。於是上自九重，下洎朝士，以及閭閻，識與不識，莫不歎息悲傷，謂東南耆舊盡矣！

公年八十又九，再娶皆俞氏，皆一品夫人，與公祔葬。子七：長侍郎汝誠，次汝恭、汝慤、汝隨、汝豐、汝弼，公以汝弼嗣弟界後。幼子汝器，上南巡，爲公賜汝器爲舉人。女九，孫男十五，曾孫二。銘曰：

多士雲興，蔚此昌時！孰爲魁英，備履福祺？秀水之郭，鴛湖之湄。公起登朝，作吏之儀。歸樂太平，爲羣士師。上與天子，賡和其辭。衆望哀然，既老不衰。我嘗識之，丹頰白髭。飲酒笑談，寡怒多怡。國有上瑞，匪鸑匪芝。進觀公貌，退讀公詩。詩則永留，貌不可追。刻示後來，吾言不欺。

## 贈武義大夫貴州提標右營遊擊何君墓誌銘 并序

君諱道深，字會源，山西靈石縣人。以武進士侍衛乾清門，出爲貴州提標右營遊擊。乾隆三十二年，兵部尚書明瑞總督雲、貴，進討緬甸，集諸道兵，君初不與調，明公聞君訓練營卒勇健有節度可用，特檄以其衆至永昌，至則果整練異他軍，明公善之。

秋，三路出師，以軍隨幕府，從取木邦，破錫箔，踰天生橋，大戰蠻結，先登奪栅殪醜，紀功一等。又從入至窮窄，去賊巢阿瓦城益近，賊斷木壘石守隘，我師糧少，火藥鉛丸盡，師旋，賊抄其後。君爲殿，遇山谷險阨，君必奮戰，俾師得度，至猛域。

未至猛域前二日，君中鳥鎗，夜息，有軍校曰：『君傷重矣！賊至日衆，道險難與敵。盍稱病？且逸歸乎！』君曰：『賊衆，乃將卒致力時也。』叱之退。明日，戰益力。

初，明公將中軍趨錫箔，别將分左右軍異路進，約會師。及至猛域，兩軍不如約。前阻大山，賊盡塞蹊隘，環圍數重，軍殺馬以食。三十三年二月丁卯，明公令夜拔營起。平明賊來邀，君立高岡與相拒，他軍士從其旁得去。君朝戰至日中，被數創仆，君亡。次日，明公亦亡。事聞，上以中軍多戰功，其没以無援，賜恤特厚。左右兩軍死事者，殺其制不與之等。於是君得贈武義大夫，祀於昭忠祠，祭葬恤廕如制。君祖龍騰，父思義，皆贈中憲大夫。夫人梁氏先没，繼配武氏。君之赴永昌也，武夫人方孕，君没猛域兩月，子膺綬始生。

君撫士嚴而有恩，其聞檄令，二日即行，而顧擇其無子無兄弟者皆勿從，没後軍皆悲涕，以其帶髮返。次年，賜葬本邑。銘曰：

頎與何君！眉目清美，揖讓温温，以與余友。佩鞬横戈，徂險而馳。急難舍生，義孰與多？汾流之側，君起厥邑。往不生歸，銘窆無極。

## 副都統朱公墓誌銘 并序

公諱倫瀚，先世世襲指揮使於明，屯戍遼陽左衛，因家焉。三世歸我太祖皇帝，爲正紅旗漢軍世襲參領。其子以從世祖入關功，爲鎮守山海關世襲城守尉，是爲公之曾祖，諱登科。祖諱廷縉，襲職後改副都統，因亡世襲，自是以白衣仕進。副都統有弟爲湖廣道參議，諱廷寀，無子。副都統使己子爲之後，是爲公考諱天爵，爲建寧府知府，有吏能清節。

公少而孤貧，負軼才奇氣而好學，文武藝皆能盡其巧，通知當時事變利病，慨然懷濟人之志。中康熙五十一年武進士，選三等侍衛。聖祖偉其才，使兼直武英、養心殿。數年，改用爲刑部郎中，持法堅不可奪。時刑曹或破律放意，以入人罪，公疏論其非，上善之，飭吏如公指。

雍正中，出爲寧波、衢州知府，浙江糧儲道布政副使。衢民爲齋堂，合衆誦佛書。公曉以非道，盡解其黨；及大吏聞，欲以邪教論，衆已散去，遂皆免。運丁有積欠久不能償者且十萬金，公計糧道所入歲償之，竟除其逋。今上初，召入爲御史，出莅湖廣驛鹽道，復爲御史、給事中，掌吏、户科，巡南城，擢正紅旗漢軍副都統。在朝屢以事陳，抉絶萌姦，民賴其悆。

公爲人和易好交遊，而持身介直。仕宦恥爲家計，晚歲益貧，或至乏食，其意益恬，時爲文自娱，以至於殁，年八十一，有集十二卷。

公在浙江時，世宗夜夢道士見而請曰：『吾天台山道士也，來就陛下乞所居地。』帝寤，異之，使問於浙江，吏言：『天台故有桐柏觀，今爲人侵廢，且爲墓矣。』詔還爲觀，俾公董其事，公成觀而民無疾焉。往來山中，爲詩一編曰天台遊草，其辭尤奇雋，士多誦之。自聖祖愛公書，世傳寶朱公指畫及書。然公修己，立朝卓然，於衆不詭隨，蓋有古人之風，豈以文士論哉！

子五人：長孝先；次孝升，舉人，□縣知縣，先公卒；次孝全，次孝純，次孝揚。乾隆二十五年，葬公宛平西北十五里祖墓之側，夫人祔。銘曰：

言以法謇刮吏瑕，行以義域不爲他。苟利於國家則羸，偉哉中藏鬱以多！抑揚文武誰不宜，遠甿涕泗百士嗟！作銘幽室埋其阿，此石可泐名不磨。

## 淮南鹽運通判張君墓誌銘 并序

君諱廷璇，字清紹。桐城張氏始以仕顯者，曰明廣西布政司參政淳，史録諸循吏。參政之孫秉哲，順治時以能文名，爲舉人。舉人生都水員外郎芑。都水四子，其季爲君。君少修謹，寡子弟之過。長以薦舉，試職於禮部。出爲東臺鹽課大使，擢鹽運通判，分司通州，廉慎於法，所職無不舉。

通州符生，以文爲君知，嘗侍，從容以吏事干君。君曰：『書生乃可言及此耶？』既而曰：『汝毋乃貧乎？曷不語我？而俾人以利訹汝。』遂厚予之。生感而奮，爲善士。

海濱以竈户煮鹽，舊給之田，竈户輒賣之民，且百年，田價增八九倍，而田數易主矣。有議：『奪田與竈户，使竈户苐償故直。』君曰：『是非平法也。且竈户貧，不能買田；必姦民誘使爲名，而陰據之。是平民失業而姦民利也。』以告上官，不聽。君曰：『厲民爲媚，可乎？』投劾遂去。君與太保文和公，皆參政玄孫也。君績學工詩，善楷書，言行有蘊藉，太保尤器之。然仕於内外，皆不竟其志，年四十餘即歸。歸而飲酒賦詩，接鄉里，歡然無間。其居衆中，望其狀，嶷如也。娶左氏，生子若兆。教其子少毋與人接。鼐年十九時，君一日見之，歸使若兆獨與之友。

君没於乾隆三十三年，年六十七。始厝他所，逾□年，若兆定葬君某所，左安人祔。鼐爲之銘曰：

羣言以禮，士容几几，維邦之祉。羣言詭隨，士容昌被，邑以敝墮。嗚乎！予尚見古之人，以恪以循，既畚以墳，以徵予文。

## 原任少詹事張君權厝銘 并序

君諱曾敞，字塏似，桐城張太傅文端公之曾孫，禮部侍郎諱廷璐之孫，翰林院侍講諱若需之子。年二十一，中乾隆十六年進士，改庶吉士，授翰林院檢討。自文端至君，爲翰林四世矣。是時君家太保文和公解爲相歸，而侍講及羣從在朝爲翰林者四人，君年最少，材器通美，究識古今事宜、國家典故，而持己清峻，人謂君且繼其家兩相國後也。

君爲檢討十餘年，值御試翰林，名列第五，進侍讀，充日講起居注官。四遷至詹事府少詹事，兼侍讀學士。又值試翰林，列第三，當進官，詔特褒君而未及遷。

自有記注官，君家世職之，及君尤講正體例，嘗獨任一館之事。諸城劉文正公爲掌院，每歎異君。君疾士大夫骫骳隨俗，節概不立，欲以身正之，見於辭色，衆頗憚焉。

君三爲順天鄉試同考官，有公廉名。逮己丑科會試，復同考。時武進劉文正公爲考官〔一〕，知君可信，君所薦卷，中者較他房多且再倍。君又以嶢然獨立，稍自喜也。於是榜發磨勘，有摘君所薦舉人梁泉卷疵纇數十，當斥革。吏遂傅君法，革職提問。會考驗無纖毫私狀，而梁泉故鄉舉第一，詔卒復梁泉舉人，君雖釋罪而竟廢矣。於是惜君者莫不咎當時議君之重，而謂兩劉相國宿知君賢，而不能爲一言於上，而顧使疾君者得其快。嗟乎！君進非人所得援，其退非人所得沮，天則使君仕不究其才，而志不信於世也，而何咎邪！

其後，君以萬壽加恩，復五品頂帶，歸主晉陽、江漢、大梁三書院。乾隆四十二年正月，卒於大梁，年四十七。始娶姑女姚氏，生一女，適孫起浤。再娶定興鹿氏，生子元良。側室生子元襲、元衮。其亡也，長子才十二歲。

君少而孝友，持喪以禮。於族姻朋友，事雖難成者，任之必盡其勞，謀之必竭其慮。雖疏遠，以急投之必應。乙亥之歲，江南饑，君居侍講憂在里，倡捐米出賑平糶，晝夜營之，以活一縣之衆。又以糶餘錢積穀，以待歲祲，今吾鄉所謂永惠倉也。

爲文工爲應制之體，尤好古人文章，託意深邈，而不比於時者。仕方顯而爲詩示余，多憤慨深鬱之詞，蓋其所志遠矣。君與余家世姻，少相知，又嘗重余文。君喪之歸也，余既以辭祭而哀之，乃復爲其權厝室銘曰：

綺組會者絲邪，而孰爲之機邪？鳴者匏簧邪，而孰噏以揚邪？物或以冬榮，或盛夏而先零，孰主是而爲之虧成？以盛族有君，志則抗而節弗汙，既駕而騖，而躓於中路，芒乎吾奚知其故？維紀其人而如可以呼！

# 翰林院庶吉士侍君權厝銘 并序

君諱朝，字潞川，泰州人也。其先姓侍其，明初去『其』稱侍氏。曾祖諱念祖，祖諱震，考諱衞，皆諸生，而祖、考得贈如君官。

君少孤好學，無師友之助，而於古文辭、詩歌、四六諸體，皆習而能之，始冠，得鄉舉。初聘泰州沈氏，沈氏女不幸得瘖疾，其家願無嫁，請君他娶。君不可，卒與處，無嫌惡，且十年。沈氏卒，而後娶江寧鄭氏，人以爲難。

君内行修，外重交遊，有死生之誼，而性峭急，聞人一善，稱之不容口，惟恐世不及知，及見行有失道理者，亦切齒忿怒，若不可須臾共處世者然，故世亦以此過君。

乾隆二十五年成進士，當就吏部選知縣，君曰：『吏事非吾所堪也。』後國子監缺丞，詔大臣於進士中選，得君。君任職，以不阿上爲節。有共事不合君者，君不能堪，即日引疾去。

久之，會修四庫全庫，大臣有知君之才，奏爲校勘官，既而爲總校。君校書數倍他人而最精當，乃命爲庶吉士。是時君已得疾，而讎閲不懈。乾隆四十二年，瘍生於首。秋七月晦，竟卒，年四十九。無子，女嫁者一，幼者二。其弟臣仕浙江，亦未有子。君妻弟鄭君厝君甘泉之西山，以待臣生子而後之。

鼐知君最久，故爲銘。銘曰：

山璞瑶琨，器則隊也。龍淵、太阿，鋭則折也。嗟子伉伉，勇言義也。孑以自居，甘與躓也。日暮延登，才未竭也。天生不與之年，死不與之繼世也。芴兮以託於兹，吾辭以志也。

## 亡弟君俞權厝銘并序

先贈大夫三子：長鼐，次訏，次鼎。訏字君俞，幼於余八歲。嘗以一鐙環坐三人而讀書，其時家貧甚，中夜，余歎以爲聚讀之樂，不可得而長也。君俞聞而悲獨甚。

余二十二歲，授徒四方以爲養；既孤，又仕京師，使兩弟侍太恭人於家。久者十年，或四五年，弟兄不相見。君俞獨以應順天鄉試間入都，每來，學加充，識加明，行加慎，余輒喜。其初病目幾瞽，及愈而作眞、行書甚工，余益以喜。然君俞數困場屋，後以監生試吏部，得吏目職，於是君俞意彌不懌。值南昌李侍郎督學浙江，邀之同往。侍郎事或不當，君俞輒諫之。其夫人聞之，太息而稱爲益友也。

君俞聞余歸里，遂亦歸。逾年丙申歲夏六月，感暑疾，初如甚微，夜不能言，旦遂没。

嗚乎！余不孝不友，不能亢其家。君俞存，余冀其有以爲太恭人慰也；君俞亡，余其斷棄也已！君俞娶張氏，再娶倪氏。一子三歲，名曰恩，余惡知能卒使其成立邪？銘曰：

貌碩以豐，氣寬以有容，宜達而窮，閱期卅八而奄終。天乎人乎！宗之不振乎！厝汝以近先君乎！知我言哀者鬼神乎！

## 左衆郛權厝銘 并序

衆郛，諱世經。考曰贈文林郎諱瀓，母曰張孺人；祖曰贈文林郎諱之延，祖妣曰姚孺人，孺人爲鼐曾祖姑。於親黨，君爲余丈人行，然而年相若，少而志相善也。君娶舅女。其妻之弟應宿及君兄一青及余四人，少者十餘歲，長者二十餘，里居無他交，獨四人相遇不厭，而君於其間尤沈静寡言笑，勤學喜爲詩。詩成視余，輒以意指瑕纇，君不爲忤，輒芟易之。一青與余常出遊，君偕應宿營視余家甚備。

其後一青丞湖北縣，以獲盜功，升爲令。入京師，過余旅舍，篝鐙夜對太息，憶君與應宿，雖爲諸生，而方藝花竹爲園，遨遊歌詠山水，邈然不可逮也。

一青爲令六年，罷去。後二年，余亦病歸。然後四人者，復聚於里中，時乾隆乙未夏也。然君比已被疾，其秋加劇，九月竟卒。夫人倉卒遽慟，從而絶。逾年，一青病，至冬亦亡。夫交友久離，及其遇而遽亡之，雖常人猶可悲，矧君兄弟之賢而與余之厚邪？

君卒年四十七。一子七歲曰虎，應宿撫之。厝君暨夫人柩縣北古塘，而余爲銘，待虎長而葬君。銘曰：

嗚乎！衆邪之柩也，志學而將究也，身隱而年弗壽也。繼者昆而偕亡者婦也，厥天爲之夫焉咎也。維余之與舊也，銘以詔孤之幼也。

校　記

〔一〕文正　疑當作「文定」。

# 惜抱軒文集卷十三

## 墓誌銘二

### 兵部侍郎巡撫貴州陳公墓誌銘 并序

公諱步瀛，字麟州，陳氏。先世居歙，公曾祖諱時賓遷江寧，遂爲江寧人。祖諱應陛。考諱士鋐。家故殖財，至公考爲文學，好施予，盡亡其貲，生四子而公爲季。公長益貧，精厲爲學，閎傑於文詞，中乾隆二十六年恩科會試榜第一，選庶吉士。散館改兵部主事，再擢至武選司郎中。公考至是年八十餘乃卒，公爲養與喪，皆當人意。及後爲安徽布政使，則自曾祖至考，皆獲贈通奉大夫如公官，妣皆贈太夫人。

公在兵部，職事修辦，吏不能爲奸。服闋，其尚書奏請補車駕司郎中。逾二年，授河南陳州府知府，再擢至甘肅按察使，讞獄平。值平涼府鹽茶廳回民爲亂，黨連數郡，人心皆聳，爲逆者聚於通渭石峯堡，而總督李侍堯乃託以追逸賊，西往靖遠，獨留公扼隴上爲守禦。公亦憤發，不避險難，盡拘爲逆者之家，又擒其分處他縣爲間應者。官軍初戰失利，公度賊乘勝必東犯陝西，以隆德、平涼當下隴之要，而守衛單弱，即撥固原兵分守，而後奏聞。其後賊果東犯，不得過。公奏之達，上以爲知兵，命大臣督軍至，且詔『事與陳某議之』。公迎説形勢，事理無不究。又籌糧饋，入險岨皆給。逾月賊平，公雖身未履戰陳，而功足以埒，上乃擢爲布政使，而旋調任於安徽，賜之花翎以奬焉。

乾隆五十年，江淮大饑，米升至錢五六十，暴民脅衆爲攘。公徧至所部，頒布上恩，督吏賑恤，防捕盜賊，全護疲困，自夏迄秋末，安徽得寧，而公勞瘁成疾。其後擢貴州巡撫，抵治所，舊疾大作，遂薨，爲乾隆五十四年十一月某日，年六十。

公爲人坦白和易，雖於屬吏無矜容厲氣，然審察能否，進退必當其才。安徽布政司書吏皆江寧人，公臨之有恩誼，而不以奸公法。公自奉儉陋，其在陳州，嘗舉家食稷。於族戚故舊，助恤常厚，歲時餽問無間，所在官舍，來居者常滿。少工文章，喜誦書，老而不倦。承學弟子多材，而秦中丞承恩與公進士同榜，又同一年爲巡撫，人以爲美談。

鼐嘗偕公官兵部，公來安徽，鼐方主安慶書院，於公習且久。公子舉人廷碩、國學生廷頎，以乾隆五十六年□月某日，葬公江寧城北□□山之麓，請鼐爲銘。銘曰：

公以文興，多士誦稱。不究其能，司武是膺。秉節西疆，布迾有方。力不挽强，戎慝翦襄。天子命將，謀以公壯。以戰以禳，其阻有蕩。陟登大吏，而親勞事。爲國之志，爲身之憊。養其疲羸，拊其寒飢。誅其虣欺，斥其不治。協維帝心，開府西南。不以歲深，雲而弗霖。金陵之里，兩中丞起。公壽先已，貽休弟子。鍾山東北，卜維公宅，植保松柏，載詞藏石。

## 贈承德郎刑部主事鄭君墓誌銘 并序

君諱士俊，字灼三，歙諸生，以子貴贈承德郎、刑部奉天司主事。鄭氏，歙舊族也。自君考諱廷詚以上，皆居歙之嚴鎮。歙人營賈淮上，或僑居揚州。君少孤貧，從妻父李氏宦居南昌，後依族人居揚州儀眞縣。

君爲族人謀事，盡其智能而無欺。嘗值歲饑，爲粥以賑揚之餓者。及歙鄭氏廟敝壞，營而新之，君皆任其事，勤苦數倍于人。曰：『吾藉人財以爲善，吾力不容惜也。』君既定居儀眞，乃迎其兄弟之孤及從父兄之節婦洪氏，皆來居而養焉。

乾隆四十二三年間，余主揚州書院，歲一二歸，歸必過儀眞，然未嘗識君，識君子文明。君婿吕彩從余學，時言其舅誠篤長者也。其後十餘年，文明成進士，授刑部主事，吕彩亦與鄉舉矣。乾隆五十年二月初三日，君卒。

逾年，余在江寧，文明來求爲君銘，因言未得葬地。余姑應之曰：『吾嘗行儀眞西三十里，山川體勢，如可葬者。』又逾年，文明又至，曰果得地于西三十里張家坳，已葬君矣，將補納石，求卒銘之。余不意言之幸中。自念老矣，當不復至揚州，於其山水人物有足興舊思者，而文明又求銘甚勤，安得弗銘也？

君二子：文明、文盛。一女，四孫。銘曰：

慎所履，載謙飭。子升朝，父遺德。生江南，亡葬北。瘞升原，茂翳植。大厥族，歲千億。

## 嚴冬友墓誌銘并序

冬友，江寧嚴氏，諱長明，一字道甫。乾隆二十七年，車駕南巡，君以生員獻賦，召試賜舉人、内閣中書。就職，旋入軍機辦事。

君在軍機凡七年，通古今，多智，又工於奏牘，諸城劉文正公最奇其才。户部奏：『天下雜項錢糧，名目煩多，請去其名，而以其數併入地丁徵收。』君曰：『今之雜項，古正供也，今法折徵銀。若去其名，他日吏忘之，謂其物官所需，民當供，且舉再徵之，是使民重困也。』文正曰：『善。』乃奏已之。

大金川之爲逆也，大學士温敏往督師〔一〕，欲君從行，君固辭。退有咎君奈何違宰相意者，君曰：『是將敗没，吾若何從之？』人頗甚君言，既而温公卒致軍潰以死，隨往者皆盡。

辛卯恩科會試，劉文正公爲考官，值軍機事有當關白，君撾鼓入闈得見，既而出。同考官朱學士筠曰：『甚哉！冬友不自就試，而屑屑治吏事爲？』文正曰：『士亦視有益於世否耳，即試成進士，何足貴！』當是時，軍機有數大案，賴君在直，任其勞，獲成議。而雲南糧道以分賠屬員虧銀不完，將死，去限期十日，君具牘入請文正奏寬之，乃生。其年遂擢侍讀。

君治事衆中獨勤辦，然以是頗見疾。其後連遭父母喪，服終遂請疾，不復入。間遊秦中、大梁，居畢中丞所，爲定奏辭，還主廬陽書院。乾隆五十二年八月□日，卒於合肥，年五十七。

君於書無不讀，或舉問，無不能對。爲詩文，用思周密和易而當于情。嘗爲平定準噶爾方略、通鑑輯覽、一統志、熱河志四纂修官；其自爲之書，曰歸求草堂詩文集及論辯經史、書算、文藝、金石文字者，凡二十餘部百餘卷。

祖諱馨，父諱自新，俱以奉直大夫、内閣侍讀爲贈封官。夫人南昌耆士葉用章之女，生男女各二，男曰觀、晉。

余在都時，君時與相從，見君朝趨省禁，暮入文酒之會，若甚暇者。然或以事就君謀，必得其當。君嘗語人曰：『異日先去官者，必姚君也。』後數年，余請告歸，過江寧，君見迎笑曰：『吾固料君之來也！』余居皖中，君一來會；後余再至江寧，而君喪矣。乾隆□□年□月□日，葬君及葉夫人於某所，君之子請銘。銘曰：

偉猗冬友！當時羣士，智孰與醜？既筦事樞，振物之首。才非不見知，而其仕之登不究。得年非夭，而亦不爲壽。天命若是，夫孰可多有？伐石鑱詞，瘞貽弗朽！

## 孔信夫墓誌銘 并序

信夫諱繼涑，孔子之六十九世孫，而曲阜衍聖公諱傳鐸之季子也。幼而才儁，衍聖公爲聘華亭張尚書照女，女殤而君遂習於張氏。尚書以書名天下，君得其筆法，書蓋埒之。又善於鑑別，收集古今名家書，鐫刻論辨，世所傳玉虹樓帖也。其於詩文，爲之皆工善。

乾隆三十三年，余主山東鄉試，得君及君兄户部之子廣森。時廣森才十七歲，而君年四十餘，名著海内久矣。其後廣森得第爲檢討，以經學稱，三十五歲而殞。君之少也，值上釋奠闕里，嘗充講書官。及爲舉人，累會試不第，納貲爲中書舍人，未就職。又值上東巡，於中水行宫召使作書，及進，上稱善。然竟不獲仕，終於曲阜。

初，衍聖公夫人□氏，生冢子繼濩。繼夫人徐氏，生户部及君。冢子之後，襲爵三世，君與户部皆及之。其遇曲阜公事，以祖父體自任也，其氣皆剛直，人或與之或否。其後户部不樂家居，客遊杭州以没，檢討哀痛遽殞，不數年而君又繼之。嗟乎！君與檢討之生，世第一家也，又以文學才藝名著天下，余一旦遇之，二三十年間，見其死亡至盡，雖其文采風流不可磨滅，而志意抑鬱乃更有甚於常人者，其可悲爲何如也！

君於交遊有始終之誼，鄉里值歲饑，出千金賑之者三焉。乾隆五十六年，余在鍾山書院，君夏來江寧視余，再宿而别，君遂以是年十二月戊辰卒，年六十五。無子，以户部少子廣廉嗣。將死，貽書乞余銘其墓。銘曰：

猗子聖人之世也。廓其知也，蔚其藝也。名上聞于朝，而下載于四裔也。完則毁而剛則折也，有疾而不可乂也。銘託余哀，以待後君子之達其志也。

## 陜西道監察御史興化任君墓誌銘 并序

君諱大椿，字幼植，其先爲王氏。在元有爲山東行省平章事者，曰王信，其子宣繼居父職。元亂，避居興化，改曰任氏，爲任氏之十三世，爲歲貢生鑣。其子晉，中乾隆己未科進士，官徽州府學教授，是爲君祖；生庠生葆，爲君考；祖考皆以君得贈封朝議大夫、禮部儀制司主事。

君之少也，穎敏于學，爲文章有盛名。又性和易謙遜，人無貴賤靡弗愛君。然君固有特操，非義弗敢爲，故自少至老，終於貧窶。乾隆庚辰恩科，君爲舉人，中己丑科二甲一名進士。故事，二甲首當改庶吉士，人皆期君必館選矣，然竟分禮部，爲儀制司主事。君每日自官所歸，輒鍵户讀書如諸生時。值詔開四庫全書館，大臣有知君才，舉爲纂修官。是時非翰林而爲纂修官者凡八人，鼐與君與焉。君既博於聞見，其考訂論説多精當，於纂修之事尤爲有功。其後鼐以病先歸，君旋遭艱居里。既而鼐遇君淮上，當是時四庫書成，凡纂修者皆議敘，嚮之八人者，其六盡改爲翰林矣。大臣又以鼐與君名列之章奏而稱其勞，請俟其補官更奏。君於是初服除，將入補官，亦以見邀，鼐以母老謝。君獨往，然大臣竟不復議改官事。君自循資遷員外郎、郎中，保御史。乾隆五十四年四月，授陝西道監察御史，甫一月而卒，年五十二。君賢者，居曹司固亦佳吏，居言官苟非日淺，亦必有所見，然終不若以其文學居翰林之爲得人也，而惜乎其竟抑不得也。

君事父母，能於貧匱中盡其養，待族友有恩誼，而不可使爲諂瀆。所成官書外，其自著者曰經典弁服釋例十卷，深衣釋例三卷，釋繒一卷，字林考逸八卷，小學鉤沉二十卷，吳越備史注二十卷，惟字林已刊板。詩集已刊者四卷，其餘與雜文未刊者又若干首。君學博奧，而於爲詩則尚清遠，不多徵引，曰：『此非詩所貴也。』娶趙宜人，無子。没後三年，弟大楷始生子熾炎以嗣君。又後十二年，葬君於某處。鼐昔者與君本相知，及同處四庫館，則朝晡無不偕，有所疑説，無不相論證也；退而偶有尊酒召賓之設，無不與同也。閱今二十年，同居館者死亡殆盡，而鼐僅存。君弟大楷來求爲誌，乃愴懷而銘之曰：

嗚呼！幼植之瘞，不居文章之官，而既爲其事矣。不至耆耇之壽，而著書足名後世矣。生不見子，而没可以祀矣。吾爲銘之，足慰君志矣！

## 夏縣知縣新城魯君墓誌銘 并序

君諱九皋，字絜非，建昌府新城魯氏也。大父諱宁，康熙庚午科舉人，爲内閣中書。考諱淮，歲貢生，爲盧陵縣學訓導。君爲人敦行誼，謹於規矩，而工爲文。人觀其言動恭飭有禮，而知其學之邃；讀其文沖夷和易而有體，亦知其必爲君子也。嘗踰嶺至建寧，謁朱梅崖，而受其爲古文之法。於四方學者苟有聞，君必虚心就而求益。雖以鼐之陋，君嘗渡江至懷寧，見鼐而有問焉。君古文雖本梅崖，而自傳以己之所得，持論尤中正。里居授其學于子弟及鄉之儁才，又授于其甥陳用光，且使用光見鼐。蓋新城數年中古文之學日盛矣，其源自君也。

其爲科舉之文，不徇俗好，自以古文法推而用之。或以爲不利場屋，君曰：『得失，命也。』君竟以乾隆庚寅科得鄉舉，辛卯恩科成進士。歸居十餘年，奉養祖母及父，因益力爲學。而因事設方以利其宗族閭里，雖貧而必致其財，雖勞而必致其力。逮終養，乃出就官。是時鼐聞，寓書諫君，謂：『今時縣令難爲，而君儒者，違其長而用之，殆不可。』然君竟謁選，得山西夏縣。縣當驛道，又時值後藏用兵，使驛往來日不絕。縣舊分二十餘里，里以次出錢供役，謂之里差。吏因爲利，民致大困。君自持既廉，又減其役之得已者，而重禁侵蠹，民大便之，而樂爲役。君顧歎曰：『吾不能盡去里差，是吾恨也。』其見民，煦煦然告以義理所當從及去，不作長官威厲之狀，民亦欣然聽其教。於是縣號爲治，上吏亦絶重君矣。鼐聞，乃自咎前者知君之淺，固不能盡君才也。然君亦以積勞致疾，在縣凡兩期，以乾隆五十九年三月卒于官，年六十三。

娶楊孺人，生四子：肇熊、肇光、嗣光、迪光。四女子。又庶出之子五，皆少，一女。肇光，拔貢生，君以後母弟某；嗣光，壬子科舉人，君以後從父弟某。皆能嗣君古文學者，而肇光先殞。君文曰山木集，已刻者若干卷，未刊者若干卷。

某年月日，葬君某所，嗣光及君甥用光，皆以書來乞鼐銘。銘曰：

孰謂儒者不可以理繁庶？孰謂學古不可爲今世語？美哉魯君！其行企矩，其文蹈雅，卒寘德在夏，而士興其庭宇。其生也有令譽，其亡也有傳緒，其葬也於是野。

## 汪玉飛墓誌銘 并序

汪生行忠信而立志甚高，不與今世士同流，謂：『士舍宋儒程、朱之所道以爲學，舉不足云學也。』晝動而暮休，必考一日所爲，得失離合，悉書於一册，以自爲戒勸。事其父兄，撫其妻子，交其師友，循今世之禮，通以古人之意，見者未嘗不以爲當於人心。爲今世場屋之文，必求發古聖賢之旨，而不爲苟美。

余主鍾山書院，生以上元學生來爲弟子。余德薄不足爲生益，然生親余尤至，相見論說，依依者幾三年，而生遽死。生故有咯血疾，而爲學研思不懈，余時戒之。乾隆五十六年秋冬間，忽大甚，至失音。余方歸里，亟以爲憂。其次年春正月，疾進，時時念余，遂卒。余復至，遂不見生。嗟呼！使生不死，必追逮古賢人，必有立於天下；不幸亡，學未成，行未著，知其異於今世學者，唯余而已！生年二十六，其父七十餘，子雲官甫六歲。妻楊氏割肱療生不愈，終爲嫠而守之。余爲擇攝山東南故曇花寺址右阜葬生，而爲銘曰：

古秣陵，明南畿。粤汪生，挺産兹。名兆虹，字玉飛。聖不作，望縉哉！敻有轍，崇有階。逴勵志，胡弗幾？抗發塗，蹶駿才。芒天乎！理則乖。痛無沫，伐石埋。翳姚鼐，綴此辭。

## 鮑君墓誌銘 并序

鮑氏世爲歙人，明末有諸生遭革命不復出者，曰登明，爲君高祖。其居在巖鎮，生子元穎，賈于吳，致富。其子蕃，賈于杭州，入其籍。蕃生善基，爲杭州府學生，善爲文，而家業貧落，生四子，其第三者君也。君繼父學而益勤，少自杭就學于歙，已而歸杭。終父喪，遂復至巖鎮，復先人居，入歙學，其文名日起。

巖鎮有吳先生瞻泰者，試之紅豆歌，使次韻，君詩即成且工。先生喜，以孫女妻之。吳先生贈嫁，有書數千卷而無他財。君爲人敦行義，重然諾，作詩歌古文辭，皆有法，能見其才。當時儒者文士，皆樂與之交，學使者舉爲優貢生。然困於鄉試，不見知。年四十餘，遂絶不就試，以文業授徒。其徒乃多發科成名，其尤著者，金修撰榜也。

君諱倚雲，字薇省，嘗爲族譜數十卷，以擬蘇明允族譜，故復號蘇亭。子二：長嘉巹，亦歙學生，能文。乾隆四十二年，嘉巹疾殞。君以慟得疾，次年秋九月二十一日，君遂卒于巖鎮，年七十一。次子嘉命，君使後其仲兄倚樓。嘉巹有子早亡，嘉命有四子，以其次子金復嗣嘉巹，爲君宗焉。嘉命及其長子壬子科順天舉人桂星，皆嘗問學于鼐，今將葬君某所，乞鼐爲銘。銘曰：

五世三徙卒居歙，貧富迭更返故業。師友援推表鄉邑，有文炳興身挹攕，卜其終登在繼葉。

## 建昌新城陳母楊太夫人墓誌銘 并序

太夫人建昌新城楊氏，贈朝議大夫諱大炳之女，適同邑陳氏。舅曰贈資政大夫諱世爵，姑曰魯太夫人，夫曰乾隆戊辰科進士、封資政大夫諱道。子五：曰分巡金衢嚴道守誠、太平府知府守詒、舉人候選内閣中書守中、江蘇按察使守訓、舉人候選中書守譽。女三，壻曰舉人内閣中書楊尚鋐、監生涂志紘、魯勷。孫二十四。曾孫二十七。玄孫三。

封大夫以學行稱于世，成進士後，不仕而修於家，世謂之凝齋先生。太夫人之始歸也，能承舅姑以得其懽；能任家事以佐凝齋，使專志以成其業；存能事以禮，亡能述其志，以厲其子孫。子仕爲司道、郡守矣，太夫人能持禮法於家，衣服飲食不侈以踰。以廉正勖其子者，見則數言，遠則數書。於族黨之貧者，能約己而厚恤之。年七十時，諸子方謀爲樂飲燕會，太夫人使止，而以其財設義倉于近鄉，以濟農者。凝齋先生講學，守宋儒法，不言仙佛。太夫人亦樂善，而不取福田利益之説。後凝齋三十年而卒，爲乾隆五十五年十一月十日，年八十四。

其時長子觀察、四子提刑先喪，而太夫人顧目見其孫觀、曾孫希祖皆成進士，爲部主事。孫煦、吉、冠，曾孫希曾，皆爲舉人，而希曾爲江西鄉試榜第一，太夫人没後三年，以第三人及第，爲編修。其餘多文學可觀者。人謂封大夫及太夫人植德不懈，足興其家，宜其後之昌也。乾隆五十九年某月日，合祔封大夫墓。余於太夫人子，知其伯仲；少客南昌，及見凝齋先生；而太夫人孫用光，從學余爲文，故得其家世素行，宜爲之銘。銘曰：

維清有道，天予鉅祥。帝見玄孫，福錫四方。母儀江嶺，秉德柔正。秀茁曾玄，國庥家慶。夫以儒興，子有治聲。慈惠鄉閭，人樂其榮。荷塘之野，大夫之墓。山周水回，宜祔永固。

## 章母黄太恭人墓誌銘 有序

太恭人桐城黄氏，處士諱貞吉之女。適章氏，爲贈中憲大夫、松太兵備道諱某之冢婦，贈中憲大夫、松太兵備道諱天祐之妻。生二子：長曰東桂，爲候選州同知；次曰攀桂，爲江蘇松太兵備道，獲以其官贈祖、考，以太恭人封妣者也。太恭人年三十三而寡，舅姑老且疾矣，而子甚幼。逾十餘年，又喪夫之弟。太恭人能晝夜勤苦操作，以殖其産。又能上盡奉養，以及舅姑之終；下撫教稚弱，以至於壯。祀先人，賙親舊，應賓客，皆盡恩誼，人謂章氏一婦任二子事也。

其後攀桂仕爲渭源知縣，擢知鎮江、江寧府，監司蘇松，皆迎太恭人於官舍。諸孫屢與鄉舉矣，人皆榮之。太恭人被服自奉之具，不加於其素，而修治先廟墓，餽遺族黨，濟人乏匱，則每進而廣焉。乾隆五十年，江淮大旱，民死亡相繼。太恭人適在里，睹，大哀之，盡分藏廩于族戚故舊，以書速子於浙江購山芋、玉米數千石，雜錢米濟賑，所費萬金。攀桂迎之官，不可，曰：『吾去，若饑者何？』於是攀桂亦遂請養歸。逾再期，乾隆五十二年冬十二月，太恭人卒，年八十有一。卒而來哭者填户，曰：『微夫人，吾死久矣！』孫五：曰夢橋、甫、維極、維桓、維棟。曾孫四。

初，太恭人頗通形家説，與其子營葬夫贈中憲於縣東南蟢子湖之北原，命曰：『異日勿啓祔以驚神靈。』其子乃爲卜宅於縣西二姑峯之麓，登其巔以嚮蟢子之湖，明如趾下。太恭人乃喜。以卒之次年十二月某日葬。銘曰：

施則侈也，於己苟完。有子承之，其惠以殫。山之嶔也中有原，趾出石泉湛甘寒。首於西北嚮東南間〔二〕，德人居之固且安，載詞堅石永不刊。

## 廣州府澳門海防同知贈中憲大夫翰林院侍講加一級張君墓誌銘 并序

君諱汝霖，字芸墅，宣城張氏。大父諱宿，父諱中聖，皆爲縣學生，皆贈中憲大夫。君自縣學生雍正十三年爲拔貢生，旋以人才保舉，乾隆元年引見，命爲知縣。分發廣東，任河源、香山、陽春知縣。其至香山者再，而攝署之縣又三四焉。

君初在香山，遭母汪太恭人喪憂居，新任令未至，姦民賴姓乘隙爲亂。君即起捕倡亂者寘之法，而杖校其和從者。逮新令至而邑已寧。其後至香山，免荒埔報升之税；修城南羅婆陂，成灌溉之利，而禁豪家爲隄堰之厲民者。海南徐聞縣民惰窳，布種後不知糞耨桲車之事，而婚姻尤無禮式。君攝其令，乃教之如内民。時廣東有開鑛採銅者七縣，地力盡而役未止。君攝英德縣，知其病，請于巡撫奏停焉。澳門者，香山南境，斗入海，西洋夷民居之，以與中國爲市。時設同知官甫二年，上吏以君賢，俾攝其職。君尤能得夷民情而柔調之，故卒授君爲澳門同知。值事，吏議降一級，上官惜君去，奏請留粵，而部議不許。君遂返宣城，不復出矣。

君博學多聞，尤工駢體文及詩。嘗爲澳門記略，輯宛雅若干卷，詩約若干卷，自爲詩文集三十卷，政牘五十卷。乾隆三十四年七月八日卒於家，年六十一。配袁恭人，生君長子壽，乾隆癸未科進士，爲翰林院侍讀，得贈君如其官。一女適附監生梅學。側室梁安人生二子：廣西布政使經歷倓、太學生炯。二女：一適諸生劉辛，未嫁死〔三〕。孫男十一。孫女七。乾隆□□年□月□日，葬君于寧國縣花塢山村之原。

桐城姚鼐與壽爲進士同年，又與炯相知，於君葬後，爲君補爲墓銘。銘曰：

懿維君，吏海濆。安內民，外夷馴。爲國勤，著有勳。未上聞，乘歸輪。聚典墳，閎厥文。子繼振，蔚以彬。瘞泯泯，昭億春。吾銘云。

## 袁隨園君墓誌銘 并序

君錢塘袁氏，諱枚，字子才。其仕在官，有名績矣。解官後，作園江寧西城居之，曰隨園。世稱隨園先生，乃尤著云。祖諱錡，考諱濱，叔父鴻，皆以貧遊幕四方。君之少也，爲學自成。年二十一，自錢塘至廣西，省叔父於巡撫幕中。巡撫金公鉷一見異之，試以銅鼓賦，立就，甚瑰麗。會開博學鴻詞科，即舉君。時舉二百餘人，惟君最少，及試報罷。中乾隆戊午科順天鄉試，次年成進士，改庶吉士，散館又改發江南爲知縣，最後調江寧知縣。江寧故巨邑，難治，時尹文端公爲總督，最知君才，君亦遇事盡其能，無所迴避，事無不舉矣。既而去職家居。再起，發陝西，甫及陝，遭父喪歸，終居江寧。

君本以文章入翰林，有聲，而忽擯外；及爲知縣著才矣，而仕卒不進。自陝歸，年甫四十，遂絶意仕宦，盡其才以爲文辭歌詩，足迹造東南山水佳處皆徧，其瑰奇幽邈，一發於文章，以自喜其意。四方士至江南，必造隨園投詩文，幾無虚日。君園館花竹水石，幽深静麗，至櫺檻器具皆精好，所以待賓客者甚盛。與人留連不倦，見人善，稱之不容口。後進少年，詩文一言之美，君必能舉其詞，爲人誦焉。

君古文、四六體，皆能自發其思，通乎古法。於爲詩尤縱才力所至，世人心所欲出不能達者，悉爲達之。士多效其體，故隨園詩文集，上自朝廷公卿，下至市井負販，皆知貴重之。海外琉球，有來求其書者。君仕雖不顯，而世謂百餘年來，極山林之樂，獲文章之名，蓋未有及君也。

君始出，試爲溧水令。其考自遠來縣治，疑子年少無吏能，試匿名訪諸野，皆曰：『吾邑有少年袁知縣，乃大好官也。』考乃喜，入官舍。在江寧，嘗朝治事，夜召士飲酒賦詩，而尤多名迹。江寧市中，以所判事作歌曲，刻行四方。君以爲不足道，後絶不欲人述其吏治云。

君卒於嘉慶二年十一月十七日，年八十二。夫人王氏無子，撫從父弟樹子通爲子，既而側室鍾氏又生子遲。孫二：曰初，曰禧。始君葬父母於所居小倉山北，遺命以己祔。嘉慶三年十二月乙卯，祔葬小倉山墓左。

桐城姚鼐，以君與先世有交，而鼐居江寧，從君遊最久，君没，遂爲之銘曰：

粵有耆龐，才博以豐。出不可窮，匪雕而工。文士是宗，名越海邦。藹如其沖，其産越中。載官倚江，以老以終。兩世阡同，銘是幽宫。

## 郭君墓誌銘 并序

吴江郭君諱元灝，字清源。其祖諱如龍，考諱謣。君少工爲文，爲吴江學生，而陸中丞燿之弟子也，中丞最稱賢之。君居家授徒，僅以供養父母而已。其室時至匱乏，而不以爲憾。中丞貴，亦絶不往干，第與書往來論學。乾隆五十一年，君年五十三，卒。孺人迮氏無子。側室翁氏，生子麐、鳳。麐嘗從余學爲文。君亡，其考猶在，而家益貧。麐出遊求養，既而君考亡。又數年，麐乃克葬祖若父，于是葬君於嘉善縣澄湖港之阡，時嘉慶二年也。

次年遇余于杭州，乞補爲君誌。余宿知吴江陸中丞，天下君子，其所許，必君子無疑也。而又哀麐志，乃爲銘曰：

篤爲學，文可稱。守有介，行中繩，進而與之君子朋。吴、越兩縣間一塍，回見故國喬木升，於焉卜兆曰永寧。

## 江蘇布政使德化陳公墓誌銘并序

公諱奉兹，字時若，其先陳宜都王叔明十世孫崇，唐末爲江州長史，聚族爲孝義，僖宗旌之。其後五世，自南唐及宋，皆旌爲江州義門。後乃遷居南昌，明季又自南昌遷德化。居德化三世，爲九江府學生俶。俶生範，康熙戊子科舉人，爲安義縣教諭。生絢，爲德化縣學生，是爲公考。自曾祖至考三世，俱以公貴，贈通奉大夫、江寧布政使。妣皆贈夫人。

公生二十二歲，中乾隆丁卯科鄉試第一。庚辰科成進士，授四川知縣。凡知蓬山、閬中，擢知茂州，皆有善政。當金川爲逆，大將率兵討之，任公主礮局，及修飭兵興橋路。常居口外山谷間，瀕危，勞績甚著。有三雜土司，地當進攻金川之路，官兵猝至，三雜長卓爾碼，婦人也，謂且伐之，閉道不通。將校譁言三雜畔矣，宜先攻。公告將軍：『三雜未知國家意耳，非畔也。請往察而諭之！』將軍從公策。公至一告諭，卓爾碼即散守者，具狀上謝，且奉軍過甚謹。其後，詔加其封號曰『賢順』。卓爾碼以謂『惟陳公活我，又予我以榮也』。公旋晉嘉定府知府及建昌道。其居官，日常寡出入，邊塞仁恩素著，多所鎮定，中外皆稱之。上乃授公四川按察使。乾隆五十二年，調河南按察使。居二年，調江蘇，旋擢江寧布政使。居四年，調安徽。未半歲，又調江蘇。

公始在蜀最久，凡二十七年。其後居江南亦九年，歷四任。熟習民情，洞其利弊，能以簡靖漸祛其患，未嘗厲威爲聲名。吏民愛戴，以謂得大臣之體。好士樂善，奬掖如不及。公自壯入蜀，至老受任不得歸，乃取鄉地，自號『東浦』以寄思，士皆稱東浦先生云。其天才高厲，作詩專法杜子美，論者謂朴厚之氣，殆足媲之。平生經歷多異境，舉見所爲詩凡千首，曰敦拙堂集。古文則所爲不過十餘篇，然實得古人之法，今世作者無能逾也。

公年七十四，嘉慶四年正月壬午，薨於蘇州。夫人桂氏，同縣縣學生某女，有賢智，從公居建昌時卒。生蔭生候選員外郎大來、候選州同知方來。又生二女。側室蔣氏，生候選布政司理問斯來、戊午科舉人具來。側室張氏，生候選司務備來。

公嘗喜桐城姚鼐之文，薨前一歲，在江寧監臨武鄉試，見鼐語曰：『我死，必得君志吾墓。』鼐曰：『公方健，何言是也！』然心諾公。及公子於□年□月□□日葬公某所，卒爲銘鼐也。銘曰：

才爲國勞，險阻載遭，靖彼紛囂。平寧安處，來宣江滸，從容風雅。民曰吾宜，列士懷儀，未究其施。有政可頌，有文可誦，名存身䆮。匡廬前麓，故居爰復，永安幽谷。

## 方侍廬先生墓誌銘 有序

方先生，桐城人，諱澤，字芓川，侍廬其自號也。祖某，父某。先生少有異才高識，遊江寧，與諸名士遊。一時才儁之士，言行多險怪，先生默默獨守中行。其後同遊者多及禍，而先生弗與，然頗經紀其喪，有終始之誼。退爲諸生，久屈場屋。長白觀尚書保，以學士督學安徽，最知先生賢，乃舉優貢入都，時先生年五十矣，再入北闈不售。爲八旗生教習，歲滿，詔以知縣用，先生不樂就。歷遊湖南、河南、山西學政幕内，偏觀山水之勝，作爲詩歌以自娱。最後主洪洞玉峯書院，得疾歸，歸未幾卒，年七十一。

先生與鼐伯父編修府君少爲交友。編修府君仕京師時，先生館於鼐家，鼐兄弟皆受業。先生論學宗朱子，論文宗艾千子，惡世俗所奉講章及鄉會闈墨，禁其徒不得寓目。先生爲文，高言潔韻，遠出塵埸之外，埸屋主文俗士不能鑑也。然先生弟子，以其説獲儁於鄉會試者十餘人矣。得失要自有數，不繫乎其文，士自從所好耳。如先生，乃眞信道篤而知所守者也。編修府君嘗謂先生文似明羅文止，詩似宋楊祕監云。

子二：□、□，今皆亡。有孫績、曾孫東樹，能世其家學。先生弟子今僅存三人，皆年七十矣，與績謀葬先生，而鼐豫爲之誌，曰：

其守頜頜，以古爲則，不爲俗惑。英英高雲，以壯其文，絶於穢氛。生名弗耀，没遲藏兆，弟子所悼。營是幽宫，黽言既從，以安厥終。

## 陳孺人權厝志

孺人，仁和陳氏女也。父琛。母程氏，通文字，以課子女。故孺人自少讀書，能爲詩文，而其志慨慕古女子賢哲有節行者，不欲以才藝自居也。故其爲詩，質直慷慨，義嘗近古；不若世女子流連風景，爲媚好悦人之詞。

孺人適江寧胡君，名培。胡君居貧甚，孺人時以文字慰其意。既而胡君病没，遺三子二女，皆未婚嫁。孺人執女紅爲衣食，暇則教子女，與之論古今爲學。又性解醫術，里中婦女有疾，往往請爲之方。孺人於富者鮮所求，於貧者或濟之藥，雖自處乏困，不恤也。其子女卒皆成立婚嫁。幼子鎬，從姚鼐學。鼐見孺人詩曰合簫樓稿，歎謂今女子作詩者之冠，雖流俗淺人論詩者未必知也，而後世必有知之者已。

孺人嫠居三十四年，嘉慶三年十月卒，年六十八。鎬與其兄鎮、鑑，權厝夫人於江寧城北，鼐爲之銘。銘曰：

居庳里，志高矣。藏無有，而學富。其身可亡名不毁，吾爲命之女君子。

## 奉政大夫江南候補府同知軍功加二級仁和嚴君墓誌銘 并序

君諱守田，字穀園，杭州仁和嚴氏。祖諱士奇，贈奉政大夫。考諱立功，爲虞城主簿，封奉政大夫。君少遊濟南，寄籍運學爲諸生，遂中乾隆辛卯科山東鄉試舉人。乾隆四十六年，挑發廣東知縣。初任陽江縣，未至境，有迎吏來，與君語少習，見君囊槖貧甚，誘君以利。君問：『何以取利？』吏曰：『邑有賣漿者，毆人死，而多引富室，繫數十人矣。君至咸脅以罪，千金立致也。』君曰：『諾。』至縣日，即坐堂上，出所冤繫囚，盡縱之去。獨留一囚訊之，囚即服罪，賣漿者也。迎吏捧牘在側，捽下痛杖黜之。是時方傾市來觀上新令，見君治此吏，讙呼動地，君名聲一日大起。調仁化，與巡撫孫公士毅爭獄，君辭厲。孫公變色，既而卒從君議，更以重君。遂調之番禺，凡獄事多委君。以母憂去官。服闋，再赴廣東，補順德知縣。治海盜有績，屢辨難獄。又調南海。番禺、南海，皆大府治所。君兩莅之，人見其意思如暇，然而政無不盡。是時孫公擢爲總督，率兵出關，討安南之亂。公故奇君才，檄之從軍，及市球江之捷，敘功入奏，賜孔雀翎、五品頂帶，君才益見端緒矣。既而與孫公偕返。孫公内召，嘉勇公福康安代其任，福公亦重君才，君議論其前必盡，福公常聽其說，於事多便，乃保題君。引見，命記名知府，而發江南以同知用。在江南三年，屢委署，未及真授，而遭父憂歸。

其署淮安知府時，值旗丁以各縣助之費少爲詞，數百人大噪淮上漕使之門。君往召衆前，使訴其意。君徐曰：『助費在州縣。今爲爾白漕使飭下道，道下州縣。取費至，則汝候久矣，不亦病乎！』衆曰：『然。』君曰：『是誠非吾職，然吾當爲公濟汝以私財。汝等張帆疾行可矣！』於是命之次第發，而稍資給之，竟無事。江淮人咸稱頌君有定亂才。君既歸數年，竟不復仕，於嘉慶四年四月十日卒於里，年五十有二。

君文章無不能，而奏牘尤善，通曉兵事，便騎射。爲舉人時，偕人遊塞上，與侍衛武人共讌飲角射。君最後發，三矢中的如一。武人大愕沮屈。君從容就坐，題詩便面而去。其在孫公軍中，誠欲盡其謀，以共立功于域外，不幸值阮氏之變，軍潰，功不就。然古人始敗而卒建大功，如孟明之類，史册多有。其後孫公猶被眷遇，卒收庸、蜀桑榆之效，而君竟不復試于軍旅矣，世孰由知其才之異也？

君在江南時，嘗一來訪余。與言，果明決異士。其後，余至杭州又遇君，而君無意用世，亦旋殁矣。娶莊宜人。君在江南時，宜人卒。生炳及兩女。側室范氏生焕，亦兩女。胡氏生燾。吳氏生煦。某年月日葬君于杭州天馬山祖塋之側。莊宜人祔。銘曰：

既多文，又秉武。臨溟海，江淮滸。鋤黠猾，柔强禦。意逴遠，爲國撫。萬里駕，中乖阻。鬱餘能，紀可睹。勒堅石，慰終古。

## 歙胡孝廉墓誌銘 并序

胡君諱□□，字受穀。其先鄞人，康熙中有武進士璋遷歙，生行人司行人廷鳳，廷鳳生歲貢生銘恭，銘恭生廩膳生與修一統志凝鼎，凝鼎生君。君少孤，受學於淳安方先生楘如，工文章，中乾隆己卯科鄉試，名著於遠邇矣，而屢躓會闈，迄母喪終，君遂絶志求進。吏部符取爲知縣，亦不就，惟日與諸生講誦文藝以爲樂。

歙城南，越溪陟山，有古寺十，雖多頹毁，而空静幽邃，多古松柏。君攜徒稍葺治，讀書寺中，其意蕭然。余昔主紫陽書院，去寺不十里，嘗與往來。或至夜月出，共步溪厓，林逕寒窈，至今絶可念也。

君論文尤能起人意，又多藏書，喜借人閲，歙士多歸之，用君説取科第仕朝者數矣。君竟老山中，年七十四以卒，嘉慶三年十二月九日也。余去紫陽亦十年矣。

君性仁厚，與物無畦畛。其没也，非其徒亦皆思之。娶方孺人，先三年卒。生府學生良會。良會將葬君某所，以書乞余銘。銘曰：

行伊修，其文彪，澮寡求。懋學優，授鞏髦，日月遒。藏陰幽，後億秋，於吾諏。

# 高淳邢君墓誌銘

君諱復誠，字良生，高淳邢氏。祖諱之鵬，考諱本岐。祖、考皆娶陳氏。君爲人樸誠慈和，與人無爭，而好施予。乾隆三十四五年間，高淳大水，壞民廬舍，既而大疫。君多所賑施，以濟民困。又爲設醫藥葬埋。至五十年大旱，民病尤亟，君盡出藏穀千餘石以食衆，又假貸數百金以佐施。自其大母陳孺人，建石橋於村溪之上，久而圮，君復建焉。又買石治塗，以便行者。君考嘗欲爲邢氏設義倉，未就，君與弟復吾卒就之，寘義田五百畝。君祖於宗祠既寘祀田矣，至君益之又數十畝。故鄉族無不愛戴君者，然君遇之謙甚，未嘗敢自德也。

君年八十二，卒於乾隆五十五年四月十八日。嘗以急公議敘授職直隸州同知。娶劉氏，生增廣生國秀。繼娶楊氏，生允模。側室費氏，生國學生晉、國學生國勛。晉從余學於江寧。余在江寧，見高淳人多言君長者。晉之來，君没既葬于先隴之次矣，而晉求補爲君誌，余因書所聞而銘之曰：

斯民僡矣其生危，孰職撫是顛則持？邑有魁艾敦愛慈，積而能散衆所飴。遺休逮後理不疑，刻石藏幽視來兹。

## 繼室張宜人權厝銘 并序

宜人十七歲而歸余，三十一歲而没。上事姑，中接娣姒，下撫諸子、婢僕，無以異今時女子，而悖傲苟賤暴虐之事所必無也。治家不能極於儉嗇，而矜奢縱佚之事所必不爲也。尤喜稱人之善，聞人不善，雖於余前亦絶不言。余迂謬違俗，仕不進而家不贏，宜人不怨，顧以爲宜。然以余所遇不偶，獨幸得宜人偕居室十五年，而今又死矣！

乾隆四十三年，兩淮運使朱子潁請余主梅花書院，又勸以家往。宜人之疾，以多産氣虚，猝無良醫，或反以藥疏其氣，故以閏六月朔殞於揚州。宜人高祖爲張太傅文端公，曾祖爲少詹事諱廷瓚，祖爲贈奉政大夫諱若霖。而今四川屏山令君，爲宜人之父，其母又鼐姑也，皆在屏山，隔數千里，不知其亡也。余先娶亦張氏，同出文端之父，遺一女，宜人視之，殆無以加其善。既没，所出子女各二，幼不甚知哀，而長女之慟不可聞。

八月，柩還，厝之縣南五里，而銘其室曰：

循階庭，立軒楯，窈若存。夐超遠，風幽幽，翩哉返。稚子嬉，潛來盼。跱以須，精霧散。歸無窮，物之本，罔荒忽，曠靡戀。生奚欣？死奚怨？厝委形，於此館。

# 江蘇布政使方公墓誌銘并序

公諱昂，字叔駒。其先由歙遷於義烏，自公祖諱紹倫以上，居義烏二十三世。至公考諱起英，乃遷歷城。祖、考皆贈江蘇布政使。公十三歲而孤，貧甚，爲歷城諸生，親執薪汲以養母，而其意怡然。

乾隆壬午科，舉山東鄉試。辛卯恩科成進士，授刑部主事。居刑部十餘年，再擢至郎中。其執法平，用心仁恕，屢以此與上官爭至忤，而公不變所守。

乾隆五十四年，授饒州府知府。饒州人甚愛之。期歲命擢爲江蘇道，交印將發矣，而營弁以捕私鹽，擾民於德興。民大驚恐，皆欲奔亡。公曰：『吾不可辭此責。』馳往，民見公即定。公旋請削武弁職，而寘民之犯官鬬衆者於法。然後至江蘇待缺。以委審積案三百餘，勞甚致疾暫解。病痊引見，復發江蘇，署松太道事。值海上盜近寶山，總督率兵至寶山防之。公籌軍需甚備，盜旋去。公乃建八策，大府頗用之，以弭後患。次年，補江寧鹽巡道。公以爲吏治不善與民俗之惡，二者每相因而益甚。故其與諸生庶民語，皆諄諄教之如子弟，知其貧乏者，時濟以資。至懲治姦蠹，則極嚴峻，嘗早暮聽訟不懈，民益趨公所而訟。人或謂此非觀察之體也，公曰：『然。使舉吾職，視不肖令長盡汰之，吾坐受成，豈不善？

然其勢不得，非如此，何以盡吾心哉！』自公臨江寧凡五年，吏民風習之尤惡者大抵皆革，而士皆親公矣。旋擢貴州按察使。行日，民涕泣送之，連塞數十里；公亦爲泣，顧而不忍去。今上夙聞公治名矣，及臨大政，即擢公爲江蘇布政使。公至江蘇，甚欲有所建，而已被疾，百日而卒，嘉慶五年閏四月二十八日也，年六十有一。

公爲人孝友仁厚，雖家去義烏，而修祠墓、厚宗族，皆盡其禮意。作詩文不多，而自然穎拔，讀者知其爲奇人也。夫人歷城楊氏，生子世平，女二，壻張鎮峯、周霞。繼娶海陽趙氏，生子世德。又繼娶上元吳氏，生子世紱，女一，未字。世平奉公葬歷城之□山。桐城姚鼐居江寧時，親見民之戴公甚也，爲之銘曰：

卓犖其才，勤撫衆黎，用意愍慈。天子既知，作屏海淮，任荷當時。宜壽以祺，而早謝之。家貧子羸，舊民載思。作是銘詩，以告萬期。

校　記

〔一〕温敏　疑當作『温福』。

〔二〕間　疑衍。

〔三〕『未』前疑脱『一』字。

# 惜抱軒文集卷十四

## 記

### 儀鄭堂記

六藝自周時，儒者有説。孔子作易傳。左丘明傳春秋。子夏傳禮喪服。禮後有記，儒者頗哀取其文。其後禮或亡而記存，又雜以諸子所著書，是爲禮記。詩、書皆口説，然爾雅亦其傳之流也。

當孔子時，弟子善言德行者固無幾，而明於文章制度者，其徒猶多。及遭秦焚書，漢始收輯文章制度，舉疑莫能明；然而儒者説之，不可以已也。

漢儒家别派分，各爲耑門，及其末造，鄭君康成總集其全，綜貫繩合，負閎洽之才，通羣經之滯義，雖時有拘牽附會，然大體精密，出漢經師之上。又多存舊説，不掩前長，不覆己短。觀鄭君之辭以推其志，豈非君子之徒篤於慕聖，有孔氏之遺風者與？

鄭君起青州，弟子傳其學既大著；迄魏王肅駮難鄭義，欲爭其名，僞作古書，曲傳私説，學者由是習爲輕薄。流至南北朝，世亂而學益壞。自鄭、王異術，而風俗人心之厚薄以分。嗟夫！世之説經者，不蘄明聖學詔天下，而顧欲爲己名，其必王肅之徒者與？

曲阜孔君撝約，博學，工爲詞章。天下方誦以爲善，撝約顧不自足，作堂於其居，名之曰儀鄭，自庶幾於康成，遺書告余爲之記。撝約之志，可謂善矣！

昔者，聖門顔、閔無書，有書傳者或無名。蓋古學者爲己而已。以撝約之才，志學不怠，又知足知古人之善，不將去其華而取其實，擴其道而涵其藝，究其業而遺其名，豈特詞章無足矜哉！雖説經精善，猶末也。以孔子之裔，傳孔子之學，世之望於撝約者益遠矣。雖古有賢如康成者，吾謂其猶未足以限吾撝約也。

乾隆四十五年春二月，桐城姚鼐記。

## 寶扇樓後記

朱子潁家有聖祖仁皇帝之賜扇，作寶扇之樓庋焉。王禹卿爲之記，成以其辭視余。余讀而歎曰：『昔漢武既招英俊，程其器能。左右近臣，若主父、嚴、朱，皆出爲守相；獨東方朔以不得任用，至於上書自訟，才士之亟於自效若此哉！若以人臣愛君之心言之，則日侍帷幃者之志固已得矣；況乎出臨一方，有吏事之責，人情乖迕，有詘伸應接之難，曷若一意以親媚於主上者之爲善哉？』

都統公以筆墨文字，遭逢聖祖知遇，内侍最久。其後乃出入宣力，躋於二品。今子潁之任用，略同於都統公而且滋重矣，而回思昔日都統依天日之輝光，侍清宴之閒暇，聖翰雲章，璀璨懷袌，蓋有邈然不可及之慕。況於禹卿，辭玉堂之廬而飄摇江海者乎？余於是書爲後記。

子潁既外任，家雖作是樓，而未得以登。異日儻召居闕廷近職，以休沐之餘，俯仰斯樓，循玩吾言，感念國恩之無窮，將有濯然不知泣涕之隕落者已！

乾隆四十四年七月，姚鼐書。

## 記蕭山汪氏兩節婦事

蕭山汪君輝祖之母曰王孺人，其生母曰徐孺人。汪君考爲淇縣尉。淇縣君没，兩孺人皆少，遺孤十一歲，而上有七十之姑，門無族戚之助。或謀殺其孤而奪其貲，忌兩孺人，日欺陵困辱。兩孺人不爲動，卒奉姑保育孤子，教之成立，登第爲聞人。是時有司既疏兩孺人之節而旌其門矣，汪君顧悲傷兩母少所處危苦，徧走士大夫，求爲文章，褒揚其行義，所致凡數百篇。又自越以書遺余，請記其事，汪君志亦勤矣。

夫兩孺人之名著海内者，以其子之成立也。設幼孤不幸或殤，或長而不才，則兩孺人泯無聞矣。方其窮阨困難，伏首相對閨闥之中，豈能知子之必才而待之？雖子成立不可必，而終不忍負吾志義者，此兩孺人所以賢也。賢者固不求名而名至，然世竟無稱者亦有之。且女子尚能堅其持操、卓然自立，而顧謂天下之士無獨立不懼、守死服義其人者乎？其泯無聞焉則已矣，夫士貌榮名，卒何加於其身豪末哉？

## 記江寧李氏五節婦事

江寧李文兆之妻吕氏，年二十二而夫死，一子方襁抱，家貧甚，無以生也。文兆有族兄弟曰文采，哀之，以屋居其母子。子長爲賈，吕氏今年六十餘矣，於法當旌於朝，待吏舉焉。文采之族，有文華妻楊氏、文昇妻魏氏、文旭妻胡氏、文中妻張氏，皆守節以老。文采皆收恤之，凡數十年；而四人者，夫死婦年逾三十矣，於例不當旌。夫人之所遭不同，女年三十而嫠，其苦有逾於二十而嫠者。國家立制，不得不立之限耳。若夫人心之褒善，非可以例論也。

文采生平嘗憫五節婦之遭，欲爲之紀。文采没，子際春從鼐學，以告鼐。鼐謂五人者，貧而能守善，皆可褒；而文采之恤其窮而欲著其名義，併可稱也。因爲之録云。

## 快雨堂記

『心則通矣，入於手則窒；手則合矣，反於神則離。無所取於其前，無所識於其後，達之於不可迮，無度而有度。天機闔闢，而吾不知其故。』禹卿之論書如是，吾聞而善之。禹卿之言又曰：『書之藝，自東晉王羲之至今，且千餘載。其中可數者，或數十年一人，或數百年一人。自明董尚書其昌死，今無人焉。非無爲書者也，勤於力者不能知，精於知者不能至也。』

禹卿作堂於所居之北，將爲之名。一日得尚書書快雨堂舊榀，喜甚，乃懸之堂内，而遺得喪，忘寒暑，窮晝夜，爲書自娱於其間。或謷之，或笑之，禹卿不屑也。

今夫鳥鷇而食，成翼而飛，無所於勸，其天與之邪？雖然，俟其時而後化。今禹卿之於尚書，其書殆已至乎？其尚有俟乎？吾不知也。爲之記，以待世有識者論定焉。

## 遊媚筆泉記

桐城之西北，連山殆數百里，及縣治而迤平。其將平也，兩崖忽合，屏矗墉回，嶄横若不可徑。龍谿曲流，出乎其間。

以歲三月上旬，步循谿西入。積雨始霽，谿上大聲漎然十餘里，旁多奇石、蕙草、松、樅、槐、楓、栗、橡，時有鳴巂。谿有深潭，大石出潭中，若馬浴起，振鬣宛首而顧其侶。援石而登，俯視溶雲，鳥飛若墜。復西循崖可二里，連石若重樓，翼乎臨於谿右。或曰：『宋李公麟之垂雲沜也。』或曰：『後人求公麟地不可識，彼而名之。』石罅生大樹，蔭數十人，前出平土，可布席坐。南有泉，明何文端公摩崖書其上，曰媚筆之泉。泉漫石上爲圓池，乃引墜谿内。左丈學沖，於池側方平地爲室，未就，要客九人飲於是。日暮半陰，山風卒起，肅振巖壁，榛莽、羣泉、磯石交鳴。遊者悚焉，遂還。是日，薑塢先生與往，鼐從，使鼐爲記。

## 登泰山記

泰山之陽，汶水西流；其陰，濟水東流。陽谷皆入汶，陰谷皆入濟；當其南北分者，古長城也。最高日觀峯，在長城南十五里。

余以乾隆三十九年十二月，自京師乘風雪，歷齊河、長清，穿泰山西北谷，越長城之限，至於泰安。是月丁未，與知府朱孝純子潁由南麓登四十五里，道皆砌石爲磴，其級七千有餘。泰山正南面有三谷，中谷繞泰安城下，酈道元所謂環水也。余始循以入，道少半，越中嶺，復循西谷，遂至其巔。古時登山，循東谷入，道有天門。東谷者，古謂之天門谿水，余所不至也。今所經中嶺及山巔崖限當道者，世皆謂之天門云。道中迷霧冰滑，磴幾不可登。及既上，蒼山負雪，明燭天南。望晚日照城郭，汶水、徂徠如畫，而半山居霧若帶然。

戊申晦，五鼓，與子潁坐日觀亭，待日出，大風揚積雪擊面。亭東自足下皆雲漫，稍見雲中白若樗蒱數十立者，山也。極天雲一線異色，須臾成五采。日上，正赤如丹，下有紅光動搖承之。或曰：『此東海也。』迴視日觀以西峯，或得日，或否，絳皜駁色，而皆若僂。亭西有岱祠，又有碧霞元君祠。皇帝行宫在碧霞元君祠東。

是日，觀道中石刻，自唐顯慶以來，其遠古刻盡漫失，僻不當道者皆不及往。山多石少土，石蒼黑色，多平方，少圜。少雜樹，多松，生石罅，皆平頂。冰雪，無瀑水，無鳥獸音迹。至日觀數里内無樹，而雪與人膝齊。

桐城姚鼐記。

## 遊靈巖記

泰山北多巨巖，而靈巖最著。余以乾隆四十年正月四日，自泰安來觀之。其狀如壘石爲城墉，高千餘雉，周若環而缺其南面。南則重嶂蔽之，重谿絡之。自巖至谿，地有尺寸平者，皆種柏，翳高塞深。靈巖寺在柏中，積雪林下，初日澄徹，寒光動寺壁。寺後鑿巖爲龕，以居佛像，度其高，當巖之十九，峭不可上，横出斜援乃登。登則周望萬山，殊鶩而詭趣，帷張而軍行。巖凥有泉，皇帝來巡，名之曰甘露之泉。僧出器，酌以飲余。回視寺左右立石，多宋以來人刻字，有嵌入壁内者，又有取石爲砌者，砌上有字曰『政和』云。

余初與朱子潁約來靈巖，值子潁有公事，乃俾泰安人聶劍光偕余。聶君指巖之北谷，泝以東，越一嶺，則入於琨瑞之山。蓋靈巖谷水西流，合中川水入濟；琨瑞山水西北流入濟，皆泰山之北谷也。世言：『佛圖澄之弟子曰竺僧朗，居於琨瑞山，而時爲人説其法於靈巖，故琨瑞之谷曰朗公谷，而靈巖有朗公石焉。』當符堅之世〔一〕，竺僧朗在琨瑞，大起殿舍，樓閣甚壯。其後頽廢至盡，而靈巖自宋以來，觀宇益興。

靈巖在長清縣東七十里，西近大路，來遊者日衆。然至琨瑞山，其巖谷幽邃乃益奇也。余不及往，書以告子潁。子潁他日之來也，循泰山西麓，觀乎靈巖，北至歷城，復泝朗公谷東南，以抵東長城嶺下，緣泰山東麓，以返乎泰安，則山之四面盡矣。

張峽夜宿，姚鼐記。

# 晴雪樓記

遼東朱孝純子潁知泰安府之二年，境内既治無事，作樓於居室之東，曰晴雪之樓。又一年，余自京師來遊泰山，偕子潁登其上。思昔子潁西在巴蜀，以軍興使雲南永昌；後又逾美諾之巖，入小金川之阻，冰雪所沍，師旅所屯，往來常數千里。今年賊起泰安鄰郡，子潁最先造大府幕，爲出方略，親戰臨清城下，巨炮越頭上，手射斃賊首一人，率士入城，遂定餘孽，余誠偉其氣。然方其出入險難之地，履鋒鏑之所交，忠謀勇氣，誼不顧己，固不知復有燕遊之樂。及事定時夷，口不言功伐，蕭條登眺，澹若無爲。此所挾持，蓋過人益遠矣！

余駑怯無狀，又方以疾退，浮覽山川景物，以消其沈憂。與子潁仰瞻巨嶽，指古明堂之墟，秦、漢以來登封之故迹，東望汶源西流，放乎河、濟之間，蒼莽之野，南對徂徠、新甫，思有隱君子處其中者之或來出。慨然者久之，又相視而笑。余之來也，大風雪數日，崖谷積滿，霽日照臨，光暉騰映，是樓之名，若獨爲余今日道也，然則樓之記，非余而孰宜爲？

乾隆三十八年十月，作樓始成。三十九年十二月，桐城姚鼐記。

## 遊雙谿記

乾隆四十年七月丁巳，余邀左世琅一青、張若兆應宿，同入北山，觀乎雙谿。一青之弟仲孚，與邀而疾作不果來；一青又先返。余與應宿宿張太傅文端公墓舍，大雨谿漲，留之累日。

蓋龍谿水西北來，將入兩崖之口，又受椒園之水，故其會曰雙谿。松隄内繞，碧巖外交，勢若重環。處於環中以四望，煙雨之所合散，樹石之所擁露，其狀萬變。夜共一鐙，憑几默聽，衆響皆入，人意蕭然。

當文端遭遇仁皇帝，登爲輔相，一旦退老，御書『雙谿』以賜，歸懸之於此楣，優游自適於此者數年乃薨，天下謂之盛事。而余以不肖，不堪世用，亟去，蚤匿於巖窔，從故人於風雨之夕，遠思文端之風，邈不可及，而又未知余今者之所自得，與昔文端之所娛樂於山水間者，其尚有同乎耶？其無有同乎耶？

## 觀披雪瀑記

雙谿歸後十日，偕一青、仲孚、應宿，觀披雪之瀑。水源出乎西山，東流兩石壁之隘。

隘中陷爲石潭，大腹弇口若甖。瀑墜甖中，奮而再起，飛沫散霧，蛇折雷奔，乃至平地。其地南距縣治七八里，西北距雙谿亦七八里，中間一嶺，而山林之幽邃，水石之峭厲，若故爲詭愕以相變焉者，是吾邑之奇也。

石潭壁上有刻文，曰『敷陽王孚信道、建安陳信臣、滎陽張嶢子厚、合淝皇甫升，紹聖丙子正月甲寅』，凡三十六字。『信臣』『皇甫』『甲寅』之下，各有二字損焉。以兹瀑之近依縣治，而余昔嘗來遊，未及至而返，後二十餘年，及今乃履其地。人前後觀兹瀑者多矣，未有言見北宋人題名者，至余輩乃發出之。人事得失之難期，而物顯晦之無常也，往往若此，余是以慨然而復記之。

## 隨園雅集圖後記

曩者鼐居京師，友人程魚門爲語：『在江寧時，嘗寓居袁簡齋先生隨園幾一月。其水石林竹，清深幽靚，使人忘世事，欲從之終老也。』簡齋先生與鼐伯父薑塢先生故交友，而鼐未見，獨聞魚門語，識不能忘。其後鼐以疾歸，閒居於皖，簡齋先生遊黄山過皖，鼐因得見先生於皖。又後七年，鼐至金陵，始獲入隨園觀之。魚門語不虛也，而魚門於前數年卒於陝，獨家歸江寧，因見先生，述其語而相對太息。

先生故有隨園雅集圖，所圖五人爲：沈尚書、蔣編修、尹公子、陳文學及先生。先生以示鼐：考作圖之年，與魚門語鼐時相次，時陳文學年纔十八。今先生外惟文學尚存，仕爲郡倅，亦已老矣。圖後名公卿、賢士題識數十人，於今求之，非特昔之耆耇宿德邈焉已往，即與鼐年輩等者，亦零落殆盡。獨先生放志泉石三四十年，以文章詔後學於此。夫豈非得天之至厚，而鼐亦幸值之於是時也！圖有山陰梁相國記，五人爵里具焉，先生俾鼐書其末。夫人與園囿有時變，而圖可久存；圖終亦必毀，而文字可以不泯。千百年後，必有想見先生風流者，顧鼐非其人，不足託也。先生故人皆有題詠，魚門獨無名字其間，鼐識其辭，亦以補其闕云。

## 西園記

黟自漢爲縣，而其後境屢析，分爲佗邑。今其縣所據者，蓋漢縣之北隅而已。徽州處萬山中，而黟又在徽州羣山之隘，略無平處，民居其間，尤敦樸多古風。魯語云：『瘠土之民，莫不好義。』誠不虚也。

其南二十里曰葉村，村有曰西園者，葉君冠山之所爲也。冠山篤行君子，而好文學，老於諸生。於其宅西爲屋數間，背山臨谿，爲課子讀書之所。其子有和，從余學爲文，卓然有志於古。昔人稱洛陽多名園，極鉅麗閎曠之觀。惟司馬温公獨樂園，至狹陋，不足競其勝。然人尤重其園者，以温公故也。今西園亦數畝地耳，然以賢者創於前，佳子弟承於後，安知異日世不絶重此園，以謂逾於鉅麗閎曠者耶？

余年二十二，嘗一至黟，未與葉君相識。其時君之子尚未生，園尚未作也。後幾四十年乃至歙，去黟不遠，亦未及識君而歸，獨君之子見告，家有是園而已。今君殁逾年，君子書來，述君臨殁欲得余文爲園記。余老矣，殆不復入萬山之隘，以見所謂西園者。又念能增重此園者，君子也，豈在余文乎哉！顧重君之賢，傷君愛余之意，姑爲文述之，以勖君之子。至於初作園之日月，及谿山登眺之勝，足以娱人耳目者，皆不足論也。

## 金焦同遊圖記

乾隆丁酉、戊戌之歲，朱思堂運使方在淮南，邀余主揚州書院，而王夢樓侍讀居京口，嘗期之同遊金、焦二山，屢宿僧寺。一日，三人對立山間，悠然若有所悟。思堂因言，欲使工爲三人共作一圖。其後圖成，而余已去揚州里居，不及見也。思堂旋亦歸京師，惟夢樓常居京口。余懷思兩君，寄以詩云：『三客並知非一世，兩山迴首有餘蹤。』紀是事也。數年，思堂竟捐館舍。又後數年，其子丹厓來爲江寧糧道。余適在江寧，相向感念思堂之不作，獨見賢子偉然繼武，重莅江南，悲思之懷，一時交至。

丹厓攜昔工所爲三人同遊之圖，出以見示。作圖時，三人微及斑白。今鼐與夢樓皆鬢髮皓然，與圖中不相似，蓋屈指閱十六年矣。思堂之儀容，固邈然既亡；鼐與夢樓，餘年處世更復幾何？未知此身與是圖，當孰爲眞幻。因題其後，併以寄夢樓云。

乾隆五十八年八月晦日，姚鼐記。

## 袁香亭畫册記

香亭太守與其兄簡齋先生解官之後，皆買宅金陵而寓居焉。風流文采，互相輝映，固門内之盛也。簡齋性好山水，年六七十，猶時出遊，探極幽險，凡東南佳山水，天都、匡廬、天台、武夷，達於嶺海無不至。而香亭日閉户，邀之暫出，輒有難色，其性與簡齋異者若此。顧獨好畫，窮日夕執筆爲之不倦。蓋林麓煙雲之趣，浩渺幽邃之觀，水石竹木花葉鳥獸蟲魚之奇態，香亭自具於胸，而時接於几席之上，意其遊亦未嘗異於簡齋耶。

兹册香亭摹董思白山水，凡十二幅，而簡齋自書詩十二首與相間。香亭以示余。余於詩畫深處，非所能解。自來金陵，與其兄弟交遊，往來累歲，識名其末，以存其迹云。

# 少邑尹張君畫羅漢記

畫家白描之法，世謂始於李伯時。伯時龍眠山莊，在吾邑境。嘗入龍眠求其故址，卒不可知，悵然而返。而伯時之畫，生平亦未之見。往者袁春圃方伯爲言：『曾於常州僧寺見伯時畫一應眞，其衣摺引筆屈曲，上下可二丈許，止作一筆，此殆爲眞迹無疑。』余聞而想見之，不能忘。

少尹張君以高才來莅敝邑，多藝能，以日治伯時舊里，追希妙迹，於簿書之暇，作應眞長卷，持以見示，俾書其尾。余既未睹李氏絶藝之眞者，不敢定君與伯時之畫相去幾何；又思伯時山莊、西園諸圖，有蘇、米爲之記，畫泯記存，使人讀而髣髴焉。而余又無是文也，徒歎美少尹之逸情高韻，欲塞其請，漫書而歸之。

## 江上攀轅圖記

仁和孫公總督江南，歲未及期，綱紀上張，惠澤下布，吏慎而法良，稅平而事簡，人方樂其治，而上召公入爲協辦大學士。夏四月，旌旆首途，耋艾壯稚，扶攜追送，慕懷而不欲其發。於是袁君樹爲之圖，又有袁簡齋、浦柳愚兩君，作詩以詠其事，持以視鼐。

鼐謂公負閎偉之才，仰佐聖治，俯安黎甿，外襄異域，勳業播四海，靡不聞矣。至其遇平生故舊，無貴賤，辭色愉愉，執禮謙遜之甚，如布衣交，此惟與公接者知焉。孔子曰：『事君而達，卒遇故人，曾無舊言，吾鄙之！』若公者，不亦賢乎！抑聞之古王者勖諸侯詩曰：『君子樂胥，萬邦之屏。』又曰：『彼交匪敖，萬福來求。』夫君子承天王德意，以屏萬邦，惕惕焉惟恐不盡其任。處位雖尊，未嘗見爲此爲我寵貴資也，故驕傲之氣泯，而屏翊之道至。詩言賢侯之行二端，而理通於一。君子觀人一節，而知其備焉。然則見公之處交遊者如此，而亦可以推明公爲大臣之度矣。

袁、浦兩君，皆公鄉里故舊，而鼐則江南萬民之一，又故人也，故述斯義於茲圖，以爲敬愛公者，公誼私情若是交至，而公德益宏矣。

## 吳塘別墅記

無錫汪君銘常作別墅於吳塘之側，又自定壽終之藏於是地。丹徒王夢樓先生爲之銘，及作吳塘八韻詩，寄余觀之，且使爲記。

昔莊生述子祀、子輿、子犂、子來謂：『孰知死生存亡之一體者，吾與之友矣。』今汪君之志，與此四人者，其奚異乎？子來又曰：『善吾生者，乃所以善吾死也。』吾聞汪君能以厚德成其内行，又擇山林湖陂之佳勝，將以遺世事而樂其生，此非所云善其生者乎？夫夢樓了通釋氏無生之法，殆無愧於子祀所云足與友者。若余俯仰人間，慕道而未見，苟遇子祀，當爲所擯，夫烏足記汪君之墅？獨念生平亦好樂山水，渡江至丹徒，止於夢樓之堂。自是以東，皆足迹未至。今讀夢樓之詩，景物奇勝，足繫夢想。尚思以異日東遊，造錫山而窺吴塘之域，接汪君之容，而探其曠遠達觀之旨，斯誠平生之至願矣。

昔蘇子瞻不識吴德仁，因陳季常寄詩，有『寓物而不留物』之羡，因以『握手一笑』相期。余願亦以此覬之汪君，其尚可得歟？是爲記。

## 陳氏藏書樓記

士大夫好古能聚書籍者多矣，而傳守至久遠者蓋少。唯鄞范氏天一閣書，自明至今，最多歷年歲。國家修四庫書，取資范氏，以助中秘之藏，海内稱盛焉。

余家近合淝，聞合淝龔芝麓尚書所藏書亦至今未失，其家專以一樓庋之，命一子弟賢者專司其事。借讀入出，必有簿籍，故其存也獲久。聞范氏之家法，蓋亦略與同焉。

夫一人之心，視其子孫皆一也，而子孫輒好分異，以書籍與田宅奴僕資生之具同析之，至有恐其不均，翦割書畫古迹者，聞之使人悲恨。然則藏書非必不可久，抑其子孫之賢不異也。

新城陳凝齋先生，嘗購書萬卷。其後諸子爲專作樓，以貯手澤。樓旁即爲子孫讀書之舍。今其仲子約堂太守，又慮歲久而後人或有變也，乃摹凝齋先生之像於石，而奉之於樓下，使後人一至其樓前，而愴然思，惕然悚，愈久而不敢不敬守也。

以余少獲奉見凝齋先生，乃以拓本寄余，且命爲樓記。余於先生後裔又識數人，皆賢儁也，而約堂用意又如是之至。然則百年之後，數海内藏書家，必有屈指及新城陳氏者矣，吾安得不樂而爲之記也！

## 重修石湖范文穆公祠記

南宋資政殿大學士范文穆公，既以文學著稱當世，其詩尤爲天下所愛。後世爲詩者，每誦法之，以謂宋詩人之傑。然考公生平立朝出使，卓有節行，臨民布政，方略可觀，亦非第詩人之傑而已。

世傳公爲中書舍人時，與張敬夫俱論已張説簽書樞密事。説曰：『張左司平時不相樂，固宜爾也。范致能與吾故交，胡爲亦攻吾？』世以此或疑公。吾謂此公之所以賢也。君子之行不必同，大趣歸於義而已。拒小人甚嚴，君子之介也。於人何所不容，故舊往來，有不能絶者，君子之和也。至於當國家大政，進退賢不肖，則不敢忘守官之節，以平居暱好之私，奪朝廷是非之正，此非賢者而能之乎？易曰：『君子夬夬獨行，遇雨若濡，有愠無咎。』范公於張説，殆若是矣。吾益以見公賢，夫何以疑公哉？

公，吳人也。吳西南石湖，公詠遊之地，故有祠，歲久且頹。嘉慶二年春，觀察歷城方公、大興查公、府同知歙汪君同泛舟石湖，思范公之賢，至公祠而傷其敝，始議更修之。返告於方伯德化陳公及蘇州太守任君，皆樂成其事。因聞於侍郎學使長沙劉公及凡守牧江蘇者，競出財而濟其功，以其年某月竣事。方公至金陵語余，請爲之記。

余謂范公之賢誼當祠於吳不朽，而諸公之競勸於此，亦有性情嗜好不必同，而同樂爲義者乎？是固可紀也。余生平未嘗至吳，而慕其山川之勝。異日或從諸公瞻遊湖濱，造於祠下，見公像而一酬焉，公其謂『是知我者』哉？

## 孫忠愍公祠記

明北平都督副使、燕山忠愍侯孫公諱興祖，始以雄傑之材，從高祖於淮上，渡江開國，數立戰功，終奮伐元遺孽，深入失援〔二〕，身没沙漠。其忠烈之迹，具載明史本傳。

忠愍兄子諱繼達，始同以族從淮上，積戰功爲濠梁衞指揮使。忠愍侯，定遠人也。及指揮使守常州，與張士誠拒戰最久，從徐達平士誠，復有功，高祖乃賜之田宅於常州武進，指揮子孫遂爲武進人。指揮之子泰，當建文時，爲北平都指揮使。燕師起，與戰於懷來，中矢，裹血力戰，竟陷陳死，惠帝追封廣威侯。

廣威有從父兄恭，亦早從太祖取沂州、密州、益都，及克元都，屢有功，官至前軍都督僉事，授驃騎將軍。孫氏一門，在洪武、建文時，功業著聞凡四人，而死事者二焉。忠愍之子恪，亦繼爲良將，爵至通侯矣，而不幸與藍玉之禍。故孫氏之居定遠者衰，而武進獨盛。

明禮部尚書文介公慎行，則濠梁指揮之八世孫，而廣威之弟後也。今兖沂曹觀察星衍，又文介兄七世孫也。觀察以謂孫氏建功，肇始於忠愍，而無專祠，非所以表忠義以光後嗣。乃於江寧城中買地，建爲祀所，以奉忠愍，而以濠梁指揮、廣威侯、都督僉事三主祔其左右。又於祠室置書籍彝器之藏甚備，俾後子孫能讀書者守之，餘皆可假觀，而終歸於祠。因請余爲之記。

余謂孫氏之始興也以武烈，而後子孫之達者以文學，文武雖異，而一歸於忠孝大義則同。今觀察建祠之法，上以崇先祀，下以啓後賢，不以遠遺，不以己私。其用意甚厚，其望於族人者甚巨且遠。孫氏忠孝之美，其將有世濟者乎？

# 方正學祠重修建記

天地無終窮也，人生其間，視之猶須臾耳。雖國家存亡終始數百年，其逾於須臾無幾也。而道德仁義、忠孝名節，凡人所以爲人者，則貫天地而無終敝，故不得以彼暫奪此之常。

昔明惠宗之爲君，成祖爲臣，自下逆上，篡取其位。當時忠義之士，抗死不顧，而方正學先生之事尤烈，此貫天地不敝之道也。天道是非之理，間不與禍福相附。楚商臣、匈奴冒頓，皆身享大逆之所取，而傳之子孫。當其造逆之日，亦安知無仗節死難之臣於其間？而古記或略而不傳。要之忠義之氣，自合乎天地，士固不必以名傳也，而靖難之事，於今爲近。正學先生本儒者之統，成殺身之仁，雖其心不必後世之我知，而後人每讀其傳，尤爲慷慨悲泣而不能自已。成祖天子之富貴，隨乎飄風；正學一家之忠孝，光乎日月。此豈非人心之上通乎天地者哉！

明萬曆時，南京士大夫始建正學祠於其墓前，至國朝數經修飭，今祠宇又以久敝矣。江寧巡道歷城方公昂，其先金華人，正學之族子也，來謁祠下，因亟修治其漏壞，又增建前後之屋各四楹，旁屋三楹，以便守者之居，而壯祠之觀。歲月久遠，或更有視其敝、感正學之誼而來修者，公乃請余爲記以待之。

嘉慶二年秋七月，桐城姚鼐記。

## 常熟歸氏宗祠碑記

吴中歸氏，皆出於唐翰林學士兵部尚書餘姚宣公之後。宣公之孫五世，其名可考，五世之下，更宋及元，其世次名爵皆佚焉。明太僕丞震川先生作歸氏世譜，論之詳矣。常熟之族，震川世譜所云，在常熟者，居白茆是也。

始自吴遷白茆者，曰榮四公。榮四七世孫曰椿，震川所爲作歸府君墓誌銘者也。其子有雷、霆、電三人。霆於白茆建祖祠焉。後其子孫自白茆遷常熟城内，而白茆祠久圮壞，乃更建祠城北，爲堂三間。中祀宣公，旁祀始遷祖榮四公以下凡三十五人。堂後爲樓，凡居白茆時所藏石刻遺像，皆遷藏於是，時康熙六十年也。迄嘉慶二年，今歸君文學寅亮、拱等，以堂久黯敝，加丹雘而新之；又於堂前增建門廡凡八間，而祠之規制乃益嚴以靖。

常熟歸氏，自明中葉至國朝二百年中，以名德尤稱鄉賢者，曰刑部主政裔興公，少詹愃崖公，贈工部尚書監兹公，又有孝子松期公。孝子故於宗祠堂側有專祠，今圮，乃於其地重立之。其三鄉賢，則買地各建專祠於宗祠之後，逾年工悉竣，乃至江寧請記於余。

余謂歸氏在明著稱以崑山，今世則以常熟，至大司空□□公以才德勃興〔三〕，列位正卿，眞古公侯族矣。今歸君爲大司空之孫，繼承祖德，而尤盡心於宗祀，其道不已善乎？且崇先者，一家私情也；尚賢者，天下公誼也。茲之立制，蓋兼盡之。

昔震川每惜古人宗法之壞而不可復，而立宗祠者，收宗復古之先務。吾聞震川無後嗣，其墓在常熟，宗人爲修祭焉。夫常熟之宗，能厚於其別宗者猶如此，而況於其本宗哉！由是推之，其將弗憾於宗法之敝也歟！是足記也。

嘉慶三年十月，桐城姚鼐記。

## 峴亭記

金陵四方皆有山，而其最高而近郭者，鍾山也。諸官舍悉在鍾山西南隅，而率蔽於牆室；雖如布政司署瞻園最有盛名，而亦不能見鍾山焉。

巡道署東北隅有廢地，昔棄土者聚之成小阜，雜樹生焉。觀察歷城方公，一日試登阜，則鍾山翼然當其前，乃大喜，稍易治其巔，作小亭。暇則坐其上，寒暑陰霽，山林雲物，其狀萬變，皆爲茲亭所有。鍾山之勝於茲郭，若獨爲是亭設也。公乃取『見山』字合之，名曰峴亭。

昔晉羊叔子督荆州時，於襄陽峴山登眺，感思今古。史既載其言，而後人爲立亭曰峴山亭，以識慕思叔子之意。夫後人之思叔子，非叔子所能知也。今方公在金陵數年，勤治有聲，爲吏民敬愛，異日或以兹亭遂比於羊公峴山亭歟？此亦非公今日所能知也。今所知者，力不勞，用不費，而可以寄燕賞之情；據地極小，而冠一郭官舍之勝。兹足以貽後人矣，不可不識其所由作也。

嘉慶三年四月，桐城姚鼐記。

校記

〔一〕符　當作『苻』。

〔二〕授　當據會文等本作『援』。

〔三〕□□　備要、叢刊等本作『監兹』。

# 惜抱軒文集卷十五

## 賦

### 聖駕南巡賦并序

臣聞王者兼覆九州，内撫畿甸，外察方岳，其爲道蓋至廣遠。易傳曰：『風行地上，觀；先王以省方，觀民設教。』夫八方之氣不同，而風行因土以生物者，天地之至德也。九州之俗不同，而天子省民因方以成治者，聖人之至教也。古揚州之域，厥民輕心，火耕水耨。昔者，嘗蒙仁皇帝六莅之恩，及世宗十三年休養生息之福。皇帝承基，至仁究物，念東南之幽阻，懼民隱之不聞，十六年、二十二年時巡，再莅於江淮，察吏問俗，民勸於化。夫恩篤者道崇，志深者念遠，海内承平百年矣，天子仁沛而義凝，南綏而北撫，教友民而征不庭，懷異俗而廣徼塞，風雨雷霆之所施，地里億萬以計。受萬國之攸同，輯詳嘏而來備，歸福慈寧，乾坤愷豫。

重光之歲仲冬，維皇太后七旬萬壽之慶。聖孝攸崇，推恩庶類，北户而北，窮髪之南，靡弗欣懌。既履逸樂，不忘憂勤，維兹江浙之間，實聖心所尤切。二十七年春，玉輅復臨，清問疾苦，禁惰甿於民萌，昭震疊之宏業。

昔三代王者，繼有神聖。臣嘗攷之詩歌，必先述其小心勤惕，治内治外，罔弗安恬，又使萬物得其理，覽草野之鄙事，然後民樂其德，揚懌和之聲，保世滋大，集庥福於無窮也。以東南之區，古稱難治，而屬車三歷，俗變風移，豐美之化成，謡詠之聲作，雖其言不出於閭閻鄙俚，而足以上占國家隆治之昌，景福之遠。臣愚無似，竊作賦一篇，不敢自附於古詩之流，亦欲以道鄉里之民情，述覩見之所及，以揚盛世輝光之萬一云爾。其辭曰：

於皇時清，維祖宗濬恭緝熙，佑民勤恤，乃篤生皇帝之文武睿哲。匹天運而日行，紹丕業而無逸。穹覆庶生，萬方如一。方内大和，乃治遠夷。既定邛、僰之外疆，招西域而懷來，乃有狼顧豕竄，鳥距魚鬐，跳踉矜恃巖幽曲渚之中，而以仰抗夫天威。萬士勃怒，是命將帥，收準、回之兩蠢，翕萬部而失氣。定功葱嶺之北，闢疆玉關之外。蓋爲地二萬有餘里，合古三十六國而歸於郡縣之吏。靡不被德施而恩流，葳蕤而滂沛。治肸蠁、産祥瑕，雲日輝和，風雨歸善，於聖母錫福，於下土重光。元英日行，牽牛臨於河渚。皇太后履萬壽而當七旬，仰覩聖孝巍崇，邁於前古。莫不踴躍歡欣，忭手歌舞，曰：『是宜康豫無爲，輝明黼瀐而鏗鳴鐘鼓。』皇帝曰：『嘻！余敢自康自逸？雖兹江淮，東暨於越。昔聖祖恩加乎六巡，及朕亦再爲臨閱而式加優恤，顧猶恐化澤有未究，疾苦有未聞，宜噢咻以三復，豈朕躬而憚勤？』乃命百吏，稽禮文，循前典，加鴻仁，水衡頒錢，司農調均，散委積於京倉，蠲租税而拯貧。

申誡使者：『汝領治河。鞏成金隄，洪流逶迤。』然後禮官奉儀，太史練日，首春晨暄，大駕將發。總虎賁之禁旅，陳鹵簿之有秩。奉慈寧之安輿，乃迤出於殿闕。條狼執鞭，誦訓夾軌；華芝道游，秋秋蹡蹡。沛艾騰驤，扶輈翼騑。順和氣之萌茁，轉春郊之青旂。芾裳景從，雜遝重委，日動而雲飛，邪拂乎海岱，光熛燭乎淮、沂。

當鑾輿之未行也，先明詔乎有衆曰：『咨吏以屆民，維儉德之是奉。假靡麗以飭恭，實朕心之攸痛。快視聽於須臾，懼百室之瘝痌。所臨馳道，宫館所供，式攸循禮，毋以麗用。萬乘所至，廛市無動。度財大農，毋敢私貢。』是以吏無供帳之煩，而民無威臨之恐。乃以南徂，乃觀大河。天雲澮而飛揚，長風柔而蕩波。龍伯戢其之而，從蜿蜒乎蛟鼉。仰萬乘之戾止，召百靈而委蛇。分渠浪蕩，淮口是過。各官奉職，金隄峨峨。刻玉禮神，永戢以和。超渾流而南踰，徵萬民之咸喜。儷雲日之輝光，吾宿瞻乎天子。兹念我之弗釋，又再莅乎我里。誠慰我之慕思，呼萬歲而拜稽。連欇接袂，錯頂累趾。扶掖龐眉，亦攜稚齒。

有垂伊絲，楊柳依依。有龍飛矣，天子之旂。布廣澤與崇山，敷春卉之披離。兹風景之未改，夙昔憬乎帝思。宛來莅於兹土，計杓運之數移。既長我之嬰稚，又增壽乎耋耆。敦風俗之懋和，閲多悆而阜熙。固皇心之載嘉，粤集休之孔宜。乃御龍舟，黄頭擊櫂，吴歈越吟，涉江激譟。讙梟鴈之鳴飛，爛紫蘭之茁冒。晴日麗乎平皋，流帆揚而照耀。俯龍虎之盤蟠，招奔趨而繚繞。越江漢而超五湖，東以介乎海嶠。

乃御離宫，周以清籞，鍾山之麓，漸江之滸。倚郭控郊，或帶田圃。梅林揚葩，春禽初語。修竹菁菁，谿流有湑。遡自昔兮幸臨，言於斯而晏處。不侈增乎前觀，有依閑兮庭廡。儉德昭乎軒楹，睿藻宣於鐫鏤。

爾乃莅南土，觀稼穡；瀰湖陂，利溝洫。地早燠而後寒，稅再熟而餘食。美風雨之既和，見萬類之滋植。桑榮柔而衣履豐，麥青黄而倉廪實。有丱婦之餉饁，懿兹農之樸力。爰補助之攸行，復胡憂於乏亟？

若夫左江右湖，指次吴會，天地鬱阻，東被海介。皇甄治之有巖，吏慎防乎封界。戢烏夷之肆心，安商舶之失戒。乃閲舟師，艅艎載旆，縱鳥逝而龍驤，芴荒裔而四逮。火焱發其煌流，熠星奔而雷磕。蛟龍竄伏而屏氣，山島陁落而失隘。瞰武節之式昭，宣威棱乎域外。

於是帝乃頒賚：守職長吏，農工商販，既徧以備。暢和氣之休嘉，鬱充塞乎天地。乃朝羣辟，展皇儀；張廣筵，式燕私。黼黻蹌蹌，鼓鐘論詩。飫於隆恩，載飽德施。上皇太后，萬壽有祺。合海隅之羣歡，以上奉於一巵。愔愔帝德，厥殷治教；祛所患惡，謹所好樂。杜治術之陂邪，警愚惷之失道。嗟我友民，世服忠孝；服冕攸興，敬爲民導。作嘉頌而揚休聲，亦既各宣其舞蹈。弦誦闐闠之所，歌謠江海之湄。爰進試其秀才，升時髦而允掄。或辰宅於菰蘆，而夕進於宮鄰。夫惟江浙之俗，亦勞亦侈；地下以阻，包數千里。富以溢禮爲華，秀以文辭爲靡。矧厥土之最下，惟民力以營之。澤草所生，芒種維宜。桔槔挈首，注高引卑。作力獨深於海內，寡儲亦易以怨咨。苟非蒙聖主之式臨，何以永載於雍熙？昔歲載陽，既賁帝趾；雲日其輝，於江海涘。民仰識乎隆準，習玉輅之和音。何念復於此而弗忘？誠被德之滋深。上竭其思，下寫爾忱。八荒既已阜安，猶顧瞻而有餘心。造至化以敦德，將集祉萬億載以有壬。

# 惜抱軒文集卷十六

## 祭文一

### 祭林編修澍蕃文

嗚呼！寥曠朗而曀陰兮，風四起而蕭瑟。草未霜而先萎兮，華始春而零落。時不可以中淹兮，地不可以久宅。路遠荒忽兮天茫茫，去海隅兮超河漳，窈憭慄兮悦遠望。上有母兮下有兄，食不甘兮寢不寧，隱思子兮涕零。年弱而非壯兮，貌皙而不赬。邈不得徠歸兮，倏忽以終生。

鬱紛綸之多才兮，爲近臣而婉孌。出奉使而不欺兮，入在廷而款款。世競諂以容進兮，蹇何君之徙倚？挾寶珵之照乘兮，投淤泥而媿恥。耿獨立其不懼兮，孰余怒兮孰喜？水何坎而不逝兮？民何生而不死？失與得之須臾兮，吾至今而知君之不悔。

臭若蕙兮玉有輝，朝吾室兮暮予帷。君愛予兮不忍歸，青春鼂出薊兮僭與子違。殷結友兮知者稀，建旄兮毰毰。風回回兮舷進難，出淮汭兮循邗，望出涕兮江之干。雖爲善兮何恃？既寡妻兮無子。骨將朽兮道不毁，千齡兮萬祀，遊無生兮反無始。尚饗！

## 祭張少詹曾敞文

嗚呼！昔君始降，宵中營室。鼐生逮君，後五十日。君長而才，鵬揚驥騖。鼐也無能，伏尋章句。十年二之，偕聞鹿鳴。風雪載途，共以車征。龜坼其膚，褰闔帷軨。笑我擁袖，懦婦稚嬰。省試罷歸，獨君登第。送我西墉，援衣出涕。

君爲禁臣，彪胸爛手。裁觚朝脱，暮誦士口。鼐走南北，五躓一升。來則援榻，行爲檢縢。荒園廢寺，挈攜交朋。畸客窮士，受禮不能。狂歌踞罵，酒悲沾膺。人或駭厭，君恬不憎。鼐不能飲，君每代舉。同車出入，相從坐處。獎善救過，或喜或頩。嗚呼君往，而孰余成？

士氣之卑，言甘貌順。君企古人，欲以義振。兩試翰林，辭成拔儁。遂至詹事，益持孤峻。衆所顧畏，索刺瘢疵。詔衡貢士，有當無私。勇於知恥，怯於賄貲。交譏去官，大快羣欺。自是與君，别居南朔。在歲壬辰，來儳去邈。念君魁梧，面丹有渥。終接檐甍，晨宵商榷。

鼐始告歸，君在大梁。靳世大用，爲師一方。正月十二，作書示我。暮已告疾，晨琴徹左。凶問遠承，將信終亘。手執君書，情密辭夥。天道祐善，茐不可論。既煢獨余，又奪所親。强盛先隕，弱寧久存？鼐在揚州，君柩歸里。不牽其紼，不撫其子。寫辭可窮，有悲曷已！尚饗！

## 祭侍潞川文

昔歲庚午，鼐始鄉舉。張徐汪君，及君余伍。初入京師，寓居佛寺。君暨三君，謂余同志。余病而興，不勝跪拜。數子時來，色腴神快。張徐先仕，汪以繼登。或中或外，官爲世稱。操衡貴人，妍媸以臆。五貢有司，子偕余斥。君第之歲，我猶窮羈。忘君之喜，爲我嗟咨。又後四年，余第南還。幽幽子室，館我其間。重五泛舟，萬夫呼譟。風起水溢，升龍以櫂。淮南冠蓋，君飲之酒。謔論諧辭，擊掌濡首。網魚於江，烹鱗璀璀。有唱四酬，怒出如蕾。

始隕汪君，追求莫及。四子人間，數於分合。張君禁臣，屢以才達。直立嶷嶷，羣手交掇。君丞太學，鼐屬尚書。相憐失侶，把手欷歔！挍文四庫，與子偕命。晝几宵鐙，目窮心競。鼐以疾還，君留闕下。換秩翰林，責殷身寡。張君既替，兹春疾喪。遺書報君，俾君悽愴。開緘讀復，凶問隨來。天乎人乎！奄受之災。昔其相知，渥顔始冠。未三十年，凋零過半。有才絶人，引鑱自寇。擢性滑神，終於不救。君既亡子，長女喪夫。有稚攜抱，隱痛何如。君之期余，勉余爲義。靡以益君，俯仰懷媿。尚饗！

## 祭劉海峯先生文

嗚呼！自聖有述，道存乎文。孔徒之傑，與顔回倫。周室世衰，末流岐分。或嗚爲技，或以道陳。迄千餘年，其傳緡緡。豈無才士，識闇其本。苟爲僨强，卒躓而隕。聖言載世，有炳其光。蔽晻於矇，日月何傷！吾鄉宗伯，勇繼絶軌。甘噬朐腊，寧遺腴旨。賅萬逾俗，去古則咫。先生再興，益殫厥美。上與詩書，應其宫徵。抉搜百家，掩取瑰偉。抑揚從心，不見端委。日麗春敷，雖妍不靡。世有斯文，千載之雄。百世所述，當世則窮。半生場屋，老授學官。卒亦不居，退處江干。

天奪其子，獨與以朋。昔我伯父，始與並興。和爲文章，執聖以繩。劇談縱笑，據几執觥。召我總角，左右是應。賤子既冠，於京復見。先生執手，爲我嗟歎！嗣學古人，以任道期。亹亹其文，以贈吾離。其後閲年，又逾二十。豈徒君耄？鼐亦衰及。念吾伯父，相見以泣。先生益病，侍帷妻妾。要我牀前，强坐業業。猶有高言，記爲士法。孰承遺書？竟委几榻。舉世茫茫，使我孤立。有言莫陳，終古於邑。嗚呼尚饗！

## 祭朱竹君學士文

嗚呼！海内萬士，於中有君。其氣超然，不可羣羣。余始畏焉，曰師非友。辱君下交，以爲吾偶。自處京師，君日從語。執拒相諍，卒承諧許。或歲或月，以事間之。清辭酒態，靡不可思。余與君決，乙未之春。有言握手，期我古人。

君之屬文，如江河匯。不擇所流，蕩無外内。猋怒濤驚，復於恬靡。小沚澄潭，亦可以喜。世皆知君，文士之碩。莫見君心，堅如金石。不爲勢趨，不爲利眯。吃口澀辭，遇義大啓。嗚呼今日，士氣之衰。天留一人，庶卒振之！七年江濱，日思君面。已矣及今，終不可見。嗚呼尚饗！

# 惜抱軒文集後集

# 惜抱軒文集後集卷一

## 説

### 五嶽説

或問：五嶽所居，前儒異説，惡所定諸？曰：是不可定也。昔舜攝天子，一歲中周歷四方。書第言東巡之爲岱宗而已，南、西、北曷嘗言其嶽之爲某山哉！夫嶽者，以會諸侯，使望走其山下者也。天子歲所至方，適有當親覲於其地者。其地左右遠近不可必，則必擇其地近之嶽而朝焉。可先時使命以告其方之侯，而不可爲一成不易會侯之嶽。可爲會侯不易之嶽，惟東方限於海，其地不甚曠遠者也。故書言之不得不異其辭爾。

蓋昔黄帝嘗合符釜山，釜山爲北嶽，而非必恒山也。及禹合諸侯於塗山，塗山近霍，則霍山爲南嶽矣。禹又合諸侯會稽，則會稽亦南嶽。是故南、西、北會侯之嶽，無一定之山，此禹以前之制然也。自禹以後，天子不能行一歲周行四方之禮，惟於岱宗尚有巡至之事，則偏召四方諸侯於一嶽之下，以至周所云『衆類曰同』者，蓋在岱宗爲多云。若夫南、西、北之嶽，既不爲巡狩所致，其山徒爲望祭所秩，秩望可以有定名。故四嶽有定名，不知何時始。然必三代之君，不能行一歲周巡之時之制，非唐、虞之制矣。夫古帝所巡狩，昔嘗命是山爲嶽矣，則後王皆可取之爲嶽，嶽有定名，而前後王所定又異焉。故爾雅釋山既載『河東岱，河北恒，江南衡，河西嶽，河南華』矣，又載『泰山爲東嶽，霍山爲南嶽，華山爲西嶽，恒山爲北嶽，嵩高爲中嶽』，儒者相傳異説，蓋皆古王者制也，而不能質言其更易之時。故鄭康成以爾雅後説釋大宗伯之五嶽，以爾雅前説釋大司樂之五嶽，誠亦不知二者於周禮孰是非也。

若夫虞書第言四方之嶽，而何休注公羊引書於『如西禮』下，有『還至嵩如初禮』六字。太史公封禪書，記舜四巡後亦有『中嶽者，嵩高也』之文，似所見尚書同於何氏。且夫國主山川，天子之都，宜有嶽焉。唐、虞皆在河東，惟霍太山近帝都，殆帝都之嶽也。故霍太山古有嶽之名。至潁川、南陽，夏人之居，湯居亳，皆在中土，則太室爲王都之嶽無疑矣。然亦不知當世果有『中嶽』之名否也。稱嵩高爲中嶽，或虞、夏已有是名歟？或始於周歟？夫考論五嶽爲定説，作爾雅者不能明，而後人欲明之，非所見之過也歟？

# 序

## 胡玉齋雙湖兩先生易解序

六藝之學，惟易最難明。自朱子生於東南，而天下之學始有統宗，而啓蒙、本義之書，固講易者所當奉守也。婺源爲朱子故里，而胡玉齋先生方平，生南宋之末，受學於黄勉齋之門人董介軒夢程，於是作啓蒙通釋上下二卷，發明啓蒙之旨。及其子雙湖先生一桂，當元時隱居不出，作本義附録纂註十五卷，詳取諸子他書之言及羣儒所説，以廣朱子本義之意。又作啓蒙翼傳上中下篇及外篇，則於其父之書，爲益詳博矣。

宋、元學者，皆宗尚朱子，而胡氏父子於朱子之易尤深。近世學者厭宋儒之學爲近易，乃蒐求殘闕，自名漢學。譬如舍五穀之味，而刮木掘土以爲食者也。

胡氏三書舊於婺源有雕本，今皆殘缺，而崑山徐氏所刻通志堂經解，則三書具存。今玉齋先生裔孫華川□□，取家藏殘本，與通志堂本校其異同，而擇從其善，復刻此三書於婺源，以之示余。余欣華川能闡揚其先祖之美，而冀是書流傳天下，士君子有志於學易者，慎毋舍此而他騖也！遂爲序之。

# 尚書辨僞序

古文尚書出自東晉。至唐韓退之，自言辨古書之眞僞，而不明言僞者爲何。吾意其殆即謂古文尚書也。宋大儒始啓論古文爲僞之端，儒者展轉尋考，益得其理，至於今日，而古文尚書之僞大明。余謂前儒議論慎重，不敢輕出，此奉古之道當然，固非過也。若至今日，學者猶曲護古文尚書，此則近於無識，不可云非過矣。

學問之事有三：義理、考證、文章是也。夫以考證斷者，利以應敵，使護之者不能出一辭。然使學者意會神得，覺犂然當乎人心者，反更在義理、文章之事也。昔閻百詩之斥僞古文，專在考證，其言良爲明切，而長沙唐石嶺先生作尚書辨僞，其辨多以義理、文章斷之。先生生遠，不得見閻氏之書，而能自斷於此，可謂眞有識矣。

鼐昔作尚書說，中有數條，乃復與先生意合。今先生子刺史，以先生書見示，愚竊以自喜，第恨生晚，不見閻先生，亦不見先生也。先生既未見閻氏之書，故言亦不能無誤，如以孔註爲安國撰，而不知其亦僞也。以此歎前後學人每不能盡聚以廣其識，獨其大體同者，遥遥可合符而已。

# 禮終集要序

禮制之衰廢久矣，士恣其情，循流俗之鄙陋，詭於義而咎於中者，不可勝道也，而喪禮爲尤甚。楊君病之，作禮終集要，欲扶而正焉，其用意可謂善矣。先王之世既遠，民俗異而國制屢更，盡用古法則不可；酌其所可行，通古人之意，期存人心之正，足以講倫理、厚風俗而已。嗚呼！君之用意，可謂善矣。

或疑士有親在而詳言喪禮爲不宜。夫人子質言親終，而擬議其事，則誠不忍。苦夫汎言喪制，辨論其當否，正儒者致知之事，古聖賢皆爲之，列經傳以教弟子，夫豈有豫凶事之嫌哉？況又有遭事有疑，而欲有所徵，以定其所從者乎！然則是編，不可廢也。

嘉慶十三年秋八月，桐城姚鼐序。

# 晉乘蒐略序

晉之有乘，孟子以與魯春秋、楚檮杌並稱，而後世不見。使其得傳，縱不敢望孔子之春秋，豈出左傳、戰國策諸書下哉？近世録史家者，正史之外，有雜史、傳記、地理之具，然考漢、晉、隋、唐藝文之志，其存於今者，十不及一焉。典籍文記，易泯難留，誠好古者所深歎惜也。

合河康茂園先生，蒐輯山西一省山川、疆圉、人物前人所紀，誠史氏所當知而不可聽其泯没者，又以意論斷其得失，凡爲若干卷，取古晉乘以名之。先生之才，足任史事，固無愧左氏之流，而其爲此書，乃當耄耋之年，孜孜於撰述，君子之不肯棄日如此，豈非衛武懿詩之志乎？

鼐少嘗有意紀述之事，迨老無成；先生年長於鼐，而卒就此書，以存數千里疆土中數千年之掌故。今以書來，令爲之序，鼐不勝歎服先生用志之美，而復俯而增媿，非徒蒲柳之衰，亦志氣之惰也已！

嘉慶庚午中秋日，桐城姚鼐撰。

## 泰山道里記序

余嘗病天下地志謬誤，非特妄引古記，至紀今時山川道里遠近方向，率與實舛，令人憤歎。設每邑有篤好學古能遊覽者，各考紀其地土之實據，以參相校訂，則天下地志何患不善！余嘗以是語告人，嘉定錢辛楣學士、上元嚴東有侍讀，因爲余言泰安聶君泰山道里記最善，心識其語。比有岱宗之游，過訪聶君山居，乃索其書讀之。其考訂古今，皆詳核可喜，學士、侍讀之言不妄也。

余疑水經注於汶水左右水源流方面，頗有舛誤。又謂古奉高在今泰安，右汶東〔一〕，故古登封入奉高境西行，度環水而北，至天門，歷盡環道，躋岱，乃得封所，馬第伯記可覆案也。往昔在濟南，秋霽登千佛山，望岱巔諸峯遥相接。竊謂歷城以南諸山皆泰山也，後人多爲之名耳。今閲是書，每與余意合，而辨正尤起人意。

聶君欲余序以重其書。余淺學，又偶過臆度，徒幸有合於好古力索久往來是山中者。聶君足重余耳，余安足重聶君哉！

## 滇繫序

方志爲史家之一體，非具史才者，爲之不能善也。昔司馬子長以父子繼爲史官，而成太史公書。然其後班彪即仕爲縣長令，而首爲漢書，世推良史，何嘗以其職哉？自是之後，居史職者往往屬諸上車不落之才，而具史才者不得居其職，是亦多矣。

雲南入中國最晚，古事闕軼，國家定天下幾二百年，文治遠被邊陲，雲南之文獻彬彬出焉。然不得生其土地具史才者論定之，猶患不能善也。大理趙州師君，天下才人也，工詩文，明吏事，仕爲望江知縣。合生平聞見，蒐輯雲南事類，成滇繫一書。撰論古今之是非，綜核形勢之利病，兼采文物，博考故實，此史氏一家之美，而師君以吏治餘力成之，豈非其才之過人，而庶幾於叔皮之事者哉？

吾始識師君於懷寧，後屢相接對，見其人愷弟忠信，篤於友誼，愛士殷殷，出於至誠，眞世之君子，亦非獨才智之美也。今以事過吾舍，出滇繫示余。余既取其人，又樂其備西南一方之事，成一家外史之書，因書爲序云。

## 廬州府志序

廬州居江、淮之間，湖山環匯，最爲雄郡。余嘗謂國家因明季舊制，臨江建安徽省治，官舍吏廨，成立百餘年，不可猝移耳。若以地勢寬平，原隰雄厚，控扼南北之要言之，安徽大府建牙，未有宜於合肥者也。故守是者，尤貴得其人焉。

晉江張鞠園使君，以尚書賢郎受特命守廬州，敷政三年，吏靖民和，人頌其治。使君夙工文章，勤學稽古，於吏事之暇，展尋舊志，覺其舛失漏略，且志後事未及紀者將百年矣，乃復精考博采，補綴修削，更成新志，凡若干卷。於是鉅郡之規橅益彰，而文獻之事益備。

夫廬州，古文章地也。昔者廬江周興之徒，蘊匱古今，博物多聞，見推漢朝，而民間作孔雀東南之詩，遂爲千古五言之冠，其風俗文盛可知矣。及三國兵興，爲用武之地，文教衰薄。風俗美惡，與世轉移，其來久矣。聖朝統治百餘年，吏謹而民樂，俗朴而道文。夫文學者，所以興德義、明勸戒、柔馴風氣、登長才傑，於爲政之事，似賒而實切者也。今使君勤成是志，以示此方之人，而因教導之，則其所以化民成俗者，固可觀其一節矣〔二〕。

## 河渠紀聞序

康茂園先生，負經綸當世之才，懷飢溺由己之志。生平宦迹所至，爲民興除利病，往往身雜畚挶之間，備歷艱苦，而境内受其福者，或可以經閲百千年之久而不渝也。其讀書博考，遇有言治水之事，皆取而紀載，上自禹績，下及當代，大爲河海，細及溝渠，支分而統貫之，共爲一書，曰河渠紀聞。夫太史公作河渠書，止於漢武之時而已，而兹則舉武帝以後，天下治水之理，辭悉備焉。

孟子曰：『禹之治水，行其所無事也。』夫無事，非束手坐觀，及苟且因循，任其成敗於天之爲也，精思博訪以求之，苦身勞力以營之，建作方術，或有改更故迹，而使水土各得其性之所安，使斯民利無弗興，害無弗去，斯乃眞行所無事矣。太史公曰：『甚哉！水之爲利害也。』夫水苟不能使之爲利，則必使之爲害矣。然則讀茂園先生是書者，仍以太史公之意求之可也。鼐既讀終其編，因書爲序。

## 方氏文忠房支譜序

方氏與姚氏，自元末居桐城，略相先後，其相交好爲婚媾二三百年。方氏明時多達人君子，自文忠以上，名著海内，人知之矣。逮入國朝，英賢繼踵，及鼐生晚，不得與相值也。獨與平羅令君褚堂先生相接對，在里則常同文酒之會，適遠則共舟輿，同旅舍，見其翰墨文章，風采談笑，至今不能忘也。

先生没後，其仲子汝葵，與鼐爲僚壻，不幸早喪。繼又知其季子今休寧學博治青，及治青之子象三，爲羣、紀之交，又三世矣。

治青録其先世生卒事迹，而尤詳載文忠以下，謂之支譜，持以示鼐，而命之序。以累世之知交，見人才之輩出，觀覽是譜，固欽且欣之。又念昔明英宗時，先大參公與廷獻公交善，爲名其堂曰翕樂，贈以詩文。及平羅公詩集成，鐫之，先伯父薑塢先生實冠以序。今鼐又及治青書成，獲執筆以嗣先人之末也，是不可以不文辭矣！是爲序。

## 句容裴氏族譜序

河東聞喜裴氏，與秦同祖，至唐而極盛。歐陽公作宰相世系表，以裴氏爲第一。其分五房：曰西眷裴、洗馬裴、南來吴裴、中眷裴、東眷裴。而唐之前，聞喜之裴，有從晉元帝渡江者，其後有松之、駰，至梁裴子野，皆以史學著名，累世重於江南矣。

及隋後，江南之裴蔑聞，惟五房之裴最盛。當宋高宗建炎時，有從河東南遷者，不知於五房中爲何房也，其名曰武德，上書高宗不見納，乃卜居句容之青于村。

歷十四世曰景山，當明成、弘之年，遷塘頭村，世謂之老裴村。又歷七世，則當國朝康熙時矣，景山之孫分爲前、中、後三支，而中支人最繁衍，有思逵、思達、思遴、思週五人〔三〕，皆武德廿一孫而景山七世孫也，以循謹忠厚稱，而思達、思遴、思週，自老裴村遷緑野村，始造爲宗譜。

今思週之玄孫玠，字□□，五世孫鈴，字□□，錡，字□□，念譜之未修，又閲百年矣，人愈繁，才俊奮起，乃更補輯新譜，請序於余。余謂晉、宋之南渡同也，武德公之從宋高，猶松之祖之從晉元也。今裴氏之居緑野者，敦行好禮，多鶩於文學，已有舉孝廉者矣，而才傑鵲起，其將有繼松、駰、子野之盛表於史傳者乎？而□□□等蒐輯放失，考論譜牒，甚勤忘勞，亦孝友之事也。爰樂爲之書云〔四〕。

# 重雕程貞白先生遺稿序

昔明高皇帝定天下，使燕、遼、寧三藩擁兵居北邊，捍禦外侮，以强中國之勢，豈非爲子孫謀慮遠哉！然而篡弑之禍由此起，事變無常，非人智所可料也。當其以封建策問諸生，而績溪程長史貞白先生通試爲第一。其言『置子，當置之艱阻備嘗之中，不當置之膏肥美麗之地』。此其言，最有當於高皇心者。卒又言『垂流之久，或有意料之所不及』。此乃足括後事之變，眞可謂通人名論矣。然則當燕師之起，其所上封事，必有可觀，惜其文逸不傳也。

長史以矢忠建言，遭成祖之戮，文字禁絶。至嘉靖時，其從孫長等搜集僅得十一，凡詩文二百餘篇，而備燕封事，雖有目而無文。又載封建策，乃有二篇。昔董生對策，因漢武重問，故有三篇。明高皇試士，豈亦有重問之事乎？抑次篇他人所對，而長等誤收之乎？明初事遠，而遭禍之家，紀述無從，事難審定，固其理也。

夫靖難之禍，千古傷心。後人讀史至方正學諸賢之傳，唏噓流涕。長史之義，與正學諸賢同。其著撰逸而僅存者，安得不爲世重，況其文章又自有踰人者乎！嘉靖雕本今已刓敝，今其族孫等又重雕之。余讀而論之，以爲之序。

# 朱二亭詩集序

余之聞朱二亭也，自朱子穎。其後余至揚州，遂獲與二亭時見，盡讀其詩。間嘗取二人之詩論之：子穎才雄氣駿，多感激豪蕩之音，其佳多在七言；二亭氣清神逸，多沈澹空遠之趣，其佳多在五言。皆數十年詩人之英，一亡而不可再遇者也。

夫詩之於道固末矣，然必由其人胸臆所蓄，行履所至，率然達之翰墨，揚其菁華，不可僞飾，故讀其詩者如見其人。二亭居揚州城北，陋巷狹室，而其胸次超然塵埃之外。其可追媲陶淵明、韋蘇州者，非第詩也，而詩乃發之。

嗟呼！余年二十，始見子穎。子穎承先世用武之餘烈，嘗思舍章句之業，奮迹戎馬，建立功名，使後世知其豪俊，而其詩亦時及此旨。及暮年，乃仕爲轉運使，俯仰冠蓋商賈之間，忽忽時有所不樂；而二亭以布衣放情山水，見俗人輒避去，高吟自適，以至老死。子穎雖富貴，而志終不伸；二亭雖貧賤，而可謂自行其志，卒無餘恨者也。

往時，子穎之子刻其詩集，余爲論訂，於七言十取七八，五言十取三四而已。若以訂二亭集，則當反是。今二亭子以其家稿來，值余有脾胃之疾，不能細讀精擇之。又二亭詩余素見者尚多，今收之未備，故姑爲序其首，俾其子更搜集至備，請他人取余意訂之成集。玆可以傳後世，而爲一代布衣詩人之絕出矣！

## 吴禮部詩集序

昭文吴竹橋禮部，以英異之才，沈酣古籍，發爲詩歌，不爲亢厲矯激之詞，而自然超軼，有遠俗之逸韻，誠一時詩人之傑也。君與鼐始未相知，乾隆之末，鼐至江寧，適君以事嘗再至江寧，遂相見論文，意甚快。嘉慶三年，鼐東遊，泛舟洞庭，觀錢唐西湖。君期鼐且遊虞山，至其家一晤也，而鼐自杭入蘇州，遽思返，不及往。君聞之悵然不樂，逾五年而君没。余乃亦自恨昔歸之速，不一至君家，而遂不見君也。

君兄弟並起昭文，君弟既爲封疆重臣，著功業於當世，而君謝歸山澤，抗志追古爲文章，遨遊吴、越，賞會翰墨，極風流文采之盛，士方歸之，而君年甫六十而没。

君詩前集四十卷，後集二十卷。君自序以爲：『論古人之詩宜嚴，論今人之詩宜寬。吾詩所存多者，姑以今人論也。然吾終當以古人之得失自衡，天假吾年，將自芟削，定爲一集。』然則今誦君詩，所共歎爲雋詞麗句不可及者，或乃君所不欲存，而惜乎君不自爲訂而遽喪也。今君子以集抄本見示，鼐老憊昏瞀，但見其雋麗，動心眩目，未敢爲删訂。然則寬存之，以待後世論詩者之别擇可也。乃書此爲之序云。

嘉慶十二年九月，桐城姚鼐序。

## 夏南芷編年詩序

昔夏醴谷先生，當雍正、乾隆之交，以文學奮起高郵，舉詞科，入館閣，卒以文章教訓後學。其所爲半舫齋詩，追步白、蘇，爲世傳誦久矣。而其長子南芷令君，以文嗣其家學，所爲詩蓋具有半舫之法度意韻。南芷自少至老，中歷仕宦，晚依子舍，爲詩不輟。其性情趨向，固有以異於俗而足世濟其美矣。

南芷鄉舉，在乾隆庚午，與鼒爲同年生。至乾隆四十年，自滋陽引歸奉養，亦與鼒之歸休同時也。然鼒與君僅在京師一再見，其後隔不相遇。君歸四年遽喪，有子味堂，繼以文名，收録君詩千餘首，請長洲王惕甫選存十四卷七百餘首。君孫齊林工楷書，書以付工，爲鐫本甚善。

嗟呼！事有相待而彰，世有力學工文之君子，不幸没，無賢子爲繼；或雖有繼，而裒録先集之功或鮮，其遺文卒廢墜，而君之家世所遭，何其盛也！君存有詩見懷，未及致；今君子持詩集來視，余乃得讀，悵然思故友之不作，日月逾往，計與君同舉，幾六十年矣。又世如君有嗣先啓後之美者，復有幾家？余老且憊，乃僅獲見之，歎息以爲幸，因泚筆述爲序云。

嘉慶十二年九月序。

## 石鼓硯齋文鈔序

歙曹宫保文敏公，以德器才識見知於高宗純皇帝，授位正卿，秉持國計，謨畫得失，爲四海生民之所仰賴，非徒文士而已。公之歸也，某嘗至歙，於其雄村宅中見之。其言次頗舉川陝、黄河兩事，爲國家慮。今十年之外，其言皆驗矣。信乎！其先識之過人也。公五十歸養，太夫人猶在堂，而公不幸先殁，不獲爲朝之壽俊，以卒盡其所能爲，則今惟其文章遺編具存，學者讀之，以想見公之生平而已。

夫文之道一而已，然在朝廷則言朝廷，在草野則言草野，惟其當之爲貴。夫詩書所載之文，大抵朝廟之文也。公之文雍容俯仰，明切而不蕪，優柔而有餘。書曰：『辭尚體要。』公可謂得朝廷之體者與？

某謭陋無狀，而公獨愛其文以爲善。公殁後，公子詹事抄集其文十二卷，以公遺意寄鼐，俾爲之序，因具論其義如此。

## 梅湖詩集序

汪梅湖先生，名之順，字禹行。梅湖者，在懷寧西北鄉，與桐城西南境相際。其水入桐城練潭以趨江，而汪先生居湖側，故號梅湖焉。先生明末諸生，入國朝，自匿以老死。爲人多技能，而尤長於詩，清韻悠邈，如輕霞薄雲，依空映日，不必廣博，而塵埃濁翳無纖毫可入也。

當時吾郡名工詩者，錢田間與先生並。二人之才，各有優絀，較之正相埒。然田間交遊較廣，爲世盛稱，而梅湖伏處草澤，僅南昌陳伯璣知之，而復不盡。其後遂聲華寂寞。凡諸家選明詩者，裒録遺老甚備，而梅湖之作終不與焉。非徒生前身之顯晦有數，即死後之名，亦若有厄之使不揚者，而孰知其有不可没者存哉！

余始識梅湖族子鋭齋鉞，得梅湖詩愛之，抄一册置笥中，欲遺海内論詩者，匆匆十餘年無與言。今夏鋭齋自京師書來，言方刻梅湖詩集將成矣，余大喜，乃書是寄之。意自是世將多知有梅湖者，則鋭齋之事誠善矣哉！

嘉慶十三年六月七日，桐城姚鼐序。

## 方恪敏公詩後集序

吾鄉方宫保恪敏公，以經濟之才，上輔聖治，膏澤被萌庶，功業垂信史，而又秉受異姿，嗣增家學，作爲詩歌，超軼閎肆，自進於古，蓋以名臣而兼詩人之盛者也。公自少即以詩名，北窮徼塞，南涉江湖，其詞多沈鬱慷慨，固古人所云詩以窮而工者。然詩人之情詞，因時而變易，朝野窮達，各有所宜，豈必盡出於窮愁而後工哉？

公之詩，舊已刻行世者有八集，其七集皆雍正以前之作。至乾隆以後，官位轉登，淳意鴻文，上答天藻，政事之暇，亦間自操吟詠，而已刻者，蠶詞一小集而已。自丙辰以至戊子之作，别爲薇香、燕香兩集，凡五卷，藏於家。今公子南耦尚書將赴閩、越督軍，過江寧，出以示鼐。鼐竊論國朝詩人，少時奔走四方，發言悲壯；晚遭恩遇，敘述温雅，其體不同者，莫如查他山。今公詩前後分集，頗同他山；其述情紀事，直達胸懷，自能兼包古詩變態，亦無愧他山也。然他山侍直頻年，不出禁闥；公則督領畿輔，遠使龍沙，障決流以奠民生，籌過師以助聖武，忠悃感奮之志，憂愍篤至之忱，舉見詞間，存諸後集，非第如他山紀恩揚美而已。論公詩至是，當以匹唐燕公、曲江之倫，故曰以名臣而兼詩人者也。

鼐家與方氏世有姻親，公與家伯父薑塢先生相知尤密，於鼐爲丈人行，而鼐昔里居，公居江寧，鼐仕京師時，公又在保定，竟不獲瞻階砌。今南耦尚書將以後集付工雕板，俾述爲序。鼐不辭固陋而輒爲之，蓋以攄平生仰慕之情，又以發海内論詩者之意也。

嘉慶己巳九月，同里後學姚鼐謹序。

# 南園詩存序

昆明錢侍御灃既喪〔五〕，子幼，詩集散亡。長白法祭酒式善、趙州師令君範爲蒐輯，僅得百餘首，録之成二卷。侍御嘗自號南園，故名之曰南園詩存。

當乾隆之末，和珅秉政，自張威福。朝士有恥趨其門下以希進用者，已可貴矣；若夫立論侃然，能訟言其失於奏章者，錢侍御一人而已。今上既收政柄，除慝掃姦，屢進疇昔不爲利誘之士，而侍御獨不幸前喪，不與褒録，豈不哀哉！

君始以御史奏山東巡撫國泰穢亂，高宗命和珅偕君往治之。君在道衣敝，和珅持衣請君易，君卒辭。和珅知不可私干，故治獄無敢傾陂，得伸國法。其後君擢至通政副使，督學湖南；時和珅已大貴，媒蘖其短不得，乃以湖北鹽政有失，鐫君級。君旋遭艱歸，服終，補部曹。高宗知君直，更擢爲御史，使直軍機處。君奏和珅及軍機大臣常不在直之咎，有詔飭責，謂君言當。和珅益嗛君，而高宗知君賢，不可譖，則凡軍機勞苦事，多以委君。君家貧，衣裘薄，嘗夜入暮出，積勞感疾以殞。

方天子仁明，綱紀猶在，大臣雖有所怨惡，不能逐去，第勞辱之而已。而君遭其困，顧不獲遷延數寒暑，留其身以待公論大明之日，俾國得盡其才用，士得盡瞻君子之有爲也，悲夫！悲夫！余於辛卯會試分校得君，四年而余歸，遂不見君。余所論詩古文法，君聞之獨喜。君詩尤蒼鬱勁厚，得古人意。士立身如君，誠不待善詩乃貴；然觀其詩，亦足以信其人矣。余昔聞君喪，既作詩哭之；今得其集，乃復爲序以發余痛云。〔六〕

## 望溪先生集外文序

望溪先生之古文，爲我朝百餘年文章之冠，天下論文者無異説也。鼐爲先生邑弟子，誦其文，蓋尤慕之。計鼐少時，亦與先生之老年相接。然先生居江寧，鼐居桐城，惟乾隆庚午鄉試一至江寧，未及謁先生。其後遂入都，又數年先生没，遂至今以不見先生爲恨矣。嘉慶庚午，鼐在江寧，去始至江寧之年六十矣，先生之曾孫□□，乃以先生集外文見示。先生立言必本義法，而文氣高古深厚，非他人所能僞。今此編凡□十首，讀之誠皆先生文無疑也。然先生望溪集乃手自定，此皆其芟去不欲存者。雖後之君子閲此芟去之文，亦以爲不可及。然仰思先生之芟，宜有知其用意深嚴而憬然增悟者矣。然則□□其復鐫刻附之集後可也。至其所以芟之之理，鼐淺學也，恐妄度未必當先生之意，故亦不敢遽有論，將以待後有讀者自得之焉。

嘉慶庚午重陽日，同里後學姚鼐序。

# 程綿莊文集序

鼐往昔在京師，聞江寧有程綿莊先生，今世一學者也。乾隆庚戌，余來主鍾山書院，則綿莊已死，求所著書，亦不得見。今歲楊存齋令君乃持綿莊集見示，遂獲卒讀。乃究論曰：孔子之道一而已！孔子没而門弟子各以性之所近，爲師傳之真，有舛異交爭者矣。況後世不及孔子之門，而求遺言以自奮於聖緒墜絶之後者與？其互相是非，固亦其理。然而天下之學，必有所宗。論繼孔、孟之統，後世君子必歸於程、朱者，非謂朝廷之功令不敢違也，以程、朱生平行己立身，固無愧於聖門，而其論説所闡發，上當於聖人之旨，下合乎天下之公心者，爲大且多。使後賢果能篤信，遵而守之，爲無病也。若其他欲與程、朱立異者，縱於學者有所得焉，而亦不免賢智者之過。其下則肆焉爲邪説，以自飾其不肖者而已。

今觀綿莊之立言，可謂好學深思、博聞强識者矣，而顧惜其好非議程、朱。蓋其始厭惡科舉之學，而疑世之尊程、朱者，皆束於功令，未必果當於道。及其久，意見益偏，不復能深思孰玩於程、朱之言，而其辭遂流於蔽陷之過而不自知。近世如休寧戴東原，其才本超越乎流俗，而及其爲論之僻，則過有甚於流俗者。綿莊所見，大抵有似東原。東原晚以修四庫書得官禁林，其書亦皆刻行於世，而綿莊再應徵車，卒不用而歸老死。其所撰著，僅有留本，不傳於世，將憂泯没。斯則所遭或幸或不幸也。綿莊書中，所論周禮爲東周人書，及解六宗、辨古文尚書之僞，皆與鄙説不謀而合。若其他如解易詩，所論則余未敢以爲是。其文辭明辨可喜，固亦近世之傑，而爲人代作應酬文字，則不足存録。後有得綿莊書而觀之，必有能取其所當取者。

嘉慶十五年十二月十八日，姚鼐序。

## 蔣澄川詩集序

余同年友陽湖蔣君熊昌，字澄川，以才儁仕爲户部郎，直軍機處，出守潁州府，凡八年，有政績，以事被議，歸里不出，又二十餘年卒。余初於京師送君出守，及君居潁之季年，余歸安徽，主敬敷書院，乃與君再遇，得數聚矣，而君未嘗以詩見示。第聞在潁州開東坡西湖，瀦以利民，因招文士飲讌賦詩其間，潁人以爲美談，誦歎而已。及君於乾隆庚戌再至安慶，余已去安慶，君以二詩見懷，寄至江寧。余始見君詩，歎美其意，以至於今。君少子純儆以君集來請序，則君亡已九年，而去余與君别時三十年矣。

君爲人和雅温厚，其詩即似其人，而自潁州歸後，出辭沖淡悠遊，無不平之氣，此尤爲可貴，所以爲懿士長者之風也。純儆言君生平詩可萬首，今抄得未及半，然已二三千矣。

余八十之年，昏耄畏讀文字，以詩文示稍多者，即不能盡讀，涉獵而已。故姑書此，以序君詩。若詩之美尚有逾吾所論外者，則以待世之君子能得君詩而盡讀者。

## 陶山四書義序

論文之高卑以才也，而不以其體。昔東漢人始作碑誌之文，唐人始爲贈送之序。其爲體皆卑俗也，而韓退之爲之，遂卓然爲古文之盛。古之爲詩者，長短以盡意，非有定也，而唐人爲排偶，限以句之多寡，是其體使昔未有而創於今世，豈非甚可嗤笑者哉？而杜子美爲之，乃通乎風雅，爲詩人冠者，其才高也。

明時定以經義取士，而爲八股之體。今世學古之士，謂其體卑而不足爲。吾則以謂此其才卑而見之謬也。使爲經義者，能如唐應德、歸熙甫之才，則其文即古文，足以必傳於後世也，而何卑之有？故余生平不敢輕視經義之文，嘗欲率天下爲之。夫爲之者多，而後眞能以經義爲古文之才出其間而名後世，使人率視爲科舉體，而無復爲古文之志，則雖有其才而不能自振也。故貴有其才，又貴必有其識也。

長沙唐陶山先生，固嘗以文取科第矣，而其志乃欲以經義爲著書之事，不以科第論也。作四書義一編，寄以視余。余乃知君之才與識皆高出當世，而將上比於唐、歸之流者也。

余之鄙陋，持守孤論，雖欲率天下而不能得。君之倡爲高文，將世必有應者，一代文章之興，安知不出於是？余耄老矣，而重望於君，故欣然爲書其編首云。

## 高淳港口李氏族譜序

高淳之水，自禹時引江東南流，過溧陽，入太湖，禹貢所謂『東爲中江』者也。後世壅其流爲東壩，而高淳自受山谿，其流乃西北入江，洩之不速，瀦爲數湖。其民居多近湖陂，取稻田魚鳧之利，而風俗樸厚，遠於市井，故雖爲江寧府屬縣，而其俗異於金陵之浮夸也。縣治東南，有固城湖，湖水西流，乃過港口。李氏本出於隴西，其後自北南來，屢遷移。明時有清三公者，自芝山遷居港口，爲港口李氏云。今數百年矣，其子孫最爲繁衆，而家法尤善，有勸學堂，以養毓其才俊，故士多奮於學，而耕者亦務於本，而鮮爲犯義之士。

當明時，港口李氏故有舊譜，及國朝康熙中復修之。今又將百年，支派益蕃。其宗長□□及其族中□□□□等同建議再修之，凡期年成書，爲若干卷，持來請序於余。余以爲隴西李氏，皆本於將軍廣。太史公爲李將軍傳，論之曰：『桃李不言，下自成蹊。』以謂賢者爲世所欣慕，雖衛、霍之勳不足比也。今港口李氏，方急於學問之事，其必有賢哲起焉，而爲天下所欣慕者。余是以序之，而願以是義益勖其族人，葆其舊俗之美，而益其新學之富，其可也！

## 疑年録〔七〕

嘉定錢辛楣少詹事，嘗考求古今名人生卒之年，核其壽數，取左氏傳『有與疑年』之意，作疑年録四卷。詹事亡後，秀水吳君思亭得其書，頗增易所闕失，又推廣爲續録四卷。

夫人之生死，其大者或係乎天下之治亂盛衰與道德之顯晦，其小者或以文章字畫之工，以年之長少爲藝之進退，亦考論好事者所欲知也。故此編遂爲世不可少之書，相知者多請思亭雕板以行，維余固亦樂之。

獨是余平生獲知於海内賢士君子，遊從之情未厭，而暌離之後，繼以凋亡。其生卒俱入此録，而余猥以昏耄僅存，孑然四顧，展讀是編，悲懷悽愴，其亦何能已也！

嘉慶十八年，姚鼐年八十三，元旦雪中爲疑年録序。

## 新修宿遷縣志序

郡縣有志，本史體也。夫史之爲道，莫貴乎信。君子於疑事不敢質。春秋之法，信以傳信，疑以傳疑。後世史氏所宗，惟春秋爲正。

夫宿遷之地，在古臨乎泗上，當楚頃襄王時，楚人以弋説王，有曰『泗上十二諸侯』，而其舉有名者，鄒、費、郯、邳四國而已，其八無聞焉。今所可知者，宿遷境介郯、邳之間，其獨爲國乎？抑包於二國内乎？不可知也。唐人乃以宿遷爲宿國之地，於古無徵，爲志者苟執以爲説，是首爲不信也。

縣志自康熙年後，久廢不修。今縣之士君子合謀爲之，而某君等主其事，成書示余。縣居南北之交，負山臨大河，於天下形勢爲要地，而豪傑才儁，自古有聞，今士輩出。其風土質厚，士多慷慨振立之氣，惟志紀之甚備，而余尤喜其首不取故宿國之論，以爲史家傳信之誼宜如是。然則是書所取之事，必存乎信實而已，其爲道不亦善乎？

嘉慶十八年正月，桐城姚鼐序。

## 稼門集序

天下所謂文者，皆人之言，書之紙上者爾。言何以有美惡？當乎理、切乎事者，言之美也。今世士之讀書者，第求爲文士，而古人有言曰：『一爲文士，則不足觀。』夫靡精神、銷日月，以求爲不足觀之人，不亦惜乎？徒爲文而無當乎理與事者，是爲不足觀之文爾。

吾鄉汪稼門尚書，其生平不欲以言行分爲二事。上承天子之命，有撫安衆庶之績；下立身行己，有清慎之修。其所孜孜而爲者，君子之事也；津津而言者，君子之言也。故其詩與文，無鞶帨組繡之華，而有經理性情之實。士守其言，則爲端士。歷官者遇事，取其所記，一一行之，如繩墨之可守。此豈可以文士論哉！

漢時校書，有六藝、諸子、詞賦之略，本無集名。魏、晉以後，集乃甚著，而繁蕪益多。若尚書之集，其文則諸子略之儒家言也，其詩則通乎古三百之誼者，此當爲劉向、班固之徒之所取已。

今春二月，尚書將入覲，與鼐遇於江之南，以其文七卷、詩十卷視余。余歸，卒讀而竊歎，以爲古今所貴乎有文章者，在乎當理切事，而不在乎華辭，尚書得之矣！乃以題諸其首。

嘉慶二十年三月望，同里姚鼐序。

校記

〔一〕汶東　備要等本作『汶水』。

〔二〕廬州府志刊此序，末有『嘉慶七年冬十月，桐城姚鼐序』。

〔三〕五人　實四人，疑有誤。

〔四〕書　叢刊、備要等本作「序」。

〔五〕澧　當作「灃」。

〔六〕錢南園先生遺集刊此序，文末署：「嘉慶癸亥春二月，桐城姚鼐序于皖城之敬敷書院。」

〔七〕當作「疑年録序」。

# 惜抱軒文集後集卷二

## 跋尾　題辭

### 跋鹽鐵論

漢昭帝始元五年〔一〕，令太常、三輔舉賢良各二人，郡國舉文學各一人。六年，詔有司問郡國所舉賢良文學，民所疾苦，此鹽鐵論所由起也。其國病篇，大夫謂賢良曰：『文學皆出山東。』『子大夫論京師之日久。』以賢良爲太常、三輔所舉，宜先在京師也。

論内丞相、大夫外，有丞相史、御史之言。按漢制：丞相下，長史二人，蓋即此丞相史矣。若御史，本近御之官，自御史大夫出佐丞相爲外朝官，而其屬有二丞。其一中丞，仍統内臺。侍御史内臺之臣，非特詔不與外朝議。外朝議成既奏，天子乃與論所取舍。然則此議鹽鐵時御史，非中丞及侍御史，其御史之一丞在外者乎？

夫有司議政，反覆之辭，不得過多。韓安國與王恢論誘匈奴，漢書載其詞稍繁；讀者固以爲後人所擬，非當時言之實矣。然豈若桓寬此書，繁多若是甚哉？其明切當於事，不過千餘言，其餘冗蔓可削也。

又議鹽鐵，自第一篇至四十一篇，奏復詔可而事畢。四十二篇以下，乃異日御史大夫復與文學所論。其首曰『賢良文學既拜，皆取列大夫』。按：漢士始登朝，大抵爲郎而已。如嚴助、朱買臣封策進説爲中大夫，乃武帝不次用人之事，豈得多哉！昭帝時，惟韓延壽以父死難，乃自文學爲諫大夫。魏相以賢良對策高第，僅得縣令。其即與此對者與？固未可決知。要之，無議鹽鐵六十人取大夫之理，此必寬臆造也。其載『大夫曰：獲禄受賜，六十餘年』。漢武在位五十四年，加昭帝六年，才六十年。桑弘羊侍中，必不在武帝前，然則獲禄必無六十餘年。弘羊以武帝後元元年爲御史大夫，至此時才七年，而文學謂其自『搜粟都尉至御史大夫，持政十餘年』，此何説也？寬之書文義膚闊，無西漢文章之美，而述事又頗不實，殆苟於成書者與？

## 跋列子

莊子、列子，皆非盡本書，有後人所附益。然附益莊子者，周、秦人所爲。若今世列子書，蓋有漢、魏後人所加，其文句固有異於古者。且三代駕車以駟馬，自天子至卿大夫一也。六馬爲天子大駕，蓋出於秦、漢君之侈，周曷有是哉？白虎通附會爲説曰：『天子之馬六者，示有事於天地四方。』此謬言也。列子周穆王篇王駕八駿，分於二車，皆兩服兩驂，此子文之眞也。至湯問篇言『泰豆教造父御六轡不亂，而二十四蹄，所投無差』，此非周人語也。且既二十四蹄矣，轡在手者安止六乎？僞爲古文尚書者，取説苑『腐索御奔馬』之文，而更曰『朽索御六馬』，皆由班氏誤之耳。古書惟荀子有『伯牙鼓琴，六馬仰秣』語。此言在廐秣馬有六，聞音捨秣仰聽，與駕車時不相涉。自晉南渡，古書多亡缺，或輒以意附益。列子出於張湛，安知非湛有矯入者乎？吾謂劉向所校列子八篇，非盡如今之八篇也。

## 跋許氏説文

許氏是書，誠於小學之義爲精且博矣。吾以謂此非一人一時所成之書也。漢經師各承一家之學，其經文亦異，故説文所引，多殊今學者之讀。又有本書互異者，若於易既引『以往吝』矣，又引『以往遴』；既引『重門擊欜』矣，又引『重門擊㮇』。於書既引『宅堣夷』矣，引『暘谷』矣，又引『嵎鐵』『崵谷』；既引『鳥獸褎毛』矣，又引『鳥獸鞞髦』；既引『旁逑孱功』矣，又引『方鳩僝功』；既引『濬𡿨巜』矣，又引『睿畎澮』；既引『若顛木之有甹㰁』矣，又引『若顛木之有甹枿』，古文言『由枿』；既引『西伯𢦏黎』矣，又引『西伯戡䎐』。於詩既引

『江之永矣』矣，又引『江之羕矣』；既引『是褻袢也』矣，又引『是紲袢也』；既引『衣錦檾衣』矣，又引『衣錦褧衣』；既引『赤舄掔掔』矣，又引『赤舄几几』；既引『不敢不趚』矣，又引『不敢不蹐』；既引『四牡駫駫』矣，又引『四牡騯騯』。於論語既引『色孛如也』矣，又引『色艴如也』。內惟『由枿』明言古文，而其餘率不著爲何家之經。蓋始注是者，自承專門之學，以所見爲定；及異人注之，又以所學者爲定，是以不可乎也。若以一人能兼通數家之傳經，則必能注明某氏之傳，必不第云易曰、書曰矣。然則是書誠兼貫諸家傳經之書，而許叔重非能兼貫之人也。

說文所引董仲舒、淮南王、司馬相如、揚雄、劉歆、杜林、譚長、徐巡、甯嚴、尹彤、周書、王育、官溥、衛宏、逯安、賈侍中凡十餘家之說。又有不出前人名而說出前人，如『耐』字注是杜林說，以應劭漢書注而知之。吾以謂是書之精當，大抵本於杜林、賈逵。叔重尤親受之逵，故舉其官而不名也。

竊疑分部之法，自逵啓之。逵附會讖文，興左氏春秋，而隋志言：『讖緯，賈逵之徒獨非之。』近閻百詩謂隋志不考逵傳，誤讀張衡傳逵摘讖互異事，逵實未嘗非讖。吾謂不然：隋志之言，誠有所據，非因張衡傳也。逵之附讖，假術數以助孤學，亦其不修小節之類耳，豈誠尚之哉？其傳教後學，固有正論。讖書附會俚言俗字以爲說，通人盡識其鄙陋，逵豈不能辨耶？以時主方崇之，不敢頌言，考文正書，崇古明教，即非讖之道也。

許氏序是書，末言『演贊其志，次列微辭，知此者希，儻昭所尤』。隱以定、哀微辭之義，斥讖緯之非，蓋賈氏之傳如此。然則隋志之言，詎爲過哉！說文引左傳，則第云春秋傳；引公羊則曰春秋公羊傳。賈爲左氏學者，故内外之詞如此。

古燕、齊境邊之海，謂之北海，後乃轉爲敎海，加水而爲渤字。戰國策、史記屢言渤海，及漢高祖立渤海郡。意加邑爲郣字，宜在立郡之前後時也，而說文有『郣』無『渤』，如謂从古，則古當但有勃；如謂从後俗，則『渤』『郣』同，而『渤』當差前於『郣』。徐鉉尊許氏書，云『郣爲正，而渤爲俗字』，豈通論哉！

說文鼎部之鼏，蓋本是鼏字。其下註云：『以木横貫鼎耳而舉之，從鼎冂聲。』又於金部鉉字註云：『易謂之鉉，禮謂之鼏。』此蓋許氏以前舊師之註，其說未嘗不詳也。鼏字不便於隸書，故禮經師假借用扃字矣。

又，古覆冪之字，蓋但作冂，而冂字亦不便於隸書，經師假借爲密字。士喪禮『冂用疏布』覆鬲，『冂用葦席』覆重。『陳一鼎』，『設扃冂』，三處鄭皆註云：古文作密。其後乃始作爲冪，鼏字以代密。然則冪、鼏皆漢時俗字，而鼏形近鼏，說文遂變鼏爲鼏。其字與音，與其舊註乃不相合，此叔重之失也。

詩之黽勉，爾雅作蠠勿。蠠字在篆，蓋本作𧒽，從䖵鼏聲。鼏黽之聲，亦相近也。𧒽字不便於隸，故爾雅本變作蠠，而劉向疏用密勿字，俗或誤從鼏，而叔重䖵部遂以蠠、密爲一字，殆亦非也。

## 跋吴天發神讖刻文

吴天璽元年刻石文，世傳皇象書。象爲吴大帝初人，與趙達同輩，計其年，恐未能至天璽也。其書本就山刻石，其石圜長，環而刻之，非碑也，而俗呼天發神讖碑。吴志載『孫皓天璽元年，歷陽山石文理成字二十』，又陽羨山有石文之瑞。蓋皓以無道好佞，羣下妖妄競作，此神讖亦天璽元年出，史偶遺耳。當時詭託事多，不可勝載也。其前書神讖五十七字，繼記其始見及識其字者之事，最後列臣下銜名。蓋爲是記者，其官蘭臺東觀令。按皓東觀令華覈，天册元年免。次年天璽。此繼覈爲東觀令，而其姓名皆缺蝕，詔子爲欺〔二〕，名不著於後世，其幸也。

自是五年，晉滅吴。後不知何時，石斷而爲三，棄於野。宋人取而置諸漕使之署。明時置江寧縣學尊經閣下。嘉慶十年，余來江寧，其秋，閣燬於火，石爲燼矣。此本猶未燬時所拓，兹後拓本不易有矣。

## 跋顔魯公與郭僕射論坐位帖

魯公與郭英乂書，所論兩事：一論魚朝恩坐位之僭，由英乂之諂，書内所敘自明；一謂英乂不當令左右丞勿當尚書。蓋六朝以來及唐舊制，尚書令、僕及六尚書，謂之八座，此尚書省正官也。其屬乃有丞、郎，故左右丞坐，應當六尚書之下。梁書：賀琛爲左丞，加員外散騎常侍，舊南坐無貂，貂自琛始。按：丞乃南坐，則八坐皆北坐也。今英乂使丞勿當尚書，意欲抑尚書於南坐，使與丞、郎同爲令、僕之屬而已。此魯公所以爭也。宋元豐官制，以左右丞爲長官，在尚書上。唐時則尚書三品，丞四品，以職事言，乃其屬耳，烏得爲等列哉？

魯公是書，當作在代宗廣德二年，郭晞敗吐番於邠西之後。次年爲永泰元年，郭英乂爲劍南節度使，爲韓澄所殺矣。

## 跋王子敬辭令帖

此帖舊題辭中書令，非是，乃辭尚書令也。晉時尚書令，任重於中令，故子敬爲中令不辭，而尚書令則辭。尚書乃建立政治之本，中書主陳奏發詔而已。比今制，尚書略如軍機處，中書略如奏事處也。然此亦在人君委任，若因奏事而與評論得失，權衡進退，則中書更親於尚書。此荀勖自中令遷尚書令，悵爲『奪鳳皇池』也。若孝武時，中令自不甚任事權，故子敬乞假表有『不同並急』之語，豈若尚書令之執要哉？子敬辭尚書，必更有表，此乃書也。

按晉書孝武太元二年，尚書令王彪之卒。意使子敬爲令，即在此時。時王蘊爲徐州刺史，此書自稱州民，必是與蘊。蘊乃后父，乞蘊言於帝，使遂其辭也。孝武紀自彪之卒後，至太元八年，以謝石爲尚書令，中五六年未有令。疑子敬固辭，遷延歷歲，故此帖引蔡謨辭司徒之事自比，而其時謝安以中書監録尚書事。晉時録尚書或六條七條，非必盡總諸曹，任蓋不如令。而其時既不置令，殆謝公總諸曹乎？故謝公出，然後以石爲令也。

是帖未見古摹，此乃明嘉靖中吳章傑摹本，多姿媚而少古韻，乃有唐李北海等筆法，竊疑非子敬迹也。

## 跋聖教序

劉軻作大遍覺玄奘塔銘云：『貞觀二十年秋七月，進新譯經論，請製序。二十二年，高宗居春宮，撰述聖記。永徽三年，中宗産後，玄奘請號之曰「佛光王」，乃進金字般若心經。』

又按，褚中令於永徽年書聖教序刻石。其時雖有心經，當如釋氏諸經之體，其文繁冗。迨于志寧等五人潤色之後，詞乃簡要，爲今本心經。度其潤色之事，必在顯慶之年，褚令既逐後也。逮咸亨三年刻此碑，乃以于志寧等所潤色之經，附之序記之後。計其時，惟許敬宗當尚存，其餘四人，亦皆死矣。

吾推原此碑之刻，當由武后深怨褚令，併其書碑亦思廢之。自虞、歐久喪，登善之書，獨超一世，非遠假逸少，誰能壓之哉？沙門懷仁所見古迹幾何？而集字如是之多，非宫闈之助，曷以能爾！本以嬖后忮心，而後世得傳晉賢之髣髴，乃反賴之，而褚碑之聲價，遂不能不爲退讓矣。但褚書碑首題『大唐文皇帝製三藏聖教序』，其稱甚當。此想有意異之，以『大唐』字加『三藏』字上，於文理殊爲不順。吾意懷仁者，直是一陋僧也。

唐時右軍書雖多，然集書安得無闕乏，假借湊改，勢必不免。『正』『曠』皆右軍家諱，此碑内二字無增損筆，此爲湊改之迹甚明。若思翁之以集書爲習書，則是妄説之極可嗤者耳。

## 跋褚書聖教序

褚河南此碑，於用筆極細瘦中，見起伏轉變之妙。非此舊拓鋒穎纖豪具存者，無以見之，誠可寶愛。

唐中書令尊於晉之中書令，王獻之不書太極殿榜，而登善不免書碑。觀此，令人有世道升降之感矣！

## 跋顔魯公送劉太沖序

送劉太沖序類帖，多係從搨帖轉摹失眞。此宋慶元中，溧陽令戴援從顔公眞迹摹入石者，故筆勢具存。魯公書多取篆籀法入眞行，而此帖尤可見也。

## 跋褚書陰符經

此書故不劣，然實非登善迹也。唐時書學最盛，虞、褚之體，習者尤多。二氏之徒，往往僞作，假名臣以自重其書。

案褚公在永徽，其職任最重者，同中書門下三品也。今若以非本官不入銜，則監修國史，亦不必入銜矣。唐封爵以古國爲名，如褒、鄂、燕、許，則但稱某國公；非古國，則曰某郡縣開國某爵。故褚公之爵，爲河南郡開國公。僞書者以褚之族望出於河南，遂於郡下直接其名，不知臣於君前列銜，無舍爵稱郡望之理。此猶僧徒僞虞書破邪論，列其銜曰『太子中書舍人』，不知世無此官。僧道謬妄無知，夫亦何怪，而自宋至今，書家無一人悟其詐，斯則異矣。

## 跋李北海麓山寺碑

李北海書嶽麓寺碑，自稱『前陳州刺史』，是其貶遵化尉時矣。北海死於天寶初年，年七十。碑立於開元十八年，其時殆逾五十。中有云：『宋元徽中，尚書令湘州刺史王僧虔，右軍之孫也。』按，僧虔未嘗爲湘州刺史；雖爲尚書令，而非元徽之年；又非右軍孫，乃右軍從祖兄弟中領軍洽之曾孫耳。是皆用僧徒妄説以入文，故致茲失。

此本婺源胡君黄海所藏，較今時本尚爲舊拓，然已經俗手刓字。其『竇后依於佛光』，當是『瀆后』。又『因』也者，今誤作『同』。此似皆刓改之失，非必其本然也。後見宋拓，『因』字猶完，而『瀆』作『竇』，則元本固誤耳。

## 跋方望溪先生與鄂張兩相國書稿後

方望溪宗伯與鄂張兩相國書，論制準夷事。當乾隆年間，準噶爾國生内亂，禍變相尋。我高宗純皇帝一乘其弊，舉若振槁，遂闢萬里之疆。此固由聖人智勇非常，而亦天之祐福我國家，而欲滅彼賊醜也。

若昔雍正之時，則彼國勢猶完，未可云非一勍敵矣。宗伯此書，欲爲嚴軍屯守，撫士蓄力，以待可勝之虜，勿爲輕舉深入，以邀難必之功。未知兩相國見此書後，所以入告者何如？而公之憂國忠友之情，則皆可以謂至矣。

公自定文集，未載此書，此係公手稿藏於家者，於公平生風義所關頗重，後有刻公集者，宜並入此篇。

嘉慶辛未五月二十六日，同里後學姚鼐題。

## 書朱子語略後

朱子語略，楊與立所編，二十卷。與立乃楊文公大年之裔。其族有楊道夫、楊驤及道夫之子若海，皆從於朱子之門。此即見於語録中者，而其行事皆不可考矣。與立此書名，見郡齋讀書志。吕氏刻朱子語録，所從校舊本無此書，四庫書目亦無此書，今僅見此本而已。惜殘失其序，不知編集年月。其中載朱子有易簀前之語，知必成於朱子身後也。

## 跋史閣部書後

鼐之六世從祖湘潭公，爲明神宗時清吏。其長女適吳氏，夫亡守節育孤，後與兄同遭流寇之亂，駡賊死義。史閣部撫皖時，高其誼，請於朝旌之。夫人子爾玉公，今侍御賡枚之高祖也，於史公憂歸時，以啓陳謝，史公復之。書藏於吴氏，今侍御以見示。

鼐惟史公千古偉人，撫皖時吾鄉尤被其賜，民敬祀之，至今不衰；而吾五世祖姑節烈之風，光於兩氏家乘，又因史公之言而彌顯。展讀手書，敬感交至，因題其後云爾。

## 張花農詩題辭

吾家春木持其同里張君花農遺詩兩卷見示，余最愛其『谿行無雜樹，人聲出叢竹』十字，及『白下人初去』『寒食清明連上巳』兩章，爲有超遠之韻；其餘亦多有清思，誠近來詩人一好手也。而其人終身困厄，不見知於世，至於將死，傳語春木，必爲流傳其所作。

夫人之爲詩，聊以發一時寄興而已。其流傳後世或否亦何足論？而天下士率不能忘情於此。余傷花農之惓惓垂没，其志可悲；又重春木於故人之意，因爲之記。至於余之庸愚，且衰老昏荒，言不足重，不能有增益於花農者，固亦非所計也。

## 左蘭城詩題辭

蘭城爲夢樓同邑弟子，因夢樓識余。三人嘗同住攝山般若臺，論文字累日夜。其爲人，孤清遠俗，眞詩人性情也。所爲詩，法夢樓，得其風韻。余嘗語夢樓：『以蘭城之年，而才志若此，積功至吾輩之年，安知不跨越吾輩乎？』夢樓曰：『然！』

今夢樓往矣！遠思北固、金、焦，煙景冥茫，但增悽愴，惟尚有蘭城吟詠其間耳！近閱蘭城集，因題其卷，願蘭城終如吾言，亦足慰夢樓於地下矣！

## 吴孝婦傳題後 長洲人，錢少詹大昕爲傳。

余往年作揚州蕭孝子碑記，以割己救其親者，非有悖於義，既具爲論矣。今吴孝婦乃割臂以救其姑，其事爲尤難。嗟呼！彼賢者行出乎至誠，而奮發於不能自已，惡知有所爲難易哉？思其倉卒之情，可痛也！

嘉慶十三年秋八月，桐城姚鼐題。

### 校記

〔一〕始元　當作『元始』。

〔二〕詔　當作『諂』。

# 惜抱軒文集後集卷三

## 書

### 與王鐵夫書

十月二十四日，姚鼐頓首奉書鐵夫先生侍史：昔桓譚有言：『凡人忽近而貴遠。』以鼐之不才，又於今世，固所謂『禄位容貌，不能動人』者，而先生獨盛稱之，載諸文集。是其取舍遠乎流俗之情，而鼐獲不棄於賢哲，有不待乎後世之子雲也，豈非幸哉！舉世滔滔，知己寧可再遇？而相去四五百里，無因緣一見，久欲奉一書於左右，而忽忽未及爲。昨賢子至，乃承賜書先之，展誦喜躍不可勝，而又以自慙其疏惰也。冬寒，惟興居萬福！

先生文章之美，曩得大集，固已讀而慕之矣；今又讀碑記數首，彌覺古淡之味可愛，殆非今世所有。夫古人文章之體非一類，其瑰瑋奇麗之振發，亦不可謂其盡出於無意也，然要是才力氣勢驅使之所必至，非勉力而爲之也。後人勉學，覺有累積紙上，有如贅疣。故文章之境，莫佳於平淡，措語遣意，有若自然生成者。此熙甫所以爲文家之正傳，而先生眞爲得其傳矣。

詩之與文，固是一理，而取逕則不同。先生之詩，體用宋賢，而咀誦之餘，别有韻味。由於自得，非如熙甫文佳而詩則平淺者所可比也。至於尊書亦殊妙，所寄册，當裝以爲世寶，固不復奉還。略論其欣仰之意，聞之以爲有當否？

鼐今歲在江寧過臘，歸期尚未能決。昔年嘗一遊蘇州，極思其風景；若再獲東來，一瞻容儀，則大快平生矣。但不知得果此緣否？賢子在此，且當時得通書，率復不具。

## 復劉明東書

師令君差至，得寄書並詩，欣慰！欣慰！以賢主人爲依歸，可謂得所矣。處幕中，以謙慎韜晦爲要，自與默默用功不相礙也。

見贈五言排律，句格頗雄，此是長進處；但於杜公排律布置局格，開闔起伏，變化而整齊處，未有得也。大約横空而來，意盡而止，而千形萬態，隨處溢出，此他人詩中所無有，惟韓文時有之，與子美詩同耳。李玉溪、白太傅及朱竹垞，皆刻意作排律之人，而不得此妙，吾豈敢便以責之明東哉？然作詩，心之所向，必須在此，否則止是常境耳。

又明東所用故事，都不精切，止是隨手填入。姑摘其一聯：誌公謂徐陵『天上石麒麟』，豈可易石爲玉？又陵官非學士，學士唐乃有此官耳。公孫弘與陵，於鄙人絶不似。止十字中，而病痛已四五矣。

前所論在詩境大處，勤心深求，忽然悟入，或半年便得，或一年乃得，又或終身不得。後所論在詩律細處，精意讀書，可以必得，然非數年之深功不能。前所論文章之虚，故可速而不可必。後所論乃學問之實，故可必而不能速。如近時顧亭林，非有得於詩家之妙，而其故事卻精切之至。渠是學問人，故能於此見□□□。□□俱能功到，方是卓然成家之作。二者得一，亦可謂佳，但非其至；二無一得，便是今日草頭名士之詩。吾恐明東陷入其中，故須爲詳言之耳。

吾於下一月必回家去，料明東歲末亦必歸家，必過城中，得一晤也。漸寒，珍重千萬！

## 復欽君善書

欽君足下：辱賜書，並示所爲文一篇。足下畸士也，其文亦畸文也。夫文技耳，非道也，然古人藉以達道。其後文至而漸與道遠，雖韓退之、歐陽永叔，不免病此，況以下者乎？

足下之文，不通於俗，而亦不盡合於古；不求工於技，而亦不盡當於道；自適己意，以得其性情所安，故曰畸文也。

齊桓公見甕盎大癭説之，『而視全人，其脰肩肩』。足下謂不欲以人首加己身，其意善矣，而欲僕繩削其文，僕不能偶俗，略有類足下耳，豈能以區區文法爲足下繩削？第如齊桓之視甕盎大癭者視之而已。

## 復姚春木書

姚鼐頓首春木足下：鼐今世一庸才耳，足下乃以宋、元以來學問文章之統相屬，見推崇重，甚愧！甚愧！素無交遊之緣，不遠千里，遺書求益，謙懷樂善，足下之志則美矣，顧鼐不足尸之耳。夫求學之道，牖於聞見及所嗜好者，每患其偏；平心廣采，則病其不精。愚見嘗欲持平，固視偏溺者差異矣。然嘗自恐不精，此所望海内賢士君子有以教益之。至於求勝之心，則誠未敢也。

足下所欲爲紀載之編，此一代史學也，所志甚大。昔退之少有成唐一經之志，及後身爲史官，乃反不敢仞其事，可謂惑矣。然鼐謂此亦有天數焉：夫生而富貴及死而聲名，其得失大小，皆天所與也。紀載者，人名聲所由得之所託也。故天欲其成乃成，天欲其傳乃傳，不然則廢。足下姑亦爲之，以聽天意可耳。

鼐舊作九經説，已有刻本，今寄上。其有增益及他書未刻者，則未能寫寄。賜寄湖海詩傳乃未至，不知於何處浮沉？述庵先生想尚健，其文傳成書未耶？先伯薑隖先生無成書，平生讀書，好以所得細書記於簡端。鼐欲爲集成筆記，然以其太碎細難輯，故不能就，私心所最憾。僅采數條，以意次敘入鼐九經説而已。至敝鄉密之先生撰述，飲光、海峯、南堂、息翁詩文集，皆有刻本，而此間卒未可得。若江、金書，則具在歙也。

鼐頃自皖移來金陵，主鍾山書院，衰老絶不能作大字。所命爲楹對字，又犯鼐家諱，故不可爲也。胡雒君所欲爲書皆未成，而於去年已病喪矣，甚可傷。敝邑如此子者，亦未易多得也。兹因便上復，安得一見面言？希時通消息，不具。

## 復吳仲倫書

姚鼐頓首仲倫先生足下：鼐才陋識闇，無得於古人之學，而士大夫徒以故舊之好與之，遂横竊虚譽，甚可愧恥。今先生又過聽而推及之，至比之歐陽永叔，是重益其愧，而使之不知所爲答者也。

伏讀賜示文集，理當而格峻，氣清而辭雅，今之世固未有其比。先生所希者退之也，以學退之者較之，蓋與習之、持正並，不待言矣。僕嘗謂古之論文事者多矣，惟退之與人言，必盡其底蘊，若與李翊、劉正夫、尉遲等書，本末始終，精粗之義盡，甘苦之情達，隱顯之理備，他人不能若是也。然習之、持正，親見韓公，宜悉聞其言矣，而文不能盡韓公之旨。以先生之才而力希韓公，日取韓公之言而蹈其軌，意者其必能追配韓公乎！

夫天下文士皆慕乎古，操筆向紙，氣盛志厲，以爲凌出古人之上，而及其成文，以較古人，則不如遠甚，何也？古今才力有厚薄，而眞爲學者，其志必不自欺也。雖然，以一端之長短言之，則後人固亦有賢於古者。引其長以益其短，苟有所就，其亦可矣。今先生之文，果足並退之與否？抑間有能勝之者否？先生眞爲學，必自能決之。如鼐之淺，未足爲先生定此矣。暑熱惟佳勝，安得一日面談？不宣。

## 答蘇園公書

吳世兄至，接讀手書，並得快讀大作之全，喜慰無量！大抵高格清韻，自出胸臆，而遠追古人不可到之境於空濛曠邈之區，會古人不易識之情於幽邃杳曲之路。使人初對，或淡然無足賞；再三往復，則爲之欣忭惻愴，不能自已。此是詩家第一種懷抱，蓄無窮之義味者也。以言才力雄富，則或不如古；以言神理精到，眞與古作者並驅，以存詩家正統。譬如司馬氏立國江東，縱不能剋復中原，然必不與石虎通聘者也。其間五古、五律，最多妙製；次則七律、七絶；四言及歌行排律，備體而已；應制館課之屬，雖悉删刈可也。鼐以硃筆閱識頗嚴，是閱古人不相識者詩集之法，非閱同時人詩之法。然千載之論，竊謂已定於此。使吾兄生得聞之，不愈於後世揚子雲乎？

## 復汪孟慈書

七月朔，姚鼐頓首孟慈孝廉足下：惠書知舊疴新愈，欣喜！欣喜！云欲就受業，聞之愧悚不寧。譾陋何足師？況以加高明卓絶如足下者哉！遇事激昂，欲以『躬自厚而薄責於人』爲勖，則足下所自處者善矣。鼐安能加一言耶？承示文册，展誦攬見該博，非恒士所有；而昏耄畏久尋文字，深翫究論，則力所不逮矣！謹繳納。

夫天下爲學之事，不可勝窮也。有睿哲之姿，有强果之力，包括古今，探索幽渺，經歷數十年之勤苦。然遂謂於學盡得，而無一失焉，此殆必無之事也。是故學不可不擇所用心，擇而得其大者要者，而終弗自多焉，斯善學矣。

今世天下相率爲漢學者，搜求瑣屑，徵引猥雜，無研尋義理之味，多矜高自滿之氣。愚鄙竊不以爲安。自顧行能無可稱，年過學落，不能導率英少，第有相望之意，不敢不忠。嘗以是語人，今故亦舉爲足下告也，或蒙採納否？

# 惜抱軒文集後集卷四

## 壽序

### 陶慕庭八十壽序

皇帝即位之三年，海内太和，俊傑輩生。江南於天下分省，據地最大，人才尤多。是秋江寧陶慕庭先生，以偉才醇學，舉江南試榜第一，天下聞而慕之。其後五十二年，皇帝聖壽八旬矣，撫臨勤治如一日，羣彙歡欣，里閭歌舞；而先生亦於是年壽届八十，可謂盛世之閎材、景運之嘉瑞也。

先生嘗兩宰劇邑，權司馬，爲賢有司。其子又繼爲令、爲刺史，皆有循聲。諸孫年之少者，皆以文章著稱矣。自古治世，嘉士每聚於一家，若神明有意爲之者。故觀先生之處一室，而治世之庥，徵於國矣。某之少也，嘗聞先生名，意以邈焉如古人不可見，豈意數十年之後，竟得接杖履而共笑言乎？先生初度之辰，在歲十二月。某於十月杪，將自江寧歸里，不及與稱觴末賓之位，姑留文爲壽，以紀斯世之懿美，又以勸諸客之來庭者，抃手而歌之。

## 陳約堂七十壽序

陳約堂先生，當其六十之時，作守姑孰，余既爲文以壽之矣。逾十年，君自宛邱解組，過余里而歸老新城。時君之次子，得爲刺史於寧州，而三子新捷於京兆。君則貌充而神益健，年至是七十矣。昔周公留召公以仕，而末終以『明我俊民，在讓後人於丕時』。蓋君子老之不能不終退者，理也；而冀俊民之興，以助國家丕時之盛者，人臣無已之心也。後之士大夫，雖不敢上比周、召，而願助國家之盛，求俊民而讓之，夫亦何嘗不同是情哉？夫誠得俊民之可讓矣，雖四海九州素不相知之人，吾猶將樂之，而況出於吾之子姓也哉？

今約堂一家羣從，列官清要，效才内外，爲國器者既衆矣；而約堂甫遂歸田之志，即兩子奮翼之初，是一家俊民之興，蔚焉勃焉，未有極也。此天下相知，所以咸爲約堂慶，而約堂亦不能不熙然以喜者已。

顧吾又思之：周公作君奭之年，召公老矣，而卒不得退，至於康王之世，年蓋逾百，而作卷阿之歌。其言『吉士』『吉人』，亦猶之周公讓『俊民』之旨。然而周公欲明農而不能，召公欲退，至逾百歲而猶不能。然則後人讓俊民之心，可竊附周、召之心；而歸田之樂，則有周、召之所欲而不得者矣。

余以無狀，早放田野，今年亦七十矣。去約堂家五六百里，約堂懸弧之日，不能遽往登堂，然或異日扁舟來訪，與君徜徉山水之間，共話數十年之離合，翛然矢音，亦差爲交遊之盛事。今先屬此一觴，以爲後約，不亦可乎！

## 許春池學博五十壽序

春池學博，篤行君子，而沉思好學。爲文華美英辨，而切於理。既成進士，授職長丹徒學。丹徒諸生，無不樂其人而親其教也。

余往主揚州書院，多有丹徒生在列，知其地多異才矣。又往來江上，過北固、金、焦山，每與客登眺，愛其山川雄秀而曠深，蓋所以能蓄清英而生佳士者。其後又主安慶敬敷書院，春池以同鄉生來著録焉。余論説學問，必崇古法，蓋世人所謂迂謬者；春池時獨能信吾説而不疑，余固賢之，知其異矣。今以春池之賢，而教丹徒之秀傑，諸生之信春池，殆猶春池之信吾，固宜其有合也。

昔與春池聚時，春池固猶少壯，今忽忽越二十餘年不見春池，而春池壽五十矣。既樂其聲名之有聞，而亦感余益老且憊。丹徒江山之麗，才傑之多，與春池風義之舊，皆邈然不可復見，而其生徒以春池初度，舉觴爲慶，乞余爲之辭。余欣然書之，亦所以識余感也。

## 馬儀顓夫婦雙壽序

嘉慶丙寅八月，爲吾四妹七十初度；越及半歲，妹夫儀顓亦七十矣。族戚咸造其室，舉觴爲慶。吾隔在鍾山之麓，未能遽返，乃以所欲言者，書而寄之。

夫一鄉之衆，七十者鮮矣。夫婦具而七十者，尤鮮。儀顓之孫獻生，前一年登第，入翰林，告歸而稱家慶。夫婦一堂，俯見兩曾孫挾筴而就家塾，此族戚所爲喜也。

儀顓坦中樂易，與人不爲怨惡，鄉黨謂之長者，而吾妹亦頗以賢見稱。當乾隆甲戌、乙亥間，吾家貧最甚，日不能具兩飯，晡輒食粥。吾妹嫁則夫家始猶裕，而繼亦貧。其前後處貧困，皆能怡養性情，無纖毫尤怨。至承事舅姑，有常人所難任者，而吾妹能盡其理。此所以備經艱苦之餘，晚見榮慶，而人亦不以謂鬼神之妄施，而謂其宜也。

然吾始者弟兄三人，兩妹，今吾與四妹僅存。儀顓有才子吾甥魯陳，甫登第而隕，賴有孫繼起速耳。今之稱慶者，衆人之情也。若吾與吾妹夫、吾妹，固有追懷而默愴者矣。

夫欣戚之境無常，而善否之理不易。吾妹夫暨吾妹精神方健，不似老人，而吾亦幸未逮昏聵之甚。往事姑置之矣，所願更以此身相勵以謹，相策以道，耄耋不衰，庶足以終對先人而教子孫者。若夫積善餘慶，雖有是理，而不敢以覬覦焉。吾所爲言者盡於此，而吾妹夫、吾妹，必能受吾言而盡一觴矣！

## 方母吳太夫人壽序

嘉慶十有六年，方葆巖尚書方自總督浙閩告歸，奉母吳太夫人，養痾於江寧之里。夏四月，有詔召入，爲軍機大臣。於是奏以『臣之母不能頃刻離臣，臣又不能奉耄年病軀之母疲曳就道，懇辭新命』。上聞，憫而俞可，乃輟召，而加賜珍物，以助孝養之忱焉。是年，太夫人八十有三歲矣。七月下浣，值設帨之辰，江寧之士大夫及桐城之姻黨，咸來庭爲太夫人稱祝舉觴，而以鼐之年最長，俾首爲之辭。乃言曰：

『夫古之臣子忠孝之情，不獲兩達者多矣。尚書童稚而違養先恪敏公，太夫人教之成立，獲嗣先公。懿德碩學，起任國家遠鉅之事。内治郡邑，殄除凶醜。外則西踰崑崙，經萬里冰雪無人之域；南涉海濤者再，爲國弭患，奮不顧身，豈暇念家哉？而卒蒙仁主矜其母子相依之情，俾得優游奉養於里巷，此古所未易有也。蓋非天子盛德孝治之極，必不能遂尚書之私情；而非太夫人積德修誼，善教令子，早著成功，亦必不能致國家如是之隆恩也。斯其足慶至矣！』

衆皆曰：『然！』乃進述以爲太夫人壽，而退記其辭，以告天下，將載之惇史云。

## 沈母王太恭人七十壽序

乾隆三十一二年間，余在兵部，與沈光禄華苹先生、陳勤齋中丞，同署相友善，入則共官事，出則同文酒之歡。其時光禄初補主事，迎其家入都，而贈大夫於道被疾，途中難於得醫，賴光禄有賢婦今王太恭人，善於承事，多方以起老人之病，竟得安復以就光禄之養。光禄驚憂之餘，乃復自慶。余於是時知太恭人之賢矣。

其後余移官去兵部，又繼而歸里；而光禄受主知，擢諫垣，又晉秩爲卿，終於京師，與余遂隔不得見。其間勤齋中丞嘗來任方伯於安徽，余適主皖中講席，獨與相對，語及光禄而思之；而光禄適有子今直夫令君，始來安徽試用，才器偉然。勤齋與鼐皆甚喜，謂光禄及夫人之賢，宜其有繼起也。其後又十餘年，吾令君之才益著，大府以下，靡不賢之，以謂宜擢居大邑，遂授以桐城。令君奉太恭人以來養於官舍。太恭人自獨居之後，摒擋家事，又奉先姑之終，艱難辛苦，事舉禮備，而迄今神明茂清，起居如壯年，詢聞官政，以助成令君之嘉績，有雋母平反之風。於是吾鄉靡不尊仰令君之德，而亦稱歎太恭人之美。

今歲十二月望，值太恭人七十初度，邑人同懷慶忭，將進而舉觥於堂下，以鼐之知太恭人之最先也，使首爲之辭。鼒回思三十餘年，日月遷流，境象屢變，獨太恭人德福彌隆，殆詩所云『樂只君子，福履綏之』者與？是時勤齋中丞没，而其子亦既成進士，授官國博矣。余於是又喜兩公名德成於身，而俱有賢子嗣於後。信哉！君子之必有報與！

令君慈祥明哲，優於其職，將擢晉尊顯，必非久於兹土；而太恭人稱壽嘉辰，乃適在此邑；而某以三十餘年之故交，列於部民，奉觴稱壽，此皆未易遭之事也。余是以述之，以見吾令君之光承先業者非偶然，而太恭人亦可以欣然慰意矣！

## 馬母左孺人八十壽序

乾隆辛巳、壬午之歲，余館於馬長清令君之家，而馬君宣和，誨令君弟中翰之子，朝夕常相見也。宣和爲人介直，好學而家貧，身多疾，内有賢婦左孺人，雖窮居執苦而無懟，故君亦以是自適。余後入都，則聞宣和没矣，遺子僅六歲。孺人守身、持家、教子之誼，勤謹如禮，鄉黨以爲賢也。

又數十年，余歸里居，孺人昔者六歲之子，成立有稱，字曰伯萊，年四五十矣，能養其親，遷居與吾家爲鄰，而吾乃益得知孺人之家政，果有以異於常人者也。今則伯萊之子已以文章稱，爲丁卯科副榜，又復有子矣，而孺人壽至八十。

伯萊以歲三月爲孺人設帨之辰，請余一言爲之壽。余因追思昔與宣和聚居笑談之狀，猶如在目，而人事之變，倏忽萬端。曩者故人多亡，雖余與宣和所授之徒，亦皆亡矣。余獨幸存，而孺人康强如昔，睹其子孫之賢，家祚方興，豈非天欲報其食苦立節之勞，而祐之於暮歲哉？國家之法，女子既三十歲而守節者，則不旌。或欲使孺人稍損年以就旌法，孺人以爲此欺謾，不可。余以爲如孺人者，天所貴也，豈係乎旌與否哉！因書此以爲壽序。

## 伍母馬孺人六十壽序

乾隆甲寅之春，余爲伍孚尹之母陳孺人作六十壽序，今十八年矣。馬孺人者，陳孺人之長婦也。孚尹之兄□□早喪，馬孺人守節三十年，今亦壽六十。其子思樹等來請於余曰：『昔吾祖母秉節守義，謙不肯請旌於有司，惟見諸先生之文。今吾母節義實同於祖母，鬻子勤劬，教訓成立，至於今，母老而勞不懈。又諭三子以祖母昔者不欲受旌之誼：「吾雖於例當旌，而不敢逾焉。」惟歲正月，當吾母六十初度，亦欲以其事見諸先生之文，此亦吾母之志也。』

余聞而歎焉。念昔陳孺人讓善之誼甚厚，今馬孺人同其節行，而又同其謙讓，非詩所謂能『嗣徽音』者乎？余始來江寧，見富盛之族絢赫一時者多矣！至今才二十年，而盛族衰替，十有六七。獨乎尹一族多賢子，遊吾門者冠履相接。其家風之美，傳數十年而日起日增，斯母教之助爲可貴也。庸鄙迂謬如余，桓譚所云『禄位容貌不異人』者，而孺人乃盛欲得吾言焉，其用意固有異於常人者已！

又思：余本江北儒生，獨以耄年久處於兹，獲聞見伍氏一家數十年之事，斯若有天數焉。然則述孺人之美，繼陳孺人之後，誠爲此郡之美談，余於兹安得不一言也！

# 惜抱軒文集後集卷五

## 傳

### 黄徵君傳

順治時，有徵君黄調鼎者，洛陽人也，字鹽梅。其先在明，有都指揮僉事鎧，鎧生潤，潤生奇瑞。奇瑞生二子：曰九鼎、調鼎。一女，爲福王常洵世子由崧之妻，早没，葬於洛陽。崇禎十四年，李自成陷洛陽，殺福王及奇瑞。調鼎輔世子以逃，世子疲不能行，則負之北渡河，至懷慶，復自懷慶南渡，越淮、江至太平，會南京迎福世子監國，遂稱帝，贈奇瑞爲洛中伯，以九鼎襲爵。立蘇州巡撫山陰祁彪佳女爲后，而以彪佳少女妻調鼎。

福世子既立，荒政，信用馬、阮，調鼎諫之不聽。大清兵渡江，福世子出奔太平。其母鄒太妃，爲馬士英挾之以至浙江，後歸山陰。時九鼎降附我朝，爲阿達哈哈番矣，而調鼎匿山陰，依祁氏不出。

順治八年，有薦其賢者，朝行徵命官之，調鼎乃至京師陳情，固辭得已。時福世子死，柩在京師，調鼎求得之，乃載歸洛。又迎鄒太妃於山陰，而奉養之於其家。及鄒太妃卒，葬於福王之園，而福世子葬調鼎姊故妃之園。調鼎，明時諸生也，常自稱諸生，閉户論學以終。

姚鼐曰：徵君之玄孫時清，爲余同年進士。時清之弟時和，爲言其曾祖事如此。余讀明史，記福世子既出亡之後事不詳，而黄君述其先祖事必不謬。徵君節行可稱，而福世子之終事，可以補史氏之闕，故爲次其傳云。

## 禮恭親王家傳

禮恭親王諱永恩，其始封禮烈親王，諱代善，太祖高皇帝第二子也，推戴太宗，有大功於社稷。子惠順王諱祜塞，未嗣爵先卒。惠順王子諱傑書，嗣爵爲王，是爲康良親王。生康悼親王諱椿泰，悼王生康修親王諱崇安。修王之子，則恭王也。

恭王生而有至性過人，祖母悼太妃嘗病，時修王督師於外，恭王甫五歲，而侍湯藥於前，未嘗離，日禱神以冀愈。雍正十一年，修王薨。王以年幼，始封爲貝勒，讀書騎射，爲學日益精厲，作詩古文皆有法。高宗純皇帝聞而喜之，命奉朝請。王侍衞勤慎，歲時扈從，出巡邊塞，屬橐鞬，從射獵，而考論古今，吟詠篇什不輟，嘗曰：『上馬挾箭，下馬持筆，吾分內事也。』

乾隆十七年，襲封康親王，時王年二十餘。上以王忠敏質實，通曉政治，時召與議論，頗親異之矣，而時相與忤。會護衛有潛出境爲不善者，時相屬吏傅會，以爲王故知，將興獄累及王。上察其非是，乃得解，第奪王俸，然王自是少疏。每入班次，趨朝會，駕出入則迎送惟謹，曰：『此亦臣子所以效靖共也。』

暇則以筆墨爲娛，其論文以義法爲要，詩以清遠澹約爲宗。其往來議論者，謝皆人、劉大櫆、徐炎、朱孝純輩也。故識趣高卓，越出流俗，間染翰，或以指作繪，皆有生氣。其生平遇人甚厚，而已嘗致不給，尤以持籌計得失爲鄙，曰：『吾雖貧而忝居王位，忍言利乎？』

初，烈王始封曰禮親王，及惠順王嗣爵於康熙初，改號曰康親王，自是傳四世。及高宗念烈王之元功，謂宜復祖號，乃復封號曰禮親王。是年賜半俸，召至灤京，賜宴較射。上曰：『三十年不見卿射矣，精采猶如昔也。』王頓首謝。嘉慶元年，預千叟宴。九年冬，預宗室宴。初，乾隆十一年，宴宗室於惇敘殿；更五十九年重與宴者，惟王及貝子永碩二人而已。次年二月十九日薨，年七十九。上聞，輟朝，賜謚曰恭，贈恤如典。

王燕居動静嚴整，好禮。自護衛得過後，稀論朝事。偶言所料，成敗輒中，然未嘗以自喜。至於人才興亡進退之間，每有聞見，其憂樂之情必深至，所思長遠，非恒人見所逮也。所著誠正堂集若干卷，律吕元音四卷。妃吳札庫氏，先喪。繼妃舒穆禄氏，生一子某，嗣禮親王爵。

## 劉海峯先生傳

劉海峯先生名大櫆，字才甫，海峯其自號也。桐城東鄉濱江地曰陳家洲，劉氏數百户居之，爲農業，多富饒。獨海峯生而好學，讀古人文章，即知其意而善效之。年二十餘，入京師。當康熙末，方侍郎苞名大重於京師矣，見海峯，大奇之，語人曰：『如苞何足言耶？吾同里劉大櫆，乃今世韓、歐才也！』自是天下皆聞劉海峯。然自康熙至乾隆數十年，應順天府試，兩登副榜，終不得舉。乾隆元年舉博學鴻詞，乾隆十五年舉經學，皆不録用。朝官相知，提督學政者，率邀之幕中閲文，因歷天下佳山水，爲歌詩自發其意。年逾六十，乃得黟縣教諭。又數年，去官歸樅陽，不復出，卒年八十三。無子，以兄之孫□爲後。先生少時，與鼐伯父薑塢先生及葉庶子酉最厚。

鼐於乾隆四十年自京師歸，庶子與鼐伯父皆喪，獨先生存，屢見之於樅陽。先生偉軀巨髯，能以拳入口，嗜酒諧謔，與人易良無不盡，嘗謂鼐：『吾與汝再世交矣！』

天下言文章者，必首方侍郎。方侍郎少時，嘗作詩以視海寧查侍郎慎行〔一〕。查侍郎曰：『君詩不能佳，徒奪爲文力，不如專爲文。』方侍郎從之，終身未嘗作詩。至海峯，則文與詩並極其力，能包括古人之異體，鎔以成其體，雄豪奥祕，麾斥出之，豈非其才之絶出今古者哉！其文與詩皆有雕板，鼐欲稍删次之合爲集，未就，乃次其傳。

## 吴殿麟傳

吴殿麟，歙人也。其名定，字殿麟。少時事親謹，三年之喪如禮。自期功及師友喪，飲食起居，必變於常，非如世人之苟且也。家本貧，至老貧甚，然廉正有守，屢鄉試不售。嘉慶初，有司以孝廉方正舉之，賜六品服。時謂是科舉者，惟殿麟差不愧其名云。

劉海峯先生之官於徽州也，殿麟從學爲詩文；海峯歸樅陽，又從之樅陽。兩淮運使朱孝純，亦海峯弟子也。請姚鼐主揚州書院，會殿麟亦有事揚州，附鼐舟，於是相從最久。其爲人忠信質直，論詩文最嚴於法。鼐或爲文辭示殿麟，殿麟所不可，必盡言之。鼐輒竄易或數四，猶以爲不，必得當乃止。

殿麟暮年歸歙不復出，專力經學，希爲詩文矣。歙中學者言經，自江慎修、戴東原輩，大抵所論主考證事物訓詁而已，而殿麟乃鋭意深求義理，註易、中庸各一編。蓋殿麟於文及學，其立志皆甚高，遠出今世。雖其才或未必盡副其志，然可謂異士矣。卒年六十六，有子四人。

## 方恪敏公家傳

方恪敏公諱觀承，字遐穀，桐城人也，而居於江寧。桐城方氏，自明以來，以文學名數世矣，而亦被文字之累。公之祖工部都水司主事諱登嶧，考中書舍人諱式濟，皆以累謫黑龍江。公時尚少，與其兄待詔觀永，歲往來塞内外，以營菽水之奉，奔走南北，徒步或數百里。數年，祖、考皆没，公益困。然於其間，厲志氣，勤學問，徧知天下利病、人情風俗、所當設施，遂蓄爲巨才矣。

平郡王福彭嘗知之。雍正十年，平郡王爲定邊大將軍，征準噶爾，即奏爲書記，詔賜中書銜以往。在軍營建策善，歸補中書舍人。乾隆初入軍機處，累遷吏部郎中，出爲直隸清河道、直隸布政使，擢浙江巡撫。乾隆十四年，遂授直隸總督，自是居直隸二十年，中惟西疆用兵，暫署陜甘總督，籌軍餉，半年即返。

公性明於用人，一見與語，即能知才所堪任，授之事，隨難易緩急，委寄必當。及公没而爲督撫有名，若周元理、李湖等凡十餘人，皆宿所拔於守令丞尉中者也。直隸爲天下總匯之區，人事糅雜紛擾，不易靖安。乘輿歲有臨幸，往來供張，而公在任，又值西征軍旅之興，所過備置營幕芻糧，柔調桀悍。公處此皆儲備精密，弛張得宜，卒未嘗少匱乏，而於民居無擾病焉。

公自爲清河道至總督，皆掌治水。直隸之永定河，故無定河也。其遷移靡常，不可以一術治，不可以古形斷。公洞徹地勢，相時決機，或革或因，或濬或障，其於河務，前後數十疏，從之輒利。純皇帝每歎其籌永定之爲善，非他人執成法者所能及也。磁州有逆民爲亂，公擒治，定斬絞罪十人，餘皆釋。上疑公寬縱，廷寄嚴責者數，公執不易。詔令九卿軍機訊獄，乃知公所定之當，上益以賢公。

公素勤於學，工爲詩及書。乾隆初，嘗舉博學鴻詞，以平郡王監試，避嫌不試。仕宦數十年，署中未嘗設劇，公事之暇，即執書讀之。嘗偕秦文恭公輯五禮通考。所著直隸河渠書百三卷，詩集十三卷，其餘雜記直隸事又數十卷。及薨，家無餘財，而有書數十笈。

於桐城及江寧，皆建家祠，置田以養族之貧者。兄弟相愛甚，遺命與兄待詔同葬一山。

公在時，已加太子太保。其薨在乾隆三十三年八月，年七十一。賜祭葬及謚，祀於直隸名宦祠及賢良祠。娶劉夫人。公五十而未有子，撫浙時，使人於江寧買一女子，公女兄弟送之至杭州，擇日將納室中矣。公至女兄弟所，見詩册有相知名，問知此女所攜其祖父作也。公曰：『吾少時與此女子祖以詩相知，安得納其孫女乎？』即還其家，助貲嫁之。公年六十一矣，今吳太夫人乃生子維甸。既孤，純皇帝以公故，賜爲中書舍人，成乾隆庚子恩科進士，今復爲尚書、總督，繼公後。

姚鼐曰：唐時凡入史館者，必令作名臣傳一，所以覘史才。今史館大臣傳，率抄録上諭吏牘，謂以避黨仇譽毀之嫌，而名臣行績，遂於傳中不可得見。然則私傳安可廢乎？余讀國史方宫保傳，爲之憮然。今尚書將修族譜，請敘恪敏公事，遂次其傳。公功在天下，還女事小，然世稱公後之大興者，斯亦有助焉，故並書之傳末云。

## 印庚實傳

印庚實，名鴻緯，庚實其字也。其考爲寧紹台兵備道憲曾，世居寶山，有四子，分季子居吳縣，故庚實終於吳。庚實在家，能順親志，事兄撫諸子無失理，外接賓友有信義，鄉黨稱其賢。嘉慶元年，詔舉孝廉方正，有司以庚實應選，衆以爲當也。

當寧紹府君時，天台有僧曰寶林，寧紹賢之，常與接對。庚實在旁，亦喜聞其説而歸心焉。嗣是庚實於進退得失之事視之泊如，然於義利必辨，於非道必不爲，非借釋氏以掩其爲邪者也。嘗再至江寧，與鼐相見。其氣淵静近道，樂山水，徧覽僧舍；頗喜爲詩，詩思清潔，然無意求工，以自適而已。嘉慶十三年卒，年五十四。子康祚、駿祚。

後二年，康祚至江寧，請鼒爲之傳。庚實考，鼒同年友也，昔嘗傳之矣。今又喪庚實，人事無常，思之黯然。嗟呼！庚實固知其然，而決然遺世者歟？

## 吳石湖家傳

吳君諱山南，字石湖，婺源人也。婺源自宋篤生朱子，傳至元、明，儒者繼起，雖於朱子之學益遠矣，然内行則崇根本而不爲浮誕，講論經義，精覈貫通，猶有能守大儒之遺教，而出乎流俗者焉。近世若江慎修永，其尤也。慎修死，而石湖獨好其學，凡慎修著書，抄輯寶貴而時誦之，蓋多有世所未見者。

君居於江寧西郊，臨江上。乾隆之末，鼒來江寧，君時就論學，因得借觀君藏慎修所著未刻者數種。其後君取慎修所録鄉黨篇文刻之，又欲盡刻其餘書，未及爲而君没矣。

君爲人事親孝，接人以誠信，好施恤衆而近賢。藏書甚富，讀之時論得其大義。少補婺源諸生，讀書於鍾山書院，考授得布政司理問職，年四十四而卒。其才其志尚可以有見，而惜其未竟也。祖□、父□。娶孫氏，繼娶江氏。子二：曰坤、培。培亦鍾山書院生。嘉慶十年，余再至江寧，君已喪，聊紀其行，付其子以爲君家傳云。

# 鄒母包太夫人家傳

姚鼐曰：今世女子守節，必其年未逮三十夫喪者，乃予之旌表，此朝制也。然世固有才逾三十，守節而行義尤可稱者，皆君子所樂道也。若丹徒包夫人，自三十二歲守節至年八十二，以五世同堂之慶，蒙天書降匾於其家。自封太恭人晉三品，又加贈至二品夫人，雖其始未及旌，而終乃有逾於常旌之榮者，豈非天之所以褒行義哉？予嘉其事，因次述爲傳。

夫人爲丹徒包氏，布政司經歷諱□之女，適同邑贈朝議大夫太學生鄒諱□。贈朝議以喪父哀毁成疾，乾隆二十二年七月遂卒。有三子：長文琮，年十五；次文瑛，五歲；幼文琳，僅八月耳。家貧甚，夫人盡棄簪珥供殮，於喪事中節合禮。自是上奉姑，下鞠孤子，勞瘁艱憊。其後文琮漸長，乃能經理爲生計。夫人教之恭儉，稍裕，命以廣施，鄉人多賴其惠。其後文琳仕爲山西寧武府知府，乃告歸，時渡江治鹽運事於揚州，往來歸侍夫人。鄒氏子姓蕃衍，自其舅以下，有服親屬七十餘人，夫人皆撫慰訓誨之，而命文琳治公賑貸之事，尤宜盡其力。

嘉慶九年，夫人年届八十，曾孫錫蕃生子增貴。有司以高玄一堂上聞，御賜『昇平人瑞』之匾，加大緞二疋，天下以爲盛事，後二年乃卒。卒後以逢嘉慶十四年萬壽恩，加贈二品夫人。嗚呼！觀天之所以祐其家如此，則夫人存心制行之善，所以隱格於神明者，蓋有人所不能盡見者哉！

## 程樸亭家傳

婺源程樸亭尚友者，字硯北，其考爲贈中憲大夫諱文達，余前所傳程養齋之兄也。母曰張太恭人。君幼，太恭人課之學最嚴，人稱爲賢母。君亦自策厲好學，爲縣學生，而不喜科舉之文，一朝棄去，取宋五子書朝夕讀之。言動必出於莊敬，雖獨居不敢惰，嘗著近思録輯要六卷。其論學必本之躬行，以謂尋求章句，何足以爲學也！

事父母孝，張太恭人晚歲患風疾，口不能言，指畫色授。君侍疾三年，視聽於微眇，獨得其意。其兄躍濤以母喪哀毁卒，遺孤七歲，君撫之恩誼周至，卒使成立，而俾之裕。於鄉黨宗族，有匱乏必濟，遇凶災必賑，接人和愉而不流，人多服焉。其自號曰樸亭，故人以爲稱。年四十九卒，卒後贈徵仕郎内閣中書舍人。子組，乾隆壬子科舉人，今爲内閣中書舍人。綬、縉光，皆鹽大使。錫紱，翰林院待詔。

夫天下學者，鶩於文章博聞之事，而内行或不足焉。如樸亭，處流俗之中，而慨然有慕宋五子之爲人，欲求其髣髴，斯可謂有志之士歟！組見姚鼐於江寧，述其父生平如此，故爲次其家傳。

## 周梅圃君家傳

梅圃君，長沙人，周氏，諱克開，字乾三，梅圃其自號也。以舉人發甘肅，授隴西知縣，調寧朔。其爲人明曉事理，敢任煩劇，耐勤苦。寧朔屬寧夏府，並河有三渠：曰漢來、唐延、大清，皆引河水入渠，以灌民田。唐延渠行地多沙易漫，君治渠使狹而深，又頗改其水道，渠行得安，而渠有暗洞，以洩淫水於河，故旱澇皆賴焉。唐延渠暗洞壞，寧夏縣吏欲填暗洞，而引唐渠水盡入漢渠，以利寧夏民，而寧朔病矣。君力督工修復舊制，兩縣皆利。大清渠者，康熙年始設，長三十餘里，久而首尾石門皆壞，民失其利，君修復之，皆用日少而成功遠。君在寧夏多善政，而治水績最巨，民以所建曰周公閘、周公橋云。

累擢至江西吉南道，以過降官，復再擢爲浙江糧儲道。當是時，王亶望爲浙江巡撫，吏以收糧毒民以媚上官者，習爲恒矣，君素聞，疾之。至浙，身自誓不取纖毫潤，請於巡撫，約與之同心。撫臣姑應曰：『善！』而厭君甚，無術以去之也，反奏譽君才優，糧儲常事易治，而其時海塘方急，請移使治海塘。於是調杭嘉湖海防道，君改建海岸石塘，塘大治，被勞疾，卒於任，而王亶望在官卒以貪敗。世言苟受君言，豈徒國利，亦其家之安也！君卒後，家貧甚，天下稱清吏者曰周梅圃云。

姚鼐曰：梅圃，乾隆間循吏也。夫爲循吏傳，史臣之職，其法當嚴。不居史職，爲相知之家作家傳，容有泛濫辭焉。余嘉梅圃之治，爲之傳，取事簡，以爲後有良史，取吾文以登之列傳，當無愧云。

# 贊

## 潘孝子贊

嘉定潘孝子諱德馨，割肱以愈母疾，事在雍正四年。嘉慶十二年，其曾孫孝曾，持錢可廬大昭所記事迹來示，請爲之傳。鼐讀可廬之記，既已詳盡，論復精當，是爲傳已無以易之，乃爲之贊。

子之事親，理有常變。親逮死亡，何擇何辨？志極身忘，眞性方見。懿哉孝子，割膚奉薦。誠動鬼神，危者安宴。感事悲傷，紀聞欣勸。

## 寧化三賢像贊 三賢者：故副都御史雷鋐翠庭，故光禄卿伊朝棟雲林，故歲貢生陰承方静夫。

宋既南渡，儒學在閩。或嗣或絶，或僞或眞。聞三君子，厲志海濱。口誦朱訓，志踐以身。賤子弗識，有想其人。惟光禄亡，嘗銘其窀。賢子奉圖，載舟與輪。三賢同軸，日侍師親。式穀之慕，雅言用遵。瞻像匪遠，其道日新。

## 太常寺卿萊陽趙公遺像贊 名崙，號閬仙。

世奚治寧？維人才盛。察才百端，首身潔正。眷焉求賢，昔仁皇聖。上自監司，下逮守令。舉清官七，以厲貪競。偉時太常。持造士柄。行部江淮，皎如水鏡。斥賕絶干，有當無倖。升舉於朝，四海稱慶。年不及耆，厥施不竟。百年江介，惟休悼病。安得有公，復履兹境？展公遺像，以思增敬。發歎眇焉，攄是贊詠。

### 校　記

〔一〕侍郎　疑有誤。查慎行仕歷或贈官均未至侍郎。

# 惜抱軒文集後集卷六

## 碑文

### 光禄大夫東閣大學士王文端公神道碑文 并序

公諱杰，字偉人，王氏。先世居山西洪洞，遷陝西韓城。居五世，至石門縣主簿諱廷詔，公之考也，以公貴，贈光禄大夫東閣大學士。公妣吳太夫人生三子，長濬，仲澈，公爲季。端凝好學，見於幼稚。長以拔貢生得教諭，未任，遭父喪。服終貧甚，爲書記以養母。所居幕府，尹文端公繼善、陳文恭公宏謀之爲江南督府時也。兩公皆名知人，而最賢公，謂爲正士。乾隆庚辰恩科中鄉試，次年恩科中會試。殿試，讀卷官進列第三，純皇帝親拔爲第一。引見，風度凝然，上益喜，授翰林院修撰。由修撰四轉得詹事府少詹事、日講起居注官，直南書房，旋晉内閣學士，歷工、刑、禮、吏四部侍郎，都察院左都御史。母喪回籍，在籍擢兵部尚書，詔服闋赴職，充經筵講官，賜紫禁城騎馬，爲上書房師傅，直軍機處。乾隆五十一年正月，拜東閣大學士。

公爲人廉静質直，誠於奉職，其居位與和珅同列。公以大體接之，不爲壯頄悻悻之事，而遇所當執，終不與和珅附。公素行無疵瑕，純皇帝知公深，和珅雖厭公，亦不能去也。如是數年，及今上臨政，公意益得發攄矣。然公嘗念大臣所當爲者，非盡於所能言，獨居意嘗邑邑，深念而不怡。蓋公之心，人不能具識，而至其入陳禁陛、裨益朝廷者，又非人所得聞，故不可得而述也。

嘉慶七年，公以老病乞休。詔予在籍食俸，加太子太傅，御製詩送之，有云：『直道一身立廊廟，清風兩袖返韓城。』兹足以盡公生平矣。嘉慶九年，公與夫人八十歲，又有御詩及頒賜諸物。公季冬入都謝恩，留至十年正月十日，薨於京邸。命榮親王奠醊，賜銀二千兩治喪。又賜祭葬，贈太子太師，祀賢良祠，謚曰文端。

公爲乾隆庚戌科會試總裁官，又嘗爲湖南、江西、浙江考官，一督福建學政，三督浙江學政，所進多佳士。其于門下士相愛甚篤，然未嘗少涉私引，教之必爲君子而已。夫人程氏。四子：主事堜時，監生塝時，武選員外郎堉時，廩膳生埉時。孫九人。公葬于韓城北原，既立神道之碑，乃刻銘曰：

科第士首，爵位朝碩。德器優優，以居無怍。大臣之度，遠思邈邈。去名釋功，匪矯以激。事賴其休，物被其澤。惟其志宏，歉而不懌。天子知之，降予載赫。著厥儀形，紫光之閣。顧思德音，公逝弗作。過墓思敬，瞻此穹石。

## 吏部左侍郎譚公神道碑文 并序

公諱尚忠，字因夏，南豐譚氏。其先世多聞人矣，及公成乾隆辛未科進士，授户部主事，三徙爲山西道監察御史，出爲福建興泉道，又入爲刑部員外郎，再出爲廣東高廉道，三遷至安徽巡撫，降福建按察使，再遷至雲南巡撫，入爲刑部右侍郎，調吏部左侍郎，嘉慶二年十一月廿八日薨于位。

公之在户部也，嘗司寶泉局，及高宗純皇帝察局中事，惟公無纖豪私染。在興泉時，以洋行事例降官，而上又察知其不汙，故復進用。其在封疆爲大吏，室中澹如寒士，遇屬員甚有禮，藹然親也，獨不能少入之以財利。天下論吏清儉者，必舉譚公爲首。然公遇事奮發，則執誼不可回。其爲安徽巡撫，以忤和珅，致降爲福建按察使；在福建，復屢以事與督、撫爭。至督、撫同官，事尤相牽，而爲撫者每委曲以就督。公在雲南，獨能持正裁之，且謂曰：『公自爲其德，吾自任其怨可也。』其丰采峻厲如此，故公雖和平廉潔，而非煦煦曲謹者也。其教子有曰：『人當先約其身，身約則心約，心約則事不踰閑，然後可以擴充，爲有本之事功矣。』故公所至，興利去害，必究其原委曲折之盡，則斷然行之，使所莅必蒙其澤而後已，去則民多涕泣送之。高宗純皇帝嘗稱爲正人可任事，今上亦絶重之，而公遽没矣。

公在安徽，姚鼐主敬敷書院，時接談讌，食設五器，而情厚有餘，及聞公薨而悲，今又十年矣。公子光祥以庶吉士改禮部主事，自京師移書至，曰：『先公既葬矣，而碑未立。』某夙奉公教，宜爲文，至其家世及夫人子姓之詳〔一〕，則編修陳用光誌之矣，故不具。銘曰：

公居士林，文學愔愔。接物以情，不爲阻深。秉節當官，蔑敢私干。進者宜之，退者弗怨。歷邇及遐，隴坻海嶠。攘抉姦蠹，耋孺鼓樂。晚爲侍從，公望在衆。殂未及登，刊石載頌。

# 墓表

## 中憲大夫保正清河道朱公墓表〔一〕

公諱灡，字問源，其先吳人顧氏也。明天啓時，有以義憤擊魏閹所使緹騎逮周順昌者，避匿江寧，自是爲江寧朱氏。國朝始爲江寧學生者曰應昌，生贈編修圻，贈編修生康熙己丑科進士翰林院編修元英。編修生江寧學貢生贈通議大夫松年，嘗舉孝廉方正，不就，早卒，公之考也。

公生八歲而孤，家貧身弱，妣舒太夫人苦節，撫而教之，稍長即遊幕於外以供養，蜀、楚、閩徼無不至，於民情美惡、政教利病無不曉，卒在直隸通永道幕，爲總督方恪敏公所知，保舉以從九品職引見，發河工，補楊村主簿。值漕船起撥，運丁有多奪小船以病衆者，公往數語諭之即服，公名自是起。歷縣丞，知獻縣，河間縣務關同知，務關，治河官也。公治運河有績，而上官惡之，以報水遲解其職。會有大臣出勘河患，乃保留公。公始以水漲害民田廬，請上官修治，爲斥拒，至是陳於使者，功舉，畿輔民獲寧焉。逾年，授天津府同知，卓異，擢正定府知府，再擢清河道。公在道職凡五年，而五署按察使。

方公之爲知縣，所臨案無留牘，屢以平反冤獄，稱明允於直隸矣。及攝臬司，尤以獄爲重，每屬吏所不能決，公親研鞫，或晝夜據案披訊，經月不輟，所定必當罪，全無辜者甚衆。又爲獄囚疾，設隔别之法，令無傳染；籌得歲千餘金，爲獄中炭薪醫藥之費，至今爲利。歲饑，總理賑救，勤察無遺濫。值純皇帝東巡，至趙北口，召公見於行幄，時以水災請蠲魚葦課，上問：『魚葦宜水者，而亦蠲何耶？』公曰：『水小則魚聚葦生，大則魚溢出而葦没爛。』上大稱善。又詢數事，皆稱旨，將大用之矣，而以審案稽遲去職。公之四攝臬司也，爲日淺甚，有盜案在保定府，未定上。其後盜發他省，供首盜在保定而未究出。上怒，自總督以下皆得過，方以法繩下，雖知公在職暫，不特宥也。久之，乃賜復原銜，既又令總督遇相當缺出題補。然公久勞於官致憊，自以老病乞歸，不能仕矣，時乾隆五十六年也。上後猶數問其病愈否，公竟於嘉慶元年九月十九日卒於江寧里中，年七十三。

公生平嚴持清節，而施人則甚厚，仕歸，資業蕭然。嘗著才識論，謂：『處事以識爲主，而才副之，不可偏廢，不得已而去，寧無才，不可無識。』故其立身治民，必求其大者要者云。所著待潮書屋存稿四卷，又詩三卷，待潮雜識二卷，歷官紀要二卷。夫人陳氏，誥封恭人。生子三：紹曾，安徽布政使；賢仰，早卒；續曾，靈州知州。側室于氏生子三：顯曾，候選縣丞；述曾、承曾，俱候選從九。孫七：桂棟，候選同知；桂楨，己未進士，文選司主事；桂馨，桂森，桂柱，桂樞，桂楹。女十一人。孫女十人。公與夫人合葬於江寧□□□。桐城姚鼐爲之阡表云。

## 修職郎碭山縣教諭瞿君墓表

君諱塘，字澂川，嘉定人，有文學，爲王光禄鳴盛門人，光禄稱之。以商籍爲錢塘學生，由廩貢得教諭，嘗署浙之嘉善、寧波、淳安學官矣，卒改歸本籍，乃爲碭山教諭。奉上官檄察邳州水災，君不避勞苦，所察得實。既又值旱災，君察之亦然，民被災多賴以存者。父艱歸，服終，署昭文、元和、金壇學官，所至皆爲諸生所親樂。然君厭塵事，遂謝病不復出，託居蘇州閶門之北。

君爲人篤謹和易，未嘗有疾言厲色於鄉里。遭喪以毁得疾，數年遂習爲導引，通道家之説，夜長不寐，年六十，嘉慶九年坐而逝。

妻諸孺人，賢恭稱君配，生子中浩、中溶。先君九年卒，嘉慶十年，合葬長洲之天森山。側室周氏，生子中淦、中濟。中溶娶錢少詹事大昕之女，嘗見鼐於江寧；今葬君，以王侍郎昶之銘寄示余於懷寧，余掇其要以表其墓。

## 姚休那先生墓表

休那先生之先世，自婺源遷桐城白芩里，是爲白芩姚氏。居九世曰一遂，爲諸生而早卒。妻吴氏，爲節婦。子士晉。士晉後改名康而字休那焉，爲明諸生，有雋才高識，而屈於場屋，里中何文端延之入都。文端爲吴江周忠愍宗建墓誌，爲世稱。其文史家今據以爲傳，出先生手也。文端告歸後數年，被召，又邀先生同行，先生知世不可爲，嘗題臥猿詩以諷之，文端遂稱病而反。先生後入史相國幕中，故史公檄文多爲世稱。然先生旋歸里，得免揚州之難。

改革之後，屏居田野，鬱邑悲傷，作忍死録，以記其家自曾祖以下四世事，其言最悲痛。平生文字，爲人作與自爲者相半，凡十餘卷，藏於家，惟評貨殖傳、黄巢傳，刻傳於世。順治十年卒，年七十六。

先生存時，史相國爲豫題墓曰：『明讀書人姚康之墓』。卒後百五十年，同里姚鼐述其生平，表於碣云。

## 石屏羅君墓表

石屏羅君，諱會恩，字際叔，宗人府丞諱鳳彩之孫，隴西知縣諱元琦之子，有文學，數不第，退居修行於家。其事父母，盡孝養之誠。父殁，使婦侍母寢數年，母終，免喪而後婦復。君，乾隆戊子科舉人也，吏部選爲安寧州學正，君不忍離母，竟不就官。其兩執喪，皆能如禮。有兩兄兩弟，以事以撫，能恭以愛。其遇族里誠且直，責人言或至切，而人感其意，不爲怨也。里中事宜，謀於公所，君卓然建議，躬任其勞，必衆利而後已。其身終於鄉，而人信其才足以任世事也。

嗚乎！士溺於俗久矣，讀古人之書，聞古人之行事，意未嘗不是之，而及其躬行，顧憚不能效也。如羅君，可謂勇於善而不負其學者已！君嘉慶九年卒，葬於懷寧之□□，江濬源銘之。逾二年，桐城姚鼐爲書其生平之概，俾其弟覲恩揭諸墓上云。

## 婺源洪氏節母江孺人墓表

江孺人，婺源江某之女，爲洪永禧之妻。永禧家貧甚，勤耕薄田，未明而興，逾昏而息，孺人歡然共其勞。有子三，一歲殞其二，永禧痛之甚，亦亡。孺人獨撫六歲仲子立登於田間，殆無以爲生矣。於是晝督傭客，夜執針黹，茹苦積瘁，以至子立登之長出賈，乃稍有贏。孺人顧好賙恤，有負其財者，念其貧憊，棄券而復資之，而自奉則儉，不欲逾田家時。有孫鈞，自幼餐宿皆依其側，長則督之學。立登後居於江寧，鈞亦來江寧從余學，爲余言孺人所以訓之者，率如古賢母言，而孺人目不知書，其貞哲天性然也。

孺人亡年七十有五，其喪夫時逾三十，於例不應旌表。余嘗論女子夫亡守志，有未三十而守猶易，有逾三十而守倍難者，例有定而人所遭不可定也。孺人之執節，可謂難矣！因書其實，俾鈞刻諸墓上云。

嘉慶十一年秋七月，桐城姚鼐表。

## 臧和貴墓表

武進臧氏有孝子曰禮堂，字和貴，家貧無僕役，躬執薪水之事，以事父母，能盡愛養。父病瘧，畏寒惡火，和貴每夕身温其被。父喪，三日不食，三年不入内，如禮。母疾，割股禱而母愈。其初娶也，懼婦不能孝其親，作七言辭以教婦；婦至，使人抗聲誦，俾立聽畢而後合巹。苟有益於親之事，必忘身而爲之也；苟足悦其親，雖違衆不顧也。和貴與兄庸皆好學博聞，尤精小學，善讎校，爲四方賢士所貴，而和貴不幸年三十而死。

桐城姚鼐嘗識庸，聞和貴之學行，未見也；今以天下悲惜和貴之情，乃爲表其墓云。

## 姚氏長嶺阡表

姚氏自餘姚遷桐城，始遷曰勝三公。勝三公後，四世以農田爲業。五世爲明雲南布政司右參政諱旭，有政績而貧。參政卒，子孫復修農田，三世皆有隱德。參政四世孫諱自虞，爲諸生。其子諱之蘭，爲汀州府知府，加按察副使銜。所歷海澄縣，杭州、汀州二府，民皆爲祠以祀。參政、副使仕績，明史皆載入循吏傳。副使之子諱孫棐，仕爲職方主事。職方之子文然，仕國朝康熙時，以刑部尚書終，謚曰端恪。至世宗時，追論先朝名臣，思其賢，詔特祠，春秋祀焉。祠今在城東門内端恪公之第。四子諱士基，以舉人爲羅田縣知縣，羅田民以奉入名宦祠。

羅田府君之次子，是爲贈編修公，鼐之祖也，年二十六而卒。配任太恭人，賢孝秉節，上奉姑，下教二子。長子爲翰林院編修諱範；次子爲贈禮部員外郎諱淑，鼐之考也。贈編修公承累世賢哲之遺風，敦行勤學，而不幸無年。編修府君既孤，憤發策勵，外友天下賢俊，以相資長，爲詩古文辭，故同里則劉才甫，山陰則胡稚威，常熟則邵叔宀，皆編修所尤厚也。而編修自沈究遺經，綜括先儒，茹精晰微，萃成己得，然仕爲翰林數歲，不究其用而歸，歸著書亦未及竟而卒，此天下士所共爲歎惜也。

當端恪公薨，羅田府君買得墓地，居長嶺之巔，去城七十里，將葬端恪，而羣從子以爲遠僻不用，乃别葬。後羅田府君卒，亦别葬。羅田長子中書公與贈編修公，相繼没矣，而故買長嶺之山，其契藏族君子來安訓導文默之笥，吾家不知也。有謀葬地，就來安求售，來安不許，然後吾家得聞。任太恭人乃命編修兄弟，奉中書及贈編修公合葬於此山，雍正之六年也。又其後編修公没，未葬，任太恭人及鼐父贈禮部公皆别葬矣，鼐與伯兄昭宇乃奉編修及伯母張太宜人，合葬贈編修墓下之右。其時鼐繼妻張宜人亦未葬，又葬於編修張太宜人冢右，時乾隆五十二年也。故姚氏之阡，爲冢三而有五柩焉。

自是後又二十年，贈編修公諸孫盡喪，獨鼐存，懼舊德遺事泯不聞，乃謹書以列諸隧左。中書公諱孔鐸，字振修，康熙三十九年舉人，候選内閣中書舍人，康熙四十九年卒，年四十一。娶廣德州學正方曾祐女，生二子：興渼、興滐。二孫：漣、支斡。贈編修公諱孔鋏，字瓊修，縣學生，康熙三十七年卒，贈承德郎、翰林院編修，累贈朝議大夫、禮部儀制司員外郎。娶懷寧任氏，大理寺少卿諱奕鑒女，生二子，有八孫。編修子曰縣學附貢生昭宇，南寧府同知義輪，舉人登，監生勱隆，縣學增生斟元。贈禮部子曰刑部廣東司郎中鼐，候選州吏目訏，附榜貢生鼎。編修府君始名興涑，今贈編修墓所列，其舊名也，後改名範，乾隆七年進士，改庶吉士，授翰林院編修，乾隆甲子科順天鄉試同考官，三禮館纂修官，乾隆十五年歸里，乾隆三十六年卒，年七十。娶縣學生贈内閣侍讀張若霖女，乾隆三十九年卒，年七十四，今合祔焉。生子五。鼐始娶張宜人卒，繼娶張宜人，乃前婦其五世祖妹也，爲屏山縣知縣張諱曾敏女，其始權厝，鼐有銘矣，兹不具。

## 贈中憲大夫湖廣道兼掌河南道監察御史加二級孟公墓表

國家定制：一品官封贈三代，得及曾祖父母，而又有特令，官未至一品，而顧以己身及妻應得封典，特乞貤加及曾祖父母者，呈請部臣奏聞而詔俞焉。蓋所以伸人子孫追遠事亡之至情，又以示士有積善者，或遠或近，期必蒙報於後世，此又聖朝錫福之廣，所以勸天下之爲善也。

乾隆五十三年，覃恩封贈諸臣之家，而太谷孟御史生蕙請以所應受之封，貤及曾祖已故候選府經歷，奉旨允給。於是遂贈公中憲大夫、湖廣道兼掌河南道監察御史，加二級。夫人趙氏，贈太恭人。公諱鴻品，字飛陸，其立身有行義，事親尤孝謹，愉色婉容，能曲成親心。其考邑庠優生琡，亦君子也，母武孺人，皆樂公之能養志。公外接人無城府，獎正疾邪，而能有容。其教子孫，必爲正士。謂『士品立，則可富貴，亦可貧賤；士品一隳，富貴則驕溢，貧賤則卑汙，均爲可恥』。公生於康熙十五年，卒於雍正十一年，年五十七。後六年，葬孟家莊東南原，又後四十年而得贈官焉。趙夫人年九十，乾隆二十九年卒，祔公墓。子三人：長熙，邑庠生，贈朝議大夫、湖廣道監察御史；次照，次烈，恩賜從九品鄉飲耆賓。孫八人：啓周，贈中憲大夫、工科給事中；啓疆，歲貢生，汾陽縣教諭，貤封奉政大夫、順天府西路同知；啓堂，國學生，贈文林郎、清河縣知縣；啓林，啓域，啓堃，啓墉，啓基。曾孫十八人：生蕡，贈中憲大夫；生蕙，乾隆癸未科進士，歷官至通政司參議；文蔚，府經歷；生草，乾隆戊戌科進士，順天府西路同知；生蘭、生菖，庠生；生藻、生英，從九品；生萬，生芮，生茂，生芬，生菘，生荃，生康，生傑，生夔，生度。玄孫以下，人材滋起。人謂公德之貽甚遠，不享於其身，而光於後嗣，未有艾也。

鼐與公曾孫生蕙爲同年友，生蕙遺書令爲阡表，鼐愧不文，顧以通家晚列，仰望懿美，國恩家慶，皆可贊述，因書所聞見，以謂可爲賢者慰矣。

## 博山知縣武君墓表

乾隆五十七年，當和珅秉政，兼步軍統領，遣提督番役至山東，有所詗察。其役攜徒衆，持兵刃，於民間凌虐爲暴，歷數縣，莫敢何問。至青州博山縣，方飲博恣肆，知縣武君聞，即捕之。至庭不跪，以牌示知縣，曰：『吾提督差也。』君詰曰：『牌令汝合地方官捕盜，汝來三日，何不見吾？且牌止差二人，而率多徒何也？』即擒而杖之，民皆爲快，而大吏大駭，即以杖提督差役參奏，副奏投和珅。而番役例不當出京城，和珅還其奏使易，於是以妄杖平民劾革武君職。博山民老弱謁大府留君者千數，卒不獲，然和珅遂亦不使番役再出。當時苟無武君阻之，其役再歷數府縣，爲害未知所極也。武君雖一令，而功固及天下矣。

君諱億，字虚谷，偃師人，乾隆四十五年進士。其任博山縣及去官才七月，而多善政，民以其去流涕。君自是居貧，常於他縣主書院，讀經史，考證金石文，多精論明義，著書數百卷。今皇帝在藩邸聞君名，及親政，召君將用之，而君先卒矣。君卒以嘉慶四年十月二十九日，年五十五。

余與君未及識，第聞其行事，讀所著述。今遇君子穆淳於江寧，爲文使歸揭諸墓上。君行足稱者猶多，而非關天下利害，兹不著。嘉慶十八年二月，桐城姚鼐表。

## 贈中憲大夫武陵趙君墓表

君諱宗海，字匯川。其先世居歙之巖鎮，宋之宗室也。有朝散郎不彼之裔孫字仲容者，自歙遷於湖南，爲武陵人，君之祖也。君考曰商山，早世。君三歲而孤，繼又喪母，乳媪哀而育之於家，稍長，出入里閈，恭慎勤敏，異於常人。時武陵有王西厓妻劉安人，寡居而賢，知能鑑人，生一子一女。女聰慧，通知古今書史。劉安人奇之，欲得良壻，見趙君愛之，曰：『此孤兒後必大。』乃以女女焉，是爲王太恭人也。君遂爲王氏贅壻，治生爲賈，然能敦信而輕利，遠近服其爲人，所交多四方長者。當趙氏來武陵，猶有貲，君考之亡，族人皆侵取之。君既立家，顧厚於族人尤甚，微弱者皆依以成立，先世柩在歙未安葬者，君皆葬之。人有事就謀者，必忠告而爲盡力焉。以積勞卒，卒年四十，時王太恭人年三十八。

君未没時，綢繆趙、王兩姓皆立門户，子皆能讀書矣。太恭人兄春埜爲名諸生，太恭人以子屬教之，今觀察也。及君喪，太恭人督教子益嚴，嘗杖子而杖折，太恭人識歲月於折杖而藏之。初，君所受託以財賄者，有數千金，及君没，頗乏償貲，或謀以孤寡辭而弗與。太恭人曰：『吾夫信義，故人託之；今弗償，是爲夫取惡名也。』乃破産鬻室中衣物，以盡償負。其周恤族黨親故之事甚衆，人謂君固賢，而成君賢者亦内助也。

君與太恭人以子貴，屢被國恩封贈，而今觀察爲編修時，以己及妻應得之封，貤贈外祖及劉安人云。君之子二：曰慎畛，嘉慶丙辰科進士，今爲廣東惠潮道；慎畯。君與王太恭人合葬於□□。

嘉慶十八年冬，桐城姚鼐爲之表。

## 方母吴太夫人墓表

吴太夫人者，吴縣人，事太子太保、直隸總督方恪敏公爲側室，而今尚書浙閩總督維甸之母也。尚書生十一歲而孤，歸居江寧，或見其孤弱，侵侮之，太夫人置不與論；而自刻厲勤苦彌甚，教子極嚴，不使稍有子弟之過。嘗篝鐙治女紅，而課子誦讀于側，每至夜分。及尚書長，成進士登朝，則日勉以道義忠敬之事，而治家以勤以樸，不改于初。尚書或被使命出，戀侍膝前，雖行萬里磧外，太夫人必正色責其速行急國事，不得少佇；逮既出門而爲涕泣焉。

當恪敏公存時，兩從子孤幼，撫之身側；太夫人愛誨之，與己子無少異。故今侍郎河南巡撫受疇，嘗述於上前，上聞爲太息，及太夫人亡，而令持一月之服也。其天性尤好聞人爲善，及有慶樂事，則欣喜若在己，苟力所及，則必助之。其有不善或憂苦，則戚然不安者移時。於舊怨則忘之，而令子更以厚待。既以子貴，國恩得封太夫人，而上稔知其賢，屢加賜問。嘉慶十八年卒于江寧里第，年八十五。上聞，特使江寧將軍至宅祭之，命婦加祭非常典，以旌德也。是歲十月甲子朔，葬于句容北葆山恪敏公之西麓。惟太夫人徽懿徹於九重，惠澤洽於閭巷，朝廷賴毓成之器，室家奉先立之型，核厥嘉休，宜垂後世。

墓成之日，桐城姚鼐述爲之表。

校記

〔一〕姓　叢刊、備要、會文、梅本作『姪』。

〔二〕保正　疑當作『保定』。

# 惜抱軒文集後集卷七

## 墓誌銘一

### 安徽巡撫荆公墓誌銘 并序

荆公諱道乾，字健中，蒲州府臨晉人也，以縣學生中乾隆二十四年山西鄉試。三十一年，挑發湖南爲知縣，所莅麻陽、龍山、東安、永順，皆有賢迹，而在東安，卻鹽商歲餽千金，則俗吏以爲恒事固當受者也，於是上官舉公卓異矣。適丁太夫人憂，服滿乃引見，仍發湖南候陞，復補龍山，調善化，前後在湖南十二年，擢寧夏同知，又舉卓異，擢池州府知府。

公清介端謹，與人甚和易，而臨公事無纖毫内顧之私，故尤爲當世賢者所貴。諸城今劉相國墉撫湖南時，以謂第一良吏也。大興今朱尚書珪撫安徽，亦謂公第一。自池州調鳳陽、安慶，又舉卓異，擢登萊青道，歷山東按察使、江蘇布政使。嘉慶四年秋，授安徽巡撫，距其去安慶時未五年也。

公既習于安徽，又繼朱尚書後，其治相似，以安民便俗爲要。其有所陳奏，雖其事有爲天下督撫所不欲言者，公皆直達於上，上亦知公之至誠也。公任巡撫兩年，病作，請解任。上令公養疾，待少愈入都，將處以内職，然公竟以嘉慶七年三月癸酉卒于安慶，年七十二。卒後，人哭者視其嚬被如寒士。喪行，吏民送者莫不泣涕。上聞，有詔愍惜賜祭，令山西巡撫佽喪終擇其子若孫送引見焉。

公曾祖諱爾極，祖諱毓光，考諱德志，皆贈如公官。有三兄，其二先卒。公夫人姚氏亦先卒。其第二兄學乾，常與公居官舍，晝同器食，夜同室寢，依依如幼稚，以至於終。子二：澤桓、澤楕，歸葬公，請鼐爲銘。

鼐目睹公清修令德，以謂當世達人才傑蓋多矣，若夫眞樸淳至，表裏如一，則無以逾公，故舉公行如此。其吏事之常，雖有善能，猶於公爲不足道也。銘曰：

以德爲實，以義自好，其行皜皜。帝曰賢哉！宜臨江淮，載離載來。治以道靖，煦良宥眚，悲哀法穽。德人之祥，衆戴曰臧，歿而不忘。歸葬河汾，有慕故民，銘其幽墳。

## 廣西巡撫謝公墓誌銘 并序

公諱啓昆，字蘊山，世居江西南康之蘇步，公後徙居南昌南郭，乃以蘇潭爲自號云。公於乾隆二十五年庚辰科會試中式，次年殿試，以朝考第一名選庶吉士，年二十五。乾隆三十一年授編修，既而充國史纂修官、日講起居注官，出爲鎮江府知府，又知揚州府、寧國府，擢授江南河庫道、浙江按察使、山西布政使，調浙江布政使。今上親政，命爲廣西巡撫，凡三載，嘉慶七年六月乙丑終於位，年六十六。

公爲知府時，即明決于吏事，所持堅正，上官雖異意而不能奪，屢以善績稱於江淮矣。及爲藩司，其時各省官帑多缺，或公私相晳，閱歷數官，前後援倚，所虧愈多，不可補復。公持身廉潔，而智能究郡縣利病之多寡，立法以其贏絀相補，任使盡其能，操縱當其時，故所莅不數年，無造怨于吏民，而能完久虧之額。他人或欲效公所爲，輒中窒而不能遂。故公爲藩司多美政，而世尤稱公理財爲最善。及至廣西，内治吏民，外撫夷獠，築湘、灕之隄以爲民利，民呼曰謝公隄。又嘗興學校，飭營伍，文武皆懷愛之。其卒也，以盛暑步禱雨致疾。上聞，甚悼惜，賜金治喪，又詔賜祭葬。其後廣西士民呈於大府，請以公入祀名宦之祠。

公自少本以文學名，博聞强識，尤善爲詩，其才宏贍精麗，兼具唐、宋名家之體。所爲樹經堂集若干卷，雜古文四卷，西魏書若干卷，小學攷若干卷，晚成廣西通志若干卷，則士謂公文學、吏治蓋兼存於其中焉。

曾祖諱茂偉，祖諱希安，考諱恩薦，皆以公貴贈資政大夫，妣皆贈夫人。公娶某縣李夫人，生女。繼娶某縣劉夫人，生子學增，候補主事，先公卒。側室四，盧孺人生子二：學崇，嘉慶壬戌科進士，庶吉士；學坰，候選府同知。女一。衞孺人生子學培，候選府同知。管孺人生女三。高孺人生女一。

公在翰林時，爲乾隆庚寅恩科河南鄉試正考官，辛卯會試同考官，多得賢才。其最者，巡撫會稽陳大文，布政使歷城方昂，以吏績名，而檢討曲阜孔廣森以文學顯。其在浙舉孝廉方正，亦多名士。生平重交遊，獎氣類，居廣西作懷人詩數十篇，首其座師大興翁學士方綱，次桐城姚鼐也。遺命其子，必使鼐爲墓銘。嘉慶□年□月□日，學崇葬公□□。鼐爲銘曰：

儒者之風，退然其中。剛果有能，作吏見功。北旬汾、洮，南及嶺嶠。没而民思，生被其曜。惟其多才，文武惟試。講藝賦詩，異於俗吏。帝褒良績，天祐厥家。妥奉椑居，銘幽詔遐。

## 通奉大夫廣東布政使許公墓誌銘 并序

公諱祖京，字依之，德清許氏。曾祖諱煌甲，祖翰林院編修、南昌府知府諱鎮，考舉人西安教諭諱家駒，三世皆以公貴，贈通奉大夫。公少勤學，工文辭，乾隆戊子科中浙江鄉試第一人，己丑科成進士。授官内閣中書，貧甚，徒步懷餅入直，暮而出，歷七年。内閣侍讀缺，公次當擢。金壇相國于文襄公欲别擬人矣，聞公論謂許舍人不得擢爲不平，乃卒擢公。在内閣，兩遇京察，皆一等。

丁酉科充四川鄉試正考官，復命奏對，稱旨，旋命爲雲南驛鹽道。逾三年，擢雲南按察使，屢辦疑獄，悉精當得情。姚州有劫盜以刀背傷事主，司擬死罪上，部駁謂刀背雖金非刃，不當死，承審官知州誤擬，應降職。公言：『州本擬如部所論，臣飭改之，咎乃在臣。』奏上，純皇帝愈以此重君，擢廣東布政使。

公在雲南時，值總督李侍堯怙勢求賄，其後事發得罪，屬吏多爲所累降絀，公初不迎附，卒亦不與其咎。及在廣東，仁和相國孫文靖公爲總督，值林爽文亂臺灣，文靖馳至潮州，調兵餉甚衆。公抗言臺灣亂當即平，不可無故先用粤民。文靖得牘怒甚，欲奏公沮軍，會臺灣平，乃止。及毅勇貝勒相國福文襄公爲總督，勢益重，而公守意自如。文襄之護安南阮惠入朝，公定郡邑供帳有限數。阮惠行出廣東，緣道官乃務極華侈，傳單至達行在所。純皇帝以讓文襄，文襄乃歎公初所定豐約之當也。廣東濱海，民雜易擾，公治之凡十年，於事患多所消弭。民有欲請於瓊州開鑛者，公駁不許；又有欲於省設船步網利者，公亦不許，民以晏然。乾隆五十九年以請養歸，逾一年丁母蔡太夫人之憂，既而病，居杭州就醫，嘉慶十年二月二十一日卒於杭州，年七十四。

公强識過人，少所見文字，至老未嘗忘。治官事勤甚，累日夜廢寢食不疲。其在雲南，不置幕客，文案皆親定之，又以餘力訓子爲學。其在内閣，修官書一統志、西域圖志、西域同文志、勝朝殉節臣録，皆獨當其勞。平生自著書，則有書經述八卷，詩四卷，許氏譜二卷，藏於家。夫人同縣進士祁縣知縣胡官龍女，賢明有禮，先公卒四年。子二：翼宗，國學生，早卒；宗彥，嘉慶己未科進士，兵部車駕司主事。女一，適山陰王思鈞。胡夫人先葬武康春岡嶺上，青浦王侍郎昶銘之矣。嘉慶□年□月□□日啓穴，以公、夫人合葬焉，桐城姚鼐爲之銘。銘曰：

公以儒興，操筆文雄，秉節吏能。愍愚察病，勇爲衆靖，優哉從政。其道蹇蹇，建謨伊善，植躬靡涊。禁闥著庸，山徼海邦，身去慕從。天靳民澤，錢塘之郭，公臥不作。有配允賢，魯祔兹阡，厥嗣昌延。

## 中議大夫通政司副使婺源王君墓誌銘 并序

君諱友亮，字景南。王氏自宋祕書少監炎居婺源，其子孫皆家焉。國初，居婺源之漳溪者曰承裕，生贈中憲大夫啓仁，啓仁生候選縣丞贈中憲大夫士鏡，士鏡生平陽府同知贈中憲大夫文德。平陽之子三：長順德知府廷言，次工部虞衡員外郎廷亨，次即君。君十歲能詩，稍長，文名大著，以貢生中乾隆三十年順天鄉試舉人。三十四年會試，取爲中書舍人。四十六年成進士，授刑部主事。歷員外郎，擢山東道監察御史，轉禮科、兵科給事中。嘉慶初，累擢通政司參議、太僕寺少卿、通政司副使。嘉慶二年五月十二日卒，年五十六。

君少以孝弟稱於家，及在官，恪敬吏事，在中書，嘗值軍機處，在刑部，總辦秋審，皆躬任勞苦，不急求人知，所建議皆當理。及居科道，奏議多可稱。奉命巡視南城，屢監鄉、會試，於事皆辦。其暮年承命巡視南漕，尤有績，善撫恤運丁，寬嚴有體，於是漕船之行，倍速於往年。純皇帝甚嘉之，故君未及復命而再遷卿職，將遂更大用之也，而君入京師，居通政甫半年卒，天下是以惜其才之不盡也。

君於乾隆丁未科會試，癸丑科武會試，皆爲同考官，號爲得士。其生平邃於文章之事，中年自號葑亭，所著古文曰葑亭集六卷，議論正大，敘事有法。近時爲古文之善者，推歙編修程魚門，而君頗似之。當乾隆之季，京師士大夫奉廣惠寺僧爲師，君惡之，作一篇曰正師。其後僧與奉之者皆得罪，而君之名益彰。其詩爲雙佩齋集六卷，又金陵雜詠百餘首，新警有韻，皆可誦也。余在京師時，君官中書，將與相知，未及而君以事歸江南，使程魚門致意於余，余爲題其觀雲圖，及君入而余已歸。余主江寧書院，至君家，而君仕京師，以至没不得見，見君文筆，誦歎而已！

夫人潘氏生子三：太學生行恕，貢生麟生，候選府通判鳳生；女六。側室李氏生女一。始，君考平陽公，自婺源僑居江寧，生君，故君少爲上元學生，以是入仕。既仕，乃復請改歸籍婺源。及喪歸，以婺源山水峻遠，難以還柩，君子乃葬君於江寧之□□，而請鼐爲之銘。銘曰：

君度委蛇，而正妄邪。著緒有嘉，年近才多，未竟厥爲。卷有遺文，悠哉雅馴，卓出俗羣。貌不識君，藹焉如親。山水清善，秣陵之坂。故鄉雖遠，子孫式衍，式居式展。

## 贈文林郎鎮安縣知縣婺源黄君墓誌銘 并序

婺源之黄村，有孝子曰黄君獎，字譽侯。君之祖曰大珙，考曰鴻。其祖以上，蓋嘗富矣，至其考而大落，兄弟皆無以生，遠爲幕客於蜀中。去時，君數歲，十餘年不通問；君冠，乃走蜀求其父，備經艱困，得見於重慶，父已病風痺矣。君乃於重慶一石崖中居，以課童子爲養，踰年父終，無資，不能以喪歸。始，其父募得巴縣江北地爲義圩，及没，君遂葬之於巴，成冢立碑而去。依其世父，未幾其世父亦死。君自是流離漂泊，於川東西無不至。嘗於峨眉重嶺中，值大雪，迷道入無人地，飢不能行，自分必死。忽一丈夫至，予之莜麥餅數枚，曰：『竟此，可以至通路矣！』由是得生。

遇歙商謝氏，素知君孝，延爲童子師。卒從謝氏，得東下江南，至蕪湖，君時年已六十矣。始娶婦於蕪湖顏氏，而同歸婺源。其母程孺人已前卒，祖以下猶有期功親六人，未幾盡喪，君拮据營其喪葬。其妻顏孺人亦賢女，與同居敝屋，忍飢凍而樂爲善，僅一子，能讀矣，則課之甚嚴。如是十餘年，子煇以拔貢生入都廷試，特命爲陝西知縣。遂以鎮安縣知縣覃恩封君及顏孺人，煇乃請養以歸。歸後又三年，爲乾隆四十七年七月二十八日，君卒，年九十有六。又後二十一年，爲嘉慶八年正月十九日，顏孺人卒，年八十有六。

嗟呼！如君生平所遭困厄且數十年，使竟隕喪，或雖不死而無後，則世亦無由知君矣，而卒於衰老之後得妻子，身以上壽終者，天之欲表潛德也。夫天且重之，而況人乎？君子煇以□□□年□月□日〔一〕，葬君□□，姚鼐爲之銘。銘曰：

陟山泝水，求親萬里，以瀕於死。身危家圮，茹荼若醴。卒以有子，升爲命士。述之可唏，揚之無既！

## 光禄少卿沈君墓誌銘 并序

秀水沈君諱琳，其字潤輝，而交遊皆稱其號曰沈華坪。乾隆三十一年，鼐試職兵部，其時君與上元陳中丞步瀛先在兵部，三人相得甚歡，入治公事，出復談讌，或抵夜而後散。君爲人通明于事，善談謔，與人言無不盡，聽者欣喜；然所存厚，有行誼，惟習於君者知之。

余在兵部年餘移禮部，後七年以疾歸，而陳中丞出爲知府，後仕至貴州巡撫。惟君居京師久，仕至光禄少卿卒。卒時，陳中丞適爲安徽布政使，告余喪君而泣君也。又後十餘年，君子方大爲余邑令，其時君已葬矣，請補爲銘。嗚呼！余老疾，幸未即死，而海内故人零落至盡，追思多可悲者。往在江寧，既爲陳中丞墓銘矣；然則君雖先葬，而其平生行事，宜見於余文，亦其理也。

君祖諱光裕，考諱雍嘉，皆贈光禄少卿。君成乾隆二十六年辛巳恩科進士，歷官武庫司主事、武選司員外郎、郎中、江南道監察御史、吏科給事中、光禄少卿，皆有聲。其使任嘗監督兵部馬館，丁酉科監順天試，辛丑科監會試，巡視乾隆四十八年南漕，皆辨於所職，公私情理皆協。事父母孝謹，篤於親黨交遊，先世嘗富矣，至君貧，而供養施助之事猶豐也。有文學，兼通醫，見病者雖臧獲必盡心爲處方。卒年五十八，乾隆之五十一年也，葬于

□□。夫人王氏。子一，女四。銘曰：

有才卓犖，久居臺省。優寬絀猛，其迹載炳。秀州東境，桑菀覆頃，光禄之井。吾銘炯炯，以犖幽靖。

## 中憲大夫雲南臨安府知府丹徒王君墓誌銘 并序

君諱文治，字禹卿，丹徒人。自少以文章、書法稱於天下，中乾隆三十五年一甲三名進士〔二〕，授編修，爲壬午科順天鄉試同考官、癸未科會試同考官。其年御試翰林第一，擢侍讀，署日講官，旋命爲雲南臨安府知府，數年以屬吏事鐫級去任。其後當復職矣，而君厭吏事，遂不復就官。高宗南巡，至錢塘僧寺，見君書碑，大賞愛之。内廷臣有告君、招君出者，君亦不應。

君之歸也，買僮教之度曲，行無遠近，必以歌伶一部自隨。其辨論音樂，窮極幽渺。客至君家，張樂共聽，窮朝暮不倦。海内求君書者，歲有餽遺，率費於聲伎，人或諫之，不聽，其自喜顧彌甚也。然至客去樂散，默然禪定，夜坐，脅未嘗至席，持佛戒，日食蔬果而已。如是數十年，其用意不易測如此。

君少嘗渡海至琉球，琉球人傳寶其翰墨。爲文尚瑰麗，至老歸於平淡。其詩與書，尤能盡古今之變，而自成體。君嘗自言：『吾詩、字，皆禪理也。』余與君相知既久，嘉慶三年秋過丹徒訪君，君邀之涉江，風雨中登焦山東昇閣，臨望滄海，邈然言蟬蜕萬物無生之理，自是不復見君。今君家來訃，以嘉慶七年四月二十六日趺坐室中逝矣！妻女子孫來訣，不爲動容；問身後事，不答。然則君殆莊生所謂遊方之外與造物爲人者耶！著作文藝雖工妙，特君寄迹而已，況其於伎樂遊戲之事乎！

君年七十三。夫人黄氏。生子槐慶，女四，壻曰溧陽狄□、丹徒陳□、商邱陳杲、長洲宋懋祁。孫男六。將葬君□□，鼐爲之銘，以代送窆。鼐爲王氏秀山阡表，具君世矣，故不復述。銘曰：

茫乎其來何從乎？芴乎其往何終乎？嗟吾禹卿乎！生而燕樂，與世同乎！名表於翰墨之業乎！骨蜕於黄壤之宫乎！儵乎寥乎，憑日月之光而遊天地之鴻蒙乎！

## 中憲大夫松太兵備道章君墓誌銘 并序

君諱攀桂，字華國，一字淮樹。先世自建州浦城數遷而居桐城。十餘世至君祖諱紹七，考諱天祐，皆以君貴，贈中憲大夫。君歷仕甘肅渭源知縣、武威知縣、江南鎮江府知府、江寧府知府、蘇松督糧道、松太兵備道。其在甘肅，年甫三十，强果任事，獲久逋巨盜，總督特奏其功。引見，純皇帝甚器之，命擢同知。總督未及擢，上已特命知鎮江府，旋以才優調首府。

君博知天下利病，所莅官，興廢多得宜，而尤明於地形勢。純皇帝屢南巡狩，始皆自鎮江陸行至江寧。詔改通水道，大吏使君相視。衆初謂：『昔吴陳勳鑿句容破岡瀆，下達毗陵，六朝因之，隋始廢，今可復也。』君往來察之，以爲句容茅山岡石巨勢高，鑿之極難；縱成瀆，非閘不可儲水，其勞費無已。不若從上元東北攝山下，鑿金烏珠刀鎗河故道，以達丹徒，工力省而後修易，可永爲利。大吏如君議上奏，令君監修。君鑿瀆百里，既成，謂之新河。御舟行甚安，而數十年至今，商民率避大江之險行新河，君之力也。純皇帝嘉其能，故君方以糧道被吏議，而上巡至，即以松太授君。

君好士獎善，樂施予。自鎮江、江寧及至松江，興理書院，撫恤嫠困，人多賴之。乾隆五十年，安徽大眚，桐城尤甚。君時在松太，聞之，出萬金以救飢者。又以糴穀以賑，必驟長市價，乃先於他處購山芋、玉米數千石運至，所全活無數。既而又爲疫死者葬埋。君平生惠閭里族黨之事甚多，而兹其最巨。其時君妣黄太恭人里居，哀飢者，多所救恤。君迎養，不肯往，遂請告歸。太恭人時健甚，然逾年遂卒。人謂早去官而獲送終，亦其孝也。

自是君不復仕，或居里，或居金陵。居金陵時，鼐主鍾山書院。錢塘袁子才，於金陵城中作園林甚盛麗，丹徒王禹卿時來遊，與君皆有聲伎。三君每召聚賓客遊讌，鼐亦與焉。

然君及禹卿皆内耽禪悦，事佛甚精，子才時譏之，二君不以易也。六七年間，子才先亡，鼐歸，俄聞禹卿喪，今又失君矣。余悵然寂處，追思昔遊，一往眞如夢幻，然則二君之歸心釋氏，庸爲過乎？

君卒於金陵，豫剋期，辭交好，以嘉慶八年十二月二日卒，年六十八。嘉慶十年六月□日，葬於懷寧西馬鞍山之北麓。夫人先後皆吳氏。子維極，候補知府；維桓，乾隆己亥科舉人、兵部武選員外郎。女二。孫四。子才、禹卿之卒，鼐皆銘其葬矣，今君子請銘，詎不可辭。銘曰：

趨世工而建有功，植財豐而能濟窮。生也憂樂與世同，超然一往遊虚空。書其可稱以飭終，寥乎趣嚮誰能窮？

## 蘇獻之墓誌銘 并序

常熟蘇君去疾，字獻之，桐城姚鼐同年友也，孤清峻立，以古人道持身，衡於世知不行，年四十四去官，自號曰園公。處場圃，觀山水，作文章自娱，尤工爲詩，標舉性情，引撢幽渺，斲雕藏耀，人初視若無足賞，再三往復，則爲之欣忭悽愴，不能自已。

乾隆五十五年冬，君訪友於安慶，鼐與遇於江津舟中，各出其詩相示，分持而去，自是十五年不見。嘉慶十年正月，君卒於里。次年八月□日，葬於常熟西山父墓之側。君子來告，請鼐爲銘之。

君曾祖翔鳳，康熙壬戌科進士，沂水知縣。祖佑，昌平州同知，贈興化府知府。考直言，贈内閣中書。君於乾隆己卯科中順天鄉試。辛巳恩科，取爲内閣中書，考得贈官。癸未科成進士，改庶吉士。散館改刑部廣西司主事，發貴州爲直隸知州，署都勻府八寨同知，以逸獄囚罷官。次年引見，以原官起用，君請疾，遂不復仕。

其狀小身短視訥言，然胸中通貫今古，於事理無不曉，敢爲介直辭，在刑部屢爭疑獄。當安南黎氏爲阮氏逼篡，仁和孫相國文靖公士毅爲兩廣總督，將討之。君於文靖姻也，與之書曰：『虚聲不可以讋强悍，鄉鄰有鬭，雖閉户可也。取之是爲貪兵。發難有端，將爲吾患，不可不念。』文靖迂其説，然竟以喪師，身幾不免，乃悔棄君語。大臣間亦知君才者，而君不樂與俗伍，間應其招，嘗爲山西、河南書院山長，旋歸以老，年七十有八而終。有詩集六卷，制義律賦二卷，已雕板；古文數十首，藏于家。夫人錢氏，處士用和女，前卒。生三子：汝詔，監生；載，漳浦縣丞；采，廩膳生。一女，適大理寺評事孫輿，文靖子也。側室魏氏，生女尚幼。有孫十一人。銘曰：

嗚呼園公！有道植躬，仕而不見通。有文閎崇，視於世而不見工。吾銘其幽宫邪！以待後世之無窮邪！有知而如見其中邪！

## 浮梁知縣黄君墓誌銘 并序

君諱繩先，字正木，黄氏，鄞人也。唐末有江夏侯晟，以禦盗功爲明州刺史，其後屢有聞人於鄞。閲二十九世爲君祖曰振齡，考曰起忠，皆贈文林郎。君以鄞學生中乾隆十七年恩科鄉試，成乾隆二十二年進士。發爲江西知縣，任樂平、浮梁兩縣，勤事致疾，告歸數月，以乾隆三十年九月九日卒于鄞，年四十七，葬於東湖陳墅墺父墓左。

君在江西九年，天性仁明，强力於政事，未明起閲文書定，晨召吏即發。有訟者至當鞫，或當往驗視，皆不越旬日。坐堂上決事，日或十餘案。即作判詞，自讀與訟者聽之，幕友書吏，無從留閣以取市。與囚言，廢屏刑器，嘗以至情動之，而囚自服。有豐城民余上文之弟，爲浮梁人毆死，藏其屍。訟二十年不決，上文乃走候大駕出陳告。事下大吏，欲第論上文驚蹕罪。君鋭意治其冤，自往履毆所，於民宅後試掘，即得其弟屍，獄遂定。嘗謂事紏亂者，非必難察，由吏不盡心，惰翫致也。故君所斷本治及上官委治他縣事百數，無不曲當，而積勞亦深，痼不可痊矣。其所去縣，民必涕淚送之數十里，浮梁爲之立碑。其後浮梁民有爲後令屈抑者，走浙江將訴於君，至則君已喪，乃悲痛而去。

夫人張氏，生子五：定宇、定文、定衡、定樞、定杓。定文今爲揚州府同知，與桐城姚鼐遇於金陵，請補爲君誌。時嘉慶十一年，距君亡四十年矣。銘曰：

萬姓委命，君則眞令。煩祛亂靖，人安己病。嗚呼！天不與以齡，其貽以後慶。

## 贈光禄寺少卿寧化伊君墓誌銘 并序

君諱爲皋，字景陵，汀州府寧化伊氏，以孫廷楝貴，得贈朝議大夫、光禄寺少卿。君生而勤志力學，欲有聞於當世，然於時衡才者無所遇，伏處寧化城中，以奮以鬱，康熙五十九年五月九日卒，年五十三矣。

卒後八年而廷楝始生，長而讀其書，經君點勘，丹鉛之迹，縱横斑駁行間者，千餘卷也；撰著文字，手書精楷，黍粟積成巨册者，尺餘也。其家傳至今悲之。君考順昌縣訓導、鄉飲大賓諱應聚，長者也。君又長者也。其家始稍裕，而卒大貧。有姻族欲假人千金，求君爲説之，既得遂不償。君大媿，鬻産以償債者，故困。

君娶黄氏，生子經邦，爲諸生。生二子，長廷楝，乾隆己丑科進士，光禄寺卿。生二子，長秉綬，乾隆己酉科進士，今揚州府知府。光禄在揚州，以君葬昔闕志，俾秉綬求追爲之。嘉慶十二年太歲丁卯正月，銘曰：

守信不衰利則棄，篤學不怠名則翳。卒有褒聞生則蹶，日月逾往將百歲。述德簡辭足知義，桐城姚鼐作喻志。

## 封文林郎巫山縣知縣金壇段君墓誌銘 并序

君諱世續，字莘得，金壇段氏。祖諱武，父諱文，及君三世，皆爲金壇縣學生。金壇自明以來，爲海内制義名家之藪。至君考及君，皆善其事，君尤爲學使者所賞貴，而皆不遇於舉場，終身以訓生徒爲事。其訓必使以讀經爲根本，與講授熟復之，唯恐有弗達也。朝夕課之，多方以誘之，唯恐己力之餘而弗致也。其後學徒多成立，而君子玉裁，遂以經學名天下者，君之教也。

君三十二而孤，至八十九歲矣，思至則悲哭。博陵尹學使會一，嘗召諸生與言志，君曰：『生無能，惟願不忘父母而已。』君以恩貢入太學，以玉裁爲巫山知縣，得封職，年七十而玉裁歸養，自金壇移居吴閶門之外，于是又二十餘年。君嘗步遊郊野，或至十里之遠，而獨未嘗入蘇州城。其遇人無貴賤長幼，率怡如也。年九十而見玄孫。嘉慶五年，吏上於朝，賜扁曰『七葉衍祥』，又賜銀幣。嘉慶八年六月十四日，年九十四而終。

君娶史孺人，生玉裁，乾隆庚辰科舉人，巫山縣知縣。玉成，丙午科舉人，桐城訓導。

玉章，貢生。玉立，副榜貢生。女一，適江都杜士彬。孺人亡，繼娶錢孺人，無出，亦先君喪。孫七。曾孫十二。玄孫二。君之卒，自吳已返葬金壇治西大壩頭，銘未具。嘉慶十二年，姚鼐追爲之銘曰：

篤於慕親，宜有後也。忠於訓人，宜繼道也。和於治身，宜康以壽也。歸瘞故鄉，藏斯竇也。銘之以信，用貽遠宙也。

## 中議大夫太僕寺卿戴公墓誌銘 并序

嘉慶十一年五月甲午，故太僕寺卿揚州梅花書院山長、長興戴公卒于書院，喪歸湖州。次年，其子以公行狀，求桐城姚鼐爲公墓銘。鼐與公，皆乾隆二十八年癸未科進士也。是年成進士爲京朝官者蓋六十人，而浙江最勝，逾二十人。長興戴公在工部時，浙江有二戴，以公年少，羣呼曰小戴公。每同年聚會，鼐見公温温寡言説，而謙謹讓人，知爲長者也。其後十年，仕京朝者或出或死亡，鼐以病歸，留者十餘人而已。鼐既歸三十餘年，又加少；其末歲在朝者三，皆浙江人也，錢塘費相國淳、富陽董相國誥及公是已。既而聞公去，又聞其亡。迄今同年生，合計内外朝野不過五六人，而鼐最爲篤老焉。昔鄭康成以『比牒并名者爲宰相』，而已『樂論贊之功』，有『日西方暮』之嘆。余之無聞，安敢比於康成？而草澤之中，犬馬之齒未盡，彌見同年之摧喪，則感又有逾于鄭公者，是可悲也！

公諱璐，字敏夫。曾祖諱容，贈通議大夫。祖諱永椿，雍正癸卯科進士，江蘇按察使。考諱文燈，乾隆丁丑科進士，禮部儀制司員外郎。公所歷官，自工部都水司主事，再擢至郎中，遷湖廣道御史，禮科、吏科給事中，鴻臚、光禄、太常三寺少卿，通政副使，太僕寺卿。嘗爲乾隆甲午科廣西鄉試考官，充文淵閣詳校官。其爲人謹飭奉職，不求苟表異爲聲名，以資平進至三品，而家常窶乏，諸子遊幕乃得爲生，終不爲取贏計，故年六十有八，而客殁于揚州，兹其可述者矣。

夫人沈氏，子錫衡、崧中、鼎恒。鼎恒，嘉慶戊午科舉人。女四。孫三。銘曰：

德有常，進有方。至九卿，無辱行。承世祥，能文章。貽後生，遠不亡。歸翣牆，於此藏。

## 新城陳君墓誌銘 并序

君諱吉冠，字嘉甫，新城陳凝齋先生道之第十三孫，而薊莊孝廉守譽之長子也，才儁好學，少而篤慎，未嘗有子弟之過，爲文英異出疇類，中乾隆五十四年江西鄉試，後遭母吴夫人喪，哀毁甚，旋感疾，卒於乾隆五十八年十一月朔日，年二十七。妻楊氏，二十七爲嫠。三子曰效曾、斅曾、敬曾。

凝齋先生之門，多賢之門也。余於凝齋先生及其子孫，大抵識之，獨未見薊莊父子，以書通而已，而於嘉甫甫知其才，旋聞其喪，兹可悲也！嘉甫工書法，尤善八分，余得見其所書文字數種，勁厚有韻，非常人所能逮。薊莊既痛子亡，乃盡取其書刻於石，厝於一室，陳其生平所好几硯書策於室内。薊莊每往，徘徊及暮，慟而返，於是者數年。嗟乎！觀薊莊所以思其子不能忘者如此，其子賢可知也。今薊莊葬□□於□所〔三〕，余哀而爲之銘曰：

家有則，承以克，維俊特。天才騫，藝有妍，奪厥年。藏之厚，銘之壽，宜昌後。

## 中憲大夫陳州府知府陳君墓誌銘 并序

君陳氏，諱守詒，字仲牧，世爲江西建昌府新城人。君祖以汧，以富而好施稱於江西，自是累世皆然。其居中田村，故天下稱中田陳氏。君考諱道，乾隆戊辰科進士，不仕而篤學植行於家，世稱凝齋先生。君爲凝齋第二子，其人勇于爲善，嘗首出財，建立義倉於所近村落，春借秋收，至今民賴其賜。在京師買宅，立爲新城會館。乾隆五十二年，甘肅官以冒賑事多被戮，其家屬不得返，君出金使人至甘肅爲贖罪，且助使返。至於朋友急難之誼尤厚，嘗分宅以居鉛山蔣編修士銓。君少擁先世遺財，屢費，至暮年遂竭盡矣，遇事有所欲施而力不供，輒咨嗟不樂，蓋急於濟人者，固承其家風使然，而亦君天性也。

君仕爲兵部武選司員外郎、車駕司郎中、安徽太平府知府、河南陳州府知府。其在官，與人誠信慈惠，猶鄉里然。凝齋凡五子，余識其二：其一君兄金衢嚴道，其一君也。金衢朗亮疏達，而君恂謹，皆君子人也。君守太平時，鼐居安慶書院，君來訪，自是相知。及君自陳州告歸，余尚在安慶，送君江上，别九年，而君以嘉慶十四年十一月甲子卒於里，年七十八。昔金衢最早喪，而其後今多貴顯；君生亦未及盡君志，天固昌其後世，使大成君志歟？

君夫人魯氏，封恭人，前卒。生子二：舉人、光禄寺署正煦；嘉慶辛酉科進士、翰林院編修、文淵閣校理用光。側室胡氏，生寧州知州繼光。方氏生瑨光。湯氏生瑾光。君没時，有孫十人。某年月日，君子葬君於□□，以書來請爲銘。銘曰：

仁人之族，固靡暴也。愉懿有士，其可好也。親賢樂義，鞠無告也。不擁其貲，施以好也。衆欲其存，耆未耄也。鬱其餘慶，徯久報也。

校記

〔一〕□□　徐校本作「嘉慶」。

〔二〕據下文「爲壬午科順天鄉試同考官、癸未科會試同考官」，壬午爲乾隆二十七年，癸未爲乾隆二十八年，「三十五年」當作「二十五年」。

〔三〕□□　徐校本作「嘉甫」。

# 惜抱軒文集後集卷八

## 墓誌銘二

### 通奉大夫四川布政使姚公墓誌銘 并序

公諱令儀，字心嘉，别字一如，先世自浙江遷婁縣。曾祖諱天麒，祖諱士英，考諱宗侃，三世皆以公貴，贈通奉大夫、四川布政使。公少爲松江府學生，乾隆四十二年爲選拔貢生，次年朝考一等，引見，以知縣用，發往雲南，至則攝禄豐縣事，值易門缺官，上官令並攝，事皆辦，改署尋甸州。

總督誠嘉毅勇公福康安，見公所爲，賢之。時四川有亂民爲患，福公移督四川，乃奏以公從幕府。其後繼福公爲督者，李公世傑、孫公士毅，皆知公賢，俾令犍爲、仁壽，晉石砫同知。又從將軍鄂輝，進討西藏廓爾喀，兵行人迹不至之地，沍寒巖谷之中，爲儲峙供頓皆辦。鄂公本四川總督也，以罪降，而孫公士毅復爲總督，福公爲大將軍，同征西藏而異路，皆以書招公。公以既許鄂公，從之不去，而任事彌力。上聞亦義公，乃賜花翎，旋擢雅州府知府，及功竣，又調成都府知府。

其後川東、湖廣苗民爲亂，福大將軍又往征，檄公至軍。初，福公以公於西藏之行不就其招爲愠也，既而意解；及征苗，軍中事率與公謀。公言無不盡，屢有功矣；會大將軍輿人毆都司徐某於營門，裂其衣。公叱止之，不聽。公乃擒杖之，一夕死。大將軍頗憾，抑其勞不進官。其時大將軍從人暴横甚，軍中皆倚公爲重。公旋以勞疾請假，而大將軍亦薨於軍。

其後四川達州白蓮教復爲亂，及威勤侯勒保爲總督，又檄公入幕。當嘉慶二年、三年，與賊連戰，公皆與謀畫以戰捷。所獲俘囚，公承鞫，其無罪獲釋者，不可勝數。威勤公旋被逮，其時公晉官四川鹽茶道矣，而未之任，乃護送威勤公入都，旋釋罪，又與偕返，而威勤復權總督事。其時數大帥相峙，公皆與相知，于間勸以和一，言甚忠盡〔一〕，諸帥多聽，功成寇殄，四川以寧。嘉慶六年，公乃莅鹽茶道任，逾四年，擢四川按察使，次年擢布政使。

公生平在軍中時爲多，臨民時雖淺，輒有績。當爲縣令，善平獄訟。方孫公士毅爲督，禁民間小錢，法峻幾廢市，公乃急發倉穀，令以小錢若干，易米若干，錢收而民靖。孫公大善之，令各屬以爲法。其知成都府，歲祲，請發倉粟，大吏持不可，公身任，請必償，卒以濟民。每冬月，設粥廠以食餓者，及春逮爲監司，令各郡行其法，至今四川賴其賜。其爲按察使也，數月清釐積案六百餘事。然亦積勞，自居軍中，已常失血，暮年遂亟。嘉慶十四年十一月癸未卒於成都，年五十六。

夫人許氏，生子二：椿、楗，皆諸生。公持身廉，而厚施於族黨故舊。少能文，工爲書，至老不倦於學。嘗謂鼐知爲文，以書交，使其子論學就鼐，然未及見公而聞公喪矣。其子扶柩歸葬，嘉慶十六年十一月甲申，窆於青浦縣三十八保一區二十八圖罔字圩。鼐爲之銘曰：

愉愉有文，侃侃其武。不辭險艱，不憚彊禦。内靖外襄，不以功詡。柔撫勞民，作藩西圉。不竟厥緒，銘告來許。

## 資政大夫光禄寺卿加二級寧化伊公墓誌銘并序

公諱朝棟，字用侯，汀州府寧化伊氏也。當雍正、乾隆之間，寧化有雷副都御史鋐、陰先生承方，以朱子之學講於里中，勸教學者。公少以二人爲師友，故其生平言語動作不苟，而於取舍進退，常有以自守也。以拔貢生中乾隆二十四年己卯科鄉試，己丑科成進士。其間嘗處極困，將會試而無資。邑令方重公，有富子被逮，請公一言解之而酬百金，公執必不可。既成進士，分試刑部，補安徽司主事。諸城劉文正公最賢公，欲薦舉，而文正殁。其後歷員外郎、郎中，皆計俸須次而僅得之。公治曹事甚勤恪，不求人知，獄有不平，必與同僚上官力爭之，人或説或不，而公不爲易，故自分發刑部二十年，乃擢浙江道御史。爲御史一年，轉户科給事中。嘗奏對，純皇帝知其賢，於是五轉至光禄寺卿，且將重用之，而公遽病偏枯，以乾隆五十七年去職，年六十有五矣。是時公長子秉綬，以進士爲刑部主事，於是予告養痾於京師。又逾三年，爲嘉慶元年，扶掖以與公卿千叟之宴。

其後秉綬知惠州府，公從至惠州。當是時，嶺南多姦民，歸善、博羅屢有爲逆者，而提督標兵反與通謀，大吏特諱言之也。秉綬既以先事請兵靖亂，觸總督吉慶之怒，劾戍矣，而亂黨遂起。公以謂子之屈可以不伸，而嶺南官弁縱賊，及兵與賊通之患，不可不詰，身嘗爲侍臣，不敢隱，草疏將奏之。會後總督倭什布至，聞吏民所論皆同公言，乃頗奏陳其當得罪者，而秉綬因以得釋，後爲揚州知府。公從至揚州，以嘉慶十二年八月六日卒於揚州官舍，年七十九。

公事親孝，居喪盡其哀。相國蔡文恭公嘗曰：『居貧實樂、居喪實憂者，吾見伊君而已。』自少好讀書，既病去官，作南窗叢書，多發先儒疑義。其爲詩，尤有高韻逸氣，曰賜硯齋集四卷。夫人羅氏。二子：秉綬、秉徽。始公爲刑部主事，鼐爲刑部郎，直四庫館，與公未及相知，後乃知公子秉綬。公喪將歸葬，乃先爲墓誌以授其子。公家世俱詳鼐所爲公祖贈光禄誌中矣，故不復出云。銘曰：

居約有恥，既貴靡肆。葆兹常度，淵乎君子。其道有承，其學有嗣。其殁無憾，安宅桑梓。

## 禮部員外郎懷寧汪君墓誌銘 并序

禮部員外郎汪君，於嘉慶十三年十月八日卒於京師。次年，其孤湳奉柩歸葬於懷寧，先以書請余爲之銘。嗚呼！學之敝甚矣！世俗説經者，不務講明，服習聖道，行天下之公是，而求一己之私名。搜取隱僻爲異，而不必其中；辨晰瑣碎爲博，而不必其當；好惡黨讎，乖隔錯迕，是失聖人所以作經之本意，而以博聞强識滋其非者也。

君少稟承宋儒之言，行己有恥。其於經也，辭義訓詁之小者，未嘗一一拘守程、朱，而大義必宗嚮，而信且好焉。因推明其旨，將以扶正道，率後賢，是可謂君子之爲學矣。余始未識君，居懷寧敬敷書院時，君來，偶見余説詩關雎，言：『古序及毛傳，皆同朱子之説。謂爲后妃求賢作者，鄭康成一人之誤説耳。』君因探懷出所著説，則意正同余，自是往來益密。其後君去，入京師，中乾隆五十三年順天舉人，嘉慶元年成進士，選庶吉士，告歸，又一見。其後君改官禮部主事，擢員外郎，以公事被議，旋復待缺，遂卒。君所讀經，皆有札記，其子編之爲八卷。君年僅五十餘，所欲爲者非第如今八卷也。君深識天下事利病，遇義慷慨敢爲，使耑行一方，施於政事，亦當有可觀者，惜其仕與學皆未竟而身没矣。君諱德鉞，字崇義。祖諱周煜，父諱文墀。娶徐氏，繼娶阮氏。子三：時湳，時漣，時泰。孫□。銘曰：

篤行好學義之徒，志遠事鬱失士模。後百千歲敬厥墟，沐椁中瘞非俗儒。

## 誥贈中憲大夫刑部員外郎加三級瀘溪縣教諭楊府君墓誌銘 并序

君諱芳，字仲篪。先世撫州臨川楊氏，自臨川遷金谿，居鵝塘里，累世皆以學行爲儒，而卒終於諸生。曾祖諱遴，祖諱曰遷，考諱毓淇。君生幼而三世皆喪，惟曾祖差晚，撫教君至十歲而已。君於危孑孤處之中，矯能自立，一日發父遺書，慨然涕泣，思究學，乃窮日夜治諸經，悉通其義，遂爲諸生，雍正乙卯科、乾隆癸酉科，再以五經爲鄉試副榜貢生。

君平生手鈔五經至四五通，而寡著述，曰：『士貴於經所云行與副耳，若傳註則前儒備矣。』故其處家盡孝弟之誠，雖貧不較於財，雖勞不表於衆。其持身能極儉約，故能介然無求，而室家安之。於交朋友，誨弟子，必以誠信。士羣推其文行矣，而終屈於有司，乃選瀘溪縣教諭。君在瀘溪，以身訓士，尤以敦倫紀、惜廉恥、勤職業爲亟，非公事未嘗謁令，亦不輕受人謁。士有見枉，則告於令直之，其人來謝，卒不見。文廟敝，君勸修於瀘溪，瀘溪人素重君，聞君言皆應。值積雨，竈無薪，治廟材者或束木柹以遺君，君拒不許。至今瀘溪人言官于彼者曰：『如楊學官，乃君子已。』

君之瀘溪，年七十矣，數年遂歸，歸五年，以乾隆五十二年十二月望卒於里，年八十。未没時以子護貴，封奉直大夫、刑部主事加一級；卒後贈中憲大夫、刑部員外郎加三級。夫人同縣李氏，生庠、生韶；繼配同縣聶氏，生乾隆甲辰科進士、江寧布政使護，乾隆辛卯科舉人䛙：皆贈太恭人。李太恭人先君卒，已别葬。聶太恭人君卒後三年卒，年□十□。其爲人慈仁恭儉，甘貧，善承君志。愛韶甚於己出之子。嘉慶□年□月□日，葬君於□□□□，聶太恭人祔焉。銘曰：

秉義嚴飭，誦經行則，内行靡忒。善羣而貞，不忮而清，君子之能。德充仕狹，闇無著業，光闡嗣葉。有配仁厚，偕厥老壽，同藏兹阜。

## 舉人議敘知縣長洲彭君墓誌銘 并序

君諱希韓，字玉擎，長洲彭氏。自順治丁亥科進士、長寧知縣瓏，生翰林院侍講定求，侍講生歆大賓正乾，大賓生兵部尚書啓豐。侍講於康熙丙辰科、尚書於雍正丁未科，皆以會試、殿試頻第一名授修撰，故天下稱盛族必曰彭氏。自大賓以上，四世皆贈如尚書官。

尚書長子爲舉人、曹州府桃源同知紹謙，而君又桃源之長子也。昔侍講撰儒門法語，以教子弟爲修士，而君幼尤端謹明惠，能讀先人之書，尚書以爲喜。乾隆乙酉科，中江南鄉試舉人，時君考已仕山東爲令。君往來官舍，奉侍之暇，偶言商政事必當理。君考旋以卓薦升曹州府桃源同知，未之任，省親乞歸，歸六年卒。其時尚書里居，尚健也。君治喪事既間，則奉大父惟謹。其後值乾隆四十五年純皇帝南巡，蘇州紳士建迎鑾亭館三處，君以尚書命任其事甚修備。其年尚書入都祝釐及返，君皆侍焉。四十九年又值南巡，蘇州當有修建，計費頗廣於前，衆欲以畝派。君曰：『蘇賦固重矣！紳士迎鑾紀恩，而費及小民，不可。吾曹捐之，慎用無糜可也。』衆曰：『善。』初君嘗爲四庫館謄録，既竣功議敘，當得分發知縣矣，以尚書春秋高，不欲離，故未就。是年夏，尚書遂捐館，君以冢孫視疾及喪皆如禮。然君傷甚，自是亦病，遂里居不復出。卒於嘉慶十一年十月四日，年六十三。

君爲人誠厚端凝，而明敏於事，有就謀者，語之必盡其道，任之必盡其力。輯宋以來儒者之説，時取自省，曰退齋日録。君叔父紹升，以開敏堅卓之資，融合儒、釋爲義，世所稱二林先生也。君自幼與同塾讀書，中歲講論，皆資受其益，而君持論終守家法不渝，所謂善學柳下惠者與！君工文，善楷書，暮年既病，終日危坐讀書如常時，以迄於卒。

娶顧孺人，生澧州石門知縣藴琨〔二〕。繼娶吳孺人，生女一。再繼娶孔孺人，生候補縣丞藴琳、庠生藴燦。女二。以嘉慶十□年□月□日，葬君吳縣太平鄉梅灣山麓。桐城姚鼐爲之銘曰：

植行篤，養志卓。才可遠服施一匊，葆厥濬邈靡不足。繼前修躅遺後福，藏君兹竁鞏且隩。

## 中憲大夫順德府知府王君墓誌銘 并序

君諱廷言，字顧亭，婺源王氏。平陽府同知諱文德之子，候選縣丞諱士鏡之孫，兩世皆贈中憲大夫。君才通曉世事，而性清遠，喜文章，耽禪悦，嘗仕爲河曲州知州矣，又晉順德府知府矣，兩地皆有政聲名迹。而在順德值歲饑，君於公帑振救之外，又自出財以施貸，所全者甚衆。上官尤稱之以爲賢，將更薦舉，而君以目疾不痊，遂請告去官。

君始家婺源之漳溪，遷居饒州，既乃定居於江寧之西南郊，故於江寧、婺源事有當爲利民者，君皆以鄉里之誼任焉。立積倉，興文社，今入婺源塗中，有溪橋數處，皆君建也。君兩弟工部員外郎廷亨、通政副使友亮，皆先卒，而君獨壽。嘉慶元年入都，與皇極殿千叟之宴，賜綺鳩杖，自是歸不復出。

鼐來江寧，與君知十餘年。其家有樓臨江，上置積卷，每凜秋氣霽，要余登之，眺臨空曠，爲説無生之義。其平居禪誦之餘，吟詠而已。尤喜余詩，多能舉其辭，而余或自忘也。所著有自娱草若干卷。嘉慶十二年正月四日卒，年八十三。娶江恭人，無出。繼娶戴恭人，生子二：長候選主事汝成，先君卒；次候選中書舍人芝祥。女五。君夙愛饒州□□□□之山，命必葬是，以嘉慶十□年□月□日葬。鼐爲銘曰：

婺源重巖，黝、歙之南。王氏徂居，自宋秘監。數十其世，衣冠庸繼。君才卓興，北遷江裔。秉持符竹，布惠煢獨。養志懸車，邈焉高躅。里懷其厚，曰俊以壽。藏棺兹阜，銘貽無朽。

## 朝議大夫臨安府知府江君墓誌銘 并序

君諱濬源，字岷雨，懷寧江氏。曾祖諱守侗，祖諱汝湛，考諱嘉椿。祖、考皆以君貴，贈朝議大夫。君以縣學生中乾隆三十五年舉人，四十三年成進士，授考功司主事，晉員外郎，又晉稽勳司郎中兼考功事。君在考功十餘年，貨賂不敢及門，吏不敢爲姦弊。

乾隆五十八年，出爲雲南臨安府知府。臨安邊遠，民寡知義，君一以道理諭之。訟者至，君呼至案，與言如鄉里，至不可教，乃威以法。有兄弟以財訟者，君爲言骨肉之誼，其辭痛甚，言未終，訟者泣涕求罷訟，復於好，後訟者益稀。臨安所屬夷氓土司十，掌塞十五。舊土官謁知府，其儀嚴甚。知府坐堂上如神，階下跪拜惶迫，不聞一言而出。君獨接以和易，賜坐與問，夷情具悉，土官感恩，奉命愈謹，而事大治。居寡燕樂，廚舍蕭然，優人迹不至其郡，而境内小大績無不舉。縣皆立義學，爲立法甚密。任内公私修橋梁至五六十，君自爲文以記，臨安民以爲榮。嘉慶二年，貴州興義苗爲亂，蹂近雲南，君調土練防禦，賊不得入境。後二年，君護迤南道，值大兵勦猛猛土司，君駐威遠，督理防勦有功，以卓異薦入都，既引見，反臨安待陞。君以年七十請致仕歸，後五年爲嘉慶十三年九月辛巳，卒於家。

君少工文章，爲諸生時，嘗事劉海峯先生聞古文法，著介亭内外集十二卷，介亭筆記十卷。其在臨安，澧社江六蓬渡有螞蝗之孽，時覆人舟，君爲文祭神，其夜大風雷鳴，若有物隕墮，祟竟滅，人以配昌黎之告鰐云。在威遠時，作邊防四篇，其言守邊利病尤具。在考功時，爲己酉科陝西鄉試正考官，取士稱當焉。

娶胡恭人，同里太學生熾女。事寡姑趙太恭人最孝，趙太恭人謂孫女：『作婦者宜效之！』又能以勤儉助夫爲廉，嘉慶四年□月卒於臨安官舍，年□十。生七子：甲寅科舉人彦和，己酉科舉人景綸，附監生郁才，監生景綬，候選縣丞甸，附學生景紱，廩生爾維。君喪時有孫十六，曾孫六。嘉慶十五年□月葬君於縣西北四十里辜家沖山麓，胡恭人祔。桐城姚鼐爲之銘。銘曰：

講仁導義，德被邊迦，以及夷裔。樹績佳吏，内原儒藝。有助賢嫓，稱其翟茀，爰安同瘞。

## 吉州知州喻君墓誌銘并序

喻君諱寶忠，字元甫。祖曰懋達，考曰世岸，皆以君仕知縣贈文林郎。先世爲建昌府新城縣人，君考遷居南城矣，子孫猶貫新城籍。君自新城學生中乾隆二十四年江西鄉試，三十一年成進士。君先以大挑一等得知縣，成進士後，乃分發廣東，所歷河源、陵水、石城、翁源四縣，署南澳同知、化州知州事。

嶺外命案，好爲詐僞，吏每爲所罔。君察傷莅獄，能盡其聰明，究其情曲；又婉喻理義，使之心服焉。在石城，值大旱災，君首捐財市米，且勸富民出賑，設粥廠七；每鄉民所出米，即賑其鄉，不足則取於縣；又爲平出糴，施醫藥棺槥之法甚詳，民賴以濟。是時君積勞數月而鬚白，以卓異擢山西吉州知州，未一年遂告歸，時君年六十矣。

君少工文章，在廣東四爲同考鄉試，多得士。及退歸，衆推之主盱江書院〔三〕，成益多才。君之歸也，居於南城，嘉慶十一年卒於南城，年八十二。配鄭宜人前卒，生子三：宗衡，縣增生；崇緒，國子監生，皆卒；崇勳，乾隆乙亥科舉人，爲安仁縣訓導。側室陳氏，生子三：宗崙，以縣學生舉優貢，候選知縣；宗嶠，江蘇從九品；崇嶧。女九。君卒時有孫十一，曾孫二。□□年□月□日，葬君於□□□□。銘曰：

奉職能，持己清，文可稱。壽既登，子若孫，殷當興。書藏堋，後必徵。

## 朝議大夫户部四川司員外郎加二級吴君墓誌銘 并序

君諱元念，字在宫，桐城吴氏。曾祖諱子雲，順治乙未進士，河南提學按察司副使。祖諱祖佑，浙江安吉州知州。父諱文炳，候選州同知。母馬太恭人，生六子，而君爲長，年二十餘而孤。君撫諸弟成室，治家有法，不貪而殖。君始仕得雲南建水州知州，有善政。有土官亡，有子，而其弟欲奪其襲位，搆訟。弟以金置酒甕饋君，君召兩造升堂，開甕出金，罰使修橋，而斷以子襲。鄰州有盜，越境至，爲君獲，君以與其州官而不居其功。數年，擢户部四川司員外郎，二年告歸。里居凡三十三年，嘉慶八年正月乙未卒，年八十。

君爲人長者，呐言而和易，里人多愛君。其生平無妾媵，居京師時，以妻子侍母於里，與姚鼐同賃一宅而分居之，朝夕談無間。鼐後君四年乃歸。鼐自歸里，多居書院，不復與君長聚，然時念君，及君喪而鼐故人盡矣。夫人左氏，懷來知縣世壽女，能佐君以成其志。生子二：候選訓導金榮，監生承露。女三。孫九。夫人卒於乾隆五十三年□月□日，嘉慶九年三月□日，合葬於縣治東南十里方莊之原。鼐爲銘曰：

質素寡競，以簡居政，民樂以幸。懸車既定，優游多慶。年耄身竟，其族方盛，繩繩子姓。有配維稱，永偕幽敻。

## 順天府南路同知張君墓誌銘并序

君諱曾份，字安履，桐城張氏。祖諱廷□，南川縣知縣。考諱桐，萊州府知府。君本諸生，能文章，而爲吏勤明有斷，所至民以便安。始仕爲寧晉知縣，遷南皮，皆有能績，遷大興。畿首多貴人勢家，君秉法，請託不得行，尤著强幹名。擢順天府南路同知，其績益起。京師達官知其才，將大起之，而君以淀水漲，親往護文安隄，自夏迄秋，晝夜勞憊，隄得固而君得疾。次年疾進，以乾隆四十一年五月十五日卒於官，年四十五。

始君妣姚恭人，姚鼐從曾祖姑也。君娶姚宜人，鼐從曾祖妹也。當乾隆二十八九年，鼐在京師，君需次吏部，與少詹事曾敞三人，同居一巷，日夕相對，意密甚，鼐遂以女許君幼子。君後出仕爲縣，復入爲大典。其年，少詹事罷官去。君擢南路，距都城三十里，鼐與君相見猶數。夫遠宦數千里，而婚姻得相依近，此人生不易遇，可幸者也。然鼐以乾隆四十年去京師，次年即聞君喪，又次年而詹事亡。君有三子：長元輅，爲廣西巡檢，病歸；次元輈，以嗣君兄曾□；次元輯，鼐女壻也，君没後九年而喪，吾女又無子，悲夫！人生倖得可快之事何其少，而不幸可痛之事何其多也！

君始葬於縣治北山，以有水泉之害，嘉慶十年□月□日，改葬君於□□之原，姚宜人祔。鼐念君才優年絀，不獲大展於生前，而没後又多可悲者，因銘以寄吾傷焉。銘曰：殷哉畿輔，難治自古。矯矯强武，卓不可侮。遐矚長撫，而中折殂。天道何主？孰昌孰朊？孰抑孰阻？擇是安土，蕃祐厥後。銘是魯祔，其信其庶！

## 知縣銜管石碑場鹽課大使事師君墓誌銘 并序

君諱問忠，字恕先，師氏。本居山西洪洞，明初從黔寧王定雲南，以功得世襲指揮使者曰毓秀，始居於滇。其後乃有定居大理府□□者，至君凡七世。君之祖諱可植。考諱行甫，爲縣學生。君十四歲而孤，孑立無伯叔昆弟。貧以耕食，欲奮於學而姿魯，讀書不得入。君愈發憤，且求禱於神，一夕寐，若有人以刃剖胸，取其心濯之，寤悸猶若痛，然自是聰悟，文冠其儕，旋入縣學。乾隆六年，中雲南鄉試第二名，試於禮部，數不利，丙戌科試後，挑晉寧州訓導。四歲，吏部取入都，旋授爲長蘆樂亭縣石碑場鹽課大使。於是居樂亭二十年乃歸，歸居八年而卒，年八十有五。

君有文學才識，屈居下職，然不以爲忤意，遇人甚和易，至非義則堅不可犯。樂亭令以竈户地誣爲荒地，招姦民而市之。竈户訴於朝，人知令之不直也，而多爲之地者。君以實報上官，且持之甚力，上官謂之强項場官。然終以君議正，不可奪也，卒以地歸竈户。

其持身儉甚，衣履敝不易，曰：『苟欲華侈，一至不給，則敗所守矣。』娶金孺人，生子翼，先君殁。繼娶任孺人，生子範。君以文章教弟子，多成名者，而範亦中甲午科雲南鄉試第二名，今爲安慶府望江知縣有聲矣，天蓋報君於其子也。範已葬君，使鼐補爲銘。銘曰：

其學天啓，其行人躂。官偃不起，誼植弗毁，昌後其傒。既安幽里，銘貽萬祀。

## 中憲大夫開歸陳許兵備道加按察使銜彭公墓誌銘并序

公諱如幹，字天培，惠州陸豐彭氏也。其考諱名史，雍正壬子科舉人，登乾隆乙丑科明通榜，爲江川縣知縣，以公貴授中憲大夫，生七子，公第四，兄弟從雲南官舍，爲學精甚。乾隆己卯科，偕次兄如槐登廣東省鄉試榜。公於丙戌科成進士，而以榜前大挑一等，得高州府教授，遭憂服滿，乃以甲次得汝寧府汝陽知縣。

公驟爲政，即明達多惠利，以緝獲江南阜陽盜首引見，詔以同知題補。還治未及擢，值新蔡縣民李釗爲亂圍城，公率衆援之，賊駭散。公佐上官追討，親往麻城界捕獲盜首二人。旋署陜州事，捕盧氏姦民常禮。繼擢南陽府同知。上官謂同知雖尊於令，而任則簡，方賴公才治劇，俾仍攝縣事。公治縣益勤且惠，民益欣之，遂攝歸德府。既而以監運糧引見，命擢知府，授汝寧府。當公在汝陽，既多惠政，而營辦災賑，所濟溥密，民尤賴之，故重至爲守，衆皆喜，而公亦樂爲之勞勩，百務皆舉，適值歲豐，民皆謂公爲貽福云。調開封府，其治猶汝寧，而以居首府，雖異郡事時治及之，所予奪輕重悉適當。

嘉慶之初，湖廣亂民起，連及河南，開封設軍器餉運之局，公督理無不備。又嘗赴軍營，值内鄉、淅川有賊〔四〕，率兵往，夜馳三百里，賊不意悉爲禽得，而後入城，民始知官兵之至。以是功奏賞花翎。息縣賊民張雲路爲逆，有梁國幹者，素與相識，而投公前願自效。人謂是爲賊偵，不可用，宜殺之。公曰：『觀其形辭，非詐也。』待之厚，卒禽雲路者，國幹力也。以是功上令加道銜，而頒御物賜之，旋授開歸陳許道，職兼理河事。

國家數十年内，屢有河患矣，而公在任三值焉：嘉慶四年決儀、睢，數月而塞；八年秋決祥符，逾月而塞；冬決衡家樓〔五〕，其患最鉅，逾半年乃塞，天下所謂『衡工』也。公皆在工所，相視形勢之便，籌思導塞之宜，指麾畚挶之事，不避風雨昏夜，故功每易成。卒以督辦衡工引河，勞瘁致疾，猶勤不輟，以至於没，是爲嘉慶八年十一月二十四日，享年七十。公事聞，詔謂公深悉河務，實心任勞，力疾不移，致没工次，故加恩賞給按察使銜，異數也。公持躬有節，而厚於待族戚交遊，天性明果，而行以仁恕。久在河南，稔其風土，所舉必爲衆便賴，既亡，公私皆慕思之。

夫人劉恭人，繼配葉恭人，皆先卒。子十：應熙，應燕，爲瑞州府知府；應燾，應杰，候選員外郎；應煦，候選知縣；應陽，應勳，應照，應烺，應焕。葉恭人所生子六。側室白氏生應陽。側室劉氏生應照以下三人也。女三。孫男八。孫女四。公之子以嶺南道險遠，不能歸葬，葬公於江寧之□□□□，而移家從公墓焉，爲嘉慶□年□月□日。姚鼐適在江寧，爲之銘曰：

才勇德善，理煩靖變，姦亂息宴。厥用未盡，勤國身殞，天子惜閔。其功在民，其道可循，子孫振振。秣陵原土，興伏龍虎，宜爲藏所。

## 贈朝議大夫户部郎中福建臺灣縣知縣陶君墓誌銘 并序

君諱紹景，字京山，先世彭澤人也。宋端平初，有自彭澤官江寧者曰細三，後遂居江寧東南鄉，今謂之陶村。居陶村若干世，遷居城内者曰可能，是爲君祖，以君貴，贈文林郎。

君考諱勳，以君貴，封文林郎，又以孫敦仁貴，贈奉政大夫。

君之少也以孝聞，母疾，割肱以療之而愈。讀書勤苦逾人，工文章，以庠生中乾隆三年戊午科江南鄉試第一名。閲數年不第，選雲南大姚縣知縣，調永善，遭艱歸。服闋，補福建松溪知縣，調臺灣。其在雲南，民風陋樸，君專以德化，有訟者，反覆勸諭，民輒悔改。及至閩，民詐狠健訟，君乃嚴法繩之，其邑亦治。君在臺灣，常署淡水同知〔六〕，皆有績。以海疆任滿，當擢官去，臺灣民素戴君，爲立碑頌。然君經涉海洋之險，厭吏事，不待擢而遂告歸。其在鄉里，温温長者，口未嘗稍言人之過，喜論文，在雲南、福建，皆嘗爲同考官，多得佳士。又開設書院，以啓其秀俊，士皆賴其誘進焉。

君之歸也，年四十餘，優游閭巷復四十年。又值戊午科，乃重赴鹿鳴之宴，世以爲盛事。又逾二年，爲嘉慶六年二月二十六日，終於里，年九十一。夫人詹氏先卒。子二：保德州知州敦仁、國學生敬修。孫十人：涣悦、濟慎，皆嘉慶丁卯科舉人。君始以子得封奉政大夫、保德州知州矣，身後以涣悦爲户部郎中，得貤贈朝議焉。嘉慶十五年，與詹夫人合葬江寧安德門外林堂山麓。桐城姚鼐爲之銘曰：

才俊之興，君冠以稱。出宰殊俗，優優吏能。其德無矜，宜壽之增。載貽後祀，餘慶其徵。

## 校記

〔一〕盡　當作「藎」。
〔二〕澧　當作「灃」。
〔三〕盱　當作「旴」。
〔四〕淅　當作「浙」。
〔五〕樓　梅本作「河」。
〔六〕常　疑當作「嘗」。

# 惜抱軒文集後集卷九

## 墓誌銘三

### 抱犢山人李君墓誌銘 并序

自劉海峯先生晚居樅陽，以詩教後進，桐城爲詩者，大率稱海峯弟子。然吾謂爲詩自有性情，非其性情，雖學不能善。李君僊枝，字寶樹，遊海峯之門，學其詩而似之。孤介自喜，爲縣諸生，早棄去科舉學，在家爲園池，植竹樹自娱，稍稍積錢，即出遊覽山水，遠絶城市，其性情眞詩人矣。

乾隆五十八年，余在江寧。君忽至，問所自來，曰：『偶思洞庭及錢塘西湖，因遊月餘，塗間未嘗與人談話。今將歸，過此來見君耳！』因邀余至其家。後余歸里，以君居抱犢山，去城猶百里餘，未及往也，而君旋卒。卒後，君從子宗傳述君意，欲余志其墓。余以君之可稱述者如此，因許銘之。君祖熙載。父光璐。娶王氏。卒於嘉慶元年三月十一日，六十四歲。抱犢山人，其自號也。銘曰：

大江之北，浮渡之東，抱犢窿崇，是爲詩人之幽宫。林高谷空，寥寥泠風，如或吟嘯於其中。

## 孫母許太恭人墓誌銘 并序

太恭人常州宜興許氏女，武進孫氏婦。考諱建，康熙辛卯科舉人，廣西義寧知縣。舅諱謀，康熙辛未科進士，禮部主客郎中。夫贈中憲大夫諱枝生，主客之第三子也。少而父母皆喪，其兄鳳飛爲恩承州吏目，攜至廣西，義寧見而愛之，遂以女與之，爲贅壻於義寧官舍。二年生子孝勳，又二年贈中憲大夫，卒。時恩承已前喪矣，而義寧無子，度兩姓後皆無依，頗欲奪女志。太恭人以死誓，且曰：『女在，何不若兒耶！』

數年，義寧卒於官。太恭人奉父、夫兩柩，踰嶺嶠，沿湘，越洞庭，歸於江南。訪求武進孫氏，僅一宅，而五世同居之，太恭人分有敝屋兩間而已。以宜興贈嫁田易之於武進，得二十餘畝，不足供食。於是晝則紡織針黹以助食，夜則課子讀。子有過必撻之，撻畢必大慟。其後孝勳中乾隆丙子科舉人，又後十年，得句容教諭。太恭人從武進至句容，乃命以武進田爲祭田，曰：『子有薄禄，吾田宜奉公矣。』又後二十三年，孝勳爲河曲縣知縣。其時太恭人之孫星衍，以丁未科一甲第二名入翰林矣，太恭人乃從居京師。其後星衍爲兖沂道，孝勳亦請告從太恭人居山東。後星衍以母喪去官，再起爲山東督糧道，太恭人乃又與子至德州。嘉慶十年六月十九日，卒於德州官舍，年九十八。

其平生嚴整，不苟言笑，而御下和恕，未嘗以重語詈之。體素健彊，當星衍去官，居金陵燕山侯祠，祠有假山小樓，太恭人年九十矣，時輒不杖登之，至於終壽而神明不昏也。居武進時，歸葬其父宜興，母亡，又葬其母。及子孫既貴矣，命買田宜興供許氏祀，而孫氏家祭後必祭許氏，以報義寧德焉。始以節孝舉得旌表，卒以子及孫貴，累封至太恭人。子一。孫三：星衍，星衡，星衢。嘉慶十年十一月□日，孝勳葬之於武進夾巷口，祔於贈中憲之墓。桐城姚鼐爲之銘。銘曰：

懿女少罹，洊閔酷矣。秉節濟危，峙煢獨矣。忍寒與飢，命子穀矣。天褒以壽，康食禄矣。同穴於茲，貽裔福矣。

## 王母潘恭人墓誌銘并序

潘恭人者，通政司副使王公友亮之配也。通政家本婺源而居江寧，故娶於江寧潘氏，贈武德騎尉安慶衛守備朝士之女，年十八，歸於通政。事公姑能恭以承意，事夫能任家事之煩，俾通政得專力以成其學行。

當通政仕於京師時，通政母林太夫人在堂，恭人侍之於家，代通政之孝養。既而林太夫人就養於都，而恭人以子女衆多，婚嫁未畢，尚留里中。王氏故富室也，及通政仕而家已落，官愈進則貧益甚，然人猶以富家觖望之，惟賴恭人摒擋經營，以供京師及里中之用，其所任有甚難者。通政於乾隆六十年以給事中巡視南漕至揚州，恭人乃一往揚州。蓋夫婦不相見者十八年矣，於是始一遇，而逾二年，通政卒於官矣。

恭人三子，時長者行恕既喪。次麟生，終父喪旋亦喪。恭人撫兩嫠婦及季子、諸女，悲哀勞苦，整理其家，常如一日。自奉極薄，而與人惟恐不厚，年既老而早暮治事如少時，凡姻親中外見之者，未有不歎其賢而愍其瘁也。又後將十年，季子鳳生乃仕爲浙江通判，三署府同知，恭人從之官所。於嘉慶十四年十一月八日卒於杭州，年六十九。

恭人事佛甚謹，而慈仁恭儉，出於天性，喜言人善，聞有言人過者，必正色止之，雖婢僕未嘗重詈也。六女皆適士族。其季庶出也，恭人愛之甚，以亡而慟，故病遂至亟。有孫一：世林。孫女四。曾孫二。當通政之亡，鼐爲之銘墓矣，嘉慶十□年□月□日，其家將以恭人合祔，復請銘焉。其家世已詳於通政銘内者，茲不復具云。銘曰：

賢者勞，智者憂。男外勤，女内修。懿恭人，敬有謀。視室中，有與不。厲黽勉，靡安媮。昌厥家，貽多休。惟母德，不可酬。銘厥藏，慰明幽。

## 張母鞠太恭人墓誌銘 并序

太恭人淮安鞠氏，候選州同知諱文燦公女，年十六，歸於銅山張氏贈中憲大夫、彰衛懷道故宿北河營守備諱瑞。贈中憲適夫人王、吳兩恭人，皆先喪，無出，而上有母王太恭人。惟鞠太恭人至，能敬事以助中憲之孝。生子裕慶，十一歲而孤，卒能教督以成其才，仕至河南彰衛懷道，而太恭人被國恩晉封焉。始贈中憲復有歸、陳兩孺人，各生一子，一裕福，彰衛兄也；一裕臣，彰衛弟也，皆繦緥喪母，太恭人撫育教誨，其意誠至，三子若一。其後又成就福與臣之子，皆並登仕籍矣。

當贈中憲之亡，家貧子幼，太恭人茹苦勤力守之，以至子仕。既貴而飭躬如故，戒約其家勿侈費；至於施予親族内外，則以時而加豐，惟恐弗至。平日愛子甚篤，及裕慶以逆匪自川、陜擾及河南，從巡撫入營壘擒捕勁寇，如是者三年，太恭人時勉以盡力效忠而已，毋念己也。河南屢被河患，裕慶以府通判莅功防護，及治衡家樓河口險工尤勞瘁，太恭人勉諭之，終不及私。故子之績成官擢，而封加母氏，世以爲宜。

太恭人壽至八十，於嘉慶十二年九月二十五日卒於彰衛道官舍。裕慶自銅山遷居金陵，故於嘉慶十三年十月十一日，葬太恭人於上元縣東五十里張官山之陽，以狀示姚鼐請銘。太恭人一子，得一孫保成方幼，一女適宿遷附學生羅璞，璞之子紳，從鼐遊。又鼐有叔，嘗從居彰衛官所甚久，夙聞太恭人誠賢如狀，故爲銘曰：

儼其秉德賢以壽，子爲國材用未究，恩褒母氏疊且厚。金陵東南鬱深秀，蒼山四周中一阜，卜萬世藏昌厥後。

## 太子少保兵部尚書總督江南河道提督軍務兼右副都御史徐公墓誌銘 并序

公諱端，字肇之，湖州府德清徐氏。曾祖庠生諱元臣，祖舉賢良方正岷州知州諱志丙，考涉縣知縣、候補府同知諱振甲，三世皆以公貴，贈太子少保、資政大夫。

公生而强記明達，涉縣贈資政公始仕江南，知蕭、碭、清河，縣皆臨河。公年二十，從官佐治，於隄防疏導之法身習心解。及從之涉縣，助挑引河，工竣先諸吏。阿文成公奉使在河上，見以爲才，公於例應選通判，即奏留於河東工〔一〕，遂補蘭儀通判。逾三年，蘭儀改爲同知官，即以公升任。調睢寧及開封下南河同知，其間屢遭大河漲警，塞禦得宜，河南稱其績。

乾隆五十八年，大計薦卓異，護開歸道印。值湖北邪教爲亂，從河督帶兵赴湖北界防堵有功，賜戴花翎。旋以江南總督、兩河督合請，以公署兖沂曹濟道。其年睢州河决，曹州河涸，公豫築河北兩壩，以待水至。及睢州决口合，河至曹漲甚，賴壩以安。今皇帝親政，公引見，以知府用。其冬授饒州府知府。江南總督、河督請調淮安府，旋加道銜。逾年擢淮徐道，值改淮徐道專轄徐州，公居任，遭贈資政公憂。其時河南衡工河决，上憂河事甚，命回籍治喪，百日回徐州道任，其後令以三品頂帶署河東道總督〔二〕。公至，衡工决口初塞，善後之政，皆公籌也。是年冬，即補授江南河道總督。逾一年，上命設河督正副官，以戴均元爲正督，以公爲副。逾二年，戴公病歸，公復爲正，其年冬又改爲副。逾一年裁副總河，而公復爲河道總督。

公自嘉慶十年居江南河督任，至是六年，明習河事，授吏程功，贏絀必如所計。躬耐勤苦以趨險急，賴以安者屢矣。時有議改河入海之口者，公往相視，以爲不可。迄今河入海，循故口甚利，皆公識之當也。然而大河多變，非盡人力所可施，而國家以河、淮濟運，泛涸或引濁入清，漲急或權輕重，决彼隄以保此岸，於河道民居安得無傷？故公之才與所處之難，皆上所深悉也。而國有正法，在任值有河患，安能引天災而不爲法受過？故嘉慶十五年冬，遂令去職，仍留工次。公於是每遇要工，必以身先衆。次年冬，以治碭山李家樓决口，旁開引河，公任其事，嚴寒積勞，遂至病甚。世謂使其功完事定，天假之年，必復爲上所褒擢，而公竟不能待，然其所已見於世者，亦可稱矣。

公著有迴瀾紀要、安瀾紀要二書。年十二而妣錢太夫人喪，與母弟妹甚友愛。及贈資政之亡，遺庶子及兩女皆幼稚，公撫之悽惻，恩勤尤至，見者爲感動焉。夫人蔡氏生二女。側室張氏生一子鏞，□女；謝氏生一子鑛，□女。公年六十二，以嘉慶十七年四月初六日卒，以嘉慶□□年□月□日葬於□□□□□□□。銘曰：

河流渾渾，東届淮瀆。朝治而平，暮忽改奔。效功以人，底績者天。佶維徐公，國之勞臣。載任水官，三十其年。有勩其襄，有資以安。鬱蘊餘志，曰瘞兹原。

## 贈奉直大夫翰林院編修加三級鄧君墓誌銘并序

君諱巨源，字崑發，其先高密鄧氏，遷居閩。宋建炎初，有左正言肅，以直言著於宋史。其後世屢遷，明末居壽州。入國朝，有順治丙戌科進士、陝西洮岷道按察副使旭，始自壽州遷爲江寧人。生貴池訓導煊，煊生廩膳生重及堪。重無子，以堪子附貢生贈編修鑛嗣，是爲君考。君生而好學能文，爲江寧府附學生。爲人孝弟恭謹，其父晚病偏枯，侍疾不離側，扶持抑搔，數年不懈，父以爲安。教子嚴，必使近正人，延其從叔某爲授讀，禮敬甚至。後某老矣無嗣，君朝夕饋之食。其於宗黨戚友，多施惠。君年五十五，於嘉慶元年五月卒。

娶陳太宜人，同縣歲貢生延年之女也。君之事父母爲善，太宜人能盡力以相之。君族叔某喪於君亡之後，而終不失奉養之宜者，太宜人力也。持家勤苦儉約，及子既貴猶不改，勖以廉正而已。年六十九，卒於嘉慶十七年二月。生二子：長廷楨，嘉慶辛酉恩科進士，翰林院編修，寧波府知府。君考及君，皆以廷楨在編修任，得贈奉直大夫、翰林院編修加三級。君妣彭太君贈太宜人，陳夫人封太宜人。次廷樑，先卒。女一，適王世琛。君亡時，已從葬考墓於江寧城南矣；及太宜人没，嘉慶十七年十一月□□日合祔。廷楨乞姚鼐追爲銘。銘曰：

篤行好善，生抑弗顯，其卒光衍。懿媛在闥，佐志繾綣，同藏罋楗。

## 周青原墓誌銘 并序

乾隆三十年春，高宗純皇帝南巡江、浙，合江南士之獻進賦頌者，召試於江寧。自十六年南巡，至是三召試士矣。是年定爲糊名閱卷，取中尤嚴，而江寧周君，以廩膳拔貢生入試，欽定爲一等，賜舉人，授内閣中書舍人，君之名乃大著於天下。君入都供職，旋入軍機處辦事。一夕内直，上偶問，得君名，歎曰：『此吾南巡時所得江南才子也！』時大臣無不欽重君者。

君兩會試未第，倏挂吏議，君時年才逾三十耳，而意沮喪，無仕進之志。君故通曉天下利病，又善爲文奏。既退閑，於是四方督撫多請君入其署爲章奏，而君亦藉以遨遊徧天下。當君之得過，以人有來探事者，君對不知。後其人得罪，引君及同直軍機者，皆未泄密也。吏有與軍機官相惡者，即以『不嚴斥探者』傳重比，鐫級。其後與君同罪者，復進用至卿貳，而君獨遠迹都門，雖其居幕府爲奏之善，多爲天下稱誦，而身一見枉，終放廢以至於老，此天下所共慨惜也！

君諱發春，字卉含，其號曰青原，人皆呼之，故青原之稱尤著。余初於京師見之，其文章書法之美，交遊中所希見，而議論和平，與人接，恂恂温良人也。余歸里，主皖中書院，君時來皖，得再見，甚歡。余後至江寧，而君尚依君子之桂於皖，遂不見，而之桂今以君柩歸矣。君夫人沈氏，賢而早没，生二子：之桂，安徽候補知縣；之桐，先喪。嘉慶十六年十月十日君卒，年七十四。次年□月□□日葬於江寧南吉山之麓。夫人沈氏先葬，於是今以君合焉。爲之銘者，桐城姚鼐也。銘曰：

才高不盡其能，名著不究其升，智可逮遠而身失其憑。惟其君子長者也，卜其後之式承。

## 中憲大夫杭嘉湖海防兵備道長沙周君墓誌銘 并序

君諱克開，字乾三，先世自豐城徙長沙。明末張獻忠破長沙，脅降諸生周繼聖，至斷腕不屈者，君五世祖也。其四世孫宣智，中乾隆甲子科舉人，爲漵浦教諭，以君貴贈中憲大夫。

君爲贈中憲之長子，少有盛才，後父一科而爲舉人。乾隆十九年，以明通榜引見，發甘肅以知縣用，授隴西知縣，調寧朔。寧夏之田，並河爲渠，歲得河新水則腴，得湖山宿水則鹻且瘠，故渠有引河之閘，又有洩宿水入河石竇，民謂之暗洞。君在寧朔，值唐鐸渠暗洞崩塞，渠水不行。上官從他吏建議填暗洞，而竭唐渠入漢渠，以便寧夏之引河。君念暗洞廢，則寧朔水無所洩，夏秋水盛，民且溺，力請修復之。夏民以爲農事近，新水將至，不可待，君約以五日爲之，乃取故渠廢閘之石，晝夜督工，五日而暗洞復立。又嘗爲寧夏治唐延、漢來及大清三渠，皆前吏治之無功者。君受檄相度，或濬或徙，至今民賴其利。

君再以卓異薦，擢知固原州，父喪去官。服終，爲姚州知州，擢都勻府知府，調貴陽府。在都勻時，嘗從巡撫與總督吳達善、侍郎錢維城，治貴州苗民爲逆，獲其首從鞫之，君謂錢侍郎用法有不當者，固爭不爲下。在貴陽，亦以强直忤巡撫宫兆麟。二公始皆憾，而卒以重君。

旋以公累解職，引見，復授蒲州府知府。調太原府，大清積案，修復風峪口隄堰，障山潦而導入汾。始君在寧夏，治渠作閘，民謂之周公閘。至太原，民亦德之，於隄上作周公祠云。擢吉南贛寧道，署布政使事，以王錫侯書案被罪。然高宗素知君賢吏也，乃發江南以同知用。值駕南巡，君以署江寧府見，上命知九江府。擢浙江糧儲道，又調杭嘉湖海防道，值改建海岸石塘，君莅其工。總督欲徙柴塘近數百丈以避潮，君曰：『海不與河同，徙而讓之，潮益侵，無益也！』力爭得止。君督視，勞甚致疾，然猶不懈。在任年餘，以乾隆四十九年七月二十日卒，年六十一。

君生平所莅官皆有績，善治獄，多所平反；禮儒生，以私錢興書院，而性尤廉。其授糧道，盡革舊徵之濫，而身與上官約，不取一錢之賄，上官故移之海防也。没後，家無餘貲。娶張恭人，先卒。生子有聲，乾隆六十年進士、貴州大定府知府。次有度，早殤。女三。側室童氏生子有蕃，國學生。女一。有蕃年未三十而卒。君與張恭人合葬本邑河西鄉藴玉山。嘉慶十年，有聲將復治其墓，桐城姚鼐銘之。銘曰：

矯立其義，惟堅以毅。惡恤子忌，奮襄民事。辨害興利，河濡海溢。方略載備，衆曰君恃。生爲良吏，没而民祀。貽庥厥裔，銘告千祀。

# 中議大夫兩廣鹽運使司鹽運使蕭山陳公墓誌銘 并序

公諱三辰，字北樞，先世居義烏，自義烏遷山陰之臨浦鎮。鎮去蕭山城二十里，居者多貫籍蕭山，故公六世祖至公，皆稱蕭山人。曾祖嚴州府教授、贈奉直大夫諱正治，祖縣學生諱常敬，考金壇縣知縣諱逢霖。祖、考皆贈中議大夫。

公少爲蕭山縣學生，援例爲安徽縣丞，升鳳陽縣知縣，以獲鄰州巨盜，升府同知，借補亳州知州。亳，巨州也，訟者日進狀數十，公得其狀，即訊即判，逾月訟者稀，半年則鮮矣。乾隆四十九年，河南柘城民王立山爲亂，距亳州百餘里。公聞，即募鄉勇，得千餘人練習之。河南官兵爲立山所敗，公度立山必至，設伏路左右而自待於城外，立山入亳州境，見無備，易之，趨城忽見兵，駭而戰，伏起蹙之，衆遂潰，生禽立山。其年安徽大饑，上官令亳州設兩粥廠以賑。公計一州兩廠，何足贍饑者？自增三廠，分設境内。又收民棄男女者集於佛寺，令一老嫗撫孩幼十，如此數十處，身時周巡其間。計其費，上官發銀，曾不及半，移用以濟之。人謂如此，終必以虧庫銀獲罪矣，公曰：『活民而得罪，吾所甘也！』

當公禽王立山時，大學士文勤公書麟，方爲安徽巡撫，至亳巡其戰處，太息曰：『君，將材也！』及覩賑民增廠，愈賢之，令藩司盡補公所費，公以無累，世以此益稱文勤爲知人也。而總督不喜公，奏禽立山事，不敘公績。純皇帝見奏，以理勢隱度，知公之賢，即令引見，加直隸州。公旋知泗州，時書文勤爲總督，保升知府，引見，授常德府知府，調長沙府。會征鎮筸苗亂，公總理糧餉，隨戰於平隴，大捷，加道銜。嘉慶四年，擢廣西右江道，屢署布政使、按察使。十一年，大計卓異。十四年，擢兩廣鹽運使。

公才高識遠，遇事陳説慷慨。屢署兩司，勞於吏事，及授運使，事逸而衆所利也，公遽以老疾請辭職以去。仕安徽時，買宅江寧城内，及謝官歸江寧，令諸子出仕，自穿池種花竹，時會故人。君一日謂姚鼐曰：『吾死，君當爲吾銘墓。』卒前一夕，召客飲酒劇談，夜端坐而卒，爲嘉慶十七年五月二十五日，去官三年矣，年七十有七。

先娶孫夫人，生一女，卒。繼娶方夫人，生四子一女：子候補知縣星珠、府通判星華、布政司庫大使星軫、布政司經歷星景。側室王氏，生一子：未入流星德。以嘉慶十□年某月日葬□□，姚鼐銘之。銘曰：

仁及於民，法可遠施，功著於時。中蓄餘才，任於繁勞，去彼膏脂。惟以明智，蹈夷遠巇。清曠江城，終以懌怡。

# 奉政大夫順天府南路同知歸安沈君墓誌銘并序

君諱錦，字中甫。歸安沈氏，自宋、元有聞人矣。君之高祖鉞，貢生，贈湖南按察使，以德祀於鄉賢祠。曾祖慶曾，康熙庚辰科進士，四川會理州知州。祖世杓，康熙甲午科副榜，江西崇義知縣。父麟炳，增生。祖、父兩世皆以君貴，贈奉直大夫、薊州知州。

君少以文名，以庠生中乾隆己亥恩科浙江鄉試，以舉人直四庫書館，敘勞以知縣分發直隸，授蠡縣、長垣知縣。嘉慶三年，大計舉卓異，擢薊州知州，旋病，後痊引見，上命往陝、甘，以知州用。時直隸總督知君賢，習直隸事，奏留於直隸，補安州知州。州數遭水患，有田畝久没水者，賦額猶存。君履視知其病，固請於上官奏除之。嘉慶十年，擢順天府南路同知。南路所轄七州縣，民俗悍而健訟。君恩威兼施，能燭其姦竇，俗爲之戢。又兼署治中，府尹每倚君以治事。畿輔殷繁，君明習於事，而敢任之，勞憊益甚。嘉慶十四年，君六十有七矣，遂堅以病辭任。

君仕終始在直隸，直隸民佩其德者甚多。其尤著者，始署大名縣，值段文京亂後，捕餘黨，安良善，最有鎮定之功。在蠡縣，瀦龍河漲，欲決隄矣，君盡力護之，身立風雨，隄竟以固。以艱去，蠡民泣送者塞路。過清苑，忽有數十人素衣來拜送者，問之，皆君在省讞獄所平反人也。藁城嘗被災，吏散賑不善，飢民怒噪，欲死其令。省中或議以兵往，君謂必不可，自請單騎往諭，散其衆。入城摘令印，坐廳事決胥吏數人，定其賑事，一縣遂以帖然。

君之謝病也，其三子惇厚方知雄縣〔三〕，乃赴其官舍。其次年四月晦，即卒於雄縣，年六十有八。夫人長興朱氏，爲歲貢生贈奉政大夫兖州府同知謙鏊女，温惠賢孝。君少而爲客四方，壯而在官，而卒不以家事累其心者，夫人力也，誥封宜人。嘉慶十七年九月二十八日，宜人卒，年六十有九。生子四：長育，乾隆乙卯科順天副榜、杭州府訓導；次敦彝，兖州府運河同知；次敦厚，雄縣知縣；次敦典，嘉慶戊辰恩科舉人。女二：長壻嘉慶辛未科進士、庶吉士、吳縣戴葆瑩；次壻候選主事青浦徐光煒。孫八人。以嘉慶□□年□月□□日，合祔於□□□□□山。銘曰：

沈族武康，蹶興南朝。誕暨今時，播聞益昭。君始文士，起膺吏事。功載紀能，庶民懷懿。輔於畿南，劇殷是堪。歛翮退飛，不究所覃。莘莘賢子，繼爲國才。懷槧操符，駢秀聯瑰。亦有魚軒，内修其德。同祔嘉壤，貽麻千億。

## 贈奉政大夫刑部郎中南昌縣儒學教諭鄱陽胡君墓誌銘并序

君諱祚安，字紹蘧。其先世居婺源，有胡學爲唐散騎常侍。學之後十餘世，遷居樂平。又數世，遷鄱陽琳橋里。當明季有諸生居晉，君之曾祖也。君祖諱文炤，入國朝爲居士。考諱世高，以君仕時贈修職郎，以孫克家貴，累贈中憲大夫、惠潮嘉兵備道。君之妣曰詹恭人，生二子伯常及君而殞。繼妣徐恭人，生子濟民。贈中憲暮年得風痺病，卧起待人扶掖，君時尚幼，入塾讀書，稍閒歸侍疾左右，甚得其宜，勤苦無倦色，見者爲悲之。及既孤，兄弟相依，力學奉母。其季弟尤聰慧，君自課之誦讀，愛友甚至，而季弟竟以羸喪。其時徐恭人有喪明疾，又遭愛子之殞，不勝其痛，君承事婉至，苟可以慰親者，竭盡其力，無勞與難，於是以己中子爲季弟後，自是數十年，奉侍安養徐恭人以終。君篤學，工力學文，既冠爲鄱陽學生，中乾隆二十一年江西鄉試，屢試禮部不第，卒乃授南昌縣教諭。君平生爲己及語人，皆以敦行爲先，而後及於文藝。及爲師儒之官，尤以是爲訓，從遊聞其言者，多有動焉。

當四庫全書館之開，朝廷蒐求祕書，而因有以藏違禁書相告訐者；亦有本非違逆，而姦人以妄詆所怨，牽致官所，人心惶惑。君承上官檄主其事，乃開示條目，分別應呈繳毁與否。人遵其教，數旬而畢，無被罪者，衆以謐寧。南昌有爲匿名書，謗豫章山長張之衢，其山長意疑爲某兩生也，告巡撫褫兩生攝罪之。君知其枉，辯於上官，未許；君執之益力，兩生卒賴以全。君遇事能別白是非，又堅定有守，雖職卑，所及不廣，而所用意有足稱矣。

君卒於乾隆四十五年六月，年五十三。娶童夫人，生子四：長國子監生克恭；次廩貢生候選訓導克勳；次乾隆庚子恩科進士、今安徽巡撫兼提督軍務克家，君所命爲季弟後者也；次候選知州克健。孫五。曾孫一。君始亡，浮厝於里；今獲卜兆於□縣□山之原，嘉慶二十年□月□日遷窆。於是桐城姚鼐爲之銘曰：

有懿修士，操始孝弟。婉愉在室，祥被門外。以儒爲官，亦正厥誼。載施未閎，餘慶斯大。繩繩後賢，卜兹松隧。乃鞏幽藏，降嘏百世。

## 實心藏銘 并序

實心藏者，兵部尚書總督浙閩軍務桐城汪公之生壙也。公自言平生惟矢心去妄而存實焉，此念無間於終身，故以名其壙。且著説以示子孫，以謂殁且不棄實心，況生者乎！又以説寄同里姚鼐，使爲之壙銘。

鼒謹案：公名志伊，字稼門，以乾隆八年正月□□日生。年二十九，中乾隆辛卯恩科舉人。其歷官爲靈石知縣，霍州知州，鎮江、蘇州知府，蘇淞糧道，江南按察使，甘肅、浙江布政使，福建、江蘇巡撫，工部尚書，湖廣、浙閩總督。

其政績之美甚衆，而其尤著者：山西有孟木成者，爲人誣以殺死張光裕，一省之官皆定爲情實矣。公驗其兇刀甚小，與傷痕不合，所序情節甚乖舛，執以爲誣。欽差至，猶頗以翻衆案爲難也。公辨之，詞證明而義堅正，木成卒得生，公名由是大起。東南之漕，爲天下至重。公爲糧道及浙藩，尤能清理之，使輸者不困，而官運充。自昔江、漢汎溢，沈浸民田或數十年，且數百里。公督湖廣時，奏請建閘濬河，而建立隄工，親往督視，用財實而工鞏，至今爲利。其察江盜尤嚴密，法當而令行。及在閩治海盜，事皆整辦，江海行者靡弗頌焉。其自勵訓士，及誨其家子弟，一皆出於儒者之正義，而歸於實心，則公所自得之要也。

是藏成於嘉慶二十年，公年七十三矣。鼒謂古人多以垂暮之年復大建勳業，若漢趙營平、宋文潞公，皆以八九十而更有事功，載於史傳。今公雖逾七十，而精神尚健，足爲國任。前日之事可書，後日之業吾不能紀。然惟一以實心之道成之，則事雖未見，理則可明。大人君子之道，一於誠而已，以是作公藏豫銘可也。

公曾祖諱□□，祖諱□□，考諱□□，皆以公貴贈資政大夫，妣皆贈夫人。公夫人姚氏先卒，已別葬。子□□、□□，孫□□。銘曰：

國政巍崇，寢食之細。悉以誠將，一言可蔽。猗惟汪公，名德重臣。塞淵其心，自矢畢身。其行未央，焯其已見。銘告千祀，爲士林勸。

校　記

〔一〕河東　疑當作「東河」。

〔二〕河東　疑當作「東河」。

〔三〕惇　據下文應作「敦」。

# 惜抱軒文集後集卷十

## 記

### 晉鎮南大將軍于湖甘敬侯墓重修記

晉丹陽甘于湖敬侯卓，初起有平石冰、陳敏之功，逮元帝太興中，屢著勞績，封于湖侯，爲安南將軍、梁州刺史，假節鎮襄陽，有惠政於襄陽。及王敦稱兵爲亂，侯露檄致討，聲動京師，事皆詳於晉書本傳。當王敦逆志方盛，下據石頭，兵勢既振矣，然止於殺周顗、戴淵而退，終未及篡代者，畏侯據其上流，其露檄遠近，足以讋其氣也。然則侯雖被害於敦，不獲以功名終，然固可謂大有造於王室矣！

其喪後歸葬丹陽。迄隋滅陳，廢丹陽縣，析丹陽北境入江寧，故侯墓今在江寧界，人呼其地曰甘墓岡。甘氏居其側者，尚有數百家，云皆甘侯後也。墓碑中失，有鉏地者得碑，曰『梁州刺史甘府君墓』，乃復辨之。然墓崩壞，屢修不固。嘉慶十六年，裔孫福，字夢六，出財修之，於墓門之前環巨石爲址，可以歷久不圮，乞余爲記。

自余來江寧，欲尋晉室建平諸陵及當時名賢墓隴，如李白所云『衣冠成古丘』者，皆漫無其迹矣。惟甘于湖敬侯及卞建興忠貞公墓，修整可瞻。良以兩公皆有子孫，恒依此土，時省飭以彰前烈之賢。此固考古思德者所爲深幸矣！而夢六追遠致恭之意，亦足稱也。

嘉慶十六年四月□□日，桐城姚鼐記。

## 安慶府重修儒學記 代

古有成均鄉黨州閭之學，而無祀先師之廟。釋奠則於學設席以祭，祭而徹之。後世學廢而孔子之廟興，至宋乃因廟爲學。自元、明至國朝，悉因其制。觀仰聖人，以啓學者效法之思，制異於先王，而意未嘗不合也。

安慶府治，始於南宋嘉定年，黄勉齋先生之所營建。意此府學之興，亦必始勉齋矣。恭維我列聖御宇，以朱氏之學訓士，而勉齋，朱子之高弟也，其守此郡，以朱子之學教於一方，雖當時支撑江、淮，戎馬之間不竟其志事，而其意可思也。

昔當朱子時，有象山、永嘉之學，雜出而爭鳴。至明而陽明之説本乎象山，其人皆有卓出超絶之姿，而不免賢智者之過。及其徒沿而甚之，乃有猖狂妄行，爲世道之大患者，夫乃知朱子之教之爲善也。近時陽明之焰熄，而異道又興。學者稍有志於勤學法古之美，則相率而競於考證訓詁之塗，自名漢學，穿鑿瑣屑，駁難猥雜。其行曾不能望見象山、陽明之倫，其識解更卑於永嘉，而輒敢上詆程、朱，豈非今日之患哉？

安慶府學，歷代屢有損壞脩復。今某來撫此土，又值其年久功弊，乃合官民計量，出財而修之。自嘉慶十三年□月起工，至次年□月畢工，用銀一萬□千□百兩。自大成殿外及門廡階砌及旁附祠，靡不整飭。吏民請紀其事。余幸當海宇清晏、庠序大興之日，臨勉齋之舊治，仰企勉齋道德，渺不可追。惟近推聖天子崇教之心，而遠循朱子、勉齋之舊訓。願諸生入是學者，一遵程、朱之法，以是爲學，毋遷異說。至其修建興革之細碎者，則不足載云。

## 重修境主廟記

龍谿水出羣山之中，衆谿交絡，匯而奔出龍眠之口，横嶂塞谿隘，是建境主之廟。唐中葉桐城丞張公孚卿，有德政於兹邑，歲旱禱雨，水大至，溺焉。縣人思而祀之於此，謂之境主。自唐至今，廟或圮敝，民輒新之。豈非賢者之澤，垂留者遠而愛慕者深哉！

嘉慶十三年，歲大水。潛、霍山中蛟出，毁田廬，殺民人，患甚劇，而桐城獨免，民尤以謂張侯之庇我也。其祠有損壞者，衆出財脩而新之。是年秋末，余自江寧歸，往遊龍眠，策杖渡谿水，至公祠下，瞻新宇之既成，同衆仰戴公之無斁也，遂書爲記云。

## 萬松橋記

徽州之縣六，其民皆依山谷爲村舍。山谷之水，湍悍易盛衰，爲行者患，故貴得石橋爲固以濟民。吾至徽州，觀其石梁之製，堅整異於安徽他郡，蓋由爲之者多，石工習而善於其事故也。

黟之東南有葉村，村北大溪東流，達休寧漁亭，以合新安江水。村東西各有小溪，北流入於大溪。兩小溪上有石橋四，皆葉君廣芥一先人之所爲也，而大溪曲當村口，有萬松亭。亭側架木溪上爲橋，曰萬松橋，時爲大水決去，村人病之，欲易石久矣，然其功巨不可就。

乾隆五十三年夏，徽州蛟水發，葉村之南山崩阤，壞田廬，毀橋岸。其後數年，民脩田廬既飭，而山之崩壞未復，地脉虧敗。葉氏以爲憂，羣出財脩之，衆舉葉君掌其事，壘石培土，山之形勢不逾月而完，餘銀數千兩。衆喜，復請君董爲石橋於村口。當昔蛟水之發，山隕一巨石於地，方三丈餘。葉君視其質堅而理直，取爲橋材。嘉慶七年九月橋成，長十二丈，廣丈六尺，高如其廣，仍名之曰萬松之橋。猶有餘石與銀，葉君使工復爲石橋於其溪之上流，曰西閈橋，而村之左右舊橋，盡脩而新焉。

當蛟起之年，余適在歙，見被害者之遠且巨，甚可傷痛。今葉公爲橋，乃反因其隕石之力，因禍爲福，轉敗爲功，豈非智乎！余嘉葉村之族，不吝財以營公事，而又得葉君之誠篤而明智，善任其事以督之，故衆工無不舉，是皆足書也。

嘉慶六年八月，桐城姚鼐記。

## 節孝堂記

國家於女子節孝著聞者，有旌揚之典，有列女之祠，所以表章潛德、風勵閨闥者，蓋至矣。然天下賢女秉節守道，或實可貴，而於旌表之例有不合；抑或身亡無後，及有後而衰困稚弱，不能舉報，其爲懿美，吏不能知，若是者亦有之。是以江寧孫生金相，作節孝備考録，以廣旌典所未及者。其書夙爲節使守土諸賢所稱善矣。惜孫生蒐舉未已而身泯喪，江寧士大夫皆欲依其法，考詢而增益之。郡中故有恤嫠公局，今司其局者，就其堂爲録。中節孝祀所地狹，不能人立一位，乃合作一神牌而列書之，春秋得展禮焉，名其堂曰節孝之堂。其績有稱舉可徵者，同人爲核實，再刻續編而後書之，以防遺濫。余登其堂，嘉諸君之誼，輒書以爲之記云。

嘉慶十一年五月五日，桐城姚鼐記。

# 寧國府重脩北樓記

佳山水名絶著，爲古今賢士君子所頌歎，四海之内可百餘區。雖其所以稱盛之故，大體略同，而其間各負絶異之境，非人意度所至，有必不可以相似之地，儷而一之者，此天地之文也。君子因所身遇，覽天地之至文，以養神明之用，是爲智而已。若夫較量優劣之論，則智者所不爲。余素持是論，往時丹徒王禹卿侍讀最取其説而稱之。

今夫江以南列郡之名樓，鎮江有北固，寧國有北樓。其山勢皆自南入城，陂陁再聳，樓當城北而面南山，此圖可傳、言可著者也。而其各有獨絶之異境，非親覽不知，圖與言不能具也。而此二樓，皆在太守署内。余嘗數至丹徒，不識其太守，不獲登北固。幸識寧國太守魯君矣，而余足迹未至宣城。二地之勝，故皆想慕而不見焉。

嘉慶十一年，魯君爲守之三年，治内謐安，惜故北樓之頽敝，命工飭之，既竣，以書告鼐，使爲之記。余謂君賢明仁決，善吏事而能文章，可謂智者也。又王侍讀弟子，家於丹徒而臨宣州。其成是樓也，余雖未登，而能用吾意以覩於其間，將以踰越謝玄暉、李太白之所舊得者，非君而何？爰書以爲之記。君名銓，乾隆庚戌科進士。其樓之落成，在嘉慶十一年□月。

桐城姚鼐記。

## 遊故崇正書院記

江寧城西倚山，古因其勢作石頭城。今古城盡變，而石頭之一面不改也。石頭城内清涼山巔有翠微亭，南唐暑風亭址也。亭下稍西有僧寺，南唐所爲清涼寺也。寺之左，明户部尚書耿定向爲御史督南畿學時，建正誼書院於此。迄張江陵柄國，毁書院。江寧諸生改爲祠以祀定向，至國朝祠亦頹敝矣。今釋展西居之，飭脩其祠宇具完，因建前後屋，以奉佛居僧，而俗猶因故名呼曰崇正書院。

其前有竹軒，窈然幽静，可以忘暑。後依山作小室丈許，啓窗西向，則萬樹交翳；樹隙大江横帶，明滅其間，爲登覽之勝。余來江寧，每徘徊翠微亭畔，四望曠邈，輒回憩其室。展西亦喜客來，具茗食相對。今年余與太倉金麓村、錢塘葉心畊至者再矣。展西欲余有紀，因書以遺後來遊者，俾有考焉。

嘉慶十三年三月晦日記。

## 甘氏享堂記

先王之禮，墓藏而廟祭。戰國乃有祭於墦間，至漢時而有冢舍，蓋原涉以冢舍著名於哀、平、王莽之世。夫有祭則當有舍，原涉特以舍之僭侈逾於常人耳！計當時冢之有舍，非第涉也。至東漢而謁墓之禮上自天子，下徧於士大夫之家。此後世因俗制宜，使先王復生，必以爲不可廢也。

江寧甘夢六福，爲晉甘敬侯之裔，嘗修敬侯之墓，余爲之記矣。茲爲其先君葬江寧南靈母山之東北，去城五六十里，歲時省墓祭祀，無所託居，乃買田建享堂六間於墓麓之前，復以請余。余聞夢六之先君子生有孝行，而夢六繼之，敬共於墓祀，自遠祖及近皆有稱焉，此固君子所樂予也。因爲述古今之異禮，而以當乎人心者爲貴，乃復爲之記云。

## 先宅記

鼐先世自餘姚來桐城，始居麻溪南，至八世葵軒公居栗子岡南，十世芳麓公居城中天尺樓宅，先高祖端恪公居北門雁軒，曾祖居南門，宅曰樹德堂。

麻溪南宅，今猶爲世寬公後人居之。栗子岡南宅，其宅與田，今屬中翰公房裕綸守其業，堂懸芳麓公爲禮部郎時楄尚存焉。天尺樓宅，至職方公令八房分居，是宅以遺幼子，故至今爲第八房竹塢公後人居之。

天尺樓者，其門樓名也。宅最後居樓五間，鐵松中丞截居樓爲職方公支祠，乃與天尺樓宅隔分。當芳麓公之世，有鐵斧負木甑〔一〕，從空飛來，其聲薨薨，甑内蒸粳猶熱。釜容四斗許，今在祠樓上。

雁軒者，端恪公買北門倪氏宅也，自天尺樓宅徙居之。後五房分居，其宅亦以遺幼子，故爲第五房朝邑公後居。再世售於潘氏，潘氏毁折雁軒而别搆焉。先曾祖羅田公，自雁軒徙入樹德堂，居四十年。鼐生於樹德堂，八歲時宅售於張氏。伯父太史公與先贈大夫乃徙北門口之宅，曰初復堂。今七十年矣，宅少人衆，不能容，必有徙。鼐因修譜，併記先世宅於此，以爲後人考信焉。

嘉慶戊辰臘月朔，鼐記。

## 朱海愚運使家人圖記

右圖一卷，凡六人。偉丈夫據盤石正坐、長髯下垂者，朱海愚運使公也。衣藍簪桂、憑檻坐、若有言者，夫人梁氏也。左侍兩少年，立稍前者，公之長子字白泉者也；後立手執蘭蕊進者，公次子字蒼巖者也。姆抱小兒帶銀環倚檻右立者，公孫奕勳也。乾隆四十三年，運使公年五十，在揚州，兩子未仕，甫得一孫，使工畫其家人相聚之像如此。

鼐於乾隆十七年入都，與公相知，公時尚無子也。其後公仕蜀中，余仕京師，相隔數年，公返，乃復得見。公守泰安，余解官至泰安，歲暮風雪，同登泰山，夜觀日出，公自爲之圖。及公至揚州，邀余主揚州書院，於是相聚者兩年。公旋病歸京師，遂没於京師。至今日，余不見公三十四年矣，而復展對公像，爲之隕涕。公夫人已前没，次子蒼崕當得太守而亦病没〔二〕。惟白泉再爲江南觀察，與余相見最久，爲出此圖。其時白泉子奕勳爲山東黄縣令有聲，圖中之銀環兒也。白泉復有三子二孫，蒼巖亦有子二人、孫四人，皆生於作圖後者。家祚方盛，可慰公地下。余獨追感今昔，閲六十年有如旦暮，耄昏僅存，愴思冥漠，因書爲圖記云。

嘉慶十七年六月十七日，桐城姚鼐記。

## 種松堂記

乾隆時，宫保方敏恪公總督直隸，居保定日，念贈光禄中翰公塋兆未定，乃作白首歸來種萬松之圖，自題詩其上，欲以身依先壟，極悲思慕願之意云。

其後贈光禄葬句容之葆山，種松蓋不啻萬。及公薨，亦歸葬葆山之東麓。蓋公生未遂依壟之志，而藏體於斯，固亦可以安公之靈矣。又其後，今南耦尚書以母吴太夫人亡，葬之葆山西麓。蓋去宫保公作圖時五十餘年矣，而長松茂蔭，蓋蔽巖嶂，陰映雲霄，十餘里外，望之蔚然，知爲方氏阡也。乃作堂以爲墓舍，遵宫保之遺意，名曰種松之堂。

夫所謂故國者，非喬木之謂，世臣之謂也。今尚書將以功名繼宫保之後，爲國楨幹，而丙舍之護蔭於玆，日久日益。然則睹喬木之盛，而發世臣之思者，其斯堂也歟！

嘉慶十九年七月晦，姚鼐記。

### 餘霞閣記

江寧城西四松庵，僧彌朗居也。庵後倚山有軒南向，本民居，衆買其地歸於庵。方葆巖尚書嘗邀余登之，喜其崇敞而惜其荒穢也。

嘉慶十八年冬，陶熙卿暨其從子子静樂庵居之静，乃出財飭其敝壞，種卉木，治石磴，作室爲陶氏讀書之所。又於軒後爲閣三間，西向臨江，盡收江南北之山於楹内，觀於夕陽時尤宜，俾余名之，乃取謝脁詩語以表其美，且著閣所由始焉。

嘉慶十九年二月，桐城姚鼐題并記。

## 祭文二

### 祭方葆巖文

嗚呼！世有俊民，爲時而出。宜壽以康，盡其才實。竟奪以殞，天胡弗恤？惟昔恪敏，績佐高宗。公孤髫年，已有父風。占奏有儀，見於帝宫。弱冠授官，旋復登第。密勿禁闥，決事靡滯。出從戎旃，遠踰西裔。躋陟崑崙，雪霜所閉。裁奏氈幄，招戎馬蹄。旁行書來，受爲吾隸。屢以其賢，見知先帝。

今皇親政，方面遂膺。疲羸是撫，亂略是懲。汔至清夷，治效益登。建牙樹纛，滄海南憑。鯨波颶風，談笑載乘。萬里臺灣，如涉溝塍。内治外攘，惠洽威棱。爲臣則忠，爲子則孝。母老子遥，陳辭内告。帝愍其忱，朝請夕報。奉母金陵，寒暄菹芼。出入里閭，書生衿帽。抑抑其心，恂恂其貌。惟太夫人，既終其壽。天子賜慰，命官奠酬。公營壤兆，積勞在疚。嗚呼逮今，面黧身瘦。遘疾遂深，不可瘳救。帝待公出，作藩作相。民望公來，雨膏保障。公亦自期，終吾喪葬。日月猶長，庶竭忠亮。年未六十，云胡泯喪？要絰未除，淚容屬纊。公今往矣，海内同惜。況在親舊，嘗從朝夕。樽酒言笑，翰墨間作。鳳儀儼在，靦思疇昔。茹悲陳詞，酬兹奠席。尚饗！

校　記

〔一〕斧　當作『釜』。

〔二〕崕　上下文皆作『巖』。

安徽古籍叢書

黄山書社

# 姚鼐詩文集

中

〔清〕姚　鼐／撰　周中明／校點

# 姚鼐詩文集中册目録

## 惜抱軒九經説

三



四

## 五



## 六



## 七

## 八



## 九

十

周禮説三……一一九



十一

儀禮説……一三一



十二

禮記説一……一四一

## 十三

## 十四



## 十五

十六

## 十七



# 惜抱軒尺牘



## 卷一

卷二



卷三

## 卷四



## 卷五



## 卷六



## 卷七



## 卷八

## 惜抱軒尺牘補編



### 卷一

卷二

## 惜抱先生家書



## 惜抱軒尺牘補遺

# 惜抱軒九經説

# 惜抱軒九經説序目

經之有傳註，古温故知新、博聞精識之君子乃善爲之，非余力所逮也。尋究其所疑，或考而辯之，攄吾一説，以爲古君子拾遺補闕，雖未必其當，而非不可爲矣。夫聖人之經，猶國之有君也，堅附一家之言而不變，是所謂予家臣不敢知國者也，以爲忠非忠之正矣。擇善而從之，學之正也，均不見其善，則均不敢從。余次平生所疑，論一經，或數事或數十事，不敢自信以足爲傳註，分别記編，以爲是余之私説焉爾。千餘年以來，説經之書多矣，余有不獲見，或復有同吾所説者，抑後有閎達君子興焉，集古今之成，取不賢者識小之事，或有資于是編，是誠皆所竊幸矣。若夫糾舉違謬而誨之，尤所願；而懼不夙聞者，異同之情，其毋間焉。

嘉慶元年秋八月，桐城姚鼐序。

右九經説十七卷，桐城姚惜抱夫子著。始，嘉慶丙辰，朱則泊、則澗鋟板於旌德，爲卷十二，夫子後復有所論，增益舊文，合得十七卷。己巳之冬，定申爲補鋟於江寧，次年工竣。定申於六經蒙昧無所見，幸得侍講席，與聞夫子之教，則適在丙辰，及是十四年矣。夫子嘗言：天下之理無窮，經之所藴亦無窮。人各據所得，以待天下後世論其當否。吾之不必徇古人，猶後人不必徇我也。世稱漢儒之考證，宋儒之義理，其尤善者固也。然漢儒説義理，未嘗無精當之語；宋以後考證，又未始無過越漢説者，是亦在善擇之而已。夫子之命意如是，然則是書之傳於世，世自有讀之而覺當乎人心者，此當以俟天下之公論，定申無敢私譽焉，惟謹載成書歲月云爾。

嘉慶庚午春三月，受業陶定申記。

# 惜抱軒九經説一

## 易説一

漢藝文志易經十二篇，顔師古曰：『上下經及十翼，故十二篇。』今可知者，上下經爲二篇；其傳之何以分爲十篇者，蓋不可知也。六經遭秦焚滅，故皆闕佚，獨易以卜筮書，幸相傳至漢無遺失者，而經師獨移易其次，累世遞相改變，古本亡滅，不可復求。以見孔氏舊編之先後，此漢、魏經師之過也。宋吕氏之倫，始就繫辭之所稱，推漢志之篇目，分傳十篇，其意勤矣。朱子作本義，因于吕氏、王弼舊本有『彖曰』『象曰』字，今皆考爲後儒所益，悉删除之。

吾竊疑彖、象傳之首，蓋本有此字，但每卦每爻輒益以『彖、象曰』爲失之耳。蓋夫子所謂『象曰』者，非自謂其傳也，蓋曰象之意，所謂『乾元』云者，以『大哉乾元』云也。畫『象』之以六陽卦，爲乾者『象』之意，若曰『天行健』，故謂之乾也。象也者，像也。彖者，材也。爻也者，效天下之動者也。易之傳，傳是三者。故『象曰』不可以加諸『潛龍勿用，陽在下也』

文上；如必欲加之，則惟可曰『爻曰』也。象無辭，彖與爻乃有辭耳。故加于爻而謂之小象者，非也。然不可因是盡除『彖曰』『象曰』之文。楊子雲曰：『文王附其爻，孔子錯其彖而象其辭。』又藝文志曰：『孔氏爲之彖、象、繫辭、文言、序卦之屬十篇。』子雲、班氏語固誤矣，然使孔氏之傳之，首無『彖曰』『象曰』字，漢人何以誤稱傳爲彖與象耶？

又朱子從吕氏本，併彖傳、爻傳爲一篇，而王原叔本以彖傳、爻傳各爲篇，蓋原叔本爲是。楊子雲太玄以九贊擬六爻辭，以八十一首擬彖傳，以九測擬爻傳，太玄筮法不用彖，故不擬彖辭、彖傳。子雲固見孔氏十二篇易者，其分篇以首之篇别諸測，則知彖傳之篇必别諸爻傳矣。既濟傳之末曰：『濡其首，厲。何可久也？』未濟傳之首曰：『濡其尾，亦不知極也。』其文蓋相承于中，不容雜以『火在水上，未濟』之辭矣。若易既經更亂之後，必欲求合其所爲十二篇者，則吾未敢决也，猶子雲太玄十九篇，經范望更亂之後，亦不能决知何以分爲十九篇也。

## 乾彖説

世人有謂：易有孔子作傳，後儒固惟孔子是從而已，今朱子解『元亨利貞』，與孔子異焉，有異孔子而尚可從者哉？斯言也，斯所謂似是而非者也。凡古人之説經也，以明理教人而已，不必與所説經拘拘附合。若孟子、荀子及諸傳記引經而義不同者多矣，姑勿盡論，即孔子易傳中，如以『慎言語』『防亂義』説『不出户庭』，以『藏器待時』説『公用射隼』，其於易本旨，未嘗非别出也，夫何疑於説『元亨利貞』乎？若後儒解經，第欲使前聖之説通順易明而已，則朱子所以解乾象爲得本義者，固必不可易也。

## 黄裳元吉説

禮用幣以玄纁，而顧命載諸侯見康王以黄朱，然則黄朱貴於纁矣。黄以表中裳，有黹繡之文，故曰：『文在中，黄裳必用於禮服。』禮服之裳正幅，故曰『正位居體』。夫易之爻，固夫人而可占也。如專以人君之德言之，其聰明睿知、臨照萬物者，乾德也，以比人身，其猶衮冕之居上體也與。其寬裕謙恭、靈承於旅者，坤德也，以比人身，其猶黄裳之居下體也與！

## 師貞丈人吉説

『師，貞，丈人吉。』『困，亨，貞大人吉。』此二象之言貞，其義皆當如周禮天府『季冬陳玉，以貞來歲之美惡』，及太卜『凡國大貞』之貞，問也。此解與師之象傳微不合，然理自相通，固無害，亦如乾之以四德解耳。若困之彖傳「貞大人吉以剛中」也，則孔子未嘗不以「貞」屬下讀，作就正解矣。

## 武人爲於大君說

臨之彖曰：「至於八月有凶，而觀八月之卦也，四陰盛長之時也。」朱子謂「名卦繫辭，更取他義」，聖人扶陽而抑陰也。此誠得聖人之情矣。履之爲卦，以一陰履五陽，此卦本亦非佳，正與觀略同。聖人設辭，皆不取以陰制陽之義。惟六三爻辭末云：「武人爲于大君，此猶八月之凶存于臨彖之旨也。」朱子疑六三陰柔不見武人之象，斯則不必，然能制忿怒貪暴而行其仁慈者，君子之陽剛也；不能自克肆其慘毒者，小人之陰柔也，是武人之謂也。巽之初六亦以陰爻稱武人，小人固陰柔而其發乃甚可畏也。大君乃天子之稱，彼既制有海内矣，其吉凶皆未可決。蓋羿速亡而奡傳子後世，且有不僅傳子者矣，聖人第以此語置「咥人凶」之下，若以爲餘意然，然實則此正履之所以爲履，聖人自不欲盡言之耳。或又疑易爲筮用也，苟聖人以意移易其美惡，占筮何由效乎？夫用筮之道，筮者之精神與作易者之精神相注者也。作易意所嚮則驗隨之矣，又何疑哉？

## 噬嗑六三爻辭説

腊，昔也，言非一時所治，故古人有以稱乾肉者，周禮『腊人，掌乾肉』是也。又有以稱久烹醲厚者，國語『厚味實腊毒』是也。此爻辭，蓋謂腊膿厚之肉，味厚則有毒，故曰『噬腊肉遇毒，卦之言『噬肉』。凡四爻屢進益難治獄者，位愈尊則所治必大及疑獄不易決者。然而九五乾肉易于九四乾胏者，以其位極尊，獄至是則其下治之必已有緒矣，猶乾肉之已去骨者也。六二、六三所噬，皆易噬者也。貪其易而快之，則反爲害。食肉者易其爲膚，以腴滅鼻，豈不累于顔乎？治獄者疾之已甚，自快其明決，用刑少過，豈非累于德乎？若六三所處不中，故非特累德，而所治者或不服而相疾怨，猶貪其腊之易噬而反遇毒。然而皆無咎者，治所當治而非刑及善人也。中孚以議獄緩死、以折獄爲快者，其中孚蓋不足乎？是以遇毒也。

## 賁六爻説

初六〔一〕：『賁其趾，舍車而徒。』莫卑于趾，飾之，人不以爲美；不飾之，人不以爲陋也。然君子之飾容貌，非爲人也。故賁始于趾火滅修容之誼也，既不以人不知而怠修，則雖徒行而不爲病，是可爲君子已。六二則位少進矣，賁其須須者所俟也。趙宣子盛服將朝禮，曰『揖私朝，煇如也』，登車則有光矣，此人臣之賁其須者。至于賓客會盟祭祀，皆豫飭而須焉，斯可與上興矣。

賁之道至九三而極盛，文明之終也。于禮若正當朝祭會盟之時，玄衣纁裳交會于是，其文濡如盛極，則以永貞戒之。文勝質，則史之患也。其上三爻，皆以止爲德，文皆少減。六四文質之交，其文蓋不用于世者，修其禮物作賓王家，若微子然，故有皤如乘翰之象，在彼無惡，在此無斁，其終無尤，謂乎屯之『匪寇婚媾』，言人非爲我寇也；賁之『匪寇婚媾』，言我非爲人寇也。六五居中，其文固可爲當世用之文也，而遠于文明之地，若邱園然，君子不以菲廢禮，以束帛行之而已，無加璧乘馬之盛，然而于文備矣。傳習之于吾徒，推行之于天下，皆所爲有喜也，故曰吝終吉也。艮爲門闕上九，又處賁之終，故若成室而飾之者。然以其德知止，故不爲丹雘之飾以白賁而已，考工記所謂白盛也，志在于樸，夫何咎之有？夫以周之尚文也，氣運所趨，人情所歸，聖人不得而逆之也。周公制禮，度其宜而爲之法，而意未嘗不崇尚儉質。故于賁繫之辭，三致意焉。此所謂聖人之情見乎辭者與！

## 執之用黄牛之革莫之勝説説

『天地閉，賢人隱』，『亂邦不居』，固遯之義也。然而世不獲遯者有之矣。公族之卿，世有宗廟承祧之宗子，君雖不能盡用其言，而親厚之不怠，若斯者雖處當遯之時，未可遽言遯也。異姓之卿，反覆之不聽則去，貴戚之卿則易位。若勢不能易君位，而又不獲去，君子于斯處之必有道矣。六二與九五爲正應，欲遯不獲，故曰執之用黄牛之革，然而所以爲遯之道固在也：不榮其爵，不利其禄，忠君愛國之誠不懈，而自處于卑約，斯亦可謂固志者矣。叔肸之于魯宣，子臧之于曹成，晏子之于齊景，季札之于吳闔廬，劉向之于漢元、成，蓋近斯義矣。若衞子鮮以母弟之親而爲不復之盟，託于木門，坐不向衞，是執之用革而必强脱者也，毋乃已薄而遠于仁乎？夫然後知固志在中，而外不必遯者之爲中道也。孔撝約云：侯果曰殷之父師，當此爻矣。是此義前人已有見及者。

## 遇主于巷説

睽九二爻辭：『遇主于巷，無咎。』王弼謂『出門同趣，不期而遇也』；程子則謂『臣委曲以求遇君』：二説不同，蓋弼之言是也。君子不欲黨是以同人于野也，况當睽之時乎？吾無意于與人睽，而亦不彊人之睽者而合于我，或遇我塗巷之閒，而接我以賓主之誼者，此必非私我也，吾從而與之，夫何咎？自周以前，言主者必賓主也，否則大夫家臣以謂大夫也。蓋三晉田齊之後，乃謂君爲主，繫易之時不當有此。夫君也而委曲求遇之，殆于不可訓哉。

## 益九五爻辭説

『九五：有孚惠心，勿問，元吉』；『有孚惠我德』。説曰：惠，順也。慈母之愛子也，執而決癰刮瘍，啼呼弗置也。仁君之愛民也，正之以禮，用之使勞，衆以爲慼，弗變也。中心至誠，以順民心之所不言而同然者，何必盡人問之哉？其大吉固可決也。雖然，是非强衆不説以從己私者所可藉口也。上誠有孚以益其下乎？始或人有不順焉，而待其既無不順我之德，而謂上之愛我矣。盤庚之遷殷，周公之伐武庚，始者人容有未即順焉，然定居殷邑，既勝武庚之後，使人情終不以爲悦，則必其有孚之道不足矣，豈盤庚、周公之所敢出者哉！此爻辭所以必重言『有孚』，孔子所以以大得志明其徵諸庶民者之盡善，夫亦文繁而不可殺也，非聖人之情見乎辭者與？

## 立心勿恒説

立心勿恒，猶言不恒其德也。如繫辭傳『安其身』『易其心』『定其交』者，恒也。危以動，懼以語，無交而求者，勿恒也。程傳求益之極，衆人所共惡，於理無失，而以勿恒爲戒辭，則於辭似失之。朱子語類有云：『勿字，止是不字，非禁止之辭。』而本義尚依程傳，未及改。

## 姤九五爻辭説

『九五：以杞包瓜，含章，有隕自天。』説曰：瓜，攀附而生，小人之道也。杞植于上，爲之衞而不與爲緣，君子之道也。九五之剛中馭初六之陰，不與比近，而能防其爲惡，得馭小人之術矣。猶植杞以包瓜也，又不汲汲乎自用其長，而小人卒附我以成我之事，非吾以人力必致之也，蓋天所助焉。以人君之道言之，則以道率民，以禮防民，猶之植杞而事變無窮，不曲而爲之備，是謂『含章』。若夫俗變風移，仇民皆悦，此國家之福。而有隕自天者，雖文、武、成、康豈有意必其然邪？後之君銷鋒鑄簴而揭竿者興，禁誹監謗而惡言起，法令繁密而姦宄滋生，不知聽于天，而謂小民可以人力智術馭之，是日搔其疇而欲瓜之美也，不可得矣。古苞苴用諸魚肉，程傳以釋『包有魚』是也，恐未可以言諸瓜，且杞葉非可爲苞者，詩曰：『無踰我里，無折我樹杞。』然則植杞以衛田里，是爲包焉耳。

## 萃九五爻辭説

萃之象爲澤以鍾水，物既散而後聚之者，非其本聚也；其本已聚，則無待于萃矣。猶鬼神之精已散，而爲假于廟以聚之。故彖曰：『王假于廟。』九五之爻，當尊位而求聚其衆者，其職固然。故曰：『萃有位，無咎。』然以陽爻在澤中，澤欲虚而陽爲實，實非所以受物也，物未必歸之，而吾求其來歸于我，蓋其時有匪孚者矣，必元永貞而後悔亡。故夫子傳曰：『萃有位，志未光也。』兑之上六傳亦曰上六『引兑』，未光也，有意于聚人者，不若安止而丕應徯志之爲光矣；有意于説人者，不若中道而立能者從之爲光矣。

## 九三升虚邑説

升而有可居之位，則六五之升階也。升而無可居之位，則九三之升虚邑也。古者亡國故虚必有壇社之址，若晉文登有莘之虚、梓慎登大庭之庫是也。是其處位雖高，臨望雖廣，而不可據以爲安。以人事言之，大則若周公之攝政，小則若孔子之攝相夾谷，以及人臣入廟而爲尸、公享卿而大夫爲賓，皆其象也。九三重剛，處上而不中，故其象若是，雖非凶而亦不可以爲吉也。故傳曰『無所疑也』，言其可蹔居，而不可久立而已。疑，如儀禮『疑立』，及詩『靡所止疑』之疑，遯上九傳『無所疑也』，其訓亦然。遯諸爻皆有位，而遯去之，其勢稍難，上九本無所立之位，其遯不更綽有餘地哉？

## 困九二九五爻辭說

士不幸遭困之時，位愈尊則困彌甚矣。朱紱者，天子公孤服也。赤紱者，再命三命以上皆可服也。九二當危難之日，既素食其酒食而不得去，且予以朱紱之位而不能辭，然而其時不可爲矣，豈非困乎？困于人事，惟可精意以事神耳，故利用亨祀，若不得已而征則凶矣。然雖凶而非失道，蓋其始雖不能韜晦以免亂世之我求；及其終，卒致命以徇義，故謂之無咎，善補過也。楊涉以唐末爲宰相，與家人相對涕泣，既知自危，而以朱紱之來爲困矣，使處梁篡奪之日抗節而死，豈非征凶無咎者乎？涉惟不受其凶也，而爲咎不亦大乎？傳曰：『困于酒食，中有慶也。』言得其中道則有慶，卷而懷之，不與禍亂者也。易内及傳用『嘉喜慶』三字，義皆略近而不同。嘉者，行事無失也。喜者，自快也。慶者，人慶之也。故『中有慶』不可以中心爲解，惟完名全節以成其高，則婦孺皆爲之樂，是之謂中，失中則朱紱及之不可辭其禍矣。九二坎中最居于險，故象如此。九五之去險遠矣，然與之應，故劓刖及之，又命以赤紱之位始，而劓刖則素不蒙其利，賢于酒食矣，而赤紱位輕，又賢于朱紱，故可以辭之不居。『乃徐有説』，説若『輿説輹』之説。當困之時，惟以辭位出險爲貴。若可説而不説，必邪僻好亂以爲利者，故傳曰：『乃徐有説，以中直也。』二與五爻易，固有以君臣言者，而不必盡然。程傳拘于是，故于此尤難通也。

古者染赤，一染謂之縓，再染謂之赬，三染謂之纁。朱之色近纁，蓋四入也。毛詩曰：『我朱孔揚，爲公子裳。』毛傳以爲朱深纁也。天子諸侯以深纁爲裳及芾，故禮曰：『韠君朱。』詩之斯干及采芑皆曰『朱芾斯皇』是也。卿大夫之芾纁祭服纁裳，則芾同之。自朱至縓，皆謂之赤。自天子至于大夫，再命以上者皆謂之赤芾。白虎通曰：『謂朱黄亦赤矣。』詩曰『赤芾金舃』『赤芾在股』，言諸侯也，其赤朱也。禮曰：『再命赤芾幽衡，三命赤芾蔥衡。』言卿大夫也。其赤纁也，易曰『朱紱方來』，猶禮言『韠君朱』者也。困于赤紱，猶禮言再命、三命者也。

## 井象辭説

古者司空別田之高下善惡爲三品。受田者三年一換主易居，所以均民也。其易居也，徙邑而不徙鄉，故孟子曰：『死徙無出鄉。』井象云：『改邑不改井。』言民之徙邑也，雖徙于彼邑，而用井則同，是不改井也。舍其舊邑井，而非喪也。獲其新邑井，而無得也。此徙于彼邑，彼來于此邑，各井其井。故曰『往來井井』，身之涉于世也無常，而盡己之道無二。盡其道以資其生，雖小變而不失其大常，是謂居其所而遷。傳釋之曰『以剛中也』，言有剛中之德，乃可因時而盡道也。言忠信、行篤敬者，其繘也，度義制事者，其瓶也。小人則不然，常覬于所未處，而不安于所已處，故處境而不能盡其道。不能盡其道，是未繘井而羸其瓶者也。不責于己功之有未至，而責其所處之窮，不亦愚乎？故傳曰『羸其瓶』，是以凶也。言禍福無不自己求之者，夫亦無咎于世也已。

校記

〔一〕六 當作『九』。

# 惜抱軒九經説二

## 易説二

### 革説

革象：『己日乃孚。』自甲至癸曰日浹。曰縣治法，民皆見之以爲善矣，則有所興革之事可行矣。文王於此，止以尋常治民言之。若周公，則惟九二一爻同文王義，餘皆言革命之事。『九三：征凶，貞厲』者，革以澤滅火，上卦象勝，下卦象敗。九三處離之末，明盡而晦，不可以前征矣。雖貞自守，猶厲也。君子於天下事勢之變，初未嘗不可扶持，至其極也，雖有善者亦無如何，道敝勢極，今我民罔弗欲喪，天下之人皆言當革。至於三就矣，則信不可爲而革必矣。『有孚』，猶大壯初九之『征凶，有孚』。革二五兩爻居中皆有其位，革人使變者也；三與上，非其位，爲人變者也，上則若處興朝之世，三則若處亡國之時，周公身當其世者也。『征凶，貞厲』以言三仁之倫。『征凶，居貞吉』，若以言武庚多士多方之屬。

孔子傳曰：『又何之矣？』正以解征之必凶也。程子以『革言三就』與『巳日革之』爲一類，解失之矣。夫文王、周公之繫辭，亦各有取焉爾。

## 鼎玉鉉説

陸德明釋文載：徐邈音鉉古玄反，又古冥反，又古螢反。按：士昏禮『設扃鼏』註：扃，今文作鉉。然則『鉉』即『扃』字異體，當以古冥反爲正矣。蓋宗廟尚文，鼎扃以木爲之，而其端或飾有金玉焉，故曰『金扃』『玉扃』。又按：説文金部『鉉』字注云舉鼎具也。易謂之鉉，禮謂之鼏，从金玄聲。鼐謂此字自古傳寫多誤。『鼏』从鼎冂聲，而書之與鼏同，既已失矣。『鉉』字，竊謂本象形字，上○象鼎耳，下○象鼎腹，而以一貫耳。上从金而非玄聲，篆書『玄』當垂覆，此横自當取平如木也。然則鉉與鼏皆正字，而扃乃假借字也。不然，若讀古冥反，而偏旁从玄，此何義哉？蓋金鉉、玉鉉之音，非从玄黄之玄，古自專有𤣥字，意叔重時已失此字與？

## 震六二六五爻辭説

君子處震之道二：恐懼修省以正其身；安詳持重以裕其度。二者若相反，而實相成。

有一不足，則爲病矣。二五爻皆居中，當位任事以統衆庶，而震變之事驟來，尤貴安詳，足以鎮衆。故于六二曰『震來，厲，億』，于六五曰『震往來，厲，億』。億，安也。傳曰：『心億則樂。』當震之來，非不危厲，然吾當以安靖待之；苟懼而失所措者，是震驚百里而喪失匕鬯者矣。二之位下乘剛之初，其震也甚，故曰：『震來而不免喪貝。』既億以待之，則所喪者雖躋于九陵，而終入于吾大焉者，若太王事獯鬻而昆夷卒喙、文王因羑里獻洛西而卒以王興周，其『七日得』之謂乎？五之位尊，乘四之震也不甚，故其震時往時來，既億以待之，則震者旋消于無有矣，故曰『無喪』。然吾不可以易視之如無事，周公處管、蔡之變，而赤舄几億也，滅殷誅逆，而國安于磐石無喪也。然而經緯天下之道，不敢或怠，綢繆牖户作周官，陳立政之心，其即繫易『無喪有事』之謂耶？前儒以『億』爲『億度之億』，屬下文讀之，于解難通，而與彖與爻辭互相明之義亦不得矣。

## 艮其背説

程子之傳艮象，其言至矣。儒者爲學之精要，舉在是矣。雖然，竊恐文王之本義，未必然也。夫易本爲占者辭也。當艮之時，人當各止其所，而不相爲，故止以其背不復相向，于是使人不能獲其身至于行其庭者，若無人焉者，自守之静篤也，故無咎。不然，將露才揚己，使人得而獲我，將有失身之咎矣。位卑而言高，罪也。鄉鄰有鬭者，被髮纓冠而往救之，則惑也。文王之義，亦若是而已矣。

孔子以『四德』論乾彖，朱子以謂文王之本義不然，故有文王之易，有孔子之易。余竊謂程子之解艮彖，亦程子之易也。其言外物不接，内欲不萌，蓋定之以仁義中正而主静，聖賢終身所守，而非占于一卦之事也。且以之説經，頗迂曲費辭。聖人使人居則玩其辭者，亦必不然。雖然，余之説，所謂訓詁之學也。孔子及程子之傳，其所以教于天下者大矣，訓詁何足以難之？

## 鴻漸于陸説

漸，以進爲德者也，無應與則困莫能進，居卦之終則窮蔑可進矣。故九三、上九皆爲『鴻漸于陸』，失其所而無所往之象也。然九三凶、上九吉者，三居臣子之位，雖不得于君，而義不可去，叔肸、子臧、子家駒、屈平之倫是也。上之位固處乎事外，則吾進退豈不綽綽然有餘裕哉？雖然，是吉也，非常人之所爲吉也，鴻居于水澤，飲食游浮者，吉之常也。若以其羽爲儀，于用則尊，而鴻死矣。孔子曰：『其羽可用爲儀者，天下雖亂，而吾之道不可亂也。』贊易，述詩、書、禮、樂，作春秋，以遺後聖，是爲吉而已矣。

## 豐象傳尚大也説

豐極而將敝之時，固可憂矣，然其時尚處昌大之時，禍敗未至，是尚可爲也。惟人君甘居障蔽，以昏其志，故終就亂亡。若炳然如日之中，不受障蔽，何憂之有？故曰：『宜照天下也。』且文王之象言此，其所以風商辛乎？朱子語類亦引宣和間説之，蓋徽宗正居尚大之時，苟有照天下之道，其事尚易。若南渡之後，雖有能照之君，安能遽及天下哉？

## 遇其夷主吉説

『遇其夷主，吉』，言當去危邦、就同德。其所以吉者，以行故也。蓋九四不當其位，與六二當位者異，故彼必有孚發若而此當行也。困上六爻傳『動悔有悔，吉』，亦當如此讀。

## 旅六五爻辭説

田獵以火，春蒐火敝，獻禽祭社，昆蟲未蟄，不以火田。山上有火，田獵之象也。六五尊位，非羈旅之義，君子狩獵在野，亦近於旅矣，故取射雉之象。

## 渙上九爻辭説

渙其血去，句。逖出無咎。句。『血去』與五爻『王居』爲韻。『逖出無咎』，言出險者雖愈遠可也。當渙極時，無位之人不能聚，渙矣，惟以遠出避害爲當理。傳云遠害，正解『逖出』義也。若小畜『惕出』與『反目』爲韻，文義、句讀與此皆不同。

## 中孚豚魚吉説

『豚魚』，前儒多以爲兩物。鼐以謂吳草廬以江豚釋之者，是也。夫有中孚之德以感人，此則所謂大人造者，其吉不待言矣。若夫爲所感者爲臣下，則能丕應徯志，以待一人之有事于四方，與同輩則能友直友諒，以事賢者，是豈非吉乎？占得此爻者，當知大人君子之德，于其未至而先嚮之，如豚魚之預知風然，是則吉矣。不然，則不免于童觀之吝、後夫之凶也。『澤上有風，中孚』，故有豚魚之象，其讀以『豚魚吉』爲句。夫風之能感豚魚者，固天地至神之信矣，而豚魚能先期應之，則亦豚魚之信也。大人君子作而萬物睹者，固其過化存神之信矣，而人知足知而親之，則亦其人之信也，故傳曰『信及豚魚』也。若如諸儒之説，聖人之感有萬物，獨舉豚魚若未有義然，且其讀以『中孚豚魚』爲句，與傳之讀不合，吾是以知其于旨失也。

## 翰音登于天説

中孚上九：『翰音，登于天。』程子謂登于天者，其音也。朱子以鷄，曰：『翰音，言如鷄欲登天也。』鼐意程子説是，鷄所以名『翰音』，正以其聲遠聞也。爻辭取以比人之名聲昭著，而求名不已，以爲貞常之事，如鷄在地而長鳴不已，欲其音登于天，則凶之道矣。若小過象『飛鳥遺之音，不宜上，宜下』，則正與此相反。飛鳥在上，而音下聞之，可以占候，可以悦耳，非無用之空音。而飛鳥遺音即逝，又無意係於音，則如士之無求於聲聞而聞自達者，所以謂之大吉也。

## 小過爻辭説

易以陽爲君，以陰爲臣，臣寖盛而奪君之權，雖聖人受命，亦衰世事也。小過，陰盛時也。朱子以小畜之『自我西郊』爲文王自謂，然則小過之『密雲不雨，自我西郊』亦周公言我周在岐下時也。二、四本相爲應，故六二言過其祖，遇其妣，不及其君，遇其臣，上無天子，而下有方伯之時，彼小國者安得不向之哉？虞芮質成，則不及其君遇其臣之謂，舍是則崇密矣，故曰：『臣不可過也。』公弋者，蓋指王季及文王未稱王之時言之，言其僅可取樂歸之小國，如弋取在穴之近獸，不能射獵追逐飛走之遠禽。蓋未至更姓改物，亦象辭可小事不可大事意也。

過有二義，彖辭以過甚爲義，爻辭以過去不相值爲義。猶觀象以觀示爲義，而爻以觀睍爲義。文王之易，周公之易，理合而辭不必合也。小過之時，陰過盛之時也。然而陽實而舒，能爲陰益者也，故陰爻以遇爲吉，而過爲凶。六二無應，上六已亢，弗能取陽之益者，是以皆不吉也。陰虛而慘，必爲陽損者也，故陽爻以遇爲凶，而過爲吉。

九三處艮之窮，陰之來侵，其事定矣，安所逃哉？故曰『弗過』。然則當是者，惟有防之而已。夫滕處齊、楚之交，三晉值秦之暴，守死自衞，固不能存其國也，然而差爲不辱焉；苟從而事之，彼終亦戕我，我胡爲甘此凶哉？故傳曰：『凶，如何也。』

九四處震之始，可以自動而救其危者。敵之侵我，我固不能避，然猶有與之遇之術也。故曰：『弗過遇之。』若鄭人之事晉、楚，君子當衰世，而當與小人共事，固不得不往與之交，然而危厲甚矣，必能戒備不豫以防其難，勿用輕動以慎吾守，又永持正道以固其内，兼是三者，庶可以無患矣。若第以謂吾能與彼交矣，而恃而安焉，失其自治之道，烏知彼包藏禍心之不可測哉！故傳曰：『終不可長也。』經當以『必戒勿用永貞』爲句，傳多有取經一二字而包其上下義者，取便于文也。因傳云『往厲必戒』，而讀經依以爲句，則經、傳胥失之。象過字讀去聲，爻過字讀平聲。古『觀示』之與『觀覘』、『過甚』之與『經過』本一音，六朝經師爲分二音以便講説耳。今則從之。

## 爻傳説

孔子爻傳，多以有兩爻相承爲一意者，合讀之其義自明。比初六、六二傳曰：『比之初六，有他吉也，比之自内，不自失也。』言比之初，人心未知所向之時，而能擇所比比之，其明知遠矣，是以有他吉也；若比之自内，其所當比者固已定矣，第爲不自失而已。無妄六二、九四傳曰：『行人得牛，邑人災也。可貞無咎，固有之也。』言君子處身，能爲吾之可貞者而已。無妄之災，若行人得牛，而災邑人者，固有之矣，非吾所能避，亦不必以爲憂也。

遯九四、九五傳曰：『君子好遯，小人否也。嘉遯貞吉以正志也。』言君子好遯，而小人不能者，何哉？能嘉遯者，必其正志者也；志不正，必係于所好矣。

大壯九三、九四傳曰：『小人用壯，君子罔也。藩決不羸，尚往也。』言小人不度事機而用壯，君子罔若是也。逮其藩決不羸之時，則可以往矣。

明夷六四、六五傳曰：『入于左腹，獲心意也。箕子之貞，明不可息也。』言仕明夷之君，有異乎常道，如入左腹以得其君，而行達于門庭之外者矣。周公于成王之幼，孔明之于後主，是也。下及淳于髡、優孟之諷諫，亦皆有其意焉。若不能得明夷之心，觸其恚怒，則箕子之明夷矣。二者不同，而吾心之明，不因處闇時而息，則一而已，故曰：『明不可息也。』自俗儒分爻傳以附爻辭，而于前一爻之傳辭未終，讀之若歇後焉者，既失孔子之意，因是以釋周公之爻辭，亦不可得而明，是兩失之矣。

# 惜抱軒九經說三

## 尚書說一〔一〕

世或謂今所傳之古文尚書，雖非眞本，而所言理當，則亦何惡？吾謂不然。僞古文所採，其具有精理者數語而已，其餘義雖無謬，然不免廓落而不切，碎細而無統，安得謂之當理哉？且非聖賢而爲聖賢之言，苟深求之，終有大背理淺鄙之見流露行閒者，今試爲抉出之：

大禹謨言益贊于禹，以舜事父母之道，比之格苗頑，可謂不倫之甚，其背理一也。『威克厥愛，允濟；愛克厥威，允罔功。』此孫、吳之旨，豈三代用師之道？其背理二也。仲虺以湯言足聽聞，爲夏桀所忌，然則湯非伐夏救民也，爲自活之計，如石敬唐而已，其背理三也。

隨會引仲虺有言曰『取亂侮亡』，固是古語，而解以兼弱，則非是。古王者繼絶扶危，惡忍兼弱哉？今併以兼弱入仲虺之口，其背理四也。

武成言華夏蠻貊，罔不率俾昭我周王，天休震動，如東晉本以爲告皇天后土，辭如是夸，亦甚矣！如宋賢定本，則半爲告諸侯語，其爲矜驕也則均。葵丘之會，齊桓震而矜之，畔者九國。今武王之過乃甚於齊桓乎？其背理五也。

君陳乃臣下相稱之辭，故美以嘉謀、嘉猷，歸善於君，今從禮記勦取，矯以爲成王以此美其臣，是欲自爲名矣。況王不當稱臣爲君乎？其背理六也。

『嘉績多於先王』，此豈爲人子孫敢出之語？其背理七也。

至武王斥紂肆口非體，則前人固已言之矣，彼作僞者搜集勤博，亦微有巧思，遂能欺千餘年明知之目。朱子首覺其詐，後人因端尋之，至閻百詩輩如讞獄，盡發臧證，究其情變矣。吾謂以前儒者慎重，遺經不敢廢黜，固理當然也。此後則是非大明，顯黜之不爲過，不當列之學矣。

## 四岳説

古世婦之官，非世婦也；庶子之官，非庶子也；行人之官，非行人也。堯時以内卿掌四岳者，官曰『四岳』，非四岳也。四岳者，於四方羣牧中各立一人爲長，凡有四人焉。惟其有四，故可偕羣牧曰『日覲』也。掌是四方者，其人一而已。故堯未得舜，始而欲禪之位也。其分居四方之四岳，禹治水時，爲姜姓有吕氏，未知舜受終時所日覲者，即此姜姓與？抑他族與？此姜姓者，本外諸侯，故命爲禹佐。若内卿一人之四岳，年輩、爵位皆先於禹，安得爲禹佐哉？此四人爲其從孫，同其功，同舜賜之姓氏，同故太子晉合禹稱之曰『一王四伯』。四伯之中，一爲伯夷，入爲秩宗，齊太公祖也。史伯曰『姜伯夷之後』，未知申吕及許姜戎傳所云『四岳之裔』者，皆出伯夷與？抑各有東西南北岳之分與？唐虞至周遠矣，意其子孫亦但能自名『四岳之後』而已，必指爲東西南北之别者，亦不能詳與。若夫庸命巽位之四岳，第以官傳，不可知爲誰氏也。

## 舜讓于德不怡説

不怡者，慼然不安居之之謂也。太史公于五帝紀訓之爲不懌，及敘傳曰：『唐堯遜位，虞舜不台。』蓋眞古文然也。周公爲師，召公爲保，相成王爲左右，召公不説。其時召公自以爲衰老，而久居于位，蹙然其不安，其訓與不怡蓋義相近。世俗不達古訓，乃易『不怡』爲『弗嗣』，而説君奭謂召公有所不説于周公，疑周之天下周公將遂取之，豈不謬甚哉？

## 六宗説

尚書禋于六宗，前人之説有八：云天、地、四時爲六宗者，伏生、馬融説也；云水、火、雷、風、山、澤者，劉歆、孔晁説也；云日、月、星、河、海、岱者，賈逵説也。夫經既上云類上帝，下云望山川矣，而此三説，其一有天則復上帝，其二皆復山川，故不可從矣。云在上下四方之閒，而非上下四方者，歐陽和伯、夏侯建説也，其言怪誕不足辨。云星、辰、司中、司命、風師、雨師爲六宗者，鄭康成之説也。夫日月所會爲辰，辰非有實也。大宗伯以實柴祀日月星辰，辰與星連言之耳，烏得析爲二宗乎！或曰：左傳晉伯瑕云歲時日月星辰爲六物，鄭據此言之，則又不然。物猶事也，伯瑕言論歷者，有此六事耳，豈有神而祭之爲宗之謂哉？若夫家語以四時、日、月、星、水旱、寒暑爲六宗，託爲孔子之言，僞孔傳遂用其解，然以義推之，實不可通。蓋雩禜爲水旱，舜初攝位，不當祭及水旱。且雩有二：一爲龍見而雩，月令『大雩帝』是也；一因災而雩，子産曰『山川之神，水旱癘疾之不時，于是乎禜之』是也。今雩將與月令同耶？是既類上帝又雩帝也；若如子産説耶？是既雩山川又望山川也。晉司馬紹統以爲，天宗，日月星辰寒暑；地宗，社稷五祀；四方之宗，四時五帝：是曰六宗。不知日月星辰皆從天，不別祭，而五祀、五帝之類非有二神也，因事而異名耳。張髦以爲即祖考宗廟，夫宗廟或五或七，未聞有六也。此數説者，既皆所難通，古今邈隔，禮制湮亡，誠不可臆定。

然竊以謂伏生之説猶近之，但小過耳。謹按左傳蔡墨曰：『木正曰句芒，火正曰祝融，金正曰蓐收，水正曰玄冥，土正曰后土，田正曰稷。』此六者，在天地之閒爲大神，其五者分爲五方四時，而其一主稼穡，古王者依其名設官，曰五官，曰后稷。五官、后稷有大功于民者，則配食于神。古有重、該、修、熙、犂、句龍、柱、周祖后稷棄是也。其祭也，雖有配食，而以其本神爲尊。宗者，尊也。故曰『后稷五祀，是尊是奉』，三代以下凡七祀，后土，又爲社，唐虞之時未有社，太史公曰：『自禹興而修社祀。』是故舜之禋惟六宗耳。書曰『水火金木土穀惟修』，又曰『六府孔修』。洪範以後言五行，虞、夏閒言六府。當舜攝位時，蓋尤重六府矣。而六宗者，主六府之宗。然則后稷五祀爲六宗，殆其信乎哉！曲禮曰：『天子祭天地，祭四方，祭山川，祭五祀，歲徧。』舜攝位用天子禮，故首上帝，祭天也，次六宗。曲禮則謂之四方，四方亦五行神也，以其司五行，曰『五祀』，亦曰『五帝』；以其分主一方，曰『四方』。王者以四時孟月迎五行時氣則曰『四時』；民間以中春、中秋迎二氣，則曰『寒暑』：其實一而已。曲禮不及社稷者，統于地也；書不及地者，統于上帝也：其義一而已。又次則山川，又次則羣神。曲禮之『五祀』，門行户竈中霤五小祀也，書以統于羣神。由是言之，曲禮與書之義可謂符合矣。

先儒說六宗者，伏生爲最古，其言四時爲六宗之四是矣。然曲禮言歲徧者，四時迎氣之禮，宜當謂之『四時』。舜攝位一時並祭四方，宜謂之『四方』，顧其神也皆同，雖互易其辭不害也。第伏生不當及天地耳，若以后稷易天地，曰六宗四時后稷可矣。月令曰天子乃祈來年于天宗，盧植曰：『天宗者，六宗是也。』是時孟冬大蜡，索百神而享之，尤以四方之神及社稷爲重。故詩曰：『祈年孔夙，方社不莫。』禮曰：『蜡之祭也，主先嗇而祭司嗇也。』司嗇穀神之稷，先嗇則人鬼之后稷也。夫祭禮言主者，非其至尊，以接乎至尊者耳，是以大報天而主曰祭司嗇，而主先嗇焉耳。古者司中、司命、司寒，皆神祇之稱。司嗇者，蓋亦然。故曰司嗇稷神，非人鬼之后稷也。月令以別于人鬼而言之，故尊之曰『天宗』。明乎蜡祭之必先四方社稷，則知天宗者必四方社稷矣，明乎四方社稷稱天宗則爲六宗矣。或曰大宗伯以禋祀祀天神，以血祭祭社稷，五祀后稷，五祀誠即六宗也，不曰『血祭』，而曰『禋』可乎？曰：奚不可？周語曰：『精意以享之，謂禋。』書曰：『予以秬鬯二卣明禋。』禋祀豈必天神哉？燔燎升煙爲禋，以報陽也，祭用血以求諸陰也。然古人未嘗不兼求諸陰陽，故詩曰：『來方禋祀。』方者，五祀也。又曰：『不殄禋祀，自郊徂宮。』郊者，圜邱方澤及兆五帝于四郊也。五帝者，五祀也。宮者，宗廟社稷也。而皆用『禋』，然則尚書社稷五祀之禋奚疑焉？

或又曰：子謂五祀即五帝，有説乎？曰：虢公夢神，史嚚曰是蓐收也，天之刑神也。蓋此所謂白帝也，蒼帝、句芒之類皆然。兆于四郊，青圭、赤璋、白琥、玄璜以禮之者，此也。古以其神名爲官名，爲其官者，生得名其官，死不得專其神也。彼吕不韋者，不知神名、官名之别也，乃從而亂之，曰：『孟春之月，其帝太皡，其神句芒。』夫五德終始之帝，鄒衍始爲是説耳。儒者曷嘗道之哉？此非五帝之謂也。五帝者，即句芒蓐收者耳。月令之辭，宜曰『其帝句芒』，其佐重以至四時皆然，則儒者之説矣。故曰五帝者，五祀也。

## 南嶽説

爾雅『霍山惟南嶽』，吾以此言爲可據。此山亦名衡山，而非導山之衡，舜省方南至此足矣，何必遠逾洞庭哉？葬于蒼梧，及以長沙之衡爲舜時南嶽，皆傳者之過耳。

## 封十有二山説

封者爲之封域，既以康山林之神，又以養蕃草木鳥獸。民有寢廟，獸有茂草，各有攸處，德用不擾，聖人所以使萬物咸若也。

## 禹曰益哉説

稷、契、皋陶、伯夷之年，大抵與舜相若也，禹、益之年相若也。或以益爲皋陶子，雖未敢信，當舜命九官時，益蓋少矣，德未著于衆，惟禹與共治水，知其賢，故薦爲虞。及禹有天下，舜故臣皆盡，乃獨相益，是益最少之徵也。今本易爲『僉曰益哉』，雖于義無害，而非事實也。

## 皋陶謨説

禹、皋陶之陳説，皆在舜前。皋陶言在知人，在安民，禹乃言舜未能盡此道，故曰：『咸若時，惟帝其難之。』以爲謂帝堯者，非也；以刑爲治者，帝王之病。憂乎驩兜，遷乎有苗，面陳舜之所病若是，此所以爲禹也。堯崩而言其不足，豈禹哉？

『載采采』，當依史記，以『始事事』詁之，蓋皋陶言人亦行有九德矣，而人君必言知其人之有德也，乃可始命之官以事其事。言字略如爾雅『言我也』、詩『薄言』之言，語辭也。『寬而栗』以下承『行有九德』言也。『日宣三德』以下，承『始事事』之義也。太史公問故於孔安國，故其説尚書於諸儒爲善矣。

臯陶陳謨辭頗有韻，蓋當時言與詩甚近，舜使夔教胄子以詩言志，歌永言，而君臣之間出納五言，大抵言比乎詩矣。臯陶之言如詩，固當時敷納之體矣。吾因是思之，夫舜有九磬之舞、九德之歌。彼九德之歌何辭哉？大抵即其君臣出納之辭而已。孟子載齊景公命太師作君臣相説之樂徵韶、角韶，其詩曰：『蓄君何尤？』言韶樂中有言君臣相説之事者，其均調爲徵角之章，而中有『畜君何尤』之辭也。宋人僞疏解爲景公造作此樂，詩乃當時之詩。此説甚謬，俗多沿之。九德之歌獨此遺文僅存。推其義，毋乃禹、臯類納言之辭與？舞有九成，以象其事，則歌有九章，以言其事之德，是爲九德之歌。左氏傳乃言金木水火土穀六府，正德、利用、厚生三事，合爲九德。此説之辟者也，鄭康成誤取之，以註周禮大司樂，而僞古文遂以入之大禹謨，其謬甚哉！兹益著其爲僞而已。夫九德之辭，亦禹、臯之辭焉爾。

『曁稷播，奏庶艱食鮮食。懋遷有無，化居。烝民乃粒，萬邦作乂。』禹于此蓋即繼曰：『都！帝，慎乃在位。』『安汝止。』言烝民之食其難如此，人君安忍肆于其上而不慎乎？臯陶不待其言畢，因歎息其孳孳爲民，曰：『師汝昌言。』帝亦一聞其言『慎乃在位』而即俞之，史因記于禹辭之閒，以見一時相感動之意，實則禹之昌言尚未盡也。

禹聞舜欲以法教治庶頑，意以爲未善也，故獨責難于君，謂君道不足則罔功矣，帝當戒于丹朱。昔余創若時治水，勤勞于外，卒成五服。至于五千里建立諸侯，師長大小，相維相率，以迪有功，可謂法立而教成矣，然苗頑尚不即工，豈非人不易化，而法不可恃哉？是以勉帝念之，此其昌言益切矣。舜于是承其意，曰：『是誠在我，惟迪朕德，乃功，可惟敘矣。』尚書自曰：『若稽古皋陶至此，載一時交儆之辭。』自皋陶『方祗厥敘』，至『庶尹允諧』乃紀其治，效皋陶『方祗厥敘』『方施象刑』。惟明史臣言皋陶之功如此，方讀若旁，言旁及四方也。是篇皋陶謨也，故首末皆載皋陶之言，而中書皋陶之績，若禹、益、稷之績，自載禹謨、益稷篇，而今亡矣。僞古文分皋陶謨之半，以爲益稷。儒者遂疑不應紀皋陶之績于此，乃盡屬爲舜辭，謂舜欲以皋陶之象刑，待三苗之即工，是幾若委責皋陶，以謝禹之戒諫也，是于義之大不可者也。三苗者，疑即莊子之所謂宗膾、胥敖、荆州之三邦也。其國在南，故莊子爲舜辭曰：『南面而不釋然。』是時其君已遷三危，其邦底貢矣，而其民興胥漸，泯泯棼棼，罔中于信，以覆詛盟者未已也。及至庶績咸熙，分北三苗，然後苗不終頑而有即工者矣。分北，虞翻謂其字爲古『分別』字者，是也。

## 三江説

漢地理志曰：蕪湖縣中江出其西南，東至陽羨入海。吴縣南江在其南，東入于海。毗陵縣北江在其北，東入海。禹貢之三江具是矣。禹貢之後，周職方以爲揚州之川，國語以爲環吳越之境。下至秦、漢，人凡云三江者，皆此三江也。夫江、漢既合，其下流爲北江者固非必漢水，爲中江者固非必江水也。然而導川之文，分紀之曰：『導漾東爲北江』『導江東爲中江』者，約其地勢南北而概分之，以明江、漢之均爲瀆焉耳。

鄭康成本地志以注禹貢，故疏引其説，曰：『江分于彭蠡爲三孔，東入海。』言江自彭蠡而下，始流爲三也。又曰：『經言東迤爲南江。』其解尤善。蓋地志石城縣分江水首受江者，南江之始，而在吳縣南，東入海者，南江之委也。導川有北江、中江而遺南江，豈其理哉？故言導江至于東陵，其分而東流者，迤邐入海，是南江也；其北流者，又會于匯而後爲中江也。世皆説會于匯爲彭蠡，而實非是。今江合彭蠡過湖口，乃東北流，是會匯而後北，非北會于匯也。且經文簡，『導漾』『導江』辭皆互見。『導漾』已言東匯澤爲彭蠡矣，『導江』不必再言也。然則是匯在石城分南江之後，蕪湖分中江之先，其巢湖也與？

夫説禹三江者，莫詳于漢地理志，莫善于康成之註書，而惜乎康成之文不可盡見。自是之後，江水支分，南派湮失，人疑所不見，而説乃日紛。韋昭以松江、錢塘、浦陽爲三江，其言始謬。郭景純則以今大江易其浦陽。夫浦陽古不與江通，不當名爲江，景純易去之爲是。而景純所數之三江，實則地志三江之委，固不若地志原委之分明也。若夫庾仲初以婁江、松江、東江爲三江，原流猥短，何以名揚州之川？其謬殆不足辨。而徐堅初學記不知得誰氏之説，而誤以爲康成乃以彭蠡爲南江，岷江爲中江，漢爲北江。夫經于導川言其下流乃爲此三江耳，而求之上流，上流江所受之大水豈啻六七，而何以謂之三江？且揚州其川三江，而漢水入江之地，非揚州也。其論無一可通，而與疏所引之鄭注絶相背，此豈康成言哉？近世胡朏明著禹貢錐指，知詘庾仲初之徒，而顧信初學記之所謂鄭説者，抑何其考之不詳也！

夫説經義理，後人容有勝前人者，若目驗地形，則古人得者多矣。愈古，則其得愈多。夫地理志，班氏蓋取于西漢人之書也。其記户口必曰『元始二年』，則其爲書之時可知矣。胡氏不思地志之可信，而猥謂蕪湖、石城之水鑿于闔廬，非禹迹，何其謬耶！墨子云：『禹南爲江、漢、淮、汝東流之，注五湖之處，以利楚荆越南夷之民。』夫以江漢東流之注五湖之處，是石城、蕪湖水眞禹所爲，非闔廬鑿也。孟子曰，禹疏九河，派分河之委。故曰疏江亦派分其委，與九河同。故荀子曰『禹通十二渚，疏三江』。墨子、荀子之去闔廬未遠也，使石城、蕪湖水乃闔廬鑿邪，其知之必先于胡氏矣。

# 九江説

禹九江處今湖北黃州府、九江府之閒，今黃州黃梅，漢尋陽縣。故地理志曰『尋陽，禹貢九江在南，皆東合爲大江』是也。朱子乃以洞庭當禹九江，則失之矣。昔禹主名山川九河，自河分，故名曰河；三江、九江皆自江分，故名曰江。後人妄以漢爲北江，彭蠡爲南江，其于辭皆不順。

洞庭受湘、沅，尚未入江，安得名曰江？此其失一也。

秦置九江郡于今黃州、安慶地，其名蓋因殷、周以來漢昭、宣閒，以其地爲廬江郡，禹時九江納錫大龜，故褚先生云廬江郡常歲時生龜，長尺二寸，二十枚輸太卜官，曷嘗求之洞庭邪？其失二也。

江自黃州、安慶而下，水勢北行，故其西山曰西陵，漢江夏西陵縣是也；其東山曰東陵。漢武帝以前，廬江郡在今江西及池州地，故地志『廬江郡』云，金蘭東北有東陵鄉，謂今池州山也。此與書『廬江出陵陽』云云，並係漢初廬江郡之舊記，與昭、宣後江北之廬江不合，班氏不悟，而混載之。然賴此得知東陵在漢初廬江之域，禹貢所謂『至于東陵東迆』也。金蘭疑爲石城之舊名。漢石城縣，在隋、唐曰『秋浦』，在今曰『貴池』，禹南江于是分，經貴池、青陽、南陵，而東迤行山隘中，故曰『東迤』。今乃以三國吴拒蜀之西陵，謂禹貢時名，而云巴陵與相對爲東陵，其于南江東迤，不亦遠乎？其失三也。

禹時目驗江分爲九，至後世固不必然。然當春秋時，蓋猶浦漵縱横合成巨浸，約今黄梅、宿松數百十里，皆水所泛也，意必中汪洋而時淺，外廣而沮洳，水旱之塗不利車馬舟楫，故吴、楚交爭，必取徑淮南、灊、六。設當時江如今之澄爲一川，則舉帆上下可矣，胡爲迂曲遠出淮上邪？惟九江汎濫，行者必避其險故也。逮于西漢，九江之狀猶存，故太史公曰：『余南登廬山，觀禹所疏九江。』此其所目驗也。自後江水中深，旁岸皆出，民益居之，無復大龜，是古今之變。朱子乃謂江有九道，必有九洲，而疑尋陽不能容之。其失四也。

九河禹疏之，故曰『北播爲九河』。同爲逆河，九江自成，故第曰『過九江』。過其地，曰『過洛汭』，『三澨皆是也。設九江爲洞庭，則當云『會九江』，不當云『過』矣。其失五也。

以是斷之，漢地謂九江在尋陽，蔑以易矣。然漢志亦有失，其説敷淺原乃誤耳。禹貢岷山之陽，至于衡山，過九江至于敷淺原。夫自衡山來，由九江南過至江北，則敷淺原必江北地矣。以原表地，非必有峻嶺巨嶂在其側矣。導山于河側地，自太行、恒山窮之，至碣石入于海，則于江側地敘之，之終亦必舉江且近海地矣。而漢志乃載敷淺原于豫章郡，歷陵縣下注，云傅陽山、傅陽川在南，古文以爲傅淺原。吾意傅淺原蓋在歷陽，字近歷陵，不知何時寫録者誤移其縣耳。敷淺原雖不能明指其處，意當在今和州、六合閒也。至是，江之委欲盡，而導山、導川之形勢皆合矣。吾于三江、九江並用漢志之説，惟敷淺原不之從，非漢志誤也，殆書之者誤也。

## 陪尾説

陪尾者，淮水所經山也。導熊耳、外方，以紀洛之原委焉；導桐柏、陪尾，以紀淮之原委焉。漢地理志蓋于六安國安豐縣書曰：『横尾山在東北，古文以爲陪尾山。』于江夏郡安陸縣書曰：『禹貢大别在西南。』凡史表志，無文義可屬貫上下，讀之易忽；又其字大小相雜，寫之易舛，是以世傳漢志移歷陽之專陽山于歷陵，而安豐之横尾與安陸之大别兩縣互易，皆寫者之失。其後，鄭君北人，不習知漢、淮之閒，因誤本漢書注禹貢曰：『陪尾在安陸。』于是世歸其舛謬之失于漢志，而不知非其本也。漢安陸西南，隋爲漢陽，故大别今在漢陽。漢安豐今爲固始及霍邱，其地之山，必有陪尾存焉，自漢志誤本既傳世，反妄指安陸一山以陪尾名之，而陪尾之眞隱矣。胡朏明知以陪尾在安陸爲難通，而不悟漢書互舛之故，顧取唐地志泗水縣之陪尾，此流俗妄説耳。其于桐柏，抑何其不相貫之甚乎？是必不可據也。

校記

〔一〕惜抱軒文集後集卷一有尚書辨僞序，可參閲。

# 惜抱軒九經説四

## 尚書説二

### 湯誓説

吾讀詩、書，而知桀罪之浮于紂也。書之足信者，微子、牧誓及周、召告成王，所舉紂罪，咈耇長、棄親戚、暱小人、嗜酒、聽婦言而已。其暴虐斂怨于民，則卿士羣小爲之。蕩詩所言亦然，非若桀躬爲虐，使民謂『時日曷喪，欲與偕亡』，怨其君，若是深也！武王伐紂，不滅殷國而封禄父，而湯遂取桀邑而放桀，湯之于桀，非薄于武之于殷，以夏民怨桀，深于殷民之怨紂，雖欲復存夏，而不可得焉耳。

始者契封之商，在禹都陽翟之西，夏經有窮寒浞、澆之禍，雖少康復立，而畿内地失者蓋多，故相土自商越禹都而東至帝邱及邢焉，及湯西徙居亳。逸書曰：『先見于西邑。』夏以帝邱、商邱視亳爲西邑，亳在河南偃師，當故禹畿，是以曰西邑。夏由是言之，商自相土已取夏王畿地，惟所遷徙及其中葉有震且業，相土之地削焉，未知夏復取之與？抑據于他諸侯與？然湯以七十里起，卒奄有禹畿而居之。夫陶唐、有虞之國在河東，逮夏中世而唐、虞皆喪國，逸書謂陶唐迺滅而亡，是也。及桀取都之而居安邑，安邑非禹畿，是時禹畿已悉歸湯，而夏在故畿之北，如一侯國耳。長發之詩，先言湯受小球、大球，朝諸侯之事，而後敘伐昆吾、夏桀。蓋湯之爲天子，初不待滅夏；夏之存亡，未嘗足爲商盛衰也。民曰：『夏罪其如台哉？』然而湯必割正夏者，迫于夏民怨桀之甚，而欲喪之；喪之，非商以自爲也。桀居唐、虞故都，故湯與戰鳴條之野。舜卒于鳴條，鳴條即在安邑旁，非東夷也。孟子與上生遷之地連言之耳。

天乙履，名也。湯，字也。武王，號也。商人未以諱事神，故以日名子而益其文以別之，湯之告天專稱曰履，猶稱辛受者專曰受也。尚書于虞、夏稱名，堯、舜、禹，未有字也；商有字則稱字。或以湯爲謚，則不然矣。伊尹曰：『我何以湯之聘幣爲哉？』明非謚也。太史公以武王爲湯自稱，則非矣。然當時實有此號，故商頌稱之。禮以漸而文，商乃有字，周乃有謚。獨天下奉天子以美號，虞、夏、商、周初反有之，而成王以後無焉。放勳、重華、文命、武王、甯王，其稱一也。後世以上尊號爲佞僞，故惡焉。堯、舜、禹、湯之世，非有僞也，益足以明盛德矣。

# 盤庚遷殷説

始者，盤庚都河之南，或曰祖乙圮于耿，而遷奄傳居之，至于盤庚。然而盤庚時，河水爲患，民用蕩析離居，是以將往都河北殷邑也。在位之臣，咸懷土不欲往，以浮言恐畏其衆，衆亦不欲適，乃籲言曰：『先王初宅此土，惟重我民，謂此土足避禍災劉殺，今君不能胥匡民以生，而乃卜度遷都，遷都其如予何？先王有事，恪謹天命以爲民謀，五遷其邦，卒宅此土。惟古人謀之其審，今反不承于古，顧自震蕩遷播，猝離憂患，天將舉斷民命，是王之以危難與我民也。王若能胥匡民居此新邑不遷，今雖有災，且將安定。若顛木，厥根不移，卒生由蘖，天將永我命于兹，紹先王之大烈，王奈何欲違先王所爲乎？』于是盤庚將斅于民，先戒其在位無爲浮言于衆，無相告以恐；沈如是，予則戮汝，汝尚繼乃祖乃父，君臣同其逸勤，庶有以安。然後告戒其民曰：『古我先后固惟民是承，亦賴民保后，同其憂慼，君民相依，一心濟于天災，惟時盛降大虐于天，先王不敢懷土，視民所利則遷往。今予亦擇汝所利，俾汝喜康，非比于罰，乃有斷命，惟從汝志所欲得，今非遷不能安定厥邦。天災之至，非朕力所能濟。汝不憂朕心之攸困，而謂朕不胥匡民，乃怒弗聽。予甘自鞠苦，天降災迫，乃弗避，若具舟，乃弗濟，涉瀨受死亡，罔有後日。汝乃無生，若顛木，安得復有由蘖乎？謂能守先后之居，其實不可處；處之，先后則怒棄予，則降罪疾于予及汝，衆惟遷去得所生，生迺所以從先后而善承于古也。』朱子語類謂：盤庚不知何故，説得都無頭緒。此由前儒之説，誤以『我王來』以下即爲盤庚之詞。不知此是民詞，盤庚中一篇，皆與此相應。上篇但責有位者傲從康，恐沈于衆而已。如此尋其文義，更爲明了，不致如朱子所疑。

司馬子長謂盤庚自河北遷河南，從先王之居亳，至武乙乃去亳。後儒多因其説，余謂非是。商人自湯居亳，至仲丁遷去，湯子孫未嘗再居亳也。自盤庚遷殷，至紂而亡，盤庚子孫亦未嘗或遷去殷也。盤庚始都地雖莫敢質言，然必在河南，而遷乃河北。惟河北殷墟，古則謂之殷河之南，曷嘗有殷哉？曰上帝將復我高祖之德，人君能擇民所利，與民政修而治成，則復祖德矣，豈必復成湯故居，乃爲復乎？小民難與慮始，惟殷古未嘗都也，雖其地卒可爲甯宇，終商之世不復有再遷之事，而民不知其善且利，是以衆咸慼也。然而盤庚爲謀之臧，且逾于其先王矣。故商之都，未有如盤庚遷殷之久者。書序曰：『盤庚五遷，將始宅殷。』世或因司馬之説，易爲『將治亳殷』，謬矣！賴束晳以古文尚書辨證其失，今反信僞孔傳，而斥束晳之眞古文爲誤，何其益謬邪！楊子雲州箴曰：『盤庚北度，牧野是宅。』子雲之言，蓋或孔安國書傳説也。未遷牧野之前，商不得稱殷。曰時『殷降大虐』者，殷盛也。首篇云『新邑』者，祖乙所遷也，民之辭也；次篇所云『新邑』者，殷也，盤庚辭也。經師不之辨，故說失之。

盤庚遷殷在河北，而非河南之亳。其證存於傳者，蓋有數四。盤庚既遷，三傳其國，至于弟子受之，實爲武丁。書曰：『其在高宗，舊勞于外，爰曁小人。』楚史老謂：『殷武丁能聳其德，至于神明，以入于河，自河徂亳。』此言舊勞于外，既以德著，至小乙崩，乃入嗣位而居河内。其自河徂亳者，免喪而祭湯廟，猶周都鎬而祭于豐也。設殷是時其國都在亳，則嗣位不得言入于河也。若如僞古文，以入于河，自河徂亳，皆在未即位之前，則其德未著，史老不言『能聳其德，至于神明』矣。故知武丁之入于河，爲入河北而嗣位也。玄鳥，祀武丁詩也，曰：『天命玄鳥，降而生商，宅殷土芒芒。』言武丁宅殷而興也。曰『景員維河，殷受命咸宜』，言殷之爲都，幅幀三面距河，此惟河内可以言之，以言亳則無當矣。鄭氏知其無當，乃改讀『河』爲『何』，以就武丁都河南之説，不亦舛乎？景殷，邑名也，詩曰『景山』，殷邑山也。里革曰『紂踣于京』，京即景也。武丁既中興，自是至紂，皆同一都未遷也。故孟子曰：『其故家遺俗，流風善政，至紂之時猶存。』設經遷徙，其風俗豈復如故都哉？以是觀之，殷本紀謂帝武乙始都河北，必不然矣。且貨殖傳謂『唐人都河東，殷人都河北，周人都河南』。夫殷人屢遷，往來河之南北，非獨河内也。然而從其久者而言之，則謂殷人都河内，其猶可乎。設必如本紀之言，則殷之都河南者久，而都河内者未久也。是子長之説，且自相畔也。

甚矣！蘇子由讀書之不詳也。其論曰：『商人之書簡潔而明肅，周人之書委曲而繁重。』吾讀盤庚，覺其委婉曲折，辭無不盡，有甚于周人焉。夫隨風爲巽，君子法之，重巽以申命，開諭愚蒙，惟恐不詳，未嘗敢以簡貴自高者，三代之道然也。軍旅之誓簡肅，甘誓、湯誓、牧誓是也。國中之誥詳盡，盤庚及周諸誥是也，何商、周之有别哉？其體則然，是以費誓直而簡，秦誓曲而詳，猶不遠于三代也。古文亡，而作僞者商書爲多，無情之辭不能閎深，殘文斷句，苟成而已。蘇子未能辨，而謂爲簡潔明肅，不亦疏乎？

## 罔非天允典祀説

史記殷本紀載，高宗肜日之文曰：『天既附命正厥德，乃曰其奈何。嗚呼！王嗣敬民，罔非天繼。常祀句。毋禮于棄道。』太史公經説之意，言天既附物示命以正君德，如雉雊之事，而反曰天其奈我何，則何怪天將大絶之乎？嗚呼！王嗣位當以民爲敬，敬民所以敬天也。罔非若是敬者，天乃繼續其命，使有常年也。暱者君所親，苟君所親而非賢，則棄道之人也。不禮於是親暱棄道之人，則必禮賢以承天矣。『司』讀『嗣』，『豊』爲『禮』古字，通而因轉誤爲『豐』。按世解以暱爲禰廟，甚爲不辭。依太史公解於承上降年，義甚明而辭理甚順，必宜從之。廟祭以遠近爲疏數，豐於禰則正是禮，豈可以爲非？若牲牢鼎簋之數致祭，始終之儀，天子之禮，固有常矣。必無獨豐於禰廟之理，且子專篤其情于禰，而以爲獲罪于天乎？

## 微子説

太史公從孔安國問故所載微子事，最爲明晰。所謂父師、少師者，殷樂官太師疵、少師彊。而其與微子語，則箕子奴、比干死之後之事也。敘述問答既畢，乃追敘箕子、比干之事。蓋微子目睹進諫之無益，而反成君戮賢之過矣，故載微子曰：『人臣三諫不聽，則其義可以去矣。』下乃接前文曰：『於是太師、少師乃勸微子去，遂行，於是微子所處之道，幾微無憾，所以爲仁也。』

至僞孔傳乃謂太師、少師爲箕子、比干，是二子未諫之先，料其君以不聽，又勸微子之去，而微子遽從之，是則見雖明，而情則果矣。孔子何以謂之三仁哉？自靖人自獻於先王，言人臣所以忠諫者，自爲安靖國家，自善其道，以對先王而已。不可諫而不諫，亦所以自獻於先王也。太史公釋其義曰：『今誠得治國，國治身死不恨；爲死，終不得治，不如去。』疵、彊與微子皆去，即人自善之道。然微子有國可歸，故曰出，不可謂之遁；疵、彊非宗室、非有國大臣去位，謂之遁而已。故曰：『我不顧於此，行亦遁去。』此自疵、彊之事，於箕、比何以言哉？且箕、比、微子，兄弟也，古人呼弟必名，呼兄或爵，安得謂之王子？若如呂氏春秋說，箕、比爲微子之從父，愈當呼名也。惟疵、彊乃宜稱王子矣，此尤非箕、比之明徵也。

春秋莊公二十八年冬築微，此據公羊之經，左氏經作築郿。水經注：『京相璠云在東平壽張縣西北三十里，有故微鄉，魯邑也。』杜預曰：『有微子冢。』蓋紂時微子封國於此，及武王時猶居之，故周人亦稱之曰微子也。其後遷其國於宋，而以微益魯。周公封於魯，本百里，及成王時益之，至方四百里，此亦其一徵也。然微子死，不葬其宋國内，而葬于魯境内，以從故封。殆微子遺命，以奉其先王命之志與？

微子，紂叔父，非紂庶兄也。蓋史記因呂氏春秋之說，以爲紂兄。呂氏雜採小說家言，固不足信也。孟子以紂爲微子兄之子者，誠得其眞矣。紂故無兄弟，牧誓言播棄王父母弟不迪。苟有庶兄播棄不迪，其罪不甚于王父母弟乎？而武王乃不言之乎？吾以是知惟孟子之言信也。當紂之時，微子受國于微。逮紂之亡，其同姓亦皆以無道翦滅，若奄之類是也。惟微子賢，見重于天下，雖周人亦必存之。微子出而反國，則殷宗猶有賴以存；微子不出而死，則殷終于不祀矣。箕子、比干，或未有國者與？或所居位勢必不可出者與？當時商之舊國可冀以存宗廟者，微子而已，故曰『我舊云刻子』，云如『昏姻孔云』之云，猶言衛也。刻者，期刻之謂，商舊環衛諸侯，舍微子無可期望者矣。微子既居其國，武王滅紂，而微子君其國不改，及滅武庚，乃遷而大之于宋。吾謂微子所以爲仁，而無愆于義者如此。苟其抱祭器而奔周，及武王滅商而面縛銜璧，是父師所不忍爲臣僕者，而微子甘爲之也，是殆非仁者事，而好事者爲之也。

嗟乎！商、周之事遠矣，傳微子者，周人之言尚舛謬不可信，況後世乎？余取孔、孟之言決微子，而微子之實乃見。

左氏傳載陽虎之言曰：『微子啓，帝乙之元子也。』作僞古文微子之命者，遂取以入武王之辭，此大誤也。易爻辭言帝乙者，湯也。陽虎承而論之，言湯後武庚既亡，微子承祀，存爲大宗，即湯之元子矣。以義稱之，不可以此元子當適長子之常解也。且即如吕氏春秋、史記之説，以微子爲小乙之庶長，而武王稱之曰殷王元子，斯不亦亂適庶之分而失辭乎？杜元凱誤解帝乙爲小乙，作僞古文者，頗熟於左傳杜註，兹乃更爲其所誤耳。

# 惜抱軒九經説五

## 尚書説三

### 太誓牧誓説

告天下者曰：『太誓告一方者，第曰誓伐紂。』雖以諸侯從，然戰但用西土之人耳，故須重誓。而太誓之辭則更簡，史記所載是也。明乎此，而今僞太誓三篇不待辯而可斥矣。

### 文王稱王説

天子者，爵也。爵則古今之尊。同帝王者，號也，號則以時尊王。自周以前，非天子號也，猶曰『君』焉耳。文王稱王，無疑也。日闢國百里，三分天下有二，諸侯皆奉之爲君矣。然而不謂之僭，何也？古者人有十等，遞相君臣未嘗爲僭。文王服事殷，而諸侯事文王，何僭之有？文王之爲王，任六州之責，受四方之難，不敢委謝，是以日昃不遑，豈榮之哉？太史公曰：周武王爲天子，後世貶帝號，號爲王。周以王爲天子號，故徐偃王吴、楚不謂之僭不可也。夏、商以帝爲天子號，故湯、文王未爲天子皆稱王，不可謂之僭也。文王没，而臣子加之號曰『文』，亦非定制也。定制爲謚，自周公□于是有追王之禮，王之稱于是嚴而不可干，後世乃執周公之法，而疑文王之事，豈非過哉？商頌曰：『帝立子生商，元王桓撥。』易曰：『王用享于帝。』太子晉曰『黎苗之王』。此商、周以前所稱帝與王，未嘗不異其名實者也。箕子曰：『天子作民父母，以爲天下王，故曰天王。』文王稱王則有之矣，曰天王爲天下王則未也。

## 洛書九疇説

劉歆以爲虙羲氏繼天而王，受河圖則而畫之，八卦是也。禹治洪水，賜洛書法而陳之，洪範是也。聖人行其道而寶其眞。降及于殷，箕子在父師位而典之，其言寶其眞者，謂圖書實有物存，顧命陳之東序者是也。非第言聖人知天之道，若天有以啓之之謂也。歆爲人雖不合道，而所學問自有本原，非崇讖緯者。近世學者喜排宋儒，疑邵子易圖，因謂箕子言『錫禹九疇』，未嘗言出于雒書，歆言本緯書，不足信。孔子曰：『多聞闕疑。』圖書之理微矣，非吾所能知。闕疑，不言可也，而譏及邵、朱，不亦甚乎？吾觀莊子云：『九洛之事，治成德備，監照下土，天下戴之。』此豈非九疇、洛書之謂哉？莊子言易以道陰陽，春秋以道名分，及春秋經世之志，語皆朱子所稱，而『九洛』之事，又足以證明劉歆之説之必有傳也。故曰莊子之學，其初自孔氏之徒出也。

## 王省惟歲卿士惟月師尹惟日説

王則尊矣，卿士、庶尹則卑矣。彌尊者彌少，彌卑者彌衆。尊者失德，而卑者必及矣，未有表曲而景直者也。雖然，其及也必以漸。王失德于上，而卿士非皆不肖也，則一歲之内，庶徵蓋有失者矣。至于卿士舉非其人，則每月庶徵必有失者矣。自甲至癸曰『日』。逮至政愈亂，賢才愈亡，小人愈進，師尹舉無君子，則十日之内，庶徵必有失者矣。失者疏，則天災亦疏；失者密，則天災亦密。故省之，以知治亂、清濁之甚不也。

## 管叔監殷説〔一〕

聖人命諸侯以成天下之治，未有疑而用之者也。苟疑而多爲之防，失天子以誠信待人之理，而卒可以禁奸備亂，聖人猶且弗爲，而況必不得也？天下之變，不可勝防也。人之智慮，必有所不及，多爲之術而示民以疑，是啓亂而已。

武王勝殷而封武庚，誠疑武庚耶？則不封之爲君可也；使君之而又疑之，令管、蔡雜居于其國中，是相猜而不能一日以安。且武庚爲君，而管、蔡爲臣，一旦武庚爲變，管、蔡從之則不義，不從則身死，二者無一可，是武王、周公遺之以危也。

然而曰『管叔監殷』者，何也？武王既有天下，周公封于魯，康叔封于衛，管、蔡亦封于殷之故地，其封一也。既居殷地，其民故殷民也。周謂諸侯君其民曰『監』，故曰『監殷』，非監制武庚之謂也。梓材曰『王啓監』，言天下之諸侯也。多方曰『今爾奔走臣我監五祀』，言畿内諸侯也。周制親賢並建，武庚爲殷侯，存商祀也；管、蔡爲侯，富貴之也：是謂三監，夫豈疑其爲亂哉！故大誥曰『亦惟在王宫邦君室』，明管、蔡之爲邦君也。管、蔡既誅，乃併三國之地以與衛，其始固與武庚各爲國焉爾。周之侯專制，秦法乃令御史監郡，衰世法也。漢儒作王制者，習聞秦制，又附天子賜命諸侯上卿之説，及武庚監殷之事，乃云天子命其大夫爲三監，監于方伯之國，國三人。夫命爲方伯，非賢莫可授也，授其賢而疑其心，使王朝之臣以監之，何其示天下之小與？此眞漢儒之謬説也。作僞古文尚書者，又出王制之後，用鄭康成之説，遂于管、蔡之外益以霍叔。嗟乎！管、蔡畔而霍叔未與也，僞古文者附王制之辭，援鄭氏之解，遽以爲經，而霍叔遂眞爲畔黨矣。

漢地理志：周滅殷，分其畿内爲三國：邶以封武庚；鄘，管叔尹之；衛，蔡叔尹之，以監殷：民謂之『三監』。吾謂此言三監是也，然武王勝殷，以其地置國，實不止三。『三監』之名，以成王時畔國而後有之，武王時無是也。逸周書作雒云：『武王克殷，乃立王子禄父，俾守商祀。建管叔于東，建蔡叔、霍叔于殷，俾監殷臣。』此雖有『監殷臣』之言，而未嘗云『三監』。其曰『建』，則必封建爲侯，非殷卿士可知矣。獨其管叔曰『于東』，蔡、霍曰『于殷』，則語意似蔡、霍眞在殷國者，吾謂非也。此三國皆殷故地，爲作雒者未審知蔡、霍故都所居，故云『于殷』耳。逸周書非西周史臣之紀，多雜家小説之言。其載故不能必詳實也。鄭氏注書序『三監』及『淮夷畔』，于是遽違漢書地理志之説，不數武庚而入霍叔，此鄭之謬耳。夫王畿千里，以方百里裁之，則殷地可置百侯，雖不必遽然，然置侯固不止三，其畔者三耳，安得以作雒建霍與蔡同，而謂必同其畔哉？

## 金縢説

武王崩，而管、蔡與武庚畔，又流言以閒周公。然是時管、蔡在殷，造爲流言者也。其流言于國者非獨管、蔡罪也，文王之子多矣，其賢者或能知周公，其不肖者皆助之流言者也。周公以爲畔者得罪于先王甚巨，不得不誅；其流言之羣弟但欲害己而已，不足以易兄弟之歡。舜不罪象，周公不罪羣弟，其道一也。然周公既誅管、蔡矣，使成王復疑忌周公，諸弟或搆其閒，因端造亂，其罪遂著，雖欲終全兄弟之好，能乎？故作鴟鴞曰：『無毁爾室，恩斯勤斯，鬻子之閔斯。』蓋欲有以保吾羣弟也，兹可以知聖人之心矣。當殷之畔也，天下蓋咸震矣。周公居東，非日與之角逐，以爭一旦之命也，陳兵于要害，而招懷攜貳，接之以禮，故其詩曰：『袞衣繡裳，赤舄几几。』及諸侯咸懷而畔者不能以孤立，是以取之不難也。管、蔡畔而周公誅之，成王非有疑也；其微疑者，固以羣弟在國者之言耳。周公既定管、蔡而歸，挾震主之威，而四國之心咸附，成王豈能無惕惕哉？故天動威以章周公之德，必于是時也。經師以居東爲退避居東者，非也。當殷之畔，其勢方張，使周師不出，二年則武庚勢成，不可得而誅矣。霍光曰：『天下訩訩不安，光當受難。』而況于周公，而可云避乎？周公是時，攝天子政，其東征固不必受命于孺子。然成王雖幼，未達公心，亦何至以管、蔡之畔爲是哉？周公亦烏取乎避之？墨子曰：『古者周公旦，非管叔辭三公，東處于商，蓋人皆謂之狂有援，是以爲避居東之證者。』鼐按：既云居于商，必是武庚既滅之後；若其未滅商，豈公所可居者？滅武庚之後，公不即反，少留以謝遠三公之權，然又義不容以終謝，是以爲跋胡疐尾時也。然則云避于伐殷後則可，避于前則不可。

## 惟爾三王說

書蔡傳以周公册祝稱三王爲爾，如人子膝下之辭，然乎？曰：非也！此史祝辭之常體也，雖天神地祇亦如是爾。古人質，相呼以名，相稱以爾汝。後世乃以爲賤簡，不可施諸所尊敬。惟巫史之告鬼神，循于古而不易，且惟巫史之體既然，則廟中得託其稱。詩曰：『莫非爾極。』爾，稷也。『實爲爾公允師。』爾，武王也。而非人子于父母之常禮也。

## 大誥説

武王崩，武庚畔，多方應之，天下蓋謂殷且復興，周之庶邦君、庶士御事皆賢者，武王所與定天下也，然而皆以殷勢方張，疑不可伐也。使周公用其言，則是文王、武王之業，既成而復隳，天下之民既及于仁政，而又轉之于暴虐。周公爲臣子，忠孝不終，不能卒成先王之德，而傷先王之心。使周公東征，不幸勢衰力𢿙，不足以定禍亂，而身危殆于兵旅，周公猶且甘之，以謂義之不可以已也，故設爲王辭，而所述則公志，曰『遺大投艱于朕身』，曰『不卬自恤』，曰『予不敢不極卒甯王圖事』。周公固以身當其難矣！雖然，公聖人也，聖人則知天，天以道予文、武；文、武没，斯道在周公。維天予公斯道，豈恝不使以有爲？天既使公父子相繼治安斯民，豈中道而舍之、而滋殷之亂略？天必不然！周公東征，知其足以必勝武庚也。然以斯盡諭于衆則不能，故反覆于卜筮假以爲説，然又曰：『天明畏，弼我丕丕基。』天命不易，則聖人之情見乎辭矣。諸葛武侯曰：『鞠躬盡瘁，死而後已。』此即『不卬自恤』之心也，忠之盛也。若夫周公之知天，猶之孔子曰『天之未喪斯文，匡人其如予何』，此非第忠之盛也，雖武侯不足以語于此矣。

## 康誥説

康誥、酒誥、梓材三篇，非一時辭也。武王既克殷，封建母弟周公于魯，管、蔡、霍叔畢封，康叔封于康。康地在陽翟東北，爲之命書曰：『肆汝小子封，在兹東土。』是爲康誥矣。是時武王以蘇忿生爲司寇，康叔以康侯兼小司寇，故又命之曰：『封，敬明乃罰。』『服念五六日，至于旬時，丕蔽要囚。』此周禮小司寇之職也。

其後，周公作洛邑而朝諸侯，武庚既誅，分其地以封衛，乃作酒誥戒沬邦。又告康叔往衛，爲邦君之事，『乃宏大誥治』。『王若曰：明大命于沬邦。』始者其文蓋相次，此與康誥非一時辭也。康叔自康封衛，在昔武王所命以小司寇之事，成王不敢易焉，而歸其職于衛。史氏庸是屬三書而次之爲一，故祝鮀曰：『命以康誥而封于殷墟。』叔虞封于唐，曰：『命以唐誥，使作誥以封衛。』宜曰衛誥，然則曰康誥者，非封衛時作，而史屬之也。史又恐讀者有不審，于酒誥上著之曰：『成王若曰：「明大命于沬邦。」』則其前康誥爲武王辭明矣。僞爲古文者始删其文爲『王若曰』，然後與康誥無別也。且夫武王兄也，故曰：『孟侯，朕其弟，小子封。』孟者，始也，言始命侯吾弟于康也。當武王初定伊洛，所謂新邦，用輕典也，諄諄告以慎罰，而卒歸于無作怨。及成王于沬邦，所謂亂邦用重典也，則執拘羣飲歸于周，予其殺，其義與時之不同如此。宋儒者知『小子』『寡兄』之辭非成王所得言，遂謂武王已封衛，則不然，武庚未誅，武父圃田之土不可得而封畛以與弟也，若康誥以命衛侯，而終篇無一語及衛國，豈其理哉？

或曰康誥苟非封殷墟時作，而其辭曰『殷先哲王』『商耇成人』『應保殷民』『以殷民世享』，何謂也？曰康亦殷地也，邦畿千里，武王雖封武庚，豈與之方千里哉？康蓋殷畿内之故國。『康侯用，錫馬蕃庶，晝日三接』，易之繫辭有此，猶『王用享于岐山』『高宗伐鬼方』之例也。武王取以封弟，而氏之康。天子胙土而命之，氏不易：康侯既封衛，而猶爲康叔，子曰康伯；微子既封宋，而猶爲微氏。故微子子曰微仲，古今人表仲爲啓子。及再易世，然後氏宋、衛也。康叔始爲小司寇，及周公陳立政之時，蘇公薨，始以衛侯爲司寇矣。

## 庶邦庶士説

庶邦者，諸侯也。文王爲諸侯伯，故誥毖之。康叔之在衛，亦方伯也。故末言侯甸男邦采衛，猶文王之誥毖庶邦也。庶士者，謂卿士，百官之長，統少正御事者也。末言圻父、農父、宏父者，猶文王之誥庶士也。

## 厥心疾很不克畏死説

言民既以紂之失德爲傷矣，然民之行，乃自循紂之失，亦惟荒腆於酒，不自休息，敢助武庚爲畔，而不以死爲畏也。蓋武庚作亂之時，必有如欒盈入晉觴曲沃人，因其衆醉而要結之之事，殷衆遂許之爲死黨。商邑者，紂有天下時之稱也。殷國者，武庚爲殷侯時之稱也。言殷民久習酣飲於紂在時，故後於羣飲之日，感慨厥心，憤然疾很，遂從武庚爲亂，甘心就死，以致殷國之滅亡。推其所以致此者，辜在商邑久矣。其後文『厥或告曰羣飲』，正指如是以酒聚衆作亂者，故盡執拘於周而殺之也。其第不免耽飲者，則勿庸殺之，姑惟教之；然教之不從，則亦誅，誠恐其以飲燕之小惡，而卒成畔逆之大罪也。酒誥一篇辭義本末所重在此，説者率未達其旨，以『荒腆于酒』以下仍爲斥紂之失，則于文爲繁複，而于當時情事亦不切矣。余既爲是説，後見朱子語類八十一卷，説鴟鴞處略同此説。

## 梓材説

成王之告康叔，以爲邦君之任誠重矣，苟非身盡其職，何以俾其臣下效法而不敢懈哉？君能敬勞，臣始敬勞；君苟不以政事爲勤，姦宄殺人〔一二〕。歷人者皆得宥縱，則臣下亦肆爲宥縱。凡有辜罪，乃罔恆獲，尚足以爲國乎？故身不容不端，而法不容不慎也。於是康叔乃復曰：王之啓國命監，將使治民無戕虐，敬寡屬婦而容畜之，豈徒區區法令而足以爲治哉？且必王先自能仁民，而時憂其曷以養恬之，而後邦君御事效焉。自古王皆若兹，能若兹矣，則監國者不必刑辟，人而固已治矣。若稽田，王則敷菑，而臣第修爲疆畎；若作室，必王爲垣墉；作梓材，必王勤樸斵：先之勞之，爲政之要也。康叔乃又言：王當如先王之用明德以懷諸侯，以德和懌先後迷民，豈恃有邦君之以臣達王，而已弗事事哉？康叔之意，蓋略與虞書之末禹、皋陶承舜言而進戒之旨相近。彼能以是戒成王，則亦賢矣！故母弟之中，以次周公也。史臣以一時相詔戒辭次于篇，以爲有脱簡誤入者非也。

## 多士説

昔武庚既誅而墟殷，周既作洛邑，乃遷殷士。其時，殷士于商失天下之痛，猶未若滅殷國而爲墟之痛也，故周告以天命于殷既終，非周亡殷，周未嘗欲害殷，猶予殷侯故國不爾動，爾乃自爾邑爲亂，何哉？毋乃天意即于殷大戾，必欲其國之爲墟乎？故若是其不正乎？不斥武庚之罪，而曰『天即大戾』，所以慰其臣子也。殷既不可使其故臣以居，予惟時其遷居西爾，非我奉德不康甯，必墟殷也，亦天命也，又非遷女遂盡戮之有後命也。昔殷革夏命，不復以安邑予夏子孫，爾所知也。故予敢求爾于天，邑商以移于洛。周公之辭至是益温矣。昔武王來自奄，降命四國，告以違命者必誅。王者以國爲體，故周公爲成王稱武王之事曰：『昔朕來自奄，大降爾四國民命。』多方所謂『教告之』至再至三，亦此命也。今武庚爲亂，不得不明致天罰，多方所謂『不用我降爾命』，『其大罰殛之』也。此固予之不得已者，若移爾臣事我多遜，予豈忍盡殺之哉？惟再申昔降四國之命而已。今洛邑既成，爾能臣我多遜，則尚有爾土，尚甯幹止。若爾終犯予命，則予必致天罰，不可赦矣！昔殷邦畿千里，河南洛陽，固殷畿也，故周稱其人曰『庶殷』，召誥之稱攻位者庶殷，非多士也。其時沬土之士未遷，自諸侯來徙家，期不從政，雖遷，豈遽役之哉？且武庚之畔，從之者商故家大族，非庶民當受役者也，庶民蓋不從畔，故第以酒誥誥而不遷，士之懷商也深，故從畔以及于遷，而多士作于是也。

校　記

〔一〕該文被選入王昶湖海文傳卷十五，道光丁酉年經訓堂板，唯最後一段被删。

〔二〕姦宄　當作『姦宄』。

# 惜抱軒九經説六

## 尚書説四

### 君奭説

君奭之書，程子以爲周公留召公而作者。其説無以易矣。謂周公以是自明者，乃漢以來儒者所見之陋，古書序初無是意也。古者人臣七十致仕，逮其年而弗去，殆無辨于貪寵位而嗜利禄者矣。周公爲師，召公爲保，當其時，召公之年固及可以去之年也。然而老而致仕者，士大夫之常節也。社稷之臣身繫天下之重，不可引常節以自隘也，夫召公豈不達斯義哉？召公謂國有周公矣，治天下，安國家，翊成王，周公當之矣，而吾以當去之年，復尸此位，殆有謬于義者，是以悵然不悦于居職也。

周公曰：今天下粗定，其治未成，將永孚于休，將終出于不祥，皆未可知，非君可釋然安逸時也。昔商自成湯得伊尹，累世有舊臣佐君，天使之壽考平治格天，保乂有殷，殷是以久安。君子之壽，非徒壽而已，而自逸焉可乎哉？文王時，舊臣輔成文王之德，虢叔之倫，凡五人焉。逮武王時，喪其一，而有四人。逮今四人喪盡，今在予小子旦，若濟大川同往操舟，惟汝奭而已。予小子同心今未有在位者，已在位諸賢誕無有以我之責收任于其躬者。蓋奉令承教，供職爲具臣則有矣，當天下社稷之責非所及也，如君之耇造而又引身而去，德隱而不降，尚何望焉？

夫周公，聖相也，而成王蓋嘗疑之。當金縢之變，成王雖因風雷之異而悔，迎周公，然亦必召公平日有以啓導成王，解釋周公忠藎之言，豫動之之力也。周、召或外治事，或内導君，是以成成周之治。襄我二人，舍其一焉，是去周之一臂也。然則君德何必不復衰，而天下何必不復亂乎？

易曰：『勿憂，宜日中。』能持日中者，大聖人之道也。周公于百職事無足引者，獨引召公。召公既留，于德益廣，而天下益治。使不聞周公之言，雖功成名遂身退，亦賢者事乎，然而道則小矣。

文王即位，咨于二虢，度于閎夭，謀于南宫，皆周之舊臣也。周公意在留召公久居位以輔君，故舉文王之臣五人，獨取其久在職者，舉文武之佐不言太公，猶舉武丁之佐不言傅説，皆以其非舊且久也。

召公，周之宗族，周公之父兄也。故周公自稱小子，非泛爲謙辭也。周公事成王，䵨䵨如畏聖人，敬君如此，世乃謂『小子同未在位』爲斥成王，若周公目無成王焉者，是非徒文辭之失，而于理悖矣！

作君奭時，四方大定，獨商奄居東，尚未有從化者，多方所以作也，『丕冒海隅出日』，義在于此，非第言周居西土、海隅出日相去較遠而已。『惟時二人弗戡』，言二人尚慮其少，不足以迎天休，而況又去其一耶！

## 多方説

誅武庚，遷殷民，而作多士。踐奄，遷其君，歸而作多方。以是知奄亦殷同姓也，故曰『商奄』。孟子曰『誅紂伐奄』，非滅國。五十之倫，而殷之倫也。武庚畔而誅奄，同氣一體之國，能自安乎？是以卒致成王之討伐。然而，是時商之遺民當益反側不安，故誥之曰『爾尚不忌于凶德』，言必不以畔者相累也。且其曰『商後王逸厥逸』者，固謂紂矣。『天惟五年須暇之子孫。誕作民主』，商之子孫非紂之同姓邪？是奄之謂也。又曰『天惟求爾多方』，則謂異姓也。同異姓皆無其人，而天命率歸于周，此可以人力爭乎？苟爾能順天命臣我矣，固不憂我之猜于女也。當時武庚首惡，故誅之。若奄君雖畔，遷于蒲姑焉爾，豈非周之盛德耶？始遷洛者妹土之多士也，成王伐奄而返，並遷諸侯之臣從畔者于洛，故多方兼告之曰『告爾四國多方』者，今之遷者也；曰『惟爾殷侯尹民』者，昔已遷者也；『今爾奔走臣我監五祀』以下，爲殷侯尹民已遷者言也。其時已安居矣，故勖之爲德，勸以迪簡，以歆其志。『王曰：「嗚呼！多士」』以下，爲四國多方士言也。尚未安居，懼其不勸忱我命，故必以探天之罰警之，或曰盤庚自奄遷〔一〕。

表臣百司、太史、尹伯者，任人也。文王以諸侯立三卿，其職以道德輔導言之則爲準人，其治國事則爲常任，其外統鄉遂則亦有常伯之事焉。是必以大賢居之，非第吉士而已。故公舉其職，于庶常吉士之外，言人稱其官焉爾。夷、微、盧者，文王之附庸也。烝者，君也。三亳版者，文王時日闢國百里地，東及三亳，南及商版之塞，命關尹以守邊徼。此言文王國中既治，而遠者亦無不得人而治也。凡文王官人，使茲常事司牧人克俊有德矣，則垂拱委任而不敢侵其職焉。逮于武王，遵法勿替而已。

夫衰世之君，其所用爲公卿三宅，皆憸壬不肖者耳。于綴衣、虎賁之屬，固無責耳矣。若夫賢君治世，于三宅大者能求得人，苟于暬御左右知恤不及，而憸人得匿其中，則終有沮忠正而損君德者矣，非可以保成立政也。人君內治衰亂，國空而無賢，固無暇以及遠略矣。若夫內政粗立，推之不足及遠而怠逸乘焉，則君德不光，而廣覆之量隘矣。故言文王立政，必及于微、盧、三亳之閒。而繼世嗣統，苟不思詰戎兵陟禹迹，亦烏足稱文孫之善繼述，而究立政用賢之大業哉？夫桀、紂不可不戒也，然愈于桀、紂亦胡足云？責難于君，謂之恭聖人之言，本末、鉅細、終始之義備，非以偏義裁也。是故立政在于宅賢，非賢在位，雖有善法，不行也。雖然，中主在位執政，任事之臣無大賢而能奉舊法，則其國猶安。司寇蘇公不可復得，而獄式掌之太史，人與法相維而治益長，周公之慮遠矣。

三宅之義，但言立政設官有此三事爾。實則先王建官，多有一官而兼數職者，不可畫然取百職而盡分之也。國語公父文伯之母言天下與公卿祖識地德〔二〕，太史糾虔天刑，此是準人事。『師尹惟旅』，旅者，陳也。陳奏政事，此爲常任之事。『牧相宣序民事』，即立政之牧也。孟子云：『官守者，常伯常任也。』言責者，準人也。古人或分或合，各從所言之耳。以言輔成君德，則準人爲要；以言立政，則常伯常任爲切。周公所稱在立政，故後獨舉常事司牧人。文王以常事惟聽于有司，有司即常任也。司牧惟聽于牧夫，牧夫即常伯也。之，猶及也。言惟有司及牧夫也。

## 顧命説

古者王賜爵策命，必于祖廟。顧命者，策命之大者也，而可不于廟乎？入廟則不可凶服，故王及卿士、邦君皆麻冕。然則其服何服也？曰：緇布十五升服也。何以知其緇布也？禮言冠而不言服，則服如其冠矣。麻冕則衣必緇布矣，是元端服也，元子之服也。書曰『王麻冕黼裳』，史名之也，未受顧命，猶臣子也，是以元子服焉。晉文公受襄王命，于武宮設桑主，布几筵，晉侯端委以入。

顧命之于祖廟，設陟王几筵，而嗣子衣玄端以入，升降不由阼階，夫亦猶是禮焉爾。夫玄端者，玄裳或雜裳可也。是以卿士蟻裳，而嗣子則不然，而黼裳者，其諸王太子之裳也與。既于廟受顧命，則當見諸祖，故秉同以祭。同者，瓚也。言自是受匕鬯，以守宗廟、爲祭主矣。

王在喪之于宗廟，固有越紼之祭矣。然受顧命非薦時食也，故不備禮。無牲與尸祭者，祼也。周人尚臭，祼用鬱鬯，祭之重事也，故三祼而祭已畢矣。咤者，聲也。三咤者，祝聲三噫，歆以警神也。經言太保、太史、上宗與王隮，不言祝者，祝先俟于室，所以依神也。祝在焉，而告主人以神之饗，不以祝以宗者，異乎常祭，而重其事也。酢者，亞祼也。太保盥同，以虚同授宗人，使實以其餘瀝嚌，有受福之意焉，然後拜以復于王焉。周禮亞祼以大宗伯，而茲以太保者，亦重其事也。其御王册命也于廟堂，而祼也于室，太保之酢也于室，而出與王拜也于堂。前儒以受顧命爲在成王路寢，則説謬矣。喪在殯，奠而不祭，且周人殯于西階之上，西序東嚮，底席貝几之位，赤刀大訓之陳，殆無以容矣。陳其宗器，廟中之禮也。王在殯，則東西房者，婦人之哭位也，非所以陳宗物也，而況嗣子、大臣吉服于殯前者，固無是情乎？知顧命爲受于祖廟，則知麻冕之非過矣。

抑是篇也，非鎬京之事也。周嘗會諸侯于東都，蓋成王方將會諸侯而疾作。其時太子監國于鎬，召之未至，成王以疾大漸，不能待其至，故恐弗獲誓言，嗣乃召卿士以下而命焉；不然，王疾，太子將不脱齊元而養于左右，焉有顧命而不在側，而王崩乃延之于南門之外者乎？其時，諸侯執壤奠者咸在而未及，將召公使，因受顧命之服，以朝嗣王，以卒成王之事。

昔者，成王幼，不能涖阼，周公踐阼而朝諸侯，忠則盛矣，然而兄弟且疑之，以遘禍亂，國亦危矣。召公懲是，又適值諸侯之咸在，故亟朝以繫天下之心。當時王崩，而太子不在左右，亦危事也。故成王顧命曰：『宏濟于艱難。』然則召公必使亟朝乎諸侯也，度時宜而爲禮之變也。而史亦易先王在殯嗣子稱子之例，而稱之曰王，亦因其禮之變而名之也夫。先君顧命，而嗣子不在乎側，諸侯來朝，值國喪而因見新王，斯皆禮所未有，而周人以義起，孔子以爲變而不失乎正，是以删書而録是以爲天下後世法也。

天子在喪，稱『余小子』，而康王稱『余一人釗』以臨諸侯，何也？曰：周之初，未嘗以是爲天子稱也，故周公曰『能念予一人』上文『王其罔害』，則知下云『余一人』周公自謂，非謂王也。禮以漸而益詳。成、康以後，朝諸侯分職授政任功，曰余一人爲天子之禮，當康王之初，曰『予一人』，猶其曰『予小子』也。劉明東云：史記周本紀：二公率諸侯，以太子釗見於先王廟，作顧命，此顧命在廟之明證。

或曰：曾子問君薨，世子生，其見于殯也，太宰、太宗、太祝皆裨冕，今何以知麻冕顧命之非冕服也？曰：世子始生之見哀而有慶焉，禮主乎神者也，故冕服顧命之受也，不敢以喪服受命而已；禮主乎生者也，故端委而已。且經于成王，固云『相被冕服』，與麻冕者異辭矣。故知康王、太保、諸臣皆不冕服也。

或曰：顧命之事，子以爲在東都，成王之東都，六卿何以咸在？而君陳之『分正東郊成周』者何以不見于兹也？曰：大會同，六卿咸有事焉，故畢從君陳之分正東郊成周。書序所云，不得而知其職矣，然必非繼周公居成周之職。序言周公在豐將没，欲葬成周，然則周公去洛居豐久矣，安得如僞古文者以周公既没而始命君陳以繼周公也？周公始與召公爲二伯，分領陝東西諸侯，及周公老而歸豐，召公之職如故也，而周公居洛之職以命畢公，故太保率西方諸侯，而畢公率東方諸侯，以始見于康王。二伯分陝，而一在洛，至重職也，烏有非舊德不在六卿位者而居之？顧命之紀六卿，無君陳者而有畢公。吾是以知君陳必非繼周公之職，而顧命之必在洛也。設其在鎬，則畢公方居于洛而主東方，無由同少保諸卿百尹御事之猝聚于鎬矣，康王命作册畢，其書不可得見矣。周公誅禄父，徙頑民，遷殷獻民于九畢，而逸畢命有册霍叔之事，鄭康成嘗見之。意者畢命爲殷民居九畢者作與？故與霍叔事連。僞古文者以畢命爲始命畢公居洛，以繼君陳，噫！當周公之去洛，國有老臣重德不之用，而以卑且幼者先焉，則成王之治誖矣！

或曰：子何以知諸侯非畿内諸侯也？曰：以經云東方、西方『庶邦侯、甸、男、衛』，決之非畿内也。且齊非畿内，而齊侯吕伋在焉，是以會同來者也。曰：子烏知吕伋非有職于王朝者耶？曰：惟其無職于王朝，故太保使仲桓、南宫毛傳命爰之〔三〕。若有職于王朝，則太保召而命之可也。

畢門者，廟門之内門，穀梁傳所謂祭門也。王出應門而後入廟，受顧命畢，則諸侯先出廟，而俟王出廟入應門，諸侯則從而入焉。王之朝也，固在路門、應門之閒。然王位于路門近，于應門遠。今康王出在應門之内者，不欲當先王之位，其立近應門而遠路門也。周惟于東都建國，攻位備左宗廟之制，故廟在應門之外。韋玄成引禮廟在大門之内，不敢遠親也，斯固禮之正也。然而鎬京地狹，不可備制，故文王之廟在豐，周公告三王必爲壇墠焉，作洛而後毖祀上下，肇稱殷禮，舉得其所。古諸侯之建國，多不能如禮，必朝之東，得建宗廟也。其廟如漢制，或立于城内，或立于城外。是以老聃告孔子曰：『主出廟入廟必蹕，惟東都周公營建之如禮矣。』故顧命之事，必在洛也。

## 吕刑説

吕刑者，吕侯作是篇，以命四方司政典獄有邦有土者也。其首曰『惟吕命』，既乃曰『王曰』，猶周公曰『王若曰』例也。惟吕侯命曰：吾王享國百年，年既及耄矣，而不敢自怠，猶大度作刑，以誥四方，其憂四方若此。此吕侯善則稱君詞也，下皆述王之語，至末『受王嘉師，鑑于兹祥刑』九字，復是吕侯之辭，言凡受王民者，當奉王訓而已。序曰：吕命穆王訓夏，作贖刑，作吕刑。言吕侯告命人，以穆王欲訓諸夏作贖刑，故吕侯作是書耳。經師失其讀，以『吕命』爲句，謂穆王作是篇，以告吕侯，與其通篇辭義既不相傅矣；僞作古文者，不悟其失，乃于説命效之，首曰『惟説命』，而其篇内第高宗、傅説相告辭耳，其于文義何由可通？此非所謂竊之不中者耶？

吕侯金贖之法，天下之至仁也。蔡氏思未詳而非之，是未知法之意也。夫吕刑之贖者，以其疑也。無所疑于當法，與無所疑于不當法，與無所疑于適輕下服者，皆曷嘗以金罰及之哉？惟其疑也，舍則懼縱有罪矣，刑則懼戮可矜矣，謂罪疑惟輕乎？夫後世死罪減等則入流，流減等則入徒，此誠以疑而輕者也。古用肉刑，苟自死減而宫，自宫減而剕劓，其輕者猶未甚輕也。君子以爲是非所以處疑罪也，故金贖之法，眞堯、舜、文、武、周公之用心，以備天下察獄有必不能盡得其情之安者，而設此以全民命。其于漢張敞、蕭望之所爭，豈一類哉？夫堯典所云『金作贖刑』者，固亦謂五刑也。若鞭朴之刑，其罪微矣，有疑不即釋，而尚罰之于法，不已苛乎！史記索隱引尚書大傳：『夏后氏不殺不刑，死罪罰二千饌。』饌與鍰字通。然則吕侯蓋舉唐、虞以來舊法，以訓當世，豈其苟造也哉？其刑章罰數之增損，誠有不逮乎古者，容有之矣；若用罰之意，固即漢文除肉刑之意而善用之者，故曰：『金贖之法，天下之至仁也。』

古今事勢異宜。當唐、虞之時，蓋流宥與金贖參用之後，王德薄法，不行于四夷，能投之罪人而流辟裔土乎？故吕刑有金贖而不言流宥，且其時去成、康未遠，民尚蒙授田于君，貧富未至懸絶。雖金贖千鍰，得罪之家猶必可辦也。後世則有千金之産者希矣，苟如周法，以鈞金束矢乃聽民獄訟，及以金贖罪，則貧民之屈者必不伸，而疑罪必不獲赦矣。至于郡縣四海，則流罪易通，反逾于周。此古今之變也，不得以是譏吕侯爲法之非也。

極者，中也。『屬于五極』者，五典、五禮之中也。夫苗之制刑所以不當者，以其不知德禮，故不能差有辭之是非。彼鰥寡不幸而入于苗之刑例，而實非爲惡，其辭固有可推原者，是鰥寡有辭于苗也。然苟非上有德之賢聖，安能聽其辭而曲當其理也哉？哲人之于刑也，民之以辭來者，辭或有情，或無情，或情之深淺不能悉達于辭，其情萬變，固有無疆之辭焉，然而哲人聽之，一以屬于五典、五禮之道爲正，則足以御其無疆矣。此即所謂德威德明而伯夷降典折民之刑，雖萬世莫能易也。此所以『咸中有慶』之道也。此篇首尾義出一貫，而蔡傳皆失之。

## 費誓説

魯人初封，其地甚小，孟子所云『儉于百里』也。而淮夷、徐戎大敵交至，其勢危急，故一國盡出禦之。至兼有臣妾在軍、女子應役，則非特竭作而已，當時蓋僅能禦之，其後遂大啓其宇至方四百，豈非亦有戒于是役也與？

## 不啻如自其口出説

彦聖之所以爲彦聖者，以其言出于口而知之也。其道當從，其謀當□〔四〕，用之從之惟恐不至，如吾自出口之言。然是乃其心好之者也。苟明知其是，而從之不勇，是猶常人之當國者也。至故違其言，俾不達于事，則又甚矣。謀不出己，而惡人之功，小人往往而然。

蔡傳云『心之所好，甚于口之所言』，及解『達』爲『窮達』之達，似皆失之。

**校記**

〔一〕以下内容缺。下文内容出自立政，與本文當分屬兩篇。

〔二〕天下　據國語魯語下當作『天子』。

〔三〕傳　據尚書顧命當作『俾』。

〔四〕□　疑當作『用』。

# 惜抱軒九經說七

## 詩說

### 關雎說

爲詩而說關雎者，孰善乎？曰：朱子之言不可易矣，宫人美后妃之詩也。且非第朱子言也，毛公義蓋已如此。毛傳所謂窈窕者，后妃也；所思之、友之、樂之者，亦皆后妃。曷嘗云后妃有求賢之心乎？且非第毛公云爾也，序云憂在進賢，不淫其色；哀窈窕，思賢才，而無傷善之心。序以是釋『樂而不淫，哀而不傷』，于辭固拙矣，然其意則謂欲進后妃之賢，而非以色升也。哀思后妃之賢才，而羣女不傷沮之也，猶之朱子宫人之辭也，曷嘗云后妃之進賢者乎？謂后妃之欲進賢者，鄭氏也。孔穎達不悟序與毛公義異于鄭氏，而强以鄭氏之解被之。且夫毛公謂共荇菜以事宗廟者，后妃之職，是以思是賢女以爲后妃，思而得之，以承宗廟矣。君在阼，夫人在房，君西酌犧象，夫人東酌罍尊，禮交動乎上，樂交動乎下，是以『琴瑟友之，鐘鼓樂之』也。嬪御之倫，于廟中固皆有事焉，然『友之』『樂之』云者，敵體于君辭也。宮人宜以是稱諸后妃，后妃不可以是稱諸未至之女。

書曰：『文王受命惟中身，厥享國五十年。』文王九十七而崩，其即位蓋四十七八歲矣，又終王季之喪三年。詩曰：『文王初載，天作之合。』當太姒之來嬪，文王蓋五十矣，未知其爲世子有妻而亡之與？抑以求聖女之難竟未有夫人與？于是妾御皆哀其無以共承宗廟，是以輾轉反側以思之也，可不謂之憂在進賢，得性情之正者乎？苟以后妃之貴，而志進賢若是，固不可謂之非美也；以妾御之賤，而所志若是也，不亦美之尤者乎？美之尤者，非文王盛德之尤者乎？房中有樂，但有琴瑟耳，鐘鼓非所以樂后妃，惟賓祭有鐘鼓之樂，后妃與焉。白華之詩曰『鼓鐘于宮』，所謂宮，亦廟也。

文王五十而娶太姒，篤生武王。文王之崩，武王蓋四十六七歲矣。又十三年而伐紂，年可六十，故告周公曰：『維天不饗殷，自發未生，于今六十年。』又六年而崩。蓋武王壽止于六十六，故周公陳無逸不及武王。謂武王九十三而崩者，妄也。武王克殷，歲在鶉火，逾十六年，歲在大火，而成王封小弱弟于唐，是時唐叔蓋可二十矣。遡克紂時，殆爲四歲，武王崩時蓋爲十歲。成王長之異義，古尚書説謂成王十三而喪武王者，近之矣。文王既爲西伯，而後太公至周，爲西伯之後九年而文王崩，然則武王娶太公女邑姜，亦年四十矣。故克紂之後，元女太姬始可嫁，而成王、叔虞皆幼也。以是推之，周人先世大抵壽長而娶晚，是以自不窋而後十六君而閱千年，是以召公以『似先公酋矣』祝康王之壽，謂男子不必三十而娶，國君十五而生子此殆習于衰俗而爲之説者與？

莘之國北過郃陽，南及渭汭，故詩曰：『在洽之陽，在渭之涘。』蓋居漢京兆左馮翊之間，兼郃陽船司空之地，宜其謂之大邦矣。文王初載猶居岐周，故詩曰：『于周于京，纘女維莘。』其時周封界不得至河，而莘固東濱河，文王以百兩來迎，宫人從焉，是以見河洲而起興也。自周而來莘，當逾洛水，造舟爲梁，其在洛上與？及武王有天下，莘爲畿内之國，不知何時遂併于虢，是以神降于莘爲虢公地也。

## 副笄六珈説

傳曰：珈，笄飾之最盛者，所以别尊卑。箋云：珈之言加也。副既笄而加飾，如今步摇上飾。按毛、鄭之意，蓋皆以笄與珈同爲副上之物，其飾皆盛，非謂以珈爲笄之飾，合笄、珈爲一物也。追師追衡笄，蓋笄以玉爲，即所謂飾之盛者矣。珈制雖不可知，亦女子首飾耳。太玄之瞢首曰：『時嗟嗟，不獲其嘉。』男子折笄，女子易髢。』髢，即珈也。笄與珈，女子皆得有之，惟后夫人之飾爲盛耳。正義謂以珈飾笄，及云卿大夫妻則無者，皆非也。

## 楚宫説

宫者，先君廟也。猶春秋稱武宫、桓宫、莊宫之類。君子將營宫室，宗廟爲先，故于定方中時即作此宫也。室，則君所居也。待作宫成，更揆日作室。室與宫，亦所謂散文則通、對文則異者。

## 國風淫詩説

國風之有淫詩，古序詩者以爲是刺惡之辭也。朱子以謂淫者自爲之，其難詩序之説甚辨。然竊謂朱子之説，亦未盡得也。世有身爲辱行，而必舉孟姜、孟弋之名出以告人者乎？嘗觀樂府辭，若子夜讀曲之倫，及近世里巷歌謡，其設意搆辭，第縱心言之，或不必有所爲，然後知桑閒濮上之辭，亦若是焉已矣。天下風俗美惡，莫甚乎不知其然而然：人不自知其莊敬也，而言行靡不出于莊敬，則治美可知矣；人不自知其放僻也，而言行靡不出于放僻，則衰敝可知矣。雖古盛時治國，未必無一人之不肖、一人爲淫，而刺譏旋作，風俗猶可言也。不畏人之刺而或自道之，風俗衰矣，而猶未極也。相習爲淫，相安爲佚，雖不必身爲其事者，而意皆若樂乎此、忽乎不知其出于口也而轉相詠誦焉，然後人心之蕩不可收，而先王之教澤存于民者泯絶矣。

## 斯干説〔一〕

西周之都嘗數遷矣，文王居豐，武王居鎬，至穆王居鄭。此説見漢書臣瓚註，瓚必有所本。懿王居廢邱，遭厲王流彘之禍，宣王中興，蓋廢邱宫室之壞而鎬京之廢久矣，宣王宜更擇都邑，建宫廟。史不著宣王所遷之邑，以斯干及『申伯信邁，王餞于郿』度之，蓋宣王都漢右扶風之域，南山之北，渭水之南，雍、郿間也。太史公云：『雍旁有吴陽武畤，雍東有好畤』，『晩周嘗郊焉』，事不誣也，故宣王石鼓出于陳倉。

方周未東遷之時，而都人士之詩已作『王在在鎬』，魚藻詩人以傷今而思古焉。則未知其在鄭與？在廢邱與？抑宣、幽之世與？劉子政説斯干之詩，以爲上章言宫室之如制，意厲王以前，宫室嘗侈矣，宣王立都，改而崇儉，故曰：『風雨攸除，鳥鼠攸去，君子攸芋。』言室取辟風雨鳥鼠而已，此君子所以爲大也。其時民亦從而徙宅，『百堵皆作』，鴻雁詠焉。『雖則劬勞，其究安宅』，此誠宣王之美，然其地則益西近戎。加以幽王之無道，戎之侵軼最甚，日蹙國百里，蓋必幽王未死，而國都先失，徙避漸東，卒不免于驪山之下，然與喪都非一年事矣。正月、十日之交〔二〕、雨無正三詩，皆幽王末年之詩也。昔者幽王承宣王故都，蓋在豐、鎬之西，及爲戎所攻，故都遂滅。毁社稷、殺民人，曰滅；君死焉曰滅。詳春秋説。幽王播遷東徙，託居下邑，『如彼棲苴』。卿大夫離散莫之顧，其忠臣不忍去，不避危難存之者，哀傷而作詩也，故曰：『赫赫宗周，褒姒滅之。』又曰：『宗周既滅。』夫人生于憂患，死于安樂，至無道之極，雖憂患不能生之，若幽王是已。戎禍既成，覆出爲惡，不至驪山之事不悔也。皇父，番家父之倫，即正大夫離居者也，雖未必皆導王于昏，致滅國之禍，然任居重位，而當戎禍既亟，天災迭降，晏然與其豔妻安處，不恤及國，反作都率衆以遠王，王誠信讒不能從善，然臣子之誼，可恝然如是哉？此詩人所不敢傚也。逮平王東遷，崤函以西大抵糜爛，幽王之罪深矣。然吾竊意宣王建都，亦稍失策云。

## 上帝甚蹈説

毛詩『上帝甚蹈』，韓詩外傳引爲『上帝甚慆』。竊意韓詩是也。慆者，變也，猶天降慆德意也。毛公時，字蓋不誤，故解『慆』爲『動』。動，亦變也。夫人君失德，莫甚于多變。方其用是人也，則重之如恐不及；未幾事過矣，則忘其前功，而苛責其罪。愛之欲其生，惡之欲其死，此市井小人所羞，而天王顧爲之者，知不足以知人，而存心不出于忠厚也。『慆』之字，或作『謟』，似『蹈』，傳寫至康成，遂誤爲『蹈』。此與戰國策『上帝甚神』，皆以字形近而書舛誤。孫卿謂當時以是爲非、以吉爲凶，故引詩以證，歎時君之甚變亂，何爲云『甚神』乎？

## 裸將于京説

王之祭于廟也，陳器奉牲幣百執事皆王朝之六官也。然則諸侯入而助祭者何事與？裸獻之事而已。而裸禮尤重。祭之屬，莫大于裸，在廟之人咸助王，矢其精誠，使臭陰達于淵泉，以格神助之大者也。詩曰：『殷士膚敏，裸將于京。』又曰：『左右奉璋，奉璋峨峨。』以是知内外臣咸助王秉璋執鬯以裸于神矣。頌曰：『相維辟公，天子穆穆。』此言王始祭而裸，而辟公以裸相也。然後曰：『於薦廣牡，相予肆祀。』此言既裸，然後出迎牲，有薦腥薦孰之事，而辟公又以獻爵相也，然後助祭之實備矣。司尊彝職曰：『春祠夏禴，裸用鷄彝、鳥彝，皆有舟。其朝踐用兩獻尊，其再獻用兩象尊，皆有罍。諸臣之所酢也。』蓋諸臣之裸鬯獻爵，皆曰『酢』，顧命『奉璋以酢』是也。酢者，胙也，求福胙于神也。夏繹祭曰復胙，義宜取是。周官因『胙』而誤爲『昨』。舟，即卣也，以聲近假借之。言卣有鬯，罍有酒，皆諸臣之所酌焉以獻神者，故曰『諸臣之所酢』。其嘗、烝、閒祀、追祀言酢，義皆如此。鄭司農以舟爲尊下之臺，則非天子諸侯之尊，廢禁之禮矣，且不應與『皆有罍』文同而義别也。尸醋主人，說文字本爲醋，後世酬醋借酢之字，而酢之禮乃反隱。康成乃以謂諸臣自醋，則酌于罍，其説益不可通矣。蓋不悟『酢』非『尸醋主人』之『醋』，而又以謂鬯非諸臣之所得用也，不思諸侯相朝裸用鬱鬯，而況爲天子達于神明乎？

## 惟師尚父説

太公之名號，經史説之多異。鼐意以爲，望，其名也；尚，其字也；太公，其薨後子孫所稱，猶周之稱太王也；以謚配名曰『太公望』，此爲齊言之。若當太公在時，固無稱太公者。又周人敬之，不稱其名，故稱其官曰師，稱其字而加父，以尊之曰尚父。『惟師尚父』，詩之所以歌也。秦昭王謂平原君曰：『昔周文王得吕尚，以爲太公。齊桓公得管夷吾，以爲仲父。今范君亦寡人之叔父也。』太公語蓋誤，當爲『尚父』，『尚』字而加『父』，猶管夷吾字仲而加父，皆以尊之，比以父行。范睢，字叔，昭王是以云『范君亦寡人之叔父』。太史公于太公世家既載流俗妄語以爲西伯曰『吾太公望子久矣』，故號之曰太公望，是以于昭王語，亦述之而誤也。自文王稱太公以父配字，其後遂爲周人男子之美稱。猶文王稱諱如見親，而周遂有謚禮以諱事神，皆禮之所由起。毛公乃解詩以爲可尚可父，劉子政以爲師之、尚之、父之，似于義爲迂，而後世遂有以尚父之稱加諸其大臣者，其失蓋自毛公始也。

# 棫樸旱麓詩説

棫樸者，諸侯頌天子之辭也。故謂我王共承祀事，而助祭者徠趣巡歷方畿，而六師從邁。其居位既已尊崇美盛矣，又祝其壽考作人，而勉勉于綱紀四方之事，望其君者益深而不忘規戒也。旱麓者，蓋天子所以答之，云『豈弟君子』者，猶蓼蕭、湛露之以稱諸侯之辭也。言君子既干禄而降福矣，善人以類進，猶鳶魚之飛潛然。然則君子豈不作人哉？貢士于王畿之謂也，故又言余以牲酒享祀，余終賴君子爲神所勞者，以邀福于神焉，而卒又自比于葛藟，比諸侯于條枚，而望其求福之道一出于正。蓋君臣交相勉也。若此序詩者，徒見棫樸、旱麓在大明、綿之後，思齊之前，謂必亦爲述祖德之詩爾，其實不然。文王未爲天子，僅有三軍，而詩言『六師及之』。其稱周王、我王者，宜諸侯之謂其時王，非子孫之所以加先王也。行葦、既醉四章，亦上下相酬答，而居公劉之前。若以述祖德類從，則生民、公劉宜相次矣。編詩前後，或因樂章之次，今世不可强説。獨其本詩辭證明白者，其義可誦，而辨朱子惡詩序違失本旨，改易其不安者多矣。此二篇，猶因依舊説，而實與詩刺謬，不可傅合表記，言君子小心而畏義，求以事君，得之自是，不得自是以聽天命。詩云：『莫莫葛藟，施于條枚。豈弟君子，求福不回。』其舜、禹、文王、周公之謂乎？有君民之大德，有事君之小心，以此論之，旱麓所言爲諸侯之事，漢以前儒者解之未嘗誤也，爲毛詩者失之矣。

## 皇矣第四章説

左氏傳晉成鱄引詩曰：『惟此文王，帝度其心。』疏謂韓詩及王肅注毛詩亦作『惟此文王』，惟鄭康成本作『惟此王季』。鼐疑鄭本蓋誤也。文王稱王，故曰『王此大邦』，曷以施于王季哉？文王之德，順乎天下之心，服而徠之，故曰『克順克比』。人情于天下徠歸之日，有震而矜之者矣，此德之所以有悔也。文王之時，三分天下有二，以服事殷，故曰：『比于文王，其德靡悔。』然而伐崇及密者，天命誅之，非文王有所利焉，而于德有失也。故末四章，述伐崇、密事焉。詩稱文王之盛德固多矣，而皇矣之辭尤備，吾以知鄭本作『王季』之誤也。

## 文王有聲説

文王有聲之説，前儒以前四章稱文王，後四章稱武王。又謂靈臺之辟雍，乃文王在豐所作之辟雍；是詩之辟雍，乃武王鎬京之辟雍。鼐竊疑其不必然也。豐、鎬相去地無幾耳，文王都豐，其地蓋狹，故擇于豐水下流之地建辟雍，而會四方之諸侯，其地即鎬京也；武王之興，因文之故基辟雍，豈待于改作哉？『豐水東注』二章，兼述文、武之事，非專指一王也。鎬京辟雍，詩以序于『宅是鎬京』之前，明文王建之于前，即靈臺之所詠，其後武王因而宅于是耳。武王蓋不以豐、鎬爲截然兩都，文廟在豐，故不復再建于鎬。末章言『豐水有芑』，蓋水盛而物生焉，王者德盛而功立焉。以武王爲子，安得不伐暴救民而有事哉？其貽孫燕子，亦猶文王之『聿追來孝』也，功在天下而後安在一家也，詩序云『繼伐者』，蓋得其旨矣。

## 于時處處于時廬旅説

處處者，民處所恆處之室，二畝半，在邑中者也；廬旅者，耕時暫處之廬，二畝半，在田者也。廬者，不成乎室也，故道路所頓曰廬，諒闇曰廬，中田之居曰廬。旅，衆也，言處耕衆也。六尺六寸爲步，步百爲畝，畝得方六丈六尺，計二畝半，爲地方九丈五尺有餘。古尺短，蓋當今方五丈許。邑之中爲室，盡方五丈許以爲室矣，故可以常居八口。田之中爲廬，尚有還廬樹桑菜茹有畦在焉，不盡方五丈許以爲廬也。故雖耕時，民不盡室以居之。書曰『厥民析』，蓋有宿于廬者矣，有不必宿者矣。其不宿者，早出夕入，里胥鄰長，春秋朝夕，視出入民，故曰『出入相友』。公劉之詩言在邑在田，皆有安居，述農夫之事，略與七月相表裏。所以作豳，而肇周王業者也。孔撝約云：詩『侯主侯伯，侯亞侯旅』，即此廬旅之旅。蓋主伯仲叔家之專長，晝課田功，夜則入城邑，其宿田者，衆子弟而已。

## 其軍三單説

單，蓋即『墠』字，古文省土旁耳。邑聚必有社稷之祀，社稷異壇，而一墠三墠，言爲邑聚三也。凡周禮及管子所計都鄙里邑民家之數，皆言其略耳。居民必度山川形勢，其多寡勢不可一限也。若夫公劉之初興，其定民居之數尤不可知；所可知者，因其原隰之勢、水泉之宜，爲三聚焉而已。周之盛，以萬人爲一軍。公劉之時，殆未能有是也。

## 鳧鷖在涇説

水之中流，盛者曰涇，莊子『涇流之大』是也。鳥常集地與木，而鳧鷖有時而浮中流矣。人臣當卑，而公尸有時入廟而居君父之位矣。詩以興，其當位之稱也。鄭康成以水名釋涇。按：周都渭南，涇在渭北，遠非起興之宜也。

## 是用大簡説

民勞之末曰『是用大諫』，是終詩之辭也，其宜也。板之首章不宜。然其三章，乃言『我言』，惟服自述，諫之之意耳。左傳及魏志高堂隆傳皆引作『猶之未遠，是用大簡』。蓋大音泰；簡，忽略也。此詩首二章，論言行二端之失義，皆相承『出話不然』，是以棄聖人之法言，而言又無誠也。『爲猶不遠』，是以行無法制而太簡忽也。『太簡』，是以憲憲泄泄也。『靡聖』『不實』，是以不輯不懌也。康成時本，蓋因民勞而字誤，毛詩之舊，殆未必然。

## 蕩蕩上帝説

『蕩蕩上帝』四句，毛傳曰：『上帝以託君王是也。』猶有菀之言『上帝甚神』，意厲王暴虐，自尊侈有，若周天皇之所爲者，故當時臣謂之『上帝』耳。詩又言王所以其命多辟者，自恃崇高之勢而已，而不知天命匪諶也。人君有初，不獲終者多矣，若殷商是也。朱子集傳不用舊説，然意似迂曲，又與詩意不貫，不若毛詩説之安也。

## 用戒戎作用遏蠻方説

諸侯爲方伯，不待王命而興師征討，惟蠻夷猾夏得以行之。當西周時，魯、齊、衞皆大國，行方伯之事，淮夷、徐戎爲亂，而魯公誓師曰『魯人三郊三遂』，明所統師非第魯已。『汝劫毖殷獻臣，侯、甸、男、衞』，自康叔時已當方伯之任。及衞武公自戒曰：『用戒戎作，用遏鑾方。』禦蠻，方伯職也。狄人迫逐黎侯，旄丘之詩作焉。黎以方伯衞之舊職，故望之也。齊，東方大國，所統旁小國，爲侯五，爲伯九，故曰：『五侯九伯，女實征之。』言征取其兵賦而用焉，以討蠻夷。杜元凱註左乃以爲五等之侯、九州之伯，皆得征討其罪。誠如是，則摟諸侯以伐諸侯，王命召公以授太公者已悖矣。

## 絲衣説

天子之祭，備禮樂，眂滌濯，蓋有樂焉，絲衣，其樂章也。禮王郊祭，則皮弁以聽祭報；又曰：『君皮弁素積，朔日、月半巡牲。』故皮弁，眂滌濯之服也，皮弁衣布而裳以絲。詩曰『絲衣』者，猶秦風之云『黼衣』，通言裳也。器之巨者眂，而舉鼐鼎，則小者俎豆以下眂可知矣。爵之賤者舉兕觥，則貴者玉瓚以下眂可知矣。舉旨酒，則眂彝尊罍可知矣。既眂則又戒，執事者『不吳不敖』，皆所以爲敬戒也。夫詩，祭祀之辭必在頌，賓燕之辭必在雅，其體未嘗或紊者。絲衣在頌，而毛詩序以爲繹賓尸，朱子以爲祭祀飲酒，其于義恐皆未可通也。吳，大言也。大聲而言爲慢，故『戒』之字不當讀胡化反。投壺禮『無憮、無敖』。吳、憮音近，假借字耳。其戒辭一也。

## 長發六章七章説

按此詩四章、五章，皆序湯事矣。六章之首，似不必復舉武王之稱，末章『有震且業』下，文勢又不應遽言阿衡也。竊疑『昔在中葉』二句，當接『百禄是總』之下。此詩至末二章，更述商始終盛衰之勢耳。第六章六句，末章九句，『韋顧既伐，昆吾夏桀』下，正接『允也天子』，則辭意俱順矣。

**校記**

〔一〕此文被選入王昶湖海文傳卷十六，道光丁酉年經訓堂板。

〔二〕十日之交　當作『十月之交』。

# 惜抱軒九經説八

## 周禮説一

周禮，非周公之書也，蓋周公定天下之制，存于斯焉。然亦不備，東遷以後，周之君子取百職司所有之典職，集而載之焉爾。周自成王以後，三公之職以六卿兼之，然三公固有其職矣。周之初有三公，而不兼卿者矣，太師、尚父是也。周之建國，公、侯百里，伯七十里，子、男五十里，惟魯、衞、齊啓土逾制，此一時之權宜爾。爲周禮者見其封國有是，而以謂先王凡建國之定制，此二者之存亡，天下所繫之大者。使周公作書，必載有三公之職，封國斷自百里以下，而權宜之制不必録于書也。周穆王始作職方，而其文載于今書。周公營洛邑，以爲地中，便于四方之朝貢而已。今大司徒職乃曰：『日至之景，尺有五寸，謂之地中，天地之所合也，四時之所交也，風雨之所會也，陰陽之所和也。』是必東遷以後，君子之侈説也。

萇宏以方事周靈王〔一〕，諸侯莫朝周，宏乃明鬼神、依物怪，欲以致諸侯。然則庭氏、哲蔟諸官之説，意其興于是邪？不然，胡若是瑣哉？司儀掌客，其文獨詳與他處〔二〕，尤不類，此由非一人一時之所成書故也。魏文侯樂人竇公獨傳其書，爲大司樂章，則知東周百官之傳守職事，若竇公者固多矣。西周之官廢于東周，則其職事雖欲求之而不可得詳，大則三公，小則綴衣狄。嗚呼！豈獨冬官亡於於漢氏哉〔三〕？

古今官制，未有數百年更歷盛衰而不變者也。夫周之爲國久矣，其官制未可以前後定爲一也。文、武之時，三公在六卿外，合之曰九卿，曰九品。及成王顧命之日，三公入六卿内，無專官。及宣王時，命皇父爲卿士，統臨六卿，故十月之交特言『皇父卿士』也。此與微子洪範所云『卿士』合諸卿而言之者異。意宣王頗復文、武舊制矣，以逮東遷，或變或沿。鄭莊尚爲王卿士而未幾去之，故春秋桓公四年書『宰周公』也。至於公之下，卿之上，復有孤，此未知在周爲何王時之制。宰夫職曰：『掌治朝之法，以正王、三公、六卿、大夫、羣吏之位。』此無孤時所記者也。及夏官司士、射人，所言亦治朝位也，而曰『三公北面，孤東面』，此有孤時所記者也。收集雜有前後，非出一時之制，故不可得而一也。

宫伯掌王宫之士、庶子，授八次、八舍之職事，『若邦有大事作宫衆，則令之』。其言簡而備，足以慮經盛衰，諒周盛時之文，宜如此爾。及掌固『頒其士、庶子及其衆庶之守』，『凡守者受法焉，以通守政，有移甲，與其役，財用唯是得通，與國有司帥之，以贊其不足者』。

此敵國來攻，設守之法，使周公豫慮及此，于周盛時，可謂太早計矣，而其文亦稍繁複焉。環人職曰：『訟敵國。』夫周之衰，稱諸侯敵國，而至於訟焉，天子之體之隳極矣！豈周公時亦有此事乎？王鮪之生也，以暮春出河南鞏縣，非時及他處皆無，東周時獻之，其宜耳。而獻人職曰『春獻王鮪』〔四〕，豈在鎬而使人間關數百里以獻此魚哉？

當東周之世，地小而諸侯各閉其利，宜偶有植漆于田之民以徼利者，故如載師重征之，或可也。若西周擅終南財産之饒，通四方之貨，民固當取漆於山，必無廢田而植漆者。使漆林之征果二十而五，甯得不謂之暴征乎？吾謂撰周禮者，第以有一代之制，雜收東西周所紀載，不計其事之前後，本未嘗云是盡周公法也，以爲皆出於周公者，後儒欲過尊其書，强爲之説，而不免失之誣矣。宋永嘉陳及之已有此説。

## 邦中四郊邦甸家削邦縣邦都説

太宰：『九賦斂財賄：一曰邦中之賦，二曰四郊之賦，三曰邦甸之賦，四曰家削之賦，五曰邦縣之賦，六曰邦都之賦。』説曰邦中者，兼載師之國中，及近郊地四面方百里言之也。康成誤以邦中即載師之國中，國中止是城内，豈有田賦？故不得不以口率説賦矣。此不若其云『邦之所居曰國』之爲當也。至其註載師，又因遂人有授民『夫一廛，田百畝』語，疑廛里不謂民在都城者，此又疑所不必疑。載師之廛里，正是民在都城者，遂人『夫一廛』，乃謂凡民有二畝半宅在邑者。

『二曰四郊之賦』者，載師之遠郊，鄭司農引司馬法『百里爲郊』是也。杜子春云五十里爲近郊，言去城五十，其方百里，蓋於九賦爲邦中。又云百里爲遠郊，言去城百里，其方二百里。故鄭云遠郊之内，地居四同，此則九賦之四郊也。三則邦甸之賦，載師之甸地，司馬法二百里爲州，三百里爲野，皆在此邦甸中矣。其五邦縣之賦，載師之縣地，司馬法四百里爲縣也。其六邦都之賦，載師之畺地，司馬法五百里爲都也。此凡所言里數者，約略之辭。周王畿以東西相覆爲千里，惡可以道里遠近定其名哉？若其四家削之賦，則公卿大夫之田邑，田邑尤不可以遠近定，或有在郊甸，或在縣都，總曰家削。九賦於甸縣都皆加邦者，以家削與同地，故言邦以別諸家焉爾。且夫周禮治鄉遂之法詳矣，而經或言都鄙，而不明治都鄙之官與法。夫都鄙未可與鄉遂隔別爲二也，何也？鄉遂皆自五家起數，累至萬二千五百家，而鄉遂名焉。然天下聚落，因地形勢爲之，未有可限以民數者也。爲治者，必無毁城郭邑居以就民數之理，亦無有城邑即不用計民經田里之法。然則二者必相通也。邦中百里，地近王都，王都外即其鄙，宜無人臣都邑焉。然尚有不可以是限者，若夫四郊以外，地廣而爲都者多矣。近地狹，其都宜小；遠地廣，其都宜大。於是分其名爲三：最遠而大者曰都，邦都之賦、載師以大都任畺地是也；次近差小曰縣，邦縣之賦、載師以小都任縣地是也；又近尤小曰邑，邦甸之賦、載師以公邑之田任甸地是也：而總謂之都鄙，計民經里，則其法皆遂法也。爲王守都邑之官，其地大如遂以上乎，則遂大夫之職；其職也大如縣乎，則縣正之事其事也。故周禮未嘗更云守都鄙官之職，而太宰以八法治官府，以八則治都鄙，不復言以何治鄉遂者，鄉遂與都鄙固一也。若夫其地平漫無邑，而大如遂，則固以遂治矣。夫遂人所掌之遂，不可數定也。然而云大喪率六遂之役者，第用遂六以屬六綍耳，遂豈限以六哉？

都大而遠，守都者雖非私據其地，然已儼如國矣，故設都司馬、都宗人、都士察之，與家同。康成因是遂謂都爲王子弟公卿邑，而其解都鄙亦由是而誤。夫予臣下邑，未嘗非以都鄙爲之也，而不可云都鄙皆私邑也。至其云公邑者，六遂餘地，天子使大夫治之。自此以外皆然。此解固是，而云二百里、三百里則上大夫，四百里、五百里則下大夫，則非。夫上下之別，當以都大小耳，豈大都畺地反下大夫，小都縣地反上大夫乎？

## 醬用百有二十甕説

膳夫：『醬用百有二十甕。』醬者，醯醢之總名也。膳夫所掌，有食、飲、膳、羞、珍、醬六者，不言醯醢，設官無醬人，有醯人、醢人。鄭註『醬，謂醯醢』是也。醯人共醯六十甕，醯人共醯六十瓮，合之正百二十矣。醯六十瓮，以五齊七醢七菹三臡實之，然則醯又醢、菹、臡之總名也。其五齊在酒正所掌，以實於尊者，自屬酒類；在醯人所掌，實於瓮者，非以供飲，乃供調和食物，配醯則亦可名醯也。醢人所掌，五齊配醢，則亦可名醢。至菹既與醬通名，故内則有芥醬，其醬乃菹也。又内則凡但言醢者，三牲所爲，周禮七醢中之醓醢也。其有異如蚳醢、兔醢，則别言之。

## 小司徒以令貢賦説

小司徒職言以令貢賦者二，其説各有所主：令于卒伍者，軍賦也；令于經土地井牧者，田賦也。古人賦税大抵通稱，而其制則不可混。公共出財納于公，則謂之貢。貢亦通稱，故禹貢以兼目貢賦而爲名。此所言貢賦，止是一事。康成以九賦釋令于卒伍者，及以貢爲嬪婦百工之物，皆非是。

## 五物詢衆庶説

鄉大夫：既興賢者能者，賓而獻諸王矣，若其衆庶未登庠序，或更有可取用之人，故不必當鄉射之時，而更以鄉射之禮詢取之。其詢以五物：一曰和，言其人雖不必大孝友仁義，而必素和順無乖悖之事；二曰容，言非侏儒跛躄，而容貌端正。有是二者，乃可使與射。三曰主皮，以觀其勇力之可用；四曰和容，當衆會之時，差有威儀可觀，庶幾容體比於禮者；五曰興舞，庶幾節奏比於樂者，古人射之以樂，以聽以射，其行步趨蹌，援弓釋矢，能中樂節，斯謂之舞。大司樂詔諸侯以弓矢舞，詩『舞則選兮，射則貫兮』是也。備此五者，則其人亦可附諸賢能之末矣。

## 媒氏會男女說〔五〕

媒氏：『仲春之月，令會男女。于是時也，奔者不禁。若無故而不用令者，罰之。司男女之無夫家者而會之。』說曰，奔者，速行也，無納采、問名、納吉、納徵之禮，而嫁娶則速也。古者士無不備禮者，庶人則有之矣。荀子曰：『霜降迎女，冰判殺止。』士霜降以後，備迎女之禮，納采、問名、納吉、納徵，于是冰判可以娶。始未備逆女之禮而至于冰判，士則止，庶人則殺。詩曰：『士如歸妻，迨冰未泮。』禮曰：『聘則爲妻，奔則爲妾。』若夫庶人則不然，備禮可也，不備亦可也；雖奔而亦爲妻，非妾也：故曰『殺』。

王者寬于禮以適其情，嚴于時以遏其亂。仲春則可以奔，非仲春而奔，然後有不用令之罪。及其有故也，雖非仲春亦可，摽有梅之詩是矣。蓋王者之寬其民也若此，故曰『議道自己，制法以民』，『禮不下庶人』。夫女子一與之齊，終身不改者，士大夫之家也；司男女無夫家者而會之者，亦所以寬庶人也。故守節者禮之所旌，而失節而不至于淫者，刑之所不及，以君子義理之極而責之庶民，其言也非不有辭也，然而庶民無所措手足矣。

## 司市説

『大市日昃而市，百族爲主；朝市朝時而市，商賈爲主；夕市夕時而市，販夫販婦爲主。』蓋神農之治，日中爲市，甫中即昃，日昃即日中也。交易亦不必專爲商賈，言百族則商賈、販夫、販婦皆在矣。然商賈固以市爲事者，故令其早至爲朝市，其貨亦必多，宜先運致，又可多賣也。然至夕時，商賈必與百族咸退，抑末戒貪，又使市中清整也。惟販夫販婦所攜寡少，尺布斗粟，安可使明日又來市耶？則可留至夕時，必售之而後去耳。

## 遂人治野説

遂人之法，十夫有溝，百夫有洫，千夫有澮，萬夫有川。而井田之制，見於考工記。匠人者以方里爲井，井間有溝，一井耕者八夫也。方十里爲成，成間有洫。成凡百井八百夫也。方百里爲同，同間有澮，同凡萬井八萬夫也。其爲溝、洫、澮之名雖同，而地之廣狹相懸遠矣。于是康成以謂井田者，特周畿内采地都鄙法耳。周之鄉遂一如遂人之制，而無井田。吾以爲不然。王田之與采地，不可定也。以王田賜公卿，則采地矣；公卿有改削地者，則又王田矣：可若是之紛紜乎哉！

夫井田者，三代之正法。其鄉遂采地，地皆當爲井田，夫何疑哉？惟其山川形勢不能平衍、不可井者，則遂人之法行焉，曷嘗以王田采地分哉？或曰：如是則周禮鄉遂宜載井田制矣，不言井田而反載十夫、百夫溝洫之制，豈舍其正制而言變制乎？曰：是有説也。經土地而井牧，其田野九夫爲井之法，已具載小司徒矣。度地者司空之事，爲井田之制之詳，如匠人所言，冬官固必有之，今特亡其篇耳。以其鄉遂都鄙皆然，不得專載於鄉老之職，亦不得專于遂人也，是以皆不載也。若夫遂人所職者野，野則於遠人遠地相際，國有受新甿而闢新地之事，皆其事也，故其文曰：『以下劑致甿，以田里安甿。』甿者，始至之民。又曰：凡治野，夫間有遂以至，川上有路，以達於畿，畿則王國之極界矣。故知此爲始闢草萊之地未可井者言之。此十夫、百夫溝洫之法，所以獨具於遂人，而凡鄉遂都鄙地，有倚山川丘陵不可井者，理通於此，故無取乎繁言耳。

古人十夫、百夫之溝洫，與井之制，一以地勢制其宜，而不論於國爲何屬。孟子告滕請野九一，而助國中什一，使自賦。此適就滕地勢分之耳。滕之國小矣，其所謂野者，苟如大國度之，則猶在國中耳。國中豈不宜九一而助乎？惟滕之國中必不能矣！楚蔿掩書土田：町原防，牧隰皐，井衍沃，其所分異，以地勢如此，雖周禮何嘗不然也？

## 廩人四鬴説

廩人：『凡萬民之食者，食人四鬴，上也；人三鬴，中也；人二鬴，下也。』注云：此以月計，六斗四升曰鬴。然則月食四鬴，是二石五斗六升也。古斛小於今斛，以七分準之，得一石七斗九升嬴。以一月三十日分之，人日食如今量，可五升半嬴矣。蓋古之一國，自君至民之生齒，皆有數可稽，而一年境内登穀，亦有數可會。會收穀之數，以配國人之數，計豐年所堪若是，是則餘穀多矣。若人食二鬴，以今量計之，日食可升八合弱。此亦不至有飢者，但無嬴，藏則無耳。惟不足，則移民就穀必矣。

## 吉事變几説

司几筵：『凡吉事變几，凶事仍几。』鄭注謂如祼於室，饋食於堂，繹於祊。每事易几，喪事奠几，朝夕相因，故曰『仍几』。按：祼、饋食、繹已異地而更設，自必易几；朝夕奠，未嘗易地易設，自不易几：豈以吉凶言哉？顧命甫設，而即云『仍几』，則『仍几』非因前事之謂矣。蓋几有面背，吉事則几面内向人，故左右變也；凶事則兩几之面一向，故曰『仍几』，以左右言也。此王朝之禮，諸侯以下一几，則無此禮矣。

## 世婦每宮卿二人説

天子之卿，任六事者，所謂卿士也。非六事而卿者，蓋有之矣，日官諸卿以底日是也。晉六軍將爲卿，而郤缺爲卿不在將軍之列，先儒謂之散卿。蓋周禮亦然。武王母弟八人，周公爲太宰，康叔爲司寇，聃季爲司空，而五叔無官。然五叔皆諸侯，有爵也，且亦可以有官。有官而職輕任簡，非六官之列。若滕爲卜正，是之謂無官耳。孟子曰：『身爲天子，弟爲匹夫，可謂親愛之乎？』故舜封象有庳，使源源而來。雖然源源而來，不來之時猶多也。曷若使官於京師相見之易乎？周之制，蓋嘗若此矣。春官：『世婦，每宮卿二人。』蓋六宮凡十二人，掌王宮中宿戒，王后祭祀、賓客之禮，宮中之喪禮。古蓋重男女之防矣，而不害其内外之交行禮；故曰：『非祭非喪，不相授器。』世婦所掌，固喪、祭禮也。然而爲之者，其王親族與？非六事而卿者十二人，苟非王諸父兄弟，不宜若是衆也。彼賈逵、馬融以十二人爲奄，非也。鄭康成引漢始大長秋詹事中少府太僕亦用士人者，以明此世婦亦士人耳，而賈公彦反謂康成以證世婦之爲奄也，豈不謬哉！

## 校記

〔一〕方　當作「方術」。
〔二〕與　疑當作「於」。
〔三〕於於　疑當作「於」。
〔四〕獻　當作「獻」。
〔五〕此文選入王昶湖海文傳卷十六，道光丁酉年經訓堂板。

# 惜抱軒九經説九

## 周禮説二

### 大司樂用樂合分説

大司樂既云『大合樂以致鬼神示』，明所用者非一樂矣；又云『乃分樂而序之』，明合之中又有分也。故雲門以祀天神，咸池以祭地示，大磬以祀四望，大夏以祭山川，大濩以享先妣，大武以享先祖。蓋古之祭爲時久矣，非可以一樂終祭。雖備六樂，而正祭初獻之樂，則其所尤重者，故有六者之别。所謂分樂敘之，敘以言先後，非謂祀天神必無咸池，祭地示必無雲門也。至其後樂六變，天神皆降，可得而禮。八變地示皆出，可得而禮。九變人鬼可得而禮者，聲音之號，所以詔告於天地之間也，招致其人，故云可得而禮，則非言正以禮神也，是以雲門、咸池用以致天地，與其以祀以祭也同，而九磬以致人鬼，與其享先祖、先妣者異。且其文先言：『凡六樂者，一變而致羽物，及川澤之示』，至『六變而致象物及天神』，以明六樂本皆可隨用，以致天神、地示、人鬼，一也而分而用者，周禮然耳，猶前分樂而序之之意也。不然，豈黄帝之樂遂不足以致人鬼，而舜之樂遂不足以致天神、地示哉？周人祀天神、地示、四望山川、先妣、先祖，有奏、有歌、有舞。吾意奏歌舞各爲用，非一時並舉也。奏以鐘鼓，在迎牲迎神之始，其聲巨；工升歌則以琴瑟，其聲細。苟以歌並於奏，人聲掩於鐘鼓，惡用之哉！奏自黄鐘以至無射，皆陽律也。歌自大吕以至夾鐘，皆陰吕也。鐘鼓宜陽之發，人聲宜陰之清，自天神而下，各以律吕之次而分用之，非計律與吕之相合也。康成所説建辰應月之義，雖曰巧合，然豈必古人用樂之義果出此哉？春秋傳及經傳言金奏工歌必異，奏則不歌，歌則不金奏，使其同時則必同律，乃相協矣。

## 周人享先妣説

自周制禮，而上貴有厭降之制，公子不得伸其私恩，尊嫡而賤庶，賤母不世祭，商以前蓋無是禮也。古者后夫人不甚以適、庶爲分，而子不以母貴。帝嚳四妃，舜娶堯之二女，曷嘗言孰爲后、孰爲媵也哉？帝摯嗣嚳，則祀嚳與娵訾氏，而嚳三妃之子各祀其母，固其宜也。當時既無母不世祭之制，故契、稷之子孫，祀契、稷之母，以至於有天下。周公制禮，而分適、庶之分始嚴，雖爲制嚴，而不可援子孫之制，以追廢祖宗千餘年以來母氏之祀。詩曰

『似績祖妣』，奏夷則歌。小吕舞大濩，以享先妣，豈以爲凡爲天子之制必當然哉？因於古而不可變者也。魯之用天子禮，固非矣，及至僖公放乎周，而爲姜嫄立閟宫，以爲是亦天子禮也，而惡知其竊禮之不中也！

## 社説

漢以來，儒者説社爲祭后土而不爲祭地，至胡五峯乃謂社即祭地。朱子從之。鼐考之經，知五峯、朱子所見之卓不可易也。禮每以郊、社對舉，猶以天、地對舉也。周禮大宗伯言以血祭祭社稷矣，則不言祭地；言以黄琮禮地，則不言禮社。小宗伯言右社稷，則不言祭地之位。司服言祭社稷之服，則不言祭地服。大司樂言祭地示之樂，則不言祭社樂。典瑞及考工記玉人皆言兩圭有邸祀地，則不更言祭社之玉。斯皆明社與地之爲一矣。

天神之號，曰『昊天上帝』；地示之號，曰『后土』。知社爲祭后土，而不知爲祭地，是知二五，不知十也。世所疑者，徒以大司樂言『靈鼓靈鼗，孫竹之管，空桑之琴瑟，咸池之舞，夏日至，於澤中方丘奏之』，謂此爲名曰祭地，而非名祭社也，而吾謂此亦名社也，故鼓人職曰以靈鼓鼓社祭。祭法天子之社有二：社稷之社，所謂王社也；澤中方丘者，所謂羣姓立之大社也。古社禮已亡不傳，惟郊特牲載其説，蓋古社禮之後記也。夫尋常社稷之祭，必在春秋，而此社禮，乃於季春出火後，爲行社田之事，爲社田之後而後社祭，然則其祭必當夏日至之時矣。爲社事，單出里。丘甸共粢盛，則祭社之時民得從焉。民得從，則非國中右社之地所能容，然則其地即澤中之地矣。以是斷之，社與方丘祭地爲一説，又何疑哉？郊特牲以夏田爲社田，大司馬以春蒐爲社、夏苗爲礿，此非異説也，各舉一端，以取義耳。夫春蒐何嘗不爲宗廟哉？

夫天子之社有二，然小宗伯第言國中右社之位，而方丘之社不及者，大社以民主其事，民或歲遷其地，不可定爲之兆域，故不見於小宗伯焉爾。或曰社誠爲祭地也，天地宜同尊於先王、先公之上，而司服言祭社稷，希冕乃在祭先王、先公、四望山川之下，以是爲王者祭地禮母，乃非其序乎？曰：記固言之矣，尊天而親地也。希冕者，大夫得服之下與民近，欲偕民以爲美報，故王服不極尊也。且服之序，豈謂神尊卑之序哉？祭先王衮冕，則稷當衮冕之祭矣，而及所配食之稷祭，則反希冕以承祭焉，夫何嫌疑哉？國中右社稷之社位定不可易。若方澤之社，地可時易，『旱乾水溢，則變置社稷』，謂此也。

## 九拜説

周禮大祝辨九拜，一曰稽首：其儀右手至地，左手加諸右手，首加諸左手，是爲拜手稽首。禮曰，稽首，據掌致諸地，以稽留其首於手之上，故曰稽首。二曰頓首：首不加於手，而叩諸地。三曰空首：儀若稽首，而其拜甚速，不得稽留其手於首之上，若空未拜然。四曰振動：兩手相擊而後拜，所謂抃也。禮曰拜服也。稽首，服之甚也。頓首者，皇急以謝過。空首者，降拜以受賜。穆天子傳曰：『賜許男駿馬十六。許男降，再拜空首。』降空首者，臣節之共也。君辭之，則升成拜，成拜然後稽留其首。然而禮於降階之拜亦曰稽首者，通言之耳。蓋降階者，固欲稽首然。然而君子時辭之矣，勢不可以不速矣。振動之拜，則以慶賀。此四者，皆下之於上之禮。君於神之至尊者，及所致敬於臣之甚者，則亦稽首焉。平交有所謝者，則亦頓首焉。五曰吉拜，常祭之禮也。平交相接之常禮也，首與尻平。故荀子曰『平衡曰拜，下衡曰稽首』。六曰凶拜，喪禮也。稽顙觸地，無容而拜也。顙頓於地而稽留之，曰稽顙。七曰奇拜，一拜也。八曰襃拜，再拜也。九曰肅拜，俯下手也，手相加致諸地，曰手拜。自稽首以下，皆手拜也。手不致諸地曰肅拜，禮以其不足以言拜也，故曰介者不拜，肅而已矣。婦人非喪事，雖君賜，無手拜，肅而已矣。

九拜之中，最輕者肅拜也，次吉拜，次稽首、空首、振動，次頓首，次凶拜，極矣。奇拜、襃拜，以多寡爲重，七者蓋兼得名之。鄭康成謂拜而後稽顙爲吉拜、稽顙而後拜爲凶拜者，非也。禮家記人子弟受賓弔賵儀，皆拜稽顙，故曰拜稽顙，哀戚之至隱也。爲父母長子稽顙，非三年之喪以吉拜，吉拜不稽顙也。苟稽顙，則凶拜矣，奚論其先後？使周公制禮，明以稽顙而後拜乃得爲凶拜也，則人皆識之矣，孔子不必言『吾從其至』者矣。古人必以兩手交爲拜，稽顙在地則兩手不得交，故徒稽顙曰不成拜。成拜者，手拜也。

## 令賦以地與民制之説

周禮大司馬職：『凡令賦，以地與民制之。上地食者三之二，其民可用者家三人；中地食者半，其民可用者二家五人；下地食者三之一，其民可用者家二人。』説曰，周時小司徒考夫屋『出地貢者，三三相任』，故令賦必以三夫起算。凡夫受田百畝，百畝之田率挾五人治之，合三夫爲屋，當用十又五人。上地地美，雖有餘夫而畝弗增，所入足食九人或十人，是當三家之二。中地之農，餘夫少地差減，所入足食七人或八人，當十五人之半。下地之農，夫益少地彌薄，足食五人或六人，是三家之一之人也。故餘夫二十五畝，爲下地計也。於是，令賦上農家九人、十人之中取三人焉；中農二家十五人之中，取五人焉；下農家五人、六人之中，取二人焉。貴之出財，以供車輦、牛馬、甲胄、兵械之費，是曰賦。古者有粟米之賦，一曰税，以供國用及天子、諸侯、卿大夫、士庶人在官者之録，禹貢厥賦、大宰職之九賦是也。有泉幣之賦，以給車馬甲兵之賦、大司馬職令賦是也。今以中農之家計之，井八家可用者二十人，十六井爲丘，丘三百二十人，四丘爲甸，甸千二百八十人，平居皆教以戰陳之事，及有事乎軍旅，使出兵車一乘，甲士三人，步卒七十二人，以千二百八十人，共兵車一乘之費，固非分出泉幣市之不可，一甸之所賦，以至於百甸、千甸，甸皆一車，甸之所出有常也，一甸之所賦分之，甸有五百十二家，家或爲上，或爲中、下，甸所有之家不齊，則家之所出無常也。

先王恐其無常數則易爲民害，於是令於大司馬，又使均人掌均人民牛馬車輦之力政以除其害者，此周法然也。鄭康成況以漢法，以口率出泉爲賦。夫周之時，所口率者，在所用家三人、二家五人、家二人者之内而已。秦之時，頭會箕斂，則人無有免者。漢因於秦，故民尚名算泉爲賦，其名猶周名也，而法非周法矣。且夫古者賦之泉幣，專以足兵而已，不充君之私用兵車器械，敝則歲一修之；一家歲之所出，以修軍用者，蓋無幾。孔子曰『一井出稷禾、秉芻、缶米』是也。至魯宣公初税畝，始取民私田之税。至魯成公，又作丘甲，古四丘出一乘，甲士三人，今丘出一甲，則三甸而具四乘焉，其賦固已重矣，然猶以爲兵用也，與税畝猶兩事也，儲之猶在民，必敝而後修也。至哀公之時，併税畝、丘甲而爲一事，其賦不復以地與民制之，而專取於地，使有田者歲十而納其二，其一固粟米之賦也，其一以當泉幣之賦，是爲田賦，所取倍多。雖名爲軍賦，而非茀供甲兵、車馬之用而已，君之私用歲取焉。

故曰『二吾猶不足』。杜元凱以初税畝即爲取二，非是。其誤蓋本穀梁傳云：『公田而履畝十取一。』寔則穀梁意謂去公田之專税，而合計公私之畝，十取一爲重。蓋古者公田爲居，餘八十畝分八家，合其私田，乃十一而取一，故十取一即爲重。宣公以前，井歲取八十畝。宣公時，井歲取八十八畝。凡魯取民亦以漸加重，無宣公時驟增至十二之理。自是，國用君録之賦，與車馬甲兵之賦，其名實遂交亂矣。

盛世之法，慎而詳，公而託之於下，大司馬之以地與民制賦是也。亂世之法，苟而略，私而據之於上，哀公田賦是也。惟古者令賦以地與民制之，地畝一定，無所增減，民則以時多寡，或隱漏不均，均人之職固亦爲此。其後，宣王料民于太原，楚子重侵魯，王卒盡行，乃先大户，亦皆爲此也。若一以田賦，則亦無可，曰無可料，無爲大閲，民户但按地責賦而已。

嗟乎！唐制有丁則有庸，其初亦沿秦頭會之法，非周令賦之法矣。而租庸調猶詳分之，猶周之分地與民之意也。及併爲兩税，則一責之于地，猶魯哀公之一責之於田賦也，是爲益失其制以厲民，由周以至兩税以後，其變也不可窮。然則民至後世，被以無藝之求，益併其名，而名爲正供，雖民亦不知其本，帖然以爲是誠吾當以供國者。若是者益多矣，而追原其本則不然，爲人上而取於下者，能無心測乎？

## 茇舍治兵説

司馬中夏教茇舍，帥以門名，縣鄙各以其名。夫六軍之帥六卿，即六鄉大夫也。鄉之下州黨，遂之下郡鄙。不言州黨，而言縣鄙，何哉？曰：『州黨即如縣鄙之制也。』周禮一鄉已足一軍，六鄉六軍，七萬五千人矣。疑未必聚衆若是之多，況兼遂乎！然則鄉遂當各行其田獵。茇舍之時，必無州黨、縣鄙咸至之理，舉其一而通其二也。中秋治兵，辨旗物之用，惟『王載太常，諸侯載旂』，與司常職言國大閱，『王建太常，諸侯建旂』同，至『軍吏載旗』以下，與司常『孤卿建旜』以下皆異者，何也？曰：建者，在車上，吉儀也；載者，在其身，以備戰死而來尸之，凶儀也。凶儀不可擬君，故王與侯即以其車之所建，是爲載而已，而身不復載小幟。自軍帥以下，皆不敢以車之所建爲身之所載，以明吉凶之異。自旜以下，其形皆爲小幟，幟上必有其人名焉。而經云『各書其事與號』焉者，又以避名同者耳。此司常職『皆畫其象焉』之事，所謂徽識也。康成注『中夏茇舍，辨號名之用爲徽識』者，非矣。中夏所辨，乃爲夜事。夜戰相遇，當自稱以妨混於敵。故茇舍時豫以相曉，帥稱其門，縣鄙則稱其縣鄙之名，家稱其號。而家之所以爲號者，其家之田在鄉耶，則云某州某家；在野耶，則云某邑某家。故云鄉以州名，野以邑名，皆謂家也。野地大，其食邑必有名；鄉地狹，公卿賜田或無邑名也。康成必限以載師之法，以鄉邑之田任稍地，謂鄉無家田，而不思理不可拘也，司勳固明言『六鄉之賞地』矣。

# 惜抱軒九經説十

## 周禮説三

### 職方九服説

職方氏『辨九服之邦國：方千里曰王畿，其外方五百里曰侯服，又其外方五百里曰甸服，又其外方五百里曰男服，又其外方五百里曰采服，又其外方五百里曰衛服，又其外方五百里曰蠻服，又其外方五百里曰夷服，又其外方五百里曰鎮服，又其外方五百里曰藩服』。凡方五千五百里也。較之禹貢五服，名異而地益廣。

吾謂周與禹貢之制，服形勢固大異矣。禹之時，自王畿之外先小國後大國，以爲遠近，達諸要荒。雖其道里不能尺寸拘計之，然其大體固然矣。故曰『弼成五服，至於五千』『外薄四海』也，若周安有是哉？其建國大者，四五百里。此與百里之國皆爲侯服；伯七十里，略當甸服；子、男五十里，則當男服；采、衛以下則皆夷、蠻，雖大曰子者，其親於我而可役使者，曰采、衛服；疏於我而不可用者，曰蠻、夷服；尤疏者則鎮、藩服。自侯至采、衛相雜而居，豈如唐、虞以遠近爲别者哉？康叔在衛爲一州之伯，而『劼毖殷獻臣，侯甸男衛』，此豈可以道里論耶？子産曰：『鄭伯，男也。而使從公侯之貢，懼弗給也。』若以地之遠近計，則鄭非侯服乎？師服曰：『晉，甸侯也，而建國。』言晉國小，在侯、甸之間，不可建國，非論去王畿遠近也。楚於周京不得近於犬戎之於周，楚猶有包茅之貢，而祭公之論犬戎，第爲荒服終王而已，明其别不以遠近也。蓋自夏、商以來，萬國迭爲兼并、興滅者多矣，小大之勢，非禹貢之時之勢，則分服不得用禹貢之法，固其理也。

東周君子乃欲以禹貢五服之理，以分周之九服，其不然乎？且天子之居，不必當天下之中，而四方之形勢異，故禹貢第言五百里爲服言，就一方言之，固有是耳，不必四方盡然。唐、虞之言，質實如此。若如職方氏云方五百里爲服，是四面如一也。夫周安有是哉？吾斷以爲此乃近誣之夸辭。周之盛時，固未嘗有是言矣。或曰：周九服之法不同，禹五服之法則然矣。而周甸服在侯服之次，乃用唐、虞帝畿内之名者，何耶？曰：此未嘗用其名也。畿内之言甸，猶詩言『惟禹甸之』之甸，以田名也，以田供天子之賦斂也。侯服次之，言甸服猶傳『衷甸』之甸，以車名也，以車供天子之征役也。若祭公曰畿内甸服，襄王曰『規方千里，以爲甸服』，子産曰『卑而貢重者，甸服也』，周亦何嘗改禹貢名哉？

# 職方建國説

建國小，然後天下治。天子布命功德之臣及親子弟，俾有分地，環居六服，足以奉職貢、守社稷、爲藩衛而已。雖大不過一同，賢者可以爲德，不肖者不得以爲淫。其于國也法度易修，其于民也疾苦利弊之情易達，其于天下也雖有變亂，而易以定之。是故公、侯方百里，伯七十里，子、男五十里。三代之定制，莫之相遠也。曰：然則周禮載諸公方五百里，降至諸男猶方百里者，何居？曰：孟子『王制』所述，封國常制也；大司徒、職方氏所紀，非常制也。詩曰『大啓爾宇。』傳曰『分之土田陪敦』，言其越常也。

昔者武王克商，封兄弟之國十有五，同姓之國四十，暨功臣、古帝後裔畢封，周公封于魯，太公封于齊，爲方百里也。及至遭武庚之畔，多士多方，不靖不甯，有淮夷、奄、薄姑之難，鴟張並興者錯立于九州，或疆且大，外有犬戎夷而内置侯，如黑子之著面，可以爲安乎？周是以大啓齊、魯之域。『王曰叔父，建爾元子，俾侯于魯。大啓爾宇』，使召康公命太公賜之履，東至海，西至河，南至穆陵，北至無棣。史記紀齊、魯初封，皆武王時。然卒擴其疆者，成王之世也。

成王爲鎮定天下，建一時權宜，于是五百里、四百里、三百里、二百里之國，上異武王，下不爲後世法。周之封國，不可盡知，然所褒大越常制者，蓋不多有，于傳齊、魯之外，公則有宋，侯則有衞、晉、宋，以褒先代。齊東萊夷，魯東南淮夷、徐戎，衞之北晉之北東西皆戎狄，故其封大于常制。是其封雖大，而天子必齊以法。司徒之法曰：『五百里者，食其封内之半；四百里、三百里者，食三之一；二百里、百里者，食四之一。』國内經費及貢享聘問之財貨取諸此，其餘儲之以爲兵戎之費，及天子有巡狩、救災、恤鄰之事，則取之。王無賴焉，以爲諸侯而已；諸侯非以爲利焉，以藩王室而已。

儒者多不明其義，惟司馬子長知之，故其説曰：『文、武、成、康所封數百，上不過百里，惟封伯禽、康叔于魯、衞地，各四百里，以明非常制也。是故有常制，以爲天下法；有非常制，以爲諸侯安。』曰：鄭氏言王制爲商記者，非與？曰：非也。四海之内，方三千里爲九州；州方千里，一爲王畿，餘州入使。周變商制，必五百里、四百里、三百里、二百里以爲國，以一州建公之國四，以四州建侯之國二十五，以三州建伯之國三十三，餘方百里者三，不足建一子而地盡矣。尚有唐、虞、夏、商之存國，半天下閒田以待慶賞，方岳湯沐地以待巡狩。又有名山大澤不以封，將安所置之？大國驟增二十五倍于商之公、侯，而使功臣子弟不畢受封，無是理也。鄭知其不可通，則云：『周九州方七千里，大于古。』夫周九州山川載于職方可考也，于禹貢有不逮焉，而無加贏。鄭以謂方三千里不足以給也，獨不思西不盡流沙，南不盡衡山，東不盡東海，北不盡恒山，其中何以容方七千里乎？而蠻夷戎狄所居，不可奪以封諸侯者，又何説也？且周之國可考矣，鄭、許以南江、漢以北地，不過方五六百里，而建侯國七：申、吕、鄧、陳、蔡、隨、唐，其下伯、子、男及不聞于傳者，不可畢數，將如孟子『王制』建之乎？將如大司徒建之乎？大宗伯職『五命賜則』『七命賜國』，雖方五十，亦國也。必謂三百里乃爲成國，然乎？否乎？鄭氏之後，説者多强以周禮、孟子『王制』牽合爲一，其解愈疏，謬不可通，蓋無足辨者。天下小國多則治甯，大國多則鶩于攻戰。班固推方三百十六里之地，出車千乘；方百里者，出車百乘。周末世之强家，周初侯國也。齊桓公革車八百乘以霸，尚無千乘，況其餘邪？先王以百乘、數十乘，足以周衞爲甯宇矣，不得已而後益之，其後千乘之國益多，豈天下之福哉？

## 大司寇禁民訟獄説

大司寇『以兩造禁民訟，入束矢于朝，然後聽之；以兩劑禁民獄，入鈞金三日，乃致于朝，然後聽之。』訟者，財物土田之事，如今云錢穀案也；獄者重罪，如今云刑命案也。訟獄字，散文則通，對文則異。蓋先王之意，統欲民之無訟獄，故一造至、一不至，一有劑、一無劑者，則是曲直已明，不必訟獄矣。若兩造俱至、兩入俱齎劑書則訟形成矣。然猶可勸諭使息，猶不必訟獄也。必更待其各入束矢、鈞金，則訟獄意堅，必不可已，然後聽之。是雖聽訟獄，而本意乃欲禁之，故曰：『禁獄，禁訟也。』齊語云：『三禁而不可上下。』言三禁則吏必有諭止之辭。不可上下者，訟者之意不可移易也。至于獄之事重于訟，故入金而更俟之三日，欲其自悔而取歸，以免民罪，故不遽致于朝也。古人凡公所聽訟之地，皆可稱朝，非必君之三朝也。

## 大行人説

大行人必當屬諸司寇乎？曰：何爲其然也？以其義之相通，則六官無弗通者，以其事固宗伯屬之事也。帝王建官分職，各以時事繁簡而制之宜。司空首于虞，而末于周，稷、契、益三官之職併于司徒，典樂併于秩宗，士之職分爲司馬。周之時禮制尤繁，而刑措不用，使大行人屬于宗伯，則宗伯、司寇之勞逸懸絶矣，是以均之于司寇也。嗚呼！觀于禮與刑官之勞逸，而天下治亂之甚否其可知與！

## 十有二歲王巡狩殷國説

一歲而徧方嶽者，唐、虞之巡狩也。夏、商吾未之敢知，若夫周則未嘗有此禮矣。何以言之？周都鎬京固近在西嶽，其東惟泰山居齊、魯國，可往而會諸侯。于其下，南之衡，北之恒，皆蠻夷戎狄所居，非會諸侯所也。唐、虞之禮簡矣，天子躬至盛聖，德懷萬國如父子，不待師旅扈從之多、峙粻車輦之勞，而行數千里之外。迄乎周禮制繁而世風降，來會諸侯儀或繁于唐、虞之天子。苟天子從官旅師徒周行四嶽終歲，則其爲政于天下也，固非若秦、漢之君驕泰佚遊之爲甚也。然而四國亦不勝其擾矣。時邁、般，周巡狩詩也，所詠止河嶽之間，未嘗及遠。周公作立政，其時周最盛時也，而曰其『陟禹之迹，方行天下』，夫周公方以是覲乎成王，則知成王固未能及此矣，而況其後世乎？大宗伯職曰『殷見曰同』，大行人曰十二歲『巡狩殷國』，蓋其法期于一方，而會四方諸侯焉耳。偏于方嶽，無是事也。鄭本雍州之伯也，而王賜祊田于泰山之下，夫亦期于一方而會四方之徵也。如王當其歲不巡守，乃合四方于周，謂之殷國，且夫周不特不能偏方嶽也，其適諸侯雖一方而亦鮮矣。周公以天子行畿外，會諸侯于諸侯之地，其事難；召諸侯于天子之地，其事易。是以作東都、立明堂，朝諸侯以爲殷國。夫東都王畿本非巡守地也，而既用巡守會諸侯之禮，則亦可曰巡守。詩曰：『東有甫草，駕言行狩。』行狩者，巡守也。十有二歲巡守殷國，既常於此，若夫諸侯之國天子來巡，雖周盛時亦第有其事而已，固不可期以十二歲之時。待其衰也，雖會東都，亦不可數期矣。車攻之詩，一詠之而已爲美矣。漢文帝時，儒者采尚書作王制，以堯、舜之禮必諸後世之天子，而不知其不可行也。殆所謂俗儒不通時務者與！作僞古文尚書者又爲王制所誤，以入諸周官之篇，其失于周制也遠矣！

## 考工記畫繪之事説

古人畫繪，有不可得之于形者，則取其義而已。夫地不可畫也，畫爲方土，則地之義著，故曰『土以黄，其象方』。夫天不可畫也，畫爲雲氣，隨時異色，則天之義著，故曰『天時變』。古旂皆絳質，而月令四時迎氣，載旂有青、赤、白、玄，蓋皆畫雲氣之色，所謂『天時變』者與！火無質也，附物爲質，不可畫爲焚物之狀，故作圜形而上有焰，此如今之畫火珠者然，故曰『火以圜』。山有凹凸之形，以色章間其間，今工謂之皴，故曰『山以章』。畫水之法，至唐始作濤頭湧起之形，古人無有也，以龍表之而已。故虞書『山龍』者，以義言則『山水』也，故曰『水以龍』。畫鳥、獸，直取飛立之形，則于觀美不足，故蟠屈之，使就衣裳旗幟，故曰『鳥獸蛇』。蛇者，委蛇也。

## 夏后氏世室周人明堂説

世室之制五室，其室一在中，而四在四隅。在四隅者兩用之，故又可曰九室，而有四旁兩夾窗。明堂之制五室，其室皆居中霤之北，其中曰室，其東、西曰東房、西房；又其東、西曰左右夾室，分言之則異名，合言之皆曰室，故亦曰五室。夏后氏禮不甚傳，孔子曰『行夏之時』。此夏后氏世室法也。吕氏月令兼采三代之制，而主夏后氏，其天子以十二月居堂室各異之法，此夏后氏世室五名中之一名以爲名，以宗祀先王，以朝諸侯，皆曰『明堂』。及周人作宫，獨取南向，故用世室四向，其名有五，而天子以夏居者曰『明堂』。明堂者，南向之堂也，非東面、西面、北面之室所可與其間也。

儒者嘗傳夏后氏以月遞居室之法，舉夏以該春、秋若冬，名其書曰『明堂月令』，猶魯史四時備而名春秋焉耳。作盛德記者，不悟周之明堂非明堂月令之明堂，既載曰『明堂月令』，『九室十二堂』矣，又載曰『明堂者，文王之廟』。兹二者，其始言之，皆未嘗謬，而合之使一，不勝其謬也！使周明堂果爲九室十二堂之制，則依月令遞居者，宫寢其宜爾，而禮載宫寢皆南向，朝諸侯、宗祀文王，無取乎以月令遞居也，而反作四向之制，何哉？匠人作室，惟以宫廟之制皆然，故載之曰『周人明堂』，使朝諸侯、宗祀文王之制異乎常宫寢，而匠人載其朝諸侯、宗祀者，而逸其宫寢不言，有是理乎？夫宫廟朝諸侯之堂皆不異也，而三代之制異也。

賈生引學禮曰『帝入東學』，及入西、南、北學云云。鼐疑此即夏世室之禮。蓋古者學與宫廟其制略同，惟夏故稱帝，周則稱王矣。又吾揆月令所稱四時異居，亦謂天子之燕居爾；若朝羣臣于廷，則三代同也。漢人誤會明堂朝諸侯與明堂月令爲一説，故淮南子直以月令四時異居爲朝臣下之禮。其時則一篇，載吕氏月令直改『居』字爲『朝』，此大爲謬失。古之朝必在廷，無在堂者，況左右个乎？天子南面而朝，此未有知其所始者，而忽易爲東面、西面、北面，可乎？青陽總章元堂左右个，爲地幾何？其必不可正。天子之南面，無疑也。漢人解明堂者，疏至若此，後之君子尚欲拘守其説，不亦過與？

明堂之制，本爲明了，後人總因康成言土室居中，木、火、金、水室居四維，是以紛糾難定。其説蓋原出緯書，晉裴頠云：『使其象可得而圖，其所以居用之禮，莫能通也，爲設虛器耳。』頠謂：『尊祖配天，其義明著，直可爲殿屋以崇嚴父之祀。其餘雜碎一皆除之。』按：頠此論，不愧通人，是以梁時明堂四柱方屋，都無五九之室，從頠説也。惜乎頠不悟周明堂本是向南正方之位，本無雜碎之事，雜碎乃漢人謬説耳。若因漢人以合考工東西九筵、南北七筵、室二筵之説，以之營構，總不得通。魏李謐遂疑考工謬于堂之脩廣，可謂輕於立論矣。不知明堂營構，據地正方，皆九筵也。其南北之深九筵：以七筵爲堂之深，以二筵爲室之深，合之是九筵矣。其東西之廣以其前堂，九筵爲後室之廣。一室廣二筵則不足，廣一筵則有餘。是以云度堂以筵、度室以几者，以廣言也；云每室二筵者，以深言也。

明堂之制易曉如此，而煩千餘年儒家爭競不已，不亦怪乎？若夏有世室之制，則誠有四維之室，然而其修、廣不可知矣。

明堂五室，既皆南向之室，其内有九室，九嬪居之，亦當如此。蓋宗廟、路寢、明堂作五架屋，後宮之堂作九架屋。云九嬪居之者，非謂嬪所恒居，蓋有内政與王后集議之所居也。以漢法況之，外有九室，九卿朝焉。此如漢之朝堂在正殿之外，至漢正殿則作九室，故西京賦云『九户開闢』。意周之内有九室，制亦如此，堂北當有九户矣。但周正寢以接臣下者，不然耳。

# 惜抱軒九經説十一

## 儀禮説

鼐伯父薑塢先生語曰：『儀禮喪服傳疏引大戴禮：大功已上唯唯，小功已下額額。此非今大戴禮記也。』大戴説十七篇之辭也，又非賈公彦唐人所能引載也。魏、晉、六朝以來，舊義疏得見大戴説者所引，而賈氏襲之。晉書禮志載杜元凱云：『士喪一篇，戴聖之記雜錯其間。』二戴之説，晉時尚存，是以知其雜錯也。今則存於經者，無以辨之，而其亡者不可得見矣。夏小正雜戴氏傳舊文連書，不别儀禮，蓋亦有然者。覲禮：『方明者，木也，方四尺，設六色：東方青，南方赤，西方白，北方黑，上玄，下黄。設六玉：上圭，下璧，南方璋，西方琥，北方璜，東方圭。』四十六字，不似經文，蓋亦説經之辭錯入，而莫之别耳。漢書律曆志引伊訓『誕資有牧方明』。如淳引覲禮，惟云爲『壇十有二尋』『加方明于其上』而已。孟康乃言方明之狀，然不云語出覲禮，則知經止於如淳所引，而康之説本於經師也。覲禮之首，復有缺文。投壺『爲其矢之躍而出也』，八字恐亦戴氏所説。

## 以官爵人德之殺説

以父之官而遽爵及其子，非先王之道也，是衰世德之殺也。夫士之子之冠，所用爵弁服、皮弁服、玄端服，固爲士服矣，然士子猶庶人，不得遽爲士爵猶昏禮得攝盛耳，故承摯見君，但玄冠玄端也。古公、侯、卿大夫子不必皆有爵，故冠同士禮。周末官人，以世貴人子無無爵者，猶周初，雖諸侯不必有謚，冠而字之，死以爲稱，伯禽、康叔、唐叔之倫是也。其後，大夫乃無不謚，記者因論無大夫冠禮，而慨古今之變日侈，曰『死而謚』，今也；古者父雖貴而生有無爵者，生雖貴而死有無謚者。鄭君謂『皆爲士』，言失其旨矣。

## 畢袗玄説

士昏禮：『女從者畢袗玄。』鄭注：袗，同也。士冠禮注同。按：經曰畢則不當複曰同矣。又按：曲禮『袗絺綌』註：『袗，單也。』玉藻『振絺綌』註：讀振爲袗，解同。孔安國註論語『袗絺綌』亦曰：『暑則單服絺綌。』然則袗之爲單，其正訓也。袗玄者，玄色單衣也。古人内服有袍繭袷衣之製，外禮服必是單衣，故漢人稱禮服即曰單衣。史載江充紗縠單衣，劉俠卿爲盆子製絳單衣，楊彪入魏朝布單衣、皮弁之類，皆是也。儀禮之稱『袗』，猶漢、魏之稱『單衣』。

此與曲禮、論語之所以言袗者不同，而義詁爲單同也。鄭非不知袗之詁單，而於儀禮不用此詁者，蓋鄭註周禮内司服褘衣、揄狄、闕狄、鞠衣、展衣、褖衣素沙，言六服皆袍製，以白絹爲裏，其意蓋以謂婦人無單衣也。

鼒謂此亦鄭誤也。内司服『褖衣素沙』四字連文，非謂褘衣以下五衣皆素沙裏也。禮服必單，惟褖衣乃御於君之服，蓋已褻，故有裏耳。褖衣素沙，惟后夫人禮。然若士妻以褖衣，即爲禮服，則必單衣，而不得素沙裏矣。此儀禮所云袗玄是矣。且玉藻云：『禪爲絅，帛爲褶。』『衣錦褧衣』，碩人詩以詠夫人之正服，安得云婦人無單衣乎？詩曰：『玼兮玼兮，其之翟也。』此言袗，玄衣也。『瑳兮瑳兮，其之展也，蒙彼縐絺』，此袗而非玄衣也。説文：『袗，玄衣。』古上服固玄矣，然義非取玄，且皮弁服不且袗素乎？孟子『被袗衣』，趙氏註：『袗爲畫。』古天子衣固畫矣，然義非取畫，皆不若以『單』詁之爲當耳。

雜記言夫人死復衣，云：『夫人税衣揄狄，狄税素紗。』按：是言夫人復衣三也，其『揄狄』下脱一『闕』字。喪大記言君以卷，夫人以屈狄，明復必有闕狄矣。雜記言夫人兼税衣、揄狄、闕狄三者，又言其税用素紗之裏。此詳辭也。喪大記舉中以該上下，此略辭也。雜記又云『内子以鞠衣、褒衣、素紗』，此復衣亦三也。古素紗惟用於褖，又上承夫人税素紗之文，故不云税而可知其税也。若如康成説婦人之服皆袍製，必有素紗之裏，則經但言其復之用揄、闕、鞠、稅足矣，自知其有素紗，何爲加若是煩文乎？爲此者，以有不素紗衣也，又復之衣雖貴不過三，故『復，諸侯以褒衣冕服，爵弁服』。冕服用其最上耳。夫人復衣亦三也，康成解『稅衣揄狄』，乃云自稅衣上至揄狄，則經文亦何不辭耶？

## 士旅食說

燕禮：『尊士旅食於門西，兩圜壺。』士旅食者，未有爵之士也。經或稱之曰庶子，或曰諸子，或曰士庶子，或曰國子，而皆一也。國中君之適子一，而臣之適子衆，故謂之庶子；而守衛君宮，衆食於公，故曰士旅食。士者，事也。鄭康成註：『夏官諸子職云「國子」者，是公卿大夫士之副貳。』此解是也。其註宮伯掌王宮之士庶子，乃云『士是適子，庶子其支庶』，此解非也。天子以臣之適子衛王宮，居虎門，則侯國之臣之適子，亦當爲衛於門矣。爲衛於門，故燕禮就設其尊於門西，言在門堂之上也。禮於獻士之後，主人就旅食之尊而獻之，獻於門堂也。禮言士旅酬於西階上，辯士旅酌言有爵之士旅酬在西階上，既辯矣，而其卒受觶之士以觶酬士旅食之長於門堂階上，而士旅食又自相酬，蓋其旅酬不得在西階上也。及士旅酌卒，主人洗，升自西階，獻庶子於阼階上，此庶子亦即諸臣之適子，與士旅食一類，非庶子官也。蓋君使庶子從左右以供時使者，故與內小臣同在阼階上也。宵則庶子執燭於阼階上，大射禮則爲賓，與服不釋獲爲諸人執俎，皆庶子事。執燭及俎，猥下之事，宜使賤者也。若庶子官在王朝，則下大夫也；在諸侯國，容以上士爲之，而掌督庶子，要亦尊職矣，安得獻之於士舉旅行酬之後，而命以猥賤事哉？惟徹俎之時，庶士正徹公俎，此乃庶子官矣。徹俎代公，宜重之也，經惟恐人讀與士庶子混，故明言正也。

康成解士旅食爲庶人在官者，夫士旅食，雖卿大夫適子而未有爵，固亦可云庶人在官，而疏遽以府史胥徒釋之，則大謬矣！至康成以士舉旅行酬所獻之庶子爲庶子官，此因讀禮記燕義而失其旨也。按：燕義篇首所舉，固庶子官，而其中云『士庶子以次就位於下』，云『以次』，則非一人，非篇首之庶子官矣。康成未察，因誤以執燭阼階者皆爲庶子官。以阼階爲庶子官，因以西階執燭之司宫，擬王朝之小宰。夫小宰亦尊官也，司官於燕，則設席設尊，又埽畫物自北階下，其猥職可知矣，安得以宰類哉？

## 公皮弁迎賓於大門内説

天子門五，諸侯三，蓋皆以中一門爲大門。周初三門：臯、應、路。則應門爲大門，乃立家土於應門之内，與廟相對，故曰廟在大門之内，不敢遠親也。及爲天子立五門，則雉門爲大門，廟在雉門内、應門外矣，是以顧命出廟門、入應門也。鄭君謂在雉門外，非是。諸侯以魯言之，則亦雉門爲大門，固客車所不入，而廟居其内者也。然古人亦隨所稱，雉門固曰大門，寢門、廟門亦可曰大門。『賓入大門而奏肆夏』，言廟門也。君出大門，而後就車，言寢門也，蓋對小寢門、闈門而稱焉。

## 賓出公再拜送賓不顧説

司儀載諸公相爲賓，『及出，車送，三請，三進，再拜，賓三還三辭，告辟』。是敵體之賓出必有顧，爲辭主人之遠送也。若大夫聘而亦顧，則嫌於以敵體遠送之禮期於主人矣，故不顧者，以臣禮自決也。

## 公士大夫之臣爲君服説

喪服：臣爲君斬衰三年，公士大夫之衆臣爲君斬衰而布帶繩屨。公士者，天子之卿士也，天子卿曰『公』。叔孫穆子曰：『天子作師，公率之，以征不德。』天子卿，非三公猶得曰公，故春秋書葬劉文公也，言公士爲天子之卿，則知大夫亦天子大夫也。子夏傳曰：君，謂有地者也。天子之卿受地視侯，大夫視地視伯〔一〕，禮稱之曰國。其喪也，貴臣服之，固如外諸侯臣之爲君，而少降其衆臣之制，處王畿内不可純如諸侯禮也。若諸侯之卿士大夫，雖食采，謂之食禄而已，不得謂之有地。其臣主之而已，不得君之；君之必斬衰，主之蓋齊衰焉。

孔子曰：『天子、諸侯之喪，斬衰者奠；大夫，齊衰者奠。』既虞，而祭也亦然。夫饋奠助祭，自大夫以下皆臣之事也，故知諸侯大夫之臣爲主齊衰也。周之末，家臣之於主也如君，食采者據地而有之，蓋僭於禮矣。辛俞猶曰『三世仁家，君之；再世，主之』，況周之盛乎！惟天子大夫之臣，乃得喪之以君禮，而微減於諸侯國中之制。喪大記：公之喪，大夫俟練士卒哭而歸，及此公士大夫之臣爲君布帶繩屨，其于禮皆一義，隆於諸侯之卿大夫，而殺於諸侯。説禮者不悟，而以謂諸侯卿士之喪則然，是助僭禮者之爲，有異乎大夫不稱君之義矣。

禮凡言公，皆不謂諸侯之臣，士喪禮孺悲之説也，春秋之末，諸侯臣或稱公，於是云君臨臣斂升公卿大夫。是稱也，非禮之正也。喪大記：大夫之喪，大斂，君即位于序端，卿大夫即位于堂廉楹西，其禮猶之士喪禮，而言卿不言公，此禮之正也。鄉飲酒禮記『諸公大夫，則既一人，舉觶，乃入』，此自謂王畿内之鄉禮。鄭必謂鄉飲酒專爲諸侯之鄉，遂于此云：『大國有孤，四命謂之公。』此乃曲説，非是，蓋因士喪禮而失之矣。

## 緦者十五升抽其半説

鄭君云：『謂之緦者，治其縷，細如絲也。』『抽，猶去也。』此解本不誤，疏乃謂十五升千二百縷，抽其半，存六百縷，此説則謬矣。緦、錫皆輕服，傳皆明云十五升矣，安得反爲七升半與？大功等轉重於小功耶？凡布縷先以數細縷，合成一縷，然後織之成布，今俗呼曰『圓紗』。若不合成者，曰『扁紗』。抽者，謂一縷中減去其半，則小縷少矣，故鄭云『細如絲』。其仍以千二百縷織爲布，則與朝服同，而不如朝服之密緻矣，略如俗稱扁紗也。

## 喪奠不巾説

士喪禮：既殯徹大斂籩俎，乃奠，醴、酒、脯、醢，不巾。鄭氏謂『不巾者，無俎與栗故也』。余曰：鄭氏之説疏矣！尊有冪而籩有巾致潔，以承祀者，禮之盛節也，非人子以事親者也。是故始死奠以餘閣，猶之朝夕養而已，殯而神事諸，于孝子之心，不亦恝乎？然而斂奠則巾，朔月奠則巾者，殷禮也，有司朋友爲之也。致敬則可朝夕之奠，醴、酒、脯、醢，人子之常食於親也，惡忍於其素而加諸？及其日月逾矣，將葬遷於祖矣，然後奠則巾之，所以即遠也。記曰：『喪不剝，奠也與？祭肉也與？』言失禮也。不剝而冪巾之，則朝夕之奠與祭何别焉？君子之於禮蓋慎矣，以謂疏布絡也與則已微，謂孝子哀慕之所伸也，謂進退之有節也，謂日月先後之有宜也。巾也，剥也，其於義也不猶辨也夫？

## 特牲饋食爵止席於户内説

特牲饋食，筵几於室中東面者，尸於此坐也；筵祝南面，是祝席負北墉，在尸筵之東北也。三獻後，爵止席於户内，爲主人鋪之，是主人之席又在祝席之東南。夫士之薦尸，以兩豆加庶羞爲六，三俎加肵俎爲四，兩敦兩鉶一登兩籩，計其設之，方丈矣。祝與主人筵所設雖少，然亦各須數尺之地。此三筵席所居東西地，當二丈也而復有餘地，以爲往來拜答之禮。此非僅兩楹間地所能容，必當兼西房之地以爲室。故康成謂『士大夫無西房』，其説信也。至於少牢饋食，所陳以祭者廣於士矣。又多一佐食，其儀益繁。故主人無筵於室中，逮賓尸而後設其席於東序。蓋室雖兼西房之地，而計其廣，亦不容設主人之席，故設於堂也。若天子、諸侯有東西房，室僅兩楹之地，蓋筵祝亦不於室中矣，而胙席亦如大夫之在東序，顧命東序、西嚮敷重豐席，此天子受胙位也。司几筵：封國命諸侯，王位設黼依，南嚮，設莞筵紛純，加藻席畫純，加次席黼純，左右玉几，祀先王胙席亦如之。夫特言胙席如之，明位不如之也。夫依於前而席，而見其夫婦致爵者，所以樂神也，親也，不敢席於室者，尊之也。大夫以上於先人取義於尊，士取義于親。此先王所因地爲制也與？康成云：『尸酢王户内。』非是。

## 主人西南再拜祝曰餕有以也説

父母無爲子斬衰之義，而爲適長子斬衰者，重先祖之正體，以奉宗廟也。父母無拜子之義，而爲適長子拜者，亦重先祖之正體，以奉宗廟也。特牲饋食禮：嗣子舉奠于尸，及尸謖之時，則舉奠者及長兄弟餕，於是主人與之祝餕，既而上餕酌酢主人，主人皆拜之，是父之敬其子也，故曰登餕受爵，以上嗣尊祖之道也。冠禮，冠者，取脯見於母，母拜受，是母之敬其子也。冠義第云成人而與爲禮，此于義猶若未切。石梁王氏以爲適子承祖者，得之矣。猶特牲饋食之拜餕之義也，禮之權也。雖然，是禮也，蓋周人貴貴之禮，非三代之達禮與？

### 校　記

〔一〕視地　疑當作『受地』。

# 惜抱軒九經説十二

## 禮記説一

漢書藝文志載：禮古經五十六卷，經十七篇，記百三十一篇，明堂陰陽三十三篇，王史氏二十一篇，曲臺后倉九篇，中庸説二篇。按：漢高堂生傳禮十七篇，今儀禮矣，固志之經十七篇也。其記之百三十一篇者，蓋自周、秦以來，及高堂生及后蒼等之所收集。若夫明堂陰陽、王史氏，則與古經皆出淹中及孔氏學者也。曲臺九篇，則后蒼所自撰也。其後二戴、馬、鄭諸儒傳禮者，經十七篇皆同，而記互有取舍。夫記者，本儀禮後記，以説禮而已。儒者欲廣論道德之事，所采諸子之説滋多，雖云禮記，非盡爲禮記也。今之四十九篇，累經諸儒刪取之餘，安知其間不有眞古禮之後記，而爲諸儒所去者耶？又四十九篇之内，如明堂位、別録，云屬明堂陰陽矣。樂記，於六藝略又別屬樂矣。然則今之四十九篇，非盡在記百三十一篇内可知矣。吾疑冠昏、鄉射燕聘義，即后蒼曲臺記也。其所解不越漢所有十七篇外，而取義頗迂泛。冠義『見於母，母拜之』，其説殆不及石梁王氏之善。鄉飲酒義

『啐酒席末』言是席之正，非專爲飲食也，所以行禮也，此亦非是。蓋牲俎之屬有司弟子所薦賓，則坐席正位，食之爵乃主人親獻，故啐酒席末嘗之而起立飲西階上，義在敬主人耳。且此二者孰非所以行禮哉？説之若是疏也，古禮記不若是矣。

## 曲禮説

『毋不敬，儼若思，安定辭，安民哉。』『將適舍，求毋固。將上堂，聲必揚。』『將入户，視必下。』『毋踐屨，毋踖席，摳衣趨隅，必慎唯諾。』『將即席，容毋怍，兩手摳衣，去齊尺，衣毋撥，足毋蹶。先生書册琴瑟在前，坐而遷之，戒勿越。虚坐盡後，食坐盡前，坐必安，執爾顔，長者不及，毋儳言，正爾容，聽必恭，毋勦説，毋雷同。』『毋側聽，毋噭應，毋淫視，毋怠荒，遊毋倨，立毋跛，坐毋箕，寢毋伏，斂髮毋髢，冠毋免，勞毋袒，暑毋褰裳。』『共食不飽，共飯不澤手，毋搏飯，毋放飯，毋流歠，毋咤食，毋齧骨，毋反魚肉，毋投與狗骨，毋固獲，毋揚飯，飯黍毋以箸，毋還羹，毋絮羹，毋刺齒，毋歠醢。』『毋嘬炙。』右五十九句，有韻可誦，與弟子職同。疑此皆古曲禮正篇，所以教小學者。其文自孟子之母及孟子皆嘗引之，周世學者所嘗誦。其後禮家或删取分析，雜以他書，爲今曲禮篇耳。然雖以曲禮名，而雜及學者行誼、君臣大節，固非止于曲禮之事，與古曲禮殊異。王式引『客歌驪駒，主人歌客毋庸歸』，云在曲禮，然則曲禮正篇全文西漢時固在，不知何時竟逸亡之。曲禮之設，本俾童子誦焉。其所教皆幼少先習之事。其云適舍、上堂、入户，蓋自家庭皆然。解者必以賓客就館爲説，則非也。共食不飽，言不得使人久坐，俟吾之飽，人食已，則亦止耳。如漢中山王之幼，賜食於成帝前而後飽者，爲失禮也，亦爲童子言之也。

『自稱於諸侯曰寡小君』，『自』字當衍，去。吾疑夫人苟於他國諸侯，自稱當亦曰『老婦』。趙太后尚以稱於其臣，況鄰侯乎！

## 孔氏三世出妻説

世多疑孔子之聖，伯魚、子思之賢，而皆出妻，豈道有不及化與？吾謂堯、舜之于子，周公之于弟，聖人固有所不能化，道非不足也。所值者，有性質之美惡殊也。古之時，臣可以仕再君，女可以字再夫，被放出而他往者，不謂之不誼也。故其出妻也，事輕于後世。後世出婦而嫁也難矣，故出妻之事重于古。

嗚呼！私暱之情益多，而治家之嚴正益衰，女德有所怙而益放，烏在其不以此？故世以是疑檀弓者，其見習於後世而不悟其非也。然世又或疑伯魚不當喪出母，若其知不及後人者，則亦不然。夫禮有服、有喪，二者異矣，經或具，或不具焉。父在，爲母期，出妻之子，苟非父没爲父後者則爲母亦期，其期之名同也。然父在爲母禫纖，其服十有五月而畢。若其喪，則父母固皆三年矣。出妻之子爲母喪，古未之論也。伯魚、子上之爲母服期，其見於禮經者，豈待言而後知哉？惟其喪之異也，伯魚既期而猶哭，是爲之禫纖，而喪之三年，與父在爲母喪者無以異矣。故夫子以爲甚。雖夫子以爲甚，而禮始未之言，則伯魚未忍遽爲其薄也。及夫子言之，而後伯魚除之，子上因之。孔氏不喪出母，非不爲出母期也，不爲之禫纖且三年喪耳，服之制存乎禮，喪之輕重非聖人不能斷。解經者或疑焉，或謬爲説焉，皆未之深思者也。

## 其慎也蓋殯也説

慎如字，不當讀紖。慎，審也。審，實也。詩：『予慎無罪。』

## 馬驚敗績説

戴東原云：『敗績，如敗績覆壓之義，車覆也。』鼐謂此本趙東山左傳補註載陳君舉之説，且是説在註疏，元不誤。陸氏音義載别本無『驚』字，尤可見也。陳灝乃誤引左傳大崩曰：『敗績之説耳，此章止載賁父死敵之事。』鄭註言二人死之，非是，賁父即是謚，所謂字謚也，卜國蓋無謚。

## 浴於爨室説

古人祭祀必新爲爨，所以爲敬也。曾子之喪，或是寒時。曾元、曾申以事死如生之義，設爨於室，以爲温而後浴，又新之，以爲敬也。以有爨在室，故云爨室，非移尸於常日爨食之所也。

## 既小斂袒括髮説

習於儀而不達於義，非能知禮者也。協於義而協於禮，可以義起，雖小變，於古之儀而庸爲失乎？親既小斂，主人袒、括髮，而奉尸以俠於堂，儀禮之節固然。然而，袒臂而奉親母，乃已褻乎？雖哀痛之迫，不暇念此，然而不若既奉而後袒之善也。叔孫武叔之母死，既小斂，舉者出尸，出户，袒，且投其冠，括髮。子游曰『知禮』，所易於古者其節，須臾之頃耳，而當于禮之義則多矣。君子之與人爲善也，武叔毁仲尼一節而善，儒者稱之，而況賢智之多者與？康成不知其説，而以子游爲譏之。夫譏之而不正其辭，非君子之言禮也。

## 子游爲之麻衰牡麻絰説

麻衰，康成以爲吉服，十五升布，非也。吉服之麻，經謂之麻衣，不謂之麻衰；言衰則非吉服也。蓋用家臣爲主之服，其齊衰也與？

## 柏椁以端長六尺説

古天子棺木之理，與人身俱縱，其椁木之理獨横。蓋斷柏木方尺爲段，内湊嚮棺而合之，故曰柏椁以端計，自足至首，當用六段。故長僅六尺，前後不蔽棺，故經於前棺四重，必云四者皆周，以别於椁之不周也。此柏椁是以衆材釘合爲一，其『莇塗龍輴以椁』之椁，乃衆材不釘合者。然方木向内，與此柏椁相似。故鄭云『莇木以周龍輴如椁而覆之』也。此處鄭註甚明，而疏義殊不能了。

## 曾點倚其門而歌説

檀弓之書，出于魯繆公之後，戰國之時。其時莊周之徒興，以臨喪不哀爲知禮，意頗附會其事于七十子者。爲檀弓者，不能辨也。曾點雖狂，然豈廢先王之禮，以執政之喪而倚歌于其門哉？襄公二十一年孔子生，閲十八年季武子卒，孔子之年十八。其時子路九歲，弟子傳不載曾晳之年，然以論語記弟子之序考之，必幼于子路矣。九歲以下之童子，能倚門而歌於季氏乎？吾固知其謬記也。

## 弔曰寡君承事主人曰臨説

此二句，當在後『違而君薨，弗爲服也』之下，以言仕而未有禄者也，誤脱在前。大夫士喪，公往，先戒之，主人設殷薦，其辭不得云『寡君承事』矣。

## 曾子齊衰哭子張説

孔子之視弟子，猶子也；弟子之視孔子，猶父也。然則曾子、子張之相視，非兄弟也與？三年之喪，不忘兄弟之悲。子張死而曾子齊衰哭之，其義一也。士有僚友矣，有交遊矣，有執友矣，苟其亡也，無不弔。曾子問曰：『三年之喪，弔乎？』子曰：『三年之喪，練，不羣立，不旅行。君子禮以飾情，三年之喪而弔哭，不亦虚乎？』此以言凡交遊之當弔者也，非曾子於子張之謂也。度於義而協則禮，雖先王未之有而可以義起；度於情而當，則雖孔子未之言，稱情而行之，而孔子之道未嘗不在是矣。師所未言而不得其權，是舉一隅而失其三者也，豈曾子之謂哉？檀弓之篇，記曾子齊衰哭子張者，謂其精義而合權，非曾子不能，非謂曾子忘其所聞於夫子也，而世儒從而譏之。夫蟜固不脱齊衰以問季武子之疾，儒者尚不以爲非，情有所不得已也，而況曾子於子張之亡者乎！

## 虞人致百祀之木説

祀，年也。商曰「祀」，周或通稱。天子柏椁，斷方一尺用之，此非百年之木不足爲也。其職在虞人，則亦取之山澤而已矣。不至者，所取木不合度，及匠爲之不工善也。古人工師皆是世職，以乏天子殯事，廢祀刎人不爲過。鄭氏誤以百祀爲畿内百縣之祀，故説者率不可通，不知章内兩祀字自異義耳。

## 其有中士下士者數各居其上之三分説

列國相交，其卿大夫所從，容有三等之士。主國待客牲牢、禾米、芻薪之類，其數當以位升降。其有中士、下士至者，所予禮數，視其上士得三分之一而已，中、下士同，不更别者，降殺以兩，及中士已爲甚少，不容更降，又以中、下士賤略之。

# 制三公一命衮若有加則賜也不過九命説

周禮大宗伯典命之九命，常制也。猶後世之官品，爲其官則必有其命矣。王制所言九命，加賜也，特予以褒功德，容有終身爲其官而不獲一命者矣。苐於其賜者略以尊卑爲之限，使不得過數而已。

命者，錫命也。禮有九錫：一曰車馬，二曰衣服，三曰樂則，四曰朱户，五曰納陛，六曰虎賁，七曰弓矢，八曰鈇鉞，九曰秬鬯。定制苟爲三公者，則王一皆賜之衮矣，是九錫之衣服也，其餘則不必。及必特賜，乃得加之，然至九而極矣。其大國之君，不過七命，以至五命、三命、一命，皆特褒之人也。彤弓之詩，以歌錫弓矢者。采菽之詩，以歌錫車馬、衣服者。方叔當采芑之時，錫衣服而未錫車馬，故其首章但言『路車有奭』而已，其次章乃言『服其命服』也。若夫樂鬯、鈇鉞、虎賁皆聞於傳，而朱户、納陛則鮮矣，其間蓋以衣服之錫爲輕。當周盛時，或諸侯非有大功，而苐因燕好錫之者矣，然必其朝於王所者也。無功而又不朝而錫之，則衰周之事也。又其甚也，則加於晉武公之有罪者矣。要之，此非『九儀之命正邦國之位』之謂也。

九錫之説，蓋西漢儒者習聞之，故作王制者述焉，而作禮緯含文嘉者亦襲焉。後世不見所原本之禮，而謬謂其出於含文嘉，則大失矣。緯始元、成之世，元朔元年有司奏議有九錫之文，豈出於含文嘉哉？康成既誤以周禮之九命解王制，而張晏注漢書亦云周禮以爲九命，皆混淆不分。若易張晏注云『王制以爲九命』，則得之矣。

曲禮：『爲人子者，三賜不及車馬。』其賜亦王命特褒之賜，與此文則賜也義同。人子雖承王命特褒有此車馬，而不敢乘於鄉閭者，不欲夸耀其賢踰父兄也。故叔孫昭子受王路之賜，而南遺曰：『叔孫未乘路，葬焉用之？』其有路而生不敢乘，即三賜不及車馬義也。若尋常本國君之賜車，則何不可乘之有？

## 百里之内以供官千里之内以爲御説

王者用民，視地遠近。百里之内近，故力役繁多，以供官府百役。千里之内遠，惟大事，如治兵、大土功之類乃及之，但有統御而已，無力役之繁也，而稍增其賦。故周禮載師『近郊十一，遠郊二十而三，甸稍縣都皆無過十二』，以是故矣。

## 大樂正大司寇市三官以歲之成從質於天子説

歲成之會主於司會而已。司會以歲之成質於天子，其大者定矣。至樂正有造士之數，司寇有罪人之數，司市有遠方民來居之數，亦須考其多寡。故從司會質於天子，而質乃偏也。荀子王制篇：『修採清，易道路，謹盜賊，平室律，以時順修，使賓旅安而貨財通，治市之事也。』楊倞謂七國設官治市者，兼周禮野廬氏之職，其說是也。漢作王制者重之，與司成、司寇列爲三官，殆亦因七國以來諸子之書也。若下文百官『質於三官』，『三官』乃『三公』之誤耳。

## 東膠虞庠説

古王者之制期有大學、小學而已，其所建之地不必定也；王者期行養老之禮而已，其養老之學亦不必定也。鄭康成註：王制謂有虞上庠，夏后東序，殷右學，周東膠，皆是太學。意以王者養國老，當在太學耳。吾謂不然。夫太學固宜在國，而天子養國老固宜在太學也。然而事勢有不可執者，昔文王都豐，而辟雍靈臺遠在其東數十里，文王以爲教士之地。武王遷鎬，辟雍太學因文王之故地，於王都則近矣，然終非在國而在郊也。儒者記之曰：『小學在公宫南之左，大學在郊。』此周之制適如是，因地宜耳。至周人立四學，蓋小學之法教士多方，故可兼前王之制；若大學之教，一而已，多設何爲？故虞上庠、夏東序，可曰太學。周上庠、東序，皆小學也。東膠，即東序，亦即小學，在公宫南之左者也。當天子行養老之禮，必使國老疲叟出郊，以向辟雍，非敬老之誼，故於東膠小學行之。且以天子之學言之，惟辟雍乃太學也。若對諸侯言之，天子所莅即太學矣。傳曰『食三老五更於太學』，雖在東膠亦可稱也，然而非太學之正也。夫小學宜有左右，而周王宫之右，適無地以建虞庠，故建之西郊。所謂書在上庠者即此，而又因以養庶老焉。故曰：天子立四學：小學、虞庠、東膠、瞽宗三，而大學，辟雍一也。

## 月令説

『慶賜遂行，毋有不當，乃命太史守典奉法，司天日月星辰之行，宿離不貸，毋失經紀，以初爲常。』『天氣下降，地氣上騰，天地和同，草木萌動。王命布農事，命田舍東郊，皆修封疆，審端徑術，善相丘陵、阪險、原隰，土地所宜，五穀所植，以教道民。必躬親之，田事既飭，先定準直，農乃不惑。』『不可以稱兵，稱兵必天殃。兵戎不起，不可從我始，毋變天之道，毋絶地之理，毋亂人之紀。』『耕者少舍，乃修闔扇，寢廟畢備，毋作大事，以妨農之事。』『生氣方盛，陽氣發泄，勾者畢出，萌者盡達，不可以内。』『命司空曰，時雨將降，下水上騰，循行國邑，周視原野，修利隄防，道達溝瀆，開通道路，毋有障塞。』『命野虞毋伐桑柘，鳴鳩拂其羽，戴勝降於桑，具曲植籧筐。』『繼長增高，毋有壞墮，毋起土功，毋發大衆，毋伐大樹。』『命司徒循行縣鄙，命農勉作，毋休於都。』『聚蓄百藥，靡草死，麥秋至，斷薄刑，決小罪，出輕繫。』『門閭毋閉，關市毋索，挺重囚，益其食。』『日長至，陰陽爭，死生分，君子齊戒，處必掩身，毋躁，止聲色，毋或進，薄滋味，毋致和，節嗜欲，定心氣，百官靜，事毋刑，以定晏陰之所成。』『毋用火南方，可以居高明，可以遠眺望。』『不可以興土功，不可以合諸侯，不可以起兵動衆，毋舉大事，以搖養氣。毋發令而待，以妨神農之事。水潦盛昌，神農將持功，舉大事則有天殃。』『土潤溽暑，大雨時行，燒薙行水，利以殺草。如以熱湯，可以糞田疇，可以美土疆。』

『命有司，修法制，繕囹圄，其桎梏，禁止姦，慎罪邪，務搏執，命理瞻傷，察創，視折，審斷決，獄訟必端平。戮有罪，嚴斷刑，天地始肅，不可以贏。』『乃命司服，具飭衣裳，文繡有恒，制有小大，度有長短，衣服有量，必循其故，冠帶有常。乃命有司，申嚴百刑，斬殺必當，毋或枉橈，枉橈不當，反受其殃。』『乃命宰祝，循行犧牲，視全具，按芻豢，瞻肥瘠，察物色，必比類，量大小，視長短，皆中度。五者備當，上帝其饗。』『乃勸種麥，毋或失時。其有失時，行罪無疑。』『日夜分，雷始收聲，蟄蟲坏户，殺氣浸盛，陽氣日衰，水始涸』。『易關市，來商旅，納貨賄，以便民事，四方來集，遠鄉皆至，則財不匱，上無乏用，百事乃遂。凡舉大事，毋逆大數，必慎其時，慎因其類。』『命有司曰，寒氣總至。民力不堪，其皆入室。』『蟄蟲咸俯在内，皆墐其户。』『命有司曰，天氣上騰，地氣下降，天地不通，閉塞而成冬。』『坏城郭，戒門閭，修鍵閉，慎管籥，固封疆，備邊竟，完要塞，謹關梁，塞徯徑。』『命工師效功，陳祭器，按度程，毋或作爲淫巧，以蕩上心，必功致爲上，物勒工名，以考其誠。功有不當，必行其罪，以窮其情。』

『命有司曰，土事毋作，慎毋發蓋，毋發室屋，及起大衆，以固而閉。地氣沮泄，是謂發天地之房，諸蟄則死，民必疾疫，又隨以喪。』『乃命大酋，秫稻必齊，麴糵必時，湛熾必潔，水泉必香，陶器必良，火齊必得。兼用六物，大酋監之，毋有差貸。』『日短至，陰陽爭，諸生蕩，君子齊戒，處必掩身。身欲寧，去聲色，禁耆欲，安形性，事欲静，以待陰陽之所定。』

『命有司，大難旁磔，出土牛，以送寒氣。征鳥厲疾，乃畢山川之祀，及帝之大臣，天之神祇。』『令告民出五種，命農計耦耕事，修耒耜，具田器。』『日窮于次，月窮于紀，星回于天，數將幾終。歲且更始，專而農民，毋有所使。』

右二百四十一句，皆有韻可讀，與單襄所引夏時儆同。疑此乃三代遺文，吕氏采之，非秦人語也。蔡邕、王肅言禮記月令，即逸周書中之月令，解者意其是與？然吕氏所採非出一家，以集録舊文，故春秋皆復云日夜分，仲冬再言日短至。當不韋時，七國皆稱王，王之名不足尊矣。故月令書内皆稱天子，惟『王命布農事』猶曰王。『秦人既開阡陌，經界不可復正』，此文猶『審端徑術』，『先定準直』，此二者於秦何以施之哉？蓋姑因前人之文，不及審去耳。『可以美土疆』，第言美其疆埸内之土，何必獨爲强槩之地乎？『蟄蟲咸俯』，謂物候在内，皆墐其户，謂民事也。前儒不悟其爲有韻之文，是以解與讀並失之，『蟄蟲咸俯』，與其『皆入室』文蓋本相承，言觀有是候，則入室者，乃在内皆墐其户，七月之五章其義著矣，吕氏之徒乃以他語閒之也。

## 將昏遭喪免喪弗取説

孔子曰：『壻免喪，女之父母使人請，壻弗取，而後嫁之。』言甫免喪而圖昏，非禮也。是以於是時則弗取，『而後』云者，言□緩之，非謂壻弗取而遽嫁之他族也。文公將免喪，使襄仲如齊納幣，則春秋譏之以爲喪娶。然而女之父母必使人請焉者，父母之心不可已焉爾。

## 君之喪服除而後殷祭説

服之除也，舍重而受輕，人情之節也，從乎生者也；喪之期而必祭也，天時之變也，從乎死者也。故祭不爲除喪，然而服未除者，則不以殷祭，君先喪而父母後之，爲君也。練而除首絰矣，則不爲親也。絰矣，爲君也，縞而除練矣，則不爲親也。練矣，然而親練祥之祭以時，父母喪而君後之，則待君之練而爲私祭，期待君之縞而爲私祭，再期親練祥之祭，不得以時祭者，即吉之道也。筮日筮尸以交乎神明，服之重者未除，而輕者未受，而以祭，則非祭之道也。兼有父母之喪，練祥之祭各以其服。雜記：『有父之喪，如未没喪而母死，其除父之服也，服其除服。卒事，反喪服。雖諸父昆弟之喪，如當父母之喪，其除諸父昆弟之喪也，皆服其除喪之服，卒事，反喪服。』鄭君云：『惟君之喪，不除私服。』是也。門内恩掩義，故可以脱父衰而爲母服，脱父母衰而爲諸父昆弟之服。門外義斷恩，故不可脱君衰而爲父母服。孔子曰：『君之喪服除，而後殷祭。』言俟爲君服可以練，然後爲親練；可以祥，然後爲親祥也。君臣父子之誼，於是備矣。若庾蔚之説，謂待君纖禫除，而後父母有練祥之祭，則過矣。三年而後葬者，必再祭。其再祭也，以月易期，所以爲除服漸也，如蔚之言，是使以時祭者，而乃從三年後葬者之禮也。夫子之於親情，苟可以伸則伸之矣：脱君服而爲父母祭，情之必不伸者也；因君服而爲父母祭，情之可伸者也。

## 禮運説

孔子没，而七十子之徒述其所聞於孔子者，蓋莫不有書。然苟非善言德行之至者，不能無少過也。曾子之徒著孝經，子游之徒作禮運，子夏之徒作孔子閒居，其辭皆若有已甚者，然而聖人之旨，未嘗不存焉。夫禮之有運也，上古之世，汙樽抔飲，茹毛飲血，順其情而自遂者，莫不可爲禮也。及至唐堯、虞舜，垂衣裳，作禮樂，建百官，而天下治。舜授之禹，禹以逮夫湯，湯以逮夫文、武，三代聖人皆各爲其一代之禮，而不相因襲。

夫聖人非不欲無變古之禮而治今之天下，然而人心異矣，世運移矣，聖人不能强天下之心以復乎古也。古者喪服不降，貴賤各以其親而已。至周則自天子以下，各有厭降之制。夫以親戚之間，不能不以貴賤升降，固人情之不及乎古也，然而文、武達天道、順人情以制禮，曲盡其宜，而會通其變，其用以因時之運，而其意則欲人之循道以存天地之本，使與上古始制禮之意相通而不悖也。此周之所以郁郁乎文，孔子所以必從周也。然苟非若是之文，纖悉之間少有不盡，則不足以安乎天下矣。然則天下之薄周之所以不及乎夏、商者，固可見矣，而況以視夫唐、虞邪？

夫老莊之説，以禮爲忠信之薄而亂之首，若子游之所聞於孔子者，則以天下風俗既薄，必曲爲禮而後可存其忠信而爲治，此於老莊之旨遠矣。至于唐、虞、三代，氣運之有淳漓，固老莊嘗言之者，然亦未嘗誣也，豈必爲之諱而後得爲儒者之説哉？

禮運之説，以爲禮之初，自微而盛，自盛而衰，至于三代之末，杞、宋、周、魯無有能存先王之道者，而僭亂暴虐淫失之國多矣。苟欲返之於治，何由乎？非達乎禮之意者不可也。所謂達乎禮之意者，達天道、順人情而已，故曰：『政本於天，殽以降命。』殽者，效也。言天命存乎於穆之表，必效于事以降于人也。天命有降於社者，君因之而教稼穡，是謂殽。地有降於祖廟者，君因以仁義之道嗣先王，而不敢忘孝；降於山川，而君因以興作利民；降于五祀，則門户居室出入之間，不敢忘制度焉。故非禮勿動也。其達天道如此，非苐祭祀而已。如是乃所以藏身之固也。若其順人情者，養生送死，固習民於所樂矣。然知和而必以禮節之。處其所存者，禮之嚴也；玩其所樂者，樂之和也。

夫禮樂之道，皆人所固有也，非强之也。故君者示以道德，而民所由明；示以衣食，而民所由養。民所由以有事者也，非君以己私意而明人，而養人，而使之事也。百姓則乎君之明，而自爲治矣；賴養於君，而自爲安矣；受事于君，而自爲顯矣。禮達而分定者，宰制萬物，役使羣動，豈人力哉？人皆有愛乎死者之心，喪祭之禮所以施也。人皆有患其生不適於道之心，冠、昏、射、御，凡生者之禮所以用也。故從民嗜欲而用之者，所以順情也。正民之嗜欲而矯之者，亦所以順情也。去詐，去怒，去貪，極之捐軀以死社稷宗廟，皆所以求本心之安而已，故曰：『求仁而得仁，又何怨！』故人君達天道、順人情以爲禮，而天下治矣。然而天道固不出乎人情之外者也。人者，天地之德，陰陽之交，鬼神之秀氣也。故聖人以人情爲田，天道達而人情順，則天地位焉，萬物育焉。雖三代之衰，而可復乎大道之行者，其理莫能外是，故曰此順之實也。

夫孔子於大道之行，與三代之英固皆遜以爲未之逮也，然而有志焉，夫子之得邦家者，蓋將軼三代之英而追唐、虞之治。『鳳鳥不至，河不出圖，吾已矣夫！』以孔子之聖，以四靈爲畜，器車馬圖未嘗不可以至達天德之至也。嗚呼！是其志非大賢以下所能與矣。

古者祝嘏有常辭矣，先成民而後致力於神，辭不易其常古而祭則受福，是謂大假。衰世之君失道於民，而欲邀福於神，使祝史誣以求媚，于是有祕祝焉，歸德於君，歸罪於民，其辭不可使聞國人，而藏于宗祝巫史，是幽闇之國也，國將亡，而聽命於神者也。

羣言淆亂，信諸聖人。孔子曰：『杞之郊也，禹也。宋之郊也，契也。』吾是以知夏之未嘗郊鯀也。善夫方正學之言曰：『鯀得罪於天，舜之殛，天殛之也。』以之配天，天其享之乎？當禹承舜，天下未嘗有意以天下與子而必郊其父爲一代之制也；其所郊者，舜之所郊者也。逮禹崩啓立，以禹功德足以配天而郊禹，其後世因之以至杞焉爾。二代之禮，至春秋時頗不能詳。人以周禮度之夏、商，謂郊與宗祀必非二人，遂謂鯀爲夏郊。夫使鯀爲夏郊，而杞曷爲郊禹哉？或曰夏蓋嘗郊鯀，而後廢之，然而必非禹所立也已。

逸周書大匡篇：『王乃召冢卿、三老三吏。』是時文王之三老，其太公、伯夷、叔齊與？

三老之名意始於此。其後，周以待老而有盛德者，蓋不必三，而皆循而謂之三老，故曰『三老在學』。『卜筮瞽侑』：瞽者，大師；侑者，亞飯、三飯、四飯之樂工也。古者曚瞍誦諫，故以次諸三老三公焉。

禮本於太一，分而爲天地，轉而爲陰陽，變而爲四時，列而爲鬼神。此皆存乎天者，其降曰命，則及乎人矣。天秩，天敘是也。其官于天也者，官者，職也。人有禮，乃所以盡乎天命之職也。協於分藝者，藝者，常也。尊卑、上下、男女、長幼，各協其分之常，則羣居和一，而不相害矣。故其居人也曰養，禮以養人爲本。鄭氏易養爲義者，非也。

# 惜抱軒九經説十三

## 禮記説二

### 有美有文而誠若説

禮也者，古先聖王爲之也？而非古先聖王爲之也，理義有所未行，人情有所抑遏，古先聖王從而達之，夫安得而易之哉？是以大者不可損，小者不可益，顯者不可掩，微者不可大。經禮三百，曲禮三千，其協乎義而當乎情者，夫豈有二哉？協乎義而當乎情之必以禮也，猶入室之必由户也。是以君子之於禮也，其竭情盡慎，若父母之愛，兄弟之友，固其誠也。其有美、有文，若姑姊妹之薄也。世母、叔母，踴不絶地，而服則齊衰。先酌鄉人，弟爲尸，則敬弟。以名爲禮，以義爲禮，以時爲禮，亦皆出於誠之不容已者，莫非誠也。故孟子曰『義内』。

## 郊特牲説

禮記之所以名，蓋因儀禮每篇後有廣記儀節論説其義，謂之記。其後儒者集取之，或轉相增益爲書，雜以諸子之説，非盡論禮之文矣，而推其本要，以儀禮後記爲始，故曰禮記。其中若郊特牲、喪大記之類，蓋尤爲禮記本書。郊特牲有郊社、諸侯祭宗廟、蜡祭、士冠、昏禮諸記，其儀多亡，苐有記存於斯耳。惟士冠、昏則儀及記于今世具存，其記文最古。別有冠義、昏義，蓋又在後，非特義理精密不逮是篇所載冠、昏之説，即文辭簡當，亦不侔也。禮器引是篇文曰：『于彼乎？于此乎？』然則是篇所采集出禮器書前，明矣。古諸侯祭禮辭，蓋有稱所陳祭爲尸云者，故其記釋□□□□也。至其後乃別説神象之尸。康成不悟此經爲儀禮後記釋之詞，乃以其前説爲失，不知所言自兩事也。詩『季女尸之』，毛公以『主』解『尸之』，非也。季女豈主祭者乎？『尸』之爲陳義，又見爾雅，宜引爾雅禮説以詁詩耳。

## 大路樊纓一就説

周禮巾車：『玉路，繁纓，十有再就，以祀。』此常祀所乘也。若郊天則素車越席，繁纓一就，此非常祀也。常祀之用，尊于賓朝之事，故玉路即名大路，顧命所謂『在賓階面』是也。郊天之用，又尊于常祀，故素車越席，繁纓一就，乃更爲大路，禮器、郊特牲、明堂位所云『大路』是也。若諸侯以下，凡王賜之車，皆曰大路，以其尊於其家所有之車而已。大路無定名，而祀天之大路最上。其在巾車，五輅爲下，而用之有時而上也。康成解此爲殷祀天車；杜氏注左傳『大路越席』爲玉路：皆執巾車玉輅爲尊之故而失之。

## 朱干設錫冕而舞大武説

禮：天子賜諸侯，不以當時之樂，故諸侯得舞夏，不得舞大武。既大武矣，則必『朱干設錫，冕而舞』矣。經以足其詞，故備言之。

## 少者執牀與坐御者舉几説

古人坐臥同處，皆在室，當奥，而必異席。父母將臥之時，其坐席當斂，𨍏以牀，坐於異處。少者於時執牀與坐，臥者、坐者皆可曰牀。此言執，則其牀必小矣，爲𨍏設也。御者舉几移就坐牀，於是斂坐牀設臥席，然後可舍坐而寢，次日興，斂衾席皆御者事，故經以承御者文。

## 揖遊説

進退周旋、升降出入事也，慎齊揖遊，皆儀也。揖如退，則揖之之揖，小俯也。遊者，小緩也。

## 適子庶子見於外寢説

適子庶子者，適生而非冢也。若他庶子不與冢子同母者，見於内寢後章别言之，其庶子不得云禮帥初也。左傳云乃宦卿之適子，以爲公族。又宦其餘子，亦爲餘子。左傳之適子，内則之冢子也。左傳之餘子，内則之適子庶子也。

## 由命士以上旬而見冢子未食而見必執其手適子庶子已食而見必循其首説

子有異母而同時生者，其在君則適與庶必各擇日而見矣。若士大夫之家，則同日見之，故曰『均而見』，然冢子必在食前，庶子必在食後，以爲别也。若非『均而見』，雖庶子亦在食前矣。經内適子字衍，或與冢子連文，誤移□之。

# 玄端朝日説

端者，禮服之通名也。衣形正方，裳用正幅，故曰『端』。經傳言端委、端章甫，由是名矣。衮鷩至玄端服，服不同而端同也。禮服無繪，曰『玄端』。玄端而冕，曰『元冕服』。玄端而冠，曰『玄端服』。冠、冕不同，而玄端同也。夫天子以玉藻之冕龍衮以祭矣，至於朝日，則經蒙上以祭之，冕不必言冕矣，茀言其衣，故曰『玄端以朝日』也。至於皮弁朝後卒食，燕居去皮弁易冠，亦不待言，則曰『玄端以居』。若夫諸侯之祭，首必有冕，經亦謂不待言也。故玄端以祭，茀言其衣也。諸侯朝服，以日視朝，朝服之冠衣，即玄端服之冠衣也，茀以素裳異耳。故朝服即稱玄端，君臣必同服，故曰『朝玄端』。及適小寢釋禮服，釋禮服則深衣矣。君臣亦同服，故曰『夕深衣』。然則天子朝日，諸侯之祭，其『玄端』字皆未嘗誤，不必如康成之改讀冕也。

# 聽朔于南門之外説

南門者，天子路寢門四，出其南門即路門矣。天子聽朔日朝，同于此地，故下『皮弁以日視朝』，不言其地，蒙上文也。諸侯尊王朔，故聽朔于廟，聽日朝於内朝，經乃異言之。天子朝于南門之外，門屏之中，惟閏月居門終月，則在門之左扉。常日之朝，以屏屏王後。今既居門無屏，故闔扉以當屏也。王之路門中平通車，故可立以朝。臣下若諸侯，則路門有堂，不可居堂上而朝，故諸侯無閏月居門之禮。

## 誓省説

鄭康成讀『省』爲『獮』，蓋軍禮袀服上下皆玄，惟君裘有黼文，義取君臣有别識，而敵人不得遠而見君之所在也。誓獮用軍禮，故亦若是爾。陳氏讀如字，非是。若省耕、省歛，偶值寒而裘，則君固當衣狐白矣。

## 大夫私事説

大夫公事以公士擯，其必然者也。大夫私事，或使私人擯之，或公士擯之，其不可必者也。使私人擯，不得如公士稱寡君之老，又不得稱曰夫子，是以惟可稱名也；若公士擯，雖私事而如公事之禮。楚子圍娶於鄭，伍舉爲介，稱『寡大夫圍』是也。

# 明堂位說

明堂之制，余於周禮説既論之矣，竊意唐、虞之時，諸侯朝天子，必分日而見，故曰：『日覲四岳羣牧。』夏、商殆亦因之。至周乃欲一日盡會天下之諸侯，天子之宫廷所不能容，始作朝諸侯之明堂矣。又古天子之於諸侯未嘗不下堂而見，天子負扆立於堂上，殆亦周始爲此禮，天子之體愈尊，而謙德衰矣。

明堂位一篇，其辭固夸誕不實，然世儒遂疑所載周公朝諸侯于明堂爲無有是事，則亦過矣。武王崩，成王之年雖未敢決知，然其幼不能臨諸侯，可信也。王在諒闇，百官固聽於冢宰。及成王免喪，而周公猶攝王事，第不稱王耳。不稱王，而曰『天子負斧依南鄉而立』者，以明周公所立固天子位也。周公成洛邑而郊天，而謂不可以下朝諸侯乎？史記載伊尹攝政朝諸侯。孟子曰：『有伊尹之志則可。』忠如周公，攝王事以朝諸侯，奚爲其不可也？使不幸周公未致政成王而没，成王謚之王而入之廟，猶將可矣。以周公異日得終臣節，而遂謂其始攝天子之非也，豈非拘於識哉？當武王既崩，冢宰攝政，抗世子法于伯禽，以教成王。及成王免喪而冠，周公使史佚爲辭，是時而不歸政，流言乃起。蓋攝政三年矣，伐殷畔王。居東二年，乃以東山師歸，王出郊天乃雨，詩『零雨其濛』是也。明年爲攝政之六年，作洛邑朝諸侯於明堂，侯、甸、男、邦、采、衛咸在。周天子殷見諸侯之常禮，爲壇三成而設斧扆，俾司儀職之意。夏、商時，尚無是禮，明堂設扆，公始盛其儀也。是時，公立堂上，司儀擯公以下升階，奠玉授玉乃出，又入而將幣，太保乃以庶邦冢君出取幣旅王若公，固此時事矣。其明年，公乃致政于成王矣。

逸周書：『九□之國，世告至者，應門之外，北面東上。』其缺字不可知。今禮記作『九采之國，應門之外，北面東上，四塞世告至』，雖文少易，義不殊。鼐疑逸書缺字，及禮記『九采』皆當作『蕃』。周禮：『九州之外，謂之蕃國，世一見。』所謂荒服者，王也。四塞，即九蕃也。蕃國亦夷蠻戎狄也。明堂之位，以其地在職方之域者，則位于四門；在域外者，則位應門之外。故稱曰『九蕃』，非九數也，猶九天、九地之『九』，言其極遠，不可以數計者，皆在此耳。『世告至』者，不可與期會，聽其一世一至而已。成王之四年，歲在大火，箕子來而見封唐叔焉，所謂『世告至』者與？故不純臣也。康成乃以九采爲九州之牧焉，有州牧而擯之應門之外也乎？是不可通也。

『拊搏、玉磬、揩擊、大琴、大瑟、中琴、小瑟。』『拊搏』『揩擊』四字互舛。

## 庶子王亦如之説

儒者爲禘之説多矣，惟王子邕之言正而篤，不可復易也。經言『禘其祖之所自出』，而以祖配之者，王禮也，而立四廟者，非必王禮也，經連言之耳。然則庶子王亦如之，獨承上禘祖所出，而以祖配云爾也。黄帝之孫顓頊繼立，顓頊其適與虞、夏禘黄帝而以祖顓頊配之，固其宜矣。古稱帝嚳之元妃曰姜嫄，産后稷，未知稷得爲適子與非與？次妃簡狄生契，契其庶子與？然而其子孫皆有天下而王矣，則皆得禘其祖之所自出，不限以『庶子不祭祖』之禮也，是爲『庶子王亦如之』。

## 祔於其妻説

喪服小記：『其妻爲大夫而卒，而後其夫不爲大夫，而祔於其妻則不易牲。妻卒而後夫爲大夫，而祔於其妻，則以大夫牲。』鄭注：『此謂始來仕無廟者，無廟者不祔，蓋以謂夫死而以夫祔妻也。』歙金修撰榜譏鄭謂：『以夫祔妻，乖尊卑隮祔之義。且禮，王父死未練祥，而孫又死於是，祔於王父也。祔於王父，則於殯宫矣。妾祔於妾祖姑，則爲壇祔矣。未聞無廟者不祔也。』

鼐謂修撰之駁鄭極當，而所解經義猶未分明。竊謂經所云『祔於其妻』者，非謂夫死時之事，弟言妻死夫爲妻行祔祭禮耳。當夫爲大夫而妻卒，爲其妻設薦祭，固用大夫牲矣；即其夫忽有貶降，夫雖爲士矣，而其妻生固大夫妻也，則於其祔不易牲，以終其爲大夫妻之事，至練祥則易牲矣。若夫先非大夫，而妻死將祔時，夫忽進職爲大夫，則妻可以易用大夫牲，絀則緩而進則驟，此於情甚順，而解亦易通也。

# 惜抱軒九經説十四

## 禮記説三

### 公子有宗道説

禮之爲義廣矣，不可以一説窮也。父在爲母期，而繼母如母，以尊禰而成孝也。及爲母之黨服，則不爲繼母之黨服。兄弟，異母一體也，及立子則以貴。禮曰：『公子有宗道。』言其本無宗也。上不敢宗君，下則昆弟衆者或數十，紛而無統，宗之道窮矣。禮窮則變，故使昆弟一人爲之宗。爲之宗者，適子乎，則爲服齊衰九月，爲其妻服緦，若大宗然；若庶子乎，則服所宗者，大功九月而已，若小宗然。大功九月，固諸侯庶昆弟爲昆弟之服，是雖爲宗，于禮無加也。皆昆弟也，皆宗也，或有加焉，或否焉，一以母爲貴賤而已。先王之禮逸，而遺説略見於春秋。春秋母弟則稱弟，傳之所載，周史伯、襄王、王子帶、詹桓伯及析父、祝鮀之倫。必重言母弟，何休以言母弟爲親親，吾以爲不然。父之子兄弟一也，偏爲親，是爲不能親親。凡言母弟者，皆適也。而重言之者，以重適母故耳。左氏傳曰：『太子之母弟，公在曰公子，不在曰弟。』雖春秋列國庶子爲君，亦有稱母弟者，而固非禮正也。春秋書公弟叔肹，叔肹非適也，然而曰公弟者，其時宣公既以其母敬□爲夫人矣。春秋於其卒葬皆書曰小君，其子安得不同之于適也？若夫先王之禮，則小君一而已，故子以母貴，非以爲親親也，而以云尊尊也。言尊尊則義重而仁存，言親親則義衰而恩薄。親親則禮無獨加，尊尊則禮可以有加。昔武王以母弟周公爲昆弟宗，故魯爲管、蔡、衛、明、曹、滕諸國之宗國。禮曰：公子，士大夫之庶者，宗其士大夫之適者，蓋若周公焉。君夫人子，皆適也。傳曰：『立適以長，不以賢。』明適非一人也。詩曰：『君之宗之。』適子一爲君，一則爲宗，宗亦尊矣，而加之服，豈不可乎哉？無適子爲宗，然後命庶子，其爲宗若攝。然禮惟言宗，其適者爲宗道，則其餘爲宗者攝也，其爲親也同，其爲尊也降，是以無加服。苟又無多，庶子、公子一人而已，則無宗亦莫之宗矣。雖然，豈獨若是無宗者哉？即有宗矣，其宗且適子矣，然非繼禰者也，非宗子也。繼禰者君，而公子不宗君，公子所宗非繼禰而有宗道，故不曰公子有宗子，而曰『公子有宗道』。宗子可無，而宗道不可廢，廢則昆弟無統。誠有統矣，如大宗可也，如小宗可也。

吾觀鄭氏説經既得其義，而爲義疏者不能詳。後之舍鄭而爲説者，皆妄也，且多不達周制與聖人之禮意。余因鄭説廣之，使考禮者無惑焉。

## 樂記説

漢藝文志：『樂記二十三篇。王禹記二十四篇。』武帝時，河間獻王好儒，與毛生等共采周官及諸子言樂事者，以作樂記，其内史丞王定傳之，以授常山王禹。禹成帝時爲謁者，數言其義，獻二十四卷記。劉向校書，得樂記二十三篇，與禹不同世。或因志是語，謂今本樂記自出于劉向所得，非獻王所作者，非也。王禹所得，劉向所得，皆出於獻王。其書篇多寡小異，藝文並著于録，猶論語古二十一篇，齊二十二篇，並著于録，非以兩書大相懸異也。自河間獻王作是書，儒者各以意取之。如太史公及二戴所删録，多寡又異，記雖成于獻王、毛公輩，然實本周人之書，而獻王集之。今惟其取于荀子者可考，餘不知所出。然其中有精言微義，蓋非知道者莫能爲也。自漢人采獲，以成其書，儒者專樸，頗疏于文義，其樂象篇：『樂，樂其所自生；禮，反其所自始。樂章德，禮報情反始也。』此于諸子本書非專爲樂説，故其文下有『大輅者，天子之車也』云云。今取其有當於説樂者，忘删其無當於説樂者。魏文侯篇自『魏文侯問於子夏』，至『詩云「誘民孔易」，此之謂也』，記一時問答之辭盡矣。其『然後聖人作爲鞉鼓，椌楬壎篪』又出於他處，其文自承上意，故云『然後采者』，以附子夏語後，而忘去『然後』字，猶集曲禮者，取曾子『坐如尸，立如齊』，忘去『若夫』字也。故『君子式黄髮』發句，言故王制圭田無征，於上下文類中獨加『夫』字。集衆辭每若是。説此經者不悟爲采集之故，顧强爲説，以通上下之文，則益謬矣。

## 大夫居廬士居堊室説

鄭以此士爲邑宰之士，謂朝廷之士與大夫同。竊恐未必然。經云：『大夫次于公館以終喪，士練而歸。士次于公館，大夫居廬，士居堊室。』所謂練而歸者，歸其家耳，豈必謂歸所治之邑乎？若夫練之前，士固次于公館矣。然雖與大夫同次公館，而必有廬與堊室之别，等級分明。經曷嘗謂朝廷之士必别於邑宰之士哉？蓋古者大夫與士同治公事，大夫得坐，士則不得，故曰『朝不坐』。則居公館以服君喪，亦不得同處，明矣。

## 易之失賊説

六經無失也，不善學之者而失生焉，學之過，非經之過也。雖然，過之生也，必以其類六經之理通於一，而其用之類則不同：務乎儀文度數之繁，而遺禮樂之本者，其失也内荒；究乎心性精微之域，而遺人事之宜者，其失也外悖。故經雖無失，而學者之失未嘗不由經而生。今夫易，天下之至精也，冥通乎陰陽之合，而藏乎神明之妙。聖人得之，則體用合爲一，而動容周旋中禮者胥是也。然而不善學之，則其失於他經爲尤甚。彼入其中，澹乎其神，漠乎其思，渺乎其微，以謂是天下之精，而其外皆粗末也。萬物爲一體，而有無死生爲一塗，於是耳目百體可以遺，而父子、兄弟、人倫之接可以泛，然而適遭儻然而不知所事也，制義疏而恩情薄，防檢弛而人事廢，是不爲賊乎？魏、晉之間是已。士大夫以老易並言，而天下爲之大亂。夫子罕言性與天道，而易者言性與天道之書也。當周之世，列國之師各以意爲教學者，各以性所近爲學，苟有得于經，皆可以爲美；苟善學之，皆可以入乎聖人。孔子曰：『入其國，其教可知也。』欲學者得其美，無陷其失而已。失于詩、書、禮、樂者，其失猶輕；失于春秋、易者，爲失滋重。雅言詩書執禮不及易與春秋者，孔氏之法則。然既不能以强諸天下爲教與學者矣，及至孔子亡而微言絕，數傳之後，莊周滑稽之徒興，所謂易之失賊，雖孔氏之徒有之，而况他國之爲學者哉！

## 禮有九大饗有四說

禮有九，其五者常禮也，其四者大饗乃有之，天子之禮也。天子饗元侯，則賓入大門，而金奏肆夏、繁遏、渠，所以戒厲諸侯之義具焉，故『卒爵而樂闋，孔子屢歎之』，故曰『示易以敬也』，又曰『示情也』，言天子所望於諸侯之實，非虛爲之禮而已。既乃工升歌清廟，以示王者之德，故曰『示德』也。既乃下管象象文王之舞，以示王者之事，故曰『示事』也。於是干戚以舞大武，執籥以舞大夏。周制，諸侯之庭，得舞夏而已，不賜以時。王之舞武與夏籥相序而興，則天子之舞也。既乃饗畢，客將出，以雍徹器，以振羽，送賓。『三家者以雍徹』『奚取於三家之堂？』夫亦天子之樂也，非兩君相見所得用也。而魯之饗賓，乃金奏肆夏焉，升歌清廟焉，管象舞大武焉，以雍徹、以振羽，送賓焉。此四者，僭而不協於義，夫子蓋難言之，以故告弟子曰『慎聽之』，『苟知此矣，雖在畎畝之中事之，聖人已。』此微辭，以示其禮也大，而爲義也深，非可誣以用之者也。或問禘之説，子謂『知其説者之於天下，如示諸掌』，其意亦猶是而已矣。子舉四者之事，不及清廟；釋四者之義，不及雍、振羽，文互備也。若夫陳薦俎、備百官、行中規、還中矩，和鑾中采，齊此五者，諸侯大夫可得而爲之矣，合之是爲禮有九矣。自鄭氏以來，多不達于此章之説，故舉句讀亦并失之。『下管象』，句。『武夏籥序興』，句。『客出』，句。『以雍徹』，句。『以振羽』，句。

## 孔子閒居説〔一〕

孔子閒居，蓋子夏之徒述所聞於子夏者。其言道，蓋聖門論説之精者，子思作中庸之亞也。夫六經之道，無强人以所無者，而皆原於人心所不能已，故曰『知其性，則知天矣』。心之動爲志，而詩以言之，故曰『志之所至，詩亦至焉』。詩者，人情也，禮亦順人情而爲者也，故『詩之所至，禮亦至焉』。禮之用，和爲貴，故『禮之所至，樂亦至焉』。夫人既羣居而有和樂之情矣，則於其死也安得而不哀？故『樂之所至，哀亦至焉』。哀樂相生，其本出於天命之自然，而流行于天地萬物之一氣，可以見聞求之乎哉！君子合天地萬物爲一體者，乃能盡之，是以志氣塞乎天地。夫欲志氣塞乎天地者，非可襲而取也，其要在慎獨誠意，使其中純一無閒，『致中和，天地位而萬物育』矣，故無聲之樂，無體之禮，無服之喪，慎獨誠意之道也。

雖然，是道也，持之甚難，失之常易，於是焉有『五起』之辭佐之。夫所謂『五起』者，義非有出於『三無』之外也。然而君子時以是辭誦之口而存之心，使吾神移志凝，久之而心思耳目百體皆從於是，不執而安，不守而固，夫乃可持『三無』而行『五至』矣。箕子授武王以皇，『極之敷言，是訓是行』，以教天下者，夫亦『五起』之同術也。其後所云『三無私』者，猶其前『志氣塞乎天地』之旨也。其引詩『聖敬日躋，昭格遲遲』以致之〔二〕，猶其前無聲之樂、無體之禮之旨也。其曰『天有四時』『地載神氣』，無非教也。聖人以清明在躬，合乎天地自然之理以爲道，而無所强于其間者，猶其前『五至』之旨也。至於『先天而天弗違』『惟嶽降神』，爲之生賢人以佐其治，而聖人之道盡矣夫。子夏弟子之爲是説也，夫亦善言德行矣。

雖然，其言高明者多而沈潛差少，不若中庸説之密而無病也。流而爲田子方、莊周者，諒以是與？

始吾讀周禮『三德』，曰：『至德以爲道本，敏德以爲行本，孝德以知逆惡。』而竊疑焉，夫至德則無弗兼矣，何以列三德者爲？既而思之，人之資各有所近，而教各有方，或先以知，或先以行。夫子鮮言性道；而孟子舉性善以道人者，以至德爲教也；曾子以孝德爲教者也。孔子固兼三德爲教，而以天下中人爲多，故常以文、行、忠、信四教命者，敏德也。若子夏、子游之倫，始於文學，而卒於聞道，故其言亦至德以道爲本者也。然而不免於病者，其資性有偏，而弟子之受其辭以爲書者，其偏或益甚也。

孔子閒居一篇所言，皆聖人與天地合其德之事，非大賢以上不易幾也。其末乃言三代之君固未能盡若是矣，則勉强爲善，爲天子則率由舊章，令聞不已，若太甲、成、康之爲嗣王也；爲諸侯則謹身修行，以協於四鄰，若太王之創業。是雖未能志氣塞乎天地，爲王者道德之極致也，然亦不失爲守文寡過之君矣。蓋以謂是姑爲中下之資言之，而君子之所願學者，有不在乎是焉爾。

# 坊記説

禮原於人情之所不可已，而法興於道之自然。聖人不以性所無者加諸人，以爲禮；不以私意强乎天下，以爲法。雖其禮、法之行，可制天下嗜欲淫僻之失，而聖人亦未嘗不以人嗜欲淫僻爲慮，而豫防其流。而終不可以爲聖人之意苐在乎此者，因乎天地而當乎人心者，聖人制禮之本也。及至人心放失，流而不返，然後廢先王之禮，而悖亂皆作。世因知廢禮之爲害，而不知人心之先失久矣。使自返其心，則於先王之禮，嗜若飲食、衣服之不可去，而何防之云乎？故曰：『禮者，履也。』『禮之用，和爲貴。』

周衰，孔子没，七十子之徒嘗遊聖人之門者，於先王之禮莫不有窺焉，而或未之盡也。蓋言先王之禮者，莫篤於荀子；而以人性爲惡，以化性起僞爲禮，其病亦莫甚於荀子。甚矣！其去聖人之言遠也。禮記緇衣、坊記之篇，皆出七十子之後。其稱子者，非孔子也，弟其師耳。而坊記謂禮專以坊民，近荀子之義，至其稱雖以是坊民而民卒逾之，若民性甚惡，而啓人君尚刑重法之心，此尤其義之駁也，而儒者苐以引及論語而辨其非，孔子之辭於義不已末乎！

『善則稱人，過則稱己，則民讓善。』按：『稱人』義，已見上章。此章宜作『善則稱天』，故下引詩『惟龜正之』，猶祭義以『易抱龜南面』，明讓善於天之義。坊記引君陳曰：『爾有嘉謨嘉猷，入告爾后于内，女乃順之於外。』此人臣相稱善之辭。陳者，其人名也。稱君者，猶周公稱君奭也。故君陳、君牙之篇，皆非命辭。僞作古文者不悟，以君陳稱於成王之口，又於畢命亦然，其不辭已甚矣；而以歸善於君爲成王所欲，若後世庸主與其臣爭名之意，是害義之尤者也。

## 春秋修其祖廟至其如示諸掌乎説

『春秋修其祖廟』，朱子謂自是以下，皆以所制之禮通于上下者言之，是也。猶前言『斯禮也，達乎諸侯、大夫』之謂，非茀謂武、周以是祭先祖之禮也。夫天子於先祖，固自盡其禮矣，而使天下之孝子，皆由吾之禮而足以達其自盡之心，夫是以謂之達孝，是以爲費之大也。且孝子於天下國家靡不盡其心，然尤必加厚於宗族，乃足以伸其事親之極愛。是故『宗廟之禮，以序昭穆』，『序爵』，『序事』，『下爲上』，『燕毛』，皆言周制祭祀之時，於宗族之禮也。

鄭康成引文王世子『宗廟之中，以爵爲位』，以解『序爵』之義，引『宗人授事以官』，以解『序事』之義，於説當矣。而解『旅酬下爲上』，兼舉賓弟子，則非也。特牲饋食，士禮也。士之臣少，故賓弟子在廟。若少牢饋食禮，以大夫官備，苐有兄弟後生者舉觶爾，已無賓弟子在廟矣，而況天子諸侯乎？經所言『下爲上』者，義在宗族，不在賓也。宗族于宗廟之中，如外朝之位，授事以爵、以官，是則同。異姓之位不别，别於内朝，而不别於宗廟者，宗廟嚴于已之燕朝也。然又曰：宗廟之禮所以序昭穆者，容子孫無爵在廟者；及同爵之位，則以昭穆爲次；又子孫獻尸及君賜爵之時，昭與昭齒，穆與穆齒，皆序昭穆，而不以爵序；至於逮賤序齒，皆所以厚宗人而已。是五者，或别於異姓焉，或不别於異姓焉，兼貴貴親親之義。武王、周公制禮，曲盡如此，非達孝者不能也。

若夫武王及周嗣王之於先王，固爲踐其位矣，而諸侯、大夫各爲先王所授守官之嗣，所行之禮，所奏之樂，自武王、周公制之，而皆先王之德意也。是皆可曰『踐其位，行其禮，奏其樂』也。夫武王、周公之制禮，通于天下者如此。其始皆原武王、周公自有仁人孝子敬愛事先王之心，而後禮樂發於不可自已者也。然而推以及人，使周之後王以及諸侯大夫踐位，行禮、奏樂者，縱不得其義，而苟用武、周之制禮，而固合乎仁人孝子之道，此所以爲繼志述事之至善，故曰『孝之至』也夫。其數可陳也，其義難知也。苟知其義，則治國無難，仁孝之心光於四海，達孝者蓋如此也。

## 哀公問政説

孔子對哀公問政，自『文、武之政』以下至『及其成功，一也』，其辭盡矣。自『子曰「好學近乎知」』以下當更爲章，非與哀公言者也。聖人告人，必視其所能行而切告之。九經者，王天下之事，孔子豈以告哀公哉？家語之辭，王肅爲之，不足據也。

## 表記説

表記之言，蓋表舉聖賢之道，以爲世法之義。故首云：『子言之：歸乎？』言當歸，向乎有『隱而顯』四德之君子，猶趙文子言『吾誰與歸』之歸也。以子在陳『歸與』義解之，則謬。

## 恥有其德而無其行説

德不稱其行者，誠意不足矣；行不稱其德者，精義不足矣。以清浄爲德，而修行無有者，老莊之學也。知及之，仁能守之，可謂有其德矣。不莊以莅，動不以禮，猶無其行也，君子固恥之也。

## 辭欲巧說

古書之辭，有文同而義別，於理不相害也。孟子貴王賤霸，自以桓、文詐力雄長之弊言之。表記『義道以霸』，及祭義『至弟近乎霸』，自以古諸侯居二伯之職者言之，若周、召、畢公是也。孔子惡巧言令色，自爲不忠信、矯餙者言之。表記云：『辭欲巧。』自爲辭令之體不可鄙率，巧所以達其信，究其極。詩書之文皆是也。執其一而病其一，以辭害志，不可云通儒已。

## 緇衣末章說

緇衣引『南人有言』，與論語意不同。其『爲』字，讀去聲，言無恒之人，不可爲之卜筮。其人多變，雖鬼神不能定也。故引詩『我龜既厭，不我告猷』，言鬼神厭之矣。又引説命曰：『爵慎無及惡德。』民也，設悮使之立爾。政事雖大，爲祭祀而神惡其不敬矣。以惡德治事，必至煩亂，以事神亦難矣，言無恒爲害也且得罪鬼神。僞古文者不達其旨，故更竄易其文耳。

## 深衣説

有禮服，有深衣。衣禮服，則深衣爲裏衣；不衣禮服，則深衣爲表衣。禮服長二尺二寸，其下有裳，裳異衣之色。深衣連衣裳一之。禮服之裳，全幅而七之，以三爲前，以四爲後。裳之縫，不當衣之縫。深衣裳半幅而十有二之，其前六，其後亦六。自衣督縫下屬於裳。故禮記曰：『負繩及踝以應直。』衽衣左右一，禮服之衽下殺，深衣之衽上殺。其長三尺有五寸，其首廣尺二寸，過尺則殺之。其殺二尺有五寸。禮服衽之廣屬衣而垂其殺。其直者當前，故拜者斂衽。深衣衽傅裳中倨而末句之，苟中不倨則已削，必見其後裳之際；苟末不句則已褒衣以行也，必若衣之裂。其廣者當齊之上，其句者當要。故禮記曰：『續衽鉤邊。』續衽但謂連續其衽于前裳，異於禮服之衽懸垂裳上耳。其裳自開而不相連，故親始死扱上衽，言以前裳兩角扱于帶也。公羊傳昭公以衽受，言執前裳兩角也。若前裳連，則無山扱且執矣。又曰：『衽當旁衽者，任也。』言居衣之下，若任也。禮服之衽在衣左襟而右之；死而斂，在衣右襟而左之。故左衽者，不祥。深衣衽之在裳也，猶其在左襟也。衣之下，其廣九尺五分。衣之下，去一以爲裳之上，倍裳之上以爲之齊，齊之廣丈四尺四寸。故禮記曰：『下齊如權衡以應乎〔三〕。』深衣後齊及踝，左襟齊及跗，右襟及要。故禮記曰『短毋見膚』，言右襟也；『長毋被土』，言左襟也。袷者，領也。其廣二寸，其長交於胸及脅。古者方領，苟以袷之端迤而屬之襟，去其廉，則不方，故襟之負袷也，必曲起如矩。故禮記曰：『曲袷如矩以應方。』又曰：『負繩抱方。』負繩，惟深衣也則然，抱方不必深衣也。禮服則皆然。禮記因深衣而遂言之。禮服者，士以上以朝以祭之服也。深衣者，燕居及庶人服也。

## 以道鄉人説

『故聖人制之以道鄉人士君子』，十二字爲句。道，音導。

## 孚尹旁達説

康成讀經，往往改字本音，以後學者每疑焉，而易其訓。然康成深於訓詁，其音讀必有故，未易卒棄之也。『奉席如橋衡』，鄭解『橋如㮏槔』，爲鄭學者讀居廟反。夫弟子持席曳之則不敬，衡奉則觸物，故低昂之如㮏槔。然陳澔乃讀之爲如字者，豈有理乎？『孚尹旁達』，鄭讀爲『浮筠』，謂玉采色也。説文引孔子曰：『美哉璵璠！遠而望之，奐若也；近而視之，瑟若也。』一則理勝，一則孚勝。然則『孚』之訓爲玉采色者，古語然矣。藍田吕與叔乃謂鄭義無據，直解『孚』爲『信』，『尹』爲『直』，謂玉信直旁達，則於文義不可明，愈知鄭義不可易也。鄭讀『急繕其怒』，曰『急勁其於』。夏官繕人説亦然，『繕』之爲『勁』，必有古訓，今雖不習聞之，未敢遂以疑鄭誤也。

校記

〔一〕此文被選入王昶湖海文傳卷十六，道光丁酉年經訓堂板，唯最後一段被删。文内三次出現的『五起』均被改作『五至』。

〔二〕格　詩經長發作『假』。

〔三〕乎　疑當作『平』。

# 惜抱軒九經説十五

## 春秋説

### 天王使宰咺來歸惠公仲子之賵説 隱公元年

惠公仲子者何？孝公之妾，惠公之母也。穀梁之説是也。考仲子之宫者何？桓公之母也。公羊、左氏之説是也。孝、惠皆娶于商，所娶姪娣宜皆有曰仲子者。三傳之説，各有所受，執其名之同，而不悟其人之異也。王賵之，明年十二月，桓公之母仲子乃薨。左氏以爲豫凶事，何其説之不近情哉？魯仲子之有二也，前後異焉。春秋以爲一書歸賵于桓母未亡之時，必不疑於桓母矣；一書考其宫於夫人子氏薨喪終之歲，必不疑于惠母矣。是以不嫌同稱也，而猶有如左氏見之僻也，聖人所不及料矣。

## 冬十有二月祭伯來 隱公元年

王國之臣至魯，必有其事焉。不言其事，而言來，是不反之稱也。畿内臣有王使，有非王使，其於魯春秋皆著其來之故，惟桓公八年祭公來，遂迎王后於紀，不言來魯之事，以其遂事而知其來之故，猶之著其事者矣，第書來而卒無所爲事者，是不反之稱也。桓五年，州公如曹。六年春正月，實來屬辭比事。凡畿内諸侯奔魯，宜曰來焉爾。故公羊氏以祭伯來，爲出奔來魯。此其説殆不可易。左氏、穀梁以爲非王命而來朝，不正其外交，故勿謂朝。是皆附會難信，且其辭尤有非者。聘者，問也。朝也者，見而受政之辭也。小國之侯於大國之侯，爲方伯連率者，有受政之義，故曰『朝』。若夫王畿内，諸侯以屬於天子言之，雖卑者猶序于大國諸侯之上，非受政之人也，不可曰『朝』。以其分而言之，雖三公猶不及外小國之純乎爲君，於天子有不純臣之道者，苟别乎天子而爲君，與外諸侯等列相朝，則抗矣。此必無其禮者，不可以屬辭。故左氏、穀梁皆爲失辭。然則其非王使，又無他故而至魯焉者，當謂之何？蓋春秋一謂之曰『聘』。桓公二十三年祭叔來聘，是也。故言春秋不正其外交者，以責祭叔誠當，而非以責祭伯；祭伯之來慼矣，非爲賓旅者也。

## 尹氏卒秋武氏子來求賻說 隱公三年

尹氏者，周尹氏也。公羊之說是也。而曰『譏世卿』，則非也。然則何以書？爲『武氏子來求賻』書也。周之東遷也，卿士不免貧乏，尹氏蓋世卿而無國邑，春秋王卿，以爵書者有國之辭，書氏則無國之辭。其喪幾不舉，武氏爲之求賻於諸侯，春秋書之，以傷王室之衰也。自詩『王謂尹氏』，其後世常爲卿非畿内諸侯，而世卿若尹氏者蓋鮮。故春秋六書尹氏，雖非以爲譏，亦以世卿而始以氏著之也。是年春天，王崩矣。王崩而賻，魯之所宜供者，苟周人來責，不可以言『求』，必如毛伯求金、家父求車，非魯所當供，乃曰『求』，是以知求賻之必非王命也。王子虎、劉卷之卒也名，而尹氏不名者，亦如外諸侯不同盟者之卒不名也。左氏以爲，君氏卒，聲子也。夫春秋於諸侯之卒，有不名，於魯小君妾母之卒無不姓，苐曰君氏，則爲不辭矣。且以爲小君也，則宜曰『薨』；以爲卒也，則不可曰『君』。僖元年，夫人氏之喪者，蒙上『夫人姜氏薨于夷』文也，不可爲比。杜則以爲闕文。

## 考仲子之宮初獻六羽說 隱公五年

仲子非夫人，何以書『夫人子氏薨』？隱公探父邪志而『夫人』之，春秋惡得而不『夫人』

之也？然則考其宮何以變文曰『仲子』？春秋於夫人既葬，則不曰『夫人』，而配以君謚，今將稱曰『惠子』，則元妃孟子稱之矣，舍仲子則無稱也。夫人者，死則祔先公之廟，而弗專宮也。宮仲子者，妾母禮然，而非僭也，故不書作仲子宮。逮其考也而後有僭也，故書其考。古者廟之有樂也，天子命焉以樂先君，昭繼祀者也。祀妾母者，己之私也，君子不敢以己私而用天子之賜樂，用六羽於妾母之宮，魯始未之有也，自隱公于仲子爲之。魯於妾母之宮，自是靡不然也。然則曷不苐曰『用樂』，而必曰『獻六羽』？使魯羣廟皆用六羽，則仲子宮苐言用樂，而其同可知矣。魯羣廟八佾，而惟妾母之宮六佾，非明著之不可知也。

## 壬辰公薨説〔一〕

春秋爲魯弑君諱，晉董狐、齊太史值趙盾、崔杼之事，則書其國史皆曰弑君。二者之於史，其孰是焉？曰皆是也。君子亦仁而已，何必同？不忍言君之被弑，仁也。弑君之賊，紀諸簡策以爲戮，亦仁也。然以史義言之，則晉與齊其爲正矣。春秋之作也，其文則史。孔子曰：『其辭則某有罪焉爾。』因其事而易其辭，孔子有之，併史所載事而易之，孔子所不爲也。孔子曰：『董狐，古之良史也。』使孔子生於齊、晉而史作焉，使董狐、齊太史生於魯，爲春秋書羽父、慶父、襄仲之弑，皆無隱焉。吾知孔子必因其故矣。惟魯舊史之文，曰薨曰卒，聖人則亦從之，而以不地致其意；以不地致意，豈若明載其賊之爲著邪？孔子不敢易史氏之舊，非以爲正，而爲後世作史者法也。

彼世之爲史者，吾異焉，既於列傳明載弑君之迹矣，而諱於本紀，是何爲耶？且春秋以魯人爲魯諱，亦其宜也。今以異世而修前代之史，於吾非所不忍言者，而以諱爲學春秋之義，是失義之尤者已。太史公本紀書申侯弑幽王，趙高弑二世，良史宜若是。舍良史之法，而爲彼進退無據之辭，知春秋者宜弗爲也。

## 州公如曹説

周有天下，列爵五等，而上公不以封外諸侯，惟天子三公而已。禄父，殷王元子而爲殷侯，夏裔爲杞侯，雖二王之後未嘗爲公也。迄周公滅殷封宋，而後外諸侯有公，蓋賢微子而慰殷遺民之心，此異數焉爾。以周、召之親賢，太公之勳勞，出而受國，不過侯伯，外侯之無公也明矣。王之三公爲公，其子孫有命之世爵者，春秋則書曰公若王卿士，爵未及公傳記亦謂之公。然春秋猶不曰公，惟葬稱公，如外侯葬必稱公，爲其臣子辭也。若春秋所正，書周州、虞郭之公，皆王畿世爵之公也。周規雍、冀、豫三州之地相覆，得方千里以爲王畿。故虞在河東，州在河内，皆畿内之諸侯也。周衰勢散，與外諸侯無異，獨其稱名尚存，王嘗以州田與鄭，鄭不能有而州亦侵於狄，不能自立。故周公以國危奔曹，左氏謂之淳于公，其故不可知，而必非以城陽之淳于，城陽之淳于在魯東，出魯東奔魯者，必不反越魯西而至曹，而後東入於魯，惟自河内以東，故必先曹後魯也。説者誤以城陽淳于爲州，則州不得爲畿内；州不爲畿内，而遂疑周建公若是之多，而顧靳于齊、魯、燕、衛不得而與也，豈先王命爵之道哉？曲禮：『五官之長曰伯』，『於外曰公。』『九州之長入天子之國曰牧』，『於外曰侯。』此言極其明審矣。孟子天子之鄉，受地視侯，明以外諸侯之稱，止於侯者，其正也。漢博士襲其文，而少增之曰『天子之三公之田視公侯』，則不知其爲顛倒謬誤矣。

## 莊公三十一年春築臺于郎夏築臺于薛秋築臺于秦説

一歲而三築臺，必非得已者也。臺，守禦之備也。當莊公之末年，戎翟之勢方盛，齊桓之烈未成，魯蓋有戒心焉。所備之地多築城，則不可及也，故爲三臺，以分扼要地，而次年正月，又城小穀以爲守禦，以待戎翟爾。翟滅邢、衛，而齊桓幸能拒之，此非魯所敢先必者也，使過衛而東南，害必中於魯矣。齊桓之功莫盛於拒翟，而怗荆爲小。『微管仲，吾其被髮左衽』，以言翟，豈言楚哉？魯始者岌岌焉築臺與城，其去爲邢、衛也幾何？而卒不必籍乎臺與城之力，而國無寇警，微齊桓，何以得此？春秋之時以臺爲守禦者多矣，昭公攻季氏，衛蒯聵入於孔悝，皆據臺以爲固。說春秋者，一以臺爲遊觀之娛，則不達乎情矣。莊公雖無道，豈一歲三築遊觀之所，而又絶遠乎國都，亦胡取哉？春秋書是愍天下之難，幸齊桓之功，抑譏魯之不能自振而區區于城障之險者則有之，而非譏公之疲民以自娛也。

## 滅夏陽說 僖二年

孟子曰：『民爲貴，社稷次之，君爲輕。』春秋於是三者之亡，皆書曰『滅』。社稷猶存，而君死焉，則曰『滅』：『狄滅衛』『胡子髡、沈子逞滅』是也。社稷與君猶存，而邑民盡矣，亦曰『滅』：虞師、晉師滅夏陽，吳滅州來，吳滅巢是也。夫取其地而據其人民者，晉之謀也；恣殺掠以快其貪者，虞之志也。是以先書虞，聖人惡虞之惡，有甚於納賄者矣。『屠城』字，荀子議兵始見之，蓋以前謂之『滅』。

## 禘於太廟用致夫人說 僖八年

禘，大祭也。何以謂之大祭？周禮享先王所舞大武而已，惟於后稷之廟而禘嚳，然後備六代之樂。及成王賜魯以天子禮樂，魯於周公之廟而禘文王用四代之樂。其於羣公固未可也，後乃以備樂祭於羣廟。故曰：『魯有禘樂，賓祭用之。』其祭，非禘也，而魯人以用禘樂，亦皆曰禘。傳所謂『禘於武公』『禘於僖公』『禘於襄公』者，是也。以用禘樂而遂曰禘，君子以爲不可以屬辭，故未嘗書諸春秋。昭十五年，書『有事於武宮』而已，惟禘于太廟，乃書曰禘。魯禘固非禮也，沿其失滋甚，而名又不正，是以『或問禘之説，子曰：「不知也」』。然則書『吉禘于莊公』，何也？亦于太廟而以莊公主入也。使就莊公主而祭，則春秋宜曰莊宫矣。『禘于太廟用致夫人』何也？禮不善嘉事，因夫人之至，未及當禘之年而爲之禘，非禮也。禮五年再殷祭，一祫一禘，人君終喪直祫，則祫，直禘則禘。以閔公二年吉禘後計之，僖公二年當終喪吉祫，四年當禘，七年祫，九年禘。兹僖八年，未及當禘之年也。莊公以夫人至，而丹桓宫楹，刻其桷，僖公以致夫人而禘于太廟，皆設宗廟，以違禮而觀諸婦人，其悖於周公不已甚乎？左氏以夫人爲哀姜者，非也，哀姜之亡久矣！春秋於君之妻生則曰夫人，死則稱謚與姓。

## 震夷伯之廟説 僖十四年

古者無謚，至周初始有之。謚者，號也。總其生平之行，而爲之號。然有以行爲號者，有苐諱名而舉字爲號者，蓋周人亦謂之謚，周祖王季以字爲號，即其謚也。成、康之間，卿士、公侯爲特謚者，周文公、召康公而已。其餘康叔、蔡仲、禽父、夒父、丁公之倫，皆以其字爲謚。穆王以後，王朝卿士、列國之君始皆爲特謚，而列國大夫猶弗爲也，故衆仲曰：『諸侯以字爲謚，因以爲族。』故字、謚、氏三者同一，言此春秋以前，列國大夫之禮然也。夷伯蓋以字爲謚者，劉原父不明春秋以前字謚之禮，又不思禮『大夫殁矣，則稱謚若字』，春秋未嘗名既没之大夫，原父乃疑夷伯非謚，而謂春秋當名之，或氏字之，是説之不深考者也。周、宋之禮日益以侈，入春秋後，字爲謚，若宋孔父。此用穀梁説。及孔子没，哀公誄之曰『尼父』，間聞之而已。其餘大夫大抵皆特謚，然始猶以謚配字，若僖伯、其仲之類。春秋之末，率以謚稱子，不復連字，此非所謂後進之于禮者與？哀公之于孔子賜謚，而不賜族夷伯者，或嘗賜族爲夷氏與？或未賜族，故左氏舉其子孫之氏，加之曰展氏與？皆未敢知也。而其必以字謚者，先進之禮然也。

## 猶三望説 僖三十一年

魯境東北負泰山，東南及海，春秋書『城諸』，諸，固濱海矣，其西北不及河，及濟。故春秋曰魯濟，濟，瀆也，宜望祀之。然則魯三望者，海、岱、濟也。公羊所謂海、岱、河者，其齊之望與？齊人以所睹於齊而施於魯，是失也。

## 昭公三十一年冬黑肱以濫來奔説

孔子之作春秋，蓋因史舊文史書『黑肱以濫』，或承上有事焉，故不云邾。孔子删其上文，而於此因史之舊而未增焉耳。杜氏以爲闕文，是也。公羊之説，僻矣。而左氏不求其名賤而必書以爲懲不義之義，則亦非也。夫孔子於此，亦屬辭之常體耳。會盟征伐之事，國之重事，一國所謀者也，使大夫則尤重，故名之；非使大夫，則少輕。故人之言是彼國之人所爲耳。若夫竊邑出奔，此一人之事，而國人不與其罪也。苟書『邾人以漆、閭邱』，『邾人以濫』，得乎其人，已接於魯矣。又不得書之曰邾盜，然則非書其名，無以書也。戕人者固當爲盜。齊豹曰盜，三叛人名，此皆史氏常體耳。彼其忍爲不義者，豈因名與不名而有所懲懼者哉？聖人即事以存善惡之迹，於其名與不名，抑豈有所重輕於其間哉？夫公羊、左氏抑皆不達聖人本志，而求之太過者與！

## 吳入郢説 定公四年

春秋何以書『吳入郢』？曰：屬辭之體固宜然爾。春秋有宜以國稱者，有宜以邑稱者：朝聘會盟，征伐誅殺，宜以國稱；城其邑及火災及被圍入，宜以邑稱。天下諸侯國之名，皆因乎邑之名，故春秋所以邑稱之稱與國異，而書之不異，荆州也。楚，夷名也。古以其夷也而略之，謂之荆楚，猶之淮夷、徐戎之謂爾。詩『奮伐征楚』是也〔二〕。春秋書之或曰『荆』，或曰『楚』，蓋所以名其國者，異於諸侯，衛有楚邑矣，荆楚未嘗有楚邑也，不可曰『吴入楚』。且諸侯有遷邑都者，因舊邑名而被新邑可也。昔者邢已遷夷儀，被夷儀曰邢矣，故春秋書曰『城邢』。衛『廬於曹』而『城楚邱』，故春秋不書『城衛』，而書『城楚邱』。其後，楚徙都，徙壽春，曰郢，非命以楚，以楚非邑名，不可以被諸新邑也，故春秋所以邑稱之稱與國異，則書之亦異。春秋國名而非其邑者三：周之邑曰成周，故曰『成周宣榭火』，曰『天王入於成周』，曰『城成周』。楚之邑曰丹陽，曰郢，故書曰『吴入郢』。徐之以州名國也，猶之荆也。昭十二年，楚子伐徐，左氏傳曰『圍徐』，非邑而曰圍，於屬辭不宜。其邑之名不著，則春秋曰『伐』而已。

## 校記

〔一〕此文被選入涵芬樓古今文鈔卷九論辨類説二，清吴曾祺輯，清宣統二年商務印書館出版。

〔二〕征　詩經殷武作『荆』。

# 惜抱軒九經説十六

## 論語説

### 孝乎惟孝説

孝乎者，君子之自致於親也。惟孝者，道所當致於親者也。仁人不過乎物，孝子不過乎物。文王之爲世子，武王帥而行之，不敢有加焉。有過，非孝也。孟子曰：『事親若曾子者，可也。』有不及，非孝也。夫子告子夏曰：『禮乎禮，禮而不於禮，是非禮之禮，大人所弗爲矣。』孝而不惟孝，是生事不以禮，死葬祭不以禮，苟以私意違道以事親者矣。

### 林放問禮之本説

聖人與門弟子雅言，執禮而已，性與天道，不可得而聞。禮之本，非所以教常弟子者也，然而當時天資高明，過乎中庸之智者，固有獨見聖人制禮之本者矣。琴張、曾皙之倫，皆是也。其識固卓出乎小儒之陋，而上徹乎禮樂之原。然而極其弊，將有知和而和，舍棄儀節，放軼規矩而不顧。雖當聖人之存大義未乖，未必遽至如莊周所云『臨喪而歌』，謂常人惡知禮意，其悖若是甚也。然而極言禮本，亦足以啓其端矣。林放其狂者徒與？故舉禮之本爲問，聖人覺其所求之高，遠異乎常人之問，故歎其大也，顧禮之本不可輕言，而放尚未逮于可語一貫之哲，故第告以『甯儉』『甯戚』。此固行禮者眞意所存，禮之本之可見者。學者守之，既不違聖人制禮之本旨，又必不至有但求本而遂至遺禮之病。蓋聖人所以進掖其美，而裁狂簡之旨，亦於兹寓云。

## 奥竈説

鼐伯父薑塢先生説曰：鄭康成注月令，引中霤禮曰：『竈在廟門外之東』，祀禮先席于門之奥，東面設主于竈陘，乃制肺及心肺爲俎，奠于主西。又設盛于俎南，亦祭黍三，祭肺、心、肝各一；祭醴二，亦既祭徹之，更陳鼎俎，設饌于筵前迎尸。由是言之，迎尸祭于奥之祭在後，而祭主于竈陘在前。與其媚之于後，不若媚之于先。仕于衛者與其徒干于衛君，不若先納交於左右用事之人之爲得也。竈之祭乃祭宗廟，饎爨、雍爨之竈，非日用烹飪之地，故在廟門外，而奥爲廟門外之西屋。以鄭引中霤禮推之，蓋祀户及中霤迎尸祭于室之奥，祀竈及門行迎尸祭于門西之奥。

## 射不主皮説

凡射之侯有三：一曰五采之侯，畫布爲正者也。古者與賓客燕射則用之。梓人職所云『張五采之侯則遠國屬』是也。二曰獸侯，布侯中畫獸，天子之侯畫熊，諸侯之侯畫麋，大夫之侯畫虎豹，士之侯畫鹿豕。此君與其臣燕射所用。梓人職所云『張獸侯則王以燕息』是也。三曰皮侯，以熊、虎、豹之皮爲質，設於侯中，是謂棲皮，曰『鵠』。此因祭祀而大射於澤宫之禮。蓋祭之義，序事以辨賢，故取服猛之義，亦微尚乎武焉。梓人職所云『張皮侯而棲鵠，則春以功』是也。此三者，皆非主皮之射。夫皮侯棲鵠，固用皮矣，然而終不可謂之主皮之射者，蓋雖虎豹之猛，而革非甚堅也，故其義稍取乎力，而非專重乎力，不可云主皮也。若賓燕之禮，尤尚文焉，故第以布侯也；鄉之飲酒也，以賓禮禮士也，其射亦賓射而已，其侯亦畫布而已。若夫主皮之射，軍禮也，所謂貫革之射也，閻百詩謂主皮之射與貫革異者，其説非是。國中賓燕之禮，無所用之也。

然而周禮鄉大夫職乃曰『以鄉射之禮詢衆庶，一曰和，二曰容，三曰主皮』者，蓋鄉大夫於三年大比之後，既興賢能矣，賢能，士之在鄉學者也。若庶人未嘗入學，而其中未必無傑士焉，故復以鄉射之禮詢衆庶以廣取之。曰『衆庶』，則非士也。曰『以鄉射禮』，則非鄉射也。其所以取人者，則異鄉射布侯之常制。夫士有拳勇股肱之力，亦國家干城所賴，不可不選以備用，故其射不用侯而張獸皮，既張獸皮取貫革之勇，則所張者必牛兕犀可用爲甲者之皮。故司弓矢職『王弓、弧弓，以授射甲革』者，是之謂主皮之射矣。後世禮衰，鄉之取士，雖當鄉射正禮，亦變先王興賢能之法，而用鄉大夫詢衆庶之法，此尚武之意盛矣，故曰『射不主皮』，『古之道也』。

鄉射有禮射，有主皮射。故儀禮記曰禮『射不主皮』。主皮之射者，勝者又射，不勝者降。蓋禮射欲遞休人力，故作三次升降，每次發乘矢。若主皮之射，不作三次，蓋不勝者，既不能貫革矣，即爲不取之衆庶，不必又射矣。而勝者若待其少息復射，不足見力，故乘矢之後，再發乘矢，愈多可也。夫主皮，軍禮也，兩軍相當，射者能以四發息乎？故必使又射也。

鄭註：『禮射，以禮樂射也，大射、賓射、燕射是已。』此註義是而辭未顯。鄭意言鄉射與大射、賓射、燕射同爲禮射，非謂鄉射在禮射外也，鄉射正可謂之賓射。鄭豈不知本篇爲禮樂射乎？且大射、賓射、燕射之不主皮，亦何待言？惟鄉射中有禮射，有主皮射，故記之耳。至鄭註主皮之射，不據周禮鄉大夫專屬詢衆庶解，則於經旨不能分明；其言主皮乃張猷皮無侯，則的當不可易也。

## 左邱明恥之説

左邱明者，魯君子，而孔子之弟子也。孔子謂所恥與己同其志，是以與同觀於史記而作春秋，邱明因之作傳。然而今之左傳，其好惡不當于聖人者，十有三四，是何耶？夫亦有故存焉，而非邱明之過也。昔邱明作傳，授之曾申，曾申授吳起，起授其子期，期授鐸椒，鐸椒授虞卿，虞卿授荀卿，荀卿授張蒼，然後及漢。夫左傳之文，非一人所能備也，自曾申而降，蓋累增焉。以吳起之倫，而附會私意以説春秋，何怪其與聖人謬哉？

吾始者讀將軍文子篇，孔子爲子貢舉商、周賢士僅十一人，而介山子推與焉。其爲人也易行以俟命，觀于四方，不忘其親，苟思其親，不盡其樂。其不進仕于晉國者，爲親故耳。而左傳乃以怨恨文公之不及以禄，懷憤而逃，則其志行抑何僻戾耶？既而思之，此殆吳起因其大異己嚙臂盟母之行，惡言子推之孝德，從而易孔氏舊辭乎？何其事之不近情也！吳起始仕魏，而卒仕楚，故傳言晉、楚事尤詳，而爲三晉之祖多諱其惡，而溢稱其美。又善于論兵勢，意此等多起之所益，未必皆左氏之文，固然也。太史公、班固皆不載左傳在周相傳之序，劉向别録幸載之，孔穎達、陸德明並傳其説。太史公傳吳起曰「學於曾子」，檀弓記魯穆公母卒，使人問於曾子，曾子曰：『申也聞諸申之父。』是曾申之稱爲曾子也。以史記之傳，證之别録，是以知其皆不誣也。

左傳本孔氏之遺書，不幸曾申一授而得吴起，又不幸在漢之興也以劉歆。歆之論曰：『因興以立功，就敗以成罰。』甚哉！小人之言也。而後世遂悉以其過歸之左氏矣。且夫左傳自曾申傳之，而孝經亦出曾氏，是以左傳、孝經有同辭者，不亦宜乎？朱子不察於此，乃疑孝經爲勦襲左傳，而謂論語之左邱明必非爲春秋傳者。嗟乎！由是言之，邱明爲吴起之倫長蒙詬于千載也，不亦痛乎？是不可不辨。

## 季康子問仲由從政説

政所從出者，冢卿也。位非冢卿，而冢卿授之一國之任，身率以聽焉，是謂之使從政。若子皮之于子産、季桓子之于孔子，是也。當定公之時，孔子有東周之志，將廣魯于天下，惜乎説行于桓子，而小人間之，不獲終焉。此道之將廢也。若夫哀公之時，無論道不復行于天下也，而魯且日危，魯固不能用孔子矣，苐使由、求、賜三人者，一居當國之任，治一國而保之，固皆有餘力，以比孔子三月之事則不能，以比子産之全鄭則可，故曰：『於從政乎何有？』當是時也，大道之行，聖人蓋無望於魯矣。閔子騫嘗齊衰趨事於少壯之日，及孔子歸魯，道之不行，則不應季氏之聘。彼以謂苟非行義天下，如三子之事蓋有不足爲者云。

## 自行束脩以上説

束脩者，贄也。卿羔；大夫雁；士冬以雉，夏以腒。故束脩以備無雉之時者，禮也，無論其時，惟便而已，則贄之尤薄者也。以士相見之禮，始見于先生，雖贄以束脩，不害爲有禮而可教。故始見而必誨之，而況繼見朝夕者乎！贄束脩而必誨之，而況羔、雁、雉備禮者乎！禮，尊可兼卑，故男贄可以束脩；卑不可僭尊，故婦覿不可用幣。士相見禮曰：『夏用腒。』腒，即脩也，曲禮『左腒右末』是也。白虎通引其文曰：『夏以腒。』鄭解儀禮必以腒爲乾雉者，不必然也。

## 過位復其位説

位者，路門外，雉門内，朝位也。天子五門：庫、皋、雉、應、路。諸侯三門：庫、雉、路。而皆有三朝。庫門内、雉門外有外朝，國有大事，以詢萬民，此朝不常御。天子應門内、路門外有内朝，司士職：『正朝儀之位』，『三公北面東上，孤東面北上。卿大夫西面北上』。玉藻『聽朔于南門之外』，『皮弁以日視朝』，皆謂是朝也。王路寢有四出門，故王路門曰南門。鄭注云國門，非是。諸侯雉門内、路門外有内朝，玉藻『朝服以日視朝于内朝』是也。天子頒朔自己，故視朔聽朝同地；諸侯奉天子朔，故聽朔必于太廟，而視朝于内朝。此内朝亦曰治朝，亦曰外朝，以視路門内更有燕朝，故曰外朝。文王世子『公族朝于内朝』，其在外朝，司士爲之位。文王世子所云外朝者，乃玉藻之内朝也；其所云内朝，則燕朝也。經不著諸侯治朝、諸臣立位之所在，惟聘禮載使者受命于朝，卿大夫皆西面北上。又爾雅：『中庭之左右，謂之位。』意諸侯治朝，卿大夫與士分位東西，向無北面立者與？前儒約燕及大射禮，言卿西面北上，大夫北面東上。按：此自燕朝位，以説治朝，非是。

夫孔子日朝于兹，其常也。然方其從政于魯，蓋與聞國政之要矣。故入路門，而就燕朝議之，若韓獻子從公于燕寢之庭，而議遷新田之事矣，是以論語記其過君虚位，將入路門而升堂。堂者，門堂也。庫、雉門無堂，而路門有之，入于寢門議畢，出門而復下堂，故曰『出降一等』。爾雅：『堂下謂之步，門外謂之趨。』故没階趨者，没門堂階也。既趨，而復治朝西面北上之位。是時，君與大夫雖隔門，猶朝服以俟，使人視大夫。大夫退，然後適小寢釋服。故孔子猶踧踖也。

夫三朝君臣皆立，無有坐者；皆在庭，無在堂者。燕寢固有堂矣，然燕則升之，而朝則不，故曰『夫人在堂，三揖在下』。古人有通稱之朝，有正朝禮之朝。正朝禮則三朝是已。

通稱之朝，則考工記『外有九室，九卿朝焉』，及左傳『國遷朝焉』，『退朝，子産使外僕速張于除』，檀弓『朝不坐，燕不與』，皆是也。此但言治公事之地爲朝耳。大夫與士共治公事，大夫坐，士不得也。鄭注禮記云：『朝燕于寢，大夫坐于上，士立于下。』鄭義雖異余説，然所云朝燕者，以朝、燕爲一事。朝者，見君之通稱，而非正言燕朝之禮。故鄭于周禮太僕註云：『燕朝，朝于路寢之庭。』曷嘗謂燕朝可于堂上坐耶？爲檀弓義疏者自爲謬説，云燕朝坐于堂；而解論語者，遂從之誤矣。必謂朝于堂上，則禮有二焉，覲及大會同是也。然而坐則無矣。

古者天子、諸侯禮異。天子、諸侯皆有屏，皆曰宁。然天子外屏，屏在路門南，王又在屏南，故日朝在路門及屏正中，是謂門、屏之間，是爲天子當宁。諸侯内屏，屏在路門内兩塾中，齊風所謂『著即宁』也，故曰『邦君樹塞門』。君日朝門外，雖背宁而遠，故不曰當宁。天子、諸侯皆臺門，然諸侯一觀，下有堂，不容車行，故君出大門而後就車，禮也；天子兩觀，臺在左右，而中容車，故乘象路以視朝。王既乘車朝，意公卿亦得乘車至朝所。『庭燎有煇，言觀其旂』，其以是與？周禮樂師鄭注：『王如車出之事，登車于大寢西階之前，反降于阼階之前。』

## 不撤薑食不多食説

古者有庋食之閣，天子左達五、右達五，公、侯、伯于房中五，大夫于閣三，士于坫一。

大夫七十而有閣，則未知孔子之已有閣與？其坫也與？凡食畢，鼎食則徹，于造脯醢葷菜則不徹，庋以備時食，所以優尊者也。康成説庋閣有三牲之肉，非是。禮：夜侍坐于君子，君子問夜，膳葷，請退可也。故不徹葷者，禮也。薑，亦葷也。孔子以爲葱韰之類，氣皆濁，不若薑之清，則所庋薑而已。雖常庋，而以辛善散氣，故不多食，以衛生也。儒者或讀『不多食』，與上文不屬，則説非矣。聖人不啉于食，尚待記而後明乎？

## 從先進説

孔子處周文盛之世，守爲下不悖之誼，奉先王之禮而不敢易，故曰『今用之，吾從周』，此與弟子常言者也。然而周之文固美矣，而其過盛，則足以傷質。蓋非特逮於季世而其弊遂極，雖當周公、成王之治，而固已啓其端，殆有不及乎夏、商以上者。『如用之，則吾從先進』，此非與弟子常言，而間言之者也。顔淵問爲邦，子告以兼用四代之法，如用之者，亦得邦家而爲一代之制之謂，非尚爲周守法之謂，言豈一端而已？夫各有所當也。聖人變易一世，蓋欲軼三代而反唐、虞，其勢極難，而聖人能爲之。子貢謂賢於堯、舜，殆亦將謂此。吾嘗謂禮運稱大道之行，越三代之英，及表記所言四代優劣之説，本皆七十子聞於孔子，轉授其徒，而後記述。其詞氣抑揚之甚，蓋屢傳而失其本眞，然而不可謂全非聖人之旨，要不若論語不明指四代之異，苐言先進、後進，雖示所願從，而未嘗有所譏議，此固聖人語言之至善，而記之最得眞者也。儒者乃解後進爲周末之事，則不然，周之末，豈有謂盛周爲野人者？且周末如鄭、衛俗樂固不足言，而舍是又安有所謂樂者哉？樂從先進，固即『樂則韶舞』之謂乎？

## 顔淵死説

嘗考孔子失魯司寇而去魯，蓋當定公十三年，其時孔子年五十有五。自是三年而定公薨。又十一年，當哀公十一年，孔子年六十八，而反於魯。故太史公孔子世家謂去魯十四歲而反於魯，此不誤也。而記定公十三年、十四年，孔子在魯，則誤矣。與其十四歲而反之説，及魯世家，及考之他書，度其事勢，皆不可合也。江慎修羣經補義已有此説。

孔子之去魯也，顔子從行，而其父則不。故弟子列傳云其『父子嘗各異時事孔子』。及孔子反魯，而顔氏父子相見者一年。顔淵之死，蓋哀公十二年，孔子年六十九時也。顔子少孔子三十歲，計其卒之年三十九矣，吾於是知弟子列傳云：『回年二十九，髮盡白，蚤死。』『二』乃『三』字之誤也。伯魚之年五十而死，則未知孔子十九歲生伯魚、六十八而喪之邪？抑二十生伯魚，六十九而喪之邪？然可必知者，當孔子反魯之後，與顔子之死差先焉爾。故淵死，孔子以荅顏路之請車爲椁之不可也。次年，顏子家餽祥肉孔子，年始七十，若云回二十九蚤死，及王肅僞家語云『三十二而卒』，其時孔子皆在道路，皆不得見其祥肉，不可得餽，而伯魚猶存也。孔子于哀公時反魯，雖不如昔者之當國政，然猶爲大夫，吳人來聘，嘗發幣焉。蓋哀公以師友之職處孔子，故多問對之辭。『吉月必朝』，『如有政』，『吾其與聞』，請討陳恒，定禮樂，亦其職也。孔子亡而哀公誄之，雖曰過禮，然必非以加於匹夫。故孔子於顏子之亡，有『吾從大夫後』之說也。然則孔子之于哀公，亦所謂『際可』『公養之仕』者與！

杜元凱于哀公十二年孟子卒，傳註云，孔子始老，孔疏亦以謂孔子自衞反魯，宜有職焉，于是始老致事。吾謂非也。蓋在職而遭小君喪，宜彼此相弔，故曰孔子與弔。其後二年，陳恒弒君，孔子請討，曰：『吾從大夫之後。』是尚爲大夫，可知也。杜氏之解，猶未盡得耳。而劉光伯反云子貢誄哀公生不能用。諸書無云孔子仕于哀公，規杜之過則近愚矣。哀公雖以孔子爲大夫，而不以國聽，是尚可云能用也乎？

## 百姓足君孰與不足説

孔子之告哀公曰：『古之君子，即安其居節，醜其衣服，卑其宮室，車不雕幾，器不刻鏤，食不貳味，以與民同利。』又曰：『仁人不過乎物。』以孔子所諷，推之哀公者，多欲奢縱，而不恤民之君也，故曰：『今之君子，求實無厭。』夫人君之德，必在恭儉愛人，而況其於饑歲乎？公曰：『年饑，用不足。』有若曰：『盍徹乎？』言人主之職，求足民而已。足民必薄征，薄征必先儉己。苟苐欲足己，而已則求實無厭。二猶不足，雖過二，終無足時也。苟欲足民，而已非飲食，惡衣服，卑宮室，夫何不足之有？故曰：『百姓足，君孰與不足？』與猶謂也，周人語多如此：國語召穆公曰：『其與能幾何？』言王自謂能弭謗，然可謂能幾何耶？襄二十九年傳，裨諶曰曰〔一〕：『是盟也，其與幾何？』昭十七年傳，梓慎曰：『其與不然乎？』解並同之。有若言，百姓足即當謂之君足；君用小乏，亦不害其可謂足也。故註云：『君民一體也。』解『與』爲取與義，或解共義，皆非是。

## 公伯寮愬子路於季孫説

子路、冉有皆嘗爲季氏宰。然子路爲宰，當桓子之世，孔子用於魯之時也；冉有爲宰，當康子之世，孔子不用於魯之時也。子路之志，蓋與孔子差同，將張公室而興魯。及冉有之爲季氏，則利私家之意多矣。是以子路之於季氏，可以閒，而冉有之仕季氏，聖人多所不與也。定公十二年，墮三都，其時季孫意嚮聖人甚至，未幾乃受女樂，聖人不復言，子路不復諫者，以其意先疑而不用其説矣。其所以疑而不用其説者，蓋公伯寮之徒爲之也，所謂『彼婦之口』『彼婦之謁』者與！聖人非不惡讒而欲正其罪也，然猶是季孫始者能意嚮聖人，是必天之啓其衷也；俄而不嚮孔氏，是必天之不啓其衷也。天命如斯，而吾强執公伯寮而誅之，以快一時之意，然而國之朋黨不已交争，而禍安知所極乎？是小丈夫之所爲也，是不知命者也。

## 闕黨童子將命説

禮：士冠而後容，童子走而不趨，不爲容也。在其家無事，則立主人之右，南面見先生，從人而入不爲賓也。闕黨之人，或使童子將命于孔子，蓋其容有如成人焉者，故或疑爲益者與？夫子謂其居于賓之位，以客禮自處，遂與先生並行，踰節越等，損于童子之德，非求益之道也，欲速爲成人而已。成人烏可速爲者哉？童子則失矣！其父兄俾之將命者，豈非過與？

## 樂則韶舞説

王者功成而作樂舞，各象其功德，未有相沿襲者也。韶樂其至矣。三王以降，所遭之世，所立之事不同，作樂之成，非不欲比乎其至者，然終不可仿傚而强合也。若立諸學以教諸學者，用諸宗廟，固可取前代之樂用之矣。顔淵問爲邦，子曰：『樂則韶舞。』王者未作樂之時，取先王之樂宜于民者，而以深入教化於民。周人以夏樂教民，故男子二十而舞大夏，及作大舞，並薦宗廟。故天子朱干玉戚冕而舞大舞，皮弁素積裼而舞大夏，而又以大夏頒之諸侯，使事其先公。使孔子而有天下，其後作樂或遂能及舜，未可知也，然終不可謂曰韶舞惟教士、薦宗廟、頒諸侯，則必以韶舞使男子二十則舞之，若周人之於大夏也。古聖人之作樂也，必非其自爲以彰己德也。文武之舞，成于周公，韶夏亦然。太史公曰：『禹乃興九韶之樂。』屈原曰『啓九辨與九歌』。舜聖人也，而成韶舞者禹，則又聖人。禹固聖人也，而成大夏者啓，此大夏所以終莫能逮韶也哉？

大司樂以樂舞教國子，舞雲門大卷、大咸、大磬、大夏、大濩、大武，此大司樂所掌，以備祭祀者也，非國子人人能兼此六舞也。人人所能舞者，夏樂而已；非夏舞而學之者，文之象箾、武之大武而已。其餘士不備學也。周人惟於宗廟禘祫備用六代之樂，故曰：『九德之歌，九磬之舞，於宗廟之中奏之，若樂九變，則人鬼可得而禮矣。』魯禘文王用四代之樂，自韶以下，故曰『魯有禘樂』。非禘而祭宗廟，則周人用大武，大司樂舞大武，以享先祖是也。然雖舞大武，必兼大夏。故朱干玉戚以舞大武，八佾以舞大夏者，天子之常禮也。白虎通義引禮曰：『夫賜樂者，不得以時王之樂事其宗廟。』故諸侯不得舞大武，又不得舞韶濩。故晉悼公非於宋國未嘗見桑林也，惟夏樂周以賜諸侯。穀梁子曰：『舞夏，天子八佾，諸公六佾，諸侯四佾，禮也。』雖魯之羣廟，其始亦然，後乃濫以禘樂薦耳。何休曰：『取夏樂者，與周俱文也。』孔子於禮樂不欲過文，欲從先進，不恤夫近野，在齊聞韶而太息。然則爲邦，則以韶舞祀先祖，推及天下諸侯，以易大夏，不亦宜乎？

樂有文舞，有武舞，羽籥爲文，干戚爲武。大夏，文舞也，韶亦文舞也，故曰『簫韶』。簫，亦籥也。左手執籥，右手秉翟者，文舞之道也。然則周不以時王樂賜諸侯者，亦以武烈非所以爲諸侯勸與？韶樂經秦及漢猶存，漢謂之文始舞，武王大武曰五行舞。文始舞以羽籥，五行舞以干戚，與漢自制之樂並施宗廟，猶周制也。自武帝太初以後，行夏之時矣，漢之宗廟，未嘗無韶舞也。在孔、顏則爲建中百王而爲之極，在漢則具文以塗耳目而已。嗚呼！本末之相懸，不亦甚哉！雖然，洎漢亡，而天下遂不復聞韶之髣髴，是亦可痛已！

## 弗擾佛肸召子欲往説

大臣受君命以有其臣，臣之受命于大夫者，受命于國君者也。不幸而大夫背君，則奚從？曰：諫主以正之，以從君，可也；不聽，則舍而去之，以潔身，可也；助主而畔君，則爲亂賊，當誅。然則助其君而畔其主，可乎？曰：苟爲其人，奚爲而不可？湯武奉天而誅其王，家臣而有如湯武，則亦將奉君而誅主。是二者，非常之事也，然而聖賢行之，亦以爲常道然，何也？其心與天一也。從天而誅，於道奚歉焉？公山弗擾之畔，畔季氏也。佛肸之畔，畔趙氏也。季氏、趙氏，魯、晉之逆臣也。使孔子爲之，輔弱君，絀强主，信大義於天下，王者之治可復見，東周可爲也。彼弗擾、佛肸，非其人也。雖非其人，苟一惟孔子是從，則亦可用以行。吾道磨而不磷，涅而不緇，豈虚語哉？苟不一惟孔子是從，其間少有爲利之志，則小人之爲亂者而已。是其是非間不容髮，非子路道所能至，亦非其智所能知也。夫子之言，蓋引而不盡云。

## 子見夫子説

夫子，當時大夫之通稱也。子路以常農夫視丈人，謂：『子見有車服如大夫其人者過此乎？』此固問路人之常語。不知此言非所當言於高人逸士之前者，故丈人不荅所問，言當世卿大夫特皆四體不勤、五穀不分者耳，孰足以言夫子者乎？此即孔子噫斗筲之旨，世謂其以詆子路，蓋失之。

## 四飯説

鼐伯父薑塢先生説曰：『周禮禮記但言君侑食舉樂而已，不言四飯。惟白虎通義云王平旦食，少陽之始也；晝食，太陽之始也；脯食，少陰之始也；暮食，太陰之始也。四飯之義，得此始明。』白虎通以四飯爲王者之制，諸侯三飯，卿大夫再飯，而説太師摯爲紂樂官，故禮樂志云：『殷紂斷棄先祖之樂，乃作淫聲。』『樂官師瞽抱其器而奔散，或適諸侯，或入河海。』然魯國用天子禮樂矣，以師摯諸人爲魯樂師，與孔子同時，固可通也。朱子或問亦用白虎通之説，但言魯用諸侯禮三飯，則恐未然。果爾，其官應自三飯止，不得自亞飯始也。若儀禮特牲、少牢所云『三飯』『九飯』『十一飯』者，賈疏云：『食與飯，有大小之名，一飯爲一口。』此與論語義殊。

## 天禄永終説

堯命舜之辭，若曰：汝爲天子，則當允執中道，而常哀念四海之困窮，則天禄可以永終，而無傾覆之患矣。舜之所以命禹，其辭不可聞，要亦師其意耳，豈必襲其辭哉？三代王者，咸守是道。湯執中，文王視民如傷，即『允執其中，四海困窮』之意矣。『考終命』者，福也。君子曰終，『永終』，豈可以不善言哉？包氏釋『困窮』爲『窮極其遠』之意，則失之；而解『天禄永終』不謬，固漢儒相傳之正説也。作僞古文者，以謂舜命禹必襲其辭，又分晰『四海困窮』句於下，以謂文理易順，而不悟其大不順矣。

校記

〔一〕曰曰　當作『曰』。

# 惜抱軒九經說十七

## 孟子説

### 夏后氏五十而貢殷人七十而助周人百畝而徹説

畝者，田之高起如隴者也。甽者，田之墾下如溝者也。此皆以形名之。孟子：『夏后氏五十而貢，殷人七十而助，周人百畝而徹。』此言三代之興，其以田授民之制同，而爲畝之大小異也。蓋自禹盡力乎溝洫，而井田之制定焉。方里而井，井有九夫之地，溝洫環之，三代豈有變哉？千年不變者，溝井也。歲一變者，甽畝也。故井與夫不可爲廣狹，而畝可以爲多寡。稷始教民稼穡，大抵其畝廣而甽亦廣。其後，世漸易而狹，廣者則少，狹者則多，廣者便於田間往來，狹者便於隤土以附禾。是以三代因其民所爲畝之廣狹，而定爲多寡之名。要其子民也，皆爲一夫之地，曷嘗有多寡、廣狹哉？

周之詩曰：『奕奕梁山，惟禹甸之。』明周甸即夏甸也。周既定制之，後人以周尺計之，曰『六尺爲步，步百爲畝』，而實則畝以形名者也，非以尺步計爲名者也。先王井田之法，以八萬夫爲同之地，畫分之爲百成；八百夫爲成之地，畫分之爲百井。然後一井畫爲九夫，一夫歲爲之畎畝，自大而畫之爲小，非自小而累之爲大也。百步爲畝，畝百爲夫，此以説周制則可，以説畝本義則不可。彼夏、商之尺，非周尺，安得以周尺步説夏、商之畝乎？殷人一畝，其長如周，而廣則益之有半。夏后氏一畝，其長如周，而廣倍。此孟子所以言三代異也。不然，使一如周畝，而多少之授民殊焉。是夏后之民歲收雖穰，不能供八口之食也，況儉歲乎！且三代必於更姓改物之時，屢變井田溝洫之制，爲之恐累數年而不能成，徒紛紛擾亂天下，愚者所不肯爲也，而況於聖人哉！

漢趙過爲代田法，一畝三畎。此記者循俗計步爲畝之説而云耳。夫三畎則三畝矣，畝可以多，可以寡，計趙過之一夫三百畝，猶夏后之五十、殷之七十也。

## 徯我后后來其無罰説

『徯我后，后來其無罰。』『有攸不爲臣，東征，綏厥士女，篚厥玄黄，紹我周王見休，惟臣附于大邑周。』此皆周書之言也。孟子於宋小國章引其辭詳，于齊人伐燕章引其文略。然其爲兩引商、周之事，以明王道，則一也。説孟子者，誤以『徯我后，后來其蘇』與『若時雨降，民大悦』爲一事，疑其出於商書，而於宋小國章遂斷其辭與下文不屬，及僞古文因説孟子者之誤，而徑載其辭于商世，遂不悟其當爲周矣夫。是語也，固非伐紂之辭也。意武王克紂之後而東伐奄國，或周公東征時之書，故其文曰『我后』，曰『我周王』，是天下固已定於周之辭也。已定於周，而有不爲臣，是以爲罪，而民心皆『徯我后』，欲我后之東征。征者，上伐下也。徯之而至，則『篚厥玄黄』矣。不然，彼不爲臣於武王伐紂之初者，焉知其非義士乎？且非第此也，即孟子所引泰誓，亦非伐紂時之誓也。周之泰誓，蓋非一。其前後相去或數十年，但大誓師，即名太誓耳。史記周本紀所載之太誓，未必非眞伐紂之太誓，而經傳所引太誓，漢以後不得見於尚書者，不可定其何時之太誓也。墨子引太誓云：『發曰：惡乎君子，天有顯道，其行甚章。爲鑑不遠，在彼殷王。謂人有命，謂敬不可行，謂祭無益，謂暴無傷。上帝不常，九有以亡。上帝不順，祝降時喪。惟我有周，受之上帝。』此明言鑑紂之既亡，豈伐紂時之辭所宜有哉？馬融不悟，而疑之。作僞古文者，遂盡以傳之伐紂之時，甚矣！其詐且愚也。『我武惟揚』，『于湯有光』，此殆以周公而稱武王用兵之義，以告天下，若多方言『周王靈承于旅』者，可也；若出于武王之口，豈若是夸哉？因僞作書者，而被聖人以過其當，惡孰甚焉？

## 楊氏爲我説

世或謂孟子不斥老氏，非也。名各以時著。楊子，老子之弟子也，其爲我之義，老子貴以身爲天下之義也。當孟氏之時，楊氏之名，有著於老氏，故孟子書獨舉楊氏，莊子書之『陽子居』，即孟子書之『楊朱』，及莊子天下篇數老子不及陽子居，猶孟子舉楊子不及老子，以其道之一也。而昌黎與孟尚書書曰：『釋、老之害，過于楊、墨。』分老、楊爲二類，亦詞之失者與？

## 公明儀曰宜若無罪焉説

此公明儀，與孟子他處所載非一人。蓋孟子弟子因聞羿有罪語，而疑問爾。或曰上文『孟子曰』字，乃曾子之誤，此章乃曾子語，孟子述之。或曰公明氏也，公儀亦氏也，此自爲『公儀明』字倒耳。是三説者，必有一是。

## 公明高以孝子之心爲不若是恝説

人子之心常無窮，以義有可以自解而遂已焉。是恝也，以外人觀之，如舜之孝而父母不悦，其若之何哉？若舜自以爲吾所爲者於義已盡，而父母不悦，其若之何哉？是以他人待其親也。莊周曰：『事其親者，不擇事而安之，孝之至也。』如周之説，抑孝之猶未至焉爾。夫當瞽瞍之不悦，舜往于田之時，舜之心以爲此必吾不能盡志於親，以致親之不悦，是以號泣而怨悔也。夫豈以竭力耕田，供爲子職，而遂無餘事哉？是以終于底豫也。『郲黑肱以濫來奔』，左傳：『君子曰：「名之不可不慎也如是。」』其所謂不可不慎，義乃在下，猶孟子先言若是恝而恝之義乃在下也。萬章曰：『仁人固如是乎？在他人則誅之，在弟則封之。』古人文之類是者，亦多矣。

## 舜禹益避爲天子説

陶唐、虞、夏之興，舜、禹、益爲之輔相。天子崩，百官總己以聽；既免喪，惟恐逼君之子，避而去之。然則將逃諸野乎？是不然。臣子之位不可逃，舍先王命職，而孤立其子，於上不誼，棄吾民則非仁，隱處以爲節則隘。是數者，皆聖人所不爲。夫聖人所爲天下之中也，且夫薦諸天，而所薦者又避君之子，是皆推明聖人之意云爾。堯、舜、禹、益曷嘗以此自命乎哉？余考孟子，竊謂南河之南陽城，箕山之陰皆侯國，而舜、禹、益之避居各返其國焉爾。諸侯返國，則爲藩臣。新君苟召之，則又爲卿士，於臣子甚順，於事勢甚便，且安其意，則避君之子，其迹則爲諸侯就國而已，夫奚以逃且匿？爲言逃且匿者，其習聞許由、卞隨誣誕之説，而遂以加諸舜、禹者與？而不知其於事實遠矣。

昔者舜耕歷山，漁雷澤，作什器陶丘，販於頓丘，就時于負夏。此皆曹濮衛地，在南河之南。是時，舜居三年，成都矣，及其登庸，堯必命之國，命之國必不易其所已都，然則避堯之子於南河之南者，舜國也。世本曰『禹居陽城』，蓋在嵩山下，嵩山古曰崇山，故禹國曰崇國，父曰有崇伯鯀。其國之興，以融降崇山爲之徵。然則避舜之子於陽城者，禹國也。既而皆不得終于諸侯，舜于是都蒲阪，禹于是都陽翟。舜始居衛濮負夏地，孟子謂之東夷。自東夷而蒲阪，故孟子謂之中國。兹二聖者，其爲帝都也著，其爲侯國也隱。故説孟子者，或失其義。然使所避居非侯國也，則朝覲訟獄者安所容？而謳歌者何所向哉？不且大失天下望乎？益之事不可詳矣。然箕山之陰，必益國也。當舜避堯之子，自平陽而東南，至南河逾河而南，止於衛濮；禹避自蒲阪，而南至陽城；益避自陽翟，而西北至箕山之陰。舜之避也，道最遠；禹之避也，道遠次之；益之避也近。惟各之其國，則遠近不得同焉爾。古雖更姓改物，而新君不據舊君之都邑。孟子曰：『居堯之宫，逼堯之子，是篡也。』舜、禹之侯國小，而堯子在平陽，舜子在蒲阪，爲國君而守宗祀如故，舜、禹不更建都邑，則無都矣，是以之蒲阪、陽翟也。武王勝殷，猶不取紂之故都，以畀武庚居焉，而況其在虞夏乎？

朱子孟子或問云：當還政嗣君而告歸之時，『告歸』二字確當不可易。

鄭康成之注尚書大傳，謂負夏衛地是也，而云歷山在河東，則非也。此沿楊子雲河東賦之誤耳。漁陶之于耕田，不應若是之遠，曾子固已難之。然子固以指歷城南山，其相去猶遠也。鼐按：春申君說秦王云割濮歷之北，元和郡縣志：『雷澤縣西北歷山，舜所耕。』此則與其漁陶地相次，疑近是矣。又其地西去梁國虞縣不遠，虞縣故舜居也，書所謂『嬪於虞』者也。若河東之有虞城，蓋有虞氏既都蒲阪之後而名之耳，水土未平，草木禽獸方盛，兖州之民乃宅高邱，舜居深山之中者，固兖州之歷山也。徙而成都者，梁國之虞縣也。皆南河之南地也。嬀汭，漢人不能言其處，然宜亦在兖、豫之間。至皇甫謐者，乃因虞城而附會，謂嬀在河東，此何據耶？吾謂虞思之國，蓋在河東之虞城，以其承商均以來之故都，且羿方强，滅相于濮陽，少康必遠避之，以居河東，甚澆能戒之，其宜也，奈何後儒反以梁國之虞爲虞思之國，而河東虞城反爲舜未爲天子之故都哉？漢地理志：『陽翟，禹所居。』太史公曰：『潁川南陽，夏人之居也。』啓有鈞臺之享，鈞臺在陽翟南，武王將都豫州，曰其『有夏之居禹都陽翟』，其可證于經史者甚明。夏之都河南者甚久，故夏后皋墓在殽南陵，帝發至桀，其間乃遷河東安邑。故桀之國左河濟，右太華，伊闕在南，羊腸在北。而皇甫謐乃謂禹都安邑，此與臣瓚謂桀都河南，其說兩誤矣。

## 主司城貞子説

司城貞子，蓋即主傅之公孫貞子，以尸將事于吳者，陳人也。言孔子是時由宋至陳，擇得貞子以爲主，故孔子居陳最久，不肯以當阨而苟適他所耳。

## 孔子獵較説

天子、諸侯祭而田，以爲乾豆者，禮也。大夫祭而田，非禮也。大夫而拜上其亡君也，不待充類至義之盡而著矣，是以孔子違衆而從下，田而較禽多寡以祭其亡君也；必充義而後著也，是以孔子不違衆而獵較。魯君微，政在季氏，孔子卑賤，季氏少知之而假以權，爲見行可之仕，非如子産爲鄭正卿，又有子皮授以政而躬率以聽其得鄭之專也。豐卷祭而請田，子産不許，曰：『惟君用鮮，衆給而已。』卷猶授甲，非子皮力持之，則子産不容於鄭矣，而況孔子之在魯乎？且魯臣之大罪，在僭八佾雍徹之事，既不能猝而盡去之矣，則獵較其小者，姑與衆同可也。雖與衆同，過于此而固簿正祭器於彼，待其久，祭器不僭而獵較自息矣。『欲速則不達』，夫子言之，然而其效不成者，魯卿無子皮其人也。

# 於季桓子見行可之仕説

君微闇而大臣執柄，士竭其賢才求用於時，則皆益于其臣，非益于其君也。益于君而行吾志，蓋其時之值也常難。易曰：『入于左腹，獲明夷之心，于出門庭。』入于左腹，非常途也。而上濟明夷之君，獲正其心，卒能超然於門庭之外，而不繫乎其私，是非君子遭其時者不能也。三家專魯，儒者惡之久矣。孔子以季桓子進仕，謂桓子能行吾道也。故孟子謂孔子有見行可之仕，而以其于季桓子當之。范文正公因吕許公之薦，康定中出領西事，范公意爲國家，而吕能薦之亦可以謂爲國也，故承其善意而出，此蓋近乎孔子。次則楊龜山之於蔡攸也。季桓子受女樂，而孔子行。彼蔡攸者，豈弟受女樂而已哉？龜山未遽行也，宜乎其不能救靖康之禍。雖然，其時攸有意乎反治龜山，不繫乎私恩，猶可云孔子之道也。易之爻辭每言『亨吉』，或无咎、悔吝、凶，明夷六四獨無之。當明夷之時，爲左腹獲心之事，非常事也。才足濟之，則亨且吉；才不足以盡濟之，而志在爲國，不繫乎私恩，亦較然可告天下。然言亨與吉，則不足矣，或无咎焉，或吝焉，易以其不可必也，故無辭，下是則未見行可而苟仕者矣，助臣而損君者矣。嗟乎！當桓子之未受女樂也，專意任孔子，至墮其城，不恤將死，自咎得罪，孔子不能興魯，必命諸其子，其悔禍若此，孔子固至矣，後世權臣如季桓子，蓋亦未易有哉！

## 五伯説

五伯之稱，有以德爲辨者矣。仲尼弟子所羞稱，孟子所論皆是也。有以位爲辨者矣，記曰：『至孝近乎王，至弟近乎伯。』雖諸侯，必有兄，以弟友訓列國者，侯伯之職然也。侯伯之職，當紂之世，文居之矣。周制有二伯，成、康之世周公、召公、畢公皆嘗居之矣。伯，豈儒者所惡者哉？儒者所惡，必其怙威力、脅諸侯而陵天子者。故五伯者，以其德之衰而舉之也。然雖舉以德之衰，要必因其位而後加以伯之名。齊桓嗣太公征五侯九伯之職。晉文，周襄王所命爲侯伯者也。昆吾爲夏伯，大彭、豕韋爲商伯，史伯稱爲佐制物於前代者，必其時王嘗以侯伯命之可知也，故必是之爲五伯。莊子言彭祖，『下及五伯』。齊賓媚人及孟子所稱，皆謂是五君耳。宋襄、秦穆、楚莊强弱雖殊，均非有周命爲侯伯者，無與乎伯之目也。洎春秋之後，越王句踐、秦孝公乃皆爲周室所致伯焉，然非齊賓媚人之所及知，則亦必非孟子之所謂已。

## 南陽説

水之北曰陽，山之南曰陽。故泰山之南、汶水之北，曰南陽；太行之南、南河之北，曰南陽；太室之南、漢水之北，曰南陽。古者，泰山之陽則魯，其陰則齊。詩曰：『泰山巖巖，魯邦所瞻。』南陽者，魯地也。汶陽之田，魯之田也。自春秋以來，齊侵魯而有之齊，南境包泰山外矣。故蘇秦説秦曰：『即有軍役，未嘗倍泰山也。』武王封周公於魯，方百里也。成王益啓伯禽之宇，至方四百里。故太史公曰：『封伯禽、康叔於魯、衞，各四百里。』魯頌之祝其君也，曰『復周公之宇』，魯之故宇，蓋嘗廣矣。其後北爲齊侵，南爲楚侵，魯之削也滋甚。魯餘方百里者，五開方之，得方二百三十里有奇。視其封于成王時四百里之地，削過大半矣，然于周公始封百里，猶贏五分之四也。夫周公之始封，正也；成王啓之，非正也。有王者作，從其正者而已，如魯之國，縱不必損之，而豈益之哉？昔周封建諸侯，大小相維，大者至四五百里，小者至於五十里、不能五十里，其懸絶太甚矣。及其後吞噬幾盡，孟子蓋有痌焉。夫國有大小，其相吞噬之甚也，必易於地均勢敵者矣。孟子苟爲王者佐，非特無取乎數百里之大也，亦無取乎五十里、不及五十里之小者也。不百里，不足以守宗廟之典籍。守先王之道，而少變通其迹焉，其孟子之志乎哉？

## 孫叔敖舉于海説

楚地不至於海。孫叔敖者，蔿氏蔿賈之子，亦非居海濱者也。然而云『舉于海』，蓋藪澤亦謂之海。蔿氏遭越椒之禍，蓋敖嘗退居藪澤，荀子：『孫叔敖，期思之鄙人也。』太史公曰：『孫叔敖，楚之處士也，虞邱相進之于莊王以自代也。』然則托居期思之藪，而升爲楚相，是爲舉于海已。古之方言，有謂川曰河者。公羊傳：蔡昭公朝楚，有美裘焉，囊瓦求之，不與，于其歸也，用是乎河〔一〕。子虚賦曰：『下屬江河。』其所云河，皆川也。古之方言，有謂藪澤曰海者，國語『海于有蔽』，『海于有蔽』者，謂藪澤有蔽障，以蓄其薪蒸，所謂『鳩藪澤』也。『渠弭于有渚』者，渠，川渠也；弭者，止也。水上有渚，以蓄其魚鱉，所謂『規堰潴』也。『環山于有牢』者，以備齊師之餼牽，所謂『度山林』『牧隰皋』也。兼是三者，所以足爲齊師行道主也。七發『北望汝海』，其所云海，皆藪也。雖今之方言亦然，其始自周人有之。

### 校記

〔一〕是　疑當作『事』。

# 惜抱軒尺牘

# 序

梅曾亮

姬傳先生嘗語：學者爲文，不可有注疏、語録及尺牘氣。蓋尺牘之體固有別于文矣。惜抱軒尺牘凡數百首，與親故者亦兼及家人瑣瑣事，至朋友、學徒，則論學及爲文之宗旨爲多。夫學之通蔽，文之雅俗、深淺，先生所論辨既屢見之文集矣，今尺牘所論，雖體制不同，而其義則微顯互證，可相輔而益明。蓋其信于心者深，而教人也誠，故或莊言之，或率意言之，其理未嘗不更相表裏，無稍有齟齬于其間。此亦足以見爲學之不欺，雖無所爲作而出之者，其修辭必誠，未可以其別于文而忽之也。

同年楊至堂侍郎深企慕乎先生之爲人，以爲其超俗者非獨文與詩也，即尺牘亦德人之雅音。因以新城陳氏刊本，延高君伯平重爲校刊。伯平遂悉手寫之以上版，字體渾穆，使此書益可欽玩。蓋先生所論學術，非獨與流俗殊也，即稱爲學人者，亦未嘗俯同之，故信而好者或鮮，然則侍郎固有過人之識而能心知其意者哉！

咸豐五年九月，上元梅曾亮撰。

# 原序

陳用光

余編輯惜抱先生尺牘凡八卷，既屬山西門人郭汝驄付之梓，乃爲之序曰：

韓、柳文集無所謂尺牘也，有之自歐陽公始。後人編集者，遂于書記外列尺牘一類。用光嘗問其體于惜抱先生，先生曰：『是雖不足言文，然必取材于昭明文選及東晉人諸帖，則其詞雅馴矣。』然先生自定其文極嚴，尋常應酬之作，雖他文皆棄去，其尺牘無自存焉者。用光自侍函丈以來，二十餘年中，凡與用光者皆藏弆而潢治之，爲十册。因更訪求與先生有交游之誼者，寫録成帙。而先生幼子雉及門人管同，復各有録本。余皆咨得之，乃成此八卷。

先生經説、詩文前後集及筆記，雖皆已付梓，然各自爲部，而所修四庫書題識一册，先生以早退，當時修書者不列入提要，故今不入之集中。余嘗欲他日總輯先生全集，以四庫書題識入之題跋類，而尺牘則附之書簡後焉。

昔孫覿聞宣卿侍郎以所蓄東坡詩文、雜言、長短句、殘章斷稿、尺牘、游戲之作，櫝藏焉而爲之記，乃作詩美之。彼生不同時，猶護惜之如是，況用光之受業函丈者乎？用光又嘗慨編陸清獻公全集，于所題跋白鹿洞條規、東林會約諸篇，乃使人不可讀，不知當時何以舛誤若是。用光于先生已刻筆記外續有訪得，并取所題識于各書簡端者匯録之，將以附于筆記之末。今尚未卒業，乃先識之于此，蓋以明余之護惜先生文字不啻宣卿，而又以警余：他日之編先生全集，勿爲編陸清獻集者之續也。

時道光三年，歲次癸未正月初三日，新城門人陳用光謹序。

# 惜抱軒尺牘卷一

## 與劉海峯先生

久未啓候，昨得舍弟信來，云：『三老伯自歸家後，起居甚好，但不喜入城耳。』城中誠無佳處，然樅陽亦頗塵囂，三老伯居之果能適意邪？朝夕何以自給？聞在徽州時有足疾，今已愈未？鄉間亦復有可與共語者不？

鼐於老伯忽忽不見，遂二十年，偶一念及，令人心驚。自少至今，懷没世無稱之懼，朝暮自力，未甘廢棄。然不見老伯，孰與證其是非者？鼐於文藝，天資學問，本皆不能逾人；所賴者，聞見親切，師法差眞。然其較一心自得，不假門逕，邈然獨造者，淺深固相去遠矣。猶欲謹守家法，拒斥謬妄，冀世有英異之才，可因之承一綫未絶之緒，倔然以興。而流俗多持異論，自以爲是，不可與辨。此間聞言相信者，間有一二，又恨其天分不爲卓絶，未足上繼古人，振興衰敝。不知四海之内，終將有遇不邪？

鼐丙戌年春，曾有兩字奉寄，并詩一册，呈乞閲定者。前歲在武昌作奉懷詩並書，均未知達否？近作詩文頗多，聊録數詩紙後，老伯可觀鼐才力進退也。老伯詩文集中，愚見亦有數處欲相商者，此非見面不可詳悉。其本子款式、雕刻俱不佳，他日有意謀爲老伯另刻也。

自家伯見背之後，鼐無復意興。此閒尤無可戀，今年略清身上負累，明年必歸。杖履無恙，從此長相從矣。因便略陳不盡。

二月二十三日，上海峯三老伯大人。通家姪姚鼐頓首。老伯所選放翁七律，已令人抄一本見寄。

用光所録先生尺牘，皆歸田後札也，惟此爲官京師時書。其手迹存伯昂編修處，用光以墨池堂帖一部易之，并褾入吾十卷中，兹取以冠篇首云。

## 與人書四首

### 一

久别甚思瞻，近又欲作一書，少道懷慕，知先生方彈精力於延閣積卷之中〔一〕，故未敢輕擾視聽也，邇惟興居萬福。

鼐里居以來，别無他狀，但有衰罷，加以中年哀樂之感最深，了無復舊時興趣矣。

## 二

囊以書局得與承教益，迄今追思，邈焉莫逮，其間存亡聚散之感多矣！先生以華國之才，任千秋之絶業，六七年内績以有成，異世且欣慕之，況嘗共几研者乎！書成必刻總目，不知今歲内便可刻成否？尚能以一本惠寄邪？

鼐自歸來，罷病日侵，高談無所與陳，閉門卻掃，作説經文字可數十首，分爲六七卷。不知異時校閲者，當以附之鈔録内乎？抑第與存目也？『千秋萬歲名，寂寞身後事』。今姑以爲自娱可耳。想與曉嵐、魚門諸先生談讌極歡時，必念及愚鄙。然瞻近之期，殆終無日。昨竹君先生過淮，鼐已歸里，竟爾不遇，唯嘗與石君先生小語須臾耳。

## 三

久別甚相念，聞再侍承明，銓敘七略，仍見朝廷委任之重，豈以俗情論其崇普哉？惟興居何似，鼐病伏里中，恐便無緣瞻對左右矣，眷結何已！

## 四

在揚州蹔得瞻對，倏又歷三年矣。侍郎方以名德爲喉舌之司，負端揆之望，跧伏閭里者，與被鈞陶之益，則誠有之，奉侍左右，則固無緣也。企首星辰，惟增懷切。漸寒，惟台候萬福！

此四札，用光己未春謁先生于里第，留居桐城一月，從書堆中檢得稿紙，録歸篋内。丙寅、丁巳之間，從京師鈔寄江寧，問係寄誰之札？先生批示云：『此皆不能記憶與誰，前二札當是與曉嵐、耳山，三札似是與覃谿，四札則磐陀居士也。』

## 上禮親王

十二月朔日，姚鼐謹奉啓禮親王殿下：前承賜令，俾撰先恭王家傳。聞命震赧，不知所對。伏念恭王盛德茂行，勤篤學問，逮於耄耋。蓋兼有東平、河間之懿美。如鼐者，豈嘗具班、范史才，足以發揚其藴者哉？顧念菲薄，承先王眷顧，以古誼相期許，銘勒心腑，没世不忘！兹值殿下繼體述業，苟不稍竭區區愚鄙之衷，亦無以追報知遇，近副孝思。是以就所管窺，勉自濡翰，經閲旬時，再三竄定，粗成一篇。紀述無虚愧之辭，則誠然矣；至于文章劣弱，揄揚疏漏，固知其不免也。謹繕稿録呈觀覽，其當不，祈殿下更賜教焉。漸届改歲，惟起居增履萬福，瞻想邸階，無任馳結，姚鼐謹啓。

# 復法梧門

## 一

鼐自乙未出都門，屏迹江津廿餘年矣。此廿餘年中，海内賢士大夫升名于朝，翺翔儒館者，莫非私心所欣慕，而道里睽隔，闕于通候，亦其勢使然也。

去冬乃蒙老先生不遺幽遐，遠辱賜問，兼示大作。今歲小兒持衡自浙寄來，展誦之餘，仰見詞意謙摯，其所眷顧于野人者厚矣！顧媿見期者非所任耳。老先生才望之宏，既卓然爲當時之冠，至尊作所論李長沙進退之義，用意忠厚，文亦斐然，加以攷辨古今，託情深遠，使人讀之，如相從杖履于畏吾、大慧之間，有風流佳勝之慕。謹當藏弆篋笥，時取雒誦，以當晤對。

詩龕圖極欲撰數語題識，以附名諸公之末，但衰年才盡，急迫便無一字，俟稍遲撰更寄。鼐今歲尚赴鍾山書院，而持衡則游浙未還也。此奉復，并候近祉，不具。

## 二

承賜書，具審近祉。久未奉啓，去歲在江寧求得存素堂集一部，讀之累日，如接談笑矣。高識雅韻，因此略瞻，欣佩！欣佩！纂集唐文，必已就其概。鼐素不能究心金石之學，無以仰助。想翁覃溪、錢萚楣、謝藴山數先生金石記當在鄴架矣。似此外可搜求者，如嚴子静江寧金石記之類，必尚有人。鼐聞見不廣，不能多數耳。拙集似已上呈，兹寄法帖題跋、試帖二種，餘不具。

## 與朱石君

### 一

去歲秋闈，先生以奉使渡江敝鄉，羣士以謂此數十年未見之使者。既而榜發，果獲數十年未有之人才。此誠天下之慶，非獨閣下之慶也。其間鼐有外甥馬宗璉，素隨鼐讀書，乃以經義得旨，倖從諸俊之列，而出大賢之門，則又非獨爲此甥幸，而鼐亦竊以自喜矣。浙江學使東皋先生之後，閣下繼之，越民久況瘁矣，而越士得師意者，嬴絀之數，天道固應爾邪！春寒，伏惟萬福！

### 二

邗江舟中奉侍以來，奄已十載，與先生年皆幾六十，尚有瞻對之日與否，誠未可知。鼐以衰罷之餘，篤信釋氏，佞佛媚道，當與先生各任其一邪？聊奉聞以發一笑。朝夕幸爲時保重，不宣。

## 三

正月廿二日，姚鼐謹再拜奉書盤陀先生尚書閣下，新年伏惟台候萬福！去歲車騎過桐城，鼐適往鄉村，有闕瞻送，遂令此生更無侍教之日，良以爲歉。先生德望日隆，精神日茂，當卒成弼亮之功，以慰四海之願，則跧伏草澤者，自無不與被餅幪，此私心所仰企者也。至鼐蒲柳之姿，衰羸益甚，僅未臥茵榻耳。有志學道，終無了解，遠對先生，但有媿赧。

敝門人新城陳用光，本閣下通家子也。其人學爲古文，已得塗轍；極其所至，足以追配前賢，而行誼學識，端正有規矩。此尤今日才士之所難者。閣下留意人材，必不能掩水鏡之鑑。鼐聊爲先言之，公當察其不欺耳。春寒猶厲，肅請近安！統惟鑑照，不具。

## 與謝藴山

### 一

違侍日長，相去道遠，舊冬車蓋來臨敝郡，瞻望所隔，百二十里耳。各以事係，接對無緣，豈勝悵也！承手書注存，謝謝！新年伏惟興居萬福！

西魏書雖未獲捧讀，然其言眞天下萬世之公論。三長之中，已見其識矣。序例極爲允協，命鼐序首，殊非所任；附名其閒，則又所甚願。但鼐甫度禫纖，神志猶耗，欲俟精神少佳時執筆。且俟尊刻已成，一展誦卒業可也。

雒君來貴省覓館，鼐甚憂其後時，惟鼎力多方助之。士信于知己，固不可以冀於今日之常流耳。鼐二月底當赴金陵，賤狀備細，雒君可爲悉陳左右也。春寒未解，惟慎護，不具。

二

去歲蹔得瞻對，未罄積忱，旋聞顯授，無任欣忭！宏才膺負，物望久矣。小屈大伸，此天道之宜，而秉節河壖，俾侍等仰望旌麾，相去伊邇，又私心之所尤快者也。頃承手教，敬審起居萬福爲慰。又荷珍賜茗墨，祇領嘉誼，感荷曷任！大著西魏書祈留侍處，捧讀旬時，序文容盡譾陋，撰成呈誨。久陰霉溼，伏惟慎護，謹復，不具。

三

夏初一書，附使者上呈，必已達矣。秋初餘暑未退，惟起居萬福。大著西魏書敬讀一過，意有所見，妄以記之簡端，伏聽裁定。承命作序已就，便冠良史之首，惶悚！惶悚！至于書中誤字，不可勝校。鼐隨以朱筆改定者，恐不過十之二三耳，尚須更命人一番細校也。胡生雒君在楚中，甚爲章實齋所苦，餘人多去之，雒君勉留以終其事。秋冬之間，或來鈐閣，未可知也。計此時，其書亦嚮成矣。若今冬不來，必于明春爾。公事勤勩之餘，伏惟慎護，率候，不具。

四

去冬接讀手諭，兼荷多儀甚厚，祇領感愧！欲作一書奉謝，苦山城無便，遂至於今，彌以爲媿也。即日惟興居萬福。大集留鼐處甚久，得以反復捧誦，大抵不專尊一家之美，總以眞至清矯爲貴。此自昔賢最高之格也。便執筆以閱蘇、黄、杜、韓之法，閱之圈出，以識所尤愛誦者，不敢以多而成泛也。謹繳呈，不知當不？擬一序并繳呈，未知堪用不？才弱，恐不能盡發揮鴻章勝處，然似亦略狀其髣髴矣。明德鉅才，以當卓薦之典，眞爲無忝。天下得賢者而登用之，亦草茅耰鋤之間，所爲額手自慶者也。想入覲期近，若遽擢任異省，則接侍或遂至難期矣。遥瞻祝頌之中，又增别離之感。謹此啓賀，併達愚悃，統惟鑑照，不宣。

五

傳聞旌旆于端午後當發，不知今便已行邪？抑尚得有逗遛邪？所寄與張舍親分金收到，俟遇便人即寄桐城去也。張文和係丁巳總裁，老輩若有丁巳老師，則于晴嵐閣學夫人應自稱世姪矣。若重累以下之世誼，亦必有之，然亦難以認矣。雒君在署，得展良晤，亦當大承教益。兹其家有一信，望付與之。漸熱，伏惟珍重，不具。

六

暌離甚久，馳慕甚切。相距不過三百里耳，而無由一奉教言，良爲悵也！即日伏惟興居萬福。侍居此賤狀如昔。犬子賦質薄而復無學問，秋闈眞是偶幸耳。手簡見賀，彌增媿悚。此兒塲後令其歸里，今見令復來省，而亦尚未到也。胡生又黜，良爲可惜。前伊書云十五日回桐城，今當已決去邪？此間與方坳堂觀察往來甚頻，十日内伊當還濟南，亦可重侍函丈矣。其近況乃艱窘太甚，舟中被火，尤爲無妄之厄已。政事之暇，必有著述，不知尚容一捧讀否？西魏書已付剞劂成邪？京洛舊游，不勝聚散存亡之感。春間爲坳堂題其硃卷册，大有不勝情者。伊舟過淮陰時，必呈師席也。

## 與汪稼門

一

曩在京師，幸得接晤。洎後睽隔，奄忽已十餘年。側聞六兄以儒者臨民，有應世之才而無循俗之累，清操卓行，名昭海内，眞吾黨之光華也！弟懶不作書，闊於通候。迄旌節臨江，接鄰鄉里，亦不及申賀，但有欽仰而已。

弟本居皖中，去秋因遘遭閔恤，乃辭去省城。今歲爲新安守延主紫陽，秋初歸里。昨章淮樹觀察語以閔撫臺有邀主鍾山之意，弟頗畏歙中山險，若明歲來江寧，於情較便。設閔公論及，可以鄙意允就告耳。

舍親汪舜廷之子，字峴南，少年美才。其家自舜廷逝後，家勢漸頹，今須求作館，以供饘粥矣。以六兄篤念舊交，必加存恤，故特遠投鈴閣。其才辦理書稟及州縣雜事，皆堪勝任，乞賜齒芬，令有棲託，以濟困而已。至弟里居近狀，峴南可以詳陳，兹附候近狀，不具。

## 二

別來倏忽經年，遥想起居日增勝也。聞駕將以公事來江寧，旋因督府往淮，遂不得至，致疏接對，甚悵！此間傳誦賢政數端，令人聞之欣快，非所謂『似君須向古人求』者邪？兹因敝通家郭生麐歸，便附候左右。郭生吴江人，少年英才而貧甚，謀館以養親。文藝、詩篇、書法皆佳，授徒、書稟、代筆皆勝任。思吾兄同鄉人，難於吹噓，而此等亦不可不置藥囊，以備索取，故輒敢奉聞。天久不雨，聞里中亦未插早秧也。天氣涼燠驟更，惟慎護，不具。

## 三

奉別倏經兩月，遥想入覲天光，嘉謨敷奏，必獲霽顔稱善。自此受知益深，委任益重矣，欣賀！欣賀！旌旆計當南返，暑熱方甚，惟動静增福。弟此閒一切如恒。有一舍弟，字嶺香，原在江畹香方伯處寫摺，最能於鞍馬勞劇之時展紙作楷書，頗爲工整。今嫌其去家太遠，欲覓南幕。吾兄藩臬之來甚速，此亦藥籠應備之材，故以奉聞。假令日下有人向尊處求人，以之應索，亦可不辱吹嘘也。兹因其行，便附候。餘不具。

## 四

中秋前得賜書，知旌旆旋吴已兩月矣，起居佳勝，良爲欣忭！若弟自别後，則衰病時作矣。嶺香弟承吹嘘，謝謝！貫一不知入都未？又聞有署篆之事，然邪？命作老伯文序，草成殊不能佳，亦如教，以薄紙作拙書，以備鐫刻，但不識堪用不耳。月初已遣兒輩還里，弟須待制軍，大約十月當去矣。甯世之事定未？近可以歸去邪？抑尚有擔閣邪？率候，餘不具。

## 五

月内得手諭，具審興居萬福。又捧讀登岱大作，良爲閎密，聊竭陋思，奉題一首呈教，可發一噱也。張方伯延師課子，不能久待，理固宜然。今將其與胡君關盟繳還，尊意仍欲爲胡君留心吹薦，此眞扶翼盛心，雖鼐亦爲之感佩矣。邑中近無他事，但嫌米價增長耳。賤狀一切如故，衡兒已隨周東屏學使入都，差愈於孤行作客矣。獻歲行至，仰惟增祜，餘不多及。

## 六

初八日一書，附東浦方伯處上寄，必已達左右。弟決於明日登舟歸矣。兒子硃卷謹寄呈閲，更希有以誨之。程二哥、太夫人與其昆仲合議，爲之贖眚，誠爲佳事。伊現赴吳中遞呈詞，至於力爲轉移其閒，俾之得遂承親之志，此在乎仁人錫類之盛心，非第謂鄉情而已。附候，不具。

## 七

春初在里，得聞六兄大人晉擢藩司，慶快無已！聖主用賢，惟恐不速，鴻才清節，獲此亦誠爲分中。而光及鄉閭，歡殷交友，則眞一時之盛事矣。弟舟行迂緩，三月半始抵金陵，而旌麾已赴都下。計今面聖已畢，當遄赴關中。一切興居倍增萬福。登岱鉅什，乃以鄙作附刻其後，接閲惟增媿耳。所諭胡冠海館事，極承厚意。今冠海已至蘇州，必當與張方伯相見矣。南中久雨傷麥，桐城亦不免此患。聞治室龍山，粗有頭緒。但不知連宇之約，弟能果此緣不邪？此後瞻企日遠，馳溯維深，千萬慎護，以副海内之仰。率賀併候，餘不備及。

## 八

去歲江西敝門人陳用光，在南昌取所有鼐文字刻成十卷，于鄙作已盡其半。今謹以一本寄呈大教。又及沭陽陳令回江南，攜至賜函，兼拜帽檐雨纓嘉惠，敬謝！敬謝！陳令言及甘肅吏民頌戴之深，惟恐使君之或去，而此時已有移兩浙之信，在吾兄承九重委任之意愈隆，然使兩浙騰歡而甘肅懷悵矣。不知此時先陛見而後南來耶？抑速赴新任耶？弟託居江寧，諸如故狀，惟左目昏眊，作字較難，此老態之增，亦無可奈何事也。里中雨足時豐，米價已賤，良足欣慶矣。兹特肅候，並賀新喜，馳企，不具。

## 九

震澤使人至，得惠書，敬審近祉，欣慰！所齎四百金收到。弟擬十一日歸家，辦理此事，稍有頭緒，便當馳復。想以仁賢之意，見許於神明，默佑所加，雖愚蒙必有啓發耳。弟前此數日，游寶華山。書至，正游屐還時，故録山中一詩呈教，亦當須臾晤對也。來年若旌旆尚在杭州，當以奉謁之餘，便游西湖矣。漸寒，惟保重千萬，不具。

## 十

前在里中，曾作一書，附吴庶常攜往南昌，未知曾達覽不？來江寧後，聞旬宣閩中欣慶榮進者，猶鄉曲之私情，而爲海疆吏治刓敝之後始快得人者，則天下之公論也。上月接讀在南昌所賜書，具審福履。又得惠寄先賢遺象，雕鐫精妙，增起瞻敬；而以陋筆與一時賢哲題識併入貞珉，則至所媿赧耳。駕至閩時，鐵松已發未？尚得與一晤邪？弟近狀如昔，但右臂微痛，作書小不便耳。樊川先生安措事，尚未得辦妥，須今冬歸時定之。方觀察諸公果能相助，所謂多多益善者已不能，亦固當就所有了辦之耳。暑熱，肅候併賀，餘不具。

十一

前得春間惠書及諸珍刻，比得擢閩藩之信，以謂旌旆已移入閩矣，故作復書，徑寄福州，其函必留於田撫署内也。頃又獲賜諭，并寄到都昌助味書堂之百金，收訖。想陛覲之後，開府之命必近在日月間矣。不審駕且以何日至閩耶？弟秋來病癖下，數日適愈耳。而此初三日，遭賊偷，篋中二百餘金俱去。都昌此項幸遲五日至，早則與之同失矣。今歲小旱，而秋初雨甚佳，邑中尚爲有年，此極可喜。珍重千萬。不具。

十二

去歲在江寧，聞被實授中丞之命，眞爲閭里之光華，慶忭無已！新正以來，伏惟起居萬福。弟去冬歸里，正當江津人有戒心之時，幸布帆無恙，戚友差爲之慶。臘月朔得一孫，今賤狀一切如故。二月杪，又將渡江東矣。惟爲樊川先生營葬事尚未成。吾所欲者，業主不售，或業主肯售，而吾意以爲不堪用，遂轉致滯閣，覺此事轉辦轉難矣。其費爲之營放，頗有增益，然不敢以此爲卸責之道也。邑中雨雪應時，米價自去年來已賤，今當更獲豐稔矣。特此申候，餘容續聞。不具。

十三

久未奉書，去冬在樅陽舟次，適嗣君舟自北來，與之蹔晤，併屬候興居，亦未及作札也。自開府海疆，明作之氣不衰，而寬裕之風加廣，誠得爲大臣之體，固不欲以能吏爲優矣，欽仰！欽仰！

樊川宅兆之事，營求三年，勞而無效。今年弟尤覺衰憊，勢不可堪跋涉之事，而受任必不可空謝，乃以弟昔所買老牛集一處，本留爲自藏者，移與之。弟前獲此地甚巧，於是餘銀甚多，爲之置田及備葬費外，尚寬然有餘。已決於本年十一月初九日子時安葬，葬後惟田畝永留供祭，張氏子孫不得轉售。擬以此語批於契内。至其多餘之銀，聽其家三房分用可也。頃張八哥在桐，已將田山兩處與之交代看訖。至葬費現存者，寄與樊川之壻江懷書。六哥屬其於十月杪回家，爲婦翁料理大事，并收借出之項。懷書又有爲樊川先生刻詩之意，其餘多之銀，或分或刻詩，吾輩似可以不問。但了畢窀穸，則於師友之誼已爲無負矣。謹此報命，併一帳簿呈閲。

弟明日自家動身赴江寧，今作此書附寄，兼候新祉，統惟鑒照。不具。

十四

聚居晨夕，快披情素，實慰平生，加以贈遺之優渥，重以佳城之欣賞，自念此數日間亦何多幸乎！九經說及辟穀方已附輿人呈上，茲值令孫合巹嘉禮，謹具薄物，稍達稱賀之意，伏惟哂存。旌斾遄發，必在二三旬内，恨不能更來瞻送。卜鄰結好，各存心諾，不知異日天能爲成此願乎？嚴寒，途次惟珍重千萬，餘容續陳。不具。

## 十五

新年惟起居萬福！計旌麾當于元宵間抵治所，途間必皆晴霽，至後則雨雪潤麥，以慰恤民之思，爲兩快矣。

弟擬此初十後赴皖，賤狀尚如故態。故鄉雪後，米價乃減，今春差可以無患。舍弟隱瑜本以副貢就職於直隸，遭艱歸里，無以自存，度嶺欲覓一館地。其人學問極佳，舍筆硯而就吏事，可謂去長而用短。今瞻趨閣下，乞賜噓薦，得一書院，使之自資，以訓諸生，亦良爲勝任也。

弟一冬止讀宋儒書，近士大夫侈言漢學，只是考證一事耳。考證固不可廢，然安得與宋大儒所得者並論？世之君子欲以該博取名，遂敢于輕蔑閩洛。此當今大患，是亦衣冠中之邪教也。閣下任世道人心之責，故亦不敢不以奉聞。溟海波平，吏民從化，遥望額慶。春寒，惟珍重，肅候并達愚悃，統惟鑑照。不宣。

## 十六

數月來，啓候疏闊，但聞屬吏往來頌述仁政，而慶台候之增福而已。承賜手書，并頒珍果，無任欣荷！鼐足迹一至吳，而在秋深，時無楊梅矣，今乃生平第一次嘗食也。示荒政輯要，用意精詳，非特一時戴恩，且令異世被其利，而今歲麥收大稔，早禾之豐亦大有兆。願年年大有，此書乃備而不用，則尤快矣。節下仁慈之志，或竟可以感神明而致此乎？鼐居此粗平安，而家内子婦輩不樂遷居，卜宅之計不能決也，冬間須自反里更議之耳。一書乃鼐與常熟蘇世兄者，内有爲敝同年蘇公去疾墓志，乞寄與令親家張諱敦均家轉致，必不失矣。暑溼日甚，伏惟珍攝，謹復並謝。不具。

## 十七

累月有疏啓候，聞閣下頃蒙聖恩，以大司空内召。以天下共推之名賢，當熙朝正卿之重任，於理誠爲應得矣。而以鄉曲私情言之，則又倍爲欣慶。又仰度閣下受知既盛，許國彌殷，無復萌暇逸之志，而吾鄉自何文端以來，居極品者率得懸車，數年垂休田里。假令閣下復得繼前輩之盛事，於毗佐成烈之餘，計其年歲，恐當在十年之外，而鼐朽敝之軀，恐不能待而見之矣。以此歡忭之下，更復悵悵耳。想旌旆遄發在即，而鼐亦擬于十月内還家，肅此馳賀，併候。不具。

## 十八

去冬遠承厚情，比作書復謝，并呈兩杯、兩畫，而世兄已赴楚省侍，此書尊府想續寄到也。即日涼初，惟起居萬福。鼐今春不免再至江寧，近雖衰敝，而不至大困，擬更過歲，俟明秋鹿鳴宴後乃歸去也。秋來四方豐收，米價平減，此極可慶快！反惜吾鄉獨不免傷於秋旱耳。兹因舍姪長煦趨謁鈐閣，附請台安。不具。

## 十九

五月承惠兩書俱至。知起居佳勝，但見推過甚爲媿耳。鼐自七月得瘧疾，至今未愈，不能食，恐不可痊。所命書銘，固不能矣。此刻神氣略清，故草此奉寄。攝山一會，葆巖年最少而已喪，鼐最老，豈能存乎？奉寄柳子朝珠一盤，聊申遠念，不知此後尚能有書與公不也。珍重爲國，率候，不具。

## 復趙篴樓

閣下在士林有文章之華，立朝有端人正士之望，昔者聞名而欣慕久矣！頃閣下持節嶺南，相去益遠，末由瞻接，顧於前月惠承賜書遠問，又以錢南園銀臺之舊誼，執禮謙甚，愚鄙當之，彌以爲媿也。世之以科名仕宦者，每視隆替生死爲情之厚薄，獨閣下篤念師友終始之誼如此。夫尹公之他，端人也，取友必端。鼐以追思南園，能無慨歎乎！鼐頻年久處金陵，衰耄極甚，才本非工爲文，加以精氣耗竭，四方君子以文字見命者，率辭謝弗能。顧感閣下之高誼遠懷，勉期駑罷，爲尊贈大夫撰墓表一篇，譾陋自慙，録本奉寄閲之，不審遂堪以鐫石不？

書來云：拙箸九經説、詩文集已登鄴架。今更寄三傳補注、法帖題跋二種，又南園詩序一篇未入刻者，并鈔呈覽，統惟照察。此復。

## 與既堂 似是沈名業富，記查。

別後伏惟萬福。計麾蓋今必已至河東，仁澤所流，與春雨同潤矣。安徽持節諸使，盡移山西，使人怨晉絳之民，何獨奪我賢使君邪！而吾輩文字談讌，遂至邈絶，此又不足論矣。侍近狀如故，頃已至書院，居此三年，略無人才之望，豈所謂魯鷄不能伏鵠卵者乎！侍去歲歸里後，營卜葬地，竟得一可用之處，此最爲可喜。今年歲陰，可以了此大事矣。二家兄京陛之後，家中遂大艱窘，無以爲策。今八舍弟斟元，舍諸生之業，而出門覓館。他事亦非所堪任，惟當覓一鹽務外事，是以遠趨旌節，祈賜齒芬，此於公事自無相干涉也。朝夕惟慎護，臨啓瞻企。不宣。

## 與張小令

不見殆二十年，雖未奉書，固時相念也。昨聞榮擢冀甯觀察，欣忭不可爲喻。朽敝欲盡之年，意可猶見閣下杖節開府之盛事乎！即日惟起居增福。去月承爲寄孟銀臺書，今作復函，亦煩爲轉寄。鼐衰病漸甚，今仍在此間過歲，欲明歲鹿鳴後乃歸去也。兹特奉賀并懇，餘不具。

## 復孟蘭舟

鼐自出都門，與吾兄天涯相望，遂數十年。忽得賜書，知歸里後起居安適，欣忭之情，殆無以爲喻。同年海内僅有數人，去歲張慕青來江寧送子入場，始得一見。與吾兄睽隔之路尤遠，此生能復對晤乎？得常通書，亦一快矣！鼐行步尚如故，口中落一齒，目已昏然，尚能作此手書，惟時有脾疾，飲食少耳。似明年八十尚可度，過此則難知矣。三子四孫，今年鼐大約在江寧過冬也。知相念，故以詳告。所命爲年曾祖墓表，已撰一篇，今封寄，似可用以上石，更酌之。承惠銀幣過厚，祇領愧謝。有便希更賜書，特此奉復，併候，不具。

## 與康茂園

涼秋惟起居萬福。前承賜書，令撰晉乘蒐略序，鄙陋安能以文冠大著？慙悚未敢遽下筆。又以鄉試，親友來者紛如，幾無須臾之暇。今因諸人入闈，乃屬筆草一序文，殊不足以發揮閣下之盛美，聊以盡區區之意而已。今録稿上呈，不識便堪用不？幸誨示之。賤狀尚觕如昔者，被恩加品，入與鹿鳴宴，衰耄無狀，荷榮增赧。今坐俟此盛典矣。率候并復，餘不具。

## 與楊柏谿

### 一

前在江寧，幸承明訓，别來企仰無已。初雪嚴寒，伏惟起居萬福。至於愍念民瘼，勤勞綏撫，誠仁人君子之用心，所願盡瘁之餘，稍存攝養，以慰仰戴者之望。鼐歸來兩月，日增衰敝，目視彌昏，畏寒自閉一室，如繭裹矣。承賜書揄揚過重，但有愧赧，豈虚薄所能任邪？治亭先生聞尚留淮陰，不知河防竟得上策否？今日任事者所處之難，殆天意欲以勵大賢乎！令弟春圃先生想在官舍同履庥祉，相念，不另書，率此申候，不具。

二

前月聞榮晉越臬，此海内士林所同心仰望者也，其可欣快，亦何待言！愚鄙之心，梢嫌旌旆之遠〔一〕，此後瞻企之願，恐遂不能復得。又以江南時事煩棘有過於越，移節杭秀之閒，總領湖山之美，此又私衷所竊爲閣下慶忭者也。昨得賜書，過承推許，愧赧！愧赧！賤狀如故，今冬尚留此度歲，遥想入覲事畢，車蓋南還，亦將莅越矣。令弟三哥固當敘姜被之温，而亦有别友之悵，固天下勢不兩全者也。附此上候，目昏草草作書，勿罪勿罪。

三

使至，得賜書，伏審萬福。夏序尚未甚熱，遥想政事之暇，俯仰湖山，良增清豫也。鼐近衰憊已甚，正思引去，承諭於此閒再留數載，豈所任哉？邇以目昏，都不能讀書，終日默坐而已。草草略報，馳書不盡。

## 與楊春圃

一

自送别後，甚切馳想，良以同心之難遇也。得書略悉近祉，想佳日時造湖上，但恐不能夜游耳。鼐近體弊目昏，大不及去年相見時，正如就夕之日，其行乃彌速也。下年便棄去，庶歸骨於故山耳。與三兄恐無見日，太虚爲室，明月爲燭，與四海賢豪相遇於空寂光中，亦不必以長别離爲憾矣。吾兄以謂然乎？昏眊作書，草草勿罪。

二

别來遂經許時，極深企想。得惠書，具審清勝，欣慰！欣慰！厚意相念，乃遠荷損金見寄，殊爲愧也。賤體雖行步、飲食，而神明之憊甚矣。又聞見所及，時忽忽不樂，又絶少可共語者。目今江南頗憂久旱，聞江西乃憂水潦，安得少均之兩濟乎！令兄柏谿先生必佳好。鼐目昏，非素紙不能書，故更不奉啓。想今秋巖中丞至，其明果於公事，相商必更易了也。暑熱，惟珍重千萬。草復，併寄墨兩小匣，硃四定，皆零殘不成匣，借一墨匣盛之，以供磨丹注經，卻殊便於用耳。

校　記

〔一〕彈　當作「殫」。

〔二〕梢　當作「稍」。

# 惜抱軒尺牘卷二

## 與王懷祖

累年未通啓候，但遥相念，時有都門人來，詢知佳勝而已。鼐頻歲居江寧，此地巨都，而所對人物乃與下縣荒村不異，良可嘅息。聞世兄乃能繼武家學，使人欣快無已。不知先生近日常相接談論者復是誰邪？敝門人陳用光，江西新城人。其人篤學好古，作古文已入門逕，是後來佳士。兹入都鄉試，因慕仰瞻謁階墀，必蒙鑑知非庸士也。鼐九經説、三傳補注刻本新就，即附呈教。鼐欲破門户偏黨之見，遂不免以臆爲斷，恐當獲罪于海内學者。先生試評論其謬妄，鼐必不敢專執自是也。寒初惟珍重，不具。

## 與翁覃溪

自於敝縣東門外瞻接後，幾相隔十年，啓候疏闊，珠袍愆媿〔一〕。惟於北來相識者，詢悉體中佳勝如昔，以爲深慰而已。

鼐昔在館中，見宋元人所注經，卷帙甚大，而其間足存之解，或僅一二條而已。意以爲何須爲是繁邪？故愚見有所論，但專記之。如是歷年所記，每經多者數十條，少則數條而已。謂之私説，不敢謂之注。至於三傳校諸經稍輕，乃名曰補注。分成兩書，今年諸門徒遂取以刊版。鼐固知其不免謬妄，今各以一部上呈几下，不知亦堪以一二條之當見取者乎？

敝門人陳用光，新城人。先生曩爲作詩之二魯，其中表也。其學略相近，而用光古文已入門逕，固當勝於二魯矣。近日後輩才俊之士，講考證者猶有人，而學古文者最少。今陳生入都瞻謁階墀，當必蒙異視而教益之也。曩者都中文酒之會，故人死亡略盡，在京獨閣下爲靈光碩果，士流趨仰，而好賢愛士之盛心又出於天性，故鼐輒敢以此告之左右耳。附候起居，不具。

## 與秦小峴

辱手示，甚慰闊懷，欣抃欣抃〔二〕！閣下辭外藩而得京尹，既可奮雋張之閎績，不若外吏之憂牽制，又且都中故舊時得過從，亦可喜也。鼐學卑文陋，加復衰罷，偶有撰述，亦何足云！見許過重，彌以媿赧。海内英傑，彫落殆盡；後生繼起，更苦稀少。鼐居此地，不能有益於諸生，良可歉愧。雒君無子，所諭誠然。其所欲撰述，卒有志未成，將自是薶没，豈非大恨哉！秋涼惟增福，率候幸珍重，不具。

## 與魯山木

去歲聞奉諱廬居，道遠未及申唁，未知即日成阡畢未？伏惟朝夕自愛。令甥碩士至，承賜書，具荷相望之意。賢郎姪過金陵，時弟尚未至，故不得見。見碩士，則愛之如吾骨肉矣。

往時敝縣前輩文學頗盛于天下，近乃衰歇，無復有志之士。獨新城英俊鵲起，彌衆且賢。良由先生導之於前，一人善射，百夫決拾，理固不虛，然亦天意欲留此道一綫之傳於新城矣。碩士言先生頻年精意於心性之學，此尤可敬服。士必如此，乃是爲己；不然，文如昌黎，學如鄭康成，不免猶是爲人也。

終制後以能不出爲佳。近觀世路風波尤惡，雖巧宦者或不免顛躓，而況吾曹邪！鼐今歲尤衰，左臂筋酸痛，至逾半年不得愈。相見無期，遠望悵悒而已。暑熱，幸慎護。不具。

## 與吳山尊

闊别如許年，未奉一書，但聞登朝侍從，欣忭而已。頃荷手書見問，併知近佳，欣慰！欣慰！

見寄兩文，當今才子，可云無忝。宇宙高才，爾來陵替盡矣，得閣下輩振興其間，主持風雅，當使朝廷爲之增色，況同學輩乎！鼐筆力最弱，素不工書，但以與故人見千里面目則可矣。所命書岐亭詩，僅書一首，以稱尊意。不敢與當世名書家並，千祈勿以入石也。

鍾山書院諸生作時文，差可觀者固尚有人。若作詩，則梅總憲一曾孫名曾蔭者爲佳，作古文則有管同者爲佳。此二人年僅二十許，若年進學登，爲後來之雋矣〔三〕。承采問盛心，故以奉告。所要鄙著詩文集，今俱以一部奉寄。此事要當聽之後世公論，今之故人相愛者雖以見許，安敢信乎？鼐自去夏來此，都未回里，欲買宅竟未得成。衡兒今當江浦一小書院，每歲百金，取其爲不爭之地而已。率復兼候，就餘紙作書，不恭勿罪。

## 復葉芸潭

前承寄示尊大人方伯公集及閣下自著詩集，奉讀欣躍，已不啻百朋之錫矣。旋得惠書，過蒙見推之重，執禮之謙，見之彌增悚赧也。閣下清才敏學，詩有天然之秀色，有攬古之備美，宜爲詩人之傑。昏耄如鼐，正當遠避，豈特讓出一頭地之謂哉！以欽愛賢哲之忱，加以平生羣紀之誼，固願一瞻清光，而耄耋之齡，三千里之隔，何可得親？幸聞建立功名，聲稱遠邇，以增快慰而已。目昏作書甚艱，草草奉復，惟慎護，不具。

## 復賈良山聲槐

鼐庸材淺識，病居江介，與中朝士大夫聲氣不相屬久矣。閣下英資篤學，奮起羣士之中，卓然趨嚮，尚友於古，何所取于僕？而遠承賜書，執所爲文殷勤下問，爲之愧汗不甯。讀其文之温粹，知其爲君子，覥焉願識而不可得也。近時文體壞敝日甚，士習詭陂因之，如閣下讀宋賢之書，融洽貫穿，以施于文，殆孔子所云『辭達』者。以當衡士之任，必能釐正僞體，有裨於教化，惜尚未見任也。閣下亦自信所執，待之終有光於斯世而已。僕何能爲益於閣下哉！聊識所見於所箸前，未知當不？謹以奉復，外九經説一部，鼐文一部，併以奉寄。兹不具。

## 與汪薌林桂

違别十餘年，時復相念。道遠，消息不易通。齊梅麓至，得書，審近祉佳也。寂寞郎署，仕宦之味，大抵如斯。隨行逐隊，以聽遷擢之自至而已。鼐固衰敝，但未困臥。今秋鹿鳴與宴，即歸樿户矣。過承遠惠，謝謝！珍重，不宣。

## 與董筱槎 桂敷

前歲駕過江寧，幸得一晤，倏三年矣。衰病之夫，不足以論學問之事。老先生方以英姿壯氣，又篤志於學，必足以導率後進，方駕古人，竊所屬望，豈有涯量！聞時取鼐所爲古文辭類纂觀之，管子取老馬之識途，僕庶幾可比於此乎？新正惟動定多福。齊庶常至，得示書，所論『讀書多，義理明，充養其氣，慎擇其辭』，此數言本末兼該，足盡文章之理，雖古之爲學善論文者，蔑以加此矣。鄙見亦何以更益之哉？願勉副其言，功之深而志不懈者，必能矯然獨立于千載矣。無由再覿，臨書企想，惟珍重，不具。

## 復周次立

久不見，甚相念。使至得書，知近佳也。鼐一病幾死，今愈而尚軟弱。承寄陳米、火骽，正宜病人，謝謝！石谷石亭畫卷殊妙，其顔字與仇畫皆僞作，不足存。吾藏有仇十洲紈扇宫姬，即畫班姬也。少遲吾兄至此閲之，即知仇畫之妙，豈如此俗筆？其眉眼乃蘇州娘娘邪！漸寒，珍重千萬。

## 與唐陶山 仲冕

駕回，鼐以病不得晤爲歉。所示麻姑壇，不過明人刻本，禊帖縮本始于趙子固，此正是子固書，而作僞者謬以薛稷跋裝其後耳。此復，并候日安。

## 與齊梅麓

自世兄赴金匱後，傳聞官聲甚好，不媿讀書人從政也。張廣文至，得書具審近祉。又承寄五十金，銘謝！銘謝！鼐七八月病瘧三十餘日，自分必死，而幸得生。今身體尚軟弱，所須寫屏幅尚未能書，須後月書寄。其米書不佳，俗弱略無米家超俊之氣。文中於藝祖及徽宗皆不提，行款内稱臣尤可怪。朝臣惟奉詔選文，乃用臣字，對詔書言也，焉有於宗室稱臣之理？米老雖寡學，安得如此不通邪！聞世兄已就京官，尚於金匱過年不？率復并候，不具。

## 與汪世兄 瀹鋭齋之子

去冬得寄書，即奉復，當已達矣。今撰尊大人誌銘成，鈔寄觀之，似便可用邪？其閒有應填之字，望填清，更鈔一本見寄，抑或便於京師刻一編以送人乎？筆記亦讀竟，所鈔重複太多，去其複者及鄙意所欲删者，所存才半耳。且存鼐處，須有的便再帶。歸期定不？水邪？陸邪？孝履珍重，不具。

## 與王惕甫 芑孫

### 一

聞近用力於經學，甚善！甚善！鄙箸九經説、三傳補注，今各以一部承教，或於高明亦少有啓發處否？鼐再拜。

### 二

去歲承賜書，付石琢堂攜來，琢堂以寄賢子於靖江，今歲賢子見寄，乃得讀之。具審近履，欣快！欣快！而謙抑之懷，益使人欽佩。夫學問之事，天下後世之事，非自亢者所能高，亦非自抑者所能下。然則先生之用意不亦善乎？其於鼐則推許誠過。鼐于文事粗識門逕，而才力不足盡赴其識。譬諸李翺、皇甫湜，豈不欲爲退之之文邪？而才不能赴其所識。鼐是以更望之年少者，假令更有韓、歐之才出，而世第置吾於獨孤及、穆修之倫，則吾心所大快矣！先生亦以爲然乎？久雨，春寒不可耐，惟珍重千萬！企望來年杖履入江寧，得一面談耳。姚鼐頓首，鐵夫先生侍史，壬申三月十一日。

## 與張惺齋 炯

奉别不謂遂及如許年，鼐重詣金陵，迴憶昔者相對，彌增懷想。得去臘手書，具審嘉勝。以銀鉤鐵畫之妙迹，上繼中郎太學之遺軌，眞人閒一大佳事，聞之可勝快邪！大作揄揚盛美，不媿卿、雲之儔，讀之忭躍而已，便留此與後輩作楷式耳。修志之説，頃頗難就，今年固不能開局，恐來年亦未可必也。雒君之歿，良爲可傷。其箸作率有志未就，而後賢無繼，尤可悲歎，其若之何！鼐衰疲，然尚能步履，但精神不能讀書矣。率候，不具。

## 答徐季雅

林仲騫至，得書并大箸一册，承推譽過重，所不敢任。足下年甚少，而所能如此，其志氣又如此，異日成就，甯可意量！但願爲之勿倦，自有深入之境。此本非他人所能力助者，況如鼐夙昔所得者既淺，加復衰耄，豈足爲英少先導？但以垂暮之年，得見吴中近日賢俊奮起，足以追繼貴鄉諸前輩，兹足爲快耳。

夫文章之事，有可言喻者，有不可言喻者。不可言喻者，要必自可言喻者而入之。韓昌黎、柳子厚、歐、蘇所言論文之旨，彼固無欺人語。後之論文者，豈能更有以踰之哉？若夫其不可言喻者，則在乎久爲之自得而已。震川閱本史記，於學文者最爲有益，圈點啓發人意，有愈於解説者矣。可借一部臨之，熟讀必覺有大勝處。

鼐衰病，未必尚能適吴，足下或有西來時，不知當有相逢日不？草復珍重，不具。

## 與張梧岡德鳳

去歲得書，知在都佳安，有志爲古文，甚善！鼐有古文辭類篹，石士編修處有鈔本，借閱之便可知門逕。若夫超然自得，不從門入，此非言説可喻，存乎妙悟矣。珍重！不宣。

## 與魯習之嗣光

夏閒得書，甚荷存注。所示諸文命意，可謂卓然能自樹立者矣。輒以鄙見陳所取舍，冀於高明效涓埃之益，直率大甚，勿罪，勿罪！爲尊大人撰墓銘已具稿，於愚心粗盡矣，未知於孝子之意頗稱不？鼐數年來目有黑花，作行草尚覺吃力，眞書絶不能爲矣，故不能承命。自爲書丹，所愧薄劣，恐文集不能到後世耳。昌黎、歐、王所爲誌銘具在，其石本傳者有幾邪？往時王禹卿在揚州，爲鼐書一文入石，舛誤之字，不復鐫改。余謂此那得通？禹卿笑云：『君自有集與後人證明耳。』又蘇公自書赤壁賦『與子之所共適』，『適』誤作『食』，亦不注改，良以自有文集足取正之故。此皆石本不逮集之説也。第恐鼐集無傳世之望，今姑引此以自解耳。霜寒，惟保重千萬！

## 與魯賓之 續

奉別遂十餘年，得惠書，欣喜之至！閉門奉侍高尚，不應公車，想見超駿之氣，然亦可悵也。今年行止復何如？承示古文，佳甚！其氣陵厲無前，雖極能文之士，當避其鋒也，矧衰慵如鼐者乎！近年鼐以目昏，畏對小字，都不讀書。所示文略讀，開識數字於側，不能詳悉，所言亦未必當也。夫學文者利病短長，下筆時必自知之，更取以與所讀古人文較量得失，便無不明了。充其得而救其失，可入古人之室矣，豈必同時人言其優劣哉！言之者未必當，不若精心自知之明也。鼐今歲必歸桐城，足下決不出山，而鼐耄昏若此，豈得有相逢之日？念之愴恨。無人至新城，今更從碩士處轉寄此書，當達，惟珍重馳想。不具。

## 與譚蘭楣

鼐以謭陋，行能無稱，自屏江介，與中朝士大夫隔久矣。閣下遠賜手書，過蒙推譽，執後進之禮甚恭，此豈僕所敢任哉？先侍郎名德治行，海内悉知，宜垂史册，豈鼐陋文所能闡其盛美？第以昔者曾與賓階，今承命不敢辭，擬撰一文，未知便堪上石否？又近讀宋以後史書，大抵多采取傳誌之文，稍竄易便爲正史。然此必名人之集之甚著者乃得用之，而鼐非其倫也。鄙文録呈，惶悚！惶悚！謹復，不具。

校記

〔一〕袍 當作「抱」。

〔二〕抃 當作「忭」。

〔三〕爲 並州本作「當爲」。

# 惜抱軒尺牘卷三

此卷皆同里故舊及後進

## 與胡雒君

### 一

自去里中，何日至鄂？甚念，甚念！入夏來，想佳勝。書局之事畢未？鼐於二月晦出門，三月望始至江寧，近平安耳。謝公有書來，翁覃谿令其更有事考稽於石刻，然魏人石刻既少有，又不足資考異，恐無益也。見秋帆制軍、實齋先生，均爲道候。餘不一一。

### 二

久未得消息，想佳好。尚在秦觀察署中邪？貴宅一切安善，令壻新入泮，殊可喜也。鼐去冬喪弟婦，而次子生一孫。今春欲以舍弟夫婦合葬竹園窠，乃遭大雨，穴中汎水。蓋其地作一穴，自可三棺，則不能避水，祇得仍措，俟今冬葬之鐵門，然以此大爲勞費矣。三月初八日，始自家動身來南京，精神殆更不如舊年。又相好者率皆遠別，目前鮮可與言之人，極使人不樂耳。

臘月半，陳碩士過舍間，留談竟日。伊取鼐爲兒輩竄改之文刻之，此不如惜抱軒稿之枯淡，大爲人情所欲得，帶來數十部，取之須臾便盡。俟其再寄來，當奉寄也。

正月末，魯習之來晤，果亦佳士，碩士之表弟也。邑中二左、二葉及秦牧，皆苦心勞力以覓地，而迄今不得，良可太息。兹事乃爾難邪！鍾山監院鄒學博是秦觀察之舅，可因寄信居越中，近有所聞見不曾？遇佳士足與言者不？叔固屬爲刻海峯集，成邪？未邪？年底擬還家，不詳示之，略報，不具。

三

累月未得消息，想佳適邪？夏初一札，從孫藩台處奉寄，不審達不？鼐秋初癤下數日，又遭賊偷。今病雖愈，猶未復元，而貧乃甚矣。九經説及三傳補注則先後成，此蓋爲可喜，今各以一部奉寄。江寧、故鄉皆秋旱米貴，而四方未甯，吾曹安得無憂邪！衡兒尚居里中，舍間三月于鐵門葬舍弟，而五月遂得一姪孫，妄意又欲自詫矣，奉聞發一大笑也。邑中諸友率平安，惟楷之葬泉水塥事，大可怪駭。郡中今正考試，而尚未聞雋者之名。鼐擬十月末去此歸里，諒亦當於此時乎！惟保重，不具。

四

昨得五月見寄書，具審佳好。主紹興書院，千巖萬壑，固宜多勝覽矣。此閒日與豫生相對，殊慰岑寂。故鄉昨有人來，雨水甚足，早稻登場，米價大減，茲可慶也。春閒舍姪騤赴浙，鼐有一書奉候，而前書來時似未達，當由杭越相隔故邪。汪稼門如到任，想可一晤之，甯世想已至臨安去邪。鼐近狀如常，相見日近，一切面悉。茲不宣。

## 五

去歲得手書，具審客中佳勝，爲慰。鼐今歲又二月來江寧，頃時有人來，知尊府一切平安也。

前所議小學事，鼐殊不以班志所定爲是；朱子所定小學，其識自高于古；朱彝尊輩欲返而從漢，其所評不爲是也。夫六藝自是古人以教小子之事，然計所教者亦淺，令麤知其概耳。其一藝之精，自有專門，豈必人人能之？又學者豈必事事解了邪？若宋儒所云，小學則是切於日用，學者必不可缺者。大抵近世論學，喜抑宋而揚漢，吾大不以爲然，正由自奈何不下腹中數卷書邪！吾亦非謂宋賢言之盡是，但擇善而從，當自有道耳。雒君以爲然乎？

邑中晴牧家起墳事最可痛，今尚無地葬也。豫生有來江寧之説，而至今未至，不知何故。蘊山先生處，望爲道候。西湖之遊，吾未知能果此緣不耳。茲因舍姪騤來浙覓館，伊所依者甯世兄，然恐未必有濟，如有相當之處，希爲助口芬耳。鼐與觀兒居此平安，餘不備及。

六

去臘聞雒君就紹興書院，不得歸里，甚以不晤爲悵！想館況稍覺適意，亦自佳也。鼐在里略如故態，惟全戒肉食，眞成一老頭陀矣。臘月朔日未時，令甥又舉一子，以正擬齋僧而生，名曰齋郎。今大小俱健，想聞之爲增喜。衡兒乃於臘月病，傷寒幾死，服大劑薑附乃愈，今差欲復元矣。吳五哥病疽久不收口，而精神瘁憊，吾極爲憂之。冠海冬初往江陰，今尚未返。鼐爲樊川謀葬地，亦尚未得，殊爲耿耿。張惺齋書附達，餘不宣。

七

春閒得寄書，知到浙後安好，爲慰。鼐今年來苦右臂痛，故作答難也。今未全愈，但不甚耳。此閒攜觀、雉兩兒來，方厚躬爲課讀，俱平安，家中亦平安。邪教西入武關，而江淮甸皆甯矣。章淮樹仍欲於邑中捐穀設義倉，以備城守，深長之慮，亦非過也。鼐經説已爲朱生刻成，現在收拾舛誤，略遲即可奉寄。江寧諸生爲刻三傳、國語補注，行亦可得。所摘者已去之矣。將動身來時，將兩兒分撥，意欲自是更不問家事，亦不讀書作文，但以微明自照了當此心而已。學如康成，文如退之，詩如子美，只是爲人之事，於吾何有哉！嘗至杭州，見蘊山、小峴兩公不？小峴有北行過江寧之説，不知得果否？左聖俞乃爲國殤，可痛可痛！然則竹城嘴亦未妙邪？鼐家楓香嶺事，已與彼和息，以終凶爲戒故也。頃聞給頂帶，部議已至，附賀，不具。

八

前作書付錫祉，錫祉輟行，故沈閣至今。雒君乃有悼亡之恨，實助悽惻，此況亦鼐所身嘗也，命也奈何！正當歸趨大覺耳。鼐去臘月得之孫，已隕於正月廿日。時吳五哥病甚，不令之知。鼐本擬攜衡兒來江寧，因其岳病留之，約於三月十二日抵江寧，今不知吳五哥之存不矣。陳石士頃過此，甚可喜。設其行過杭，而雒君在彼一晤之，亦快事也。鼐詩集刻將成，不過一月可以奉寄矣。此間一切如故狀，珍重，不具。

九

在江寧接前月手書，知在里逗留。鼐于此月初六日歸家，駕于初八日發，不知江中于何處相蹉過，竟不得見，爲悵。十五日，鼐抵家，而齋人家兄喪于十三日，遭此悲戚，諸事匆匆。姪憲尚未到家，今想甫聞信，而今歲天行之惡，鼐失一姪孫，又失一外孫女，皆極可悼！衡兒於此十三日附緞標入都，以聞塗間不易行故也。致候蘇潭方伯，不及另書。有書從陳方伯寄去，當已達邪？致候晦之、仲魚兩先生，賤體尚如故狀。里中亢陽不雨，不知杭州何似？惟珍重千萬。

十

得四月十八日所寄書，具審近佳。又得實參諸賢共朝夕〔一〕，亦今時難遇之事，良可喜也。鼐居此近矗平安，胸前小瘡久平，衰羸固理當爾耳。令妹夫吳五哥於三月十四日終壽，誠可傷歎！衡兒本欲即來，以此輟行，想今亦旋可來矣。拙詩以十卷付雕，今甫成，聊以一部奉寄，閲之不堪多示人也。又一部寄藴山方伯者，在方拗堂處。去歲曾有寄方伯及小峴觀察九經説，而皆無回信，不知曾到未邪？須爲一問之。已熱，保重千萬！

十一

新年來，想動定增勝。鼐去歲到家，曾有一書奉寄，當已達也。今年一切如故狀。大概今年赴金陵當少遲。昨陳碩士有書來，説伊二月必過桐城見訪，固亦須候之也。今日石君先生已過此入都，此後又當景象一新矣。五七言今體詩鈔二部，一以奉寄，一以寄方伯，希轉呈之。仲魚當已入都，望致意晦之也。數日極寒，今日稍晴和，作此奉候，餘續聞，不具。

十二

夏初得春末惠書，知清勝爲慰。鼐與次兒居此平安。今年雨水極多，越中不知若何？如故鄉則豐年矣。衡兒已定留京，此番禮闈，尚可謂之得人，但經義之體則日下矣。前所寄近體詩鈔，鼐復有重訂，大增評注，惜前本付雕之略早矣，其誤字亦殊多也。魯陳歸班當選教職，此數日内甚望其來。石士因其尊人召之去，今當在署，尚未見回信來。植之昨有書云近大用功心性之學，若果爾，則爲今日第一等豪傑耳。鼐與樊川老牛集地，淮樹爲擇九月葬矣。此大是里中百餘年來一僅見之事也。趙甥得第，分部近頗有譽。吾爲其父定十五里坊之墓者矣，亦可發一笑也。略報，不具。

## 十三

去冬，汪稼門中丞邀往觀其新葬其夫人于白嶺地，殊爲佳妙。係其長子所自定，亦人家墳山，以九百金得之，作回龍局。朱雀千峯極奇秀，天殆將大興是族邪！相好諸君在邑中經營此事，皆寡所得，而倦怠之情乘之矣。植之爲吾薦於稼門家館，歲百廿金，亦甚妥也。

## 十四

不得消息又逾半年，想動定佳適。書局事已畢未？目下何所爲邪？鼐二月至敬敷，攜觀、雉及外甥斡，朝夕亦龘遺，但皖中可與言之人，更難得於江寧也。今年會榜，惟陳石士館選最爲可喜，其餘名人殊少，而邑中左君之事，尤可慨歎矣。近諸賢赴秋闈，而觀海、叔固、青展皆裹足不行，亦其見之果邪？故鄉歲豐穀賤，斯第一可喜事。孔城劉生名開，十九歲，吾呼來書院讀書。故鄉讀書種子，異日或在方植之及此人也。衡兒場後留京，當仍居何季甄家，然吾亦久不得其信也。尊處舊所借五女一項，伊今稼女須用，望以原本寄至鼐處，清結可也。朝夕惟珍重千萬！不具。

## 十五

初春，惟體中安好，咫尺不見，與萬里等耳，豈必以遠隔爲恨？所望客居清適而已。鼐尚如故態。衡兒已自京至杭，鼐書令其旋里，然竟未回，而賢郎亦未回，似各于浙中得一小館矣。故鄉諸相好略如故狀，獨目中所遇年少人才日薄，良可歎息！文廟建理學扁，良爲謬誕。然鼐歸，事已過矣，安能遽令除卻邪？張虯御分發桂林，覬可與上官有筆墨知遇不？列之尋常佐雜之中，而吾賢與之他鄉聚晤，亦一快也。

吾所選五七言今體重復批閱之本，彼行笥攜有之，可以借臨一過。鄙見自詡此爲詩家正法眼藏，不知他日眞有識者論之當復何如；若近時人毀譽，舉不足校耳。

張樊川竟於十一月初九日葬于老牛集，此事猶當爲吾邑近年之盛舉。至其後賢之果昌與不，則亦何敢遽定哉！陳石士尚趨庭宛鄴〔二〕，其應試於南北尚未定。馬魯成現在家，行赴淮關書院。馬雨畊適塹歸，昨相八角亭墓，乃大蒙其賞愛也。去秋始得四庫全書目一部，閱之，其持論大不公平。鼐在京時，尚未見紀曉嵐猖獗若此之甚，今觀此，則略無忌憚

矣！豈不爲世道憂邪？鼐老矣，望海内諸賢尚能捄其敝也。目花，鐙下作書，草草不盡。己未

## 十六

獻歲惟動定佳勝。臘月得書，具知近況。賤辰承寄多儀，謝謝！去夏及秋，鼐在江寧，曾兩次寄書，然似皆未達，不知其後到不？遠書誠難致邪！聞蘇潭有推轂之意，不知其事果否？鼐近狀略如故。今歲就皖中，取去家之近也。文集爲江寧諸君鏤版，云四月必成工，共十六卷，待得之可奉寄也。接老伯大人詩刻本，佳甚！雖不多，足以傳後矣。謝謝！珍重，不具。

## 十七

入春來想佳好。去歲得書，知尚在書局，今所修志了畢邪？鼐冬閒大病幾死，今愈故態依然矣。邑中諸友皆佳好。豫生冬歸，今又赴晉。鼐攜雉兒及復孫來書院，聊伴岑寂。文集刻成，今以一部奉寄，又二部以寄蘊山、虬御也。賢郎家居安好，虬御家亦安好。兹略報不備及珍重千萬。

## 與吴惠連

前得書，具悉近況清貧，尚不至全無酒資乎？時入蘭亭邸不？鼐衰老畏作詩，故無以

寄之耳。故鄉乃不免水患，而聞北方乃憂旱，今已解邪？桐城故事，館選於同里，例不投帖。此猶爲樸厚之風，不可使變。世兄乃未達此，故宜告之。都中近得時相對者爲佳，珍重千萬，不具。

## 與吴敦如

### 一

得書略知近狀，邇惟侍奉益佳勝也。鼐屏居草澤，豈當復論西清舊體！前鮑覺生投帖，鼐更不以名帖復答之，足下益爲煩矣，故謹璧尊謙也。故鄉淫雨爲患，居屋皆困於浸溼，薪米皆貴，殊令人憂。京師未知何狀？甚望尊大人得一差，又望臺中得一實缺。朝夕惟珍重，餘不具。

### 二

去冬郎君回，得手書，具審佳勝，奉侍萬福，爲慰。鼐里居亦如常。郎君美才而立志，眞佳兒矣。里中少年，風氣殊不善，此獨不爲所染，傑出之士，異日必繼家聲。乃翁雖貧，亦差足樂矣！家鄉米價極貴，而未得透雨。鼐欲與同人募米平糶，而樂輸者少，恐不能辦成，但有愍歎耳。聞尊大人意興頗佳，禮闈望可與分校。衡兒以盤費之艱，遂輟公車之行，亦以其去歲乏功力，不欲取債，而爲無益之舉耳。朝夕惟珍重千萬！

## 三

書至，審侍奉多福，欣忭欣忭！鼒亦粗適，卜居之説，尚未能決也。得禮邸書，即爲恭王擬作一文字。然其閒有數條須更審問者，今寄來，奉懇爲細細問清，更將元稿寄鼒改定後，乃復繕清，以寄禮邸。再，藩邸之傳，本應史臣裁著，非職元不當爲。若云家傳，亦覺不妥，意欲改爲神道碑文，但加一銘詞耳。望見禮邸，更一商之，至所載詳略之宜如何，抑更須增減邪？率候，不宣。

## 四

盛暑，想侍奉佳勝。鼒四月底作一書，并禮藩傳稿奉寄，商訂付陳既亭，乃伊行致揚州，以水大畏而返，又留吾書於揚城，故今另鈔寄。鼒見虞道園爲當時宗室撰碑誌，皆略述其前世功德，蓋遐遠之人生未見國史者多矣。而宗室先世之事，必于國家關繫，豈可草略？今故先擬一稿，所未明之事，祈爲查清。若吾兄於此亦未明曉，便希見禮邸詢問，問得後批于元稿，卻轉寄鼒竄改定本繕清，鼒乃敢爲啓以寄復禮邸也。

頃淮揚水災極重，而吾桐則早遲之禾俱豐，米升十三錢，於貧士大利，眞可慶也。都中本年糧運無阻，人情安悆可知。然以言久遠之策，似尚未獲耳。

鼐雖尚能行步，然終是衰憊，精神大乏。今冬回家一行，或明年二月再出，謝去此席，尚未能也。尊大人前請安，不另書矣。珍重千萬，不具。

五

鼐今冬留江寧未歸，得里中轉寄來賜書，具悉康善。尊大人正萬福也。禮邸家傳至，據以竄定。恭王之傳，觀之庶爲明晰矣。今併一啓，即懇持入邸内，以呈今王，想便可刻入舊函後也。鼐今年刻試貼詩一小卷，法帖題跋三卷，併裝一册，呈尊大人及吾兄，閲之以謂何如邪？歲行盡矣，尚可從容度去不？無由相見，深切企想，珍重，不具。

六

尊大人醇德雅才，鄉邦共仰，遽爾棄世，悲切士林。況鼐俯仰人閒，故人斯盡，痛感曷勝！大孝哀毁，亦何以慰！願賢兄弟深念擔荷之重，自慎遺體而已。此時已奉靈輀登舟不？想過石頭時可申一奠，兹先奉唁，或尚未行也。鼐去冬寄禮邸啓并傳文，已至都未？兹略報，不具。

七

去冬聞轉官御史，欣慰欣慰！令弟至，益知近祉之詳，新年想增福也。鼐昏敝日甚，看文作書甚艱。此固其宜爾，欲歸又未得去，兹以爲恨耳。所命題史閣部書後，此爲兩姓光榮之事，附名其閒，誠所願矣。但耄病不文，雖作題，無可觀耳，另紙呈閲，可附於史公書後不？衡兒得泰興，尚未能赴任。江南春寒猶甚，恐京師未必若此也。草草略報，不具。

## 與吴子方 孫珽

承惠書千餘言，意甚深美而辭蔚然，此天下之才，豈僅吾鄉之彦哉！顧衰敝鄙陋，無以稱後來才俊之求，玆爲媿耳。

書内言鼐闢漢，此差失鼐意。鄙見惡近世言漢學者多淺狹，以道聽塗説爲學，非學之正，故非之耳，而非有闢於漢也。夫言學何時代之别？多聞擇善而從，此孔子法也。善，豈以時代定乎？博聞彊識而用心寬平，不自矜尚，斯爲善學；守一家之言則狹，專執己見則陋。鄙意第若此而已，子方以謂當乎不邪？

心氣耗竭，目復昏眊，奉答不能詳備，惟達其大旨，諒其不逮。暑熱珍重，尊大人前道候。餘不具。

## 與江懷書

去歲得手書，敬審佳勝，春來必增福也。鼐衰罷日甚，不任勞苦，念往者既承司成之事矣，安得不與歸結？而重與跋涉，力又不堪，是以竟以所自留之地交出，以葬司成。已於張八哥在家時交清帳目。胡觀海擇十一月初六日安葬，昨章觀察尚以爲未盡，欲另爲擇日，擇定再寄。聞所存現銀若干，與張八哥一行用去若干，存若干，或先取去刻詩，或存作葬費，請與張八哥叔姪定議。餘續聞，不具。

## 與張楠軒

昨與尊者述及靈樞『厥陰在泉』之説，以爲厥陰兼府藏而言，此視王注自爲允協。所示阮林作有横絶四海之意，無一語拾人牙後慧，眞俊才可愛也。俟日晴走候，不具。

## 與張阮林

### 一

鼐頓首阮林世講足下：承寄見贈詩及諸舊作，俱有奇傑之氣，可謂異才矣。夫天之生才甚難，才之生於閭里，而俾吾親見之尤其難也。今既遇矣，欣喜豈有量哉！以足下之年富而又精心勵志，其成就必大有可觀矣。夫惟愛之深者，則惟恐其不成。夫有才而卒不成者，志不高而功不繼也。如足下宜無慮此，然以予相愛之誠，安得不更勖乎！

文章之事，能運其法者才也，而極其才者法也。古人文有一定之法，有無定之法。有定者，所以爲嚴整也；無定者，所以爲縱横變化也；二者相濟而不相妨。故善用法者非以窘吾才，乃所以達吾才也。非思之深、功之至者，必不能見古人縱横變化中所以爲嚴整之理；思深功至而見之矣，而操筆而使吾手與吾所見之相副，尚非一日事也。

鼐衰老矣，猶願及吾未死而早見足下之有成而已。『中人以上，可以語上』，鼐所言者，所以達最上之材，非中材以下所可聞。足下奇士也，吾以言之，諒不爲失言哉！嚴寒，諸惟珍重，不具。乙丑

## 二

所示詩筆力才氣，在今日里中無與敵者。古今體俱有獨造處，中如惠鄙人律，語格是杜，而起尤横絶；贈戴君詩極似太白；至除夕得家書四章，斯爲眞杜。能於開合操縱、章法脉絡中更大肆工力，始終不敝，必卓然爲海内詩人，老夫放一頭矣。續報，不具。甲子

## 三

奉别倏三月，秋捷大可喜。非特鵲起以嗣家聲，且從此免繫心於考試，可以專力古學，必大有成就矣。所著作，鄙論已具前札。今奉寄三傳補注，想可取閲，以助撰述。北上諒必待明春，或過江寧不邪？冬寒珍重，不具。庚午

望於足下矣。邑中聞年歲甚不佳，殊增旅人之愁。餘具與伯昂字中，不具。壬申

## 四

前得書，知佳好。近作何工夫？想增新得也。昌黎云：『能自樹立，不隨流俗。』此所

## 五

去歲得寄書，久未復，老病目昏，作字殊難故也。入新年，想佳勝。用功勤勵，以張吾鄉前輩之緒，甚所屬望也。補後漢亦是佳事，然愚以謂，此等學問用功勞而實得處少，第近世人尚此耳，實不如沈潛於正經正史也。惠定宇有後漢書補注，其書正與足下同意，可取以相證佐。所言近人文集務多，此最爲可笑，其閒不足録而録入者幾半。然久之世自有定論，一時之好尚何足憑！且文集多，亦自難於傳播。王元美四部稿，人家得觀者希矣，此亦其多之爲害矣。表揚幽潛，誠吾曹所當爲之事。至其人之顯晦，亦自有數存焉，非可以口舌爭也。往時汪鋭齋欲刻汪梅湖詩，吾聞之亟爲作序，然竟未刻成。要之，梅湖詩自足傳後，必有成之者耳。春寒甚厲，不知京師何似？珍重千萬！略報，餘不具。

先生有與阮林論大别山書，未見，俟問管異之。

## 復馬雨畊

得書具審相愛之意，可感之至！此間諸公結會之事，弟先已回卻之矣。正如吾兄所云，不欲竭人之歡也。此可謂深知心者矣。今身子尚虛憊，不知至十月能勝勞可以舟行不？亦不知其時有水不？若必不可行，只好俟之春暖也。弟此番病後，已譬既死之人，凡人閒一切事，皆不復問。凡有來相告者，如告木石，斷不問之；至作字艱難之至，僅作此以復吾兄，其餘一切惠書者，皆不能答，吾兄告之，祈其相諒可矣。其餘一切，具詳與吾四妹書内，取閱可悉也。王姑爺已往泗州去，九月必回桐，更可將此間如何定準報知，今尚有未能決者耳。至于往江寧之事，則決無矣。秋寒太早，惟珍重。相見在邇，茲不多及。

**校　記**

〔一〕實參　國學本作「實齋」。

〔二〕宛鄰　國學本作「宛邱」。

# 惜抱軒尺牘卷四

此卷皆與門人

## 與孔撝約

鼐於前歲得撝約所寄于宣䔥後，曾兩次作書，奉寄入都。今揚州寄去歲秋閒惠書，乃知前兩書俱未達也。鼐前在揚州，聞撝約遭艱還里，時鼐亦正有婦喪，匆匆歸來，急切無附書處，遂闕唁問。今計時已終制矣，未審撝約已入都補官不？近狀佳不？

鼐數年來情緒頗劣，小邑寡可言者，作文字頗多，又不能寫寄。昨承索儀鄭堂記，便即撰成，鈔於別紙。撝約觀之，亦不異共一夕談笑也。想便可煩賢叔書成刻石耳。鼐纂録古人文字七十餘卷，曰古文辭類纂，似於文章一事有所發明，恨未有力即與刊刻，以遺學者。數年來經營葬地，去臘始得一處，麤有形勢可觀，拘於術者日月，俟來歲正月乃可畢葬事，然精力則已罷矣。

尊府所刊國語、國策，祈以一本見寄。國策若未得校正，且以誤本寄來也。大抵樊川先生、左六哥處皆可寄書，當必達。尊大人前可道請安，率寄，不盡。

## 與何季甄

### 一

去歲得手書，具悉佳勝。倏春秋再更，遥想增福。惟老病成翁者，更深益齒之感耳。今秋長男持衡倖與鄉薦，亦不得不令其束裝北來，而以其年少無知，踽踽遠道，未免繫舐犢之懷。惟吾弟古誼篤情，必能視之如親子弟。其出門時，愚固已告之，當恭聽教命矣。兩郎君聲譽甚盛，家慶方隆，今秋分校，足徵聖心，方將倚用，可勝賀也。令姪輩現在里居抑來都不？當並安吉邪！愚里居近況，持衡自當詳陳，兹不備及。冬寒，保重千萬！

### 二

初春，惟動定佳勝。賢子剖符九江，若就養而南，便可使衰朽更得接晤矣，但不知高興來不。鼐頑鈍之態如故，今年舍江寧而就皖中，可以不涉江濤矣。衡兒不免北行應試，諸凡誨之。奉寄孟陽小畫一軸、粗箑一握，以致相憶而已。餘不具。

### 三

春來想動定佳勝。鼐老矣，而吾弟亦非少壯，然想尚未至大衰憊邪。去冬多承惠問，又以賤辰在月制之期，將以厚誼，彌增感愧。持衡在京，久擾廡下。其南來乃適浙江謀一館，今未歸也。賢郎居官名譽日盛，欣賀！鼐此月内赴江寧，一切略如故狀。特此奉謝并候。餘續報，不具。

## 四

涼初近當佳勝。聞五月内乃體中小不適，今知已愈，猶願慎護耳。鼐今年移居皖中，去家近，一切粗遣。衡兒乃奉擾過久，至愛亦不言謝矣。蘭士太守已進京未？甚念甚念！邇者外吏之難爲，日甚一日矣。惟不欲作好官，乃更以爲易耳。畿輔水災之重夙所未聞，今當各復業矣。城中相知者，未至大受患不？相見無由，率候，不具。

## 與孔某 信夫之子

去歲秋閒，承尊大人來江寧聚居兩日，略慰數十年相憶之情，不謂自此遂成永訣。頃來江寧，見世兄訃告及尊大人遺書，讀之沈痛内結，老淚不禁，回思往昔相對，都如夢寐，悲哉！悲哉！鼐今歲二月始獲安葬先人，故至此最遲，展閱來書才數日耳。而遣足來取復書，計欲爲尊大人撰一文字，不可倉卒便就，而此足亦不能留待，今先遣之奉復。其行略已摘鈔留本，其元本謹以寄還。俟鼐所作文字得成，當覓便另寄。朝夕之閒，孝履惟節哀慎護，勿忘先志。謹此唁慰，餘不備及。

## 與周東屏

久未奉書，想動定佳好。鼐去歲爲冶亭先生邀來江寧，遂居此兩載，衰敝之狀，亦日夕漸增，但尚能行步飲食耳。下月擬歸里度歲，明年當不免更一來也。體中近復何似？一切尚未減昔者不？鼐刻詩文集，計尊處當已得之。今增試帖一卷，聊寄請正。兹有程魚門編修之子瀚，已捐雙月縣丞，兹來京欲圖仕進機會，恐亦未易。想篤念年誼，愍其孤立，彼在都進退事宜，或當蒙指教之益耳。因其行便附候。不具。東屏賢友，九月廿二日，姚鼐頓首。

## 與周希甫 有聲

### 一

去冬張豫常觀察歸，得書知近祉，所寄文字及百金併至，甚荷厚誼也。想從宦多年，始秉符竹，可以大展夙抱矣，佇聽，佇聽！鼐近仍主敬敷書院，年七十四矣，精神日衰，惟齒未脱，視聽亦漸壞，而髮之脱最甚。膝下三子四孫，皆平安，差可喜。爾所索爲尊先觀察公作墓志已就，今奉寄，但不知果可用不？拙集二種，并寄覽。相去道絶遠，非希甫移節於安徽，必無緣相見，豈勝懷想！略報，不具。

## 二

駕枉至江寧，幸一聚晤，倏又遠别，後會不知何日，豈勝思邪！得書知已抵都，不知分省乎？抑在部侯選乎？抑定赴貴州也？鼐在此平安，頃得桐城信，長孫復由生一子，老翁有曾孫矣，此亦差可喜也。鼐今冬只在此閒度歲，至明歲再籌行留之局。承寄見贈之作，佳甚！但衰朽當之有愧赧耳。諸作便以鄙見直筆評判，未必果當，然以當面談傾吐至盡矣。率復并候，不具。

## 三

前得寄書，并見贈詩。詩佳甚，讀之欣忭不勝，即爲評閲，并一書寄入京師，而不意駕之更至江南也。其書屬持往者送唐編修處，計唐必寄上也。現在履察河、淮，誠不免勞瘁。然助捍民災，速見底績，即不論上官之酬勳與不，而於仁人之心不亦快乎？至於江上友生復得瞻對，此又平生所不期而遇者也。想臘、正之閒，當可至省。鼐近狀龘遣，九月得一曾孫，旋出天花，亦已痊收，可差爲喜耳。冬寒，惟珍重千萬，不具。

## 四

别來倏逾三月，聞作守淞江。此郡極弊之後，得賢將臨之，氣象一新矣！欣賀，欣賀！賤狀如故，秋來飯食小減耳。衡兒隨督轅在清江，尚未回省。附寄補服一副，瑪瑙朝珠一挂，聊表賀意。率候，不具。

## 五

前月有一書，付舍姪憲奉寄，計已達覽。使至得書，略知近祉爲佳。時事壞敝，作守者豈能爲旋轉乾坤之事？救其小半，即爲賢將之功，然亦必大費精神矣！鼐近狀羸遣，思一歸里而尚未能決。爲尊大人作傳，俟少閒屬筆，成便奉寄耳。衡兒隨制軍在淮上，當亦隨之回省，不知此月得不？懇爲舍姪薦一小館，早晚可得邪？承輟俸見餽，祇領銘謝。茲因使還率復，并候，不具。

## 六

昨舍姪從吳門回，略知近況，平爲福，其餘亦無足較矣。想中丞必留賢於吳，以辦公事，不能聽返金陵，相見殊不易矣。鼐近狀粗適，衰年畏冷，甚于曩日耳。尊大人家傳已脱稿，更簡于志銘，而用意頗深。今以一本寄覽，以謂當不？嚴寒，惟珍重。餘不具。

## 七

使至得書，具審近祉。首郡公事繁勞，固其理也。所望勤勩之餘，稍自調攝，以葆沖粹耳。鼐今秋本欲歸去，意欲一歸即不復更出，而度其居阯未可得安，故復展期一年。然衰耄已甚，彊留於此，亦可嗤矣。承惠饋節拜登，謝謝！衡兒現在出差，覲、雉二子尚在書院也。鼐近精神衰憊不堪，久不作文字矣。補山相國之詩，容留讀之，若精神稍佳時，或能爲之敘，而未敢自必，望爲先告知孫世兄。鼐有女壻潘，明日將赴吳中，鼐昨已作一書付之，其至吳呈閱，當在此書後耳。奉復，不具。

## 八

昨日、前日連作兩書奉寄，必俱達也。兹有左君墉，字蘭城，乃丹徒詩人，鼐廿年交友，今自京徙居吳中，羈旅無偶，畏人欺之，故謁閣下，希一接見，以增其光，别無他求，故爲介紹耳。衡兒已爲藩委查災，昨制府又委催回空糧船，此差須冬底乃竣耳。辛苦亦其分矣，想差回可得一署事耳。奉報併候，不宣。

## 九

别來累月，惟動静佳勝。攝任繁郡，當可展懷袍矣〔一〕，然恐時事猶多棘手處耳。元任官尚無來信，想可任至冬閒邪。鼐近狀粗遣。衡兒雖得本班先用，而實缺急未可得，又未委署，今差赴徐州查災也。女壻潘玉，字韞輝，舊爲江蘇錢穀幕，今失館來蘇，欲求一枝之棲。此閒一切，令其口詳奉候，不具。

## 十

乙丑年鼐在皖得書，并承寄四十金。時鼐匆匆將赴金陵，遂闕報書，甚歉，甚歉！頃得去年十月十日京師見寄書，乃知近況之詳，遭屈殊爲悵悒。今届新正，想動定佳好。鼐絶不看邸鈔，不知希甫今尚留都中乎？抑更得一開復機會未邪？鼐衰敝已甚，今年當重赴鹿鳴，故留住此，俟秋冬閒歸去耳。兒景衡現署儀徵，家有孫四人，長孫今年可娶婦矣。鼐於文章之事，何敢當作者之目？但平生所聞於長者，差異於俗學。所編古文辭類篹，陳石士處有鈔本，恐一時未便刊刻，若希甫就鈔一部，帶回湖湘，或未必無益於學者耳。珍重千萬，餘不多及。

## 與何硯農蘭士

前得書，具審大事辦理已畢，甚善甚善！近想闔潭各清安也。所須尊公家傳，已爲具草，雖不能佳，卻字字眞實也。鼐衰疲目昏，不能端正寫字，如以謂其文可存，或求一善書者書之，便如閑邪公家傳款也。今將稿本寄上。朝夕惟一切珍重，餘不具。

## 與鮑雙五

### 一

去秋在金陵寄一書，當已達覽。新年來，想安善。卜宅已得吉壤未？念念！鼐冬閒歸家，次子師古得一兒，既而喪吾弟婦，今正辦與六弟合葬事，未竣也。爲令祖大人撰墓銘已成，不能佳，今以稿寄觀，亦可與殿麟先生論之，謂足存不邪？二月杪當詣江寧，不知尚得與雙五有接對之時不？衡兒去秋自太原至汾，今當自汾州入京矣。賤體如故狀，略報，不盡。

## 二

前日衡兒自都中回，得書始知挾筴入都。鼐前作一書併志銘稿，寄往巖鎮，不知曾轉寄到不也？今更將志銘録一本寄上。長夏想安好。鼐近狀如常。曩者爲黟縣葉治三作西園記，治三弟兄已勒石。京師此閒頗有索其拓本，而鼐無以應之，望爲拓二三十本見寄爲荷。在都時與來往者爲誰？何時更得一快晤？相望悵然，惟保重千萬。

## 三

久別相念甚切。今年聞與館選，極欣慰！正爲西清慶得人耳。遠承古道，修簡見問，謝謝！見譽拙集太過，豈所敢承！然鎔鑄唐、宋，則固是僕平生論詩宗旨耳。又有今體詩鈔十八卷，衡兒曾以呈覽未？今日詩家大爲榛塞，雖通人不能具正見。吾斷謂樊榭、簡齋皆詩家之惡派。此論出，必大爲世怨怒，然理不可易，非大才不足發明吾説以服天下，意在足下乎？知將請假南旋，然恐冬閒過金陵時未必相值，今寄此奉覆并候，不一一。

## 四

去歲大考，聞進職，甚喜，願努力建樹，以副清時。至天下文章衰敝，得登高而呼，以振興之，亦所幸也，慎勿以遠貧爲急計耳。所寄兩書俱至，欲作古文，鼐何足資問！韓、李以來，諸賢論文之語具在，取師之，彼必不爲欺人語也。用功之始，熟讀古人之作而已，豈復有異術哉！冬末，鼐自皖歸家，持衡亦自淮上辭館而旋，小男雉乃生一子，此差可喜。賤狀固衰老，然尚平安。今年仍擬赴皖，但不知此生與足下有復相見之期不？承寄换帖，謹璧。鼐野處，不欲以縉紳之體自居，況翰林乎？故併不作全柬奉復，勿罪，勿罪！江淮閒冬春皆暖，京師未知何如也？珍重千萬，不一一。

## 五

周東屏南來，得手書，具悉清適，欣慰，欣慰！此時分校、出差，二者想必有一得邪。處今日而貧乏，殆無術可免，止有耐心而已。鼐在皖亦贏遣，臨場時獲免如在江寧之煩擾，而岑寂特甚矣。頃得殿麟先生書，知其近佳，而檠齋之喪可痛甚至，都中諒知之矣。衡兒諸望教導。秋涼，珍重千萬，不具。

## 六

惠書知佳勝，欣慰，欣慰！河南闈墨亦清正，知必盡其菁英矣。鼐固衰眊，然尚能步履，亦樂與少年談説，而院中諸生，肯來就談者乃絶少。士不説學，使人有閔子馬之歎，老翁亦深以自媿，而來書以造士相推，彌增媿矣。衡兒以道費之艱，公車之行竟輟，是亦無可奈何之事也。知京邸亦甚苦，然貧乏乃今日士大夫所同，惟甘淡泊者則處之裕如。鄙人以此自勉，亦以奉勉而已。相對一談，恐終無時，但有惆悵，朝夕惟珍重千萬！不具。

## 七

頃得月朔手書，略悉春來近祉。學使最費心力之任，而體中覺心經煩熱，殊以爲懸念。此無容静攝之理，似當服天王補心丹也。須用參自製，不能於外售，若僞者更有害矣。鼐於去夏至江寧，便住至今，俟冬閒乃歸。賤狀不甚異昔，但精神實大減也。衡兒已就此地江浦書院，每年百金，取其近吾而已。卜居江寧事尚未決，要亦聽之機緣耳。近刻爲諸生、兒輩改竄之四書文，聊以一部寄閲，似頗有益於初學耳。江寧有一秀才管同，在其同鄉一通判署商邱陳姓家做館。此生詩文俱佳，乃少年異才，若行部至，可呼與語，或使招入幕，亦佳事也。率報，不具。

## 八

前月一書，由舍弟商城令處轉呈，必已達矣。頃於商城處又得光州使院惠書，併白金三十兩，過承遠惠，銘謝，銘謝！晚春和煥，惟倍增福。公事誠不得避勞，所望稍自愛嗇而已。賤體率如故狀，惟不能復讀書，眞『飽食終日，無所用心』也。志局總無頭緒，縱有開局之日，不爲空言，而衰翁固不能待之矣。近惟稍理故經，於舊所撰九經説略增數卷，其閒或微有資於學者耳。不知有日更得一接談否？遥望曷任企悵，珍重千萬！不具。

## 九

起居近想安好，使軺按部，興才校士，勞勩諒不免矣，亦有佳士大出庸衆者乎？今年屢得殿麟先生書，知其安善。讀所注易，乃不滿人意，以此彌歎著述之難耳。

鼐連年住江寧未返，亦自羸遣。今年刻試帖一卷，又法帖題跋一卷，同裝奉寄覽之。又鼐時藝有内外兩編，今亦奉寄。其外編尚可爲今時學者用也。詩、古文亦閒作，然鼐不欲增刻，待死後論定，當有人爲刻一全部。若死後無人爲刻，必是其文不足傳；生前縱刻，亦何貴之有哉？

今年淮揚河患甚鉅，而他郡則甚豐稔。冬不甚寒，此亦貧民之所喜也。鼐居此，頗恨可語者希。前言管同，曾來謁閣下乎？昨始求得武進黄仲則詩集，讀之固亦有才，然不爲絶出。若管生異日成就，或當勝之耳。相隔懸遠，無由面談，惟珍重千萬，不具。

## 十

今年兩得書，具審佳好。吳令親至，談使節近況尤詳也。欲奉一書而無便，計今將還旆入都矣。鼐居此平安，但彌覺衰，左車脱一矣。管異之至，承寄銀十六兩，謝謝！明年擬尚處此席，未能便謝去也。聞賢郎能讀書，此大可慶之事，想已婚，得孫未邪？奉寄顧寶幢畫一軸，爭坐帖一册，上皆有拙筆題識，聊以慰遠道之相念也。計此書至京，差可與軒車相值。率候，不具。丁卯

十一

去歲聞典試山西，遠爲欣忭。頃獲寄書，知用心之審細；展閱試卷，誠亦得才矣，彌可喜也。又承遠念衰朽，寄以廿金，媿荷，媿荷！鼐尚如故態，此月半復赴江寧。在里中，在江寧，總不得一異才崛起者，天資卓絶固難，而用功精專亦難也。意常鬱鬱，希可共言，安得更對如雙五其人者乎？兹先作書奉復，俟至江寧，有便更報消息。惟珍重，不具。

十二

初寒，想動定佳勝。今正當進册頁之時，高文典册必盛有可稱矣。鼐近羸遺，在江寧擬度臘，以待明秋之鹿鳴矣。今年乃聞殿麟先生之隕，極可悽痛，諒同此懷，歙中舊人殆盡矣！鼐頃有五七言詩今體重雕本，頗增減於昔，刻亦較佳，奉寄一部，於尊意當不，不妨寄聞也。餘不具。

十三

正月有書奉寄，當已達。頃見試録，知令弟獲雋良，深欣慰。公山、正禮二龍並轡，世之佳事，孰逾此哉！即日想增佳適。鼐於二月來江寧，今牰適，未攜家眷來，雖岑寂而轉有静味，固所喜也。祇是精神疲敝，每日瞌睡時多，朽木糞土，不可自克矣。書一箑，奉寄清拂，出入懷袖，亦千里面目也。率候惟珍重，不具。

十四

月初得八月内手書，兼荷佳章及白金之餽，厚誼令人媿赧！而循讀鉅製，詞氣奔放，押彊韻如是之多，不覺艱苦，足見雄才，良爲陋室之光華矣，敬謝，敬謝！頃聞奉節督學湖北，櫜在中州，已有訓士之效，今更可爲楚中慶矣。此日旌旆應已届武昌，霜寒遥度，使院多豫。鼐尚如故態，今冬在此度歲，偶書一箑，奉寄一笑。又近作殿麟先生傳，寫一本寄閲之，若爲鐫撰述，亦可便附入矣。餘不具。

十五

九月作一書，欲奉寄而無便，置之笥中，遂至許久。即日惟興居佳勝，當尚未按部，只在武昌也。鼐癡頑如故態。昨殿麟先生子寄其刻集，併鼐所爲傳亦刻，不知曾奉寄不？然則殿麟尚可云有子也。鄙撰九經説增添數十則，不記曾奉寄不？今更寄一部，設多，以贈留心經學人可也。外絹箋十張一篋，併資揮翰。冬晴過久，所欣穀賤，不知能常不？奉候，不具。

## 十六

去秋承寄詩及銀，鼐于冬閒有書奉寄，付杭州葉君，此書曾寄到不？今歲來想倍增多福。此時行部何郡邪？鼐近平安，仍在鍾山也。楚中近有異才不？不知今天下人才何以若是衰耗。想使者取賢不限一格，或學問，或文章，學問中非一門，文章亦非一門，假如其人能作時文，亦即可取。今世時文之道，殆成絶學矣，由諸君子視之太卑也。夫四六不害爲文學之美，時文之體豈不尊於四六乎？江南殊苦春寒，又自秋末至今無雨，甚有無麥之患。楚中想不至是邪？玆略報，餘俟後寄。

## 十七

去歲聞使軺入都，旋晉閣學，已可欣快。新年惟動定增福。鼐今年尚居鍾山，一切巋遺，衰耄有加，固其理也。今春望雙五總裁會闈，文體之壞甚矣，能反之以正，乃士流之所望也。去歲友人刻錢莘楣疑年録，余爲作序，今春寄一部。監定古人字畫，此書大有用也。江南大雪，二麥甚妙。此甚可喜，但春寒可畏耳。草草略報，不具。甲戌

## 十八

漸熱，想動定佳勝。鼐亦如常，四月間爲治亭制軍邀至江寧，復主鍾山書院，遂攜衡兒來此。此間舊人多相厚之情，今眞擬卜居于此矣。京師諸相好想各安好，亦想各苦貧，此則惟有耐之而已。馬舍彌甥與館選，此最快事，望時教之。鼐在此更謀將所訂經說、今體詩之類重刊一本，此則居此之便，愈于上江者也。朝夕惟珍重千萬！餘不具。乙丑

## 十九

得五月内手書，具審近祉爲慰。獨聞令郎之疾，令人耿耿。今獲痊不？其證爲癡邪？狂邪？此各異治法。又其發止有時乎？抑鎮常如一乎？若有明清了了時，勸之尋閱佛書，與佳僧談論，勝於服藥。此急救心火妙方也。蓋世緣空，則心病必愈矣。鼐近況如故。今年江南大荒，故欲歸而不得，又須留此一年。衡兒尚未補缺，補後吾或可去耳。承寄廿金，謝謝！秋涼珍重，不具。

# 與劉明東開

## 一

得前月書，知佳好。不欲就館，閉户勤學，計無善于此者。專精周禮，亦佳。凡書少時

未讀，中年閲之，便恐難記，必須隨手鈔纂。退之『記事』提要、『纂言』鉤玄，固古今爲學之定法也。但此等只爲求記之方，一人所爲，于他人無用，後人往往刊行，等于著述，乃是謬也。

地理乃史學中之一端，須足行多所歷，方能了了；或覓得一當今之全圖有百里方格者，時懸於前，其閒雖有小誤，大體不失；若止于史志上，終不能分明也。張阮林辨吾論大别，謂南北通道，淮南、江北甚多，豈可但云北峽關及信陽三關？卻不思此通道雖多，而山高徑迂，不便行軍。其可通車轍、易餉運者，只吾邑及信陽耳。吾已以書告之，而彼執不回，且以所辨刊本。吾昔論秦三十六郡無象郡等四郡，錢莘楣謂具不然，吾更不與辨。謂此等是非于身心家國初無關涉，嘵嘵致辨，夫亦何爲！故今于阮林更不復論，以待讀書明地理者，自能悉其説耳。想明東在縣，已見阮林所刻，于此一條能豁然乎？

時事紛紜，未知清了之早莫，吾輩亦爲所得爲者而已。寒已深矣，珍重千萬！不具。

## 二

得書，知明東獲古愚先生及諸太守招，于幕中閲試卷，甚佳！想必于江西過夏秋矣。此後行止，更望寄使聞也。承爲鼐生日作壽序，甚媿厚誼。所言于微薄殊不敢當，然命意遣辭俱善，世不可無此議論，亦不可無此文。盡力如此作去，吾鄉古文一脉，庶不至斷絶矣，豈第鼐一人之幸也哉！吾近有一書與古愚，付王匯川攜去，明東至古愚處當必見之也。居人幕中，務須韜晦静默，勿與衆爭名。立身成遠大之業，此其要節；即處世得安恬之福，亦此爲召致也。吾近尚平安，但不知今冬得歸里與明東相見不？臨書悵悵！

## 與管異之 同

### 一

前月得寄書併詩文，快慰不可勝。相别三年，賢乃如此進邪！古文已免俗氣，然尚未造古人妙處。若詩則竟有古人妙處，稱此爲之，當爲數十年中所見才儁之冠矣！老夫放一頭地，豈待言哉！

吾向教後學學詩，只用王阮亭五七言古詩鈔，今以加于賢，卻猶未當。蓋阮亭詩法，五古只以謝宣城爲宗，七古只以東坡爲宗。賢今所宗，正當以李、杜耳，越過阮亭一層，然王所選亦不可不看，以廣其趣。崆峒集亦正爲子先導，紅豆老人謬説，勿聽之也。古文若更欲學，試更讀韓、歐。然將來成就終不逮詩。

詩文皆已評閲，兹寄還，以三隅反，賢必能之矣！年誼疏而師生重，以後書札勿以年誼稱也。吾所著，未刻者難鈔寄，已刻而賢未得者可指明，以便覓寄。餘不具。

## 三

昨得寄書併見贈詩，極知相憶之情。然今歲已暮，固無由相見矣。客中願且自遣，雖不適意，而無傷和豫之氣，乃所望也。古文尚書之僞，此已是天下定論。望谿雖學者，而其人敦厚而識滯，又似未見閻百詩之古文疏證，故執其誤而不知返。大抵在前儒不敢輕棄古文，乃慎重遺經，其理非謬。若生此時，經閻百詩及鼐等考論大明之後仍尊古文者，乃愚而謬矣。賢所見是自〔一二〕，然亦未見閻書，故所言猶多舛失。大抵年少讀書之時，非著書時耳。此更須面悉，不具。

## 四

得四月十六日書，知近況平安，但貧甚耳。不知頃更得館不？鮑學使處吾已作書，屬爲吹薦，若道近，便或一往謁之。寄來文十篇，閱之極令人欣快。若以才氣論，此時殆未有出賢右者。勉力績學，成就爲國一人物也。賢今歲必是專於文大用功，故文進而詩退。有文若此，何必能詩哉！況後尚未可量邪？諸文體格已成就，足發其才。所望學充力厚，則光焰十倍矣。智過於師，乃堪傳法，須立志跨越老夫，乃爲豪傑耳。

尚書序但以其出在西漢前，豈謂無可議哉？吾嘗謂劉歆云孔子序書，若揚子雲但云昔之説書者序以百，不云孔子作此，即是揚識高於劉處。然雖非出孔子，而是眞古書自可貴，非如僞書，乃可惡也。又古人措語，自與後世不同，不可以後世人用字輕重之法疑及古人，如『賄肅慎』，此等用字無害。吾嘗謂表記辭欲巧，巧即易傳所云修辭耳。不可以巧言佞色，便譏其失。荀子『化性起僞』之僞，非詐僞也。必以今人用字之法上衡古人，則覺其不當者多矣。

賢有名而無字，吾意欲爲命字，曰『異之』。君子之道，同乎人而已。同乎人者，人之所以爲人也，非同乎流俗、合乎污世也，故曰『君子以同而異』。孟子曰：君子所以異於人者，以其存心也以仁以禮，存心達之於天下，是爲同而已。若以此字頗覺有義，賢見以爲然否？甚思一見，若此時急切未得館，或蹔歸來亦自佳，行止酌之。吾今年來平安，但精神彌短耳。略報經説數篇，併寄閲之。已熱，珍重千萬！不具。

## 五

東漢、六朝之誌銘，唐人作贈序，乃時文也；昌黎爲之，則古文矣。明時經藝、壽序，時文也；熙甫爲之，則古文矣。作古文者生熙甫後，若不解經藝，便是缺陷。本朝如李安溪，所見不出時文，其評論熙甫，可謂滿口亂道也。望溪則勝之矣，然於古文、時文界限，猶有未清處。大抵從時文家逆追經藝，古文之理甚難；若本解古文，直取以爲經義之體，則爲功甚易，不過數月内可成也。賢既作古文，須知經義一體。又應科訓徒，不得棄時文。然此兩處畫開用功，亦兩不相礙。今將吾内外兩稿寄閲，於此兩層皆各有裨益處，穎悟必能解之。

## 六

前作寄書，未兩月而復函至，甚可喜。秋涼，想佳適。今年既未能去此館，明年又是場期須歸。若主人留過上半年，亦無取更動矣。吾姪浣江已來，其書不必寄去，内係吾詩文集，巽之可拆取，亦不必寄回來矣。今人詩文不能追企古人，亦是天資遜之，亦是塗轍誤而用功不深也。若塗轍既正，用功深久，於古人最上一等文字諒不可到，其中下之作非不可到也。昌黎不云『其用功深者，其收名遠』乎？近世人習聞錢受之偏論，輕譏明人之摹仿。文不經摹仿，亦安能脱化？觀古人之學前古，摹仿而渾妙者自可法，摹仿鈍滯者自可棄。雖揚子雲亦當以此義裁之，豈但明賢哉！客中惟慎重，不具。

## 七

去冬得田令君書，託爲奉邀時望。巽之歸甚急，又不知所在，無處奉寄，待至今正，鼐乃以書復之。適得巽之書，乃知在德州也。所謂人生聚散有數，存者其信然乎？獲依於淵如先生，亦殊佳勝。想六月必歸赴鄉試，吾在此尚可以一晤。鹿鳴宴後，吾亦歸里矣。淵如先生能即以謝書付雕否？甚望，甚望！八十老翁獲一讀此，亦不枉一久活也。田公處自已延師，然其意頗厚，今將其書寄來閱之。吾癡頑之狀尚不減，異之今年想不免稍尋舉業，希作詩矣。客中珍重！一切面悉，茲不具。

校記

〔一〕袍　當作「抱」。
〔二〕是自　疑當作「自是」。

# 惜抱軒尺牘卷五

先生與用光書最多，今分爲三卷，而以家門數書冠其首。

## 與陳約堂

### 一

前月獲侍須臾，旌旆遽發，方切企仰，郎君至，復荷手書存注，又詢知近履萬福，無任欣忭！德門多才，家學累襲，當爲四海不多覯之族。而郎君之來此者，則又仙芝琪樹之尤盛者也。雖鄙夫得見之，爲心志怡懌者累日，況撫諸膝下者哉！顧以衰年陋學，無所發之，求馬於唐肆，眞使虛此行造耳，愧赧！愧赧！見會榜録，知賢姪孫獲雋，英少鵲起，欣賀曷任！漸熱，伏惟慎護。茲因郎君行還，附候，不宣。

### 二

久别，相思甚切。九月閒賜書，鼐在江寧，未及接讀，頃始見鈔稿，具審垂注。又荷俾郎君校刻鄙文，感荷之餘，彌深愧赧矣。即吉之後，里居自爲上策。今之時事難於肩任，識必及之矣，第恐事勢迫人，有不能不更嬰簪組者耳。秋闈犬子倖得與名，甚爲逾分，今將其硃卷上寄求教。郎君遠大之器，蹔蹶未足憂。鼐明歲固仍居鍾山，可以聚居，但無以益之耳。賤狀近悉如常，惟老態日增矣。冬寒，因使率候近祉，餘不具。

## 三

三月杪，郎君抵江寧，敬審起居萬福。接手書，見推太過，愧赧！愧赧！又荷寄隆儀，益增愧矣！郎君在此，於鼐眞成家人，雖淡泊而安恬之甚，所嫌鼐胸臆淺陋，恐無以副其千里來從之意，第傾其所有以與之而已。聞伯母大人佳城已定，而時日不合，稍展復土之期。石士不能記其山向，有人來，望寄知也。

聞吾兄彈冠復出之志，尚在進退之間。竊計近日宦途愈覺艱難，裹足杜門，未可謂非善策。但里居亦大不易，苟非痛自節省，痛改潭府積習，則其勢不能久居，有迫之而出者矣。想吾兄亦必籌計及此，然毋乃有牽係俗情，不能自克者乎！

鼐賤體衰憊，然較往昔接對時不甚相懸，不知尚有再晤之日否？朝夕慎護，率報，不備。

## 四

前月得手教，具審近祉爲慰。吾兄精神猶健，出而宣績勤民，亦其宜也。但不知擬的於何時赴都門邪？郎君在此一年，愧不能大有以益之，自是日進於廣大，亦復在其自拓耳。

鼒舟行歸里，必經大江。石士自以由浙回家爲便，故不可同行也。承命書伯母大人墓志，拙書不足觀，彊爲之耳。而江寧刻手甚低，故令攜至蘇杭乃上石耳。鼒同鄉章淮樹觀察，於選擇一事，實爲精造，故煩爲伯母擇大葬之期，定於明年臘月廿二，想賢昆季便可遵之，不須更移動也。吾兄若再臨敝省，則鼒猶得藉以瞻對；不則恐將終身睽隔矣。臨書悵悵，無以爲懷。朝夕惟保重，餘不宣。

## 五

起居伏想佳勝，企念甚切，而無由接侍也。目今寶眷已全至署，抑尚有留居府第者不？豫中盜警，固不至陳，然辦理軍需，當所不免。勤治公事，暇豫當亦希矣。不知此日已得清了未邪？弟今年三月來江寧，一切麤適，惟老態日增耳。安徽、江西一路，時和年豐，米價大賤，此則吾兄與弟等所共快者也。東浦方伯甫去安慶，而石君先生又内擢敝鄉，殊悵失此兩賢。而汪稼門之離貴省，亦當以爲惜也。朝夕惟保重千萬！率候，不具。

## 六

使至，接讀賜書，敬審起居萬福爲慰。知今冬當有覲見之事，荷恩褒擢，理必可期。更冀旌旆再莅江南，俾弟得因復瞻對，乃所大快耳。諭作藏書樓記，擬成一稿呈閲，未審便堪用不？知新城辦大葬事已成，以尊府世德，決之天道，其必爲佳城無疑耳。鼒近狀亦尚與曩昔相似，唯精神日短，故老態也。承厚誼過重，極令人慙。率復并謝，不具。

七

聞去冬述職入都，今歲始歸，今想旌麾已返陳郡矣。遥想興居，當增佳勝，冀擢任江南，庶再奉言笑耳。弟近狀亦惋適，但暗添衰憊，惟自覺知。吾兄與賤齒正同，其健快或猶勝蒲柳姿邪？今郎世臺本將入都，途中聞停科場之信，今擬偕弟且赴江寧讀書。弟甚愧其志，懼薄劣不能爲之益耳。兹因其遣家人問省左右，附候近祉，不具。約堂二兄大人，愚弟姚鼐頓首。

八

使至，接讀惠書，敬審起居萬福爲慰。又知二世兄籤掣第一，榮授甚速，尤爲可喜。至于近時任官，當新故接續之交，多有不易辦理之處，吾兄當小耐之，亟欲擺脱而去，恐未易言也。江南官場亦甚窘，趙觀察至，將署中家小盡遣還里以免累，亦良苦矣。賤狀尚如往昔，承賜多儀，愧謝，愧謝！今因使還，附呈拙書四幅，不足云清玩，聊以見千里面目而已。漸涼，惟珍重，不具。約堂二兄大人，愚弟姚鼐頓首。

九

使至，得賜書，并以犬馬賤辰過蒙厚誼，豈勝感荷也！今歲碩士獲捷，良爲可喜。推其行運，宜聯步南宫矣。知其奉命即于今年進京，誠爲得計。吾兄解組之時，即賢子升朝之日，于進退之宜，不亦兩得乎？鼒賤狀尚復如故，來歲移主敬敷書院，此小人懷土之利耳。茲附使還敬謝，兼候新祉，不具。

## 與陳果堂

鼒與吾兄雖未奉顔色，然夙聞風誼，託神交者久矣。去歲令姪石士過皖，承賜書，展讀欣忭無既，但自慙庸陋，見許乃過重耳。又承寄示諸經刻，鼒生平自審，以癡妄故迷失本心，求得一二繫驢橛，冀以自救，而仍爲習氣所牽，終無實得。今因嘉惠，迺更增媿悔，願與五兄相望于數百里閒，共爲策勵耳。頃爲賢子作墓銘成，殊不能佳，以明區區相重之意而已，謹録呈閲之。此地竟無附書新城之便，乃由都中石士處轉寄，可謂迂途矣。日幸珍重，不宣。

## 復陳鍾溪

想望清光久矣，南北睽阻，不獲一見。邇者閣下持節視學江東，計按部必至江寧，固私欣可奉對矣。而閣下又先惠書來，辭意淳厚，推許過優，讀之愧悚！鄙陋耄昏，惡足以副閣下望哉？

閣下所云文足以覘士行者，是也。夫士誦習先儒，謹守成説者，固未必盡賢也。乃至肆然棄先儒之正學，掇拾詖陋，雜取隱僻，以眩惑淺學之夫，此其心術爲何如人哉？衡文者不能鑑别，往往録取，轉相仿效，日增其弊，此何怪士風之日壞也！閣下毅然欲率今日士習使之端，固當變今日文體使之正。且士最陋者，所謂時文而已，固不足道也。其略能讀書者，又相率不讀宋儒之書，故考索雖或廣博，而心胸嘗不免猥鄙，行事嘗不免乖謬。願閣下訓士，雖博學强識，固所貴焉，而要必以程、朱之學爲歸宿之地。以此覬於士習，庶或終有裨益也乎！

承徵取鄙著刻本，今呈上九經説、詩文集各一部，幸閲教之。冬寒，惟珍重多福，率復，不宣。

## 與陳蓮舫 希頤，鍾溪從弟，四先兄觀長子。

書至敬悉。劉生前有欲在家讀書一年之志，不知伊肯就此館不？鼐自作書問之，其字乃明東也。關聘卻可遲步。寄去尊照兩手卷，已題繳上，但不能佳耳。邸鈔併繳，餘明日奉造面悉，不具。

## 與陳碩士

### 一

再得書，知侍奉清佳爲慰。驟熱，遂甚衰羸，乃殊畏之；臂痛亦未大愈，故艱作書也。震川論文深處，望溪尚未見。此論甚是！望溪所得，在本朝諸賢爲最深，而較之古人則淺。其閱太史公書，似精神不能包括其大處、遠處、疏淡處及華麗非常處，止以義法論文，則得其一端而已。然文家義法，亦不可不講。如梅崖便不能細受繩墨，不及望溪矣。臺山則似於此事更遠，想其所得，自在禪悅，而不能移其妙於文內。其時文大不及二林居作也。

簡齋已歸，而溉亭於此月初四喪矣。此閒樸學舍此更無人，甚可哀惜！吴殿麟赴揚州二十日矣，不知今赴鎮江不耳。孔信夫去後未有信來。此閒大僚無不被罪，使人哀歎！世閒臺山、允初所事，豈非大得邪！所存窗稿閱其半，然所論已盡，今便以寄還。采之文尚未閱出。呈尊大人名帖，乞爲候安。兹因使還略報，餘當俟面悉耳。六月初七日。庚戌

### 二

雨後乃大熱，想侍奉佳勝，讀書方勤厲也。文家之事，大似禪悟，觀人評論、圈點，皆是

借徑，一旦豁然有得，呵佛罵祖無不可者。此中自有眞實境地，必不疑於狂肆妄言，未證爲證者也。鼐左臂尚未全愈，鈔辭賦尚未得。餘不具。六月廿一日。

## 三

使至得書，具悉佳勝爲快。書内筆勢增進，殊可喜；所不逮者，措詞簡當，波瀾老成耳。此固非一蹴可至，久爲之，當自得也。鼐臂痛已愈，但筋硬，尚不能自捫其頂耳。秋後乃爾苦熱，適有鴈翎扇三柄，意嫌其華，今以奉寄，可供堂上，以助夏清，則其宜也。詞賦已鈔得西漢以前，且付來足。朝夕保重。

## 四

使至得書，知還姑熟後佳好爲慰。寄來數詩，改本大勝於前。其述夢作亦佳甚，氣流轉而語圓美，此便是心地空明處所得，由是造古人不難。惟次東坡韻詩，尚蹇滯不爲妙耳。簡齋豈世易得之才？來書所言是也。欲得筆勢痛快，一在力學古人，一在涵養胸趣。夫心靜則氣自生矣，高才用心，專至如此，久當自知耳。郭茂倩樂府佳書，作詩家必不可少者，略遲并梅氏算書同寄。尊大人前幸爲請安，想當俟制軍入金陵時來見之。然制軍之來此尚無消息也。涼深，惟朝夕保重，餘不備。

## 五

寒初，遥惟侍奉佳勝。鼐此間如常，定於廿九日發櫂歸去矣。爲尊大人作壽文已就，今寄閲，以謂與熙甫集中壽文之佳何如邪？辭賦續鈔得兩卷，其餘今不及，須俟之來年矣。惠氏左傳補注亦自見讀書精密處，特嫌其所舉太碎小。近世爲漢人學者，率有斯病。愚意不喜之，覺殊不能逮顧亭林也。閲其書，見爲用力勞而受功寡。隨園昨已自揚州回，然腹疾究未能愈，今見邀作預輓詩也。令舅氏有信來否？今在何所？前歲所與書鈔來，望見寄也。冬寒，惟保重千萬！

## 六

春間鼐過太平，值尊府君已去，旋將一札并扁聯一副，付魏江寧寄去，竟不知得達否？即日想侍奉佳好。今年居此，可與語者尤少，極令人不樂。遠念碩士，彌如芝鳳矣。入冬乃有王眞吾來，博聞强識，大是讀書種子，建昌良多才邪！閲邸鈔，知山木先生已令晉中，不可挽入山林矣。其抵任後意況何如邪？其郎君隨任未？尊祖母太夫人係與凝齋先生合墓邪，抑不邪？大事辦理畢未？甚念，甚念！

鼐詩稿去歲鈔成二本，爲同年蘇園仲取第二本攜入皖中遺失，惟底本存碩士處，當尚存，希爲鈔補。自甲午出京、新城道中、賦木介七言古詩起，凡兩卷也，鈔成遇便見寄。兹寄手書金剛經一部，發願之意，欲供十方善知識持誦。願碩士能自持誦最佳，勿作收藏字畫也。

鼐於數日内即歸桐城，明春當不免復來，衰罷能并此席謝去乃快，恨不得耳。簡齋先生乃更健於去年，甚可喜。曲阜孔信夫則於江東歸去即殞矣。兹書付眞吾轉寄。冬寒保重，乞爲問尊大人几杖近安，餘不具。辛亥

## 七

鼐冬初在江寧作一書，付王生轉寄，當必達。頃在里得七月七日所寄書，具審侍奉佳好。承餽紅布、磁器、蓮菰併至，謝謝！鼐春閒從江寧魏君處寄書，乃未達，想在七月後邪？尊祖母太夫人葬期，想在壬子秋冬。誌文擬略遲撰成，自覓確便寄至尊公處，當在來春耳。厚齋先生墓表當一併寄來，今尚未成也。

鼐近衰態彌增，去秋傷膝，今乃發動，小不適耳。知閲注疏甚佳，然此非一年所能了，勿貪多而欲速，浸灌深則自有得耳。詩、古文、舉業當以性情所近專治一途，一時欲其兼善，安有是理邪！所寄詩五首，有風致而格乃不超，又頗覺語繁也。

鼐在里中，親族時以事嬲之，轉不若客中之静逸。尊公書今且未復，先爲請安。賓之書亦未復，其專力班史，自爲得要。凡人學問千岐萬派，但貴有成，不須一轍，實有自得，非

從人取，斯爲豪傑矣。匆匆略報，餘續問，不一一。

## 八

近想嘉善。鼐去歲先後共寄三書，當盡達邪？尊大人前乞爲請安。令作太夫人志銘，謹爲撰成，殊不能工，録本呈閲，不知便可用否？其銘内某山字，須酌改填之。鼐今春不免復至江寧。老病厭看時文，又居此不能成就人才，所最望者一汪兆虹，而正月内夭死矣，尤令人不樂。兒輩就此下場後，明年欲另謀託居處耳。魯君墓表亦撰成，望即轉付其世兄。其厚畬集閲一過，無甚優劣，不須選定，盡存之可也。匆匆不及另作書，望爲轉述此意。今冬鼐必在里，望碩士與魯世兄秋闈得雋，計偕過桐城時可快晤也。春寒，保重千萬！餘不具。壬子

## 九

前月得手書，及爲鼐鈔舊詩一本俱至。未及復，適又得閏月廿五日手書，具知近日侍奉清安爲慰。今年北方旱而南多雨，江西及徽州皆水災，其江南餘郡則幸不爲病，似尚可爲豐年也。鼐居江寧，膝痛未發，然此所患者在冬，固不在夏也。

聞山木先生治政卓然，超越流俗，欣快！欣快！未知其上官能知而容其若是乎？抑爲世難行之事，勢睽情詭，多方以難之，山木先生竟能以久處不變乎？果爾，雖小邑不徧及

世，而亦斯民之福也。簡齋與榕門相國書固善，然吾以謂猶未盡今世士夫膏肓之疾，必捄其疾，則經云『心誠求之』四字足矣，奚以多言爲哉！

學文之法無他，多讀多爲，以待其一日之成就，非可以人力速之也。士苟非有天啓，必不能盡其神妙。然苟人輟其力，則天亦何自而啓之哉？若科舉之學，但勿爲其孤冷必不諧于時俗者，有聲色使人可尋求，則足矣。得與不，要有數焉，無所容心也。

鼐經説新文，所增益皆不多。然急切不能鈔寄，惟時文有副本者，今檢出封寄閲之。吾家中丞丁艱，此後往來寄書更難矣。石士前書中云近讀晉書，鼐以謂非也，讀史惟兩漢最要，次當便及資治通鑑，晉書當又在所緩。韓子曰：『非三代、兩漢之書不敢觀。』此語於初學要爲有益，不可反嫌其隘也。暑熱未已，惟慎自愛。不多及。

十

使至，得十一月十三日書，具審侍奉清豫爲慰。秋闈小屈，宜勿置胸中也。二魯之隽，自可喜耳。鼐明歲自不能去金陵，石士能來聚居，豈非至樂！所患衰罷遺忘，無以相益，奈何！

拙集遽承爲開雕，雅誼則誠厚矣。然從此恐益爲海内學士之所嗤笑，自反亦實歉然，敢忘愧邪！經説今更將底本寄來，以石士處本子不若此處之全，如已刻，不妨補篇於卷末。

其古文十卷，且勿刷與人。如史文靖墓志，鼐已删去，不入集矣，文既非佳，亦恐招怨。其餘亦有類是者。大抵經説不妨先傳，詩文宜俟身後耳。冬來膝痛未發，似愈矣。

夫文章之事，望見塗轍，可以力求，而才力高下，必由天授。鼐所自歉者，正在才薄耳。頃見王鐵夫文，規模頗正，其才恐不免與吾輩上下，無復古人意致佳處也，然所見不多，猶未敢深定，或别有佳勝邪？

尊大人出處之事，未敢遥決。里居而能自安，則閉户可也；苟不能安，則反不如出仕，更審度之。冬寒保重千萬！餘不一一。

## 十一

鼐在家，接去冬見寄一書。昨到江寧，又接二月十一日所寄書，具知近狀安好，北行已輟，惟尊大人赴補入都，此策亦自佳，但惜隔相見耳。書内云月之初七，先有一書，此則未經接得，不知何處浮沈矣。

錢辛楣先生見陳方伯，極稱石士之賢，許古文之必有成，當亦是海内一知己也。前輩愛士雅懷殊不可没，至其必欲以秦桂林四郡置初立三十六郡之内，及不許廬江郡本在江南，竊其意似有堅執己見，不復求審事實之病。四郡之立在三十六郡後，見於本紀甚明，何須更辨！若廬江，則招魂固云路貫廬江，又云哀江南矣。古廬江在江南，而後移於江北，猶豫章在江北而後移於江南，今之九江、潯陽，皆從江北移而江南者也，夫何足異！鼐嘗謂辨論是非，當舉其於世甚有關繫，不容不辨者；若此數郡，所論不過建置前後之異耳，得亦何足道？不得亦何足道？于世事之治亂，倫類之當從違，夫豈有所涉哉？荀子云：『有爭氣者，勿與辯也。』鼐於辛楣先生處已不更作復，聊與吾石士言之耳。

考工記一本，今以奉寄。衡兒在家廢學，今令其往山西投兩通家，覓一館學以拘束之，亦爲來春會試資也。觀兒納婦後，仍隨至書院。第三兒亦隨來，又延一表弟左君來誨之。鼐精神又減於去年相對時矣。餘不備。甲寅

癸丑歲，用光隨侍先生於江寧，故一年中無書札。此甲寅夏閒所發札也。自此至乙卯、丙辰三年中，尚有書七八通，皆在陳州燬于火矣。辛亥歲，先生云有三書見寄，而春間一札則未之得。

## 十二

不得石士問，近一年矣。去秋鼐於此間作兩次書，至家後又作一書，皆不知曾見不？遠路通問，固是難耳。即日想侍奉萬福。今年當常居陳州邪？抑擬暫還家邪？鼐今年三月，攜觀、雉兩兒來江寧，近況平安。但鼐日老憊，精神全減，苦右臂瘦痛，作書艱難，大字竟不復爲矣。此閒東浦方伯去後，彌覺蕭索，吾亦思引去耳。九經説已刻成，尚在刓改舛

誤，稍遲可以刻本奉寄矣。衡兒留居里中，有信來，知亦平安，但嫌其不勤爲學耳。隨園主人病腹泄，三四月不愈，老人若此，亦甚可憂。前輩凋謝欲盡，而世事未平，使人四顧，增不快也。

兩魯在家佳不？有消息至邪？胡雒君在浙江作一小書院，而爲保舉事，大致窘困矣。石士作何功課？安得更一聚談邪？五月而氣候殊寒，保重千萬，略報，餘不備及，五月朔日。丁巳

## 十三

路管家至，得書，甚慰相憶之懷，知侍奉清佳爲快。而發書之夕，被回禄之驚，殊助怛悒。霜後涼深，願更珍重。寄來文字，佳者極佳，劣者自劣，已爲分別論之。此後能自審，決不輕下筆，乃所望也。

鼐今歲自趙觀察及王禹州處兩書，乃俱未答，而去歲有寄鈔本五言今體詩選乃亦未達，而鼐今亦且忘其爲付何人矣。遠路寄字之難，乃如此可歎也。此五言詩，方觀察世兄已決意爲刊，今不須更鈔。而古文辭類篹現亦在方處鈔寫，伊明年必攜入都，都中如有能共刻之者固佳矣，不則仍要齊五六家于南京刻亦可，須方世兄總其成耳。寄來九經説、三傳補注各一部，如王禹州處寄本亦到，則分一部與習之。所屬藏書樓記已就，此文尚爲鼐

近日文字中稱意之作，石士觀之以爲若何？賢舅氏之集，鼐留之家中未攜來，意以謂石士所折欲去之者皆是，而吾亦精神不足，不能爲細心看此數巨册。計尊府于歲杪應有人歸新城，可過桐取去爾。簡齋于揚州就醫未返，聞須九月半乃回，而其脾洩亦時愈時作，終是衰態也。

承遠惠多儀，厚甚，謝謝！舊蓄麓臺侍郎一小幀，聊寄以佐書室中清玩，外惜抱軒稿、課讀文各一部，適散取盡，故無以多寄。楚氛未靖，甚以爲憂。佇望索倫，此一大捷耳。今歲若不得清了，則愈難爲策矣。鼐擬十月初十前後歸桐城。石士想今歲杪必行，入京當住令姪編修處邪？以俟秋試可矣。此後致書，唯當以達之京師耳。王夢樓在京口，陳東浦在蘇州，其集皆不能得，俟後索之。霜寒珍重，不備。

## 十四

西漢人文傳者，大抵官文書耳，而何其雄駿高古之甚！昌黎官中文字，止用當時文體，而即得漢人雄古之意。歐、曾、荆公官文字，雄古者鮮矣，然詞雅而氣暢，語簡而事盡，固不失爲文家好處矣。熙甫于此體，乃時有傷雅不能簡當之病。若絜非先生此數篇，又下熙甫數等矣。但以其議論設施言之，則亦足存，若爲之竄改，則大難矣。以此知文字必須身前自定之也。鼐頃自定詩集十卷，文集二十卷。詩集現付刻，計明秋可以成工，文集俟再辦耳。

## 十五

使至得書，具審近祉。入都之計輟止，亦善。而明春過桐城，又得一番相見，則尤所快慰矣。鼐于十月自江寧行歸，其月杪到家，今皆平安。老年惟耽愛釋氏之學，今悉戒肉食矣。石士聞之，毋乃笑其過邪！然其閒頗有見處，俟相見詳告耳。尊大人前叱名請安，行人匆匆，不及作復函。今歲既以軍事留行，恐明春行亦未能速耳。經説及補注俱付使者，餘一切俟面悉，不具。

## 十六

去冬一札，想已達覽。新正諒侍奉增勝。鼐如故狀，去臘之朔，得一孫，而衡兒大病一場幾死，今乃痊愈矣。擬於二月廿四五赴江寧，石士能于此前至，乃佳也。署中想一切安善，聞教匪又漸入豫，此殊令人愁，恐辦軍需不能輟也，奈何！奈何！簡齋先生于十一月十六日捐館，使人有風流頓盡之歎矣。餘一切面悉。不具。戊午

## 十七

頃得四月十八日杭州見寄之書，知比解纜欲發，計今抵家當旬餘矣。寶眷自一切安勝，植之當亦佳也。鼐居此如故狀，詩集刻成，今以封寄。行後乃知所鈔奉贈五言詩遺未取去，有兹刻本，亦無所用彼矣。江西開府處，乃托方坳堂觀察爲致書，非鼐自致也。伊是

兩姻家，可於往來書中達其説，亦非專函，縱雅意審思遂不辦，彼言之亦無害耳。漸熱，惟保重。餘續報，不具。

十八

前月作一字，并鼐詩集一部，付江西提塘處寄新城，不知得免浮沈不邪？想與寶眷久已平安抵家，今當命期應試會城矣。保舉事辦未？方觀察與張撫書則固已達矣。此閒一切如常，衡兒尚未至，伊蓋俟北試人同伴耳。詩集今更以一部寄來，以備前有失也。餘不具。六月十一日酷暑中。

十九

石士自歸新城後，此閒總未得消息，而鼐于此寄兩次字，亦不知其曾到不邪？見江西全録，石士乃又被屈，使人憤慨！然卻願石士恬然勿以攖懷也。明歲必有恩科，固當就試北闈，想必先省覲過桐城，可一晤邪？植之在貴宅佳不？江南榜亦甚不稱人意，伊當亦見之矣。鼐于八月半後攜衡兒遊吴中，遂至西湖，亦是衰年一快事。想石士聞之，亦爲余喜。作古今體詩四十餘首，擬明年以補入集中，其閒頗有奇作也。九月杪回江寧，近狀平安，於此閒先遣持衡入都，然後鼐還家，十一月初十頭事矣。東浦先生來此爲武主考，以督撫皆任河務不能來。其四郎君又獲雋，殊以爲大快矣。鼐在蘇州，獨值莘楣旋里不得見，而鼐去江寧時，王蘭泉適又來此，此卻是今秋可恨事耳。頃江寧已大覺寒，新城想不當爾。惟保愛，餘續報，不具。十月十三日。

## 二十

頃爲蔣心餘之子作墓碣，頗以自喜，石士試覽之，以爲何如邪？鼐今歲寄石士後一書，即付此君之子帶去者，不知曾送到不？今亦不知其所在，想不出南昌，煩轉訪得，以此文付之。鼐又爲隨園作誌，此老身後大爲杭州人所詆，至有規鼐不當與作誌者。鼐謂：『設余生康熙閒，爲朱錫鬯、毛大可作誌，君許之乎？』其人曰：『是固宜也。』余謂：『隨園雖不免有遺行，然正是朱、毛一例耳。其文采風流有可取，亦何害於作誌？第不得述其惡轉以爲美耳。』其文頃未及鈔寄，石士評吾此論非謬邪？鼐于十一月六日回里，衡兒即于此日入都。頃桐城寄來九月十七日所發書，一切俱悉。所要五七言今體鈔今寄去，至五經、莊子等，卻在桐城，正須後寄耳。

## 二十一

久未得消息，懸念之至。使至，乃甚慰。然念碩士方欲以文字自適，而當摒擋官舍諸煩瑣之事，可謂違才易務矣。然處之正須細心寧耐，此中即是學問也。聞習之之亡，使人痛悼！近來才志之士，天使之得成就者，何其少邪！夢樓所閱詩稿及植之之詩，今寄來，朱筆則鼐記也。夏間新城寄來府報一封，今並寄山木文，且將印本付來足。其板旱路難帶，擬攜至桐城，俟遣人回江西過桐取去可也。鼐詩補刻五卷，十卷之半甫付之，候刻畢再寄。謝蘊山陞廣西撫，胡雒君自不能同去，不知作何行止？夢樓大病，背疽今收口尚未盡。病中仍晝夜危坐持誦，亦殊學道之功矣。衡兒未考教習，留京無事，或將歸也。此聞。碩士世兄，鼐頓首。外收用銀賬一紙。九月望日。己未

## 二十二

新年想侍奉增祉，差至得書，祗悉一切。荀子及蘑菇、杏仁收訖，謝謝。去冬十月惠書已至，而十一月書則未得也。所論道書河圖之旨，極佳！至如荀子得用世，則未知所就何如。此非吾儕所敢臆斷，若古禮，朝必君臣皆立，無有坐者。吾論語説中已辨之矣，坐朝蓋起於戰國之佚君，而荀子乃不能辨。此與乘六馬，皆春秋至戰國中間變易之事，其間書傳至少，無由斷爲誰始耳。所須與石君先生書，未知本意，想在十一月書中，今姑自以意作一書與之。至都，有鼐同鄉新改部之汪崇義及歙新庶常鮑雙五，皆佳人，而於鼐素交，不及一一作書，宜往晤之，爲鼐致意可也。

鼐詩有補入鐫者，今以一部奉寄。古文辭類篹且以鈔者寄來，尚有未畢之本也。山木先生文，似無容更作序，但以鼐志銘刻入其集内足矣。習之有石士哀辭，其人已盡，若欲埋

銘，亦以石士言之爲有情可以有佳文，自鼐言之，終是疏也。胡雒君乃隨謝中丞至廣西。持衡已至浙江，此時在會稽看縣考卷，若畢後或在浙作館，或歸里，尚未得其的信。鼐二月底赴江寧，别後亦作數篇文字，然無甚佳處，又鈔不及，今以有本者奉寄。尊大人前請安，不另具啓。春雪寒甚，草草奉復，不多及。前所寄文一册并繳。石士世兄。鼐頓首。正月廿二日。庚申

## 二十三

使至，得三月廿二日手書，知佳勝。擬孟夏初入都，然則今已行矣，盡己之道，得失進退聽之天而已。想高明所見，亦若此也。至論重卦，謂甯人不始于文王説爲不然，則周禮于三易皆云别卦六十四，則甯人之説不爲非也。張桐岡詩文略覽，此殆是奇士，古文雖似未能入妙，然頗有規格，詩更勝于文也。留此熟復之再報。古文辭類纂僅有兩類四本，且寄來，其餘尚在人手鈔，尚未畢也。使行欲速，略復，不具。

## 二十四

今歲再得手書，具審清豫爲慰。鼐春夏遭妹喪，夏秋閒多病，今差愈耳。交人事匆匆，所寄來文字，尚未及評閱。邇正當秋闈，佇望捷音而已。古文辭類纂八本寄去，可查收。此書附鮑庶常入都之便，伊至可見，以知鼐近狀也。餘續寄，不具。

月初鮑庶常入都過此，作一書併古文辭類纂付之，時匆匆，多不及詳。秋涼想佳勝。北闈事畢，佇望一捷；假如不得，南歸邪？抑留京邪？

二十五

所論『廛而不征』，廛是屋税，征是貨税，廛如今房租，非如今地丁矣。古市屋有官作，税之豈謂無理？唐税間架，乃民所自爲屋，安得一例乎！夏時冠周月説，誠爲不當。此閻百詩駁之極暢，載尚書疏證，可檢視也。唐棄維州，司馬温公是其事，吾意以爲非。夫要功域外以病民者，固不義矣，若棄已成之功，失控制之要，其爲國病，亦豈小乎？假令牛奇章非出于忌娼，忠于爲國謀，吾猶以其策爲失矣。顧甯人謂夏、商皆有重卦，此據周禮太卜，其别皆六十有四句爲證，非誤也。至以左氏筮詞，不見周易者爲夏、商易，則無據之説。左氏所載元卜辭，吾頗疑其自造，非當時本占，其筮詞亦豈必誠有哉？況敢定以爲夏、商易乎？享禮之禮，賓以奉主也。但稱一享字則不辭，安得因是混主禮賓之禮乎？聘享與私覿，皆同時行之，不容多閒，安得雜以主禮賓之事邪？

寄來張桐岡詩文，皆有可取處，佳士也。其人似無師友見聞之助，故不能卓然成就耳。鼐近苦脾泄，閒止閒作，老人火衰極，是不佳之候。簡齋亡前三四年，正如此。此亦聽之，其餘率如故，草寄，不盡。

自七月來，爲鄉試人所嬲，疲敝欲死，今始寧静，得作此書。然來者惟蘇州較多才穎，十餘年後，儁出者終在吳人乎？

## 二十六

九月在江寧，見京兆題名録，知獲儁，甚爲欣快！頃使至得書，知近侍奉在陳州，一切佳勝，又增快也。鼐在江寧曾三次有書相寄，内有鈔本古文辭類纂及閱石士所爲文，乃竟未有一字得達，豈行者遲緩故邪？想今必在令姪寓邸也。尊大人大壽，正思作一序，尚未能定草，蓋鼐昨日始到家，一切匆匆之甚。下月若有尊使過桐時，望令其來取也。衡兒見隨來家，明年當與馬舍甥父子同入都，自當相見。鼐以年衰，畏涉江濤，明年改居安慶敬敷書院矣。文集，江寧諸君合爲鐫刻，約二三月可以成功，鼐亦姑聽其意。近狀大約如舊，餘俟報，不具。

## 二十七

前月晦一書，當已達。今計已計偕入都矣。鼐近狀如前，爲尊大人壽序已脱稿，亦未能佳耳。今鈔一本子寄閱，方植之一書并寄，伊七言律乃大進，極可喜也。衡兒須正初北行，此閒一切，彼到京自詳之。前幾次所寄古文辭類纂，當悉收齊。此閒記憶不眞，設有寄重複者，可寄還也。都中晤覃谿先生、吳穀人、汪存義、鮑雙五輩，可爲各道相憶。嚴寒，惟保重千萬！不具。

# 惜抱軒尺牘卷六

## 與陳碩士

### 一

新年想動定增福。去冬便公車北上邪?抑遲至今春邪?鼐作尊大人壽序,俟使者來取,而竟無人至,豈尊大人歸途不經此乎?鼐入春來,亦尚如故狀。二月往皖,石士想不免作舉業,固當不爲一世所不好也。此閒一切,衡兒來京可以面述,故不詳具。去歲作一字,擬付使者,今并寄閲。辛酉

### 二

月半得京鈔,知榮與館選,欣慰之至!兹尤足慰尊大人之心矣。夏初尊大人過此,精神意興致佳,想歸後屢有字入都矣。鼐居此亦粗適,但寡可語。敝郡殊乏人才,更求一方植之乃不可得。植之今歲在汪稼門家館,其舉業加進,殆可望中矣。彼云六月擬過此。石士今當不免且勤作館課,他事亦當姑置矣。貴同年中,鼐所知差少,中必有佳士,猶願聞

也。前番寄來文四篇，今并寄。飽乎仁義，兩義眞足存矣〔一〕。望見衡兒時，勸諭以静坐寡交，想彼心如野鹿矣。竇眷今年入都不？朝夕珍重，不具。

## 三

得五月廿二日手書，具知佳勝爲慰。鼐六月初有一書交摺差，想今已達邪？此書未得。鼐書正言今石士宜留京受職，或歸省耳。皖中殊静於江寧，寂寞則素性所能耐，賤體亦未至甚狼狽也，但恐老翁理無久壯耳。明年歸覲必過此，當得一會。衡兒督教之苦，或有動耳，甚願甚願！古文已刻就，正在校改，未印出。周東屏回時，當可寄來矣。初寒珍重，不具。

## 四

去臘得十月九日所寄書，具知佳勝。此日想勤作館課，散館後決計南歸，良爲善策也。鼐去冬大病幾死，今雖愈而時復發熱乏氣，要之此亦衰年應有之事，但恐未足當『朝聞道』三字耳。文集刻成，而殘缺數葉，至今不曾補來，故且未寄京，俟得即寄來也。寄來數詩，有利鈍雜出處，已略評之，南來相見，得更詳論之耳。衡兒無論中不，今年總令回來，或便可奉陪同舟矣。江西鄉闈得樂君，甚佳。此與吴蘭雪吾皆未見，然見其詩，誠一時佳士也。植之今在阜陽王令處館，明日動身矣。兹附問新祉，保重千萬，不備。壬戌

## 五

夏間得邸鈔，知已留館，甚可喜。葉治三來，得書云秋閒南旋，不知今已侍奉在里邪？抑尚在途邪？一切佳勝不？甚念甚念！寄來之文，尚不免牽於應酬，不能極其才力所至，此後肆力爲之，當大有進步耳。亦止是熟讀多作，固無他法也。鼐近狀尚如故態，此月廿一日回桐城，十一月初赴六安州，爲修志書，臘底當歸。書云入都時擬見過，極喜垂老更得一相見，眞所願須必得果耳。新刻文集，在京時已得未？今更以三部奉寄。鄙意殊有未協欲改竄者，而已爲江寧諸君所刻。凡文字大抵不欲早付雕也。衡兒尚未到家。漸寒，珍重千萬！不盡。

## 六

去冬在六安，得所寄書，悵悒之至，相遲早五日耳，遂不及見，甚可惜也。即日想佳勝，侍奉萬福。昨得臘底見寄之書，云有欲來皖之意，果爾，可一快晤矣。但此閒覓今歲之書院，則必不可得，若明歲則石士當進京考差矣，或由是向維揚一行乎？然恐亦無大濟也。鼐閱所作古文本子，自已接著寄至六安者，仍前古文耳，所益無幾，大抵近作，詩進而文退也。此本且存此，俟駕至奉還。鼐在皖如常，衡兒乃在淮安書院。兹略報，餘面悉。癸亥

## 七

今秋鼐以借書院與臯臺暫歸，而石士適於此時過皖，遂不得見。行後十日，鼐始至，聞之甚可悵恨。連得三書，盡知在途安勝，置家章氏宅旁，得暫安息，甚善。不知行旌以何時抵京？想仍與令姪學士同居也。鼐頃又自皖回家度歲，一切平安。幼子執雉於前月底生子。衡兒辭淮安之館還家矣。

石士前所寄文，俱爲閱過，其閒卓然精詣者不能及半，而牽于應酬者多。大抵好文字，亦須待好題目，然後發積學用功，以俟一旦興會精神之至。雖古名家，亦不過如此而已。

吾刻集後所作，亦十餘首，然精神日減，文有退無進矣。時文除石士所刻六十篇之外，又得百廿餘篇。其中佳者，似可與荆川、鹿門抗行。此事在今日殆成絶學，以俗人但知作科舉之文，而讀書好古之君子，又以其體近而輕之不爲，不知此與作古文亦何以異哉！

章觀察已喪，賓眷自當急入都，然恐不能得速，正可隨糧船之尾耳。山木先生文版，吾已忘卻存于何處，今走字與吳子見白之，承寄紙，甚佳。今寄竹筆筒一枝，古尺鎮紙一枝，聊慰遠送之懷。冬暖殊甚，不知都中何似？朝夕珍重千萬！餘不具。

## 八

去冬一書，自江寧寄京，已達覽未？石士行于何時抵京？寶眷又於何時行到？想一切安好，甚念甚念！鼐頃已來皖，攜衡、雉兩子，併一長孫，居此亦牿遣。筆記長有改竄增删，故未欲刻，正須待身後耳。六安志尚未刻出。廬州志刻出矣，然惟沿革一門出鼐手，餘非所作。書多亦難寄，另俟便耳。令五叔所託作令十三兄志銘，苦未寄行略來，以意所知者爲之，想亦不過如此，而不知其字及其妻子姓名，中之科分，死之年月，故其文空若干字，煩石士填之。其有須改者，便逕爲竄易，更望鈔一定本見寄。章淮樹觀察已喪，亦甚可傷。劉明東今年在懷寧縣署作館。方植之卻閒在家也。答令叔一書，希爲寄去。朝夕珍重千萬！不具。甲子

## 九

三、四月閒，連得京邸見寄兩書，具審清適爲慰。鼐亦以兩次書寄京，然書來時皆未達，今並至不？眷屬於何月始至京邪？甚念甚念！泰山道里記三十年前隨手寫付，承爲鈔來，大增舊游之感。然鼐生平作文自少，如此等遺佚者，要亦希耳。近日亦無甚文字足相寄者，經説、筆記皆略有增益，終不成卷帙。盡舉付刻，正須待死之後耳。石士寄來文字，

達生解最佳，庶幾東坡述典亦可，然未出近人疆域。大抵頌辭每以囁嚅爲病，能如孟堅典引已大是難，況西京乎？與明東書、祭静山文，皆不佳。陳户部文一篇，不能見佳處，然不至俗陋，便是可學。

大抵學古文者，必要放聲疾讀，又緩讀，祇久之自悟。若但能默看，即終身作外行也。寄來文章體則，此是一鄙陋時文家所爲，其論之謬處便大謬，如數胡澹菴便是。不謬處亦膚淺不著痛養。如云以理爲主便是。必須超出此等見解者，便入内行。須知此如參禪，不能説破，安能以『體則』言哉！寄紙印書甚佳。今以詩集、三傳補注各五部寄來，文集版尚在江寧，率寄不具。

## 十

春來，惟動定佳勝。孫庶常家足來，得書，略知近狀。鼐亦尚如舊態，今年尚在皖，此時尚在家未往耳。衡兒竟以盤費不給，不能赴公車矣。石士去年考差，文佳甚；今年會闈，或當與分校邪？甚望甚望！

鐵夫不逮梅崖，誠然誠然！墓表自與神道碑同類，與埋銘異類。神道碑有銘，似墓表用銘亦可通，然非體之正也。吾謂文章體制，當準理決之，不得以前賢有此，便執爲是。如贈序中用『不具』『某頓首』與書同，此顔魯公、蔡明遠序體也，直當斷以爲不是耳，安可法之邪？

今年吾鄉有作聚珍版者，擬將經説及五七言近體詩鈔皆另印出，當於秋冬閒可奉寄。劉明東縣試得前卷，必入泮矣。伊今在郡。方植之在六安宋牧處館。珍重，不多及。碩士編修。鼐頓首，二月十六日。乙丑

十一

正月奉寄一書，必已達。入夏想清佳也。鼐今年已至皖矣，而四月爲治亭制軍遣人固邀來金陵。今既至矣，卻便因此思買宅爲金陵人耳。衡兒亦隨來此，欲爲謀一小館，卻未易得也。劉明東已入泮，方植之今在六安教徒，俱平安。鼐現在刊刻未刻之時文，其餘所訂之書，亦便思因居此，一切更刻一定本，當陸續辦之。今年榜眼徐頲者，佳士也。石士曾與之談乎？馬彌甥與館選，想必時見，諸事教之。京師豈能免酬應之繁？當自不廢閉門誦讀之趣。然安得更接對一快晤邪？漸熱，珍重千萬！餘不具。石士編修，鼐頓首。五月廿三日。

十二

前月有一字奉寄，想已達也。暑熱，近狀佳否？甚念甚念！鼐惝適。此閒諸使君有修江南通志之意，欲俾鼐主之。然年老力憊，兹事體大，殊以爲懼耳。印成鼐文集五部，并與徐直卿及舍彌甥、馬瑞成書迄分致，其文集亦望以一部送直卿處也。婺源黄君名輝來京候

補縣令，如有可爲關注之處，望爲留意，此書即託其帶來。餘續報，不一一。石士編修。鼐頓首。六月廿三日。

十三

連得數書，具悉近況爲慰。竟欲出京南來，吾固欣與石士相見，以解思憶之情矣，然爲碩士計之，亦有難者：若只是一身攜兩僕至此，則便於吾處住可矣，何必買屋？若攜家而來，計家口不少，豈三百金之宅所能容邪？又不知碩士此時已將分授産業已費去無一存邪？抑尚留少許，差足爲生計乎？此間住家，約須有二千金買一田一宅，乃可觕爲常居之策。然度碩士有二千金，亦當且留京，以待乙卯或得一差，不須急爲出京之謀。以此思之，須更熟議，不可造次，令進退難也。吾則定居於此，今已買一田供食米，明年衡兒攜其婦來，且住書院，緩緩置屋，大抵買屋亦得千金乃彀耳。近狀大抵平安，略報不具。碩士編修。八月廿五日，鼐頓首。

十四

所寄來詩文皆有可觀，文韻致好，但説到中閒，忽有滯鈍處。此乃是讀古人文不熟，急讀以求其體勢，緩讀以示其神味，得彼之長，悟吾之短，自有進也。詩以五言爲佳，見寄三首及爲陶怡雲題圖之作，皆極善，此是興會到故也。七言嫌落俗套，無新警處。蓋碩士天才與此體不近，不必彊之。大抵其才馳驟而炫燿者宜七言，深婉而澹遠者宜五言，雖不可盡以此論拘，而大概似之矣。

吳蘭雪前歲曾有一文字，鼒爲閱過，併有一書與之。其書係衡兒付曾運使，看來蘭雪似不曾接著也。此番所寄來之文，吾因碩士與之至好，便同學徒文一例抹閱，亦孟子所云『有人之患者』矣。一笑。大抵作詩、古文，皆急須先辨雅俗。俗氣不除盡，則無由入門，況求妙絶之境乎！

此間作古文，有荆溪吳仲倫；作詩，有江寧管同。又梅總憲有一曾孫，忘其名，才廿一歲，似異日皆當有成就者，亦視其後來功力何如耳。吾時文尚未刻完，殆須至歲暮乃成，名惜抱軒外稿。鼒又拜。

## 十五

前聞碩士有出京南來之意，鼒以爲其計非是，故作書奉止。今亦竟不見南來，是其止決矣，然究不知在京如何住下也？甚念，甚念！鼒在此平安，至修志之説，恐不免爲空言耳。此日有司窘乏，欲如顔、原矣，何暇及此！而省志非各郡縣志悉成之後，不能爲也。陳君其松，良爲異才。其文筆殊不易見，深以數年之功，可以成一家數，以爲知縣，賊夫人之子矣。況今日州縣安可作之官耶？

鼐近來作文字甚少，終是有衰態。時文十一月當刻成，又刻試帖詩一小卷，年内併可奉寄耳。衡兒已回家，雉兒當來此伴度歲，尚未至。今正寂如僧房矣，既無人共語，亦不復能讀書，默坐終日，朝食則飯，晡食則粥，其脾衰亦似簡齋之暮年，正以無厚味之傷，故不似其常泄瀉耳。已寒，惟珍重。

## 十六

前月作一書付陶世兄，將以奉寄，未發而得九月廿六日寄書，乃知前奉寄之書及閲過石士所爲文及蘭雪之文，俱未接著，然今當必接著矣。頃寄與小峴書及山木誌文書後皆佳，然有未調適處，故爲竄改。昌黎云：『詞不足，不可以成文。』理是而詞未諧，故是病也。至進册頁之文，以爲翰林文字自可，但不能高古耳。須知眞翰林之文，如典引、貞符、滄州過闕上殿疏，皆不易到也。決意南來，故佳，然閑居何以治生乎？必須求一書院。吾見今頃日求書院者之多，此地建爲經書院，黄右軍甫居之，而劉青垣侍郎已告制軍欲據之矣，然則反不如在官之不爭也。修志必不能開局，但空言耳。衡兒已抵家，雉兒已來。雉兒今年又生一子矣。吾此數日内，盡取所藏法書名畫賣之，欲得千金，於此購一宅也。今年南中寒早，京師或更冷邪？朝夕珍重！不具。石士編修。姚鼐頓首，十一月七日。

## 十七

新歲想動定佳好。鼐亦略如故狀，但相別又增一年矣，可勝思邪！去冬兩書由陶三哥處奉寄者，諒已至。臘底吾兩兒皆有事回家，書院中乃僅一孫與一堂姪相依度歲，固是岑寂，而清静亦可喜也。偶作經説兩篇，寄來閲之。南中冬春間異寒，北方恐更甚，希加珍重。餘不具。石士編修。姚鼐頓首，正月初二日。丙寅

## 十八

得立春日書，具審近狀。入今歲來，體中得大健邪？甚念，甚念！正月初，鼐有一書，付廬江胡君稷奉寄。今聞彼乃逗留淮上，不知此書爲寄到否？石士近所作文氣駿邁勝往時，誠是進也。更盡力爲之，自更有勝處。詩不必廢，但所重在此耳。鼐時文刻成，且寄兩部，諒索者必多，須後便可也。臧君所索文，俟少遲作得，併復其書。至修志事，茫然無期，恐不可冀矣。鼐居此平安，卜居之謀，亦尚未可定。丹徒左蘭城有一書奉寄，並其集，今寄來。餘不一一。石士編修。二月十日，鼐頓首。

## 十九

漸入夏，想安好。前所寄時文兩部，當已至邪？鼐近平安，衡兒已就江浦一小書院，歲修百金。至此閒買屋事，尚未定也。與宣城張惺齋及吳舍親兩書，乞爲分致。珍重！餘不

具。碩士編修。鼐頓首，三月十六日。

## 二十

連得兩書，具知安好爲慰。鼐在此亦平安也。送集正序甚佳，風味疏淡，自是好處，從此做深，或更入古人奇妙之境。然不可彊爲，反成虚憍。大抵石士之才，與學古録爲類者，茲亦足以名於後世矣。保送道長之事成否？其得失實無甚關繫耳。所寄令叔行狀已至。鼐老憊，倦於筆墨，賢從兄弟未嘗來求，亦可不作矣。經説今增成十六卷。主皮説前寄此本未補入。今寄存石士處，或死後爲刻之。已夏，珍重！不具。石士編修。姚鼐頓首，四月十二日。

## 二十一

前月寄書至，具審安好爲慰。鼐此閒亦平安也。所寄之文，乃不爲佳，有一篇以鄙見略竄改之，或差勝耳。近江寧有管同秀才，其古文殊有筆力。其人貧甚，在河南作館，寄數文來，今時中所希見。其年廿六，異日成就未可量耳。微覺腹中書卷不足，濟以學問，不可當矣。

有李生取吾試帖刻之，今以一卷奉寄。往有刻試帖者，列吾名數首，乃非鼐所作也。今年江西數省禾麥並豐，極可慶慰！但淮揚又苦淮溢昏墊，爲甚可哀愍耳。吾所收藏翰墨，已半歸曾蕢谷，今但有其半矣，行亦斥去，世間蓄聚能及四五世者尟矣。近隨園、夢樓插架之軸，皆不知歸於何處，令人悲慨，轉不若身在散之之爲佳也。

前所寄經説已達未？竊謂説經古今自有眞是非，勿循一時人之好尚。如近年海内諸賢所持漢學，與明以來講章諸君何以大相過哉？鼐所媿者功不沈密，不能專治一經，然每於一經内有一二條的論，自當爲後之專治一經者所采用，姑存此書，以待其人耳。在都見秦小峴、汪鋭齋諸君，希爲致候，試帖可爲各送一部。不及一一作書也。朝夕珍重！不具。石士編修。姚鼐頓首，五月廿七日。

## 二十二

入夏，頻得書，具知安好。頃令妻舅魯君來，近狀得聞益詳，所苦政在清貧耳。然實無術，節嗇而已，安能量出而爲入邪？諸文時有佳處，時患語繁拖沓。大抵簡峻之氣，昌黎爲最，更當於此著力也。鼐老病時有，然不至甚，寂寞無可與語者，殊使人悶悶耳。秋熱猶可畏，珍重，珍重！碩士編修。姚鼐頓首，七月廿三日。

## 二十三

魯君來，説碩士近頗勤學書，故奉寄小楷法帖一册，外與秦京兆、吳掌坊書，併希爲分致。鼐又拜。

## 二十四

八月内有一書，付康茂園方伯帶入都奉寄，已達覽未？今年寒至倍早，體中佳不？吾因畏此寒，遂輟歸計，俟明年七月乃回家耳。頃見吳中王鐵夫集中有跋惜抱集一篇，此君乃未識面之人，而承其推許，使人有知己之感。其論鄙作，所最許者序事之文，甚愛朱竹君傳，而不甚喜攷證之作。愚意謂以攷證累其文，則是弊耳；以攷證助文之境，正有佳處，夫何病哉！鐵夫必欲去之，亦偏見耳。其文章不媿雅馴，亦今之奇士矣。吾前作禮親王傳，有數事託吾鄉吳禮部爲考詢的確，而未至，見時望爲一問之也。有信只寄江寧，不必寄桐城也。餘不具。石士編修。十月廿三日，姚鼐寄。

## 二十五

十一月有一書奉寄，當已達。歲行盡，念石士近況佳不？歲事未至甚窘迫乎？殊念珠念！鼐近作禮親王傳，録一本與石士閲之，似尚可。道園學古録中文，以較韓、歐，便覺遠在，況子長乎！然只可如此做去，若勉彊作漢人，則反成明人之僞體矣。又近刻試帖題跋〔二〕，鼐自謂所論書理，有勝前賢處。都中近日書家有誰？今寄四本，以聽石士之轉送也。鼐此閒平安，買宅未可得，前月老妾已來，便住書院耳。珍重！餘不具。與吳舍親一書，希即造送。石士編修。鼐頓首，十二月十日，鍾山書院。

## 二十六

春來連得兩書，具知佳勝。去冬長郎納婦禮成，欣賀，欣賀！一二年閒，當可抱孫矣。鼒在此略如故狀，惟精神乏竭，至不宜看書，又無人與言，殊覺日寡味耳。衡兒已赴江浦館，觀兒在此，行迴家去换雉兒來也。石士所寄來文字，亦自可存，但非妙耳。此等題，文字本難以得妙也。祝先生禮記注妥當，但取古本，移其次總不是。魏文貞公之書不傳者，以其移古次而人不遵之也，況後學乎？郊特牲中之昏義，乃儀禮後記，真是禮記矣。若昏義冠燕義諸篇，鼒疑是后氏曲臺記耳，非周人所記。今以此爲主，而反以周人之禮記附其後，豈爲當乎？陳集賢之注，誠未爲佳。然今悤悤爲一書，便欲勝彼，恐尚未易言耳。又注書之體欲簡嚴，勿於人爭辯〔三〕；爭辯是疏，非注矣。世有注禮記，義明了於陳，而文少於陳者，斯乃不刊之書，而陳注乃可廢矣。

覃谿先生勸人讀宋儒書，真有識之言。夫漢儒之學非不佳也，而今之爲漢學乃不佳，偏徇而不論理之是非，瑣碎而不識事之大小，嘵嘵聒聒，道聽塗説，正使人厭惡耳。且讀書者欲有益於吾身心也，程子以記史書爲玩物喪志，若今之爲漢學者，以搜殘舉碎、人所少見者爲功，其爲玩物不彌甚邪？黄石齋注經，鼒所未見。其學乃陽明之學也，恐其注亦只是此義耳。

吾今年邀方植之來，課孫學文，書院中略可談者惟此耳。劉明東館於望江師令處，不知其學得有成否也？徐直卿兄弟知已入都，碩士見未？吾寄法帖題跋於吳與之，彼當未接著也。餘寒，惟珍重！與敝同鄉吳敦愚禮部書煩轉致。石士編修。姚鼐頓首，二月廿一日。丁卯

## 二十七

接正月書，具知近狀清佳爲慰。吾去冬及今春，兩次有奉寄書，内皆有鄙撰文字及與吾鄉吳禮部書，石士發書時故未達，今已達邪？遠道書每苦滯，但又恐失脱耳。賓之不愧苦心力學，但不能大超越耳。久之功深，自有眞得，今不可彊也。其文已略爲評閲，今寄繳。吾今年晝食夜眠似無異去歲，而精神則大減矣。甚思對石士一談，不知天假之緣，石士便得江南一差否乎？今年方植之在此，教吾長孫。此兒十六歲，亦開筆作文矣。植之頗苦善病，不能極力於學問，此天限之也。楊蓉裳駢麗之才，亦自可貴，住此稍近，時與晤言，但所尚故不同耳。小峴侍郎已居要職，知其好學，志必不頹，第恐無暇晷矣。都中更有新出英儁者乎？惜抱軒稿兩部奉寄。已熱矣，惟珍重！不具。石士編修。姚鼐頓首。四月廿二日。

## 二十八

作一書，求未得能爲寄至石士者，而得石士三月朔見寄之書，具知近狀平安，欣抃欣抃〔四〕！所寄文，閱之果勝于舊，氣加開爽，詞簡而達矣。名位一篇，乃未見佳。漢人之文，如論衡乃不足道。謂蔡伯喈秘其書，此是越中僞造之辭。伯喈何至貴是書？其言奇者乃悖，平者則陋，奈何欲擬之乎？名位俱聖人所輕，不患無位，莫己知是也。於二者稍存優劣，理皆不足。茅鹿門嘗言：『作文須占地步。』如石士此論，所占地步不高矣。夫四傑誠不足貴，然亦其不幸耳。吾見世有器質輕躁，而致位卿相，且壽考者矣。天道詎可必知邪！吾此月脱一左車，餘如故。惜抱軒稿因紙厚，寄書者不能，將後寄，不具。石士編修。姚鼐（以章代名）頓首，五月十一日。

## 二十九

久未得消息，甚念甚念！秋涼來，想佳適邪？所寄來文字，無甚劣，亦非甚妙。蓋作文亦須題好，今石士所作之題内本無甚可説，文安得而不平也？歸震川能於不要緊之題，説不要緊之語，卻自風韻疏淡，此乃是於太史公深有會處，此境又非石士所易到耳。文家有意佳處，可以著力；無意佳處，不可著力，功深聽其自至可也。鼐秋閒因酬對應試者之勞，遂病數日，今已愈，然歎老翁不復堪事也。今年河道艱阻，京師百物必愈貴，居者愈難，石士不至甚憊邪？若便南歸，亦未易謀一安居之策。人生如浮舟江海，聽其所至，非智力所能與矣。已涼，惟珍重。餘不具。石士編修。姚鼐頓首，八月晦日。

三十

前月得一書，陶意雲至，又得一書，具審秋來近狀佳好爲慰。此番寄來文字，勝于已前所寄，足見功力精進也。字句微繁處，已爲節删。大抵作文須見古人簡質惜墨如金處也。近時文運極敝，天乃不使知文者當文衡。石士諸差不與，亦何怪乎！鼐八月小有脾胃之病，今已愈矣。今年只在此過年，明年小留，至下半年擬辭去。買宅此間，計未易遂，不若歸没仍在故鄉矣。想石士春闈後必謀歸策，或便至此一晤邪？京居苦難以爲資，然歸後又何以爲計？此不可不思一長策。南京作居，殊不易言耳。承寄鹿筋、蘑菇俱至，謝謝！所寄程長史集序，是鼐作，非僞也，但不爲妙耳。老年精神已憊，作文潔净而已，力量殊遜壯時，固其理也。墨八匣，硃一匣，共一包，寄充文案之用。已寒，珍重！不具。石士編修。姚鼐頓首，十月七日。

三十一

前月有一書，附緞標上奉寄，當已達也。南中冬乃甚暖，未知京中何如？想動定佳耳。鼐適作一同年墓志，頗自喜，今以稿寄老弟閲之。大抵作金石文字，本有正體，以其無可說，乃爲變體，始於昌黎作殿中少監馬君誌，因變而生奇趣，文家之境以是廣矣。聞明年開科之事已決，果爾，安知石士不南來奉差，與吾得一見乎？楊蓉裳已奉其太夫人柩歸無錫，云明年尚來此。鄙狀平安。日惟珍重！不具。石士編修。姚鼐頓首，十一月七日。

三十二

前書所稱都中數賢，皆生平所未識。船山、蘭雪、伯申雖不識，而嘗見所著作；吴、顧、二陳，均未覩其所作。衰病欲盡之年，固樂聞海内之有賢俊耳。大抵所貴在有眞踰人處，而不必其同途。詩佳則取詩，文佳則取文，經學、史學、天文、數算、地理、小學，即四六、時文，皆可愛，但欲其精，不必其多，能兼者自佳，不能兼亦何害！如伯申之小學實可貴，其餘藝或是弩末，亦可勿論矣。李安谿雖未是眞道學，而所論義理自可取，而侈言文章，乃殊可笑。戴東原言考證豈不佳？而欲言義理以奪閩洛之席，可謂愚妄不自量之甚矣。執此理以論前人，即以是裁斷今時名士，當亦不甚遠耳。吾無由盡見後來君子，聊爲石士一暢言之，想亦有取於鄙言耳。鼐又拜。

三十三

新年惟增福慶，陶三哥入京寄一書，必已達。得十月石士寄書，知近貧甚，又當嫁女，無以爲策，痛損節而已。邢楚才書已寄去，未有回信。彼以田爲生，江南去秋大不收，恐不能相濟耳。鼐患脾疾，久不得愈，餘粗如故，一切近狀，衡兒至當詳言之。所寄來文二篇，不及去歲所寄者：一是胸趣不暢時所爲，一是題本無文字可發揮也。作文尋題目，亦是要事。鼐衰老，學無進處，近頗收拾筆記，其成書之多寡，則以死之日爲斷耳。吾書略以經、史、子、集爲分。又先伯父薑隖先生，生平不爲論著，止是記所得於簡端，不能成書，欲併以入鼐筆記之内，覬可因以流傳也。衡兒此來，但欲其挑教職而歸，餘無所冀。若姪孫瑩，則尚能有志讀書，差可望其振厲耳。想必俱來見也。略報，餘不具。石士編修，姚鼐頓首，正月十七日。戊辰

### 三十四

得去臘書，知平安，又知鼐從陶意雲奉寄之書尚未達也。鼐近亦平安，欲歸里便不出，但須賣去江浦所置之田，以爲歸資，而今乃未得也。京師貧況，誠亦難處，然南來安能遂救貧哉？且淹留以待機會，今歲或得一差遣，以少解困憊也。所寄來文字，大旨得之，而時有鈍筆不快人意處。大抵文字須熟乃妙，熟則利病自明，手之所至，隨意生態，常語滯義，不遺而自去矣。數文鼐筆閱尚未竟，後寄來。今寄惜抱軒外稿兩部，可查收。惟珍重！不具。四月朔。石士編修。鼐拜。

## 三十五

文二首已閲過，今寄，但加芟削爾，然似意足而味長矣。陳無己以曾子固删其文得古文法，不知如鼒差可以比子固乎？花木之英，雜於蕪草穢葉中，則其光不耀，夫文亦猶是耳。四月五日。鼒又拜。

## 三十六

陶意雲家送來二月十三日書，具悉近祉。文一首，亦只是尋常文境。文之出奇怪，惟功深以待其自至，卻又須常將太史公、韓公境懸置胸中，則筆端自與尋常境界漸遠也。九江之説，疑以荆、揚分域似是，然安知禹時江分爲九，不在荆州界乎？此事尚於經學不甚要，且姑兩存其説可耳。安谿於考證之學疏矣，其説誠不分明，亦不足與辨也。鼒次子已來，小子未返，亦正同在此耳。四月六日。鼒又拜。

## 三十七

前一書付陶三哥處奉寄，想已達覽。頃動定佳否？鼒此閒平安。衡兒乃挑得知縣，殊非鼒所喜，今伊以改近須守候都中，查本省回乃掣籤。今有一書寄之，望即確付與之。設伊出京向河南去，不過月餘必回京，俟其至與之。設石士出差，便託交陶三哥亦可也。内係要信，須的當也。偶寫一對聯奉寄，張之壁間，以當長見可耳。惟珍重！不具。石士編修。姚鼐頓首，五月廿六日。

### 三十八

前寄一書并對聯，當已達。暑候又苦多雨，北方或不爾。動定佳好邪？鼐自羸弊，脾胃不寧，減食，尤不宜看書，不知得涼後當愈不？今年本欲歸，因出門後，所住兩間之屋又與一堂姪婦作房，須爲另覓一屋與住，乃讓出與鼐；又此地置數畝之田，須賣出作歸資：今皆不得，急切恐尚未能回家也。石士子已成家，固爲可喜，而用度增大，不知窘況近稍愈不？前有一家書存石士處，今衡兒擬不入都，遣一長隨李順來取前書，望付之。珍重！餘不多及。碩士編修。鼐頓首，閏月廿八日。

### 三十九

昨聞石士得河南試差，欣慰之至！今歲典試者較佳，文風其將一正乎？鼐近平安，八月擬歸家。雪香侍郎來，必攜有寄札，然鼐恐不能待其出闈矣。兹因楊蓉裳先生之行，草寄。餘不具。石士編修。姚鼐頓首，七月廿八日。

### 四十

前月楊蓉裳去，作一書，想石士出闈時必見之矣。河南人士不易得，然亦必有異才，想精心求之，當有得人之快也。計九月底使車可返，雖云勞心，而所樂爲，精神宜加健耳。鼐於九月二日登舟回家，縱有再至之事，亦是明年。石士如有書見寄，付在工部舍彌甥馬獻生，可達桐城也。譚蘭楣所求碑文，已作與之。石士書中説有蘭楣自爲詩文，卻未至也。石士誌文可用，微繁耳。必欲簡峻，莫若更讀荆公所爲，則筆間自有裁制矣。敘事之文，爲繁冗所累，則氣不能流行自在，此不可不知也。雪香侍郎當於九月底入都，鼐留此書，付楊藩臺交與之，諒必達。鼐近惟目較昏，晚食必粥乃消。餘尚如故，略報，不具。石士編修。姚鼐頓首，八月廿六日。

## 四十一

昨江寧楊方伯，將碩士六月二十七日託鍾谿侍郎攜來書寄至桐城，并所作文。碩士意不滿所作文，是也。然文亦要好題發之，今只是壽序等題耳，固亦難得好文字矣。鍾谿竟不得相值，似亦是緣不應會邪？鼐於九月二日在江寧上船，十二日到家，今粗平安，可慰相念。惟目昏多淚，不宜看書。凡人不能静坐，須以讀書寫字自遣者，亦是心不寧貼，無胸中眞樂故也。鼐近深覺平生愛溺文章，於自己本分事全乏功夫。今雖欲自勉，薄收桑榆之效，其可得乎？石士近喜三國志，此等史學固不可少，然須知文章、考證外，更大有事耳。要鼐於漢書、後漢舊略有筆記，今年爲蘇州王渭匯川取去，今尚未見還，還後便寄石士矣。要之，此無甚關係，近時學者乃以此等爲絶大事，是不識輕重者耳。石士果便能歸不？鼐明歲或尚往鍾山，歸帆當相過晤邪？碩士編修。鼐頓首，十一月廿八日。

## 四十二

新正想動定多福。去十一月作書，欲奉寄，竟無便人，今故更作書也。鼐二月當復赴鍾山，計石士縱能決南歸之策，亦必在會試後矣。去秋衡兒將入京，有書與譚世兄及石士，後衡兒未行，而此書轉寄已到不？其譚世兄行述今尋得矣，寄來煩轉付之。而鼐所作中丞碑文反失底稿，望鈔一本見寄也。欲刻鼐經説者，婺源洪鈞。鈞去秋獲雋，此事且輟，想會試旋爲畢此功，可奉寄耳。近亦作數文字，然無甚佳者，蓋筆力至老益衰也。不能寫寄，須南來閲之耳。河南所得，有佳士可稱者不？盼望禮闈分校，更得賢矣。率寄，不具。

## 四十三

新歲惟增福慶。得去歲九月書及文四篇，又前寄文二篇，似皆無卓絶處，亦是無好題目也。所論漢書處甚是。大抵漢書惟宣帝以前之傳可以肩隨子長，元、成以後則彌劣矣。鼐尚如故態，但内觀此心，終無了當處，眞是枉活八十年也！願石士勉力脩心，文章猶是餘事耳。南中一冬苦寒，今日少和。略報，餘不具。

## 四十四

前一旬已作書奉寄，尚未發而接得立春日手書，具悉一切。近想增多祉也。復法時帆書，轉達爲禱。其闈墨等件尚未至，接得再復。餘已詳前兩函，兹不具。

四十五

前日作一書未及發，齊庶常至，得書併文四首，此番文較前兩次所寄者爲佳矣。頗爲竄改，碩士閱之，以爲何如邪？江寧志須新制軍到後，乃定脩不。而鼐欲於今秋鹿鳴宴後回里，恐彼雖欲修而吾不能任其事矣。近來目時出淚，精神固是衰敗，若以成一部書，終是難也。聞石士次子亦已畢姻，今有幾孫乎？新城必常有家報，尊大人必增福慶。朝夕惟珍重。

四十六

今春已作兩書，一併付敝鄉徐孝廉奉寄，當已見也。馬獻生處又寄到十一月八日見寄之書，併銀三十兩，料石士身事尚未得清了，何遠念衰朽也！媿盛意之過矣。所寄兩古文，命意極好，闈墨體裁正當，亦可略正風氣。若言大出類之才，自不可遇也。鼐於此月半前動身赴江寧，至江寧後，當再有書奉寄。頃劉明東自望江來，伊畢姻後甚妥帖，即於婦翁家作館，可二百金，足以奉甘旨矣。方植之或同至鍾山也。率報，不具。

四十七

正月在里中連寄兩書，想俱達。今想佳適。鼐至江寧兩月矣，粗平安。不知石士今歲果能南來一相見乎？頃作汪禮部誌文，閱之以謂何如？煩更爲封好，轉付其子。譚侍郎碑文稿已覓得矣，不須鈔寄也。餘續報。

### 四十八

承三月二日見寄書及詩，詩大有風韻，可誦味。因勉次韻，今寄。鼐正月尚有一書，從漵同鄉徐孝廉鼇處攜致。復言收試墨銀事，想達在寫書來後邪？譚公墓誌謹收，而忘其處，覓乃不得。近年時有此患，尋著便奉寄也。舍姪長煦云雪香侍郎去秋曾惠書，然鼐未接著，欲奉答而不知所以爲詞，煩爲一問其書付何處？欲從求取也。所須時文正在刷印，略後寄來。弓生佳士，成進士，甚可喜。吾鄉雋者有光生，殊有經學。其人曾來謁不？鼐近粗適，略報，不具。

### 四十九

來惜抱軒筆記四卷，奉寄閱之。鼐本欲以經、史、子、集分爲四部，而説史者較多，餘經部多已入九經説，子、集兩部卻少，今故鈔史部四卷來也。近時史學無過錢辛楣，然吾有所辨論，殆足儷之，恨吾書彼不得見耳。四部要待身後合併刊刻，今不須多示人也。

### 五十

四月底有一書，併詩扇、史部筆記奉寄，必已至矣。動定安不？何似？聞翰林將大考，想得進官，則不能得歸也。鼐近平安，乃有修府志之議。若事成，今冬亦不能去也。課讀文三部、惜抱軒稿三部、外稿一部，併奉寄查收。其漢書筆記内，末一條説袴事，自覺其誤，今改定一條寄來，依此去舊一條可也。意謂凡説一事，欲使聞吾説者觸處更無窒礙乃佳，故求之不厭詳耳。暑極，珍重，不具。

## 五十一

五、六月俱有書奉寄，想必已達。近動定佳不？鼐時患肚腹不寧，亦時作止，不至困臥耳。文二首寄還。謝君文大體非是，不及細論矣。兹有一書寄舍親龔甯道張曾獻，有便則直寄，無便以付吾同鄉庶常光君，令其轉寄可也。兹略報，不多及。

## 五十二

昨於史方伯處連得七月内石士所寄兩書，具悉清祉。鼐於五月至七月頻有書，寄評閲文字及史漢筆記、惜抱軒稿之類，皆在其内，而石士一未接得，不知八、九月閒迺得邪？抑竟爲人遺失邪？遠路寄書固是難，此無可如何也。

王于一古文，鼐不甚喜，未可與侯、魏並，不待言矣。而宋編修時文乃佳甚，今文體極壞時，豈易有此邪！五七言今體詩鈔新刻本頗佳，今以一部奉寄。吾意以俗體詩之陋，鈔此爲學者正路耳。使學者誦之，縱不能盡上口，然必能及其半，乃可言學。故惟恐其多，不嫌其少，以謂此外絶無佳詩可增，此必無之理，亦不必求如此，欲使人知吾意所向耳。至若自宋後續添，雖至國朝可也，豈獨金、元哉？蘭雪所執，與吾稍有異同，此何害乎？

吾家眷已至此，逗留過冬，以待鹿鳴。若石士得閩、浙、江南試差，皆可一會；若得廣東差，則歸軒過桐城，正吾在里時矣。近狀亦粗適。書此略報，餘不具。

校記

〔一〕兩義　並州本作「兩藝」，疑當作「兩儀」。

〔二〕試貼題跋　疑當作「法貼題跋」。

〔三〕於　疑當作「與」。

〔四〕抃　當作「忭」。

# 惜抱軒尺牘卷七

## 與陳碩士

### 一

奉别之後，石士於何日到家？途閒自一切平安，甚念甚念！大事固當悉定，已卜得佳城否？一切費用，尚可支樘，不至大窘邪？所欲爲墓志，今已撰得，似於所當敘者略無遺漏矣。今鈔寄來，并一輓章，閲之以謂何如？鼐今歲重赴鹿鳴後，只可於此度歲，未能便謀歸去。明歲石士不能家居，大約亦只於江、浙一帶作一書院，或當更一見耳。鼐此閒一切如常，志局事尚無消息，九經説補刻本奉寄一部。珍重！餘不具。庚午

### 二

八月作書，無便奉寄，今付晴香先生家人，當必達。蘇州書院已爲吴方伯俊所得矣，不知浙中尚有可謀邪？令郎所乞寫册葉聯幅，今併寄，可查收。餘不具。

## 三

昨使至，得正月廿六日手書，爲慰。去歲程觀察處寄書已至，而汪均之處則未至也。聞尊大人佳城已定，甚善，甚善！固須待令兄歸舉大葬耳，諒在秋冬邪？鼐此閒平安。頃已承辦江寧府志，其奉五百耳。近來世事之艱，有不可以昔日之理論者矣。江南省志亦有重修之議，聞京中修一統志，則省志誠應修，所需人甚多，若石士欲與此局，或託戴五先生與威勤勒公一書言之也。鼐經説與前寄鈔本少異者亦有，鼐意欲删去者亦有，就原刻者使易接合之故。其陶定申即意雲子也，韋使在揚州所覓方姓乃避不見，其銀殆不還矣。然石士今所處境乃甚窘，而鼐亦尚可自給，不須以銀相寄。若尊公大事，亦但于禮無失可矣，不可徇俗人觀睹爲繁費也。姚春木之考一如方伯卒于蜀，去秋春木過此，留一訃帖，託寄石士，今覓未得。然不須寄，過松江便，石士以一書唁之可矣。方植之今亦在志局分纂，俸百五十。石士若到湖廣，更通信來。珍重！餘不具。辛未

## 四

前月韋价行後，汪均之始將石士去冬在湖廣所交銀、信寄至，謝謝！兹石士四月初五日書到，知再赴漢口，聊以自息，稍理舊學，固亦佳也。鼐於學儒、學佛皆無所得，正坐工夫怠惰耳，卻非謂所讀之書，有易入、有難解也。安般守意經吾所未見，然佛經大抵相仿，能

用功者，皆可入也。惟教義則須略問人，世説所謂殷深源未解事數，遇一道人，問以所籤，便豁然者也。此與禪悟事不同，而理亦通，但恐漢上求一義學沙門亦不易得耳。

所作南池文集序，非不佳，亦非佳。其論學太涉門面氣。凡言理不能改舊，而出語必要翻新。佛氏之教，六朝人所説，皆陳陳耳。達摩一出，翻盡窠臼，然理豈有二哉？但更搬陳語，便了無意味。移此意以作文，便亦是妙文矣。

通志事已定於不辦，吾近但辦江寧府志，其脩金五百而已。此時財力消耗，不可奢望於世矣。石士於内外用度，須痛自節省。凡富家子初貧，以謂必不可省之費者，不知皆其未嘗不可省者也。相墓之事，非跋涉不可，徒看書無益。張宗道書易得，不必淮樹本也。選擇事吾所未解，今姑置之。所言舊卜之地，其佳不固不可遥決，然觀易象『其墉，弗克攻，吉』之詞，則似不當用矣。詩鈔、詩集各二部，文集、時文稿各一部，奉寄。餘不具。

## 五

前得書，具知居楚中近狀，入秋想安善。所要鼐諸刻書，已付一馬君寄去，必已得。刻老莊果得成不？使成亦自佳。此間吕太尊將告歸，志書草草成之，僅五六个月之功，不能甚佳，亦無可如何矣。鼐秋初病瘴瘧，近雖愈而身益弱，甚欲歸里，不欲終於客死也。苦無由再見，甚悵！甚悵！兹因使回，略報，不及多語。珍重！珍重！

## 六

得七月廿九日書，具審近祉。云於八月杪當歸，然則今返新城矣。卜葬大是要事，然不須多看近人書，言巒頭則疑龍、撼龍入式歌已盡之矣。言理氣則如葉、蔣、范之書皆不必看，徒煩人意。鼐故作四格説，欲人舍繁而取簡耳，奈何更取糾纏乎？禮經事融貫先儒之説，最不易言，但用功久，自有見處耳。莊子章義如鈔來本，卻不妥帖。蓋鼐本是隨意記於書上，未爲著書計，不欲草略矣。而石士又以己意所取者雜入鼐記之閒，則不成體例。如内有取先伯之説，載先伯名，此豈鼐書所當爾？或另作一書名，其書首勿書鼐名，而於每條取鼐説者卻提出名，與諸賢一例，則妥矣。其圈點必不可入刻，刻是時文陋體也。但自於前序内云分章依鼐，此則爲説無病耳。吾今冬必在此閒，欲明年回去。秋閒亦小病，近佳矣，而精神終是短也。與饒晴薌一書，乞轉付之。安般守意經，此是釋氏入中未久之書，其言質，其後言轉侈，安得謂非華人增益之詞哉？漸寒，惟珍重！不具。

## 七

得九月十二日在漢口見寄書，具悉平安。計今抵家久矣。鼐冬初奉寄一書，諒亦達矣。卜兆大事已定未？甚念！甚念！明年乃他謀乎？抑仍往漢上也？鼐居此如常。衡兒尚不得署事，旅居蕭然。雉兒下血之證，交冬必大發，以是愁心耳。所寄文一本，愚意頗不甚喜之。石士力所能至，當不止此。須大事畢後，更進功耳。

夫文章一事，而其所以爲美之道非一端。命意、立格、行氣、遣辭，理充於中，聲振於外，數者一有不足，則文病矣。作者每意專於所求，而遺於所忽，故雖有志於學，而卒無以大過乎凡衆。故必用功勤而用心精密，兼收古人之具美，融合於胸中，無所凝滯，則下筆時自無得此遺彼之病也。

江寧此數日内雪甚大，寒如燕中，老翁殊以爲苦，不知江西亦若此否？然明年麥秋則大可望矣！率寄，珍重，不具。石士編修。姚鼐頓首，臘月十六日。

## 八

令叔至江寧，接兩手書，具審近祉。度石士於里中事摒擋一定，固當北行，便過江寧，想相對必在三月矣。企望，企望！所商起文注明慈母，此似可不必。適子於撫養之庶母，奉之若母，然此是私情，若服制則有正禮。禮以義起，加厚亦不過功緦耳。功緦服之親，豈起文時所必敘明者乎？又聞大葬事，因起塋，舊瘞藏之物變壞，故不用，固是。然又恐其山地非劣，而結塋處所定穴誤，則尚未可棄，此更須明眼決之耳。鼐近尚平安，但精神極短，不復能讀書矣。積雨數十旬，春寒猶厲，殊使人悶悶。江西或不似此耶？前數日韋管家過此，已寄一書。兹因令叔處歸足之便，更寄一信。相晤日近，不復多及。石士編修。姚鼐

頓首，二月十日。壬申

## 題鹿源地圖

得地乃是至難之事，不可不細心審定。如此圖形勢，夫豈不佳？所恐紙上、地上有不盡合，又其閒有非畫圖所能著者。據圖看，本山似是木星，其落穴處能坦開，窩鉗則是，斗峻則非矣。其明堂作排衙龍虎，其杪要有細脚交牙，使水流之糸則是，無脚則水牽直出則非矣。其内堂係當面合襟放水，而外水横攔。若内堂放水至横攔處，一里以外謂之長放，半里以内謂之短放。長放須作辰戌、丑未向則是，作生旺向則非矣。短放則反是。可將此數者審定，果皆合法，則掘處土雖不佳，只是定穴誤而山不誤，再加審視，以求眞穴可也。若此數條本不合法，則是昔日本是看錯，則棄之不足惜矣。此條係用光壬申春杪至江寧，攜鹿源地圖乞先生決其可用否，並乞先生詳言之，先生乃爲書此。

## 九

入冬兩得書，知石士緣路平安及入都定居，欣慰！欣慰！兩郎婚事今已畢邪？吉慶之事而有經營摒擋之煩，人事如斯，亦何術能免哉！鼐粗平安，而體日疲敗，不及上年，今且住此度歲，來年再定行止。

文章之事，欲其言之多寡當然，不可增減；意如駢枝，辭如贅疣，則失爲文之義。前所云有所忽者在此，非言骨脉及聲色。然有此，則骨脉、聲色必皆病矣。大塘打縴，移入議論，此豈易言？必如此言，則如報任少卿書足以當之耳。韓理堂誠爲好手，其論宋太宗事，與常州惲敬旨同而文勝惲。惲亦今一作手也。

吾冬來衰憊，不及上年。令五叔欲令其子及孫至此讀書，既遠且吾老，安能爲之益哉！甚辭之，而令叔意堅，吾甚恐負其意。翁覃溪先生如索鼐所著，石士或且以所攜與之，吾後更寄補可也。聞其健甚，可喜！聞其貧甚，又可念也！冬寒珍重，餘不具。

十

作前書未發，巡司韓君至，又得寄書，欣知近况。書來云兩次寄韓理堂文，而僅至一次也。高文良所評地理，言皆的當不謬。然此事非可以言決，登山乃可言優劣耳。魯君將刻本莊子送來，其款式及書内去取俱不洽人意，然已成不可改矣。大抵刻古書必不可有圈點。又其雜取人説，要歸一路乃佳，糅雜則無謂矣。九經説與鼐集各一部奉寄。嚴寒珍重！不具。

十一

春寒想佳好。今日乃得去歲仲冬朔所寄書併兩文，其論廣仁莊事，理足而辭達，不求佳而自佳。朱子論昌黎禘祫議，謂是世閒眞文章。吾于石士此文，亦謂然矣。其所議誠無閒，然想賢兄弟便從言乎？抑猶未邪？哀辭則平，大約此等處不必爲文也。

公羊通義略閱一過，未及竟，眞可謂好學深思者矣。其書足傳何疑？然是孔撝約自爲學之意，非吾義也。吾以爲諸家傳經，誠無不出於七十子，然聖門傳者，其説簡甚，及傳一師，則稍增其説，師多則説愈多。左傳之出最晚，歷師彌衆，故文愈繁。今世學者不悟，以謂皆聖人弟子口授之言已如是，而堅信之，安得不謂之過哉！且漢人各守師法，不肯相通，固已拘滯矣。然彼受業于先師，不敢背，猶有説也。吾生于後世，兼讀各家之書，本非受一先生之言，而不欲兼以從是，而執一家之言爲斷，是辟之甚也。撝約此書守公羊家之説太過，正吾昔所論，如所謂吾家臣不敢知國者，此通人之蔽也，然博洽可取之論多矣，豈可不謂之豪俊哉？

吾前已有兩書奉寄從令兄方伯處，已達未？高文良所説地理不謬，然於學者不能大有開發。張宗道所言淺易，而開發較易。要之此事亦自有天焉，不可彊求耳。吾天暖後疝、痔皆稍差，似一二年得與石士相遇尚可待也。孔書俟閱畢後與高書並寄。珍重，不具。

癸酉

## 十二

昨得三月望日寄書，具悉近佳爲慰。所論『關雎之亂』大當。頃見劉端臨説亦主合樂，而以『哀而不傷』爲卷耳言之，與石士見同也。

易學自當以程、朱爲主，若言兼采人長，則豈獨荀、虞？凡説易有一言之當，皆不可棄。若執漢學爲主，則大非矣。漢、魏、晉人言取象之理，寧無是處？然推之而不可通處極多。故朱子言聖人取象必非無故，而非後儒所可知，故闕之不言。此理固無可易也。夫漢儒所言易學，推衍取象之故，非精心窮之，不能得其解也。班固所云少窮一經，白首始能言也。及能言而卻于聖人之旨未當，不若讀程、朱之書，用功之勞同，而所得者大且多也。

近世爲漢學者，初以人所匙聞而吾知之，以該博自喜，及久入其中，自喜之甚而堅據之，以至迂謬紛紜不能自解。即如孔撝約，豈可謂非通人？而所説公羊有甚無理者。祭仲、衞輒皆以謬説爲正論，至滕侯褒稱一條，乃絕可笑。無論魯侯未甚足言，即使文王復生，一子爵者朝之，亦未必當驟與進爵二等，且追贈及其父也。此豈若杜元凱以滕本侯爵，桓公時時王降之之説爲明通哉？凡爲經學者，所貴此心闊通明澈，不受障敝。近時爲漢學者，不深則不能入，深則障蔽生矣。如覃谿先生不可謂非好學，然謂其中之闊通明澈，則未能許耳。岐陽乃渭北，陳倉乃渭南，安得以岐陽爲石鼓證乎？

令五叔及令弟姪俱未來，今已及夏，不能來矣。然吾今年亦昏憒倦怠，不能爲人講授，直不須來也。詩文及覃谿先生評及孔公羊解、高文良撼龍經俱寄還，外寄法帖題跋兩部。

近目昏甚，作字艱難，草草不具。

## 十三

昨寄一書，付方葆巖摺差奉寄，當已達。頃接四月廿九日寄書，具悉佳好。題舊園詩似後作，乃不逮前作也。詩人興會隨所至耳，豈有一定之主意章法哉！沈孝廉置閏説，固明辨矣。然分節氣者，以授民時也，似用定氣於民時爲宜。即如今病者，損益輒應今節氣，置節以此，則置閏亦以此矣，豈必用古法乃爲是乎？吾未通曆法，姑妄言之，俟見沈君再問之。令兄昨自家來，住藩署大佳，秋乃入京。令叔有書來，述其小郎應試於南昌，但寄數篇文來也，試差似多未嘗差之人，未知石士能得不？兒輩今俱在此，各如常。吾住去俟長孫試後定之。兹略報，不具。

## 十四

得六月朔書，具悉佳好。見試差單都未得，恐須分房矣。京兆士所聚，得才或勝出差也。多作詩大佳，聽覃谿之論須善擇之。吾以謂學詩不經明李、何、王、李路入，終不深入，而近人爲紅豆老人所誤，隨聲詆明賢，乃是愚且妄耳。覃谿先生正有此病，不可信之也。令郎文略爲閲過，苟能取愚説，必將更有進步。詩、古文各要從聲音證入；不知聲音，總爲門外漢耳。

頃見王述菴集，論子瞻諸銘在昌黎上，此何其謬邪！以此歎解人難得，時之爲詩文者，多亂道耳。今日王鐵夫來，得晤之，然未得細談。其天分當在覃谿上，但學不如，此不可以名位爲優劣也。常州有惲子居，文亦有可觀。聞淞江姚春木選國朝文，然此不過如唐粹、宋鑑之類，備一朝之人才典章，不可以爲論文之極致。如鐵夫謂宋、元人文各有可學，此只是門面話。如云體例有可采處，則凡有遇皆可采，不獨宋、元也。如直求可當古文家數者，則南宋雖朱子不爲是，況元及明初諸賢乎？如宋金華直是外道，而朱竹君以爲妙絕，遂終身爲所誤。此等非所見親切，安得無妄説也？與石士相見難，恐老死無解人，遂痛言之，勿與人見可耳。不具。

## 十五

昨日兩主考出闈，始得石士六月末所寄之書，具審一切。鼐近亦平安，但岑寂無與語耳。凡學詩文之事，觀覽不可以不汎博，若其熟讀精思效法者，則欲其少，不欲其多。如漁洋五言詩選，吾猶覺其多耳。其選不及杜公，此是其自度才力，不堪以爲大家，而天下士之堪學杜詩者亦罕見，故不以杜詩教人，此正其不敢自欺處耳。今若病其缺此大家，只當另選一杜詩，或益以昌黎，以待天下士才力雄健者之自取法可也。若此外别家，只有汎覽之詩，實無當熟讀效法之詩也。

吾嘗謂袁簡齋嘗云：『人只可以名家自待，後世人或置吾於大家之中；切不可以大家自待，俾後世人併不數吾於名家之内。』此言最善。覃谿先生恐正犯簡齋所舉之弊，以之自誤，轉以誤人。其一生用功辛苦，實自過人，而于此理不明，轉爲可惜耳。此論極切，然願石士慎秘之，勿告人也。

聞石士保送御史，想明年可得邪？吾近鈔取所作古文未入集者，寄松江姚春木，春木欲爲吾刻爲續集，其得成與否不可知。大抵人入集之文，亦欲其少，不欲其多也。石士異日或爲吾任編集之事，當知此意耳。江南榜發，吾族人無儁者，不知江西榜中石士家何如邪？吾長子衡兒，今在河上差催糧艘。覲兒回里，惟小子雉兒在側。方植之在胡果泉中丞處作館。劉明東決意閉户一年，用功讀書，此其意可謂善矣。彼已刻詩一部，然吾嫌其早，此後或當更有進境耳。今年榜中總不得名士，文運直復衰邪！鐵夫送其子來應試，略得多日聚晤便去。病目，就晴窗草此書，便終紙，略當一談。餘續寄，不具。

十六

秋冬連得數書，最後則九月晦日所寄書也，知近狀頗詳，悉貧特甚。當今時事艱難，士大夫惟有痛自刻苦而已。經學用功，誠爲要務。竊謂學者以潛心玩索，令胸中有浸潤深厚之味，不須急急於箸述，斯爲最善學也。至於作文、作詩，亦以此意通求之爲佳耳。

葉芸潭誠詩家美才也，恨吾昏憒日甚，執一卷書略涉獵而已，未嘗自首至尾終讀一遍，尚恐未能盡見其佳處也。吾今年只在此過臘，此閒希得可與語之人，以静坐爲適而已。蓮舫常與相見，其經義殊佳，無近時邪惡之派，尚存前輩矩矱也。嘗歎近時闈墨風氣之壞，殆與邪教相表裏乎？吾近聞家中生一曾孫，次孫譜子也，名之曰瓛，此爲差可喜之事。衡兒署江都，軍興日辦兵差，將來必有大累，亦無可如何，聽其所至而已。此時石士已得御史未？方今人乏財匱，上下以文相承，無實心故無實政；慷慨建言，眞有裨於國，此豈易言哉！如有所陳，大小、深淺，自憑素所蘊蓄發之，非他人所能助也。

鼐近都不復讀書，但有默坐，乘化待盡而無求焉，固吾今日事也。所爲古文，未刻者可二百首，姚春木取去，意欲爲刻續集，未知得成與不。能合舊集編一全集最佳，但其費較大，只刻續集差易。但春木家近亦稍窘矣，固恐未必得就耳。冬寒惟珍重！不具。

## 十七

書至，知石士改官御史，甚可喜。讀所陳奏，意佳甚，而閱邸抄，知聖人采取所言，著之詔命，此尤爲儒生之幸，爲喜尤無喻也。其一不見抄者，必詔示之軍前，此殆專閫者所不樂聞。然臣子陳言，爲國而已，餘亦曷足計哉！鄙狀尚如曩昔，承寄參、紙，佳甚。紙已作書矣，參尚未服也。雪香侍郎昨有書來，明春必可見之。劉明東決意在家讀書，不肯就幕，此其志亦甚善矣。江南尚未得雪，想北方必嚴寒，惟珍重千萬！餘不具。石士道長。姚鼐頓首，臘月四日。

方宫保北方水利事，詢之保巖，亦不能盡其詳。至永定河，乃無定河也。只可因時疏塞，不能爲一法爲永久之制。故余不詳其歲治之法，其奏疏皆因時之法，載之則不可勝載矣。鼐又拜。

## 十八

新年惟動定多祉。去臘連得兩書，略知近狀。所作經藝及與英煦齋書，皆佳甚。前日令姪赴都，吾小兒雉正病甚，不及作書，今其病雖未痊而稍減矣。其餘事則皆平安，令姪目見自詳説也。今歲有一小孫讀經於此，吾自課之，亦聊以自娱也。春闈碩士或當分校，文風衰極，此士習人心之徵也，豈不可憂！能使反正，良爲佳耳，然恐闈中同心者未易得也。江南大雪，甚宜二麥，未知北方何如。軍旅之後，所冀豐年而已。今日晴霽，就窗日裁此書，略報珍重，不具。碩士道長。友生姚鼐頓首，正月晦日。甲戌

## 十九

前月一書，付緞標奉寄，當已達。近想佳好。鼐居此平安，雉兒得下血症，頗危矣。鼐偶閲一女科書，有云『山茱萸能固經』，乃用當歸、白芍入地黄湯内，重用萸肉，服之得效。

今漸健矣，此殊可幸也。疑年録三部寄來，石士自留一部，其餘分寄鮑覺生及吾家伯昂，乞爲轉致，各有書也。江南大雪後，春寒甚厲，未知北方何如也？率候，不具。石士道長。姚鼐頓首，二月十一日。

## 二十

前月一書并疑年録奉寄，當已達。去歲十一月承寄書并賈農部書，今乃至。遠道沈閣如此。今復其書，煩轉付。魯賓之來會試否？不復其書，亦煩轉寄新城也。耄老荒忽，閲人文字，草略舛謬，望兩君之見諒耳。起居近想佳勝，陳言切至，如獲用，不亦善乎？此地孫淵如摹刻宋版古文苑，今以一部奉寄。春寒珍重，不具。碩士道長。姚鼐頓首，閏月十七日。

## 二十一

屢得書，具審佳勝，知分校禮闈，想必得佳士也。天下非無可爲之善策，而得爲之者難。讀所寄道園文，使人歎息，石士亦姑存此嘉猷，以俟爲之者可耳。雪香侍郎内任，吾遂不能與一見，似相遇有數存，兹可悵也。今託璧其謙柬，稍遲作書候之。近人才衰耗，吾鄉張阮林好學之士而不壽，眞可惜也！

夫爲學，不可執漢、宋疆域之見，但須擇善而從。此心澂空，自得恬適。鼐時以此語學者，亦頗有信向吾説者。但其人才力不能宏大，又多以境遇艱窘，不能專肆力於學。故人才不見振起，兹爲可悵耳。所寄古文、時文皆足存，而興會皆不能極妙。漸熱，珍重！不備。石士道長。姚鼐頓首，四月廿四日。

## 二十二

作前書待便未發，得閏二月十一日手書，具審安好。送楊、童兩序皆佳，與集正書亦切於事。言自貴有益於事耳，豈徒爲文章之美哉？近世所重，祇考證、詞章之事，無有精求義理者。言尚遠之，而況行乎？吾在此勸諸生看朱子或問、語類，而坊間書賈至無此書，意欲俟少寇按臨時，勸其鐫版頒學，惜其内任去此，此後殆未可語此事。若石士在京中，遇相知出爲學政者，勖以此事，或尚可也。虞伯生文去震川甚遠，其才識皆不逮歸，但詩字雜藝勝之。又是元前於明人，故翰墨家重之耳。宋搨廟堂碑，夢想欲見之物也，未見而爲跋，固不可也。不知此生尚與此帖有一見之緣乎？南中缺雨，田禾可慮，而糧艘不可行，此亦今時之憂也。率報，不具。石士侍御。四月廿八日，姚鼐頓首。

## 二十三

目昏，甚畏作字，故久不奉書也。碩士近想佳好。聞京師此夏多疾疫，宅中俱安嘉邪？春闈得有佳士可稱者不？雪香入都，得免迴避乎？鼐交秋瘧痢併作，幸旋愈，精神殊不健。江南自三月至今不得雨，早遲禾俱無收，極可憂慮！吾本欲今年還家，值此旱荒，將無以爲策，故且逗留耳。鼐近年已艱於作文，偶有筆記於他書，所論不足言，獨于尚書似實有發明處。今將尚書一卷奉寄，皆補九經説所未及者，碩士存覽之。相知中亦有留心經學可共論者乎？今日微涼，病後略草寄，餘不具。碩士道長。姚鼐頓首，七月八日。

## 二十四

連日兩得手書，一爲石士出闈時所寄，併伯昂畫扇後題詩二首，風格佳甚。此一事遂爲藝林佳話，老翁得之，可謂至寶矣。一爲七月初十日寄書，所言徐君湘潭尚未至。鼐近況平安，中秋夜三子亦得一孫，此差可喜。今歲江南奇荒，故欲歸而不得。至此閒主人，但非至契耳，而禮貌尚不失。吾自思歸，本非因彼之故，此傳之者失實也。今年江蘇、安徽被災甚重，而辦殊無策。蓋藩庫既不充，不能官賑，必求之於富家。而世之甘毁家紓難者，能有幾人？其閒官吏及民各有情弊，千端萬緒，又其甚者，乃有絶不報災，不請放免徵税，則其爲害於生民，有不知所底者已！此其最可悲歎者也。昨日此閒始得一雨，或可種麥，此差可喜。草此略報，餘不具。石士賢友。八月廿三日，姚鼐頓首。

## 二十五

作前書未發，徐東松至，乃得七月初十日手書。東松又述近況甚詳，欣慰，欣慰！東松居此一宵，略閲其文，誠有才氣，亦佳士也。其年三十二，甚可用功，將來成就未可限，安知不突過吾輩乎？石士於應務紛冗中，嘗使此心澂空，甚佳，甚佳！久久純熟，古賢何不可到也！前所寄古文，今閲畢寄還，大抵正有餘而奇不足。此不必勉爲奇，只益求其醇厚，即自貴耳，古人不云善用其短乎？南中旱荒，當此財匱之時，尤難展布而吏之才能。而實心憂民者，亦希見其人，羣黎之瘁，彌可傷耳！餘續報，不具。碩士御史。姚鼐頓首，九月四日。

二十六

得去歲十月兩書，具悉佳勝，新年當增福也。御史改翰林，於舊制不可謂降官，而石士得此，但以自訟，豪無怨尤，眞君子之用心也，吾何閒然？是冬之寒最甚，耄年殊不能堪。今目加昏矣，餘尚如舊。去冬十月得一曾孫，此差可喜。衡兒題補泰興，今尚未赴任，亦不知其堪勝否耳。去歲寄筆記尚書一卷，想收到。今將詩一卷寄來，可同裝一册。所言未必盡當，但使石士知吾耄不敢廢學耳。江南饑饉之後，民生殊不佳，不知今年天心轉移何如也。令祖外集刻成，誠所願讀。至於仁人用意之至，後得永繼而無失，此固亦未易言耳。略報，惟珍重，不具。石士編修。姚鼐頓首，正月廿四日。乙亥

二十七

五月二日所寄至，併得所作之詩及韓理堂文，讀之甚可喜，知處近況極善自遣，此最

佳。人生悠悠，了不容以私意擬度也。詩則寄伯昂者爲最善，五言詩每欲押强韻，輒不能妙。此處唯涪翁爲獨勝，此天賦，不可强學也。理堂果深於理境，文筆則苦有區牖，無縱横超妙處。此亦是天限之，第賢於他人之猥陋耳。胡侍御眞讀書人，其言謹質，知必君子。南北如此人，未易見也。夫説經有數條之善，足補前賢所未逮則易，專講一經，首尾無可憾則甚難。胡侍御今所爲者，古今所難也。竊謂生朱子後，朱子已注之經，但當爲之疏，而朱子誤處不妨正之，用范甯注穀梁之法，如此則體謹小而意閎大，賢於自注一書也。其餘如陳澔、蔡九峯之書，有大力者，直可另注廢之耳，蓋彼之足自存者實少也。暑熱，略報。餘不具。碩士編修。姚鼐頓首，七月六日。筆記二卷並寄閲。此七月六日書，及八月而先生病矣。

# 惜抱軒尺牘卷八

此卷與族姻及家書

## 與霞紓姪

前月得書，略知近祉。歲云暮矣，想朝夕自清泰也。吳中人來，盛稱述老姪作監院之德。吾在此中十餘年矣，安得一實心爲諸生之監院官？其甚者則非徒無益也。然則吳士之愛戴嘉誼不亦宜乎？吾居此尚平安，久不歸，明秋當决去矣。數年來，吾族科第尚不甚落莫，但盡累於貧耳。然今天下無不貧之士大夫，吾家安得獨不爾也？伯昂想常有信來，其貧不待言，但平安便佳耳。草草奉復，餘所屬已悉，不具。

## 與伯昂從姪孫

一

書至，具悉近祉。承以對聯見寄，八分殊妙。吾見未能楷書學八分者終不佳。伯昂惟本善楷書，故進爲八分，極有筆力也。所作詩則不能佳，蓋緣初入手即染邪氣，不能洗脱，雖天分好處偶亦發露，然亦希矣。必欲學此事，非取古大家正矩潛心一番，不能有所成就。近體只用吾選本，其閒各家門逕不同，隨其天資所近，先取一家之詩，熟讀精思，必有所見。然後又及一家，知其所以異，又知其所以同，同者必歸于雅正，不著纖豪俗氣，起復轉摺必有法度，不可苟且牽率，致不成章。至其神妙之境，又須于無意中忽然遇之，非可力探，然非功力之深，終身必不遇此境也。古體伯昂尤有魔氣，就其才所近，可先讀阮亭所選古詩内昌黎詩讀之，然後上溯子美，下及子瞻，庶不至如游騎之無歸耳。所跋岐亭詩刻，山尊已寄來一本，然吾書實不佳，伯昂譽之過矣。寄來九經説五部，望分送鮑雙五一部，其餘酌留，併待取者。朝夕珍重，不具。

二

得三月見寄書，具審佳勝。吾正月有奉寄之書，係付徐孝廉鼇，乃作書時尚未達，何邪？今禮闈邑中雋者亦盛矣，惜吾家諸從皆被放耳。鳳凰尊者請病果否？吾居此仍主書院，志書事不能成也，亦粗安適。世綸援例事已成，聞其回鄱陽省侍，無書來也。聞頃將大考，更望顯晉，不具。

三

來書云欲於古人詩中尋究有得，然後作詩，此意極是。近人每云作詩不可摹擬，此似高而實欺人之言也。學詩文不摹擬，何由得入？須專摹擬一家，已得似後，再易一家。如是數番之後，自能鎔鑄古人，自成一體。若初學未能逼似，先求脱化，必全無成就。譬如學字而不臨帖，可乎？

## 四

新年想佳好。得十一月二十日書，知奉使諸事妥適，甚慰懷。聞今年大考在近，覬從此優擢，庶光門左矣。寄來西平碑，甚佳，謝謝！族中事，向來辦理頗不當人意，頃已歸之五，其羣心洽矣，但愚爲此任怨耳。吳山尊所刻拙書尚未見，自嫌筆力軟弱特甚，那可上石？雅意又欲繼山尊所爲，是重暴其短矣。自朱石君先生閲文，不辨佳惡，只要人用書，成一種鈔撮之陋習，而夾帶之病彌深。今須救其弊，必限以盡不用書，固亦不可，便當以筆意識趣爲主，若用書籍，則以貫穿五經、史、漢者爲上。專用一書者，雖佳亦必斥，此所以防夾帶也。衡文當又在即，故以斯告，想高識亦同此邪？此數日閒，當又赴江寧，先作此書奉寄，後或再于鍾山作寄書耳。

## 五

秋冬連得書，具審佳好，惟貧窘則只可耐之而已。學差不得，前書所云固吳興所未有，天乃不使伯昂一爲破天荒人邪？兹無可如何也。吾今年未得歸去，近事紛紛擾擾，愈有欲定住江寧之意，而買宅之資不可得也。承寄杏仁，佳甚，謝謝！所查純皇帝駐蹕江寧日月，併御製詩，詳悉之至。若志局事成，乃大有裨益之處，然今無暇議及此矣。吾家今秋南榜雖無人，而北榜得甯遠之孫獲雋，猶可喜也，第又恐會試迴避耳。術家言吾家大凹口乃下元山向，故入下元科第差盛。其説殆可信邪。今年十月得吾曾孫，八十而有曾孫兩人，佳惡誠不可知，聊于目前慰意而已。館上事想總未定，即如前者芸臺先生所定，豈必遽允公論乎？冬寒惟珍重，餘不具。

## 六

新歲惟動定佳好。昨得令尊吳中信，甚佳勝也。鼐固衰耄，然粗平安。衡兒暫署江都，未謝事而已有身累矣。雉兒得血證，幾危而安，兹可喜耳。事寧兵息，天下大慶。江南雨雪應時可喜，但河決復爲可憂耳。疑年録一部，頗足資考古之用，今奉寄。會闈近矣，若得分校，佳事也，而不免迴避，不能兩全，其若之何？奉候，不具。

## 七

書至，具悉佳勝。又知前有一書，付三山本家，乃爲其浮沈，竟未得見也。知於散館前得先授職，今科當得一差矣。若得閩、浙兩省，可遂省覲之私，則尤善耳。禮闈不知能與上科繼迹不？鼐在此平安，作字一聯一横幅，聊慰相憶之情，豈論佳惡也！南中春寒殊厲，都中不知然不？惟珍重千萬！

## 八

累月無書，具想安勝。暫輟内侍，諒當於來歲大考一騰趠耳。又聞雅意取鄙書刻石，遂不爲魏公藏拙，可謂過矣。然望更以搨本見寄。世綸製得何省？今當出京矣。鼐今年居此過冬，以待鹿鳴。近亦粗適，新刻出所選今體詩鈔，雕手頗佳，今奉寄一部。寒初惟珍重，不一一。

## 九

得二月手書，具審近祉。以衰朽生日，遠致祝儀，謝謝！若書中云去夏有一札見寄，則未達，不知何處浮沈矣。修纂儒林文苑傳，此眞史官職分，良宜盡心。吾舊作海峯傳一首，今寄閱。若薑塢先生，生平著書未成，但細書於所讀書上，吾欲以經、史、子、集爲編輯未就，但於九經説内載其四論，然足見其學矣。詩集五卷，名援鶉齋集，亦未刻行，或附傳於海峯後，可乎？與館中商之。

儒林文苑傳，館中想係分辨，吾鄉如錢田閒，於二者何列？其易學、詩學兩書，似四庫書目中已有，田閒集不知入否？方氏則無，可自入文苑。此句有脱誤。南堂、息翁但有詩集，此例亦可入也。汪梅湖詩頗佳，而其集未刻，吾爲之序，曾見不？今更鈔一本奉寄。薑塢先生書皆苦未成，近瑩欲刻之於廣州，然亦少。大抵館中必欲已刻行之書爲據也，此著書者所以貴早刻耳。想昔在四庫館人陸耳山、程魚門、任幼植之倫，皆可入文苑矣。魚門詩文集外，有左傳補疏。幼植事則具吾爲墓志中。鼐又拜。

## 十

久未得書，近想佳勝也。鼐近平安，所辦江寧府志畢事矣。今冬卻尚留此處過年，欲來歲歸去也。此月生一曾孫，亦差可喜。略報，餘不具。

## 十一

前寄承書及贈詩，謝謝。續見邸鈔，賢從以大考一等擢侍講，大慰老懷，實爲門慶。自此事業偉崇，文章彪炳，吾雖桑榆之年，猶庶幾拭目見之矣。吾今年尚如故態，擬便住金陵而未辦買宅，固亦無可如何，且姑俟之。賢從寄來之詩，七律大有進境，便以鄙見評其利病，此後但就愚今體詩鈔，更追求古人佳處，時以己作與相比較，自日見增長。大抵作詩平易則苦無味，求奇則患不穩。去此兩病，乃可言佳。至古體詩，須先讀昌黎，然後上溯杜公，下采東坡，于此三家得門逕尋入，於中貫通變化，又係各人天分。一時如古今體不能并進，只專心今體可耳。所查南巡月日事實，詳審之至。而此番脩志，主人全不解著書事體，只要速成，于去秋催趲畢事，于鄙意不安處多如此等事，須待增入者猶不少，更得一番重修，約有半年之功成書，則甚足觀矣。奉寄朝珠一篋、硯一方，聊以爲賀。外與英煦齋先生書，煩轉致之。珍重！餘不備。

十二

久未得問，想佳好也。吾近亦粗適，今在江寧度歲也。前所查乾隆年間南巡月日，内於乾隆三年至江寧諸事不詳其日，望再爲查寄也。阮林近住教習館，抑在城外同住邪？不及更書，致意問之。冬寒惟珍重，不具。壬申

十三

去歲有兩書併一函奉寄，想已達。入春來想佳勝。今年望賢從得一閩、浙之差，就便省侍，想未免稍稍温理經義也。吾衰病日甚，目昏體重，書中注文小字都不能看，此生未知與賢從復有相見日不？柏菊谿尚書大有修江南志之意，然籌款未定，故未奏陳，設奏，則辦成矣。往承查南巡日月寄來，而郡志已刻，不及入，若省志修，則必入矣。所託補查一條，務寄來也。族中今年應試者十三人，不知内有得雋者不？衰敝尤望英少之繼起耳！餘不具。

## 與石甫姪孫 瑩

### 一

昨得汝秋間書，知汝父子在廣平安，明歲館想仍舊邪？吾近平安，然精神終是乏竭。八十老翁辛苦執筆，以養一家之人，常苦不給，豈不可傷邪？汝所論吾文字，大體得之。汝所自爲詩文，但是寫得出耳，精實則未然。此不可急求，深讀久爲，自有悟入。若只是如此，卻只在尋常境界。夫道德之精微，而觀聖人者，不出動容周旋中禮之事；文章之精妙，不出字句聲色之間：舍此便無可窺尋矣。聞汝欲刻編修公詩，廣州刻價稍易，得成最佳。其餘所著散碎，非大爲編輯，未易敘次，此非旦夕事矣。吾今日連作數書，覺氣耗，略報。餘汝兄字詳之。

### 二

汝在香山，近想平安。吾在鍾山書院度歲，今與觀兒、雉兒居此，俱平安也。去歲三芝菴山爲守僧盜樹，經訟換僧結案，今妥定矣。家中曾寄汝知不？子孫遠出，家中人少，此可念也。衡兒一署儀徵，已受交代之累，實補無期。彼就知縣，甚違吾意，極可恨也。彦容東家張道臺，已改爲員外，閏三月當入京，與家眷同去。彦容又須另謀館矣。吾今年眼覺昏眊，精神較減，衰憊固理宜耳，但恨諸兒不能樘門户也。汝可努力自勉，雖作山長，亦須認眞，毋苟且，毋作失人品事也。現今有辦江寧志之議，然總不定局。吾思冬初回去，不知得不。外與汝父一字，可附寄去。汝去歲過海東不？

## 三

知汝父與汝俱於廣州得館，甚可喜。路遠，年底想俱不能歸家也。客中想皆安好。吾在南京平安，已與鹿鳴宴，然仍留此過年，以衡兒未得缺，吾不能便閒居耳。里中中式七人，而吾家無雋者，此亦莫可如何矣。吾九經説補刻成，今寄汝二部，嶺南或遇一眞讀書人，可與之。東坡云『要使此意留遐荒』也。吾近起疝氣，頗以爲苦，醫亦不效。吾今亦不醫，委化歸盡，固當無所置念也。餘不悉。

## 四

得汝秋間字，知平安。今冬想不能歸也。吾在此亦平安，今年不回去矣。覲兒在儀徵回來，今又薦往江浦去，或可長也。汝刻援鶉堂集，甚好。應改錯字，别紙詳之。吾本意自著一筆記，以援鶉堂筆記合之。今吾書不成，本分經、史、子、集四部，經部已大抵入九經説内矣，史部尚成得八九卷可觀，而子集不能成書。八十之年，倦於筆墨，姑置之矣。所鈔援鶉堂筆記，略有款識，今以寄汝。蓋從書頭鈔所記，若但鈔而已，不能成一條説者頗多。其間必須自考論，略有增添，使其説周密乃佳，不可草草。所取欲少而精，不欲多而蕪。如吾九經説内所載三條，則義精而詞備矣。汝可以日久緩緩成之。後序妥，前序非子姪所爲。吾已作長嶺阡表，異日或併刻之亦可也。汝詩文流暢能達，是其佳處，而盤鬱沈厚之力，澹遠高妙之韻，瓌麗奇偉之觀，則皆所不能。故長篇尚可，短章則無味矣。更久爲之，當有進步耳。海内日下，人才極乏，後來或有起者，人自勉之。光武云：『安知非僕邪？』

## 五

今年來，想汝平安。吾在此亦平安，念汝何時得歸？吾擬今秋一返，然恐未能便不出也。此間府志事畢，省志事有欲脩之説，然未可定。八十老翁，豈宜常任此筆墨之勞？然家累未能自脱，其奈之何！彦容閒居幾一載，汝兄至此亦半年矣，圖館甚難，殊使人悶悶！今年大考，伯昂超升，誠家門之慶，而子弟貧苦者不勝其多，何處安頓邪？汝刻援鶉齋詩得成不？廣州刻價差賤，此尚不爲難，惟援鶉堂筆記，吾欲爲敘次成一書而不能。蓋書頭所寫，不能成一次序，必須更加增删詮序，如吾九經説所載乃佳。此非數年之功不能。吾頃於吾筆記中亦敘入數條，然不能成一卷軸，姑引其端，俟汝等異日成之耳。顧亭林因人問近日知録更增幾條，便嗤其謬。蓋筆記亦便是著書，不可謂是易事也。安得與汝見面一細論之？昨聞人説，吏部乙丑尚未開選，計汝選期亦尚遲，無事當更須讀書耳。客中謹慎千萬！

## 六

前寄一書併援鶉詩集應改正字，想已達矣。近想汝平安，今年想未得回家也。吾始意衡兒得一印署，便回家去，今伊獨得有本班先用之奏，而未得署事，吾只得更留一年，身子衰憊，目昏，髎亦軟，但尚能行耳。八十三四之人，豈當久作客乎？彦容尚在此閒居無館。汝兄吾作字令投浙江楊臬臺處，求薦一小館。今去尚無回信，不知已得館未。計其親家在彼，或亦可依耳。今年家中在江寧同試者十一人，不知内有雋者不？試後人散，書院中亦自岑寂。吾近亦難於看書，常默坐而已。鈔輯援鶉堂筆記，此非一時所能成就，細心爲之，欲精不欲速，不欲多也。近時人著書，以多爲貴，此但取欺俗人耳，吾閱之乃無有也。兹略寄，不多及。

## 七

作前書未發，得汝六月廿日從化寄來書，具悉近狀。所言近時諸公於學問邪正之辨不明，其所品論殊非公當，誠然！吾昨得凌仲子集閱之，其所論多謬，漫無可取。而當局者以私交入之儒林，此寧足以信後世哉？家自當力爲其所當爲者〔一〕，書成以待天下後世之公論，何必競之於此一時哉？

吾孤立於世，與今日所云漢學諸賢異趣，然近亦頗有知吾説之爲是者矣。渾瀹既盡，正流必顯，此事理之必然者耳！至於文章之事，諸君亦了未解。凌仲子至以文選爲文家之正派，其可笑如此。汝所寄較舊稍有進步，然不能大愈。大抵文章之妙，在馳驟中有頓挫，頓挫處有馳驟。若但有馳驟，即成剽滑，非眞馳驟也。更精心於古人求之，當有悟處耳。

今科桐城中四舉，而姚氏無一人，未知北榜何如耳。趙笛樓觀察所求墓表，俟稍遲爲之。吾衰敝，作文頗難，精神佳時，或復執筆耳。彦容覓館不得，今只好爲薦一徵比館，然亦尚未得也。五兒已與復兒等同船回家去。此行眞是孟浪，吾力勸其努力學字，然彼天分既鈍，又懶用苦功，何由大進耶！

## 八

近想汝平安。吾前月作一書，付師古往廣東寄汝，不知與此書到孰先後也？趙觀察封公墓表，吾已撰寄之。秋闈，吾家中甯遠之孫，猶不爲寂寞。彦容頃得江浦徵比之館，歲僅六十金，無可如何，只得就之矣。吾精神殊不佳，留此度歲，亦不得已耳。汝詩文今寄還，所評略如别紙。凡詩文事，與禪家相似，須由悟入，非語言所能傳。然既悟後，則返觀昔人所論文章之事，極是明了也。欲悟亦無他法，熟讀精思而已。吾此間僅雉兒一人隨朝夕，吾今復兒到家後即來，此想亦將至矣。中原紛紜多事，令人憂怛。兹略報，不盡。

九

新年想汝平安。得去年十月寄書，略知消息。吾在此粗適。彦容得江浦教讀館，歲脩百四十金，今暫回家省覲。景衡署江都兩月餘，已謝事而反，有數千金之身累，蓋此邑兑漕例須賠累，而彼署事又值兵差也。近日州縣豈易爲之官哉！笛樓太翁墓表，去冬已寄去，併有書復之，想從兼士處送去，當已達矣。

汝所論近時人爲學之弊，極是。然反其弊而實有所得，此未易言也。人各任其力量，功候成就大小純駁，不可早定得失之故，有人事，亦若有天道焉，惟孜孜勉焉，以俟其至可耳。所選吾詩，大抵取正而不取變。然觀人之才，須正變兼論之，得其眞境乃善。夫文章之事，欲能開新境。專於正者，其境易窮，而佳處易爲古人所掩。近人不知詩有正體，但讀後人集，體格卑卑，務求新而入纖俗，斯固可憎厭，而守正不知變者，則亦不免於隘也。

登科記文，著筆嫌其太重。凡作古文，須知古人用意，沖澹處忌濃重。譬如舉萬鈞之鼎如一鴻毛，乃文之佳境，有竭力之狀，則入俗矣。大抵古文深入難于詩，故古今作者少於詩人。然又有能文而不能詩者，此亦自由天分耳。

劉明東閉户讀書，今年決不出作館，可謂有志。此閒亦有一二欲讀書人才，皆不逮明東。然亦視其後來究竟何如，今不能定也。餘須面見乃得盡其詳，茲略報，不具。

## 與馬魯成甥

### 一

我頃自徽州回家，見吾甥家信，知在京平安。汝家中近亦皆佳好也？我離家才五月，其中乃聞南甯之喪，加以馮姪之戚，運氣衰否，哀感疊臻，此豈人生所堪值邪？衡兒入泮、生女，此皆不足喜之事，而可悲者則極深矣。衡兒學問殊不長進，今秋亦未令其入場，從我在徽，今復隨歸。我必欲於今冬葬墳，至于得地與不，此自屬天數，非人力所能爲也。汝辭館閉關，此亦佳事，但不知力能自給不？寄任幼植、王懷祖、孫淵如、何季甄字，共三封，可分致之。南中非常大水，淹没田廬甚衆。尤可異者，今已秋深，而漲未減，南京場屋水浸，今秋入試者甚苦矣。我在徽州，夏閒曾病癉瘧，今亦無甚病，而精神自覺不支，真成老翁。生死且置之度外，但欲數椿心事得了畢耳。汝母誦經念佛，頗得微效，能向人念經而止其瘧，精神所至，理固有之，亦非怪事也。汝臨場，每日讀書之外，須静坐一時，使神凝氣定，最爲有益，切忌多與人談白也。我明年雖與徽州定再往之説，然苟能在家閉户用度粗給，即更當辭之，不得已乃往。此事須年底定也。餘不一一。

二

吾今年有兩次寄甥書，皆在與衡兒字内。衡兒出京寄書者率爲將回，致汝不見耳。挑三等是吾心中最喜之事，假令得第後以知縣用，卻反不可就也。甥近在京所爲何事？暇時宜略寫字，不可任其太拙也。吾此閒始得王夢樓先生住此五日，頃始去耳，而書院中旋覺蕭索，不可耐矣。吾經説近略增可十餘則，詩集鈔成凡八卷。今年現在刻家譜，譜成欲明年同刻所著，不知有項費用不耳。見王懷祖、邵二雲兩先生，爲我致意。頃爲任子田作墓志，頗自喜，惜乏人爲寫寄之。吾於十月内當歸家，其時陳碩士來訪吾也。餘不多及。

三

豫長到家，所寄各君書及對聯俱收到，知甥在京平安，家中兩尊及甥婦子亦平安也。我家去臘已將喪用各項還清，今所難者買地而已。現有一處，形勢既佳，去鐵門四里，又出路可售矣，而索價七百金，遂爲之束手。我去歲已堅辭安慶書院矣，而撫藩爲商不欲其閒居，薦主紫陽書院，將來或就之，少助買山資耳。甥在外須節縮，必歲有所寄乃佳。雖家中不乏，而父母之心猶以用子之財爲樂，用異人之財爲不樂，情也！況時不免缺乏邪？來書八封，可分致之。

## 四

魯成大甥覽：汝近想平安，家中堂上佳安也。聞在王瑶峯處，看考卷甚得所，今想已爲辦畢，專心入闈，覬一獲售，以慰親心而已。我去年買得老牛集王氏竹林莊地，去鐵門四里，昨竟取得蟹黄佳土，明春決於此地安葬，以今年犯三煞不可用也。汝家黑凹嶺山，我看來甚可用，但無錢辦此事。吳四爺雖許借給葬費，而未可信，將來仍須汝寄用耳。吾已將十一弟及馮兒夫婦葬於鐵門，便爲伊終身大了結，痛何可言！吾亦衰憊之甚，未知於世當有幾歲月，而此身應辦之事，未得了當者尚多也。今年就鍾山書院館，三月初當去。見都中諸相知，各爲道念。前日王孝廉有字來，欲至京謀場後館地，我復以知交漸少，惟孫編修有好士之心，當爲作書。今思孫與王亦同年，不須我書也，而王所長乃今體詩，京師諸君所尚者考證耳，識其佳者殊少，汝可于孫編修及任禮曹處道達余意，此外寥寥，聽其自遇而已。餘此閒備細，公車諸君自能詳説之，兹不多及。

# 寄畹容閣四姑太太

## 一

四妹覽：大康兒此刻到，接來信，具知近狀平安。我近亦平安也。恩兒豈能在人家？

做幕之人來此閒居，何益於彼絲豪？而彼在此常常不在書院過夜，徒令吾爭閟氣耳。吾知伊有欠戒滿銀事，吾豈不願彼能在外尋錢清了此事？吾可不問邪！但此乃日從西出之事也。彼所用銀，吾只好爲之清還，已作字託雨畊叔姪爲之辦理。吾妹見雨畊亦可説及，想此外亦别無巧法。自家子姪下作，豈可爲轉怪他人之理？此皆吾與吾妹平日太好爭氣之過，故天令見此等事耳。譜兒喜事，叫九娘不要打會，我科一百金，儘此辦事可也。修志事亦不甚費心，但吾欲令今年成功歸去，不知果能如此不耳。獻生近有信來不？尚能常寄日用接濟不？甚念，甚念！萬事休道休念，努力念佛可耳。儀顓統此道候，不另。

## 二

四妹覽：我在此平安，家中想亦皆平安也。吾妹所要半截裙料紗綢，吾已爲買就寄來，可查收。今遣觀兒回家，吾須八月回家也。家中事爲衡兒敗壞，我若便一歸不出，恐媳婦供我亦將不能。與其再覓書院，不若仍留此處，我九月底仍來南京也。我家廳若是更做，我依舊於屋内無住處，又要典屋，今不如不做廳，卻將做廳、典屋之費合爲五百金。此閒賣去江浦田，不過六百金而已。計我回家自供食用，至少亦要千金。欲於此兩年内，省減積聚四百金，湊田價帶回，自是更不出門，以待疾終而已。望與儀顓、秦田共商之。惜翁字。

## 三

四妹覽：天氣已寒，想儀顓及吾妹各平安。吾此閒亦平安也。小兒姻事，昨日王家已遣人來此議定。王慕韓欲今臘明正爲吉期，吾以今臘必不能及，明正月亦恐不及，擬以二月初六。姑爺須三月入京鄉試，可以滿月後便行矣。伊家謂諸事俱可減省，雖盆桶女家亦可不辦，此未免太過，但辦盆桶、被褥、換洗衣而已，不過我爲辦姑爺拜堂尺頭、紙墨、筆硯之類外，石青宫綢一件作被面，洋布一件作褥面，外與銀四十兩。八娘須儘此辦理，萬一兼士銀不到，亦支樘過去；兼士銀後到，留爲家用，不亦佳乎？今先此寄知，銀物續寄。其喜事如何行禮，另寫清單，兩家各付一單，以便照辦，亦隨後帶來。吾妹可諭告八娘也。餘不多及。

## 四

四妹覽：施二至，具審五哥與吾妹安好，爲慰。獻生陞員外，極可喜。其遣長子回家，極善。聞今年可以畢姻，尤可喜也。吾病甚而不死，此爲天幸。其詳細吾妹自已知之，現今兩骽軟弱，雖在房中行走，亦須扶杖乃穩，亦不能多行；飲食每頓飯碗滿一碗，尚未吃新鮮肉，鷄鴨所食不過六七片；夜閒睡每不沈，或醒兩個更鼓，此最爲病後苦處。怕吃藥，今已停止。惟燕窩屑每日一碗，卻甚佳也。江寧相好欲打會，留吾住此，其情甚可感。吾因其閒有不妥處，業已辭之。但吾尚有經手未了之事，須待衡兒寄銀來。吾現在尚不耐道路之勞，須待十月。若十月尚不能行，則待明春暖矣。

## 惜翁遺囑

人生必死，況吾年八十五，死何憾哉！先君殯斂多薄，吾棺價不得過七十，緜不得過十七斤，諸事稱此。喪事勿用鼓樂，相好來助事者，勿治酒食，便飯而已。上船只用應用職事，繁文無取。汝兄弟不可以財物之事而生芥蒂，無忘孝友。此八月初八日大病時所書。

## 寄衡兒

吾大病後，今已全愈。但身體軟弱，每日吃飯只能一碗，略加豬肉，鮮者尚不能吃。此時人參遼東者固皆假矣，而高麗亦復不眞。人情僞薄如此，吾故不敢服藥，而專服燕窩：燕窩易認，人參難認也。今雉兒母及九奶奶皆病瘧，皆服馬亦軒之藥有效，不可不謂今時之高手矣。其人不受人銀幣之謝，汝但作書謝之，寄以食物可也。吾尚不能出門，恐十月不能歸去，更待明春暖矣。汝前後寄銀皆至，但稱多不足。甘家一項，十月不可不還之也。汝努力做官，不可懈惰耽酒。吾此後萬事不問，消摇自適而已。九月初六日。

## 校記

〔一〕家　並州本作「史家」，國學本作「大家」。

## 跋　一〔一〕

桐城姚姬傳先生，今世之韓昌黎、歐陽永叔也。其詩文集及經説，海内士大夫得之者以爲至寶。汝驄己卯應京兆試，試卷爲陳石士夫子所薦，因謁夫子，得讀先生集，嘗自媿譾劣，未能涉其涯涘也。夫子復以先生尺牘見示，謂汝驄曰：『此雖隨手簡牘，而其中論學、論文語，開發學者神智，視歸震川尺牘有過之無不及也。學者苟能由是而有悟於學，則不啻親炙先生之謦欬矣。』汝驄受而讀之，日夕不能釋手，遂請於夫子，付諸剞劂，俾得公于斯世之同好者。刻既竣，夫子命跋其後，因敬述其原委，以誌私淑之意。

時道光二年，歲次壬午，八月朔日也。山右後學郭汝驄謹跋。

## 跋　二〔二〕

右尺牘一卷，爲鄉先生姚惜抱比部所著。先生世父薑塢太史與光五世祖待廬府君爲執友，先生因受業門下，而先祖植之府君又從游先生之門者數十年，故里三世文字之誼，較姻婭尤嫟焉。

光少時即好先生文字，嘗與友人鄭容甫裒集先生尺牘數百通待梓，癸丑城陷後被燬。

及避亂山居，復就先生門人新城陳石士侍郎所刊尺牘，竊以己意取其關于文章、學問者，次爲兹卷，藏之行笥。今年春，出示先生族子緩雲刺史、族孫匏庵太守，以先生撰述近鮮存本，斯編雖屬酬答之詞，惟于文章、學問之奥區分抉剔，有足導人先路者，是不可以無傳也。爰醵資校而刊之。

夫吾鄉自望溪侍郎以古文名天下，嗣得先生振興其間，海内宗之無異詞。今人往風微，匪獨嗣音闃寂，即先生平日鈞游之所，且悉付頽垣斷草，令人追溯之無從者，顧掇拾叢殘，欲延一髮千鈞之緒于古調索寞之日。雖差塞迭次傳録之意，然俯仰絶學，遥遥靡屬，是又不能無慨也夫。刊竣，識其原始于此。

時同治十二年三月既望，邑後學方龍光謹跋。

## 跋 三〔三〕

此吾師孝節先生手寫本也。先生私淑惜抱，文章、學問爲世大師，平生作字一筆不苟，即行草書亦莊嚴渾穆。先生歸道山已十有八年矣，今聞喆嗣卞遲鹺尹亦遽作古，展閲是編，梁木之感，不勝泫然。

光緒丁亥二月，門弟子羊復禮謹誌。

## 校記

〔一〕標題係校點者所加。下同。原載小萬柳堂本惜抱軒尺牘末。

〔二〕原載同治癸酉三年刊本惜抱軒尺牘末。

〔三〕原載宣統三年再版上海國學扶輪社惜抱軒尺牘末。

# 惜抱軒尺牘補編

# 惜抱軒遺書三種序（一）

李鴻章

今天下言古文者必宗桐城，蓋肇自望溪方氏，而集成于惜抱姚先生，予聞之湘鄉曾文正公有年矣！文正私淑先生，躋諸聖哲，既詳于畫像述贊，而導啓晚進，尤齗齗焉舉以爲歸。由是天下益翕然無異辭，獨惜所撰輯諸書，兵興而還，毁者大半。予開府江南，首刊古文辭類篹、五七言今體詩鈔，而經説、詩、文、雜著號稱十種者，予伯兄績刊于湖廣節署，嗣是老子章義刊于揚州，尺牘刊于長沙，世所傳先生書大略備矣。先生既以文詔天下，其鄉里承學之士，代嬗不窮，以予夙知，若方存之大令、徐椒岑主政、吴摯甫刺史，皆卓然有名稱。日者，摯甫語先生遺書有莊子章義、書録二種，舊未盛行，而尺牘又有補編。予心嚮之不置，今椒岑乃倡議集刊，甚盛事也。桐城距吾郡二百里，往來相望，其後先輩推引，類多如此，文學淵源固宜非他邑之所可及哉！予故樂爲天下言之。

光緒五年己卯春正月，合肥李鴻章。

# 惜抱軒遺書三種識

徐宗亮

右姚先生遺書三種，光緒己卯之春，宗亮集刊凡三閱月而畢。先生學行文章，衣被海内，非鄉里所可得私。生平撰輯之書，無慮十數種，雖經兵亂，舉見翻雕，惟莊義、書録初未盛行，而尺牘散於親知，賡續始就。世有校録先生大全集者，固宜不廢之也。爰總三書，而識其原起於此。

邑後學徐宗亮。

校記

〔一〕本篇與下篇輯自惜抱軒遺書三種光緒己卯春三月桐城徐氏集刊本卷首。

# 惜抱軒尺牘補編卷一

## 上禮親王

十月二十四日，姚鼐謹奉啓禮親王殿下：本月鼐同鄉吴禮部賡枚，寄到殿下賜鼐教令併袍、褂、帽頂、補服、靴、佩六種，並祇領訖。伏惟殿下景行懋德，英識亮衷，以忠孝之躬，任親藩之寄，雖士流傾望，而霄壤懸殊，矧鼐自出國門逾三十載，桑榆既迫，腐草何稱！跧伏衡茅，才術無取。梁園雨雪，靡企末至之賓；西邸芳林，有隔圖形之彦。而盼睞越山川之外，膏沐加草澤之中，元王詩傳，舊旁示於耆儒；北海尺書，又來遺於甕牖。被兹異寵，悚息滋深。且以鼐馬齒方增，鹿鳴重賦，助聖世引年之典，厚仲秋行粥之恩，頒賚束帛，贈之雜佩，耀首賁趾，悉賴光華，織綺繡鞶，豈徒温燠？寘書懷袖，抱東壁之榮光；引服形骸，逾南檐之離照。服以拜賜。雖限於道塗，戴以終身，敢忘於朝夕？謹兹陳謝，仰請睿安。遥望邸階，無任依溯。姚鼐謹上。

## 與百菊溪

### 一

伏惟執事德厚勳隆，名高績著，天下士大夫以作相望公殆十年矣！聖人知賢者之深，念積勞之久，命登揆席，實協羣心。鼐等偕海内搢紳，下逮草野，共額手忭躍，將見擴大庇於生民，耀丹青於元化，以爲宇内之福，豈僅爲明公一人之私慶哉！昔尹文端公以翰林出任疆圻，繼由使相入閣。執事才望，今乃繼之，而事勢所處，有倍難於尹文端之任者，此天下人心所尤爲企仰也。今鄰省事未肅清，河隄未塞，連及吾疆，實煩經畫。想憂廑旋平，靖安在即，俾公清暇即返會城，尚容瞻謁。肅此申賀，併候起居，伏惟鑑照，不宣。

### 二

始春麾蓋來省，公事方殷，未遂瞻侍；方探暇上謁，而駕復莅淮濱矣。恭惟閣下匪躬矢志，憂國靡寧，察奠巨川，頻勞櫛沐。今當桃花漲發之時，不知巨汛已定，可以授方略於防吏而駕返治所乎？抑尚有須親臨之事也？鼐今春以來，彌覺衰敝，眼目昏花，飲食減少，雖行步猶前，而精華實竭，未知於閣下復當幾近清光耳。小兒衡仰蒙生成終始之恩，今令趨叩轅前，俾鳴感戴。肅具啓候，併陳愚悃，縷縷下情，伏惟丙鑑，不宣。

三

即日嚴寒，惟台候萬福！鼒數載江寧，承飲食、教誨之賜厚矣。而鼒尸居講席，無益多士。今年耄識昏，亟思歸去，而中堂方以疆事勤劬淮上，欲俟事靖駕還，面陳辭退，乃今歲暮，知公事猶殷，不能遽返會城，俾鼒得謁見，以道愚意也，故謹以啓達。衰病之軀，實不能留，乞另延賢者，以主書院。鼒俟天氣稍和，即買舟西去，或其閒旌旆以事寧暫返，得以瞻仰台光，因陳别悃，未可知也。惟鑒察，不宣。

## 與松湘浦

一

前月瞻對，獲聆德音，仰量宇之高深，見用情之誠摯，敬服私衷，固無已也。又承渥賜下賁，祇領增慚，而其次日麾蓋遄發，不及走謝，彌爲悚惕！即日惟台候萬福。連日澍雨大沛，足慰閣下愍農之懷，而運河當亦增漲，糧艘想必可速過矣。鼒近亦粗遣，聊作小詩一首，併書箑兩柄，俚詞拙翰，上塵鈞鑑，固不足一笑也。伏乞存納，肅候，不具。

二

恭惟閣下，以海内之偉人，任聖朝之重寄，居内則皋、夔，屏外則方、召，天下同心，望登槐輔久矣。今天子用賢，以副天下之人心，培國家之元氣，其可忭躍，豈尋常冠蓋稱慶之情哉！鼐屏處草閒，伸眉額手，非爲私喜，但爲天下賀耳。即日惟台候萬福。鼐今歲爲江寧辦志，因呂太守催促太緊，五月而畢事，潤色之功尚乏，然粗已成書，亦完卻此郡一缺事矣。其書明年當可雕本成袠。今冬鼐尚居江寧，欲明年歸去，以衰態日增也。遥望階闥，莫由仰瞻，但有企想。舍姪孫瑩在廣作書院，舍甥張聰思在廣作令，乞時賜教誨之。肅請台安，併陳愚悃。伏惟鑑照，不具。

## 與胡果泉

### 一

前瞻旌旆西上，倏忽逾月，伏審麾節已莅皖城，仁膏義軌，日至旬宣，凡屬疆域之中，均被帡幪之福。鼐與千里耆儒，共深鳧藻矣。惟聞前月塗閒，閣下遭有孔懷之痛。伏想友于之深仁，竊助庶民之悚息，所願廑思負荷，勉自寬舒，此託在治下者區區之愚忱也。

### 二

前呈一書，想達左右。嗣接手諭，敬審興居萬福。福星垂照，安徽闔境豐穰之慶，大逾前數年，此亦閣下所深快也。入冬晴暖，尤貧士所宜。鼐近粗遣，惟精神衰敝耳，目益昏，讀書、作字，殆將謝此緣矣。

## 三

前月聞旌旆自京師南返，伏惟方面盡職，上述於九重；豈弟見休，佩榮於三接。入奉滫瀡，滋慰慈歡；出布膏流，彌符羣望。此皆宇下仰德之人所共額手稱慶者矣。今歲上下兩江，秋登俱不爲歉，而河淮底定，民有安宅之歌，亦福星之照庇也。鼐昏眊有加，疾疢時作，今且留此度歲，明年擬泝江以歸敝廬，或藉以趨詣鈴閣耳。不宣。

## 四

累月有疏候問，伏惟涼秋興居萬福！江南今歲旱既太甚，大君子念切民飢，而財用匱乏之時，又難於籌備，仰思憂悴之衷，必有逾范公之於青州者已。兹有陳者：敝縣之災與安慶各縣同也，聞本邑縣令出令各大户，急出財以救饑饉，此誠是也；而側聞其又出示，徵收下忙錢糧。二事並行，一何矛盾！此恐其所延幕賓不善之所爲也。誅求不得，必濟以鞭刑。極敝之民，恐鞭刑亦不能充賦，則將奈何？今邑中人心既已憂惶，鼐遠聞之，亦不能不爲桑梓之慮。謹撰私議一首，上呈几下。愚賤於公事素不敢干，此則所關於一邑利害甚鉅，伏望垂覽，酌所以處之。如使閭閻得安，則鼐妄爲出位之言，而抑或小助涓埃於仁心仁聞之萬一也。肅此惶恐，謹上兼候台安！不具。

### 五

使至，獲讀賜書，敬審旌旆行部還署，興居萬福爲慶！至賑務妥靖，災民漸蘇，則由憂愍深切，經理得宜之所致矣。睢工合龍，淮甸得去墊隘，第恐有不及植麥者矣，而稻田則沃也。賤狀託庇平安，率復，併候近禧，兼璧謙柬。

### 六

霉暑，伏惟興居萬福。今春以來，歲又災旱。頃乃霖雨，均膏三農，咸慶閤下閔憂蔀屋之心，可以大慰矣。使至得書，承命爲贈公大人撰造誌銘。鄙陋本不足言文，加以昏耄，舊學遺忘殆盡，豈足以任表章之事？第以大孝相屬之殷，安敢辭委？勉綴一篇，殊恐敘述失當，不知果堪以鐫志不？謹録一稿上呈，惟聽裁酌用不。惶悚肅復，謹璧尊謙，併候近福。不具。

## 與呂幼心

恭惟老父臺先生慈惠之德、明達之才、勤厲之政宿著於敝地，爲闔邑士民所仰戴久矣！頃者鳧舄再莅茲邦，弟等復荷幪依，不勝欣忭！然不敢以私書輕瀆令君，故闕啓候，知弗罪也。

今年敝邑遭此大荒，側聞閣下敕令邑中巨户出穀平糶，以蘇窮民。此善政所被，雖出嚴令，而人心悦服，夫何有異説也！至於饑歲官賑，在事理爲常，而司庫非充，災處甚廣，籌餉甚難，亦不得不姑減災歉分數，以爲權宜之説。然遂謂可以征賦上供，則必不可。計邑中沿江、沿湖圩田固爲有收者，然此等據地不多，恐不能及一縣地十分之一，且有無錯雜，極難於履勘。閣下或於報災之中，指明所在鄉保，剔出此十分之一，或併此統歸一例爲災田，固在仁明酌行其可。蓋邑中豐收之年，此田往往被潦，以其少也，難於剔出求免，只歸統報也。至於此外闔境災黎，雖有田畝，而糜粥不充，蠲緩所不待言，苟復事徵求，恐其患不知所底。

父臺昔在甘肅，以報災陳實，寧得罪於上官，豈今於桐城而變其素守哉？兹固不待愚鄙之陳説也。父臺必已盡舉民瘼，申告上憲。而鼐桑梓之情，復瀆聽覽，區區鄙懷，實爲淺陋，所望諒恕而已。家書一封，乞遣役送寒舍，併候，不宣。

## 與康茂園

頃接賜書，敬審起居萬福，知恩綸來賁，許遂縣車，且令入都門，使諸世兄得承庭趨，永康色笑，其可快慰，何以喻之！想三月旌旆便發，在閣下既極門内之慶，亦大洽朝右之思。

但鼐瞻望愈遥，接侍無日，竊懷悵悵耳。鼐固疲羸，然尚粗遣，目昏不便讀書，終日默坐而已。如閤下老而勤學，安可逮也！

## 與陳笠颿

前歲治臨江寧，幸獲瞻接，實慰素望。旋復以移節洪州，未久又移鄂岳，瞻企彌遠，馳想彌殷，而衰病之夫疏於啓候，時懷歉仄。頃承命使，賫以瑶函，捧讀無任忻悚。至展賢者之素衷，表儒生之吏績，數千里賴以綏靖，數萬衆獲以奠安，上當聖心，行聞優晉，兹固其所也。鼐久處鍾山，近加昏耄，今尚逗遛於此度歲，明年則决去矣。令弟太守八月曾一接晤，丰采之宣滋暢，治郡之績愈昭，計遷擢亦甚速矣。

## 與秦小峴

侯君至，得惠書，敬審興居萬福。閤下以敷佐休明之烈，兼寢處山澤之儀，雅志歸田，惓焉南顧，固其情也。第恐時事倚賴，未許遂初。若果以杖履東山，俾鼐復承言誨，豈非意外之幸乎？侯君果爲美才，詩文俱遠異流俗，但修志設局之事，非江南財力之所能任，雖制軍主持欲爲此事，而一二年内似尚未有頭緒，侯君貧士，急切需館，未可坐待此也。閤下須更爲籌之。鼐近衰敝多病，不能讀書，文字之緣亦將謝去矣。

## 與慶蕉園

欽慕高誼，爲日久矣！閣下道繼先型，才爲衆望，履甘棠之舊壤，播膏黍之新猷，士民喜昔日之郎君，作今時之方伯，文章、政事並著家風。而鼐亦快賢哲之挺生，揚師門之世美，既深忭躍，尤願趨瞻。前命題照，鄙陋之辭，有汙卷軸，惠書獎譽，想以垂愛情深，忘其醜拙故也。旌旆撫越歸吳，嘉猷彌茂，知晉擢期近，而鼐耄耋之年，或有斂衽奉教之期，則未可必耳。

## 與楊柏溪

去歲暫接言教，别復半年餘矣。即日惟興居萬福。閣下以誠一之衷，潔清之操，强毅之力，往來河海，任國煩勞，有如家事，宜乎神明祐之，助成底績，以乂安斯民也。鼐懦夫，無力斯世，所快者，斯世有斯人而已。承諭爲德清徐河臺作誌文，鼐譾陋，加復衰耄，强應所請，殊不能佳，今擬稿先祈賜閲，如以謂尚可用，併希將鼐復書付其世兄陳石士，聞其留淮安甚久，今已行邪？

## 與徐世兄

鼐自跧伏江干，於當世大人先生多爲睽隔，於尊府夙有世誼，而於尊大人乃未嘗相見，心仰而已。今世兄乃以尊大人藏幽之銘委之撰著，遠將書幣，情辭摯深。鄙陋於文事，實無足稱，而海内君子或過與之，良可愧赧！又不知大葬時日，恐其需速，亟爲草成一本，今寄上。其閒有年譜所未及載者，旁聞得之，以廣懿美。其文不識便堪用不？

## 與錢恕堂

連日晴暖，想佳勝也。昨魚門之子來，知承垂照之厚，眞古道可感也。但吳中一行竟無濟，今欲入歙而乏行資，竊願閣下始終成全之。目下届收糧時，或令效用於倉閒，庶可以勞得酬資適歙耳。料署中本不乏才，或添此一人，可乎？

## 與張古愚

### 一

古愚先生閣下：得七月惠書，敬審多福，爲慰。移守南昌，固爲全省仰戴。所望持節東來，更一接晤耳。鼐近尚粗遣，今年爲江寧吕太守辦府志，草草成書，才五月之功，主人催促，不能無憾，然以爲猶賢於康熙初之舊志也。吕解組悤悤，未能雕板，後來者或刻成，可奉呈教耳。江寧此日凋敝之狀，又不逮竹符臨此之時矣。鼐耄病，亟思歸去，而苦未能遂志，相知又皆遠隔，豈勝悵邪！世兄必爲後來之秀。王匯川佳士，與共昕夕，亦署中之一快也！

## 二

奉别倏至累年之久，啓候疏闊，但時相念耳。閤下政與學優，德與業進，未嘗不遥播金陵，然亦當有報最内覲，一帆過此，少敘離索邪？鼐衰敝日甚，尚滯迹鍾山，今秋重與鹿鳴之宴，亦朽老之慶。但耄及廢學，不足開啓後進，徒爲陳人，兹可愧耳。敝門人劉開，雋才好學，詩文均有可觀，後來士之秀也。以覓館來江右，慕閤下而上謁，水鏡之鑑，必察知其有異常流也。顧澗薲近尚在署中不？今歲何以竟不入闈邪？

# 與熊藕頤

## 一

前者杖履遄行，不及走送，今倏忽逮歲暮矣。得書，知抵豫後闔宅多福，爲慶！明春當能至此更一談敘邪？賤狀尚如故。此閒冬寒，而絶無雨雪，恐大傷麥矣。里中聞亦如此，河南或不然邪？

## 二

昨接手示，敬審起居增福。吾兄居官署養堂，賢子承顏，亦極人生骨肉之慶，第不免少朋友之歡也。設賢子竟奉板輿而至金陵，俾弟等得奉陪，以追香山洛下之盛事，是骨肉、朋友之聚兼備，不尤爲快邪！鼐近狀如常，去歲有疝痛，今年以每日喫蓮子數十粒，遂兩月不痛。古醫書中未有言蓮子治疝痛者，無意遇此，亦一奇也。昨偶在楊存齋家看梅，因與言吾兄而甚思之，惟跂望駕至而已。

## 與熊子升

累年得聞政聲有古賢羔羊之風，嗣家德箕裘之盛，欣頌於懷者久矣。頃者太翁自江寧西來，即以治方兼隆色養，此生人之大慶，亦封内所同歡也。來書頗有解組之思，雖彌適於私門，而頗違於公望，豈其宜哉！鼐衰憊，在此久廛講席，蒙譽愧甚！

## 與唐陶山

八月兩得惠書，具審嘉祉。秋深涼爽，遥度增勝。鼐承命作書，義序已擬作一首，今寫呈。近世人最輕視經義之體，唯僕意尚重之。得先生與僕同心，豈勝喜也！

## 與周次立

使至得書，具審近祉。又承見惠珍食，欣謝。此數日諸公祖方虔禱雨澤，而吾乃飫此甘嘉，良增愧矣。丹徒已得雨不？所示三卷三賢傳，佳甚。又有趙凡夫篆書夢樓後題，皆可愛。板橋字畫筆意亦可觀，然習氣正不免耳。此二卷俱爲題訖。其鍾進士卷，想龔翠岩元本必妙，而臨者不能佳。此等奇縱之筆，貴有高淡之韻出之乃妙。此臨者蓋一尋常畫手，不能得其理也。

## 與陳白雲

去秋幸得瞻接，今經歲矣，想道體佳適。以風雅之韻，宰山水之閒，勝情固不妨於政事。鼐衰老甚矣，安得策杖九華，併再承麈教乎？前蒙諭寫册頁，及素卷書成，苦無便奉寄，今以交王慕韓司庫，當可達耳。

## 與江岷雨

前在皖中，幸一瞻對。今鼐至江寧，而駕歸皖，遂復暌隔。承賜書見問，頃兒曹攜來，乃獲讀之，彌爲悵悵！又獲觀大著，所謂有德者之言，足爲世益者也，敬佩敬佩！已熱，惟起居佳適。石屏羅君文爲撰一首，並與其書，幸尊處爲轉寄，不知有便人不？若無便，或付望江令君師公可乎？拙集謹奉一部呈教。已熱，惟珍重。不具。

## 與嚴半愚

去臘汪君至，得惠書，具審動定佳也。交代事已畢未？當於何時可放歸舟邪？世途宦味，眞如嚼蠟，幅巾山林，寧非良策！但故人遠别之懷，不勝悵耳。鼐益衰敝，疝病竟不可除，亦無可如何也。奉寄玉章三枚，舊畫一幀，又拙刻數種，望攜入歸裝，以慰别後相念。

## 與許周生

承賜書，具審近祉。所患肺疾，得全愈不？鼐久以文學之事，不能大有益於身心之實用，反求於内，略見石火電光之明，一涉人事，仍爲無明所障，了不見得力處，讀來示所自訟，乃即如直攻吾短也。鼐雖在將盡之年，猶願少有進步；而閣下前路方長，濟以勇猛之力，豈衰罷所敢望哉？會晤未期，企想而已。

## 與張翰宣

春閒承賜書，久未奉復，亦乏便也。近想佳勝，著作益富矣。所論文章之事，具見古人學之根柢，非深入者不能爲是言也。獨不信望溪不取孟堅之旨，此其閒別有説焉。蓋以學問論，則漢書乃史家之首宗，豈可輕視？若以爲文論，凡漢書除所取太史公之作，其傳之佳者，盡在昭、宣之世。大抵西漢人舊文，非孟堅所能爲也。其諸志率本劉歆。若班氏自爲之文，只是東漢之體，不免卑近。若司馬相如之文，自是西漢之傑。昌黎極推之，以學論，司馬固遠遜孟堅；以文論，孟堅安得望相如？昌黎詩文中效相如處極多，如南海廟碑中敘景瑰麗處，即效相如賦體也。而先生謂韓文無司馬體，則退之爲文，學人必變其貌而取其神，故不覺耳。韓公效相如處頗多，故其稱之不空口也，望更尋之。鼐今年只在此度歲，恨無由一見，故略報，不具。

## 與惲子居

前得惠書，久未奉復，道遠乏便，亦由懶惰之衍也。聞閣下遭無妄之毁，使人歎慨！今事當已明白，得復官不？承示數文字，皆佳甚，今世那得見此手？第校之古人，當尚有遜處耳。夫古人妙處，不可形求，不可力取，用力精深之至，乃忽遇之。衰髦如僕，豈復能更有絲毫進步！閣下年力猶强，從政之餘，不忘學問，望更勉至古人深處，不以所值自限而已。

## 與□子敬

夏閒承寄書，久未奉復，罪歉，罪歉！初冬想佳勝，尚寄居震澤署中，將明春亦留此邪？聞修族譜佳事，鼐嘗論族譜只當如古世表之體，以簡爲當。若家傳，當另爲書。近世爲譜者，多合譜、傳爲一，故其文繁冗。鼐往作家譜如表體，列行科上安人名，下略有小注，多不過二三百字，少只數十字耳，更不作傳。吾家桐城，相傳宋末自餘姚來，而失始遷之名，其支派之詳，不可得而聞矣，故所載始於元、明之閒而已。譜序已載所刻集中，檢看當自明耳。賤狀如常，安得更一相見邪？

## 與伊墨卿

奉別頻年，道遠無由通問，得書知駕至邗上，不得一接侍也。北行之路，已過半矣，而又云欲返，此何理邪？賤狀尚與舊不遠，命作像贊，勉爲之，不能佳耳。書箑題帖併畢，聊以當千里面目，可乎？雷陰集及惠食物四種，領謝。所示四詩，意甚眞摯，佳製也。但鄙陋蒙譽過甚。其寫本，謹藏爲世寶矣。

## 與吴山尊

大熱，衰年氣短，極以爲苦；閣下當尚不至是邪？前書至，已有復，並手卷、楄字同呈。頃賜問時乃未接著，今必已得矣。懇查康熙、乾隆南巡月日，可得不？建康實録有借處不？若書不多，或即鈔一本來也。五七言今體詩二部寄上，率候，不具。

## 與朱白泉

### 一

前一書，知已達。昨接惠函，具審近祉。嘉謨之經畫，宣力之勤勞，賢臣報國之心，必有以大爲民生之福者矣！所望竣工之速，可以快相見耳。兩大人照已題，但媿陋辭發揚盛美不能寫盡，聊盡傾仰之心而已。

## 二

十二日，鼐爲友人邀遊城西，至暮始返，駕來書院，遂失迎迓。次日知行速，亦不及走送。罪歉，罪歉！連日暑溼，台候想佳好。淮上能不以水多爲患乎？承命記題先照，已擬得一文。其閒尚有數處須問，如長君之號爲何？見任係山東黄縣不？今將原稿寄來，懇爲填寫空字，仍寄還，照以登卷記内。如别有舛誤須改者，祈示知也。長江萬里圖甚不佳。鼐平生不曾見鄒小山之畫，然料其筆墨必尚有佳處，若此稚弱，則不足言矣，當是僞迹也。衡兒在徐已久，審案已多，恐有錯謬，爲公事之害，能令還省，或備差使於督轅，則佳矣。

## 三

昨聞淮上來信，令人駭愕，繼以悲愴，世故紛紜，難以論矣。伏願自守定慧，譬如皎日當空，下之陰晦晴明，皆無與吾事。此乃是本分實在受用處也，兹後復起與不，悉置勿論。獨有平生於瞿曇家風會得幾分，一番提起，眞是衣中如意珠也。鼐無能而又貧老，於白泉今日情事，雖欲助而無由。惟作此言，俗人以爲可笑，智者聞之，當有會心處耳。

## 與王竹嶼

昨得惠書，具審近祉。玉環乃難理之地，得大才而加以誠心爲公，祛積弊而蘇民困，今世豈易見此官邪？賤狀尚如舊，但精神衰敝極矣，目昏尤甚，作書極難，故與相好書札素稀疏耳。李督軍忠勇大節，宿所欣仰，欲竭思爲之賦詠，而耄年才盡，爲搜索枯腸之苦，舉筆不就，無可如何！

## 與齊梅麓

奉别倏逾半載，想動定佳好。散館改令，此未足深悵惜。士貴有建立，亦何處不可自見乎？得缺，當何時南來？更晤，則所望耳。去歲所託字卷，今並寫寄，殊不能佳，但欲以千里面目常對故人也。

## 與沈直夫

新歲以來，遥想興居萬福。鼐推排人間，成一老物。去秋乃以犬馬齒長，聖主爲之加恩，在人理固爲厚幸，然内顧生平，抱愧者多矣。受恩但有惶悚，而父臺又曲譽之，是增其愧也。極思歸里，一領教言，而尚以事累，不獲遽返。八十而作遠客，寧不可傷乎？賤體自去年得一疝疾，不復能立案前作大書。令弟所須，俟天暖賤恙有痊時，或爲書之，不則只寫一扇寄之耳。

## 與姚春木

### 一

頃得七月廿八日寄書，具審平善，爲慰。又聞尊大人卜吉已定，十一月可竟大事，此尤足慰意也。鼐七月病瘅瘧，今瘧愈矣，而手脚心猶時發熱，飲食減少，久而不能復舊，恐便不支。故今頗思回桐城，若今年不果，明春當去矣。不知尚得與足下一晤不？古文辭類纂與毛君寄書，俱收到。不及復毛君書，以經説、三傳補注寄贈之。伊現治經，想尚足以發其意耳。『庾公還揚州，白馬牽旒旐』，此見世説新語傷逝注内，聯略用其意。病後心氣耗竭，草草不多及。

### 二

久不得接晤，消息亦難達。賢昆仲近佳好邪？鼐尚如故態，欲定居金陵而未得成，欲歸桐城亦尚未得也。賢昆仲近作何功？夫學古之餘，當亦不免少習時文，以待試邪？聞王述菴有湖海文傳，想未刻，足下見其鈔本不？其文集當已刻，吾昔爲作序寄之，然竟未得其刻本，幸覓一部見寄，詩傳則吾已得矣。

三

姜、王二君至，得手書，知近祉，慰甚！入志局亦佳，各郡舊志平生未曾寓目，其佳惡無由知。前年修江寧府志，親在局中，主人俗甚，以五個月迫成一書，苟簡之甚，吾甚以爲嫌矣。春融堂集得觀極荷。鼐昔作述菴文序，今其集中乃不載，豈述菴以序内稱譽之猶不至而不録邪？抑其後人擇取而遺之邪？此不可解也。茗字平讀，似唐人詩有之，今不能記。永平詔即用典引序内小黄門傳語。漢時皇帝言率稱詔，不必須書詔也。録國朝文，佳事。今以拙集及陽湖惲令君集一部奉寄，以備采取。不多及。

與陳石士兄弟

秋間傳聞尊大人棄養，鼐初謂未信也，屢見江西人來，詢之，乃知信矣，極懷悽惻。壬戌春杪，皖中一別，豈意遂爲永決乎！不知石士都中奔回，何時抵家辦理喪葬諸儀？今已定不？賢兄弟大孝毁痛，甚望以禮自節，以慰幽慈。鼐遠隔江北，又復老病，不能趨赴一奠，惟作一輓詩，略抒悲咽，今坿寄上。鼐今現在里中，明年當仍居敬敷書院也。特此寄唁，餘續聞，不具。

## 與管異之

前月得寄書併詩，詩句格近老成，此是進步。然於古人神氣超絶、轉换變化處，未得也。陸放翁云：『我昔學詩未有得，殘餘未免從人乞。』異之此時，正在此界内。凡初學皆不能免此，然於此關不能跳過，則終是庸才矣。所望勉力而已！今體詩揚州尚未刻出。至古體，阮亭不取四傑，此是阮亭識力正處，異之豈可議之？必欲補其所少，其惟長吉一人乎？若玉川則不足録矣，須知長吉、子瞻皆出太白，而全變其面貌。異之得此理，乃能善學太白矣。

# 惜抱軒尺牘補編卷二

## 與汪稼門

新年來，伏惟興居佳勝。正月得去臘賜書，並讀大著實心藏説，其言切實而包括廣大，君子之至言，可以爲後世法也。鼐春初苦疝發，第三子病下血甚危，今幸愈矣，而賤目昏眊彌甚，非素紙不能作書，腰膝加軟，精神耗竭，決於秋閒歸里。已告菊溪先生，辭此講席矣。閣下今歲述職定不？不知鼐歸時，閣下明農之志果得遂而相從於山澤閒乎？海内寇賊殄除，良爲大慶，而財用未紓，民生尚瘁，猶不能無餘憂耳。至尊意所定壽藏，以鄙意論之，猶未敢附會。小龍山内確有佳城，而不能驟定。其處女兒山，乃是其水口，其狀猙獰可畏，此以居水口則妙甚，以穴前見之則非妙也。今所定正不免向之，恐非可作穴地也。愚見如此，望酌之。江南今春雨雪太多，麥苗有損，米價雖非極貴，然總在三千外，亦不可云賤矣，未知登麥後何如耳？

## 與方來青

頻時闕啓，馳企維深，恭維二兄大人自莅中州，敷猷期月，廓清奏績，和氣斯流，野有更蘇之氓，天轉降祥之運，仁德彌勤於懷保，嘉謨益著於旬宣。茲當大賢崧降之辰，正當萬寶秋登之候，歌謠載播，朝野同欣，況其附鄉曲之情與於族姻之末者乎？鼐以衰邁，又兼道遠，不獲遄趨鈴閣，舉觴賓階，遥切神依，祝增眉壽。鼐近託庇，癡頑尚如舊態。專肅短函，馳表長憶，伏惟鑑照，不宣。

## 與□芑堂

春杪得手簡，備審佳勝。聞近已移調首邑，以巨才而任繁劇，爲優擢之階，此固其理宜然，然而勤劬公事，亦已增倍矣。弟家居都如故狀，去冬安葬先祖母，今冬安葬先君，粗了此大事。來歲謝去敬敷書院，尚未定所居也。里中久旱，恐欲傷麥，第冬窗晴燠，爲病夫之所快耳。張駿生三哥之次子，南仲弟姪女壻也，以貧故來謁晉藩，欲覓一館地。此子文藝、人品俱佳，必非終於諸生者。弟屬其至晉，必造階砌，望加意拂拭之，必令其居停獲一佳處。非特伊感佩盛情，亦所以成長者誘掖後進之美也。朝夕惟慎護起居，餘不多及。

## 與吴頤齋

奉别經時，想動定佳好，小郎各健勝也。鼐此閒如常，衡兒及馬甥先後俱到，馬甥先歸家，衡兒俟秋閒回也。前月聞令女之病，不知好不？令人縣心。其身體本甚弱，少自檢不到則病矣。想縣中亦無高手醫家，只好服壽民藥，若换人，恐更不如之耳。一切總在親家酌量，看其藥之有效與不。其餘家中瑣屑之事，鼐都不能慮及，統煩親家細密照應之矣。今年水大，早稻尚有八分邪？雒君近有信來不？雁翎扇一柄奉寄，爲左右揮蚊之用。坿堠不具，頤齋五哥、親家賢昆仲統候，不另。

## 與張寧世

### 一

久未奉書，但有馳企，側聞康健，體氣不異少壯，可謂天佑君子矣。□□頗聞美疢，今得痊不？念念！目今宦轍艱難，幸稼門撫臨閩中，故當愈於他省，然鄙意更祝吾兄身事少清，歸共癡頑娱嬉鄉曲耳。鼐辭江寧而就安慶，亦聊取小人懷土之便，至賤體已極衰，惟齒牙未脱，尚能行步耳。往昔故人，晨星略盡，天末相望，能無悵乎？兹因舍弟某入閩，略報併候。春寒，惟珍重千萬！不具。

## 二

春來想動定佳好。奉別遂及一年之久，豈勝懷念！去冬譜孫出痘，乃承至情摯愛撫視，又承親母表妹經數旬之辛苦，爲之照料，遠道聞之，感佩無量！今此兒想可算得一丁矣，已使到學未邪？鼐居此一切平安，但精神今年又不如去年，擬秋冬閒一回家，與諸戚友一快慰也。小郎頸病已痊未？甚念，甚念！紹酒一罈，聊奉清酌。前寄一金腿，想已至。尚餘春寒，珍重，不具。

# 與馬雨耕

## 一

鼐以積愆，殃禍薦至，慈母遘疾，奄至棄養，終天之恨，無可復追！承賜唁問，展讀衷感，即日成服，開弔俱過，而宅兆未卜，鐵門尚欲請安，安則加築；不則合葬他處，此非另得一地不可。目今看得數處而圖之，不知成不？吾兄見託之語，未敢遽承。何則？地之可得者，固當自取；若難得，又何以及君？鼐之眼力又不能無誤。如去年以七千錢買小楊樹灣一處，始甚自喜，今乃知誤，幸其價廉耳。若爲人謀而所費或多，豈堪此誤？吾兄既在江寧，宜即在江寧尋覓，果得佳城，遠葬何害！況本欲遷居邪？三姐若住江寧不成，決於典去住屋，卻典鼐昔買鄧雲將住處，此甚妥之策也。寒甚保重，不一。

## 二

前在里中得惠書，具悉近祉佳勝，欣慰欣慰！去歲安葬表伯，正在歲杪，諸事悤悤，鼐未與執紼，但聞土色甚佳，當可以放心也。尊府近俱平安。鼐於二月二十二日始舉葬事，土色亦不甚惡，於清明畢工，於三月二十四日抵鍾陵矣。卻憶去年至此晤聚之況，邈不可得。淮樹家於三月二十六日葬其次婦，四月半後當來金陵，戢翼未翥，然宦情未盡忘也。邑中親友，大抵不得意之人多，而稱意之家少。米價雖賤，而其餘百物俱貴，爲生者益苦矣！久雨，希見霽日，薄寒不解，客中保重千萬，續報，不備。

## 三

家中今日寄新笋來，殊勝前次寄者。不可獨食，祈午間來共一飯也。

## 四

冬季束脩收到，亦正在渴時，甚善也。若福建有消息，祈遣送。叔固、展青等皆在此候榜矣。有暇更出來一談，前番一聚，良爲勝會，別後想動定佳也。鼐擬十一月初十左右歸去，於此閒先遣復兒北行耳。數日大冷如深冬，惟保重，不具。

## 五

方大哥至，得手示並銀，具審近祉，爲慰。鼐抵家後，一切平安。衡兒擬令隨廣東周學使入京，而周學使今日尚未到，計不過在七八日内矣。冬煖無雪，柴炭尚可，而米價甚昂。宅中之事，與北萊細商：去年欠帳，合本利已有百七十餘金，而今歲八月已前挪扯，利上起利，大有喫虧，又至九十金矣，勢不得不與盡數還清。寄來之銀不能敷用，只得將方姓一項停閣，而日用僅能科至來正而已，喫米僅科至二月而已。今日爲宅上計，只能爲善後之策而已，往之失不必追也。鼐恐南京一時未得人來，不可更令少有挪扯之事。鼐有應寄還王道臺買手巾銀十八兩，年底付北萊，爲定作二三月日用，俱約定錢店三日一支，及早定喫米，以度春荒。四月以往，仍須吾兄接濟。餘自詳北萊字中，兹不備及。

## 六

前月得書併銀，即與北萊、甲甥分撥諸項，已於塔傳行時詳悉寄聞，此時此札計必到矣。數十日來，府上安好，新生之孫殊秀健，可賀也。咨追之事，寂亦無聞，必無患矣。衡兒已於十六日隨周東屏閣學入都，今日必已踰淮矣。鼐家樹坊已畢，先祖母於十八日恭送入祠，見儀筐可告之也。鼐此月内每苦腹脹，夜則手心發熱，服十全大補乃痊，停藥即仍發，衰老之體，殆無復健理邪？

## 七

昨日與北萊同至金山墩，其形勢乃了無可取，乃知傳言之妄，而叔固之抹非謬也。鼐擬此二十四日赴江寧，吾兄家務意欲更有部置，然非面晤不能盡。願今冬駕更一歸，披襟再一商，可乎？春寒，珍重千萬！不具。

## 八

接四月杪手書，具審一切。鼐於前月寄拙集，今當至几前。誤字數處未改，希併取東浦先生處本子爲改正之。賤狀略如常，胸閒猶有凝痛，想更久自已耳。衡兒須節後始能來，來則由此徑入都矣。聞總統失利，極使人愁，舍甥張兼士正在其幕中也。邑中數日前有信來，則俱佳好。兹略報，不具。

## 九

得此月朔賜書，具悉一切。此地得雨雖少晚，然猶有大半收，不至甚荒。至里中得雨更早，秋田不爲災也。鼐自閏月病痢，今雖愈而脾氣未復元，精神憊甚，尚不能出門。於此初三日夜失賊，竊去二百五十金，遂大狼狽，豈非運氣至劣邪？計今年必不能到蘇州，明年則可矣。雉兒在此，不可離之而出也。頻伽古文不及雒君體正，尊鑑不謬。頻伽爲常熟蔣姓求一文字，往時望溪宗伯作文不受人謝，鼐殊愧不能如之，望爲語頻伽也。桐城院考當在八月之中，陳偉人、于野俱新有得館之機，而吾家甫申又至矣，『安得廣廈千萬間』？眞可歎也！簡齋病頗日深，而老人爲扶病至揚州就醫，政不知能小愈不也。鐵松先生於閏月十三日抵里，首印之願大遂，亦佳事矣。聞福撫出缺，不知誰得之邪？

十

秋霽未甚寒，想佳勝也。鼐亦如常，擬十月初九日回里，大約來歲仍不免一來此耳。昨日淮樹家有信來，魁哥進學矣而無名單，其餘獲雋者不得知也。題乃是以大學始教，及踰梁山邑于岐山之下居焉。此地學臺明日起馬，而上江學臺亦定於十六日離安慶也。張勵堂柩已過蘇州。鼐一月未接家信，不知復兒得於何時可行也？東浦先生應已自河上回，撫藩之事當併在一署，尚不至甚勞邪？孝廉方正桐城四君子及吳殿麟、張惺齋等，皆給頂戴，甚可喜。而上江送一等六人，不如別省能有同之者不〔一〕？餘不具。

十一

昨接復兒字，有十月同吳惠連庶常入都之説，但恐未能定耳。鼐九經説誤字甚多，今寄一硃筆校過本子，望依之校改，併取東浦先生處本子改正之，此寄本與郭頻伽可也。前月竊案，至今杳然，吾亦姑聽之矣。兹因何五哥來會李觀察之便附候。餘續聞，不具。

## 十二

月初得手示，知佳好。所云亞父之疾，豈背有癰子邪？頃已痊邪？念念！鼐頃頗苦脾洩，亦大是衰徵邪。聞周公有去敬敷之意，鼐甚欲就近。前與制軍言次已略道之，若撫臺以爲可，鼐更欲辭此而適皖矣。吾兄與撫臺商之何如？香聞聞有足疾，須辭館而歸。吾兄家事必得更有部置，非鼐歸時面議不可。科舉案未出，今歲差幸來録，遺者少於往年，或不大遺漏也。徐芝亭已歸，家書尚存此。餘續報，不具。

## 十三

前月杪有一字，當已達覽。頃聞香聞之痛，良深愴悼。吾兄值此哀寂，豈衰年所堪？平生所聞瞿曇之旨，正須於此際得用，勿付之紙上空談，則所望也。甲哥以十六日得信，即於是日動身赴常州。其搬柩回過江寧時，仍入城與一見也。不知北萊能爲先定一厝處不？邑中此事極難，或且寄玉屏菴邪？觀兒今與應試者先歸，鼐十月底方回，一切須相見詳議，茲不具。

## 十四

今年延方展青在舍，教觀、雉兩兒，而攜衡至江寧，合伴入都，二月杪當行也。爲樊川卜兆，久不可得，殊以爲媿。邑中此事愈辦愈難矣！楚氛不靖，殊使人愁悶。吾兄卜居秦淮，果能決遂不？然亦不知孰爲安土也。率報，餘續聞，不具。

十五

尊體飲食略勝於夏熱時不？中丞公以大賢臨吾桑梓，必大有受福之處，吾等跂足以俟之耳。家延履久住江寧，略無所遇，只得轉入安慶謀之。吾兄居鎖院内，勢不能於外開薦館，然恐遇便有可爲吹噓者，亦或可偶爲一延譽耳。彦容已赴鹽城挂號，其束脩百金，可謂每況愈下矣。復兒八月有信來，尚居何道長家。其年竟留京或南歸，尚未決也。鼐十月杪去此。兹略報，惟珍重千萬，不具。

十六

初聞駕將至，甚以爲喜。接後諭乃知不果，不勝悵然！不知今年畢竟能一會不邪？此時計東浦先生當復任方伯事，吾兄當亦復歸藩署矣。鼐病已全好，而方植之去應院考，邀吾家甫申入課，雉兒讀書，蓋不寂寞。于野有邳州劉公請去，管下百六十金之約而未送關。陳偉人則桃源廖君請之，不日行矣。昨孫四哥又舍蕭縣而來，覓館者之多，安得一一安頓邪！

十七

今日徐先生至，將府報、銀封及詩卷、賜札俱付收訖。鼐俟制軍到後即行，然家中因屏山病篤，小女吉期移早，鼒比歸，喜事當已過矣。八弟改辦錢穀，尚未得妥處，靖江之行未必往矣。端予前日自家來此，住書院數日，云將仍往銅山，今尚未行。知家中一一平安，此聞，不具。

十八

新年以來，惟動定安好。東浦先生之喪，極可傷痛！此鼒十年來海内知交之尤厚者。在東浦，官職、聲名已均無憾，而吾曹之悵豈有涯邪！吾兄進退，如何定局？新來荆公之意何如？若竟解幕務，住蘇似非策，不若且住江寧，與鼒或分或合，更俟後定。今隨便租寓，亦較蘇州爲易也。甲甥在家記念之甚，遠來省視亦其至情，家中一切自能面陳，鼒近況亦詢悉。鼒爲東浦先生欲竭思，或文或詩，必成其一，乃能發區區之意。而在家悤悤，竟不能屬思，必須出門乃可。故今亦不作慰札與諸世兄，望轉爲道唁，遲步當另寄。江寧尚未遣人來接，然料當在此數日内，鼒行期約初十也。朝廷新政，眞足慰草野之望。盜賊亦易平，吾曹遷居之計，亦無庸急急矣。幼女與潘四者正月初已畢姻，老翁又完卻一種心事矣。夏閒或得便相見不？兹草草付甲甥攜呈，不具。

十九

鼒於前月十八日攜兩兒到江寧，後得手書，具知安好，爲慰。江寧風景彌覺蕭索，令人增聚散之感，既而思此亦人理之常，死生大事亦如此耳，可以離去情想也。頃得家信，復兒已將亡九弟夫婦於鐵門葬訖，家中亦各平安，係鼐庚戌年所窨，生記木輕，乾鷄子不壞，竟可放心矣。晴牧乃於鄉閒看地，顛蹶傷臂，其運氣惡劣，殊令人太息也。鼐亦苦右臂發痛，作書稍覺不便。故鄉米價甚賤，淮樹欲於城中積穀，以待不虞。此故是佳事也，但典司者難其人耳。已夏而尚寒，惟保重千萬，不具。

二十

寄書具悉近祉，爲慰。頃已大熱，故此閒頗憂旱，但米價尚未長耳。舍姪於六月初六日得一子，亡弟有孫矣，此事必吾兒所樂聞者也。章八昨赴山東河工，以遲誤不能入而返。吾意此未必非其福也。鼐近狀如故。此月半，於攝山般若臺與夢樓同處三日。此是今年一佳況也。聞蘇州重刻葛板九經，煩爲代買一部寄來，欲與兒輩作讀本也。與郭頻伽一書，乞轉付之。不具。

二十一

去臘得書，具審杖履佳勝，爲慰。新年更宜勝也。鼐去冬歸里，正值江津挐攫之時，而幸平安。臘月復兒大病幾危，幸醫治獲痊。又伊生一兒，五十日而失之。老翁尚能方便遣情，其婦之悲則甚矣。餘事則平安如昔。鼐已全戒食魚肉，然此等亦只是滯名著相中事，若言了當大事，則『全未全未』也。淮樹亦持戒素食，其所處境，較鼐爲難，於淡薄而竟能勇斷，豈非其天資大有勝人處邪！聞隨園没後，閒聞其在帷中歎咤。此翁在日，詆人言佛事，其神識固當入此糾纏中，我輩所當鑑以自警也。三姐尚如故狀，北萊來住新宅甚適，但鼐賣屋後，殊偪仄不堪耳。

二十二

連得賜函，敬審佳勝。比得中丞關聘程儀，相見近矣。大抵鼐動身在二月半後也。復兒與魯成父子擬正月初十日北上，鼐於十九日往憨幢處連住三日，雖魯成父子亦不從行也，令郎吾固堅拒之矣。今冬在稼門中丞家住，見其魚軒葬白嶺地，妙絶人閒，天意殆大興其門邪！目今冬晴，甚可喜。然竊爲明歲憂旱，竊猶當得一快雪或雨邪！草此奉復，明正更修賀也。不具。

二十三

新正惟動定萬福，相對在近，吾曹得多見一年，亦即是天與之厚矣，他復何所望哉！衡兒與儀顓孫於初十日北行，一由旱，一由水，取道淮上也。魯成則於二月初行，彼初有足疾，頃亦痊可矣。邑中諸親家各平安，但艱窘彌多耳。金姓黄連嘴事，愚意以爲有關合邑，只是須禁采石一事，因禁采石而及存菴，已是第二層，此外何足勞衆邪？久晴，初一日一雨，於麥頗有益，然須更得一雨以繼之，乃佳耳。米價昂貴，殊令人愁。奈何！奈何！胡雒君在廣西，蘇潭中丞欲以入薦章，但未知定不？虬御委署，尚不甚寂寞，而晴牧則痔漏日甚，艱於出門矣。鼐欲俟賢良祠春祭後即入皖，約二月半也。一切面敘，茲不具。

二十四

署熱殊甚〔二〕，想佳好也。歸之與留，想尚未可決。鼐以書院讓宋署臬居之，移住學院署，而七月底又讓與懷寧考縣考，鼐即歸家，俟九月學政考過再來矣。衡兒已還到家，中秋後彼又將去。此一歸亦自佳耳，但不知更與兄晤不？略報，餘不具。

二十五

秋涼想佳好，得書知入中丞幕中，甚佳！嗣後相見差易矣。鼐擬府考後至書院，大約在此二十日左右也。邑中望雨不可得，晚禾無收矣。衡兒已於前月之末攜復兒赴淮安去，以老翁日衰憊，難以照看童稚也。離懷惆悵，則固不免耳。鼐近頻宿雙溪，恨不同此遊矣。朝夕惟珍重。

二十六

鼐於今日飯後即登舟矣。持衡於十三日同諶配道隨緞標走，聞道上不易行也。府報如至，伊自可持交淮樹家。寄五七言今體詩鈔一部奉上。餘不具。

二十七

新正以來，想動定佳好。舍閒竟無一大人在家，兩孫愚，惟幸常教誨之，便如鼐在家也。所諭爲令嫂壽文，鼐不敢辭，亦不敢許，今年精神大衰，實難屬思爲文。此後或遇人大好時，或高興執筆，而不能勉强，近略静坐便打瞪，似大勞碌神氣，應酬文字，豈可勞心？若得一人代筆，但用賤名，則大妙矣。制臺尚在淮上，四月或一來，府志必不辦，而吾亦不能辦矣。

二十八

清明後春寒特甚，衰老畏之，吾兄想不爾邪？承賜詩，愧何敢當！第前章用四朝，此乃改姓之朝，似非治安之世所可用，必須改去。其次章則佳耳。

二十九

前聞吾兄被病久不愈，甚憂之！頃得書，知已痊，可欣慰！天下之不可治者，心病也。若吾兄之心病，乃與鼐同，此豈藥餌所能爲力哉？魯子山來此，言吾兄病若閒時，不妨仍住伊處。然鼐意苟可安居，則勿出門矣。鼐今年大約仍在此度歲，明歲乃縣車耳。近有脾泄病，喫重油則發矣，常飯亦較舊少減。由老至死，固當漸至，亦胡足怪哉！

三十

得五月廿七日書，具悉近祉。鼐近平安，但脾土終不佳，倭硫磺已盡矣，覓求尚未可得也。江南通志必不能修。鼐思歸去，但憂無屋住耳。近書院修理極整齊，然三宿桑下之戀亦陋也，吾兄何以爲鼐決乎？依傍鼐住者固多，然八十老翁安能盡力爲此曹計哉？冠海欲住江寧而不能，不得不返。世間事不能如其志，固往往如此。衡兒尚在徐審案，此處命案極多，吾甚憂其造業，託朱白泉爲謀召回，不知得不？至其窮苦，則吾不能計矣。

三十一

履端令序，惟動定萬福。鼐尚如故態。雪霽山青，安能便偕杖履入雙溪探梅信邪？去臘家事承照，八十老翁當安坐受子孫奉養之時，而反尋錢以供子孫之用，能無爲一笑乎？邑中光景不佳，可想而知。姑置吾一家之事，恐杞人之憂方大耳。鼓缶而歌，聊以自遣。尊懷亦宜以此自寬也。

三十二

新年惟動定增福，杖履所向，尚復有詩興邪？鼐狀亦如舊。衡兒謝江都事，頗致虧累。昨日來省，今以制軍明日歸署，於江浦接之矣。鼐擬此番見菊溪，告以欲歸去意也。雉兒以走路稍多，遂發腸紅，今尚未全愈。數日内雪稍寒，衰年頗爲瑟縮，吾兄尚不爾邪？

三十三

近想佳勝，大壽不得與稱祝之列，性又不喜作壽詩，以奉懷一詩奉寄，覽之可發一笑。寧遠之孫得中，亦甚可喜。兖豫軍興，而江南已不免擾攘，不知數日來便得靖不？甚可愁慮也。

三十四

前月得書，具審佳勝。浮山雅詠已付賢孫，命工裝裱矣。此亦邑中一佳事也。賤狀如常。今日百中堂來書院，面辭之，欲秋初謝館事矣。今年必可從杖履入龍眠矣。苦寒嚴雪，今日始霽，不知里中亦如此不？

三十五

前書未發而接讀佳章，淩紙怪發，英氣勃然，正如少壯盛時，孰知爲八十老翁之作哉？快甚！東郡尚未有全靖的信，江南已有軍興之擾，杞憂亦何能免！方葆巖以兵革之事奪情，誠事勢之宜也，已定於初七日北行矣。

三十六

前月寄一書，不知何時達？近想佳好。鼐此閒如常，前告彥容得館事，今又不然，令人悶悶。荒年艱窘，飢民死亡時聞。此閒辦理似尚不逮吕公，吾前謂吕公猶差有可取處，而同鄉諸君信來言，八月初十日出示，徵下忙錢銀，豈誤傳邪？抑本不欲徵税，爲吏胥之所惑乎？不則，吕公下鄉而幕賓照常例出示乎？此理殊未明也。鼐今年邑中田既無收，此間僅有稻九十石，而書院中月食米五石零，計所蓄僅食止明年二月。而書院月用須四十金，束脩月五十金，萬不能除一半買米。今定於自十月起，上下俱日食一飯一粥，以待年豐米賤而後復舊。設法以求不可指準之件，不若儉苦以養自完之素。吾兄亦以吾之謀爲不謬邪？計吾兄今年亦必大窘窄，而儉約亦必若吾。凡諸戚友，俱可以此告之，舍此必無他良法矣。秋晴絶無雨意，麥不可種，明年尚未知作何狀耳。佩箴頃自宿遷來云：糧艘一隻未回，運河大竭。公私之憂，豈有已邪！

## 三十七

新歲想增祉。得八月書，略審消息。苦寒極可畏，老翁殊不能堪耳。鼐又加目昏，作字極難，故久不奉啓也。令孫淮郎出門歷練，亦甚好。我輩之於子孫，聽其所至而已。衡兒六月即赴泰興，其佳不亦安可必哉！吾方不能爲孫延師，稍自課之。其資俱極悶人，亦無可如何。石甫未到，想遭逆風也。

# 與方植之

## 一

春閒想佳好。離去中田，非足下之願，而石士兩有書來，盛言欲攀留之意，而彼此皆不獲如願。此人事舛誤，殆各有數使之然也。尊公今年意興甚佳，鼐亦如故。石士字來，云二月必入都矣。拙集去秋補刻甫竣，今以一部奉寄。五七言今體詩選定後，乃更有删評，其批本不及奉寄，須後相見出之。鼐於此二十四日，攜觀兒、雉兒俱來江寧。今秋鄉試，文駕必來邪？抑尚遲疑邪？

## 二

兩得手書，具審一切。託居六安，固非久局。今不知定當何往？能得南行一相見乎？鼐自六安歸後，病半月，今已愈。然猶虚怯，擬廿日赴郡也。體中今大愈不？授徒之暇，能略自用功不？兹因女壻潘北奇赴豫過六安，草數字，其餘可俱問之。

## 三

惠書至，略知近狀，又須更覓館地矣，使人悶悶。不知今已抵家不？吾此番來江寧，相去遠，兹後會面甚難矣，悵悵！寄示之詩，乃未見大進於往日，良由與俗人唱和，覺其易勝，便不復追古人，此何由得自卓立有成就可觀乎？大抵學古人，必始而迷悶，苦毫無似處，久而能似之，又久而自得，不復似之。若初不知有迷悶、難似之境，則其人必終身無望矣。爲學非難非易，只在肯用功耳。

## 四

得前月見寄書，具知佳好。授徒之暇，想必進功勤懇也。鼐入夏來殊不能佳，故是老病日臻，其奈之何！令徒索書，不知其字，姑寄一單款字與之，並課徒草一部，其課讀文尚未印出也。衡兒下第後亦有信，恐其往濟南覓館處也，若不得，則必歸矣。鼐在書院皆平安。學政來考，大概七、八月閒事。足下想臘底回家邪？抑便在館度歲邪？吾前月往小龍，稼門云正月乃接吾書，此固其推辭矣，然□君亦不□安也。

## 五

屢得手書，具審在館佳適，甚慰。所願努力進功，亦須愛嗇精神，令此身無病，乃堪著力苦勵也。大概每日定養此心，令一念不起。如此常自强，久當有自得處耳。所示文雖不甚劣，然於成化乃無一毫近處。觀足下乃是以才氣見長者，只可學啓、禎人作文，切勿躐等，致有壽陵孺子之誚耳。若必欲知成、弘人文，但熟讀深思秦、漢人文，眞有見處，則知此亦不難。但此事如李安溪之類，便爲門外漢，滿口亂道，欲令時人解悟，亦豈易言哉！又吾嘗論成、弘文，自是成、弘之題，故吾取文必兼取後賢者，正以題有宜也。來文四篇，而三篇割截題，雖眞成、弘人爲之，豈能見其妙哉！

## 與張阮林

### 一

得七月所寄書，具審佳勝。獲讀大著刻本，欣忭！欣忭！用功如此，誠不虚捐日月矣。更望精心勤力，常有多聞闕疑之美，所入當愈深耳。汪梅湖詩，吾此閒無全本，汪鋭齋欲刻之，故吾爲作序。今刻既未成，須俟異日。館中所定，何必遽足爲天下後世定論乎？鼐衰弊日甚，絶不能讀書，目昏極苦作字，爲將去之陳人，所企望惟斯世之英少而已。冬寒，惟珍重千萬！不具。

### 二

舟行於何日抵家？途閒想佳勝也。詩存爲披閲一過，已見精心學古處矣，而不能大有超詣。但用功不閒，忽遇勝境，亦不須急迫求也。

左傳亦大有功力，鼐近得程魚門左傳翼疏三十卷，其書亦甚詳密，其用意亦與足下相似，凡異於杜注者，皆采録之。然吾意此是近時學者習氣，苟以謂世所推之書，吾必欲攻其短而已，卻未嘗衡度是非，必求允當也。杜注誠有未當處，然其是處甚多。若見一異説則急采之，祇是好異，非爲學矣。如鞶厲，杜説自當；若如康成以爲佩囊，則是左右佩用之事，非禮服之重，安得云昭其數乎？古人身有素帶、練帶之屬謂之帶，革帶之屬謂之鞶。對文則別，散文則通。故此處上云帶裳，又云鞶厲耳。又杜云紞是纓自下而上者，纓本自上而下，今自下而上，則非纓矣。然不用『纓』字，則語意何由得明？此本無病，而足下皆駁之，反自爲意之滯也。至於『大別』一條，雖本地志，然地志此處説最不可通，必不可從。鼐九經説已論之矣。楚北境連山障蔽，其通行道路，西則義陽三關，即左傳之城口大隧、直轅、冥阸也。東則必至吾鄉之北峽關，乃可通行。若三關之東，北峽之西，山高嶂疊，鳥路艱險，南北用兵，不能取徑，惟元之伐宋，一出於麻城木陵關耳。若洪水所出，則又在麻城之東，若吴從此路，必須行今羅田、黄州界内，山高路迂，是自敝也。且濟漢而陳，自小別至於大別，如足下説，則其陳牽連一千餘里，此其説尚可通乎？其餘諸説，鼐精神衰憊，不能盡爲尋考，但更自究心耳。

大抵著一好書，非數十年之功不能成，不可倉卒也。魚門書是鈔本，無人爲刊刻；若刻，亦須得一大讀書人稍爲芟節之。此豈易言也？

## 與張蚓御

### 一

今春在江寧作一書，封於衡兒信内寄吾甥，因衡兒出京，將書者遂併持返，良可惋也。

然所言欲甥定婚事，今知已畢姻矣，大可喜也！佇望熊兆耳。堂上近安好，諸女皆得良奧矣，賀賀！晴牧覓地，雖目力未必逾人，然頗能勤苦，此亦自其佳處。果如此不懈，要必有得，天眞不負苦心人也。聞甥將南歸，甚善！然恐秋有恩科，則必輟行矣。頃新城陳石士爲吾刻時文，今寄甥一部。吾所選五言今體詩，失其本，望鈔一本見寄也。

## 二

在金陵得吾甥書，具知近況佳好。所尤望者熊羆之夢，不知早晚可冀邪？愚於十月還家，將前婦葬於竹園窠，來春卻葬亡弟於鐵門，以了吾身之事而已。晴牧於此，可謂能勞心苦力矣，而未得一妥貼地方，以畢心願，此事固是難耳。今秋冠海自家向江陰去，過金陵，共聚兩夜。似其意於尋地亦懈矣，良可慨也。吾所撰九經説，有旌德朱生允爲雕板，明年或便可成矣。詩、古文尚未能議及耳。今將陳夫人墓誌、敬敷書院課讀文奉寄，甚思一夕面談，明年能一歸乎？戊午則又當應試矣。在北方交遊中見佳士不？幕務之餘，作何功課邪？

## 三

觀兒到江寧，具知吾甥近狀安好，所患臀疾，漸愈可行矣，玆爲慰也。覓地事有可就不？甚念。墓誌已爲撰就，似可用，只待填寫地名耳。鼐尚如故態。法帖題跋外間見者多以攷證見推，然吾意實以論書法處爲重，惟虯御能深解此耳。

## 四

新正惟動定佳勝。宅中極平安，鼐家亦平安。衡兒於此初十日，由旱路入京矣，係獨行無伴，以一轎兩扛車也。鼐與周茨山互易書院，各免涉江濤，約二月半至皖中。邑中諸戚友都無恙，而大勢彌就艱窘，米價貴至升幾三十錢。初九日得快雨，乃稍定耳。甥署事卸未？小郎頑健可喜，已斷乳未？吾舊歲在江寧作兩書，不知何時乃達？桂林見寄書時，知尚未見也。

## 五

春初一書，想已達。近當佳好，現署何缺？不至空閒邪？小郎想更頑健，伊有得弟信乎？鼐與諸親友大抵皆如舊狀。此閒時見雨耕，伊以家事之壞敝，時爲鬱鬱矣，然精神尚可。此九月内，雉兒娶婦。然吾留此須十一月歸去，畏家中地偪而人鬧也。有新選平樂府昭平令羅奎章者，係戊子通家。其人已至粤未？其光景如何？望爲一詢之。晴牧痔殊未痊，吾爲起庸人擾之之歎矣。

# 與張兼士

## 一

久未得消息，甚念，甚念！在官想佳適，新年當增勝也。去臘師古赴粤，至署未？今當動身北歸矣。吾此間平安，九、十兩息婦俱來居於此，自課櫆孫讀書，固不寂寞矣，衡兒十月署江都，臘月卸事。此缺近爲累缺，加以兵差，遂令身有未完矣，且挪扯度歲耳。吾今歲必回里矣，八十四五之人，豈應尚作館哉！中原兵事已靖，江南制軍明日歸署矣。衡兒今日往江浦去接之也。大遥何以不來補官？署中須其照料邪？若又開新班，則相礙矣。吾近目昏，作字較艱，疝氣間發，然不甚也。彦容得江浦館，蕡生得餘杭館，潘蘊輝得沭陽館，餘皆粗遣。粤中通書極難，兹坿劉大哥處，想可達耳。珍重千萬！餘不具。

## 二

得去歲書，知佳好。入今年來，當彌勝也。小邑事少易爲，又不通孔道，免差務之繁，此吾所最爲甥快者；若求調繁，乃是苦耳。井樓能來下場不？若今未動身，則是不來邪。吾在此平安，去臘未歸，雉兒與其生母俱在此矣，衡兒攜其妾在江浦。吾擬今秋暫回家，明冬乃辭館去，不得早休，良由老翁命苦故耳。至於南京買屋之計，則輟止矣。大遥在此，妥貼平安，署印則今年殆猶未可望也。

# 與香楠叔

## 一

新歲遥想起居增福。官況必倍泰進，舉族可覬速登顯仕者，吾叔一人而已，安得不跂望之殷邪！姪近平安，然目加昏，又疝氣始發作痛，此爲不佳。去歲令長孫娶婦，又爲捐一監下場，遂將老翁所積留充送終之金全費去。今以八十之年，不能急歸，尚須作館以自給，豈不可傷邪！

生平詩文多隨手與人持去，未及留稿，亦不復自記，若此者多矣。『千帆落日鱗鱗白，萬壑秋聲葉葉黄』，設有人以爲己句，向姪誦之，姪不能知其爲己物也。賴吾叔之賞鑑而存之，亦翰墨中一重佳話也。自刻詩文集後，復有所作詩文，合可十卷。姪意不欲更刻，或待死後，併前更刻一全集耳。

## 二

姪老病懶廢，久不奉啓候。頃陳笠颿方伯使至，顧承吾叔賜問，展誦欣忭，彌以慚悚，伏審頻年起居萬福！膝前幼弟聰俊健壯，行當入塾誦讀矣。知吾叔籌策蠻夷，履行谿谷，使跂喙得安其業，而國家永奠疆圉。孟冀之告馬伏波曰：諒爲烈士，當如此矣！今吾叔亦何愧於斯義乎？

姪本意託居金陵，然非千金不能買宅，營之數年，卒不可得。而目昏體敝，日甚一日，明年八十四歲，安有仍作客之理？決計必歸去也！

秋闈桐城雋者四人，而吾家無與者，此亦未可如何之事也。今秋江南啚收，不爲豐，亦不爲歉，粗足贍食。而黄河復決，大吏駐旆於水涯，羣吏努力於畚鍤，加以帑屬匱竭，度支艱難，此爲近時之害也。

與亭人兄

前得來諭，具審一切。目今厝事想已辦畢，他事猶輕，尋地要緊，祈吾兄各自究心，地師難信不待言，即黄咸老亦時有高興之語也。伯母大人所寄皮袍褂俱收到，循覽曷勝悲咽！弟今秋小病，今已痊愈。現在本衙門已保送御史，擬將來一得御史，無論能自給與不，決然回家矣。緘口則難，此厚顔妄論，則貽憂老母，且伯父遺訓，何敢忘也！九弟本擬與江六同伴回家，今因雇騾不便，大概與思州年内同行，明年須於里中爲覓一小館乃佳，不在俸之多寡，欲羈其身心，俾讀書耳。

與弼諧弟

前聞吾弟在廣州閑居，甚以爲憂；今知已得於劉君處授讀，甚爲可喜。想近狀自佳勝也。鼐十月自江寧回家，明年定於居敬敷書院，可免涉江濤矣。樹德各房一切平安。韶州守章君淦者，鼐通家也，與伊一書，煩爲覓便寄去，想亦易易也。貴居停處，可略道致候。

客邸惟珍重千萬！不具。

## 與四妹

### 一

四妹覽：施二至，得寄字併各件。遠承費事，謝謝！知與儀顓近狀各佳好，爲慰。我在此平安，疝氣不能大愈，卻亦不爲大害，但此後絶不爲人寫字矣。我今年生日，家中可只照常，不用氈采，不收禮，雖公禮亦不收；不請客，若父臺等到門，回之，次日令復兒持吾名帖往謝；家中酌辦六七桌早飯或麵，留本族至親一飯而已。總要清簡，不要熱鬧也。復兒明年從進之，甚好。此人在吾家爲有人品、學業人，耆兒、櫆兒先生，搭學外邊卻不妥，可更商量。小兒許親事，家中總無回信，何故？

### 二

四妹覽：近想平安，我在此亦平安也。觀兒字來，説典伯府事，我意北門屋賣成，乃能典此屋；若北門賣不成，而買屋用去六七百金，我歸家何以自給乎？我意以住金陵爲佳，若定住金陵，則今冬必回來相見；若不住金陵，明年辭館回家，永不出門，此非有定住之屋不可，須待賣屋之後乃可定耳。我有存晴牧處三百金，今撥與三房子婦分之；七、九兩房更分冠海店内百金，各取五十，雉兒此閒有蕙借五十金撥與之。我若回家，令此三房媳婦各每年供四個月，計其息銀可以彀用矣。恩兒去歲所用買紙之五十六兩，不必退出，貼與做生意爲本可也。其每年公中祭埽、辦酒等事，派與管公之人，不開吾賬，我但貼孫兒學俸而已。此皆自明年爲始。十娘生女，吾已面許與斡子爲媳婦矣。今寄十娘坐月子銀四兩，又寄吾妹銀八兩，可查收。其銀皆胡冠海兑會，伊有字與其家，可持取銀。和哥聞已自江西赴廣東，可有信回來？其起文，吾聞婺源庶常董桂敷説：伊起縣文用八兩，府文八兩，司文八兩，院文五兩，惟司書尚説要略加，大概合算三十一二兩足矣。想和哥可照此式也，不必與包。看看儀顓。餘不具。

## 與師古兒

### 一

汝身子即不健，不必鋭意作時文，卻不可不讀經書。蓋人元不必斷要中舉人、進士，但聖賢道理不可不明。讀書以明理，則非如做時文有口氣，枯索等題，使天資魯鈍之人無從著手，以致勞心生病。且心既明理，則寡欲少嗔貪，清浄空明，則爲知道之人。其可尊可貴，不遠出於舉人、進士之上乎？汝但宜時以此意，以讀書向道爲養病之法，則於汝父亦無不足之恨。如應考等事，不去何害！若强所必不能，徒自苦，又何益哉！

## 二

得汝前月十六日字，所云送考後再來，與吾意同。吾近疝氣亦小爲患，今日製金匱腎氣丸服之，或佳也。我昔葬九叔、十一叔，費各五十金；今五伯父應依此例，結五十金一會，我與三兒各一股，行可、信符輩各一股，儘此費可葬兩棺矣。喪事稱家之有無，不須講體面。此不爲孝〔三〕，久閣枯棺，乃是不孝也。汝可將此告三娘，併與諸親友議之，速定寄信，辦成須待冬底矣。

### 校記

〔一〕不如　疑當作「不知」。
〔二〕署　當作「暑」。
〔三〕孝　當作「不孝」。

# 跋〔一〕

徐宗亮

右惜抱先生尺牘一百一十二首。宗亮校其目，曰：先是，新城陳氏編先生尺牘八卷，刊於道光癸未，海内學者家有其書矣。聊城楊氏續用高徵士寫本重雕，尤精雅可貴。以私家所藏，傳印甚稀。今長沙坊市復有通行之本，顧皆依用陳編，别無增輯。往吾鄉張星宗上舍煒，爲先生彌甥，收弆遺墨頗多，尺牘一種裒然成册，皆出陳編之外。後舉以歸馬慎甫同守起升，因併所自藏入録，旋皆燬於兵燹。輾轉鈔撮，稍還舊觀，而年月字句不免淆亂失序。末學檮昧，未敢妄爲舉正，謹攷鄉貫異同，釐爲補編二卷。其年輩後先，亦就卷略加詮次，以付剞劂，併貽海内學者云。

光緒己卯春三月，邑後學徐宗亮記。

### 校記

〔一〕本文原置於卷一之前。題目爲校點者所擬。

# 惜抱先生家書

# 惜抱先生家書

## 致二兄嫂〔一〕

六弟鼐恭叩二兄嫂大人萬福新禧！連得家信，具知安好，爲慰。八弟已得館，尤可喜也。家中尊幼俱佳。去臘十一日，已於小龍尖辦就葬事，竟得蟹黄佳土。其尤佳者，止闊尺餘，斜行從右邊祖母棺首，左行至曾祖母棺末，凡來觀者，無不歎賞，似非僅尋常乾暖而已。又恰值十餘日晴暖，鼐於二十二日將二級造完，冢上加蓑衣土訖，山石壙，山石拜臺，白石望柱，用灰一百四十石，屏山公司土。乃回城。二十三日，請總憲點主，即上香閣。惟三級兜金未砌，莊屋未移，又安姓田屋未買。若買成，即共須七百金；若不買，則合計前後用度五百金足矣。已收樹德公費一百三十五兩，大哥云尚有六十五兩續交，其餘則鼐與十一弟且當勉辦耳。七叔云要樹德、初復各認一半，今因事未完，故賬亦未結也。

鼐今歲似尚在敬敷書院。穀兒今日辰時生一女，大小平安。馮兒於二月廿八日娶婦。觀兒定與君介大姑兒聯姻矣。去臘親戚家固多窘，而莫甚於四、八兩妹，鼐大爲所累矣。

今春擬將八妹送與煦生，其在家眞吃六穀糊，而於事了無益也。邑中現在春雨，今歲或可冀豐稔耳。此聞，餘續稟，不一。

二兄嫂大人。八弟處不另字，可即將此字寄與閲之。

六弟鼐叩，正月初六日。

## 致大兄二兄〔二〕

前得來諭，具審一切。目今厝事想已辦畢，他事猶輕，尋地爲要。祈吾兄各自究心，地師難信不待言，即黄咸老亦時有高興之語也。壬戌分共收到四十七兩，内短平四錢。又夏間買扁聯用五兩六錢，存三十一兩與黄州兑止，曹枰三十兩。行狀因值慶典時不便送，擬臘月初分送，公已開出單矣。

伯母大人所寄皮袍褂，俱收到，循覽曷勝悲咽！弟秋間小病，今已痊愈。現在本衙門已保送御史，擬將來一得御史，無論能自給與否，決然回家矣。緘口則難此厚顔，妄論則貽憂老母矣。伯父遺訓，何敢忘也！

九弟本擬與江六同伴回家，今因雇騾不妥，大概與思州等同行，明年須於里中爲覓一小館乃佳，不在俸之多寡，屬其身心俾讀書耳。此稟大、二兄大人，八弟統此。

弟期訏鼒叩，十一月二十八日。

## 致二兄嫂

入秋來，伏惟二兄大人起居安好，尚在欝林否？鼒前有一字，併寫與奇藩臺條幅寄家帶去，不知到否？弟此間平安，家中無他，獨穀郎之婦於此月初殞喪，此猶是久病之人。所最可痛者，端郎前月尚在此考□，吳興無一入泮者。昨忽傳聞其於此月十六日夭没，病才六天。既無遺嗣，聞大兄命以騋兒之次子爲之嗣，大哥尚未有字與弟，而來説者甚的。此於理自是，而家運不佳，一月之内連遭兩凶，失此成立之子，又當凡百艱窘之時，想吾兄聞之豈勝駭悼耶！

前日，馬晴田之子小和過此，云欲往二兄處學幕務。此事甚奇，想亦旋到。彼言端郎甚痛，渭川以爲不可濟，弟猶疑馬小和之妄言也。

邑中荒旱頗甚，當事方議賑恤，然安徽災處太廣，錢糧不足供賑災之用矣，以此未有定局耳。此間按察司司獄許公係家住桂林，時有人來。若有信來，可向其家附便也。聞頌年欲令小蒲與馬于野秋間動身赴越，未知决否？煦生得吴江縣丞，舉家赴任，雖云缺平常，然此等荒年，有處糊口便爲大妙矣。此稟。二兄嫂大人，八弟統此。

六弟鼐叩。七月廿三日。〔三〕

## 致二兄

（上缺）而飯後小蒲至皖，同馬于野、騤兒同行，（下缺）西至廣西，未知其到與此信孰先後也？屏山公買懷寧一處地，擬今年十二月廿一日葬墳。其地白虎斜長，以是木星開丫，故雖醜而不害其爲地。弟因此地思及洪家墩，亦是木星青龍斜長，又皆是在下手，以此度之，終爲可用。昔爲胡觀海所阻，故不用耳；今以觀海之言不售者多，不必拘其説。此地峽□又有土，何爲棄之？鼐意伯父母厝處未安，決須速葬洪家墩。若於明年用事，方向大利。吾兄與八弟若意狐疑而未能決，可虔心取易筮之。此終是聖人之訓，與術士之論不同。如得吉筮，速寄信回家中，當速辦也。餘具前稟，不復贅。二兄大人。

七月廿三日午後，弟鼐又叩。

## 致八弟

帶虹歸時接吾弟字，知已至廣東，客況安好。但不知今尚居臬署，抑曾得館地否也？吾四月在省，忽得十一弟在鳳陽四月十九日之凶信，遄歸發喪，及辦理迎柩、建厝屋等事。

至六月初二日，馮姪始扶柩回里，厝於半鋪。諸事粗定，而余遂有肝鬲之疾。六月入都，閏七月歸來，至今猶覺不能健旺。又此番喪費約三百金，其半出於鳳陽，其半出於家中，重受其困，不免增益債負。差幸母親悲傷之餘免於大病，眠食猶舊，此便爲佳矣。

十一弟數年來助吾任辦家事，吾但從容坐讀書册而已。今乃略無相幫之人，而身事紛紜，茫然無措，彌覺苦惱，轉恐此軀無永年之望。又女壻符徠從没于正陽關，而煦生閏月初三殞於吴江，今其家眷扶柩將返矣。妹、女俱孀，吾亦何以爲心哉！煦生田屋俱賣，下無立錐，今擬住其家賢良祠之旁屋。九娘欲引媳婦來家，恐浣兒之婦正亦須如此爾。凌霄三哥已於八月初十日回家，典應宿屋以居，其宦囊粗可自給。若非殤子，便爲福人矣。廣西至今李脚子未返，必由無錢以與之故也。穀郎今年竟未去鄉試，以盤費難。大嫂七月又病，亦以荒素也。今大嫂病則愈矣，但貧不可療耳。吾弟今始謀館作生計，恨爲之太晚，然猶愈於不爲，勉力吃辛苦，忍氣要緊，冀以少撑門户而已。

諸子姪復無振興之才，吾輩豈復得有安享之日耶？言之倍可痛耳！

吾擬九月初二、三往皖，兹略報，餘不一。八弟覽。

八月廿日，兄鼐寄。

馬外甥女殞於七月廿五，根華想尚未知，餘兩弱女，依於其叔，可傷之至！丙午。

## 致弟

祖父墓上看此壙，左爪挺在面前，歸與章觀察諸公商之，皆以爲宜去壙。又今年碑尚未豎，擬明年豎碑時折壙改爲番金，碑或立冢前，或立其後。又立祖父墓表一通於左邊，以配右碑也。其白虎爪用土添補，和尚包去計今年所用三十金，明年再得十金，可畢工矣。

我明年定於鍾山書院，三月初去。吾弟館地，想當妥貼。浣兒至家，想須令其畢姻，然張親家住屋内當無房與浣兒也。八妹已搬住沈兆舊屋，然亦甚擠。雉兒甚壯實，異日傾丕或在此兒，恨二哥不一見之。

早晚千萬保重！餘不多及。

臘月廿六日，兄鼐寄。戊申。

昨見自廣州寄來信，知在臬署。家中今平安。我新在竹林莊取土，竟得蟹黄結一，生塋決用無疑矣。正月初十日又書。

## 致四妹

四妹覽：

頃家中想各平安，我此間平安。今寄來火腿一隻，妹可查收。又公中那我白銀九兩七錢，价藩處繳還，還來四妹取五兩，三兩與元姑，餘一兩七錢與十二姑，略以贖冬衣也。我今年受衡兒之累，手頭甚窘，故無銀多寄，不知明年何如耳。歲底我與人壓歲錢已慣，勢不能省。惟我生日可不會客，不設飯，此由在我，可省者也。諸孫先生甚難得妥，亦在他們自發恨耳，先生豈能爲力哉！此地今年格外冷，家中不知何如？獻生想常有信來，諒不能大有所寄也。

十月十六日，姬傳寄。

## 致觀兒

觀兒覽：

昨汝二舅到，得汝字及筭子、文集，又得依平字，云五瑞定於初六日往浙江，甚好。而先接翼聖字，又云須夏秋間，二者孰爲定耶？又依平令吾作字寄嘉興伊太守，不知伊太守已陞廣西道，曾經此地赴任去矣。汝見依平五叔可告之，吾不必復與回字也。又馬獻生頃有字來，云伊在張太守處頗好，可告之四姑母。又云北畊有字與張太守，云其病已愈，可以赴館矣。而張太守先有請方八先生之説，甚爲難。吾思北畊係其舊友，又甚苦，自當讓北畊去，方八先生可另圖，見八先生可亦告之。幹哥來時，可將吾房中架上大白紙帶十張來。

四月初二日，惜抱老人。

## 致觀兒

觀兒覽：

接汝端午日信，知平安。此間俱安好。我服琉黄，日不過二三釐，不至爲害，但脾土終不能甚佳耳，然不敢多服也。麥已收，不過二十六七石，正擬賣去。寄來白銀兩錠，一以五兩。與恩兒赴廣，一四兩五錢。汝可將作盤費。上江院考必是七、八月，下江亦當在彼時，吾欲便趁其時一回家矣。十二姑夏布褂可急爲贖來。

五月初十日，惜翁字。

## 致觀兒雉兒

觀兒、雉兒覽：

家中近想平安，此地亦平安也。三里岡車夫云：初三日遇著恩兒。伊初四日必到家矣，想亦平安，其病塗中未發耶？

今年書院中擬打牆安門。家眷可定於正二月動身，動身後，十娘搬上層主屋，十娘之房讓與六娘，以便徹廳改造也。家中冬至想俱做完，諸無事耶？昨朱白泉過此，説四叔伊帶至廣州，爲託首府薦之，想必可得館。以莊六月。已生子，甚好。可告之二姑母及聰彝大叔也。餘俟馬十三哥回家再詳，玆不一一。

十一月十一日，惜翁。

## 致恩兒觀兒雉兒

恩兒、觀兒、雉兒覽：

得信知小姑兒奄喪。此女苦命，極可痛。念其拖延受苦，又不如早去也。目今想葬事已畢，其所存之項當彀用矣。

恩兒不往廣東爲是，只做生意爲佳，但要極其誠實，切戒欺詐。此便是做人正理，即發財之道也。

觀兒或於此月内動身來，或與章八同行亦可，但恐彼在洲上有擔閣也。我已作書寄之，託爲扣何五哥向所借尾賬百金，汝可更往問之，若得便收用。譜兒可有大好？其參藥之用，俱歸公賬。汝來時不必帶米，此地常吃米，不過三兩五六錢一石，聞家中亦然，但升斗大耳，計無甚巧也。河源縣與江西灨州接界，好在不濱海。不算甚遠。其無信來，必是尚未到任耶。榦子全結實否？甚念，甚念！馬和哥不去亦可，此時海上多事之秋，不如仍赴山東耳。我爲汝梅作朱太守札併文集一部寄來，可付汝梅。惜抱軒稿併三傳補註板，可俱尋出帶來。桃花手巾要二三十條。五姐兒可全好？可能家來？曾運使買吾字畫，寄五百金來，此地買屋有其半價矣。大抵住南京及回家各有好處，各有不便處，天下事那得十全哉！寄來紹興酒一罎，送小姨老爺；蝦醬一罎，聞五姐兒喜之，今寄與。栖兒乳今彀否？不要雇奶子耶？復兒今已請管培教之，開學矣。譜事當已畢，可帶本來。小山清明已做，去歲全無收，我處塾用。可問五瑞今存銀有三百否？有則可做享堂矣或俟明秋下場時，公定其局。

我此間平安，但只覺精神短耳。根侔、碩兒俱未得館，須待機會。餘不悉。

三月初二日，惜抱翁寄。

## 致觀兒

觀兒覽：

得汝五月十七日信，知家中平安。想七月必院考，汝可送復兒、譜兒考後再來。我在此平安，回家恐須初冬時也。冠海何日到家？病可漸愈？恩兒盤費既少，何以反由旱路耶？彥純家葬事定有日，收稻後爲吾踐前言。

六月廿四日，惜翁。壬申。

## 致觀兒〔四〕

觀兒覽：

得汝前月十六日字，所云送考後再來，正與吾意同。吾近疝氣亦小爲患，今日製金匱腎氣丸，服之或佳也。餘俱平安。我昔葬九叔、十一叔，費各五十金。今五伯父應依此例，結五十金一會，我與三兒各一股，行可、信孚、小姐兒、姑爺各一股，儘此費葬兩棺。我的會銀自不要三娘貼，其餘或貼或否，聽三娘之意。喪事稱家有無，不須講體面。此不爲不孝，久閣枯棺乃是不孝也。汝可將此告三娘，併與諸親友議之，速定寄信廣東，辦成須待冬底矣。

七月初四日，惜翁寄。壬申。

## 致觀兒

觀兒覽：

所言八角亭事，只如此將就了事便可，不必深求也。其去時酌以千錢賚之，且喜脱開耳。十娘已任事未？日用係吾處塾付之耶？汝在家以早照應門户爲要，可將西官房收拾靜坐，不可輕易出門，出門要急回，切勿在外過一更。兩邊街門夜必須閂，務要小心，不可託大。此間望井樓早來也。初二日雨雹，屋未傷否？

初五日，惜抱老人字。

## 致觀兒

觀兒覽：

前字到，知家中平安。井樓尚未來，何故？今寄來白銀二百兩，時銀三十兩，合升色作二百五十兩。合存項共三數，借與秦牧扣平有七兩零，家中添日用。然家中日用應不乏，汝可作一詳細出入賬，付井樓帶來。我此兩日略瀉，然無大病也。井樓來，帶宣紙五六張來。

廿六日，惜抱老人寄。

## 致觀兒

觀兒覽：

井樓至，知家中一切平安。十娘若未管事，則吾不必墊銀也，我亦不更寫帖子與二伯母，可付四兩與之，令作此月日用，並交與十娘。至小姑安有月用四五千之理？伊欲何所取？彼除米每月二千錢足矣，可告之按月給與，不得過支也。寄來銀三十兩七錢，以廿兩付汝作學俸及雜用，不彀可賣土橋稻也。以十兩七錢付七娘，其脚力銀月盡，月初可得，大約十兩零，尚未定。得則吾以補數，並馬和銀或付御輪帶來，遲則院考人帶矣。盧公，吾在此不常見之，伊接香文字後，情甚淡，恐未必可望。至吾與諸當事總不見面，又不如南京，絲毫不能幫人矣，可告之七姐夫也。恩哥生日與銀二兩，大乾姑一兩，宜士及九姑、馬大奶奶皆五錢可也。外寄來酒二罎，可查收。

三月十一日，惜抱老人字。

## 致觀兒雉兒

觀兒、雉兒覽：

觀兒可有大好？若大健，來此静養亦佳，若不耐車上勞碌，則不必也。家中想已無客，雉兒自可念書。方先生學中亦不遇閒到耳。汪稼門要方先生明年替换植之，前日植之在此，云方先生明年已不在漢源家，故我徑寫字回稼門，説方先生已允就伊家館矣。至植之，我已爲薦與王超馭處，教其二子，亦係百廿金之束脩。王今署阜陽，大概明年植之亦在阜陽，不在潛山也。此可並告知方先生。孫阜如蘇州教授之憑已到，可告之來領憑也。夔一御能須月半邊乃入城，吾家須請之。然恐伊二人到縣又不同時，不能爲各辦一席酒，則只好各送一菜一點心也。寄來元青棉套子一件，與雉兒穿。我已託勞崇勳帶銀與吳子見，託買元青寧綢矣，此處已有裏子。此處已買布做臥單矣，家中不必做來。

廿四日，惜抱老人。

致復兒

復兒覽：

我在此平安，家中想平安也。汝須喫苦用功，世焉有翫愒而能有立者乎？寄來白銀三兩八錢，作春祭掃之費；時銀十八兩八錢，送各位先生半年束脩，即用此銀，勿換桐城特低銀也。汝作急作祭掃，勿延遲。

三月十四日，惜翁字。

致復兒

復兒覽：

家中想平安，此間平安。汝可取課讀文及吾外稿，熟讀精思，不解處可請問青展先生。

又須用心學字。如此年紀，豈可更怠緩耶！胡伯仁處有那我四兩三錢元絲銀，取來可趁暖做冬至。其和尚會銀事已辦結否？

九月十四日，惜翁。

## 致八弟

八弟覽：

別後想在館平安。我於十九日即到家，此行可謂速矣，一切平安。衡兒初一日始到家也。浣郎前日有信來，在彼安好，恨無事耳。我已又作札屬嚴公，俾之學習一幕務矣。趙八姑爺家定於明正喜事，因不得皇書，故未定日也，要之不出正月。致意耐園司馬，余爲其尊大人作詩序已成，而忘其尊大人之號及集名，又不知其捐館舍及今凡若干年，故文中空字五處，吾弟爲我問明填入，將此文與耐園閲，以爲可用否？抑尚有於耐園心中有未盡之意須載入耶？如耐園閲定後，仍將原稿封寄與我，我欲手書一本子寄之也。樹坊事已略有七分，功程月盡。

七月初五日，惜抱老人寄。

## 致衡兒觀兒

衡、觀兒同覽：

自三十日風雨後，便不甚熱，想家中亦如此耶？廿六日發信，併爲方冰壺雇脚子，彦容有三十金，七姑爺、蓉哥併有數金。送銀一百到未？甚記念也。魯來署廬江廣文，確否？兼士有信否？衡兒想與有科舉人同行耶，可併將仇十洲宮女攜來重裱。陳方伯邀吾往蘇，或於八月便去也。今寄來氈縧一牀，車螯兩包。水泡洗净其糞，煮湯佳。家中七、九娘可分之。五姐兒藤枕一個，可查收。又馬于野銀、信，可即送去。

我在此平安。葉四爺處試資銀已送來耶？先生想已動身，雉兒須照舊念書。甫申説觀兒夏天長不自在，今交秋健旺耶？聞吳延平已回家，六姑爺歸來未？汝五母舅此刻尚未到，何其濡滯？學臺初八日始動身來，要亦不誤耳。五姐兒宜努力念佛，豈可不如章淮樹家兩女君耶？彼終日殆無空時奇人也（下缺）

## 致觀兒

觀兒覽：

汝近身無病否？聞汝婦小産，甚爲憂懸。今寄眞阿膠與之，此係吴竹橋所送，僅此些微，故是難（下缺）

## 致衡兒

衡兒覽：

得汝八月、九月兩字，俱悉。吾此間平安。雉兒滿月後，又來郡。觀兒乃不能爽健，未得赴此，殊令人憂懸耳。伊服十全大補湯須肉桂，都中相識有可乞取者耶？汝已詣通州未？其書院可得否？吾作祭何季甄文，汝可爲辦一席將之，亦不須寫幛也。吾前爲治三太夫人作壽文，内有舛誤，今更正抄一本來，汝以視治三可也（下缺）

## 致觀兒

觀兒覽：

新年想家中俱安好。此間平安也。汝想於二月動身，抑便同大遥來耶？此地米價雨雪後已大跌，看來必減至三兩。若家中米近三兩一石，則不必帶來矣。銀無人可託帶，劉家必要帶銀來還賬，兑會最妙也。我已八十歲之人，安可更（下缺）

## 致衡兒觀兒

衡、觀兒覽：

植之來，得字，知平安。我此間平安，瘡肉剩餘腫耳，不足患也。碩士攜家由蘇、杭回新城，於此復一晤，殊慰人意。今訂延殖之訓其子〔五〕，同行向江西，歲俸百廿金，植之但耽閣一場耳。然賓主相宜，無過於此。吾决勸其行，當不爲謬也。兼士有信附朱道臺寄吾，臘月廿四在重慶府。，併元寶一个寄家，伊已隨勒總統赴陝西，匆匆之（下缺）

## 校記

〔一〕標題原無，係校點者所加。下同，不另注。

〔二〕本則又見於惜抱軒尺牘補編卷二與亭人兒，多出『壬戌』至『出單矣』若干字，其他文字小異。

〔三〕原稿後有小字注云：『此乾隆五十年字。』

〔四〕本則又見於惜抱軒尺牘補編卷二與師古兒之二，文字小異。

〔五〕殖之　當作『植之』。

姚惜抱先生家書六十餘通，先生次子穀子於皖上見示，展玩數月，攜歸潢治於江寧，爲二鉅册以還之，而穀子乞同題其首。

昔趙武稱：隨會夫子之家事治，言於晉國無隱情，其祝史陳信於鬼神無愧辭。先生自在京至告歸以終，五十餘年，仕宦之進退，喪祭之措置，姻親之任恤，以至米鹽之鱗雜瑣細，言家事者犕具，此抑曾有一事之不可告人者乎？兹其書可覆按也。

往年梅伯言見語云：『嚴觀子晉居武昌，雷起於座隅，書畫煨燼，惟壁上先生書巋然獨存。』光明俊偉之氣，鬼神敬之，豈偶然哉！嗚呼！翰墨文辭固足貴人，惟與家人婦子語者，可以告天下而傳後世。尚矣哉，弗可及也已！時道光九年冬十月。

門人管同敬題。

道光九年立冬日，江寧門人鄧廷楨敬觀。

後七日，雲夢程懷璟觀於安慶郡齋敬識。

道光己丑小雪節，上元門人羅鳳藻敬觀於同安郡署。

道光九年十一月，上元小門生梅曾亮敬觀。

道光十二年清和月，中都劉韻珂敬觀于同安郡署。

道光癸巳歲二月望日，上元門人蔡世松敬觀。

道光拾十年，安漢劉學厚敬觀。

道光十二年十一月，上元後學陳大鋐敬觀於滁署。

江寧門人汪鈞敬觀於安慶。

道光己丑冬月上澣，吳陵高垂慶敬觀。

道光十四年清和上澣，長汀胡調元敬觀。

咸豐三年九月九日，旌德後學呂賢基敬觀於桐城試院，時奉命來皖辦理團練，駐節於此，因并識之。

道光乙未立夏日，遼陽館後學敬佟景文敬觀於皖江藩署之還讀齋。

道光丙申小除前一日，楚黃謝焱敬觀於皖城南□未坡公□。

道光乙未長至，古鄂世愚姪王成璐敬觀。

道光乙未冬至後五日，儀徵館後學卞士雲敬觀於安慶郡齋之棗香書屋。

道光癸巳三月朔日，檇李後學沈維鐈在滁州試院敬觀。

道光癸巳三月穀雨後一日，錢唐任壽世敬觀。

道光十三年上巳日，全椒金國澍敬觀於滁陽郡齋。

是年重九前二日，道出滁州，小譜世長命觀令祖惜抱大人家書二鉅册，附名簡末，抑何幸焉！武林慚愧老人之孫年世愚姪金萼拜手。

道光甲午仲春，長白年愚姪續瑞敬觀于滁陽公署。

道光甲午首夏，全椒許嵩敬觀於同安郡齋。

道光丙申十一月，因小普獲觀於皖江衙署。鄉後學江開謹誌。

道光甲午孟春月，北平姻再晚韓光雯敬觀于滁昜郡齋。

道光丙申十一月，鄉後學許光黼敬觀於皖城中衡署內。

道光癸卯中秋後一日，六安年再姪熊一本敬觀於臺陽道署。

丙子仲冬中澣七日，合肥李國松、沈增邁同觀於倪君幼丹沽上寓齋，國松記。

往歲甲寅，道杰侍先公居安慶，有持姚惜抱先生家書册見示，審爲眞迹，因購藏之。册首管異之題稱先生家書凡六十餘通，分裝二鉅册，今止一册，爲書廿有五通，而其中殘缺不完者七。蓋歷時久而散佚，茲所存者僅乃得其半矣。先生文章、學行，爲有清一代大師，其翰墨久重於世。此册家書，皆世行惜抱軒尺牘及續補兩編刊本之所未載，積百餘年，中更喪亂，流轉於蟫塵兵火，累劫之餘，零落而廑存，固尤可珍惜也。道杰既幸收得之，思所以廣其傳者，爰重爲裝池，付諸景印，以流布於世，儻亦海内好古懷賢之士所同欣者歟！

丁丑清明後一日，阜陽倪道杰謹識於天津寓廬。

# 惜抱軒尺牘補遺

# 惜抱軒尺牘補遺

## 與吳殿麟

去臘之杪，承惠手書，兹夏始見，不知何以淹閣也。即日吾兄所處何地？動静佳不？鼐自舊夏主敬敷書院，今攜馬甥及衡兒在此，狀粗平安，但日漸衰，勢如下坂輪耳。此間苦無足與言者，安得與殿麟竟日按對？讀來書，亦正有此憾，誠可嘆也！兩年來作經説可十卷，抄寄甚不易，鼐無便刻之，其間豈敢謂爲盡善，然必有一半足裨經學者。今力尚未辦刻耳，果刻，當奉寄也。

聞多作時文，亦自佳。時文之體非陋，爲之者自陋耳。若以文體言，如相如封禪、子雲解嘲，其體何嘗不陋哉？但以其文便足傳耳。詩不甚作，間隨筆書之。在此間有四絶句，聊以寄閲，頗具居此情况，取足慰故人之相思也。

金五先生已入都，抑尚在里中？其近狀何似？必多著作矣。海峯先生于四月十日出厝陳家洲，竟未得葬。其嗣孫乃漸能循謹，此爲佳耳。聞子潁運使兩目皆瞽，萬事無常，良可嘆息！

承欲鼐文稿，今寄三部。適見來書，便作此復。此間亦乏便人，未卜何時何人當爲鼐達耳。五月十九日。

## 又

連得兩書，具審安善，爲慰。

讀所示諸文，極多精當之論，且言有益于倫理，眞可謂好學深思君子之用心矣。大抵説經之文，止期明暢，雖古人亦不能别出奇怪，極文詞之妙。尊作所不及古人者，微覺繁耳，然其大體得之矣。所作三序，文亦俱雅飭。其書俱未讀，不敢妄論。然此三書皆朱子所已注之書也，豈此三書外更無當注之書，而惟此三書必賴先生之論説而後當乎？然則其言雖不顯然攻朱子，而安得不謂與朱子爲難乎？鼐謂如大學一書，如朱子改本，誠不可謂必得古人之舊，然未嘗不合古人之理。何也？當周時，博文爲教，致知格物之事易明，故大學中不須詳言之；至後世，則古之博學詳説之法紛亂于雜學者多矣，故大學補傳所云，爲天下後世不可少之言矣，不必論果爲古本有而後之缺抑否也。至于儒者之文，惟孔、孟及孔門文學之賢，序次有法，若其餘如孝經、大學之類，但言義理，不論文法，必欲繩貫而墨束之，必不可得。凡爲大學古本説者，皆是以己説强附而合，轉不若姑依朱子之説以爲足以善世可矣，而何必更多爲之紛紜哉！愚見如此，惟教之。

## 又

十月八日，姚鼐頓首殿麟大兄：承手書及寄文并至，得知近狀佳好，爲慰。

吾輩爲學，固不希人知也，慎勿以不見知爲憾。雖舉世無知我者，猶將尚友古人，不爲德孤，况海内未嘗無數子乎！家居讀書易，甚善。然鼐謂學易止以程、朱爲法，若苦求聖人取象之故，其爲學勞而無功。假令後人盡得文王、周公當日取象之故，其於聖人以易教人制行立身之意正不相涉，况其故必不可求而通耶！爲漢學者，於詩禮猶有可言，於易則彌陋矣。

鼐恃相知之深，於大作遂妄加涂抹。竊謂兄學識有餘而才不足，故爲文思甚深而失之滯，辭甚潔而失之枯，更用力去此二病，則全善矣。

鼐經説時增時減，今可十一二卷，然未知内有一半足爲學者定説否也？自存一本，不欲蹔離，又乏人抄録副本，故無以相寄。冬寒，惟保重，不宣。鼐頓首。

## 又

適得手書，具審近好爲快。所言處事之宜和介無倚，良所欣服。至鼐賤辰，方自恨犬馬之齒衰，而道誼無以自立，學植反就頹墮，所冀四海知交不鄙我而教我，則爲幸矣。吾兄乃責之揄揚之辭，美則美矣，于愚衷能無愧乎？又貺以法帖、筆硯之賜，非心所安，然雅誼亦不敢辭，惟增惶悚耳。

鼐十月半後擬便歸去，今歲當無由相見矣，明歲或猶當接晤耳。陳碩士此月來住十餘日，其詩文頗進，似當爲後來之秀，前日始回姑熟。其所還史記，今付來使攜回，望檢收。鼐臂痛已愈，而八月踣地傷膝，今杖而行，猶未大痊。此是衰態，亦無可如何矣。衡兒前月去皖應歲考，卻遲到一日，乃補考，附三等，今歸里矣。觀兒尚在此，將十月從歸也。寒初，惟保重千萬！率候並謝，不具。

## 又

去臘承與一書，鼐于此月内在皖中接得，略知動静之概，不審今年後何似？已得館否？甚念念！所欲售畫、寶石，此間必無能買之人。旌德之朱，不通消息者四五年。彼繫俗人，無從語之也。度此等求售，非攜至蘇州、揚州，未有益耳。賤狀今尚平安，衡兒今年亦辭卻淮安之館，同來此矣。數年來，文字亦增得數篇，惜不能抄寄請教，安得披襟更一快談乎？久雨，春寒不解，歙中亦然不？幸慎重千萬！不具。

## 又

得五月朔日惠書，具審近祉，欣慰欣慰！至正月末一函見賜者，則至今未得也。周易果有成書，自爲盛事。明年杖履攜世兄來江寧，想可攜此書來俾一讀乎？鼐經書説，旌德朱生已爲刻出，而板尚未寄到，故尚未能印呈也。衡兒今歲留里中未來，從居此者，兩幼子耳。鮑君誌文，遵教增數字。餘不具。

## 又

兩得手書，具審近祉佳勝，爲慰。鼐生平所作文字，不知果足以待後世與否？然區區愚心，則欲以聽後賢之自爲論定，不願于今日假世君子言以爲重，故絶不求人爲之作序。吾兄乃以己意爲之序，甚荷甚荷！然而非愚心所欲，若以引冠鄙著之首，則終所不爲也。謝謝！尊詩文已付貴同年矣。所須課讀文，今寄上。餘不具。

## 又

秋熱殊可畏，未審近日起居安否何似？復何所著作耶？鼐七月内病痢下數日，今已大愈，然衰罷甚，不能讀書也。承索鼐時文，前已令小兒寄呈，當已至耶？衡兒于七月令其歸里，鼐攜幼子于九月末亦歸矣。見蕊中先生，乞道相念。兹略報並候，不具。

## 又

鼐今年因體中小不適，亦會學使按臨在郡，故赴學甚遲。頃始來懷寧，乃獲讀去歲先生見與一書，略知動定，入今歲來，想當勝耶？鼐愈衰敝，殆終日飽食無爲而已。又此間絶無可語者，使人悶極。衡兒以艱于費，今年未去會試，今只在家中，而亦不肯勤學。海内舊一輩人，死亡盡矣。新出者固必有俊異，但吾身不與遇耳。此甚可悵恨，想先生亦不免此嘆耶！去歲奉寄書及大作，想已收到。朝夕惟珍重千萬！銀四兩，奉爲諸孫含飴之資，幸存。餘不備悉。

（固始張氏鏡菡榭藏眞，張瑋校刊，北京師范大學圖書館藏手抄本）

## 與王文治

### 一

鼐頓首，今歲兩次奉書，欲求大集，不知去冬已承見賜，昨日下午乃併手書接到，急展讀之，覺其情深意厚，使人魂銷氣盡，往復不能自已。雖鼐接待最久，讀時用心較他人不同，然此要即是先生獨得古人作詩本旨。超出凡衆處，亦即是先生能變情種爲大悲，以纏綿爲般若處也。東浦方伯見語云：『夢樓勸人學佛，意思懇摯，如其身事，最不可及。』此理吾更通之以論詩，竊以爲獨得妙解，是耶？非耶？其間應酬之作未免存之過多，然亦是鼐一人之見。鼐不能作大家，即更不許他人以大家自待，不欲其金玉與砂石俱存。斥鷃之論，不當以較鵬鯤耳，笑笑。

## 二

前日一書係駱氏家人取去，不知達否？連日與東浦、坳堂評論大集，以爲遠過時流，必傳無疑。此是平心核論，毫無標榜之意，後生聞者，亦頗以爲允。而佳處尤在快語、無餘諸集中，是鼒作序之後，反覺序所云不如少壯之論爲未當耳。何時更見？馳仰，不具。

（録自王文治著，劉奕點校：王文治詩文集，北京：人民文學出版社二〇一四年版第七頁）

## 與竹嶼

奉别倏五六年，鼒今夏再至鍾山，而駕已先入都，以不及晤爲悵。承手示，具稔近祉。就銓吏部，或驥足之騁即自此啓涂，或天尚使稍留以待下科之首俊，皆未可知，但多一途路，故自佳耳。尊大人令德名賢，承以銘幽之文付之譾薄，愧赧之至。今輒以陋筆粗已構成，録本寄閲，不知果堪用否？鼒近狀粗如故態，復有卜居此間之意，與足下更增鄉里情矣。前荷厚貺，謝謝！冬寒，惟珍重千萬，不具。

竹嶼三兄，弟姚鼒頓首。

（録自趙一生香書軒秘藏名人書翰，浙江古籍出版社二〇〇五年版）

## 與何硯農蘭士

得持衡書，云尊大人已棄榮養，老懷淒惻，殆不可堪。數十年之相知，於兹永絶，遥想諸世講值此大痛，哀毁曷勝！猶望以禮自節，以全大孝耳。靈輀何時歸里？鼐作一祭文，以達悲懷，令持衡陳一薄奠，想尚可及也。特此奉唁。

硯農、蘭士兩世講，姚鼐頓首，十月廿八日。

（録自陳列小莽蒼蒼齋藏清代學者書札，人民文學出版社二〇一二年版）

## 復林仲騫書

姚鼐頓首林君足下：前月承惠書及近作文十首，展讀欣慰之至。當今才俊有意學古文者極少，學古文而有雄駿之氣、清遠之思如足下，能自發其文者又加少也。足下當勉以第一流人自待。顧如鼐何足數，乃見推之過，欲以爲師表，此豈所甘當？徒增其愧耳。

夫鼐所云學有三途，以義理爲其一途者，謂講明而辨説之，猶是文字中之事，未及于躬行爲己也。躬行爲己，乃士所以自立于世根本所在，無與之並者，安得同列而爲三乎？雖然，言義理雖未逮于躬行，而終于躬行爲近。若文章、考證之事，舉其極亦未必無益于躬行也，然而以視義理之學，則又遠矣。子曰：『學之不講』，『吾憂也。』非義理之謂乎？若古文之學，須兼三者之用，然後爲之至。夫論學之旨，或分或合，所從言之者殊，會其趣則一也。足下所寄之文，其佳者極可愛，然亦有蕪平未越俗轍者，俱妄爲評定，其意有欲竄者便奮筆爲之，不復自謙，以相望之以誠切也，幸能諒之！吳中人家當有歸太僕黃、朱筆閱本史記，尊處如有則熟觀之，無則當求一本臨過。欲知文家之要，舍此不得其途也。鼐近狀如故。盛暑，珍重千萬！奉復略晚，勿罪。去歲詢之尊字，衰耄忘之，乞再示。餘不具。

六月二十七日，鼐頓首。

（録自安徽省博物院藏原信）

## 與祝芷塘

久未修候，而企想殊切。知吾兄近主淞江書院，諒起居佳耶？室家托居尚在海寧否？膝下宜當有孫矣。聞吟詠之興不輟，何時當得一出見示乎？同譜諸君零落將盡，與吾兄相去數百里而不得瞻近，悵悵實切。欲明春或秋少泛西湖，又不知鼐至杭而駕尚駐杭否耳。鼐須髮皓白，苟相逢，或不能認識；惟齒牙尚牢，而展卷讀書，或不終卷而思臥矣。此間惟有時與簡齋、香亭來往，而香亭近日憂貧之嗟殊切，人生安樂之日嘗少。以謂香亭作守，歸宜自給矣，而尚不能，况鼐與君乎？德世兄獲成進士，差快人意，想必可館選矣。夢樓在江西，聞即來江寧而未至也。慕青聞在儀真書院，然亦未通一信。吾兄南歸後與長往還者誰與？梅溼，惟慎護千萬！餘不具。

芷塘大兄，愚弟姚鼐頓首，五月十二日。

（録自李志綱、劉凱袁氏藏明清名人尺牘，北京文物出版社二〇一六年版）

## 與陳松

姚鼐頓首秋麓大兄足下：曩得見於江寧，又遇杭州途中，仰睹丰采卓越，固心以謂必非恒士矣。其後鼐歸安慶，絶不得見。承足下以書及詩垂寄，又失不達。今石士編修録以予鼐，乃獲讀之，然後知足下果異人也。書辭才氣沛然，有決河奔驥之勢，使人喜愕，反復誦不能已。其論旨高大，與古君子通立言之要，顧鼐淺薄不足以副所言耳，然豈可謂足下以内外辯爲文是非之説，非天下至言哉？詩於文差有不逮，然其高致尚非今時作詩者所逮也。才人者，天下之公器也。以足下敻望高步，欲繼永叔、魯直，招四海而掩一世之俊，其才將可以濟其所志，此天下之士，非江西之士矣。鼐德業無稱，文章褊陋，加頃年耄疾，何足有進於足下?雖然,承足下殷勤下問,而闕然弗答,不敢也。今夫楩梓豫章,幽生深谷,則無人知其美;積歲月之久,上枝干雲霓,下干蔽列駟,卒爲天下巨材。生道途之近,則易見取於人,而摧折之患亦至。今者足下已至京師,名列吏部,其才美見知於人易矣,而卒求所以養成其材者,必待歲久而後大。竊有愚願,願無急於人知,厚培其本,勿受世之摧折而已。冬寒,珍重千萬。庶幾早晚得近闕南來一見,以慰衰暮之思。不具。

姚鼐頓首。

(録自惜抱軒手札,商務印書館一九三六年版)

## 與袁樹

正閱書院課卷,悶悶欲睡,忽得妙繪,心目一爽然矣。復荷賜飫,飽食讀書,亦風雨中清況,誠不可多得之寶,感謝靡涯,定當面謝,不具。

香亭二兄大人,愚弟鼐頓首。

(録自姚鼐致袁樹手札,書法二〇一四年第十期)

## 與劉臺拱

奉別累年，日有企想。春間得賜書，欣慰無量。淺學陋識，乃承褒許過當，愧悚愧悚！所論爲學之病，及古今轉移事理，論偉且確矣。第以鼐承障川回瀾之責，非所任也。從來學者自負所有，以視他人，謂吾之異於彼也，然而人之視我也亦然。交友學徒居相近習者，各爲其黨，其同異相軋，亦若是已矣。夫惡知其孰賢？事非死後不能定。若同時有相忌求名之心，既鄙甚矣，究何裨哉？鼐材庸下，本無所有，又示常自懲戒，不敢與天下學士較長短。先生之教，敬佩於衷而已，所命非所任也。前年江西陳用光以所抄鼐古文、春秋説、三傳補注刻板，板尚在其家。古文送來數十本，爲人取盡，更往求得，乃當奉寄。謹以春秋説及補注寄呈教。其所刻不全，雕手又極劣，要須他日另刻耳。今秋録遺時當可對談，兹略報，不具。

## 又

兩年來違隔教言，極懷企想。鼐自揣薄劣，而年衰氣短，不能更與海内賢俊更競千古之事，姑就平生所已就者訂爲之書，遂付雕板，謹以兩種寄呈大教。先生當知愚鄙之見，非以斯爲已足，但力有不能更進耳。鼐秋來病下數日，今甫愈。此間苦鮮可與談之人。京江近得士未？顧生復作何狀？甚念念也。想比時正當學使按臨，必以公事煩勞，過是亦可得閑静矣。舍甥馬魯成方署合肥教諭，頃當亦謝事矣。秋凉，惟保重千萬，餘不備及。

（録自黄湛國圖藏《清芬外集》所收乾嘉學人致劉臺拱書信考論，文獻二〇二〇年第二期）

安徽古籍叢書

黃山書社

# 姚鼐詩文集

下

〔清〕姚　鼐／撰　周中明／校點

# 姚鼐詩文集下册目録

## 惜抱軒時文

### 論語義二十一首



### 大學義五首

## 中庸義四首



## 孟子義十四首



## 惜抱軒題跋

## 法帖題跋

### 卷一



### 卷二

## 卷三

## 惜抱軒書録



### 卷一

#### 經録



### 卷二

#### 史録

## 卷三

### 子録

## 卷四

### 集録

# 筆記

## 卷一

### 經部一



## 卷二

### 經部二



## 卷三

### 經部三

卷四

史部一



卷五

史部二



卷六

史部三



卷七

子部

## 卷八

### 集部



## 惜抱使湘魯日記



## 詩文輯佚

# 附録



**傳記匯集**



**諸家評論**

# 惜抱軒時文

# 惜抱軒時文

余少時學時文爲應舉，乾隆辛未、壬申入京師，見劉海峯先生，聞所論詩、古文法，甚喜；獨於所爲四書文意，頗厭之，以謂是不過爲場屋作耳，奚以此異俗者爲？以詢海峯先生，先生笑而不應也。及乙亥、丙子在京師，無事，取明正、嘉以前文盡讀之，乃見初立經義本體，與荆川、震川所以爲文章之旨，恍然曰：『是亦古文耳，豈二道哉！』於是以意别爲經義數首，時海峯客楚中，寫寄之。海峯以書復曰：『曩聞子誤言，予不答者，固知子必悟也。』

海峯既没，余老，以文字授學徒，遇其人才性不同，以時文諸家體雜糅出之，不能盡依經義之正，然於經旨時有發明，往往殊於俗解。又經義本以明經理也，然至小題割截事乃近戲，蓋有無關經理之大者矣；取廣文境，勢不得不濟以隆、萬以下之體製，此經義之變也。

門人編次余文，而以所竄改諸生兒輩之文爲外稿，因併記余生平爲文之概云。

# 論語義二十一首

## 禮之用 一章

賢者言行禮者，當得其和於禮之中而後無弊也。夫盡其品節而當乎人情，此禮之所以爲美而可以久行，而行禮者能莊敬而出以從容，則得其所貴而無弊，苟有偏焉，而皆爲失矣。且先王以禮範圍天下，蓋以爲非是不足以循天道而盡人情。雖天下之衆不盡知所以當乎天道人情者，而聖人使斤斤以守吾禮，則固不越乎天道人情之外也，然而非所論於君子達于禮之用者矣。蓋士於禮之用，有驅迫於繩墨，勉强於規矩，勿勿焉苟無失於進，反周旋以爲無咎者；有恭敬而安安，委蛇而中節，愉愉焉自得於威儀動作，而和其天則者。是二者於禮雖皆無失，然以言得制禮之本而達乎先王之心，則和者爲貴矣。

夫先王之教後世，第示之以禮，而不能必之以和。然使先王之道有拂乎人心，有强乎人性，則後之君子不勝其煩苦，雖欲和於禮而有所不能，惟其作之而盡乎倫，文之而稱乎質，使後之君子蹈之以天機，雖無意於和而不能自已，此其所以爲道之美，而大小之事可以率由者，固得君子用之而美益章，而亦先王之道有以啓之也。

夫先王道之美如此，又有能知和之貴者如此，於事小大宜無不可行矣，然而有所不行者，其知和是也；知和而一意於和，則又非也。何則？先王既制有禮矣，吾知其本天道也，而任其天，不以禮之推而進、放而文者節之，則猖狂妄行而無所忌，是賊其天矣；吾知其本人情也，而縱其情，不以禮之微情故興物者節之，則徑行自遂而反流於薄，是賊其人矣。是知徒禮之拘苦强束而難於行，而不悟徒和無禮之亦不可行也。嗟乎！士而知和，是有窺於制禮本原精微之義，其識見高明蓋有出於常士者。然常士拘拘於禮，雖失其可貴，而亦無傷於世教。而高明之士一放其志，畔古廢禮而不知所終，此無所取裁之可深患，而君子是以言禮之亟也。

## 禮之用 四句

以和行禮而先王之道著矣，蓋先王制禮非不和也，而不善爲禮者則失之。然則行禮而達乎先王之意，不亦貴乎？有子曰：『自禮行於天下，整齊嚴肅而莫之敢犯，幾若聖人之以煩苦天下也，然亦視乎世之行禮者何如耳。使世於禮之用也，不識其出於天理之本然，而第强納身於軌物，則中情不樂，爲之䠊𧿒而若危，或雖識其出於天理之本然，而非素養德於中和，則放道而行，尚爲之扞格而不入，夫亦何貴之有！』

惟灼然於吾性吾情，必如是而後盡，而勞苦恭敬，乃所以爲安。又充然於四肢百體，蹈於矩而弗踰，而動容周旋，以希於盛德。若是其和也，可謂安禮君子而足貴矣。其所以必如是而爲貴者，何也？蓋先王見夫驩然有恩、燦然有禮者，乃人道之貴於物，故道爲之儀文，有以達其中而暢其性。又見夫直情而行流佚不反者，乃人理之所以悖，故道爲之品節，有以防其蕩而保其眞。禮設而和存，斯其所以爲美也。而後人能以和達於禮之用，斯其所得於先王道之美也。

惟先王之道之美，大自朝廷郊廟，小及閨門閭巷，言動之微，雖人不必皆得乎所爲和，而第由乎先王之禮，其天地之中固已存，而悖亂之風固已靖矣，況有得於先王之道之美者，大自紀綱人倫，小至動作威儀，出入之節適其所以和，而由乎先王之禮，是禮樂之本備於中，而道德之輝流於外也，而安得不貴乎！

## 關雎 一章

昔文王以中和之德而化始宮闈；宮人覩太姒之來，而欣其得配，於是賦其樂而述其哀，而作關雎也。及夫子以詩教弟子，乃曰：『人之性情，雖隔於千古之上，而其播諸聲詩者不可掩也，求其中節而無過不及者鮮矣，其唯關雎乎？』當其時，以聖人在宮，而又有聖女以配神靈之統，理萬物之宜，其樂也不亦宜乎？然其樂不越琴瑟鐘鼓，宫中之常禮，雝雝乎其和而莊也。詩人既知其理之當出於此，及本其樂而達諸詩，則亦無嘽緩之音放而失其倫者，是樂而不至於淫也。

若其初，以聖人在宫，而不知世有聖女之在洽之陽、在渭之涘，其哀也不亦宜乎？然其哀雖極之寤寐思服，固生人之常情，屬屬乎其思而不怨也。詩人既知其誼之當出於此，及本其哀而達諸詩，則亦無噍殺之音悲而失其度者，是哀而不至於傷也。

夫岐周之地，苟被文王之化者，不必賢士大夫也，雖婦人女子而亦爲賢聖之徒矣。而宫闈之中，地尤近而親於聖，非徒漸染於道德，而又感於氣之和，故述爲詩歌，尤盡其中正而不逾於則。文王我師也，士固宜法之，以矯己氣質之偏，而日取關雎而弦歌焉，忽乎不知吾性情之幾於和粹也，則得於詩之教也。

## 孰謂微生高直 一節

聖人惡飾情而徇人者，謂其非直道也。所謂直者，順理而非徇乎情也。而飾焉者胡以稱焉？魯有微生高者，當時之人嘗稱其直矣。

夫子聞而異之，曰：『以高而爲直，吾不知其何以獲斯名。意者流俗之人，樂其所行而推之耳；道路之口，相與附和而成之耳。不然，是孰謂之哉？』吾聞高嘗於家居之時，而適有或來乞醯之事，使高於此有則與之，無則止焉，此固人情之常，而即直者之道也。即如是固不足遂爲直，而不如是則其大謬於直也，明矣！乃高也，內顧室中之缺，而卒然莫措，不覺其心之慙，外無以應人之求，而恝然使歸，又覺逆人之意，於是陰乞諸鄰，使來者不見其乏，而轉以相與，併使其人不知爲己之煩也。夫君子之爲道，有無與人相通，而無委曲之術，而世風之不古，施德必出於己而多世故之情，自鄰里鄉黨以接乎天下，周旋勝而眞意衰矣。自尋常瑣屑之務，以至紀綱事業，作而致之之用多而本心變矣。夫以高之所爲而至謂之直，則直之理將大泯乎人心，而其害尚可勝道哉！

自夫子之言觀之，如高者，抑所謂鄉原亂德者歟？學者其務乎直之實，而如乞醯之事，亦足以自警矣！

薑塢先生評云：簡峻有前人風格。

## 子曰雍也 一章

自堯、舜臨天下，敕天之命，惟時惟幾，內儆無怠荒之心，外有克寬仁之政，垂拱無爲而天下治。後聖有作，言治術者必極於此，然而其道邈矣。末世君心侈而刑政煩，苟有天資仁厚、秉德不擾者居之，亦足以袪亂政而使民樂其生矣。

聖門如仲弓，其倫也，是以子謂可使南面。然而仲弓之意，不敢以所就自足也，以爲南面者，將執大道之要，求至治之極乎？則雍未能信也。將靖暴亂已乎？則能者多矣。是以舉子桑伯子問焉，子則謂是亦可使也。蓋寡欲之源清，而勝殘之美著矣，以其簡也。仲弓於是獻疑曰：『簡誠美德，然所以爲簡者有辨。聖人戒慎幽獨之中，齊莊宮寢之内，用顧畏於民嵒，罔敢兼於獄慎〔一〕，行簡以臨其民也，皆本居敬之心所發也。以是盡南面之道，不亦可乎？若夫高明過而生易心，清静尚而幾蔑禮，雖無苛政而德化不成，雖有小康而遺澤易敝，則毋乃太簡之爲患乎？』仲弓是言，蓋謂南面者必以聖人爲心，以唐、虞爲法，區區偏善救時，不足道也。雍誠充其言，日躋聖敬，致大道之行，是於子始所謂可使南面者又有進德矣；即未能遽及是，而以其言爲天下萬世南面者法，則固道隆而行無弊也。夫子是以然之也。

噫！後之君子，不達古帝王之學，出而從政治民，苟以賢於亂略自喜者，其爲人蓋遊聖人之門者之所羞哉！

# 曰怨乎曰求仁而得仁又何怨

賢者疑夷、齊行之未盡乎理，而聖人釋之也。夫苟有不盡乎理，則終不能以無怨，惟得仁則盡乎理。然則能無怨者，惟伯夷、叔齊可耳。何則？夷、齊以兄弟而讓國，夫子以爲古之賢人，此事之易明者也。然而賢有出乎常人而爲賢者，有合乎大中至正之道而爲賢者，此未易明者也。是以子貢曰：『夷、齊之賢固矣！賜蓋聞之，士之行必度乎理，苟當乎理，或受爵不讓，而不必其非；苟少失乎理，雖舍千乘之國，而不必其是。且夫意氣發於一時，而事久不能不思其得失，思之無失而勿悔，則誠善矣；思之有失而勿悔，則君子惡其無遷善之心；思其有失而悔之，則君子許其無遂非之志也。故怨者，亦賢者所時有也。今以夷、齊讓國而逃去之，設於理無所違，於事無可易，則必無怨於中矣。設謂長子有主鬯之道而不當去也，先君有末命之授而不必辭也，況君子之讓人必度其可受，奈何己爲君子而遺其中子以非服？如是而讓國焉，固可賢也；使其不讓焉，何必非愈賢乎？夷、齊則已賢矣，而抑有怨乎？』夫子曰：『夷、齊之賢則至矣！余嘗思之，人之道莫大於仁，苟志在求仁，則固可以免於不肖；苟志在仁，而行未合乎仁，猶不可以爲大賢。且夫家國非所以爲利，而取舍蘄不失其本心，本心安焉而取之，固可矣；本心少不安而取之，則君子將傀焉不可居以終日；本心不安而不取，則君子將浩然自樂以終身也：此得仁與不得仁之别也。』

今以夷、齊之讓國而逃去之，設謂其制行也清，其收名也潔，斯猶其末焉者矣。惟不忍須臾忘親而冒於位也，不敢苟且效逆而踰於倫也，況宗社無廢祀而國有奥主，吾誠遠去其鄉，則推而爲居守者爲無過，如是而不能讓焉，是自舍其仁也，讓而不能逃焉，於仁猶有未盡也。夷、齊則既已得仁矣，而又何怨乎？由是言之，夷、齊之行不可易。人有遭夷、齊所處之事，以夷、齊之心爲心而已；觀乎人遭夷、齊之事者，以夷、齊之行爲正而已。

## 蓋有不知而作之者我無是也

聖人以知非眞知則作爲妄作，故人或有是而已必不爲，蓋創作非不可也，而不知者不可也。此妄者之所安，而聖人之所戒，故明告天下若曰：自上古以來，人民顓愚，未有所知，天亶其知於聖人以開之先，其知之至，故其作之宏，議道於身，立法爲教，一皆由於創始而無所因襲。及聖人既没，天下莫不太息：其作之盛，而不思其知之難幾也。夫不思其知之難幾，則將謂神知日出，今猶古也；舍其舊而圖其新，雖吾今者，何多讓乎！且慕乎作之盛，則將謂時運遷流，今非古也。得其道而遺其迹，後聖有作，奚不然乎？於是作者紛紛焉，以天下之大，明知之多，而競勸於作，固宜有言創而理洽，義足以啓愚，行獨而道通，事足以利用。其作之者，未必盡出於不知也。然而不知而作之者，蓋有之矣。是其人也，始未嘗不自謂知之至，而卒陷於不知而作之罪而不得辭。我是以竊爲之歎息焉，而因以自顧也。仰上智首出之資，固有所望而不逮；睹愚者自用之失，復有所懲而思遷。雖於世不能無言也，而易言恐其誕也。彼敢爲高論者，若非常可喜，而自許太過，我則反驗生平所筆之於書，宣之於口，幸未有一言之比於是者矣。雖於身不能無行也，而行輕恐其悖也。彼猖狂妄行者，若不循轍迹而蹈乎大方，我則内稽吾身所守之爲道，制之爲義，幸未至須臾之動於是者矣。使天下之人謂我爲魯，不足進於聰明睿知之才，則我所不敢辭；使天下之人謂我拘於墟，而以憑臆而作爲無害，則我所大懼也。是以願以我所由得者，白於天下也。

## 舜有臣五人 一章

在昔唐、虞之世，舜之繼堯，既有臣五人而天下治矣。越至我周，武王伐暴救民，誓師河朔，其辭則曰：『予有亂臣十人。』孔子讀書至是，慨然曰：『人有言曰才難，子嘗疑焉。以是觀之，不其然乎？』

夫以我周人才之盛，較之往古，顧獨有唐、虞極盛之際爲逾乎此，其餘夏、商之倫，皆弗及矣。然以武王誓師所稱，實求其人，則尚有翟茀内助之德並計其間，其餘周、召之徒，特九人耳。以周之盛，益見才之難；以才之難，益思周之盛。蓋武王以是而往，周遂以有天下也。

嗟乎！當周之先，積功累仁，而人心歸往，其宜王也久矣！蓋嘗神器既至，而謙讓弗居；商虐日恣，而敬恭匪懈。雖其無利天下之心，則歸者益急，固王天下之理也。然而本爲人臣之敬，而出於至誠，是眞大聖人之心哉！由三分有二之初，迨至秉鉞誓師之日，其時則已久矣。周之德，可謂至德也已矣！

由是言推之，人才雖一時所賴，而君德尤千古所思。唐、虞之世遠矣，三代以降，周故有服事之盛節焉，夫子每言之，而太息弗置也。

蘲塢先生評云：沖漾融雅，得題之神理。於即離吞吐之間，而無綻綴之迹。

劉海峯先生評云：鎔鑄一片，不分疆界，正使前後神氣各足，其識解獨妙。

## 達巷黨人 一章

聖人之道大，而又有以自盡焉。夫泛騖於大，而無執業之實，聖人所懼也。聞時人之説而計及執御，豈眞欲以此成名哉？吾夫子之道，如天地之化，運於萬物而無所偏。其鉅至於經緯宇宙、綱紀人物，細而盡夫曲藝末節、鄙夫小道者之所爲，廣而周，曲而得，當隨事各盡其理，無意於大而大至矣。而達巷黨人者，既見而贊其大，又謂惟其大，遂至博學反無所成名。此其推美歎息之言如此。

夫以聖人之心，統一貫之本，故萬事萬物括之而不遺，而一事一物自循之而盡其藴，使學者徒效其無名之大，將泛而無從也，聖人之學其病天下歟！既而夫子聞其言，謂門弟子曰：『善哉！無所成名之論。惜乎吾聞之晚也。如其言，吾今將執御乎？執射乎？夫人行必有常，居必有業，射、御皆六藝之事，而御尤切而近人，吾其執御矣！』

由是論之，學貴乎盡己，而道病於無成，始於尋常日用之事，極之致廣大而盡精微者，聖人之道也。就其分所當盡，漸以幾夫聖人者，學者之要也。執御之志，學者所當深思以求其故，而夫子固遠矣。

劉海峯先生評云：於聖人之道，不分上下、精粗處，見得十分通透，故能揮洒如志，首尾浩然。

竇東皋先生評云：見地高，文亦渾雄遒逸，得古作者之旨。

## 麻冕禮也今也純儉

聖人言冠制之變，而得儉之一端也。夫冠無論奢儉，皆不若合禮之爲善也。聖人以麻冕不可見，而純猶有一端之可稱耳。昔者先王之取於物以爲禮也，度義理之中而制其數，未嘗樂於奢，亦未嘗苟爲儉也。至於後世，取物異而用意亦殊矣。

蓋自古帝作冕而制備成周，冕服有章而綖皆緇布，是故衣裳或以絲，惟冕則取諸上古冠布之義，而覆以麻者，禮也。布帛必中度，惟麻冕則取玄端十五升之數，而倍其升者，禮也。禮既然矣，今也胡得而異焉？乃今之爲冕者，朝夕於朝廷，時事於宗廟，其服未改也。然施諸其首，蓋有不出農夫衡縱之畝，而出蠶妾獻繭之餘者矣。五入爲緅，七入爲緇，其色亦未易也。然觀諸其質，蓋有非於紘綖專其精，而於帶裳混其類者矣。吾見其純也，是今之非禮，固已明甚。間嘗就其非禮而論之，彼其變先王之法服，以徇一時所用之便，使端委以治周禮者其容日改，而去古委曲繁重之意日衰也，則以純易麻之失也。彼其憫天下之工女，以三十升爲幅之勞，不若繅絲以爲端，兩者無待專精，而取以冠帶衣履，天下無不具也，則以純易麻之儉也。古之人未嘗不儉，而其儉必度乎禮之中。若麻冕之物輕而用重，所取於人力未爲多，而飾於元首之盡美盡善也，由是久而弗變可也。若今之純，蓋已偏於儉矣。

嗟乎！先王制禮至今，用之不能不有所偏，其偏一也，然而國奢則示以儉，偏於儉，蓋其賢乎！

## 享禮有容色

且有威可畏、有儀可象者，固君子之所爲放而文也。然而禮時爲大矣！故孔子執圭而使，則勃如戰色，足如有循，此以言其無容色也。至於受玉既畢而賓乃出門，擯者請事而入陳享禮，斯時也，其升階致命，猶初入之共君事也。然以明惠好則與重之以大器有間矣。其束帛加璧，猶始聘之奉君物也。然以先庭實，則與圭璋之特達不侔矣，是以無容其蹜蹜也。接武步武，必有蹌濟之度，翼然於進趨，亦無取乎戰色也。顛實揚休，必有仁義之輝顯然於顔面。蓋以吾君之敬鄰國之君也，是以既聘而享之盡禮也，則容色宜與其盡焉者稱而已。吾君之愛鄰國之君也，是以服猛往德之備物也，則容色宜與其備者稱而已。威儀盛美之概蓋畢見乎此，以致敬也，然以視執圭之時，則已和矣。昔者夫子以助祭於公，反饋樂成，則君子致其濟濟漆漆，及奉薦於家，則慤而趨趨焉。賓禮之於吉禮事異，而義蓋有同者，皆可以觀聖人時中之一端也。

## 哀公問於有若 一章

賢者勉君行仁政，而國不患貧矣。夫仁君立法，求足民而不以足己者，非迂也。君不能舍民以爲君，又安能離民以爲足哉！魯哀公以侈欲之躬，而忍剥下之政。魯民於浚生之後，而值饑歲之傷，是以雖急征而不能供其上也，其亦可愍甚矣！而公不念也，必用不足而謀之有若，意固急其私而已。

有若曰：『饑穰者，天之行也，雖古盛時不能無，而可使不爲病。什一者，國之正也，雖萬世用之則爲福，而不用則爲傷。君盍反取民之有制而厚其下，循生財之大道而禦其災，其惟徹乎？』是言也，一若初未達公意也者，然使公因是思天立君利民之義，而仁心可興；思先王建國守典之道，而仁政可舉矣。而公曰：『夫用不足者，吾也。取二尚不足供吾，況徹乎？』是其恣己之志堅，而愛民之心殆于絶也。

有若曰：『君未之思乎？今有國于此，務農重禮，去無藝之征，百姓倉廩實而俯仰有資，君處其間，不亦樂乎？而孰謂君不足耶？有國于此，縱欲厭私，以箕斂爲術，百姓蓋藏盡而流離失所，君立其上，不亦悲乎？而孰謂君足耶？百姓，君之百姓也，故歲屢豐而視之如傷；君用，爲民用也，故歲有眚則損上益下，出府庫，發倉廩，而尚恐民不足也。大布之衣，大帛之冠，而何患君不足乎？』

噫！有若言此，於君民之道至矣，而魯不用。哀公昏主也，無責耳矣！自先王仁政廢，人君知有眚，不知有百姓者，皆失其本心者哉！

## 哀公問於有若 一章 其二

且王者穀出不過籍，未有己欲羸而奪民資者也，況歲之歉乎！儒者正誼不謀利，未有君不行道而富之者也，況民之敝乎！魯廢徹取二久矣！魯哀公當年饑而憂用不足焉，其憂爲民乎？則君人之言也；憂爲己乎？則君子無以爲計矣。故有若正告之曰：『食稅多則下民饑，是所當革也。什一行而頌聲作，是所當脩也。當歲之饑，公雖不能大資民之乏匱，盍去法之虐乎？雖不能盡復周官之災備，盍復其征之薄乎？是惟徹也。』有若言此，大拂乎公矣。公謂子不爲吾益于二之外，而反減于二之中，豈爲吾謀足者哉！有若以謂是爲公謀足也。當歲之饑，君誠知二之不義而速已，將使百姓足以仰事俯育，而上下之情固，雖君減膳徹樂如不足焉，而撫茲國安而民和矣，君惡在其不足也？君苟不求生民之道而浚其生，將使百姓不足以仰事俯育，而上下之志乖，雖君倉廩府庫加實焉，而撫茲國危而民離矣，君惡在其足也？二者君胡擇焉？

哀公卒不能用，安視民之困而莫之省，逮於遜越而百姓不思也，可傷哉！然而有若之言可教萬世矣。

此章凡謂徹以足君用，如所云九年耕有三年之食者，皆失經旨。有子正謂哀公之用不必足耳，自鹿門諸公文皆誤會，故爲正之。

## 始有曰苟合矣少有曰苟完矣富有曰苟美矣

述衞大夫之自安所有，可謂寡欲而知足也。夫有於室而遽增者，理之自然也。冀於其外而日不足者，情之貪冒也。如公子荆之自安，不亦善乎？故夫子稱其居室曰：『公子荆之室，非異於人之室也，有無之物，接於境而時變者也。公子荆之心，則異於世俗之心也，有無之來，安於遇而内不蕩者也。』

人之室自無而有者多矣，當其未有，亦無冀焉矣；及至於始有，處歆厭之交，而憂生之慮亟焉。公子荆則曰：『吾昔未有而猶安之，矧今者無敝衣負擔之憂，有乘馬一車之畜，是資生之計合也。苟合矣，吾尚何歉乎？』

於是久之，其有或不復加可也，或加之至於少有者亦理也，君子所不必辭也。然或嗜欲之流滋，而缺望之念廣矣。雖少有，庸足乎？公子荆則曰：『吾昔始有而已自給焉，矧今者廐庫復成於宗廟之餘，犧賦且益於祭器之次，是朝夕之贍完也。苟完矣，吾復何願乎？』

於是又久之，其有或不復益可也，或益之至於富有者亦常也。君子所不必惡也，然或盈溢以啓奪，則谿壑之求無厭矣，雖富有，庸足乎？公子荆則曰：『吾自室之有而惟恐德陋之不稱焉，矧今者大田倉庾有取陳之食；祭器衣服有不假之資：是物産之充美也。苟美矣，吾居之敢不慎乎？』

噫！世之爲學求道者，始有得，曰：『苟能是，是亦可矣！』少進，曰：『苟善是，是亦足矣。』未成而已夸，苟安而自富，至其居室也則反是，何其儉於求己而侈於求物也？若公子荆者，豈易見哉！

## 子路曰桓公殺公子糾 二章

且立身之節，不苟於豪末，極之無終食之閒違仁者，君子之自爲也，非所以論人也。論人而摘其失者，必有所不得已。昔者夫子辨王霸之道，明義利之分，以爲舍管仲無以著其説，是以小其器也。爲臣死事，豈必貶管仲乃足見義乎？而子路乃斥仲不死子糾之難，曰不仁也，子以爲仲固有其仁矣。夫周道失而戰伐之禍烈矣，齊桓收諸侯之統，戢兵車之暴，苟非仲，何以成之？其仁於世若是大也，而胡謂不仁哉！

子貢又譏仲背糾，相讎之甚，非仁也，子以爲仲之相亦偉矣。夫周室衰而四夷之侵亟矣，管仲匡中夏之弱，建内外之防；苟微仲，將胥而爲夷。其德之貽至今之遠也，而胡責以匹夫之諒哉！

夫子是言，非謂不死之當于義，而舉其生平功業之大，以爲論世者有所不必詳，非徒善善從長，又以明于小大之辨也。世之君子議論古今，好舉揚人失，而使之不得全其功名之美，豈所以扶翼世教而蘄用心之忠厚也歟？然而曰明道不計其功者，自命之道也。

## 吾見其居於位也 四章

聖人見童子欲速成之失，則必教以弟子之職矣。夫童子有禮則日益，無禮則日損，見其無禮而知其欲速成，惟示之禮而使循乎其職。此夫子所以使闕黨童子將命之故，而或乃疑爲益者。蓋或人第知聖門將命爲榮，而益者之可獎而使也，而不知弟子固以將命爲職，而非益者又可因事而示之教也，故夫子答之曰：『吾之於是童子也，豈必求其爲益者哉！亦求其所以爲童子者而已。』

吾蓋見其不知居不主奥、坐不中席者，乃童子所以日習於孝弟之則也，而或儼然以居於位焉，見其不知父之齒隨行、兄之齒雁行者，乃童子之所以漸成其禮義之安也。而或肆然以與先生並行焉，見其行若此，則其人可知也。使其爲益者與？則居必有常，動必以禮，而居位並行之事，不之禁而自弗爲。使其未益而求益者與？則啓處不遑，跬步必慎，而居位並行之非，自能戒而有所不敢。若是者吾何患焉？乃今童子之所居所行者若此，是不啻非益者也，而亦非求益者矣，是必失其蒙養，而懵於所知，不以謙讓敬遜爲幼學之基，而反以亢倨傲慢爲思齊之道，童子其亦愚矣。害其良能而妄有所冀，不欲循循於孝弟，以養成爲仁義之實，而反欲自肆於形骸，以速成爲大人之事，童子其亦悖矣。學者執其愚而不能化，莫若潛以感之，而使自遷也。教者惡其誖，而不欲斥之過嚴，莫若示之以其分，而使自悟也。使之處於禮儀之地而受命焉，則出入唯諾，不容其不慎；使之觀於賓主之儀而知慕焉，則退讓撙節，不待勸而自成。循其職，故知欲速之非；盡其職，即爲求益之道。然則居位並行之失，吾知免矣。蓋惟童子之爲童子如此，故吾之使將命如此。夫使其果益者與？則雖弗使將命可也。

## 道不同不相爲謀

道不能以强同，則謀不可以苟出也。夫相爲謀者，所以濟其道也。道既不同矣，惡所用其謀哉！夫子謂謀宜慎所施也，曰君子之於人也，有忠告善道之誠，而又有類族辨物之義，故於道之同者，反覆其議論。理以相爲謀而明，剖決其狐疑；事以相爲謀而定，固兼成己成人之美，而靡失人失言之愆也已。

若夫彼此所慕而求焉者，志趣乖隔而不相喻，判然若黑白之異形；所由而之焉者，轍迹一成而不復返，邈然若東西之異嚮，是則道不同矣。苟於是道不同者而猶相爲謀焉，執裾而要之，强彼之心以從我之心，彼必拒而不受。覥顔而進之，從彼之道而忘吾之道，吾又恥而不爲。以吾所必不爲，而當彼所必不受，小則忿戾而交爭，大則睽孤而忌害。雖未嘗遂陷爲小人之朋，而要亦君子之過矣。是以君子於是，度其勢之不可合，則不强與於其間；位有可去而告不可瀆也，度其情之不可孚，則不深入以吾説。身有可遠而言不可苟也，固不至未光於引兑，亦不至有凶於壯頄。

夫惟不相爲謀之爲善焉耳，若乃彼不同者，或執意未堅而機有可乘，或有慕吾道而志將來復，君子固當推顯比之心，用發蒙之術，雖相爲謀，亦胡不可？然是人也，固已近於道同者矣。君子之謀，曷有苟出者哉！

## 季氏將伐顓臾 一章

聖人教弟子，以誼正主而已。蓋正誼不謀利者，所以立身，所以相人也。從主不誼而利之固不可，況適以害之耶！

昔季氏有欲於顓臾之地，而冉有、季路與聞伐國之謀，疑而質諸夫子。不義之事，非本心所安，於是已可見矣。是時求也尤用事，故夫子呼而責之。謂夫顓臾者，先王命之士而居魯邦域之中，社稷所以衛，而未有侵畔之罪，伐之爲不義，而謀之爲悖也，夫何論哉！

二子聞是，當自知過矣。乃冉有謂季氏欲之而遂以自解也，則忠益之道安在乎？故夫子斥之，謂人臣者，就列則盡其力，不勝則去其事。今也既不去職，又不能諫，是相師而視其顛危也。而且自居無過，則如防虎兕、守龜玉，已致毀軼，而尚可謂無過也與！

二子聞是，當亟止其事矣。乃冉有謂顓臾爲季氏患而不得不取也，則順過而飾辭，豈其情乎？故夫子疾之，且謂有國家者，均安以治近，故無内憂；文德以懷遠，故無外患。今二子爲相，遠人怨而不能懷，邦分析而不能守，其可憂孰大於是也？而又謀興戎於邦内，殆非所以除憂，而滋其憂於蕭牆也與？

夫子言此，蓋望其以道事君，而季氏亦以義爲利也。夫君子所以不事於家者，非惡其卑也，以其多行不義也。若既事之，則不可不諫；諫不聽則去。阿其欲而從之，則孔氏之罪人矣。

## 太師摯適齊 一章

記伶官之去，聖人無與語樂矣。夫師摯諸人，能潔身去職，此所以爲賢而可語樂也。然則其去於魯爲可傷，而於吾黨亦可惜也。記者謂觀魯之爲國也，周公其衰矣！而當夫子初自衛返，教諸伶正雅、頌之音，其一時猶可云盛，子所以懷師摯之始也。既而魯衰益甚，僭亂滋興，而有識恥立其庭矣。逮夫子末年，吾徒離散，而諸伶亦紛然去國矣。其去先後不能識，而以官首紀之，則太師摯所適維齊。齊，大國也，而近魯，然而已爲異邦矣。

夫掌樂者，君食則舉，其職也，而亞飯于適楚，三飯繚適蔡，四飯缺適秦。彼謂入微國而處戎蠻之俗，猶賢奉職於魯乎？若鼓鼗之職益微矣，似可無去，而方叔入河，武入於漢，以避之。而其尤遠者，則少師陽、擊磬襄且偕以乘舟入海。自摯以下，莫知所終。而入河、漢與海者，又第聞所由往，而所處之地不可得也。

## 周公謂魯公曰 一章

述周公之訓，以忠厚爲立國之本也。夫治國固有因時而變易者矣，然而必有立之本而不易者。人君守之以爲治，儒者述之以爲教，若周公之謂魯公是已。其辭若曰：

有國家者，苟不知君子之道，則驕慢乘其中，刻薄見於事，而其爲國不可言矣。夫惟立愛敬之心，而敦敘九族，以至甥舅婚姻皆締以至情，維繫之固使或弛而胥遠者，君子所必不忍，無滿假之志而委任賢者，雖在燕私宮寢，皆統於外朝輔弼之臣，使或不以而致其怨者，君子所必不敢。如是，則親親貴貴之道得矣！若夫故舊之賢德者，固倚毗之而日親矣，雖其能無逾人，而苟無大故，則收恤之不遺，烏有驕心生而故交棄者乎？人材之全德者，固大受焉而不器矣，雖其或有所短，而苟有所長，則量能而咸事〔二〕，烏有苛於求而掩人善者乎？蓋君子用心如是其厚也。

夫周公言此，豈獨爲魯一時法哉？蓋唐、虞以來人君之道固然，君子惟見其誼之當，然而奉以修身立政。至國勢之强弱，蓋非所計及者。然苟能守周公之訓不忘，則君無失德而國有屏翰，風俗不偷，而賢材樂爲之用，忠厚者未必不强，而刻薄者未必不弱也。使世而無君子則已，使有君子起而爲治，其能舍是道乎？夫子嘗欲行周公之道而夢見焉，及其衰也，乃述其言以待後世，魯論是誌之。

## 周有八士 一章

記者慨慕周盛時之多士，而述其生之之奇。蓋時之衰，有求一二君子而不易見者矣，況一家八士之賢乎！故於微子之終篇述之曰：嗚呼！自古聖賢生而成天下之治，天下治而世益多聖賢之徒。甚矣！人之生其時而目見其事者之爲幸也！昔我周之初，以文、武、成、康爲君，以周、召、毛、畢爲相，一家之内，莫匪聖人之材矣。若夫姜吕、尹姞諸族，以及奉璋之髦士、兔罝之武夫，其俊乂不可勝數也。而其尤異者，有八士同母，而世皆推爲名賢，以四乳孿生而長，並成爲令器。其名曰：伯達、伯适、仲突、仲忽、叔夜、叔夏、季隨、季騧。

噫！是何以得之耶？雖其時有躬行導迪以仁義之君，有庠序教化士大夫風俗之勸，足以奬成人才而使之益多，然而不能必其聚於一家而生之異若此，是固天地之運際是而極隆，山川之氣鍾焉而獨厚，雖上古以來有不數見者，而況季世乎？雖鬼神之力有不能自爲者，而況人事乎？蓋我周先王之盛德，致中和以位天地、育萬物久矣，而後天地萬物氣數之昌及此，雖非人事所爲，而亦人之故也。嗚呼！生於其時而得見之者，豈非幸哉！豈非幸哉！

## 大學義五首〔三〕

### 所謂治國　一章

家國無異理，則教國不待於異事矣。蓋治國非無其事也，而成教之本在於家，故所先者必在是耳。傳者曰：所謂治國必先齊其家者，於家之近不能教而能教遠者，無之。若夫於近能教矣，固有不能推其教以遠及一國之人者，然而君子成教於國之理，則不出家而具。先以孝而事君之道具，先以弟而事長之道具，先以慈而使衆之道具。其不能推是道以及於國者，惟心不誠求之焉耳。

康誥曰『如保赤子』，言人君有誠求之心，則遠近無異勢；以誠求於民心而欲其中，則家國無異情也。君子成教於國者，蓋本諸此。吾嘗觀之矣，國之民有仁讓者，有作亂者，是何其異耶？蓋其本有機焉，一家一人致之也。知其機，則世謂一人可以定國，豈虛言乎？吾又嘗觀之矣，堯、舜之民皆仁，及桀、紂而民皆暴，何其易變耶？蓋其本在己焉。堯、舜、桀、紂帥之也，不知其在己，而欲以不恕之身而喻之家已不能，而何以及國乎？君子能以恕責諸身，則能以成教信之於家，而國可以言治矣。故治國在齊其家，自古治國者皆是術也。詩不云乎？『宜其家人』。世有家人不宜而能教國人者乎？又曰：『宜兄宜弟。』世有兄弟不宜而能教國人者乎？又云：『其儀不忒，正是四國。』世有其父子兄弟無足法而使國人法之者乎？自古言立教者，未嘗不自家始，此謂治國在齊其家。

## 詩云樂只君子 一節

傳者引詩父母之稱，明人君得道之驗。夫父母之名，人君所欲得也，然非與民同好惡則不得矣。傳者曰：天下無不合之人心。苟以吾絜矩之説求之，吾所以合乎天下，與天下所以合而歸於我，可具見也。而云『樂只君子，民之父母』，蓋言君，至尊也；而父母，親也。吾不謂君之不尊，而使民尊之之情不勝其親之之情，則何與？

夫民之有所好惡也，其念深矣！爲君者明察乎民隱，而仁篤乎天下，其養人樂利之和，而成其親睦之道，是皆民之所好；於民所好，則必使盡得而後快於心。其振民凋盡之敝，而去其離疾之乖，是皆民之所惡；於民所惡，則少有未除而無以慊於志。在人主端拱深宮，其崇高之勢易與民遠，而下民伏處草野，其瑣細之情又難於上達，以易遠之勢，求難達之情，而卒使志無不通，而願無不遂，然則雖其上下相臨之分，而君之盡心於民者，亦第以爲興利除害皆吾職所當盡，而非以市恩於民也。然而觀其上下一體之誼，舉民所不敢望於君者，乃爲籌至委曲纖悉，一如民之所自爲，則亦安能不深愛其君也！

夫惟父母有骨肉天屬之恩，故赤子有懷，求之而必中；亦惟人君有至誠惻怛之意，故仁政所合，天下如一家。詩所云『民之父母』者，此之謂也。豈非絜矩之得，而平天下所當務者乎！

劉海峯先生評云：曲折盤回，於前輩似諸子相，而氣過之。

## 民之所好好之民之所惡惡之

同民之所好惡，君子之心與事也。蓋君子既居乎民上矣，安能於民所好惡漫焉而不致吾情，忽焉而不以爲事哉？傳者以明能絜矩者如是，謂夫古有樂只君子之爲君也久矣。夫其人不可作也，而其爲道則至今可想見焉。

天下之民，其有耳目鼻口心知，自有生而具，即莫不有所好也。有所好而不能自致，力則然矣，得君子爲之。君念民之耳目鼻口心知，亦猶吾之耳目鼻口心知也；所好猶吾好也。吾君吾民而忘所好，可乎？宫室宗族以安聚之，田里樹畜以温飽之，禮樂教化以孝悌親睦之，苟民之所好者在是，則君之期夕孜孜以勸爲之者亦在是，推其心，崇高富貴有不足樂，而民所好則好之已。

天下之民，其有父母、兄弟、妻子，與萬物相接，即莫不有所惡也。有所惡而不能自去，勢則然矣，得君子爲之。君念民之父母、兄弟、妻子，猶吾之父母、兄弟、妻子也；所惡，猶吾惡也。吾君吾民而忘所惡，忍乎？勞苦患難則撫安之，鰥寡孤獨則收恤之，相戕相賊則刑政防制之。苟民之所惡在是，則君之夙夜皇皇以謀除之者亦在是。推其心，艱難勞劇有不爲苦，而民所惡則惡之已。

吾見懷保惠鮮而靈承干旅，休養生息而災厲不興，德厚而不爲名，功遠而不以自喜。當是時也，雅、頌之音作矣。

# 詩曰節彼南山 二節

傳大學者，既引南山有臺之詩釋之，則又曰：『人君能得民心，而爲之父母也。』雖辟主固亦樂其名也，而内不勝其私，外輕甿庶之微賤，則思苟且偷自安焉，而不知國家存亡之變，甚可畏也！

詩曰：『節彼南山，維石巖巖。赫赫師尹，民具爾瞻。』言國自公卿以上，皆下所四面内望，占其行事爲向背者也。有國者居德元之位，道固不可不端；而畏民情之嵒，行尤不可不慎。使或不能自克而辟焉，豈特冀其戴爲父母不可得邪？則爲天下僇矣！

自昔有天下者，賢君令主與其後世墜命失緒，其始固皆胙有四海，兼撫億兆，然而爲民父母者以之，踣弊僇辱者亦以之。周公作詩，舉殷商以戒成王，意未嘗不太息於此也。始者商先王嘗得民心矣，故曰：『殷之未喪師，克配上帝。』道得衆則得國，而非倖也。及至紂，民盡傷心而不能卒保，故曰：『宜監於殷，峻命不易。』道失衆則失國，而不能苟全也。

自殷商之後，國家興廢，事有萬端，而理未有越此二者。君子安得不以爲監而益慎其德乎！

## 孟獻子曰 至篇末

傳者謂人君以大道生財而充諸府庫，固所謂利矣。而當其時，上有恭儉之德，以撫柔其民；民有敬讓之心，以承事其主。上下俯仰，而皆無愧於義焉，此豈非爲國利之大者，而尚待以利爲利乎？昔孟獻子謂：『君子不可不遠利也。』故鷄豚有所不察，牛羊有所不畜，而聚斂之臣有所不容。其家益大，則益不忍奪小民之資，雖無贏得可也；其位益尊，則益不忍萌貪鄙之見，雖有匱乏可也。貧寡不過須臾之患，而聚斂則非有人心者之所爲。故與其有聚斂之臣，寧有盜臣。獻子豈其謀之謬而説之迂也哉？所慮者深，而所規者大：此謂國不以利爲利，以義爲利也。

嗟乎！後世長國家者，聞以義爲利，未有不迂其説者也。方且剥下奉上爲有國之常，營求無藝爲知謀國之要，何其心之忍而術之汙也耶？必自小人矣！小人以讒諂中其君，君懷多欲而善其智，於是小人之使爲國家，於正人陳善閉邪之説拒而不得聞也，惟朘民竭物以共其慆淫而已；於庶民悲愁窮苦之形遠而不使見也，惟豐亨豫大以售其佞諛而已。然而天怒之而降菑，人怨之而爲害，以謂禍亂於吾猶可免，而不意其已至矣，而尚能保有財用乎？以謂古人或言之而事未必然，而不意今已並至矣，而小人尚能爲一籌乎？微特小人，雖有善者，亦無如之何矣！長國家者始未嘗不利之，而卒不勝其害；始未嘗不快之，而卒不勝其憂。辨之不早辨，及其一朝之悔而無及也。嗚呼！平天下者，其戒於此。此謂國不以利爲利，以義爲利也。

# 中庸義四首

## 子曰道不遠人 一章

子思子謂，道之至也，察乎天地，若是其遠也，而非遠也。夫子曰：『人受性以生，日與道俱。』道之量雖彌綸乎天地之間，而道之行不越吾出入、視聽、言動之際。蓋道不遠人也，人之爲道，必返乎此，而顧有爲；道遠人者，則不知道耳，君子知之矣。

詩云：『伐柯伐柯，其則不遠。』然而猶遠也，以其二物也。道與人一而已，故君子治人，去其非人者，存其所以爲人者，安有餘事焉！及其自爲道也，則忠恕者學者所以求人情之通也。世有心乎忠恕而違道者乎？雖有之而豈遠乎？何也？吾欲内盡己之心，外安人之分，其取莫近於己之身，其事莫易知於人施己；而有不願，吾既知之矣，則勿施諸人。夫何用情之至約也歟？惟道固約也。子臣弟友者，君子所以爲人倫之至也。丘以是責諸人而不亦易乎？以是自責而不亦難乎？非難也，丘未能逮也。

吾思下學上達而檢身如不違，德盛禮恭而吶言如不出，罔矜乎其苟難，罔忽乎其至易，君子之業亦廣矣，而何一不出於慥慥！夫何用心之至切也歟？惟道固切也。夫道非他也，人所以爲人也。君子以人治人之事，吾徒有不及爲者矣。士有慕於道者，丘以忠恕進之，其可幾也。若夫慥慥，君子倫紀修而行誼全，言動飭而德業備，盡人而達天，身存而道立者也。丘雖不能至矣，惟日企之，不敢不勉；過此以往，蓋未之或知也，然而爲道遠人之失，丘其懼哉！

## 鬼神之爲德 一章

聖人明鬼神德之盛，以見誠之無不著也。蓋天道至教，聖人至德，其理一也：誠而已矣！觀鬼神之德，而誠無間於微顯，則知君子之道，至誠所至，不可爲量也。子思子將言費之大者，故述夫子之言曰：『上天下地，而有與之蟠際者焉；一陰一陽，而有與之運行者焉。』盛矣哉！鬼神之爲德也，將執而求其德之盛乎？則正明目而視之，傾耳而聽之，固不可得而見聞也。將謂物有可遺之者乎？則資生者既體之而出於有，歸復者又體之而入於無，未有或遺之而爲物者也。體物者其實，而不可見聞者其迹，夫迹愈泯，而理則愈著矣。

嘗觀諸祭祀之時，內攝乎人之志，外肅乎人之形，昭明焄蒿悽愴，洋洋乎若接於堂室，而孰謂其有不在乎？嘗聞諸抑之詩，神於人若遠，而其格甚近。天神地祇人鬼，忽乎不能度，其何以陟降？而矧敢厭之乎？夫以不見不聞之微，而其接於人若此其顯，是曷故哉？惟其氣充塞天地，而無毫髮之間，觸之而發，見者固沛然莫能禦矣。其理貫徹終始，而無須臾之離，感之而即至者，固赫然莫能蔽矣。誠之不可掩也，固如此夫！

夫子之言如此。明乎此，則知日月運行而寒暑推敓，風霆流行而庶物露生者，皆此誠之著也。而聖人之所過者化，所存者神，亦此誠而已。故造端於人倫日用，而格天之大業莫能外。然則費之小者與費之大者，豈必有兩事哉？

## 齊明盛服非禮不動所以修身也

人君修身之事，於動靜無不治也。蓋身之所以不修者，縱弛於其中，而苟且於其外也。故必有自治之事而後可，且九經之效徧乎天下，而深探其本，自貴者始。

然則人君將何以修身耶？蓋身之本在心：心本存也，而放者失之；心本潔也，而私者汙之。惟主一無適，儼若對越以爲齊焉；崇德修慝，祓除其衷以爲明焉。治其心者既如此，夫元端章甫者，志不在於燕暱矣，非先王之法服者，惰慢邪僻之氣亦以萌矣。故齊明者又不可不盛服，然後中外皆嚴而穆穆乎天子之容也。然使其非禮而動焉，則亦何所不致哉？王者以禮治人，而先之於己，跬步出入之頃，未嘗敢恣其意，而況其臨大事乎？宦官宮妾之倫，未嘗敢接以褻，而況其入朝廟乎？

夫内有齊明之心，外有盛服之度，又能動必以禮以防之，則所以養成其德行者深，而遏絶其淫僻者無不至矣。斯蓋儒者正心誠意之事，克己復禮之功也。而自堯、舜以來，未有舍儒者之學而能爲帝王之道者，蓋知其必如此，乃所以修身也。

## 日省月試既稟稱事

且先王立法而授之有司，以覈夫名實，雖其至纖悉，而莫非大公至正之道也。考工其一端焉。夫百工居國有六職之中，君子雖不爲其事，而未嘗不知其理。事官有惟王建國之典，天下既資其用，則不得不立之。程工一日而輟作，則萬室必有受其乏者矣。

王者嘗恐民之愒於日而有逸則忘善之心，而況淫巧不容不察者乎？善累月而不上聞，則匹夫而有掩其美者矣。王者嘗恐民之翫於時而不獲業精於勤之益，而況良楛不可使雜鬻也乎？於是日有省、月有試焉，然而君子使民勤而進於善，雖純王之政，未有去賞罰不用者。若夫議賞罰於執技之倫，既不可爲空言，又不得施之太重也。惟以既稟權之可矣，省而知其勤與惰矣；既稟非苟欲厚於勤者，而固不得不厚，試而見其美與惡矣；既稟非必欲薄於惡者，而固不得不薄。勤且美者，而日月以進於勤且美，則常食其厚，而常所以稱事也；惰且惡者，而日月以易爲勤且美，則時而與以厚，而時亦以稱事也。

法立而非以爲恩，理存而吾無所容其慮，王者因理以立法，原於朝廷而授之有司，雖庸人皆易知而可守，夫然後百工勸也。

# 孟子義十四首

## 百畝之田勿奪其時

授田有制，而愈知民事之不可緩矣。夫授田之制未定，雖農以時耕，其利猶未周也。人有百畝而時又不奪，蓋君之盡心於田制如此。孟子以告梁王曰：『王者教民稼穡。』而經野之制或疏焉，則有推之不能均者矣。王者敬授人時，而重農之意或衰焉，則有戒之不能久者矣。盡心於民者，慎毋出此也。

彼樹桑養鷄彘之政，猶其小者也。今夫地不足以任其衆，雖欲勤力而無從；人不足以充其疆，雖欲易土而不暇。二者蓋交病也，賢君憂之。是故必使地足以當其人，合提封而區畫之，上田、中田之制或不同，而一夫百畝，其大率矣。人足以當其地，計長幼而口分之，受田歸田之漸各有期，而百畝在農，無不治矣。經界既定，而溝洫之備益修；公私有經，而什一之法不變。夫其始之不違農時也，固爲民之田計也，況今於田制之詳且密也？

既如此，當是時也，國無不辟之田，亦無不耕之人；田無不力之夫，亦無或廢之時。雖豐年，三日公功之執不能免也。然以豐亨豫大而明得意，使民舍百畝而營君之私，則盡心者不敢也。雖籍田一墢親先之耕尚不辭也，況以主伯亞旅之不遑暇，使閒棄百畝而或授之饑，則盡心者不忍也夫。

是以日出而作，日入而息，其民殆非戰國之民也；三時務農，一時講武，其政殆非戰國之政也。室家盈焉，禮樂興焉，卒之作詩歌以薦諸鬼神者，田事也，而盡心之烈盛矣！

## 梁惠王曰晉國

處梁而言晉國，惠王之情可知矣。夫惠王既渡河而南而爲梁矣，而北望晉國，固其昔所居也，能無述之而慨歎及邪？昔者三家分晉，晉既亡矣，而魏都安邑，實與晉之故都鄰焉，是以天下猶謂魏爲晉國也。舍晉國而弗居，則梁惠王之爲之矣。

夫國所徙者近，則名必因乎舊，晉去故絳居新田而猶名絳是也；所徙者遠，則名必易乎新，豳踰梁山居周原而名周是也。魏之名梁也，則其去晉國之地遠矣。夫國，己欲遷而遷，則懷其舊也日疏，盤庚之遷殷是也；己不欲遷，迫於人而遷，則懷其舊也日切，平王之遷洛邑是也。惠王之去晉國也，非己之欲遷，而人則迫之矣，以遠去之傷，而加之迫於人之恨，於是惠王一日見孟子而興言晉國也。

或者曰：國險多馬，表裏山河以成其業，固昔之晉國也。然而在德不在險，武侯一矜之而見絀吳起，此非惠王所習聞者耶？或者曰：魏有大名，公侯子孫以復其始，固以其在晉國也。然而三河天下之中，王者更都之而勢如鼎足，烏知大梁之不逾於晉國耶！居晉國而得其所以爲晉國焉，固不至今之居大梁也；去晉國而尚不悟其所以爲晉國焉，亦胡取乎？其思晉國乎？居大梁而得其所以爲大梁焉，雖不言晉國亦可也；居大梁而猶乎晉國之惠王焉，雖日言晉國而何益乎？

未幾韓亡三川，魏亡晉國，梁之於晉國隔爲異域矣，況欲復其昔日之强，安可得耶！

## 則何以異於教玉人雕琢玉哉

且人君心有所溺，則有出於人情所必不爲者矣；而見有所蔽，則有事乎平昔所必不甘者矣。臣謂王以萬鎰之玉授之玉人也，斯時使有能次於玉人者而請王授之玉，而王不忍也，誠愛玉也，而況已未嘗學攻玉者乎！使王獨居執玉焉，而請試雕琢之，而王不敢也，誠愧非能爲玉也，而況當玉人之在前乎！

有來告於王者曰：『有人焉，有玉不聽玉人雕琢之，而願教玉人雕琢玉也，王得不以爲大愚乎哉？』然而王於治國家，願教士之從我，則是使抱安國便事之術而來者，鬱而不得施也；以頤指氣使之習爲快者，循而莫能變也。夫其使賢者鬱不得施也，王之心誠以人舉不肖，不足治國家，而必待王之教焉者乎？抑毋乃昧於識而非知人者智乎？其於己循莫能變也。王之心誠自以爲非我莫足治國家，而不容不教人者乎？抑毋乃誖於道而非自知者明乎？世有值玉人而不使雕琢玉者，昧也；以不學攻玉者教玉人，誖也。王固知之矣，國家之重，非第玉之重也。賢者則玉人之倫也，而王之於治國家，毋乃不免猶王之雕琢玉也耶？而教士治國家，則何以異於教玉人雕琢玉哉！

夫聽玉人以雕琢玉，其爲道甚逸而玉全；教玉人以雕琢玉，其爲事勞而玉毁。以全玉之道用於國家，其理同，而所全也大；以毁玉之道用於國家，其情乖，而其毁也危。乃王不出於所以全之，而出於所以毁之。夫教玉人以毁玉，而玉人逝矣。王縱不愛其國家，彼賢者豈能屈己以從於教，而毁人之國已哉！

## 豈有他哉

迎師之情，不可以飾説矣。夫不知其情而妄言者，愚也；知而飾言者，欺也。孟子謂是皆不可以論燕之迎師，故謂齊王曰：

自古簞食壺漿以迎師者，蓋有之。其迎師之事一也，而迎師之情不一也。今者燕民之迎王也，將以爲不悦乎？則迎者僞以誘我也，然而王之師何以安然入人國而誅其罪人耶？將以爲悦乎？則迎者誠以歸我也，然而齊之民或尚未樂王政而以獲于異國耶？夫悦與不悦，皆不可以言。然則將謂其無故而然乎？則理所必無，而説之必不可通者已。于是王左右便辟側媚之徒，方競順王心以恣爲説也。如臣之愚，固不能效之，然使臣反易衆説，毋乃非王樂乎？而王亦有意欲聞之乎？且王幸舍左右近習苟合之談，而進臣問焉，固欲決其當矣。臣雖不肖，復安忍欺之？然而臣將别白是非，而豈在多言爲乎？而王毋亦可思而自得之乎？昔者三王用師，君子小人之迎，有如時雨者。此古之故而非今之故也。若今之故，非特臣知之，齊國皆知之矣，而豈有他故哉！

異日王德日隆，義師馬首所向，或誠有大悦于民者。此未至之情，而非今燕之情也。若今燕之情，雖使臣不言，抑又安得終掩之矣？而豈有他情哉！

## 陽虎曰爲富

惟爲富之人，必知爲富之事矣。夫惟富是爲，孰有過於陽虎者乎？則其言不可信乎？孟子引之曰：『臣言制民恒産而取之有道者，所以富百姓也，非爲富一人也。』

嗟乎！使人君而欲聞富一己之術乎？則昔陽虎言之矣。夫虎而言富，非謂有土有財而生以大道也，專以適己焉爾；非謂損上益下而藏富閭閻也，以利自予焉爾。使天生人而無贏無不足，各甘其食，各美其服，而不相眩，則世且無富者，又安有爲富者耶？使天生物而如取如攜，縱心之所欲，縱口體之所好，而無待於外求，則世莫非富者，又安有爲富者耶？此二者必不得之事也，於是乎欲富矣，則亟起爲之矣。

以一人之身，而百物之需備，將束手安坐，忍以絀嗜欲之情而不競乎？則必非爲富者乎？既富矣，猶盡力爲之矣，以天下無涯之物，而逐之以無窮之心，將餘力讓財，聽其散於天地之間而不取乎？則亦豈爲富者乎？身習乎爲富之情狀矣，雖所見所聞有不逮者，陽虎曰：『彼其事皆可知也。』目擊乎爲富之徒侶矣，雖前世後世不相及者，陽虎曰：『彼其人皆可想也。』

以陽虎生平觀之，既已不容於魯，再逃於齊，貪賴之情，有不得而遂矣，徒被竊寶玉大弓之名，有陪臣執國之罪，夫亦安取乎爲富也？然而天下卒莫能易其説者，謂其老於爲富之謀也。以今諸侯之事言之，既已籠山海之藏，競錐刀之末、錙銖之利，靡不錮而據矣，猶且托令典於先王，借美名於籌國，未嘗有言吾爲富也。然而彼卒爲陽虎嗤者，謂其不如吾言爲富之誠也，何也？彼爲富者之甘於不仁，此陽虎所不之諱也。

## 有爲神農之言者 一章

大賢於異端，示以常理而使復其本心而已。蓋異端亦非故欲亂天下，皆昧於常理而忘其本心耳。愍其愚而導之正，言豈得已哉！當孟子時，世爲異説者多矣。昔神農氏作肇耒耜以教天下，及許行託其言而爲並耕之説焉，陳良之徒陳相棄儒而歸之，又揚許行之言於孟子之前，甚哉其妄也！孟子即許行身所資者詰之，彼非織則害耕，耕則不能爲陶冶者乎，陳相知百工之事不可耕且爲，而忘天下不可耕且爲也，則愚矣！

夫大人首出庶物，即使並耕可治，而固不必爲也。以勞心治人，所養及天下者大也，況其勢必不可。當堯之時可知矣，使禹治水而益治山澤，使稷教稼穡而契教人倫，堯、舜在上，未嘗忘百姓之憂也。君憂不得相，相憂不得羣有司，仁人之心盡而天下始寧，而謂百畝之是憂乎？故堯、舜爲君之道大矣！周公、仲尼嗣之爲聞知之統，陳良悦之，亦聖人之徒，而相顧背其師，悖其教，而甘從周公之所膺者哉！

夫許子之道，治國則無上下而通義乖，治市亦齊良楛而物情失。孟子辨其無一可，而陳相可以悔矣。昔三王立政保民而仁天下，及墨翟得其似，而兼愛之説興焉。墨者夷之，有不安於墨，而一再因徐辟造孟子之門，異哉其勤也！孟子未即見，而先以之所明者詰之。墨者欲行兼愛，故薄其親與他人等。夷子胡獨異而葬親厚乎？夷子乃執如保赤子，先爲墨證無差等之當，而復以施由親始，通己厚葬之情也，則誣矣。

夫先王明德慎罰，哀民以罔死，故譬之赤子也，非亡親親仁民，所爲差等者在也。且其理不可違，天之生物固然矣。自厚親而推及人，爲一本而順天。將愛人而姑始於親，爲二本而逆天。上世以來，未有葬親而爲人者也。委於壑而不能自釋，顙有泚而不能自禁，中心之至痛而達於面目，而謂與凡民之喪同乎？故仁人孝子之掩其親，皆以此心矣。心不忍，故親喪必自盡；心無已，故不以天下儉親。即夷子之從厚則安，薄則不安，亦孰非本心之自見者哉！夫夷之是時拘其法而不能從儒，曲爲説而強欲護墨，及徐子出再告之，而夷子憮然悟矣。吁！孟子於是二者其辨明矣，然皆愍彼失道，而非求勝也。

# 許子必種粟 一節

大賢舉衣與食以詰言並耕者，而知其用物不能盡出於己也。蓋言衣則必有冠，言食則必有釜甑耕鐵，其盡自爲之耶？是必不得也。孟子聞陳相道許行之言而詰之曰：『許子欲人君並耕也？則自處可知矣，其必種粟而後食乎？』夫種粟而食，孟子非不知許行然也，逮陳相曰然，而孟子詰之之端啓矣。

何則？人道莫切於衣食二端，使許行不種粟而食，則織布而衣無難矣。今既耕而後食，又必織而後衣乎？相知其不可，而不曰不可，而曰許子衣褐。夫褐之成於人力，固猶之布。孟子姑勿窮此，而問其冠且奚冠乎？而相曰冠素。且夫素與布異，而其待於織未嘗不同。自織之與？無是事也；自織而不害耕，無是理也。陳相固知其必以粟易而後冠矣，是衣食之事不能並爲有如是者。雖然，衣食猶人事之二端，使孟子必以兩事而詰許行，又不若一事而足以詰之矣。今許子不能爲衣，能無不爲於食乎？食固待於種粟，而又待釜甑而爨，待鐵而耕。夫釜甑與鐵之切於人，固猶之粟，孟子則問許子之耕爨亦以是乎？而相曰然。且夫釜甑與鐵莫窮其所自來，而天下耕者之用未嘗不給，必自爲之與？未之聞也；必自爲以爨與耕，尤未之聞也。陳相固知其必以粟易而後用矣，是爲食之事尚不能並爲有如是者。然則亦不待孟子辭之畢，而知並耕之不可矣。

噫！理之可否，在耳目之前而不思，天下失道者往往若是，豈獨許行哉！

## 詩云不失其馳舍矢如破

御者引詩，明善射之無取乎詭遇也，蓋不失其馳與射者之中，非相病也，而適相成也。王良謂君子之射御如此，若曰肩弧矢之利與殺之中而必有禮焉。自六藝之教，明技之中而必有道焉。彼詭遇之不可爲患必矣！何則？三驅之禮，必失前禽，故弗迓克奔，而面傷翦毛之獲，則不可獻者，君子之仁也。是以五御之法，必逐禽左，故田不出防，而乾豆賓客之供卒盈於庖者，君子之巧也。仁與巧合，而射御之道盡矣！

昔者宣王奮中興之烈而成雅、雎之音〔四〕，六軍皆君子之徒，而修田獵之典。當時執轡者出門槷而馳之，未嘗邀禽於他途而失其之左之右之度。故其詩曰：『不失其馳。』執弓者視左膘而發之，不以驅車之有度而嫌其上殺下殺之難，故其詩曰：『舍矢如破。』使馳者不失，而舍拔則虛，非徒乏決拾之能，天下亦無以知兩驂不猗之善矣！使殪獸應弦而御馬非正，非徒違罄控之節，而射者亦終無以獲三品成殺之禽矣！故君子之御與君子之射相濟而成，而非其射必非其御相因而失。

周之盛也，士大夫興於藝，而選徒莫匪其倫。詩人歌之，豈徒夸當時之多賢哉？亦使後世執技事上者，聞之而不敢苟焉以畔於道也。

不失其馳者，逐禽左法也。詭遇者，逆禽而邀之。如是所射，非面傷則翦毛，雖日獲十禽，猶之不獲一爾。此所以爲小人之射也。趙氏註於解不失，而僞疏不能發之，故成此義，以盡趙氏之説。

## 段干木 兩節

士有可見者，通而不失其介也。夫君子苟不傷於義者，無不爲也。君求之迫，與人以禮，先我者則從而見之，夫豈爲不義乎？孟子謂士不爲臣，不見自古莫之敢違者矣。然而君子以順事恕施接上下而不爲峻，而行權、辨義、度進退而不離羣，既不失己，亦非絶人，蓋有不爲臣而未嘗不見者矣，是抑有説也。

昔段干木在魏，泄柳在魯，嘗守不爲臣之介，而不屈乎文侯、繆公之庭矣。然文侯、繆公之重此二人也，且以身就士，既枉車騎於其廬，而卒爲其踰垣閉門以相拒，二子之志可謂高矣！吾則以爲是已甚也。蓋君子之行，一度於義，義有所必守，義亦有所可通。君既迫於求見之誠而造乎士，士則宜取其下賢之意而荅其來。設今之世所遭有如干與柳者也，雖出見其君，不亦可乎？

且非特於人君爲然也。昔孔子爲士，陽貨爲大夫，非徒異於人臣之等，而又有亂人之惡矣。然貨之欲見孔子也，且以禮爲羅，既挾其大夫之賜，又使孔子必不得拜受於其家，貨之謀可謂譎矣！孔子處之則裕如也。蓋君子之動，一制於禮，禮有來施，禮則有往報，故第瞰亡往拜以稱其情，未嘗絶迹不往以違吾分。蓋當是時，貨既以禮先及我矣，雖往見於貨豈得已乎？

噫！士誦法古人，而執節於里巷，凜乎於道不敢干也，而聞有弛張終不背乎正者，惟時中之孔子能之。若夫段干、泄柳之倫，行則已甚矣，然寧與趨勢無恥者同日語也？

## 事孰爲大 一章

大賢明守身事親之重，當於守身合其理，而於事親盡其道也。蓋人苟不知親與身之爲大，則所事守皆末矣。然知其大，不知守身之爲先，不足以言學；不能盡養志之道，不足以言孝。故孟子備舉之曰：『人與人相繼相承而必有事也。』終身事人而不知事孰爲大，可乎？夫天使一本，而人子於親不可解於心，逆則不可爲人，順則放四海而準。言乎事，則親爲大矣。物與我相侵相拒，而必有守也。終日言守，而不知守孰爲大，可乎？

夫人心惟危，而樞機之發、榮辱之主，失則去禽獸幾希，得則萬物皆備於我，言乎守則身爲大矣。是二者，蓋非截然兩事不相爲也，而儒者爲學自守身始，故非法非道，不病於言行，明善誠身，能順乎父母者有之矣。彼縱耳目之欲，而不爲父母戮者，有幾也？古之君子其備矣乎！事親立其愛敬，而推之長幼、君臣，曲當其禮誼之中。守身養其大體，而推之家國天下，悉持以法度之固，所事與守，非得此而遺彼也。

夫亦先立乎其本而畢舉也，所謂不失身而能事親者如此，然而事親之道，又非謂不失身而遂已也。今夫進食者，事親之一端也。然惟曾子養曾皙，豐其膳飲，共其奉饋，而又能達吾親以餘物及人之志於將徹之時。及曾元養曾子，非無膳飲奉饋，而達親之志則不逮也。養志者如此，養口體者如彼，事親者其奚若焉！

夫人能如曾子生平臨深履冰，懼傷遺體，立身行道，國人稱願，以是守身，固可進諸事親矣，然終不若曾子養志，致愛薄而間於形骸，用意疏而萌於怠忽，以是事親尚未可爲能事親也。

## 舜流共工 一節

萬章不知仁人之心，孟子示以情理之當。蓋如章言，則象當誅矣，何封焉！烏知仁人之親愛不能忘，而富貴之不可少也。昔舜之爲天下，流共工，放驩兜，殺三苗，殛鯀，四罪而天下服焉，顧以有庳封象，蓋以象徒不恭於兄，非有害天下之罪如四凶比，無害其封之也。而萬章曰：『夫舜既能誅不仁，又使一不仁者爲有庳害，其過猶小；而於他人則誅，於弟則封，大失仁人之公，其過則大。』章是言謬矣！聖人之道，本不遠乎人情，而見有所蔽，反疑之以爲過，皆不深思其故，而未察於仁人之用心焉耳。

孟子曰：『舜，仁人也。』夫仁人之心，雖愛弟，而至其有過，則怨且怒焉，而不忍愈疏；雖怨且怒於弟，而其事既往，則必不藏且匿焉，而至於成隙。是雖有怨怒也，猶無怨怒也，獨有親愛之而已矣。況舜之仁，而象爲其弟，顧不親愛之乎？且常人之情，不必人之果賢，而吾親之則必欲其貴，苟其罪非不可宥，而吾愛之則必欲其富。夫舜既親象也，既愛象也，亦富貴之而已矣，烏有身爲天子，弟爲匹夫，尚爲親愛之乎？

孟子是論，則知仁人之心矣。後世之君有其弟，一失意於己，終身棄之，而曰吾爲天下不得已也，不亦痛乎？

劉海峯先生評云：純以神行，而題之腠理筋脉無一不貫，是謂文成而法立。

## 百里奚虞人也晉人以垂棘之璧

國有士而徒生，鄰有寶而不徒與矣。夫虞而有奚，是亦天下之寶也，晉乃得以垂棘之璧爲餌哉！聞之長國者必寶君子，此王孫圉所以卻白珩之問也。故上誠好貨，則珠玉無脛而走千里；上誠好賢，則士不産於國而願忠者衆，況在君子桑梓之邦哉！嗟乎！使世主而明斯義也，則百里奚不得入秦矣。何也？百里奚虞人也，且夫虞，多事之國也。昔者虞叔之玉求旃，而共池之奔不復，甚哉！多欲之爲害也，可以鑑矣。

維時奚以壯年，遘兹國難，迄於暮齒，幸處乂寧，奚其終身爲虞人乎哉？乃未幾而晉人以垂棘之璧來矣。夫虞處大河之東，其視晉也爲同州；虞嗣太王之昭，其視晉也爲同姓。以同姓之親而處同州之内，則雖重以大器，用鎮撫其國家，無他事矣，固所以合二國之歡也，然而晉人之意不在此也。以虞廷之士而伐晉國之謀，則將抵璧於淵，昭吾君之儉德。國有人焉，固所爲照千里之寶也。然而百里奚之位不及此也，惟晉之意不在於好聘，故啓櫝内府，授璧使臣，而非有既聘還圭，輕財重禮之道也。以讙囂而耀其庭，蓋載寶而來，若是其貨矣，惟奚之位不在乎親暱，故荀息造謀，啗虞尺璧，而非有無因至前按劍相盼之懼也，以連城而傾其志，蓋難得之貨令人行妨矣。

噫！奚之汶汶爲虞人也，所謂璧固未嘗獻者乎；使虞而知君子之華國也，其視垂棘之璧猶糞土也，夫何愛焉！

# 不用賢則亡削何可得與

用賢視乎國勢，而以救亡者爲尤急也。蓋國至於將亡，非賢莫能維之，豈以削爲嫌哉！孟子以解魯用賢而削也，曰賢者之道無不宜。而國家之勢有彊弱，彊則以伯王爲量，弱則以存國爲功。觀百里奚之事可知矣！使虞而用百里奚，未必如秦穆之霸西戎也，而國亡則不矣。因時以救敝者，其所能也。況賢者而以君伯，尚未盡人臣之鴻業也，而不用則已矣。違時以立功者，非所能也。賢同，而用之之國不同，故或興而遂伯，或削而不亡。國同，而用賢與不用不同，故削者弱而可以復强，亡者絶而不能再繼。魯穆之才，非秦穆之才也，而魯之内憂，重於虞之外患也。使穆公謂賢爲無益，則魯之亡速於虞之亡矣。使國而浸至於亡，則雖欲削，而削何可得與？

吾由孟子是言思之，魯之衰也，昭公居乾侯，哀公遜越，三家且分魯矣。其勢危，甚於齊、晉之末載也。三晉卒爲侯，田氏代齊，皆當魯穆公之世。季氏君費，費惠公爲小國矣。費至楚襄王時僅存，而仲孫、叔孫無聞焉。而魯自穆公以後，傳六君，百餘年乃失國。彼三家者，豈不欲效齊、晉之事哉？穆公猶自振，其臣能裂其國，不能亡之也。昭公不用子家羈，則身且不容。穆公用公儀子，則國不可滅。衛獻公之出也，賢者推之輓之，竟以反國，子家羈不能者，季氏勢重於孫氏遠矣。魯之不能不削，非朝夕之故矣。其宜亡而卒不亡也，賢者扶之故也。

## 盡其心者 一章

且生人皆受天地之中，而君子獨爲受命之正者，何哉？物格知致，心正身修，而要於止至善而不遷焉，而天人之事盡已，是故人以爲天地之心，則知莫精乎知天。然苟茫乎以仰思夫蒼蒼之表，則必無以知天矣。夫吾心之量，本與天地同大。然而或盡或不盡者，物有以障之也。君子博學而非爲夸，精義而不爲罔，舉夫遠近事物皆達於性，而不失於昏逾，乃能大其心，而不蔽於偏曲，是盡其心者知其性之故也。

夫始而不知性，則其多學而識者，雖莫非天之故，而吾不能會通於天也。及知其性矣，則其一以貫之者，皆得其大，原之出於天，而與知性豈有二事哉？此君子之所爲智也。人以體天地之德，則行莫大乎事天。然苟敝敝以遠騖於鬼神之接，則亦非所以事天矣。

夫吾之心性，日與天地相對。然而人皆失所存養者，志有以放之也。君子主敬以直内，去欲以循理，使吾動静出入皆定之中正，以存其誠，各由順正以行其義，是能存其心而養其性者也。夫其未能存養，則天雖時臨吾出亡游衍之地，而不自知其與天相背也；及其存養之矣，則雖其居處所在不越乎血氣聲色之倫，而奉若天道，寧復有間哉！此君子之所爲仁也。人以與天地參，則知天事天者必究乎立命。然苟稍雜以智計推測之私，則非所以立命矣。

夫天道無已，吾於天命亦無已。知天而猶有惑者，其知未至也；事天而猶有怠者，其事未至也。君子通幽明合一之理，無半塗而廢之道。其貫乎本末終始者，死生不變，而非放於虛無；慎行不息，而非持以勉强。是天壽不貳，而修身以俟之也。夫苟以形骸之閡，而中有幾微之搖，是與天所以命我者猶有幾微之隔也。惟不知存亡之爲變，而動容周旋莫不依乎天則而無須臾之遷，而命尚有須臾之不立者哉？此君子智與仁之所爲極至也。天於君子豈生是使獨哉？學問之極而與天地合其德，學者有不爲而非不可至也。

校記

〔一〕罔　當作『罔』。

〔二〕咸事　疑當作『成事』。

〔三〕此題原無，據目録補。

〔四〕雄　疑當作『頌』。

# 跋

桐城姚太史姬傳先生，受業劉海峯先生之門，而吾鄉陳碩士侍郎，又姬傳先生門下士也，三公皆國朝古文大手。海峯先生稿及陳侍郎太乙舟集，予俱舊有藏本，惟先生文十二種，目所未見，心竊憾之。

今年春，劉少塗鹺尹以海峯先生時文屬校，予非知文者，惟見於諸家講解外獨闢蹊徑，不名一格，而卓然成家，實以古文爲時文者。因念先生之學受之劉而授之陳，先生之文必能接劉氏之薪傳，脱陳氏之窠臼而獨樹一幟，亟欲見之而迄未得。會少塗再至，手惜抱軒時文一册，仍乞讎校。

予喜極讀之，曰：嗟乎！文義代聖賢立言，欲人身體力行，所以載道之具也。孔子曰：『言之無文，行而不遠。』使但巧於言，而不良於行，不如勿言矣！今先生之文，眞力彌滿，融會貫穿，與劉先生無二。其特出者，理法較然之中，猶必按切時勢，而低徊慨嘆，可使人泣，可使人歌，可作傳家寶觀，可當座右銘讀，尚何言之不可行乎！昔歐、蘇奏議，膾炙人口以至於今，亦以所言皆可行耳，更何時與古之分哉？予雖未見先生古文，即此數十藝存天地間，固已與劉、陳二公鼎足無愧云。

光緒二年仲秋月，彭澤後學曾紀雲軒臣甫拜跋。

右海峯公古文八卷，詩古體六卷，今體五卷，删定唐宋八家文百篇，制義一百一篇；姬傳姚太史制義四十四篇，凡六種，都爲一集，庋以二函，皆以歐陽潤生司馬力，繼得彙刊於覃懷者也。先是，先君子孟塗文集刊自都門，道光甲辰，湯雨生都尉爲刊廣列女傳，板焚于寇。同治六年，繼以湯刻獻皖撫吴竹莊中丞，蒙詢海峯公集，時原板散失，茫無以應。八年，繼始於中州覓得一本，將鏤之金陵，適吴公覲旋，相遇宿遷旅次，謂繼曰：『尊公廣列女傳板已重鐫，惟海峯集藏者絶少，奈何？』繼檢槖中本示之，喜曰：『是皆君家遺集，吾當爲若併成之。』乃攜去。未幾，公返道山，而底本亦無由索取矣。越四載，繼謁鮑華曇中丞于山石，亦孜孜以海峯文集爲念，且將先畀刊資，繼以底本未獲，未敢因以爲利也。返過覃懷時，潤生司馬宰河内，繼以前事白司馬，鋭然自任，且曰：『曩於梁園見君家梓卿直刺處有此，君固未之知乎！』乃連夜發書，走足取至，遂以古文、古今體詩及删定八家文先付剞劂，而制義附焉。

有山右鳳臺令尹銀君少李者，粤西馬平進士，邃於文而篤于情者也，見海峯集，悦之，慨然曰：『今時八股文，雖卓然傑出者，亦皆弋取科名之物，於制義之説殊無當焉。名爲文，實非文也。若海峯、姬傳兩先生文，與時運爲盛衰，世道相維繫，今之人非但不能爲，恐亦不能知也。』乃出惜抱軒時文一册，囑附海峯集後。繼以姚公師事海峯公，而先君子又出姚公門下，和凝衣鉢，派别源同，因併乞泌陽山長曾君軒臣校刊而綴之於尾。蓋仿李習之文附韓集、晁无咎文附蘇集之例也。

是役也，海峯公集原板早燬于火，使非竹莊、花潭兩中丞再四慫恿，底本之艱，未必能再失而再得也。惜抱軒稿十二種，雖行世已久，而制義闕如。使非少李司馬藏本見貽，未必能復廣其傳也。至於稿已得矣，事已集矣，苟刊刷無資，則亦莫可如何耳。乃潤生司馬獨力贊成，此其闡發幽光、嘉惠後學之功，不與斯集並垂不朽哉？繼奔走數千里，經營十餘年，幸先澤之未湮，感諸賢之好義，工竣，謹誌緣起于此，時光緒二年仲秋中浣也。

裔孫繼敬識。

# 惜抱軒題跋

# 惜抱軒題跋

先生撰著，刊刻略備，惟題跋散見，未有輯録。其昶頻年搜集，文字放佚，千不一存。昔梅伯言有云：『姚先生翰墨不必皆絶於人，要其清通之氣非人所及。』今録其率爾題識，非先生意也。然以梅氏之言觀之，則即殘藁賸墨，亦可窺見先生之藴，况皆足以資考論而益學者，不尤可珍貴哉！然而惜其散亡者多矣。

光緒五年二月，馬其昶記。

## 抱朴子

此書非盡葛洪之所爲也。洪，蓋才智之士，生晉世，值世胄躡位之時，風俗偷敝，不勝憤慨，著書略同王充、王符之體，主於論時事，而旁及神仙道家，蓋憤嫉而有托焉耳。本非有内外篇也，其分内外篇，殆晉、宋間妄道士取其書分晰之，而又雜采邪妄之説及諸符記，悉托之於洪。洪雖差有好奇之病，而何至所見謬妄若是哉！余欲芟去其怪迂鄙誕之詞，不分内外篇，以其書附之雜家，不入神仙家，庶足以存葛氏之眞，而知其用心之所在矣。

嘉慶甲子七月十七日，姬傳鼐記。

## 趙文敏書玄妙觀三門記

牟巘，字獻之，宋大理少卿，入元不出。此記有『維皇建極』，亦泛語耳。趙文敏遽爲提行，非其意也。

文敏此書雖效法李北海，然其用筆時有鈍滯，似去北海猶遠，吾獨愛其額書八篆字殊妙耳。

凡學書者，功力至子昂，蔑以進矣。自是以上，蓋天授，非人力也。文敏姿媚之中殊存厚重，效之者乃愈佻愈滯，是兩失之道也。

吳天發神讖刻文〔一〕

（前略）此石斷，讀者苦不能通。余故人宣城梅石居悉心考尋，聯而釋之，專刻一紙，其所見前於予數十年。石本較此拓多數字，今以所刻附此拓本之後。

此書世稱皇象，象字休明。吳志趙達傳後注引吳録，載其名，與達等同時稱爲『八絶』，然則象亦是吳大帝時人，至天璽之時四五十年矣。此果出象手，未可定也。其書體勢頗與夏承碑相似，不可謂之篆，正亦是八分耳。

王子敬辭令帖〔二〕

褚登善陰符經〔三〕

鬱岡齋帖弟一鍾繇賀捷表

戎路表誠有筆意，然恐止是唐以後人書，或遞傳臨摹，微存髣髴，則不可知魏人古厚之韻。豈苐如此？其唐人列銜，則必是僞作。凡尚書省行文書，卑官在尊官前者，卑官先閱案也。若館中藏古帖刊刻，宰相本不應列銜。即詔使列銜，必宜在前，如聖教序之例，安得如行下告身例乎？此作僞者欲以售其欺而反露罅隙耳。

『參』字作『叅』，唐人固已有俗體，然未有從心者。

## 樂毅論弟一本

此卷或疑是王著書，然無確據。大約不出宋後人，無唐賢氣韻也。

此本是昔人臨書，蓋本無臨者姓名。其『褚遂良記』，乃俗人僞作，以求售耳。董香光知僞記之陋劣，爲馮氏刻快雪帖，將此書分疏字行，又僞作褚跋於其後，以作狡猾欺人，視此記固爲雅矣，然其不足以爲褚書，則亦同焉耳。

## 樂毅論弟二本

『以禮終始』，脱『禮』字。『遇也』下脱『夫千載一遇之世』七字，蓋右軍元本然耳。

『舉國不謀其功』，『諜』即是『謀』字破體，唐諱『世』，『世』多作『卋』，然後二字相混，此臨書者亦宋後人，遂誤以『諜』爲『諜』。

『小字莫作癡凍蠅,樂毅論勝遺教經』,此卷得其意。然此是涪翁以後人聞涪翁之語而爲之者也。

此卷臨本勝前卷多矣!吳明卿餘清齋刻不逮此刻,而末有『付官奴』三字,吾疑非王氏遺脱,乃吳故增,欲以相異耳。

## 鬱岡齋刻月儀章

索靖月儀、唐人月儀,宋紹聖時以入秘閣續帖。吾見續帖殘帖,正存此二卷。鬱岡帖似即翻秘閣續帖,所刻精好,宋刻亦不過爾也。然吾以謂此併是唐人書耳。索靖書,王世將攜得數行過江,以爲至寶矣,安得唐後反存如許字耶?元章謂其不能高古,誠爲精鑑。

宋本藏伊墨卿太守家,文多於此,此所本蓋又殘本也。墨卿本内有用『鬱陶』依僞尚書注,以『鬱陶』作憂思意,西京焉有是哉!

## 鬱岡齋帖弟九晉右軍將軍羲之書

逸少,係右將軍,非右軍將軍。方慶以膏粱世胄,首爲此誤,信由不學也。

左、右、前、後將軍,在雜號將軍之上。左軍、右軍、前軍、後軍,在雜號將軍之下,六朝以授武人耳。

樂毅論僞褚跋，宋人所爲，固不知官制者。高宗時僧徒集聖教尚不誤，況褚公乎？

## 右軍初月十二日帖釋文

初月十二日，山陰羲之報：近欲遣此書，停行無人，不辦。遣信昨至此，且得去月十六日書，雖遠爲慰。過臘，卿佳不？吾諸患殊劣劣，方涉道，憂悴，力不具。羲之報。

## 梁中書令臨汝安侯志一日無申帖釋文

一日無申秖有企屬。雨氣方昏，得告深慰。吾夜來患喉痛，憒憒何理？晚當故造，遲敘談懷。反不具。

此帖，余與方染露釋其首行，久思未悟。染露歸告其室張孺人，張釋出之。此亦閨闥之佳話也。

## 唐虞世南汝南公主墓誌銘

此眞迹，明時藏常熟嚴相公家，今入大内矣。嚴氏刻石今尚存，然不及此刻。

## 虞世南積時帖釋文

積時傾心，非翰墨所具。歲陰寒重，願恒清暢，政事之暇，故有賞心。世南衰羸日甚，但有困劣，未近展接，增其潸泫，深敬明德信，便願霑數字，慰其延首。賢子暮具見朽弊，不陳萬一。虞世南呈，十二月廿五日。若有新製，願蹔示。

『蹔』字摹脱末一點。

## 虞世南永公帖釋文

永公塔後，便爲筆冢。韋十若至，師叔勿以拜塔。世南咨。

## 淳化閣法帖一

曹士冕法帖譜系言，紹興中以御府所藏淳化舊帖刻板置國子監。首尾與淳化閣本略無少異，字畫精神，極有可觀。碑工往往作蟬翼本，今此帖蟬翼摹拓甚精，疑即紹興國子監本也。祖帖豈易可遇？若此蓋祖帖僅次，殆可匹潭絳者，亦良可寶矣。

嘉慶丙寅八月朔，惜翁。

頃得明吳之芳茂倩所撰釋文考異，所載泉本石裂損處，一一與此本符合，然則此爲泉本無疑。但泉本有二：一洪武四年泉州知府常性所摹刻；一曰閣帖，十卷，宋季南狩，遺於泉州石湮池中。久之，時出光怪，櫪馬驚怖，發之，得石帖，泉人名其帖「馬蹄眞迹」。此本未知是常性所摹耶？抑是宋摹入明爲「馬蹄帖」耶？

丁卯八月廿八日，惜翁。

## 西晉宣帝之白帖

殘斷文不可讀，虛舟以首二字定爲張芝書，豈信然乎？

## 東晉簡文帝慶賜帖

此當是升平元年，穆帝加元服之慶賜。時簡文撫政，與朝賢書耳。

## 唐太宗夜來胸氣帖

黃長睿云：「高宗永隆元年七月，江王元祥薨，即此帖江叔也。此正高宗書。」

## 唐太宗懷讓帖

籀林云：『懷讓，豆盧寬之子，高祖女長汝公主之夫。』

余按：此文皇行在途中書。房遺愛右衞將軍，宜從行。其婦高陽公主也，故報之。奴即高宗矣。

## 唐太宗藝韞多材帖

長睿云：『亦高宗書。』高祖弟十九子魯王靈夔，善草隸，帖所謂『藝韞多材』也。藹，魯王次子，范陽王也。

## 唐太宗枇杷帖

長睿亦以爲高宗書。籀林以爲高宗與蔣王惲。

## 唐太宗東都帖

籀林云：『東都，隋置，武德四年廢，高宗顯慶二年曰東都。此帖定是高宗書。』

## 陳長沙王陳叔懷梅發帖

長睿云：『陳長沙王叔堅，無叔懷。觀帖作名處，疑是叔慎。叔慎，宣帝子，岳陽王也。』

宣和書譜稱：『梅發一帖，嫵媚而藏勁氣。』

## 淳化閣法帖二

王允之父舒喪，除義興太守，以憂哀不拜。從伯導勸之，允之固不肯就。今此卷内王丞相前一帖，亦勸人奪情者，或即與允之耶？

### 張芝今欲歸帖

首十一字自爲一帖，餘不可讀。

### 張芝八月九日帖

『足下』下釋『爾（摸失，大觀正）爲』，『平』下釋『善廣閑，彌邁，想思無盡，前比得書不』，『西行」下釋「望遠懸想，何日不懃？捐棄湮没，不當」。「又去」下釋「春送舉喪」到「美陽，須待」，「故遂」下釋「簡絶，有緣復相聞」。米以爲眞。長睿云：「疑亦先賢摸仿。」

### 後漢崔子玉賢女帖

米以爲齊、梁人書。

### 魏鍾繇得長風帖

長睿云：「得長風帖，乃逸少早年書，未變鍾體。米云齊、梁人書，非也。」按：長睿説亦小失。逸少此帖，正與兄靈柩垂至帖、四月五日帖同時。計王敦敗籍之死又三十年，大抵逸少官爲會稽。時在官，故兄柩至不獲臨也，豈少時哉？郗還未卜。此下當更是一帖，亦右軍書。

### 吴青州刺史皇象

吴安得有青州？張懷瓘書斷云：「皇象，吴侍中。」

## 皇象文武帖

長睿云：『皇象文武帖，寫高彪送幽州督軍御史第五永箴。』下脱二十六字。張懷瓘目以沈著痛快，眞得其筆勢。

## 皇象頑闇帖

『臣象言』下釋『頑闇空薄』。『以』下釋『年』。『凡百』下釋『乖穢』。『無』下釋『所』。『中』下釋『宜特蒙哀傷』。『殊』下釋『異』。『之』下釋『遇』。『安感』下釋『騎乘』。『之』下釋『懽遊息』。『之燕』下釋『淳和足使忘軀，命榮觀足』。『心』下釋『膂延望』。『翹翹』下釋『念在效報』。『力以』下釋『荅』。『新』下釋『恩』。長睿云：『皇象章草一表，唐人僞作，正與世傳曹植書鷂雀賦同。』

## 晉桓温大事帖

『之日』下釋『僕』。『都』下釋『謂』。『無所』下釋『復見慰勞，又計時事也。逐節郎來，已具言意。餘所慰勞諸都督邊將粗當爾耳。僕無所復，須庶意』。

## 晉王導省示帖

『省』下釋『示具卿辛酸之至』。『吾』下釋『守憂勞卿，此事亦不暫忘。然書足下亦欲致身處尚在毀』。『王』下釋『制』。『正』下釋『自欲不得許卿』。『天明』下釋『佳』。『導白』下釋『改朔』。『增』下釋『傷』。『感』下釋『濕烝囟』。『何』下釋『如頗』。『懸』下釋『耿』。『連』下釋『示勞懣悶』。

## 晉王敦蜡節帖

『敦忽過』下釋『歲暮感』。『悼』下釋『傷悲』。『如常』下釋『比苦腰痛』。

## 晉郗愔九月七日帖

『食』下釋『進』。

## 郗愔廿四日帖

『悉』下釋『達』。

郗愔想親親帖

『親親』下釋『悉如常』。『親親』猶言衆親，晉人語，亦見他帖。

晉郗超遠近帖

此帖米元章書史以爲李懷琳僞作。

晉衞恒一日爲恨帖

書史云：『劉涇倅鄭，王貽永侍中孫爲守，得摹帖一卷，乃胄曹參軍李懷琳僞作七賢帖。又有李氏衞帖，次郗超帖，亦摹在閣帖中。次陸機、衞恒帖，衞亦摹入閣帖，皆眞觀間一種僞好物〔四〕。』

晉謝安六月帖

米云：『前帖眞，後六月帖僞書。』前帖係每念一旦帖。謝朗等，謝万兄子也。万與書自稱父，宋王球語兄子履曰：『阿父在，汝何憂？』其稱同此。

侍中，在唐、宋爲門下極貴之官；在魏、晉、南朝官非極貴，但親近耳。正直四人，其公卿以之爲加官，非正職也。王著以唐、宋之制，類之於古人，是以於王廙、杜預等率題侍中，蓋不達古今之制異耳。

## 淳化閣法帖三

黄長睿謂：『此卷僞帖過半。自庾翼後一帖，沈嘉、杜預後一帖，王脩、劉超、司馬攸、劉牧之、劉瓌、王劭、紀瞻、王廞、張翼、陸雲、山濤、卞壼，十五家皆一手僞書。余備員秘閣，見一書函中盡此一手帖，以澄心堂紙寫，每卷題云：「仿書第若干。」此卷僞帖及他卷所有僞帖，皆在焉。蓋南唐人聊取古人詞語，自書之爾。王著輩不悟其非，但採名雜載眞帖間，可勝嘆哉！』余按：長睿所嗤侍書之謬，誠當。但既云仿書，亦必是臨摹，微有所本，非取古語書之也。

謝莊，宋人，而列晉，大觀已改正。其書末題『左僕射』，計希逸仕宋文帝、孝武帝之世，文帝時王敬宏、孟覬、何尚之爲左僕射，名輩甚前，希逸與書，不得自稱弟也。孝武時，左僕射有建平王宏、劉遵考、褚湛之、劉延孫，推希逸之氣類，此書其與褚湛之乎？

## 淳化閣法帖四

此卷首王�書，當是僞作。其云『和南』者，是與僧徒也。按：古人於時節哀思父母，故與弟兄族屬述其哀慕，言兩情略同也，豈所施於僧徒哉！此作僞者，見古帖多有是語，而移合於與二氏之書，則甚不通，正恐是李懷琳所作衛夫人書之類耳。

## 褚遂良山河帖

長睿云：『此後人集褚書枯樹賦字。』薄紹之與羊欣同時，大觀固已改題宋給事中矣。本帖智果書，書評内即有之，不知何以猶誤稱唐人也。

## 淳化閣法帖五

閣帖於右軍名迹，如蘭亭、樂毅等率不載者，謂所摹皆墨迹，不以拓帖轉摹也，而此卷蒼頡、禹書何爲哉？以裴公紀德頌爲籀、斯之迹，殆皆妄人爲之，而侍書又爲所欺耶？

首卷帝王帖，以其皆手詔也。此卷隋文帝與雙林寺僧，不過當時書手之筆，殆非文帝所能作。列於此卷，謂之隋朝法帖最是，王翁林乃謂應序入首卷。王著之失固多矣，至此處，翁林之識，更出王著下耳。

## 史籀書

樓鑰云：黄秘書謂李斯十八字，乃李陽冰篆。王密所撰明州刺史河東裴公紀德碣中字是已。此史籀書，即此碑額中字也。『𣪊』乃碧落碑『唐』字，陽冰最愛碧落碑，故用之。其餘字皆在，但無『易』字，疑以『明』字疊成。秘書未舉，豈未考此碑額耶？

## 秦程邈書

按：衛恒四體書勢，或曰秦程邈以大篆爲小篆，或曰邈所定，乃隸體也。然則邈所書體尚未可定，況有其迹耶！以王著之謬采，而程迥據此以今眞楷體爲出程邈，則可笑矣！

## 衛夫人書

顔師古注急就篇序云：『舊得皇象、鍾繇、衛夫人、王羲之所書篇本。』然則唐時有衛書存，而李懷琳因僞造此帖。

## 隋僧智果書

智果書，『笑春索』下脱『静書如飄風忽舉，鷙鳥乍飛。鍾繇書如雲鶴遊天，羣鴻戲海，行間茂密，實亦難遇耶』共三十二字，此後又缺何氏帖，投老、殘年兩帖，米元章以爲歐陽率更令書。又缺蔡文姬一帖，又缺古法帖，敬祖、鄱陽兩帖。敬祖帖重見第十卷，大令書内鄱陽帖，元章亦謂是大令書也。又孤不度德帖寫蜀志，其一半已分入大令卷中。又缺僧懷素書、張旭書。又古法帖，移居、足下二帖，元章以謂羊欣書，吾不敢信。此並是本帖殘失者，吾購得此本，其缺者不可復補也。

吴茂倩法帖釋文考異云：『智果書「笑春索」下泉本缺下半卷。』是則此卷之損久矣。智果書，程邈增減篆體，志其名，名之曰隸，意謂此書隸所造也與？便於徒隸之説不同，『志』字淳化誤刻作『忠』字，大觀帖改正之。又淳化脱『曰』字，止作一點，皆以大觀爲是。

淳化摹刻時，若轉摹古刻，則三代未嘗無金石文；若必收墨迹，當托始鍾太傅。雖或未眞，然理猶可言。至漢人筆迹，唐已無之，況周秦乎？

## 淳化閣法帖六

此卷首十餘行，米元章、姜白石等俱斥其僞，殆是定論，無可奪之理。至奄至帖，乃許爲眞。而此帖末，『悲酸』下引筆作重字，其筆勢猶可見，而明世摹閣帖者不知是字，以爲石裂痕而去之。

## 日月如馳帖

『慕省』下釋『疏酸』。

## 省别帖釋文

省别具，足下小大問爲慰。多分張，念足下懸情，武昌諸子亦多遠宦。足下兼懷，並數問不？老婦頃疾篤，救命，恒憂慮。餘粗平安，知足下情至。

省别帖『老婦頃疾篤，救命』，當時言病重爲救命，語又見謝玄傳。然右軍郗夫人壽乃最高，世説新語載其事。

## 旦夕帖釋文

旦夕都邑，動静清和。想足下使還，具時州將。桓公告慰情，企足下數使命也。謝無奕外任，數書問，無他。仁祖日往，言尋悲酸，如何可言！

## 諸從帖釋文

諸從並數有問，粗平安。惟脩載在遠，音問不數，懸情。司州疾篤，不果西，公私可恨。足下所云，皆盡事勢，吾無間然。諸問想足下別具，不復具。

## 諸賢帖釋文

此諸賢粗可，時見省，甚爲簡闊。遠頃異，多小患，而吾疾篤，不得數爲歎耳！

## 宰相安和帖

『兄懷』『恙時』兩行前後誤。

## 譙周帖釋文

云譙周有孫，高尚不出。今不令人依依足下，具示嚴君平、司馬相如、楊子雲皆有後否？十七帖『今』字下有『爲所在其人有以副此志』十字，閣摹蓋脱十字。又『孫』字下有一字損不可識，末『有後』正相接無空字。

## 散勢帖釋文

知足下散勢小差，此慰無以爲喻。云氣力故爾，復以悒怛。想散患得差，餘當以漸消息耳。

## 頃無一日帖釋文

吾頃無一日佳，衰老之弊日至，交不得有所啖，而猶有勞務，甚劣劣。

## 連不快帖釋文

知足下連不快，何爾？耿耿！善將適。吾積羸困，而下積日不斷，情慮尚深，殊乏自力，不能悉。

## 小佳帖釋文

小佳更致問一一，適脩載書平安。

## 月半帖釋文

月半，哀悼脱一點。兼至，奈何奈何！得告承復下懸耿，至匆匆，凡不具。

## 鄉里帖釋文

今遣鄉里人往口具也。

## 行成旅帖

長睿云：『此賈曾送張説赴朔方序，當是後人集逸少書。』姜白石云：『此帖墨迹尚在秘省，乃流俗書，非集右軍。』

## 闊別帖

山谷云：『此好事者戲爲之耳。書未爲甚惡，而以亂逸少，則不可。』

## 公與帖釋文

公與虞休意書有所問，足下旨爲致誠荅，令旨意致來勿忘，此意自決。今以資嚴，知小大疾患，念勞心。

## 建安靈柩帖

姜白石云：『此墨迹在王順伯家。』

## 昨得一日帖釋文

吾昨得一日一起，腹中極調適，無所爲憂，但顧情不可言耳。

## 侍中帖釋文

侍中書□。涂侯遂危篤，恐無復冀，深令人反側。

## 敬豫帖釋文

敬豫乃成委頓，令人深憂。

## 近因鄉里帖釋文

近因鄉里人書，想至。知故面腫，耿耿！今差不？吾比日食意如差，而骭中故不差，以此爲至患。至不可勞。力數字，令弟知問耳。

絳帖評以諸賢粗可帖、散勢帖及此帖云：『三帖書有頓挫，鋒勢雄俊，眞右軍名迹。』

## 疾患帖釋文

疾患差也，念憂勞。

## 想弟帖釋文

想弟必有過理，得暫寫懷。若此不果，後期欲難冀，臨書多嘆，吾不復堪事，比成此書，便大頓。

## 重熙帖釋文

適重熙書如此，果爾，乃甚可憂。張平不立，勢向河南者，不知諸侯何以當之？熙表故未出，不悦。荀侯疾患，想當轉佳耳。若熙得免此一役，當可言。淺見實不見，今時兵任可處理。

## 二謝帖釋文

二謝在此，近終日不同之，此歎恨。不得方回知爽後問，令人怛怛！

## 追尋帖

追尋帖『將無復賴』，司州帖『公私之望無賴』，『賴』字皆書作『理』，二王帖中故多古字也。

郗曇爲荀羡軍司，羡疾，薦使代己，適重熙帖，熙表字上疑脱去一『薦』字，右軍呼羡爲荀侯，意蓋輕之耳。

## 淳化閣法帖七忽然秋月帖釋文

七月一日羲之白：忽然秋月，但有感歎。信反，得去月七日書，知足下故羸疾問，觸暑遠涉，憂卿不可言。吾故羸乏，力不具。王羲之白。

## 徂暑帖釋文

徂暑，感懷深，得書，知足下故頓乏，食差不？耿耿！吾故爾耳，未果爲結，力不具。王羲之白。

## 月半帖釋文

月半，念足下窮思深至，不可居忍。雨濕，體氣各何如？參軍得針灸力不？甚懸情。當深寬寄，晴通省苦，遣不具。王羲之白。

# 長素帖釋文

長素差不？懸耿，小大□也。得敬豫九日問，故進退憂之深。

# 知念許君帖釋文

知念許君與足下意政同，但今非致言地，甚勑勑！亦不知范生比居職未？以卿示輒便及今，吾尚不能惜小節目，但一開無解已，又亦終無能爲益，適足爲煩瀆。足下呼爾不？

# 每念長風帖釋文

每念長風，不可居忍。昨得其書，既毀頓，又復壯温，深可憂。

# 謝生帖釋文

謝生多在山，不復見，且得書，疾惡冷，耿耿。想數知問，雖得還，不得數，可嘆。

初月二日、足下時事、吾怪足下、前從洛四帖。

米元章云：『此下四帖皆僞。』

## 十一月廿七日帖釋文

十一月廿七日，羲之報：得十四、十八日二書，知問爲慰。寒切，比各佳不？念憂勞，久懸情。吾食至少，劣劣。力因謝司馬書，不具。羲之報。

## 十月七日帖

米云集成。

## 皇象帖釋文

皇象草章，旨信送之，勿忘。摹有失。當付良信。

## 遠婦帖釋文

遠婦疾猶爾，其餘可耳。今取書付，想具。

## 阮生帖釋文

阮生何如？此粗平安。數暫問爲慰。

## 君晚帖釋文

羲之白：君晚可不？想比果，力不具。王羲之白。

## 足下尚停帖釋文

云足下尚停數日，半百餘里，鉤摹有失。瞻望，不得一見卿，此何可言？足下疾苦，晴便大熱，小鉤摹有失。船中至不易，可得過夏不？甚憂卿。還具示問。

## 足下小大佳帖釋文

足下小大佳也，諸疾苦憂勞非一，如何？復得都下近問不？吾得敬和廿三日書，無他，重熙住定爲善。謝二侯。

## 省飛白帖釋文

省飛白乃致佳。造次尋之，乃欲亂本，無論小進也。稱此，將青於藍。

## 七月六日帖釋文

七月六日羲之白：多日不知問，邑邑。得三書，知足下比問，耿耿。今已佳也。

## 期已至帖釋文

期已至，遲遲。具足下問耳。

## 鄉里帖釋文

鄉里人擇藥，有發夢而得此藥者。足下豈識之不？乃云服之令人仙，不知誰能試者？形色故異，莫有嘗見者。謝二侯。

## 承足下還來帖

山谷云：『是永師書之不臧者。』邢子愿謂：『末三字是釋智果。』

## 雪候帖釋文

雪候既不已，寒甚盛。冬至可，苦患，足下亦當不堪之。轉復知問。

## 知遠帖釋文

知遠比當造江，遲見此子，眞以日爲戲，足下當審問，旨令吾。

## 荀侯帖

米元章以此帖爲僞作。姜白石云：『書體不古，恐是唐人信手所臨。』

## 知君帖釋文

知君當有分住者，念處窮毒而復分乖，當可居情，想發理斷當。

## 旦反帖釋文

旦反想至，所苦晚，善不？耿耿。僕脚中不堪，沈陰重痛不可言。不知何以治之？憂深。力不具。

## 極知無可將接帖

大觀於『名』上加一『王』字，必是誤入帖内。明云『諸兄弟』，安得有『王』字耶？

## 近脩小園帖

僕近脩小園帖，元章以爲是子敬書。黄長睿謂：『後十二行乃子敬書，其首三行乃唐人書耳。』余謂長睿之鑑極當。王虚舟乃盡詆之，則所鑑大謬矣；惟以後十二行當分爲兩帖者，則其説自是。

## 得遠嘉興書帖

遠乃王氏子之小名，此卷内三見，正是一人耳：得遠嘉興書、知遠比當造江、遠婦疾猶爾三帖是也。王虛舟以『知遠』爲『弘遠』，誤矣，又執『弘遠』爲『王粹』，則彌誤也。

## 淳化閣法帖八不審定何日帖釋文

不審定何日當北？遇信復白，遲承後問。

## 運民帖釋文

運民不可得，而要當得，甚慮叛散。

似當連下『頃爲此足勞人意』七字爲一帖。

## 八日帖釋文

八日羲之頓首，多日不知君問，得一昨書，知君安善，爲慰。僕比小差而疲劇，昨若邪觀望，乃苦輿上隱痛，前後未有此也。然一日一昔，勞復不極，以此爲慰耳。力不。

## 大熱帖釋文

便大熱，足下晚可耳。甚患此熱，力不具。王羲之白。

## 吾唯辨帖釋文

吾唯辨，便去無復日也。諸懷不可言，知彼人已還。吾此猶有小小往來，不欲來者其墅近，當往就之耳。不大思其方，不見可久，理而任之者，悠然。此可歎息。

## 得西問帖釋文

得西問，無他，想彼人土平安。此粗佳，玄度來數日，爲慰。

## 中郎女帖釋文

中郎女頗有所向不？今時婚對，自不可復得。僕往意君頗論不？大都此亦當在君耶。

## 發瘧帖釋文

發瘧，比日疾患，欲無賴，未面，邑邑，反不具。王羲之白。

# 得書帖釋文

得書知問，腫不差，乏氣，匆匆，面近。

# 足下各如常帖釋文

足下各如常，昨還殊頓。胸中淡悶，干嘔轉劇，食不可强，疾高難下治，乃甚憂之。力不具。

長睿謂『淡』即俗用『痰』字，『乾』通作『干』。

此帖明時在王鳳洲家，不知今世尚存否。

# 狼毒帖釋文

須狼毒，市求不可得，足下或有□兩停，須故示。

# 夜來腹痛帖釋文

得書知問。吾夜來腹痛，不堪見卿，甚恨！想行復來。脩齡來經日，今在上虞，月末當去。重熙旦便西，與別，不可言。不知安所在？未審時意云何？甚令人耿耿。

## 闊轉久帖釋文

闊轉久，勞想豈舍？知足下常同之，卒未近緣，如何？足下數令知問。

## 丘令帖釋文

丘令送此宅圖云：『可得卌畝，爾者爲佳，可與水丘共行視，佳者，决便當取問其賈。』

## 昨故遺書帖釋文

義之白，昨故遺書，當不相遇。知君還，喜慰。足下時行想今善除，猶耿耿。僕時行以十一日，而不除如□日便成委頓。今日猶當小勝，不知能轉佳不？積不差劣劣，力還不具。王義之白。

## 先生帖釋文

先生適書，亦小小不能佳，大都可耳。

## 不悉雨快帖釋文

三月十六日羲之白，一昨書不悉雨快，君可不？万石轉差也，灸得力不？不得後問，懸挹不去懷。君云當有旨信，遲望其至。僕劣劣，故遣不具，還具示。

## 適欲遺書帖釋文

適欲遺書□得示，知足下得涼以爲佳，甚慰！知多疾患，念勞心。吾故不欲食，幾以爲事恐不可久。□□思面，行故果之。

首行當是『遺書去』，四行當是『邑邑思面』。古帖墨昏，鉤勒轉失之耳。

## 淳化閣法帖九

大令與郗氏離婚，尚主在簡文之世。大令卒於孝武太元十二年，年四十五，逆計前十五年，當簡文時。然則此卷首一帖及後奉對帖皆年廿六七時書。

## 授衣帖

思戀帖『州將若比還京，必視之』，亦當是言方面，徐州，治在京口也。

## 令外甥帖

令外甥帖言郗新婦，當是離婚前書，子敬最少時之筆也。

## 淳化閣法帖十

王氏世奉五斗米道，右軍官奴小女帖所云『先生』，必是米道之師。大令官前逼遣足下帖疑與孫泰，泰亦郎邪人，與王氏鄉里。時王珣奏徙之廣州，而大令猶以舊交與通書耳。所云兄子者，殆即是孫恩耶？

## 消息帖釋文

消息亦不可不恒精以經心，向秋冷疾下，亦應防也。獻之下斷來，恒患温項痛，復小爾耳。

## 聖母帖釋文

聖母心俞至言，世疾冰釋，遂奉上清之教，旋登列聖之位。仙階崇者靈感遠，豐功邁者神應速。乃有眞人劉君，擁節乘麟，降于庭内。劉君名綱，貴眞也。以聖母道應寶籙，才合上仙。授之秘符，餌以珍藥，遂神儀爽變，膚骼纖妍；脱異俗流，鄙遠塵愛。杜顧初愈，責我婦禮。聖母翛然，不經聽慮。久之成訟，至于幽圄，拘同羑里〔五〕。倏□霓裳，仙駕降空，卿雲臨户。顧召二女，躡虚同升。旭日初照，聳身直上。旌幢彩焕，輝耀莫倫。異樂殊香，没空方息。康帝以爲中興之瑞，詔於其所，置仙宫觀，慶殊祥也。因號曰『東陵』。

聖母家本廣陵，仙于東土，曰『東陵』焉。二女從升，曰『聖母』焉。邃宇既崇，眞儀麗設，遠近歸赴。傾帀江淮，水旱札瘥，無不禱請。神貺昭荅，人用大康；姦盜之徒，或未引咎。則有青禽，翔其廬上。靈徵既降，罪必斯獲。閭井之間，無隱慝焉。

自晉暨隨〔六〕，年將三百，都鄙精奉，車徒奔屬。及煬帝東遷，運終多忌，苛禁道侣，玄元□九聖，丕承慕揚至道，眞宫秘府，罔不□建，況靈盼可訊，道化在人，雖蕪翳荒郊，而莫禱雲集。棟宇未復，耆艾銜悲，誰其興之？粤因碩德。從叔父淮南節度觀察使、禮部尚書□□，監軍使太原郭公，道冠方隅，勳崇南服。淮沂既蒸，詆此字尚未定，蓋上下文脱。作而不朽，存乎頌聲。

貞元九年，歲在癸酉己月。

此不知何人之書，其前後文皆脱去，後人妄指爲懷素耳。吾疑其題款『貞元九年』云云亦僞作也。貞元時，監軍用宦官，而無監軍使之名，此不知何時之制。據其文，似與節度使各一人，而僞作懷素者抉去其名，蓋以其稱從叔父，就其名，恐人易推知本作書之人耳。在書者，初非作僞，而爲作僞者掩其名，良爲可恨！陳氏玉煙堂帖已不能辨，以爲懷素，余謂世有精鑑，必能知其非眞，而惜宋以來未有爲辨正者。

此文款識缺脱，何以知爲藏眞書？豈宋時尚見舊款耶？吾謂此草書精熱〔七〕，亦有筆力，然氣韻近俗，非懷素筆，縱舊款以爲懷素，亦必黄冠僞作。如破邪論，乃僧徒僞虞永興耳。文壽承釋自敘，不釋此文，殆能辨其僞者。吾聊釋之而論其非眞，以待精鑑。

廟堂碑

前人固賤重刻本，然在今日，如此本已爲難得。後人得者，尚宜寶愛之。虞世南男爲匠，千古每同斯慨。臨池之助，何必在吾子孫哉！

甲辰六月廿七日，酷熱中漫題。

附王禹卿跋

此宋時重刻之本，永興面目存什一而已。又有武城本，亦係重刻，與此刻互有短長。合而觀之，可以仿佛貞觀風流也。此猶是明時拓本，惜抱軒主人藏弆之〔八〕，以爲子若孫臨池之助可耳。丹徒王文治裝并記。

章懷太子後漢孔僖傳注云：『貞觀十一年，封夫子裔孫德倫爲褒聖侯。』倫見今存，而此碑乃言德倫之封乃武德九年太宗甫受内禪時事。此碑之建，當在貞觀十一年之前。然則章懷之言必誤矣！以同時目對之人紀事，而有不可據者，如此攷史，不亦難乎！

宋時人列銜多謬，如永興乃軍鎮之名，京兆尹乃守地治民之職。宋時固有以軍名爲地名者，此州郡下之軍無州名者也。若京兆之永興軍，則節度使已裁，則軍鎮之名當從而去，安得下循州軍之例，稱爲知永興軍乎？惟此王彦超列銜永興管内觀察處置等使，斯爲名正，後省之曰知永興軍則誤矣。

吾此記誤。彦超在□□乃太祖時，其時爲永興節度使者，乃帝第□□遥領，故稱節度管内，節度未嘗裁去。及太宗淳化年内重進爲永興節度，猶身赴長安，但權任輕於五代時耳。

## 筸江上書

昔聞王禹卿論書，以筸重光爲國朝第一，固未敢信其必然。要其超逸之氣，實爲可愛。此卷樂志論尤其得意。書後臨思翁小幅，便眞是董畫，是其後裔所寶藏百餘年，乃爲余得，殊以自喜。後百年不知當屬何人，尚知貴也？

嘉慶丁卯十一月八日，惜翁。

## 三老詩

余少與方君天民同學讀書，其時里中方待廬先生、張弼戻先生皆號能詩。天民年少即工詩，兩先生每呼令唱酬聯句。其後兩先生殁，天民老歸故鄉，年七十矣。而張君菉園及家叔落花翁在里，亦皆及七十，皆詩豪也，相從唱和甚數。天民作三老之詩，兩翁繼和，方其共飲酒高詠之樂，浩乎芒乎，不知古三老俾人君執爵於席前之爲尊，與今者木瓢瓦盆之爲陋，亦不知歲月遷流而此身之已老也！以其卷示余，余讀之，既取其趣，又快三老才力不啻少壯，益欣然以喜。顧念鄉里近者才儁漸稀，意欲更求少俊，俾從此三老共遊，如天民疇昔少年之事，庶前後風流久而勿墜。不然，日月奄逾，後賢遠隔，追想三老之清風高韻，邈不可尋，不亦惜乎！

嘉慶四年冬十二月十七日，姚鼐跋尾。

## 五七言近體詩鈔

批注、圈點，照硃筆增入。增入之注，要雙行。細看所應附之句，不可舛誤、雜亂。其已鉤删之詩，則併批注、圈點不入刻矣。題上有一圈、二圈、三圈，去之勿刻。本内無而須增者，□□□二詩，照抄本添入。

## 唐賢三昧集

雲居道膺禪師云：『如人將三貫錢買一隻獵犬，只解尋得有蹤迹、有氣息底，忽遇𪊨羊挂角，莫道蹤迹，氣息也無。』

閻百詩嘗譏三昧集多誤字，駁正數處，若『東南御亭上』『明當渡京水』是也。鼐復校改可七八字，然恐尚有訛舛不及正者。

## 德馨祠紀事

右德馨祠紀事册，係伯父嘉湖觀察在任時所抄。本有兩部，一存房長處，一存杭州奉祠生處。今存房長之本，不知何時遺失，賴杭州之本尚存。祠生嘗攜以入都，鼐與諸兄始見之，題詩其末。又閱數十年，今祠宇頹壞，公議使五瑞往脩理之。五瑞竣工之後，又訪得此本。因亟持歸，重加裝裱，并以五瑞在祠内所刊紀事石搨本裱於册後，此册永存管公事處，每交賬時，公取敬閲，庶永無遺失矣。

嘉慶八年九月廿日，鼐識。

**附題德馨祠紀事詩**

先人莅政浙江潮，故廟湖山鎖寂寥。到處歲時悲父老，至今松竹護蘇樵。百年長吏存遺澤，異代名臣祀聖朝。何日南遊拜遺像？燕關涕淚獨迢遥。

乾隆二十三年正月十七日，七世孫鼐敬題。

## 江七峯詩卷

觀賢之才，極美之才也。其佳處居然能入古人，而劣處遂不免俗惡。此由學識不足以濟其才之故也。大抵學古人在得其神理，不可襲其面目。李、杜詩不得其神理，殊成粗率。今亦無他法，但熟讀之，必求得其解而已。又須觀後賢所以學前賢之法，如學杜者莫善於昌黎，昌黎豈遂偷杜一字一句乎？學李者莫善於東坡，東坡豈遂肯用『噫吁嚱』等調乎？學杜但貴得雄渾處、沈著處、兀傲不測處，學李但貴得其豪縱處、脱灑自在處、飄逸處。然又須將我之性情、識解、學問運入，當其下筆，若不知有李、杜然，兹乃妙矣！如賢之才可以上希前哲，慎勿以流俗自隘，努力爲之，誠將舊病盡去，更閲新境，老夫便欲放汝出一頭地矣。

## 贈瀟灑翁

卜宅面清江，鳩杖春風長閲世；讀書敦素業，蚌胎明月足傳家。

瀟灑翁少嘗讀書吾邑，嘗爲余言其同筆研儔輩，皆余故知，然越今喪亡盡矣。獨翁年逾七十而體健如兒時，又有儁子，此必天所佑也。臂痛廢書，爲勉作此聯贈之。

乾隆甲辰十一月冬至日，桐城惜抱居士姚鼐題。〔九〕

晉有乘，孟子以與魯春秋、楚檮杌並稱，而後世不見。使其得傳，縱不敢望孔子之春秋，豈出左傳、戰國策諸書下哉？近世録史家者，正史之外有雜史、傳記、地理之目，然考漢、晉、隋、唐藝文之目，其存于今者，十不及一焉。典籍文記，易泯難留，誠好古者所深歎惜也。

合河康茂園先生，蒐輯山西一省山川、疆圉、人物，前人所紀，又以意論斷其得失，誠史氏所當知而不可聽其泯没者，凡爲若干卷，取古晉乘以名之。先生之才，足任史事，固無愧左氏之流，而其爲此書，乃當耄耋之年，孜孜于譔述，君子之不肯棄日如此，豈非衞武懿詩之志乎？

鼐少嘗有意紀述之事，迨老無成。先生年長于鼐，而卒就此書，以存數千里疆土中數千年之掌故。今以書來，令爲之序，鼐固爲歎服先生用志之美，而亦俯而增媿，非徒蒲柳之衰，亦志氣之惰也已！

嘉慶庚午中秋日，桐城姚鼐譔。

## 與人書〔一〇〕

歸熙甫之才氣、筆力不能及唐、宋韓、歐諸賢，而以與之配者，得文家之眞脉，不襲其貌，而神理上通周、秦。故才不必大可貴，亦猶董思翁之於書，世或欲以子昂駕思白，夫何異宋金華之流駕之熙甫者乎？

歐陽率更書，其用筆似側而正，似破而圓，其取勢似背而向，其用意似厲而和。故昔人謂其書爲險絶，譬如危巖滑石秋豪之徑，措步如康莊。然非有伯昏無人之氣，未有不碎首折臂者也；後之學率更者，如文待詔，是粗能學步，擬之於康莊，終不敢履險者也；王篛林則强欲履險，而不免於碎首折臂矣。

## 姚惜抱先生送劉孟塗之父聯語

閭里健提攜，每話舊遊人大父

階庭眞植玉，勖欣新製己諸生

## 廟堂碑〔一一〕

『玄覽不極應物，如』下補十七字：『響。辨飛龜於石函，驗集隼於金櫝。觸舟既曉。』『敢陳舞詠，迺作銘云』下補：『景緯成象，川嶽成形，挺生。』『邈焉高軌三』下補八字：『川，削弱六國，從横鶉。』『禮容斯盛』下補八字：『有晉崩離，維傾柱折。』『修文繼絶期之會』下補八字：『昌大唐撫運，率繇王道。』『繼聖崇儒』下補十字，缺損一字：『載修輪奐□堂弘敞經。』『肆帝德』下補六字：『儒風永宣，金石。』『興軍節度』『興』字上補九字：『推誠奉義，翊戴功臣永。』

不獲見者數十年矣，但遥相念也。頃聞□皃爲莅豫中正陽，甚喜甚喜！軍興未寧之時，想□撫字情殷，亦良勞矣。鼐頻年皆在鍾山書院，今歲移在歙郡敬敷書院，取其近家也。迹七十之老翁，白髮脱欲盡，而齒尚未落，腰膝猶健，執筆猶能作此書。三子皆娶，下有兩孫，此可以告之□故人，以俾□意者耳。有□姪名儲，字貯芸，諸生，今秋闈被屈，來河南覓館。其才可以授徒，亦可以辦書稟、號件、徵比諸務。如□蓮幕正在須人，可以令伊棲託。則大善矣。設□署中已滿，亦望□廣爲吹薦，總寒士得所，則爲荷賜矣。至鼐近況之詳，□詢之可以盡悉。入冬□惟珍重千萬，不具。

桐城友生姚鼐頓首，十月初二日沖。〔一三〕

## 校記

〔一〕此文已見於惜抱軒文集後集卷二，只是在題前加了個「跋」字。文内「世傳皇象書」後，「象爲吳大帝初人，與趙達同輩，計其年恐未能至天璽也。其書」云云爲鈔本所無；備要本、劉校本中「詔子爲欺」的「詔」鈔本作「諂」，其餘文字皆同。此將前者所無部分補上。

〔二〕此文已見於惜抱軒文集後集卷二，只是在題目前加了個「跋」字，其餘文字全同，故略。

〔三〕此文已見於惜抱軒文集後集卷二，題爲跋褚書陰符經，其餘文字全同，故略。

〔四〕眞觀　當作「貞觀」。

〔五〕羑　當作『姜』。

〔六〕隨　當作『隋』。

〔七〕熱　當作『熟』。

〔八〕弃　當作『弆』。

〔九〕以下一段無題之文，已見于惜抱軒文集後集卷一，題爲晉乘蒐略序。只是文集中『唐藝文之志』，此作『唐藝文之目』；文集中『前人所記載，史所當知而不可聽其泯没者，又以意論斷其得失』，此作『前人所記，又以意論斷其得失，誠史氏所當知而不可聽其泯没者』；文集中『不肯棄日如此』，此無『不肯』二字；『迨老無成』，此無『迨老』二字；所有『蒐』字皆缺，但皆留有空白；又『不勝嘆服』，此作『固爲嘆服』。其餘字句皆同，故略。

〔一〇〕此題原無，校點者據姚永樸文學研究法雅俗引『惜翁與人書』補。見該書黄山書社二〇一一年版第七九頁。

〔一一〕此即孔子廟堂碑，係虞世南撰文并書寫，記載唐武德九年封孔子二十三世孫孔德倫爲『褒聖侯』及修葺孔廟等事。碑立於唐貞觀七年（六三三）。

〔一二〕惜抱軒文集卷五有書夫子廟堂碑後，文字與此出入很大，可供參閲。

# 法帖题跋

# 法帖題跋卷一

## 晉武帝書釋文

省啓知免下頃訪具云揚州章（或寒或辛）項可可者比當擬之動静更啓也數遣信還

閣帖有晉武帝書，有東晉武帝書。大觀帖併後於前，皆作武帝炎書。吾謂當併前於後，皆孝武帝昌明書。西晉之與東晉，字體大異。法帖西晉人書之眞者，惟索靖、衞瓘，其體可見。若省啓兩帖，皆右軍後字體耳。省啓帖似與尚書吏部或令僕者。免下，言免直内省下歸也。章項，蓋人姓名。言其人粗可，常擬用之。草書本難審正，略以文義推，猶可通，至人姓名，則尤難定，惟存疑耳。其後一帖云：卿前云宜卿譙王參之於衆，云公書卿，私書君。按孝武時爲譙王者，司馬恬之，乃譙王遜之曾孫。以家人禮論之，於簡文帝爲祖免兄弟，故孝武有私書君之稱，亦可爲尊禮矣。王虚舟執譙王遜斷爲西晉武帝之書，不知譙王襲爵之最長也。

## 東晉哀帝書

哀帝二十二歲即位。其末爲帝時，爲瑯琊王。而此書稱平死罪死罪，古人書用死罪字，乃臣民之禮，哀帝爲王時，不當於人有此稱。吾疑此是王丞相之屬吏，於王悦病時，與府主啓耳。其人偶與哀帝同名，遂傳誤云哀帝書也。

## 漢張芝書釋文

知汝殊愁且得還爲佳也冠軍暫暢適當不得極蹤可恨吾病來不辨行動潛處耳經年纏此當何理耶且方有諸分張不知比去復得一會不講竟不竟可恨汝還當思更就理『不辨』『辨』字讀辦，『何理』之『理』讀賴。此當自爲一帖。

一昨游悉誰同故數往虎邱不此甚蕭索祖希時面因行藥欲數處看過還復其集散耳不見奴粗悉書云見左軍彌若誤聽故也

凡漢人草書，止有章草之體。趙壹非草書，所謂史書相與，猶謂就書。云適迫遽，故不及草。草本易而速，今反難而遲，故伯英號爲悤悤不暇草書，此正如趙壹之所譏也。至晉漸趨疾速，乃有二王之體，與崔、張之體全別，亦猶晉眞書之非漢隸體矣。王著都不辨此，妄列崔、張之書，誠爲大謬。而米元章執『知汝殊愁』等帖，爲張長史，則亦非也。惟姜白石斷爲子敬書，斯爲精識矣。

『知汝殊愁』至『就理』爲一帖，『一昨』下至末爲一帖，吾疑皆子敬與王珣者也。『冠軍』當是王氏羣從，子敬帖中屢見而不可考爲誰。王氏喜講佛經，世説載法護僧彌供於宅，講阿毗曇心經。此帖言『講竟不竟』即其類，言講竟不得終盡，爲可恨事，欲珣之還當更經理之。後帖以東亭常居吳，故問其游虎邱。祖希者，張玄之字，代子敬爲吳興郡者，又與珣、珉交善也。子敬作此書，似甫解吳興之任而未發，故與祖希時面，由吳興入都必過吳，故云還復共集散也。『左軍』即謂凝之，『彌若誤聽』，殆嫌其信米道之妄説乎？此帖眞本在宋祕府，謂之冠軍帖。故淳化之誤，得大觀改之。『處』字之分斷，『耳』字之截短，前人已辨之矣。『若誤聽』『誤』字上口兩筆，摹爲一筆，則不復可讀。大觀改正，尤爲善也。

唐太宗作晉書王羲之傳論，固云『伯英臨池之妙，無復餘蹤』矣。意其後復命購求，遂有人以子敬書託名伯英以獻之。當時廷臣亦不知漢人但作章草，無二王草書之體，第覩其筆勢驚絶，不敢云非張書耳。唐藝文所云，得獻之、張芝等書，以貞觀字爲印是也，然固不若其晉書御論之爲確矣。自是，唐人率沿其誤。張懷瓘云伯英變子玉之體爲今草書者，即指『知汝殊愁』等帖言也。唐人相傳有緒，至宋以入閣帖，絶不知爲大令書矣。此非盡王著之過也。米元章疑爲張長史書，殆非定論。長史固有筆力，然祇是塵埃之雄俊。此大令書，如化人飛行空中，長史何由望及哉！宋人固云：『元章論書，最不足憑。』誠然矣！近王虛舟附南宮之謬見，於知汝殊愁帖，肆爲醜詆，頗近妄矣。

## 王洽書釋文

洽白旨告承問洽故爾爾冀比復敘還白不具王洽再拜

晉人每以特遣爲旨，消息爲問旨。告者，言遣人來告，因承得其消息之問也。中領軍早亡，而於丞相子中名最高，其後裔最盛，王儀同遂誇其書與右軍並。王虛舟不悟其爲子孫之侈詞，乃云領軍格韻在大令上，寧非謬乎！

## 王珉書釋文

十八日珉曰比二書殆已上未更近問懸情不適比可不吾羸疾故爾憂深力書不具王珉敬問

今欲出耳吾此月急盡廿四是王濟祖日欲必赴卿可剋過明吾當下解相待臨出亦遣報既至王家畢卿可豫攖光公令作一頓美食可投其飯也王珉手報

晉、宋之制：尚書臺官，攜家居省中，下舍在臺城之内。此小令已下，直居下舍時書也。欲出者，欲出城游也。請急得至廿四，故是日可送王濟，因其游耳。解即廨字。劉昭後漢百官志注，有公解、府椽語〔一〕。下廨即下舍，又言下省。言在下廨待其來邀，亦或已臨出遣報邀彼。光當是僧名，晉人率稱僧曰某公，若此光公，殆肉食僧乎？觀小令此帖，足覘太元之時，士大夫風氣之敝也。

## 王廙書

廙表有『鄭夫人乃爾委頓，哀亡慼存』語。鄭夫人即簡文帝母也，簡文爲瑯琊王時乃卒。意夫人始有所育幼稚而亡者，故曰『哀亡慼存』耳。

### 釋文

七月十三日告籍之等近日遣王秋書不具月行復半念汝獨思不可堪居奈何奈何雨涼不審嫂何如汝所患遂善未懸心不可言阿母蒙恩上下悉佳宜可行鴻瘧如復斷要取未斷愁人宜復具白發與别惆悵不可言今遣使來北及書不具自護欲得消息廙疏

『籍之』，蓋即逸少之兄，此即與逸少弟兄書也。逸少父曠爲淮南太守，既亡，蓋其兄弟猶奉母住江北，而廣先從元帝渡江，故遣使來北也。『阿母』者，夏侯氏，元帝之從母，王正之妻。鴻不知爲何人小名，或即逸少乎？此是世將家書，而正作章草，則逸少之前，未嘗有作今草者可決也。

## 衞瓘書釋文

故州民衞瓘惶恐死罪中闕音敬望想相懷在外累年始爾得還情甚踴躍旦至三十里上須節度明日乃入奉説欣承福祚日白不具瓘惶恐死罪死罪

首一字，左筆微出豎外，然是『故』字，釋作頓者非也。『奉説』者，意其州故刺史，遣人候之，無書，但有言説耳。

## 庾翼書

按，此啓列從事中郎庾翼參軍事，劉遐銜則正是府吏矣。而首云故吏者，或府主已遷職而未去，或稚恭自改官未及行也。又，此劉遐，當是南陽之劉遐。其子暢，即王右軍女壻，見世説品藻注内。若晉書有傳之劉遐，乃廣平易陽人，武夫，非稚恭之同類。又其年輩乃大前於稚恭。王虛舟引以證此帖，誤矣！

## 王僧虔書

六朝於石頭城西，秦淮將入江處，夾岸置兵壘。謝康樂撰征賦所云『次石頭之雙岸』也。此是要地，故儀同啓云：『二岸雜事，悉委臣判』，『臣豈敢於外下意』也。此二帖當是儀同作丹楊尹時所啓，二岸乃所治境，而統内故有新舊米也。若寳章集一帖爲太子舍人求江郢小郡，則是爲吏部尚書或僕射之啓尚在宋代，未爲齊臣，早年之書也。

## 陳逵書

古今人同姓名者多矣！此陳逵自陳朝之人，意有唐人舊題名陳朝陳逵以别於晉之陳林道，而淳化帖因之也。宣和書譜言：逵草字飄發不滯，有羲、獻之風。林道乃右軍同時人也，安得云有羲、獻之風？是亦知爲獻之之後人，非晉陳林道矣。王著編次法帖，舛誤固多矣，獨此吾謂其不誤，而駁之者誤耳。

## 褚遂良書

潭府帖末云報薛八侍中。黄長睿推尋河南貶潭州時，無薛姓爲侍中者，疑此帖之僞。

吾謂不然。唐人於官職最多俗稱，且以侍中爲宰相者，唐制也，古止是内省近職。其時薛元超爲黄門侍郎，略同古侍中之任，當時俗即呼爲侍中，較唐人他俗稱，尚爲有理。此帖與元超書耳。其字古勁有韻，何嘗不佳！乃王虚舟因長睿之疑，至詆其書爲惡道，殆如列子所云竊鈇之疑耶？

## 柳公權書

按，北齊文宣后李氏，其子紹德，至閤不見，愠曰：『姊姊腹大。』稱母曰姊姊者，北俗也。誠懼伏審姊姊帖稱母如此，猶唐文皇與太子詔曰哥哥，敕以父曰哥哥，亦北俗則然耳。

## 僧智果書

此帖本當以時代次其前後，書字大小，亦非不倫，傳久斷損，裝者亂其先後之次，遇缺字亦妄補之，遂有大小之形相懸者。又於曹喜、鍾繇評末横加『耶』字，文理都不可通。世傳此帖，便謂其本文如此；而以大小字雜書者，謂之僧體：是使梁武帝、智果舉受其誣矣。馮斑謂字法古勁〔二〕，得魏、晉之遺意者是也；而猶疑行間忽縱筆爲僧氣未除者，非也。

今世傳梁武帝、袁昂書評恐非眞，只用此帖僞作之耳。然智果書本應有武帝、袁昂兩評，故有一人而評語乃兩見也，但遭雜亂，不能劃分爲誰語耳。王儀同即王僧虔也，一評優之，一評抑之。其書已載淳化帖内者，及曹喜、梁鵠、邯鄲淳、師宜官詳見四體書勢者，俱勿論。其未載而名不甚著者，今考之：殷均，梁書有傳，作殷鈞，乃梁武帝女壻也。徐淮南者，徐爰子希秀，爲淮南太守，閑篆、隸，見爰傳及梁書王志傳。李鎮東當是李安民，鎮東其贈官，然齊書傳内未載其善書。范懷約見梁書張率傳，率撰婦人事，使善書人范懷約爲抄之。至吴施、柳産、程曠平、李巖之四人，皆無考。又如經論道士書之曹喜，當非漢之扶風曹喜。此亦不知爲何許人也。

校 記

〔一〕椽 當作「掾」。

〔二〕斑 當作「班」。

# 法帖題跋卷二

## 王羲之書

晉時有左右前後四將軍，係因漢、魏之舊尊職也，稱爲重號將軍。又有左右前後軍四將軍，宿衛之職，每以武人居之，非尊職也。逸少之官，乃右將軍。其官有軍府，當辟召僚屬，故逸少辟孫興公爲長史，孫承公爲司馬，帶是官號而居會稽。若右軍將軍，不得有辟召之事，亦不得居外矣。唐修晉書，於王羲之及荀羡、桓伊傳，皆誤云爲右軍將軍，實皆右將軍也。又咸和五年，召郭默入，而默不願入宿衛，遂作亂殺劉允，此則正是召爲右軍將軍。郭默傳内不誤，而成帝紀誤書云右將軍。不知此皆後之校書者不詳審而誤損益其字耶？抑貞觀執筆諸賢已不達南朝官制而本誤書耶？又晉中興書云，羲之始由瑯琊王友，出爲臨川太守，故胡之稱曰：『我家臨川。』此載在世説注。而今晉書不云爲臨川，而云爲江州刺史。按，康、穆之世，江州最爲重任，庾冰兄弟居之，皆帶都督。逸少雖賢，豈早畀爲方伯？且其志辭重任，後乃勉處會稽，若江州則任重於會稽矣。吾疑此亦傳之誤耳。始爲江州，後處會稽者，逸少子凝之則然，豈逸少亦然哉！當孝武太元之時，無意中原，江州刺史蓋不帶都督矣，故以授凝之耳。

淳化帖逸少書三卷，其末一卷最善。陶南村輟耕録載劉跂暇日記云：馬傳慶説此帖本唐保大年模勒上石。國朝下江南得此石。淳化中，太宗令將書館中所有，增作十卷爲板本。鼐按，此説人多疑之，謂宋既刻一帖，當十卷一類，豈應以南唐石本雜之？吾今觀此八卷，謂劉跂之言信也。淳化帖題法帖第六下云：王羲之一。法帖第七下云：王羲之二。獨此卷上無『第八』字，下云『晉王羲之』而無『三』字，其爲湊合之迹甚著。然則此卷乃本是南唐所摹，二徐諸賢所鑑，非王著之比，故僞迹鮮入。蘇子瞻跋潭帖第八卷云：此逸少一卷尤妙。蓋亦不悟此卷原本南唐之刻，故尤妙也。

## 兄靈柩垂至帖

王彬傳載，王敦平，有司奏彬及安成太守籍之除名，帝不許。吾謂籍之即右軍兄也，王彬有諫敦之善，故官禄無替，籍之非其倫，故旋徙之建安而死。謫徙之人，故不獲歸葬。逸少年五十九，升平五年卒。逆推王敦敗亡時，年二十二。遭其兄之徙與隔絶，又三十年，則五十一歲，正在會稽時也。意是時乃乞其兄柩得返葬焉，故有四月五日帖言『慈蔭幽絶垂卅年』，及此帖『慈顔幽翳垂卅年』，而『吾匆匆不知堪臨終始不』之語，蓋正欲解職會葬其兄，而恐不得耳。其時得長風書帖，閣摹誤置鍾繇書内者，則云『具日安厝』即其情事長畢，則是終不得送葬之恨。此數帖辭意相連，而王虚舟謂『慈顔幽翳』，此帖謂言其母，則大誤矣！

## 旦極寒帖

古人爲人稱夫人者，謂其母也。此帖『夫人復小欬』，及前『夫人遂善平康』，第八卷又有『尊夫人不和』帖，皆以稱其母，非謂人妻也。

## 公與帖

府僚稱府主曰公，逸少初仕爲庾亮參軍，然則此公其即亮乎？然則是帖爲右軍早年之迹。

### 釋　文

適者十五日問清和爲慰復得南後問不想二庾速至云始輿奴屯結想無所至耳還具示問

王耆之，今晉書王廙傳内不載其名。世説新語注云：耆之字修載，荆州刺史，廙子，仕中書郎、鄱陽太守。此帖正在其鄱陽時，右軍蓋與其兄胡之等書，故首舉其名也。鄱陽在金陵之南，故云『得南後問不』。又地與永興相近，故憂其地有屯結。吾得拓本奇字頗明，而從來釋者多誤。此帖字殊妙，而虚舟譏爲荒率，皆不可解也。

## 追尋傷悼帖

右軍長子玄之卒，此其時與人書。右軍壽止五十九，當與周撫書，年垂耳順矣，猶云七兒一女，然則作此書之後，其存日無幾矣！眞暮年迹也。

## 釋文

想大小皆佳知賓猶爾耿耿想得夏節佳也念君勞心賢姊大都轉差然故有時嘔食不已至足言年衰疾久亦非可倉卒大都轉差爲慰此自爲一帖。比大近不復服散當將賤屈也此藥爲益如君告

想小大皆佳帖，當是與郗方回，語意甚明，而釋者多誤。賓，是郗超小名。猶爾，謂其疾未已也。賢姊，右軍夫人，方回姊也。言其嘔食苟不已，則疾重可言矣。當時語謂事重

者曰可言，二王帖中屢見之。其『比大』下另一帖，吾疑大即王劭，其小字大奴，舉一字呼之耳。晉人重寒食散，右軍意亦然。謂大不服散，將視爲賤而屈之，而不知其爲益也。昔人釋爲陟鳌，大不可通。吾舊疑爲賤屈，及得古拓本字，『屈』乃甚明。此語氣似與羣從，非與郗也。

釋　文

適太常司州領軍諸人廿五六書皆佳司州以爲平復慶慶可言餘親親皆佳大奴以還吴冀或見之

右軍之從父兄弟修齡胡之也，修載耆之也，皆王廙子，叔虎彪之也。王彬子其從祖兄弟，敬豫王恬也，敬和王洽也，敬倫王劭也。其王悦早喪，王薈年少，不見右軍帖中，皆丞相子。此帖雜舉羣從：太常即彪之，司州即胡之，領軍即洽，大奴即劭。劭小名大奴，見世説。爲吴内史，故云還吴。『冀或見之』，當是右軍已解官時，蓋欲遊吴耶？

釋　文

司州供給寥落去無期也不果者公私之望無理或復是福得大等書慰心今因書也野數言疏平

安安定太宰中郎

晉書王廙傳：石季龍死，朝廷欲綏輯河洛，以王胡之爲西中郎將、司州刺史。以疾辭，未行卒。按，季龍死在永和五年。此時殷浩執政，雖有志中原，然未得司州地，焉有建刺史之理？至十二年，桓温取洛陽，修復五陵，朝廷因孫興公遣有威名資實者先鎮洛陽之議，司州置刺史，當在此時矣。故胡之請沈勁表云『藩衞山陵』，明已得洛陽也。右軍帖内有『供給寥落』『或復是福』語，猶興公『河洛邱虚，函夏蕭條』之慮，是胡之雖有疾而亦誠畏往耳。此書要當在於永和之末，殆去會稽誓墓後乎？『公私之望無理』，『理』字讀賴，『野』蓋亦王氏子小名。末題款所與書人之官，猶快雪帖末題『山陰張侯』之類。太宰，武陵王晞也，其府有從事中郎。此王氏子始仕官也。

## 釋文

得都下九日書見桓公當陽去月九日書久當至洛但運遲可憂耳蔡公遂委篤又加㾓下日數十行深可憂慮得仁祖廿六日問疾更委篤深可憂當今人物渺然而艱疾若此令人短氣

謝光禄亦垂命可憂念二郗奄忽傷人懷今年彫落可哀歎

『得都下』與『謝光禄』，自是兩帖。大觀因後帖『亦』字，遂接爲一帖，非也。桓公至洛，是永和十二年事。二郗奄忽：其一不可知，其一當是郗曇。曇亡在升平五年，非一時事也。且前帖蔡公仁祖皆病未死，安得承之便云『彫落』乎？

## 釋　文

知比得丹楊書甚慰乖離之歎當復可言尋答其書足下發事復行便爲索然良不可言此亦分耳遲面具

右軍帖所云『丹楊』者，蓋是王劭丞相子也。大令帖中所云『丹楊』，蓋是王琨丞相之孫也。皆前後爲丹楊尹。丹楊本以山多赤柳得名，六朝人書無作『陽』者。今史傳或從阜者，乃後人妄改耳。吾意丹陽之稱，蓋在陳世。以北朝楊氏既盛，畏惡此字，不欲加之吾都，乃以楚邑之遠名，號揚州之近尹，暗避忌諱，非有明詔，故史傳不言其改更，而隋、唐相承，率以『楊』爲『陽』。流俗人習見，或乃妄改古書，正賴法帖辨之耳。

## 釋　文

太常古患胛炙愈（省心古體也。）體中可可耳僕射事已行比表讓未知恕否未覆司州旨告懸悚鄱陽歲使應有書而未得王彪之自太常爲僕射，此言其事，是時胡之病，故未復得其旨告爲懸悚也。當時書於『復得』『再得』『更得』，率省『得』字，人自解耳。鄱陽，耆之也，歲終應有使來也。

## 釋文

向亦得萬書委曲備悉使人慨然見足下乃悉知叔虎剋昨發月末略必至未見勞參軍 勞上下有脱字。

彪之傳，今晉書云字叔武者，避唐諱也。其字叔虎，見世説注。此殆其未就官時，右軍以未見其至，尚勞想也。末二字，似亦是題款。

## 釋文

知賢室委頓何以便爾甚助耿耿念勞心知得廿四問亦得叔虎廿二日書云新年乃得發安石昨必欲剋往家欲剋廿五日也足下以語張令未前所經由

足下今如似欲見今送

賢室帖，當是在會稽與僚屬語，令其告縣令爲安石供道路頓次也。所與豈即向亦帖之參軍乎？張令，快雪帖之山陰張侯乎？末九字，自當連後，致此四紙飛白，是另一帖也。

## 釋文

信云毅子别送乃是北方物也何以欲此欲幾許

藙子，茱萸也，省草耳，以爲舍子者非是。

## 釋文

昨見君歡復無喻然未善悉想宿昔可耳脅中云何一善消息值周轉勝也耿耿疾患小差與弘遠俱臨遲共寫懷王羲之白

言消息養氣值周徧時，則脅必愈矣。世説：『謝安南清令不如其弟。』注云：『謝氏譜，奉弟聘，字弘遠。』此必右軍居會稽時，故欲其邀山陰謝聘同來也。吾疑前謝光禄帖，光禄於晉書無考，恐非陽夏之謝，亦山陰謝氏耳。右軍取人無南北之間，惟其賢耳。大令則門地見重，於南士寡交矣。

## 足下家帖

世説：王修齡在東山，甚貧乏而不肯受陶胡奴米，其清節殊可貴。疑此即與胡之書或『護之』下，以筆長不便入摹，遂移之於末，甚不安也。

也，蓋右軍與胡之俱家居未仕。此帖是右軍早歲之書矣。末『耳』字，當在『無可將接』下，

## 龍保等七帖

閣帖此一卷内末七帖，皆十七帖所有。而字形之美惡，文義之全缺，皆大不逮十七帖。世之嗤王著者，若其爲大愚矣。吾意十七帖恐後出於士大夫家，淳化摹帖時，祕閣蓋未嘗有此，王侍書故未得見耳。此帖所摹，蓋唯取墨迹而不取石刻。當時所得臨摹墨迹之僞，不如唐人石刻之眞。侍書不能盡辨而雜收，則誠過矣。若其時戰爭之定未久，文物之出未廣，而聞見之所及有未周，此固亦其理也。

閣帖第六卷内，有與十七帖同者。四帖似勝此卷末之七帖，或唐所摹眞迹，當宋初固間有存者，非盡出臨仿之書耶。惟第八卷内，不雜入十七帖所有之書，故吾疑八卷爲南唐所刻，當時必以十七帖獨爲卷矣。淳化時，當以其爲舊刻，非見墨迹，故以殿右軍書末，而不知所取之最善也。

釋文

義之死罪小大悉以來未惟不可懷未復臨海問懸情計賓倉行應至遲卞公還具承問姊極得散力以爲至慰期等故爾耳因緣不多日義之死罪

此一帖，乃與郗曇書。曇爲徐、兖二州刺史，右軍雖其姊夫，猶當修民敬，故首云死罪。時方回爲臨海太守，故云不得臨海問也。賓即郗超。倉乃愔第二子融字景山之小字。見世説注。内『姊』字多作一點，自是晉人作書隨意增減處耳，以謂妹字者非也。卞公當是忠貞公之孫誕嗣，爲建興公，故稱卞公。

釋文

伏想清和士人皆佳適桓公十月末書爲慰云所在荒甚可憂殷生數問北事勢復云何想安西以至能數面否或云頓歷陽爾耶無緣同爲歎遲知問

永和七年，桓温有事中原，使謝尚率軍次壽春。此清和帖，似與温幕僚。所云『想安西已至』者，即謂尚矣，尚不能綏懷張遇，遇畔，尚兵敗，降號建威。永和九年，復爲安西將軍。其冬，都督豫、揚、江西諸軍。卷内得安西六日帖所云『讓都督表』，必其時矣。

## 釋文

鄉里人樂著縣户今送其名可爲領受

東晉時僑置北方諸郡，其民居實分散難統。如瑯琊郡僑置丹楊界内，而右軍家乃在上虞，故當時屢有土斷之議。然北方大族以郡望自貴者，不從朝制，終不能强之。其餘庶賤，則願從土斷矣。此卷『鄉里人樂著縣户』，當時有瑯琊人樂就吳、越縣籍者，右軍爲與令書也。

## 釋文

阮公今故爾可憂時放恕大事今令速言阿萬脅篤大灸不得力而從事已至甚無計自必出惟須小佳鐵石今出求救足下可復助且令得通

阮公帖當謂阮裕，『公』字下筆借作『今』字上筆，二王草書，往往有之。時朝廷徵裕，裕不至。『放恕』者，不責其就官而令其陳奏大事，乞言之義也。升平二年，謝奕、荀羨北伐。八月，奕卒，以其弟萬爲豫州刺史監軍，此帖所云『計自必出』也。晉時赴官者，必有迎新之僚屬。『從事已至』者，必豫州迎新從事也。是時荀羨軍敗於山茬。鐵石求救，足下可助令得通，似皆爲羡言之。謝萬弟鐵字鐵石，此帖因言萬，故及其弟也。若東坡所云，已將鐵石充逸少者，不知爲今法帖中之何帖。彼自是梁之殷鐵石，非此鐵石也。

### 釋文

如兄子書道嵩西必果今復與書督之足下敕令至并與遠書也

草書有從籀篆來，非從隸者。如兄子帖『嵩西』之『西』，從古文『卣』、籀文『卣』來也。當時住會稽者，每謂京師爲西。嵩、遠，當皆是王氏子之小名。王虚舟乃以爲庾子嵩、王弘遠，玩其辭氣，諒爲不然。

## 奉黄甘帖

古人固呼使人爲信，然愚意古亦本以書信爲信，後乃通稱持書之人曰信耳。漢書西域傳大宛國内，有匈奴使持單于一信語，謂書曰信，亦何嘗非古耶？虚舟執古謂使者曰信之一説，因疑黄柑帖有『船』『信』字，爲非眞，豈其然哉！

## 此郡帖

東坡云：逸少謂此郡難治，吾無故舍逸而就勞，當是爲懷祖所檢察耳。鼐謂此説非是。右軍此郡帖，是甫莅任之詞。若在會稽，則正是王述居憂境内時，何檢察之有？況此書安知非右軍在臨川時與人書而必是會稽耶？

# 法帖題跋卷三

## 王獻之書

劉孝標世説新語注云：獻之年四十五，太元十三年卒。逆遡升平五年，右軍亡時，大令才十七歲。然則世所云右軍題壁，大令拭去更書之類，皆妄造之言耳。自升平歷哀帝三年，海西公八年，及簡文之時而離婚尚主，計子敬爾時，年二十六七矣。世説注云：咸安中，詔尚餘姚公主，今晉書作新安愍公主，新安，蓋是改封。

### 釋文

相迎終無復日悽切在心未嘗蹔撥一日臨坐目想勝風但有感慟當復何如常謂人之相得古今洞盡此處殆無恨於懷但痛神理與此而窮耳盡此感深殆無寘處常恨況相遇之難而乖其所同省不覺漼流既已往負亦復何言獻之

此與故婦郗氏第二書，後奉對帖乃第一書也。『勝風』『神理』，皆譽之之詞。言祇此感深，其餘常恨殆無復實胸中矣。此易所謂辭慙、辭支也。

## 釋文

諸舍復何如吾家多患憂面此字上下有缺文。比問慰情不足可言此似與子姪。承永嘉比復患下上下諸疾患乃爾燋馳豈可懷不審今復何如嫂即平安耳貞壽不成病不此亦是與兄子書。

鵝還慰姊意今已當向發分張諸懷可言殊當復憂懸此是與姊書。

婢腹痛見差不劉家疾患即差秀已還也此又似與兄子。

諸女無白事懸心阬新婦何日至慰姊目下此又與姊。

右字皆大小相等，然實乃五帖也。『永嘉』，又見後適奉貼，及大令書閣帖，誤以入右軍卷内。之比二處帖，此必大令兄也，而不知爲誰。逸少諸子，惟涣之官位無考。此或涣之耶？右軍女劉暢之妻、劉瑾之母。此所云鵝，或亦瑾乎？

## 授衣帖

黄長睿云：授衣帖歷世所傳，自爲一卷。官帖中亡其尾。鼐按，大觀帖於此帖尾，增四行三十餘字，然文理實於此書不相屬。淳化截之，未爲失也。吾謂此是郗超亡時，與郗愔之書。當時重州將之禮，方回雖大令之舅，而嘗爲徐州刺史，故稱曰使君，首列死罪，以民敬禮爲重也。方回父母，大令外祖父母，故言因授衣節至而哀慕，又兼下慟其子也。當謝幼度受任往淮上拒苻堅之時，郗超能料其不負委任。淮淝之捷，在太元九年，計超亡亦略當其會矣。郗愔傳言愔太元九年卒，然則愔雖有小子死晚之發怒，而固亦不旋踵而終矣，非太令此書所云『使君今地實難爲識』者乎！

## 奉別告帖

此帖末六字，舊釋皆作『行有佳酒便服』。今觀『酒』字必非，末『服』字誠是矣。然恐是筆誤，當作『行有佳頃便報』耳。

## 姑比日帖

右軍郗夫人壽最高，余初疑大令與諸兄書，何以未嘗及母？及閱告仲宗帖末云『父姑告』，乃悟此帖所云姑，及後卷『近奉阿姑告』，即母矣。是當時俗稱，猶北人之姊姊也。

## 衞軍帖

衞軍，當是王薈丞相之少子也。僕射，或是王劭，或王彪之，皆爲僕射，皆可與子敬相接者也。冠軍不知爲誰，然必王氏羣從耳。唐修晉書云薈卒贈衞軍，此乃是誤世説載謝車騎面呼薈衞軍，豈得是贈官乎！

## 鄱陽一門帖

右軍帖中之鄱陽，王耆之也。大令帖中之鄱陽，當另一人。耆之子上虞令，隨之孫鎮之、宏之，俱見史。其裔猶有人，非如此帖言滅盡也。

## 發吳興帖

此帖前五行一帖，未有脱字；後六行，又一帖。與兄子者，而前兩行亦脱字不可讀。晉書元四王傳，載成帝以海西爲東海王後詔云：『以小晚生奕繼哀王。』當時云晚生，言最小子也。帖言二女、晚生皆佳，然則大令嘗生子矣，而後失之耳。

## 元度帖

『元度時往來』，及後卷『元度何來遲』，皆唐人臨右軍帖，非子敬書。首一字，子敬兄諱也。其字勢固不類晉人。

## 告仲宗帖

右軍七子：長玄之，早喪；次凝之，爲左將軍江州刺史、會稽内史，知汝殊愁帖之左軍也；次涣之，此卷奉十二日帖之『三兄』當是也；次肅之，爲咨議參軍，卷内發吴興帖『咨議十六日告』是也；次徽之，黄門侍郎，此告仲宗帖『黄門隕背』是也；次操之，官豫章太守；最小者獻之。獻之亡在徽之之前，徽之欲代其命而不得，見世説注。故告仲宗帖乃徽之亡時操之之書，非大令書也。又知非凝之等書者，以其提行必是尊兄，非以施於弟矣。

### 釋　文

吾當託桓江州助汝吾此不辨得遣人船迎汝當具東攻枋三四吾小可者當自力無湖迎汝故可得五六十人小枋諸謝當有有即是見今當語之大理盡此信還具白胛痛可堪而以作書絶欲不可識

論二王書，譬之論李、杜之詩。太白作五言詩，固爲妙矣，然必至其歌行瑰詭縱蕩，窮態極變，乃所以爲大家而與杜並也。大令草書，能變右軍之法，極其筆力，雄奇怪偉，超絶古今，此所以並稱二王也。近王虚舟輩評大令書，但取其清迥和雅，似右軍之書，至其狂草，變化無方，率加詆毀，此不可謂善論書矣。譬如讀太白集者，但取『牛渚西江』等製，而棄蜀道難、遠别離諸篇，是尚爲能讀李詩者乎？此卷内桓江州及委曲前書等帖，及以子敬書誤入張芝知汝殊愁帖，皆古今絶出之奇筆。如祖師禪，入佛入魔，無不可者。書品以大令草書列右軍上，雖未必至當，要非無理。米元章疑爲張長史書，已爲偏見。虚舟襲用其謬而益甚之，豈千古之目盡可掩耶？

桓嗣，桓沖子，小字豹奴，王混外生，仕至江州刺史，見世説注。此卷内桓江州及豹奴帖，皆當是其人矣。

## 釋文

省前書故有集聚意當能果不

足下大小佳不聞官前逼遣足下甚急想比相體恕耳足下兄子以至廣州耶當有得集理不念懸

心也耳

此是兩帖，誤合爲一。末『耳』字，當本在前『聚意』下，以筆長移之於後，與右軍知足下家帖同。

### 釋文

近與鐵石共書令致之想久達不得君問以復經月懸情不可言頃更寒不適頗有時氣君頃各可耳遲旨問僕大都小佳然疾根聚在右髀脚重痛不得轉動左脚又腫疾候極是不佳幸食眠意事爲復可可冀非臧病耳

知鐵石前往快作樂諸君善處世達於當年不復過此僕端坐將百日爲尸居解日耳不知那得一散懷何其相思之深臨書意塞

謝太傅弟鐵，字鐵石，爲永嘉太守，見南史謝方明傳。又石，字石奴，晉書有傳。此帖與鐵、石共書，似是指兩人。范弘之謂謝石紈綺盡於伎妾，財用靡於絲桐，思見其快作樂，達於當年矣。前帖冀非臧病，臧字省草言，言祇是支體之病，非關五藏耳。

## 元度何來遲帖

此帖十三行，並錯亂不可讀。或本右軍數殘帖，唐人湊合臨之；或臨本全文，至宋缺亂，皆不可知。要非大令語，非大令書也。

## 釋文

忽動小行多晝夜十三四起所去多又風不差脚更腫

轉欲書疏方不可已唯絶歎於人理耳

二妹復平平昨來山下差静岐當還

委曲前書具想勝常也諸人悉何如

承冠軍定入計今向達都汝奉見欣慶但恐停日不多耳

慶等已至也鵝差不甚懸心直道尋去奴定西諸分張可言

凡二王帖，無名者多係題後答人書。此五帖殆又是題後答卑幼語〔一〕，故辭尤簡，筆尤縱也。所舉多甥姪小名，惟道是王楨之〔二〕，見世説。其餘並不可知。

## 八月十九日帖

此帖當是服石脂丸，冀得力，『脂』字右筆太簡速耳。石脂是治下利藥也。

## 鵝羣帖

鵝羣帖，昔賢多譏其僞。吾謂帖誠僞，而『鵝』字是大令書。蓋鵝乃大令甥小名，後人得殘帖『鵝』字，因湊是帖耳。

## 敬祖帖

桓沖子謙，字敬祖。卞範之亦字敬祖，計其年，皆可與大令相值。此帖所指，不知爲誰。吾疑此亦是與故婦郗氏書，敬祖或即所後適者乎？嚴使君或謂曇，或謂愔，皆嘗爲徐州刺史也。

### 校記

〔一〕五帖　據前文當作『六帖』。

〔二〕惟道　釋文作『直道』。

# 惜抱軒書録

# 惜抱軒書録序

學術之衰久矣！自學者不務知類通達，而惟攷辨於古書傳記，以矯宋儒之失，職業益以不修，而材識亦日蒙錮。夫宋儒患學者不知德性之尊，放達矜肆，訖以頽亡。其賢者又多溺於文辭章句，於是深求性道誠敬之理，以治其躬而救其弊，其意亦未嘗廢學也。竊其説者多疏陋、迂執、譎誑、嵬瑣之輩，託以自尊，陰以濟其忮刻，而文其不學之鄙，學術於以大壞。百餘年來，鉅材碩學盡發其矯誣妄作之病，由是古昔書傳微文奥旨，以及數度名物，雖極隱伏堙塞幾絶，多錯綜異同，條其義類，他攷覈亦率精確可觀。蓋自元明至今，未有若斯盛焉。然其流失至於穿鑿，膠合破碎，繳繞豪髮膚末之事，往往辨論至數千百言。曩之善者，其於德業通變，政理得失，都不增損，何況攻訐參商，言行激詭遷隨，視一時之喜怒、毁譽以爲趨向哉！由是言之，不可以攷古之失，追咎漢世諸儒，而可以襲宋儒之説而悖者，并以責昔之君子也。雖然，君子之學有本焉，有末焉，未有本盛而末不修者矣，亦未有末之修而轉摧其本者矣。誠通曉乎理道，博聞强識，凡所論著，達其是非、利病、正僞之周文，或奥賾、舛錯、闕疑，詳説而俱有明通之識，體用之意，庶幾求免於不知而作者，此或孔子一貫之道歟？易曰：『君子以多識前言往行，以畜其德。』蓋古人養之於小學之時，以成其瑰偉瓌異之材。其道固如斯也。

桐城姚先生惜抱，篤行懋學，軌以程、朱，爲海内大賢。文章議論浩博堅整而畢出深醇。先生嘗云：學問之事，有義理、攷證、詞章三者，世必有豪傑之士兼收其美。若先生者，可謂具得其要領者也。然先生性尤謙約，平生誨人，輒以争名爲戒。原先生之意，争名習勝，則始尚許、鄭而薄程、朱，後且有舍許、鄭而更求其勝者。智足以伸其辨，學足以充其識，雖非荒言曲説，盡棄傳注，而新奇怪僻之義興，使人益惶惑失守，至爲心術之害，此不可不慎者也。

當乾隆閒，攷證之學尤盛，凡自天文、輿地、書數、訓詁之學皆備。先生邃識綜貫，諸儒多服，而終不與附和駁難，惟從容以道自守而已。時紀文達爲四庫全書館總纂官，先生與分纂。文達天資高，記誦博，尤不喜宋儒。始，大興朱學士筠，以翰林院貯有永樂大典，内多古書，皆世闕佚，表請官校理，且言所以搜輯者。及是，遺書畢出，纂修者益事繁雜，詆訕宋元來諸儒講述極庳隘謬，蓋可盡廢。先生頗與辨白，世雖異同，亦終無以屈先生。文達特時損益其所上序論，令與他篇體製類焉。先生以既見采用，置弗編次，然其書實無害爲私家著録也。嗚呼！先生深造於道德，文學浩博深醇，其可師表後世者，固不獨此也，而觀所序論，即非經史制度之大者，言深而不隱，理當而不苟，去煩重，著體要，粹然有劉子政、曾子固之風，豈非示天下後世以醇儒之學，所遇無鉅細而發見無不然乎？先生之從孫、金壇令石甫，器識閎傑，文尤雄駿奇變，在所明肅，慈惠不苟，然則先生所示爲醇儒之學者，石甫必益恢大其傳緒焉矣。

書録凡四卷，文八十八首。往與武進李申耆先生校正誤脱，石甫今爲刻附先生集後。嶽生嘗學於先生，石甫又不棄顓固，詩不云乎：『自古在昔，先民有作。』矧親承言議哉？輒僭述所聞著於篇。

道光十二年十一月六日戊寅，寶山弟子毛嶽生謹譔。

右書録四卷，姬傳先生分纂四庫書總目時所屬稿也。校頒刊之本，時有差異。蓋進呈乙覽時，總裁官稍潤色之，令與他篇體裁畫一焉。先生刊文集時，不以此入録，當以各書所編訂業見采於總目，故而讀先生文者，即篇章殘闕，猶思摭拾，況首尾完具如斯録乎！先生檪學淳詣，養之以盅粹，所論著者，較然於正僞、是非、毫釐之辨，徐條其得失所自，衷之於道，使膠固融釋，其或載記舛午，則旁綜他籍，備列殊文，鈎甄疑似，使讀者循覽而自得之。蓋即此數卷，而先生文章精嚴之旨略具，誠不可以無傳也。石甫明府補刊以附全集，以校録屬之，兆洛謹私識其所知者。

道光十二年七月，武進李兆洛識。

書録四卷，舊刊於金壇而未盛行，宗亮聞諸先生曾孫聲，云箸録非先生本意故也。竊嘗紬繹全編，於古今學術源流、派别折衷至當，實有得於向、歆父子七略之傳，宜李申耆、毛生甫諸老服膺不置也，用依原書爲翻雕云。

光緒己卯春二月，邑後學徐宗亮記。

# 惜抱軒書録卷一

## 經録

### 郭氏傳家易説

郭氏傳家易説十一卷，宋郭雍著。雍字子和，洛陽人。父忠孝，受學程子，嘗著兼山易解矣。靖康中，忠孝以提刑死難於關西，其書散逸。雍遭亂後隱居峽州長楊山谷，著此書述其父志。乾道中，守臣薦於朝，旌召不起，遣官受所欲言，乃以傳家易説進。雍是書雖云原本父説，而實多出於自得者。朱子云：兼山易溺於象數之學。今觀雍書，大抵剖晰義理，與程子傳相似。雍之言曰：易之書，其道、其辭皆由象出，未有忘象而知易者。然如首腹馬牛之類，或可忘此象之末也。其説如是，殆非溺象數者。宋人輯易説，往往擯忠孝父子，謂程子之葬也，忠孝不會，以爲背師。夫士能抗節死難，宜其生平篤於義矣。當葬程子之時，忠孝容有他故不及赴邪？抑誠不免趨舍形勢而卒乃晚蓋者邪？然奈何遂以罪及其子哉！雍又以孔子彖傳爲彖辭，故爲世所非。然自漢揚雄、劉歆之倫，謂孔子作彖、象，沿及魏高貴鄉公之告諸儒亦然，以孔子之傳爲彖、象，其來久矣，豈必雍始誤邪？夫漢、晉以來，言易之書，尤衆於他經。溺象數者，其説支而近誣。宋、元之閒，以義理言易者，率闡程子之緒餘，而所見之理，或非精密果足補程傳之闕，而祇益爲繁蕪，所謂中無所得，而喜著書爲名者與！雍是書雖若未見大越於其倫者，要其學爲程子支流；而雍之生平，亦有合『履道坦坦，幽人之吉』。言易者雖多，如雍終可謂無愧立言者已。

## 鄭東谷易翼傳二卷

易翼傳，宋鄭汝諧撰。汝諧，字舜舉，號東谷。處州人。仕至吏部侍郎。其言易，奉程子之説。所謂『翼傳』者，翼程傳也。然亦時有同異，其最甚者，如程子解『艮其背，不獲其身；行其庭，不見其人』，以爲外物不接，内欲不萌。郭忠孝得其説而守之，遂自號兼山，以是爲儒者之至學也。朱子所解雖微異，然亦以是爲克己復禮之義，獨汝諧以爲『艮其背』者，所謂不見可欲，使心不亂也；不見而後不亂，見則亂矣。故僅爲无咎而已，説者或大其事，以爲聖人之事，非也！其説之不同如此。又如解困井爲性命之卦，其説頗失之鑿。然汝諧實當光、寧之朝，以僞學爲禁，而能推明程子之説，似亦有識者。陳振孫乃謂其立朝多爲善類所不可，然其不可之故未聞，未定其人爲何如也。是書首有自序，及其子如岡、曾孫陶孫題語。如岡以爲是書求得眞西山序，今眞序已不存。陶孫題云：曾大考歷事四朝，紹熙得謝後，屢薦不起，與楊誠齋同爲詔旨所褒。然則汝諧之爲人，或尚有可稱者與！

## 易通

易通六卷，宋趙以夫著。宋太宗弟魏王廷美，生鄖國公德鈞，德鈞之下七世至以夫。以夫，字用父，居於長樂。嘉定中，仕至同知樞密院事。淳祐初，解樞密。是書首題：大中大夫試禮部尚書兼修玉牒官兼侍讀官臣以夫進。蓋解樞密後所居職。其自序云『成於丙午之夏』，則淳祐六年也。宋宗室著易者，趙善譽易説及以夫是書最著稱。易説今亡，獨以夫書存。其所解止於未濟，不及繫辭，傳以下，與程子易傳同。然以夫好言卦象、卦氣互體納甲諸事，與宋儒之言易殊不類，其中亦無一字及程、朱諸賢。昔漢、魏言易者，至爲煩碎。王弼埽除廓清，惟陳名理，後世貴之，而孫盛顧譏其於六爻變化，羣象所效，日時歲月，五氣相推，皆擯落，多所不關，以爲泥夫大道。人之議論不同如此，以夫之意殆與盛略同。蓋易之道廣矣，無所不具。程、朱之學，通天人之本原，發前聖之藴奥，舉可措諸事業。如以夫之流著書，各以所見爲量，就所尋研，非無義意，所謂識其小者，取備一説焉可也。

## 周易旁注前圖

周易旁注，明朱允升著。允升，休寧人。明太祖時，官翰林侍講學士，於諸經皆有旁注，而易爲最詳。其書本十卷，首列河圖、洛書，合一圖第一至三十六宫圖説第八，謂之旁注。前圖在十卷之外。萬曆中，姚文蔚易其注於旁者於經之下，此本又盡佚其經注，而獨存其全圖上下二篇，下篇内載元蕭漢中讀易攷原。允升記云：漢中，字景元，泰和人。書成於泰定年閒。今按：漢中爲人，别無可攷。其書賴附允升此圖以傳，而允升本書反殘缺矣。蕭氏所解卦序，實多精義，允升極推之，非妄也。

## 周易全書

周易古今文全書，楊時喬著。時喬，上饒人。嘉靖乙丑進士。萬曆中，仕至吏部侍郎，銓法清平，卒後家甚貧。時喬著此書，自序謂：程明辭，朱明蓍，於象尚略，乃取自漢至今儒論著，攷據闡之。論例二卷，古文二卷，今文九卷，易學啓蒙五卷，傳易攷二卷，附龜卜攷一卷，合二十一卷。其説大抵宗程、朱，而闢當時心學。所謂古文易，從吕祖謙朱子本，而獨列文言二篇，亦依上下經分之。如繫辭傳『鳴鶴在陰』，諸章皆入之文言，又自以古文體書之，以爲能復古文。其今文九卷，則王弼本，乃以楷書書之。兹可謂好奇、自信之過也已。

## 增修書説三十五卷

書説者，宋吕祖謙所撰。始洛誥，終秦誓。通攷載：其書十卷。朱子云：伯恭説書甚善，但書有解説必不可通者，止須闕疑，伯恭必强説，失於過巧。謂是書也。其門人又雜記祖謙論書之説，自堯典至召誥。召誥以前，既得於口授語録，故多俚俗之説。開禧中，祖謙之門人時瀾稍爲删定，俾就雅馴，得二十二卷。又以書説原本爲十三卷，合三十五卷，謂之增修書説。王應麟云：林少穎書説至洛誥而終，吕成公書説自洛誥而始，蓋林之奇受學於吕居仁，祖謙又受學於之奇，故所著書説始於洛誥。是祖謙用意本以終始其師説爲一家之學，而時瀾所增修者，則又以全備祖謙一人之説也。吴師道云：婺之清江時鑄壽鄉〔一〕，吕成公同年進士，與弟鋹率羣從子弟十餘人，悉從公遊。若澐、若瀾、若涇尤時氏之秀。成公輯書説，瀾以平昔所聞纂成之，今所行書傳是也。然則是書説一名書傳，其首有瀾自序，謂以西邸文學入三山時成之。

## 論語或問二十卷孟子或問十四卷

朱子於淳熙四年，成論語、孟子集註，又疏其去取先儒舊説之意爲或問。是時朱子四十八歲，家居，主管武夷觀時也。其後集註屢加改定，至老未已，而或問則一成不復更易。故集註、或問間有不合一者，若解『因不失其親』及『冉子退朝』章，其解皆與集註異是也。

## 中庸輯略

石𡼖初撰中庸輯解，朱子於淳熙十年爲之序，時五十四歲，罷浙東提舉，主管台州崇道觀時也。後六年，中庸章句成，乃稍删輯解爲中庸輯略，首猶載輯解舊序，著其始於𡼖也。𡼖字子重，新昌人。由太常主簿奉祠，起知南康軍，替朱子，未至南康而亡，朱子爲誌其墓。

## 四書集義精要

四書集義精要，元劉因撰。因，字夢吉，容城人，學者稱静修先生。至元十有九年，徵拜承德郎、右贊善大夫，未幾辭歸，再以集賢學士徵，不起。自朱子爲四書集註，後人纂朱子或問、語類、文集中所説，萃爲精義，然頗失之繁，因是書删取最得其要。本三十卷，今存二十八卷，止於孟子『墨者夷之』章，其後二卷蓋佚去矣。

## 中庸指歸中庸分章大學發微大學本旨

中庸指歸一卷，中庸分章一卷，大學發微一卷，大學本旨一卷，宋黎立武著。立武，字以常，新喻人。度宗時進士，仕至軍器少監、國子司業，國亡歸教鄉邑以終。昔程子既没，諸弟子述其師説各殊。蓋游、楊之言中庸，爲朱子所取信，而郭忠孝有中庸説，亦云出於程子，其書乃别行。立武解中庸，一師諸郭氏，今忠孝中庸説，其書已亡，獨觀立武是編，可以知其旨也。大學之書，自漢相傳以來，二程子各有更定，而朱子又别定其前後，爲之章句，雖學者亦未敢決，以爲盡合曾子之舊，而纖毫無失。第自得程、朱所解，學者依以爲成已之序，義理當而道術明，垂世立教，百世以俟聖人而不惑，斯亦足矣！其得失，非以區區章句間也。立武之言大學，一依漢儒古本之次，使文義連貫。推其所歸，亦不至背於程、朱之教，是以猶爲可取，與後陽明之徒名爲尊古而實欲行其私説者異也。其先中庸，而後大學者，亦依禮記舊次。首有大德八年趙秉政序，末附載吳澄作立武墓碑。

## 南軒孟子説七卷

宋張栻撰。首有自序云成於乾道九年，題曰癸巳。孟子説蓋其由左司員外郎出知袁州，退而家居時也。栻之出也，以諫除張説爲執政之故。是編於『臧倉沮孟子』及『王驩爲輔行』兩章，皆微有觸於時事之辭。至於『解交鄰』章云：所謂畏天者，亦豈但事大國而無所爲也？蓋未嘗委於命而已。故修德行政、光啓王業者，太王也；養民訓兵、卒殄寇仇者，句踐也。末及周平王，惟不怒驪山之事，故東周卒以不振。其辭感慨激昂，皆爲南渡而發。王應麟嘗論朱子詩傳至秦風諸章，辭氣憤發，有異常體。若栻之心，蓋亦猶之朱子之志而已。

## 孝經刊誤

孝經刊誤一卷，朱子著。孝經自漢以來，傳爲孔子所作。然劉歆固以『父母生之，續莫大焉』，故親生之膝下，爲諸家説不安處矣。朱子疑爲本曾子門人所記，後儒復取他書之語增益其閒，是以精粗相雜，而文義亦有離晰隔礙之病。故於所疑者別記之，而詳論於其下，此刊誤之旨也。按，朱子少讀孝經，嘗題其上曰：『不若是，非人也。』及作孝經刊誤，在淳熙十三年。是時朱子主管華州雲臺觀，年五十七矣。蓋孝經所爲至德要道，儒者守身事親之大者，如朱子平生，乃所謂『尊其所聞則高明』者也。至於七十子之徒，雖亦有得於師傳，而不必盡爲善言德行，故所雜取前人之說，文義離合，或不免於附會，而儒者反悉以爲孔子之語固然。此朱子所不得不論者，其篤信之心與明辨之識，不相妨也。篇末朱子自記，謂其説因胡侍郎、汪端明啓之。胡侍郎謂胡寅，高宗時禮部侍郎，老居衡州，故稱衡州胡侍郎。汪端明者，孝宗時端明殿學士，玉山汪應辰也。

校記

〔一〕鄕 當作『卿』。

# 惜抱軒書録卷二

## 史録

### 古史

宋蘇轍古史六十卷，其書皆以矯正司馬遷之失。轍爲是書，當退居潁上之時，年已老而識益高，故朱子取之，謂如所云古之帝王，其必爲善，如火之必熱，水之必寒；其不爲不善，如騶虞之不殺，竊脂之不穀：此語豈馬遷所及！又惜其所云帝王之學，以無爲宗之，類雜於二氏。此蘇氏之所短也。秦火之後，經籍散亡，司馬遷網羅放失，以不世出之才，創千古之業，其功偉矣！而議論以屢辯而易明，攷證至後世而益密，轍因前人之文修飾之，固不可與初創者比，然遷多愛新好奇之過，轍依儒者之義，糾正其失而補救之，亦可謂司馬氏千載之益友矣。

## 元經十卷

元經稱隋王通撰，唐薛收傳，而宋阮逸爲之注。所謂通之書，始晉太熙元年，終隋開皇九年陳亡，凡九卷。自隋開皇十年，迄唐武德元年末，一卷。蓋收所續唐藝文志及崇文總目，俱無元經，故晁公武、陳振孫疑此經傳皆阮逸僞撰。陳振孫以唐人諱淵，故晉書稱戴淵字而不名。元經作於隋世，何爲書曰戴若思哉？今按：此書稱名稱字，往往錯出。晉成帝咸和八年，書張公庭爲鎮西大將軍；康帝建元元年，書石虎侵張駿公庭，即駿字：是其書字書名或無定律，猶可言者。至寧康三年，書神獸門哭，苟非襲唐修晉書之文，安得謂神虎爲神獸乎？王通隋人，周大定元年直書楊堅輔政，亦無是理。至其書雖依仿中說所謂諸條，然其紀載全無史法。元康四年，書帝問蛙鳴，五年書有石生京師，遂至不成文義。王通雖有僭經之失，然豈若是陋也？其爲作僞無疑。逸字天隱，宋史胡瑗傳：景祐初，更定雜樂，瑗與鎮東軍節度推官阮逸同校鐘律。即是人。文獻通考載是書十五卷，今止十卷。自魏太和以後，往往數十年不書一事，蓋並非阮逸僞本之全文矣。

## 通鑑問疑

通鑑問疑一卷，劉羲仲撰。次其父恕與司馬光答問之語。當光修資治通鑑時，自請恕爲局僚，遇史事紛錯難治者，輒以委恕。其後通鑑成，恕已先没。羲仲恐後人不知當日往來論説之詳，故以所知者記其言於此。後又附羲仲自以書與范祖禹難通鑑八條，然不載祖禹答辭，豈羲仲之意猶以爲未然邪？觀其所記云：道原在書局，止類事迹，是非予奪之際，一出君實。又謂君實不備知凡例，蓋隱然謂其父所定例與光不合。恕所著書，今傳通鑑外記，多採上古久遠難信之事。恕之學誠博矣，若其識要非光倫也。

## 宋中興通鑑

宋中興通鑑十五卷，稱通直郎户部架閣國史實録院檢討兼編修官劉時舉撰。史載史嵩之喪父，以右相起復，京學生劉時舉等九十四人上書爭之，當即此人。是書自高宗建炎元年起，寧宗嘉定十七年止，以續資治通鑑標題，稱宋官而中書元太祖爲成吉思皇帝，是時舉已入元後所成。然其不載理宗後事，不可曉。疑本不止十五卷，後有所諱而去之邪？其敘述頗有體例，議論亦平允。

## 宋季三朝政要

宋季三朝政要六卷，不知撰人。首序以爲理宗國史爲元載入北都，不可攷，故纂集理、度二朝及幼主本末，所謂三朝也，末附廣、益二王事，其體亦編年之史。蓋宋之遺老所爲。然理宗以後國史，元臣修宋史者實見之，故所載本記，詳於是書。又是書得於傳聞，不無舛誤。其最甚者，謂寶慶元年，趙葵、趙范、全子才建守河據關之議，遣楊誼、張迪據洛陽，與北軍戰潰，歸。按：寶慶元年，葵、范名位猶微，其後五年，范爲安撫副使，趙葵爲淮東提刑，討李全，全子才乃爲參議官耳。至端平元年滅金，全子才乃爲關陝制置使，知河南府，西京留守，於是輕遣偏師復洛陽，潰敗而歸。上距寶慶元年，九年矣。其餘敘次，亦乏體要，有乖史法。然宋末之事，所目擊及得於傳聞者頗詳，皆宋史所未具，可備參攷之書也。卷末總論宋之亡，以謂君無失德，獨推爲運數所致，於舊臣措辭忠厚之義庶幾得之矣。

## 劇談録

劇談録，康駢所撰。駢字駕言，唐僖宗乾符中登進士。第録中皆記唐時故事，於文宗以後世事尤多，新唐書頗採其語。通攷載是書三卷，今本祗載二卷。刻本篇首書駢爲宋人者，誤也。其中有云：『今則覩淳耀之烈，啓中興之期，億兆人心復歸於唐德。』是書之成，其在中和元年復京師以後，昭宗遷洛之前乎？『淳耀之烈』，語本國語及干寶晉紀總論，刻本譌爲『淳輝之列』，亦非也。

## 皇元聖武親征録

皇元聖武親征録一卷，載元太祖初起事至太宗之終。史載元世祖中統四年，參知政事修國史，王鶚請延訪太祖事迹付史館。此卷蓋當時人所撰上者，其人拙於文辭，傳録又多舛錯，不可通曉。以元史較之，所紀初起事時，大概本此書。凡元史稱部落之長爲『罕』者，此皆謂之『可汗』。太祖初，與克烈部長汪可汗結爲父子，太祖呼之曰父汪可汗，而汪可汗呼太祖曰太子，今本紀皆稍易其辭。史言太祖滅國四十，是書亦不能悉載其名。蓋世祖時，知太祖事者已不能詳，當時親征之事遺漏者多矣。

## 元典章

大元聖政典章，前集所載，自世祖即位，及延祐七年英宗初政。其綱凡十：曰詔令，曰聖政，曰朝綱，曰臺綱，曰吏部，曰户部，曰禮部，曰兵部，曰刑部，曰工部。其目自世祖詔令，至工部弓手，凡三百七十有三。其條格之細，凡有數千。又新集條例，其綱目略仿前集。其條格亦幾及千，續載英宗至治元二年事也。前集六十卷，新集未分卷，今酌分爲十二卷，合爲七十二卷。史載至治二年，金帶御史季端言，世祖以來所定制度，宜著爲令，使吏不得爲姦，治獄有所遵守。英宗從之。書成，名曰大元通制，頒行天下，凡二千五百三十九條。計其時，與此元典章之成，正同時也。然此書條例較爲繁多，意其出於胥史所初輯，而通制稍加删定歟？此書載案牘之文，未免細碎猥雜。又元時陳奏詔令，直用當時俗語，轉經鈔寫，或有舛誤，至今多有不可通曉者矣。然一朝制度之詳，史所不書者，此略備之。又其書尤詳於刑律，世謂元時用法頗慈仁者，於此尤可見也。

## 西使記

西使記一卷，元中統四年劉郁撰。郁字文季，渾源州人。中統元年，嘗召赴闕。元史憲宗紀二年壬子秋，遣旭烈征西域素丹諸國。是歲旭烈薨。三年癸丑夏六月，命諸王旭烈兀及兀良合台，帥師征西域哈里發、八哈塔等國。八年戊午，旭烈兀討回回哈里發，平之，禽其王，遣使來獻捷。考世系表，睿宗十一子，次六旭烈兀，而諸王中别無旭烈。郭侃傳壬子從旭烈兀西征，此記亦云壬子歲皇弟旭烈統諸軍奉詔西征，凡六年，拓境幾萬里，然則旭烈即旭烈兀。憲宗紀書二年旭烈薨，及三年重書命旭烈兀西征者，皆誤也。記言己未正月，常德馳驛西覲，往返凡十四月，是在旭烈兀獻捷之明年，又明年戊申爲世祖中統元年，常德始得還也。記蓋劉郁轉得於常德所述，雖紀載疏略，不足以言翔實，然時有異聞可喜。惟郭侃傳所載旭烈兀平諸國，與此記略同，中如「木乃兮」作「木乃奚」之類，皆譯文偶殊。侃傳言乞石迷部忽里算灘降，又言合里法算灘降，算灘，夷言王也，若其國有兩王，此記言有佛國名乞石迷，又言取報達國其王合法里，又若乞石迷國有兩名，蓋乞石迷者，國名也，忽里或其城地之名。忽里算灘，當即合里法，憲宗紀謂之哈里發，記又倒爲合法里，要皆一人也。記云報達爲諸胡之祖，豈報達乃合里法之先世與？異域邈遠，語經轉譯，往往若斯不可定也。

## 平猺記

元順帝紀：元統二年，廣西猺寇邊，殺官吏，掠庫物，遣右丞禿魯迷失討之，繼又詔平章政事探馬赤，統兵二萬進擊之。九月，猺陷賀州，發河南、江、浙諸軍及八番義從軍征猺，命廣西宣慰使、都元帥章伯顏爲將。越二年，爲至元二年，討廣西猺久無功，敕行省行臺廉訪司督之。十一月，以那海爲湖廣平章政事，討叛猺。三年，猺復反，命那海及江西行省平章禿兒迷失海牙捕之。虞集所撰平猺記一卷，即紀此事也。集專歸其功伯顔，蓋以與伯顔相知，故爲此記。然猺患自是後常作，終不能靖，迄於元亡。集道園學古録中已載此文，若所云世祖時遂其生養之道，察其氣習之偏，使不得妄作，此前至元之所以治；若欺其遠弱而無告，掊克殘忍之不厭，此後之所以亂。是言深得夷情，可爲馭猺之龜鑑矣。

## 祕史

姜氏祕史一卷，編年以紀明惠帝之事。自靖難之後，建文時事大抵遺失，是書於故案文集搜輯編録成書。至於地道出亡等事，則未嘗載及，可謂言必有徵，核於紀載者也。明史稿例議辨野史所載，建文元年二月，燕王來朝，行皇道登陛，不拜，爲御史曾鳳韶所劾，以爲必無之事。而是書載曾鳳韶劾燕王事，云本吉安府志。又證以南京錦衣百户潘瑄貼黄册内載：『校尉潘安三月二十三日敘，撥隨侍燕王還北平。』住坐云：『據此則來朝明矣。』按例議所論，其言甚辨，第不知祕史所云潘瑄貼黄者，果足徵信與否。以史氏闕文之義論之，則兩存其説可也。又世傳王艮於成祖入城前一日，與胡靖、解縉集吳溥舍，靖、縉陳説慷慨，艮流涕而已，其後獨艮死節。是書載其事辨之，以爲艮家譜載，艮以建文辛巳九月卒，上遣黄觀諭祭，未嘗及成祖之來也。是言當最得實。明史稿艮傳乃用前説，豈未見是書邪？其餘所書，與今史本紀皆不甚相遠，然其事稍詳。撰是書者爲姜清，弋陽人，正德中進士。

## 靖難記

奉天靖難記四卷，紀明成祖初起至即位事。蓋永樂初年人所爲。其於懿文太子及惠帝，皆誣以罪過；卷中凡言『王師』皆爲賊，顛倒黑白，惟意所及，而不知天下後世之不可欺也。建文元年十一月，戰勝於白河，所上惠帝書，及移檄天下，軍中倉卒，語多可笑。姜氏祕史所載，最得其眞。是書於上朝廷書，小有删潤；移檄天下，直不載矣。

## 穆天子傳六卷

晉郭璞注前有荀勖序。按束晳傳云：太康二年，汲郡人不凖盜發魏襄王墓，得竹書穆天子傳五篇，又雜書十九篇，周食田法，周書論楚事，周穆王美人盛姬死事。按今盛姬事載穆天子傳第六卷，蓋即束晳傳所謂雜書之一篇也。尋其文法，應歸此傳。束晳傳别出之，非是。此書紀事，有月日而無年，又文多斷缺。今以紀年較之，紀年書十二年冬，王北巡狩，遂征犬戎事，在傳之第五卷。十五年作重璧臺，冬王觀鹽澤事，在傳之第六卷。十七年王西征，崑崙邱見西王母事，在傳之第二卷。第三卷、第四卷以紀年之序論之，當移五卷、六卷於二卷之前。蓋竹書零散編者，宜不能得其次也。是書雖所紀多夸言寡實，然所謂西王母者，不過西方一國君爾；所謂縣圃者，不過飛鳥百獸之所飲食，尋常圃澤之名爾，非有神仙怪異之説。是此傳較山海經、淮南子猶爲近質實，而注家不悟，反取二書以解此傳，失其旨矣。列子周穆王篇所載，與此傳相出入，未知列子與此傳孰前孰後，要其文辭之古，必出周人，非後世所能僞也。

## 山海經

山海經十八卷，晉郭璞注。首有璞序，及漢劉秀校山海經所上奏，第九卷、第十三卷末並有記云：建平元年四月丙戌，待詔太常屬臣望治，侍中光禄勳臣龔，侍中奉車都尉光禄大夫臣秀領主省。按：漢藝文志：山海經十三篇。隋唐兩經籍志皆云：郭璞注山海經二十三卷。今少五卷，疑後人因世傳劉秀奏中十八篇語合并之，非有缺失也。朱子謂是書出於楚辭之後，所記乃附會楚辭，非楚辭用山海經也。又謂此經蓋本有圖，而記其圖之所載，故所記異物，有云『東向』『東首』者，以圖故也，是皆得其情矣。又按：史記載，戰國時，燕、齊方士始爲異説，如云神仙物怪、祀祠鬼神者，皆方士語也，而山海經皆有之。蓋其語本於燕、齊怪迂之士，而其書出於秦、漢之閒，西漢流俗乃有以此爲禹、契作者。故司馬相如賦云『禹不能名，契不能記』，是也。當時司馬遷稱爲好奇，然尚云禹本紀、山海經所言怪物，余不敢道也。而今本載劉秀上奏，推是書，甚至又斷以爲伯益著，與吳越春秋、論衡之語同。按漢書藝文志，向、歆所載書，皆注作書之人。山海經載於術數略形法家，未嘗云爲伯益作，且以歆之博識，寧有此書明載夏后啓、文王及長沙、象郡、餘暨、下雋秦漢郡縣諸名，而妄謂伯益著者？夫異物類種，容有古今同形，書事相證者，如序所云：貳負之臣，梏桎唐虞，直至漢世，爲死爲生，都無是理。蓋山海經本記圖畫，故云梏其右足，反縛兩手者，圖如是耳，豈謂終古常然哉！其事惟論衡亦及之。又序所云：兩面之容，長臂之衣，事乃出三國志東沃沮傳中，惟東方朔知異鳥事，別無所徵，蓋亦流俗妄説耳。然則山海經固誕妄之書，而此奏又魏、晉後人僞作之，雜取流俗妄説，以實是書之所紀。今既辨其非實，又以相傳既久，仍存録之於篇首。隋唐兩志，別有郭璞山海經圖讚二卷，宋時亡佚，故馬氏通攷不載，而讚具於道藏，圖則亡矣。今有圖者，蓋明人所作。又郭璞注内，有雜入『璨曰』者，不知爲誰，其語甚陋。爾雅云：藿山韭燦。乃云爾雅謂藿山多韭，其可笑如此。今舉圖與燦説，悉删去之。

## 君臣相遇録

君臣相遇録十卷，别録三卷，遺事一卷，共十四卷，皆載宋守司徒檢校太師兼侍中魏國公韓琦事迹。馬氏通考傳記類有韓魏公語録一卷、魏公别録四卷。陳氏云：二書小異而實同。又辨欺録一卷，陳氏云韓忠彦記其父嘉祐末命事也，而不載有君臣相遇録。今攷此書，前十卷蓋南宋時其家子孫所爲，合辨欺録所載别録採之爲書，末載曾孫名十二人，而無侂胄，蓋以侂胄被誅辱祖，故去之爾。别録當自爲一書，首有王峕叟序，云熙寧中，在魏公幕府，悉所聞見，敘而次之。其謂之别録者，言國史之别録耳。今刻本或題云君臣相遇别録，則非是。若峕叟果已見此録，豈有所載半與前録重複之理？遺事一卷，未知誰記。馬氏本云别録四卷，而今衹三卷，或當合入此卷也。琦爲趙宋賢相，大人重德，嘉言懿行史所不具者，此録詳之，固爲可尚。然其閒或亦有門人子弟過言失實者。宋史張昇傳言與韓琦同決策立英宗，而此録乃云昇聞立嗣，驚而厲聲曰：『官家莫錯！』當時立英宗，人心所同願，昇亦忠清之臣也，何至若是！又言光獻皇后還政英宗，手書出，富公愕然，因此不悦。夫韓、范論事利害，各持所見，無害也。若太后還政，而弼不同心，何以爲富弼哉？以琦之忠，豈欲專定策以爲功者？其子孫寡識，欲夸其美，乃過爲抑揚之辭，是近誣也。

## 續志

新定續志十卷，此度宗時所修嚴州志也。州學教授鄭珤、學録方仁榮所纂，始於淳熙，訖於咸淳。蓋紹興以前，自有舊志，兹特續其後耳。嚴州在宋爲遂安軍，度宗以遂安軍節度使爲太子即位，升州爲建德府。志載其詔及省劄皆甚詳。又載開禧元年，蠲免兩浙身丁錢，以中殿之請。蓋恭聖仁烈皇太后爲嚴人，故有是請。按宋史：寧宗恭聖仁烈楊皇后，忘其姓氏，云爲會稽人。時有楊次山者，亦會稽人，后自謂其兄也，遂姓楊氏，未嘗以爲嚴州人也。又此志載嚴州有鄉會，主集者新安郡王、永寧郡王。新安王楊谷、永寧王楊石，皆楊次山之子也，以此論之，豈次山誠家嚴州，而史所云會稽者或誤邪？

## 通鑑地理通釋

通鑑地理通釋十四卷，宋禮部尚書王應麟撰。地理之學，經古今建置沿革，更移淆亂，應麟所攷證最爲明確，所論列朝分據，往來山川形勢，皆得其要領。是書之於通鑑與胡三省注，并爲功甚鉅。篇首本應麟自識書後，後人移於前，以爲序。内云：上章執徐橘壯之月，是蓋元世祖至元十六年庚辰之八月也。宋亡已三年矣，自識乃用陶潛不書劉宋紀年之意，書内稱『梓慎』爲『梓謹』，猶爲宋諱。至於周形勢末篇所論之語意，皆自寓舊臣故國之思，是可尚也。

## 漢制攷

漢制攷，宋禮部尚書王應麟取漢人經注、吴韋昭國語注及説文所載漢制，皆摘出之，以廣兩漢所未及，凡四卷。漢人最喜引本朝事以解經，唐時爲疏義者或又不識漢制，轉失其義，如周禮疏不知步繇、假紒及五夜，儀禮疏不知偃領之類。應麟爲引他書證明之，其説甚善。又周禮太史職注云：太史抱式，疏謂：占文爲之式。應麟别引藝文志，有羡門式法。按：式者，候時之儀器。史記日者傳：旋式正棊。漢書王莽傳：天文郎按式於前，日時加某。皆指此器。羡門式法書雖不傳，蓋亦指此。應麟所引爲是，而疏乃謂爲占文，非也。又士師職注云：三公出城，郡督郵盜賊道。蓋漢時郡掾分部屬縣爲督郵，其分治各曹者，亦名督郵。故朱博傳云：爲督郵書掾。此督郵盜賊，蓋主捕盜賊之掾。賈復爲光武破虜將軍，督盜賊，謂之將軍督；巴郡太守張納碑陰書『督盜賊枳李街』，是爲郡督。此郡督又主爲三公導行，疏乃謂使舊爲盜賊之人，督察郵行往來，是蓋誤解，而應麟顧循用其説，則爲失攷矣。書前有自序云辛巳夏五者，元世祖之至元十七年也。

# 惜抱軒書録卷三

## 子　録

### 上蔡語録三卷

程子門人謝良佐，字顯佐，上蔡人也，故學者以地稱之。胡安國不及程子之門，而以父執事良佐，故紀其説爲上蔡語録二篇。朱子於紹興閒，嘗謂是二篇最善，而疑世所傳上蔡語録胡氏所不載者，若非其眞，乃削存之別爲一卷，其後審知向所疑者，果出於江民表辨道録，故乾道中再删定爲今本云。江民表者，徽宗時左司員外郎，爲蔡京謫之安南江公望者也，其學頗宗佛氏。上蔡之於程門，未必無過高之病，然不違乎儒者也；若公望，則益遠矣！

### 伊雒淵源録十四卷

朱子紀周子以下及程子門人爲伊雒淵源録，其中道德言論之美，固皆具矣。若吕希哲之流，晚而向佛，反疑程子所見太近，及當時行能無可紀甚，若邢恕之背負其師，亦皆載其實，列其名氏。世嘗謂宋史作道學傳，進退殊不能當。若仿史記爲程朱弟子列傳，不亦善乎？然則是編可以爲實録矣。

## 雜學辨

朱子作雜學辨一卷，以斥陽爲儒而陰附異端之説，若二蘇、吕希哲、張九成者是也。附録一卷，蓋以程子之門雖游、謝高弟，不能不流於異論；雖記程子之辭，而少參以己意，則大失其眞，故又辨正爲一編。前編有乾道丙戌何鎬跋，則乾道二年，朱子差監嶽廟家居時也。其後十年，當淳熙二年，朱子在婺源而作後編，朱子弟子附而合之。何鎬，字京叔，何兑子也。

## 延平答問二卷

李延平，名侗，字愿中，南劍州人。受學於羅從彦，從彦學於楊時，時學於程子。侗於朱子，父執也。紹興二十三年，朱子年二十四，赴同安主簿任，見侗於延平，有得於其言，乃受學焉。同安任滿，紹興三十年再往見侗，月餘而歸。又閲四年，而侗没矣。朱子見侗前後蓋不數月，故以書往來答問爲多。朱子後編之爲一卷，而附侗與劉平甫書二則。平甫名坪，劉子翬之子也。朱子弟子後復取朱子論延平之説及祭文行狀，別爲一卷附之。

## 揚雄太玄目録序

揚雄太玄，漢藝文志以爲十九篇，今傳晉范望注本，爲十卷。蓋雄本書爲八十一家，以擬易六十四卦，家有九贊，以擬易六爻。又爲八十一首，以擬彖傳。爲玄測以擬爻傳，爲玄衝、玄錯以擬雜卦傳，玄攡、玄瑩、玄棿、玄圖、玄告皆以擬易繫辭傳，玄數以擬説卦傳，玄文以擬文言傳，惟無擬象者耳。自范望玄首冠贊之上，分玄測附贊之下，於是其本爲十九篇者亂矣。昔侯芭、張衡之倫，推太玄比於聖經，然世或謂其非聖而作經，如吳、楚之僭王，宋蘇軾尤詆之，至謂以艱深文其淺陋。竊以爲是二者皆過也。蓋謂聖人之道，原本盛大，以仁義中正順播於萬事，惟變所適而物得其理，於是作易以教世，錯綜萬端，經緯人事，雖庸愚不肖，苟筮之而見所以處事應物者，皆合乎聖人之道也。故曰：吉凶者，言乎其失得也；得義爲吉，失義爲凶，故易者導民於義者也。

自孔子之時，老聃之説興其道，以觀乎陰陽運行，屈伸循環，制爲用舍進退之度，因時而爲業，若有同於易者。然而古之聖人，當隆盛治平之世，居位則裁成輔相乎天地，而維天下萬世之安，非苐不居盛滿、功成身退而已。易曰『勿憂，宜日中』，是也。當否遯之日，有濟天下之心，有進德修業及時之志，又不幸所遭禍亂，必不可避則致命遂志，非苐全身遠害之爲善也。故有休否幹蠱者，又有過涉滅頂凶无咎者，以老子之懦弱謙下，而終不涉乎世患，視世之鶩於功利名譽之徒，其賢則多矣。及以聖人之道揆之，然後知老氏之爲陋也。

孔子没，七十子之徒傳誦六藝，轉相爲説，或得或否，瞀亂本眞。其時雜家並興，仁義蒙塞，而漢世尤重黄、老之書。蓋至元、成之閒，蜀嚴君平以老子爲教，揚雄少而學焉。故雄嘗美君平之湛冥，及自著書，覃思竭精，貫律曆之數，究萬物之情，而旨不出乎老氏而已。蓋彼不備知聖人之道，而以所窺於老氏者爲同乎易，於是作太玄，以擬易而無慙也。其晦家上九贊辭曰：『晦冥冥，利於不明之貞。』測曰：『晦冥之利，不得獨明也。』此特老氏之和光同塵，於易『箕子之貞，明不可息』之訓，不亦遠乎？其他蓋多類是。夫孔子之道，及雄之世，幾乎熄矣。求於道熄之後，得其髣髴而不盡通其旨，夫亦時使之然也。當時著書與雄先後者，莫如劉向。向之爲書，其精深或不逮雄，而平生忠直之節則逾雄矣。夫雄，非特始學不當於聖人，亦以其行不能自副其言，是以君子輕之也。然而雄爲是書，亦可謂好學深思、言之近道者矣。孔子譏臧文仲不仁不知，而文仲卒以立言不朽，夫雄蓋亦其倫與！范望之注，因漢末宋衷、吳陸績之解而損益之，然而於雄之旨，亦未能盡得也。

又有釋文一卷，蓋范望之前已有爲之者，其後遞相益，今其中有引及唐韻者。陳振孫云司封郎吳祕有太玄音義，此其祕之爲與？又按：太玄占法，用贊不用家，非如易之占，兼用象也。故九贊有辭，而家無辭。其八十一首，乃擬象傳，非擬象也。自司馬光誤謂易有象，玄有首，政和中有許良肱者遂別增首測一卷，以擬大象，既複而無謂矣。後人不悟其失，反以良肱首測雜入雄所作八十一首之中，則其謬益甚矣。故悉削去不録。唐王涯有説玄五篇，別一卷，今以附其末。

## 墨子

墨子七十一篇，缺二十篇，存五十一篇。莊子云：『苦獲、已齒、鄧陵子之屬，俱誦墨經，而倍譎不同。』今七十一篇，内有經二篇，經説二篇，疑其爲墨翟自爲者。其餘篇，或述及宋康王有關内侯、公乘、五大夫秦爵之名，稱禽滑釐爲子禽子，然則必滑釐以後，其徒所爲也。墨經二篇簡略，義不甚明。其徒所述墨之道，乃可具見。然其人亦不善著書，非如老、莊、孫、韓之辭，足以發其義。韓非子載：田鳩語楚王，墨子恐人懷其文，忘其質，故不爲文之美也。是不然，文不足則道不明，故曰『言之無文，行而不遠』。徒爲文無質誠不可，然豈以文爲患哉！聖人之道，必近於人情，故嗜欲節之而不禁。而墨子使人必出於儉薄危苦，是故非樂、薄葬，而著書無文，何其情之好與人異與？明鬼篇其語尤怪，宋公子鮑以篡弒立，是爲文公，而是篇載祏觀辜云其君鮑幼弱，在荷繦之中。然則其謬誕不足辨也。

## 周易參同契考異

後漢魏伯陽作參同契三篇，朱子以傳者少善本，故攷定是正之。年譜載：慶元三年，蔡元定將編管道州，朱子與會，宿寒泉精舍，夜論參同契。蓋君子修德而養壽，故不溺志於神仙服食導引之説，而亦不廢養生之節。朱子作楚辭辨正，於遠遊篇頗論及道家之義，故於此書亦究心焉，然寒泉夜論之事，亦偶然耳。而黄端節記是書後，乃謂其師弟子有脱屣世外之意，則過論也已。

## 終南山祖庭仙眞傳

終南山祖庭仙眞内傳二卷，元道士李道謙編。終南山説經臺歷代仙眞碑記一卷，元道士朱象先纂。合爲三卷。其言終南祖庭者，蓋其教謂周大夫尹喜遇老子而得道，稱文始先生。雍州終南山盩厔縣樓觀，其棲冥之故區也。厥後道流居其地者，金、元時最盛。李道謙所編，皆金、元道士也。朱象先所纂者，則自尹喜而下，周、漢以來終南道士也。云始作樓觀、先師傳者，尹喜之弟尹軌。至唐有尹文操者，續記三十人，各列一傳，爲書三卷。今碑記僅一卷，而有三十五人，蓋象先既節録之，而又增入尹文操等五人，至所傳之或誕或信，蓋儒者所不必論也。

## 甘水仙源録

甘水仙源録十卷，元道士李道謙集。自老子言清静，佛言寂滅，神仙家言養生術，而張魯等教人以符籙祈禱之事，四者各别。至金源初，有咸陽人王喆，一作嚞。棄家學道，狀若風狂人，謂之王害風。正隆中，遇仙人於甘河鎮，飲之神水，其後遂愈狂，號重陽子。泰定中，東遷寧海州，以孝經、心經、老子教人誦之，聚人爲會，名曰三教平等會，而其教名曰全眞，是其術已雜於老、佛、神仙之閒矣。自金至元，全眞之教益盛，帝王往往命召，崇禮其徒，其徒乃始益爲禱祀之説，設普天大醮，度道士，盛宫觀。金、元閒，文士遂多爲作文字以侈其事。蓋其流益炫曜，而去其初立教之意益衰，佛老、養生、符籙之學，遂淆亂而不可分。重陽子之後，有李道謙者，元世祖至元中，嘗掌其教於陜西。集自金源以後，文士所爲碑記、詩歌，合爲此篇，而其源皆本於重陽子，故取甘河鎮神水之事，以名所録焉。

## 金蓮正宗仙源像傳

金蓮正宗仙源像傳，元泰定閒道士劉志元撰。元代崇信道門，其始啓教者曰長春邱眞人，長春之師曰重陽子王喆。重陽子始居終南，後遷寧海州，築菴曰金蓮堂。其徒馬、譚、邱、郝各傳支派，當時道流以金蓮爲正宗，志元其裔也。故撰此書，首録元代諸帝封贈，次制詞，次編其傳授源流，圖其形貌，敘其事迹，共爲一卷。得封典者，五祖七眞十八師，凡三十人。列圖傳者，五祖七眞，冠以老子，凡十四人。

## 西山羣仙會眞記

西山羣仙會眞記，稱華陽眞人施肩吾傳。肩吾，字希聖，洪州人，唐元和十年進士，隱洪州之西山，好道家言。其詩有云：『若數西山得道者，連余便是十三人。』後道士附會之，謂肩吾爲清虚洞天華陽眞人。此書蓋金元閒道士所爲，託名肩吾。中引海蟾子劉操。操，遼時燕山人，其去肩吾所云西山得道十三人遠矣。是書凡五卷，卷各五篇，曰識道、識法、識人、識時、識物；曰養生、養形、養炁、養心、養壽；曰補内、補氣、補精、補益、補損；曰眞水火、眞龍虎、眞丹藥、眞鉛汞、眞陰陽；曰鍊法入道、鍊形化炁、鍊炁化神、鍊神合道、鍊道入聖。其大旨本於參同契，附會周易，參以醫經，雖書爲僞託，然戒人溺房帷、餌金石、收心、斂氣、存神、固命，有合於清浄之旨，養生之士宜有取焉。

## 歲華紀麗

歲華紀麗，唐韓鄂撰。鄂爵位無攷，以唐宰相世系表推之，韓休之弟殿中丞，名倩。倩之子，河南兵曹參軍滌，鄂乃滌之曾孫也。歲華紀麗者起自元正，訖於除歲，擇其事之典麗者，編爲駢句，分彙於各時之下。馬氏端臨亦載其目於通考歲時類中，然今傳本實類書也。王士正以爲海鹽胡孝轅所僞造。然錢曾讀書敏求記云：歲華紀麗舊鈔卷終闕字數行，又失去末頁。後見章邱李中麓藏宋刻本，脱落正同。是此書確係舊傳本，王士正所聞爲未審矣。

## 冷齋夜話

冷齋夜話，宋僧惠洪撰。惠洪，字覺範，俗姓彭，筠州人，以醫識張商英，大觀中入京，乞得祠部牒爲僧。時有郭天信曉方術，嘗識徽宗於潛邸，及即位，遂獲寵幸，商英頗與交結，而洪往來於其閒。未幾，張、郭得罪，洪決配朱崖。所著冷齋夜話亦詩話之類，閒有及於典故者，晁公武謂其多妄誕僞託。陳善指山谷西江月詞『日側金盤墜影』一首，謂是洪贗作，載於泠齋夜話。又皇宋百家詩選云泠齋夜話中僞作山谷贈洪詩，韻勝不減秦少觀，氣爽絶類徐師川。此書内並無此詩詞，豈後人删削之邪？洪著更有石門文字禪、筠溪集、天廚禁臠若干卷。

## 芥隱筆記

芥隱筆記，宋龔頤正撰。頤正，字養正，處州遂昌人。本名敦頤，光宗受禪改今名，爲國史院檢討官。其所著有芥隱筆記及元祐黨籍列傳譜等書，當時之人稱曰：『音訓之精，莫如芥隱。』蓋小學之流也。

## 難經本義

難經本義二卷，元滑壽著。壽，字伯仁，襄城人，後居鄞縣。難經之書，漢藝文志不載，始見於隋書經籍志。託名扁鵲，雖未可信，然其辭甚古，殆漢人所爲也。元時有京口王居中，名醫也，客儀眞，壽從之學，授以素問、難經。壽卒業，乃曰難經本素問、靈樞。其於榮衛藏府與夫經絡腧穴辨之博矣，而缺誤或多，愚將本其義爲注，居中稱善。壽晨夕研究，所成蓋即此書。壽年七十餘，入明猶存，晚自號攖寧生。

## 類證普濟本事方

類證普濟本事方十卷，宋許叔微撰。叔微，字知可，紹興時進士，揚州人。是書所載經驗藥方，兼記其醫舊事，故名本事方。所論病證、醫理，頗多精語，非常醫所能也。

## 泉志

泉志十五卷，宋洪遵撰。遵，鄱陽人，洪皓中子，官資政殿學士。是書分九品，凡皇王偏霸荒外之國，所有泉貨莫不畢載。奇文異識，依類爲圖，固爲詳博。顧遵自敘云：嘗得古泉百有餘品。蓋遵所目驗可知者，是宜爲之圖；若所未見，不當以意爲之。如周太公泉形圜函方，猶有漢食貨志可據，若虞、夏、商泉，何由識其形而圖之！且如漢志云：太公爲圜函方形，則其前無是形可知矣，遵奈何使虞、夏、商反依周泉形邪？道書天帝用泉，語尤俚妄，遵遂繪爲天帝泉形，其陋彌甚。併遵所目驗、語可依信之泉形，雜於是中，今亦無由別之矣，可謂不善著書者也。

## 古畫品録

古畫品録，南齊謝赫撰，凡一卷。等差畫家之優劣，分爲六品。晁氏謂分爲四品者，誤也。大抵謂畫有六法，兼善者難。自陸探微以下，以次品第，各爲敘引，其意頗矜慎，得三十七人。陳姚最嘗譏其未允，謂如長康之美擅高往策，矯然獨步，終始無雙，列於下品，尤所未安。然最又稱赫寫貌人物，中興以來衆人莫及。赫蓋專精於寫眞者也。

## 續畫品

續畫品一卷，陳姚最撰。始梁元帝，終解蒨，凡二十九人，皆謝赫古畫品録之所遺者。人各爲評語，不分品。首有自序，其稱元帝爲湘東殿下，又謂其畫在聽訟簿領之隙，是其成書尚在江陵即位之前也。

## 後畫録

後畫録一卷，唐沙門彦悰撰。彦悰爲帝京寺録，就所見長安名畫，係以品題，蓋以續姚最之後，凡二十七人。彦悰，太宗時人。故題閻立本猶爲司平太常伯也。

# 續畫品録

續畫品録一卷，稱唐李嗣眞撰。嗣眞，武后時御史中丞，知大夫事，史言其多藝數。是書名載唐藝文志，然今傳本既無評語，又襲姚最稱梁元帝湘東殿下，蓋嗣眞書已亡，此後之妄人僞傳者耳。

# 畫史

畫史，宋米芾撰。芾，吳人，宋史有傳，稱其妙於翰墨繪畫，自名一家，尤精鑑裁。此書輯本朝公卿士庶家藏名畫，一一論次其優劣。蓋舉其生平所覩者也。

# 畫繼

畫繼，宋鄧椿撰。椿，雙流人。祖洵武，政和中知樞密院，其時最興畫學，椿家世聞見頗多，後避亂歸蜀，成此書。先是，唐張彦遠作畫記，起軒轅，止唐會昌元年。宋郭若虚作畫誌，起會昌元年，止宋熙寧七年。椿作此繼之，起熙寧七年，止乾道三年。上而王侯，下而工技，九十四年之中，凡二百一十九人。又列所見奇迹，愛而不能忘者，爲銘心絶品，及凡繪事可傳可載者，裒成此書，分爲十卷。洵武邪人，而其孫爲是書，頗有功於藝苑，是亦趙挺之兒明誠作金石録之類也。

## 圖繪寶鑑

圖繪寶鑑，元夏文彦所著。採古今能畫者，自軒轅至於有元，旁及外國，得一千五百餘人，合補遺、續補爲五卷。文彦嗜古，精繪事，爲楊維楨所稱。其家多藏古迹，又於志記所載、見聞所及，廣搜博識，加以品藻，輯爲是編。續編一卷，明韓昂所纂。起明初，訖正德，百五十年閒，採輯得一百七人，而冠以仁、憲、孝三宗御筆。昂官欽天監副，書成於正德十四年。

# 惜抱軒書録卷四

## 集　録

### 楚辭協韻

楚辭協韻十卷，首又有讀騷大旨一卷，明屠畯撰。其意以朱子所載協韻爲未備，是以廣之，然所增實未必當。南人讀『名』如『民』，至今猶然。故離騷『肇錫余以嘉名』與『靈均』協，此方音也，豈必讀『名』爲彌延反、『均』爲居員反乎？漁父篇『舉世皆濁我獨清，衆人皆醉我獨醒』二句爲韻，『是以見放』無韻。古人文字不拘，往往若此。畯必讀『清』爲『千羊反』，讀『放』平聲以協之，然則篇末『遂去不復與言』，當入何韻乎？畯又好取説文字體改今楷法，以爲楚騷文字在小篆未變之前，寫楚辭者宜用小篆分草，今刊本雖遵用隸書，然宜以六書善本正其差譌。夫隸體與分草之興初不相遠，且意取簡易，與篆固殊。昔漢時隸書，俗體紛亂，蔡邕寫石經，正之。然邕書石經，若五經文字所傳，不大異於今隸體也。其後六朝及唐書家俗體益盛，顔元孫作干禄字書正之，傳其從子眞卿。元孫之言曰：字書源流，起於上古，自改篆行隸，漸失本眞。若總據説文，便下筆多礙，當去泰去甚，使輕重合宜。其論若是。若：蔡邕與元孫者，所謂通人也。作書者但取法蔡、顔，上不背於古，下不駭於今，是亦足矣。若盡依説文改變形體，以爲能守六書之義，轉爲煩重，則但作篆可耳，奚以隸爲？蔡邕、顔元孫所斟酌而不取者，而今獨爲之，自漢以來，隸書寧有是哉！若晙者，所謂用意之過者也。晙又名本晙，字田叔，鄞人。以蔭仕至福建運使，在萬曆閒。

## 陳子昂文集

陳子昂，字伯玉，仕武后時，終右拾遺。其文集十卷，韓愈詩云：『國朝盛文章，子昂始高蹈。』柳宗元謂：張燕公工著述，張曲江善比興，兼備者，子昂而已。其後，馬貴與謂子昂惟詩語高妙耳。韓、柳並稱其他文何哉？蓋以其小變齊梁之陋，韓、柳論本朝人文，或稍假借之，亦其宜也。子昂上書武后，請興明堂、太學。宋祁嗤之，謂薦圭璧於房闥。文苑英華别有大崇福觀記，記所云太祖孝明皇帝者，武士彠也。集無此篇，今增入之。當時文士之諂於武氏而不之恥者，風俗使然，蓋無足怪也。

## 張説之集

唐張説，字道濟，一字説之，爲玄宗左丞相中書令，封燕國公。唐藝文志、文獻通考並云獻公集三十卷。今止二十五卷。采於他書，復得其文六十餘篇。又原集編次，其類紊亂，今重定之，而增其漏脱，仍爲三十卷。説爲文得失，具於唐書。其文與蘇頲並稱『燕許』，其才洵有出乎當時者。本傳不載從武懿宗軍事，以集考之，蓋嘗同行。盧藏用於陳子昂傳云：『契丹殿畔，臺閣英妙，皆署軍麾者。』是其事也。説之爲武懿宗上功狀，佞諛已甚；及玄宗時，誌高力士父母之墓，稱之不容口；而銘上官昭容曰：『如彼九日，羿焉暴之？』説乃以睿宗誅婉兒爲非邪？辭之無體亦甚矣。

## 顔魯公集

唐太子太師魯國公顔眞卿，唐書藝文志載其集云：『吳興集十卷，又廬陵集十卷，臨川集十卷。』然此書北宋時已佚。劉敞作眞卿集序第云『吳興沈侯採掇遺編，輯爲十五卷』而已。嘉祐中，又有宋敏求編本，亦十五卷。江氏筆録云：『敏求編本詩至一百十八首，其博如此。』南宋嘉定時永嘉守留元剛，得敏求本，失其三卷，乃以所見眞卿文別爲補遺，並爲撰年譜。然元剛雖爲補遺，缺漏猶甚，而宋、沈所編全書皆亡，後人乃分留元剛之十二卷爲十五卷以當之，即今所傳本也。今以世所有眞卿石刻傳文，旁加搜採，較留本僅多得十餘篇。蓋金石毁泐，去唐益遠，求復宋敏求所編之舊，不可得矣。

按：眞卿忠義氣節，唐一代偉人，其文字固可寶貴。史稱眞卿博學工辭章，今觀其遺文，雖散佚僅存，史言猶信。又按：唐高祖之祖虎，佐周始封於唐，追尊爲太祖景皇帝。其上懿祖，又其上獻祖。唐自德宗以前，議太祖祫禘之位，久不定。建中二年，眞卿爲禮儀使，上廟享議曰：『太祖景皇帝居百代不遷之尊，而祫禘之時，暫居昭穆，屈己以奉祖宗，可也。』當時用其言，祫禘時以獻祖居東向，而懿祖、太祖爲昭穆矣。及貞元時，議者乃謂非是，下羣臣議，改太祖爲東向，而獻、懿别祀焉。其時韓愈爲四門博士，上議云：『祫禘之時，獻祖居東向，景皇帝宜從昭穆之列。祖以孫尊，孫以祖屈，求之神道，豈遠人情！』後朱子推愈此議：『禮學精深，得孝子慈孫報本反始、不忘所自生之本意。』

按：愈之説與眞卿正同。是則眞卿非僅忠義大節見於一時者之可尊，而其爲文亦非第博學工於辭説者之爲貴，蓋議禮精審，上當先王之心，而下足爲後世大儒之所敬歎則又如此。然愈之議竟不見用於貞元之末，而眞卿之説乃得行於建中之初。蓋眞卿是時名稱位望爲朝廷所信，固重於愈之在貞元閒。及乎眞卿去國，而當世遂不肯終守其説，移易是非，迄於終唐之世，爲可惜也。

今集第一卷已載廟享議，留元剛又取唐文粹所删削者，載於補遺，題曰禘祫議，固已重複，篇末乃有時議者舉然云云，此乃新唐書陳京傳敘事之辭，非眞卿本文益明。又顔元孫作干禄字書并序，眞卿書之刻石，元剛乃亦以爲眞卿文，入之補遺，皆非是。故删去此二篇，而增今所搜輯者，皆别記所出。留本舛誤尤多，復爲隨文辨正，計原集十五卷，補遺一卷，年譜一卷，行狀碑文一卷，新、舊唐書傳一卷，合十九卷。首有劉敞序，末有留元剛後序。元剛，字茂潛，丞相留正之子，終起居舍人。

## 獨孤及毗陵集

獨孤及，字至之，仕唐代宗時，終常州刺史，有毗陵集二十卷。唐自貞觀以來，文士沿六朝之體，開元後稍稍厭之，而未能盡返於樸；及興於永泰、大曆之閒，爲文尤能遠藻麗之習；其後韓愈以振古之才繼之，唐文遂軼東漢而復乎西京。然推其初，斲雕爲樸，及蓋與有功焉。及所爲景皇帝配天議及郭知運、吕諲謚議，人頗推以爲允。集有馬退山茅亭記，又載柳宗元集，何焯以記云『歲在辛卯』，斷其非及文，非也。及没於大曆十二年，年五十三，上推之至天寶十年辛卯，及已二十六歲矣。文苑英華有代獨孤將軍讓魏州、代崔使君讓潤州，及賀赦等表，今集所無。賀赦表云：『誅翦大憝，清復闕廷。接踵之禍，又起近郊。歸過罪己，降去鴻名。』此似言德宗興元時事，及所不逮見也，疑文苑英華誤謂及文耳。

## 追昔遊集

追昔遊集三卷，唐李紳著。紳，字公垂。武宗時爲中書侍郎、同中書門下平章事，而此集則皆文宗開成以前，紳未爲相時所作，意會昌中編録，故名曰追昔遊。新唐書本傳所載，貶端州司馬，禱神灘漲，及判壽州虎不爲暴，爲河南尹惡少斂迹，皆語出此集。紳凡莅官之處，多自夸詡，史傳事須實録，而以所自言者爲據，此蓋宋祁之陋。紳之赴端州也，在夏秋之閒，其妻子舟行十月始至。其時灘水減矣，故以書祝媪龍祠，而江復漲。紳詩内及所自注者如此，祁乃以爲紳自度嶺時事，是閲其集亦未審也。

## 司空表聖文集

唐司空圖，字表聖。僖宗時知制誥，爲中書舍人，旋解職去。僖、昭之閒，屢命以官，皆辭。卒拒朱全忠之召，唐亡，不食而死。唐書列之卓行傳。文集十卷，舊總題爲雜著，不分類，今依其舊次。内有奉敕撰華帥德政碑。華帥者，韓建也。碑作於乾寧元年，稱建爲潁川郡王。其後乾寧三年，昭宗始幸華州。五代史謂『昭宗幸華，爲建立德政碑，還朝封建潁川郡王』，以碑證之，皆非是。當是時，建强横，又偪近京師，天子不得已而譽之，圖所作文尚多誡飭之辭，不甚誇美，足見剛毅之氣存焉。宋祁云王重榮父子雅重圖，圖甞爲作碑，集内解縣新城碑爲重榮作，河中生祠碑爲其弟重盈作，然其辭皆奉敕爲之也。圖晚年號耐辱居士，陳繼儒太平清話載『耐辱居士墨竹筆銘』，此集所無。其銘序云：『咸通二年登進士，叨職史館。』按：唐制，初成進士，未有即入史館者。圖成進士，在咸通末，出依王凝爲幕職。本傳所載甚明，焉有職史館之事？序又云：『自後召拜禮部員外郎，遷知制誥，尋以中書舍人拜禮、户二侍，無日不與竹對。』按：序稱墨竹種於長安，圖之拜禮部員外郎也，固在長安矣。若知制誥、中書舍人，乃僖宗次鳳翔時所拜官，其爲兵部侍郎，又當昭宗在華州時，何由與竹對乎？圖身爲唐死，年七十二，而序乃云『今爲梁庚寅，余年八十有二』，其爲妄人僞撰益明，特繼儒又妄信之耳。兹故不復採録。圖最工詩，其詩有一鳴集别行，亦不入於此編。

## 李盱江集

李覯，字泰伯，建昌南城人，載宋史儒林傳。集内年譜一卷，詩文三十七卷，誥辭及他人爲作詩文三卷，合四十一卷。朱子謂泰伯文實有得於經，能自大處起論。陳振孫云：『泰伯不喜孟子，作常語專辨之。』今按：覯常語内，惟論仲尼之徒，無道桓、文之事，及伊尹廢太甲、周公封魯，此三者與孟子不合耳。其餘文中，引用孟子之處甚多。答李觀書云：『孟子、荀、楊醇疵之説，不可復輕重。』是覯未嘗不喜孟子。然朱子讀尊孟辨，引覯有『孟子五霸之罪人』語，今集内無之。然則陳振孫所見之常語，蓋多於今本，不知今本爲人删削邪？抑宋世所行或反有非其眞者邪？覯之文章，蓋次於歐、曾、蘇、王，其論治體頗可見於實用，兹尤可貴也。其平土書、明堂五宗，皆别有圖。圖今不傳，惟其序説存於此。

## 嘉祐新集

蘇洵，字明允。嘉祐中，以文安主簿爲禮院編纂。蓋宋初以主簿爲選人初階，洵生平固未嘗一至文安也。歐陽修、張安道並云洵集二十卷。今嘉祐新集十六卷，意後人編次，更其卷數，非闕佚也。末别載歐陽修等爲洵作文一卷，合十七卷。洵立論偏駮，儒者皆不取。其學問所及，采覽書籍，亦非廣博，獨文章雄健閎偉，後之文士莫不推服爲不可及。然今求於其集，爲文乃不過百篇，然則世之爲文苟欲多而實無取者，皆洵之所鄙也與！

## 陳無已文集

陳師道，字履常，一字無已，終祕書正字。載宋史文苑傳。政和中，其門人魏衍編次其詩文集爲二十卷。今本益以談叢詩話，共爲二十一卷。師道與秦覯書云：『僕於詩初無師法，及一見黃豫章，盡焚其藁而學焉。』答晁深之書云：『僕以文見曾南豐，辱賜以教。』又作詩云：『向來一瓣香，敬爲曾南豐。』蓋其詩文各有從出如此，至其操行清介，處貴賤險夷之閒，終始不易其節。以蘇軾薦得官，然蘇門四學士，如晁、秦之流，行誼皆莫能及之。集首有魏衍記。衍，字昌世，彭城人。又有王雲題辭。雲，字子飛，澤州人，副康王使金，割三鎮，被殺於磁州者也。

## 任淵注陳無已詩

陳師道詩六卷，任淵所注，釐分爲十二卷。前有年譜一卷，共十三卷。師道人品既高潔，其詩亦深厚沈淡，不以聲色爲工，是以朱子最喜之，謂其有勝黃庭堅處。然以其託意極深，未易驟識，獨任淵所爲注，能盡發其幽深之思，玆其爲可貴也。淵，字子淵，新津人。紹興乙丑類試第一人，仕至潼川提刑。新津有天社山，故稱天社任淵。淵嘗注黃庭堅詩，亦爲世所重，而注師道集爲尤勝云。

## 鴻慶集

孫覿，字仲益，晉陵人。宋徽宗末，蔡攸薦爲侍御史。靖康初，蔡氏已敗，乃率御史極劾之。當金人初圍汴時，李綱罷御營，使太學生伏闕爭之，復職。覿後劾李綱要君，又言諸生將再伏闕，朝廷以其言不實，斥守和州。既而李綱去國，復召覿爲御史，專附和議，進至翰林學士。金人破汴都，覿受金人女樂，乃爲欽宗草表上金主，極其筆力以媚金。張邦昌爲帝，覿又事邦昌，建炎初貶陝州，再謫嶺外。黄潛善、汪伯彦復引之，使掌誥命，爲馬伸所劾。其後又以贓罪，斥提舉鴻慶宫，故其文稱鴻慶集。孝宗時，洪邁修國史，謂靖康時人獨覿在，請詔下覿，使書所見聞靖康時事上之。覿於是於所不快諸正人如李綱輩，率加誣辭。邁遽信之，載於欽宗實録。其後朱子與人言及以爲恨，謂小人不可使執筆，蓋誠然也。覿宋史無傳，其事散見於他書者如此。故陳振孫以爲，覿生於元豐辛酉，卒於乾道己丑，年八十九，可謂耆宿矣，而其生平出處，則至不足道也。然其詩文頗工，尤長於四六，與汪藻、洪邁、周必大稱『南宋四家』。集凡七十卷，明嘉靖時，其鄉人將刻之，徐問持之曰：『覿得罪名教，安得以文集流傳？』遂止。覿所草欽宗上金表，集中無之，惟靖康繫年要録載其辭云：『三里之城，已失藩籬之守；七世之廟，幾爲煨燼之餘。』『久煩汗馬之勞，用效牽羊之請。』然亦失其全文，蓋其辭甚醜，宋人羞書之矣。

## 廖高峯集

廖剛，字用中，南劍州順昌人。宋紹興中爲御史中丞，出提舉明道宫致仕，高峯其號也。朱子語類論龜山門人有云：『廖剛助和議，幸不爲檜鷹犬耳。』今觀其集，若漳州被召上殿，乞約束邊將諸劄，皆以和爲善。朱子之言誠然。宋史本傳載，金人畔盟，剛乃有責鄭億年以百口保金人之語，又欲起舊相有德望者，以是爲檜所惡，致斥奉祠。本集又載與秦相公書，論和之失，則亦金人背盟後事也。蓋剛本心，尚不失爲慕義，特以其無堅定之識，易爲隨俗附和之辭，故前後若出兩人。宋史乃以剛與張九成、胡銓力排和議者同傳，失其倫矣。剛奏議中指陳當時事勢利弊，頗多可採。答陳幾叟書論知制誥之失，尤爲切當。而宋史獨載其乞設親軍劄子，及止高宗節序遥拜欽宗之事。夫天子撫綏億兆，駕馭英傑，顧區區以募軍自將爲計乎？剛徒有鑑於建炎苗、劉之變，而不知其言之陋也。高宗於欽宗嘗北面爲臣矣，乃第以爲兄，而不用君臣之禮，兹殆謬論傷理者哉！世傳高峯集十二卷，皆鈔本，脱字或數行，又多舛誤，無從校補，今悉依録之。

## 吕東萊先生集

吕本中，字居仁。當宋紹興中，以排和議忤秦檜，見斥於朝。其仕至中書舍人，故宋人稱爲吕紫薇，又稱爲東萊先生。而吕祖謙亦稱東萊先生，蓋吕好問嘗封東萊郡侯，本中其子也，祖謙其曾孫也，故並襲其稱。集凡二十卷，有陸游序、曾幾後序，及宋史本傳附焉。本中詩法出於黄庭堅，嘗作江西宗派圖，推庭堅爲始師。朱子云：『吕紫薇論詩欲字字響，其暮年詩多啞，然尊江西派者，終推吕東萊爲幟。』文獻通考又載本中集外詩二卷，今無之。又陸游序云：『嗣孫祖平盡哀公他文爲若干卷。』今此集惟有詩，他文悉泯不傳矣。獨其草趙鼎遷僕射制所云：『合晉、楚之成，不若尊王而賤伯；散牛、李之黨，莫若明是而去非。』此語賴秦檜惡之，載於日歷，以爲本中罪，反令傳誦至今。文字傳否，其難料如此。士故以卓然自立、有可稱述爲貴。若夫文章派别，爲世所或軒或輊者，抑皆其末也。

## 鄮峯漫録

鄮峯漫録，宋丞相史浩集也。浩，字直翁，鄞縣人。紹興中進士。孝宗在王府，浩爲教授。孝宗即位，進至右僕射，爲王十朋劾罷奉祠。淳熙中，再入爲右丞相，尋又去，爲保寧軍節度使。既而致仕，封魏國公，卒謚文定。浩之歸也，自號鄮峯眞隱，故編其集爲鄮峯眞隱漫録。内詩五卷，文三十九卷，詞曲四卷，童丱須知二卷，共五十卷。當高宗内禪南渡，士大夫忠憤之氣久鬱於和議，而欲一伸於孝宗之初，是故以張浚之屢敗喪師，經理失策，猶爲忠義之士之所許。以浩獨與異議，遲顧慮患，雖所言後亦頗驗，而世猶以其沮北伐之爲懦也。其後張浚既没，浩跋楊廷秀張魏公配享議後，不以爲天下之公議，第稱楊感張吹嘘獎進之恩，能以國士報之，蓋浩於浚猶有餘忿存焉。朱子謂浩喜薦人才，極不易得。今觀集内，若薦石憝、薛叔似等劄子，蓋誠能薦賢者。浩又有回奏御製厚道辨及策士聖訓，皆載孝宗詔論於前，而綴己所論於後。夫浩謂恐其君過語傳於天下，是以致辨，欲掩其失，今反載之己集以傳，是揚君過而己爲名也。況孝宗以所云國朝以來過於忠厚，此於事頗得實，未爲失，浩之斤斤致辨，徒爲將相誤國失事者地爾，是其謬於理而强於辭亦甚已！浩操行非純，集内持論得失相雜，取其於史事多有所關，足備攷證；至其文字工拙，蓋亦不足論云。

## 義豐集

義豐集一卷，宋王阮著。阮，字南卿，德安人，王韶之曾孫，隆興元年進士，仕至撫州守，召入奏，韓侂胄欲見之，卒不往，怒使奉祠，歸廬山以終。阮少謁朱子於考亭，朱子知南康時，阮又從遊，故集中有唱酬之作。阮之歸也，朱子惜之，謂其才氣術略過人而流落不偶云。集首有淳祐癸卯吳愈序，謂其文無一字無來處，論邊事則鼂、賈其倫，爲記銘則韓、柳其亞。今所存僅詩一卷而已。岳珂云：『阮學詩於張紫薇。』紫薇者，張孝祥也。

## 北溪集

宋陳淳，字安卿，漳州龍溪人，載宋史道學傳。朱子守漳州時，淳受業門下，朱子嘗言：『吾南來，得一安卿爲喜。』其後再見朱子於考亭時，朱子已寢疾，相從一年辭歸，朱子亦旋没矣。淳能謹守朱子遺訓，其文篤實有得之言也，然其規模則已隘矣。集凡五十卷。

## 方秋崖集

方岳，字巨川，號秋崖，歙人。宋紹定五年進士，淳祐中爲趙葵參議官，移知南康軍，以杖荆湖州卒，忤荆帥賈似道；後知袁州，又忤丁太全，被劾罷事。詳洪焱祖所爲秋崖先生傳。其集傳本有秋崖新稿三十一卷，係影鈔，宋寶祐五年所刻。又秋崖小稿文四十五卷，詩三十八卷，係明嘉靖中所鈔。今以兩本校之，嘉靖本所載固多於寶祐本，然亦有寶祐本所有而嘉靖本所無者，詩文各數十首。今統編入，歸爲一集，定爲八十三卷，仍前載洪焱祖所爲傳。焱祖謂其詩文四六不用古律，以意爲之，語或天出，此言頗能兼盡其得失。岳在淮南與趙端明書，舉葵馭軍之失，辭甚切直，可謂幕僚之忠告者；及與廟堂書併代葵作書，欲解葵兄趙范撫襄之失，累牘不休。范爲帥失律，喪南宋百三十年堅守之襄陽，非小罪也。岳以居葵幕府，乃欲爲范遊説，於是乎有曲辭矣。

## 陵陽集

牟巘，字巘之。父子才，宋端明殿學士，禮部尚書，理宗時稱爲剛直，宋史有傳。巘仕至大理少卿，入元不仕，閉户三十六年，著陵陽集三十四卷。其九日五言詩序，論陶潛於王宏中路具酒食事，及題淵明圖，諸文意皆自寓。巘嘗論世喜稱淵明入宋書甲子無年號。黄豫章亦曰：『甲子不數義熙前。』然今陶集詩本無書年號者，惟祭妹文稱義熙三年，此宋號也。淵明恥事裕，大節較然，此未須深論，故巘文中閒有用至元年號者，意本此也。子才本蜀之井研人，後以蜀亂不能歸，淳祐中居於湖州，故巘從爲湖州人。因多與趙孟頫、錢選、周密唱和，然其集猶名陵陽者，尊本思舊之意也。井研、仁壽二縣閒有隆山，隋以此置隆州，唐避諱，改陵州，山亦名陵山，陵陽之名蓋取諸此。巘别著六經音考，元時最有名，今不傳。巙子應龍，元史亦有傳，蓋以文學世其家者。

## 金王若虛文集

金王若虛文集四十五卷，詩文皆平。其論文，詆史記、歐陽公古文語句古拙。若虛以其區區之見，乃欲强而從己，甚覺可笑。其於詩，指摘山谷，不遺餘力，而甚推白樂天，不謂之蚍蜉撼大樹，不可得也。經説則好與朱子異，凡所言者多矣，豈無一言之善？而不勝其迂謬猥陋者之多也！

## 王惲秋澗集

王惲，字仲謀。元世祖時，官翰林學士，事詳元史本傳。其文自謂學於元好問，傳稱惲有材幹。此集不獨文章，亦頗詳吏事。内詩文七十七卷，承華事略二卷，中堂事紀三卷，烏臺筆補十卷，玉堂嘉話八卷，共一百卷。承華事略進於裕宗在東宫時，裕宗甚喜其書，令諸皇孫傳觀焉。其玉堂嘉話中，論遼、金不當爲載記之説，尤爲平允，當時所取以作遼金史者也。

## 剡源集

剡源集，元戴表元著。表元，字帥初，一字曾伯。慶元奉化人。宋咸淳進士，教授建康府，旋歸，改教授臨安府，不赴。元大德中，起家爲信州教授，秩滿歸，卒於家。元史本傳稱其文清深雅潔，至元、大德間，東南文章大家，惟表元一人。蓋宋末詩文體益陋，表元尚能以雅正自持。其後宋濂尤愛之，故作史時推崇如此。然亦過矣！今剡源集三十二卷，内文二十二卷，詩十卷，後附拙逸稿一卷。按：表元小方門戴氏居葬記云：『表元之祖諱汝明，生五子，長諱灤，自號拙逸居士，表元由居士第三子，爲仲文後。』然則此卷皆灤詩也。又一卷，自阿東墓磚銘以下至考試對策，則皆表元之文未入集者。又一卷，題曰雜鈔，蓋表元偶所筆記者。末一卷，則袁桷爲表元墓誌及凡爲作哀辭傳序者皆在焉。是爲集外四卷，合前集爲三十六卷。

## 麗則遺音

麗則遺音四卷，元楊維楨所賦也。元仁宗皇慶二年，定科場考試程式，漢人、南人第一場經義，第二場古賦、詔誥。維楨成進士在泰定帝四年，定制十四年矣。故所擬場屋之文皆古賦，而坊閒刻行以爲式法者。後附順帝至元元年湖廣鄉試荆山璞賦四篇。

## 王禮文集

王禮，字子讓，廬陵人。元末在全普菴撒里幕府，後遷廣東元帥府照磨，明興不仕，聘爲考官，亦不就。前後集各十二卷，共二十四卷。首有劉定之序，謂其託耕鑿以棲迹於運去物改之餘；依麴蘖以逃名於頭童齒豁之際。其文奇氣硉矹，猶若佐全普菴時，以未祼將周京故也。有與子讓同出元科目佐石抹幕府，其氣亦有掣碧海、弋蒼旻之奇，及攀附龍鳳，有作嘻唶鬱伊捫舌騂顔，曩昔氣澌泯無餘矣。定之是言，蓋以譏劉基也。其辭雖太過，然禮之所自處則誠高矣。

## 舒頔文集

舒頔，字道原，績溪人。元末爲台州學正，明興不出，著貞素齋集八卷，後附俞希魯、唐仲實等一卷，又附其弟舒遠詩一卷。首有頔自序及自傳，傳云：『富貴非吾願，靖節翁與吾異世同志者。』然頔文中往往稱頌明之功德，蓋遜言也。詩文皆有可觀，舊本編次雜亂，今稍更定之，凡十卷。

# 解學士集

解縉，字大紳，亦字縉紳，吉水人。洪武二十一年進士，永樂間爲翰林學士，直文淵閣，與機務，以高煦譖，出爲布政司參議，後逮死獄中。縉於明初，文章才氣最爲奇偉。被禍時家族徙遼東，所爲文多散逸，而其名聲最著，民閒俚辭小説率附於解學士流傳，詩文亦多僞作。天順中，黄諫始輯其集爲三十卷。嘉靖中，其從孫桐再輯之爲十卷，即今本也。縉所上太祖太廟西室封事，議論精卓。其文頗宏傑，史家爲縉傳，所載多删節，獨集中爲全。文集又載上太平十策一篇，今觀其文，既與太廟封事全不類，而如所云天下官路皆分五級，築牆爲隔之類，爲策尤迂謬可笑。竊疑爲庸俗學究所爲，託於縉者，非眞縉所上也。楊士奇銘縉墓，不言所上策。其後周廣作墓表，始言之，蓋在天順黄諫編集其文之後，廣誤信載之耳。羅洪先序其集，云『稍剔其僞』，蓋洪先固知其多僞作矣。此十策者，所剔之未盡者也。相傳既久，不敢決去，仍依舊本鈔録，而爲論辨之。首載黄諫、羅洪先兩序，末附行狀、墓碣諸文，凡三十卷。

## 綸扉奏草

葉向高，字進卿，福清人。明神宗時，爲相八年，告歸。熹宗時再起，又相四年。所爲綸扉奏草三十卷，神宗時所爲疏揭也，續稿十四卷，熹宗時所爲也，合四十四卷，皆有向高自序。向高所事皆闇主，其言雖正，疏揭雖多，然爲神宗、熹宗所寓目者殆無幾，見而允行者尤少。世又言楊漣劾魏忠賢，向高頗不然之。因其門生繆昌期諫正，乃具揭請帝允忠賢辭去，及爲忠賢所愠，則又歸過於昌期以自解。是以其疏揭之辭，大抵出於牽畏公議，愛護名聲者爲多，較之忠直出於至性者，誠有閒矣。方退歸之日，遽取平生奏議序而刻行之，何其急欲自明也！然當時國事，猶賴其少有維持，天下正人終以爲倚賴，而羣小遂亦目爲黨魁。其後向高去，而清流之禍愈亟，是可悲也。向高又有綸扉尺牘十卷，其有關當日時事者，已於奏議見之，故不復録云。

## 商文毅公疏稿略

商文毅公疏稿略一卷，明商輅所撰。輅，字宏載，淳安人。正統十年，殿試第一，除修撰。越四年，入閣辦事。成化中，進至謹身殿大學士、太子少保、吏部尚書。告歸，卒謚文毅。輅生平大節，具詳明史本傳。此疏稿多關政事得失，辭意切直。此憲、孝間所以爲明之盛時也。卷後有其孫汝頤識云：『先大父素菴文集凡數十卷，兩遭回禄，悉爲煨燼，幸此卷獨存。』然則輅之忠言讜論或不止此，而今所逸而僅存者，爲尤可重也。

## 西巡類稿

西巡類稿八卷，吴廷舉所著。廷舉，字獻臣，梧州人。成化末進士，正德初爲廣東布政副使，巡歷省治以西諸郡時，所奏疏及往來文牘、詩詞之類，皆在焉，故曰西巡類稿。史言其發中官潘忠罪，爲忠反訐，下詔獄。劉瑾矯詔，枷之幾死。及觀此編，廷舉上十疏，内有參岷王府内監陳鶴，稱令旨差往廣東，違法乘驛騷擾；又奏各省鹽務差内監查盤者，因斂銀内進，又有人事銀以賄各衙門，賀禮銀以賄司禮監。此三者並科擾百姓，請敕御史體察，而盤查廣東鹽庫之内監韋霦，將鹽課盡解京，令廣東無以充軍餉，其事不可行。凡廷舉所奏，若此而已，無發潘忠罪事。編首有劉瑞序云：『逆瑾切齒於君，其黨探望風旨誣奏，即械下錦衣衛獄，枷吏部門左，垂死而後釋之。』瑞、廷舉同時人，言尤必得實，然則今史傳誤也。廷舉後復起，嘉靖中右都御史巡撫南畿，勒致仕死，隆慶中追謚清惠。

## 江湖集

江湖小集六十二家：洪邁野處類稿二卷；僧紹嵩江浙紀行集句詩七卷；葉紹翁靖逸小集一卷；嚴粲華谷集一卷；毛珝吾竹小稿一卷；鄧林皇華曲一卷；胡仲參竹莊小稿一卷；陳鑒之東齋小集一卷；徐集孫竹所吟稿一卷；陳允平西麓詩稿一卷；張至龍雪林删餘一卷；杜旃癖齋小集一卷；李龏梅花衲三卷；翦綃集二卷；施樞倦遊稿一卷；横舟稿一卷；何應龍橘潭詩稿一卷，皆絶句，頗佳；沈説庸齋小集一卷；王同祖學詩初稿一卷；陳起芸居乙稿一卷；吴仲孚菊潭詩集一卷；劉翼心遊摘稿一卷；朱繼芳静佳龍尋稿二卷；林尚仁端隱吟稿一卷；陳必復山居存稿一卷；斯植采芝集二卷；劉過龍洲道人集一卷；葉茵順適堂吟稿五卷；高似孫疏寮小集一卷；敖陶孫臞翁集二卷，附詩評；朱南杰學吟一卷；余觀復北窗詩稿一卷；王悰穉林小稿一卷；劉仙倫招山小集一卷；黄文雷看雲小集一卷；姚鏞雪蓬稿一卷；俞桂漁溪詩稿三卷；薛嵎雲泉詩一卷；姜夔白石道人詩集一卷；周文璞萬泉詩集三卷；危稹巽齋集一卷；羅與之雪坡小稿二卷；趙希橹抱拙小稿一卷；黄大受露香拾稿一卷；吴汝弋雲臥詩集一卷；趙崇鉘鷗渚微吟一卷；葛天民小集一卷；張弋秋江煙草一卷；鄒登龍梅屋吟一卷；吴淵退菴遺集二卷；宋伯仁雪巖吟草一卷；薛師石瓜廬詩一卷，附諸跋題及墓誌；高九萬菊磵小集一卷；許棐梅崖詩稿一卷，融春小綴一卷，有雜文梅屋第三稿一卷，第四稿一卷；戴復古石屏續集四卷，利登骳稿一卷；李濤蒙泉詩一卷；樂雷發雪磯叢稿四卷；張蘊斗野稿支卷一卷；劉翰小山集一卷；張良臣雪窗集一卷；葛起耕檜庭吟一卷；武衍適安藏拙餘稿二卷；林同孝詩一卷。共九十五卷。内惟姚鏞、周文璞、吳淵、許棐有賦及雜文，餘皆詩也。

宋自光、寧以後，士風衰陋，江湖遊士每以詩干謁貴人，以求贈遺，什伯爲羣。臨安書賈陳起，字宗之，能詩，頗與文士爲友，遂收其詩，並己詩刻之爲江湖集。寶慶初，史彌遠廢立之際，起有詩云：『秋雨梧桐皇子府，春風楊柳相公橋。』彌遠聞之，怒捕起，黥配之，而敖陶孫、劉克莊等皆以詩語譏刺下獄。時鄭清之爲學士，白彌遠解止之，得免罪。然遂下詔禁作詩，毀江湖集板。彌遠死，詩禁乃解。此六十二家，相傳即起所集。然彌遠死於紹定六年，而今傳此集多載端平、淳祐，寶祐紀年反在其後，豈彌遠死後，起遇赦回，乃復刻詩邪？又如洪邁，孝宗時人，而吳淵、樂雷發等貴人，宜與江湖諸士不相類，疑此等或出於後人增益，非起江湖集所本有也。其中詩優者，亦不過數家，而劣者至不免俚俗。蓋所謂江湖干謁之士，大抵其習陋而才亦薄矣。又按戴表元題孫過庭書譜後云：『往時杭州陳道人家印書，書之疑處，率以己意改，令諧順，殆是書之一厄。』然則起亦尋常書賈，少知文藝耳，世或過推之，亦非也。

## 十先生奥論

十先生奥論者，合程子、張耒、楊時、朱子、張栻、吕祖謙、楊萬里、胡寅、方恬、陳傅良、葉適、劉穆元、戴溪、張震、陳武、鄭湜諸人所論，分類編之，前集、後集、續集各十五卷。續集脱去前五卷，僅存十卷，三集共四十卷，不知誰編，脱去卷内不知誰論，存者已十六人，而名十先生，亦不可解。其中閒有注語，似南宋時人編爲場屋作論法也。内十一人宋史有傳，其餘：張震，字東父，益寧人，孝宗時中書舍人。龍大淵、曾覿，除知閤門事，繳回詞頭事，見胡沂傳。鄭湜有二：一字溥之，三山人，孝宗崩時爲從臣，奏立太子監國，見留正傳；一則紹熙元年爲從政郎，進治術十卷，見書録解題。今之鄭湜，未審爲誰。方恬，字元養，一字仲退，歙人，試禮部第一，以周必大等薦，授太平州教官，除太學博士，著正論十篇，見徽州府志。劉穆元、陳武無攷。宋之巨儒、偉人文集流布者固無論，若其名漏於史氏，文章湮滅，獨爲此集所載，若方恬等議論，頗卓然可貴，即論不必當，而文勢縱横，得蘇氏之遺，亦可喜也。此集雖編者本不出於科舉之學，而諸人之文得存於遺軼之餘，蓋亦有賴焉，固網羅放失者所不廢也。

## 羣公四六續集

羣公四六續集，自甲至癸十卷，皆南宋人通候之啓，不知誰編，意必尚有正集，而今不見矣。宋人此等四六，皆效法歐、蘇。然其工者，不過三數人，餘皆平淺。又其閒人品素能自立者，如王十朋之類，雖稱譽人，尚措辭斟酌有體；其人品猥下者，往往不擇所與，極口贊揚，閱之使人憎惡，如此集中方雲翼、葛謙白等賀秦太師啓，皆是也。選此者，不甚有識。又南宋初年，如汪藻等，四六最有名者皆不在，想已入正集耳。

## 皇明百家詩

皇明百家詩三百卷，明俞憲選。憲，字汝成，無錫人。嘉靖壬辰進士，嘗以大名兵備副使，移擢湖廣按察使。李攀龍贈詩，所謂『江漢日高天子氣，樓臺秋敞大王風』，當時譏爲陳友諒僭位聯語者也。此選略於明初，詳於同時。憲二子淵、沂詩，皆在百家之列，蓋鑑别之識疏，而標榜之意周矣。其中雜入賦及詞，所録亦非專於詩也。

## 皇明兩朝疏鈔

皇明兩朝疏鈔十二卷，蓋世、穆兩朝人所進疏，大名府推官吴興顧爾行所編。自武宗以前，有張瀚明疏議輯略，是編蓋繼之而作。明至世宗時，驕諂甚，而君臣之志不通，公論廢，而小人之黨日進。當時陳疏者，或忿爭詬戾而氣不平，或支蔓流冗而言失要，國政自是日衰，士大夫淳厚忠樸之風自是日壞。故明之敝，始於世宗。然其閒猶有忠義出於至誠，慷慨議論，蹈禍患而不恤者，名相繼於史册，則以憲、孝之澤存，而正人君子之所以自立之道，累世相傳而未盡墜也。是編於『大禮』『郊祀』諸疏皆不載，所收頗爲漏略，至其中卓然有名諸偉議，史家大抵收入本傳，其餘遺存此編者，亦鮮足裒録矣。

# 筆記

# 筆記卷一

## 經部一

### 易

**譙天授説易** 往閲宋郭子和易説，其論欲人知易象，而其書解易但説理而已，殊不言及聖人取象處，極以爲疑。今閲朱子語類，載胡籍谿見譙天授問易，天授令看『見乃謂之象』一句。他日又問，天授曰：『象之在道，猶易之有太極。』天授之學，出於郭氏。蓋所謂象，乃沖漠無朕中始動之幾，幾動則成象矣。然則其所謂學易之要，在乎慎獨也。此與漢以來説易者言易辭取象於物之意不同。朱子又云：『譙作牧牛圖。』然則今僧家所傳牧牛圖，出於天授也。

余解易震卦，億以安爲順。按説文：意，志也。㠪，十萬也。㠪，安也。今隸書亂㠪於意，又作億字，説文無此字。易震正當作㠪。若億則屢中，不億不信，正當作意耳。

説文：咎，災也。俗，毁也。經典皆通用咎。按：毁失過謬之義，若内省不咎，及過涉滅頂凶咎，皆俗義，而通用咎。

## 書

**允釐百工** 史記五帝本紀：『信飭百官，衆功皆興。堯曰：誰可順此事？』依太史公意，以允釐百工，庶績咸熙，不上屬治歷事而下屬若予采。意此讀是。

**滔天** 史記云：似恭漫天。太史公意蓋作欺謾意。此滔天疑古文尚書本作慆或謟，皆欺謾意。假借作滔，與下洪水滔天字異。

**文祖** 史記：文祖者，堯太祖也。依五帝本紀，則當即黄帝矣。然但言堯太祖者，五帝世系，似太史公雖依大戴禮記序之，殆亦未敢信爲眞孔子之言耶？

**怙終賊刑** 鄭注：謂其人終身爲殘賊則刑之。賊字讀屬怙終者，説僞孔賊殺也。言刑殺怙終之人，此解勝鄭矣，而義未盡。蓋賊止是傷殘之義，肉刑皆賊，不獨殺也。左傳：亡人得賊者，言被傷殘也。同此解。

**彰厥有常吉哉** 世讀常字作句，非是。常吉二字，當連讀之，與立政庶常吉士同。凡人爲善，天貽以福。故古人以修德之善，與履境之善，其字多同用，穀、善、休、吉皆是也。彰厥有常吉之吉，吉即是上九德之事，常即是下文日字，常而不變，乃爲可用之人。立政所言文王官人，正如唐虞之法，是以其末後王立政，其惟克用常人，言常吉之人也。吉如見羣龍無首吉之類，以處境言也，與書子孫其逢吉之吉同。大吉無咎之類，以修德言，與書常吉哉之吉同。

史記河渠書夏書曰：『禹抑洪水，十三年過家不入門。陸行載車，水行載舟，泥行蹈橇，山行即橋，以別九州。隨山濬川，任土作貢，通九道，陂九澤，度九州。』竊疑此蓋大禹謨之正文也。漢時謂堯典以下，統名虞夏書。故漢書溝洫志，亦因史記曰夏書云云。而説文欙字下，引虞書『予乘四載，水行乘舟，陸行乘車，山行乘欙，澤行乘輴』，即謂之虞夏書。故或謂之虞，或謂之夏，皆可耳，要皆是引大禹謨也。漢儒注書説四載，多據此文。而明言出於書者，惟太史公、班固、許慎三家。此三家固皆眞見古文尚書大禹謨者也。作僞古文禹謨者，豈不見此？然僞作古人，爲論説之辭差易，爲序事之辭則難，故雖見此語而不敢用耳。

**簫韶九成** 蔡傳謂簫是今文，古文作箾，舞者所執之物，先儒誤以簫管釋之。所説極當，無可疑者。蓋戛擊鳴球，至鳥獸蹌蹌，是説樂之聲。簫韶九成，是説樂之容也，簫乃是借字。

**禹貢** 書序：禹別九州，隨山濬川，任土作貢。唐虞事與三代之制，自各不同。周時諸侯之於天子，不朝之年則有聘，聘有幣，是歲歲有貢也。唐虞時，蓋惟有來朝之貢耳。故朝即謂之貢，不及貢，以政接於有庫是也。貢即享物也，享多儀而輕物，任土所有，不須珍異，禹之道也。

**盤庚** 余作盤庚説云：盤庚之後，商乃稱殷。其時未聞閻百詩語也，頃閲馮山公集引百詩語，乃同余説。山公又駁之云：竹書載帝孔甲九年，殷侯復歸於商云云。鼐謂此當以此語益證今世竹書之僞耳，不當以僞竹書駁閻説也。水經注：『洹水出山連逕殷墟北。』竹書紀年曰：盤庚即位，自奄遷於此，遂曰殷。則酈道元所引眞竹書如是，足徵百詩與愚見所言之不謬矣。

**予若觀火予亦炪**句。此字依説文引書，其解云：火，光也，從火，出聲，讀若巧拙之拙，然則今之拙者，假借字。謀乃作逸　言予非荒德而妄爲也。審度事勢，若以火照予。既有炪，明知不可避勞，故謀振作。安逸畏勞之衆，汝等從予振作，若網在綱，若農服田力穡，大難不可濟乎！慮難曰謀。後文聽予一人之作猷，正與此句相應。

**矧予制乃短長之命**　短長，猶言是非也。當盤庚將遷時，事勢艱難，是非非愚民所能遽曉。如云今不承於古，罔知天之斷命。其言似有理，而不知其爲浮言，恐沈於衆者也。夫小民胥顧於箴言，發有逸□。阻撓國是，已可畏矣。汝等國之舊臣，知君制是非之命，宜以民之意告於君。果其是，則當從民意；果其非，則當以圖害莫若輕之意，不匿厥旨，曉諭於民，奈何反胥以浮言，恐沈於衆哉！説文：矧，況也，詞也。此矧字，止是『詞也』意。

**箴** 箴字止是刺意。小人攸箴，及箴言，皆刺譏之意，非箴銘之箴也。

**今予其敷憂賢揚歷告爾於朕志** 按：此是古文尚書，其作心腹腎腸者，乃歐陽、夏侯等之今文尚書也。正義鄭注尚書篇，與夏侯等同，而經字多異。夏侯等書心腹腎腸曰憂腎陽。按説文：恖，愁也。憂爲和之行，則古文優進之優，正當作憂。其正義内腎字當作賢，陽當作揚，傳寫者誤耳。當盤庚時，雖有不悦遷之人，而賢有識者，自與盤庚同心，所謂老成人，所謂篤敬也。遵用其言，是爲優賢，以所歷見之明揚示於衆，是謂揚歷。古我先王適於山，今吾亦然，是也。左思魏都賦、魏陶邱乙等薦管寧表，皆用優賢揚歷字，其意以揚歷即優賢義，蓋非經旨。然當時有康成古本經文若此，故文家據以爲用。僞古文乃反依夏侯等之今文易康成之古文者，蓋不達其義訓，以爲難通也。世傳黄庭經作道憂柔身獨居，羲之俗書猶存此古字，彌知鄭本作憂之非誤矣。

學是大篆字，斆是小篆字，二字一意也。學字從教，皆兼有教人及自覺悟兩意。禮記引書『學學半』，此隸書从大篆文。若从小篆，即『斆斆半』也，安得兩字一大篆一小篆乎？故學記内『學不獵等』，讀胡校反，又『善教者』教字，一作學，讀胡校反，未嘗改作斆字也。康成註禮記，『學學半』，取教及覺悟意分釋之，豈謂如大篆文專訓覺悟，如小篆文專訓教也？又說文子部，有孷字，教也。必欲用兩字體，宜云『孷學半』，不當云『斆學半』也。作僞古文者，於諸經之訓皆頗涉獵，雜竊其辭，獨於說文荒略，故說文引經多係古文，而作僞者不知取兹，又不知大小篆之別，妄分二字，而後世皆循其謬矣。大誥『王若曰「猷大誥爾多邦」』六字句，案說文，𣢑，言意也，謂吾意欲言也。此猷乃𣢑之假借字。馬融本作繇，繇亦假借字，爾雅：『爰、粵、於、那、都、繇，於也。』此猷字，正如爰、粵字義。又大誥『肆哉』，說文：『肆，極陳也。』按肆乃極言吾意之意，肆可斷句，猷不可斷句。尚書中用猷字，必連誥告字，非如『吁嗟』歎詞，可斷爲句也。而前人釋猷爲道，讀斷句，致僞作古文者云『猷殷王元子』，則文理不可通，吾爲拈出，亦可笑也。秦誓『尚猷詢兹黃髮』，亦是𣢑字義。以猷訓道，當是歐陽、夏侯之詁。故王莽大誥云『大誥道諸侯王』也。又馬融本，猷字在大誥下，以王莽大誥推之，西漢經文亦在大誥字下，今本則與多士、多方篇同在大誥上。要之，此是虛字。在上則如『爰、粵』，在下則如於義，訓皆可通也。訓爲道則非。

**肆哉爾庶邦君越爾御事**　肆，辭也。哉，初也。言昔初庶邦，君庶御事，成爽邦之功，由爾等之明哲，今何不明哲耶？肆字古文作㣇，與遂字不同，不承上文，但是發語之詞。此處當十字爲句讀，哉斷句之誤，正與篇首猷字斷句誤用同。

**康誥**　康者，國也。稱康叔，猶管叔、蔡叔之稱也。武王始命康叔爲康侯，故其辭曰『孟侯朕其弟』。孟者，始也。言始命吾弟爲侯也。謂吾弟爲諸侯長者，非是。康叔封衛時年長德益著，而國大可長諸侯；若封於康，年猶小國小，不可爲諸侯長也。此篇自『孟侯』至『作新民』，命爲康侯之辭也。自敬明乃罰至末命，爲司寇之詞也。夫周制以諸侯爲六卿，既爲卿，必不能尚居其國也。吾疑武王命之誥，恐亦非一時之辭。成王命侯於衛，乃以先王命辭合爲一篇，以授康叔耳。以爲衛之兼司寇，猶前日也，而王即爲命辭，安能有加於先王之上哉？一篇而兼有二誥，猶之酒誥有誥妹邦、誥康叔辭焉，亦兼二誥也。

**周公咸勤**　勤，撫勞之也，猶内則『見於公宫則劬』。

司寇，卿也。國之獄訟，豈能坐獄於司寇之廷哉？外事者，都鄙鄉遂之事也。要囚當依陸德明，音於宵反，周時聽訟之名。左傳所云合要，多方『我惟時其戰要囚之』，皆同此讀。

庶子者，卿大夫子。内衛王宫，最親之職也。由親職授官外出曰外庶子，此當與疏賤驟仕不同，乃其訓人別播敷以取私譽而病君，故甚可憝。

『外正惟威惟虐』作一句讀，言君長不能修於宫寢之内以示家人及小臣，而外之所正率以威虐，藏身不恕而求喻諸人，所謂非德用乂也。

酒誥『爾大克羞』，如洪範『羞其行』之羞，進也。言進能事其耇長，及任其君之事，固可飲食醉飽矣。然又必内自觀省，無媿於中，德乃齋明，而可進而饋祀於神明。蓋庶士有正，庶伯君子非第如庶民，第能養其父母、無大過而已，必進於誠意正心大人之學，乃爲勝其任也。人於當爲之善則爲之，固惟恐其益也；於其所不當爲之不善則不爲，惟恐其不逸也。妹土當天下既定之後，不惟自息，乃逸助武庚爲亂，以取滅亡之禍，豈不痛哉！故誥庶士有正曰：爾乃自介用逸。逸者，不爲不善之所誘往而已。商人最重家法，故周封魯衛、分殷民，皆以族名。宗工者，族之長者也。酒誥末『劼毖殷獻臣』至『百宗工』，皆以殷故臣言之。矧惟若事以下，乃周今命於衛之臣也。

**梓材惟其塗丹雘**　此當依説文作斁，今因塗墍茨亦作塗，誤也。爾雅木謂之斁，玉謂之雕。郭注：皆治樸之名。既斲則加斁治之功，乃可丹雘。

**洛誥朕復子明辟**　漢人解爲周公復政成王，自是實事，但以云復王位則不可耳。周公攝政至是年，既建洛邑，乃歸政成王，以成王年長，又甚明哲，足以爲君，故曰復子明辟。若第以復命言，則明辟二字無義矣。

此篇周公在洛，以伻告王，王答之，往返皆非面相語也，故篇名洛誥。其末乃紀成王在洛烝祭事，若其誥皆王未至洛之言也。周公攝政，凡國要政，公皆爲之矣。而頒賞功臣，修飭祀典，尚未備。固是未暇，而公意亦留以與王爲之，使其新即政，施德於天下，以見其休美也。而又恐其少涉私暱，故又以其朋爲戒也。成王尚不敢盡任，故言予至洛，但毖祀即退，命公留於後居洛。今未定於宗禮，是周公攝政時，治國之功未竟，未克敉撫公功而成之也。然必公在此迪將其後卒成之，則紀功飭紀，咸得其宜。若公去而予任之，則是困我也。舊解以命公後爲命伯禽者，誠爲非是。而蔡傳又以敉公功即下文命寧之事，則尤非是。命一使問，何至無暇而云未克哉！

以功作元祀，其人功大，賜族爵，命爲一族之祖，是爲元祀。雖其人尚存，而爲祖已定，亦可云元祀也。周公所未暇爲，而今當爲者，莫大於此。此成王所以稱爲畢協賞罰也。成王留周公迪將其後，定此宗工，監其優劣，使其人誕保文武，受民而治，爲周師保疑丞之輔，則敉公功之事略竟矣。經云公定，即承上文未定於宗禮之定也。蔡傳知命公後，非以伯禽爲後之謂，而以四輔仍指周公言，則不可通矣。四輔者指諸功臣，所謂汝受命篤弼者也。敉公功，猶敉寧武圖功之敉，謂繼其事成之。

伻來毖殷，蓋周公欲以在周工往治新邑，成王乃先使舊臣來洛治事，故云毖殷，而因即使寧問於公也。

**秬鬯二卣**　蔡傳以謂成王以此寧問公者，非是，天子與諸侯相見，以鬱鬯祓除不祥，此身相見致問之禮，非寧問之禮。若寧問，豈可謂之明禋？且一卣足矣，二卣何説哉？蓋洛邑文武廟成，當致告焉，王使周公以秬鬯告廟而已。此文與上毖殷、寧予，自是三事，同此使耳。

予不敢宿，如不宿肉之宿。寧者，問其安否，此常禮也。蔡乃以此當上文敉公功以爲重典，故其説轉支。廟成，自當致告。康成云：六典成，祭於明堂。及僞孔傳云：周公致太平，敬告文武。以此釋明禋，已是支離。蔡傳以謂寧周公以此二卣，則其失彌甚耳。

**多士惟三月** 蔡傳謂作洛次年之三月，鼐謂即作洛之月也。康誥所云『乃洪大誥治』者，即包諸誥之總詞。酒誥以誥妹邦之殷士，多方以誥遷洛之殷士，正是一時事也。史自分載之耳。

**弼我** 按弼字，説文從弜。弜，其兩反，强之也。此弼字，乃弼戾意，强之也，天人交迫，不得已也。非可以輔弼解。

繼世以有天下，前王之德猶存，後王雖失德，天下臣民猶當奉之。此事理之常，固天命也。至其失道之極，爲天人所惡，天乃更求賢聖以爲民主，此又天命之大者。逸王恃天命之常，恃以淫佚，所謂圖帝之命屑有辭也，兹其誖也。若夫故臣民心係故君，亦以是圖天之命，雖未達天命之大者，而非誖也。故多士篇曰：『率肆矜爾多方，謂之義民。』反覆誥諭以天命之大，辭戒雖嚴，而未嘗不寓其温厚，責其罪而諒其心，此其所以爲聖人書也。

君奭：『武王惟兹四人尚迪有禄。』古以死爲無禄，則有禄者，謂虢叔死而幸四人尚存也。儒者於孔子删書後作序，於一篇事理當序其原始。若史氏則只序本年見事前後，各載當時事，如周公東征事，舊史於當時記載詳之久矣，豈須於封蔡叔時詳述之哉！如僞書，則是作史者逆知孔子删其前事之篇，須於此序其事也，又不知管、蔡致辟，不在流言而在助畔，不敘其畔而序其流言。若周史乃爾無識，聖人删書，豈肯取之哉？

**多方不肯感言於民** 人君德之建不足以懷民，而致民之怨怒，而僅以哀感之言動民，固已晚矣。雖然，其自責果能深痛，猶足以感人心，回天怒也。唐德宗奉天之詔是也。若驕主則更有辭以責人之罪，而自居無過。故曰大淫泆有辭，屑有辭，而終不肯感言於民，是乃唐德宗之不若者也。

**爾心未愛** 老子曰：『民不畏死，奈何以死懼之！』周公知商故民感憤故國之亡，不恤以死而圖報周也，故以柔巽之言，欲動其自愛之心，而終不以誅戮爲事，固周之至仁，而其所以動天下而久無患之道，正在此也。『爾心未愛』，即酒誥之『厥心疾很，不克畏死』也。

**立政帝欽罰之** 説文欽爲欠皃。欠乃出氣意，上帝無言而降有氣，故曰欽罰。

**亦越文王武王** 武王二字衍。此篇專在文王官人，觀後『亦越我周文王』句自明。『亦越武王』節乃言武王事也。『左右攜僕百司』六字句，與『表臣百司』句對。

立政之要，知人也，專任也。『我其克灼如厥若』四句，説知人；『時則勿有間之』，説專任；『自一話一言』，承知人而所以能知人，必君自能修身明理，遠諂佞，樂忠直。此等皆周公所素以教王者。所謂『徽言咸告孺子王』也。王守之，則可以知人；既知人，則專任。故下其勿誤於『庶獄庶慎』，又承專任。『自古商王』至『勵相我國家』，又承知人；『今文子文孫』至『大烈』，又承專任，言天子自有所當任之事，豈可下侵有司牧夫之事，而於己所當任之大者，反廢其職哉？然專任要非得人不可，故又以『其惟克用常人』終之也。夫小人亦有爲善之時，其爲善以要名希寵而已，得所欲，則其人變矣。惟君子有常，惟克知灼見其心，乃能用常人。皋陶之言彰厥有常，文王之時庶常吉士能用常人，而人君之道盡矣！

**顧命伯相命士須材**　舊説謂材木爲喪用，非是。此篇喪之常禮，不載成王乙丑崩，庚午日當殯於西階上，經不載也。況材木細事乎？癸酉去王崩九日矣，始取材木，不太晚乎？此篇所重，在王崩太子未在側，待其至乃受顧命册於廟，因以朝見諸侯，皆非尋常喪紀之事。夫當喪受册，與會同事際一時，有司定職固有之，而固有不可責於定職須特命者矣。命士須材而任之，此冢宰攝政時之大事，故變上文太保而特書伯相也。材者，人材，非木材也。

**狄設黼扆綴衣**　按此事在周禮爲司几筵之職，兹云狄設者，司几筵掌其禮法，設者狄，小臣事也。此文總下四處設扆皆同，其異者，下乃言之。篾席，説文引作布重篾席，云織蒻席也，讀與蔑同。按司几筵，王位設黼扆，扆前設莞筵，加繅席、畫純，加次席、黼純。鄭注：繅席削蒲蒻展之，次席桃枝席。鼐按，顧命重席，祇用一類。周禮所用次席亦繅席，次第加之，故曰次席耳，豈別類乎？司几筵掌五席名物，蓋其後文有纅莞熊蕇萑，蕇萑以喪用不數，則以顧命補之。筤即纅也，豐即莞也，底與筍合爲五矣。僞孔注依鄭桃枝之説，轉筤爲蔑。蔑是俗字，非經舊也。尚書疏引馬融説，亦以爲蒻席，與説文同。筤讀如篾，則假借作蔑；則假借作蔑可也，作篾不可也。

**麻冕蟻裳入即位**　蔡傳謂從王升西階，非是。古人所言位，本在廷之立位。若堂上或立或坐，亦有稱位者，乃是通稱，非正訓也。康王受册時，卿士拜君，非有執事於堂者，無升堂之禮，安得有堂上之位？其所即之位，乃立於廷。禮記云『其在宗廟之中，如外朝之位』，是也。禮記雖言爲同姓，然異姓固不得有異。

**率循大卞**　卞字必有誤，蓋卞本弁字，隸作卉，又易其下作兩筆，則成五六之字，故作卞。此豈古文所有字哉？竊疑本是辨字。辨，章治也，大治之義。或假借弁字，遂轉爲卞，抑或本是异字，其文似卞而致誤，异亦治也。此皆臆説無徵，姑存以俟好學深思者。

尚書爲僞作古文者竄增以亂聖籍，固可惡矣！而自漢以來，所傳之今文尚書，亦頗爲所改易，轉失其眞。顧命：『太保承介圭，上宗奉同瑁。』吾始疑經云王受同瑁，而介圭安所置乎？及讀吳志虞翻傳注，内引翻駁康成之注書，乃悟經本是『上宗奉同』，其瑁字，則作僞者因虞翻語而妄增，後文王受同瑁，瑁乃圭字，亦作僞者改之也。若經本有瑁字，虞翻安得復讀同爲月，而反譏康成釋爲酒杯之非乎？蓋康王朝諸侯，本執介圭不執月。謂執月，此自仲翔之誤，而作僞書者，乃信而入之經文，則是康王升階之後，兩手受三器，而應門受朝手持兩器也，亦大不成禮儀矣。古太廟中必有崇坫，以康圭坫在兩楹之間，康王所受，惟同與圭，將祭，則奠圭於坫，執同以祭。祭者灌也，既灌則退立，奠同而執圭，少俟，如聽命焉，乃復奠圭秉同以祭。如是者三，禮以三而成也。及太保受同，則王手惟執圭而出，至應門之內也。説文引書作三⿱冖託，丁故反，奠爵也。余舊尚書説内解三託爲噫聲，非是。馬融本作⿱冖託，⿱冖託與託一也，寫者或誤加點作詫，又轉爲咤，而讀陟嫁反，則誤之甚矣。又據説文『太保奉介圭』，奉上當有稱字。

古經文本無瑁字，瑁惟見考工記玉人文耳。然以黄帝合符釜山語推之，古實有此器，意天子輯瑞後專命一官，以瑁合符，卒乃頒瑞羣后。此合符非必即朝覲之日，亦非天子手執斯器也。玉人執瑁四寸，執字須善會之。蓋第言天子有是器，以待羣后來朝者耳。若必朝時手執以爲禮，則與圭同爲瑞矣。典瑞安得遺之？覲禮亦不言合符事，何也？説文瑁字注，惟引玉人文：白虎通惟引考工記及尚書大傳，以瑁字只見此二書耳。若顧命先有之，孟堅、叔重何皆不知引耶？

自東晉有僞本古文，後人讀古書，有與此不合者，或反加竄改以就僞本，使與之同。白虎通引尚書曰：『王再拜興對，乃受同，明爲繼體君也。』宋元本俱如此。明人刻白虎通，據晚晉出之尚書，同下加瑁字，則似尚書漢時果有瑁字矣。又尚書疏内引鄭注：宗伯卿一人，小宗伯二人，凡三人，用其上二人也。按：鄭意謂大宗伯一人，用此一人，故經曰上宗，上宗安得有二人耶？此二人必是一人。蓋鄭本經只有『上宗奉同』，無瑁字，唐人欲就晉書之僞古文，加一爲二，以爲分執同及瑁，而不思於鄭説上宗義不可通也。此與明人之加白虎通瑁字者，皆似是而非。吾恐後人讀書者，據此妄改之本，反謂吾爲删改經文也，故詳著之。

**誕受羑若** 說文：羑，進善也。受而順之，從諫不逆，所以恤西土而受天命也。

**吕刑殺戮無辜爰始淫爲劓刵椓黥** 按説文引作『刵劓斀黥』。斀，去陰刑也。然則此即宫刑，椓乃假借字。竊意苗民以前，似五刑之法不備，苗民乃爲之，故云始也。堯、舜既治苗殺無辜淫刑之罪，然其五刑之法，實因用之暴民之法；用之，當即聖制也。其劓刵，恐亦當依説文作刵劓，此言五刑之所始也。

**鰥寡** 析言之，則老而無夫無妻之名；通言之，則但被傷殘死生之餘者，皆可名也。大誥之允蠢鰥寡，吕刑之鰥寡，其訓皆如此。

**金贖** 余説吕刑以金贖爲聖人法，門人葉治三不以爲然，以爲罪疑當流放，不當使贖。余謂贖者，情尤輕於當流者也。治三猶未豁然。後見紀曉嵐筆記載近事，一姦婦既斷決杖歸其夫，而腹懷姦孕，於律産後子當歸姦夫，其本夫忿恨，其兒甫降地即殺之。姦夫以故殺控，循名果爲故殺不誣。然原情即減等入流，亦覺重矣。然後知大辟金贖之法，果不可不用也。

**惟貌有稽**　説文引作『惟緢有稽』。緢，旄絲也，謂絲之散亂者。經言簡定民罪，所以能孚乎衆心者，惟典獄者悉心稽於紛亂之中，如治亂絲，不厭其繁也。若有厭心，有所未聽，遽以簡定人罪，是簡於不聽，忽略人命，豈所以嚴天威哉？貌合作緢，亦假借字，無訓爲毋。

**墨罰之屬千**　言墨與罰，其屬共有千條，下文大辟之罰亦如此。古人之字，多作與字解。有一刑條則疑者，即爲罰條，非謂重在罰條也。

**汝肇刑文武用會紹乃辟**　肇，勉也，如肇牽車牛之肇。幽、平之間，王朝卿士無恤國事者，故有『即我御事』之歎。内卿不能有績，余一人乃有望於外侯，文侯去王都，地隔矣，乃能會以繼紹王朝之事。文、武之世，外侯來會，其常耳；至平王時，而有來會者，勉法文、武盛時之事，則難矣。又捍王于艱，卒獲於東建國焉，此其功之鉅也。

**汝則有無餘刑**　餘者，留也。凡獄審定，必加覆問而後決。此常刑之法也。軍前則不依常制，當時即刑之，不留待餘日，故曰無餘刑。但其刑惟劓刵之類，蓋此是魯人備築者，略緩於在戰陣之地，故非殺耳。若軍士不峙糧，及魯人運芻茭不給者，則乏軍甚急，皆大刑必死矣。以孥戮解無餘刑，非是。罪大身死，乃復孥戮，身尚不殺，豈有孥戮之理？

# 筆記卷二

## 經部二

### 詩

**深則厲** 以衣涉水曰厲。毛傳依爾雅爲訓，蓋雖深而以衣涉之，猶可度，以比事可權者；若更深則厲，亦不可以比經權並不通者。此訓不可易。説文有砅字，引詩深則砅，不知爲誰家詩説，然非是。惟無石砅，故雖厲揭；若有石砅，雖涉亦不揭矣。若有狐之『在彼淇厲』，厲或可作砅字訓乎？

**星言夙駕** 古晴字本作姓，姓亦可作星，若星辰字自作曐，詩：『星言夙駕。』釋文引韓詩曰：星，精也。精明，晴之謂也。世久以星字當曐，此詩偶存古字耳。其星言即晴字。甫晴即駕，足以爲勤矣。若見星而行，乃罪人與奔喪者之事，衞文固不得爲也。又爾雅：『四時和爲通正。』論衡作『四氣和爲景星』。星字亦今晴字，故爲四時氣和之名也。

候人之詩，刺遠君子親小人。遠君子之意自見於末章，其首章但言小人任用之非，非謂候人爲君子所居也。毛傳、鄭箋以此爲君子之事，朱子不取，但作汎説引起，誠是也。但此候人是徒役，非候人之官。毛傳以爲君子之官本誤。鄭康成注周禮候人職「治其禁令，以設候人」云，「選卒以爲之」，即引此詩。其説爲是。朱子猶引毛傳送迎賓客之官，不若改云送迎賓客之卒。蓋候人之官，亦不何戈祋也。古人掌其事之官，與供其事之役，不嫌同名。周禮中此類多矣。

**檜羔裘逍遥狐裘以朝**　鼐論諸侯及其臣有正朝之朝，有相見通言之朝，詳於論語説中。此狐裘以朝，乃是燕見臣下，非三朝之正，如孔子三朝記之朝。故其次章即曰狐裘在堂，正朝必在廷。燕見乃在堂也，解狐裘爲諸侯朝天子服，非是。

**三事大夫**　上正大夫是六卿正官，此大夫在其下，而皆有任人、準夫、牧三事之責之大夫也。集傳以三公訓之，此猶爲僞古文周官三事暨大夫句所誤也。

**君子至止韎韐有奭**　鄭箋以君子爲諸侯初即位來朝，尚服士服，故云韎韐。其解支甚。朱子以君子即指王，而韎韐爲軍服。其解明當不可易矣。鼐謂韎韐實本是士服。説文：士無巿有韐，制如榼，缺四角，其色韎。鼐意尋常在國，則天子至士，巿韐不同；及至行軍，則上下均服。故自天子至士，同用韎韐耳。

楚茨四詩，以爲即周禮之豳雅者。其説蓋是。觀其詞意，實與七月相出入，似一時一人作也。七月但言民事，故爲風。此四詩則有君公之事，故爲雅。『使君壽考，君婦莫莫』，非大夫所可稱。樂具入奏方社而用犧牛，非大夫禮也。

**信彼南山**　信，讀申。南山横亘雍州，幾及千里，故曰信，信直長遠之義也。南山所俯之地，皆天下之沃壤。其北限以巀嶭九嵕，又自是而北，則去終南遠，雖雍州之地，而非沃壤矣。周之先，居戎狄之地，固在巀嶭九嵕北也。公劉遷豳，乃得沃土，南望南山，自是岐下，豐、鎬皆接於南，而實自豳始。此詩豳雅，故前篇言抽棘闢草萊之事，此又言禹甸。此南山下雍州之田上上，而公劉得之以疆理而成王業之始也。公劉既以疆理而成肥饒，爲狄人所羡，故來奪其地。及太王遷岐，雖避狄而成强大。串夷載路，豳之地旋爲周復取，未知其爲太王時與，抑王季、文王時與？

甫田『以我齊明』，毛傳：器實曰齊，在器曰盛。此解是也。齊明，即齊盛也。集傳引曲禮『稷曰明粢』，謂倒文以就韻。此有小誤。稷固在齊盛中，而齊盛不但稷，説文皿部，𥂴黍稷在器以祀者，此經典齊盛之正字也。禾部，𪗉，稷也。或從次作粢，此『稷曰明粢』之正字也。食部餈字之或體作粢，稻餅也。今隸書𥂴盛明粢，皆借粢字，然𥂴明與明粢，實義有别矣，集傳偶未審耳。

毛詩於楚茨以下之小雅，盡以爲述古刺時之詩。朱子不之從，誠以其詞氣稱述懿美，略無傷刺之義。序説誠不可通，朱子之傳是也。惟魚藻、采菽兩篇，鼐竊以謂仍當如序説。然非刺幽王，蓋亦厲王時之詩也。厲王蓋暴虐苛急，以威嚴繩下，而恩義潛焉。自懿王居廢邱而厲因之，故詩人以思先王昔居鎬時，上下和而事簡易，可以豈樂而飲酒，豈若今之督責煩碎，尊倨而使人乖離哉！至其於諸侯也，己自尊而視人極卑，己欲富而不恤人貧，己欲安而不恤人勞，己欲樂而不恤人憂，是以諸侯畏憚，不敢來朝。若先王之時，厚賜諸侯，而以福履祝望之，王惟親諸侯，故諸侯親王。當其時，諸侯之朝者，從容安樂，何爲而不樂見王乎？優哉游哉，亦是戾矣！使之不得優游，夫何怪其不戾也？此二篇者，所述者美而意則傷，辭不迫而情實切。嗟乎！是則道路以目之時也。

**行葦** 寇榮上書云：『公劉敦行葦，世稱其仁。』班彪北征賦慕公劉之遺德，及行葦之不傷。此不知爲齊、魯、韓三家中誰氏之説，然觀毛詩序，周家世積忠厚，仁及草木，雖未指明公劉，而義亦近之，皆以不傷行葦爲實事。此等前儒舊説，未嘗不可存，若以言得詩人之旨，則必如朱子集傳之解乃當，安得以其所從來之古，而必以爲是哉？

近時學者，每謂毛詩原本出于子夏，其説必不可易。鼐謂此非智者之見也。漢書言毛詩家自云本於子夏，自是傳疑之詞，且諸經之始，孰不原於聖門？而後學者得以意增益，如左傳非盡出邱明；言齊詩者乃有四始五際之詭誕，未必出於轅固；范蔚宗言衞宏爲毛詩序，其言必有所從來。謂序盡出於宏固不可，抑豈盡出於毛公？而況以言子夏乎？

桑柔「職涼善背」。毛傳：涼，薄也。康成讀爲諒，朱子從鄭。鼒意毛詁是也。蓋此字本當作𥶚，而借涼字爲民不利，此世之存心極薄人也。爾雅：𥶚，薄也。若涼當以漿人水漿醴涼爲正義，訓薄爲借義。而説文水部亦但以薄訓涼，此許氏之疏矣。

雝詩，朱子謂武王祭文王廟，誠是。蓋武王時，文武廟在豐，天子亦須自鎬往，故首言「有來」「至止」，兼辟公天子言也。其後周公別作清廟、維清之詩，此詩乃退用於徹意。清廟等詩詞少而音長，此詩間句用二韻，其節蓋短，故于徹宜與廢徹不遲，以速爲貴也。

**玄鳥**　玄鳥詩序謂祭高宗。朱子以其無據不敢決，但以爲祭祀宗廟之樂。多聞闕疑，眞孔氏之家法也。馮山公臆斷以謂報祭上甲微，以「宅殷土茫茫」句，證上甲微之居殷。此無稽之談，不足辨。但取本文誦之，自「玄鳥生商」，以及有今日之盛，宅殷土而有天下矣，乃復追溯始有天下之成湯，故加以古字，此文理之易明者。若自上甲微順序而下，則古字眞不通矣。

## 周禮

周禮一書，何休以爲六國陰謀之書，非也。鄭康成云：周公居攝，作六典之職。宋儒亦信以爲周公所爲，此亦非也。劉歆以謂周公致太平之迹，謂之迹，非謂其書周公作也，其語差近實矣。吾則以謂其書非一時之書，漢鄭仲師以爲即尚書周官篇，後儒多譏其誤。吾以謂仲師雖誤，然其中亦有失中之得焉。竊疑『惟王建國，辨方正位，體國經野，設官分職，以爲民極，乃立天官冢宰』，此殆正西周時周官之語。其下所載，略如今書之序官而已，下當即接以地官、春官等。後人蓋取周官文增益之，以其文既繁，爲編間隔，乃又加『惟王建國』二十字於五官之上。西周之文，豈若是繁復哉？以其原本周官篇，故其書曰周官。仲師之言，亦不爲甚謬。然則是書當依西漢舊名，曰周官，不當曰周禮也。

**小宗伯『兆五帝於四郊』** 説文作垗，五帝解云：畔也。按禮至敬，不壇掃地而祭，但有四面之界畔而已。秦、漢因其制以立五帝畤，畤亦界畔之謂，即垗耳。鄭康成周禮注云『爲壇之營域』，按其義，宜云『爲墠之營域』。蓋古人於『壇』『墠』字，惟金縢祭法明分之，其餘如曲禮、左氏春秋，多通作『壇』。康成此注『壇』字，宜讀曰善。

大司寇之首，『掌建邦之三典』。夫立官定法，正以其法可常行者耳。若夫輕典重典，此是未定官時變通之法，設官分職，豈可載之職内哉？朝大夫職云：凡都家之治有不及者，則誅其朝大夫。此尤無理，既誅朝大夫矣，以爲朝大夫之職可乎？

宋熙寧中，神宗謂王安石：古者什一而税足矣；今取財百端，不可謂少。安石曰：古非特十一之税而已，市有泉府之官，山林川澤有虞衡之官，有次布、總布、質布、廛布之類甚衆，關市有征，而貨有不出關者，舉其貨，罰其人。古取財，豈特十一而已？按此，則安石之禍宋，固由安石之不善用古，然周禮之言，本爲有弊，害及後世，亦當與安石分任其咎矣！

## 儀禮

儀禮，晉宋儒者多有專爲喪服作疏者，故其疏首云：今之所釋，且以七章明之。第一明黄帝之時云云，至第七明鄭玄之注經傳兩解之。鄭氏者，北海郡高密縣人，姓鄭，名玄云云。此是以喪服篇專行，故其辭如此。唐人作正義，全不省視，抄襲入全經之疏，則重複冗亂矣。又唐人作疏之體，不駁注文，注縱有失，必强伸其説。獨士虞禮「取黍稷，祭於苴」鄭注：苴，所以藉祭也。孝子將納尸以事其親，爲神疑於其位，設苴以奠之耳。或曰：苴，主道也，則特牲少牢，當有主象而無可乎。疏乃云：此據文有尸而言，將納尸有苴。按下記云：無尸者亦有苴。又特牲、少牢，吉祭無苴。按司巫「祭祀則供匰主及蒩館」，是會祀者亦有苴者。是其意以鄭爲不然也。此不知本出何人之疏，然所辨自勝注。

既夕禮『大夫髽散帶垂即位』。注：此互文以相見耳。髽，婦人之變。鼐謂此解非是，當未成服時，男子免而婦人髽矣。既成服後，男子著喪冠，惟爲將啓變而去冠，袒免免之制，蓋露其髮髽，非如冠之覆髮，故云大夫髽。若婦人則自未成服後常髽矣，經何必言乎！

## 禮記

**入户奉扃**　此處古注不甚分明。古人門大户小，凡向室者，於入户之時，必側其身，不敢平入，既以致敬，亦妨旁木或汙衣也。扃者，扛鼎横木。奉扃入門户者，勢必側行，今雖空手，猶像奉扃然，故曰入户奉扃也。

**前有水則載青旌至各司其局**　按此一章，並是軍禮，非爲王行乃然也。王行有軍從者，固亦然耳。近行不從軍旅者，亦不須設此也。前有士師者，士卒徒衆，以爲士師之官，非是。

**孔子少孤不知其墓殯於五父之衢**　史記序此在兒戲陳俎豆之後，年十七，孟僖子卒之前。且云季氏享士，要絰與往，則是母喪期而小祥之後，年十五六，可與兵革之役矣。然則母亡時，正年十三四也。十二歲前，母未告父墓所在，不能往展，此於情事無可疑。又其母亡，非即外殯，殯寢三月當葬矣，乃送至五父之衢。五父之衢，乃四字里名，非殯於衢路，所殯亦邑外可葬地也。古人殯亦掘坎，而其上畢塗，與葬相似，此亦正如今人之浮厝耳，故見之者以爲葬，待訪知父墓而後合葬。此正見聖人幼時，即善處疑事。太史公必見眞家語，其紀年皆可推尋不誣，烏有如陳澔所疑之事哉？

方密之先生通雅，謂填池即是填殯時所掘坎。其説非是。殯所掘坎，在寢西階上，將葬遷祖廟時，固填坎矣。閲夕，祖於祖廟之庭，此推柩反之，應是受弔於廟，豈復殯於寢乎？與填殯坎事不相涉。鄭疑『填』讀爲顛，池即池，視重霤之池。棺既設飾，復取下之也。降婦人，非謂降階。是時婦人固在階下，使避去謂之降。於是柩升西階，主人於阼階下行受弔之禮，是謂降婦人而後行禮。

**子游爲之麻衰牡麻絰**　鄭注謂以朝服十五升布爲衰。按喪服上曰衰，下曰裳，此通言也。若正言之，衰則喪服。記云：負廣出於適寸，適博四寸，出於衰。衰長六寸，博四寸。此長六寸，博四寸，當心前者，乃是衰也。自斬衰至緦衰，既名曰衰，則是皆綴此長六寸、博四寸之衰矣。又鄭注喪服記云：前有衰，後有負板，左右有辟領，孝子哀戚，無所不在。鄭於此特舉孝子，是斬衰之上，衰乃旁綴博後綴負，大功以下，第有當心衰，無博負也。此子游以朝服十五升布，是既有事其縷，復有事其布，全是吉服，而卻綴長六寸、博四寸之衰當心，於禮安有此衰制哉？衰既非禮，乃子游特造，然則其牡麻絰，亦必特造，乃與衣稱。按禮，齊衰、大功之絰，大小不同，而皆用牡麻。小功、緦麻之絰，大小不同，而皆用澡麻。子游之弔惠子，以常禮言，當弔服加麻環絰，大如緦麻之絰耳。今經蓋如緦麻絰之大小，而其麻質，乃不加澡治之牡麻，與齊衰、大功麻同，禮亦無此絰制，皆子游特爲非禮之制，以啓將軍文子之疑者也。

**叔仲皮學子柳**　按檀弓屢言子柳，其人魯賢士知禮者，蓋即孟子所言泄柳，魯穆公時人，次於子思者也。其氏蓋泄氏也，叔仲皮乃叔仲氏，與子柳非一族，但嘗從學於子柳耳。叔仲皮親死，皮之妻雖魯人，尚知爲舅姑齊衰繆絰，而叔仲皮乃聽其弟叔仲衍邪説，使繐衰環絰，倍師棄禮甚矣。經文叔仲皮死句，蓋誤脱一字。舊説者不誤其脱文，而以妻爲子柳之妻，以皮爲子柳父，則謬之甚矣！此章及雜記泄柳死，徒由右相，皆記子柳之徒，不承其傳之事。

**燕不與**　按燕禮，獻士於西階上，是燕時士之升階，不待言矣。疏以無士升階之文，故云不與，殊失其義。蓋此燕不與，非指燕禮之正，乃指君之曲宴，惟私暱得與耳，猶上文之朝不坐，非正朝也。朝義詳論語説內。

**殷人作誓**　言誓盟國民，如魯盟於亳閎、詛於五父之衢之類。周人作會，言會集其民訓誥之，即周禮月吉讀法之事，以誓軍旅會諸侯詁之，則失其義。

王制一篇，陳澔謂其雜有緯書説。非也。其詞有同於緯書，漢元、成間，作緯者習聞其説，而亦用爲説耳。漢文帝命博士作王制時，尚無緯也。蓋所采皆周末諸子之言，第雜有純駁耳。所采孟子，少易其詞，皆不逮孟子之善。載王者一歲四巡，此惟唐、虞有之，三代之君，已不能行，此所取爲過高矣，至於亂政疑衆，四誅不聽而殺，此申商之言也。王者教化修明，固不當有處士横議及諸作姦致此四誅之人也，即有之，度其情罪最重，流放足蔽之矣。殺而不聽，惡之有甚於寇姦宄者，何哉？惟其法太重而不可行，故後世民之若此者偏天下，公行恬然，莫得而罪之，是皆失其平矣。當文帝時，才無出於賈生者，賈生言雜申、韓，况才不逮賈生者乎！此其所以不能無純駁也。後之君子，知其有純駁而擇善從之，其可矣。

王制『公家不畜刑人』，與祭統『古者不使刑人守門』，此是先王之正法；若周禮墨者守門之類，乃衰世之法。周之盛時，刑者少而極當，被罪者固不可用也，且無如許刑人以供用。後世刑者多而或不當，乃有復進之人。竊意先王之世，惟奄或不得已用刑人，其時宫女亦少，用奄固少。宫中任猥雜之事者狄也，周禮無狄而奄多，則刑人在君側者衆，此豈周盛時之事哉？同律二字句，不言度量衡者，如漢書曆律志〔一〕，意度量衡，統於律也。

**播五行於四時和而後月生也**　鼐謂此生字，解如漢書律曆志『生其竅厚薄均』之生，治也。言和氣平行於四時，而後可以月分治。四時之進退，是以三五而盈則爲一節，三五而闕則爲一節，氣不和則恆燠恆寒，月不可以察治此氣矣。

**樿杓** 陳氏集説以杓爲洗設，非也。此杓是酌酒於尊，以入爵觶者。

**刮楹達鄉** 鄭注鄉牖屬，謂夾户窗也，每室八窗爲四達。按此是漢人所説明堂四隅有室之制，鼐以謂此本非周人明堂之制，已辨之矣。此鄉字即豳風『塞向』之向，北牖也。卿大夫宫室無北牖，天子廟制有北牖，與前牖正對，故曰達鄉也。

**反坫出尊崇坫康圭** 鄭注出尊，當尊南也。按禮，卿大夫之堂但有西階上坫，天子諸侯則兩楹間有坫。兩君之好，既獻反爵。若天子享諸侯，蓋亦以反爵，故曰天子之廟飾也。皇氏解天子於諸侯用燕禮，尊於東楹之西，即爲兩楹之間。此説不誤。疏依注欲尊當兩楹正中，而坫在尊南，則坫非兩楹間矣。吾意出尊文不必連上，自爲一事，天子諸侯廢禁出置地上，故曰出耳。崇坫之坫，似即用反坫之坫，當諸侯朝覲時，此坫上加木以承圭，以重其事，故曰『崇坫康圭』，非兩楹間築有兩坫也。

祭法，幽宗雩宗，如僞家語六宗之説，良爲虚誕。康成續爲禜〔一二〕，甚是。説文：設緜蕝爲營，以禳風雨雪霜水旱癘疫於日月星辰山川也。禮記：雩禜祭水旱，是叔重時字本作禜，不作宗也。

**思慈愛忘勞** 鄭注言思父母之慈愛己，吾謂此如慈以旨甘之慈，言子思奉養父母之事。孝經亦言慈愛恭敬，皆言子於父母。

**夫婦相授受不相襲處**　此夫婦止作男女字解。檀弓『夫婦方亂』，左傳『夫婦辛苦墊隘』，義亦如此。

**親親之殺尊賢之等禮所生也**　按此經義，言親親則必有殺，尊賢則必有等，此理勢之自然，而先王所以制之爲禮，禮所以爲天理之節文，而下文所云君子不可不知天者也。凡經語字同而義各有當，此『禮』字與孟子『禮之端也』，禮指性所有之德在内者微別，而與『仁之實』章『禮之實節文斯二者』正同，皆指行禮之實事言，故注亦用節文字。此節經總是從内推出，非從外倒推進内。今世俗解乃有禮生等殺之説，非是。

校　記

〔一〕曆律志　當作『律曆志』。

〔二〕續　當作『讀』。

# 筆記卷三

## 經部三

### 春秋

**莊公二十八年冬築郿** 水經注云：『京相璠曰：公羊傳作微，在東平壽張縣西北三十里，有故微鄉，魯邑也。杜預曰：有微子冢。』以此推之，所云微子去之者，正是去居於此耳。其宋地似武庚未畔時尚屬武庚；武庚滅，乃以封微子。故樂記云投殷之後於宋，正謂武庚耳。當武庚滅，成王封微子爲宋公之時，固以安殷遺民之心，然殷之大家，大率遷於洛。又以六族、七族，分之魯、衛。微子故國，不以與宋而與魯，聖人慮經盛衰，假令微子後人更有畔心，周與魯、衛三面包宋於中，固足以制之矣。至微子既爲宋公，然周止稱爲微子，不曰宋公，知微子之心，非樂爲宋公者也。死不葬宋地，越境而葬微，殆以受微於先王，歸首於所封之土，其微子遺命乎？

## 左傳

左傳葵邱之會，齊桓自稱小白余，此余字是語辭，非我字義。説文：余，語之舒也。正得此余字之解。

**七穆**　鄭穆公子見經傳者可二十人：靈公夷，襄公堅，公子歸生，子家。公子尨，成十四年作公子駹。公子去疾，子良。公子宋，子公。公子曼滿，公子魚臣，公子偃，子游。公子班，子如。公子喜，子罕。公子騑，子駟。子印士，子孔，子豐，子然，子羽，五人不知其名。公子鰌，公子發，子國。公子嘉。子孔。襄二十二年杜注七穆，良氏、游氏、罕氏、駟氏、國氏、豐氏、印氏。乃云穆公十一子，意有名字各出，當併爲一人者耶？然亦不止十一也。穆族同字者兩子孔，兄弟也。有去疾字良，又有士子孔子子良。有子羽，又有行人子羽，公孫揮伯叔與兄弟子也。有偃子游，又有駟帶之子偃子游，兄弟之曾孫也。名字悉同，若印段子石，則其行輩不可考，然皆穆族。以是知論語於子羽必加行人字者，以別於公子子羽耳。當時穆公子既多，蓋有賜族者，有不賜族者。子羽之父，蓋未賜族者，故傳但稱公孫揮也。

**恥爲禽焉**　左傳昭四年：『司馬臣闔廬，故恥爲禽焉。』杜注：言其舊爲闔廬之臣。非也。沈尹戌必無適吳臣於闔廬之事，蓋臣者，臣僕之意，卑視之也，猶王彥章謂亞次鬬鷄兒之意，故恥爲禽。

**共工氏**　郯子言共工氏以水紀，故爲水師而水名。然則共工亦更姓改物之天子，非諸侯也。太子晉言虞於耽樂淫失其身者，蓋共工末世之君，猶夏、商之桀、紂矣。古者，王伯皆君長之稱耳，無天子諸侯之别。禮記：『共工氏之霸九州。』即是王天下之異稱也。太子晉言黎苗之王，即公侯君一國之異稱也。漢書載劉歆三統曆，謂共工任智刑以强，故伯而不王。吾謂其説非是。杜元凱謂其以諸侯伯有九州，此承劉氏之失也。

**徵褰與襦**　注云：褰，袴也。蓋袴與襦對，即是裳也。其異於裳者，分衩在面，不同裳之分在兩旁耳，以其分衩可褰揭，故又名之褰也。漢書昌邑王傳：衣短衣大絝，絝即袴字。惠文冠。朱博傳：官屬多褒衣大袑。師古曰：此大袴也。又敘傳：綺襦紈絝之間。此皆以襦、袴相對，並即是裳之面分衩者。説文：絝，脛衣也。古自股以上，可通名曰脛，故有脛衣之名。六朝時人猶上衣下裳，而武人乘騎，於下裳不便，則另以帛縛之，謂之袴褶。江表傳言：吕範釋鞲着袴褶。此如今戰裙矣。隋煬帝大業六年，以臣下從巡遊，禮服爲不便，又以袴褶不宜見君，乃去袴褶而衣袍，無上衣下裳之制。此是古今一大變革，自是衣不分上下，而世遂疑褌爲袴，不知袴之即褰而非褌也。褌褌是一物，袴裙袑是一物。

## 公羊傳

**孫以王父字爲氏** 考之於傳，似不必盡然。如子産已稱國氏子，國子也，豈待孫乎？吾疑無駭即字展，非其祖字展也。羽父明爲請謚與族，隱公依以字爲謚之法，賜謚曰展父，而族曰展氏，傳義自明。前儒不達字謚之法，故説之窒滯耳。

## 論語

**小大由之** 集注以『小大由之』屬上句讀，此從程子説也。程門楊、謝諸公，及後李延平，皆屬下『有所不行』爲一句。以文義論，似屬下爲是，屬上則全是賸語。或問朱子有辨，然鼐不敢以爲是。蓋此『小大由之』即是以和用禮之人，原不至於大放肆，但未免少偏於和，故小大之中於禮，偶有所惑，即有所不行。若本是一味於和，放廢禮法，則事事不行，豈得云有所不行乎？周禮：孝德以知逆惡。蓋至孝之人，視其於父母少有未盡之處，即是逆惡。故孔子以能養不敬者比至犬馬，此即逆惡也。近世説論語者，以朱子集注爲非，謂不應喻及犬馬，不知此即以不敬之養爲尚可苟安，非所謂孝德，以知逆惡者矣。

**先生** 先生，本是父兄之稱；後生，本是弟子之稱。以師長猶父兄也，故亦謂之先生，而後生亦以是稱。凡受學者，固不必親子弟也。然立名之始，則原以一家人而分之。故論語『先生饌』，及儀禮『兄弟後生舉觶』，乃正是其本義。近世所有之韓詩外傳、賈生新書，乃有以先醒釋先生之義，大爲鄙陋。且説文有醒無醒，醒乃後世之字。即此一端，足明此兩書皆爲後人僞作之本也。世乃有信其説者，亦可嗤矣。如晚生字，晉人以稱家之幼小，見晉書元帝紀。又王大令帖：二女晚生，皆佳。後世乃以爲通用之卑稱，其理亦正如此耳。禮記：『遭先生於道，先生與之言則對。』此先生，皆當通父兄師長言之。正義固已誤以師長爲主矣。

**可也簡** 余往作雍也章義，以可也簡可字，亦屬使南面。此從上蔡説也。或問不從上蔡之説，亦是朱子未定之論。語類一處云：可字連屬上節。子桑伯子不衣冠而處，出説苑十九卷。今家語襲之。

**季康子問仲由可使從政也與** 從政，是專執國政之稱。左傳言荀林父，晉之從政者，新及子產從政一年是也。季康子之時，仲由三子已見用，但未嘗使如孔子於季桓子之時之從政耳。使康子而用孔子，其爲東周矣。此既非所能，使委任三子，使當國重任，故猶足以治魯也，是以孔子亟勸之。金正希作此題義云：從事其間，贊末議焉耳。不知三子此時，久已從事其間，康子習知其勝任，不待問矣，從政非贊末議之謂也，今之從政者何如，及論語末子張問何如可以從政，亦當依此解。

**澹臺滅明** 史記：澹臺滅明狀貌甚惡。孔子曰：以貌取人，失之子羽。言幾不知其爲賢也。而家語乃言其有君子之容而行不稱，爲以容取人，失之子羽。索隱以其異爲疑。吾謂今家語僞耳。史記所采，或即孔氏眞家語也。劉原父以有婦人焉，爲邑姜嫌，以爲太姒，則武王不可曰『予有亂臣』也。鼐按，釋文作『予有亂十人』云，本或作『亂臣』非。按陸德明所云，有臣字非者，即原父意耳。然即依今論語作亂臣，而婦人作太姒，亦無病。蓋武王所云予，猶云我國家，非指己身也。惟武王所言，乃文王時事，故孔子言三分有二，亦言文王也。鄭康成謂惟裳正幅如帷，非帷裳者，謂深衣削其幅縫，齊倍要。朱子集註用康成說，而略加字云：其餘若深衣。蓋深衣乃以上衣下裳縫合爲一，其殺削何待言！古蓋有非朝祭禮服，而燕服亦分衣裳爲二者，如黃衣狐裘之類。此不得即謂之深衣，但削幅若深衣耳。

**羔裘玄冠不以弔** 按檀弓羔裘玄冠，夫子不以弔。如孔穎達說：此但指主人小斂之後；若主人小斂之前，當以朝服往，則正是羔裘玄冠矣。其說非是。禮記但載子游裼裘以弔事，裼裘豈即朝服哉？檀弓承上『始死，羔裘玄冠者易之』，則將弔人，亦必易去羔裘玄冠。雖主人未小斂，必不以羔裘玄冠往也。至所易則古人常居布冠，止是白布，漢、魏、六朝人巾帢猶白，隋、唐後乃不然。又古人弁以葬，則弔者或弁或白布冠皆可，其衣或素衣或深衣，其裘或麑鹿或狐貉，無不可。所弔若是，朋友自當疑衰。其但爲所知死而不必疑衰，但不以羔裘玄冠弔耳。

說文：拱、㧬皆居竦切。拱，斂手也。㧬，攤也。子路拱之，當是欲攤持之拱，乃假借字。

**閔子** 閔子衣蘆花事，見或問所載吳氏引韓詩外傳語。檢今韓詩外傳，此語不可見。宋時蓋猶有外傳眞本，今坊刻乃抄集之書，僞爲之耳。語類載建安吳才老作論語十說及論語考異，又有論語解，然則此吳氏必才老也。

**司馬牛憂曰人皆有兄弟我獨無** 按桓魋奔衞，在哀十四年。左傳因敘司馬牛奔齊又奔吳，終至魯而死於魯，其年不可知。此章是桓司馬既亡，牛出奔至魯之語也。子夏曰：商聞之矣。此亦是夫子既喪，追述昔聞語氣。死生有命，富貴在天，欲其不以奔亡濱死爲戚戚也，故其下有『四海之内皆兄弟』之說。若見有兄存而告以四海皆兄弟，則無差等矣。記者因上章不憂不懼，類記之耳，固非一時事也。

**子路仕衞** 朱子謂孔子雖有正名之說告子路，然終不分曉，痛說與他，使不仕孔悝，此事不可曉。鼒考孔子在衞與子路論爲政時，其時孔氏乃悝之父文子。蓋子路尚未仕於孔氏，故得從子反魯，仕於季氏。及以不肯要言於小邾叛臣，始於季氏不合而去，檀弓子路去魯章正此時事，意至於衞爲孔悝所招而入其家，此孔子所未及料，無由豫告以事悝之不可也。

若在衞時居其國，不非其君大夫，但言正名，義亦分明，惜子路迂之，終不悟耳。其情事曲折，意是如此。

**子游曰子夏之門人小子一章** 如子夏所自解，則子游之所譏爲過矣。然愚意以謂其論有未盡，蓋儒家所謂本末，自有不同。若以性與天道爲本，文章爲末，其爲本末者義甚深，則所謂始終本末，一以貫之，惟聖人能之，不可以語於小子者也。若以人立身大節大行爲本，而威儀、言語小節爲末，其爲本末者義稍淺，此非不可以語於小子者也。度子游之旨，非必以聖人所罕言者責子夏，以教門人小子，但嫌其專講小節而開啓大義處少耳。子夏遽以有始有卒惟聖人爲辨，恐未足服子游之心，而集注所云「誠意正心」之事則無者，亦稍失子游之意矣。

朱子以明道、伊川二程子之學如一人，故於集注内但稱程子，更不分别。有連引二人之説者，但以又曰隔之，正以爲如一人也。至「朝聞道」章，「賢哉回也」章，「飯疏食」章，「子在川上曰」章，「子路曾皙」章，皆引伊川在前，明道語在後，亦止用又曰字。又有鎔合兩人語爲一者，如中庸首子程子曰一段，及論語解先難後獲，所云宏而不毅，則無規矩而難立，毅而不宏，則隘陋而無以居之，皆合兩人語也。在朱子之義，止取明義理而不復較其語之出於兩賢，此自是著書之變體。若以文字之體言之，似不若明白分出之之爲當也。

**胡氏曾氏** 語類：輔廣問語解胡氏爲誰？曰胡明仲也。又集注中曾氏是文清公，曾幾，字吉甫。黄氏是祖舜，或問事君盡禮章言，蘗山黄資政説得之。按宋史，黄祖舜福清人，不言其字。語類一處祖舜，乃字繼道。晁氏是晁以道，以道，名説之。初以元祐黨人禁錮，不得仕二十餘年。靖康中落，致仕爲中書舍人，後得待制。見珊瑚鈎詩話。語類載其附梁師成意，其落致仕，乃宣和末，非靖康也。李氏是李光祖。語類稱李閎祖之祖光祖刪定。鼒按，閎祖者，李方子之兄。宋史方子傳不載其父兄名爵，光祖當是字，其名不可考。又按，今集注中引胡文定説，亦稱胡氏，不别其父子，猶程子不别其兄弟。洪氏係景盧否，記考亦恐是洪興祖。

**劉聘君** 加我數年，集注稱劉聘君者，蓋草堂先生劉勉之也。

## 孟子

集義，義以方外也，必有事焉，敬以直内也。必有事焉之事，非行事之事，言其心戒慎恐懼，常有事於誠敬，未嘗少懈也，敬義夾持而成浩然之氣，即文言傳之『不疑於所行也』。程子及程門諸賢説必有事焉，皆從心體上説。朱子他處亦多取之，至孟子集注，乃云必以集義爲事，似是誤也。若此處仍説集義，則於聖賢功夫有闕漏，而文辭亦繁複矣。蓋惟恐專以有事就心上説，是禪學也。實則孟子以兩處合來，元無偏著空虚之弊。朱子用意太過，反失孟子之言。

**周井有公田**　周衷理四書典故辨證謂周止是一井，九家本無公田。此襲萬充宗之説，實謬説也。周禮小司徒，經土地而井，牧其田野，九夫爲井。上文明言土地，則知此九夫之地，非九家人也。若公田明載於詩，在私田之外。公羊傳云：井田者九百畝，公田居一。『古者，公田爲居，井竈葱韭盡取焉。』此皆經之明文，非出後箋注，豈可易哉！如必謂九夫爲井，即斷爲九家，則試讀匠人營國『面朝後市，市朝一夫』，亦將謂以一夫居之乎？古人田之畎畝，本是田形之名，非是田數之名。又周一夫之田爲百畝，因轉以畝爲數名，故云五畝之宅，則畝非畎畝矣。夫亦本是民庶之名，非數名而轉爲數名，故云市朝一夫，則夫非民庶之夫矣。此二事正一理也。

委吏，非周禮之委人。其官蓋如周禮之廩人，所屬之下士十六人；倉人，所屬之下士八人者耳。故所職但云會計料量也。乘田，亦非周禮之牛人、羊人，所主蓋祭法用牲牷之法，不親司犧。乘田，乃牧尋常牛羊者，正當周禮之牧人耳。疑乘字當讀如甸，言養牲於甸野者，若充人則養牲於國中矣。充人、牧人皆司犧，而充人又差重於牧人也。

**委積**　委積者，少曰委，多曰積。聚物之名，不必定主何物。周禮遺人掌邦之委積以待施惠。鄭君云：廩人、倉人，計九穀之數足國用，以其餘共之，所謂餘法用此，是言穀委積也。

鄭又云：職内邦之移用，亦如此也。皆以餘財共之。此是言財貨委積也。委人掌斂野之賦，斂薪芻軍旅，共其委積。薪芻委積也，然推字之本義，從禾，當以穀爲主。孔子嘗爲委吏。趙注：主委積倉廩。朱子只用委積字，以委積包倉廩而言。委又可包積也，其職主受聚穀，故史記世家曰：料量平，其官曰委吏，專以委命穀。猶小行人，若國凶荒，則令賙委之，亦專以委命穀也。此與周禮遺人兼掌財與穀之委積、委人掌薪芻委積者語稍異。要之委積字以言穀爲主，而古人多是通用。柳子厚鈷鉧潭記『不勝官租、私券之委積』，此用委積字非誤，望溪宗伯譏之，乃是誤也。

『堯舜性者』章，『動容周旋中禮』。惟此句是説性者之事，下哭死而哀至末，皆是言反之者事。蓋如此乃是致曲，使曲能有誠也。

**自文王至孔子五百有餘歲**　依漢志三統曆計之，文王崩至孔子生，五百八十八年。及上推，自湯伐桀至武王伐紂，六百二十九歲。又上推，堯在位七十載，舜在位五十載，夏十七王，四百三十二歲。然自堯、舜至湯，自湯至文王，皆五百餘歲，與孟子合。

**集註**　孟子集註：林氏者，三山林少穎。豐氏者，豐稷。呂侍講者，呂希哲，稱其官以别於呂與叔也。閻百詩謂王子章所引陳氏爲陳耆老。

## 爾雅

**西北隅謂之屋漏**　孫炎以當室之所白，日光所漏入，此解無可疑。曾子問所云，當室之白也。劉熙釋名以古人親死撤屋西北隅薪以爨竈，若值雨則漏。此乃謬説：親雖死，屍猶在室，安忍撤之使漏？以士禮言之，室西即無房，猶有序，撤屋之西北，此豈室之西北乎？

**樞達北方謂之落時落時謂之戹**　此當謂門堂之門樞。蓋古人門堂制，亦是五架屋，故前堂可以行禮，内外左右有塾，四其門，宜正居堂中棟之下，而别施下梁以受門樞。所謂楣，謂之梁也。若樞達北方，則在北檼之下，北檼已卑，不須加楣。其地則南有餘而北寡也，意有外塾無内塾，與以此爲室之户樞者非是。

**宎廇謂之梁其上楹謂之梲**　郭注：梁，爲屋大梁。此語殊不分明，近焦循斷以爲此南北施者，今俗所云駝梁。其解不可復易，蓋其形上穹微有屈勢，似度水之梁，故名梁而梲可加其上。若今俗所呼東西施之梁，乃爾雅所云棟，謂之桴，其上安得復置楹哉？古人藻梲，藻是水草，蓋取辟火之義。

**桷謂之榱桷直而遂謂之閲不受檐謂之交**　桷本方長木之名，而屋椽方不圓者亦名桷。易『鴻漸於木』，或得其桷，凡方木則鴻可立足矣。左傳：子尾抽桷擊扉。此非椽也，適有長方木可抽取耳。慶舍援廟桷動於甍，乃是爾雅桷謂之榱。左氏故加一廟字，義故顯。桷直，而遂言其直至屋宇，勢垂也；不受檐者，不直至宇，更加短榱，宇勢微揚，以利吐霤；謂之交者，言兩椽相交矣。中棟崇甚者於交宜，不甚者於閲宜。

**樴謂之杙在牆者謂之楎在地者謂之臬大者謂之栱長者謂之閣**　大者二句，皆承在牆者言也，閣所以閣物。天子之閣，左達五，右達五，即此閣也。栱者，以木杙於牆，承閣以固之，必有兩，故曰栱也。邵二雲解爲門閣，誤矣！後所以止扉謂之閣，乃是門閣。

**橜謂之臬**　郭注：門閫。按鄭注禮記：閾，閫也。蓋閫是限義，橫於下以爲限者閾也，豎於中以爲限者臬也，故並可以受閫之名。吾舊爲此説，近見張阮林士冠禮闑西閾外説辨引甚繁，似不若吾兩皆可名閫之説，可以解其紛矣。禮：君行爲賓，必中右扉門中矣。卿爲上介，則拂闑，士介則拂棖；若大夫，無行正中門擬君之理。或在君左而不拂闑，或在君右而不拂棖，似皆可。是曰中棖與闑之間。

**闔之謂扉所以止扉謂之閣**　按此『閣』字，郭本誤爲『閎』字。陸德明以作『閣』爲別本，證之

說文『閣所以止扉』，則別本之當從，固無疑矣。近邵二雲併郭本改之，且於所引左傳『高其閈閎』，亦改爲『閈閣』，是於爾雅則是，而於郭注則非矣。竊意古人門大者中有臬，而無門牡，別以大木爲拒以止風撼，扉啓則拒使勿闔，闔亦拒使勿啓，是爲閣也。

## 小學

凡一家之學，數十年或百年相承，前必有所受，後必有所增。其增而得者雖多，而固不能無失。吾謂許氏說文，誠爲字學之精，然謂其無失，則固不然也。夫古又以木貫鼎耳，而舉之曰鼏，其字從冂，讀古螢切，考工記作扃，易作鉉。吾謂考工之扃，假借也。鉉非借，乃正體。蓋其字非從玄黃之玄，乃象形。下厶者鼎腹，上厶象耳，以一橫貫之，故其讀亦當古螢切，讀元典切者非也。若鼏則諧聲字。至若賓祭之禮，鼎彝簠簋之上，以絺綌覆以蔽塵，其字依古但作冂耳，入隸書時，苟作冖，則與儿亂，故假借『密』字。康成士喪禮注：『冪』『鼏』之字，古文皆作『密』，是也。其後經師又作『冪』『鼏』字以代密，取其易別也。蓋其變已在許叔重之前，而『鼏』與『鼏』遂至相亂。說文鼎部『鼏』字云：从鼎，冂聲。周禮『廟門容大鼏七个』，其解皆是。說鼏字而其字形乃作鼏。又爾雅『鼀没』，勉也。此其字亦當鼏〔一〕。鼏，舉重之意，故以爲勉義。又古螢之音與黽相近，故鼀没通爲黽勉也。而鼏既亂於鼏，故朁亦變爲𧕗，而許氏蚰部，遂與𧕗爲一字，而朁之一字，亦不見於說文矣。按劉向傳內已作『𧕗没』，則其變固已久矣。

說文無『由』字，余疑『由』字古作田，象其下根株盤結，上萌櫱初出形，非从田無部可附。說文又無『笑』字，徐氏乃附入之，所引唐人說甚陋。吾謂此字本不从竹，漢書薛宣傳作『关』，差是。古蓋作『[艹人]』，象人開口形非，从夭亦非，从天亦無部可附，故遺其字。若載此二字，當專立部。『由』字中當引長，若略出則鬼頭之『由』字。又無『妥』字，吾疑此从安省，以手撫安之，不可入女部，可入爪部。又無『希』字，此字从巾，與布之从巾義同，而从爻者，象其疏之形。織葛之名也，猶織麻之名布也。禹貢『鹽絺』當止作希，亦非論粗細之別。若謂是細葛，則當入『厥匪』，不第曰『貢』矣。後假借『希』字爲希少義，而別作絺字爲細葛，綌爲粗葛，而『希』爲織葛之本字反忘之。竊謂說文以布入巾部，則『希』亦當入巾部。許氏蓋失『希』字本義，故不能歸部而遺之。竊意古『爻』『爻』是兩體，一斷一連，許氏止有『爻』而失『爻』義。

說文無『免』字，鼒意此亦象形字，爲喪服之免作也。免象上覆首見髮，而下則人也，免非常服，冠則去免，免則去冠，故假借爲免脫之義。此字無部可歸，當專立部，故許氏遺之也。

又說文以『衰』爲衰笠之衰，『縗』爲縗服，此亦非是。按古文『衰』作[illegible]，是上从哀省會意，而下象垂衰之形，則本爲喪服作字明矣。假借爲衰笠雨衣，又假借爲盛衰，後人因加糸爲縗，以致别耳。加糸爲縗，猶隸書之加草爲蓑笠字，豈得反以爲本字乎？

説文謂古所貴鳥，乃專造字。若凡鳥，第从鳥隹偏旁而已。『焉』亦專造字，爲江淮間鳥，黄色。按江淮間，今安有一黄色鳥而當貴之者乎？鼐謂『焉』即『雁』也，雁知時，爲大夫所執摯，故可貴矣。後以『焉』爲語辭，乃更作『雁』字。猶『於』爲語辭，乃更作『烏』字；『朋』爲友朋，乃更作『鳳』字也。劉焉字君朗，似亦取知時之義乎？小學之義，殆有許氏所未詳，而漢人尚有别傳者乎？

説文『弟』，韋束之次第也，从古字之象，言古文𠂖象束韋形，小篆从其象形小變之耳，此意自明。又民，衆萌也，從古文之象，蓋古文民作[illegible]，亦从𠂖字，而加筆以著數多之義。小篆又从而變耳，然小篆於古[illegible]字之形太遠矣。許氏亦姑爲説耳。又烏𦾔古文烏象形。於，象古文烏形。此亦从古象形而變，説文無免字，娩字生子也，二王帖借勉字爲娩。黄庭憂柔，則正合古字意，若『悥』乃愁意也。又説文『𨳇』从門十，蓋象門牡形，非从才也。俗書自誤，右軍作『閉』差得之。

説文引書『教胄子』。又月部胄，是兜鍪，肉部胄，胤也。『胄』『冑』各一字。

説文引書今尚書無者，虞書雉埶，周書我有载於西，商書高宗夢得説，使百工敻求，得之傅巖，商書以相陵懱，周書來就惎惎。

説文所載譚長説牗沙㽈　徐巡説栗　揚雄説綷亀疊　賈侍中説巵毒稽囧豫　甯嚴説狛　尹彤説中　苙，下注周書所説，周書蓋人姓名。杜林説藍㚬婪𣎳叜怯　司馬相如説鞇　王育説女無禿　劉歆説蝝　董仲舒説蝝　淮南王説蜩蛃　宮溥説東　衛宏説㓱　逯安説匈

分部之法，蓋古有之，似不始於許氏。辛部，凡辛之屬，皆从辛，張林説。中部，凡中之屬皆从中，尹彤説。女部，王育説，凡女之屬皆从女。市部，凡市之屬皆从市，周盛説。似此，四部，林、彤、育、盛所立也。

古分用，後通用字，亦有小篆家分用而古人實亦通用。

㥁寬大　廣大屋　鱻新魚　鮮魚名
邍高平　原水原借爲□用，又作源字。　⿰扌壴舉手下手　揖讓
𣆪敦　厚山陵厚　坌掃除　糞穢
⿰女堊壞音姡　斁厭　⿰弓勇迫　強有力
⿰每卜貞敏　悔尤悔　茜茜酒　縮説文：亂也。經多訓直。左傳借爲茜。
怣惠也　愛行皃　罤罤弟　昆同也

悤 愁也
叀 謹
寧 安
霫 雨下
儜 安
須 髮
侯 大也
圈 獸圈
篚 車笭
弔 弔喪
疏 通
節 竹之節
厭 笮借爲飽，又作壓字
跛 行不正

憂 和之行，借爲憂用，以優爲和意。
專 六寸簿
盇 詞也
落 草木落
扇 屋
婬 私逸
朔 鳥食餘
殠 惡
殚 大夫死
歿 亡
网 再
窫 塞極而閉塞之
癈 病
懏 二心

洒 洒滌先禮反
竈 國名
匋 燒土
薏 十萬
漏 刻漏
淫 水溢
殘 傷
臭 氣
卒 伍士
沒 入水
兩 二十四銖
竄 逃
廢 屋頓
攜 提

洗 灌足蘇典反
窘 困
陶 再成邱
意 志也
䇓 待
竢 待
𠪚 戹
匪 盛帛器
迺 至
㼷 窻
卪 符卪
猒 飽
疲 蹇病
屰 順屰

逆 迎也
先
暨 日頗見
丰 草蔡也
茻 衆艸
㐬 不□子
氣 雲氣
措 置
䁔 下首
瀆 溝水四，瀆水，又爲貫瀆
乑 下乑
乂 芟艸，借爲治意
贄 執以相見
遺摜 皆解作習
復 反

袌 衣
簪是俗字
臮泉 皋陶
芥 菜
莽 犬逐兔艸中
突 犬從穴出
氣 氣廩
𣳦 𣳦業
稽 留
雺 雲覆
陲 危
艾 五行志引洪範艾恆暘若
□ 詞
貫 錢貝貫慣則俗字
管 厚

展 轉
迻 遷
龔 給
晨 早
㬝 日月會
厬 側出泉
槩餼 或體
刃創 傷刃之或體
隫 溝
侌 古文
垂 遠邊
摯 握持
□ 誰
𥨐 地室
竺 厚

玨 視也，今皆用展字
移 禾相倚
共 同
晨 星名
辰 三月陽氣動
氿 水厓枯土
厝 礪石
叶 叶疑
䕷 䕷
陰 水南山北
嬖 治
埶 至也
疇 田疇
復 重也
篤 馬行遲頓

敍 次第　䯈 列　序 東西牆　钦 幸

覬 幸　冀 州　逹 先道　衛 將衛

帥 佩巾　率 捕鳥畢　繇 隨　遙 遥行

甹 甹桀　𢼸 妙　𥊋 見　微 隱行

竆 窮　鞫 埋罪　鞠 養　鞠 革毬

鞠 酒鞠麴字皆母，說文所無　𡨄 窒　𢡃 誠　塞 隔

儔 使　俜 使　苹 周頌借此，說文無伻字　何 何負，借作誰何

荷 荷花，借作何負　辡 辡訟，方免切　辯 辯治，符蹇切　辨 判民，蒲莧切

詛䛆 䛆直又切，今隸借祝　爪 覆手　叉 手指甲

今古分通

橋 篆通爲槹，槹是俗字　箸 篆通爲隸之躇　久 考工記久諸牆士喪禮，冥用疏布久之。　歷 篆即爲厤象字，漢書梅福傳用爲馬櫪，史記滑稽傳又爲釜□字。　羑 古文誘進善也　袄蠥 衣服、歌謠、草木爲袄，鳥獸、蟲魚爲蠥，經史通用妖孽。

君子於學無所不收，苟有善焉，吾則取之，不没其所自得，曷嘗掩人善以爲己有哉！夫音韻之學，中國古固有之，然由西域傳字母之法，而啓中國學者之解悟，則其實不可誣。隋書藝文志云：自後漢佛法行於中國，又得西域婆羅門書，能以十四字貫一切音，文省而義廣。蓋字母之名，漢時無與有未可知，而字母之法具矣。至東晉譯華嚴經，則有字母之名。按今世華嚴經雖唐譯，而王簡栖頭陀寺碑已用華嚴經，則僧云有晉譯者不誣。第東漢時婆羅門書其字母十四而已，而華嚴所云，善財受於善知衆藝者，其字母自阿至陀凡四十二，至僧守温乃定爲三十六字母。蓋盡用中國之字音爲母，無西域二合三合無字有音之母。此尤便於中國之書，故至今學者皆遵用之。字母非始守温，三十六之字母始於守温耳。戴東原乃謂字母始於唐季，且謂儒者但當言切音，本於孫炎，不當言字母。吾謂孫炎所以悟切音之法，正原本婆羅門之字母。孫炎固可貴，而字母之法不可忘，守温之功不可没，必欲掩彼所長，意尊儒而其於儒者之量小矣。

**校　記**

〔一〕當鼏　疑當作「當作鼏」。

# 筆記卷四

## 史部一

### 國語

「瞽獻典，史獻書，師箴，瞍賦，矇誦，百工諫，庶人傳語，近臣盡規，親戚補察，瞽史教誨，耆艾修之。」此文再言瞽史，韋注以前瞽爲樂師，後爲太師，前史爲外史，後史爲太史。吾謂此皆兼言太師、太史以下官也，而自「矇誦」以上，言常時也，自「百工諫」以下，言臨事王有過而諫誨之。

周語「瞽獻典」。韋注：典，樂典也。宋莒公校本如此。史記周世家内正文、注文同。今蘇州刻明道二年本，朱文游所影鈔者，作「瞽獻曲」。錢辛楣以「曲」爲是。鼒按，「曲」字見於莊子「或徧曲」，及宋玉對襄王「其曲彌高」，及高唐賦「赴曲隨流」等語，皆指樂之音調節奏而言，似不足當瞽所當獻於王之義。惟「樂典」則禮有上下之分，辭有勸戒之義，於獻王爲當，此字仍當從宋公本作『典』。晉文公請隧，賈侍中以爲葬禮，是也。韋注誤。

『穀洛鬬』，韋注：謂穀在王城東入瀍，至靈王時盛，出王城之西而南流，合於洛，毁工城西南，王欲壅之使北出。鼐按，韋説誤矣。若誠如此，則靈王引穀入故道，夫何失哉？蓋穀即澗水，本在王城之西，而瀍自在王城東，二水夾王城各南流入洛，故書曰『澗水東，瀍水西，惟洛食』也。靈王之時，穀暴盛，與洛鬬，然入洛之處非改也。靈王欲除其患，壅其城西之南流，使東流出乎城北入瀍，雖免毁宫之災，而大逆山川之性。以王都形勢度之，水汩其後，斯爲失所，是以一傳而衰矣。韋轉以靈王壅改之流爲穀之故道，豈非失乎？穀水似復由城西入洛。東漢王梁爲河南尹〔一〕，穿渠引穀注洛陽城下，東寫鞏川及渠城而水不流，似梁所穿略同靈王之故迹，違山川之常性，故不流也。

晉語：胥臣言『文王諏於蔡、原而訪於辛、尹』。然則蔡是周畿内邑名，文王所諏之蔡不知爲誰。後以其地予子蔡叔度，及蔡仲之封，因舊名以被新邑，猶鄭之居新鄭也。以此足證僞古文書『邦之蔡』三字，於文爲不順。若左傳『命之以蔡』，則其文無病。邦之者，必其地先有蔡名也；命之者，命復蔡侯耳。

# 史記

太史公載象往入舜宫鼓琴事，與孟子微異，恐是眞舜典語。而孟子與史公所聞於孔安國，各解之不同。以理論之，似史記是。蓋舜先爲匿空藏身其中，瞽瞍、象實土所不能及，待瞍、象去而舜出，入宫當在象後矣。

『太史公』係後人尊稱之辭。漢官儀乃云『其官本名太史公』，此謬説也。漢書臣瓚注引茂陵書：『司馬談以太史丞爲令。』又孔北海告高密縣曰：『昔太史公、廷尉吴公、謁者僕射鄧公，皆漢之名臣』，『世嘉其高，皆悉稱公』。然則『公』者，仁德之正號，不必三事大夫也。據此，則凡史記内以『太史公』稱談者，即子長所加，以稱子長者，皆後人所益，又何疑焉！若文選載報任安書，首云『太史公牛馬走』，『公』字乃『令』字之誤耳。稱太史令，猶後人之列銜。稱牛馬走，猶後人稱僕、稱弟之類。

夏本紀：『左準繩，右規矩，載四時，以開九州，通九道。』顨疑四時，四方之時也。蓋指南之法，禹時已有。其時道路不通，非以候時日，定言鄉，不能行也。

禹爲姒姓，其後分封，用國爲姓，故有有夏氏、有扈氏。按啓滅有扈，而封以同姓，如所云滅唐而封太叔者。

湯誥以禹、皋、稷三公咸有功於民，故后有所立，所以爲諸侯法。以蚩尤與其大夫作亂百姓，帝乃不予，所以爲諸侯戒，是蚩尤亦諸侯也。三朝記云『庶人之貪者』，此豈眞孔子言哉？

余謂盤庚遷河北殷墟，與太史公異説，而史記殷本紀末，封紂子武庚禄父以續殷祀，令修行盤庚之政，殷賢君多矣！獨行盤庚之政者，正以其始遷居殷故也。正義引竹書紀年：『自盤庚徙殷，至紂之滅，七百七十三年，更不徙都。』按，竹書年數字有誤，而更不徙都之説不謬。堯、舜、紂皆名也，後世以堯、舜爲美稱，以紂爲惡稱耳。史記『天下謂之紂』，此語似誤。

周本紀：『毛叔鄭奉明水，衛康叔封布兹。『衛』字蓋衍文，後晉唐叔得嘉穀，『晉』字亦然。召公奭贊采，師尚父牽牲，尹佚筴祝曰：「殷之末孫季紂，殄廢先王明德，侮蔑神祇不祀，昏暴商邑百姓，其章顯聞於天皇上帝。」於是武王再拜稽首曰：此『曰』字是尹佚續讀筴。「膺更大命，革殷，受天明命。」武王又再拜稽首。』此處敍事，與霍光傳讀奏於皇太后前，中夾以太后語相類。

『武王徵九牧之君，登豳之阜，以望商邑。』此豳不知所在，商邑則河南之亳，偃師也。此即下文南望三塗、北望嶽鄙之事。

『麋鹿在牧，蜚鴻滿野。』今逸周書作『夷羊在牧』。然鼐意以史記爲是，此即孟子所謂『沛澤多而禽獸至』。

『其登名氏三百六十夫，不顯亦不賓，滅以至今』，言殷有賢三百六十，既不顯用，亦不典禮，『滅』字屬下讀，蔑棄之意，言棄之以至今。裴駰讀屬上句，誤也。

秦本紀裴駰注引漢書曰：『商君爲法於秦，戰斬一首，賜爵一級，欲爲官者五千石，其爵名亦爲公士』云云。今漢書百官表中，脱『欲爲官者』句。又按韓非子：『斬一首者爵一級，欲爲官者爲五十石之官；斬二首者爵二級，欲爲官者爲百石之官。』然則裴注『千』字，『十』之誤也。

史記漢興以來諸侯年表：『封伯禽、康叔於魯、衞，各四百里』；『太公於齊，兼五侯地』。按，太史公此語必有所本，其説最的當。侯百里，兼五侯者，方二百五十里耳，小於魯、衞也。此語非本左傳，班固時已不得太史公書所原出，誤以謂即本左氏『五侯九伯，汝實征之』之説，遂改云太史公於齊〔二二〕，亦兼五侯九伯之地。不知征之者，言所統有此侯伯十四國，得以方伯之命征其軍賦耳，非兼有其地也。由班氏之誤，而後之説左氏者亦誤。

史記平準書言漢伐匈奴，捕斬首虜之士受賜黄金二十餘萬斤。此言應賜者有是數，而大農實無以予之，故詔曰：留蹛無所食，乃置武功爵以賞戰士。戰士得此爵，得賣與民，其直錢十七萬，則當一級。劉貢父以『萬』字爲衍，非是。武功爵十七級，漢時黄金一斤當錢萬。第一級，值十七金。二級以上，遞加所直。合軍中應得以功受爵之人，計其直，多於應受賜金之數矣。故云級十七萬，凡直三十餘萬金，一金，一斤也。足以抵戰士之賞矣。然功少爵卑者可賣；若功大爵尊亦不得矣。蓋爵尊，其人必少，而國家亦可以官之，不至留躋。故云爵得至樂卿，樂卿第八級，此言買者，不得至九級也。買爵者補官先除，又或以贖禁錮免罪，故人尚樂買。以惠帝紀較之，賜爵一級，貴於萬錢而已。而此爵級十七萬，則大貴於彼。蓋武功爵優於常爵，又以此抵戰士之賞，高舉之。其賣者，亦何必眞得一級十七萬錢哉？及至後以民買復者多，徵發士鮮，於是除千夫、五大夫爲吏，而令伐棘上林作昆明池，不欲者出馬，則是受買爵之害者又多矣。此皆欺詐其民之術，爲國若此，良可悲哉！故其後大將軍、驃騎又出擊胡，得首虜者當賞賜五千萬金而財匱，戰士頗不得禄。蓋雖有武功爵，而民不欲買之矣。

平準書：『各以其物自占，率緡錢二千而一算』云云〔三〕。按此處爲史漢解者，皆不甚明晰。説文：緡，業也。賈人占緡，緡是本字。史漢言緡，乃借字耳。是時商賈以幣之變，多積貨逐利，所藏者非錢幣，乃貨也，故令以其物自占。自占者，有物若干，值錢若干，自言於官也，直二千則一算。然則緡者，猶今商賈之言貨本，以錢準之耳。而手力所作者無本錢，則以其所作直四千乃一算，其匿不自占，占不悉者，没入緡錢。其實物而非錢，故後言得民財物以億計，奴僕以千萬數，及田宅，此皆非錢，特以錢計耳。而李、裴及顏監，率以錢貫解緡。若人家有藏鏹者皆出算，則漢固未嘗有是事矣。惟瓚曰：商賈居積，及伎巧之家，非桑農所生出謂之緡。此解同許慎之説，爲得之矣。若吳孫皓以會稽太守車浚〔四〕、湘東太守張詠不出算緡，就所在斬之，此是以太守兼爲商賈事，而怙勢不出算錢，故斬。亦非如李、裴等之説。至元世祖時，盧世榮所爲立市易司，計商人物貨，四十分取一，正漢時算緡法也。

柯維騏論平準書後太史公曰『農工商交易之路通』，至『何足怪焉』四百餘字，謂是平準書之發端，非其後贊。其説極爲的當，無可疑者。惟云其文止於『烹弘羊，天乃雨』，爲敘事未竟，而遷死不得成就，則非是。太史公此書，以『平準』爲題，敘至此年置平準，則事究矣。載卜式之言，以論平準之失，義亦盡矣，無可復益以爲長語矣。此書止於元封元年，封禪書止於天漢三年，較平準過十年，以報任安書『少卿抱不測之罪』語推之，是征和二年太史公尚在，見任安之及禍，又過封禪書十年矣，豈因其死而有未竟哉？太史公本文，謂至是以止耳。若太初二年，藉吏民補車騎馬；太始二年，鑄麟趾褭蹏之類：此在漢書食貨志，似當續入，乃爲前後相備，而班氏於元封元年之下遂入昭帝事，則爲疏漏甚耳。

周公居東即伐殷事，故史記唐叔得嘉穀，成王以歸周公於兵所，周公受禾東土，此居東之證。

衛世家：『貞伯卒，子頃侯立。頃侯厚賂周夷王，夷王命衛爲侯。』太史公以康伯及考伯以下五世皆稱伯，至頃侯稱侯，故疑衛本伯爵，不知周初字謚之法，其稱伯者，以字爲謚，非爵也。王曰『孟侯』，衛自康叔爲侯矣，豈待夷王時哉！及云：釐侯卒，太子共伯餘立爲君。共伯弟和以其賂賂士，襲攻共伯，共伯自殺，和爲衛侯，是爲武公。按柏舟詩『髧彼兩髦』，髦者，子事父母之禮也，明其伯死於釐侯之前〔五〕，安得有立爲君之事？武公，衛之賢君，而太史公采雜家之説，誣以簒弒，可謂考之至疏矣。

趙良説商君，言百里奚相秦五年而東伐鄭。此鄭是漢中之南鄭，抑或即京兆尹之鄭？所謂宣王弟鄭桓公邑也，秦昭公十年已縣北鄭矣，意其側猶有戎居，猶藍田之居驪戎也。秦穆公并國三十，玆必其一。秦得此則通於關東，其勢益大，故獨舉爲百里之功。若謂伐桓公子孫之新鄭，其事在晉秦圍前，或有或無，固不可考。然即有之，只是尋常伐國，亦何足夸述耶？

史記：魏文侯十七年，伐秦至鄭而還，築雒陰合陽。表作洛陽，誤。此雒乃入渭之雒，分枝津入西河者，非河南之雒。

余作郡縣考，論郡本不統縣，三晉既立之後，郡乃統縣矣。然楚懷王時，秦取漢中地，漢中在秦之制，一郡耳，而屈原傳以謂『亡其六郡』，蓋楚是時猶依春秋時舊制，郡小，不過一縣地耳，故漢中便爲六郡，此足見七國制名不同處，三晉郡自統縣，楚自不也。

蔡澤傳：曷鼻巨肩，魋顏蹙齃。説文：魋爲神獸，杜回切。『頧』，出額也，直追切。此借『魋』爲『頧』字，當讀直追切。又『頞』，鼻莖也，烏割切，或作『齃』。

傳易者，楚人馯臂子弓，傳江東人矯子庸疵。按，江東是楚郡名。甘茂傳：范蜎言楚南塞厲門而郡江東。迨至秦猶爲郡名。烏江亭長云：江東雖小，地方千里。意項羽時猶爲郡名，至漢高乃名之曰鄣郡乎？

貨殖傳：太陰在卯穰。正義云：歲後二辰爲太陰。漢書注：張晏言太陰在歲後三辰。蓋晏説猶張守節説也，連本辰計之耳。以其説推之，漢書曆志：武帝元封七年十一月甲子朔冬至，日月在建星。建星，斗也。是時日月如合璧，五星如連珠。然則歲星固在斗牽牛分矣，其辰丑也，丑合子，歲星所合，爲太歲所居，故志曰太歲在子。子後二辰寅也。太陰當在寅，故是歲曰閼逢攝提格，此以歲太陰名之也。太陰之所以名太陰，似本以歲星所去之辰名之，太陰居於不用之地。其前兩辰，以居太歲，乃爲太陰之用。其必前兩辰者，殆亦避歲星也。於是歲星右旋，太陰、太歲左旋，歲星與太陰每遇丑寅、申未則互易，歲星與太歲每遇子丑、午未則互易。故翼奉傳云：今年太陰見於甲戌。考其年，太歲在甲戌，太陰當在子。言太陰所建，非太陰自居也。太陰不用，其用在太歲，故曰建也。孫淵如解太歲即可稱太陰，似非是。

孟子章句引史記白圭能薄飲食，忍嗜欲云云。或謂貨殖傳云：當魏文侯時，李克務盡地力，而白圭樂觀時變。圭爲魏文侯時人，不得下與孟子相及，疑此别一白圭。鼐謂貨殖傳『當魏文侯時』五字，專屬李克説，言舊有此務盡地力之道而已，而其後白圭乃别用一術，非謂圭亦文侯時人也。故載圭言吾治生産，若孫吴用兵，商鞅行法。若文侯時人，亦安取稱述後進如吴起、商鞅者乎？故知集注之非誤也。

## 漢書

惠帝紀：始即位，詔中郎郎中滿六歲，賜爵三級，中郎不滿一歲一級，外郎不滿二歲賜錢萬。此爵是合十九等之爵，遞加而上，故一爵貴於萬錢也。又元年，民有罪得買爵三十級，以免死罪。此爵級不遞加，止是第一爵，公士之爵，買三十爵，用錢六萬，一爵二千而已。此本是以賄贖罪，假買爵爲名，取古人議貴之意耳。若非以救罪，雖三十爵猶一爵耳，人豈貴之哉！又惠帝所云免死罪者，當是可疑之死罪，略如甫刑所云『大辟疑赦，其罰千鍰』之義，故其所取亦不多。武帝天漢四年，令死罪贖錢五千萬，減死一等，則正當死者矣。而其取以爲利，故甚重也。太史公家貧不足自贖，蓋其時子長於吏議亦是死罪，不能自贖，則就募爲宫刑，是其家無五十萬錢也。漢文帝除肉刑，所去黥、劓、刖三者而已。其腐刑乃尚用者，蓋有故也。漢時風俗尚厚，民之自閹以求進者，蓋未有也。除腐刑，則天子宫中無宦者可用矣，且民之正犯當宫者亦希，故復當募死罪爲宫刑，以備宫廷之用。若張賀爲衛太子賓客當誅，張安世爲上書，得下蠶室。司馬子長吏議爲誣上，則漢律所謂不道罪當死者。其下蠶室，必是自請，亦如張賀。故報任安書言『幽糞土之中而不辭』，反覆自明其所以不忍死之故也。自閹其子以求進，似東漢之世始有之，於是宫中腐者乃至千人。以其無罪而爲刑餘則可悲，以其黨盛亦可畏矣。此西漢所以士人多内侍禁中，而東漢則不然也。至其宫刑，亦相沿未絶，至隋乃斷。鼂錯對策言：肉刑不用。又言：除去陰刑。張晏注：陰刑爲宫刑。非是。陰刑乃巧詆以殺人之刑，文帝時宫刑不除去也。

景帝詔云：訾算十以上乃得官，朕甚愍之，今訾算四得官。按此所云官者，皆謂郎也。漢初之制，以郎須有衣馬之飾，乃得侍上，故以訾算。張釋之云：久宦減仲之産。衛將軍青令舍人具鞍馬、絳衣、玉具、劍，是也。漢之仕進，大抵郎侍及仕州郡及卿府辟召三塗而已。郎乃宦於皇帝者也，無訾不得宦於皇帝，自可仕郡縣及卿府也。至武帝建學校、舉孝廉後，則郎不必訾算而後登，是郎之選盛；而入羊入粟得補郎，更甚於昔之訾算，是郎選亦衰。此皆景帝以前所未有也。應劭謂衣食足知榮辱，故限訾十算，乃得爲吏，不悟此制不通行於凡吏也。

元帝紀贊云『善史書』，應劭以爲史籀所作大篆，非也。史謂胥史，史書即隸書耳。貢禹傳言『擇便巧史書，習於計簿，能欺上府者，以爲右職』，此正謂俗書，豈古篆哉？

平帝紀『在所爲駕一封軺傳』，如淳曰：律，諸當乘傳，及發駕置傳者，皆持尺五寸木傳信，封以御史大夫印章，其乘傳參封之。參，三也。有期會，累封兩端，各兩封，凡四封也。乘置馳傳，五封兩端各二，中央一也。軺傳兩馬再封之，一馬一封也。按，此如淳引律，以高紀注所引律合之，此所云五封者，即彼所引四馬高足，爲置傳也，如劉屈氂傳『長史乘疾置』是也。所云四封者，中足爲馳傳也。所云三封者，下足爲乘傳也。以緩急別用馬之上下，此三等乃出使者。及吏二千石所乘，故當用御史大夫印封也。若軺傳，則乘者事輕，所在爲駕，固不必是御史大夫印矣。如梅福從縣道求假軺傳、司隸從事爲申屠蟠封傳是也。然則後世有以使臣出，當名乘傳，而稱軺傳者，乃是誤也。至漢律所云當乘傳，謂其爵位使命當乘也。發駕置傳，謂其爵位非應乘傳，特發傳以往迎其人也。如儒林傳言以安車駕駟迎申公，弟子二人，乘軺傳，注申公所乘，則所云發者與？說文：棨傳信也。此即如淳所云尺五寸木。西漢二百年，官制前後不同，孟堅不能盡紀其改變也。讀史者當以推考其時事，而知其制之變。惠帝紀載即位初，賜中郎、郎中滿六歲爵三級，四歲二級，外郎滿六歲二級。此所云中郎者，乃天子禁中親近之人。其所任乃景、武以後侍中、中常侍之職。其言郎中者，言郎侍於中，非以郎中爲官名也。外郎者，外廷郎也。其所任乃景、武以後三署中郎、侍郎、郎中之職。後之所云中郎者，乃在司馬門中，其周廬之外爲外也。漢初所云中者，宫禁之中，而殿署在司馬門中，皆爲外矣。又漢初有中大夫，既又置光禄大夫、大中大夫，蓋併是侍從諷議之官而有三等。百官表：『太初元年，更名中大夫爲光禄大夫，秩比二千石，大中大夫秩比千石，如故。』按此文蓋誤。景帝詔：王薨，遣光禄大夫弔祠；諸侯薨，遣大中大夫弔祠。光禄大夫之置久矣，豈待太初乎？又光禄大夫比二千石，中大夫似不逮，非同秩而改名也。至大中大夫，當在中大夫上，必非比千石。疑光禄大夫舊是中二千石，太初降之爲比二千石，而大中則比二千石如故耳。其中大夫官，蓋秩千石，太初元年裁去之，而紀者遂以謂改中大夫爲光禄也。諸傳所載，中大夫大抵在太初以前人，太初以後惟王國有中大夫。劉昭注後漢百官志引漢官云：大中大夫秩比二千石。車服志引東觀書亦然。此語蓋得其實，故賈生自大中大夫降長沙傅爲降謫。太史公自序稱大中大夫壺遂曰上大夫，而班孟堅兩都賦序稱公卿大臣内有大中大夫董仲舒也。仲舒本傳内脱失『大』字，但云爲中大夫。若中大夫，則非大臣矣。劉向傳亦云仲舒爲大中大夫。

食貨志：李悝作盡地力之教，地方百里，田六百萬畝，治田勤謹，則畝益三斗，此依臣瓚注。

不勤則損亦如之，方百里之增減，爲粟百八十萬石矣。鼐疑古人大抵計米以石權也。此志鼂錯云『百畝之收，不過百石』是也。計粟以斛量，此志趙過『代田一歲之收常過縵田畝一斛以上』是也。惟李悝法以石計粟，云百畝歲收畝一石半，爲粟百五十石，此即鼂錯之百石也。蓋粟百五十石得二百斛，爲米百石矣。

食貨志：『白金三品：其一曰重八兩，圜之，其文龍，名白撰，直三千；二曰以重差小，方之，其文馬，直五百；三曰復小，橢之，其文龜，直三百。』劉仲馮欲移『白撰』於『一曰』之下，非也。重八兩、以重差小、復小，乃白金上有此字，故加『曰』字，而『白撰』乃其名，非白金上字。如王莽鑄錢文曰小錢，曰么錢，曰幼錢，曰中錢，曰壯錢，『曰』者，錢上有此字也。

六國韓之都三：平陽也，陽翟也，新鄭也。漢書地理志：潁川，陽翟，夏禹國，周末，韓景侯自新鄭徙此。按此『新鄭』字，乃『平陽』之誤。韓至哀侯乃滅鄭而都新鄭，而景侯乃哀侯曾祖，世家云：景侯九年，鄭圍我陽翟。其時景侯安得有新鄭哉？當時韓北有平陽，南有陽翟，蓋包新鄭於腹中，迄哀侯滅鄭而定居。故志於新鄭下云：韓自平陽徙都之。蓋自景侯至哀侯，雖居陽翟，而平陽之爲都，猶南北並建焉。故於新鄭，尚可云自平陽徙也，惟陽翟則必不可云自新鄭徙耳。六國魏之都四：河北也，安邑也，鄴也，大梁也。漢書地理志：河東郡河北縣，詩魏國，晉獻公滅之，以封大夫畢萬，曾孫絳徙安邑。又安邑縣，魏絳自魏徙此，至惠王徙大梁。又魏郡魏縣，應劭注云：魏武侯別都。水經鄣水『又東出山過鄴縣西』注云：管子曰：築五鹿中牟鄴，以衞諸夏，後屬晉。魏文侯七年，始封抶地，故曰魏也。鄴至秦、漢爲魏郡魏縣，以理推之，應劭別都之説良是；不爾，何以有魏名哉？水經注有文侯七年封抶事，不知所出，意抶即擊。文侯子擊，是爲武侯。魏世家子擊逢田子方於朝歌，引車避下道。文侯時此地已爲都，封擊居之，故與子方遇於此也。六國表：文侯二十五年，太子罃生。罃即惠王，文侯時子擊雖父在而列爲諸侯矣，故其子曰太子也。然則文侯、武侯之世，往來於安邑與鄴者也。惠王時，安邑逼於秦，鄴逼於趙，故徙居大梁，殆自鄴徙耳。而地理志於安邑下云『至惠王徙大梁』，猶云韓自平陽而徙新鄭矣。

地理志：金城郡，昭帝始元六年置，莽曰西海。何義門云：平帝元始四年冬，置西海郡，乃王莽遣中郎平憲等，持金帛誘羌豪獻地爲之，非改金城舊名也。鼐按，義門之説是，班志誤也。此郡臨羌縣下，固云西海，至塞外有西王母石室，僊海鹽池，古僊、西一音，此僊海即王莽之西海。而志謂之塞外，蓋地志皆本元始二年劉歆等所紀，後班氏大抵因之。若以元始四年置郡事論之，僊海非塞外矣。西海郡自比近臨羌，更爲一郡。而此金城郡，終莽世未嘗改命曰西海。故隗囂、來歙傳於光武未定隴右前，皆云金城郡也，明莽時存此郡名矣。若莽之西海郡在臨羌外者，水經注明載云，王莽諷羌獻西海地，置西海郡，而築五縣。又云：湟水東南流，逕龍夷城。十三州志曰：城在臨羌縣西三百十里，王莽納西零之獻爲西海郡，治此城。據此，則西海五縣，其一龍夷，餘四不可知，而別於金城可知。酈道元既載十三州志西海郡之本地明文矣，而猶沿班氏之誤，曰金城郡、莽之西海郡，則可謂惑矣！大抵西海之郡，不過羈縻暫置，羌旋據之，豈眞可以設縣命税，比之内地？故志所不得而載也。武帝元狩二年，得匈奴昆邪王地，置武威、酒泉郡矣。元鼎六年，乃爲張掖、敦煌，徙民以實之。而地志云：武威，太初四年開；張掖、酒泉，太初元年開。敦煌云後元年分酒泉置，此必文誤。當云後元年開耳，其分置自在元鼎。計四郡之初置，亦尚羈縻。其開設縣邑，可命令長收召賦役，同於内郡，乃在得其地二十餘年之後，王莽安能以此行之西海乎？

藝文志：馮商續太史公七篇。顔監引七略云：商，陽陵人，治易，事五鹿充宗，後事劉向，與孟、柳俱待詔。韋昭曰：商受詔續太史公十餘篇，在班彪別録，商字子高。鼐疑子高乃馮奉世之子姓，故馮奉世傳敘其先世，如太史公自敘之體，蓋子高之自敘，而班氏即因之以爲奉世傳。南史謝朏爲侍中，齊受禪。朏當日在直侍中，當解璽，乃引枕臥，傳詔使稱疾，欲取兼人。又王延之傳内，載宋孝武選侍中四人，王彧、謝莊爲一雙，阮韜、何偃爲一雙，常充兼假。按侍中，每日應有人在省，正直無人，正直攝者爲兼假，若既常充，是正直矣，而又謂之兼假，蓋重其官，不遽以予人之意。謂假攝曰兼，此蓋漢制舊已有此語。王莽傳：縣宰缺者，數年守兼，是也。故張晏注項羽傳：假守曰假兼也。今人不達古時俗語，觀晏此注，反增惑矣。盧綰傳：爲羣臣觖望。師古曰：觖謂相觖也。語殊不明。鼒謂觖即缺少之意，故孫竇傳：傳太后言擿觖以揚我惡。是擿其缺失義。此『觖』音缺，而舊作漢書音有或讀邱瑞反，而解爲覬望之義。故蔚李通傳論云〔六〕『以觖一切之功』，此音義乃顔監所不取。又按説文無『觖』字，依顔義即『缺』字之異體，依舊義則欠部『歖』字之異體。

公孫弘傳：開東閤以延賢人。此閤是小門，弘不以賢者爲吏屬，以爲賓客，故别開門以延之也。若後漢汝南太守韓崇，召蔡順爲東閤祭酒。其後，魏、晉至梁、陳，稱東閤祭酒者甚多，此則正是參佐耳。又有西閤祭酒，如孔琳之爲桓玄太尉、西閤祭酒是也。蓋公府及州郡皆得作閤室以居參佐，故有東、西之稱。與平津東閤自别異，而書籍字形往往舛互，當各隨義正之。

嚴助傳：淮南王上書云：越人名爲藩臣，貢酎之奉，不輸大内。應劭曰：大内，都内也。師古曰：治粟屬官有都内令丞。按，後人率稱天子宫中爲大内，誤會此書之語，應、顔以官解之，是也，而即以大内爲都内，則尚非也。蓋武帝太初以後，國家穀貨統於大司農。若漢初之制，則治粟内史自掌穀粟，大内自掌財貨。故史記景帝紀云：中六年，以治粟内史爲大農，以大内爲二千石，置左右内官，屬大内。是大農、大内各爲一職之徵也。淮南上書，在武帝建元三年，其時大内之官固在也。及後更定官制，裁大内之官，而左右内史之名亦去，更設均輸、平準、都内之官，以領左右内官之舊職，而皆屬於大司農。然則大司農誠掌穀貨矣，若爲治粟内史之時，但掌穀耳。班氏百官表蓋未稽其分合，第知大司農原於治粟，而遂先書云治粟内史。秦官掌穀貨，表内更不載大内之名，則已疏矣。應、顔因班表爲注，故有未盡悉者。若大内之官，蓋亦本於周之職内，非秦官也。又律曆志言度者分寸大尺，其法用銅，又用竹爲引，職在内官。師古注：引宗正屬之内官長丞。鼐疑此内官乃本大内屬之左右内官，後爲都内主財貨者，若屬宗正之内官，恐是主宫内者，非律曆志之内官也。

輦者，古人一稱，而其制有三者之别。詩：「我任我輦。」周禮注引司馬法夏后氏謂輦曰余車，殷曰胡奴車，周曰輜車，乃左傳「輦重如役」之輦，皆以人輓行，重車而大者也。巾車連車組輓，連讀爲輦，後居宫中從容所乘。此則以人輓行，輕車而小者也。左傳南宫萬「以乘車輦其母」，及魏獻子以「二婦人輦以如公」，國策「老婦恃輦而行」，霍光傳其妻顯作乘輿輦，「韋絮薦輪，侍婢以五采絲輓顯」。此皆略與巾車連車同制，而與輦重之輦異制。制雖異而皆有輪，皆以人輓行者也。至後世帝王游行宫中，升降高下，又以有輪之輦爲不便，乃前後皆以人轝之，如今之轎，無輪。唐人謂之擔子，亦曰輦。王莽傳晉灼注引漢儀注，皇后婕妤乘輦，餘皆以茵，四人轝以行。此西都賦「乘茵步輦」是也。言步，所以别於有輪之車。

李尋傳：『五經六緯，尊術顯士。』何義門云：言緯者始見此，故張衡言緯始哀、平。鼒謂尋此言，本非指讖緯，注家誤説耳。尋上下文皆言天文，當爲人主所取法。此五經者，五經星也。六緯者，十二次相向爲六，故人主當法之，以尊五行之術，顯十二州之士耳，與經書讖緯何涉哉！

從事中郎，幕府之官，自漢至六朝皆有之，始見毋將隆傳。按中郎本天子之衞臣，以衞臣而從事公卿之幕府，故曰從事中郎。唐時藩鎮幕僚有郎官御史之稱，其端蓋已啓於漢也。

孝平王皇后傳『便時上林延壽門』。按漢上林有兩處：一在城内，一在城外。城外之上林，武帝時所起，所包廣遠，在南山之下。若城内上林，高帝時即有之。蕭何所請，令民入田者也。蓋景、武以後，不以爲豫遊之所，而屬大農以鑄錢藏幣。平準書『楊可告緡錢，上林財物重』是也〔七〕。平后自王莽第入宮，皆在城内，無行至南山下上林之理。蓋在城内上林，其去宮甚近，故可便時耳。『便時』，顏注不明，章懷注楊震傳引此解云：待吉時而後入。其解似明而實非。蓋平皇后之便時，未嘗非欲待吉時，而此但言取便停住許時耳，此時非指吉時。如以此便時爲吉時，以解楊震傳，尚亦可通，而以解魯丕傳『趙王商避疾，欲便時移住學宮』，不可通矣。

漢書敘傳言綺襦袴，昌邑王傳言衣短衣大袴。袴之制，世或未明，今爲考之。蓋裳袴、褌、褌三者，各異物也。周人上衣下裳者禮服也。袴者，幼童不裳者之衣，内則曰：衣不帛，襦袴其制似裳而小。裳前後交掩在旁，而袴左右交掩在中也。本非成人士君子之服，而無貴賤衣之，其在戰國之季，騎興車謝時乎？其形固便於騎也。左傳『徵褰與襦』，褰，袴也。魯昭公時，未必士遽衣袴。戰國造飾爲是謡耳，吾固疑左傳多後附之書也。漢始承秦，其禮服皆袀，元無衣裳之别，故當時朝廟服惟用單衣。至東漢明帝乃復古衣裳上玄下纁之制。然止用於三雍及大祭祀，其日朝亦循西漢之單衣。單衣乃周人之深衣，其制連上衣下裳而合之，腰中有横縫，無裏斯，以别於襜襦袍，製以爲禮服而已。漢人分上下衣而二之者，上襦下袴，袴非禮服，不可見君，第可以接賓，昌邑王以接張敞之類是也。急就篇云：『襜襦衿複褶袴褌。』縛袴爲褶，在外曰袴，近體乃褌，袴非褌也。若東漢後所云裙者，本正是袴，但裙寬廣，漢書所謂大袴大袑也。所專稱袴者，則制狹耳，故南史何尚之傳云：裂裙爲袴。袴褶，乃軍中服也，或云家居執事役者亦衣之。魏志言管寧布襦袴布裙，隨時單複。要之，裙、袴是一類，而分廣狹，皆是便服，不可爲禮服。故管寧親薦饋饌，則必改衣白布單衣也。大抵單衣雖減於古之衣裳，要必寬博而交掩在左右，不便乘騎。至隋開皇時，又以羣臣從巡游騎馬袴褶見君，加單衣爲不便，乃變單衣而爲袍。自是，祭祀、君臣賓客相見皆袍，古人腰中横縫，猶分上下之深衣遂不得見，而男子亦無衣袴者矣。單衣元可以加袴之上，以見君。故宋武時諸王入内，脱單衣，只用裙帽，如家人禮也。梁元帝子方矩入朝，公服中符碧絲帶布袴符者，猶今言襯也，單衣内襯袴可也，而碧絲帶則非正人所當著，故摳衣見之，而元帝以爲惡也。

## 校記

〔一〕王粱　當作「王梁」。下同。

〔二〕太史公　據上文當作「太公」。

〔三〕二十　據下文當作「二千」。

〔四〕皓　當作「晧」。

〔五〕其伯　當作「共伯」。

〔六〕蔚　當作「蔚宗」。

〔七〕重　當作「衆」。

# 筆記卷五

## 史部二

### 後漢書

明帝紀詔曰：光武皇帝建三朝之禮。按三朝，乃正月朔之謂。此指謂建明堂、辟雍、靈臺，不應云三朝。當如前書河間獻王傳及班固兩都賦，稱三雍，乃是此字誤耳。

順帝紀：孫程等迎濟陰王於德陽殿西鍾下，即皇帝位。惠定宇引如淳注司馬遷傳絳侯『囚於請室』，『請室若今之鍾下』語，遂解順帝爲被廢囚於請室，而程等就迎之。鼐謂宮殿旁有小室曰請室，言人臣於此得請事待詔，凡宮殿旁意多有之，非定於一處，亦非必以請罪及以囚人也。賈誼傳蘇林注，引胡公漢官『天子出有請室，令在前先驅』。又續書百官志云：車駕出，在前請所幸，中興省此官。蓋此令亦主請事者耳。周勃逮於廷尉，文帝或以其大臣，不令入廷尉獄，特詔置入請室，豈入請室者必囚哉？如霍光止畫室，當即是請室也。東漢則德陽殿鍾旁有小室，謂之鍾下，故如淳比之前漢請室。當順帝廢不爲太子，猶爲王也，年才十一耳，閻顯使居殿旁室内，固不欲與外人交通，然不可云囚。故孫程等十八人得就其鍾下之室，合謀定盟，則非囚室可知。既盟，入殺江京，出迎即位。其即位，必即在德陽殿矣。謂德陽殿旁有囚室，豈其然哉！

蔡邕續漢志曰：十意者，避桓帝諱也。華嶠爲漢後書，所爲三譜，即表也，而云譜，避其父諱也。華嶠書傳於江左僅三十餘卷，至隋僅十七卷。范蔚宗於皇甫嵩傳引其語，是從他史所引而轉述之，蔚宗不盡見嶠書也。

續漢書律曆志：部太子舍人馮恂。惠定宇謂未有太子，則舍人之官領屬少府，故云部非也。此部即治曆之部，猶班固傳云校書部也。本卷又有太史部郎中劉固。

續漢書律曆志中卷，論漏刻一則，自永元十四年至昏明中，星列近刻本誤作刻。於十下數行，並當在下卷二十四氣之前。蓋漏刻又是曆中餘事，可置於末。而所云列於下之文，即當載其所刻，不得分置兩卷也。

此志初不言四分之所從起，但言建武八年，令待詔張盛、景防、鮑鄴等以四分法，與楊岑課。序事若此，良爲闇昧。劉昭譏爲序致膚約，不爲過矣。若東漢之主，尊奉讖緯，賈逵等論曆引據及之，蓋不得已。劉昭注志，於讖何賴？而其序云：星候祕阻，讖緯藏嚴，時或有見，頗邀旁遇。蓋梁武帝嚴禁緯書，故劉昭云爾。然所旁遇，亦采録長冗。如四分以冬至日在斗，而注反引叶圖，徵日月起於牽牛之初。以此爲注，寧非乖舛耶？

郡國志載淮陽郡之縣人廣陵郡〔一〕。按西漢有淮陽國，約當今陳州府地；有臨淮郡，約當今淮安府地。光武建武十四年，封皇子衍爲淮陽公，衡爲臨淮公。十七年，衡薨。明帝永平十五年，改臨淮爲下邳國，封子衍爲王。按，明帝封子只數縣，必不盡予以臨淮全郡，況名下邳，是已兼有東海縣而又加一郡乎？疑下邳建國時，臨淮猶自有郡存，故章帝建初四年，以下邳國小，以九江之鐘離等縣益下邳國也。此臨淮郡蓋旋改名淮陽，故説文『淩』字注『水在淮陽』也。至西漢之淮陽，則章帝章和二年遺詔改爲陳國，徙西平王羡爲陳王矣。獨臨淮之爲淮陽，史不見其事，而此淮陽之縣併入廣陵，史亦不載其年，惟郡國志及説文見其名耳。

西漢建章宫在長安城西，上林苑在南。當王莽建九廟時，蓋盡毁建章及上林内諸宫館林木，以爲用。意其廟略當建章宫地耳，故三輔兵焚之，火照城中，必不在上林，去城遠也。鄧禹、馮異皆屯兵上林成都，蓋昔爲宫苑，王莽時已爲墟，既而又爲民居聚落矣。

范蔚宗云：中興二十八將，前世以爲上應二十八宿。此説不載所出，惟馮異傳載永初六年，安帝詔建武元功二十八將，佐命虎臣，讖記有徵，則應宿之文出讖記也。馬嚴拜將軍長史，置司馬、從事，同之將軍。過武庫祭蚩尤，帝親御阿閣，觀其士衆。按此『閤』乃『閣』字之誤。堅鐔傳注引洛陽記，建始東有太倉，倉東有武庫，蓋士衆武庫向必過宮前，阿閣乃宮城之隅樓，故可憑觀，非門閤也。中山王焉傳：官騎百人，稱娖前行。章懷注：稱娖，整齊也。鼐謂天子則稱蹕，王公則稱娖，蹕、娖皆辟人於道之聲，非整齊義。

西京時，孝廉爲郎，皆三署郎也。至光武時，以孝廉丁邯爲尚書郎，邯不肯爲，則是尚書郎下於三署郎也。至永平中，則徐防以孝廉爲郎，顯宗異之，特補尚書郎，則是間數十年，尚書郎已重於三署，事任樞機所寄，勢使之然也。至安帝時，胡廣以孝廉爲天下第一，拜尚書郎矣。千乘哀王傳，與諸儒講論白虎殿。按，西京未央宮有白虎殿，東京有白虎觀耳。此當因西京之名而誤。

崔瑗傳〔二〕：爲濟北相。李固爲太山太守，奉書禮致殷勤。光禄大夫杜喬爲八使，徇行郡國，以贓罪奏瑗。范蔚宗言李固高潔，奉贄結好；杜喬之劾，殆其過矣。吾意李之書禮，不過尋常通問耳，若杜則使職所監，見罪安得不劾？崔氏以被杜劾爲恥，引李書以自湔，此家傳之私情耳，范史遽信以爲杜過，則識淺矣。

范書言崔實論當世便事數十條，名曰正論。按隋經籍志，法家正論六卷，尚書崔實撰，不審『正』『政』字孰是？

後漢書屢言以尺一詔，蓋詔書有版，其版長廣有定式。朱博言三尺律令，疑漢官書制，必三尺也。説文：檄二尺書。臣下檄二尺，則天子詔三尺矣。詔版從尚書下三公，其體嚴重，若偶以小詔便下，不經公府，斯謂之尺一詔，殆猶唐之墨敕矣。故楊賜疏有『斷絶尺一』之語。魏志夏侯玄傳載有『詐作尺一詔書，以玄爲大將軍，許允爲太尉，以詔版付允門吏』，然則尺一詔亦有版，但小耳。魏時尺一詔，正是齊王芳手詔，謂之詐者，司馬氏之誣詞耳。又高貴鄉公伐昭，出懷中版投地，此亦是尺一詔矣。

張皓傳言順帝即位，拜皓司空。趙騰上言災變，譏刺朝政，下有司收騰繫考，黨輩八十餘人，皆當伏重法。皓上疏諫，帝乃悟。按，皓以順帝四年罷，順帝即位十一歲，迄皓罷司空，才十五歲。其時皆大臣任政，未至欲誅無辜八十餘人也。此因安帝時有收考趙騰之事，附會造此虚言耳。至其子綱傳言，爲八使埋輪都亭，遂劾梁冀，冀乃諷尚書以綱爲廣陵太守。按漢制，御史平出爲令長，綱以御史出典大郡，乃優擢也。果嘗劾冀，冀反擢之乎？至其載降張嬰事，尤爲謬妄。嬰巨賊，降之不罪，已過寛矣，而爲卜居宅，相田疇，引召其子弟爲吏，是不仁者重得利矣。且果如此，使嬰歸誠，安有復反之理？蓋僞造此説者，不知永嘉元年，有張嬰攻殺堂邑江都長事在綱死後，而安云南州晏然。蔚宗依舊紀書漢安二年，揚徐盜賊攻燒城守，殺掠吏民。及永嘉元年，張嬰明有攻城殺吏之事矣，而既取雜説以立綱傳，兩不相合，則於紀加云：張嬰於漢安元年降於綱，而永嘉二年復反。用以相彌縫，而不知其非誠然也。至其云嬰等五百餘人，制服行喪送到犍爲，詔曰：嬰等縗杖，若喪考妣。漢時詔出尚書，安得作此非禮之言以加臣下？良由鄉曲小生無識妄造。大抵東漢多鄉曲僞飾之事，華陽爲甚。如張楷等傳，皆多謬誕。蔚宗不能裁削，以誣示後世，爲可歎也！埋輪，當是漢時俗語，猶戰者言埋根立足於此不復退，曰埋根，非眞埋其足也；駐車於此不復行，曰埋輪，非眞埋其輪也。埋其輪於都亭，此成何理？因語誤會爲實事，不知此舊文之失耶？抑誤由蔚宗耶？觀陳虞寄與陳寶應書云：長驅深入，擊馬埋輪，則寄意正如余說。

臺閣署皆近臣所居，西京天祿、石渠，東京東觀皆閣也。謁者、御史、尚書，是爲三臺。蔡邕傳：補侍御史，又轉持書御史，遷尚書。三日之間，周歷三臺。鼐疑補下脱『謁者遷』三字，若如今傳文，則止是二臺，其『三』字誤矣。

史弼傳：被一切詔書，當舉孝廉。陳蕃傳：詔下州郡，一切皆得舉孝廉茂才。按桓帝紀，太后臨朝，詔令秩滿百石，十歲以上，有殊才異行，乃得參選孝廉；臧吏子孫，不得察舉。此詔在本初元年，梁太后之詔也。至桓帝親政，蓋變易不用太后之舊詔，而一切皆得參選矣。鼐度此一切詔，必在延熹誅梁冀之後，宦官亂政之時，而桓紀第載太后之初詔，而此一切詔書，遺而不載，亦史家之疏矣。

黨錮傳，言趙典在八俊，惟名見而已。鼐按，小學紺珠引薛瑩書『天下才英趙仲經』，則典有字傳也。及八俊荀昱，薛書作荀緄。八顧無范滂，有劉儒，滂在八及。八及無翟超。八廚無劉儒，有劉翊。

范滂傳：舉孝廉、光禄四行，爲清詔使。按，滂當時舉孝廉爲郎，郎屬光禄，乃舉四行而出使，非孝廉即爲使也。

孔昱傳云：字元世。小學紺珠引薛書『海内才珍孔世元』，則今書誤倒。又范康字仲眞，紺珠作苑康。按荀朗陵傳内，潁陰令渤海苑康，則今黨錮傳字誤也。

後漢循吏傳注引風俗通曰：俗説市井者，言至市當有所鬻賣，於井上先濯也。謹按春秋井田，記八家九頃二十畝共爲一井，因井而市，故稱市井。鼒謂此兩説皆非是。田民在野，或飲溪谷溝渠；若在邑居，則必須井飲，故邑必有井，易改邑不改井是也。與井田之井，乃不相涉。市旁則作市井。國語『處商，就市井』，孟子『市井之臣』，史記律書『年六七十翁未嘗至市井』，及平準書『市井之子孫，不得仕宦爲吏』，市井之稱古矣，要之市必有邑，中有井，以便市者，豈論鬻物之濯否哉？

古議政羣集於朝，臣其朝廷而非堂，余於論語説詳之矣。西漢若議魏其、武安於東朝廷；霍光廢昌邑後，議立帝，傳言光坐廷中，則俱是於廷矣。而孟堅西都賦『左右廷中，朝堂百僚之位，蕭曹魏邴，謀謨乎其上』，似有議政朝堂事，而於漢書無徵焉。至後漢之朝堂集議，則紀傳俱可徵矣，然恐東西京未必同制。又班賦西都云『左右廷中朝堂』，則朝堂有兩。而張平子西京云『朝堂承東』，則惟一耳。竊意西京遭王莽赤眉兵火之後，宮室蕩盡，班、張雖漢人，亦有不得聞其詳者，未知二人之所聞孰眞正也。又古朝廷皆立議政，漢則設席坐。雖天子在殿上，而臣在殿下有席。故成帝紀，青蠅集未央殿中朝者坐。又和帝永元七年，令將大夫、御史、謁者、博士、議郎、郎官會廷中，各言封事，書封事必坐矣。又戴憑傳，大會羣臣，皆就席，憑獨立，此有席坐之徵也。古天子、諸侯初即位，其位皆在廷立而不坐。秦、漢以後在堂似即位，即是坐也，然無明文，惟南史沈文阿傳文阿議陳文帝即位儀云，古禮，朝廟退坐正寢，聽羣臣之政。此所云古禮未知何本，殆只是漢人禮耳。

陸續傳序：楚王英録尹興名徵興，詣獄連逮就考，後帝因聞續行狀而赦興，事在永平中。續少子褒，褒子康。按，明帝永平至獻帝之初平，可百二三十年。康乃獻帝時爲廬江，而其祖乃上及永平乎？又陸康傳，言袁術在壽春，遣孫策攻康於廬江，康固守二年乃陷。按，袁術以初平四年初據淮南，次年爲興平元年，孫策從術，即以是年破陸康，安得有攻圍二年之事？然則此陸氏之事必出私紀，有可疑也。唐書宰相世系表陸褒第三子紓爲吳城門校尉，褒父揚州別駕續，計續孫不能及吳時爲校尉也。

魏志高堂隆傳附棧潛疏，引詩『猶之未遠，是用大簡』，與成八年左傳同。孫奕示兒編可證，今俗本乃訛作『諫』。

滿寵傳：太和三年秋，使曹休從廬江南入合肥。按漢廬江治舒，舒在合肥南，此時已爲虚野，人所不居矣。魏之廬江，蓋治六安，故言休自是南入合肥，後又言吴將陸遜向廬江，寵爲賊舍船二百里來，亦指六安也。吴志嘉禾六年冬，全琮襲六安。朱桓傳：嘉禾六年，桓與全琮迎魏廬江主簿，引還，桓自斷後，廬江太守李膺不敢出。蓋吴尚謂之六安，魏則呼爲廬江。

田豫傳言豫搆離鮮卑軻比能與彌加、素利之功，及馬城戰勝追討虜，僵尸蔽地。及閲東夷傳，豫勝軻比能小帥瑣奴，致鮮卑懷貳，其後衆遂强盛，圍豫於馬城，賴閻志説之，豫僅自免耳。似豫傳有飾詞，而東夷傳乃紀實也。

東夷傳：景初二年，報倭女王詔，有『絳地交龍錦』『紺地句文錦』，裴松之以『地』應爲『綈』，疑傳寫之誤。非也。地者，質也。孫興公道曹輔佐才如白地光明錦，是魏晉時故有是語。

魏志載國淵詐求讀二京賦，以得謗者，吴志載周魴譎曹休之辭：並市井小人之行，而爲之立傳以爲美談，則史家之無識矣。至馬超乃亂臣賊子，在蜀又無纖豪功績，而爲立傳，列關、張之次，尤爲謬甚。蜀雖少才，亦何必載此耶？

吳志：黄武四年，書丞相孫劭卒，不立劭傳。注引志林云：吳之創基，劭爲首相，史無其傳，嘗問劉聲叔。聲叔云：推其名位，自應立傳。以與張惠恕不能，後韋昭作史，惠恕之黨故不立傳。按，史之立傳，當以賢能，豈論名位？孫劭既見惡於張温，其無得而稱可知已。不爲傳者，史體當爾，裴注所載非也。孫權赤烏十二年，作堂邑涂塘，以淹北道；孫亮即位，諸葛恪率軍遏巢湖：是皆以水害鄰之計，猶蕭衍之遏淮也。又孫權時作濡須塢，塢是小城，當正在江口。若恪之東興城，當在今巢縣，當湖水將出之地。

漢丹陽本治宛陵，漢末徙治曲阿。孫策舅吳景爲丹陽太守，策載母徙曲阿是也。吳雖以建業爲都，而太守猶居曲阿。孫休徙居丹陽，太守李衡數以事侵休，休所徙郡，是其居不在建業也。至晉以後，丹陽太守乃居建業，然俗沿舊呼太守治曰曲阿。以逮宋文帝，欲以庾炳之爲丹陽尹，何尚之云曲阿近在水南，是也。吳志孫韶傳言孫翊爲丹陽遇害，孫何馳赴宛陵，此宛陵乃曲阿之誤。蓋沿漢舊稱，猶何尚之之稱曲阿矣。當時殺翊者嬀覽、戴員，乃吳郡守盛憲所舉。曲阿近吳，故翊禮致之，若宛陵則太遠矣。孫何爲京城督，比近曲阿，故聞亂即至。又覽、員北迎揚州刺史劉馥，今住歷陽〔三〕，曲阿故可與歷陽應，宛陵則形勢不接矣。此足證當時翊亡在曲阿，非宛陵也。又孫堅死，葬於曲阿後，謂之高陵。孫權太元元年，大風，高陵松柏斯拔，郡城南門飛落，此亦足見當時郡治實在曲阿。孫晧天紀三年，有買菜生工人吴平家，如枇杷形，上廣尺八寸，下莖廣五寸，兩邊生葉。按此枇杷，即俗用琵琶字也。王右軍帖『知欲枇杷卿所欲，眞無違』者，即此。説文本無琵琶字也。

皇象善書，見趙達傳注，内不言其何官。南史梁皇侃傳云：青州刺史，皇象九世孫也。疑此皇象晉人，非吴之皇象，而淳化帖題『吴青州刺史皇象書』，不知是否？

## 晉書

晉書孝武紀：太元八年，始增百姓税，米口五石。此説極不分明，讀之，大可駭。據食貨志，成帝時，度田畝税三升；孝武時，除度田收租之制，王公以下，口税三斛，惟蠲在役者，至八年，增至五石。然則此皆言王公以下有田而不供役之人，豈汎及百姓哉？

古人稱人官，每止稱上一字。如驃騎將軍曰驃騎，中郎將曰中郎之類。此在史傳，若述人語言，不妨因之，以當時稱謂常體本如此也；若自序事，則必不可省字。唐人作晉書者不達此理，名號將軍，多止稱上字。如趙王倫傳云左衞王輿，前軍司馬雅，又征虜張泓，左軍蔡璜，前軍間和等，皆當有將軍字，而前軍、左軍之稱，不知其爲前將軍、左將軍耶？抑前軍將軍、左軍將軍耶？此皆由節字之不當也。

前後左右將軍本漢官，魏晉別有前軍、後軍、左軍、右軍將軍，乃宿衞之職，謂之四軍，屬中領軍。宋書官志，左右前後將軍，金印紫綬；左軍、右軍、前軍、後軍將軍，銀印青綬。晉書輿服志內，載大駕鹵簿騎隊後，左將軍在左，前將軍在右。至豹尾後，領軍將軍中道，後將軍在左，右將軍在右。此四將軍分於前引後從，皆自乘一車，各有鹵簿鼓吹。至其中金根車，駕六馬，中道，此天子矣。於是左軍將軍騎在左，右軍將軍騎在右，此不得自有鹵簿者也。而今晉書本金根車旁，左軍將軍、右軍將軍，脱兩軍字，與前引後從之將軍無別矣。而大駕鹵簿至渡江後已不備，四軍所統殆亦減於西晉。此四軍將軍，王彪之直欲省去，併其事於殿中將軍者也。王羲之、桓尹是右將軍，而本傳乃誤作右軍將軍，致王方慶進右軍帖所題銜亦襲其誤。而樂毅論後僞褚跋之誤，又不足論矣。

官制名同而前後事勢不同，讀史者不可不辨。如左右前後將軍官，本行軍時分部局之稱。衞青爲大將軍，出定襄。合騎侯公孫敖爲中將軍，太僕賀爲左將軍，翕侯趙信爲前將軍，衞尉蘇建爲右將軍，郎中令李廣爲後將軍，咸屬大將軍，此其名之正也。其後置左右前後將軍於京師，無關行軍局部矣，而襲其名，第不置中將軍耳。此其變一也。光武時，廢其官，桓靈之世，乃復置之。其後相襲，以至六朝。裙屐風流之子而有此名，其甚不稱矣。郡守，牧民之官也。西漢元兼以統兵故謂之郡將，而不必有將軍之名。加以將軍之號，始於王莽。光武初起，乃復因之，如寇恂、銚期以太守行大將軍事，邳彤爲後大將軍、和戎太守，此並倉卒用兵時事耳。及天下大定，即不用此制。故馬成拜爲中山太守，即上將軍印綬矣。牧守而帶將軍事，更興東漢之末，而相沿竟於六朝。天子禁中，有左軍、右軍、前軍、後軍四將軍，魏晉之制也。官雖小於前後左右將軍，而宿衛禁近則過之，故西晉有以重號將軍而兼領此職者。若泰始初置中軍將軍，盡統宿衛七軍，最爲重賦，以羊祜爲之，旋罷，改祜爲衛將軍。西晉卒無中軍將軍，諒亦以權過盛也。東晉復置，卞壺、殷浩皆爲此官，然權不如羊祜時，亦未必責以宿衛，第終是内臺之官，故何充云『殷浩居門下』也。及桓冲爲揚州刺史，居姑孰而帶中軍，則於臺衛遠矣，然猶在統内。及爲徐州刺史，辭鎮北將軍，而尚帶中軍，則名尤不稱矣。又魏時本以中領軍爲重任，後加其名曰中領軍將軍。至晉武帝泰始初，改名曰中軍將軍。既有中軍將軍，即不當復有中領軍。其後廢中軍將軍，復置中領軍，誠其宜也。若江左既有中領軍，不當又置中軍將軍。大抵虚號存而權寄非昔，故亦不知其繁複也。晉書百官志云：資輕者爲中領軍、中護軍，資重者爲領軍、護軍。按其文當云資重者爲領軍將軍、護軍將軍，此亦是省字之甚謬者。齊時柳世隆爲護軍，而衛軍王儉修下官敬甚謹。

晉書趙王倫有三部司馬，不言何爲三部。職官志有基强弩爲三部司馬，各置督史之語。此文係有誤脱，以食貨志及輿服志大駕鹵簿證之，前驅部持戟盾者一也，由基部持弓矢二也，强弩部三也，殿中及左右衛蓋皆有三部司馬。司馬非官，乃是以勇士爲衛。此在漢如惠帝紀所云，執楯執戟武士，騶比外郎耳。晉乃美其名曰司馬，猶近世執杖者名校尉而非官也。其司馬督乃是官，此司馬既是近衛，故倫之廢賈后，及王輿之廢倫，皆假之以濟事。又閻纘表理太子，賈謐謂其欲與諸司馬家同，蓋謐是時已聞諸司馬欲爲變，復太子也，意蓋欲殺纘矣。又倫傳言三部司馬，兵於宣化闥中，斬孫弼。此於舊文必無『兵』字，蓋唐賢誤以司馬爲官，遂增一『兵』字，司馬下豈更有兵哉？

梁孝王肜傳叙肜督關中，致周處被害，徵拜大將軍、尚書令、領軍將軍，録尚書事。此文蓋誤，多『大將軍尚書令』六字。大將軍最尊，不常置，肜以過徵，豈遽有此顯授？且既爲大將軍，即不爲領軍，既爲尚書令，亦不爲録矣。其下文敘肜嘗大會，謂參軍王詮曰：『我從兄爲尚書令，不能啖大臠。』此乃是肜在關中時事，所謂從兄，必下邳王晃也，而傳敘於爲領軍後，亦誤。

王導六子。長悦，是曹夫人生。次恬、洽，是妾雷氏生。見世説注引語林。又世説注引妬記，曹夫人見小兒可愛，左右對是四五諸郎，然則協、邵、薈皆庶出也。導於蘇峻亂，擕二子出奔，所攜殆悦、恬乎？協等或繈褓，或尚未生，而協傳言爲元帝撫軍參軍，協安能上接元帝？蓋簡文帝爲撫軍將軍時，協爲其參軍耳。

王逸少初爲臨川内史，見世説，最可據，非江州刺史也，而晉書本傳誤作江州。又載在會稽時遺僕射謝安書。按逸少在會稽，謝安尚爲處士，未出也。此必是與謝尚仁祖書，此或由雕本字誤。至謝安傳載安登石頭，遠想羲之規之。按逸少誓墓之後，未嘗更入都，而安之仕進，在逸少去官後，安在官而有遠想遺事之過，逸少安得規之？此事亦出於世説，則世説之妄也。唐時執筆者蓋乏學識，故所取舍皆謬。

郗超傳言王獻之兄弟於超死後簡敬於郗愔。此本世説，吾謂其誣也。子敬佳士，豈慢舅若此？且超權重，爲人所畏，乃簡文時及孝武時，桓温喪，超失勢矣，其存没豈尚足重輕於其父哉！

荀羨傳：慕容蘭屯汴城，羨引汶通渠，至於東阿，征之，斬蘭。按魯郡有卞縣，與汶水東阿近，故右軍有一帖云：荀侯定居下邳，復遣兵取卞城。正指此事，而今晉書乃誤作汴。

徐邈字僊民，本傳不載其字，想避唐太宗諱也。而瑯琊王道子傳雲中詩仍書僊民。他傳字犯唐諱，多以他字易之。如王彪之字叔虎，而易云叔武之類是也。此作者非一人，體例不一故也。邈傳言補中書舍人，在西省侍帝。遷散騎常侍，猶處西省。按齊百官志云：

自二府、五校、四軍以下，謂之四省，而散騎爲東省。

通鑑：太康二年，帝既平吴，掖庭殆將萬人，常乘羊車，恣其所之。宫人以竹葉押户〔四〕，鹽汁灑地，引帝車。按羊車見考工記。晉書車服志『羊車，一名輦車』，此自是車名，非以羊駕其車之謂。竹葉鹽汁云云，必出小説，流俗不達車制者所妄造，唐修晉書誤取之，而温公乃又承其誤。

南齊書志，亦有近世不復駕羊之語。蓋亦未考古本，非駕羊也。

校　記

〔一〕人　當作『入』。

〔二〕鍰　當作『瑗』。

〔三〕今　當作『令』。

〔四〕押户　會文本同。晉書作『插户』。

# 筆記卷六

## 史部三

### 隋書

隋書地志：江都郡清流，舊曰頓邱，置新昌郡及南譙州，開皇初改曰滁州。又全椒，梁曰北譙，置北譙郡，後齊改郡爲臨滁，後周又曰北譙。按，全椒在清流之南，相比近而置譙郡，在全椒反曰北譙者，蓋此是梁人，以有譙郡之人僑居江南，對此居江北者，故曰北譙。及隋代周，以已本有淮北譙郡之正地，此地名北譙爲不順，故改曰南譙州。而以清流爲州治，此隋文開皇以前之事，志分書於兩縣，反覺混耳。

### 五代史

五代史言耶律德光葬木葉山，似誤。德光葬乾陵，蓋在今遼陽州地，醫巫閭山之東南，胡嶠所見拋棧之處也。阿保機葬木葉山耳。

## 宋史

宋制，天子御殿有横行，蓋殿陛之下，衛士立仗者，皆以自北而南爲行列，是爲直行。其閤門使等武臣近職，則侍於陛上，由御前自中而東西，分爲行列，是其横行也，故客省使至閤門使曰横班官。宋敏求退朝録云：舊制，朝官連假三日後，朝官赴文德殿參假，謂之横行。次日，仍赴内殿起居。按此朝官至正殿，有横行班處參見。此本沿唐時天子日於正殿視朝之禮也。至宋天子不日視朝，而假滿者猶必先至此正殿横行列班之處，朝於虚位，當時即呼此朝謁曰横行，此省字語耳。宋又曰近年連假後便起，而廢横行之禮，言直入内殿起居，不先朝於虚位矣。宋人此等稱名，亦殊不正。吾鄉方密之先生通雅，於此兩言横行，繳繞爲一，則義不可通矣。

吾嘗謂東坡代張方平諫用兵書，此是子虚烏有之事。蓋東坡在黄州，既聞永樂徐禧之敗，神宗悔痛，乃追作是文，聊以發揮己意。其以烹宰禽獸爲譬，乃是在黄州戒殺後議論也。史言神宗於永樂事後，恨昔無人言其不可。又言在内惟吕公著，在外惟趙卨，言用兵非好事耳。吾度公著、卨之言，未必能及東坡此書之痛快。若果先代方平，而方平上之，帝安得忘之哉？近畢秋帆續資治通鑑，取東坡書爲方平事，實載於元豐四年。又載帝述吕公著、趙禼事於元豐六年，是矛盾之説也。又方平乃僉人，屢爲司馬温公所彈，畢書據蘇氏私懷作誌之美而嘉予之，皆非實也。

東坡仕爲安福主簿，此主簿是選人初階，子由爲墓志，書授安福主簿，宋史本傳作調安福主簿則誤矣，稱調則是實官矣。又墓志云：歐陽公以直言舉之，故對賢良方正直言極諫策。傳乃云以才識兼茂舉之者，亦是誤也。

## 遼金元史

遼之上京即西樓，當在今熱河之上流，多倫諾爾之西。遼東京，所取渤海國地也。遼中京，德光入中國，以鎮州爲中京，旋失。聖宗統和二十五年，以七金山土河之南地建中京，今之遼陽州，遼北京。南京即燕京。

金之上都，今瀋陽也，中都燕京也，東都遼東也，西都今大同也，北都遼統和所建之中京也，南都宋之開封府也。

元之上都，似與遼上京相近。

## 地輿附

**布僕水** 蜀中西南之水，皆入大渡河、金沙江，轉入大江。水經注言江水之臨邛，合布僕水。布僕水出徼外沈黎郡旄牛道，水從縣西布僕來，分爲二流：一東流者，即至臨邛入江者也；一南流者，逕越嶲、邛都、蜻蛉、厎降、麓泠入海。按，水至麓泠入海者，莫大於牂柯江下流爲鬱水者矣，其行漢四郡數千里，合水甚多。而如水經所云，布僕南行之水，則下流又在其西，上流乃在其東北，横斷南幹之山脉，包大渡河、金沙江及鬱水之上源。其行蓋極遠矣，其説未知信否。而西藏地程記有言察木多外，有水分流有二橋：一曰雲南橋，一曰四川橋。此豈即水經注之布僕乎？

**前藏後藏** 中國至西藏，有南北二道：北道自甘肅西寧出口，西南行，由青海至前藏，四千一百餘里；南道自成都西九百二十里，至打箭鑪出口，西六百八十里，至裏塘，西五百餘里至巴塘，西千四百里至察木多，四千五百里至拉里，西千里至札什城。札什城者，前藏也。南道别一途，自打箭鑪稍北行，由草地至察木多，由察木多復稍北，又由草地，亦至札什城，其路近於裏塘、拉里之路。然與北道皆寒苦尤甚，故行者由南道裏塘者爲多。昔漢欲求大夏，四道並出。其北方閉氐筰，南方閉嶲昆明，計今通藏之南道，漢氐筰所閉道也。自札什城南行九百里至札什倫布，所謂後藏也。自札什倫布又南行，則至怒江，接雲南城外西夷之境。自前後藏東至裏塘，司其地者，皆以僧與民長雜治之，而僧尤重。在前藏者曰達賴喇嘛，在後藏者曰班禪喇嘛。此其尤尊者，呼曰胡土克圖。胡土克圖者，師也。其弟子曰班弟，班弟所任職曰倉儲巴者，主其財，任其煩事。其分居他部，爲喇嘛之長曰堪布，而民長曰碟巴，又有堪布兼碟巴者。蓋西夷所敬惟僧也。喇嘛者，皆於佛法修夙命通，死而知所往生之所。然亦間有死而失其通者，其班弟輒諱之，迎民間子，擇其慧者一人，以爲即其先師，曰先師受生數十餘世矣，而猶一人也。其寺宇極華盛，然禁婦女入甚嚴。胡土克圖出，則班弟驅少婦不使見，蓋恐其心亂而失道。乾隆四十五年，高宗壽八十，班禪自後藏來覲爲祝，上禮敬之甚隆，而西山一僧，直至其前，斥責甚厲，以爲入中國見繁麗盛美，非其宜也。班禪聞而伏首媿服之甚，未幾，果死於京師，不能言所往生。其後後藏猶立所謂班禪者，而實迎異人子當之而已。

頃見景定建康志，乃馬光祖之客周應合所作。其書亦紀載失倫，許略無準。然被得見六朝事迹、建康實録二書，而採取者，故所載猶當可據也。又景定志云，郡人朱舜庸編金陵事迹，慶元六年上之府，遂修爲建康續志。時知府吳琚。建康古圖志，今皆不可復見。近代新志，舛謬實甚。偶閲顧起元客座贅語，載陳魯南金陵圖，及顧所論，以史考之，亦大爲訛失，聊復辨之：今所謂臺城者，當北倚山岡，岡外爲苑，苑外有湖，蓋其形西北多而三面皆少，非正方也。此北極閣鷄鳴寺，正是其北城所届。故鷄鳴寺東猶存一段古城，城下有門，俗曰臺城門。此殊不誤，意即古北掖門矣。其宫城之西北，所包爲華林園，園中有景陽山，山有景陽樓。齊武帝於六代之君始爲奢侈，永明中，宫女萬餘人，猶以爲未足。帝數幸琅琊城爲獵，夜發宫中，曉至玄武湖北，因有鷄鳴埭之稱焉。吾疑鷄鳴埭，略當今邁高橋左右，宫女當夜起嚴妝從之去，端門遠者，不聞鐘漏，故於中園之地作鐘以警宫女。今鐘鼓樓之東有卧鐘，長幾二丈，吾疑以謂即景陽鐘也。當由隋滅陳時，剷削故宫，獨此鐘大，不可移易，一卧於地，至千餘年，與其東數丈之城隳未盡者，俱留於今日，而其外則皆不可覩矣。若其前，則有宣陽門、朱雀門，門向朱雀桁，桁蓋略當今南門内鎮淮橋地之左右。六朝宫省，南北宫城門闕，率有差互，非若引繩然。又民間車行者得過中堂，故宋明帝作南北馳道，其後即廢。蓋以馳道既不可直取，隨勢紆曲，諒非觀美，又須禁遏東西，俾限於一處得過，不便人行，故終不立也。顧氏所載城圖，乃爲方勢，豈有當耶？明時有鷄鳴寺之名，今人乃誤謂鷄鳴埭之地，不悟埭在湖北，今寺乃湖南，於六朝實城址也。故六朝民居皆在城南，無在城北者。臺城勢北倚湖，南去淮稍遠，其左東府城，其右石頭城，兩城據地蓋不多，故世説載會稽王繞東府城行散也，兩城皆前臨淮，而淮流又曲繞石頭，西入江。六朝凡兵自南來者，皆先取石頭東府，乃後取臺城，惟自京口北來者，直先取臺城矣。近志又有以今鷄鳴寺左右爲鷄籠山及覆舟山者，亦大誤。考尋鷄籠，當在明故宫，今駐防城北。晉元帝以下四陵蓋在此山，而覆舟又在其北，似今蔣廟以西山也。覆舟山南爲樂遊苑，故祖沖之於樂遊苑造水碓磨，因蔣山後湖之水勢也。宋孝武置淩室於覆舟山藏冰，因後湖之冰也。當宋武帝、義兵之至，桓靈寶遣兵拒之於鷄籠、覆舟，固是扼其要道，不容空置兵於今鷄鳴寺側也。宋武帝、崔慧景及賀若弼之師，皆自京口南取臺城，而武帝、慧景行蔣山鷄籠之北，今所謂姚坊門路也。賀若弼行蔣山鷄籠之南，今所謂麒麟門路也。

石頭城蓋本吴時築以儲武備者，晉因之，嘗冶鑄於此，亦謂之冶城。戴洋謂王丞相云，君本命在申，而於申上石頭立冶，金火相鑠，致疾。以此推之，石頭、冶城，固爲一矣。又東府之東，復有東冶，則此爲西冶，當時徒刑者作冶地等圜土，意雖與石城連城，而猶當小有限衞以別之，故謝靈運撰征賦其前既賦冶城，後乃云『次石頭之雙岸』也。要之冶城不在石頭之外，近志以石頭、冶城截分爲二，則不然矣。石頭之西，臨淮對岸，更有置兵營壘，有急則兩岸爲栅斷之，以拒水師，故稱雙岸。法帖王僧虔啓：二岸雜事悉命臣判，是也。雙岸所夾之淮，乃是秦淮將入江處。石頭城半臨江上，故江濤有入城之事，見史。朱子語類：此城之下，上流之水湍急，必上得岸，方得攻城，所以建業可守。觀宋武帝拒盧循事，知朱子論最得形勢。今則江去城已甚遠，故險不如古。又揚州刺史廨在石頭，自王丞相以兼職刺史居此，其都督揚州及三公諸將軍，則有府。都督府在東城，故有東府西州之稱。統兵理民，州任最要，故謝太傅亦居石頭州廨。其歸自南兗，入西州門而增疾致薨。其後袁粲以衛軍開府儀同三司而兼揚州刺史，故即州廨爲府，意猶王文獻、謝文靖之舊制矣。

後湖之水，度其地勢，本當由盧龍山今獅子山畔入江，昔人鑿岡導之，南由青溪以入秦淮。景定志：吳赤烏四年冬十一月，詔鑿東渠，名青溪，通城北塹潮溝。又云：晉太興三年，創北湖，築長堤，以壅北山之水，東自覆舟山，西至宣武城六里餘。鼐按，宋文帝紀元嘉二十三年，築北堤，立玄武湖於樂遊苑北。然則擁遏北流，始於晉而成於宋。今後湖水入城地曰北水關，殆通潮溝之遺迹。齊明有疾，巫覡云：後湖水頭經過宫内，致帝疾。帝行水溝欲塞之，而南引淮流，會崩事寢。其後侯景引湖水以灌臺城，蓋皆用此溝水。晉書載秦鑿秣陵北以厭王氣。又宋書符瑞志：秦始皇改金陵曰秣陵，鑿北山以絶其勢。此事張紘傳注内引江表傳載紘語最明。世乃謂所鑿在方山，然方山既非在北，又秦淮發源山瀆，應過方山，似非人鑿。吾謂秦厭之説既已虚誕，而傳者又各以意歧。毋乃晉書所指，乃即潮溝耶？至於溝水既引而南，而北流堙絶，明之城郭北出者，横包廣遠，則尤不可見。然以天地之性論之，固當與今形大異耳。

六朝既都建業，東南漕運，士商舳艫，皆由曲阿達於秦淮，不行江路，故謝安鎮兖，説航海之備，欲經略事了，便由海道東歸。蓋當時潤州之道未通，謝公意不欲再詣都門，而欲東歸，則非泛海不達也。曲阿之路，事由人鑿，水小，舟不並行，故蕭子良言臺使於破岡『逼商到下，先過己船』。又水易洩，非埭無以儲水以濟舟。古云埭者，今所謂閘壩也。宋元凶劭破北岡方山埭，以絶東軍。齊明帝時，王敬則反，兵至曲阿，曲阿令邱仲孚鑿長岡埭洩瀆水，敬則軍至，瀆涸不得進，遂敗。瀆水易洩而難久盈，意當時頻年修埭，功力必煩。隋滅陳，而建業故都同於下邑，埭功既省，深谷爲陵，固其理也。今句容縣茅山岡，或云古通水瀆經此。吾鄉章淮樹曩知江寧府時嘗相視，以爲其岡石巨勢高，欲鑿通入丹陽湖，功力極爲難成。若由溧水縣鑿小茅山岡，引水通東壩，亦至丹陽湖，其道少迂而功少易竟。不知六朝通瀆，必在何處。吾謂山壑形或消長，不可執今形以決古事，姑記此以待考古博聞者辨之。吳志：赤烏八年，遣校尉陳勳將屯田及作士三萬人，鑿句容中道，自小其至雲陽西城，通會市，作邸閣。景定志引建康實録云：吳赤烏八年，使校尉陳勳作屯田，發兵三萬鑿句容中道至雲陽，以通吳會船艦。曲阿本雲陽，孫權時復名雲陽。名破岡瀆，上下爲十四埭，上七埭入延陵界，下七埭入江寧界，於是東郡舟行，不復經京江矣。晉、宋、齊因之，梁以太子名綱，乃廢破岡瀆而開上容瀆，在句容縣東南五里。頂上分流，一源東南三十里，十六埭入延陵；一源西南二十五里，五埭注句容。上容瀆，西流入江寧。至陳霸先又堙上容瀆，修破岡瀆，隋既平陳，詔並廢之。

臺城蓋晉時止四門。宋元嘉二十五年，新作閶闔、廣莫二門，改先廣莫曰承明，開陽曰津陽，於是有六門。故梁元帝云：六門之内，自極兵威。疑所云六門者：北承明；齊避諱改北掖。南宣陽，即津陽，爲南掖；東萬春，即東掖；西千秋，又曰昌明，即西掖；東北廣莫；西南閶闔。此城門也。其内則雲龍、神虎、端門之類，皆宫殿門。鳳莊，齊避諱改延賢。是華林園門，皆非城門。其城外更有朱雀、玄武、建陽、清明之類，蓋所謂籬門，有門無城。尋四掖門者，本係西晉宫門之稱，非都城門名。蓋當晉元帝時，草創江東，粗爲宫衛，不備都城之制，故名同西晉之宫掖。王丞相不肯建石闕，亦是以備制江外，便了無故都之思，斯爲足恥。遠指牛首，特其託辭耳。其於宫城之外但作籬門，同一旨也。至謝太傅於孝武時改建宫室，略備制度，則臺城門爲都城門矣，而掖門之名，則循舊而不改。臺城東府石頭，據地皆不甚大。六朝太子宫及士大夫率居城外。諸將軍府亦有在城外者。丹楊尹、建康令廨，亦在城外。宋順帝時，丹楊尹劉秉欲與袁粲等誅蕭道成，晡後，便車載婦女入石頭城。此其在城外之證。

蘇峻反時，義師陶侃至，屯查浦，温嶠屯沙門浦。查浦爲秦淮入江地無疑。至沙門浦，恐是後湖入江之處。又匡術既以臺城降，爲蘇逸所擊，温嶠欲救之，羅洞曰：今水長，救之不便，不如攻榻杭。似榻杭即是架後湖瀆水上者。又元凶劭使監琅邪郡，琅邪郡芊夷栅斷班瀆、白石諸水口，此殆與沙門浦爲一地耶？

後村清涼寺詩：『惟應駐馬坡頭月，曾見金輿納晚涼。』自注：山有後主暑風亭，井欄刻『保大三年』字。然則今之所謂翠微亭者，即暑風亭也。

今江寧橋名多與古異，推尋故迹，頗爲難合。今南門橋，宋之鎮淮橋，在古爲朱雀航也。景定志言其橋嘗爲水毁，又爲火毁。然則宋以前，只是木橋。推之他處，大抵皆木橋，至明太祖率建石橋，故古名盡易。惟新橋在鎮淮西少北，猶存舊名，南門外長干橋亦舊名。上元縣前之内橋，則北宋之蔡公橋、南宋之天津橋也。

焦氏筆乘：晉哀帝興寧二年，移陶官於淮水北，以南岸故窑地施與僧慧力造寺，因名瓦官寺。其解與瓦棺説異。此説出景定建康志。焦又云：今驍騎衛倉，是其遺址，南唐爲昇元寺。近詔毁私創菴院，集慶菴一黠僧，輒妄以瓦官名其處，因得幸免。余在江寧，嘗遊今所云瓦棺寺者，作一詩，然心疑其地去江絶遠，何云『白狼高於瓦棺閣』耶〔一〕？後見焦説，乃知其謬。至古臨江之瓦棺寺，爲宋攻南唐時兵士所毁，上有逃難婦女千餘人，一時皆死。

事見景定建康志。

江東丹楊，自漢爲縣。晉地志云：丹楊山多赤柳，在西。然則因有楊樹名之，與楚丹陽因水名者各異。右軍大令帖内猶作『丹楊』，知晉人時未誤，而後來書籍或作『陽』，或作『楊』，參差不定。吾疑此殆陳時因北朝楊氏日盛，忌以其姓加於吾之都，故寫作『陽』耳。由其暗避忌諱，非有明詔改稱，故於史無記。嗣後隋、唐乃承沿其誤，後來遂無辨其當作丹楊者。惟顔魯公祭豪州及祭侄文草，皆列銜丹楊侯，故不誤也。景定建康志乃云：西漢地理志從『楊』，後漢郡國從『陽』，以爲兩可。此謬説，從『陽』乃雕本誤耳。晉志尚從『楊』，況後漢乎？

今世或指鷲峯寺西溝爲古青溪，殆非是。青溪當在秦淮北，蓋源出鐘山下流，合潮溝以入秦淮。景定建康志：吳赤烏四年，詔鑿東渠名青溪，通城北塹潮溝。此雖不知所本，然梁書言朱异家列宅自潮溝至青溪，則潮溝下通青溪無疑。齊蕭遥光於東府反時，臺軍曹虎屯青溪大橋拒之。又齊高祖在東府，亦有『我以青溪爲鴻溝』之語，然則青溪在秦淮北、東府之西，略亦與今大通橋水流相髣髴耳。

唐韓翃詩『新衣早入青楊巷，細馬春過皂莢橋』，按，此送人歸江寧詩，青楊巷在東府之南，齊武帝爲南康王子琳造青楊巷宅，皂莢橋在朱雀航南。宋廢帝時，丁文豪破臺軍於皂莢橋，至朱雀航，是也。

校記

〔一〕狼　當作『浪』。

# 筆記卷七

## 子部

### 荀子

荀子富國篇：午其軍，取其將，若撥麷。按周禮注「麷熬麥」，夫熬麥成餳，黏著於物，最難撥去矣。故以比治國之將難取。楊倞反以爲脆弱易取，何耶？

非相篇：文久而息，節族久而絶，守法數之有司極禮而褫。言文章采畫可見者，久而息不見矣；聲音節奏可聞者，久而絶不聞矣。以比有司守禮之久而亡也。節奏久而絶，楊倞讀「節」字屬上句，「奏」改爲族，此非也。節奏，音響也，音響之傳，久則絶矣。説文卪部有𠨍字，註：卪也，則候切。鼐意此即荀子之奏字也。節者，止樂也；𠨍者，止而又奏，故以反卪。

## 莊子

莊子天地篇：其名爲槔。釋文云本又作橋。鼐按，説文無『槔』字，古人止用『橋』字。曲禮：奉席如橋衡。康成正以桔槔解之，然則别本作『橋』者是也。

關尹、老聃，按關尹乃古有道者，在列子前，列子又在老聃之前，非老子所遇之關令尹喜也。以喜釋關尹，乃後人妄説。列子第四篇末，引莊子所引關尹之言，而云關喜。吾斷以此非列子之文，乃張湛妄以入之者。

## 法言

揚子法言吾子篇：或問：『屈原知乎？』曰：『如玉如瑩，爰變丹青，如其知，如其知。』言丹青可變而玉不變，屈子如之，是其知也。法言文擬論語，揚子之知屈原，如孔子之仁管仲。注家乃謂其譏屈子，失其指矣。

『孔氏者，户也。』曰：『子户乎？』曰：『户哉！户哉！吾獨有不户者矣！』此言或問如諸子之言，亦可爲户乎？答言諸子各有所長，亦可云户也。然所入偏小，非聖人之道，故君子有不以爲户者矣。

問道篇：『它則苓開發。』按：『苓』乃『櫺』字假借，言一櫺之開，亦有明焉，然其明發小矣。『刑名非道耶，何自然矣？』曰何必刑名，圍棋、擊劍、反目、眩形，亦皆自然也。』此言或謂刑名之學亦自古傳之，有自而然矣，宜可爲道也。答言：圍棋、擊劍，及西域幻人反易人目、吞刀吐火眩形之事，孰非有自而然哉！

『衍無知於天地之間，雖鄰不覿也。』言鄒衍若能知渾天之形，必不爲大九州之誕言，誕則無知也。

問神篇：『昔之説書者序以百，而酒誥之篇俄空焉，今亡夫。』言書序百篇，百篇内亡者可知，百篇外亡者不可知。如酒誥設空，則可知其昔有而今無。獨舉酒誥者，以與康誥、梓材共一序，不容中空也，解者乃疑子雲未見酒誥，則失之矣。後言天俄而可度，是以俄爲設若之辭，可證也。

五百篇：『雉噫者，吾於觀庸耶？無爲飽食安坐而㦬觀也。』『色斯舉矣』，『時哉時哉』，是雉噫也。孔子爲時君所不用，其機兆微而可知，足以決行如鳥舉矣，豈久留而㦬觀哉？司馬温公本去『雉』字，非是。

淵騫篇曰：寢。或曰：『淵、騫何不寢？』曰：『攀龍鱗，附鳳翼，巽以揚之，勃勃乎其不可及乎。如其寢！』鼒按：此寢，即孟子『姑舍是』義也，或問淵、騫曷爲不寢所能，而僅爲淵、騫乎？答以二子誠欲上希孔子，但如龍、鳳，豈常禽所及！其於己之所就，固寢之爲不足尚矣。且非獨淵、騫，七十子皆學孔子，以文章爲不足盡聖，蓋志之所嚮，與力之所逮固異矣。其欲寢所能，而追所不逮之情，何嘗不厲乎！注家於此，皆不得其解。

## 司馬法

余嘗論今世司馬法爲僞書，今抄撮古書所引司馬法於後。

漢書引：國容不入軍，軍容不入國。　國雖大，好戰必亡。天下雖平，忘戰必危。天下既平，天子大愷。春蒐秋獮，諸侯春振旅，秋治兵，所以不忘戰也。　軍賞不踰月，欲民速得，爲善之利也。

説文引：載獻聝。執羽從杸。　有虞氏慽於中國。善者，忻民之善，閉民之惡。　飛衛斯輿。　師多則人讟。　小罪胑，中罪刖，大罪剄。　晨夜内鈀車。　夏執黄戉，殷執白戚，周左杖黄鉞，右秉白髦。史記裴駰注引：夏執玄鉞。

周禮鄭注引：六尺爲步，步百爲畮，畮百爲夫。夫三爲屋，屋三爲井，井十爲通。通爲匹馬三十家，士一人，徒二人。通十爲成，成百井三百家。革車一乘，士十人，徒二十人。十成爲終，終千井三千家，革車十乘，士百人，徒二百人。十終爲同，同方百里，萬井三萬家，革車百乘，士千人，徒二千人。　夏后氏謂輦曰余車，殷曰胡奴車，周曰輜輦。　輦一斧一斤一鑿一梩一鉏，周禮加二版二築。　夏后氏二十人而輦，殷十八人而輦，周十五人而輦。昏鼓四通爲大鼜，夜半三通爲晨戒，旦明五通爲發昫。　鼓聲不過閶，鼜聲不過闐，鐸聲不過琅。　上卜下謀，是謂參之。　得意則愷樂愷歌，示喜也。　上多前虜。　王國百里爲郊，二百里爲州，三百里爲野，四百里爲縣，五百里爲都。

左傳杜注引：百人爲卒，二十五人爲兩，車十五乘爲大偏。　又：百人爲卒，二十五人爲兩。車九乘爲小偏，十五乘爲大偏。　逐奔不遠，從綏不及。　逐奔不遠則難誘，從綏不及則難陷。

論語集解馬融引：六尺爲步，步百爲畝，畝百爲夫。　夫三爲屋，屋三爲井，井十爲通，通十爲成，成出革車一乘。

鼒按：周禮小司徒賈疏云：鄭所引『革車一乘，士十人，徒二十人』，此是天子畿内采地法。鄭注論語『道千乘之國』，亦引司馬法：彼是畿外邦國法，彼云革車一乘，甲士三人，步卒七十二人。　鼒意鄭注論語，蓋因於馬，馬所引當亦有『甲士三人』二句。　蓋何晏節之，至賈疏以爲畿内、畿外異法，則非也。　蓋所云士十人者，可以戰之士；而及戰，又選其才而甲而居車上者三也。　卒七十二人者，可以爲徒兵之卒；　而及戰，又選其才而爲徒兵者二十也。士非即甲士,卒非即徒。蓋守營壘,護輦重,皆必有人焉。然則司馬法之文備,而鄭於周禮、論語引其文或有詳略歟!馬融廣成頌:『命師於鞬櫜,偃伯於靈臺。』章懷注引司馬法,即今世書耳。不知『偃伯』『靈臺』,果出司馬法否?

## 鹽鐵論

漢昭帝元始五年,令太常、三輔舉賢良各二人,郡國舉文學各一人。六年,詔有司問郡國所舉賢良、文學民所疾苦,此鹽鐵論之所由起也。其國病篇〔一〕,大夫謂賢良曰:『文學皆出山東』,『子大夫論京師之日久』。以賢良爲三輔、太常所舉,宜先在京師也。論內丞相、大夫之外,有丞相史、御史之言。按漢制,丞相下有長史二人,蓋即此書丞相史矣。若御史本近御之官,自御史大夫出佐丞相爲外朝官,而其屬有兩丞,其一中丞,仍統內臺侍御史。內臺之臣,非特詔不與外朝議。外朝議成既奏,乃與天子論所取舍。然則此議鹽鐵時之御史,非中丞及侍御史也,其御史之一丞在外者乎?夫有司議政,反覆亦不得過多。昔武帝時,韓安國與王恢論誘匈奴事,漢書所載語稍繁,讀者固以爲後人所擬,爲非當時言之實矣。然豈若桓寬此書,繁多若是甚哉!其言明切當於事,不過千餘言,其餘冗蔓可削也。

又其議鹽鐵，自第一篇至第四十一篇末，奏復詔可而事畢矣；四十二篇以下，乃異日御史大夫復與文學論伐匈奴及刑法事。此殆尤是桓之設言，而其首曰：『賢良文學既拜，皆取列大夫。』按，漢時士初登朝，大抵爲郎而已，罕得大夫。若嚴助、朱買臣之中大夫，乃武帝不次用人之事。昭帝時，惟韓延壽以父死難，自文學爲諫大夫。今議鹽鐵者六十餘人，豈皆取大夫哉？魏相以賢良對策高第得縣令，其即與此對者與？固未可決。要之，取大夫之事非實，殆桓寬之臆測耳。寬蓋讀太史公書者，所言每出其内，而於昭帝初之時事或不甚切。至述大夫語，亦引貨殖傳桑弘羊，豈讀太史公書者乎！此書世少善本。明弘治時，江陰知縣新淦涂禎得宋嘉泰本摹刻。今江寧知府陽城張古餘敦仁，又取涂本重摹刻之，頗精善，又爲考證一卷附後，以一本見遺。其書相傳，故多訛謬。古餘考證，所得多矣。其不盡者，乃更論之。輕重篇、國用篇『大夫各』，『各』乃『君』字之誤。篇内稱大夫君者，非誤也。稱弘羊大夫君，猶稱相君矣。張以『各』與『君』皆爲名字之誤者，非。水旱篇言，卒徒工匠，故民得占租鼓鑄煮鹽之時。按：『卒徒工匠』四字衍文，言故時民自鼓鑄煮鹽，占其爲鹽鐵之業，報於官而納租。昭帝既罷榷酤官，令民得以律占租賣酒，升四錢。若鹽鐵在民自爲之時，亦如此酤酒之占租矣。又按説文：鐕，業也，賈人占鐕。而食貨志公卿言：異時算軺車、賈人之緡錢皆有差。以説文『鍇，業也』之解推之，『鍇』乃本字，『緡』乃借字，『鍇』如今俗語所云本錢耳，非藏鏹於家者，舉有算也。此所云『占租鼓鑄煮鹽』，正食貨志所云『諸作有租及鑄，率鍇錢四千算一』者也。而顏監不推『鍇』『緡』同之義，解『緡』爲錢貫者，殆非是矣。

貧富篇，大夫曰：『獲禄受賜，六十有餘年。』按，武帝在位五十四年，加昭帝始元六年，才六十年耳。桑弘羊侍中，必不在武帝即位前，然則若非『六十』字舛誤，則桓次公造説之謬矣。

伐功篇，文學曰：『前君爲先帝畫匈奴之策，兵據西域。』按西域傳，但載弘羊請田輪臺，武帝不從。至武帝之通西域，張騫、唐蒙、相如輩之事，豈本出桑弘羊策乎？此亦其可疑者。又云：『自搜粟都尉爲御史大夫，持政十餘年。』按，弘羊以武帝後元年爲御史大夫，至此才七年耳。若合其爲大司農時計之，又不止十餘年也。

漢書鼂錯傳，詔有司舉賢良文學士，是賢良文學士，乃一途也。及昭帝紀，乃分言太常、三輔舉賢良，郡國舉文學，而鹽鐵論其稱説尤各爲類，是眞若二途之不可混矣。吾以爲漢所舉，皆賢良而已。自武帝未興學校之先，文學與賢良，皆虛名無位。言士之有是名者，則可舉耳。至武帝興學之後，郡國縣有文學士，則上其人屬所二千石，於是郡國專有文學之目，抑或限有員位矣。昭帝蓋令郡國之舉賢良，則取於文學之中，非是不舉，而太常、三輔所舉則無定限，猶文帝以來舊制。要之，所舉皆當謂之賢良文學士，而當時流俗乃别呼之，實非有二途也。

## 雜記

酉陽雜俎王勃夫子廟碑：『帝車南指，遁七曜於中階；華蓋西臨，高五雲於太甲。』燕公不解，訪之一公。公言：北斗建於七曜，在南方者有是之祥，無位聖人當出。鼐按：此段成式杜撰謬説。北斗所建有常，焉有變理？按南指之南，本當作東，帝車斗也。斗本指東宫言，南以言其昏，正避下『中』字雙聲耳。夏小正云：『斗指尾。』天官書則云：『杓攜龍角，皆東宫也。房四星爲明堂，正在角尾間。』隋天文志：角二星爲天闕，其内天庭也。黄道，七曜之所行也。又房星中間爲天衢之大道，黄道之所經也。七曜由乎天衢，則天下和平；遁於中街，即不由天衢也，言天下亂耳。

酉陽雜俎載任昉大同四年於鐘山得銘龜，言士著言水云云，戒其子孫世世以訪通人。及唐玄宗世，昉五世孫升之以問鄭欽，説乃得解。按，任昉以天監六年出爲新安守，期歲卒，及大同四年，昉没三十年。此亦成式妄記也，而新唐書誤取之入欽説傳。

江陰趙敬夫註顔氏家訓，盧抱經侍講補註，未及觀我生賦，然尚有須補者數處。賦述侯景之窺荆州云：『將睥睨於渚宫，先憑陵於地道。』鼐按，景純江賦云：『包山洞庭，巴陵地道。』此言景之犯巴陵，以地道字代，猶以渚宫代荆州耳。他字誤也。又『指余櫂於兩東，侍昇壇之五讓』，注疑『兩東』爲湘東譌，非也，此用楚賦『孰兩東門之可蕪』語。又『祗夜語之見忌，寧懷厀之足恃』，注引韓子久語，懷厀小資也，猶以成富解下句，是也。而疑『夜語』爲『久語』之譌，則非。此用杜襲與魏武夜語，王粲忌之，事見襲傳。

江寧諸生有汪兆虹、吴剛，偶於市肆見一書曰聖學入門，取歸讀之，有當於心。即依其法，持循不輟。然其書不載撰者之名，不知爲誰書也。乾隆壬子，余見桑弢甫撰勞餘山先生行狀，載豐潤董定嚴觀察榕，初學爲陸、王之學，後欲學湯文正之尊朱子，作聖學入門課程。然則是書乃定嚴之書。是年正月，汪生已喪，終不得知，余以告吴生而已。方坳堂云：此太倉陳瑚號確菴，崇禎壬午孝廉所作。

金剛經所言四果次第，當以十二因緣分段釋之。須陀洹能斷愛，有不入色聲味觸法，根塵清淨，六用同源，故爲入流。但尚有觸受之支於物，支雖不愛染而尚有迹也。斯陀含則往來如一，無迹可分，故曰一往來，實無往來，但尚有名色六入之微迹。阿那含則名色空盡，六入之微迹亦泯，故曰不來，但本根之識，尚有含藏未盡化耳。至阿羅漢則漏盡而纖豪之亦絶矣。僧家謂須陀洹須七受生，斯陀含尚須一受生，故曰一往來者，殆失其解。

夫有耳聽則有聲，無耳無聲矣；有目視則有色，無目無色矣。意染始成，諸有世界緣此而成，是謂一合相也。一合相者，面東則忘西，聞吳歈則不知越哭，若泯此一合，冥心懸照，妙明法性。光徧恒沙，『不可説』世界與現在之一合，非寡非多，何與何有。故曰一合相，即是不可説也。『不可説』三字，是數名。見華嚴品。

右軍所書黄庭經，乃漢魏神仙家相傳之法。其言精實，非如齊梁道士所造内景黄庭經之浮誕也。大抵人身鼻受天氣，自喉嚨而降，下通前陰，共有七門，謂之廬間，五藏之所居也。口受水穀，自喉嚨而降，下通後陰，亦有七門，謂之三焦，腸胃之位也。養生家以心神、腎神交於脾地，其地謂之黄庭，略與臍相對，黄庭下有關略，與胃腸之交關相對，廬間七門，此門最要，呼則關開而心氣通於腎，噏則關闔而腎達於心。此處開闔呼噏調，而通身關節無有不調矣。關下有丹田，是爲精海，神仙家多以心腎交而胎結於黄庭，升丹田之精以養之，丹成嬰長，至於昇舉。然吾見世之學此者，率中道而敗，蓋此事非離絶人間，屏除七情，故不能專精以致成功。此一病也。神仙不死，此達天之事，其人無功德於世，何以居不死之壽？故必兼功與行而後成仙。行不足者，功雖專，天所不許。此又一病也。若常人第調攝呼噏，恬淡以安心，戒欲以保腎，差得無病以盡天年，斯則可矣。

校記

〔一〕國病篇　會文本同。鹽鐵論各本作「國疾篇」。

# 筆記卷八

## 集部

### 文選

嵩山古謂之崇山。國語：『夏之興也，融降於崇山。』李善進文選注表云『崇山墜簡』，是用束皙辨嵩山下竹簡爲顯節陵策文事。何義門謂是用大酉、小酉二山事，誤矣。

漢書敘傳，言始皇之末，班壹避地於樓煩。壹子儒，儒子長，長子回，回生況，女爲倢伃。徙昌陵，昌陵罷，大臣名家皆占數於長安。然則班氏本籍樓煩，而卒居長安。今後漢書班彪傳以爲扶風安陵人，而文選注引范書，乃曰班固北地人。而班超傳又云扶風平陵人。何以歧異若此！據北征賦『朝發軔於長都』，於班氏固長安人矣。又云：『過泥陽而太息，悲祖廟之不修。』泥陽屬北地，則其祖固北地人。文選注所引，或他人之後漢書，校者誤增范名耳。

西漢賦：『武威、章溝嚴更之署。』注云未聞其義。按，署乃郎衛所居，如楊賜傳，言引賜及議郎蔡邕入金商門崇德署。此止是郎之所居，西漢之武威、章溝，猶東漢之崇德耳。漢宮周衛，蓋郎一層在内衛，卒一重在外。郎所居曰署，卒所居曰廬。故班云『衛以嚴更之署，總禮官之甲科，羣百郡之廉孝』。此言郎選，其下周廬千列，乃言衛卒。

平子東京賦：『乃新崇德，遂作德陽。』薛綜注：崇德在東，德陽在西，相去五十步。鼐謂崇德光武時本有，有舊故曰新；德陽明帝始作，創建故曰作。皆在北宫。崇德儉下，德陽高大，然二殿最近。又章懷光武紀注，引蔡質漢典職儀曰：南宫至北宫，中央作大屋複道，兩宮相去七里。盧植執戈數段珪，何太后投閣得脱，即此閣道矣。又續書五行志，蔡邕對於災異云：平城門正陽之門，與宫連。百官志：雒陽十二門，北宫門屬衛尉。然則南宫南暨城，北宫亦北暨城。故賦又云：『謻門曲榭，邪阻城洫。』城中民人東西行者，其必經閣道下乃可通。又賦云：『於南則前殿靈臺。』何義門改『靈』字爲『雲』。按，『雲臺』固在南宫，然恐即是前殿，南宫又自有靈臺殿。續漢志：中平二年，南宫大災，火燒靈臺殿、樂成殿。此與三雍之靈臺自異地，彼三雍皆在城外。

東京賦：『下雕輦於東廂。』按，謁陵之禮，自外而入，則下輦於東廂。下朝會之禮，皇帝自内出，輦出東房，叔孫通傳可徵也。此『廂』字，必是『房』字之誤。

子虛賦：『儌𥡴受屈。』司馬彪曰：儌𥡴，遮其倦者。説文『㣄』字注云：儌㣄，受屈也。不云出司馬賦，蓋此四字，或蒼頡、爰歷舊語，而『㣄』爲正字。

説月魄者，古有兩説。周髀曰：月光生於日所照，魄生於日所蔽。爾雅：魄，間也。漢書曆律志引周書武城〔一〕：『三月既死霸，粵五日甲子，咸劉商王紂』下，説之爲三月己未朔，越五日甲子，爲三月六日克紂。死霸，朔也。生霸，望也。孟康曰：魄，月質也。師古曰：霸，古魄字。此一説也，後之説尚書者，率依此解。又法言曰：月未望則載魄於西，既望則終魄於東。其遡於日乎！説文：霸，月始生霸然也，承大月二日，承小月三日。此即以明爲魄。李商隱詩：『玉輪顧兔初生魄。』蘇子瞻詩：『是時江月初生魄，二更月落江深黑。』皆如揚子雲、許叔重之解。若郭景純遊仙：『晦朔如循環，月盈已見魄。』顏延年三月三日曲水詩：『朏魄雙交。』則正如漢書之解『朏，明也』，言初三日之月明，與質相交也，而李注顏詩引説文釋之，則不可通矣。

應璩百一詩：『用等稱才學，往往見歎譽。』等者，何等也。禰衡謂黃祖：『死公！云等道？』是當時口語如此。匡謬正俗已説此義。

景純遊仙詩：『蓐收清西陸，朱羲將由白。』按，天之西陸，西方七宿也，主肅殺之氣。景純言蓐收之氣應之，此本不誤，非謂日之所行也。當秋日之所行，自在東陸。續書志云：日行北陸謂之冬，西陸謂之春，南陸謂之夏，東陸謂之秋。今李善既不達郭旨，遽改續志之文，曰西陸謂之秋，何其謬耶！

老子：『樂與餌，過客止。』謝康樂詩：『樂餌情所止，衰疾倏在兹。』用此言非不欲仕，奈衰病何？五臣注文選，誤作藥餌，甚謬。然江總詩：『幽居服藥餌。』杜公詩亦屢見之。蓋樂餌字自可通，而謝公詩則非耳。

後漢胡廣傳注引漢雜事云：羣臣書通於天子者四品：一曰章。章者，需頭稽首上以聞，謝恩陳事詣闕通者也。二曰奏。奏者，亦需頭，其京師官但言稽首，言下稽首以聞，中有所請，及罪法劾按，公府送御史臺，卿校送謁者臺也。三曰表。表者，不需頭，上言臣某言，下言誠惶誠恐，頓首頓首，死罪死罪，左方下附云，某官臣甲乙上。四曰駮議。鼐按，此是後漢之制，其西京及魏晉以降不必盡爾，然故有髣髴。文選所載，如劉越石之勸進表是章體，而晉時已通謂之表，彈事是奏體，故其題上猶存『奏』字，其餘表箋皆表體，箋又表之尤簡者耳。

## 五言詩選

阮亭五言詩抄，置謝脁於齊，置江淹於梁，此以二人所卒之朝定耳。實則醴陵乃元暉之前輩，故鍾嶸曰『齊永明中，謝朓未遒，江淹才盡』，以江在謝前也。江詩之佳，實在宋、齊之間，仕宦未盛之時，及名位益登，塵務經心，清思旋乏，豈才盡之過哉！後世詞人受此病者亦多有之，悤悤不暇唱渭城，文通、休文，固皆不免爾耳。

阮亭謂梁時江淹、何遜爲兩雄，在沈約、范雲之上。吾謂醴陵果勝隱侯，若仲言詩才亦弱耳，隱侯猶當勝之，彦龍固非休文之匹。鍾嶸品休文云：『辭宏於范，意淺於江。』此殊爲公允，安得謂其追宿憾也？

謝朓同沈右率賦鼓吹曲，『右率』即休文也。沈約傳但載爲太子家令，其爲右率，見杜京産傳。

同謝咨議詠銅雀臺，此當時謝超宗，超宗爲竟陵王鎮北咨議。按超宗，謝奕之五世孫，謝朓據之四世孫，祖免從父子也，而稱其姓，此六朝人相稱之體。

將遊湘水尋句溪，觀其辭，是罷宣城郡，改爲零陵，或長沙，然傳未載。

酬王晉安注：王德元，吾恐是王僧儒。後，又有别王丞僧孺詩，齊文惠太子薨，僧孺出爲晉安郡丞。

休沐重還丹楊道中，謝氏世居會稽，此當是朓在丹楊，請假歸會稽後，復來丹楊就職之詩。

和宋記室省中，此題字誤，當是宗記室。宗夬爲鬱林王記室，王爲皇太孫，仍管記室，故曰省中，詩故云『清揚婉禁居』也。

冬緒羇懷，此是在荆州時少作，所云蕭咨議，即梁武帝。劉、江二常侍，乃隨王國之常侍。

史於何遜在齊代事不詳，未知所歷職，其詩有從主移西州寓直。按，揚州刺史廨在石頭城，稱西州。疑遜在齊爲西昌侯鸞幕僚，其移西州，明帝紀載之。又遜詠早梅首云：『兔園標節序。』以其仕揚州時，主爲宗王，故用兔園事也。又有從冠軍建平王登廬山詩。史但云景素爲荆州，不云爲江州，觀詩題必嘗爲江州，史遺之耳。又有劉僕射東山集詩。按，劉勔爲尚書右僕射，勔嘗經鍾山之南，以爲棲息，朝士雅素，多往遊之，所謂東山集也，然則此皆在宋時少作。

侍始安王石頭，始安王遥光也，此齊時作。陰鏗和侯司空登樓望鄉，此謂侯安都。安都，始興曲江人，故詩云『思歸想石門』。江總詒孔中丞奂，此總流寓嶺南時作。自梁侯景亂，至陳宣帝立，乃有二十年。總以文帝天嘉四年徵還，才十六七年，而詩云辭鄉二十年，舉成數也。南還尋草市宅，此是自嶺南還時詩，時總年四十六七。詩雖有『白首入轘轅』句，而實非甚老。故杜公云：『遠媿梁江總，還家尚黑頭。』借劉太常説文，此劉之遴爲太常時，總在梁朝少作也。於長安歸還揚州九月九日詩：『心逐南雲逝，形隨北雁來。』按隋以江都爲揚州治，總卒於江都，年七十六。此絶句，殆其將終時矣。

## 杜子美集

杜公贈張洎詩：『黄麻似六經。』余初疑翰林草詔，不用黄麻用白麻，此詩何以云黄麻？後閲丁謂談録，宰臣除拜翰林學士草制，以麻紙大書之，一行只可三字，謂之白麻。翌日降麻宣訖，送中書出敕寫官告，其官告只下直日知制誥官名，更不下元撰麻詞翰林學士名銜，緣翰林學士無例於中書行詞故也。其宰臣官告，用五色金花羅紙寫。按，此是宋制，然當略本於唐。然則白麻只用於宣時，而此詔詞必歸中書，重爲頒下。然則云黄麻，亦未嘗不可也。

杜公秦州詩：『滿目悲生事，因人作遠遊。』按，此時爲隴右節度使駐秦州者，郭英乂也。觀公在鳳翔送英乂詩，頗有知交；及在華州，貧不能自給，其適秦州，蓋欲往依英乂。英乂小人，必於舊情薄甚，故不得已南走同谷，以至入蜀。如英乂固不足責，而杜公之迂疏不識物情，以致狼狽，亦可傷已！

蒙叟杜箋，前人多推之。以余觀之，其議論之頗僻，引據之舛錯，紛然雜出，今略舉之。詠懷：『蚩尤塞寒空。』蓋蚩尤能作霧，此但言霧塞寒空耳。箋所引蚩尤旗兵象等，於詩何與！留花門『百里見積雪』，樓大防云：回鶻人衣冠皆白，故云。此解本是，今反以爲非，而以爲白沙如雪，則以承上『連雲屯左輔』句，安得通耶！　遇王倚飲贈歌：『麟角鳳觜世莫識，煎膠續絃奇自見。』薑隖先生云：二句謂人固不易知，惟深相契合，乃識之耳。而箋謂王生以美饌愈疾，如仙膠之續絶絃。少陵即老饕，不至如此箋之陋。　幽人：『内懼非道流，幽人見瑕疵。』薑隖先生云：此如謝客，以心雜遠公屏不入社義。箋以强附李泌爲李輔國所譖事，大非。　營室：『東偏若面勢，户牖永可安。』鼐按考工記，或審曲面勢，以飭五材。鄭司農云：『審察五材曲直、方面、形勢之宜。』此雖古説，而非杜公意。杜用『面』字，止作相度意。詩言東偏若面其勢，則設户牖甚佳。箋用鮮于注：若，順也。則失其旨矣。杜公寄贊上人又云：『面勢龍泓頭。』其『面』字亦作相度解，未知杜公所本誰氏之説，余謂勝司農説。

遺懷奉呈楊中丞：『偏裨表三上，鹵莽内一貫。始謀誰共閒，迴首增憤惋。』按公呈聶令詩自注：『楊中丞琳，問罪將士，自澧上達長沙。』然此題所云呈楊中丞者，未知即澧州刺史琳，或衡州刺史楊濟。似當時刺史，率稱中丞也。其所云『偏裨表三上』者，是指當時長沙臧玠之亂，城中之偏裨也。　通鑑載澧州刺史楊子琳，起兵討玠，取賂而還。琳之取賂在後，杜公作詩時蓋不及知。　又通鑑内子琳，疑子字當衍，宜以杜公自注名琳爲正。　楊子琳自是蜀中起兵討崔旰者，與此澧州刺史，非一人也。　箋既合爲一人，已誤矣，又偏裨表上等語，謂即兼指子琳之咎，若子美於其伐叛時豫知其助惡者，亦是無情理。　贈太常張卿：『方丈三韓外，崑崙萬國西。　建標天地闊，詣絶古今迷。』按，此詩前人以爲贈張垍，是也。垍爲主壻，地連禁密，望之不可攀躋若神仙然，故以『方丈』『崑崙』形容其貴峻氣象，亦暗用蕭史事耳。公於垍蓋有文讌之遇，故贈此詩。　及其居翰林，與外人隔絶矣，故再贈八韻，有『無復隨高鳳』之句，再贈之作，不復稱其家世才望，以先有此作故也。　題下注『垍』字，傳本偶誤作『均』，箋必欲依作贈均，均既非太常，又起四句不能通，則謂均嘗爲玄宗求妙寶眞符于寶仙洞，諷其求仙得幸，使杜公文理大爲僻謬。　武衛將軍挽歌：『赤羽千夫膳，黄河十月冰。』古人謂旗幟爲羽，故有羽獵之名。　軍中大旗得稱羽，公詩『樹羽成臯間』是也。　軍士身佩小幟，亦曰羽，古謂之負羽。　公此詩『赤羽千夫』是也。　赤羽字本説苑，又李陵傳：人持二升糒，一半冰。　此詩言其軍裝糗糧既具，即以之横行沙漠，沙漠難得水，故攜冰。　連下結句讀之，義自通貫。　今箋以赤羽爲箭羽，大是杜撰。　又言仗一矢以給膳，而冰字解若詩釋冰、左傳執冰之冰，則本句文理即不可通，可爲撫掌矣。　送郭中丞：『宸極祅星動。』説文：『妖孽』字本作『祅蠥』。　左傳昭十年：『居其維首而有祅星焉。』此『祅』字即『妖』之異體耳。　箋用西溪叢語，『祆』音醯堅切，解爲胡神，非是。　『祆』字從天，與『祅』字異體，又見收京。　收京：『功臣甲第高。』按，此時京師甫定，功臣不及大營第宅，詩乃慶慰之詞，不得如箋指爲諷刺。寄岳州賈司馬巴州嚴八使君『討胡愁李廣』，數與虜戰，恐亡之意，是以必有奉使借助回鶻之事也，何與言哥舒翰事？箋解此極憒憒！寄張山人彪：『世祖修高廟，文公賞從臣。』此二句但言中興之事，非有諷刺。下『商山猶入楚』，言山人於此時，由是路歸嵩陽去。『渭水不離秦』，則言己之留也。箋並誤。戲爲六絶句，此六詩前三首謂六朝、初唐之可取者，僅愈於今人之陋耳；後三詩，則公所自命，正不欲僅以齊梁、初唐比也。『竊攀屈宋宜方駕，恐與齊梁作後塵』，乃公自負之語，而箋以謂譏人之侈言屈、宋者，何其於文義違反也！末首謂遞相祖述者，此原不可廢之法，但別裁僞體而折衷之以歸於風雅，此中自有權衡耳。轉益多師，蓋有仲尼焉不學之意，而云『汝師』者，如抑詩之稱『爾』，乃杜公自指。不特非前詩所云『爾曹』者所可語，即魏晉以降、盛唐以上諸賢，孰足以語此哉？夫狂者進取，自爲文家之勝槩。明代成、弘諸人，撟首高視，雖論有失平，然豈得盡詆爲謬妄？牧翁以其排貶李、何、王、李之論，乃欲援杜陵以自助，而反易其本旨，譬之自爲醯鷄，而亦納子美於甕中也，此老不將稱屈地下乎？至於洗兵馬、秋興諸箋，爲說彌繁，其失彌遠，前人已有論者，茲不更辨。哀江頭之説，朱長孺得之，牧翁説非是。曲江在長安城外之東南，故結句言己不欲入城，但往城南高阜，望城北王師之或至，錢本從『忘』字者，誤矣。

重有感：『豈有蛟龍愁失水，更無鷹隼與高秋。』言甘露之禍，事連君上，但尚未便至廢弒耳，故云蛟龍未失水，然但擁虛位，不能行其意，與廢辱無異，所深望於有見無禮於君而爲鷹隼也。結句云『兼幽顯』者，幽爲大臣無辜之已死者，顯則謂文宗也。

義山與同年李定言曲水閒語詩結：『莫驚五勝埋香骨，地下傷春亦白頭。』此蓋李有悼亡之戚，義山因追憶己悼亡之事。『五勝』不知其詳，然必戴勝之屬，言莫驚以五勝從葬之促，若義山之婦亡在地下已久矣。注家引五德相勝解，大非。

韓同年新居詩，一名我漫居先甲者，義山蓋王茂元之長壻，故云先甲。結句『南朝禁臠』，即戲以自指。『無人近』，疑許以女而尚未迎致耳。義山本受知令狐楚，成開成二年進士。是年令狐楚卒，蓋義山未幾即爲王茂元之壻，故黨人惡其薄。此詩亦開成時作，在王茂元爲涇原節度使時，故稱之曰征西。若會昌三年，王茂元爲河陽節度使，義山入其幕，其爲壻，固在前矣。唐書李商隱傳：『王茂元鎮河陽，辟爲掌書記，茂元愛其才，以女妻之。』因辟類序之耳，非辟而後妻也。茂元於鎮河陽年旋卒，其時義山四十五，茂元亦必不妻以女矣。近注玉谿詩者，考此多誤，蓋過泥唐書語也。送劉五經長律自注：外舅太原公，亦受經於公。詩内有『秦雲』『隴葉』語，亦足爲壻在涇原時之證。此碧城、深宮、聖女祠，皆刺宮掖之語，但以碧城爲刺貴主，以深宮爲宮怨，猶未盡其旨耳。此等事，豈文士所當以入吟詠？義山輕薄，故舉見如此。

曲江詩，朱長孺以爲前四句，追感玄宗、貴妃臨幸時；後四句，則言王涯等被禍。此本不誤，惟結句朱説不明，蓋『天荒地變』四字，仍指天寶之變，以其時雖遭大變，貴妃被縊，然其罪固應若此。若比今日之冤殺無辜，天子束手而不能救，不更甚於昔日耶？王子敬小名官奴，若唐宋人自呼妓女爲官奴，李義山似誤認樂毅論之官奴亦爲妓也。妓席詩『請書爲小字，切莫喚官奴』，此誤用右軍語也。若東坡『欲借官奴遺吹笛』，及在湖州，有遺官奴持燭語，此皆指女妓，與子敬無與。

## 蘇子瞻集

三國志田豫答司馬宣王書云：『年過七十，而以居位，譬猶鐘鳴漏盡，而夜行不休，是罪人也。』按漢法，晝漏盡則鳴鐘，鐘鳴則人皆息；夜漏盡則鳴鼓，鼓鳴則人起。魏蓋因之，故豫言晝漏盡而夜行者，是罪人也。東坡次韻楊次公詩云『漏盡鷄號厭夜行』，乃是言夜漏盡矣，此人正當起行之時，豈可爲罪？蓋誤會田豫之意矣。

東坡對制科策云：「以代宗之昏愚，程元振之用事，柳沆之賤且疏，一旦去其心腹之患。王伯厚困學紀聞據翰林記，載沆以太常博士爲翰林學士，非賤且疏也。」鼐按，唐玄宗時，翰林學士無貴賤皆居之，肅、代時尚沿其制，與憲宗以後，翰林學士即爲尊職不同，太常博士官不爲貴，東坡謂之賤亦可，但不可謂之疏耳。

## 雜記

梅聖俞謝歐公贈澄心堂紙詩：『幅狹不堪作詔命。』然則此紙式乃小窄，故歐公作史以屬草。牧翁詩：『半生花月張三影，兩鬢滄桑郭四朝。』陶隱居一帖，郭午村在長隱山東數里，仙人郭四朝初至山，種植於此。江寧張君敉，字立人，甲戌、乙亥，余晤之於京師。時立人以拔貢入都，後仕終萍鄉令。余愛其蕉葉一絶云：『午夢南窗暑漸經，非關風細嫩涼生。綠雲一葉知誰翦，墮向懷中當月明。』王禹卿嘗謂辨論古人法書，當以其神氣體勢鑑別眞僞，方爲正法眼藏，如米襄陽、董思白輩是也。若如尤延之、何屺瞻輩，以考證求當，豈有是處？吾謂君言固是，然亦復太偏，且如世所傳虞永興破邪論序，自署銜太子中書舍人。太子官但有中舍人，安有中書舍人？永興父名荔，而序中用薛荔字，此必唐時僧徒寡聞見者所妄作僞託，欲以自取重於世耳，思翁乃不能辨，屢云學永興破邪論，精鑿者乃如是乎？又戲鴻堂帖載陶隱居書而稱元帝，陶隱居安知湘東即位後之謚？此皆考證之明見其謬，而思翁不能無失也。然則自詡鑑别，或亦不免輕信而自欺，反有不如考證家之無可藏匿耳。

校記

〔一〕曆律志　當作『律曆志』。

# 刊姬傳先生遺書跋

姬傳先生所著後集十一卷、筆記八卷，未及刊而卒。華亭姚椿春木以刻資寄曾亮，屬爲刊刻。人事牽繞，家居不恒，閲數載而後成，去先生捐館時已六年矣，可慨也夫。其校是書者，則上元管同異之也。

道光元年春二月，門人上元梅曾亮謹跋。

（原載惜抱軒集，上海會文堂書局一九一四年版）

# 惜抱使湘魯日記

# 惜抱使湘魯日記

桐城姚姬傳先生（鼐），清乾隆進士，累官至郎中。嘗奉使湘、魯，旋告歸。主講鍾山書院。論學主集義理、考證、詞章之長，不拘漢、宋門户。桐城自方望溪、劉海峯倡爲古文，先生繼之，選古文辭類篹，以申義法。世遂目爲桐城派，學者稱惜抱先生。此記未入全集，惜字體略小，僅影印一頁，而將全文次刊焉。編者識。

戊子七月廿一日巳初刻出門，微雨。行八九里，晴。三十五里至新店，小憩。又行二十五里至良鄉，時山西考官秦澹初、王蘭圃與山東正考官朱克齋俱已先到，各與小敘，而天復雨，遂各回寓館。至晚雨甚，夜止。

廿二日，晴。晨起頗寒，道路經雨極浄，望大房山色絶佳。二十里至洪恩寺，偕秦、王、朱同遊，作一詩：『雲霽山青積雨晴，偶行幽院日華清。閣松倨起負牆立，秋卉弄姿含笑迎。遠客殷勤期後會，道人冷淡話前生。出門柳葉風如灑，吹送鐘魚答鳥鳴。』又行廿五里至福聚寺朝飯，寺甚荒落，其地名挾河。又行廿里過涿河。又五里宿涿州南門外，與克齋同居一館。傍晚復雨。克齋見余洪恩寺詩，有和章。夜，蘭圃來晤甚久。

廿三日，晴。與蘭圃別於涿州南行室之側，澹初先去，不及與別。蘭圃西行，余與克齋南行三十里至三角淀早飯。又三十里至新城，館於甘露寺。旁臨紫泉，上有茂蔭，館舍極清。是日作一詩：『朝駕辭涿鹿，夜雨潤未收。暮軫税紫泉，杲日睡林邱。薄陰隙遥陂，岸荻鳴颼颼。野潦浩未落，涼風已驚秋。人事固難定，日月良易遒。坐負平生志，焉與羣賢儔？何如舍物役，負來從西疇〔一〕。』又次韻克齋涿州早行：『林雨時復墮，曉風吹客行。秋花穿土出，瓜蔓挂籬清。每覺村園好，還逢驛堠迎。墅橋煙水闊，渾憶近江城。』又次韻克齋甘露寺：『荻蘆荒寺畔，解帶意蕭然。落日銜賓樹，秋陰覆澗泉。檐垂蒼霧晚，窗挂碧峯連。憩坐論身世，高棲愧蜕蟬。』

廿四日，行十里過琉璃支河，其地本有橋，爲水所敗，以小舟渡。又行二十里，至白溝早飯。又四十里，至雄縣南關外宿。克齋見余收字韻詩，有和章。

廿五日，夜起行十里至十里鋪，乘小舟過趙北口。是時水決高陽，迢道田畝盡被淹没。舟中作一詩：『鳴蛩墅岸秋，殘月趙水白。停鑾理輕橈，蒼茫入湖澤。蘆菼晴蕭蕭，鳧鷺時拍拍。不見十三橋，帆檣越行陌。垣易從西來，建瓴晉山脊。激蕩風雷飛，瀰漫蛟龍宅。涼秋未歸壑，嘉壤爲鹵舃。頗聞列縣民，未有終歲積。坐愧由居懷，不辨經世策。空對憶江鄉，滄波接咫尺。煙景遠忽開，朝日海東赤。三嘆上荒陂，西風指前驛。』天明行約十餘里，登岸至棗林莊，復乘舟十里至鄚州。水路穿城而出南門，乃舍舟從陸十五里，至代河早飯。又三十五里至任邱。同年商衡童初爲縣令，晤之。商云：『舊朱龍河至任邱，河流至苟家莊入淀，没塞其流，令東入淀。今年朱龍河決，西行故道，而下至苟家莊，則前阻隄，閘水不能過，緣道一百餘村盡被其害矣。現報災九分，以俟賑恤。』

廿六日，行三十里至新中驛，有毛公祠。又二十里至河間二十里鋪早飯。又二十里入河間城，借一馬氏宅作公館，甚浄潔。是夜大風雷雨。

廿七日曉晴，出城十里，道爲水所没，乃乘舟五十里至臧家橋登岸，過滹沱，逾橋二十里至獻縣，作一詩：『風風怒起大行谷，雷雨横空過大陸，白帝驅逐殘暑伏。天地澒洞滄海翻，雹走夜窗瓦飛屋。曉來依舊見朝暾，禽語蟬嘶樹如沐。客行正快新涼路，忽過横流限車轂〔二〕。滹沱西決臧家橋，亭皋一抹隨奔潮。小舟舉掉插禾黍〔三〕，仰看出梢官柳條。九河徒駭與太史，古在河間數百里。館龍有意尋窟穴，田舍無由飽穅秕。我行投策過荒村，蒼蒼晡日煙初昏。獻陵前走江南道，鴻雁長歌對清草。』是日，同年馬□□來晤云：『滹沱決於□□□縣高家莊、薛村兩處，漫流而下，故獻縣被其害。』

廿八日，行四十里至交河阜莊驛早飯，又四十里宿阜城。

廿九日，行五十里至景州。遊開福寺，登塔，相傳隋開皇時建也。凡塔中心有立柱，人行環繞螺盤而登。此塔獨中只十二層，階磴皆穿空而過，最爲巧異。但其上磴甚窄，登下稍難。其旁有行宫數間，以備中頓。克齋與余同至。克齋至二層不能登，余獨上至八層亦下。作登塔詩一首：『百里仰卓錐，岧嶢出雲最。師門見香臺，據地乃非大。削立寧有階，穿空每無礙。矯立長風巔，萬里散秋籟。天地莽相圍，白日轉檐外。太行青岸斷，煙霧積幽藹。漳汶與滹沱，流只忽交會。一一送秋雲，蕭蕭出燕塞。帆檣趨溟渤，鴻雁下吳會。覼思隋開皇，阼奪宇文代。福田冀久長，建造盛幢蓋。乃知金仙慧，不爲媚者愛。傷哉雷塘宫，傳世不及再。彈指閲滄桑，高標巍猶在。七月辭都門，頻年厭塵埃。感彼前朝迹，聊作絶景對。萬古飛鳥疾，孤立高蟬蜕。日落下層梯，茫茫廣川晦。』是日，閻澤二伯父因館於景州，遂來一晤，留之午飯，及暮乃去。晚，景州牧榆次章名在來晤，庚午同年也。

三十日，夜雨，行四十里至留智廟，雨止，入山東界。承善及省吏來接。飯畢，行二十里，過運河至德州。連日與克齋同居一館，是日乃分舍，宿州城西。

八月初一日，緣城外行三十里至黃河厓，進點心。又二十里，入平原界鹿店早飯。又行三十里，宿於平原城東。有懷顔魯公，作一詩：『風塵二十四州昏，誰共常山鬪土門？早歲弟兄人未識，暮年忠壯氣猶存。悲涼身世中興項，髣髴旌麾烈士魂。獨拜西風殘照底，蕭條秋氣滿平原。』

初二日，從平原行二十里至二十里鋪，又行十五里至黎吉寨早飯。又三十五里至禹城縣。

初三日，過趙王河橋，行二十里至二十里鋪，又三十里至晏城早飯。又三十五里至高河城下，過大清河橋，住。爲克齋寫經，作一詩：『祝公符竹爲泉母，灑乳高城廿萬口。祝公閲士牟尼珠，□□皎皎分賢愚。未若與公兩忘物，古木無心枯兀兀。我書不辨錐畫沙，惟現空圓指端月。岱陰荒驛孤槐邊，中有安心初祖禪。欹枕不知身邊遠，嶽樓鐘動叩秋煙。』又和克齋秋山詩韻：『秋來遠夢抗雲煙，絶憶登臨九月天。蒼翠掃空寒雨後，西風吹葉石樓前。藤蘿陰罋清霜重，松括高巖皎月懸〔四〕。應使夜涼□鶴怨，桂香誰泛酒如泉？』

初四日，早起過渡，人言即小清河，疑。二十里至□□，又八里至□□，與克齋點心。出行，過一山岡，殆標山也。下望濟南，旁矚羣岸煙景如畫。行四五里，輿從來接，乃更朝衣入濟南東城，與克齋分住，共一街。是日封門，無相見者。

初五日，令人持名帖候在省諸官，司道遣人送科場條例及筵宴儀注，又下帖請入簾宴。

初六日，司道遣人送速帖，及未、申時，凡三速，乃往巡撫衙門公宴。酒三行，即入闈。少待，内監試及簾官俱入。内監試沂州守湖州蔡彩霞名應彪，及春秋房濮洲牧歸安潘退庭名汝誠，皆伯父舊交。書三房福山令安鄉潘經峯名相，癸未同年。詩一房，鄒縣令獻縣孔名傳□，庚午同年。易一房，萊蕪令秀水張愚髯名慶源。壬申辛巳。易二房，安邱令中部張□□名東。丙子丁丑。書一房，博興令山陽王□名溥。壬申壬申。書二房，壽張令忠州彭名時清。庚辰。春秋房，海豐令休寧黃□名樹棠。壬申。詩二房，夏津令蘭陽范□名汝載。戊午壬申。詩三房，嘉祥令婁縣瞿□名朝宗。壬申。詩四房，房陵令黃安吳□名沂。丁卯壬申。詩五房，青城令錢唐周雨塍名嘉猷。甲子乙丑。

九月十一日出城，行五十里至齊河。又六十里至禹城，可一更許。

十二日，行七十里至平原，又八十里至德里，宿羅年兄家。

十三日，行六十里至景州，又四十里至阜城縣，又五十里至阜莊縣。

十四日，行四十里至獻縣，又六十里至河間，又七十里至任邱。時已二鼓，晤商童初，又晤江五哥。

十五日，行五十里至趙北口下船，行二里許，十里鋪登岸。十里至雄縣，途間細雨。水村紅葉，甚佳。晚行七十里，宿新城。

十六日，行六十里至涿州。又七十里至良鄉，夜已二鼓。

十七日，入都。

十八日，至順義。

十九日，至密雲縣北十五里。

二十日，接駕。

二十一日，回京。〔五〕

乾隆三十五年，六月初十日，辰時出京。至普濟堂，門人王拙菴、張瑞書、袁西□於此祖送，因小住。弟訏、何生玉兆、張甥亦至，少譚須臾〔六〕。欲行，孫補山亦來。孫，正考官也，因同出普濟堂，别居者。南行至長新店略憩，至良鄉甫解鞍。薄暮雨甚大，次日雨止，而道甚濘。三十里至杜店，飯畢，行五十里至涿州。是日極熱，所居館正西向，晚日入室，照曜殊不可耐。夜大雷雨。

十二日，晴。道皆積水，往往憑過。二十五里至高碑店，早飯。又四十五里，住定興城北。黄昏復雨。

十三日，微陰。行十五里過北河，又三十里至杜村，又三十里至安肅，住。是日作一詩：『檐聲三夜滴床頭，海日□朝照衣領。風清每快行人意，泥滑仍爲車輸梗。南行常繞西山麓，新沐煙鬟清銅影。出岫濕雲行自媚，蔽□□陰寒且静。高禾連壠出芭槊，行潦逾道跳蛙黽。更有水田白鷺飛，便如長夏江南境。少年燕趙苦行役，十七年間一俄頃。故人黄土寧復見，古道荒煙聊自省。竹輿夢斷一蕭疏，高木嘶蟬挂殘景。』余以甲戌年館於保定守王端木楷家，經過此路，今十七年矣。王没後，聞其嗣子闇弱，可念也。

十四日，行二十五里過曹河，值雨，道上水及膝。行又二十五里過徐河，至清苑午飯。有懷朱克齋，作一詩：『男兒三十分銅竹，多少功名到白頭。紫陌鶯花故人櫝，黄河風雨郡城樓。郎山數嶂濃如染，夏水千陂澹似秋。我過停車增太息，幾人能不憶□邱？』飯後行，遇大風雨。二十里過大吉店，又二十五里住涇陽驛。

是日作一詩述懷：『塞垣抱東北，古道西南開。上谷走中原，千里何遼□。駐馬易水陽，迴望荆軻臺。蕭蕭北風起，飛雨從空來。荒茫散城郭，澒洞積雲霾。中逵成澗壑，四面聞喧豗。櫛沐豈爲勞，所難立奇□。徒御嗟咨□，余亦增遥□。寂寥幽并間，不見古人才。』

又以四絶句呈孫補山：『漫天風雨路逶遲，濕柳摇空墜萬枝。泥滑滑聲疑到耳，湖田水長稻花時。千□□□作江濤，輿竹嘔啞兀小舠。多少孤蓑青□客，應嗤□傳上□臯。

幕府公從萬里征，揮毫盾鼻坐論兵。即今風雨如相試，更作終霄摩槊聲。　幢幢短檠影□堂，檐滴聲多夜簟涼。欹枕夢回君悟否，維摩法□未曾□。』

十五日，行十五里至方盛橋。過橋約八九里，大水漫道，幾二尺餘，人行極艱。行三十里至望都城內，住。是日又雨，竟夜不止。

十六日，雨，略住。行三十里至清風店，聞前阻唐河，山水大發，不可前，遂住，而雨又至。按水經注：唐水出中山城之西，如北西流，歷左人亭，注滱水。今唐河，實大滱水也。舉首西南路，茫茫秋草生。山迴三晉斷，天接九河平。驟雨嘔夷水，殘陽曲逆城。試聽閭井內，猶道樂羊名。

是日，補山和前四絕句，乃復疊前韻呈之：『望都城北堯山廟，欲薦山花折澗枝。咫尺神靈變冥晦，太行千里雨來時。　新水乘空下急濤，奔雷掣電不容舠。徘徊河北商何事，荷鍤眞思問井皋。　千卮百榼慰長征，夸説眞成紙上兵。勸接天泉供茗事，倚窗閑啜聽蟬聲。　蘇公昔作中山守，竹石荒欹草榭涼。明日從公剔苔蘚，幾番眞贋話存亡。』

十七日，水殊不減，坐待少頃，雨又驟至，因作一詩遣悶：『驛路漁陽上谷迴，中山南望一徘徊。飛流倒馬關中出，急雨盧龍塞外來。厭聽短轅歌獨鹿，欲將長劍劃崔嵬。即憑鼓楫乘潮上，獨攬高寒御射臺。』

十八日，聞水退，束裝，而雨又大至，少間雨止，遂行。十五里過唐河，水没馬腹。又十五里至定州，飯。欲訪雪浪石不果，遂行。五十里至新樂，已昏黑矣。

十九日，行過沙河，四十五里至阜城驛，沿道皆水。飯畢，又過滋河，四十五里至眞定，住書院内。晚飯後，與補山訪隆興寺。本龍興寺，上過改名。觀唐大悲菩薩，七丈金身，覆以四層閣。登閣西望太行，南望滹沱，蒼然數千里。下閣觀隨開皇六年碑〔七〕，又有宋開寶碑，惜昏黑不能盡閲矣。歸向縣令索搨本，不可得。是日作一詩：『落日遥懸上曲陽，鎮州城上氣蒼涼。千峯晉代攢天碧，一片滹沱注海黄。唐室諸侯空竊據，張敖廝養久消亡。西風飄泊寒雲起，疑是旌旗出太行。』

二十日，出城，過滹沱，六十里至欒城，候行李車，日晡乃至。急行四十里至趙州，宿于試院，飯畢二鼓矣。是夜月色殊佳。

廿一日，行十八里，過一河，亦名沙河，水極深。又四十八里至柏鄉。午飯後，五十里至内邱，中間又過一水，俗亦名沙河。按此二水俱在滹沱之北，漳水之南，疑爲古槩蔓水，俟見東原問之。是晚雨，夜止。

廿二日，行六十里，宿邢臺城南。

廿三日，微雨，行二十里，過河，水深二尺。又十五里至沙河縣，又三十五里過洺水，飯於臨洺驛内。廣平守沈名鳴皋，司馬胡名涵，遣人送水果。其地去郡六十里。午後行二十五里，道旁有吕翁祠，乃入觀。前殿作吕翁像，後殿作盧生睡像，祠前荷花盛吐，秋水滿池，東有行宫數楹，倚坐片時乃出，成一絶句：『白荷花照水娟娟，緑柳千條壞檻前。午過微陰行客倦，吕翁祠畔聽秋蟬。』

又二十里至邯鄲城南，住，作邯鄲口號：『邯鄲妙伎繡襦衣，屧屣無雙鼓瑟希。盡作低頭廝養婦，不如匍匐壽陵歸。錐囊有意來成市，玉貌無端亦被圍。秋色滿空吾徑醉，西山當面挂斜暉。』

二十四日，行四十里至車騎關，又三十里至磁州。夾道水田蘆荻，青山平遠，宛然江鄉風景也。作一絶句：『青山滏口宿雲收，車騎關南盡稻疇。一片涼蟬聽不斷，藕花秋水到磁州。』城西有五瓜渠，引滏水爲之，故地爲沃壤。

二十五日，作鄴下懷古：『天變風雲出伯才，地蟠河朔氣佳哉。丹巖駕入黄華館，玉貌人歌金鳳臺。漳水東流何日盡，高城西對夕陽開。獨憐石柱平城去，猶似銅人洛下來。』又作一絶句：『孟德藏棺七十疑，東明觀閉亦胡爲？癡人作計全相似，不見青原拜馬醫。』是日出城，行二三里，過滏水橋，又二十里，過漳水，入河南境。又四十餘里，過安陽橋，下爲安陽水，古洹水也。又四里入城，住學使院中。夜雨。

二十六日，以馱子疲甚，易以車出城，雨甚。四十五里過蕩水橋，至湯陰，飯。令君諸城李君來晤，聞道上水驟長，不可行。午後晴，乃行。謁岳王祠，出城，潢潦没轂，行極艱，可一更乃行二十五里至宜溝驛。水經注：宜師溝入蕩水驛。當以是名也。是日作愁思岡歌，岡在安陽南十五里。『太行山斷貢雲薄，然思岡頭日西落。契丹歡笑晉女啼，南望中原北沙漠。河北千軍未一戰，矛頭已入含元殿。水磨大劍鈍如椎，玉貌黄塵皆掩面。石郎天子翻手爲，一尺面吐權謀奇。君始以此終亦此，沙陀壻作耶律兒。君不見，前有荆棘銅駝陌，後有五國城中客。時危萬乘困奴虜，道泰明堂受夷貊。武臣休説犂庭功，文士空讀禦戎策。古原草緑連青空，悵望悲歌千載中。冥冥天道隔人意，往往奇才連勢窮。湯陰下馬岳王廟，松櫟蕭蕭吹北風。湯陰有懷嵇述祖，晉朝城壘結愁雲，播蕩金輿此戰氛。事去萇弘猶有血，時危濡葛不能軍。冥鴻物外誰當篡？野鶴鷄中故不羣。若望山陽林竹在，寒聲蕭瑟不堪聞。』

二十七日，與補山同取行笥閲之，衣物、書籍盡爲水濕，取曝盡日，不能行。

二十八日，行三十五里，遇淇水〔八〕，橋下奔流噴激，聲若震霆，殊壯人意。又二十五里至淇縣，作一律：『曉色高原上，山光夾路隅。單車度淇水，秋雨緑王蒭。聞道青巖迹，長懷隱者徒。林巒深翳蔚，空有白雲孤。』又五十里抵衛輝，晤朱克齋，飯於衙署，歸幾二鼓。衛水繞府城西北，甚清。望蘇門諸山隱然，令人神往。

二十九日，行五十里至新鄉。又六十里至亢村驛，沿河路多有古河隄。

三十日，四鼓起行，夜甚寒。五十里至河干。補山先至，俟於舟内，乃亟渡。天晴明無風，水甚平緩。至南岸，又行五里，飯于廣武驛，滎澤地也。又四十二里過管水，住鄭州，鄭州牧唐君來晤。是日作一詩：『河北山形壓天半，左挾軍都東海岸。雲騰風掣到河陽，二千里餘青一斷。我來經過衞州西，雲巘迴頭百回看。竹林亭立明玕清，源泉飛下珍珠散。想見碩人尚考磐，安得同歸脱羈絆？北風忽出白陘口，吹渡秋河百川灌。山川聊供中流喜，車舟顧有知津嘆。西南廣武數峯來，屈指英雄幾更换？』

七月初一日，行五十里至郭店驛。又三十里渡十里河，蓋溱水也。十里至新鄭。是日所行皆士谷〔九〕，兩壁甚高〔一〇〕，意即古幽陵耶？西南望大隗山殊秀，又西連密縣，巖峯尤多矣。新鄭令陶君名應遇來晤，與余同出良齋先生門，以先生寄札與之。

初二日，夜行於新鄭城南，渡洧水，六十里過和尚橋，其下潩水也。至長武亭，飯畢，又三十里住許州城外。連日見秋禾甚茂，許州村林尤密，田廬之況，良足羨賞。作一詩：『七月含殘暑，籃輿兀晝眠。亂蟬秋響碎，獨樹午陰圓。草没當途殿，渠交舊許田。短橋行客過，潩水日涓涓。』

初三日，行六十里至臨潁。飯後，補山已行，余甫坐輿而往，中丞追至，暫晤而别。二十三四里過小溵河橋，又十里過小溵河橋〔一一〕，又十里過潁水橋。橋新修，其旁支渠引水，連陂粳稻棗秪，鄧艾之遺迹，差可想見。又十八里至郾城，以一楊姓宅作公館。是日，弟支昌、學韓來晤，學韓正在令君楊君幕中。與共飯，至暮别去。

初四日，夜行三里，入舟渡汝水，大川浩淼，潁水較之爲細流矣。按水經中有潕水，未見。過渡，天漸明。六十里至西平縣，作一絶：『吏事才稀驛傳寛，秋禾動野報平安。平生不説封侯事，休向棠谿冶鐵官。』又行五十五里，過石洋河橋。按水經言，瀷水過吳房縣北，今遂平古吳房也。注言：『白羊淵下入瀷水。』然則石洋乃白羊之名舛，此水即瀷水也。又行五里，入遂平縣城，住王姓宅，木樨甚茂，六年未見此木矣。『吳房當楚北，城郭枕荒畦。欲兩林陰重〔一二〕，臨秋稻熟齊。鳥投瀷水外，山擁鐵城西。且喜南州□，啼鳩隱竹埤。』

初五日，出遂平城可二里，過沙河橋。按水經注，瀙水出上界山，過吳房縣南。然則此水即瀙水也。行四十五里至芝麻店。又四十二里至確山城北三里住。是日雨，行村間，多植棗林。

初六日，晨微雨，過確山縣城，入山沙徑少泥。便行四十里，過吳塞河橋，以吳元濟名也。作五言詩：『已盡韓鄭郊，始入青山路。積雨曉未開，前峯隱忽露。風林上蕭疏，溪水下奔注。地跨淮西險，名因畔帥戍。猶想裴令公，旌麾入懸瓠。千營盡凱歌，三州始内附。豈罄作輔功，差免輿尸誤。時改迹易陳，理在人難遇。回首望中原，遥遥送飛鶩。』又十里至新安店。又四十里過明水，水南爲明溝驛，信陽州界矣。土俗亦以明水爲淮水，方輿紀要竟據之載確山界中有淮水，非也。

初七日，行四十里至長臺渡，一名長樂關。過淮水，作五言詩：『朝日出復陰，廣野風浩浩。淮源出萬重，飛流下穹昊。渺然走滄溟，梁楚在襟抱。汝潁交東環，穰鄧控西道。秋水欲歸壑，憑渡馬腹燥。撟首桐柏雲，展坐涯南阜。隧岸鳴蛩蛚，村檐挂棃棗。風土近鄉里，問語向耆老。西成未爲惡，苦被飛蝗惱。連村撲未盡，何以實爲寶？長嘯招西風，陰氣一吹掃。』又五里行山岡，五里過螺螄頂。又四十里至信陽州，賢首山逼城西南，殊峻嶒可畏，引望極南羣峯層疊，秀出雲漢，北來所未見也。至驛館，問乙酉孝廉劉君，已不幸物故。劉君美才，與余在伯思處才一兩見，詩絶清婉，乃竟無年，惜哉！惜哉！

初八日，驛吏以馬之衣物皆易，入舁出門，即過一水，其深略如淮。水經注言：溮水過賢首山西。兹水正經其地，必溮水也。以問土人，乃不知其名。過水行山間，崎嶇高下，三十里至許家灣。飯畢，循溪南行，山益大，徑益高。三十里至李家塞，住寓館，懸黄石齋字云：『石頭山寺飯，荻港主家船。與世同無責，看□更盛年。蒼生□不恨，白壁遠相憐。每見南來鷹，掀眉一喟然。寄陳雪灘司業。』未知陳爲何人，聞係里中李氏物也。是日作一詩：『南關通涘上，北澗注淮川。子午如秦谷，庚寅入楚年。山深時遇雨，路曲忽飛泉。借問經行日，新秋月又弦。』

初九日，行八里，過山頸，沿溪流而下。又八里至觀音河。又泝一溪，上行五里，復沿溪下行五里。此二處山過峽處皆穿田，乃又泝一谿上行，即武勝關北水矣。五里至關，登其西嶺，引望巑岏萬疊，勢盡東奔。關南爲湖廣水入江，其北爲河南水入淮矣。作一詩：『秋風擁騎出三關，片片飛雲萬疊山。初日忽升丹壑底，淮流迴出碧林間。陰幽虎豹藏吟吼，開闔風雷倏往還。南北平分天下險，老兵吹角戍樓閑。』余登山，家人皆不能往，僅二老兵從上。問老兵，云：『應山三關，最西曰黄土關，少東曰平靖關，即恨這關。』又東五十里，即武勝也。下山又行十里至東王店，飯畢，又三十里住廣水驛丫髻山旁。應山地西去縣四十里，自過信陽，天氣轉熱，至此益烈。

初十日，行十五里過金橋山。又十五里至郭店，飯。又二十里過擂鼓臺。又二十里過晏口，澴水之上源也。入孝感縣界，住小河溪，去縣治一百二十里，山光□異遠近間。『若重樓花行人度，高下起落波中槎。足迹未辨鄖隨國，半生左史窺浮夸。義陽關南出馬道，縱觀蒼壁澂明霞。野田茅屋秋未冷，高藤翠木樛相加。千峯南盡出江面，一鳥東下投吾家。上遊勢已據荆郢，左肱屈更招蕲巴。胸吞雲夢不芥蒂，囊括漢國無離呱。宜有奇才表荆楚，不然深谷逃麏麚。惜哉我行不及過，翩翩且逐投林雅。』

十一日，行四十里至劉店，飯。又五十里至楊店，過谿橋，住竟日。岡巒高下，谿谷瀠洄，望雙峯九巉，邈然秀聳。此地去吾郡六七百里，悵思故鄉，題二絶句：『故鄉東衹隔齊安，馬首才旋去不難。略似霸陵臨渭上，瑟聲清怨走邯鄲。山谷江上總相同，況聽秋原唱歲豐。髀肉若生吾不恨，只愁急去作曹公。』

十二日，行六十里，住雙廟驛，黄陂地也，去縣治二十里。有懷左青仲孚張應宿曰：『余性□質呐，諧物無言詞。遊宦二十載，殊乏新相知。依依鄉里愛，握手自北羈。臭味若椒茝，非是孰爲思。今年覽雲夢，飄飄來沙羨。江漢一以會，秋水浮天垂。廣川起孤望，日落吹參差。噫昔各年少〔一三〕，共戲澂江湄。青山澹夜色，帆舉風颸颸。海月萬里上，屬酒酬清詩。歡樂去不復，青鬢將成絲。萬事無不改，風景長如斯。拂衣便可去，潛霍吾前期。』

又懷葉花南先生：『遺學千秋賴眼膺，閉門白首向寒鐙。伏生老有殘經懼，韓愈師爲舉世憎。終夜思公今底柱，秋風吹客又巴陵。滔滔身世成名少，愧憶當年許代興。』又懷劉畊南先生：『先生高臥大江旁，賤子飄摇每憶鄉。四海敢忘存父執，一鳴嘗幸值孫陽。今年縱酒猶多少，他日奇文恐散亡。欲就青雲論舊學，坐看人事歷滄桑。』

十三日，行四十里，住灄口。補山餽藕，作二絶句：『江津七月火雲紅，欣接瓊漿白玉筩。一展蘄州笛材臥，披襟何待大王風？夙聞楚個富佳人，施粉施朱聽未眞。若把玲瓏看玉腕，可宜條脱一雙銀。』是日香苣大哥遣人來，天氣極熱，夜乃不能成寐。

十四日，於街口登小舟，南行十里，鄖水支流，合雲夢、安陸諸縣水來會灄水，又東南入江。余正於其會處登岸。又三十里至漢口，送菱與補山一絶句：『青磁兩寸臥紅菱，把看涼颸觸手興。想見洛妃羅襪底，弓彎秋水欲微凌。』

十五日，曉渡江，微風動波，徑至武昌城下乃登舟，入城上黄鶴樓，回至皇華館，住。早飯後香苣大哥來少敘，襄陽道重禄亦來少敘。是日遣人送帖，候督撫諸公。晚見補山作登黄鶴樓長句，乃次其韻：『大江西蜀蟠蜿蜒，夷陵忽斷巴山連。奔流滄溟七萬里，想見神禹營當年。黄鵠山對大别起，横截勢欲遮吳天。東流至此一夾束，瀠洄衣帶高樓前。築城藉阻從孫權，馮軒雷鼓空江填。開勢明遠會豪俊，定勝樊口觀魚筌。一朝金雁藏平田，何殊繐帳臨障川。此樓千載幾興復，侍芭士女誰爲憐？因山命名義自近，水經注載，黄鵠山對夏口城，孫權所築。開勢明遠，高觀枕流，蓋即指此樓。古鵠、鶴二字通，故樓因山得名。附會或遡黄冠眠。虞翻地下應大笑，欲破衆口難爲緣。我聞譙郡戴仲口〔一四〕，往往野服從漁畋。仙人毋乃即此足，惜哉林壑空蒼煙。農部羽扇神飄然，腹中武庫籌機先。罙入深穴縛虎子，欲效左手如羊牽。蠻煙瘴雨重關外，碧鷄金馬千峯巔。從軍歸來怒未諜，拔劍要想踰邛滇。登高賦具丈夫器，攬勝屐趁優暇穿。正當千里縱黄鵠，豈將一渚從棲鳶？嗟余陋學非深淵，宦遊自省叢咎愆。年往道廢中煩煎，顧思山水聊安便。陪公欲鼓瀟湘柁，湖南未到秋雲邊。蒼茫水灌天下半，迴環地擁荆州全。漢口暮見樓雉影，江風曉踏鮫龍涎。晴空孑孑上重宇，風流邈邈思前賢。無心坐見白雲滅，屹立惟有倉山堅。鳥投吳越青冥會，風來襄鄧蒸炎蠲。如此風景足散髮，永保天璞辭鏤鐫。説尹在口田舍好，待看花柳村村鮮。行程苦促不得駐，但欣傑句璁思宣。和詩念公帳下兒可畏，況敢較量千秋之謫仙？』

十六日，行六十里至紙坊。住三元宫僧院，在八分山之東，六老山之西。作一詩：『夜辭江夏月如銀，南入東湖正午輪。長路鳥飛迎客倦，短籬瓜蔓見秋新。溪風吹夢便僧榻，樹蔭涵空浄眼塵。欲得此心無所住，青山牆畔苦留人。』

十七日，行六十里，住山坡驛。

十八日，五更起，少覺涼爽，出江夏縣界，夾道長松亭亭峙遠，密林蒨谷，朝霞絢空。六十里至咸寧縣城内，住朱姓生員家。午後小雨。

十九日，住。

二十日，行四十五里，住官塘。聞山谷多虎，是日行獨遲。驛吏來求詩，作一絶句：『碧雲巖壑盤遥勢，斜日榛林映晚清。澗虎欲來風滿谷，四山秋葉一時鳴。』又一律：『當樹見東嶺，清風吹月高。千聲秋澗外，獨夜楚山皋。仰視星河改，來經驛堠勞。弟兄燕晉地，何以慰離騷？』

二十一日，行五十里，入蒲圻城内，住。

二十二日，行六十里，至港口，住萬年庵院内。有吴大宗伯士玉題詩，和者極多。劉□庵又别用韻作三首，因並次其韻：『驛路陰將雨，林深鳥不喧。遠風來習習，涼葉忽翻翻。

野曠蟲何怨，秋成物自恩。迴依僧舍憩，寒水静當門。　觀化吾生眇，焉知從古年。平生聞赤壁，邀客上青煙。霧雨藏南嶽，江湖蕩左偏。前峯猶自杳，未可盡寅緣。前輩輶軒過，風流憶宛然。人隨寒鷹遠，迹付野僧傳。澗户藏秋小，虚空放唄圓。欲窮生滅理，雲影在諸天。前日浮江漢，清湘未掉船。驛亭今夜雨，山寺古時煙。共就長明飯，同將短韻連。□留驅石□，過客看羊眠。』庵東小澗，余與補山先生叠石而過。又作一律：『溪風上下拂人衣，松韻清圓出數圍。林靄蒼蒼長欲滴，峯□一一似將飛。巖傾磴曲藏平塢，日薄雲深把翠微。隨意秋山行住在，不知三日過蒲圻。』

二十三日，行二十里，入湖南臨湘縣界。又四十里至長安驛，巡撫差官來接。

二十四日，行六十里，宿雲溪驛，去臨湘縣四十里。是日雨，微寒。

二十五日，冒雨行六十里，至岳州城内，館於岳陽樓上。樓倚城西隅，與補山登眺竟日。補山作長句甚工，余作五古：『秋風起江漢，吹我來洞庭。巴陵山澤交，煙雨長晦冥。虞帝召湘妃，虚無駕雲軿。九疑通一氣，蒼茫趨百雲。悵望一恍惚，但覺風泠泠〔一五〕。鴻濤下洶磕，危觀上岧亭。坐銷積霧白，稍見君山青。沅湘合江沱，全楚成滄溟。連峯衡嶽來，東西按青熒。張爲荆揚翼，闔作天地扃。汎浮極浩蕩，約束歸淵渟。猛令襄郢南，有國無郊坰。濛濛出林浦，杳杳揚帆舲。西陵坐暮靄，窈然圍沙汀。餘波夜相擊，萬籟盈軒欞。隱傷楚士懷，爲惜秋蘭馨。醉客忽飛去，千載時來經。焉知至人理，養空遺脩齡。咸池日夕奏，此意與誰聆？』

二十六日，行六十里，越山數重，至青岡驛，住。

二十七日，行十五里，過新牆河渡，天始明。又五十五里，至大荆驛，住。

二十八日，行四十里，過黄穀鋪，渡汨水。又二十里渡羅水，其下流合汨入湘，所謂汨羅口也。作一律：『重華不可作，楚客爲誰吟？嫋嫋風初起，蕭蕭秋易深。長楸哀郢地，芳在涉江心。弭掉憑羅水〔一六〕，悲思直到今。』越水即湘陰。歸義驛，住。

二十九日，行六十里，至湘陰縣。

八月初一日，行七十里，至橋頭，善化地也。住。

初二日，行三十餘里，出山至瀏陽水，入舟。出口至湘江，泝江可二三里，至陳家鋪登岸。省中諸公使人來迎，乃入北門，館於蘇州會館。是日行四十五里，作一詩：『雜樹接凝雲，晨朝吐青氣。遥望西峯頂，已上丹霞蔚。遠山狀一同，近嶺形千彙。澗霧忽成陰，巖蘿密如衣。冷風發空響，幽愴多髣髴。漸出深谷口，始縱秋泉沸。湘帆轉昭曠，途夷畫經緯。遄往湊舟車，趨來孰涇渭？物象倏以遷，亭午待猶未。覥憶獨居情，將毋徇俗畏？』

初三日、初四日雨〔一七〕，初五日，俱閑館中，蚊大如蠅，多不可撲。

初六日，雨，出館宴於撫署，乃入闈。監臨巡撫德公福、提調臬司王公太岳，伯父壬戌同年進士。外監試：糧道劉公秉愉，山西洪洞人。内監試：辰州太守潘公古三（經馭），錢塘人，庚辰進士。易一房：衡山令奚公鶴溪（寅），陽湖人，丙戌進士。易二：興寧令李公雨村（兆吉），江都人，戊午舉人。詩一：會同令趙公雲軒（鳳先），連山人，丙子舉人。詩二：酃令黄公竦齋（華年），清江人，庚午同年。詩三：祁陽令宋公懷山（溶），成都人，丁卯舉人。書一：石門令梁公介峯（尚秉），廣東順德人，丁丑進士。書二：平口令吴公豐山（鐄），嘉興人，己卯舉人。春秋：雲陵令陳公鳳喈（三恪），岳池人，庚午同年。禮記：新化令梁公文川（濟生），正定相公之曾孫，庚辰舉人。内收掌：徐公海陽（應熙），陽湖人，庚午同年，方試用，借補武岡州同。

初六日，風寒雨至。初十日，晴。

十五日，爲潘辰州題選夢圖。

九月初一日，出榜。

初三日，微雨，鹿鳴宴回，覺病。是夜晤宋小巖。

初四日，痢疾大作。

初六日，小愈。公餞於蓮花池。

初九日，遊嶽麓。辰初陰，渡湘水而西，漸霽，乃入書院。出觀李北海碑，上飛來石觀鐵瓦祠，明隆慶中造，以奉眞武。乃沿山而北行於萬樹之中。至嶽麓寺，密蔭四圍，佛樓軒出，湘流迴繞檻前，眞奇境也。殿前長松，本有二株，相傳六朝時物，今年大風拔其一，其前殿瓦甍尚損，未及整也。余僅見其存者一株，干霄之勢凜然。潘辰州言：『拔者其形更奇於此。』惜哉！惜哉！至暮，復渡湘而還，城中昏黑矣。

初十日，雨，辭行。

十一日，午後冒雨而行，住橋頭驛，行五十里。

十二日，飯于湘陰。午後行至歸義驛，可一更許，月色甚皎。是日行一百三十里。

十三日，雨。行至大荆驛，飯。晚宿青岡驛，行一百二十里。途間紅葉殊佳，作一絶：『碧巖紅葉點班班，寒響蕭蕭萬樹間。行過重陽三日雨，湘陰回首看秋山。』是日驛中無夫扛，至夜不至，至次日乃到。

十四日，晴，行六十里，再宿岳陽樓。夜起看月，作一詩：『高樓深夜静秋空，蕩蕩江湖積氣通。萬頃波平天四面，九霄風定月當中。青蚪欲召馮夷舞，白鶴横飛帝女宫。拂袖碧瀛瓊島外，蒼茫何處是湘東？』

十五日，至雲溪驛，飯，宿長安驛。是日行一百三十里。

十六日，至港口，飯，宿蒲圻縣。作再過蒲圻萬年庵詩：『松根山遞出，繚繞若雲旓。露氣朝陽濕，炊煙積翠交。林迴迎屋角，霧斷識巖坳。野鳥渾相認，相迎啅舊巢。』又途中一首：『紅葉間青松，斜陽千萬重。亂山圍野水，深澗約秋鐘。樵斧穿林出，人家刈稻終。可能今夜月，田舍話從容？』是日行一百二十里。

十七日，至官塘，飯。宿咸寧，行九十里。

十八日，至山坡驛，飯。宿紙坊，行一百二十里。

十九日，夜，起行六十里，天明至武昌。與制軍吳公、巡撫梁公等見于城外。入城拜客，至午乃至鐵松大哥署中早飯，晚間諸當事設燕于黄鶴樓。歸宿武昌府署，爲大哥題秋梅圖，作五言詩。夜間聯牀，語達四鼓，倦極乃眠。

二十日，早，補山來，同飯。出城與羣公别于皇華館。渡江至灄口，又行四十里。宿雙廟，行八十里。

廿一日，夜起六十里至楊店，飯。又九十里，宿小河溪。

廿二日，行七十里至廣水驛，飯。又六十里至李家寨，欲住，而家奴誤以行李前行，時已薄暮，乃趲行三十里，已昏黑，又值風雨，雨中行三十里至信陽州，住。『蕭蕭秋響水增波，躋險披雲策馬過。短日人行鄳阨少，長淮山繞義陽多。豈聞庸薄成名業，空走塵埃憶薜蘿。寒雨北風憑獨望，中原秋雁度黄河。』

廿三日，小疾，雨行九十里，住明港驛。

廿四日，住確山，雨，行九十里。

廿五日，晴，住遂平，行九十里。

廿六日，住臨潁，行一百八十里。家人押車者，行至三鼓。

廿七日，住新鄭。是日行一百五十里。

廿八日，住滎澤之廣武驛，未至廣武五里有一水，六月過此，猶以舟渡，今已設橋矣。問土人，云即京水。是日行一百三十五里。

廿九日，晨，度河，行一百三十里，住新鄉。門人蔣傳馨來晤。

十月初一日，夜，行五十里，天始明，又行至更餘，住宜溝驛。作夜行詩：『今歲忽將暮，霜華上客袍。風鳴流水急，野肅大星高。細火穿林影，寒塵暗馬毛。歸程催旅思，中夜不知勞。』是日行一百五十里。

初二日，至彰德府。河南學使嵩少詹來晤甚久。日已酉，趲行至磁州，更餘矣。是日行一百四十里。

初三日，行一百十五里，住臨洺驛。

初四日，行七十里至邢臺，作一律：『風聲在高樹，天影郡城樓。白日寒襄國，青山入相州。閱人今世晚，爲客古原秋。舉目多衰盛，滄江興轉遒。』又六十里，宿内邱。

初五日，宿趙州，行一百十八里。

初六日，宿眞定，晤梁太世叔紹興太守，係眞定中堂之孫。是日行一百一十里。

初七日，宿定州，行一百四十里。申時狂風，幾不能行。

初八日，宿陘陽驛，行一百零五里。

初九日，大風雪，行四十里至保定。見鏡泉十四伯父。又行五十里，宿安肅。暮雪稍止。

初十日，晴。行一百四十里，住涿州。於新城高碑店遇周秉中方伯，即別。『眉際西山近，蒼蒼開錦屏。雍奴殘雪白，涿鹿暮天青。客景侵寒節，家人驗使星。柳風來未已，乘月到郵亭。』

十一日，行七十里，住良鄉城南關帝廟。

十二日，到京。

十三日，午後與八弟出城，同至呂亭，宿。

十四日，鷄鳴，八弟北行，由舒城往山西。余分路東北行，十五里至崇山鎮。又十五里至界河，又四十五里至廬江，宿。在界河遇潁上鄭令，癸酉舉人，略敘即別。

十五日，雇車與兩僕乘之，二十里至廬江二十里鋪。龍峽，其龍右以黄陂湖，左以白湖，夾送而下，冶父支龍也。又三十里至盛家橋，宿。

十六日，行五里至金繩寺，入巢縣界。冶父山正脉，至此爲平陽。東行乃復起山，九十里結無爲州。其旁支東北行，過散軍，至巢縣南，爲巢湖水口，又東至運漕。十五里至馬尼河，三十里至泊廟，十五里至散軍，宿。

十七日，三十里過浮橋。巢湖水在此出東流七十里，至運漕，合前河又九十里至濡須口入江。同年涂名寧先在此作令，略晤即別。十五里至湯泉濯足，甚佳。晚宿。作過亞父山詩云：『北風吹日黄，湖波蕩空白。亂山居巢城，斜陽范增宅。嗟彼七十翁，瀕死鬥羣策。首定牧牛王，終困冠猴斥。經營天下才，誰云力無敵？豈無信越儔，角起相什佰。縱令聽君謀，劉季死何益？反問資黄金，拜獻受白璧〔一八〕。所憤驕主心，乃不疑項伯。行客度荒林，黄葉下空驛。太息望烏江，孤祠楚天碧。』

十八日，四十五里至含山縣，轉正東行十五里，宿張家橋。是早車夫病，另雇一人乃行。

十九日，四十五里至和州。諺云：『和州不須問，行得圩埂盡。』半日皆危隄上也。飯後，復東北行二十里，至黄泥壩，宿。夜雨。

二十日，晨，不能行。

二十一日，冒雨行二十里，至烏江。又五里至卯家莊。雨甚，借一槽房夜宿。

二十二日，行五十五里，宿江浦縣城南。是日循江而行，望金陵山色甚明。作一絶句：『江出天門雲水長，客心遥指路蒼茫。寒山自繞江東碧，日冷青蕪下歷陽。』

二十三日，行二十里至浦口，其城踞山甚雄。又行四十里至水家灣，宿。

二十四日，行十五里至瓜浦。滁水至此出江。又二十里至東溝。又四十里至儀眞，換船。是日行甚早，作一詩云：『霜濃風緊度殘更，偪剥荒鷄一再鳴。卻羨蘆簾田舍閉，已收秋穀未春耕。』夜寢後，開船，晨起已至揚州，行七十五里矣。

二十五日，覓演綸兄弟，乃與同寓邗溝西岸王六房飯店。是日晤鄭世兄濡、晴波鄭毳五同年，施儀部朝幹、小鐵。輪夫四，作一號家信。次日晤秋堂顧仙貽。

二十七日，早，與二張同於畢花壨家飯。晚飯晴波家。

二十八日，以一詩別諸君云：『隔年才一見，天末復孤征。欲別故人酒，其如今夕情。夜潮京口上，殘月廣陵生。一棹平淮水，來朝聽雁聲。』是晚，與二張同飲施小鐵處，晤蔣春農。

二十九日，飯後登舟，泝流行五里，泊五臺山。

十一月初一日，行三十五里，過召伯埭，又三十五里泊露筋祠。

初二日，行三十三里，過高郵。又四十里，泊六安溝。

初三日，雨，遇東南風甚急，揚帆八十里，至寶應縣。又四十里，泊平湖橋。

初四日，行四十里，泊淮安城下，夜大北風起。

初五、初六兩日，皆不行，舟中極寒。與演綸作唾冰聯句云：『唾出原爲霧，風嚴忽作冰。咳時徵暖在，墮處冱寒增。蕊似朝餐後，含甯夕飲曾。碎瓊紛有屑，編貝訝生稜。薄映脂同滑，馴堅手易勝。玉壺□欲破，華袖碧長凝。噴麝摶香液，銜絨結彩繒。裂痕留謝砌，餘凍拭吴綾。乍比盈懷泣，眞疑礪齒能。仲山剛豈吐，姑射垢皆澂。凌異豳風獻，珠從漢殿承。唇間鄒律動，點滴被春蒸。』

初七日，滿河流淩，舟擊冰而行。十五里過板閘關。又十五里泊清江浦，作蝶戀花小詞云：『落盡丹楓人乍别。船尾吴山，青到江頭歇。誰識天涯愁欲絶？琵琶櫓響蘆花雪。小閣前霄萸菊節。商略征程，黯鎖眉峯折。剪燭他年休更説，寒潮夜夜淮南月。』

初八日，行三十五里，至天妃閘下，而草壩積冰六尺，舟不得過，乃捩柁而還。復至清江張家馬頭，遇馬中城堯佐兄弟。夜作家信，付之寄歸。是日作一詩云：『風急波長足溯洄，大河冰塞白皚皚。百川爭海驅龍立，一葉中流共雁回。市有眞王傳袴下，溝通雄伯爲冠來。千秋誰共淮南客，往復山陽暮笛哀。』

初九日，晚見凝清及陳夫人。晴嵐閣學女。

初十日，與訥堂兄弟同飯陳夫人家。是日冬至，極暖。

十一日，在凝清處早飯，見所藏荆州石二，一作人馬狀，一觀音像。余遂作荆石觀音像詩。

十二日，又飯凝清處。車始雇定，而逗留清江，已五日矣。

十三日，早，過河，順風迅濟，晚住李家行内。作渡河詩云：『九川誰辨禹徐州，西望河淮會瀆流。冰斷吕梁三十仞，日開滄海一孤舟。塵埃過客多新識，齊魯看山感舊遊。繞遍瑯琊青黛色，雪明鐘動嶽祠樓。』

十四日，於王家營登車，十里過新河渡。此水減運河水，東由安東入海。二十里至魚溝，四十里至中興集。在運河岸旁桃源界。

十五日，西北沿河隄行，五十里至仰化集。宿遷界。又五十里至順河集，宿。

十六日，三鼓起，循落馬湖濱行，十里過永濟橋，四十里至新店，七十里至壩頭。

十七日，夜過沂水，以人挽車行草橋上。此水西南流，四十里入運河。行三十里至沙河，有石橋。又過官河草橋。八里過二水，不知名。至邳州城下，城後有小山。又可五六里，過巨無河。又二十五里宿汊河，作一詩：『遼闊山川縱遠遊，又歙同帽里邳州。百年奇志歸黄石，一片寒陽下白樓。難得眞龍逢漢帝，易將窮虎縛温侯。明朝跋馬青山外，好買蘭陵酒破愁。』

十八日，行二十五里過渡。水不知名，土人云：出蒙山，西四十里入運。出江南界臺兒莊，入京者路至此會齊。三十里至馬蘭屯。蘭山界。又四十里至陰平鎮，述山之西，嶧縣界。

遇汶上作弔王彦章詩〔一九〕：『平生輕忽鬥鷄兒，力戰其如國政危。亂世烏飛難擇木，忠臣豹死自留皮。孤城霜露横殘鐵，落日風雲臥大旗。漫道劉郭杯水恨，桑田久已失河陂。』『春縠溪花四月殘，漢陰微雨麥秋寒。斜陽射的山前出，記向君家屋角看。』

校記

〔一〕來　當作『耒』。

〔二〕縠　當作『轂』。

〔三〕掉　當作『棹』。

〔四〕括　疑當作「栝」。
〔五〕以上是乾隆三十三年七月，姚鼐赴任東鄉試副考官時往返日記。惜抱軒文集卷九著有乾隆戊子山東鄉試策問五，可參閱。
〔六〕叟　當作「叜」。
〔七〕隨　當作「隋」。
〔八〕遇　疑當作「過」。
〔九〕士　疑當作「土」。
〔一〇〕璧　當作「壁」。
〔一一〕此處文字疑有誤。
〔一二〕兩　疑當作「雨」。
〔一三〕噫　疑當作「憶」。
〔一四〕戴仲口　疑當作「戴仲若」。
〔一五〕冷冷　疑當作「泠泠」。
〔一六〕掉　當作「棹」。
〔一七〕兩　疑當作「雨」。
〔一八〕璧　當作「壁」。
〔一九〕遇　疑當作「過」。

右惜抱先生使湘魯日記，爲典試山東、湖南往還紀程之作，自首至尾無缺。本志第十九期中所載，自十三日起迄本期止，當是殘稿，似從桐城北上時所記者。先生爲一代儒宗，天下人無不知其妙於文章。此記簡潔得體，書法復秀整可觀。現爲湘潭袁伯夔先生珍藏，不輕眎人也。編者附誌。

# 詩文輯佚

# 詩文輯佚

## 古文辭類篹序目

鼐少聞古文法于伯父薑塢先生及同鄉劉耕南先生，少究其義，未之深學也。其後，游宦數十年，益不得暇，獨以幼所聞者寘之胸臆而已。乾隆四十年，以疾請歸。伯父前卒，不得見矣。劉先生年八十，猶喜談説，見則必論古文。後又二年，余來揚州，少年或從問古文法。夫文無所謂古今也，惟其當而已。得其當，則六經至于今日，其爲道也一。知其所以當，則于古雖遠，而於今取法，如衣食之不可釋；不知其所以當，而敝棄于時，則存一家之言，以資來者，容有俟焉。

于是，以所聞習者，編次論説爲古文辭類篹。其類十三，曰：論辨類，序跋類，奏議類，書説類，贈序類，詔令類，傳狀類，碑志類，雜記類，箴銘類，頌贊類，辭賦類，哀祭類。一類内而爲用不同者，别之爲上下編云。

論辨類者，蓋原于古之諸子，各以所學著書詔後世。孔、孟之道與文，至矣。自老、莊以降，道有是非，文有工拙。今悉以子家不録，録自賈生始。蓋退之著論，取于六經、孟子；子厚取于韓非、賈生；明允雜以蘇、張之流；子瞻兼及於莊子。學之至善者，神合焉；善而不至者，貌存焉。惜乎！子厚之才，可以爲其至，而不及至者，年爲之也。

序跋類者，昔前聖作易，孔子爲作繫辭、説卦、文言、序卦、雜卦之傳，以推論本原，廣大其義。詩、書皆有序，而儀禮篇後有記，皆儒者所爲。其餘諸子，或自序其意，或弟子作之，莊子天下篇、荀子末篇，皆是也。余撰次古文辭，不載史傳，以不可勝録也。惟載太史公、歐陽永叔表志、敘論數首，序之最工者也。向、歆奏校書各有序，世不盡傳，傳者或僞。今存子政戰國策序一篇，著其概。其後目録之序，子固獨優已。

奏議類者，蓋唐、虞、三代聖賢陳説其君之辭，尚書具之矣。周衰，列國臣子爲國謀者，誼忠而辭美，皆本謨、誥之遺，學者多誦之。其載春秋内、外傳者不録，録自戰國以下。漢以來有表、奏、疏、議、上書、封事之異名，其實一類。惟對策雖亦臣下告君之辭，而其體少别，故寘之下編。兩蘇應制舉時所進時務策，又以附對策之後。

書説類者，昔周公之告召公，有君奭之篇。春秋之世，列國士大夫或面相告語，或爲書相遺，其義一也。戰國説士，説其時主，當委質爲臣，則入之奏議；其已去國，或説異國之君，則入此編。

贈序類者，老子曰：『君子贈人以言。』顔淵、子路之相違，則以言相贈處。梁王觴諸侯于范臺，魯君擇言而進，所以致敬愛、陳忠告之誼也。唐初贈人，始以序名，作者亦衆。至于昌黎，乃得古人之意，其文冠絶前後作者。蘇明允之考名序，故蘇氏諱序，或曰引，或曰説。今悉依其體，編之于此。

詔令類者，原于尚書之誓、誥。周之衰也，文誥猶存。昭王制，肅强侯，所以悦人心而勝于三軍之衆，猶有賴焉。秦最無道，而辭則偉。漢至文、景，意與辭俱美矣，後世無以逮之。光武以降，人主雖有善意，而辭氣何其衰薄也！檄令皆諭下之辭，韓退之鰐魚文，檄令類也，故悉附之。

傳狀類者，雖原于史氏，而義不同。劉先生云：『古之爲達官名人傳者，史官職之。文士作傳，凡爲圬者、種樹之流而已。其人既稍顯，即不當爲之傳，爲之行狀，上史氏而已。』余謂先生之言是也。雖然，古之國史立傳，不甚拘品位，所紀事猶詳。又實録書人臣卒，必撮序其平生賢否。今實録不紀臣下之事，史館凡仕非賜謚及死事者，不得爲傳。乾隆四十年，定一品官乃賜謚。然則史之傳者，亦無幾矣。余録古傳狀之文，并紀兹義，使後之文士得擇之。昌黎毛穎傳，嬉戲之文，其體傳也，故亦附焉。

碑志類者，其體本于詩，歌頌功德，其用施於金石。周之時有石鼓刻文，秦刻石于巡狩所經過，漢人作碑文，又加以序。序之體，蓋秦刻琅邪具之矣。茅順甫譏韓文公碑序異史遷，此非知言。金石之文，自與史家異體。如文公作文，豈必以效司馬氏爲工耶？誌者，識也。或立石墓上，或埋之壙中，古人皆曰誌。爲之銘者，所以識之之辭也。然恐人觀之不詳，故又爲序。世或以石立墓上曰碑、曰表，埋乃曰誌。及分誌、銘二之，獨呼前序曰誌者，皆失其義。蓋自歐陽公不能辨矣。墓誌文，録者尤多，今別爲下編。

雜記類者，亦碑文之屬。碑主于稱頌功德，記則所紀大小事殊，取義各異，故有作序與銘詩全用碑文體者，又有爲紀事而不以刻石者。柳子厚紀事小文，或謂之序，然實記之類也。

箴銘類者，三代以來有其體矣。聖賢所以自戒警之義，其辭尤質而意尤深。若張子作西銘，豈獨其理之美耶？其文固未易幾也。

頌贊類者，亦詩頌之流，而不必施之金石者也。

辭賦類者，風雅之變體也。楚人最工爲之，蓋非獨屈子而已。余嘗謂漁父及楚人以弋説襄王、宋玉對王問遺行，皆設辭無事實，皆辭賦類耳。太史公、劉子政不辨，而以事載之，蓋非是。辭賦固當有韻，然古人亦有無韻者，以義在託諷，亦謂之賦耳。漢世校書有辭賦略，其所列者甚當。昭明太子文選，分體碎雜，其立名多可笑者。後之編集者，或不知其陋而仍之。余今編辭賦，一以漢略爲法。古文不取六朝人，惡其靡也。獨辭賦則晉、宋人猶有古人韻格存焉。惟齊、梁以下，則辭益俳而氣益卑，故不録耳。哀祭類者，詩有頌，風有黄鳥、二子乘舟，皆其原也。楚人之辭至工，後世惟退之、介甫而已。

凡文之體類十三，而所以爲文者八，曰神、理、氣、味、格、律、聲、色。神、理、氣、味者，文之精也；格、律、聲、色者，文之粗也。然苟舍其粗，則精者亦胡以寓焉？學者之於古人，必始而遇其粗，中而遇其精，終則御其精者而遺其粗者。文士之效法古人，莫善于退之，盡變古人之形貌，雖有摹擬，不可得而尋其迹也。其他雖工于學古，而迹不能忘，揚子雲、柳子厚於斯，蓋尤甚焉。以其形貌之過于似古人也，而遽擯之，謂不足與於文章之事，則過矣。然遂謂非學者之一病，則不可也。

乾隆四十四年秋七月，桐城姚鼐纂集序目。

（姚鼐編古文辭類纂卷首，康紹鏞刻本）

## 五七言今體詩鈔序目

天下之是非，有不可得而淆也，而人以己意决之，則不能不淆；其不淆者，必其當于人心之公意者也。人心之公意雖具于人人，而當其始，無一人發之，則人人之公意不見，苟發之而同者會矣。論詩如漁洋之古詩鈔，可謂當人心之公者也。吾惜其論止古體，而不及今體。至今日而爲今體者紛紜歧出，多趨訛謬，風雅之道日衰。從吾游者，或請爲補漁洋之闕編，因取唐以來詩人之作，采録論之，分爲二集十八卷，以盡漁洋之遺志。雖然，漁洋有漁洋之意，吾有吾之意，吾觀漁洋所取舍，亦時有不盡當吾心者，要其大體雅正，足以維持詩學，導啓後進，則亦足矣。其小小異同，嗜好之情，雖公者不能無偏也。今吾亦自奮室中之説，前未必盡合于漁洋，後未必盡當于學者，然而存古人之正軌，以正雅祛邪，則吾説有必不可易者；世之君子，其亦以攬其大者求之。

嘉慶三年二月，桐城姚鼐識。

聲病之學，肇于齊、梁，以是相沿，遂成律體。南北朝迄隋，諸詩人警句率以儷偶調諧，正可謂之律耳。阮亭五言古詩中既已録之，今不更載，所載斷自唐人陳拾遺、杜修文、沈、宋、曲江，此爲開元以前之傑。抄初唐五言今體詩一卷。

盛唐人詩固無體不妙，而尤以五言律爲最，此體中又當以王、孟爲最，以禪家妙悟論詩者，正在此耳。抄王、孟詩一卷，常建以下十五人又一卷。

盛唐人禪也，太白則仙也，于律體中以飛動票姚之勢，運曠遠奇逸之思，此獨成一境者。鈔太白詩一卷。

杜公今體四十字中包涵萬象，不可謂少；數十韻百韻中運掉變化，如龍蛇穿貫，往復如一綫，不覺其多。讀五言至此，始無餘憾。余往昔見蒙叟箋，于其長律轉折意緒都不能了，頗多謬説，故詳爲詮釋之。鈔杜詩二卷。

中唐大曆諸賢尤刻意于五律，其體實宗王、孟，氣則弱矣，而韻猶存。貞元以下，又失其韻，其有警拔，蓋亦希矣。今鈔韋蘇州以下二十一人爲一卷，劉夢得以下十二人爲一卷。

晚唐之才固愈衰，然五律有望見前人妙境者，轉賢于長慶諸公，此不可以時代限也。元微之首推子美長律，然與香山皆以多爲貴，精警缺焉，余盡不取。惟玉谿生乃略有杜公遺響耳。今鈔晚唐，以玉谿爲冠，合十八人共一卷。

夫文以氣爲主，七言今體，句引字賒，尤貴氣健，如齊、梁人古色古韻，夫豈不貴？然氣則躓矣。楊升庵專取爲極則，此其所以病也。初唐諸君，正以能變六朝爲佳，至『盧家少婦』一章，高振唐音，遠包古韻，此是神到之作，當取冠一朝矣。鈔初唐七言今體詩一卷。

右丞七律，能備三十二相，而意興超遠，有雖對榮觀燕處超然之意，宜獨冠盛唐諸公。于鱗以東川配之，此一人私好，非公論也。鈔盛唐詩一卷。

杜公七律，含天地之元氣，包古今之正變，不可以律縛，亦不可以盛唐限者。抄杜詩一卷。

大曆十子以隨州爲最，其餘諸賢，亦各有風調。至于長慶，香山以流易之體極富贍之思，非獨俗士奪魄，亦使勝流傾心。然滑俗之病遂至濫惡，後皆以太傅爲藉口矣，非慎取之，何以維雅正哉？鈔中唐詩一卷。

玉谿生雖晚出，而才力實爲卓絶，七律佳者幾欲遠追拾遺，其次者猶足近掩劉、白。第以矯敝滑易，用思太過，而僻晦之敝又生，要不可不謂之詩中豪傑士矣。鈔玉谿詩一卷，附温詩數首，然於玉谿爲陪臺，非可與並立也。

唐末詩人，才力既異於前，而習俗所移，又難振拔，故傑出益少，然亦未嘗無佳句也。鈔晚唐五代詩一卷。

西崑諸公之擬玉谿，但學其隸事耳，殊滯于句下，都成死語。其餘宋初諸賢，亦皆域于許渾、韋莊輩境内。歐公詩學昌黎，故于七律不甚留意。荆公則頗留意矣，然亦未造殊妙。今自宋初至荆公兄弟共爲一卷。

東坡天才有不可思議處，其七律只用夢得、香山格調，其妙處豈劉、白所能望哉！山谷刻意少陵，雖不能到，然其兀傲磊落之氣，足與古今作俗詩者澡濯胸胃，導啓性靈。鈔蘇、黄詩一卷，蘇門諸賢附焉。

放翁激發忠憤，横極才力，上法子美，下攬子瞻，裁制既富，變境亦多，其七律固爲南渡後一人。其餘如簡齋、茶山、誠齋諸賢，雖有盛名，實無超詣，今爲略采一二，逮于宋末，併附放翁之後。鈔南宋詩一卷。

（姚鼐選編五七言今體詩鈔卷首，嘉慶刻本）

## 老子章義自題三則

老子書，六朝以前多爲之注者，而其本不傳，有所謂『河上公章句』者，蓋流俗妄人作之，而託于神仙之説。唐時人君以老子爲祖，以其書爲經，而信神仙之術，是以最貴。所謂河上公本者，其于老子書宜合而分、宜分而合者，謬故易見，而唐之君子莫敢議也。行之既久，洎宋蘇子由之倫，博學深思，老子書尤其所用意，乃守其分章之失，于文義甚不可通者，乃穿鑿附會，繳繞其詞以就之，初不悟是乃爲一妄人所愚，是亦異矣。余試取更之，或斷數字爲章，或數百字爲章，若老子本意甚明，初無待人多説者，惜乎不可使子由之倫見之，爲爽然一笑也。

莊子載老聃曰：『人皆取先，己獨取後，曰受天下之垢。人皆取實，己獨取虚。無藏也，故有餘，巋然而有餘。其行身也，徐而不費，無爲也而巧笑。人皆求福，己獨曲全，曰苟免于咎。』此文今老子無之，必有訛脱可知。

以河上注爲僞，劉知幾言之矣。子由諸人，識乃出知幾下耶？

乾隆四十八年六月八日，惜抱居士于敬敷書院識。

（老子章義卷首，嘉慶丙辰江寧劉文奎家鐫惜抱軒全集）

## 揚雄太玄目録序

揚雄太玄，漢書藝文志以爲十九篇，今傳晉范望注本爲十卷。蓋雄本書爲八十一家，以擬易六十四卦；家有九贊，以擬易六爻；又爲八十一首以擬象傳，爲玄測以擬爻傳，爲玄衝、玄錯以擬雜卦傳，玄攡、玄瑩、玄掜、玄圖、玄告皆以擬易繫辭傳，玄數以擬説卦傳，玄文以擬文言傳，惟無擬彖者耳。自范望分玄首冠贊之上，分玄測附贊之下，于是其本爲十九篇者亂矣。

昔侯芭、張衡之倫，推太玄比于聖經。然世或謂其非聖而作經，如吳、楚之僭王，宋蘇軾尤詆之，至謂以艱深文其淺陋。竊以爲是二者皆過也。蓋謂聖人之道，原本盛大，以仁義中正順播于萬事，惟變所適，而物得其理，于是作易以教世。錯綜萬端，經緯人事，雖庸愚不肖，苟筮之而見所以處事應物者，皆合乎聖人之道也。故曰吉凶者，言乎其失得也：得義爲吉，失義爲凶，故易者導民于義者也。

自孔子之時，老聃之説興，其道以觀乎陰陽運行，屈伸循環，制爲用舍、進退之度，因時而爲業，若有同于易者。然而古之聖人，當隆盛治平之世，居位則裁成輔相乎天地，而維天下萬世之安，非第不居盛滿、功成身退而已。易曰『勿憂，宜日中』是也。當否遯之日，有濟天下之心，有進德修業及時之志，又不幸所遭禍亂，必不可避，則致命遂志，非第全身遠害之爲善也，故有休否、幹蠱者，又有『過涉滅頂，凶，無咎』者。以老子之懦弱謙下，而終不涉乎世患，視世之騖于功利名譽之徒，其賢則多矣。及以聖人之道揆之，然後知老氏之爲陋也。

孔子没，七十子之徒傳誦六藝，轉相爲説，或得或否，曾亂本眞。其時雜家並興，仁義蒙塞。而漢世尤重黄、老之書，蓋至元、成之間，蜀嚴君平以老子爲教，揚雄少而學焉，故雄嘗美君平之湛冥，及自著書，覃思竭精，貫律曆之數，究萬物之情，而旨不出乎老氏而已。蓋彼不備知聖人之道，而以所窺于老氏者爲同乎易，于是作太玄以擬易而無慙也。其晦家上九贊辭曰：『晦冥冥，利于不明之貞。』測曰：『晦冥之利，不得獨明也。』此特老氏之和光同塵，于易『箕子之貞，明不可息』之訓，不亦遠乎？其他蓋多類是。

夫孔子之道，及雄之世，幾乎熄矣。求于道熄之後，得其仿佛而不盡通其旨，夫亦時使之然也。當時著書與雄先後者，莫如劉向。向之爲書，其精深或不逮雄，而平生忠直之節，則踰雄矣。夫雄非特始學不當于聖人，亦以其行不能自副其言，是以君子輕之也。然而雄爲是書，亦可謂好學深思、言之近道者矣。孔子譏臧文仲不仁不知，而文仲卒以立言不朽，夫雄蓋亦其偏與？

范望之注，因漢末宋衷、吳陸績之解而損益之，然而于雄之旨亦未能盡得也。又有釋文一卷，蓋范望之前已有爲之者，其後遞相益，今其中有引及唐韻者。陳振孫云：司封郎吳祕有太玄音義，此其祕之爲與？又按太玄占法，用贊不用家，非如易之占兼用象也，故九贊有辭而家無辭。其八十一首，乃擬象傳，非擬象也。自司馬光誤謂易有象，玄有首，政和中有許良肱者，遂別增首測一卷，以擬大象，既複而無謂矣。後人不悟其失，及以良肱首測雜入雄所作八十一首之中，則其謬益甚矣，故悉削去不録。唐王涯有説玄五篇，別一卷，今以附其末。

（王先謙選注姚姬傳文，上海文明書局一九三六年本）

## 因寄軒文初集序

寄來文十篇，閱之極令人欣快。若以才氣論，此時殆未有出賢右者，勉力績學，成就爲國一人物也。想賢今歲必是專于文大用力，故文進而詩退；有文若此，何必能詩哉？況後尚未可量耶！

諸文體格已成就，足發其才，所望學充力厚，則光焰十倍矣！智過師，乃堪傳法，須立志跨越老夫，乃爲豪傑可。珍重不具。巽之賢友。姚鼐頓首。

（管同因寄軒文初集卷首，光緒己卯重鐫本）

## 重修余氏宗譜序

古者，文獻足徵而史刊于國，世系不紊而譜敘于家。家之有譜，有由來矣。故序昭穆，別長幼，嚴支派，昭法鑑，垂永久，不至情隨服盡，視爲途人：此譜不可以不修也。洪濤余氏，元代舊勛，唐兀發祥，著爲右族。忠宣公孤忠大節，炳如日星，汗簡流芳，于鑠千載。支流派衍，忠孝遺庥，奕世寖昌，遂爲吾桐右姓。傳九世至月泉公，始修譜牒，蓋用歐陽文忠公譜例，以五世爲一圖，以二圖爲九世之法。支流派別，秩然有序。蘇老泉所謂觀此則孝弟之心可以油然生矣。于虖，月泉用心亦厚矣哉！

厥後繼月泉公而一再編者，代有人矣。迄今世遠年湮，族益大，丁益繁，不按舊牒而重修之，則前此精忠大烈恐其就湮，後此麟趾瓜綿靡所統屬，其何以昭蒸蒸日上之家聲哉？余子秉祥等體先人之意，敦一本之誼，聚族重修，共勷厥事，其亦尊祖敬宗收族之意也歟！

嘉慶十年乙丑孟冬穀旦，賜進士出身、誥授朝議大夫、刑部廣東司郎中、充四庫全書纂修官、前翰林院庶吉士、戊子山東主考、庚寅湖南主考、辛卯會試同考官夢穀姚鼐題。

（原載桐城洪濤山余氏宗譜卷首。轉録自江小角余氏宗譜中所見桐城派名家佚文，桐城派與明清學術文化，安徽大學出版社二〇〇七年版）

## 胡氏支譜五修譜序

古者立五宗之法，有大宗，有小宗。小宗在五世内，猶共相爲服；大宗漸疏不親，或至秦、越而弗相關。而族譜之作，所以聯大宗、小宗之誼，使一體之親得悉夫支分派别，因以思木之本、水之源焉；且彰善癉惡，法戒昭然，非僅作姓名録已也。

胡自得姓受氏以來，其以孝廉志節顯譽當時，與凡文章經術傳名後世者，指不勝屈，而最著者則宋忠簡公銓，巢山胡氏實祖此。嘗考宋孝宗時，忠簡請老歸廬陵，其子孫有自廬陵遷饒州者，既又遷于桐城。有孫曰康，其族謂念八公，始居巢山之陽，蓋當宋、元之際云。桐城居江之陰、淮之陽，孔道數交兵火，世家著姓皆不過始元、明間，獨胡氏居巢山最久焉。念八公之子孫分居，或在鳳翔，或在江寧、六合，而巢山爲本宗。今環居者有數千人，衡宇對望，稱殷富焉，而讀書養德之士尤累世不乏，余甚羡之。巢山離縣治百四十里，峯巒聳秀，擅東南諸山之勝，兼以浦水内繞，如環玉帶，蓋山外峙，儼列翠屏，胡氏適居于此，宜家風族姓之美，越數百年而昌熾日甚也。

夫氣以蓄之久而必洩，寶劍之躍水化龍也，精久儲于豐城；水珠之明耀絶世也，光先埋于赤鮮：其理固然無足怪。胡自宋迄今，弈葉相承，仁厚代累，佐以山水之麗，則其擢巍科、登仕籍、垂芳名于玉版金章，以上接乎忠簡者，將在兹矣！

今五修譜牒成編，胡氏諸君子請余作文以序之。余因其地之靈異，與人物之勝適相當，必有與廬陵同其美盛者，故誌之以垂不朽。

時大清乾隆四十年，歲次乙未，嘉平穀旦，賜進士出身、奉政大夫、刑部廣東司郎中、充四庫全書纂修官、前禮部祠祭司員外郎、辛巳科會試同考官、庚寅科湖南鄉試副考官、儀制司主事、戊子科山東鄉試副考官、翰林院庶吉士、年家眷弟姚鼐拜譔。

（胡氏支譜卷首，清道光二十九年，楊懷志提供）

## 前後藏考

前藏後藏。中國至西藏，有南北二道：北道自甘肅西寧出口，西南行，由青海至前藏，四千一百餘里；南道自成都西九百二十里至打箭鑪出口，西六百八十里至裏塘，西五百餘里至巴塘，西千四百里至察木多，四千五百里至拉里，西千里至札什城。札什城者，前藏也。南道别一途，自打箭鑪稍北行，由草地至察木多，由察木多復稍北，又由草地亦至札什城。其他近于裏塘、拉里之路，然與北道皆寒苦尤甚，故行者由南道裏塘者爲多。

昔漢欲求大夏，四道並出。其北方閉氐筰，南方閉巂、昆明。計今通藏之南道，漢氏筰所閉道也。自札什城南行九百里，至札什倫布，所謂後藏也。自札什倫布又南行，則至怒江，接雲南域外西夷之境。

自前後藏東至裏塘，司其地者，皆以僧與民長雜治之，而僧尤重。在前藏者，曰達賴喇嘛；在後藏者，曰班禪喇嘛。此其尤尊者，呼曰胡土克圖。胡土克圖者，師也。其弟子曰班弟。班弟所任職曰倉儲巴者，主其財，任其煩事。其分居他部爲喇嘛之長曰堪布，而民長曰碟巴。又有堪布兼碟巴者，蓋西夷所敬惟僧也。喇嘛者，皆于佛法修夙命通，死而知所往生之所。然亦間有死而失其通者，其班弟輒諱之，迎民間子，擇其慧者一人，以謂即其先師，曰：『先師受生數十餘世矣，而猶一人也。』其寺宇極華盛，然禁婦女入甚嚴。胡土克圖出，則班弟驅少婦不使見，蓋恐其心亂而失道。

乾隆四十五年，高宗壽八十，班禪自後藏來覲爲祝，上禮敬之甚隆。而西山一僧，直至其前，斥責甚厲，以謂入中國見繁麗盛美，非其宜也。班禪聞而伏首，愧服之甚，未幾果死于京師，不能言所往生。其後，後藏猶立所謂班禪者，而實迎異人子當之而已。

（賀長齡輯皇朝經世文編卷八一，近代中國史料叢刊第七十四輯，臺灣文海出版社一九六六年版）

## 閒青堂全集序

有偉異不羈之才者，其行必有所至慎，畏懦退縮，以爲證慎者；其自放也，或無所不爲。天下之賢者，彼欲有以出於衆人也，故常惕惕焉有淪溺之懼；而不肖者，牽於嗜欲，迫於勢位，恣睢苟且，姦僞怪變，無所不極，其始出於心胸之庸陋而已。孟子曰：『人有所不爲也，而後可以有爲。』然則人亦可以有爲也，而後有所不爲：其理蓋相因也。往時，余聞都統朱公最善畫，號爲奇肆，異乎常法，嘗求其畫而觀之，始亦駭焉，既而求其意，則若惟恐有失天下物態之真，歛神一氣，不啻銖稱繩量而爲之者，蓋未嘗不出於至慎也。

公自康熙以來，歷任三朝，皆嘗以畫進御，筆墨縱恣，極其胸臆，天子獨太息而稱善之。其生平抱負偉志，每欲有所建立。在内爲郎，在外爲府、道，持議每不屈於上官。及居言路，屢上疏，論事本志一出於忠愛慈仁，而所論或出常格之外。然卒爲朝廷采用，不以爲過。蓋公生當盛世，能用天下之才，取其真德，而略其外貌，品技察賢，一以是術。此士之遭逢聖明者之所以爲可慶也。余既得友公仲子孝純，乃見公於京師。其時公歷内外任數十年矣，而饔飧或不能給，其清慎如此。蒼顔白髮，對客獨眉宇閒猶露英傑之氣，兹其爲異人也。

公没後十餘年，公仲子乃出公閒青堂集疏二卷，詩十卷示余。其不主故常，而不背乎文章之理，與公之畫及其生平爲人，皆合若一。余以是益自信素所見者爲是，因以是題諸其端，庶使世之論人材、觀文藝者，有味乎余言也，而賢士與文藝之工者於是出已。

乾隆三十九年，刑部郎中、四庫全書纂修官桐城姚鼐序。

（録自朱倫瀚閒青堂全集卷首，清代詩文集彙編，上海古籍出版社影印本）

## 爨餘詩抄序

辛未秋九月，中書舍人徐君禮華寄書垂問，并詩文稿見示，且命其子竹薌以詩就質，乞言於余。余與舍人别四十年矣。憶昔余處都門，題句長新店壁，未署名，後舍人過驛，見之，告諸同人曰：『必姬傳作也。』嚴冬友侍御曾爲余言。然則舍人之於余，相知何如哉！數十年中，舊游零落殆盡，夢樓、簡齋近又相繼下世，獨舍人與余并浙之山舟學士，猶善飯觀書作字，目不昏眊，未始非得天之厚也。舍人中年以事謫伊犁，壬辰賜環，後稍有著作，亦隨手散去。所存稿，僅十之三四耳。余讀舍人詩，氣息純乎香山，文則宗法廬陵，故不事矜奇，而低徊往復，自能味餘於言外。僕詩學久輟不言，近以散體文頗見許於當代巨公。然公羊賣餅對左氏大庖，則爽然自失矣。雛鳳聲清，裒然成集，尤令人擊節稱快。謹識數言，以當問訊。

（録自徐步雲爨餘詩抄卷首，清代詩文集匯編，上海古籍出版社影印本）

## 跋魯恭王墓旁兩石人

右兩石人，一刻漢故樂安太守麃君亭長，一刻府門之卒。樂安本漢千乘郡，至和帝時始改爲樂安郡。然則麃君東漢人，此石和帝以後刻，無疑也。抱樸子記吳景帝時戍將伐冢，冢内銅人列侍，靈座背刻殿中將軍侍郎、常侍，即此二石人爲亭長、門卒之義矣。

（録自曲阜縣志卷五十古迹篇，清乾隆三十九年刻本）

## 古文辭類篹評語輯録

以下僅舉卷篇

固是合後二篇爲義乃完，然首篇爲特雄駿閎肆。

（原載廣注古文辭類篹卷一，賈生過秦論上文末。一九九二年黄山書社據徐刻本重印，

此文風格蓋出於左國。（卷二韓退之爭臣論文末）

用意反側蕩漾，頗似太史公論贊。（卷二韓退之伯夷頌文末）

歐公之論，平直詳切。陳悟君上，此體爲宜。（卷三歐陽永叔爲君難論下文末）

此與論周東遷，皆雜引古事，錯綜成論，而此篇尤爲奇肆飄忽。其神氣蓋近孟子，是不可以貌論也。管仲辭鄭子華篇，其文體亦然，但蹊徑少平直耳。（卷四蘇子瞻志林魯隱公文末）

此與荀卿論皆有意爲文字，非如志林若泉之隨地溢出。（卷四蘇子瞻韓非論文末）

此文格勢直似老泉，蓋東坡少年如此，此後乃自變成體耳。東坡才思大于厥考矣，而

筆力堅勁或不逮也。（卷四蘇子瞻始皇論文末）

恣肆縱蕩處本于莊子，但不逮莊子之閎奇耳。（卷五劉才甫息爭文末）

此文固不若過秦論之雄駿，然沖溶渾厚，無意爲文而自能盡意，若莊子所謂『木鷄』者，此境亦賈生所無也。（卷六劉子政戰國策序文末）

太史公年表序託意高妙，筆勢雄遠，有包舉天下之概。孟堅此文多因太史公語，議論尤密，而文體則已入卑近，范蔚宗以下史家率模仿之。（卷六班孟堅諸侯王表序文末）

其言深切，足以感動人主，又繁複曲盡而不厭。此自爲傑作，熙甫愛之非過也。（卷九曾子固書魏鄭公傳後文末）

議論好而文非高古。（卷十方靈皋書孝婦魏氏詩後文末）

有奇氣，實似昌黎而語略繁。（卷十劉才甫海船三集序文末）

戰國策以此爲蘇子之辭，或疑爲蘇秦，或疑爲蘇代，吳師道固辨其非矣。按此篇末引商鞅見魏王之語，正如蘇代所以愚齊之計，若借衞鞅以發其情而寤愍王焉者，豈非齊之忠臣乎？篇首蘇子字蓋誤，不則或蘇厲之辭，當齊湣、燕昭之時，代常居燕，厲常居齊。齊國既破，趙將與秦攻其遺燼，其危亟矣！厲獨爲書與趙王止之，豈厲猶忠于爲齊謀者，有異于其兩昆耶？（卷十一蘇子説齊閔王文末）

史記以始勸趙割六城爲趙郝之計，後樓緩來趙，乃復勸之，其兩人之辭，國策盡以爲樓緩之語，今依國策。（卷十一虞卿議割六城與秦文末）

雄肆之氣，噴薄横出。漢初之文如此，昭、宣以後希有矣，況東京而降乎！

（卷十二賈生至言文末）

者未敢信以爲眞，賈生之文也若果如此，孟堅必不删削之，意謂此一段爲論積貯，即載食貨志者是已。長太息者六，文内闕一。西山先生引新書諸侯官名、制度同于天子者補之。鼒謂新書

（卷十二賈生陳政事疏文末）

詞意皆本荀子。

（卷十四蕭長倩駁入粟贖罪議文末）

前所徵引，層層收束。災異、昌陵，俱如一格。此較于收束中有變化。

（卷十五劉子政論甘延壽等疏文末）

此文風韻，頗與相如諫獵相近。

伯父云：子政之文，如覩古之君子，右徵、角，左宫、羽，趨以采齊，行以肆夏，規矩揖

揚，玉聲鏘鳴之容。昌黎屈指古之文章，僅數人：孟子，漢兩司馬、劉子政、揚子雲而已，雖賈生不及也。南宋乃有稱董生而抑劉者，豈知言哉！諫昌陵疏渾融遒逸，當爲第一，災異封事次之。

（卷十五劉子政論起昌陵疏文末）

子雲此奏，頗擬信陵諫伐韓書。

（卷十五揚子雲諫不受單于朝書文末）

此文乃似劉子政東漢奏議，蔑有逮者。

（卷十五諸葛孔明出師表文末）

唐高祖之祖虎佐周，始封于唐，追尊爲太祖景皇帝，其上懿祖，又其上獻祖。唐自德宗以前，議太祖禘祫之位，久不定。建中二年，顏魯公爲禮儀使，上廟享議曰：『太祖景皇帝居百代不遷之尊，而禘祫之時暫居昭穆，屈已以奉祖宗，可也。』當時用其言，禘祫時以獻祖居東向，而懿祖、太祖爲昭穆。及貞元時，議者乃謂非是，下羣臣議，改太祖爲東向，而獻、懿別祀焉。其時退之爲四門博士，上議云云。朱子推公此議禮學精深，得報本反始、不忘所自生之本義。公之説與魯公正同，然公之議竟不得見用于貞元之末，而魯公之説乃得行于建中之初。蓋當時魯公名稱位望爲朝廷所信，固重于公之在貞元間。及乎魯公去國，而當世遂不肯終守其説，移易是非，迄乎終唐之世，爲可惜也。

（卷十六韓退之禘祫議文末）

余嘗謂：東坡此書，是子虚烏有之事。蓋東坡在黄州，既聞永樂徐禧之敗，神宗悔痛，乃追作是文，聊以發揮己意。其以烹宰禽獸爲譬，乃是在黄州戒殺後議論也。史言神宗于永樂事後恨昔無人言其不可，又言在内惟吕公著，在外惟趙高，言用兵非好事耳。吾度公著、高之言，未必能及東坡此言之痛快。若果先代方平，而方平上之，帝安得忘之哉？近畢秋帆續資治通鑑，取東坡書爲方平實事，載于元豐四年，又載帝述吕公著、趙高事于元豐六年，是矛盾之説也。又方平乃僉人，屢爲司馬温公所彈，畢書據蘇氏私懷作誌之美而嘉予之，皆非實也。

（卷十九蘇子瞻代張方平諫用兵書文末）

東坡策論，其筆勢多取于莊子外篇。

（卷二十二蘇子瞻策略四破庸人之論文末）

此篇立論極善，而文不免于冗長。此東坡少年體有未成處。（卷二十二蘇子瞻策略五結天下之心文末）

此文體勢、辭氣俱似明允。（卷二十二蘇子瞻倡勇敢訓軍旅之三文末）

中間引詩一段文字甚佳，而于後半民所與競，義不甚聯貫，是子由精神短處。（卷二十三蘇子由民政策一文末）

韓、魏勢危，進説較難，故文亦減色。（卷二十四蘇季子説魏襄王文末）

奇峻之氣，有過季子。（卷二十四蘇代約燕昭王書文末）

蘇、張之説，多非當日本辭，爲縱横學者爲之耳。爲此文者，蓋以爲説頃襄王，若面對楚懷王，不應云『楚王大怒』云云也。又東海之上，乃楚遷壽春後語，于懷王時不合。蓋爲

此文者，未計張儀之年不能及懷王後也。（卷二十五張儀説楚懷王文末）

詞氣淵雅，似西漢人，于戰國文嶢然而出其類。（卷二十五樂毅報燕惠王書文末）

左師言固善矣，亦會值趙太后明智，易以理諭耳。（卷二十六觸讋説趙太后文末）

此文學莊子。（卷二十八韓退之答李翊書文末）

子厚永州與諸故人書，茅順甫比之司馬子長，韓退之誠爲不逮遠甚，而方侍郎遽云相其風格，不過如與山巨源絶交書，則評亦失公矣。子厚氣格緊健，自有得于古人，若叔夜文雖有韻致，而輕弱不出魏晉文格，如子厚山水記，間用水經注興象，然子厚豈酈道元所能逮邪！（卷二十九柳子厚與李翰林建書文末）

亦自勁悍，而不如昌黎答呂毉山人之奇變。（卷三十王介甫答司馬諫議書文末）

意含滑稽，而文特嫖姚。（卷三十一韓退之送温處士赴河陽軍序文末）

太僕作婦人壽序，無非俗徑，是知君子不可以易其言。（卷三十三歸熙甫顧夫人八十壽序文末）

高潔。（卷三十三方靈皋送雨蒼序文末）

雄直似昌黎。（卷三十三劉才甫送張閑中序文末）

其來如潮水驟至，頃刻之間消歸無有。此等神境，惟昌黎有之。（卷三十三劉才甫送沈茱園序文末）

淋漓遒宕，歐公學史記之文。（卷三十三劉才甫送姚姬傳南歸序文末）

所序事繁重而氣能包舉，亦集中傑構，但首尾瑣細語尚宜翦裁。（卷三十八歸熙甫通議大夫都察院左副都御史李公行狀文末）

傳筠溪翁而意思所屬又不在翁，故爲微妙。（卷三十八歸熙甫筠溪翁傳文末）

寫出村野之態如在目前，而文之高情遠韻，自見于筆墨蹊徑之外。（卷三十八劉才甫樵髯傳文末）

摹寫極眞，質而不俚，直逼史記。（卷三十八劉才甫胡孝子傳文末）

眞氣淋漓，史記之文。（卷三十八劉才甫章大家行略文末）

其才似高于望溪，而敍處較望溪有俗氣。（卷三十九班孟堅封燕然山銘并序文末）

序亦用韻，即琅邪刻石體。（卷四十元次山大唐中興頌有序文末）

峻偉雄剛，詞與事稱，宋人無此興象。（卷四十一韓退之贈太尉許國公神道碑銘文末）

觀弘本傳及李光顔傳載弘以女子間撓光顔事，與誌正相反，退之諛墓，亦已甚矣。而文則雄偉，首尾無一字懈，精神奕然。（卷四十一韓退之贈太尉許國公神道碑銘文末）

依次序述，是東漢以來刻石文體。但出韓公手，自然簡古清峻，其筆力不可强幾也。（卷四十一韓退之清河郡公房公墓碣銘文末）

宋人卑選學，故文少此等境界。（卷四十一韓退之殿中少監馬君墓誌銘文末）

此文已開王荆公誌銘文法。（卷四十二韓退之太原王公墓誌銘文末）

秩爲諫臣，無所獻替，荆公以所親厚爲之飾詞，然文特峻而曲。（卷四十七王介甫寶文閣待制常公墓表文末）

按宋史許元傳，元固趨勢之士，平蓋亦非君子，故介甫語含諷刺。（卷四十八王介甫泰州海陵縣主簿許君墓誌銘文末）

敘爲田處，極酣恣，似貨殖傳。

作文如小兒放紙鳶，只要綫堅牢耳，雖放至數百丈，無傷也；若本無綫，雖數尺之高，亦不可得。（卷五十歸熙甫歸府君墓誌銘文末）

有逸氣，望溪集中所罕見。（卷五十方靈皋杜蒼略先生墓誌銘文末）

子厚在御史禮部時，文往往摹效國語，而蹊徑不化，辭頗蹇塞，若饗軍堂、江運二記皆然。此文較爲明浄雅飾，然尚不及永、柳以後所爲也。（卷五十三柳子厚館驛使壁記文末）

歐公此文神韻縹緲，如所謂吸風飲露、蟬蜕塵埃者，絶世之文也。而『其人謂誰』二句，則實近俗調，爲文之疵纇。劉海峯欲删此二句，而易下『二子相繼於此』，爲『羊叔子、杜元凱相繼於此』。（卷五十四歐陽永叔峴山亭記文末）

隨筆曲注，而渾雄博厚之氣郁然紙上。（卷五十五曾子固宜黄縣學記文末）

子固此文及諸書序皆模子政戰國策序而得其神理者。

宜黄、筠州二記論學之旨皆精。然宜黄記隨筆曲注，而渾雄博厚之氣郁然紙上，故最爲曾文之盛者。筠州記體勢方幅，而氣脉亦稍弱矣。

（卷五十五曾子固筠州學記文末）

作考證文字，可以爲法。

（卷五十五曾子固齊州二堂記文末）

此太僕最勝之文，然亦苦太多。

（卷五十八歸熙甫項脊軒記文末）

不衫不履，神韻絶高。

（卷五十八歸熙甫畏壘亭記文末）

此篇疑與離騷同時作，故有重著之語。

（卷六十一屈原九章惜誦文末）

此賦多取于遠游。遠游先訪求中國仙人之居，乃上至天帝之宮，下又周覽天地之間，自於微閭以下，分東西南北四段。此賦自橫厲飛泉以正東，以下分東南西北四段，而求仙人之居意即載其間。末六句與遠游語同。然屈子意在遠去世之沈濁，故云至清而與太初爲鄰。長卿則謂帝若果能爲仙人，即居此無聞無見無友之地，亦胡樂乎此邪？與屈子語同而意別矣。

（卷六十六司馬長卿大人賦文末）

以上林之末有游乎六藝之圃及翱翔書圃之語，此文法之借行游爲喻，言以天道爲車馬，以六經爲容，行乎帝王之途，何必巡歷山川以爲觀覽乎？

（卷六十七揚子雲河東賦文末）

此篇倣難蜀父老。

（卷六十七揚子雲長楊賦文末）

此文前半以取爵位富貴爲説，後半以有所建立於世成名爲説，故范睢、蔡澤、蕭、曹、留侯前後再言之而義别，非重複也。末數句言人之取名，有建功於世者，有高隱者，又有以放誕之行使人驚異者，司馬長卿、東方朔亦所以致名也。今進不能建功，退不能高隱，又不肯

失於放誕之行，是不能與數子者並，惟著書以成名耳。（卷六十七揚子雲解嘲文末）

悽愴嗚咽，望溪宗伯所論最得子雲用意深處。（卷六十七揚子雲反離騷文末）

西京雄麗欲掩孟堅，東京則氣不足舉其辭，不若東都之簡當，惟末章諷戒摯切處爲勝。（卷六十九張平子二京賦西京賦、東京賦文末）

疆邁蒼涼之氣，驚心動魄之詞，皆賦家之絶境也。（卷七十鮑明遠蕪城賦文末）

此是公少作，故猶取屈子成句。（卷七十三韓退之祭田横墓文文末）

琅然之音，與退之爭長。（卷七十四劉才甫祭史秉中文文末）

『親布衾裯，權其厚薄』，令讀者皆生感嘆。（卷七十四劉才甫祭吴文肅公文文末）

## 紫石泉山房文集評語輯録

討論之是否不敢知，末段理精而文亦淵雅，駸駸乎古人矣。（光緒十二年王先謙序本卷一占法文末，評語前有『姚姬傳先生評』字樣。下同）

康成固注禮之大宗，然其以禘爲禘天地，及禘得兼羣廟諸説，則有必不可從者。此二文出，可息千古議禘之聚訟矣。（卷二禘上、禘下文末）

此篇及前篇説天子、諸侯冠禮論，皆確當。取震川文觀之，可見震川雖長于古文，而經學未免稍疏矣。宗法下篇所見，亦在震川之上，願以質諸天下之有識者。（卷二續歸震川天下諸侯冠禮論、續歸震川貞女論文末）

解經確矣，而于經所未道者亦能見及，是爲通人之文。（卷二三月廟見解文末）

眞得聖人制禮之意。（卷二出妻説文末）

論精而辭鬯。（卷三爲人後者後大宗説文末）

議論明通。作者于冠昏喪祭諸禮所言，貴皆有益于風俗人心，君子貴乎立言者以此。（卷三弔説文末）

莽蒼直達中時有跌宕風韻，是得史記之深者。（卷四報康布政使書文末）

立義甚高，而筆勢凌厲超忽，足稱所言。（卷五答鮑生士貞書文末）

情深而文蔚。（卷六李仲醇夫子時文序文末）

其辭古雅，其韻鏗鏘。（卷六王濱麓古文序文末）

立言得體，文亦古雅。（卷七從舅氏程端立先生六十壽序文末）

藻韻得之晏子、左氏，而陳義甚古。（卷七安羅園讌集序文末）

敘事簡潔，贊尤深遠。（卷九葉節婦傳文末）

沈摯駿爽。（卷十二祭方良弼文文末）

刻至之語，直到古人。（卷十二祭何生文文末）

## 魯習之文鈔評語輯録〔一〕

此説存疑，鼐未敢決。（文鈔喪三年不祭惟癸天地社稷爲越紼而行事辨文末）

命意正高遠，于僕愧不足以當也。至其層疊取喻，眞是周人文法。但文家設喻貴奇，習見之語則不奇矣，不奇則使人讀之無精神飛動之趣，轉以喻過多爲嫌矣。（文鈔上姚姬傳先生書文末）

其大旨乃擬南豐上歐陽内翰書，尤所愧不敢當也。然鄙意文有前賢名作，須設法避之，作此題當盡變曾公窠臼，乃爲至佳。故妄爲節去前數行，徑入反覺古直。

（文鈔再上姚姬傳先生書文末）

## 題松風水月小像

一筇依翠岑，卓爾見胸襟。習定棲雲壑，觀空坐石林。松風清道意，水月浄禪心。撥草尋高迹，天花落已深。

（録自眞浄方聚成禪師年譜卷一，清道光五年刻本）

## 題琴塢小檀栗室讀書圖

吳山前對浙江潮，記昔登臨引望遥。曲徑精廬吾未至，讀書諸子此相邀。深林山後無塵迹，小閣潮聲警半宵。老子不容重適越，披圖風竹更蕭蕭。

（録自（光緒）諸暨縣志卷五七，清宣統二年刻本）

## 題讀書秋樹根圖

老樹落疏陰，上有秋風響。下有展書人，因之託遥想。

（録自姚永概慎宜軒日記，黄山書社二〇一〇年版）

## 祝春圃公七十

壯年高掇廣寒枝，驥足何當百里羈？栗里歸來閑種菊，杜陵老去細敲詩。階前洗爵承歡日，户外懸車養静時。聞道山房號平遠，杖藜幾度採仙芝？

## 丁卯金陵留别賜五 二首

今夜秦淮客，相逢有素心。形骸忘爾我，俯仰任昇沉。刻燭聯新句，銜杯待好音。君看槐市上，蟾魄正秋深。

明朝分手去，佳會幾時尋？目送千江影，風吹萬里心。含情憐語澀，惜别戀更深。共指黄花節，登高上碧岑。

（録自魏青平、李睿編選、校點東溪劉氏宗譜，黄山書社二〇一八年版）

## 校記

〔一〕按：此文鈔作者魯嗣光，字習之，江西新城人。劉聲木桐城文學淵源考説他是「九皋子，乾隆壬子舉人。習聞其父言古文法，博通經史」。其爲文博核精當，傑然欲自成其體，確守姚鼐矩矱。該文鈔共一卷，首頁印有「桐城姚姬傳先生鑑定本，同歲生陳用光校刊」字樣。

# 附 録

# 附録一　姚惜抱先生年譜

鄭福照

## 方宗誠序

乾、嘉閒，姚惜抱先生以碩學醇文爲海内倡。數十年來，言古文家法者，大都推桐城姚氏。顧先生非徒文人也，其仕止進退，一審於義而不苟，恬静之操、高亮之節，實足以風範百世，而又皆率其性之所安，初無矯激近名者之所爲。其論學宗主程、朱之義理，而兼取考證家之長，嘗慨當時學者以專宗漢學爲至，攻駁程、朱爲能，倡於一二專己好名之人，而相率而效者遂大爲學術之害，故力持正論以救之。然心平氣沖，粹然德人之言。從其學者濡染漸多，而風氣遂爲一變。至其論文之旨，則以内充而後發、理得而情當爲貴。嘗曰：『氣充而静者，其聲閎而不蕩；志章而檢者，其色耀而不浮。故爲學之要，在於涵養而已，聲華榮利之事，曾不得以奸乎其中，而寬以期乎歲月之久，則必有以蓋乎今而達乎古。』由斯觀之，先生豈直文人已耶！讀其文，固可想見其人，而因其文名之盛，遂以掩其德之醇與學之粹，嗚呼！其亦失之未考也已。

先生學行大略散見國史文苑傳，及門人所爲傳、狀、誌、表、序、跋之中。鄭君容甫少好先生學，懼宗先生者不悉其文行本末，因徧覽諸家文集及先生家藏手稿，取其有徵而足信者次爲年譜一書，而於先生出處之概，取舍之宜，論學論文之旨要，尤博考而詳載之，俾讀先生書者知其本原之所在。

先生之學，上承望溪方氏之緒，而門人中傳其學者，則以吾從兄植之先生爲最博且精。往者吾友蘇徵君厚子既輯有望溪年譜，已刊行，今容甫撰先生年譜成，又撰次植之先生年譜一卷，坿其集後，噫！何其勤也。世嘗言天下文章在桐城，觀是數譜，則諸先生之爲法天下而可傳後世者，文章猶其末焉也已。

同治六年夏五月，同里後學方宗誠序。

**雍正九年辛亥十二月二十日**　先生生。生時家譜不載，據先生曾孫聲云：子時。先生姓姚氏，諱鼐，字姬傳，一字夢穀，別號惜抱。

安徽安慶府桐城縣人。見姚氏家譜及毛嶽生所撰墓誌銘。始祖字勝三。家譜佚其名。宋末自餘姚遷居桐城大有鄉之麻谿，人謂麻谿姚氏。始仕顯者，曰明雲南布政使右參政旭，伉直敢言，嘗上書訟于忠肅冤。參政四世孫自虞，爲諸生。子之蘭，爲汀州府知府，加按察副使銜，所歷海澄縣，杭州、汀州二府，民皆爲祠以祀。參政副使仕績，明史皆載入循吏傳。副使之子孫棐，仕爲職方主事。職方子文然，康熙間歷官刑部尚書，數論事利害，盡蠲煩苛，表定律令，卒謚端恪。世宗時追論先朝名臣，思其賢，詔特祠，春秋祀焉。是爲先生高祖。見本集長嶺阡表及家譜、墓誌、從孫瑩所撰姚氏先德傳、桐城縣志。曾祖諱士基，康熙壬子舉人，爲湖北羅田縣知縣，有惠政，卒，官民立祠祀。祖諱孔鍈，府學增生，早卒，贈編修，累贈朝議大夫。祖母任氏，大理寺少卿諱奕𤫩女，賢孝秉節，上奉姑，下教二子。長子翰林院編修諱範，以詩、古文、經學著，學者稱薑塢先生；次子贈朝議大夫、禮部員外郎，諱淑，先生考也。見長嶺阡表及家譜、桐城志。母陳氏，雍正甲辰進士、臨海縣知縣諱曷鑑女。見節孝陳夫人傳及家譜。弟訏，字君俞，監生，候選州吏目；見弟君俞權厝銘。鼎，字武平，乾隆甲午附榜貢生，候選州判。見家譜。

**乾隆元年丙辰** 先生年六歲。

**三年戊午** 先生年八歲。

姚氏自餘姚來桐城，始居麻谿南，十世遷居城中。先生曾祖居南門，宅曰樹德堂，居四十年。先生生於樹德堂，八歲時，宅售於張氏，編修與贈大夫乃徙北門口之宅，曰初復堂。見先宅記。先生少時家貧，體弱多病，而嗜學澹榮利，有超然之志。世父編修博聞强識，誦法先儒，與同里方待廬澤、葉花南酉、劉海峯大櫆諸先生友善，諸子中獨愛先生，每談必令侍。方先生論學宗朱子，先生少受業焉，尤喜親海峯，客退輒肖其衣冠爲戲。編修嘗問其志，曰：『義理、考證、文章，殆闕一不可。』編修大悦，卒以經學授先生，而别受古文法於海峯。見從孫瑩所撰行狀及本集劉海峯傳。

**十四年己巳** 先生年十九歲。

按：先生補弟子員年月不可考，家譜但云縣學附生，不著何歲。據先生曾孫聲云在己巳歲。今按文後集望溪集外文序云『惟乾隆庚午鄉試一至江寧』，是入泮當在戊辰以後也。

**十五年庚午**　先生年二十歲。

秋，舉江南鄉試。見家譜及行狀。按：鄉試名次，傳狀及家譜俱不載。主考爲番禺莊公有恭、桐鄉鈕公汝騏。見貢舉考略。冬，偕同年張槿亭曾敞如京師，見祭張少詹文。同寓佛寺中。見祭侍潞川文。

**十六年辛未**　先生年二十一歲。

春，試禮部，不第。歸時，劉海峯先生以經學應舉在京師，爲序送之。其略曰：姬傳甫弱冠，而學已無所不窺，詩、賦、古文，殆欲壓余輩而上之，顯名當世，固可前知。又曰：天既賦姬傳以不世之才，而姬傳又深有志於古人之不朽，其射策甲科爲顯官，不足爲姬傳道，即其區區以文章名於後世，亦非予之所望於姬傳。其盛許之如此。見行狀及海峯文集。按：先生六上春官，始成進士。見祭侍潞川文。

**十七年壬申**　先生年二十二歲。

春，至黟縣。見西園記，有貴池道中、黟縣道中、出池州諸詩。按：本集弟君俞權厝銘：余二十二歲授徒四方以爲養。此往黟縣，或者授經於彼與？又本集左筆泉時文序云：某遊京師，不第而返，先生招使課其諸子。今按其年月不可考，附記於此。秋，試禮部，不第。按：是年八月會試。

**十九年甲戌**　先生年二十四歲。

春，試禮部，不第，留京師。

**二十年乙亥**　先生年二十五歲。

居京師。按本集答朱竹君詩云：『連年摘髭取科第，射策彤庭語驚衆。』又云：『首春上將西出師，蟻穴初開天宇空。』

又云：『落落獨爲燕市飲，鬖鬖况對殘秋恐。』按：朱竹君於乾隆十九年登第，兩路出師征準夷，在乙亥春。此詩當爲乙亥九月在京師作。又再答竹君詩云：『去年重九天氣佳，城角黄花倚風動。精廬偶與故人來，卻眺晴云出煙洞。今年重九故人死，濁酒盈尊强誰共？』是上年會試後留京師也。又筆記云：江寧張君敉，字立人，甲戌、乙亥余晤之於京師。

**二十二年丁丑**　先生年二十七歲。

春，試禮部，不第。

**二十三年戊寅**　先生年二十八歲。

在京師。靈石何季甄思鈞從受業。見何季甄家傳。秋，遊揚州。見贈程魚門序及酬胡業宏詩。旋歸里，由潛山、宿松、黄梅、九江至南昌，十月歸。見詩集。

**二十五年庚辰**　先生年三十歲。

春，試禮部，不第。歸，八月二十三日丁贈朝議公艱。見行狀及家譜。

**二十六年辛巳**　先生年三十一歲。

授經同里馬氏。見馬母左孺人八十壽序。

**二十七年壬午**　先生年三十二歲。

授經同里馬氏。八月二十五日，配張宜人卒。見家譜。按：張宜人，湖北黄州府通判諱曾翰女。見家譜。其來歸年月不可考。

**二十八年癸未**　先生年三十三歲。

春，應禮部試，中式。見行狀及家譜。總裁官爲金匱秦公蕙田、滿洲德公德保、錢唐王公際華。見貢舉考略。殿試二甲，授庶吉士。見家譜及行狀。按：會試、殿試名次，傳狀及家譜俱不載。

**二十九年甲申**　先生年三十四歲。

春，隨世父編修自天津歸里。見左筆泉時文序。有遊媚筆泉記，三月上旬作。三月，遊揚州，館侍潞川庶常朝家。五月杪，旋里。見祭侍潞川文。按：王夢樓以是歲出守臨安，本集有平山堂送王之臨安詩，知遊揚州確在是年也。繼配張宜人來歸，四川屏山縣知縣諱曾敏女，原配張宜人之從妹。見繼室張宜人權厝志及家譜、行狀。冬，如京師。有過江浦縣、徐州、邳州、過汶上，弔王彦章詩。

**三十一年丙戌**　先生年三十六歲。

夏，散館，改主事，分兵部。見國史本傳。

**三十二年丁亥**　先生年三十七歲。

試職兵部。見沈母王太恭人壽序。補禮部儀制司主事。見本傳及墓誌。

**三十三年戊子**　先生年三十八歲。

秋七月，充山東鄉試副考官。見行狀，有遊洪恩寺詩。九月，還京，見詩集。轉祠祭司員外郎。見行狀及家譜。

三十五年庚寅　先生年四十歲。

充湖南鄉試副考官，六月出都。見詩集及行狀、墓誌。冬，還京。有定州遇雪詩。十月初八日，長子持衡生。見家譜。

三十六年辛卯　先生年四十一歲。

春，正月八日，世父薑塢先生卒。見家譜。充恩科會試同考官。見本集及行狀、墓誌。先生兩主鄉試，一爲會試同考官，多得氣節通經士。涪州周興岱、昆明錢澧、曲阜孔廣森，其最也。見行狀及墓誌。擢刑部廣東司郎中。見行狀。先生官刑部時，廣東巡撫某擬一重辟案，不實，堂官與同列無異議，先生核其情，獨爭執平反之。見吳德旋所撰墓表。

三十七年壬辰　先生年四十二歲。

繼續在京任刑部廣東司郎中。

三十八年癸巳　先生年四十三歲。

詔開四庫全書館，選一時翰林宿學爲纂修官，諸城劉文正公統勳、大興朱竹君學士筠，咸薦先生以所守官入局，充校辦各省送到遺書。纂修官時非翰林爲纂修者八人，先生與程魚門晉芳、任幼植大椿尤稱善。見行狀及四庫全書提要。道光十二年，先生從孫瑩，以先生所修四庫書序論八十八首，編爲四卷付梓，名惜抱軒書録，毛嶽生爲之序，其中或與提要小異，蓋當時總纂官有所損益也。

**三十九年甲午**　先生年四十四歲。

秋，乞病解官。先是，劉文正公以御史薦，已記名矣。按：文正以大學士管刑部事。而金壇于文襄敏中當國，雅重先生，欲一出其門，竟不往。會文正薨，先生乃決意去。見行狀及墓誌。按：薑塢先生殁後，先生與伯兄昭宇書曰：『本衙門已保送御史，擬將來一得御史，無論能自給與否，決然回家矣。緘口則難，此厚顏妄論，則貽憂老母』云云。此札墨迹，今藏於其家。據此札及詩集述懷作，則先生之懷歸志已非一日。會文正薨，故不俟補御史，遽引退耳。四庫書局之啓，由大興朱竹君學士見翰林院貯永樂大典中多古書，爲世所未見，奏請開局重修，欲嘉惠學者。既而奉旨搜求天下藏書，畢出於是。纂修者競尚新奇，厭薄宋、元以來儒者，以爲空疏，掊擊訕笑不遺餘力。先生往復辨論，諸公雖無以難，而莫能助也。

將歸，大興翁覃溪學士方綱爲序送之，亦知先生不再出矣，臨行乞言，先生曰：『諸君皆欲讀人未見之書，某則願讀人所常見書耳。』見行狀。嘉定錢獻之坫以考證名，尤精小學。先生贈之序，其略曰：孔子没而大道微，漢儒承秦滅學之後，始立專門，各抱一經，師弟傳受。儕偶怨怒嫉妒，不相通曉，其於聖人之道若築牆垣而塞門巷也。久之，通儒漸出，貫穿羣經，左右證明，擇其長說。及其敝也，雜之以讖緯，亂之以怪僻猥碎，世又譏之。蓋魏、晉之間空虚之説興，以清言爲高，以章句爲塵垢，放誕頽壞，迄亡天下。然世猶或愛其説辭，不忍廢也。自是南北乖分，學術異尚，五百餘年。唐一天下，兼採南北之長，定爲義疏，明示統貫，而所取或是或非，未有折衷。宋之時，眞儒乃得聖人之旨，羣經略有定説。元、明守之，著爲功令。當明，佚君亂政屢作，士大夫維持綱紀，明守節義，使明久而後亡，其宋儒論學之效哉！且夫天地之運，久則必變。是故夏尚忠，商尚質，周尚文，學者之變也。有大儒操其本以齊其弊，則所尚也賢於其故，否則不及其故。自漢以來皆然已。明末至今日，學者頗厭功令所載爲習聞，又惡陋儒不考古而蔽於近，於是專求古人名物、制度、訓詁、書數，以博爲量，以闚隙攻難爲功，其甚者欲盡舍程、朱而宗漢之士，枝之獵而去其根，細之搜而遺其鉅，夫寧非敝與！見本集及行狀。

按：詩集有篆秋草堂歌贈錢獻之作。先生詩集實依年編次，此詩在二卷末贈朱竹君詩後。贈朱詩有『歸校中文』語，乃癸巳秋作。贈錢詩有『長安二月春風來』句，當是甲午春作。又有『挾策那能歸下邑』句，似贈別語。此文亦云錢君將歸江南，蓋與詩同時作，又列於贈程魚門、陳伯思二序之前，二文皆甲午作，此序確爲甲午作無疑。

冬十二月，自京師乘風雪至山東泰安守遼東朱子潁孝純署中，除夕與子潁登泰山日觀峯觀日出，作詩文以紀。見本集。

**四十年乙未**　先生年四十五歲。

春正月，自泰安還京，見遊靈巖記。旋即南歸。有乙未春出都留別同館諸君及汶上舟中詩。

**四十一年丙申**　先生年四十六歲。

朱子潁爲兩淮鹽運使，興建梅花書院，延先生主之。見食舊堂集序及行狀、墓誌。秋，至揚州。有泊采石、泥汊阻風、宿攝山寺、出金陵詩。冬十月十七日，次子師古生。見家譜。

**四十二年丁酉**　先生年四十七歲。

在揚州書院，時四庫全書館凡纂修者皆議敘繙之，非翰林爲纂修者八人，其六盡改爲翰林矣，惟先生乞病歸，任幼植亦遭艱居里，大臣列二人名於章奏而稱其勞，請俟其補官更奏。幼植過淮上，邀先生入都，先生以母老謝，幼植獨往，然大臣竟不復議改官事。見任幼植墓誌。

**四十三年戊戌**　先生年四十八歲。

閏六月一日，繼室張宜人卒於揚州書院。秋八月還里。見張宜人權厝銘。梁階平相國國治屬所親語先生曰：『若出，吾當特薦先生。』婉謝之，集中所爲復張君書也。見行狀。按：復張君書云：始反一年，仲弟先殞，今又喪婦。知爲是年作。

**四十四年己亥**　先生年四十九歲。

撰古文辭類纂七十五卷〔一〕，以盡古今文體之則。秋七月，序之曰：『鼐少聞古文法於伯父薑塢先生及同鄉劉耕南先生，少究其義，未之深學也。其後遊宦數十年，益不得暇，獨以幼所聞者寘之胸臆而已。乾隆四十年，以疾請歸。伯父前卒，不得見矣。劉先生年八十，猶喜談說，見則必論古文。後又二年，余來揚州，少年或從問古文法。夫文無所謂古今也，惟其當而已。得其當，則六經至於今日，其爲道也一。知其所以當，則於古雖遠，而於今取法，如衣食之不可釋；不知其所以當，而敝棄於時，則存一家之言，以資來者，容有俟焉。於是，以所聞習者，編次論說爲古文辭類纂。其類十三，曰：論辨類，序跋類，奏議類，書說類，贈序類，詔令類，傳狀類，碑誌類，雜記類，箴銘類，頌贊類，辭賦類，哀祭類。一類內而爲用不同者，別之爲上下編云。

論辨類者，蓋原於古之諸子，各以所學著書詔後世。孔、孟之道與文，至矣。自老、莊以降，道有是非，文有工拙。今悉以子家不録，録自賈生始。蓋退之著論，取於六經、孟子；子厚取於韓非、賈生；明允雜以蘇、張之流；子瞻兼及於莊子。學之至善者，神合焉；善而不至者，貌存焉。惜乎！子厚之才，可以爲其至，而不及至者，年爲之也。

序跋類者，昔前聖作易，孔子爲作繫辭，説卦、文言、序卦、雜卦之傳，以推論本原，廣大其義。詩書皆有序，而儀禮篇後有記，皆儒者所爲。其餘諸子，或自序其意，或弟子作之，莊子天下篇、荀子末篇，皆是也。余撰次古文辭，不載史傳，以不可勝録也。惟載太史公、歐陽永叔表志、敘論數首，序之最工者也。向、歆奏校書各有序，世不盡傳，傳者或僞。今存子政戰國策序一篇，著其概。其後目録之序，子固獨優矣。

奏議類者，蓋唐、虞、三代聖賢陳説其君之辭，尚書具之矣。周衰，列國臣子爲國謀者，誼忠而辭美，皆本謨、誥之遺，學者多誦之。其載春秋内、外傳者不録，録自戰國以下。漢以來有表、奏、疏、議、上書、封事之異名，其實一類。惟對策雖亦臣下告君之辭，而其體少別，故寘之下編。兩蘇應制舉時所進時務策，又以附對策之後。

書説類者，昔周公之告召公，有君奭之篇。春秋之世，列國士大夫或面相告語，或爲書相遺，其義一也。戰國説士，説其時主，當委質爲臣，則入之奏議；其已去國，或説異國之君，則入此編。

贈序類者，老子曰：『君子贈人以言。』顔淵、子路之相違，則以言相贈處。梁王觴諸侯於范臺，魯君擇言而進，所以致敬愛、陳忠告之誼也。唐初贈人，始以序名，作者亦衆。至於昌黎，乃得古人之意，其文冠絶前後作者。蘇明允之考名序，故蘇氏諱序，或曰引，或曰説，今悉依其體，編之於此。

詔令類者，原於尚書之誓、誥。周之衰也，文誥猶存。昭王制，肅强侯，所以悦人心而勝於三軍之衆，猶有賴焉。秦最無道，而辭則偉。漢至文、景，意與辭俱美矣，後世無以逮之。光武以降，人主雖有善意，而辭氣何其衰薄也！檄令皆諭下之辭，韓退之鰐魚文，檄令類也，故悉傳之。

傳狀類者，雖原於史氏，而義不同。劉先生云：『古之爲達官名人傳者，史官職之。文士作傳，凡爲圬者、種樹之流而已。其人既稍顯，即不當爲之傳，爲之行狀，上史氏而已。』余謂先生之言是也。雖然，古之國史立傳，不甚拘品位，所紀事猶詳。又實録書人臣卒，必撮序其平生賢否。今實録不紀臣下之事，史館凡仕非賜謚及死事者，不得爲傳。乾隆四十年，定一品官乃賜謚。然則史之傳者，亦無幾矣。余録古傳狀之文，並紀兹義，使後之文士得擇之。昌黎毛穎傳，嬉戲之文，其體傳也，故亦附焉。

碑誌類者，其體本於詩，歌頌功德，其用施於金石。周之時有石鼓刻文，秦刻石於巡狩所經過，漢人作碑文，又加以序。序之體，蓋秦刻琅邪具之矣。茅順甫譏韓文公碑序異史遷，此非知言。金石之文，自與史家異體。如文公作文，豈必以效司馬氏爲工耶？誌者，識也。或立石墓上，或埋之壙中，古人皆曰誌。爲之銘者，所以識之之辭也。然恐人觀之不詳，故又爲序。世或以石立墓上曰碑、曰表，埋乃曰誌，及分誌、銘二之，獨呼前序曰誌者，皆失其義。蓋自歐陽公不能辨矣。墓誌文，録者尤多，今别爲下編。

雜記類者，亦碑文之屬。碑主於稱頌功德，記則所紀大小事殊，取義各異，故有作序與銘詩全用碑文體者，又有爲紀事而不以刻石者。柳子厚紀事小文，或謂之序，然實記之類也。箴銘類者，三代以來有其體矣。聖賢所以自戒警之義，其辭尤質而意尤深。若張子作西銘，豈獨其理之美耶？其文固未易幾也。

頌贊類者，亦詩頌之流，而不必施之金石者也。

辭賦類者，風雅之變體也。楚人最工爲之，蓋非獨屈子而已。余嘗謂漁父及楚人以弋説襄王，宋玉對王問遺行，皆設辭無事實，皆辭賦類耳。太史公、劉子政不辨，而以事載之，蓋非是。辭賦固當有韻，然古人亦有無韻者。以義在託諷，亦謂之賦耳。漢世校書有辭賦略，其所列者甚當。昭明太子文選，分體碎雜，其立名多可笑者。後之編集者，或不知其陋而仍之。余今編辭賦，一以漢略爲法，古文不取六朝人，惡其靡也。獨辭賦則晉、宋人猶有古人韻格存焉，惟齊、梁以下，則辭益俳而氣益卑，故不録耳。

哀祭類者，詩有頌，風有黄鳥、二子乘舟，皆其原也。楚人之辭至工，後世惟退之、介甫而已。

凡文之體類十三，而所以爲文者八，曰：神、理、氣、味、格、律、聲、色。神、理、氣、味者，文之精也；格、律、聲、色者，文之粗也。然苟舍其粗，則精者亦胡以寓焉？學者之於古人，必始而遇其粗，中而遇其精，終則御其精者而遺其粗者。文士之效法古人，莫善於退之，盡變古人之形貌，雖有摹擬，不可得而尋其迹也。其他雖工於學古，而迹不能忘，揚子雲、柳子厚於斯，蓋尤甚焉。以其形貌之過於似古人也，而遽擯之，謂不足與於文章之事，則過矣；然遂謂非學者之一病，則不可也。見古文辭類纂序目及姚氏先德傳。　是書後興縣康中丞紹鏞刻諸粵東。道光四年，門人吳啓昌以先生於是書應時更定，没而後已，康刻所據，乃十餘年前本，其後增删改竄甚多，乃以定本重刊於金陵。姚椿書古文辭類纂後云，嘗請於先生，謂其中棄取有未盡人能解者，先生謂是固有意。其棄者大抵爲有俗氣，其取者則以廣文之體格，使有所取法。

**四十五年庚子**　先生年五十歲。

主講安慶敬敷書院。自庚子至丁未，主講敬敷書院凡八年。二月，爲門下士孔檢討廣森作儀鄭堂記，曰：

六藝自周時，儒者有説：孔子作易傳，左丘明傳春秋，子夏傳禮喪服。禮後有記，儒者頗裒取其文。其後禮或亡而記存，又雜以諸子所著書，是爲禮記。詩、書皆口説，然爾雅亦其傳之流也。當孔子時，弟子善言德行者固無幾，而明於文章制度者，其徒猶多。及遭秦焚書，漢始收輯，文章制度，舉疑莫能明；然而儒者説之，不可以已也。漢儒家别派分，各爲耑門，及其末造，鄭君康成總集其全，綜貫繩合，負閎洽之才，通羣經之滯義，雖時有拘牽附會，然大體精密，出漢經師之上。又多存舊説，不掩前長，不覆己短。觀鄭君之辭以推其志，豈非君子之徒篤於慕聖，有孔氏之遺風者與？

鄭君起青州，弟子傳其學既大著；王肅〔二〕，駮難鄭義，欲爭其名，僞作古書，曲傳私説，學者由是習爲輕薄。流至南北朝，世亂而學益壞。自鄭、王異術，而風俗人心之厚薄以分。嗟夫！世之説經者，不蘄明聖學詔天下，而顧欲爲己名，其必王肅之徒者與？

曲阜孔君撝約，博學，工爲詞章。天下方誦以爲善，撝約顧不自足，作堂於其居，名之曰儀鄭，自庶幾於康成，遺書告余爲之記。撝約之志，可謂善矣！昔者聖門顔、閔無書，有書傳者或無名，蓋古學者爲己而已。以撝約之才，志學不怠，又知足知古人之善，不將去其華而取其實，擴其道而涵其藝，究其業而遺其名，豈特詞章無足矜哉！雖説經精善猶未也，以孔子之裔，傳孔子之學，世之望於撝約者益遠矣。雖古有賢如康成者，吾謂其猶未足以限吾撝約也。見本集。

冬，選隆、萬、天、崇及國朝人四書文二百五十一首，授敬敷書院諸生課讀，以欽定四書文爲主，而增益後來名家及小題文。其序略曰：讀四書文者，欲知行文體格，及因題立義、因義遣辭之法，故無取乎多。若夫行氣、説理、造句、設色，一皆求之於古人，徒讀四書文，則終身不能過人也。伏讀聖諭，有云先正名家之法置而不講，經、史、子、集之書束而不觀：今學者之病，豈不在此？夫日課鄙陋濫惡，世之所謂墨卷者，積至千篇，必須千日，千日之功費於無用，科名得失，初不在此，徒自蔑塞心胸、闇蔽知慧而已。陳紫瀾宫詹生平止讀震川稿，及伯思户部、仲思檢討，亦皆未嘗知所謂墨卷者，其父子亦何嘗不掇取科名？假令前輩如方百川、王耘渠諸君，舍其所學而讀墨卷，亦終於諸生而已。何也？命爲之也！獨其文之佳惡則非命之所主，是在有志者爲之爾。見敬敷書院課讀四書文序目。

**四十八年癸卯** 先生年五十三歲。

夏六月，作老子章義序。見本集。

**五十年乙巳**　先生年五十五歲。

秋，九月二十四日，側室梁氏生子執雉。見家譜。

**五十二年丁未**　先生年五十七歲。

秋，八月五日，丁陳太恭人艱見家譜。是年，先生與伯兄亭人昭宇奉編修及伯母張太宜人合葬長嶺祖墓側，又葬繼室張宜人於編修、張太宜人冢右。見長嶺阡表。

**五十三年戊申**　先生年五十八歲。

主講歙縣紫陽書院，見歙胡孝廉墓誌。秋初歸里。見與汪稼門尺牘。與馬魯成尺牘云：去歲已堅辭安慶書院，而撫藩爲商，不欲其閒居，薦主紫陽書院，將來擬就之，少助買山貲耳。長子持衡補郡庠生。見家譜及與馬魯成尺牘。

**五十五年庚戌**　先生年六十歲。

主講江寧鍾山書院。見程綿莊文集序。自庚戌至嘉慶庚申，主鍾山書院十一年。

**五十六年辛亥**　先生年六十一歲。

春，合葬贈朝議公及陳太恭人於桐城北鄉孔城八角亭北。家譜未載何歲，今據與馬魯成尺牘及與孔信夫子廣廉尺牘。

**五十七年壬子**　先生年六十二歲。

夏四月，作左傳補注序。見本集。秋，長子持衡舉江南鄉試。見家譜。門人新城陳用光，校刻先生文集十卷。先生以内有須删訂者，不欲傳播，屬勿更印。見與秦小峴書及與陳石士尺牘。

**六十年乙卯**　先生年六十五歲。

修族譜，依古世表之法，率横列而注歷職、生卒、妻子於其下，欲其文簡而易檢也。見族譜序及與馬魯成尺牘。

**嘉慶元年丙辰**　先生年六十六歲。

秋八月，門人朱則泊、則澗，以先生所著九經説十二卷，鋟板於旌德。見九經説陶定申跋。秦小峴觀察致書，稱先生學問、文章。先生復書，其略曰：某嘗謂天下學問之事，有義理、文章、考證三者之分，異趨而同爲不可廢。一途之中，岐分而爲衆家，遂至於百十家。同一家矣，而人之才性偏勝，所取之徑域又有能有不能焉。凡執其所能爲，而呲其所不爲者皆陋也〔三〕，必兼收之乃足爲善。某夙以是望世之君子〔四〕，今亦以是上陳之於閣下而已。見本集。按：此文敘及胡雒君舉孝廉方正事，據丁巳歲與雒君尺牘云：聞給頂帶，部議已至。此文則云：孝廉之舉不得，亦無恨。知確爲丙辰作也。

**二年丁巳**　先生年六十七歲。

九經説刻成。見與陳石士尺牘。江寧諸生爲刻三傳國語補注。見與胡雒君尺牘。與翁覃溪書曰：某昔在館中，見宋元人所註經卷袠甚大，而其閒足存之解或僅一二條而已，以爲何須爲是繁耶！故愚見有所論，但專記之，如是歷年所記，每經多者數十條，少則數條而已。謂之私説，不敢謂之註。至於三傳，較諸經稍輕，乃名之補注，分成兩書。今年諸門徒遂取以刊板，某固知其不免謬妄。今各以一部上呈，不知亦堪以一二條之當見取者乎？見尺牘。自定詩集十卷付梓，次年夏刻成。見與陳石士尺牘。

按：詩集初名得五樓稿，見海峯丁亥歲與先生手札。

**三年戊午** 先生年六十八歲。

春二月，以所選五七言今體詩鈔付梓於金陵。其序曰：

天下之是非，有不可得而淆也，而人以己意決之，則不能不淆；其不淆者，必其當於人心之公意者也。人心之公意雖具於人人，而當其始，無一人發之，則人人之公意不見；苟發之而同者會矣。論詩如漁洋之古詩鈔，可謂當人心之公者也。吾惜其論止古體，而不及今體，至今日而爲今體者紛紜歧出，多趨謁謬，風雅之道日衰。從吾遊者，或請爲補漁洋之闕編，因取唐以來詩人之作，采録論之，分爲二集十八卷，以盡漁洋之遺志。雖然，漁洋有漁洋之意，吾有吾之意，吾觀漁洋所取舍，亦時有不盡當吾心者，要其大體雅正，足以維持詩學，導啓後進，則亦足矣。其小小異同，嗜好之情，雖公者不能無偏也。今吾亦自奮室中之説，前未必盡合於漁洋，後未必盡當於學者，然而存古人之正軌，以正雅祛邪，則吾説有必不可易者。世之君子，其亦以攬其大者求之。

聲病之學，肇於齊、梁，以是相沿，遂成律體。南北朝迄隋，諸詩人警句率以儷偶調諧，正可謂之律耳。阮亭五言古詩中既已録之，今不更載，所載斷自唐人陳拾遺、杜修文、沈、宋、曲江，此爲開元以前之傑。鈔初唐五言今體詩一卷。

盛唐人詩固無體不妙，而尤以五言律爲最，此體中又當以王、孟爲最，以禪家妙悟論詩者，正在此耳。鈔王、孟詩一卷，常建以下十五人又一卷。

盛唐人禪也，太白則仙也，於律體中以飛動票姚之勢，運曠遠奇逸之思，此獨成一境者。鈔太白詩一卷。

杜公今體四十字中包涵萬象，不可謂少；數十韻、百韻中運掉變化，如龍蛇穿貫，往復如一綫，不覺其多。讀五言至此，始無餘憾。余往昔見蒙叟箋，於其長律轉折意緒都不能了，頗多謬説，故詳爲詮釋之。鈔杜詩二卷。

中唐大曆諸賢尤刻意於五律，其體實宗王、孟，氣則弱矣，而韻猶存。貞元以下，又失其韻，其有警拔，蓋亦希矣。今鈔韋蘇州以下二十一人爲一卷，劉夢得以下十二人爲一卷。

晚唐之才固愈衰，然五律有望見前人妙境者，轉賢於長慶諸公，此不可以時代限也。元微之首推子美長律，然與香山皆以多爲貴，精警缺焉，余盡不取。惟玉谿生乃略有杜公遺響耳。今鈔晚唐，以玉谿爲冠，合十八人共一卷。

夫文以氣爲主，七言今體，句引字賒，尤貴氣健，如齊、梁人古色古韻，夫豈不貴？然氣則躓矣。楊升庵專取爲極則，此其所以病也。初唐諸君，正以能變六朝爲佳，至『盧家少婦』一章，高振唐音，遠包古韻，此是神到之作，當取冠一朝矣。鈔初唐七言今體詩一卷。

右丞七律，能備三十二相，而意興超遠，有雖對榮觀燕處超然之意，宜獨冠盛唐諸公。于鱗以東川配之，此一人私好，非公論也。鈔盛唐詩一卷。

杜公七律，含天地之元氣，包古今之正變，不可以律縛，亦不可以盛唐限者。鈔杜詩一卷。

大曆十子以隨州爲最，其餘諸賢，亦各有風調。至於長慶，香山以流易之體極富贍之思，非獨俗士奪魄，亦使勝流傾心。然滑俗之病遂至濫惡，後皆以太傅爲藉口矣，非慎取之，何以維雅正哉？鈔中唐詩一卷。

玉谿生雖晚出，而才力實爲卓絶，七律佳者幾欲遠追拾遺，其次者猶足近掩劉、白。第以矯敝滑易，用思太過，而僻晦之敝又生，要不可不謂之詩中豪傑士矣。鈔玉谿詩一卷，附温詩數首，然於玉谿爲陪臺，非可與並立也。

唐末詩人，才力既異於前，而習俗所移，又難振拔，故傑出益少，然亦未嘗無佳句也。鈔晚唐五代詩一卷。

西崑諸公之擬玉谿，但學其隸事耳。殊滯於句下，都成死語。其餘宋初諸賢，亦皆域於許渾、韋莊輩境内。歐公詩學昌黎，故於七律不甚留意。荆公則頗留意矣，然亦未造殊妙。今自宋初至荆公兄弟共爲一卷。

東坡天才有不可思議處，其七律只用夢得、香山格調，其妙處豈劉、白所能望哉！山谷刻意少陵，雖不能到，然其兀傲磊落之氣，足與古今作俗詩者澡濯胸胃，導啓性靈。鈔蘇、黄詩一卷，蘇門諸賢附焉。放翁激發忠憤，横極才力，上法子美，下攬子瞻，裁制既富，變境亦多，其七律固爲南渡後一人。其餘如簡齋、茶山、誠齋諸賢，雖有盛名，實無超詣，今爲略采一二，逮於宋末，併附放翁之後。鈔南宋詩一卷。見今體詩鈔序目及與陳石士尺牘。

秋八月半後，攜長子持衡遊吴中，遂至西湖，作古今體詩四十餘首。九月杪，還江寧。見與陳石士尺牘。

**四年己未**　先生年六十九歲。

補刻詩集五卷，十卷之半。見與陳石士尺牘。

**五年庚申**　先生年七十歲。

冬，江寧諸生合爲鐫刻文集十六卷。見與陳石士尺牘。

**六年辛酉**　先生年七十一歲。

先生以年衰畏涉江濤，改主敬敷書院，二月至皖。見與陳石士尺牘。自辛酉至甲子，主敬敷書院四年。

**七年壬戌**　先生年七十二歲。

冬十一月，赴六安州，爲修志書。見與陳石士尺牘。

**十年乙丑**　先生年七十五歲。

移主鍾山書院。先生已至皖矣，四月，鐵冶亭制軍鐵保遣人固邀至金陵，先生因有買宅居金陵之意。見跋天發神讖刻文及與陳石士尺牘。自乙丑至乙亥，主講鍾山書院十一年。

**十一年丙寅**　先生年七十六歲。

刻法帖題跋一卷。先生自謂：所論書理，有勝前賢處。見與陳石士尺牘。

**十三年戊辰**　先生年七十八歲。

長子持衡大挑得知縣，改近發江蘇。見家譜及與陳石士尺牘。今體詩鈔刊行後，先生復加删訂。十月，績溪程邦瑞校付剞劂。見今體詩鈔程跋。

十四年己巳　先生年七十九歲。

九經說刻成後，先生復有所論，增益舊文，合得十七卷。冬，門人陶定申爲補録於江寧。見九經說陶跋。

十五年庚午　先生年八十歲。

秋，鄉試，與陽湖趙甌北兵備翼重赴鹿鳴宴，詔加四品銜。先生神明如五六十時，行不撰杖，兵備年亦八十二，觀者以爲盛。見行狀。長子景衡持衡改名署儀徵縣知縣。見與周希甫尺牘。冬，十二月十八日，作程綿莊文集序。其略曰：

『孔子之道一而已！孔子没而門弟子各以性之所近爲師傳之眞，有舛異交爭者矣。況後世不及孔子之門，而求遺言以自奮於聖緒墜絶之後者與？其互相是非，固亦其理。然而天下之風〔五〕，必有所宗。論繼孔、孟之統，後世君子必歸於程、朱者，非謂朝廷之功令不敢違也，以程、朱生平行己立身，固無愧於聖門，而其論說所闡發，上當於聖人之旨，下合乎天下之公心者，爲大且多。使後賢果能篤信，遵而守之，爲無病也。若其他欲與程、朱立異者，縱於學者有所得焉，而亦不免賢智者之過。其下則肆焉爲邪説，以自飾其不肖者而已。

今觀綿莊之立言，可謂好學深思、博聞强識者矣，而顧惜其好非議程、朱。蓋其始厭惡科舉之學，而疑世之尊程、朱者皆束於功令，未必果當於道。及其久，意見益偏，不復能深思熟玩於程、朱之言，而其辭遂流於蔽陷之過而不自知。近世如休甯戴東原，其才本超越乎流俗，而及其爲論之僻，則過有甚於流俗者。綿莊所見，大抵有似東原。』『後有得綿莊書而觀之，必有能取其所當取者。』見後集。

**十六年辛未**　先生年八十一歲。

江寧太守吕某延先生爲修府志。見與陳石士尺牘。

門人陳用光校刻莊子章義於湖北。見程瀚莊子章義跋。

**十八年癸酉**　先生年八十三歲。

長子景衡署江都縣知縣。見與陳石士尺牘。

**十九年甲戌**　先生年八十四歲。

在書院猶與諸生講論不倦，耳目聰明，齒牙未豁，著讀之暇，惟静坐爲主，行步輕健如飛，見者以爲神仙中人。見從孫瑩識小録。　按：先生主講江寧、安慶書院，歲常以二三月往，冬閒旋里，間留書院度歲，兹不詳具。

是年，里中大旱，邑令陽湖吕某忽出示徵收錢糧，民情惶駭，先生致書皖撫胡果泉侍郎克家極言災重，畝不可徵，並致書吕令言之，事乃得寢。其書略曰：今年敝邑遭此大荒，側聞閣下敕令邑中巨户出穀平糶，以蘇窮民。此善政所被，雖出嚴令，而人心悦服，夫何有異説也？至於饑歲官賑，在事理爲常，而司庫非充，災處甚廣，籌餉甚難，亦不得不姑減災歉分數，以爲權宜之説。然遂謂可以徵賦上供，則必不可計。邑中沿江沿湖圩田，固爲有收者，然此等據地不多，恐不能及一縣地十分之一，且有無錯雜，極難於履勘。閣下或於報災之中，指名所在鄉保，剔出此十分之一，或並此統歸一例爲災田，固在仁明酌行其可。蓋邑中豐收之年，此田往往被潦，以其少也，難於剔出求免，亦只歸統報也。至於此外，闔境災黎，雖有田畝，而糜粥不充，蠲緩所不待言，苟復事徵求，恐其患不知所底計。今閣下必已盡舉民瘼，申告上憲，而某桑梓之情，復瀆台覽，區區鄙懷，實爲淺陋，所望諒恕而已。按：此札原稿，先生曾孫聲藏於家，陳刻尺牘未之載。其致胡中丞札稿，則亂後已佚矣。

**二十年乙亥**　先生年八十五歲。

長子景衡題補泰興縣知縣。見與陳石士尺牘。先是，先生居江寧久，喜登攝山，嘗有卜居意，未決，遷延不果。歸，七月微疾，九月十三日卒於江寧書院，門人共治其喪。見行狀、墓誌。

二十四年，同前配張宜人合葬桐城南鄉大楊樹灣鐵門。見家譜及墓誌。先生貌清而癯，而神采秀越，風儀閒遠，與人言終日不忤，而義所不可，則確乎不易其所守。見本傳及行狀。性仁愛，雖貧乏，樂贍姻族。邑雨大祲，既書列荒政緩急，又出貲以倡。見墓誌。

先生爲學，博集漢儒之長，而折衷於宋。見本傳。自少及耄，未嘗廢學，雖宴處常静坐，終日無惰容。有來問則竭意告之；喜導人善，汲引才儁如恐不及，以是人益樂就而悦服，雖學術異趣者，亦忘爭焉。南康謝蘊山方伯語人曰：『姚先生如醴泉芝草，使人見之，塵俗都盡。』青浦王蘭泉侍郎集海内人詩，至先生，曰：『姬傳藹然孝弟，踐履醇篤，有儒者氣象。』禮恭親王薨，遺教必得姚某爲家傳。德化陳東浦方伯未卒前一歲，屬先生曰：『某死必得先生文，以誌吾墓。』新城魯絜非以文章名江右，始學於閩中朱梅崖先生，於當世文少所推許，獨心折先生，以爲不及，乃渡江就訪，使諸甥受業。其爲世推重如此。見行狀及姚氏先德傳。

先生之受經學於編修也，編修之學以博爲量，而取義必精，於書無所不窺，論辨條記甚多，而不肯撰述。編修既没，先生欲修輯遺説，編纂成書而不就，仿日知録例，成經、史各一卷，曰『援鶉堂筆記』，以授姪孫瑩，使卒其業，且戒之曰：纂輯筆記，此即著書，不可苟作，大約欲少而精，不欲多而蕪。近人著書以多爲貴，此但取欺俗人耳，吾閲之乃無有也。見行狀。

自康熙朝方侍郎苞力講求古文義法，天下始知宗尚歸氏熙甫，以上追司馬子長、韓退之，劉海峯學博繼之，天下以爲古文之傳在桐城，先生親問法於海峯，然自以所得爲文，又不盡用海峯法。見行狀及李兆洛所撰傳。其論文根極於性命，而探源於經訓，至其淺深之際，有古人所未嘗言，獨抉其微而發其蘊。見本傳。紆徐卓犖，撙節隱括，託於筆墨者浄潔而精微，如道人德士，接對之久，使人自深。蓋學博論文主品藻，侍郎論文主義法，先生後出，尤以識勝，知有以取其長，濟其偏，止其敝。見門人方東樹書墓誌後。論者以爲辭邁於方氏，而理深於劉氏焉。見本傳。詩從明七子入，而以融會唐、宋之體爲宗旨，所選今體詩，見者皆以爲精當。見本傳。

先生於當代公卿不爲過譽，作江上攀轅圖記，但美孫文靖厚於故交。作王文端神道碑，數十年宰相一事不書。見門人管同因寄軒文集。及爲袁簡齋作墓誌，有疑之者，先生曰：『隨園雖不免有遺行，其文采風流有可取，亦何害於作誌！第不得述其惡轉以爲美耳。』見與陳石士尺牘及陳用光所撰行狀。書逼董元宰，蒼逸時欲過之。見吳撰墓表。即率爾筆札，皆有儒者游藝氣象。見毛嶽生休復居文集。主講席者四十年，諄諄以誨迪後進爲事。見本傳。所至士以受業先生爲幸，或越千里從學。見行狀。平生誨人，輒以爭名爲戒，見書録毛嶽生序。以謙慎韜晦爲要。見與劉明東書。嘗言爲文必本諸躬行，屢以己身缺然爲憾。見姚椿晚學齋文集。門弟子知名甚衆，其尤著者：上元管同、梅曾亮，同邑方東樹、劉開，而歙縣鮑桂星，新城陳用光，江寧鄧廷楨，最爲顯達。至私淑稱弟子者，則宜興吳德旋，寶山毛嶽生，華亭姚椿，同邑張聰咸，皆以文學著述稱名。見姚氏先德傳。

生平所修廬州府志，據與陳石士尺牘，廬州志惟『沿革』一門出先生手。六安州志、江寧府志官書別刻外，文後集十卷，詩後集一卷，筆記八卷，未及刊而卒，姚椿以刻資屬梅曾亮，於道光元年刊行。見行狀及筆記梅曾亮跋。

道光十年，皖撫題請入祀鄉賢祠。見家譜及姚氏先德傳。

前配張宜人生一女，適張元輯。繼配張宜人生二子：景衡、師古；二女：長適張通理，次適潘玉。側室梁氏生一子執雉，以執雉後從兄羲輪。景衡字庚甫，生一子誦；師古字籀君，生一子寶同。執雉字彥耿，生一子酉。見家譜。曾孫以下，未備考焉。〔六〕

# 附　文目編年

乾隆庚辰　年三十　副都統朱公墓誌銘

壬午　聖駕南巡賦

甲申　遊媚筆泉記　見本集左筆泉時文序

丁亥　送右庶子畢公爲鞏秦階道序　四川川北道按察副使鹿公墓誌銘

戊子　山東鄉試策問五首

己丑　贈武義大夫貴州提標右營遊擊何君墓誌銘

庚寅　湖南鄉試策問五首

年二十至四十　左仲郛浮渡詩序　吳荀叔杉亭集序〔七〕　高常德詩集序

壬辰 年四十二　張仲絜時文序

癸巳　贈孔撝約假歸序　内閣學士張公墓誌銘

甲午　贈錢獻之序　贈程魚門序　贈陳伯思序　鄭大純墓表　羅太孺人墓表　光禄大夫刑部尚書贈太傅錢文端公墓誌銘　晴雪樓記

乙未　登泰山記　遊靈巖記　泰山道里記序 見與陳石士尺牘　遊雙谿記　觀披雪瀑記

丙申　亡弟君俞權厝銘　祭林編修澍蕃文 據孔撝約林編修誄，林君卒於丙申九月。

丁酉　劉海峯先生八十壽序 按：海峯祭張閑中文云：昔在康熙之辛丑初，託子以交契，愧學業之未成，年甫臻於廿四。據此，則丁酉年八十也。宋雙忠祠碑文　荆條河朱氏先墓表　原任少詹事張君權厝銘　翰林院庶吉士侍君權厝銘　祭張少詹曾敞文　祭侍潞川文

戊戌　繼室張宜人權厝銘　復張君書

己亥　寶扇樓後記　祭劉海峯先生文 按：縣志云：四十四年卒，年八十二。本集海峯傳作八十三，誤。

庚子　漢廬江九江二郡沿革表　儀鄭堂記

年四十至五十　食舊堂集序　鄭太孺人六十壽序據孔撝約林編修誄，此爲林編修澍蕃母作。　蕭孝子祠堂碑文　左衆郛權厝銘

年三十至五十　張冠瓊遺文序　何孺人節孝詩跋後　答翁學士書　復孔撝約論禘祭文　送龔友南歸序

辛丑年五十一　旌表貞節大姊六十壽序據張氏譜　祭朱竹君學士文據疑年録

癸卯　老子章義序　明贈太常卿山東左布政使張公祠碑文

丁未　丹徒王氏秀山阡表

戊申　章母黃太恭人墓誌銘

庚戌　香巖詩稿序　陳約堂六十壽序見與陳石士尺牘　陶慕庭八十壽序　隨園雅集圖後記

年五十至六十　代州道後馮氏世譜序　書夫子廟堂碑後　復曹雲路書在安慶書院作　復魯絜非書　贈承德郎刑部主事鄭君墓誌銘

辛亥年六十一　兵部侍郎巡撫貴州陳公墓誌銘　張貞女傳　江上攀轅圖記據小倉山房詩集

壬子　左傳補注序　晚香堂集序　方坳堂會試硃卷跋尾見與謝蘊山尺牘　十一世祖南安嘉禾詩卷跋

河南孟縣知縣新城魯君墓表　疏生墓碣　汪玉飛墓誌銘

癸丑　敦拙堂詩集序刊本題云五十八年四月序　金焦同遊圖記

甲寅　海愚詩鈔序　謝蘊山詩集序據文内子潁遺集『某方爲之序，而先生集亦適來』云云，此文蓋與海愚詩序同時

作。　鄉黨文擇雅序 刊本題五十九年六月序　梅二如古文題辭　伍母陳孺人六十壽序　建昌新城陳母揚太夫人墓誌銘 據與陳石士尺牘，此文實壬子歲作，而敘葬期爲甲寅歲，且敘及癸丑年事，當是刻集時有所增益也。

乙卯　族譜序　劉念臺先生淮南賦跋尾　家鐵松中丞七十壽序　彙香七叔父八十壽序　陳東浦方伯七十壽序 據本集陳方伯墓誌　陝西道監察御史興化任君墓誌銘 按：與馬魯成尺牘云：頃爲任子田作墓誌，頗自喜，惜乏人爲寫寄之。吾於十月内當歸家，其時陳石士來訪吾也。又喜陳石士至舍詩云：『初冬言趨家，霜風隕門柳。』又云：『懷此三改歲，述別自癸丑。今夏寄書説，定當訪衰叟。』據此知爲乙卯作也。　夏縣知縣新城魯君墓誌銘 見喜陳石士至舍詩　鮑君墓誌銘 按：與鮑雙五尺牘云：爲令祖大人撰墓誌已成，今以稿寄觀。衡兒去秋自太原至汾，今當自汾州入京矣。又甲寅夏與陳石士尺牘云：今令衡兒往山西，投兩通家覓一館，亦爲來春會試資也。據此則爲鮑作墓誌及與雙五札，皆當在乙卯歲也。

嘉慶丙辰　復秦小峴書

丁巳　重修石湖范文穆公祠記　方正學祠重修建記　陳氏藏書樓記 見與陳石士尺牘

戊午　禮箋序　小學考序　復東浦方伯書 按：詩集於是年鐫板。此文云詩集已刻成，而陳方伯卒於己未正月，故知爲是年作。　蔣生墓碣　袁隨園君墓誌銘　郭君墓誌銘　陳孺人權厝志　常熟歸氏宗祠碑記　峴亭記

己未　孫文介公殿試卷跋尾　王禹卿七十壽序 據本集王君墓誌

庚申　左筆泉先生時文序　陳約堂七十壽序 見與陳石士尺牘

年六十至七十　西魏書序　荷塘詩集序　張宗道地理全書解序　停雲堂遺文序　徐六階時文序　恬庵遺稿序　述庵文鈔序　選擇正宗序　與許孝廉慶宗書　答袁簡齋書　再復簡齋書　再復簡齋書　答魯賓之書　方晞原傳　印松亭家傳　節孝陳夫人傳　方染露傳　嚴冬友墓誌銘　孔信夫墓誌銘　廣州府澳門同知贈中憲大夫翰林院侍講張君墓誌銘　江蘇布政使德化陳公墓誌銘　方待廬先生墓誌銘　奉政大夫江南候補府同知仁和嚴君墓誌銘　歙胡孝廉墓誌銘　高淳邢君墓誌銘　江蘇布政使方公墓誌銘　記江寧李氏五節婦事　西園記　袁香亭畫册記　少邑尹張君畫羅漢記 據桐城志：張烜，浙江鄞縣人。乾隆五十五六年閒，爲桐城縣丞。　吳塘別墅記　孫忠愍公祠記

年五十至七十　書考工記圖後　復蔣松如書　復談孝廉書　書制軍六十壽序　朱竹君先生傳　程養齋暨子心之家傳　張逸園家傳 此文敘逸園次子鴻恩爲延平知府，據張氏譜，鴻恩於乙巳歲至延平。此文蓋乙巳後作。

辛酉 年七十一　陳仰韓時文序 按：文前集於庚申付梓，辛酉刻成。此文在前集序跋卷末，文内有『生見余於江寧，從余遊十二年』之語。按：先生庚戌至江寧，距辛酉恰十二年，文當爲是歲作。　吳伯知八十壽序

壬戌　節母張孺人傳 此文壬戌作，今乃在前集，當是刻成後補入也。　廬州府志序 刊本題云七年十月序〔八〕　安徽巡撫荆公墓誌銘　中憲大夫雲南臨安府知府丹徒王君墓誌銘　萬松橋記 按：此文既云七年九月橋成，又云六年八月記，當有誤字。

癸亥　南園詩存序 據南園集刊本〔九〕　姚休那先生墓表

甲子　朝議大夫户部四川司員外郎吳君墓誌銘　新城陳君墓誌銘 見與陳石士尺牘　中憲大夫杭嘉湖道

長沙周君墓誌銘見與周希甫尺牘

乙丑　復姚春木書　吴石湖家傳　修職郎碭山縣教諭瞿君墓表　中憲大夫松太兵備道章君墓誌銘

順天府南路同知張君墓誌銘　孫母許太恭人墓誌銘

丙寅　馬儀顯夫婦雙壽序　禮恭親王家傳見與吴敦如尺牘及與陳石士尺牘　石屏羅君墓表　婺源洪氏節

母江孺人墓表　蘇獻之墓誌銘　浮梁知縣黄君墓誌銘　節孝堂記　甯國府重修北樓記

丁卯　吴禮部詩集序　夏南芷編年詩序　潘孝子贊　贈光禄寺少卿甯化伊君墓誌銘　封文林郎巫山

縣知縣金壇段君墓誌銘　中議大夫太僕寺卿戴公墓誌銘　資政大夫光禄寺卿甯化伊公墓誌銘　姚

氏長嶺阡表

戊辰　禮終集要序　梅湖詩集序　吴孝婦傳題後　吏部左侍郎譚公神道碑文見與陳石士尺牘　張母鞠

太恭人墓誌銘　重修境主廟記　遊故崇正書院記　先宅記

己巳　方恪敏公詩後集序　贈中憲大夫湖廣道兼管河南道監察御史孟公墓表見與孟蘭舟尺牘　禮部員

外郎懷寧汪君墓誌銘　安慶府重修儒學記代

庚午　晉乘蒐略序　望溪先生集外文序　程綿莊文集序　馬母左孺人八十壽序見桐城馬氏譜　印庚實

傳　朝議大夫臨安府知府江君墓誌銘　贈朝議大夫户部郎中福建臺灣縣知縣陶君墓誌銘　中憲大

夫陳州府知府陳君墓誌銘見與陳石士尺牘

辛未年八十一　跋方望溪先生與鄂張兩相國書稿後　方母吴太夫人壽序　伍母馬孺人六十壽序　通奉

大夫四川布政使姚公墓誌銘　晉鎮南大將軍于湖甘敬侯墓重修記

壬申　贈奉直大夫翰林院編修鄧君墓誌銘　周青原墓誌銘　朱海愚運使家人圖記

癸酉　疑年録序　新修宿遷縣志序　博山知縣武君墓表　贈中憲大夫武陵趙君墓表　方母吳太夫人墓表

甲戌　種松堂記　餘霞閣記　祭方葆巖文

乙亥　稼門集序　跋史閣部書後見與吳敦如尺牘　贈奉政大夫刑部郎中南康縣儒學教諭鄱陽胡君墓誌銘　實心藏銘

年七十一至八十五　何季甄家傳此文在前集，然當爲辛酉後作。　尚書辨僞序　滇繫序　河渠紀聞序　方氏文忠房支譜序　重雕程貞白先生遺稿序見與陳石士尺牘　朱二亭詩集序　石鼓硯齋文鈔序　蔣澄川詩集序　陶山四書義序　跋吳天發神讖刻文　張花農詩題辭　左蘭城詩題辭　與王鐵夫書　復劉明東書　答蘇園公書　復汪孟慈書　許春池學博五十壽序　沈母王太恭人七十壽序　吳殿麟傳　方恪敏公家傳　鄒母包太夫人家傳　程樸亭家傳　周梅圃君家傳據與周希甫尺牘，此文作於墓誌後。　甯化三賢像贊　光禄大夫東閣大學士王文端公神道碑文　中憲大夫保正清河道朱公墓表　臧和貴墓表　廣西巡撫謝公墓誌銘　通奉大夫廣東布政使許公墓誌銘　贈文林郎鎮安縣知縣婺源黄君墓誌銘　光禄少卿沈君墓誌銘　誥贈中憲大夫刑部員外郎瀘溪縣教諭楊府君墓誌銘　舉人議敘知縣長洲彭君墓誌銘　中憲大夫順德府知府王君墓誌銘　吉州知州喻君墓誌銘　知縣銜管石碑場鹽課大使事師君墓誌銘　中憲大夫開歸陳許兵備道加按察使銜彭公墓誌銘　王母潘恭人墓誌銘　太子少保兵部尚書總督江南河道提督軍務兼右副都御史徐公墓誌銘　中議大夫兩廣鹽運使司鹽運使蕭山陳公墓誌銘　奉政大夫順天府南路同知歸安沈君墓誌銘　甘氏享堂記

年歲未詳文目　范蠡論　伍子胥論　翰林論〔一〇〕　李斯論　賈生明申商論　晏子不受邶殿論　議兵郡縣考〔一一〕　項羽王九郡考　莊子章義序　包氏譜序　醫方捷訣序　孝經刊誤書後　辨逸周書　讀司馬法六韜　辨賈誼新書　讀孫子　書貨殖傳後　辨鄭語　跋夏承碑　復汪進士輝祖書　復休甯程南書　孫母張宜人八十壽序　鍾孝女傳　陳謹齋家傳　淮南鹽運通判張君墓誌銘　記蕭山汪氏兩節婦事　快雨堂記 以上前集　五嶽説　胡玉齋雙湖兩先生易解序　句容裴氏族譜序　高淳港口李氏族譜序　跋鹽鐵論　跋列子　跋許氏説文　跋顔魯公與郭僕射論坐位帖　跋王子敬辭令帖　跋聖教序　跋褚書聖教序　跋顔魯公送劉太沖序　跋褚書陰符經　跋李北海麓山寺碑　書朱子語略後　復欽君善書　復吴仲倫書　黄徵君傳　劉海峯先生傳　太常寺卿萊陽趙公遺像贊　中議大夫通政司副使婺源王君墓誌銘　抱犢山人李君墓誌銘 以上後集

惜抱先生於濬昌曾祖爲從兄弟，先生親受業於吾高祖薑塢府君，而先大夫又受業門牆，濬昌生晚，距先生没不相及者幾二十年。過庭之際，飍聞懿德文章，嘗欲爲先生循年編事，顧慙譾陋，不敢撰述。聞鄭君容甫有是編，頃以公幹過安慶，乃得受而讀之，於先生生平頗具搜摭之力，因亟速其付梓，俾世之誦法先生者，於品詣之所在與功力之次第，皆如燭之明、數之計，而濬昌亦藉以抒十餘年未酬之隱，謹書其後，以志慶幸。

同治戊辰孟春，濬昌謹跋。

## 校記

〔一〕七十五卷是道光五年吳啓昌刻本，最早的嘉慶年間康紹鏞刻本爲七十四卷。

〔二〕王肅　文集作『迄魏王肅』。

〔三〕毗　當作『呲』。

〔四〕某　文集作『鼐』。

〔五〕風　文集作『學』。

〔六〕周中明姚鼐研究安徽大學出版社二〇一三年版有對姚鼐年譜的考辨，可參閱。

〔七〕杉亭集卷首刊此序，文末署『乾隆庚寅仲春年愚弟姚鼐撰』，可見此序作于乾隆三十五年，年四十。

〔八〕嘉慶八年重修廬州府志卷首刊載此序，文末寫明『嘉慶七年冬十月，桐城姚鼐序』。

〔九〕同治十一年錢南園先生遺集刊載此序，文末寫明『嘉慶癸亥春二月，桐城姚鼐序于皖城之敬敷書院』。

〔一〇〕姚鼐題洪稚存游歷圖圖十六幅末學圃種梅二事其在伊犂時事也詩中説：『我昔翰林曾著論，對君悲喜敘愚蒙。』可見他著翰林論，是在任翰林院庶吉士期間。

〔一一〕議兵當作于乾隆三十一年丙戌，姚鼐任兵部主事期間。

# 附録二　傳記匯集

## 姚惜抱先生墓表

吴德旋

德旋年二十餘，慕古人爲文，而不知所以爲之之法。側聞今天下爲古文者，惟桐城姚惜抱先生，學有原本而得其正。然無由一置身其側，親承指授，以爲恨。後得先生古文辭類纂，讀之而憬然悟。謂今而後治古文者，可以不迷于向往矣。陽湖惲子居好持高論，于辭賦、古文必曰周、秦、兩漢，至其論學，未嘗不推先生爲海内一人也。

先生諱鼐，字姬傳，號夢穀，一號惜抱，世桐城人。曾祖諱士基，羅田縣知縣。祖諱孔鋏，以子範貴，贈翰林院編修。考諱淑，以先生貴，贈刑部廣東司郎中。妣某氏，封宜人。先生少學文于同邑劉才甫，才甫爲序贈之，期以王文成公之學，由是知名于時。乾隆十五年庚午，本省鄉試中式舉人。二十八年癸未，會試中式進士，改翰林院庶吉士。三十一年丙戌散館，以主事用，分兵部，尋補禮部儀制司。三十三年戊子，充山東鄉試副考官，遷禮部祠祭司員外郎。三十五年庚寅，充湖南鄉試副考官。三十六年辛卯，充會試同考官，遷刑部廣東司郎中，充四庫全書館纂修官，記名御史，年餘乞病歸。自是歷主講梅花、敬敷、紫陽、鍾山各書院，凡四十餘年。嘉慶十五年庚午，重赴鹿鳴宴，欽加四品頂戴。二十年九月十三日卒，春秋八十有五。羣弟子祀之鍾山書院。道光十二年十月，崇祀鄉賢祠。配張氏，某官某之女；繼配張氏，某官某之女：并封宜人。子三人：景衡、師古、雉。孫四人，曾孫二人。

先生外和而内介，義所不可，確然不易其所守。官刑部時，廣東巡撫某，擬一重辟案，不實，堂官與同列無異議。先生核其情，獨爭執平反之。乾隆、嘉慶之際，天下爭尚漢學，詆程、朱爲空疏無用。先生毅然起而正其非，嘗以爲論：繼孔、孟之統，後世君子必歸程、朱；士之欲與程、朱立異者，縱于學有得焉，猶不免爲賢知之過其下則肆焉爲邪説，以自飾其不肖者而已。於戲！若先生者，謂非獨立不懼之君子也哉！

先生于學無所遺，而尤工爲文。其文高潔深古，出自司馬子長、韓退之，而才斂于法，氣藴于味，斷然自成一家之文也。詩從明七子入，卒之兼體唐、宋，模寫之迹不存焉。書逼董元宰，蒼逸時欲過之。所著有九經説十七卷，三傳補注三卷，文集二十卷，詩集二十卷，筆記四卷，法帖題跋二卷，尺牘十卷，并刊行于世。

德旋既讀先生古文辭類篹，稍知爲文之法。其後獲見先生于鍾山，而請益焉。先生以禪喻文，謂須得法外意。德旋聞之，而若有證也，而先生亦深許德旋爲可與言文。然今德旋年且老矣，業不加進，慚負先生，尚何言哉！尚何言哉！嘗竊以謂立言之士，自元、明以來，才學兼擅，未有盛于先生也。雖然，吾能言之，疇克聽之？先生將有待也耶，抑無待也耶？固無待也，而若仍不能無待。嗟乎！其又可慨也已！

先生以某年□月□日葬某所，時未有爲之銘者。今先生之從孫瑩，以先生行狀及崇祀鄉賢録視德旋，乃擇其尤要者次爲文，刻之外碑。先生既歿而言立，足以垂世行遠，無所藉于德旋之文，夫亦用是以志仰止之忱而已矣！

道光十二年十一月，門下後學宜興吳德旋撰。

（吳德旋初月樓文續鈔卷八，花雨樓校本）

## 姚先生墓誌銘

毛嶽生

先生桐城姚氏，諱鼐，字姬傳，又字惜抱。元末遷自餘姚，始仕顯者，曰明右參政公旭，伉直敢言，嘗上書訟于忠肅公冤。數傳爲國初刑部尚書端恪公文然，數論事利害，盡蠲煩苛，表定律令，是爲先生高祖。曾祖士基，湖北羅田縣知縣，有惠政，卒，官民立祠祀。祖孔鋠，贈編修，晉朝議大夫。考淑，贈禮部員外郎。皆砥節貞確。妣陳氏，封恭人。

先生德器簡亮，勤學閎邃。甫冠，材行已焯。乾隆十五年，舉于鄉。久之，成進士，選庶吉士。散館，改主事，分兵部。尋補禮部儀制司。再遷至刑部廣東司郎中。先後充山東、湖南副考官，又一充會試同考官。既乞歸，用重赴鹿鳴宴，加四品銜。先生官刑部，平反重辟。爲考官，名得氣節通經士。四庫館啓，諸城劉文正公、大興朱學士筠，薦以所守官充纂修。時太夫人年益高，先生亟歸養。而于文襄敏中當國，欲先生一出其門，不可，遽引疾去。書成，多改遷官者，先生先已舉御史中選，大臣亦屬所親諷之出，卒辭謝。以學教授東南，逾四十年。嘉慶二十年九月十三日，卒于江寧鍾山書院，春秋八十五。越四年十一月某日，葬桐城南鄉大楊樹灣鐵門。

先生之學，不務表襮，根極性命，窮于道奥。昔儒碩究明德業，末流舛歧，乃益煩妄暗鄙，學者厭薄闕隙，掊擊援據浩博，日嘩衆追詬。先生惄然引爲己憂，綜貫奥賾，隱推角距，體履誠篤，守危導微。爲文章深醇精潔，達于古今通變用舍，務黜險詖釽亂，正人心學術。先生既殁，其道益昌，幾遏絶寖盛，功孰與并？然當論述蜂起，自天文、輿地、書數、訓詁、雜家，博巨毛髮，罔弗窮殫，智奪義屈，匪惑而尊，而獨不訹不撓，行軌言辟，抑亦偉已！性仁愛，雖貧乏，樂贍姻族。邑兩大祲，既書列荒政緩急，又出資以倡。賓接後進，色怡氣凝。教弟子必先行誼，故士出輒端慤有文。所著經説、詩文、三傳補注、老莊章義、古文辭類篹、書録、題跋、雜記、詩鈔，共一百五十二卷，俱刊。

再娶皆張氏。側室梁氏。子女六人。長景衡，舉人，江蘇泰興縣知縣。次師古、執雉，監生。執稚後從兄。女適望族。孫三：誦寶、同、潢。曾孫：聲。前夫人生一女。側室生執雉。後夫人不合祔，别葬長嶺先塋。

先生世父編修君範，問學沉淹，善考核傳記，爲世經師，又多聞師友賢者説文章要指。先生幼習其傳，用日恢耀。先生從孫瑩，編修君曾孫也，才智瑰異，克纂序官江東，與嶽生善。嶽生又學于先生，粗識儀則。始葬，僅志歲月。瑩曰：『是不可無文詞。』乃追刻銘藏于廟。辭曰：

維德有勇，孔聖所臧。既紹而開，形閴奚亡？匪虚是擴，匪賾是崇。性爲之防，學爲之墉。爰葩爰濬，勿坎勿陂。已窆鑽石，式麗牲詞。

（毛嶽生休復居文集卷五，嘉定黄氏道光刊本）

# 桐城姚氏薑塢惜抱兩先生傳

李兆洛

薑塢先生諱範，字南青。（下略）

惜抱先生諱鼐，字姬傳，薑塢先生弟淑之子。乾隆二十八年進士，以庶常散館，改禮部儀制司主事。三十三年，充山東副考官。三十五年，充湖南副考官。明年，充會試同考官。升刑部廣東司郎中，充四庫全書館纂修官。尋乞病歸。主講席于鍾山、敬敷、紫陽、梅花各書院四十餘年。嘉慶二十年九月十三日卒，年八十五。

桐城當康熙、雍正間，方學士苞力講求古文義法，天下始知宗尚歸氏熙甫，以上追司馬子長、韓退之，卓然爲古文導師。而劉上舍大櫆，復繼起相應和，天下以爲古文之傳在桐城。薑塢先生與大櫆善，盡得學士緒論。先生本所聞于家庭師友間者而益充，以浩博無涘之學，養之以從容中道之氣，遂以自成一家，爲後進典型。病時俗舍程、朱而宗漢，以爲枝之獵而去其根，細之搜而遺其巨，時時爲學者重言之。故其修道據德，實允迪之，品詣敦峻，無纖毫纇，亦其文之所以粹美也。所著九經説十七卷，文集二十卷，詩集二十卷，三傳補注三卷，法帖題跋二卷，筆記四卷。學者循是以求，亦可以見先生體用之一焉。

李兆洛曰：君子所尚，躬行而已。躬行而知行之難，然後其心坦以謐，其氣潛以温，其識宏以淳，而其言自不得不訒。凡爲言者，皆宜如是也。而況讀聖賢之遺經，尋求其義類，以自抒其所得者哉！明之時，學者不能行程、朱之行，而夸言程、朱之言；今之時，不屑言程、朱之言，而并蔑程、朱之行。一襲取以爲名，一旁馳以求勝，大抵不足于内焉耳。薑塢先生淵詣極理，而欿然不肯著書以自襮。惜抱先生清明在躬，蓄雲泄雨，文章爲光岳于天下。兩先生之躬行同也，故不言文而其言立，片語破惑，單義樹鵠，有若蓍蔡；其發而爲文，則明晰黑白，流示乎尹，穆然和順于道德也。讀先生遺書，求得行事始末，恨不得在弟子之列，故私録其概，時觀省焉。

（李兆洛養一齋文集卷十三，咸豐二年原刊，光緒戊寅重刊本）

## 朝議大夫刑部郎中加四品銜從祖惜抱先生行狀

姚　瑩

曾祖諱士基，康熙舉人，湖北羅田縣知縣。

祖諱孔鋏，皇贈文林郎、翰林院編修，晉贈朝議大夫。

考諱淑，皇贈朝議大夫、禮部員外郎。

嘉慶二十年九月，惜抱先生卒于江寧鍾山書院。從孫瑩在京師，聞之哀愴涕泣，戚友咸唁，乃卜日設奠于都城之西，爲之主而哭之。越日，先生之門人、前江南道監察御史、翰林院編修陳君用光語瑩曰：『吾師以德行、文章爲後學師表者四十餘年，所當上之史館。其生平出處、言行之大，綴而狀之，弟子之責也。子與先生屬最親，曷條其略？』瑩無似，不能有所撰述，以表先生，副侍御之屬，謹以所知對。

先生名鼐，字姬傳，世爲桐城姚氏，先刑部尚書端恪公之玄孫也。先生少時家貧，體弱多病，而嗜學澹榮利，有超然之志。先曾祖編修薑塢府君，先生世父也，博聞强識，誦法先儒，與同里方苧川、葉花南、劉海峯諸先生友善，諸子中獨愛先生，每談必令侍。方先生論學宗朱子，先生少受業焉。尤喜親海峯，客退，輒肖其衣冠談笑爲戲。編修公嘗問其志，曰：義理、考證、文章，殆闕一不可。編修公大悦，卒以經學授先生，而别受古文法于海峯。

乾隆十五年，舉于鄉。會試罷歸，學益力，疏食或不給，意泊如也。二十五年，丁贈朝議公艱。越三年，中禮部試，殿試二甲進士，授庶吉士。散館，改禮部儀制司主事。三十三年，充山東副考官，還，擢員外郎。逾年，再充湖南副考官。明年，充恩科會試同考官，改擢刑部廣東司郎中。四庫館啓，選一時翰林宿學爲纂修官，諸城劉文正公、大興朱竹君學士咸薦先生，以所守官入局。時非翰林爲纂修者八人，先生及程魚門、任幼植尤稱善。金壇于文襄公雅重先生，欲一出其門，竟不往。書竣，當議遷官，文正公以御史薦，已記名矣，未授而公薨，先生乃決意去，遂乞養歸里，乾隆三十九年也。

先是，館局之啓，由大興朱竹君學士見翰林院貯永樂大典中多古書，爲世所未見，告之于文襄，奏請開局重修，欲嘉惠學者。既而奉旨搜求，天下藏書畢出。于是，纂修者競尚新奇，厭薄宋、元以來儒者，以爲空疏，掊擊訕笑之不遺餘力。先生往復辨論，諸公雖無以難，而莫能助也。將歸，大興翁覃溪學士爲敘送之，亦知先生不再出矣，臨行乞言，先生曰：『諸君皆欲讀人未見之書，某則願讀人所常見書耳。』

梁階平相國屬所親語先生曰：『若出，吾當特薦。』先生婉謝之，集中所爲覆張君書也。

先生以爲：國家方盛，時書籍之富，遠軼前代，而先儒洛、閩以來，義理之學，尤爲維持世道人心之大，不可誣也。顧學不博不可以述古，言無文不足以行遠。世之孤生，徒抱俗儒講説，舉漢、唐以來傳注屏棄不觀，斯固可厭。陋而矯之者，乃專以考訂、訓詁、制度爲實學，于身心性命之説，則斥爲空疏無據。其文章之士，又喜逞才氣，放蔑禮法，以講學爲迂拙。是皆不免于偏蔽。思所以正之，則必破門户，敦實踐，倡明道義，維持雅正。乃著九經説，以通義理、考訂之郵；選古文辭類纂，以盡古今文體之變；選五七言詩，以明振雅祛邪之旨。

嘉定錢獻之，以考證名，尤精小學。先生贈之序曰：（下略）

又與魯賓之論文曰：（下略）

既還江南，遼東朱子潁爲兩淮運使，延先生主講梅花書院。久之，書紱庭尚書總督兩江，延主鍾山書院。自是揚州則梅花，徽州則紫陽，安慶則敬敷，主講席者四十年。所至，士以受業先生爲幸，或越千里從學。四方賢俊，自達官以至學人，士過先生所在，必求見焉。錢塘袁子才，詞章盛一時，晚居江寧。先生故有舊，數與往還。子才好毁宋儒，先生與之書曰：『儒者生程、朱之後，得程、朱而明孔、孟之旨，程、朱猶吾父師也。然程、朱言或有失，吾豈必曲從之哉？程、朱亦豈不欲後人爲論而正之哉？正之可也。正之而詆毁之，訕笑之，是詆毁父師也。且其人生平不能爲程、朱之所行，而其意乃欲與程、朱爭名，安得不爲天下之所惡乎！』

先生貌清而癯，而神采秀越，風儀閑遠，與人言終日不忤，而不可以鄙私干。自少及耄，未嘗廢學，雖宴處，常静坐終日無惰容，有來問則竭意告之，喜導人善，汲引才俊如恐不及，以是人益樂就而悦服。雖學術與先生異趣者，見之必親。南康謝藴山方伯，見先生退而嘆曰：『姚先生如醴泉芝草，使人見之，塵俗都盡。』青浦王蘭泉侍郎，晚歲家居，集海内人詩，至先生，曰：『姬傳藹然孝弟，踐履純篤，有儒者氣象。』其見重如此。禮恭親王薨，遺教必得姚某爲家傳。德化陳東浦方伯，未卒前一歲，屬先生曰：『某死必得先生文，以志吾墓。』新城魯絜非，以文章名江右，始學于閩中朱梅崖先生。梅崖于當世文少所推許，獨心折先生，以爲不及。魯乃渡江就訪，使諸甥受業。

自康熙朝方望溪侍郎以文章稱海内，上接震川，爲文章正軌，劉海峯繼之益振，天下無異詞矣。先生親問法于海峯，海峯贈序盛許之。然先生自以所得爲文，又不盡用海峯法。故世謂望溪文質，恒以理勝；海峯以才勝，學或不及；先生乃理文兼至。方、劉皆桐城人也，故世言文章者，稱桐城云。

嘉慶十一年，復主鍾山書院。十五年，值鄉試，與陽湖趙甌北兵備重赴鹿鳴宴，詔加四品銜。先生年八十矣，神明如五六十時，行不撰杖。兵備年亦八十二，觀者以爲盛。先是，先生居江寧久，喜登攝山，嘗有卜居意，未決，遷延不果，歸。二十年七月微疾，九月一夕卒于院中，年八十五。門人共治其喪。

生平所修四庫書及廬州府志、江寧府志、六安州志官書别刻外，自著九經説十九卷，三傳補注三卷，老子章義一卷，莊子章義十卷，惜抱軒文集十六卷，文後集十二卷，詩集十卷，書録四卷，法帖題跋一卷，筆記十卷，古文辭類篹四十八卷，五七言今體詩鈔十六卷，門人爲鏤版行世。

先生兩主鄉試，一爲會試同考官，所得士爲多，涪州周興岱、昆明錢御史灃、曲阜孔檢討廣森，其最也。門人守其經學、爲詩古文者十數輩，皆知名。尤愛潔行潛志之士。上元汪兆虹志高而行芳，學必以程、朱爲法，年二十六卒。先生深惜之，爲志其墓，謂眞能希古賢人而異乎世之學者，生也。

先生之受經學于編修薑塢府君也。編修之學，以博爲量，而取義必精，于書無所不窺，論辨條記甚多，而不肯撰述。編修公已没，先生欲修輯遺説，編纂成書而不就，仿日知録例，成經史各一卷，曰援鶉堂筆記，以授瑩，使卒其業，且戒之曰：『纂輯筆記，此即著書，不可苟作，大約欲少而精，不欲多而蕪。近人著書以多爲貴，此但取欺俗人耳，吾閲之乃無有也。』瑩受教，未及成書，而先生歿矣。

先生原配張宜人，故黄州府同知諱某公女，生一女而卒。繼娶宜人之從妹，故四川屏山縣知縣諱曾敏公女，生二子、二女。長景衡，乾隆五十七年舉人，江蘇泰興縣知縣；次師古。長女嫁張元輯；次嫁張通理；三適潘玉。側室梁氏生一子執雉。以執雉後從兄羲輪，乾隆十八年舉人，廣西南寧府同知，編修仲子也。

十一月，從孫瑩謹狀。

（姚瑩東溟文集卷六，臺灣文海出版社影印本）

## 姚先生行狀

陳用光

先生諱鼐，字姬傳，一字夢穀，嘗顔其所居曰『惜抱軒』，學者稱之曰惜抱先生。先世自餘姚遷桐城，遂世爲桐城人。自明以來，代有明德。入國朝，刑部尚書端恪公文然，先生之高祖也。先生以乾隆庚午舉于鄉，癸未成進士，改庶吉士。丁父憂歸，服闋，散館，改兵部主事。年餘，移補禮部儀制司。戊子，爲山東鄉試副考官，還，擢儀制司員外郎，記名御史。庚寅，爲湖南鄉試副考官。辛卯，爲會試同考官，擢刑部廣東司郎中。四庫全書館啓，以大臣薦，徵爲纂修官，年餘乞病歸。自是主講于江南，爲梅花、紫陽、敬敷、鍾山書院山長者四十餘年。嘉慶庚午，以督撫奏，重赴鹿鳴宴，詔加四品銜。乙亥九月十三日，以疾卒于鍾山書院。距生于雍正九年十二月二十日，享年八十有五。

自康熙年間，方侍郎以經學、古文名天下，同邑劉海峯繼之，天下言古文者，咸稱桐城矣。先生世父薑塢編修，與海峯故友善也。先生涵揉見聞，益以自得，刊落枝葉，獨見本根。其論學以程、朱爲宗，其爲文與司馬、韓、歐諸君子有相遇以天者。自其官京師時，有所作必歸于扶樹道教，講明正學，若集中贈錢獻之序是也。及既歸，益務治經，所著經説，發揮義理，輔以考證，而一行以古文法。居揚州時，與歙吴殿麟定同居梅花書院，嘗以所作視殿麟，殿麟以爲不可，即竄易至數四，必得當乃止。殿麟，海峯弟子也。殿麟嘗語用光曰：『先生虚懷取善，雖才不己若者，苟其言當，必從之。』于爲文尚如是，于爲學可知也。故退居四十餘年，學日以盛，望日以重。其初學者尚未知信從，及既老而依慕之者彌衆，咸以爲詞邁于望溪，而理深于海峯，蓋天下之公言，非從游者阿好之私也。

先生色夷而氣清，接人極和藹，無貴賤皆樂與盡歡，而義所不可，則確乎不能易其所守。當纂修四庫書時，于文襄聞先生名，欲招致之門下，卒謝不往。及既歸，猶使人諷起之，終不行，集中復張君書是也。當鍾山書院時，袁簡齋以詩號召後進，先生與異趨，而往來無間。簡齋嘗以其門人某屬先生，爲許以執贄居門下，先生堅辭之。及簡齋殁，人多毁之者，或且規先生謂不當爲作志，先生曰：『設余康熙間爲朱錫鬯、毛大可作志，君許之乎？』曰：『是固宜也。』先生曰：『隨園正朱、毛一例耳。其文采風流有可取，亦何害于作志乎？』蓋先生存心之厚，多如此。

先生既歲主講書院，所得束修及門生羔雁、故舊贈遺，以資宗族知交之貧者，隨手輒盡，毫髮不爲私蓄計。及晚歲，始以千金購田于江浦，蓋欲爲移居江寧計也。然終亦斥去，迨既卒，乃無以爲歸資也。

先生當疾革時，遺書示兒子云：『人生必死，吾年八十有五，死何憾哉！吾棺不得過七十金，緜不得過十六斤。凡親友來助喪事者，便飯而已。不得用鼓樂。諸事稱此。汝兄弟不得以財帛之事而生芥蒂，毋忘孝友。』嗚呼！觀先生此書，其不數鄭康成之戒子益恩矣。

先生論學既兼治漢、宋，而一以程、朱爲宗。其誨示學者，懇切周至，不憚繁舉。嘗謂説經，古今自有眞是非，循一時人之好尚，如近年海内諸賢所持漢學，與明以來講章諸君何以大相過哉！夫漢儒之學非不佳也，而今之爲漢學乃不佳，偏徇而不論理之是非，瑣碎而不識事之大小，嘵嘵聒聒，道聽途説，正使人厭惡耳。且讀書者，欲有益于吾身心也。程子以記史書爲玩物喪志，若今之爲漢學者，以搜殘舉碎、人所少見者爲功，其爲玩物不彌甚耶？又曰：『凡爲經學者，所貴乎此心閎通明徹，不受障蔽。爲漢學者，不深則不能入，深則障蔽生矣。』嗚呼！以先生之論，合觀于先生之制行，其于義理之辨，可謂審之明而守之篤矣。

先生論文，舉海峯之説而更詳著之。嘗編次論説爲古文辭類纂，其類十三，曰：論辨類，序跋類，奏疏類，書説類，贈序類，詔令類，傳狀類，碑志類，雜記類，箴銘類，頌贊類，辭賦類，哀祭類。一類内而爲用不同者，别之爲上下編。曰：『凡文之體類十三，而所以爲文者八：神、理、氣、味、格、律、聲、色。神、理、氣、味者，文之精也；格、律、聲、色者，文之粗也。然苟舍其粗，則精者亦胡以寓焉？學者之于古人，必始而遇其粗，中而遇其精，終則御其精而遺其粗。文士之效法古人，莫善于退之，盡變古人形貌，雖有摹擬，不可尋而得其迹。其他雖工于學古，而迹不能忘。揚子雲、柳子厚于斯尤甚焉，以其形貌之過于似古人也而遽擯之，謂不足于文章之事，則過矣；然遂謂非學者之一病，則不可也。』

其論詩，以爲如漁洋之詩鈔，可謂當人心之公者也。然其論止古體，而不及今體，至今日而爲今體者，紛紛歧出，多趨訛謬，風雅之道日衰。因取唐以來詩人之作，迄于南宋，采録用之，爲五七言今體詩鈔二集十八卷，已刊行。

其古文辭類纂卷帙多，尚未刊行。然自明以來，言古文者，莫詳于先生云。

先生始娶張孺人，前卒。生一女，適張元輯，前卒。繼娶張宜人，生子二：景衡，壬子舉人，戊辰大挑知縣，今補泰興縣；師古，監生。女二：長適張通理，次適潘玉。側室梁氏，生子一：雉，業儒。孫四：晟芳、暘，景衡出；誦，師古出；楢，雉出。女孫三。曾孫一：聲；曾孫女一，俱幼。

用光自庚戌歲謁先生于鍾山書院，及癸丑受業于鐘山者八閲月，自後以書問請業，辱先生所以期望之者甚至，而迄今無所成就。今聞先生之喪，蓋失所依歸，有甚于他門弟子者矣。先生居家孝友，睦姻任恤之詳，用光不及知者，致書與景衡兄弟，俟其詳列而編次之。兹先以先生平日爲學爲文之大旨，所昔聞而略知之者，論次之如右，以待國史之采擇。

（陳用光太乙舟文集卷三，清頌堂叢書道光庚子本）

## 桐城耆舊傳·姚鼐

馬其昶

姚先生諱鼐，字姬傳，一字夢穀，名其軒曰『惜抱』，學者稱惜抱先生。

當乾、嘉之際，先生以善爲詩、古文辭名天下。桐城古文之傳自望溪侍郎，劉海峯學博繼之。先生少傳業伯父薑塢編修，而親受文法于學博。聰明壽考，不營世榮，以肆于學，徒衆彌盛。于是，撰古文辭類篹七十四卷，以盡古今文體之則；鈔五七言今體詩十六卷，以明振雅祛邪之旨。歷城周編修書昌爲語曰：『天下文章，其在桐城乎！』因有『桐城宗派』之目。近時，湘鄉曾文正公益推衍之，明其統系，被及數省；又以先生閎識遠抱，上以躋諸古仁聖賢人之列，而自附于私淑之徒，由是，其學益大振。

先生祖孔鋠，府學增生，早卒。二子：長薑塢編修；次諱淑，先生父也。母陳氏，雍正初進士、臨海令諱暠鑑女，旌節孝。

先生乾隆二十八年進士，選庶常，改禮部主事，充山東、湖南副考官，會試同考。得士孔檢討廣森、錢通政灃尤知名。再遷刑部郎中。諸城劉文正公、大興朱竹君學士薦入四庫館，爲篹修官。時非翰林與篹修者八人，先生及戴東原、程魚門、任幼植爲尤著。書竣，文正以御史薦，記名矣。未幾，文正薨，遂乞養歸。梁階平相國屬所親趣先生出，當疏薦，先生謝之，集中所爲復張君書也。

自乾隆中葉，海内魁儒風尚漢學，而河間紀文達公爲書局總纂，尤喜隱譏宋儒義理之説。先生獨謂：『漢儒承秦滅學之後，各抱一經，師弟傳受，不相通曉。久之，通儒漸出，貫穿羣經，左右證明，擇其長説。及其敝也，雜之以讖緯，亂之以怪辟猥碎，世又譏之。蓋魏晉之間，空虚之談興，以章句爲塵垢，放誕頽壞，迄亡天下。自是，南北乖分，學術異尚五百餘年。唐一天下，兼採南北之長，定爲義疏，明示統貫，而所取或是或非，未有折衷。宋之時，眞儒乃得聖人之旨，羣經略有定説。元、明守之，著爲功令。當明，佚君亂政屢作，士大夫維持綱紀，明守節義，使明久而後亡，其宋儒論學之效哉！且夫天地之運，久則必變。是故夏尚忠，商尚質，周尚文。學者之變也，有大儒操其本而齊其弊，則所尚也賢于其故，否則不及其故，自漢以來皆然已。明末至今日，學者頗厭功令所載爲習聞，又惡陋儒不考古而蔽于近，于是專求古人名物、制度、訓詁、書數，以博爲量，以窺隙攻難爲功，其甚者欲盡舍程、朱，而宗漢之士，獵枝去根，蒐細遺鉅，寧非蔽與？夫漢人之爲言，非無有善于宋而當從者，博聞强識，以助宋君子之所遺，則可也；以將跨越宋君子，則不可也。』故其論學以義理、考據、辭章三者不可偏廢。必義理爲質，而後文詞有所附，考據有所歸，一編之内，惟此尤兢兢。

告歸之年，甫逾强仕。當時已負天下重名，使循資以進，固可迴翔至卿貳，而超然高舉不俟終日者，徒以論學不能苟同也。自是，歷主鍾山、梅花、紫陽、敬敷書院數十年。家貧，逾八十猶資教授以生，竟卒于外。可謂大雅宏達，特立不惑之君子已！

其論文，以謂：『天地之道，陰陽剛柔而已。文者，天地之精英，而陰陽剛柔之發也。二者糅，而氣有多寡進絀，則品次億萬以至于不可窮。糅而偏勝可也，偏勝之極，一有一絶無，與夫剛不足爲剛、柔不足爲柔者，皆不可以言文。』又謂：『文事所能致力者，陳義理必明當，布置取舍繁簡不失法，辭雅馴不蕪。古今至此者不數得，然尚非文之至。文之至者，通乎神明，人力不及施也。』蓋其學深造自得，故多詣極之言。

清約寡欲，與人處終日無忤，自然高邁。少羸善病，及嘉慶十五年，年八十，與陽湖趙先生翼重赴鹿鳴筵宴，神明如五六十時，詔加四品銜。又五年卒，祀鄉賢。

所自箸書，曰九經説十九卷，三傳補注三卷，老子章義一卷，莊子章義十卷，惜抱軒文集十六卷，文後集十二卷，詩集十卷，法帖題跋一卷，筆記十卷，書録四卷，尺牘十卷。

三子：長景衡，字庚甫，乾隆五十七年舉人，江蘇泰興知縣，天才超絶，有思復堂集。次師古、執雉。曾孫聲，字澄士，居貧厲節，不失世守。

馬其昶曰：宗派之説，達者所嗤。然經學貴家法，文章有承傳，湘鄉之論不忘本始，可云至厚。善哉，先生之言曰：『有所法而後能，有所變而後大。』儧張圭臬，高語『能』『變』，匪所知已。涇包先生世臣善評書，推鄧山人、劉文清公及先生爲國朝書家之冠，故先生非獨詩文美也，其翰墨亦絶爲世重。

（馬其昶桐城耆舊傳卷十，黄山書社二〇一三年版）

# 清史稿·姚鼐傳

姚鼐，字姬傳，桐城人，刑部尚書文然玄孫。乾隆二十八年進士，選庶吉士，改禮部主事。歷充山東、湖南鄉試考官，會試同考官，所得多知名士。四庫館開，充纂修官。書成，以御史記名，乞養歸。

鼐工爲古文。康熙間，侍郎方苞名重一時，同邑劉大櫆繼之。鼐世父範與大櫆善，鼐本所聞于家庭師友間者，益以自得，所爲文高簡深古，尤近歐陽修、曾鞏。其論文根極于道德，而探原于經訓。至其淺深之際，有古人所未嘗言。鼐獨抉其微，發其藴，論者以爲辭邁于方，理深于劉。三人皆籍桐城，世傳以爲桐城派。

鼐清約寡欲，接人極和藹，無貴賤皆樂與盡歡；而義所不可，則確乎不易其所守。世言學品兼備，推鼐無異詞。嘗仿王士禛五七言古體詩選，爲今體詩選，論者以爲精當云。自告歸後，主講江南紫陽、鍾山書院四十餘年，以誨迪後進爲務。嘉慶十五年，重赴鹿鳴，加四品銜。二十年，卒，年八十有五。所著有九經説十七卷，老子莊子章義，惜抱軒文集二十卷，詩集二十卷，三傳補注三卷，法帖題跋二卷，筆記四卷。

子景衡，舉人，知縣，有雋才。鼐故工書，景衡學其筆法，能亂眞。

（清史稿列傳二七二，文苑二，中華書局一九八七年版，第一三三九五—一三三九六頁）

# 清史列傳·姚鼐傳

姚鼐，字姬傳，安徽桐城人。乾隆二十八年進士，改翰林院庶吉士，散館授兵部主事，轉禮部。三十三年，充山東鄉試副考官。三十五年，充湖南鄉試副考官。三十六年，充會試同考官。累遷至刑部郎中，記名御史。四庫館開，以大臣薦，爲纂修，年餘乞病歸。鼐少家貧，體羸多病而嗜學。時侍郎方苞以古文鳴當世，上接震川，同邑劉大櫆繼之。鼐世父範與大櫆友善，範嘗問鼐志，曰：『義理、考證、文章，闕一不可。』範乃以經學授鼐，而命鼐受古文法於大櫆。然鼐本所聞於家庭師友間者，益以自得，不盡用大櫆法也。所爲文高簡深古，尤近司馬遷、韓愈。其論文，根極於性命，而探原於經訓。至其淺深之際，有古人所未嘗言，鼐獨抉其微而發其蘊。論者以爲辭邁於方氏，而理深於劉氏焉。

鼐爲學博集漢儒之長，而折衷於宋。嘗與人書云：『秦、漢以來，諸儒説經者，合與離固非一途。程、朱出，多得古人精深之旨，而其生平修己立德，又實足踐行其言，爲後世之所向慕，故元、明皆以其學取士。自利禄之途開，爲其學者，以爲進趨富貴而已。其言有失，奉而不敢稍違；其得，亦不知所以爲得，斯固數百年來之陋習。今世學者，乃思一切矯之，專宗漢學，以攻駁程、朱爲能，倡於一二專己好名之人，而相率而效者，遂大爲學術之害。夫漢人之爲言，非無有善於宋而當從者也，博聞强識以助宋君子所遺可也，以將跨越宋君子則不可也。』又送錢坫序略云：『孔子没而大道微。漢儒承秦滅學後，始立專門，各矜師授。久之，通儒漸出，貫穿羣經，擇其長説，其敝也雜以讖緯，亂以怪僻猥碎。魏、晉之間，空虛之談興，以清言爲高，以章句爲塵垢。自是，南北乖分，學術異尚，五百餘年。唐一天下，兼采衆長，定爲義疏，而所取或是或非，未有折衷。宋之時，眞儒乃得聖人之旨，羣經略有定説。元、明守之，著爲功令。明末至今，學者頗厭功令所載爲習聞，又惡陋儒不考古而蔽於近，於是專求古人名物、制度、訓詁、書數，以博爲量，以闚隙攻難爲功。甚者欲盡舍程、朱而宗漢，枝之獵而去其根，細之蒐而遺其鉅，夫豈非蔽與？』又曰：『説經古今自有眞是非，勿徇時人之好尚。如近年海内諸賢所持漢學，與明以來講章諸君何以大相過哉？夫漢儒之學，非不佳也，而今之爲漢學乃不佳，偏徇而不論理之是非，瑣碎而不識事之大小，嘵嘵聒聒，道聽途説，正使人厭惡耳。且讀書者，欲有益於身心也。程子以記史書爲玩物喪志，若今之爲漢學者，以搜殘舉碎、人所少見者爲功，其爲玩物不彌甚耶？』同時袁枚、紀昀頗詆宋儒，鼐嘗直斥其非。翁方綱向鼐乞言，鼐曰：『諸君皆欲讀人間未見書，鼐則願讀人間所常見書耳。』

生平虛懷善取，在揚州與吳定居最久，有所作以示定，定所不可，輒竄易至數四，必得當乃已。所編古文辭類纂，言文之體類十有三，而所以爲文者八：神、理、氣、味，文之精也；格、律、聲、色，文之粗也。學者於古人必始遇其粗，中遇其精，終則御其精而遺其粗。論者謂自明以來言古文者，莫詳於鼐。鼐與方苞、劉大櫆皆籍桐城，世稱之爲『桐城派』。詩從明七子入，而以融會唐、宋之體爲宗旨。嘗仿王士禛五七言古體詩選爲今體詩選，人皆謂爲精當云。

鼐色怡而氣清，接人極和藹，無貴賤皆樂與盡歡，而義所不可，則確乎不易其所守。世言品學兼備，推鼐無異詞。自告歸後，主講江南紫陽、鍾山各書院者四十餘年，諄諄以誨迪後進爲事。嘉慶十五年，重赴鹿鳴宴，恩加四品銜。二十年，卒，年八十五。所著有九經説十九卷，三傳補注三卷，老子章義一卷，莊子章義十卷，惜抱軒文集十六卷，文後集十二卷，詩集十卷，書録四卷，法帖題跋一卷，筆記十卷。（清史列傳卷七二，文苑傳三，中華書局一九八七年版）

## 桐城文學淵源考·姚鼐

劉聲木

姚鼐，字姬傳，一字夢穀，桐城人。乾隆癸未進士，官刑部郎中，記名御史。嘉慶庚午，重宴鹿鳴，賞四品銜。方康、雍時，方苞以古文名天下，同邑劉大櫆、姚範繼之，鼐親受文法于劉、姚。本所聞于家庭師友間者，益以自得，治之益精，所得實臻古人勝境，加以才藻縱橫，足爲一代宗主。所爲文高簡深古，才斂于法，氣藴于味，尤近司馬遷、韓愈。詩亦有標格，正而能雅，勁氣盤折，能以古文義法通之于詩。其論文，根極于性命，而探源于經訓，至其淺深之際，有古人所未嘗言，鼐獨抉其微而發其藴。歷主梅花、鍾山、紫陽、敬敷等書院講席四十年，士子以得及門爲幸。撰惜抱軒集□種，所選古文辭類纂七十四卷，超然遠識，古雅有法，奄出歷代選本之上，爲六經以後第一書，尤爲海内所傳誦；世之欲學文者不由是而進之，譬由行荆棘而棄康莊，欲至國都，不可得也。

【補遺】姚鼐，字亦作稽川，官刑部廣東司郎中。謝官出都，朱孝純遺人迓至揚州，以新築梅花書院居之。生平學問究極根柢，閎覽博物，而甄别正僞，一以朱子爲指歸，其于斯文世道維持之功甚偉。其學不求博而求精，其才不求異而求確，其識不求虚而求實；最善反復句讀，沉潛義訓，因以見古人立言之旨。古文承方、劉之緒而昌大之，雖自謝才弱，然和而不刻，精而不浮；其氣斂而不放，其神静而不散，其尤盛者空明澄澈，含咀靡盡。詩從明七子入，卒能體兼唐、宋，模寫之迹不存，其才氣用于詩，有餘不見薄弱。經説、筆記、補注等集深思曲筆，實足以冠絶古今，間有發鄭、孔所未發者。惜抱軒尺牘委曲詳盡，平正深通，無過情誕謾之詞，有直諒温惠之風。論詩文語之多，近代鮮儷之者，其語雖平易，而意議率精。書逼董元宰，蒼逸時欲過之。桐城自方苞、劉大櫆既殁，惜抱軒文集乃更盛行于時，用是言古文者益推桐城爲正宗；否則，雖有高才博學，聲譽氣魄，足以凌厲一時，卒擯之使不得與于文章之事。其難如此，後人宜知所從事矣。

（劉聲木桐城文學淵源考卷四，黄山書社二〇一二年版）

## 皖志列傳稿·姚鼐傳

姚鼐，字姬傳，一字夢穀，桐城人也。自名其軒曰『惜抱』，學者稱惜抱先生。先世於元末自餘姚遷於皖。明右參政旭，號伉直，疏訟于忠肅冤。及鼐高祖刑部尚書文然，又爲名臣。曾祖士基，知羅田縣，有惠政，已詳姚範傳。祖孔鋏，贈編修。父淑，贈刑部郎中。皆砥節貞亮。母陳，以節孝旌。鼐世父範，誦法先儒，尤博聞强識，與方澤、葉酉及劉大櫆等友善。範於諸子中獨重鼐，授之學，而使鼐兼事方、劉。鼐幼，輒仿諸先生衣冠談笑爲戲。本所聞於家庭師友間，趨向固已端矣。舉乾隆癸未進士，選庶常，改兵部主事，轉禮部，典山東、湖南鄉試，累遷刑部郎中。劉統勳、朱筠薦充四庫全書纂修官。纂修官，翰林職也。而鼐與休寧戴震、興化任大椿、歙程晉芳等八人，獨破格得預。書成，以御史薦，記名矣，遽乞養歸。

自乾隆中葉，海内經學大師，始嚴漢、宋之辨，藩籬高峻。惠棟、錢大昕、金榜、戴震爲之魁，而紀昀以詭辯小慧博上眷，直文淵閣事，總纂書局，尤喜隱詆宋儒，以嘩世盗名。鼐獨以爲漢儒承秦滅學之後，始立專門，各抱一經，師弟傳受，儕偶怨怒嫉妒，不相通曉。其於聖人之道，猶築垣而塞門巷也。久之，通儒漸出，貫穿羣經，左右證明，擇其長説。及其敝也，雜之以讖緯，亂之以怪僻猥碎，世又譏之。魏晉之間，空虛之談興，以清言爲高，以章句爲塵垢，放誕頽壞，迄亡天下。然世或愛其説辭，不忍廢也。自是南北乖分，學術異尚，五百餘年。唐一天下，兼采南北之長，定爲義疏，明示統貫，而所取或是或非，未有折衷。宋之時，眞儒乃得聖人之旨，羣經略有定説。元、明守之，著爲功令。當明，佚君亂政屢作，士大夫執綱紀，守節義，之死不屈，使明久而後亡，其宋儒論學之效哉！且夫天地之運，久則必變。是故，夏尚忠，商尚質，周尚文，學術之變也。有大儒操其本而齊其弊，則所尚也賢於其故，否則不及其故，自漢以來皆然已。明末至今日，學者頗厭功令所載爲習聞，又惡陋儒不考古而蔽於近，於是專求古人名物、制度、訓詁、書數，以博爲量，以闚隙攻難爲功，甚者欲盡舍程、朱而宗漢之士，枝之獵而去其根，細之蒐而遺其鉅，夫寧非蔽歟！鼐之論學，義理、考據、詞章，三者不偏廢。必義理有質，而後文詞有所附，考據有所歸。一編之内，三致意焉。然當世論述蜂起，援據浩博，羣誹衆難，闚隙蹈瑕，一集矢於宋儒。

鼐掌教東南四十年，歷主梅花、敬敷、紫陽、鍾山書院，誾誾侃侃，守正不撓，辭體雅潔，不失儒者法度。賓接後進，氣凝色怡。士守其教，咸端慤有文。桐城家法，至是乃立。流風餘韻，南極湘、桂，北被燕、趙。然鼐於文章、經術、義理之外，詩、詞、書、畫無不精究，尤精力之過絶人。其在京師也，嘉定王鳴盛昌言於衆曰：『姬傳精心果力，吾向欲避之三舍。今聞其博涉多通，事事欲造峯極，此梧鼠五技，終乃得窮，敗之道也。其不足慮焉矣。詩曰：「淑人君子，其儀一兮，心如結兮。」言結於一也。』戴震聞之以告鼐，鼐於是屏繪事，廢長短句不爲（此節係姚仲實先生告余），而書法已臻妙品，故包世臣論書，取以媲劉墉、鄧石如云。自方苞以文學士精究三禮，其術不如張爾岐、江永之醇，動致疑於鄭氏，洎其説之難通，則并經而疑且改之。葉酉嘗師苞，往往不免於師心。姚範斷斷，時相駁正。鼐著九經説，通義理、考訂之郵，輒矜慎無瑕纇。平生行誼，尤介特有風骨。方纂修四庫書時，大學士于敏中重鼐文章名，欲致之門下，謂可平歷卿貳，鼐不可。及其歸，而大學士梁國治諷之出，得疏薦於朝，辭焉。鼐主鍾山書院最久，晚歲始購田江浦，欲移居金陵，卒以貧故，復斥去之。嘉慶庚午，與趙翼、姜縭山、施弈學、周春林、田培共赴鹿鳴宴。乙亥卒，年八十有五。弟子名者上元梅曾亮、管同，桐城方東樹、姚瑩、劉開，宜興吴德旋，新城陳用光，寶山毛嶽生，婁縣姚椿。所著九經説、三傳補注、老子章義、莊子章義、文集、詩集、筆記、法帖題跋、書録、尺牘。子景衡，字庚甫，舉人，知泰興縣，有思復堂集；次師古、執雉。曾孫聲，字澄士，居貧厲節，不失世守。

（金天翮皖志列傳稿卷三）

# 附録三　諸家評論

## 上曹儷笙侍郎書

惲　敬

（上略）後與同州張皋文、吳仲倫、桐城王悔生游，始知姚姬傳之學出于劉海峯，海峯之學出于方望溪。及求三人之文觀之，未足以饜其心之所欲云者。由是，由本朝推之于明，推之于宋、唐，推之于漢于秦，齗齗焉析其正變，區其長短，然後知望溪之所以不滿者，蓋自厚趨薄，自堅趨瑕，自大趨小；而其體之正，不特遵岩、震川以下未之有變，即海峯、姬傳亦非破壞典型、沉酣淫詖者，不可謂傳之盡失也。若是，則所謂爲支、爲敝、爲體下，皆其薄、其瑕、其小爲之。如能盡其才與學以從事焉，則支者如山之立，敝者如水之去腐，體下者如負青天之高，于是積之而爲厚焉，斂之而爲堅焉，充之而爲大焉，且不患其傳之盡失也。（下略）

（惲敬大云山房文稿卷三，光緒刻本）

## 惜抱軒詩文

姚　瑩

惜抱軒詩文，皆得古人精意。文品峻潔似柳子厚，筆勢奇縱似太史公。若其神骨幽秀、氣韻高絕處，如入千巖萬壑中，泉石松風，令人泠然忘返，則又先生所自得也。或謂文學六一，余意不爾。集中文以記、序、墓志爲最，銘辭不作險奧語，而蒼古奇肆，音節神妙，殆無一字湊泊。昔范蔚宗自稱其後漢書論贊，以爲奇作，吾于先生碑銘亦云。

文章最忌好發議論，亦自宋人爲甚，漢、唐人不然。平平説來，斷制處只一筆兩筆，是非得失之理自了，而感慨詠嘆，旨味無窮。此蓋文章深老之境，非精于議論者不能，東坡所謂絢爛之極也。先生文不輕發議論，意思自然深遠，實有此意，讀者言外求之。

（姚瑩識小録卷五，黄山書社一九八九年版）

## 初月樓古文緒論

吴德旋

姚惜抱享年之高，略如海峯，而好學不倦，遠出海峯之上，故當代罕有倫比。揀擇之功，雖上繼望溪，而迂回蕩漾，餘味曲包，又望溪之所無也。敘事文惲子居亦能簡，然不如惜抱之韻矣。

（吴德旋初月樓古文緒論，人民文學出版社一九六一年版，第三一頁）

## 惜抱軒文録引

李祖陶

惜抱軒先生之文，渺衆慮而爲言者也。蓋生方、劉二公之後，欲如望溪之正大而不能，欲爲海峯之横肆而不敢，且非惟不敢也，亦實有矯之之意焉。蓋海峯之于文肆矣，其肆也，以其不得志于時，姑借文以舒其憤懣，如太史公馳騁史記，胸中筆下固有不能自止者也。惜抱翁以爲此皆張皇于外，而未必實有得于中。張皇于外者，其文可以驚四筵，無得于中，則不可以適獨坐。于是，冥搜于内，莫可端倪，潛躍無常，舒卷不測，險者鑿之使平，直者紆之使曲，繁者約之使簡，剛者鎔之使柔，總期屐齒所徑，爲人迹之所不到，應可别豎一幟，而不爲方、劉二家之所掩也。然而取逕太狹，雖能深入，而未能旁開，雖皆綿邈有神，而未盡安詳有度，故以矯海峯之失雖有餘，而以登望溪之堂則不足，何也？以望溪文體簡嚴而風裁實大，惜抱翁加以幽邈，則邊幅狹而體格小矣。要之，三家皆爲正宗，而惜抱軒亦多令作。今採録其文爲二卷，以遺世之心知其意而能自得師者。

上高李祖陶撰〔一〕。

伍子胥論：説透子胥心事，末并帶出季札、微子之用心，文亦潔净。

李斯論：只『趨時』二字，斷定李斯，亦斷定古今小人。吾觀魏徵不遇太宗，未必其能直諫；李林甫不遇明皇，亦未必其盡阿諛。古今來不負所學者，陸敬輿而已。文能騰天濯淵，曲盡其勝。

賈生明申商論：如此商論古人，才足使古人心服。孟子所以云必論其世也。中間帶出諸葛武侯，與汲長孺錯綜，賓主離合盡致。

左仲郛浮渡詩序：前幅寫山水之遊，貴得其意。後幅軒然波起，鬱爲大觀。然皆從淡静中推托而出，與世俗蒼莽爲豪者迥殊，此先生文之所以可貴也。

復汪進士輝祖書：一往清微，傲兀之志可掬。

送右庶子畢公爲鞏秦階道序：詞少意多，可謂中閎深而外肅括。他人爲簡嚴之文，必有老重痕迹，惟先生則一出以清輕，所謂君身有仙骨。

贈孔撝約假歸序：起處曠然遠想，結處亦復警切。

贈錢獻之序：大意針砭時俗考據之弊，非先生不聞此言，近漸有人推闡之，雲陰將解駁矣。

劉海峯先生八十壽序：直起直接，氣格極老。天下文章出于桐城，其言良是。然格各不同，方侍郎之文峻，劉先生之文宕，而作者之文深：雖各有變，而皆未能極之于大。

書制軍六十壽序：比附清切，雍容揄揚，可謂文章爾雅，訓詞深厚。

張貞女傳：此用史家類敘法，其聯絡映帶，皆極自然。

蕭孝子祠堂碑文并序：辨論與張貞女傳同，而插在中間，格致尤妙。

原任少詹事張君權厝銘并序：寫狀及嘆息處皆妙，所謂深邈者非耶？

夏縣知縣新城魯君墓誌銘并序：稱情而談，不差毫黍。魯君之學、之文、之行、之政，具于是矣。銘中四語，實爲該括。山木先生文醇雅，吾已録爲一家，以第見其外集四卷，而續刻本未及寓目，故暫緩付刻，以俟續編。

寶扇樓後記：此文寄托高遠，并己亦在其中，而妙于言外不露。

記蕭山汪氏兩節婦事：末一段紆餘卓犖，興寄無端，尺幅中有蛟龍盤攫之勢。

快雨堂記：其論入微，其文格最古。

遊雙溪記：讀『衆響皆入，人意蕭然』八字，可以想見先生之人、先生之文。

五嶽説：懸揣古今，十得七八，是之謂通人。先生經説，以精心悟實，典博而確，深而通，私以爲在古文之上，讀此文可見一斑。

南園詩存序：以傳體爲序言，終黯然。予近讀滇南文略，中載侍御文頗多，率皆蒼整拔俗。今觀此序，乃知其法得自姬傳，然面目仍不同也，知侍御之能自立矣。

程綿莊文集序：中間抉摘隱微，最當最切。

復劉明東書：此書言詩境細大兩處，可謂度盡金針。

復蔣松如書：針砭時病，大聲疾呼，尤妙在論適持平，不至畸輕畸重。

答蘇園公書：一湧而出，神來情來。

方恪敏公家傳：方恪敏公一代人物，其傳亦不滿千字，而公之爲人自見。然亦只舉其大綱，以其目詳見國史，可互參也。若第以此傳，則公之實迹多淹没矣。予嘗有文論之，今不具録。

光禄大夫内閣大學士王文端公神道碑文并序：通體不書一事，而公之爲正人、爲賢宰相自見。其後惲子居法之，以碑戴文端公，而波瀾較闊矣。

吏部左侍郎譚公神道碑文并序：元、明以來，爲碑志者皆有一定排格，自姓名、履歷、事迹、心術，以致族出、子姓，皆須備書，故誌人之大物者，率不能簡潔。至先生始以鎔鑄出之，一切皆不必備，而總以一段該括其全，于文家可云逸品，而不可云正宗。蓋方望溪家法如是，使錢竹汀先生見之，當益致不滿矣。

博山知縣武君墓表：只表一事，嚴清之至。

廣西巡撫謝公墓誌銘并序：只着意寫其爲藩司時補虧一節，筆力亦盤折入古。

贈文林郎鎮安縣知縣婺源黃君墓誌銘并序：情事甚多，只如一筆寫去，奇文奇文！

中憲大夫雲南臨安府知府丹徒王君墓誌銘并序：夢樓一代畸人，此文最寫得出，銘尤神妙，令人飄飄然僊。

中憲大夫松太兵備道章君墓誌銘并序：着重寫其明于地形勢，中寫其爲惠鄉里，後寫其伎禪悦，銘詞括盡生平，卻只落落數語，故妙。

（李祖陶國朝文録，道光十九年刊本）

## 姚姬傳先生

昭槤

先恭王善持衡天下士。乙亥夏，朱子潁南游，攜姚姬傳詩至邸，先恭王曰：『此文房、冬郎之筆，異日詩壇宿秀也。』不十年，先生成進士，改官刑部郎中，持法嚴正，劉文正公甚倚任之。會文正公薨，先生乃移疾歸里，掌文教者四十餘年。古文遒勁簡練，類歸震川，而雅澹過之。

（昭槤嘯亭續録卷三，中華書局一九八〇年版）

## 姚姬傳文集

昭 槤

姬傳先生古文，簡潔秀瑋，一出方、劉正軌，實爲近代所罕有。其平生以考據自命，然記近事，反有差訛。如許祖京神道碑誤福康安封號爲誠嘉毅公，趙文哲墓誌銘誤書大學士温福爲温敏。若此者，指不勝屈。當時雖無所妨，傳之日久，反有根據碑版以證史誤者，故表出之。

（昭槤嘯亭續録卷四，中華書局一九八〇年版）

## 與筱岑論文派書

吴敏樹

（上略）文章藝術之有流派，此風氣大略之云爾。其間實不必皆相師效，或甚有不同，而往往自無能之人，假是名以私立門户，震動流俗，反爲世所詬厲，而以病其所宗主之人。如江西詩派，始稱山谷、後山，而爲之圖列號傳嗣者，則吕居仁。居仁非山谷、後山之流也。今之所稱『桐城文派』者，始自乾隆間姚郎中姬傳，稱私淑于其鄉先輩望溪方先生之門人劉海峯，又以望溪接續明人歸震川，而爲古文辭類纂一書，直以歸、方續八家，劉氏嗣之，其意蓋以古今文章之傳繫之己也。如老弟所見，乃大不然。姚氏特吕居仁之比爾，劉氏更無所置之；其文之深淺美惡，人自知之，不可以口舌爭也。

自來古文之家，必皆得力于古書。蓋文體壞而後古文興。唐之韓、柳，承八代之衰而挽之于古，始有此名。柳不師韓，而與之并起。宋以後則皆以韓爲大宗，而其爲文所以自成就者，亦非直取之韓也。

韓尚不可爲派，況後人乎！烏有建一先生之言，以爲門户途轍，而可自達于古人者哉？……往時見功甫喜尋時人之論，稱劉、姚之學，以爲習于名而未稽其實，私欲進之。其于論詩，述梅伯言之説，云當自荆公入，尤爲害道。此等言議，殆皆得之陳廣專，廣專才雖高，不能爲文士，而論説多未當于人心。今侍郎序文所稱諸人學問本末，皆大略不謬，獨弟素非喜姚氏者，未敢冒稱，而果以姚氏爲宗，桐城爲派，則侍郎之心殊未必然。然弟豈區區以侍郎之言爲枉而急自明哉？惜乎不及與功甫究論之耳。

（吴敏樹柈湖文集卷六，光緒思賢精舍刊本）

## 歐陽生文集序

曾國藩

乾隆之末，桐城姚姬傳先生鼐，善爲古文辭，慕效其鄉先輩方望溪侍郎之所爲，而受法于劉君大櫆，及其世父編修君範。三子既通儒碩望，姚先生治其術益精。歷城周永年書昌爲之語曰：『天下之文章，其在桐城乎！』由是學者多歸嚮桐城，號『桐城派』，猶前世所稱『江西詩派』者也。

姚先生晚而主鍾山書院講席，門下著籍者，上元有管同異之、梅曾亮伯言，桐城有方東樹植之、姚瑩石甫。四人者稱爲高第弟子，各以所得傳授徒友，往往不絶。在桐城者，有戴鈞衡存莊，事植之久，尤精力過絶人，自以爲守其邑先正之法，禪之後進，義無所讓也。其不列弟子籍，同時服膺，有新城魯仕驥絜非、宜興吴德旋仲倫。絜非之甥爲陳用光碩士，碩士既師其舅，又親受業姚先生之門，鄉人化之，多好文章。碩士之羣從，有陳學受藝叔、陳溥廣敷，而南豐又有吴嘉賓子序，皆承絜非之風，私淑于姚先生，由是江西建昌有桐城之學。仲倫與永福吕璜月滄交友，月滄之鄉人，有臨桂朱琦伯韓、龍啓瑞翰臣、馬平王錫振定甫，皆步趨吴氏、吕氏，而益求廣其術于梅伯言，由是桐城宗派流衍于廣西矣。

昔者，國藩嘗怪姚先生典試湖南，而吾鄉出其門者，未聞相從以學文爲事。既而得巴陵吴敏樹南屏，稱述其術，篤好而不厭。而武陵楊彝珍性農、善化孫鼎臣芝房、湘陰郭嵩燾伯琛、溆浦舒燾伯魯，亦以姚氏文家正軌，違此則又何求。最後得湘潭歐陽生。生，吾友歐陽兆熊小岑之子，而受法于巴陵吴君、湘陰郭君，亦師事新城二陳。其漸染者多，其志趨嗜好，舉天下之美，無以易乎桐城姚氏者也。

當乾隆中葉，海内魁儒畸士，崇尚鴻博，繁稱旁證，考核一字，累數千言不能休，别立幟志，名曰漢學，深擯有宋諸子義理之説，以爲不足復存，其爲文尤蕪雜寡要。姚先生獨排衆議，以爲義理、考據、詞章三者不可偏廢，必義理爲質，而後文有所附，考據有所歸。一編之内，惟此尤兢兢。當時孤立無助，傳之五六十年，近世學子稍稍誦其文，承用其説。道之廢興，亦各有時，其命也歟哉！（下略）

（曾國藩全集第八册，遼寧民族出版社一九九七年版）

## 聖哲畫像記

曾國藩

（上略）我朝學者以顧亭林爲宗，國史儒林傳褎然冠首。吾讀其書，言及禮俗教化，則毅然有守先待後、舍我其誰之志，何其壯也！厥後張蒿庵作中庸論，及江慎修、戴東原輩，尤以禮爲先務。而秦尚書蕙田遂纂五禮通考，舉天下古今幽明萬事，而一經之以禮，可謂體大而思精矣。吾圖畫國朝先正遺像，首顧先生，次秦文恭公，亦豈無微旨哉！桐城姚鼐姬傳，高郵王念孫懷祖，其學皆不純于禮，然姚先生持論閎通，國藩之粗解文章，由姚先生啓之也。王氏父子，集小學訓詁之大成，夐乎不可幾已，故以殿焉。

姚姬傳氏言學問之途有三，曰義理，曰詞章，曰考據。戴東原氏亦以爲言。如文、周、孔、孟之聖，左、莊、馬、班之才，誠不可以一方體論矣。至若葛、陸、范、馬，在聖門則以德行而兼政事也。周、程、張、朱，在聖門則德行之科也，皆義理也。韓、柳、歐、曾、李、杜、蘇、黄，在聖門則言語之科也，所謂詞章者也。許、鄭、杜、馬、顧、秦、姚、王，在聖門則文學之科也。顧、秦于杜、馬爲近，姚、王于許、鄭爲近，皆考據也。此三十二子者，師其一人，讀其一書，終身用之，有不能盡。若又有陋于此而求益于外，譬若掘井九仞而不及泉，則以一井爲隘，而必廣掘數十百井，身老力疲，而卒無見泉之一日，其庸有當乎？

（曾國藩全集第八册，遼寧民族出版社一九九七年版）

## 復吳南屏

曾國藩

（上略）與歐陽筱岑書中論及桐城文派，不右劉、姚，至比姚氏于吕居仁，譏評得無少過？劉氏誠非有過絶輩流之詣，姚氏則深造自得，詞旨淵雅。其文爲世所稱誦者，如莊子章義序、禮箋序、復張君書、復蔣松如書、與孔撝約論禘祭書、贈撝約假歸序、贈錢獻之序、朱竹君傳、儀鄭堂記、南園詩存序、綿莊文集序等篇，皆義精而詞俊，夐絶塵表；其不厭人意者，惜少雄直之氣、驅邁之勢。姚氏固有偏于陰柔之説，又嘗自謝爲才弱矣。其論文亦多詣極之語，國史稱其有古人所未嘗言，鼐獨抉其微而發其藴。惟亟

稱海峯，不免阿于私好。要之，方氏以後，惜抱固當爲百年正宗，未可與海峯同類而并薄之也。（下略）

（曾國藩全集第十册書札卷廿七，遼寧民族出版社一九九七年版）

## 復吳南屏

曾國藩

（上略）至姚惜抱氏，雖不可遽語于古之作者，尊兄至比之吕居仁，則亦未爲明允。惜抱于劉才甫不無阿私，而辨文章之源流，識古書之正僞，亦實有突過歸、方之處。尊兄鄙其宗派之説，而并没其篤古之功，揆之事理，寧可謂平？至尊緘有曰：『果以桐城爲派，則侍郎之心殊未必然。』斯實搔着癢處。往在京師，雅不欲溷入梅郎中之後塵，私怪閣下幽人貞介，何必追逐名譽，不自閟惜？……尊兄詩骨勁拔，迥越時賢。姚惜抱氏謂詩文宜從聲音證入，嘗有取于大歷及明七子之風。尊兄睥睨姚氏，亦頗欲參用其説否？（下略）

（曾國藩全集第九册書札卷九，遼寧民族出版社一九九七年版）

## 續古文辭類纂序

黎庶昌

余今所論纂，其品藻次第，一以習聞諸曾氏者述而録之。曾氏之學，蓋出于桐城，固知與姚先生之旨合，而非廣己于不可畔岸也。循姚氏之説，屏棄六朝駢麗之習，以求所謂神、理、氣、味、格、律、聲、色者，法愈嚴而體愈尊。循曾氏之説，將盡取儒者之多識格物，博辨訓詁，一内諸雄奇萬變之中，以矯桐城末流虛車之飾。其道相資，無可偏廢。故既敘述略例，亦明夫不敢封己抱殘，守一先生家言，暖暖姝姝而私自悦以足也。然遂欲執途之人而强同，則是又大惑已。（下略）

桐城宗派之説，流俗相沿，已逾百歲。其敝至于淺弱不振，爲有識者所譏。讀曾文正公暨吳南屏二家之書，齗齗之辯，自可以止。然工輸雖巧，不用規矩準繩，又可乎哉？本朝文章，其體實正自望溪方氏；至姚先生，而辭始雅潔；至曾文正公，始變化以臻于大。桐城之言，乃天下之至言也。昔孔子論文，義主修辭，而以立誠爲本。昌黎韓氏則曰：『沉浸濃鬱，含英咀華，未有辭不工且雄，而文能造其極者。』余今所論纂，博觀慎取，蓋亦有年。凡神、理、氣、味、格、律、聲、色有一不備者，文雖佳，不入。

（黎庶昌編續古文辭類纂，四部備要本）

## 復閻季蓉書

王先謙

（上略）本朝糾正漢學者，姚姬傳氏最爲平允。其時掊擊宋儒之風過盛，故姚氏非之，以救時也，非爲名也。至其論學以義理、考據并重，無偏而不舉之病。道、咸以降，兩家議論漸平，界域漸泯，爲學者各隨其材質好尚定趨向，以蘄于成而已，本無所用其辨爭。

（王先謙虛受堂文集卷十四，宣統二年上海國學書社刊本）

## 續古文辭類纂序

王先謙

自桐城方望溪氏以古文專家之學主張後進，海峯承之，遺風遂衍。姚惜抱稟其師專，覃心冥追，益以所自得，推究閫奥，開設户牖，天下翕然，號爲正宗。承學之士，如蓬從風，如川赴壑，尋聲企景，項領相望。百餘年來，轉相傳述，遍于東南，由其道而名于文苑者，以數十計。嗚呼，何其盛也！

自聖清宰世用正學，風厲薄海，耆碩輩出，講明心性，恢張義理。厥後鴻生巨儒，逞志浩博，鈎研訓詁，繁引曲證，立漢學之名，詆斥宋儒言義理者。惜抱自守孤芳，以義理、考據、詞章三者不可一缺；義理爲干，而後文有所附，考據有所歸。故其爲文，源流兼賅，粹然一出于醇雅。當時相授受者，特其門弟子數輩，然卒流風餘韻沾被百年，成就遠大。逐末者不悶，而知道者常勝，詎不信與道光末造，士多高語周、秦、漢、魏，薄清淡簡樸之文爲不足爲。梅郎中、曾文正之倫，相與修道立教，惜抱遺緒賴以不墜。（下略）

（王先謙續古文辭類纂卷首，光緒丁未上海商務印書館本）

## 續古文辭類纂例略

王先謙

（上略）自惜抱繼方、劉爲古文學，天下相與尊尚其文，號『桐城派』。當海峯之世，有錢伯坰魯思從受其業，以師説稱誦于陽湖惲子居、武進張皋文。子居、皋文遂棄其聲韻、考訂之學而學古文，于是陽湖古文之學特盛。陸祁孫七家文鈔序言之，此陽湖爲古文者自述其淵源，無與桐城角立門户之見也。立言之道，義各有當而已。愚柔者仰企而不及，賢知者則務爲浩侈，不肯自抑其才。姚氏見之眞，守之嚴，其撰述有以入乎人人之心，如規矩準繩，不可逾越，乃古今天下之公言，非姚氏私言也。宗派之説，起于鄉曲競名者之私，播于流俗之口，而淺學者據以自便，有所作弗協于軌，乃謂吾文派别焉耳。近人論文，或以桐城、陽湖離爲二派，疑誤後來，吾爲此懼。更有所謂不立宗派之古文家，殆不然與！

（王先謙續古文辭類纂卷首，上海商務印書館光緒丁未本）

## 筱園詩話

朱庭珍

近來古文，天下盛宗桐城一派。其持法最嚴，工于修飾字句，以清雅簡净爲主。大旨不外乎神韻之說，亦如王阮亭論詩，專主神韻，宗王、孟、韋、柳之意也。而自相神聖，謂古文正宗，自秦漢以後，唐宋八家繼之；八家以後，明歸太僕有光繼之；太僕以後，則桐城三家方侍郎靈皋、劉廣文海峯、姚郎中姬傳繼之。此外文人，皆不得與文章之統。如國初三家侯朝宗、魏叔子、汪堯峯諸人，概斥爲僞體，所見殊謬。夫文章公器，雖有宗派，無所謂統也。其入理純粹，敘事精嚴，措詞雅潔，運氣深厚，法度完密，而意味高古者，即繫文章正宗，初不以人、地、時代限也。必欲秘爲絶詣，據作一家私傳，不惟誕妄，抑且孤陋矣。此不過拾宋儒唾餘，仿道統之説，以自撑持門户耳。習氣相沿，未免可笑，殊不足與深辨。予論詩絶句中一首云：『乾嘉文筆重桐城，方氏劉姚各有名。我向蓬萊看東海，一盂不愛鑑湖清。』深于文者，當與吾言契合也。

（清詩話續編第四册，上海古籍出版社一九八三年版）

## 桐城文録序

方宗誠

惜抱先生文，以神韻爲宗，雖受文法于海峯、南青，而獨有心得。（下略）

自惜抱文出，桐城學者大抵奉以爲宗師，然其才氣之盛，學問之正，博大精深，未有如植之先生者也。少學于惜抱，而不爲其説所囿，能自開大，以成一格。然務爲窮理盡性之學，眞知文之精意，而未嘗專用力，故簡潔涵蓄，不及惜抱；至其佳者，直追劉子政、曾子固、朱子，惜抱不及也。（下略）

（方宗誠柏堂集次編卷一，光緒刻本）

## 論近世文學之變遷

劉師培

望溪方氏摹仿歐、曾，明于呼應頓挫之法，以空議相演，又敘事貴簡，或本末不具，舍事實而就空文，桐城文士多宗之。海内人士亦震其名，至謂天下文章莫大乎桐城。厥後，桐城古文傳于陽湖、金陵，又數傳而至湘、贛、西粤，然以空疏者爲之，則枯木朽荄，索然寡味，僅得其轉折波瀾。惟姬傳之豐韻，子居之峻拔，滌生之博大雄奇，則又近今之絶作也。

（劉師培劉申叔先生遺書 左庵外集卷十三，寧武南氏校本）

## 與姚叔節書

林紓

（上略）桐城之派，非姚惜抱先生所自立。後人尊惜抱爲正宗，未敢他逸，而外軼轉之相承，而姚派以立。僕生平未嘗言派，而服膺惜抱者，正以取徑端而立言正。若弗務正，而日以挦撦飣餖震眩流俗之耳目，吾可計日而見其敗。

（林紓畏廬續集，臺灣文海出版社一九七三年版）

## 春覺齋論文

林紓

（上略）夫桐城豈眞有派？惜抱先生亦力追古學，得經史之腴，熔裁以韓、歐之軌範，發言既清，析理復粹，自然成爲惜抱之文，非有意立派也。學者能溯源于古，多讀書，多閱歷，範以聖賢之言，成爲堅確之論，韓、歐之法程自在，何必桐城？即桐城一派，亦豈能超乎韓、歐而獨立耶？錢虞山之告文太青曰：『當力追古學，勿流連于今學而不知反。』此言闢何、李也，後生小子，胡敢妄闢桐城！然論文不能不取法乎上。須知桐城之文不弱也，以柔筋脆骨者效之則弱矣。向見吳摯甫先生案頭日置韓文一卷，時時讀之。以桐城人師桐城之大師，在理宜讀姚文，不宜取徑于韓，且曾文正亦力主桐城者，乃日抱韓文不去手。然則，治程、朱語録者，固不能不溯源于論語也。（下略）

（林紓畏廬述旨，臺灣文海出版社一九六三年版）

## 論古文白話之相消長

林紓

（上略）桐城諸家即奉震川爲圭臬，惜抱能脱身自拔，望溪質而不靈，故木然有死氣。曾文正尊姚，初無一語及方也。但讀惜抱之（登）泰山記，即知爲桐城之杰。

（中國新文學大系文學論爭集，上海良友圖書印刷公司一九三六年版）

## 清代學術概論

梁啓超

乾隆之初，惠、戴崛起，漢幟大張。……鼐屢爲文詆漢學破碎，而方東樹著漢學商兑，徧詆閻、胡、惠、戴所學，不遺餘力。自是兩派始交惡。其後陽湖惲敬、陸繼輅自桐城受義法而稍變其體，張惠言、李兆洛皆治考據學，而亦好爲文，所以惲、陸同氣，號『陽湖派』。戴、段派之考據學，雖披靡一世，然規律太嚴整，且亦聲希味淡，不能悉投衆嗜，故誦習兩派古文家者卒不衰。然才力薄，罕能張其軍者。咸、同間，曾國藩善爲文而極尊桐城，嘗爲聖哲畫像贊，至躋姚鼐與周公、孔子并列。國藩功業既焜耀一世，桐城亦緣以增重，至今猶有挾之媚權貴、欺流俗者。平心論之，桐城開派諸人，本狷潔自好，當漢學全盛時而奮然與抗，亦可謂有勇，不能以其末流之墮落歸罪于原始。然此派者，以文而論，因襲矯揉，無所取材；以學而論，則獎空疏，閼創獲，無益于社會。且其在清代學界，始終未嘗占重要位置，今後亦斷不復能自存，置之不論焉可耳。

（梁啓超飲冰室合集第八册專集之三十四，中華書局一九八九年版）

## 與人論文書

章太炎

僕重汪中，未嘗薄姚鼐、張惠言。姚、張所法，上不過唐、宋，然視吳、蜀之士爲謹。（注：夸言稍少，此近代文所長。若惲敬之恣、龔自珍之懁，則不可同論。）

（章太炎全集第四册，上海人民出版社一九八五年版）

## 文學革命論

陳獨秀

（上略）明之前後七子及八家文派之歸、方、劉、姚，是此十八妖魔輩，尊古蔑今，咬文嚼字，稱霸文壇。……歸、方、劉、姚之文，或希榮譽美，或無病而呻，滿紙『之乎者也矣焉哉』。每有長篇大作，摇頭擺尾，説來説去，不知説些什麽。此等文學，作者既非創造才，胸中又無物，其伎倆惟在仿古欺世，眞無一字有存在之價值。雖著作等身，與其時之社會文明進化絲毫無關。……今日吾國文學，悉承前代之敝，所謂『桐城派』者，八家與八股之混合體也。（下略）

（原載新青年雜志，據中國新文學大系建設理論集，上海良友圖書印刷公司一九三五年版）

## 中國新文學大系建設理論集導言

胡　適

那個時代是桐城派古文的復興時期。從曾國藩到吴汝綸，桐城派古文得着最有力的提倡，得着很大的響應。曾國藩説的『舉天下之美，無以易乎桐城姚氏者也』，最可以代表當時文人對這個有勢力的文派的信仰。我們在今日回頭看桐城派古文在當日的勢力之大、傳播之廣，也可以看出一點歷史的意義。桐城派古文的抬頭，就是駢體文體的衰落。自從韓愈提出『文從字順各識職』的古文標準以後，一些『古文』大家大都朝着『文從字順』的方向努力。只有這條路可以使那已死的古文字勉强應用，所以在這一千年之中，古文越做越通順了——宋之歐、蘇，明之歸有光、錢謙益，清之方苞、姚鼐，都比唐之韓、柳更通順明白了。到曾國藩，這一派的文字可算是到了極盛的時代。他們不高談秦、漢，甚至于不遠慕唐、宋，竟老老實實的承認桐城古文爲天下之至美！這不是無意的降格，這是有意的承認古文的仿作越到後來越有進步。……姚鼐、曾國藩的古文差不多統一了十九世紀晚期的中國散文。散文體做到了明白通順的一條路，它的應用的能力當然比那駢儷文和那模仿殷盤周誥的假古文大多了。這也是一個轉變時代的新需要。這是桐城古文得勢的歷史意義。（下略）

古文經過桐城派的廓清，變成通順明白的文體，所以在那幾十年中，古文家還能勉强掙扎，要想運用那種文體來供給一個驟變的時代的需要。但時代變的太快了，新的事物太多了，新的知識太復雜了，新的思想太廣博了，那種簡單的古文體，無論怎樣變化，終不能應付這個新時代的要求，終于失敗了。

（胡適古典文學研究論集，上海古籍出版社一九八八年版）

# 五十年中國之文學

胡　適

平心而論，古文學之中，自然要算『古文』（自韓愈至曾國藩以下的古文）是最正當最有用的文體。駢文的弊病不消説了。那些瞧不起唐、宋八家以下的古文的人，妄想回到周、秦、漢、魏，越做越不通，越古越没有用，只替文學界添了一些似通非通的假古董。唐、宋八家的古文和桐城派的古文的長處只是他們甘心做通順清淡的文章，不妄想做假古董。學桐城古文的人，大多數還可以做到一個『通』字；再進一步的，還可以做到應用的文字。故桐城派的中興，雖然没有什麽大貢獻，卻也没有什麽大害處……

但桐城派的影響，使古文通順了，爲後來二三十年勉强應用的預備，這一點功勞是不可埋沒的。

（胡適古典文學研究論集，上海古籍出版社一九八八年版）

## 桐城文派評述

姜書閣

桐城派幾與滿清相終始。時間既然如此其久，勢力又遍于全國，所以它的歷史，與清代全部文學史都有關係。研究中國的文學史——尤其是近代的——是不能把它忽略的。（下略）

余謂姚氏之文，氣平詞順，頗有足傳；無物，是其弊也。但在桐城派中，自爲佼佼者，堪稱此道大成之祖。『方氏以後，惜抱固當爲百年正宗。』後世之入其範圍者，至于『舉天下之美，無以易乎桐城姚氏者』，蓋非無故也。

（姜書閣桐城文派評述，商務印書館萬有文庫本）

## 中國文學批評史

郭紹虞

桐城文何以能成派？桐城文之成派，即因桐城文人之文論有其一貫的主張之故。清代文論以古文家爲中堅，而古文家之文論又以『桐城派』爲中堅。有清一代的古文，前前後後殆無不與桐城生關係。在桐城派未立以前的古文家，大都可視爲『桐城派』的前驅；在『桐城派』方立或既立的時候，一般不入宗派或别立宗派的古文家，又都是桐城派之羽翼與支流。由清代的文學史言，由清代的文學批評言，論

到它散文的部分都不能不以桐城爲中心。（下略）

（姚鼐）繼方、劉之後，倡爲古文，所選古文辭類纂一書，尤爲學者所宗。其論文比方氏更精密，所以桐城文派至姚氏而始定，因此，他的論文主張亦更爲重要。（下略）

姚氏論文不必復標義法之法，而所言無不與義法合。蓋方氏專就作品言，故言義法，姚氏則兼就作者言，故進于義法而言天人。此其一。又，即就作品論之，方氏以雜文學的見解論文，故專指散體古文；姚氏則以純文學的見解論文，故其義可兼通于詩；因此，方氏言義法，而姚氏則超于義法而言道藝。此其二。再有，即就散體古文論之，義法之説仍本于昔人文道合一之論，姚氏既廓充了方氏的範圍，而兼重考據，故也不必言義法，而言意與氣。此其三。『天與人一』『道與藝合』之説，固是超于義法的義法，即『意與氣相御而爲辭』之説，也比義法爲抽象。這是方、姚的不同之點，同時也即是惜抱所以能使義法説成爲抽象之故。

『天與人一』，『道與藝合』，『意與氣相御而爲辭』，這是惜抱文論的三部曲。

（郭紹虞中國文學批評史，上海古籍出版社一九七九年版）

## 管錐編增訂

錢鍾書

南宋及金人均已標舉桐城派之職志。葉適弟子陳耆卿篔窗集有吴子良跋云：爲文大要有三：『主之以理，張之以義，束之以法。篔窗先生揮周、程之旨趣，貫歐、曾之脉絡』；劉祁歸潛志載王鬱自撰王子小傳云：『故嘗欲爲文，取韓、柳之詞，程、朱之理，合而爲一，方盡天下之妙』；秋澗先生大全集卷一追挽歸潛劉先生亦云：『道從伊洛傳心學，文擅韓歐振古風。』蓋欲東家食而西家宿，渾忘荀充周、程之道，則韓、歐輩且無處討生活。古文家别集類案乙案敘録上謂桐城派『尊程、朱如帝天』而『論文則不敢援朱子』，因引方苞語『學行繼程、朱之後，文章在韓、歐之間』説之曰：『分别言之，判若涇渭，固其慎也。』夫分别言之，已是二本，大信程、朱之學行矣。

（錢鍾書管錐編增訂，中華書局一九八二年版）

## 桐城派研究序

錢仲聯

桐城巨子方苞，與反清之戴名世，同鄉同聲氣，戴案之禍，幾致殃及；桐城派中堅巨匠姚鼐，與清王朝有離心傾向，仕京未久，及早抽身，都講鍾山，惜抱軒詩集中時寓貶斥時政，借呵責漢武以寓隱刺高宗南巡之筆，其文亦爾，偶存頌題以自掩其迹，決非御用文學，固不待智者而後知。其徒梅曾亮，且曾同情洪、楊革命，爲洪氏之三老也。凡彼論客所云，豈徒其言之偏而已，蓋亦鄰于左矣。至于桐城古文與八股時文混爲一談，更屬文致羅織，余數年以前，早爲文辨正之。桐城派古文，言之有物，言之有序，潔净掃浮詞，措辭契合于語法，不論爲文言古文或語體今文，俱可以借鑑者也。

（見周中明著桐城派研究卷首，遼寧大學出版社一九九九年版）

## 校記

〔一〕按：在作了上述總體評價之後，該書選録了姚鼐三十二篇原文，在每篇文末皆有評語。兹省略原文，僅録其篇目及評語。

## 附　安徽古籍叢書已版書目

舊聞隨筆
定本莊子故
張籍集注
文學研究法
桐城文學淵源考・撰述考
包拯集編年校補
康輶紀行・東槎紀略
北山樓集
桐城耆舊傳
疑庵詩
三餘札記
方望溪遺集
爾雅翼
識小録・寸陰叢録

東萊詩詞集
明太祖集
王侍郎奏議
程氏家塾讀書分年日程
朱楓林集
敬孚類稿
施愚山集（四册）
吳敬梓吳烺詩文合集
張孝祥詞箋校
竇山公家議校注
翠微南征録・北征録合集
阮大鋮戲曲四種
老子注三種
杜詩説

朱書集
論語解注合編
郭祥正集
皖人詩話八種
唐詩評三種
左傳微
續學堂詩文鈔
鈍齋詩選
老子注譯
莊子詮詁
説文假借義證
劉銘傳文集
包世臣全集（三册）
戴震全書（七册）

田間易學
莊屈合詁
田間詩集
田間文集
古事比（二册）
安徽出土金文訂補
秋崖詩詞校注
道聽途説
蘭茗館外史
青泥蓮花記
舌華録
明語林
夜雨秋燈録・續録（二册）
包拯集校注
毛詩後箋（二册）

劉文典全集（四册，列入特輯）
壹齋集（二册）
孟子講義
楊仁山全集
弢翁藏書年譜（列入附輯）
不得已 附二種
歙事閑譚（二册）
惜抱軒詩集訓纂
張孝祥詩文集
吳汝綸全集（四册）
朱子全書（二十七册）
明實録安徽經濟史料類編（列入附輯）
姚瑩年譜（列入附輯）
青溪集
藏山閣集

田間詩學
俞正燮全集（三册）
皖人戲曲選刊・鄭之珍卷
詠懷堂詩集
所知録 附四種
文選箋證（二册）
歙紀
方孝標文集
七頌堂集
劉文典全集補編（列入特輯）
程瑶田全集（四册）
皖人戲曲選刊・方成培卷
皖人戲曲選刊・龍燮卷
凌廷堪全集（四册）
黄生全集（四册）

東軺紀程
蕭雲從詩文輯注
程文炳文集
程恩培集
方盦山詩集（二册）
趙紹祖金石學三種
小爾雅義證
勉行堂詩文集
貴池唐人集
龍眠風雅全編（十册）
無爲集
杜詩提要
分篇水經注（二册）
松泉集（二册）

梅鼎祚戲曲集
通鑒注商・新舊唐書互證
杜徵三友朋手札
吳應箕文集
舒鴻貽著述二種
皖雅初集（三册）
桓譚新論校注
宛雅全編（二册）
李宗棠文集・東游紀念
李宗棠文集・考察日本學校記（二册）
李宗棠文集・光緒徵要録
李宗棠文集・奏議輯覽初編
李宗棠文集・學詩堂經解
李宗棠文集・千倉詩史初編

吳芝瑛集
施愚山集（增訂版　四册）
桐城方氏七代遺書
方以智全書（十册）
金聲集
徽州杜詩學二種
白鹿山房詩集
金粟齋遺集
文字蒙求廣義
施愚山集外編二種
國朝詩品（二册）
呂美蓀詩文集
姚鼐詩文集（三册）